SV

A. F. Th. van der Heijden
Unterm Pflaster der Sumpf

Roman

Aus dem Niederländischen
von Helga van Beuningen

Suhrkamp Verlag

Titel der Originalausgabe:
Onder het plaveisel het moeras
Dieses Buch ist Band 3.2 des Romanzyklus:
De tandeloze tijd.

Die zahnlose Zeit
ist ein großer, vielbändiger Romanzyklus, ein Welttheater, dessen einzelne Teile dank ihrer Akteure aufeinander Bezug nehmen, aber zugleich – wie andere große Zyklen der Literatur – vollkommen selbständig und in beliebiger Reihenfolge gelesen werden können.

Die Übersetzung wurde durch ein Arbeitsstipendium des Deutschen Übersetzerfonds gefördert.

Erste Auflage 2003

Satz: Jung Crossmedia, Lahnau
Druck: Nomos Verlagsgesellschaft, Baden-Baden
Printed in Germany
ISBN 3-518-41440-2

1 2 3 4 5 6 – 08 07 06 05 04 03

Für Minchen, Totò und ihre Engelsgeduld

J'ai mené une vie édentée.
Jean-Paul Sartre, *L'âge de raison*

Die Schalttage

Unterm Pflaster der Sumpf

Donnerstag, 22. September 1977
(Albert Egberts)

Viel zu früh, noch bevor er seinen Rausch richtig ausgeschlafen hatte, wurde er wach – zweifellos vom Glockenspiel der Zuiderkerk, wo kurz nach zwölf die verpflasterten Finger eines Glockenspielers zehnmal so viele Glocken zum Klingen zu bringen schienen, wie es der automatische Schellenbaum zu anderen Stunden tat. Schon was anderes als die dumpfe Schelle daheim in der van Ostadestraat, die manchmal nicht einmal seinen Bruder zu wecken vermochte, obwohl sie doch direkt über dessen Bett hing. Hier am Grimburgwal, rund um das »Dreigrachtenhaus«, kam noch das Gescheppper von Studentenfahrrädern hinzu, die an Brückengeländer geknallt wurden, ein Schellenbaum für sich, bestehend aus hohlen Rohren und Klingeldeckeln, der vor einem Jahr seine erste Begegnung mit Zwanet begleitet hatte.

Das erste, was Albert, noch mit geschlossenen Augen, erblickte, war der Rembrandtsplein, wie er ihn an diesem Morgen im frühesten Tageslicht durch seine *pinpoint pupils* wahrgenommen hatte: So blendend und farblos sah ein Platz nur im Spiegel frisch gefallenen Schnees aus. Sich an ihn zu erinnern war ebenso grauenerregend, wie unmittelbar mit ihm konfrontiert zu werden. Sogar sein Schweiß schien davon zu erkalten. Nein, die Beschimpfungen und Verwünschungen dieser Halbtoten aus der Paardenstraat waren noch nicht zu vernehmen, das kam erst später, zunächst war da nur der Anblick einer Stadt, die einen Schneeteppich widerspiegelte, ohne daß es geschneit hatte.

Weil Albert fürchtete, das Bett würde nach Thjum und Flix riechen und Spuren ihres Zusammenseins tragen, hatte er es vorgezogen, auf dem knapp bemessenen muffigen Sofa zu schlafen, das Thjum bei seinen Eltern auf dem Dachboden gefunden hatte, ein Ding aus den zwanziger oder dreißiger Jahren, das jedenfalls seitdem nie mehr ausgeklopft worden war. Unter die Überdecke, die ebenso staubig wie ein Fußabtreter war, hatte er an diesem Morgen erst noch ein Laken gelegt – ein altes Damasttischtuch, sah er jetzt, mit eingewobenen Schwalben in den Ecken und weiter unten einem Winkelriß, aus dem sein großer Zeh ragte. Wenn seine Hände darüberstrichen, konnten sie noch die Kerzenwachskleckse lange verflogener Festmahle ertasten; das Dienstmädchen im Hause Schwantje hatte sie mit dem Bügeleisen nicht herausbekommen, obwohl die gnädige Frau es doch so ermahnt hatte, Löschpapier zu benutzen. Die Sprungfedern unter seinem Körper, die alle zusammengenommen ein schaukelndes, stumpfes Nagelbrett bildeten und ihn im Halbschlaf unablässig hochhoben und wieder fallen ließen, schienen auf irgendeine Weise Rhythmus und Tonhöhe des Glockenspiels zu folgen, so daß sein Körper, unsanft von den verbundenen Händen des Spielers in seinem Turm angestoßen, mit den Glocken mittanzte.

War das Bild der widerspenstigen Tasten, gegen die sich der Glockenspieler mit Hansaplast gewappnet hatte, der Grund dafür, daß Albert daran denken mußte, wie er, zwölf Jahre alt, seine eigene verletzte Hand genommen hatte, um sich zu streicheln, eine Hand, bei der an mindestens drei Fingern Pflaster klebten? Es fühlte sich an wie die dünn behandschuhte Hand eines Mädchens am Tag ihrer Erstkommunion, und dann wieder wie der Winterhandschuh mit den abgeschnittenen Fingerspitzen, den die Gehilfin des Milchmanns trug ... Eine luzide Geilheit, hartnäckigste Verbündete des Katers, erledigte im Zusammenwirken mit seinem Abscheu den Rest: Albert fühlte sich genötigt zu schätzen und sich danach bis ins Detail vorzustellen, wieviel Männer in Amsterdam in diesem Moment ihren Samen ergossen beziehungsweise kurz davor waren. Er hatte keine Wahl, daran zu denken oder nicht daran zu denken, es gab kein Entrinnen. Sogar jetzt, mitten am Tag, mußten Tausende von Männern, jeder auf seine Art, mit dem gleichen beschäftigt sein. Verzweifelt pumpend, händeringend, geschmeidig dahinreitend ... zitternd sich auf die Zehen erhebend... rufend, wimmernd, stammelnd. Durch eine Speichelflut hindurchzischend... Oder stumm, den Mund lautlos aufgerissen. Allein. Zu zweit, mit Mann oder Frau oder Tier. In einer Gruppe...

Tausende und Abertausende.

Nicht nur der Gedanke und die Vorstellung waren zwingend, sondern Albert konnte dieses ganze Treiben auch hören, sogar *spüren*. Alle Geräusche der Stadt – sei es das Glokkenspiel, das Surren der Straßenbahnen, Rammarbeiten in der Ferne oder das Hinpfeffern von Fahrrädern im Umkreis des »Dreigrachtenhauses« –, alle diese Geräusche wurden von seiner Vision in den dazugehörigen Rhythmus versetzt. Es wurden Trommelwirbel von Fleisch auf Fleisch, stampfende Schritte auf der Stelle, Herzklopfen, das bis zu Lawinengefahr anschwoll. Ein Dröhnen, hör- und vor allem fühlbar bis in die Sofaspiralen. Das Gesamtgeräusch war wie das Klopfen Tausender Spechte in dem Wald von Bäumen, der Amsterdam, Stadt der Pfahlbehausungen, aufrechthielt. Die Hunderttausende von Pfählen erzitterten im Schlamm, in dem die Häuser nicht versinken durften.

Langsam hatte eine riesige Eishand aus dem, was heute Skandinavien heißt, ihre immer weiter vorgreifenden Finger näher herangeschoben, um hier schließlich eine Handvoll Sand abzulegen – stets von neuem, Eiszeit um Eiszeit, wie ein Kind, das mit seiner kleinen Patschhand hundertmal Wasser aus dem Meer schöpft, um seine Sandkuhle zu füllen. Nachdem sich die Eishand tautropfend endgültig in den hohen Norden zurückgezogen hatte, ließ sie hier ganze Tundren zurück. Darin stampften ein paar Mammute herum, Vorläufer der späteren Rammböcke, die dafür sorgen sollten, daß Amsterdam mit all seinen Stelzen letztlich doch auf einer Tundra stand, auch wenn diese sich mittlerweile zehn, fünfzehn Meter unter den Sumpf zurückgezogen hatte.

’68 lebte Alberts Onkel Hasje in Paris, aus dem er sich im Mai desselben Jahres vertreiben ließ, nachdem ein Polizist mit dem Karabinerkolben auf seinen Rücken eingedroschen hatte. Hasje brachte seinem Neffen eine große Mappe voller

Plakate aus diesen Tagen mit. Sie hatten alle in irgendeiner Weise mit der Phantasie zu tun, der an die Macht verholfen werden sollte. Monatelang hatten sie, in der Sommersonne langsam verblassend, an den schrägen Wänden von Alberts Dachzimmer gehangen. Im Herbst löste sich ein Klebestreifen nach dem anderen, bis nur dieses eine Plakat übrigblieb: *Sous les pavés la plage*. Unter den Pflastersteinen der Strand. Ha! Hier in Amsterdam lag unter dem Pflaster der Sumpf. Es war sehr die Frage, ob der Phantasie damit gedient wäre, wenn man ihn freilegte ...

Auf Thjums Sofa ausgestreckt, dessen Sprungfedern tanzten und schwirrten, wurde Albert gewahr, wie sich dort in der Tiefe, im Unterleib der Stadt, etwas zu regen begann. Tausende in die Erde getriebene Spaten, von ebensovielen schwieligen, auf die Stiele hämmernden Handflächen zum Erzittern gebracht, alarmierten die Würmer. Und diese, für die ein Fischmagen behaglicher sein mochte als der feuchtkalte Schlamm, kamen dem Aufruf nach. Die Augen geschlossen, das Zittern und Zähneklappern Amsterdams im Ohr, sah Albert sie aus Parks und Beeten, aus Schrebergärten und Brachflächen heraufkriechen, die Würmer, wie eine schimmernde Schaumwoge. Sie preßten sich mit aller Kraft durch die Fugen zwischen Pflastersteinen und Gehwegplatten, aus Rissen in Bürgersteigen und Kais ... Viel, viel mehr Würmer, als Fische in den Grachten schwammen.

Der Sumpf kochte über ... kochte über den Rand der Stadt. Im Handumdrehen war das Antlitz Amsterdams von einem grauweißen Schleier bedeckt, so wie das Gesicht eines Kindes nach dem Ausstoßen des zu lange angehaltenen Atems plötzlich von einem Schweißfilm überzogen sein kann, während der kleine Körper in den Armen der Mutter erschlafft.

Das Klopfen der Spechte hörte auf. Amsterdam stand, nachdem es noch kurze Zeit nachvibriert hatte, wieder reglos auf seinen Pfählen im Schlamm. Im Sofa klangen die Spiralen nach von soviel Gewalt. Albert hatte das Nachsehen: Die Vision war verschwunden, hatte jedoch einen ekligen Geschmack hinterlassen – nicht nur im Mund. Oh Gott, dieses ganze Gepumpe und Gespritze! ... von Stadtteil zu Stadtteil! ... soviel unbeherrschte Heftigkeit! ... mußte das nicht etwas bedeuten? Das konnte doch nicht nur einen Wert für sich haben?

Die Klingel erlöste ihn aus diesem würgenden Gedankengang oder, besser gesagt: der Gedanke wurde durch das Klingeln in eine Schlußfolgerung umgesetzt. Es klingelte erneut. Das mußte Zwanet sein, die seinen Zettel mit der Adresse gefunden hatte. Albert blieb noch einen Moment aufrecht auf dem schaukelnden Sofa sitzen, die Tischdecke bis zum Kinn hochgezogen. Er würde ihr gleich öffnen. Sie würde vergnügt die Treppe heraufkommen, sich auf dem Absatz im ersten Stock geschmeidig wie eine Katze um den Kontrabaß des dort wohnenden Nachbarn winden (ohne das Ungetüm zum Brummen zu bringen) und fast ohne zu keuchen sagen: »... hab ich doch richtig gehört, daß es heute früh geklingelt hat. Ich saß im Bett und wartete auf das zweite Klingeln, aber das kam nicht. Da hab ich gedacht ...«

Die alte, verwahrloste Wohnung war noch erfüllt von den Gerüchen und Geräuschen seiner Vision. All die Pfähle, die geknarrt und geächzt hatten wie die Füße und Gitterstäbe eines Betts, auf dem ein Seitensprung begangen wird ... Um seinen Ekel zu vertreiben, brauchte er zwischen seinem besudelten Körper und dem muffigen Sofa Zwanet.

»Ich hab's nicht drin«, würde sie sagen. »Ich hab's nicht dabei.«

»Ein Glück. Wie genial, Zwanet, ist das Genie, das herausfindet, wie es die Fortpflanzung verhindern kann, ohne den Geschlechtstrieb zu hemmen ... und sich trotzdem immer weiter fortpflanzt?«

Albert sah sich schnell und exakt auf sein Ziel zugleiten, als fürchte er, Zwanet würde sich ihm vorzeitig entziehen. Verwundert sah sie zu ihm auf: Sie war dieses pragmatische Paaren von ihm nicht gewöhnt. Hier schien ein unbekannter Körper mit ihr zugange zu sein, der dem ihren keinerlei Spielraum ließ.

Doch wie bei jedem vorherigen Orgasmus stieg, noch bevor er erreicht war, das Nicht-Gewollte bereits aus dem zutiefst Gewollten auf. Es war, als löse der tiefste Seufzer des Verlangens *immer* ein hohles, trübes, leicht angeekeltes Gefühl aus, das den Widerwillen gegen das Ersehnte verkörperte. Sich so gehenzulassen ... Seine größte Selbstverleugnung. Was sich für die Dauer einer Vision als »tiefere« Erkenntnis zeigte, erwies sich als Auslöser, um gegen seine neu gewonnene Erkenntnis zu sündigen, und das besagte einfach: *Es ist sinnlos, menschliches Leben zu zeugen*. Eine aus dem Morgengreuel des Katers geborene Vision hatte ihm einen sinnlosen Samenerguß vor Augen gestellt ... und er hatte dem nichts anderes als einen sinnlosen Akt entgegenzusetzen vermocht. Vielleicht war Zwanet ja in diesem Moment schon schwanger.

Es klingelte erneut, diesmal länger.

»Menschen, die Kinder zeugen, Zwanet, wissen doch, daß diese Kinder genauso sterblich sind wie sie selbst, oder nicht? Nur die Greulichkeit dieser Feststellung verhindert, daß daraus je ein Klischee wird ... Die Nachkommen, das bedeutet so etwas wie unser kollektives Unrecht. Daß sie es trotzdem wagen, hängt mit der stillschweigenden Übereinkunft zusammen, wonach sie, die Eltern, vor ihren Kindern sterben. Dahinter verbirgt sich eine schmuddelige Art von Logik: Wenn unsere Kinder uns überleben, überleben sie auch den Tod ... Jenseits des absoluten Horizonts der Eltern existiert der Tod nicht ... auch wenn sie selbst noch durch ihn hindurchmüssen ... Sie sind sich zuwenig darüber im klaren, daß mit ihrem eigenen Krepieren ein eiskalter Wind ihre Brut erfaßt. Auf einen Schlag wird die Kinderschar sehr viel sterblicher. So werden die Kleinen gerade durch ihre Alten in den Tod mitgerissen, auch wenn es oft noch eine ganze Weile dauert ... ein gestundeter Tod ...«

Drei kurze, nachdrückliche Klingelzeichen. Es wurde Zeit, die Tür zu öffnen.

»Wenn zwei Menschen Nachkommen gezeugt haben, Zwanet, besteht ihre einzige relevante Aufgabe darin, vor ihren Kindern zu sterben. Alles andere ist nicht mehr von Belang. Ja, klar, dem Anschein nach haben sie alle Hände voll zu tun, die hungrigen Mäuler zu stopfen... die Kinder möglichst gut heranwachsen zu lassen... Doch in ihrem ganzen Sein behalten sie den Kalender aufmerksam im Auge: *dafür sorgen, daß das Kroppzeug nicht vor uns hopsgeht.* Nicht der Tod tout court, Zwanet, macht das Leben sauer und die Welt nichtig, nein, früher zu sterben als die eigenen Eltern stellt alles gnadenlos auf den Kopf. Es ist ein anderer Kummer, der die Welt vergiftet... Wider besseres Wissen einander Kinder anzuhängen... das, sag ich dir, ist unsere eigentliche Erbsünde, um es mal christlich auszudrücken. Eine Erbsünde, die noch schwerer wiegt, seit man sie bekämpfen kann... ohne daß man sie bekämpft...«

In Gedanken sah er, wie Zwanet sich von der Haustür entfernte, die Langebrugsteeg hinunterging. Albert sprang nackt vom Sofa, rannte auf den Hausflur, zog am Strick, der die Haustür öffnet. Mit Zwanets leichtem Schritt kam jemand die Treppe herauf – zwei Stufen gleichzeitig nehmend, was sie nie tat. Auf dem Absatz im ersten Stock stieß die Person gegen den mannshohen Koffer mit dem Kontrabaß, der seinen erstickten Klang zu ihm heraufsandte. Männergefluche. Albert erkannte Thjums Stimme.

»Albert, gut, daß du hier bist... Von Arthur Seijffardt, den ich auf dem Hauptbahnhof traf, hab ich gehört, daß du eventuell hier am Grimburgwal schläfst.«

»Ja, ich hab heut nacht meine Schlüssel verloren. Aber ich hatte wenigstens noch deine Reservedinger...«

»Meine liegen in Den Bosch. Riesenkrach gehabt mit Flix... Hals über Kopf abgehauen... Weiß schon jetzt nicht mehr, worum's ging.«

»Dann muß es ja was Schreckliches gewesen sein.«

Als, noch im Gefahrendreieck, Alberts Mutter zum erstenmal mit heftigen Magenschmerzen und Blutarmut das Bett hüten mußte, wurde er von der Familienpflegerin in den ganz aus Holz erbauten Kindergarten in der Rietstraat gebracht.

Genau in den Tagen wurden die leeren Wiesen rund um das Dreieck immer weiter von aufgespültem Land verdrängt, um Bauland zu schaffen. Dort gab es eine Fläche, so groß wie ein Schulhof, die wunderbar glatt aussah, feucht, aber hart. Eines Tages riß Albert sich los, um der Familienpflegerin, der sechzehnjährigen Marina, zu zeigen, was er sich traute und was er konnte. Er rannte auf die glatte Fläche und ... versank bis zu den Leisten in dem weichen Brei. Das Mädchen mit dem traurigen, abwesenden Gesicht, das ohnehin nicht wußte, wie es der Egbertskinder Herr werden sollte, stand eine ganze Weile, die Hand vor dem Mund, da und starrte auf den zur Hälfte verschwundenen Albert. Der spürte, wie der Schlamm an ihm sog ... Schließlich verdarb sich Marina die eigenen Schuhe, um den kleinen Jungen aufs Trockene zu ziehen. Bis zum Bauch war er von dem nassen, klumpigen Sand bedeckt: So konnte er nicht in den Kindergarten.

»Wir sagen deiner Mutter einfach, daß du krank geworden bist.«

»Ja ... ich hab Bauchschmerzen.«

Albert fühlte sich wirklich durch und durch krank ... so ekelhaft fand er den tückischen Schlamm. Er blieb eine Woche lang daheim, manchmal laut schreiend vor Bauchschmerzen. Fortan sollte er sogar dem festen Boden unter seinen Füßen mißtrauen.

Der Gazellenjunge

Donnerstag, 22. September 1977
(Zwanet Vrauwdeunt)

In dieser Nacht beziehungsweise an diesem Morgen träumte Zwanet von einem maskierten Mann, der mit einem Fahrrad kämpfte. Er versuchte, vor Wut knurrend und alle Kraft aufbietend, die in ihm war, den Rahmen und die Räder zu verbiegen, was ihm gelang, aber auch bedeutete, daß er sich mit Armen und Beinen in dem verwundenen Eisen verfing. Bis auf eine schwarzwollene, Kopf und Gesicht bedeckende Mütze mit Sehschlitzen war er nackt. Seine blasse Haut wies ölige Abdrücke von der Fahrradkette auf, die er mit den Zähnen aus dem Kettenschutz gezogen hatte und jetzt, sich selbst schlagend, hin und her schleuderte, wie ein Hund es mit seiner Leine machen würde. Sein geschwollenes Glied klemmte zwischen zwei verbogenen Speichen. Schäumender Speichel troff aus ihm heraus, der immer dichter und weißer wurde und schließlich in einen grünen Schleimbatzen, durchädert von halb geronnenem Blut, auslief. Um sich von dem Fahrrad zu befreien, sprang der Mann schreiend ins Wasser der Kostverlorenvaart. Zwanet trat an den äußersten Rand der Uferbefestigung.

»Lebensgefährlich«, hörte sie sich selbst sagen. »Dort wimmelt es nur so von Fahrradwracks auf dem Grund.«

Einen Moment lang blieb sie stehen und schaute auf einen kleinen Strudel aus Luftbläschen und Spucke.

»Weg da, Juffrouw...!« wurde ihr zugeschrien. Ein paar Polizisten schoben ein viele Meter langes Kanupaddel ins Wasser und rührten und schöpften damit so lange herum, bis sie den nackten Mann erwischt hatten. Er hing schlaff und triefend über dem Blatt. Irgendwie war es ihm gelungen, sich von dem Fahrrad zu befreien, doch in seinem Kopf steckte, tief in Schädel und Gehirn eingedrungen, der Lenker mitsamt der Klingel. An den Gummigriffen hingen jetzt Schnüre mit spitzen Wimpeln in grellen Farben, wie Kinder sie manchmal zwischen dem Lenker und den Flügelmuttern, mit denen das Vorderrad in der Gabel befestigt ist, an ihre Räder binden.

»Ein verchromtes Geweih«, sagte Patrick Gossaert, der plötzlich neben ihr stand. Eher ein Schiffsmast, wollte sie sagen, doch sie wurde von dem Polizisten auf der anderen Seite übertönt, der rief: »Stopp ... der ist ja hinüber!«

Der Tote wurde bäuchlings neben die Gracht gelegt. Er trug keine Mütze mehr. Ein Polizist drehte die Leiche, als wäre sie fast gewichtslos, mit der Schuhspitze um, wobei der Lenker über die Klinkersteine scharrte. Dort lag kein Mann, sondern ein molliges, geschlechtsloses Kind, ein bläulicher Cherub. Trotz des braunen Rostwassers, das in dicken Strahlen aus der Kopfwunde über das kleine Gesicht schoß, erkannte Zwanet das Kind sofort. Sie nahm Patrick an der Hand und rannte, ihn hinter sich herziehend, in Richtung Brücke. An das Geländer gelehnt, sagte sie atemlos, ohne seine Hand loszulassen: »Patrick, du mußt mir helfen. Jetzt weiß ich, wer es ist. Du mußt es für mich aufschreiben. Sonst glaubt mir keiner. Über den Titel brauchst du dir keine Gedanken zu machen. Der lautet *In den Achseln der Stadt*.«

In dem Moment begann, weit entfernt am Ufer der Gracht, das aus dem Wasser gefischte Kind mit langen, hohen Schluchzern zu weinen, eher gänsehauterregend denn herzzerreißend.

Katzengekreisch unter ihrem Fenster hatte sie geweckt. Zwanet blieb noch einen Moment mit angehaltenem Atem auf dem Rücken liegen und horchte, ob sie die Stimmen von Aïda und Pipo erkenne, bis sie merkte, daß es sie eigentlich nicht die Bohne interessierte, ob die beiden mit aufgekratztem Gesicht nach Hause kamen. Aïda war einmal von einem amourösen Streifzug mit einem Auge zurückgekehrt, das an einer Sehne oder Faser aus der Höhle hing. Seit man ihr den Augapfel abgeschnitten hatte und die Wunde verheilt war, sorgte die Katze beim Köpfchengeben dafür, daß ein Zeh oder Fingerknöchel von Zwanet in der haarigen Höhle landete, als mache sich der Verlust dort noch immer juckend bemerkbar.

»Recht so, vergewaltigt euch ruhig gegenseitig«, sagte Zwanet leise. »Fetzt euch nur den Bauch auf. Ich möchte nachher mindestens zwölf Meter Gedärm in den Rosensträuchern hängen sehen.«

Das Pfeifen und Zwitschern der Vögel war zu dieser Stunde des Morgens (oder Vormittags) weniger durchdringend als am Ende der Nacht im Vondelpark. Immer noch laut genug: Sie würde nie wieder etwas anderes darin hören als das schrille Anfeuern eines anonymen Vergewaltigers. Bitter wiederholte Zwanet Julias Verse, mit denen sie in ihrer mündlichen Englischprüfung Eindruck gemacht hatte.

Wilt thou be gone? It is not yet near day.
It was the nightingale and not the lark
That pierc'd the fearful hollow of thine ear.
Nightly she sings on yond pomegranate tree.
Believe me, love, it was the nightingale.

»Jetzt weiß ich, wer es ist«, hatte sie in ihrem Traum zu Patrick gesagt. Der Name lag ihr auch nach dem Erwachen auf der Zunge, aber sie kam nicht weiter als: der Gazellenjunge. Albert hatte ihr ein vergilbtes Foto aus einer alten *Revu* gezeigt: ein nackter Junge, dünn und sehnig wie ein Windhund, inmitten eines Rudels Gazellen, von denen er aufgezogen worden war und mit denen er unermüdlich, Kilometer um Kilometer, mitrannte. Der Gazellenjunge: Unter diesem Namen lebte auch ein verstorbener Jugendfreund von Albert weiter. Er war an einem Sommertag von der Kanalbrücke gesprungen und nicht mehr aufgetaucht, zumindest nicht aus eigener Kraft. Als man ihn herausfischte, ragte – Albert zufolge »wie ein Geweih« – ein Fahrradlenker aus seinem Kopf, Marke Gazelle. Sie war dabeigewesen, als Albert Patrick die Geschichte erzählte, und später hatte sie die Novelle gelesen, die Patrick daraus gemacht hatte: eine Art poetischer Masturbationsphantasie, die in der Gegend spielte, in der Albert seine früheste Kindheit verbracht hatte und die er das »Gefahrendreieck« nannte. Zum Schluß sah der junge Selbstbeflecker, wie ein Tropfen seines Samens »gleich einer weichen

Perle« zwischen zwei Bretter des Dachbodens fiel, um eine friedliche Welt von Spinnen, Asseln und Mäusen aufzuscheuchen. Erschrocken stob ein Wurf junger Ratten auseinander, wobei sich ihre Schwänze verknoteten. Genau an dieser Stelle landete der Spermatropfen, um diesen »Rattenkönig« zu krönen.

»Lachhaft«, lautete Flixens Kommentar, der die Erzählung ebenfalls gelesen hatte. »Allein die Idee, man könnte beim Abrebeln so gut zielen ...«

Zwanet hatte ihn wegen seines beschränkten, prosaischen Realitätssinns gehaßt, doch mittlerweile würde sie gern dasselbe sagen. Zum Teufel mit diesen Kerlen und ihrem hochstilisierten Glibberkram. Die sollen rausfinden, wer sein Zeugs ins Gras bei der Vondelparküberführung gespritzt hat, und ansonsten das Maul halten von Perlen und Rattenkönigen.

Zwanet setzte sich auf, warf die Bettdecke von sich und sprang aus dem Bett. Wieder fühlte sie in ihren Knochen und Muskeln, wie sie an diesem Tag, frühmorgens, aus dem Gebüsch aufgestanden war: als eine andere, die nie mehr die alte werden würde. Ihr wurde bewußt, daß künftig bei jedem Aufstehen und Sich-Strecken dieses unwiderruflich neue, bittere Leben dasein würde.

But soft, what light through yonder window breaks?
It is the east and Zwanet is the sun!
Arise fair sun and kill the envious moon
Who is already sick and pale with grief
That thou her maid art far more fair than she.

Scheiß drauf, Albert. Von wegen.

Essiggeruch

Donnerstag, 22. September 1977
(Albert Egberts)

Das Trommeln auf den Pfählen war verklungen, doch die Stadt kreiste und klingelte rings um ihn wie ein Karussell mit vor den Ampeln sich aufbäumendem Verkehr und Fetzen von Drehorgelmusik. Jetzt waren es nicht alle Männer kurz vor dem Erguß, die seine Gedanken in Beschlag nahmen, sondern alle Menschen, die in Amsterdam in ebendiesem Augenblick im Sterben lagen, jeder auf seine Weise. Auch dieses Sterben ... gerade einsetzend oder bereits beendet ... war aufgenommen in die Organisation der Stadt. Albert erinnerte sich an sein Gespräch mit Robby, Gott erschlage seine Seele, über die wahre Todesangst, nämlich die Angst, nicht sterben zu *können*, wenn der Moment kam. Gut, Robby, du hast es geschafft ... und warst nicht irgendwer ... doch meine Angst ließ sich nicht einfach wie eine Feder wegblasen. Aber hier, Robby, im Hexenkessel Amsterdam ... mach mal die Augen zu ... inmitten von all dem Tumult, fallen sie zu Dutzenden gleichzeitig durch die Falltür des Todes. Sie tun es. Jeder auf andere Weise, aber sie schaffen es. Dieses gemeinsame Sterben, ich spüre seinen Sog, wie die Tiefe eines Schwimmbekkens. Es ruft mich. Es ermuntert mich. Auch Sie können es, mein Herr. Ohne vorherigen Lehrgang.

Von der Straße aus konnte man nicht erkennen, ob das Schiebefenster in Freeks kleinem Zimmer die vereinbarten zwei Zentimeter geöffnet war. Albert befühlte vorsichtig den Gummiring, an dem der Glockenstrick neben der blauen Tür festgeknotet war. Der Strick gab nach, was bedeutete, daß er oben nicht länger durch das zugeschobene Fenster festgeklemmt wurde. Daß wieder ungehindert geläutet werden konnte, hieß aber nicht zwangsläufig, daß sein Bruder aufgestanden war. Meist kam er erst am späten Nachmittag aus dem Bett und frühstückte dann beim Chinesen eine Portion »Nasi einfach«. Auch weil er selbst noch viele Stunden Schlaf brauchte, beschloß Albert, seinen Bruder nicht wachzuläuten. Er holte seine Reserveschlüssel bei Nachbar Midas, der gerade zwei junge Südmolukker mit Wuschelfrisuren von einem halben Meter Durchmesser verabschiedete.

»Hast du die für deine Abschlußarbeit interviewt?«

»Ja, vor ewigen Zeiten. Seitdem kommen sie zweimal die Woche, um sich Geld zu leihen.«

An der frischen Luft hatte er sich bis auf gelegentliche Schwindelanfälle ziemlich fit gefühlt, doch beim Anblick seines Bettes merkte er, wie müde und gerädert er noch war. Whisky und Kokain ... Es schien, als hätten sich diese beiden völlig unterschiedlichen Gifte, die sich die ganze Nacht lang gegenseitig so fabelhaft im Gleichgewicht gehalten hatten, jetzt gegen seine Gesundheit verschworen. Als er sich über das Bett beugte, um die Decke zurückzuschlagen und das Kissen aufzuschütteln, fühlte er, wie der gemeine Cocktail ihm wieder in den Kopf stieg, allerdings ohne die glückselige Wirkung, die er während dieser Nacht kennengelernt hatte. Er begann zu zittern vor großer, unerklärlicher Angst.

Als Albert einige Stunden später erwachte, konnte er sich nicht mehr daran erinnern, wie er ins Bett gekommen war, nur, daß er lange gezögert hatte, so große Angst hatte er gehabt, sich unter die Decke zu legen. Er hatte keinerlei Wohlgefühl verspürt, nichts von dem Trost, mit dem das Bett ihn sonst empfing.

Im Halbschlaf vor dem Erwachen meldete sich erneut die blendende Erinnerung an eine Nacht voller Schnee. Eine Sonnenbrille, ja natürlich, er hätte eine Sonnenbrille einstekken müssen, dann wäre er jetzt nicht schneeblind gewesen ... wie eine Figur in den Alaska-Erzählungen von Jack London ... *The white silence*, so hieß jene besondere Stille, die nur eine tief verschneite Landschaft erzeugen kann. Dort war es so still, daß der Mann auf den Schneeschuhen sein eigenes Blut in den Ohren rauschen hörte. An diesem Morgen hatte Albert beim Überqueren des Rembrandtsplein die erschöpfende weiße Stille in der Stadt wahrgenommen ... sie säuselte noch immer in seinem Kopf, wie eine Brise, die nicht nur lautlos, sondern auch nicht fühlbar ist ... die einfach da ist, nicht zu fassen, unbenennbar ... Abgesehen von dieser weißen Stille, die ihm in den Ohren schmerzte, hatte die Erinnerung an ein Amsterdam, verpackt in Schnee, auch etwas Wohltuendes ... eine reine Welt ohne Schatten, zumindest solange die Schneeblindheit nicht zuschlug ...

»Sieh dir diesen Idiot an ...!«

»So ein Arsch ...!«

Schon bohrten sich die ersten schmutzigen Tropfen aus einer Dachrinne in den frischen Teppich. Mitten durch seinen makellos weißen Halbschlaf stampften plumpe Schuhe, deren Abdrücke sich sofort mit rostbraunem Wasser füllten.

»He, du Blödmann, dir ist doch wohl hoffentlich klar, worauf du dich da einläßt, oder?«

»Ach, laß ihn doch, den Schwachkopf ... Solche Typen haben nichts Besseres verdient.«

»Dämlack ...!«

Schlamm spülte über den Schnee. Er versuchte den Spritzern auszuweichen, indem er sich anders hinlegte. Es gelang ihm nicht. Sie kamen von überall, hart und schnurgerade aus den Bäumen fallend, aber auch von den Reifen eines weißen Autos hochspritzend, das selbst unbefleckt blieb.

»Was du da tust, Mann ...!«

»Schon mal so 'nen Kotzbrocken gesehen? Bei so einem ist wirklich alles zu spät ...«

»Obertrottel ...!«

Eiszapfen waren es, die immer wieder einen harten, kalten Tropfen auf seinen Schädel sandten. Die Ewige Traufe, in immer wieder anderen Beschimpfungen. »So ein Blödmann.« »Hornochse.« »Eine Sehenswürdigkeit, so ein Volltrottel ... Mit dem müssen wir schonend umgehen.« »Widerling.« »Von mir aus kann er auf der Stelle tot umfallen. Dem gönn ich's von Herzen ... aber dem anderen nicht ...« »Is ja okay, aber warum müssen sie dieses *snuff movie* hier vor unseren Augen veranstalten?« »Verpiß dich, du Arsch!«

Um dem Gericht zu entrinnen, vergrub Albert den Kopf unter dem Kissen. Er stieß gegen etwas Hartes – und war sofort hellwach, sah man einmal von den vor seinen Augen tanzenden schwarzen Flecken ab, die von einem pulsierenden Kopfschmerz herrührten. Seine bebend tastende Hand... Wie kam die geladene Smith & Wesson dort hin? Albert hatte die Pistole bestimmt nicht unter sein Kopfkissen gelegt, um sich daran zu erinnern, daß er das Ding von Baartscheer auf Pump übernommen hatte und es dringend mal abbezahlen mußte... Von wem oder was hatte er sich vor ungefähr zwei Stunden bedroht gefühlt? Wogegen hatte er sich wappnen wollen?

Auch die Tatsache, daß er voll bekleidet (sogar mit Jackett) im Bett lag, konnte darauf hindeuten, daß er beim Schlafengehen damit gerechnet hatte, flüchten zu müssen. Ein schmaler Lichtstreif zwischen den Vorhängen... Albert hatte die Armbanduhr noch um. Halb vier. Gegen eins war er von Thjum weggegangen. Länger als zweieinhalb Stunden konnte er nicht geschlafen haben. Er lauschte angespannt, ob in Freeks Bude etwas zu hören war... Nichts. Nicht einmal das zischende Entweichen von Gas. Seit Freek dort Gemeindegas einatmete, hatte er das Schnarchen verlernt... so hatte die hohe Gasrechnung doch auch ihr Gutes... Im übrigen roch Albert kein Gas, sondern etwas anderes... einen schwachen Essiggeruch, der unter seiner Decke hervorkam...

Nun, da sie ihre Beschimpfungen bereits während seines Halbschlafs verbraucht hatten, sah Albert die Gesichter dieser fahlen Morgenmenschen an der Theke wieder vor sich, eines wie das andere böse und verbissen. Ohne daß er sie hören konnte, tobten und geiferten ihre Münder weiter. Wieder empfand er seine eigene Gekränktheit und Verletztheit, versuchte auch jetzt wieder zu rekonstruieren, wie das Mißverständnis zustande gekommen war, fand aber keinen Anhaltspunkt. Ihr Geschimpfe und Gefluche ging unvermindert in ihm weiter, ohne daß er ihm etwas entgegenzusetzen vermochte. Warum hatten sie ihm nicht erklären wollen, was er falsch gemacht hatte beziehungsweise welche Fehler er gerade beging? Albert hatte nun, da er daran zurückdachte, nicht nur gesehen, wie die Visagen der Leute immer bösartiger wurden, sondern auch, daß sie etwas Gequältes annahmen. Es schien, als hielten sie sich, aus Angst oder aus einem anderen Grund, an eine stillschweigende Übereinkunft: Jemanden wütend bei etwas zu erwischen war erlaubt, nicht aber, ihm zu erklären, was er falsch gemacht hatte...

In der Straßenbahn heute früh hatte er Ammoniak an sich gerochen. Konnte es sein, daß sein Schlafschweiß diesen Essiggeruch ins Bett gebracht hatte? War dies das Ergebnis seines nächtlichen Experiments? Der Geruch begleitete ihn zur Toilette. Trotz seiner vollen Blase brachte er es eine Zeitlang nicht über sich, Druck auf sie auszuüben, so sehr fürchtete er, puren Essig zu urinieren. Seine Pisse stank genauso ekelhaft, wie er sich fühlte, aber nicht nach Essig. Dieser Geruch stammte, wie er schnüffelnd feststellte, aus seiner linken Achsel; die rechte roch einfach nach abgestandenem Schweiß. Aus seiner linken Innentasche kam ein länglicher, höchst akkurat gefalteter kleiner Umschlag zum Vorschein, etwa eineinhalb mal vier Zentimeter groß. Albert hielt ihn an die Nase: Essig, ohne jeden Zweifel. Er konnte sich nicht entsinnen, wie das Tütchen in seine Tasche geraten war. Hatte Krijn es ihm in einer Anwandlung von Freigebigkeit (oder einem Versuch der Kundenbindung) zugesteckt, ungefähr so wie großkotzige Typen einem Ober einen gefalteten Geldschein in die Brusttasche schieben, um diese Geste gleich darauf zu kaschieren, indem sie dem Mann etwas Staub von der Schulter wedeln? Albert faltete den Umschlag vorsichtig auf. Nein, dies war nicht das Pulver, das Krijn ihn die ganze Nacht über hatte sniefen lassen. Auf dem beschichteten Papier lagen kieselartige Bröckchen, die ihn an die rosa Brösel von Zuckerstreuseln hätten erinnern können, wäre das Rosa nicht so schmuddelig gewesen. Puppenhauskies. Der Geruch nach Essig war jetzt stark genug, ihm die tiefe Stimme der römischen Mara in Erinnerung zu rufen und die unnachahmliche Weise, wie sie das Wort »Rollmops« aussprach, ihrer Ansicht nach die einzige Köstlichkeit der niederländischen Küche.

»Ro-oll'mópp'sè ... *era buono, era fresco* ... Vom Rest eurer *cucina casalinga* mußte ich *vomitare. Disgustosa*!«

Das hatte ihm gerade noch gefehlt, an einem Morgen wie diesem: die zwanghafte Erinnerung an ein beschämendes Techtelmechtel. Seine einzige wahre Liebe, Zwanet, schickte ihn mit ihren Aufträgen im Namen von Omnilabor durch halb Europa, von Bijlmermeer bis nach Rom, und das Resultat war, daß er seine Liebe jedesmal weiter in Bedrängnis brachte. Mara ... oder Maìra, wie sie sich nach irgendeiner südamerikanischen Romanfigur gern selbst nannte ... Mara hatte es mit Essig, nicht nur was die *ro-oll'mópp'sè* betraf. Sie besaß einen dichten Lockenwust, der ihr Ähnlichkeit mit Maria Schneider in *Last Tango in Paris* verlieh. Ein Nachteil dieser Haarpracht war, daß sie an Schuppen litt, weshalb der sorgfältig frisierte Pilzhut bei jeder Kopfbewegung seine Sporen über Schultern und Busen ausstreute, wobei erschwerend hinzukam, daß sie dunkelblaue Kostüme liebte. In ihrem Kampf gegen die *forfora* schwor Mara auf Essig. Bevor sie sich die Haare wusch, kippte sie sich eine ganze Flasche *aceto di tavola* über die Frisur ... dieser Lockenschwamm nahm mit Leichtigkeit einen ganzen Liter auf ... Bestimmt eine Viertelstunde lang massierte sie den Essig in ihre Kopfhaut ein, die davon greulich auslaugte und Schorf bildete, woran auch die vom heftigen Kämmen und Bürsten verursachten kleinen Wunden schuld waren. Für jemanden, der nicht zögerte, sich so viel beißendes Zeugs über den Kopf zu gießen, war sie auffallend wählerisch bei ihrem Shampoo. Aus Angst vor brennenden Augen, deren Röte sich auch durch dick aufgetragenes Make-up nicht vertuschen ließ, benutzte sie nur Babyshampoo, das mildeste, das es gab – das, auf dessen Flasche der Zusatz SENZA LACRIME, »Ohne Tränen«, stand. Nun, Tränen gab es trotzdem, allerdings bei demjenigen, der beim Vollzug des Beischlafs nicht darum herumkam, seine Nase in diese Lockenpracht zu stecken. Das Shampoo *senza lacrime*, sogar für die Allerkleinsten nicht zu stark, erwies sich als zu schwach, um den Geruch des Essigs auch nur auf die Hälfte zu mäßigen.

»*Parli, tu?*« fragte sie bei jenem ersten Mal, nachdem sie sich im Sterbehaus von Keats unterhalb der Spanischen Treppe begegnet waren.

»Ob ich rede? Was meinst du damit?«

»Ob du was sagst ... *facendo l'amore*, meine ich.« Sie sagte das mit einem ebenso geheimnisvollen wie verlegenen Lächeln. Erst später am selben Tag, als sie in ihrem großen Messingbett ihren Stakkatomonolog losließ, verstand Albert, was sie gemeint hatte, wenngleich er ein derartiges Ungestüm noch nie erlebt hatte. Es ging nicht um die abgedroschenen Worte selbst, sondern um die beschwörende Heftigkeit, mit der sie ausgestoßen wurden.

»Amore! ... amore! ... amore! ... Ti amo! ... ti amo! ... ti amo! ... Strozzami! ... strozzami! ... strozzami! ...«

Mara-Maìra war leicht wie eine Feder. Ihr Hintern, nicht größer als der einer Zwölfjährigen, paßte genau in die Mulde seiner rechten Hand. So schob er sie mehr oder weniger unter sich hin und her und kam sich vor wie ein Kinderschänder. Gründlich verdorben wurde alles durch den scharfen Essiggeruch, der sich nur noch verstärkte, je mehr sich ihr Kopf erhitzte. Anstatt durch ihre Worte selbst leicht wie eine Feder zu werden und sich wie sie gehenzulassen, stieß Albert sich die Nase am Boden einer Salatschüssel mit einseitigem Dressing. Bei jedem Besuch tränten ihm die Augen wieder von dem beißenden Geruch, denn sie wusch sich jeden zweiten Tag die Haare, so daß der Essig keine Chance hatte, sich in der Zwischenzeit zu verflüchtigen. Einmal war es so schlimm, daß Albert die Lust befiel, ihren Liebesschrei *strozzami*! wörtlich zu nehmen und sie zu würgen, doch so weit kam es natürlich nicht. Immerhin beschloß er, nicht mehr zu seinem kleinen römischen Ro-oll'mópp'sè zu gehen. Er hatte die Nase voll.

Jetzt zeigte sie sich wieder einen Moment lang nach dem Öffnen des Tütchens, das ihm vielleicht von Ali in die Innentasche gesteckt worden war, doch auch daran erinnerte sich Albert nicht. Der Spülkasten hatte sich nach dem Pinkeln wieder mit Wasser gefüllt. Als er den graurosa Puppenhauskies hinunterspülte, glaubte er, sich lediglich einer letzten sauren Erinnerung an Mara zu entledigen. So konnten seine Gedanken wieder zu Zwanet zurückkehren. Es war ihr freier Tag bei Omnilabor. Sie tanzte dann bis zum frühen Morgen und schlief danach oft lange aus. Doch nun war es schon Viertel vor vier... sie konnte jeden Augenblick vor der Tür stehen. Rasieren... er mußte sich rasieren, bevor sie kam. Albert hatte das Empfinden, als verrieten schon allein seine Bartstoppeln die Exzesse der vergangenen Nacht. Bartstoppeln hatten die Schenkel von Krijns kleiner Nutte berührt... sie hatte erst protestiert, als er auch noch einen Fingernagel hinzufügte... Er hatte sich abends rasieren wollen, bevor er seinen zehntausendsten Lebenstag feierte, doch vor lauter Aufregung war es nicht dazu gekommen. Schließlich hatten Krijns Linien das Gefühl des Unrasiertseins vertrieben, sogar soweit, daß er gespürt hatte, wie seine Wangen kalt und glatt wurden wie bei jemandem, der nach der Naßrasur mit Aftershave im Gesicht in die Winterkälte hinausgeht.

Das Unglück konnte nicht größer sein: Seine Klingen waren alle. Jetzt mußte er sich nach dem Duschen auf den langen und gefährlichen Weg zur Drogerie auf der anderen Seite der van Woustraat machen. Solange das warme Wasser herabströmte, fühlte er sich fit und klar, doch nach dem Abtrocknen merkte er, wie tief und unbeirrbar ihm die Müdigkeit noch in den Knochen steckte. Wenn er davor zurückscheute, das Haus zu verlassen, so hatte das weniger mit Zwanets erwartetem Kommen zu tun... von ihrem Geläute würde Freek sicher aufwachen, und er würde ihr die Tür öffnen... nein, er glaubte, der charmante Türke, der sich in seiner Einsamkeit langweilte, würde ihm da draußen irgendwo auflauern...

Soweit wie möglich im Schatten bleibend, schleppte sich Albert die van Ostadestraat entlang zur Drogerie. Ali sah er nirgends, doch das konnte daran liegen, daß er starr zu Boden blickte. Als er beim Überqueren der van Woustraat gezwungen war, ins volle Sonnenlicht zu treten, kehrten seine Kopfschmerzen zurück. Er war ein gebrochener Mensch... buchstäblich in Stücke zerbrochen... der alle Handlungen sorgfältig planen und dann in der richtigen Reihenfolge ausführen mußte, am besten so langsam wie möglich. Hiermit, mit dieser quälend langsamen Kriecherei, hatte seine »schnelle« Nacht also geendet.

Im Geschäft, und das war ein kleiner Lichtblick, verlor Albert fast die Geduld wegen eines alten Mannes, der, so kahl er auch war, dem Drogisten wegen einer bestimmten Pomade in den Ohren lag. Wie sich herausstellte, war sie nicht mehr erhältlich.

»Wahrscheinlich von vor dem Krieg«, sagte der Drogist und wandte sich dann an Albert: »Kann ich Ihnen helfen?«

In dem Moment verstärkten sich seine Kopfschmerzen, und er vermochte kein Wort herauszubringen. Am schlimmsten war, daß im Rhythmus zu seinem Kopfdröhnen der Schattenchor aus der Paardenstraat wieder zu schimpfen begann.

»Sie wünschen, Mijnheer?«

Jetzt sieh dir doch bloß mal dieses bescheuerte Arschloch an...! Nicht wert, totgetreten zu werden...! He, du Arschgeige, soll ich dir Beine machen?

»Ein Päckchen Gillette«, antwortete Albert der schimpfenden Meute, »daran ist doch nichts verkehrt...«

»Nein, daran ist bestimmt nichts verkehrt, Mijnheer. Ein Fünfer- oder ein Zehnerpäckchen?«

»Ein Zehner...« In seinem Portemonnaie waren nur noch die vier Gulden, die er am frühen Morgen in der van Eeghenstraat vom Taxifahrer zurückbekommen hatte. »Nein, fünf sind auch genug.«

Es war noch immer Alis Geld, mit dem er bezahlte.

Nach wie vor keine Spur von Zwanet, als er wieder zu Hause war. Im Nebenzimmer herrschte tiefe Ruhe. Albert versuchte sich zu rasieren, sich die Müdigkeit vom Gesicht zu kratzen, alle Spuren der Nacht wegzuschneiden, doch abgesehen davon, daß seine Hände zu stark zitterten, vermochte er auch die nötige Konzentration nicht aufzubringen. Sein Gesicht vor den Spiegel zu bringen erwies sich bereits als gewaltiges Unterfangen. Er konnte den naß gemachten Pinsel in der Rasierseifendose nicht in die richtige Drehbewegung versetzen. Die Bürstenhaare nahmen zuwenig Seife auf, so daß ihm beim Einseifen wäßriger Schaum über Hals und Brust lief. Als er den Rasierer mit der neuen Klinge an seine Oberlippe legte und merkte, wie sehr er zitterte, überfiel ihn die Angst mit voller Heftigkeit. Was hatte er da eigentlich die Toilette hinuntergespült? Den Geruch einer Frau, die er vergessen wollte? Oder noch etwas anderes... etwas, das möglicherweise gar nicht wegzuspülen *war*?

Albert ließ die Rasiersachen ruhen, wischte sich die dünne Seifenschicht vom Gesicht und zog sich das Oberhemd wieder an. Er fing an, durch sein Zimmer zu tigern, immer dieselbe Runde um den kleinen Schreibtisch herum. Langsam verwandelte sich die Wohnung von Albert Egberts, van Ostadestraat 209, 2. Stock, Amsterdam, in eine runde, filzartige Pappscheibe, die in der Innentasche von Alis kognakfarbenem Jackett steckte – eine Trumpfkarte, die der Mann lediglich lässig, zwischen Zeige- und Mittelfinger, hervorzuholen brauchte, wenn er sie ausspielen wollte. Oder hatte er, nachdem er sich als Albert vorgestellt hatte, auf den Bierdeckel doch den Tarnnamen Maurice Katan geschrieben... zum Beispiel unter dem Eindruck der Schimpfkanonade von der Theke? Wie dem auch sei, seine Adresse hatte er ihm jedenfalls leichtfertig überlassen...

Untertauchen – dieses Wort fiel ihm als erstes ein anstatt beispielsweise: Ich laß die Verabredung mit diesem Türken sausen, oder: Ich sorge dafür, daß ich heute abend um halb zehn nicht zu Hause bin. Nein, untertauchen. Für eine Weile verschwinden. Unsichtbar sein.

In der Telefonzelle an der Ecke des Sarphatiparks wählte er Zwanets Nummer. Ihre Mutter war dran.

»Oh, Egberts«, fauchte sie. »Zwanets sauberes Freundchen...«

»Wenn Sie es so nennen wollen...« Ihr russischer Akzent klang ihm diesmal ekelhaft in den Ohren.

»Na, dann kann ich Ihnen mitteilen ... daß Ihre Unterhose gerade in meiner Waschmaschine mitläuft. Bei achtzig Grad. Ich habe dieses eingenähte Dingsbums ... diesen Schnippel, den hab ich mir sehr, sehr sorgfältig angesehen. Alle Waschvorschriften sind befolgt. Sie bekommen die Hose picobello von Zwanet zurück. Nein, sie ist im Moment nicht zu Hause. Ich weiß nicht, was zwischen Ihnen und ihr vorgefallen ist, jedenfalls ist sie völlig verstört. Schnauzt ihre Mutter an ... alles krieg ich ab. Besten Dank.«

Unterhose ... wovon sprach die Frau in Gottes Namen? Er besaß fünf, nicht mehr, und er vermißte keine einzige, wie er vorhin noch beim Packen seiner Wochenendtasche hatte feststellen können. Fragen konnte er den russischen Dragoner nicht mehr: Mevrouw hatte nach ihrem zynischen Dank aufgelegt.

Nach dem Grimburgwal als Untertauchadresse stand Albert nicht der Sinn. Wahrscheinlich war Flix bereits auf dem Weg nach Amsterdam, um den Den Boscher Streit mit Thjum »auszudiskutieren« oder, noch destruktiver, »beizulegen«, und er hatte keine Lust, Zeuge dabei zu sein. Sux Cox? Ausgeschlossen. Sogar ein Untergetauchter verdiente bessere sanitäre Einrichtungen als eine Chemietoilette, ganz abgesehen von den anderen, eher charakterlich bedingten Unannehmlichkeiten. Sheila ... keine Schwester, sondern Ärztin. Das war doch gar nicht so schlecht. Hatte sie ihm beim letztenmal nicht geschworen, sie sei jederzeit, »du brauchst nur piep zu sagen«, für ihn da? Mit Alis letztem Viertelgulden rief Albert sie in ihrer Wohnung in der Derde Helmersstraat an. Er hatte schon fast vergessen, wie sie klang, ihre hohe, affektierte Stimme, die permanent überanstrengt wirkte.

»Ich habe Zeit, ja ... Die Kinder sind oben. Wolltest du dich mit mir verabreden?«

Acht Uhr, im *Américain* am Lesetisch, dort würde er ihr alles erklären. Jetzt war erst später Nachmittag, doch er wußte, daß er es auf Alis runder Scheibe nicht länger aushielt. Er ging nach Hause, um seine Tasche zu holen, und besaß noch die Geistesgegenwart, in zittriger Schrift einen Zettel für seinen

Bruder zu schreiben. *Hallo Freek, ich bin für ein paar Tage weg. Wenn Zwanet nach mir fragt, dann sag ihr, daß ich mich bald bei ihr melde. Wahrscheinlich bist du heute abend um halb zehn schon aus dem Haus, aber falls nicht, und ein Deutsch sprechender Türke (Ali) kommt vorbei, dann sag ihm, daß ich unerwartet die Stadt verlassen mußte. Weiter weißt du nichts. Okay? Bis in einer knappen Woche. Herzlich, A.*

An diesem Abend war es eine zweifelhafte Ehre, mich als Mittelpunkt des *Américain* zu fühlen. Mein Kopf war der Klöppel der größten Bronzeglocke der Welt. Wenn er kurz ruhte, konnte ich die riesige Glocke des Lokals um mich hallen hören ... bis ein fast angenehmes Schwirren daraus wurde und das Gebimmel in meinem Kopf von vorn beginnen konnte. Wenn das Dröhnen der Bronze etwas länger ausblieb, konnte ich die Dohlen und Tauben hoch oben im Glokkenturm rascheln hören ... Der Wind rauschte um mich herum, kühlte den glühend geschlagenen Klöppel ein wenig ab ... oder war es der Zugwind von den Zwischentüren, durch die Sheila, unter dem Staatsporträt der Königin, das Lokal betrat? Nein, das *Américain* hatte eine Drehtür in der Eingangshalle, ein Rad, das allenfalls ein paar Portionen abgekühlter Außenluft hereinschaufelte ...

Unterdessen wies der Mann mir gegenüber am Lesetisch immer größere Ähnlichkeit mit Ali auf. Er hatte seinen hellen Sommeranzug vom Morgen gegen einen etwas dunkleren vertauscht, sich den dünnen Schnauzer abrasiert und das Kopfhaar ein wenig länger wachsen lassen, vor allem im Nakken ... doch sonst war es Ali, wie er leibte und lebte, mit seinem leicht melancholischen Blick, dem blausamtenen Bartschatten, der einladend abwartenden Haltung ... Sobald der Klöppel wieder für einen Moment zur Ruhe gekommen war, würde ich aufstehen und mich über die grünen Glaslampen hinüberbeugen.

»*Verzeihung, bitte* ... Sie sind doch Ali? Wir haben uns heute früh in der Paardenstraat kennengelernt ...«

Es hatte keinen Sinn. Ali hieß er, ja, natürlich hieß er Ali. Und selbst wenn er Ömer hieß oder Mehmet Dogonyigit oder notfalls auch Murat Ozgelik … er hieß *Ali*, ohne jeden Zweifel.

Den Nachhall des letzten Dröhnens der großen Bronze nutzte der Pianist, um am Flügel Platz zu nehmen. Durch ein Wedeln beider Hände warf er die imaginären Frackschöße zurück und ließ sich auf dem Hocker nieder, der zu weit weg stand. Er beugte sich tief über die Tasten. *The Song Is Ended (But The Melody Lingers On)* von Berlin. Er spielte Klavier mit der Nase.

Die Putzfee

Freitag, 23. September 1977
(Albert Egberts)

Da hast du also mal auf einem öden Philosophenball eine hennafarbene Frau kennengelernt, Anfang Dreißig, frischgebakkene Ärztin, nicht hübsch, manchmal lieb, häufiger bissig, aber verdammt noch mal: eine, die tatsächlich bereit ist, von Zeit zu Zeit deinen eitlen Ausführungen zu lauschen. Schon nach der ersten Nacht, die gegen drei Uhr begann, ist sie morgens um halb acht plötzlich verschwunden. Gegen neun kriecht sie wieder zu dir ins Bett, kalt, mit nassen Haaren. Sie war »schnell mal zur Therapie«, »eine Stunde Analyse« bei einem klinischen Psychologen, der es vor und nach seiner offiziellen Arbeitszeit unentgeltlich macht. Als Ärztin weiß sie genau, wo dein Gewissen sich versteckt: hinter der untersten Rippe rechts, und dann mit kalten Fingern die unter der Haut liegende Treppe hinauf zur Leber, um mal zu schauen, wie es der geht. Quillt noch nicht aus ihrem Käfig, wird also wohl am »Schrumpfen« sein.

Ihre vierjährige Tochter kann sich deinen Namen nicht merken und nennt dich »Abab«, dann wieder »Bobeib«, und glaubt, daß die Kochzeit für Eier die gleiche ist wie die Zeit, die ihr Vater braucht, um aus Neuguinea zurückzukehren, wo er sich nach der Scheidung als Kulturanthropologe für nichtwestliche Soziologie niedergelassen hat.

»Ein Ei? Mach sicherheitshalber einen Kieselstein daraus.«

»Stein ist schon hart.«

Die Kleine hat recht. Bei einem Ei hat der Mann wenigstens noch ein bißchen Zeit.

»Hätte er nicht Wilm geheißen«, sagt die Mutter, die Sheila heißt, »dann wäre es nie soweit gekommen.«

Sie meint damit, daß er sich ausdrücklich nicht Willem nannte, auch nicht Wim, sondern irgend etwas dazwischen, und daß achtzehnjährige Mädchen damals »auf Namen flogen«, zumal wenn der Mann sechs bis acht Jahre älter war. Sich einzureden, daß sie lesbisch sei, und mit den Freundinnen ihres Gatten ins Bett zu gehen, war immer noch möglich, später, wenn sie in einem Landarbeiterhäuschen in Twisk oder Ruigoord wohnten. Und so geschah es auch. Sheila, Sjiel, will nicht glauben, daß nicht alle Männer, »wie die Frauen«, zusätzlich homosexuelle Anfechtungen kennen.

»Männer sind doch auch Menschen ...!«

Sie ist jederzeit bereit, dich ihrer Freundin gegenüber zu verleugnen, die zwei Stockwerke über ihr wohnt und mit der sie bisher nicht im Bett war; aber was nicht ist, kann ja noch werden: »Ein Mann? Ach, das ist doch nur ein kleiner. Der reinste Junge. Ich spiel nur ein bißchen.«

Therapie macht sie bei einem Adepten – na ja, Bewunderer – von Jacques Lacan. Der Name fällt so häufig, daß du den klinischen Psychologen automatisch Jacques zu nennen beginnst. Nach dem Vorbild von Jacques, dessen Behandlungszimmer beziehungsweise Verhörraum überwiegend in Pastellgrün gehalten ist, hat Sheila die Wände ihrer Wohnung grün tünchen lassen, nur ist die Farbe etwas kräftig ausgefallen.

»Grün ...!« hat Jacques mehr als einmal ausgerufen. »Es gibt keine Farbe, die in der Natur ausgiebiger vertreten ist. Die Schöpfung ist grün. Wenn man es den Menschen behaglich machen will ... sie beruhigen will ... dann muß man sie in eine grüne Umgebung stecken. Und sei es bloß, indem man die Wände grün streicht. Nur schlechte Menschen, die moralisch gesehen farbenblind sind, sprechen von ›giftgrün‹. Wie ist es mit der Schule aufwärts gegangen, als man von schwarzen zu grünen Tafeln wechselte! Machen Sie es sich bequem, Mevrouw Dijkstal ...«

Und dabei deutet er auf eine Couch aus bordeauxrotem Skaileder, das farblich höchst ästhetisch auf die Tapete abgestimmt ist, aber inmitten all dieses beruhigend gemeinten Grüns auch sehr beunruhigend wirkt, wie ein blutiger Opferstein auf einer idyllischen Waldlichtung. Außerdem bekommt der Patient im Verlauf des analytischen Gesprächs einen nassen Rücken und nassen Hintern vom Kunstleder, das nicht die geringste Feuchtigkeit absorbiert.

»Alles ist Sprache, sagt Lacan. Nicht umsonst ist er von Anna Freud aus der Wiener Schule hinauskomplimentiert worden, ha, ha...«

Ja, lach nur, Jacques, aber Freud hatte wenigstens noch eine Decke und Kissen auf seiner Couch, um allen Schweiß, alle Tränen und alles Blut seiner »Fälle« aufzufangen.

»Heute, Mevrouw Dijkstal...«

»Sheila... oder sag einfach Sjiel...«

»Nein, wenn Sie nichts dagegen haben, mache ich mir lieber die Distanz zunutze und verzichte darauf, Sie zu duzen. Heute bleibe ich völlig außerhalb Ihres Blickfelds. Sie sprechen, ich höre zu. Trotzdem werde ich dafür sorgen, daß so etwas wie ein *Gespräch* im Gang bleibt... indem ich mit beiläufigen kleinen Lauten dem beipflichte, was Sie sagen. Sie dürfen sich nicht wundern, wenn Sie, egal wie spannend Ihre Geschichte wird, von Zeit zu Zeit lediglich so eine Art Summen von mir vernehmen. ›Hm-mmm...‹ Mehr nicht. Das ist mein Beitrag zu dem Gespräch, aber er ist von gigantischer Bedeutung, vergessen Sie das nicht.«

Auch an dem Morgen, nachdem Albert sich vor dem Schneetreiben zu ihr geflüchtet hatte, zog Sheila bereits um halb acht zu ihrer Analysestunde bei Jacques ab und ließ ihn allein mit seiner maßlosen Angst, die lediglich zu einem geringen Teil durch die aufdringlich zuvorkommende Haltung »Alis« erklärbar war. Er bot ungeachtet seiner Zittrigkeit sein ganzes satirisches Talent auf, um den Seelenklempner zu demaskieren und sie so dazu zu bewegen, ihn nicht allein zu lassen. Sie ging. Um nicht nur Angst haben zu müssen, blieb er gekränkt liegen und starrte auf Sjiels Vorhänge, deren Muster ihn auf trübsinnige Weise an Kartoffelstempel denken ließ... Dreiecke, Vierecke, plump ausgefallene Sterne... die dann in Farbe getaucht werden, zu der die frisch durchgeschnittene Kartoffel ihre sechzig Prozent Wasser beiträgt, so daß der Abdruck in schleimiger Nässe verschwimmt... Auflösung allerorten.

Eine halbe Stunde später war Sheila wieder bei ihm im Bett. Ihr etwas schlaffes Fleisch, kalt vom Radeln durch die herbstliche Morgenluft, fühlte sich zusätzlich feucht von der Skailiegung an, wenngleich diese heute nicht lange gedauert hatte.

»Ich habe die Therapie abgebrochen.«

»Und?«

»Er war wütend. Ich wurde sofort als Mevrouw Dijkstal hinauskomplimentiert...«

»Den Orden des ›Sie‹ mußtest du bestimmt auch zurückgeben?«

»So ist es.«

»Statt dessen bekamst du die Blechmedaille des ›Du‹... und die Nadel hat er dir absichtlich in die Haut gestochen...«

»Genau so. Stinksauer war er.«

»Und hat bestimmt selbst den Grund genannt, warum du aufhörst. Laß mich mal raten...«

»Er hat gesagt, daß ich mich in ihn verliebt hätte... und daß ich die Therapie abbreche, weil ich ihn nicht kriegen kann. Da haste's.«

»Und hatte unser Jacques nicht ein ganz klein bißchen recht?«

»Er ist natürlich ein sehr interessanter Mann... auch gutaussehend auf eine bestimmte Weise, und das weiß er. Aber verliebt... nein.«

»Warum hast du die ausgestreckte Hand dann ausgeschlagen? Es war immerhin kostenlos... Beim nächsten Mal, wenn du's wirklich brauchst, mußt du wahrscheinlich dafür bezahlen.«

»Wegen dir. Ich hab ihm mit deinen Ohren zugehört. Ich konnte ihn nicht mehr ernst nehmen. Offenbar hast du einen größeren Einfluß auf mich...«

Es klang, unheilvollerweise, fast wie eine Liebeserklärung. Albert reute bis an die Grenze des Selbsthasses jedes Wort, das er je gegen die Psychoanalyse im allgemeinen und die Lacansche im besonderen vorgebracht hatte. Alles, alles hätte er gern zurückgenommen, Hauptsache, Sheila nahm ihre Skailiegungen wieder auf. Er war von einer Falle in die nächste getappt.

»Ähm, Albert, wo wir gerade so schön offen miteinander reden ... meine Putzfee hat sich beschwert.« Daß Sjiel in einer Zeit, in der eine Putzfrau keine Putzfrau mehr war, sondern eine »Raumpflegerin«, von *Putzfee* sprach, mußte als spielerisches, gerade noch erlaubtes Zugeständnis an die guten, alten Zeiten ausgelegt werden. Ihre Putzfee hatte sich also, fast unter Tränen, über ganze Sternensysteme »eingetrockneter Tröpfchen« auf den Fliesen hinter der Kloschüssel beschwert, die selbstverständlich dem achtlosen Gepinkel der Herren zuzuschreiben waren, die Sheila besuchten. »Also, kurz und gut: Würdest du bitte meiner Putzfee zuliebe in Zukunft so freundlich sein und im *Sitzen* pinkeln?«

»Eine Putzfee ist also jemand, der Schmutz bemerkt, anstatt ihn zu entfernen ... Eine präventive Raumpflegerin sozusagen.«

Doch fortan sank er gefügig auf die Brille und verstaute sein Glied zwischen den Schenkeln, so daß es gegen das kalte Porzellan gedrückt wurde. *Ich piß Farbe und Feuer.* Ja, genau, das blieb davon übrig: die Hockhaltung eines alten Weibs, das mit mißtrauischer Miene darauf wartet, daß der letzte Tropfen fällt. Es war nicht die einzige Demütigung, die er sich gefallen lassen mußte, damit er sich in der Derde Helmersstraat verstecken durfte.

Am Abend nach diesem ersten Tag bei Sheila fiel Albert plötzlich ein, daß er seine Verabredung mit dem Randstädtischen Büro zur Belebung von Import und Tourismus in Den Haag, »etwas Charakteristisches« über die Niederlande zu schreiben, nicht eingehalten hatte. Es kam ihm wie ein weiterer Verrat an dem Leben vor, das er Zwanet in Aussicht hatte stellen wollen. Andererseits ... seit seinem Bewerbungsgespräch bei den Herren von R.A.B.B.I.T. hatte er ganz andere Charakteristika der Niederlande entdeckt, auf die kein Tourismusmagazin erpicht war.

Die Magnetfrau

Freitag, 23. September 1977
(Ernst Quispel)

Wohin, das spielte keine Rolle. Im Westen kam zu schnell das Meer, folglich hatte Quispel einen Zug in Richtung Osten genommen. Es ging darum, der Kulisse seiner triumphalen Trinkperiode für einige Zeit zu entfliehen und sie nicht mit der jämmerlichen Anwesenheit des Mannes zu besudeln, den er jetzt darstellte, nur mehr den Schatten des Feldherrn, der er diese ganzen Wochen hindurch gewesen war. Er schützte sich davor, tagelang die nachwirkende sexuelle Pein zu erleiden, schmachtend die Blicke der Frauen zu suchen, die sich in seinen Taxis von Kneipe zu Kneipe hatten mitnehmen lassen und die er erst jetzt wirklich begehren würde, ohne daß sie in ihm, diesem Putzlumpen, noch etwas sehen würden. Irgendwo im Achterhoek oder notfalls im Norden würde er in Einsamkeit die Lust sich austoben lassen, bis er in allem Anstand nach Amsterdam und an die Arbeit zurückkehren konnte.

Nach dem, was mit Zwanet passiert war, dem Spiel, das er mit ihr gespielt zu haben glaubte, war die kälteste Einsamkeit noch ein zu großer Luxus für ihn.

Immer war es so gewesen: Solange sein Glück währte, zog er Frauen an, ohne sich ihrer erschöpfend zu bedienen. Erst wenn seine »Periode« vorbei war und er sie wirklich – und ganz – brauchte, wandten sie sich von seiner lechzenden Gefallsucht ab.

Jetzt, im Zug, war es anders. So sehr Quispel sich auch bemühte, sich mit trübem Blick ausschließlich auf sein Buch zu konzentrieren und eine neutrale und uninteressierte Miene aufzusetzen – es schien, als *spüre* die Frau ihm gegenüber, daß er eine willige Beute für ihren schamlosen Exhibitionismus war.

Ihre Strümpfe hatten die Farbe eines Magneten: Vielleicht blieb deshalb sein Blick wider Willen und ungeachtet seiner Verlegenheit an ihren Beinen haften. Es hatte mit Fetzen dissonanter Streichermusik begonnen, einem hohen Summen, ausgelöst von nylonbestrumpften Frauenbeinen, die immer wieder neu übereinandergeschlagen wurden. Mehr noch als das Pendeln der Gewichte ihres geheimnisvollen Uhrwerks hatte dieses Geräusch seine Aufmerksamkeit erregt. Er hatte von seinem Buch aufgeblickt – nicht ganz bis zu ihrem Gesicht, sondern nur bis auf halbe Höhe, zu ihren Knien –, und danach war ihm der Rückzug auf seine Lektüre abgeschnitten. In seinem Kopf erklang das Geräusch, mit dem zwei Magneten aneinanderstoßen. Jetzt, da es soweit war, hörte seltsamerweise das Hin- und Herschwingen auf. Die Frau stellte ihre Pumps mit Nachdruck laut nebeneinander auf den Linoleumboden des Zugabteils. Sie demonstrierte die Robustheit ihres Rockstoffs, indem sie ihn am Saum packte und in Richtung ihrer Knie zog: Nachdem sie ihn losgelassen hatte, kroch er wieder bis zur Hälfte ihrer Oberschenkel hoch. Sie führte auch vor, wie gut geölt ihre Scharniere waren: Ohne daß ihre Füße sich von der Stelle rührten, fielen ihre Knie nach links und nach rechts, wurden wieder aneinandergefügt und fielen erneut auseinander – diesmal für längere Zeit. Er meinte zu spüren, daß sich in dem mäßig geheizten Abteil eine lauwarme Welle aus dem (gleichfalls magnetfarbenen) Rock hervor ausbreitete, zugleich mit einem leicht würzigen Geruch.

Wenn seine Augen schon nicht zur Vertrautheit des Buches zurückkehren durften, das er hoffnungsvoll aufgeschlagen auf dem Schoß hielt, vielleicht konnten sie dann der Anziehungskraft der beiden immensen Magneten, die die Frau aufrechthielten, in eine andere Richtung entkommen. Nur unter äußerster Anspannung der Nackenmuskeln gelang es ihm, den Kopf etwas weiter zu heben, und so traf sein Blick das Gesicht der Frau. Er entdeckte, daß es den negativen Pol ihres Magnetwesens darstellte. Von ihrem ermutigenden, leicht spöttischen Lächeln empfingen seine Lider einen strafenden Klaps: *Runter! Da unten gehörst du hin!* Und sein Blick stürzte wieder schräg auf ihre Knie hinab – und kam nicht mehr los. Das Pendeln, das Hin- und Herschieben, das Auf- und Zuklappen der Beine begann von neuem. Sie stellten die hydraulischen Hebel ihrer Fabrik, ihrer komplizierten Maschinerie dar: Da drinnen wurde etwas vorbereitet, etwas angerührt, eine Vorstufe dessen, was herauskommen sollte. Der Herstellungsprozeß sonderte weiterhin laue, würzige Wölkchen ab.

Beim x-ten verzweifelten Versuch, sich von ihren Beinen loszureißen, seinen Blick auf einen neutraleren Punkt zu fixieren, bemühte er sich, nach draußen zu schauen, notfalls auf den verschmierten Hintern einer Kuh im Freien, alles besser als dies, aber er merkte, daß die Dämmerung bereits einsetzte; die Fensterscheibe spiegelte schon. In dem solchermaßen vergrößerten Abteil sahen sie einander doch an, allerdings weniger zwingend, denn es war noch nicht völlig dunkel. Weil er sich nicht sicher war, ob sie eine Braue fragend hochgezogen hatte, zog er eine Braue fragend hoch, und so kam es, daß sie beide zur gleichen Zeit den Kopf vom Fenster abwandten und sich direkt in die Augen sahen. Ihre Blicke prallten wie zwei falsch gepolte Magnete aufeinander; vor allem er mußte, indem er die Stirn fest nach vorn schob, seine ganze Kraft aufbieten, damit sein Blick nicht gleich wieder wegglitt. Unter diesem Kraftaufwand verwandelten sich ihre hell behaarten Augenbrauen in etwas anderes, in die Umrahmung eines saugenden, feuchtglänzenden Blicks. Er spürte, wie ihm die Adern an den Schläfen schwollen. In dem roten Schimmer, der seinen Blick trübte, schoben sich ihre Augen übereinander, und das Auge, das übrigblieb, verschluckte den eigenen Augapfel und drehte sich in eine senkrechte Position. Ohne Iris, ohne Pupille, umschlossen von feuchten Wimpern und blonden Brauen, fixierte es ihn unverwandt, bis er sich geschlagen gab und den Blick senkte. Während seine Augen abwärts wanderten, bemerkte er, wie sich die Frau flüchtig, aber mit allesumfassendem Blick im Abteil umsah. Ihr Gesicht sagte, obwohl es leicht alarmiert blieb, soviel wie: »Schön, alle sind in ihre Zeitung vertieft.«

Erst jetzt zeigte sie, daß sie tatsächlich keine Strumpfhose trug, sondern Strümpfe, ohne Strapse; sie wurden durch einen elastisch verstärkten Rand an Ort und Stelle gehalten. Lange, dunkle Abendhandschuhe waren es, fast bis zur Achsel hochgezogen und in erster Linie für theatralische Gesten gedacht. Nur die Hände wurden von Pumps verunziert, einer Art Widerhaken, die jede Bewegung zunichte machen konnten, doch sobald die Magnetfrau – davon war er überzeugt – die Arme nach ihm ausstreckte, würde sie die Schuhe fallen lassen. Dann würde sich auch zeigen, daß sie, über dem Stoff, Ringe an den Fingern trug. Mit einemmal verstand er die Verdrehungen in den Frauenkörpern auf manchen Picasso-Bildern. Er selbst hatte gerade ein solches Bild kreiert: lange Arme, die in *einer* behaarten Achsel zusammenkamen, bebend vor Verlangen, sich zu öffnen und zu strecken und einen Mund preiszugeben, der sich weit öffnen würde für eine lautlose, aber eindringliche Arie – einen Mund, der gleichzeitig ein Auge war, stockblind, das heißt: mit stechendem, möglicherweise sogar tödlichem Blick.

Der Hautstreifen oberhalb der Strümpfe wirkte besonders weiß, weil auch das Höschen dunkelfarbig war – anthrazit, würde man in der Damenabteilung dazu sagen; er blieb bei magnetfarben. Ihre Beine bebten. Er hatte den Eindruck, daß es nicht von der unbequemen, verkrampften Haltung kam, sondern von der Nervosität, der Spannung: Mit ihnen hatte sie, ohne sich von ihrem Platz zu rühren, eine Grenze überschritten, über schwingenden Stacheldraht hinweg in einen geheimen, sündigen Garten. Ihr waghalsiger Schritt, mitten in unbekannte Gewächse hinein, setzte noch mehr Gerüche frei. Etwas Puderartiges wölkte auf, unsichtbar, und schlug sich auf der Zunge nieder.

Ihr Mund formte lautlos einen kurzen Satz. Obwohl sie ihn wiederholte, obwohl sie ihn deutlicher artikulierte, verstand er ihn einfach nicht und spürte, wie sein Gesicht warm vor Verlegenheit wurde. Sie schloß die Beine, beugte sich, jetzt selbst errötend, zu ihm vor.

»Ich habe gefragt: Willst du *mehr* sehen, das hab ich gefragt.«

Er nickte, in Trance, die Kehle trocken und verstopft von dem mysteriösen Pulver, das sich dort abgesetzt hatte. Was er nicht erwartet hatte: Sie stand auf, ging resoluten Schritts weg, öffnete Schiebetüren, die sich von selbst wieder hinter ihr schlossen. Sollte er ihr folgen – auf die Toilette? In ein leeres Abteil? Seine Augen suchten das Schild »WC« mit dem Pfeil, doch ehe er einen Entschluß hatte fassen können, war die Frau schon wieder zurück. Bevor sie sich setzte, erneut dieser wachsame, prüfende Blick zu den anderen Reisenden. Nichts Alarmierendes offenbar. Sie ließ sich auf den Sitz fallen und nahm dabei ihren Mantel vom Haken. Einen schwarzen, nein, dunkelgrauen, anthrazitfarbenen, magnetfarbenen. Sie zog ihn nicht an, sondern legte ihn sich locker über die eine Schulter, die wehrlosere, die am Gang. Sorgfältig drapierte sie das Kleidungsstück über ihren Oberkörper, das eine Knie. Irgend etwas war ihr beim Entfalten dieses komplizierten Fächers im Wege: ein Gegenstand, der ständig von der einen Hand in die andere wanderte, bis sie ihn ihm mit einer Miene, die »Halt das mal eben« sagte, gab. Er hatte etwas Hartes erwartet (ein Feuerzeug), bekam aber etwas Weiches: ihren Slip. Er knüllte ihn zu einem noch kleineren Knäuel in seiner Faust zusammen. Als sie sich vor ihm weit öffnete, um seinen breitschultrigen Blick zu umfangen, begriff er erst das Manöver mit dem Mantel und das Gewurstel darunter: Sie hatte ihren Arm unter dem Gürtel bis zum Ellbogen in den Rock geschoben, um sich mit der Hand ... einstweilen lediglich zu bedecken. Von ihren Fingerspitzen liefen drei Spalte zu ihren Knöcheln hoch. Ihre Hand, so erkannte er, befand sich dort ausschließlich zu dem Zweck, Anweisungen zu erteilen, eine Anleitung zum Schauen, um aufzuhalten und türkis lackierte Pfeile in Stellung zu bringen. Als die Hand weggenommen wurde beziehungsweise wie ein kleiner Deckel aufsprang, sah er sich gezwungen, seine Vision von vorhin ein Stück weit zu korrigieren. Sie war rasiert, was allerdings schon eine Weile her war, so daß blonde Stoppeln, die das Licht im Abteil reflektierten, sie dort wie mit feinem Goldpuder überstäubt erscheinen ließen. Das einzige, was sie noch tat, war, sehr zärtlich zwei Finger zu spreizen, ungefähr so, wie eine Frau, fast ohne Druck, zwei Finger um eine Brustwarze legt, aus der sie ihr Kind trinken läßt. Den Rest überließ sie ihm und seinem Werkzeug: dem genau passenden, festgeschraubten Blick.

»Gutennn ... Abend ... Tach eigentlich noch. Die Fahrkarten, bitte sehr.«

Der Schaffner machte nicht den Eindruck – er kam aus der Richtung, in die der Rücken der Frau zeigte –, etwas von dem ferngesteuerten Spiel des Zeigens und Schauens bemerkt zu haben. Blitzschnell hüllte der Mantel sie ganz ein, wie ein Briefträgerumhang von früher. Die Hand, die noch vor einer Sekunde eine Art Fotorahmen um ihr kostbarstes Kleinod gebildet hatte, steckte in der Manteltasche, in der sich ihre Karte befinden mußte. Hätte er selbst ebenfalls eine Karte gehabt, so wäre alles halb so wild gewesen, doch in der Eile, in Amersfoort den Intercity noch zu bekommen, hatte er sich entschließen müssen, seinen Fahrschein beim Schaffner zu kaufen.

»Amersfoort-Deventer, einfach, bitte.«

»Sie wissen, daß da noch ein Aufschlag von Zweifünfzig dazukommt?«

Ernst nickte – zerstreut, denn seine Aufmerksamkeit wurde von der Frauenhand gefesselt, die sich in der Manteltasche ruckartig bewegte, und dadurch merkte er, daß ihr ganzer Körper unter dem ausgebreiteten Mantel verhalten zuckte. Einen winzigen Moment, bevor der Kartenknipser auftauchte, mußten seine Augen die ihnen abgenötigte Aufgabe erfüllt haben. Vermutlich hatte sie noch versucht, die glühende Woge aufzuhalten, doch das war ihr anscheinend nur ein Stück weit gelungen. Mit geschlossenen Augen reichte sie dem Mann ihre Karte.

»Danke sehr ... ah, Sie sind ja schon da ... bitte sehr.«

Die Augen noch immer geschlossen und an den Nasenflügeln eine Röte, dunkel wie Kriegsfarbe, streckte sie die Hand aus, die ihr Ziel verfehlte; die Karte trudelte zu Boden. Nun geschah vieles gleichzeitig. Der Schaffner eilte davon. Das

Schild »Apeldoorn« glitt im Dunkeln vorbei. Die Frau sprang auf und zog rasch den Rock, der nicht viel mehr als eine Schärpe um ihre Lenden war, herunter. Das Geflatter des Mantels. Der Schwung einer Umhängetasche. Ernst tat nichts, angenagelt wie er an seinem Platz war durch die eigene, hart gewordene Lust. Sie war bereits ausgestiegen. Er sah, wie sie, ohne sich umzublicken, den Bahnsteig entlang zum Taxistand nahe dem Ausgang ging. Mindestens drei Menschen strebten auf den einzigen dort stehenden Wagen zu. Sie ging etwas mühsam, mit kleinen Schritten, was sie ihren Vorsprung vor den beiden anderen kostete. In seiner geballten Faust spürte er, was sie so langsam gehen ließ. Die Vorstellung allein schon sandte ihm Kälte in den Magen. Er hätte sie aufhalten müssen, ihr nachgehen, sie nach ihrer Adresse fragen... Der Mann, der das Taxi vor ihr erreicht hatte, ließ ihr den Vortritt. Als sie hinten steif einstieg, zog sie sorgfältig den Rock herunter. Nach einer scharfen Kehre verschwand der Wagen außer Sicht.

Ernst saß da und starrte auf eine dünne Spur weiblichen Quecksilbers, das auf dem fahlroten Kunstleder der Bank ihm gegenüber zurückgeblieben war. Danach schielte er, ein Auge zugekniffen, in seine Hand, als könnte sie dort von neuem geboren werden und wie eine Blüte aus einer Zwiebel hervorschießen. Der Zug fuhr bereits wieder. Er fühlte sich ratlos allein gelassen in dieser knirschenden stählernen Raupe mit ihren aggressiven Schwenks über das Bahngelände – als suchte der Zug, rachetrunken wegen des Mißbrauchs, den man mit seinen Einrichtungen getrieben hatte, noch nach der grausamsten Art und Weise, ihn von der Magnetfrau wegzuführen. Wütend auf sich selbst zog er wie ein Zauberkünstler leicht ruckend das Textilstück aus seiner Faust. Er durchsuchte es. Studierte die Marke (*Starky*) und sogar die Waschanleitung. Den Schritt hatte sie selbst mit ein paar bizarren Linien versilbert. Er drückte die Stelle an seine Nase und roch das Synonym von Heimweh. (Patent anmelden auf ein neues Parfüm: *Synonyme de nostalgie*.) Er trug es dorthin zurück, wo sie es ausgezogen hatte, und schloß die Tür hinter sich.

Ihm stand nichts anderes mehr zur Verfügung als der Rückspiegel des Taxifahrers. Darin war zu sehen, wie ihr Rock erneut hochgerutscht war und daß ihr fehlte, was er hier in seinen hilflosen Händen hielt. Tat sie es absichtlich, weil sie ein Augenpaar brauchte, egal welches? Oder kam es durch die Verwirrung, den halb unterdrückten Orgasmus, seine empörende Unbeholfenheit beim Auftauchen des Schaffners? Vielleicht war sie ja als gewiefte Exhibitionistin bei ihrem Genuß gerade auf solche heimlichen, peinlichen Situationen wie im Zug angewiesen, so daß es ihr gar nichts ausmachte ... Er versuchte, das abgeleitete Bild im Rückspiegel festzuhalten und so sein Herz in das einzige auszuschütten, was er noch von ihr besaß. Doch das Magnethöschen stieß ihn ab, wollte ihn nicht aufnehmen, nicht absorbieren. Der Taxifahrer mit seinem schräg nach oben gerichteten Blick achtete nicht richtig auf die Straße ... das Auto geriet ins Schleudern ... das Spiegelbild schleuderte mit. Oder war sie es, die dort auf der Rückbank jetzt hemmungslos zuckte und allen aufgestauten Genuß aus sich herausschüttelte? Das Bild verschwamm vor Quispels Augen. Das Taxi verunglückte in seinen Händen.

Der Xeroxmann

Donnerstag, 29. September 1977
(Albert Egberts)

Sjiel und ihr Kind bildeten eine Art Lebensgemeinschaft mit der Familie der Freundin, die zwei Stockwerke über ihr wohnte und ebenfalls eine vierjährige Tochter hatte. Man aß oft gemeinsam, und die Kinder waren immer beisammen, einen Tag bei der Mama im ersten Stock, den nächsten bei der im dritten. Die kleinen Mädchen hatten Namen, wie man sie in der Regel in den Geburtsanzeigen in *de Volkskrant* finden konnte, vor allem samstags, zumindest wenn Mevrouw de Hoogh-Stey die Zeitung auf dem Fußabtreter hatte liegen lassen und nicht für ihre Notdurft zu benutzen wünschte. Zusammengebastelte Doppelnamen, die wie bei Baartscheer von einem Strich getrennt wurden. Sie standen links über den Todesanzeigen mit immer mehr Selbstmorden, so daß man sich automatisch fragte, inwieweit ein Zusammenhang zwischen dem vermehrten Klangreichtum der Namen und der achtlosen Leichtigkeit bestand, mit der die Jugend Selbstmord beging. Flix meinte, der kleine Strich in dem Doppelnamen stehe für die kurze Bewegung, mit der sich jemand, als Zeichen der Halsabschneidensgeste, mit der Handkante über den Adamsapfel fährt.

Wie dem auch sei, die Mädelchen von Sjiel und Marleen strotzten vor Lebenslust, und obwohl sie es auf Alberts Vernichtung abgesehen hatten, fehlte ihnen einstweilen noch jegliche Neigung zur Selbstzerstörung. Albert konnte sich ihre Namen nie länger als einen Tag merken, selbst wenn er sich beim Aufwachen um vier Uhr nachts manchmal fast sicher war, daß eine der beiden »Thoesan« hieß. Blondköpfchen und Schwarzköpfchen, so hielt er sie für sich auseinander, und dadurch spielte es keine große Rolle mehr, daß er zuweilen mit dem Namen einer kleinen Schulkameradin herausplatzte, die mal zu Besuch dagewesen war (»Milanca-Tor«).

An den Mann von oben mit dem grauen Rastahaar, den mutmaßlichen Vater von Hendrikje, Thoesan oder Nelke-Dynamene, waren die Kinder gewöhnt, Albert hingegen galt als Eindringling und mußte entsprechend behandelt werden. Das begann schon frühmorgens mit klebrigen Füßchen, die nacheinander über das Linoleum auf Sjiels Bett zugerannt kamen, nicht, um die Mama zu begrüßen, sondern um Albert zurechtzuweisen.

»Warum mußtest du denn ausgerechnet hier schlafen...?«

»Der Fotze werden wir's aber mal...!«

Vor dem Duschen saßen die beiden Biester, bereits ausgezogen, gern breitbeinig auf einem großen Stuhl und rührten in ihren Murmelkuhlen herum. Es ließ sich nie genau ausmachen, ob sie sich voller Andacht einer Untersuchung des eigenen Inneren hingaben oder aber, spiel- beziehungsweise schlaftrunken, lediglich abwesend ein wenig an sich herumfummelten. Deuteten halb gesenkte Lider und eine zwischen den Lippen hervorlugende Zungenspitze auf irgendeine Art von Genuß hin oder auf höchste Konzentration? Und das nasale Geräusch, das sie dabei produzierten, ein Mitteldings zwischen Summen und Murmeln, wurde damit tief innen eine Geschichte zur Unterstützung der Erkundungsfahrt erzählt oder stand einfach eine Art Ventil offen, aus dem der Überschuß kindlichen Wohlbehagens entwich? Ob es sich nun um das eine oder das andere handelte, um ein Spielzeug oder aber ein sich entwickelndes höllisches Liebeswerkzeug, jedenfalls hatten die fortschrittlichen Mütter dafür gesorgt, daß die Kleinen das Wort »Fotze« genauso leicht in den Mund nahmen wie eine Erdnuß oder eine Rosine (Süßigkeiten bekamen sie nicht). Der Einfachheit halber bedachten sie auch das männliche Geschlechtsorgan damit.

»Der Fotze werden wir's aber mal...!«

Das bedeutete, daß sie durch die Decke hindurch mit vier Händchen gleichzeitig nach ihm grabschten. Vor allem *Schmerzen* mußte er leiden als Strafe für sein Eindringen in eine Welt, in der neben Frauen eigentlich nur Platz war für einen schweigsamen Mann mit grauen Korkenzieherlocken und einem mit Sisalschnur umwundenen Knoten. Für sexuelle Urtraumata hatten sie auffällig wenig Gespür, diese auf die harte Tour enthemmten kleinen Wesen. Auch wenn Albert in einem Sessel Zeitung las, begannen sie zuweilen unerwartet, nach allenfalls kurzer flüsternder Beratung, seine Geschlechtsteile durch den Stoff seiner Hose hindurch zu kneten.

»Dem werden wir's aber mal...«

Und wenn er sich nicht genug oder aber zu sehr krümmte und wand, dann würden sie ihm mal eben »die Weinpresse« machen, wie Sjiel es nannte, die den Mädchen zweifellos schon öfter einen Lover zum Mißhandeln freigegeben hatte. Zu zweit kletterten sie auf seinen Schoß, wo sie sich kreischend aneinander fest- und damit im Gleichgewicht hielten, während sie sich nach Kräften bemühten, mit zwei Paar Füßchen, nackt oder beschuht, seinen Unterleib mürbe zu stampfen. Die Mütter sahen derweil gerührt zu. Wenn Albert die beiden mit einem dicken Kloß im Hals und Tränen in den Augen unsanft entfernt hatte, stürzten sich Nelke-Dynamene und Thoesan auf die Bierflasche neben seinem Sessel. Pils fanden sie das Widerlichste von allem Widerlichen, aber ihnen war kein Opfer zu groß, um dem Feind zusätzlich eins auszuwischen, also schütteten sie, nachdem sie zuvor das kühlschrankkalte Getränk mit prallen Wangen lauwarm hatten werden lassen, einen Viertel Liter in sich hinein. Sich schüttelnd würgten sie die schaumige Gallepfütze hinunter und mußten dann oft, die Köpfe aneinandergedrückt, »mal schnell in die Schüssel spucken, Mama«, bevor sie vorzeitig – in einer Art Schielrausch – ins Bett gesteckt wurden. Alles lieber, als sich eine mögliche Rache entgehen zu lassen.

Gewaltsam – selbst auf die Gefahr hin, etwas zu zerreißen – seine Kleider zu öffnen und auszuziehen, während er mit einem Buch auf dem Sofa saß, genügte ihnen nicht: Ein Kleidungsstück nach dem anderen mußte auch noch auf die Veranda gebracht werden, wo es dann Kälte und Feuchtigkeit aufsaugen konnte und mindestens so unangenehm wieder anzuziehen war wie ihre eigenen Schulklamotten, wenn sie von der Wäscheleine kamen. Meist begannen sie damit, seine Schnürsenkel aufzuknoten, woraufhin die Schuhe triumphierend hinausgetragen wurden.

»Brr... wird das gleich alles kalt sein!« meldeten sie nach ihrer Rückkehr mit übertriebenem Schaudern, um sich als nächstes dem Aufknöpfen und Hinunterstreifen von Alberts Hose zu widmen. Albert, zu halbherzig, um die Biester zu verscheuchen, hatte nicht genug Hände, um den unfreiwilligen Striptease ungeschehen zu machen. Hatte er die Hose endlich wieder bis zu den Oberschenkeln hochgezerrt, dann waren flinke Finger bereits dabei, die Knöpfe an seinem Hemd aufzufriemeln. Auch dabei schauten beide Mütter amüsiert zu, nur pro forma unterbrochen von einer gelegentlichen schwachen Ermahnung.

Im Schlafzimmer, nachts, wenn die Kartoffelstempel das Mond- und Laternenlicht siebten, tauchten die beiden erneut auf. Sie hatten die Größe erwachsener Frauen, kombiniert mit der rosigen Weichheit von Kleinkindern, und trugen mindestens so kreative Namen wie tagsüber. Sehr autoritär trugen sie Albert alles mögliche auf, erotische Variationen, auf die er selbst in seinen kühnsten Phantasien bisher noch nicht gekommen war. Mal für Mal begrub er sich in einer Wolke von girrendem Fleisch, so zart, daß er nirgends Halt fand.

Am Wochenende kam eine andere geschiedene junge Mutter mit ihren beiden Bälgern zu Besuch, einem dreijährigen Jungen und einem fünfjährigen Mädchen. Ihre glanzvollen Namen hatten den Vater nicht davon abhalten können, sich aus dem Staube zu machen. Sie hatten ihre Mäntel und Stiefel noch nicht ausgezogen, da wurden sie von ihren beiden kleinen Gastgeberinnen bereits im Triezen und Piesacken des unerwünschten Eindringlings unterwiesen. Während die drei Mütter bei einer Bügelflasche Grolsch und einer Halfzware van Nelle, sich gegenseitig überbietend, ihre Probleme besprachen, verschwand der etwas abseits sitzende Albert ganz unter dem Kroppzeug, das systematisch alle Verschlüsse an seiner Kleidung aufnestelte. Manchmal wechselte der mobile Kindergarten auf einen anderen Sessel, doch dabei fielen keine Kinder herunter, was doch eigentlich Zweck der Übung gewesen war. Unter der wuselnden Brut spürte Albert, wie müde er immer noch war. Die hundsgemeine Müdigkeit, die ihn nach der Schneenacht übermannt hatte, wollte nun schon tagelang nicht von ihm weichen.

In Gegenwart der anderen konnten die jungen Mütter es sich schon gar nicht erlauben, den Kleinkinderpöbel zur Ordnung zu rufen. Aus ihrer Verschwörerwolke von Shagrauch und klirrenden Flaschenverschlüssen schauten sie von Zeit zu Zeit halb spöttisch, halb gerührt dorthin, wo Albert, die Füße in der Hose gefesselt, das Oberhemd wie ein Putzlumpen von den Handgelenken herabhängend, in der Unterhose auf dem Sofa lag, während die Kinder kreuz und quer über seinen nackten Körper turnten.

»Wir bringen alles nach draußen ...!« rief Jip-Janneke (oder Godinneke).

»Jahaa ... dann wird's schön kalt!« (Pepijn oder Kotijn.)

»Ja! Ja! Gänsehaut! Gänsehaut!« schrien Lasagna und Milanca-Tor um die Wette.

Dazwischen stellten sie auch noch die Diagnose, Albert habe »Zucker im Haar«. Mit einer Gabel wurden ihm die Schuppen von der Kopfhaut gekratzt.

Er ließ mit sich herumkaspern und -kalbern, als sei dies der Preis, der für die Untertauchadresse zu entrichten war. Tagelang ertrug Albert den wirbelnden Tanz der Kinder über seinen Körper, der seine Müdigkeit immer schärfer abzugrenzen schien – bis er kaum mehr wußte, vor wem oder was er nun eigentlich die Flucht nach Amsterdam-West angetreten hatte und nur noch der eine Gedanke in ihm war: Weg von hier, bloß fort.

Draußen kehrten das Ohrensausen und die Schwindelgefühle wieder, die zu dieser absurden, nie zuvor erlebten Angst gehörten. »Ali« war überall, er begegnete ihm bestimmt vierzigmal, stets anders gekleidet. In der 12 saß Albert neben einem Mann mit einer Xeroxmappe auf dem Schoß. Er hatte asiatische Gesichtszüge, aber aus Alberts vor Angst eiternden Augenwinkeln heraus betrachtet, begann auch der Xeroxmann immer größere Ähnlichkeit mit dem deutschsprechenden Türken aufzuweisen, der sich als Ali vorgestellt hatte.

Als Xerox-Ali nach sechs Haltestellen aufstand ... nein, nicht um sich über Albert zu beugen und ihn an die Verabredung zu erinnern (einen Augenblick lang dachte Albert sogar, der Mann würde seine Mappe öffnen: »Sehen Sie, hier ist vertraglich festgelegt ...«), sondern um auszusteigen ... rutschte Albert erleichtert auf die freigewordene Hälfte der Bank ans Fenster. Erst als er dort saß, fiel ihm auf, daß er nicht wie sonst gewartet hatte, bis die Wärme des fremden Körpers aus der Sitzfläche verschwunden war. Die Erleichterung über das Aussteigen des Xeroxmanns hatte ihm ausnahmsweise über seinen Widerwillen hinweggeholfen. Es wurde ihm deshalb bewußt, weil er überhaupt keine Wärme spürte: Die Bank war so kalt, wie sie in einer ungeheizten Straßenbahn nur sein konnte. Als hätte *nicht* eine Viertelstunde oder länger ein Mensch mit einer Körpertemperatur von 37° darauf gesessen ...

So verwandelte sich die Erleichterung in neue Angst. Nachdem er vierzig Alis in den unterschiedlichsten Leuten erkannt hatte, schuf seine Einbildung einen Menschen, einen Asiaten, und projizierte in ihn das Bild des Ali der Alis. Allerdings hatte seine Einbildungskraft es versäumt, ihr Geschöpf mit Körperwärme auszustatten, und überführte sich damit selbst.

Nach einer Woche hielt Albert es nicht länger unter den weiter über ihn hinwegwalzenden kleinen Körpern von Godinneke und Milanca-Tor aus. Er kam sich langsam schon wie ein masochistisch veranlagter Pädophile vor. Die Nachbarn gegenüber genossen das Schauspiel auf ihre Art mit, und Albert hatte keine Lust, auf seine Festnahme wegen Unzucht mit Kindern zu warten. Der echte Ali, so es ihn gab, würde inzwischen wohl festgestellt haben, daß er betrogen worden war, im Stich gelassen von einem neuen Freund, der ihm die Stadt zeigen wollte ... Eines Abends, als Sjiel ihre beiden vom Spielen müden Schätzchen ins Bett steckte, wagte sich Albert in der Unterhose fröstelnd auf die kalte Veranda, um seine dort hingeschmissenen Kleider zusammenzuraffen. Im Wohnzimmer zog er sich an, spürte, wie sich seine Haut unter dem kalten Stoff zu Gänsehaut verhärtete, und stieg auf Strümpfen, die Schuhe in der Hand, die Treppe zur Haustür hinunter, die er so leise wie möglich hinter sich zuzog.

Schönes Glockenspiel

Donnerstag, 29. September 1977
(Albert Egberts)

Über diesem gewaltigen Loch im Viertel De Pijp, dem Sarphatipark, hatte noch das Dämmerlicht eines frühen Herbstabends gelegen, als Albert aus der Linie 3 ausstieg, doch hier, in der van Ostadestraat, schien es schon Nacht zu sein. Nur aus dem schwachen Aufleuchten der blauen Tür ließ sich schließen, daß es noch nicht ganz dunkel sein konnte. An der Fassade des Hauses Nummer 211 lehnte seine junge Nachbarin. Sie hatte die Zeigefinger in die Gürtelschlaufen eines Mannes eingehakt, der vor ihr stand, dicht oberhalb seiner Hüften, und daran zog sie ihn unvermittelt von Zeit zu Zeit an sich, wonach er wieder in seine alte Position zurückfederte. Bei den drei oder vier Gelegenheiten, bei denen Albert in ihrer Wohnung gewesen war, hatte sie sofort zu ihm gesagt: »Komm mal eben mit in die Küche ... So, jetzt erzähl.«

Während sie ihm zuhörte, begann sie sich über dem Spülbecken ausgiebig die Zähne zu putzen. Wenn Albert sich, da es sich hierbei immerhin um eine intime Sache handelte, auf der Schwelle abwandte und ins Wohnzimmer ging, kam sie ihm bürstend nach. Jedesmal das gleiche: Sie blieb vor ihm stehen, putzte weiter, solange er redete, nahm dann die Bürste aus dem Mund, um ihm durch den üppigen Schaum hindurch zu antworten, wobei ihm Colgate-Spritzer, vermischt mit ihrem Zahnbelag, ins Gesicht flogen. Dabei machte sie ein Gesicht, als fände das Putzen überhaupt nicht statt, als wäre sie sich dessen jedenfalls nicht bewußt. Beim dritten Mal fragte Albert sich, ob sein Erscheinen sie automatisch zur Bürste greifen ließ und ob die Handlung nicht als Einladung aufgefaßt werden müsse. Er blickte auf den Clownsmund aus gräulichweißem Schaum, der bereits die kleinen Rinnen neben ihrem Kinn hinunterzulaufen begann, und versuchte, sich den Kuß einer nach Menthol schmeckenden Zunge, noch kalt vom Spülwasser, auszumalen. Er hörte die Stimme seines Banknachbarn in der dritten Klasse des St.-Georgius-Kollegs: »Wenn ein Mädchen eine kalte Zunge hat, bedeutet das dann, daß sie Angst hat?« Der antizipierende Genuß wurde ihm außerdem durch eine andere Stimme vergällt, zu der kein Klassenkamerad auftauchte, so daß sie wohl ihm selbst zugeschrieben werden mußte: »Samentötende Paste... sie benutzt samentötende Paste.«

Die Putzoffensive hatte zu guter Letzt Erfolg gezeigt: Als Albert näher kam, hörte sie auf, den Mann an sich zu ziehen, wenngleich sie ihre Finger in den Schlaufen ließ und ihn so mit kleinen Rucken in einer Art Schaukelbewegung hielt, deren Drehpunkt sich in Höhe der Fußknöchel befand, denn ansonsten sah es so aus, als trüge ihr Liebster einen Besenstiel unter den Kleidern.

»Ach, Albert... da war ein paarmal ein Mann da, der zu dir wollte. So ein südländischer Typ, aber er sprach Deutsch. Er hat auch bei mir geklingelt.«

(Dauerte einen Moment, bevor sie öffnete. Ein Stück Zahnpasta auf die Bürste gequetscht. Putzend die Treppe hinunter. Im Laternenschein aufleuchtender Schaummund. »Zu wem wollen Sie?« Ali, mit Einstecktuch Spritzer vom Revers wischend.)

»War mit dir verabredet, hat er gesagt. Ich hab gesagt, du wärst manchmal tagelang nicht zu Hause, aber das würd ich nicht an dir kennen, daß du einfach eine Verabredung vergißt... Dein Bruder war auch nie zu Hause. Oder vielleicht doch... dann war er wegen dem Gasleck wohl nicht wachzukriegen. Ich hab seinen Baß die ganze Woche lang nicht *ein*mal gehört. Flix ist, soweit ich weiß, noch immer in Den Bosch. Sie haben einen Mitbewohner von ihm festgenommen... ein Mordstrara. Stand sogar in der Zeitung. Also, dieser südländische Deutsche, der wollte wiederkommen. Sanfter, zuvorkommender Typ... ein bißchen fehl am Platz in dieser Straße, mit seinem hellen Maßanzug. Und das Auto erst, in dem er wegfuhr...!«

Albert steckte den Schlüssel ins Schloß der blauen Tür und

sah gerade noch, wie die Nachbarin ihren steifen Verlobten an den Gürtelschlaufen so fest an sich zog, daß er das Gleichgewicht verlor und mit der Stirn an die Hauswand schlug.

»Ach, du armes Schätzchen ...!«

Das rettete Alberts Tag wenigstens noch ein wenig. »Keiner, der einfach eine Verabredung vergißt...« Mußte sie ihr frisch geschrubbtes Maul denn unbedingt so weit aufreißen?

Albert machte unten an der Treppe Licht und sah blitzartig das Spiegelbild seiner eigenen Angst. Eine schwarzgekleidete Frau, die, sich krampfhaft an die Wand drückend, eine glänzendweiße Treppe herunterstieg. Albert bemerkte das Ende der Bewegung, mit der sie als Schutz vor dem plötzlichen Aufleuchten der nackten Birne den rechten Arm vors Gesicht riß, nachdem sie offensichtlich versucht hatte, sich den Weg im Dunkeln zu ertasten. Im nächsten Moment ließ sich alles wieder deuten, wenngleich das angsterregende Bild damit nicht verschwunden war. Der Arm der Frau sank an ihrem Körper herab, und Albert erkannte die Schwiegertochter von Mevrouw de Hoogh-Stey.

»Die Leute im ersten Stock haben heute nachmittag die Treppe gestrichen«, sagte sie. »Nur dicht an der Wand ist ein schmaler Streifen Grundierung, der schon trocken ist... der wird morgen gemacht. Ich hab versucht, im Dunkeln möglichst weit von der Mitte wegzubleiben. Das ging ganz gut, aber ich bin doch froh, daß Sie das Licht angemacht haben. Der alten Dame geht es sehr schlecht. Sie ist oben... völlig verwirrt... und verwahrlost. Wir denken daran, sie in ein Pflegeheim zu bringen.«

Noch langsamer als die alte Frau stieg die Schwiegertochter, ängstlich darauf bedacht, möglichst dicht an der Wand zu bleiben, die restlichen Treppenstufen hinunter.

»Würden Sie vielleicht ein Auge auf die Altsche halten, bis sie abgeholt wird? Einfach mal nach ihr schauen, wenn Sie sie eine Weile nicht gesehen haben? Unsere Telefonnummer haben Sie ja... Ach, und noch was. Sobald sie im Heim ist, möchten wir Freunde von unseren Kindern in ihrer Wohnung unterbringen. Ein Paar, das zusammenlebt, aber in

Kürze auf die Straße gesetzt wird... Nur damit Sie Bescheid wissen. Ist ja bestimmt netter für Sie, junge Leute über sich zu haben... Also, tschüs, und schon mal vielen Dank für Ihre Hilfe.«

Bis Albert, sich an der Wand entlangschiebend, im ersten Stock angelangt war, war das Licht wieder ausgegangen. Als er zu seiner eigenen Tür kam, hatten sich seine Augen mittlerweile so an die Dunkelheit gewöhnt, daß sich die Treppe wie ein schmaler Schneehang von ihr abhob. Nur im Erdgeschoß gab es einen Sparschalter; um hier oben Licht machen zu können, mußte er erst in seiner Wohnung sein. Als er die Tür öffnete, trudelte ein weißer Papierfetzen wie eine verirrte Schneeflocke ins Treppenhaus. Er mußte irgendwo zwischen Tür und Türrahmen geklemmt haben. Albert knipste das Licht auf dem Treppenflur an. Das Papier klebte auf halber Höhe der Treppe an einer feuchten Stufe – nicht mehr als ein Schnipsel, zu klein sogar für die kürzeste Mitteilung. Jemand mußte es dort mit der erklärten Absicht angebracht haben, zu kontrollieren, ob ein anderer die Wohnung zwischenzeitlich betreten hatte.

Im kleinen Nebenzimmer, in dem es wie immer nach Gas und Schweißsocken roch, fand Albert dann doch einen Brief. Er war mit einer Wäscheklammer an der goldenen Gardinenschnur befestigt, an der die Kuhglocke von der Decke herabhing.

Amsterdam, 22. Sept. '77

Albert, Bruder!

Wenn Du diesen Brief liest, vermutlich in einem Dunst von Gemeindegas und schlecht gelüftetem Bettzeug, bin ich schon auf und davon. Ich hätte mich gern persönlich von Dir verabschiedet, will sagen: vierarmig, aber ich kann nicht länger warten. Es ist jetzt, mal schauen, halb neun beziehungsweise 08:30. Ich muß zusehen, daß ich ein Taxi nach Schiphol bekomme, denn mein Flieger geht gegen elf. Ich hab Dich heute nacht wie einen Irren zu unserer Musik tanzen sehen, als hättest Du gewußt, daß das mein letztes Konzert war. (Ich wußte gar nicht, daß Du Herrn Schnauz-Wuschelkopp kennst: Der beliefert die Jungs von der Band regelmäßig. Mich nicht. Ich mag das Zeugs nicht.) Es sah nicht danach aus, als hättest Du es eilig, nach Hause zu kommen, das heißt, womöglich sumpfst Du immer noch irgendwo rum. Nach dem Auftritt hab ich mich von einem Taxi vom Rembrandtsplein zum Vondelpark bringen lassen, wo ich – tja, Albert – meine Baßgitarre an den Nagel gehängt habe oder, konkreter: an eine Weide. War nicht ganz einfach, obwohl Weiden doch gar nicht so hoch sind. Aber man findet wenig Halt. Außerdem fühlte ich mich nicht ganz wohl in meiner Haut, denn mir guckte die ganze Zeit irgendsoein überirdisches Wesen zu, na ja, ein Kerl mit so 'nem Astronautenhelm auf dem Kopf, wie man ihn auf dem Moped trägt. Er hatte das Visier runtergeklappt, und ich dachte nur: Ja, schau nur gut zu, mein Freund, in *outer space* hast du sowas noch nie gesehen. Ich dachte auch noch kurz, er wolle mich berauben, aber vielleicht hielt er es für lukrativer, zu warten, bis ich weg war, um sich dann meine Rickenbacker zu schnappen. Das Taxi hatte ich am Parkeingang warten lassen. Gerade als ich einsteigen wollte, kam Zwanet angeradelt. »Hallo, Zwanet, warst du im *Dogshit City*?« Es war das erste Mal, daß ich sie unfreundlich gesehen habe. Nicht, daß sie das weniger hübsch gemacht hätte. »War Albert auch da?« Dumme Frage natürlich, denn ich hatte dich ja gerade am Rembrandtsplein mit diesem Koksschnäuzer gesehen. »Kannst deinem Bruder sagen, er kann mich mal. Gute Nacht.« Bin ich halt eingestiegen. Sie fuhr weiter, in den Park rein, nach Hause, nehme ich an. Aber eine halbe Stunde später stand sie hier vor der Tür. Ich wollte mich gerade hinlegen, um noch ein, zwei Stündchen Schlaf zu ergattern, als der Angelus zu bimmeln begann. Ich hab erst an dich gedacht, daß du keinen Schlüssel dabeihast oder so. Bei Flix, der nicht zu Hause war, habe ich durch den Vorhangspalt gelinst. Als das Gebimmel aufhörte, war's dein Zwaantje, die an der Bordsteinkante stand und hochschaute. Nimm's mir nicht übel, daß ich nicht aufgemacht habe. Du warst ja nicht da, und ich hatte wirklich andere Sorgen, so kurz vor der Reise. Sie hat noch ein paarmal am Strick gezogen. Danach sah ich sie, das Rad schiebend, ziemlich erregt Richtung Kuipersstraat abziehen, vielleicht um zu schauen, ob du da bei deinem Anwalt versackt warst. Ich kam mir schrecklich schäbig vor, habe aber trotzdem das Schiebefenster runtergelassen.* Ich hatte keine Lust, wachgeklingelt zu werden, außer vom Wecker, den ich nach alter Familiensitte auf einen tiefen Teller mit Besteck gestellt hatte. Vor einer halben Stunde hat er gerasselt. Und ob ich davon wach wurde! Dagegen kam das Gemeindegas nicht an!

Tja, Albert, irgendwann mußte es sein: Ich will eine stärker praxisorientierte Ausbildung machen. Pa und Ma hab ich gesagt, daß ich von meinen Gagen genügend beiseite gelegt habe, um davon eine lange Studienreise durch Afrika finanzieren zu können. Belassen wir's dabei. Später erzähle ich Dir mehr.

Jetzt komm ich zum Ende des längsten Briefs, den ich je geschrieben habe, denn wenn ich Dich noch lange lesen lasse, wirst Du vielleicht selbst von der Glocke aufgeschreckt. Etwas, was ich niemand wünsche.

Eine bärenmäßige Umarmung von Deinem wild entschlossenen Bruder

Freek
(pißt Farbe und Feuer)

* Ich mach es, bevor ich gehe, wieder auf.

22. Sept. '77. Albert starrte auf das Datum, und um nicht denken zu müssen: »Der Tag, ausgerechnet an dem Tag ...«, versuchte er hartnäckig, an etwas anderes zu denken. '25, '27, '50, '56, '69, '76, '77 ... dieser vielbenutzte Apostroph – Freek, Bruder! – darin steckt unsere ganze Endlichkeit, unsere demütige Einsicht, daß nicht wir die Jahrhunderte übergreifen, sondern daß dieses eine Jahrhundert uns mühelos in sich aufnimmt. Dieses winzige Zeichen steht für ein messerscharfes

Fallbeil, das unser Leben zu Beginn und am Ende gerade und gnadenlos abschneidet. Wie oft, allein schon pro Tag, kapitulieren wir nicht mit diesem kleinen Federstrich vor unserer Sterblichkeit? Wir beschneiden das Jahrhundert und erkennen damit an, daß es uns überlegen ist. Führ dagegen mal einen Guerillakrieg, Freek, Bruder, Arschloch!

Albert brauchte sich nicht länger darum zu bemühen, seine Aufmerksamkeit vom zweiundzwanzigsten September im Briefkopf abzulenken, denn in dem Moment sauste die Kuhglocke haarscharf an seiner Nase vorbei, um gleich darauf in ein aggressives Gebimmel auszubrechen. Es hatte etwas Possierliches – eine Glocke, die sich, anscheinend aus eigener Kraft, erhob, um mit pulsierender Zunge ihre hohe, leicht brüchige Stimme ertönen zu lassen. In geringerem Maße als eine normale elektrische Klingel rief sie das Bild eines Menschen wach, der, die Hand an den Türrahmen gestützt, vor der Tür steht. Alberts erste Reaktion war, den Brief fallen zu lassen und die Kuhglocke zu packen, aber da der Brief bereits auf dem Fußboden lag, verzichtete er darauf: Er würde dadurch verraten, daß jemand zu Hause war. Gut, in Freeks Gasbude brannte Licht, doch die alten Veloursvorhänge waren dick genug, es nicht durchzulassen. Sicherheitshalber ging Albert zur offen gebliebenen Wohnungstür, um sie zu schließen, da hörte er, die Klinke noch in der Hand, wie am Fuße der Treppe ein Schlüssel (oder Dietrich) ins Schloß drang. Die Haustür ging auf, und sofort wurde es hell.

Das muß Flix sein, der nach so langer Abwesenheit nicht einfach mir nichts, dir nichts vor meiner Nase stehen will. Ich erzähl ihm nicht, daß Freek weg ist. Der Brief ... ich muß den Brief aufheben. Nein, Flix warnen, daß die Treppe feucht ist. Verdammt noch mal, ich hör seine schmatzenden Schritte schon. Seine Schuhsohlen nehmen die ganze Treppe mit ... Stufe für Stufe ... er kommt rauf, die Bretter als Skier unter den Füßen ...

»He, Flix, stop ...! Die Treppe ist frisch gestrichen!«

»Sie haben ein schönes Glockenspiel.«

Ali hielt seinen hellen Regenmantel vorn mit einer Hand

zusammen, damit er nicht an die nasse Farbe kam, doch die Füße setzte er einfach in der Mitte der Stufen auf, was ein hohles und zugleich klebrig-schmatzendes Geräusch verursachte.

»*... ein sehr schönes Glöckchen.*«

Auf halber Höhe der zweiten Treppe zupfte er den Papierschnipsel von der Stufe und zerknüllte ihn in der Hand. Albert kam nicht einmal auf die Idee, die Tür vor dem unerwünschten Besucher, der sich zudem noch selbst Zugang verschafft hatte, zu schließen. Er ging rückwärts ins Zimmer zurück und dachte: Das ist kein Rückwärtsgehen, sondern ein Zurückschrecken. Gleichzeitig spürte er seine Müdigkeit wieder, als sei dies die Erscheinungsform, die die Schneenacht für immer in ihm angenommen hatte. Seine Augen brannten, die Knochen schmerzten. Nicht durch einen Trauerflor, so schlimm war es nicht, aber doch durch eine Art Spinnweben sah er den Türken hereinkommen, genauso leicht melancholisch lächelnd wie damals. Er trug einen anderen Anzug, besser auf das veränderte Wetter abgestimmt, blau, nicht zu hell, aber gewiß nicht dunkel.

»Hier wohnen Sie also ...«

Auf dem alten Bretterfußboden hinterließ Ali, falls er so hieß, grellweiße Fußspuren – nicht, wie in den Gaston-Comics, mitsamt Absatz, sondern lediglich den vorderen Teil der Sohle, das Negativ eines Bügeleisens, das zu lange auf einem weißen Oberhemd gestanden hat: Er trug spitze italienische Schuhe. Ali steckte das Papier in seine Tasche und bemerkte erst da die Farbspuren an seinen Fingern. Er wischte die Hände aneinander ab. Sie wurden nur noch klebriger. Schließlich vergrub er sie tief in den Taschen seines offenen Regenmantels.

»Ich konnte Ihren Namen an der Tür nicht finden. Aber ich wußte, daß Sie mich nicht belogen hatten. Dafür machten Sie mir einen viel zu anständigen Eindruck. Und siehe da ... *schließlich* treffe ich Sie an der angegebenen Adresse an.«

Ohne die Hände aus den Taschen zu nehmen, ließ er sich auf einem von Alberts Korbstühlen nieder, der ihn milde knarrend empfing: Der Mann war so schlank wie eine Tanne.

»Wie sind Sie ins Haus gekommen?«

Ali zog seine rechte Hand heraus und zeigte Albert einen glänzendneuen Dietrich. Er hielt die Hand schräg, danach mit dem Rücken nach oben: Der Schlüssel fiel nicht, sondern blieb an der Farbe haften.

»Ich wollte Sie überraschen ... *seien Sie mir nicht böse.*«

Die Müdigkeit ließ ihren Hintern so schwer in Alberts Hintern hängen, daß ihm nichts anderes übrigblieb, als seinem Besucher gegenüber Platz zu nehmen. Es kam ihm so vor, als knarre dieser Stuhl lauter unter seinem müden Leib.

»Treppen sind immer steil in Amsterdam«, sagte Ali, während er das eine Bein über das andere schlug und seine weiß gefärbte Schuhsohle inspizierte. »Es ist fast schon eine Art Pfahlklettern für den, der hinauf will ...«

Albert versuchte, sich seinem Gast gegenüber möglichst ungezwungen zu geben, doch weil das Ende der Schneenacht einstweilen das einzige war, das sie verband, kam das stokkende Gespräch immer wieder darauf zurück. Arglos erzählte Albert dem Türken von der mörderischen Müdigkeit, die ihn eine Woche lang nicht hatte loslassen wollen ... von den sie begleitenden Ängsten ... Er sagte nichts davon, daß die Angst sich auch auf ihn, Ali, bezog.

»Ja, dieses Koka, das ist der *Teufel* in Person, besonders in Verbindung mit hochprozentigem Alkohol. In so einer Nacht verbraucht man die Energie für Wochen. Man wird paranoid davon ... erst für eine gewisse Zeit ... später auf Dauer ... Nein, Kokain, mein guter Eckberts, das entmenscht ... innerhalb kürzester Zeit sehen Sie die Dinge nur noch schwarzweiß. Die Farben kehren nie mehr wieder. Sie waren nach dieser Nacht hell begeistert von Ihrer ersten Erfahrung, aber lassen Sie mich Ihnen einen dringenden Rat geben: Machen Sie nicht weiter damit. Es kostet Sie Ihre Persönlichkeit.«

Er sprach leise. In seinem Deutsch war kein Funke der Aggression zu hören, die die Zischlaute mitunter hineinbringen konnten. Die Worte enthielten eine brüderliche Warnung, knapp an der Grenze des Vorwurfs. In seinem feinen, schmalen Gesicht spielte sich etwas Komisches ab. Es mochte an dem Licht im Zimmer liegen ... Mal schienen seine rasierten Wangen aus feinstem bläulichem Samt. Man würde sie am liebsten berühren. Dann, nach einer Kopfwendung, waren sie auf einmal von grauem Schmirgelpapier überzogen.

»Und dann diese Müdigkeit ... eine Woche lang ... das wäre doch wirklich nicht nötig gewesen.« Seine Zunge produzierte dieses mitfühlende Klicken, das wie *t't-t't* klingt. Dazu gehörte ein leichtes Kopfschütteln. »Sie hätten am nächsten Tag nur eine *Messerspitze* von etwas anderem zu nehmen brauchen ... etwas viel, viel Freundlicheres ... und alles Unbehagen wäre auf einen Schlag verschwunden gewesen. Müdigkeit, Angst, alles.«

Ja, bestimmt eine Messerspitze ins Herz, war Albert noch tapfer genug zu denken.

Ali spielte auf Alberts Müdigkeit wie auf einem Instrument ... jede Saite ... eine Auswahl an Fingersätzen ... Seine penibel gepflegten Nägel waren ebensoviele Plektren. Er wußte genau, wie diese wehrlos machende Müdigkeit behutsam zu beschwichtigen war ... wie sie hofiert, becirct ... in Neutralität gewiegt werden mußte. Alberts Körper war der Resonator, sein Leben der Klangraum. Und alles wurde von Ali virtuos aufeinander abgestimmt. Schließlich fühlte Albert sich müder denn je, mehr noch, er war eins mit seiner Müdigkeit, was allein verhinderte, daß er von ihr erschlagen wurde. Ali ließ durchblicken, er habe etwas bei sich, um dieses »hartnäckige letzte Restchen Müdigkeit« zu vertreiben.

»Sie müssen es natürlich selbst wissen ... Bei mir zahlen Sie nicht viel. Ich gebe es Ihnen zum Selbstkostenpreis. Darunter geht es natürlich nicht.«

Albert litt nicht nur an der Müdigkeit dieser einen Nacht. Vielmehr hatte die Schneenacht die Erschöpfung eines ganzen Jahres, in dem er durch Amsterdam und durchs Leben gehetzt war, zutage gefördert. Dahin also hatte ihn seine irrsinnige Jagd gebracht: daß er eines Abends mit hängendem Kopf und zwischen den Knien baumelnden Händen der umflorten Stimme eines modernen Medizinmanns lauschte, eines Quacksalbers, der ihm seine Apotheke anpries.

Eine Messerspitze. »Manchen wird es beim ersten Mal übel«, hatte Ali gesagt, aber es wirke Wunder. Nichts Scheußliches mit Nadeln und blutigen Wattebäuschen. Lediglich ein wenig dünner Qualm, der von einem erhitzten Stück Aluminiumfolie aufstieg und dann durch ein Röhrchen inhaliert wurde. Ali, der ihn den ganzen Abend nicht hatte rauchen sehen, erkundigte sich besorgt, ob er überhaupt inhalieren *könne*. Albert beruhigte ihn.

Beim sonntäglichen Rauchen mit Thjum und Robby in der Gasse zwischen dem Tabakladen und dem Beverly Hills-Kino hatte er von Anfang an auf Lunge geraucht, ohne daß es ihm beim ersten Mal schlecht wurde, auch wenn sein Cousin Robby, damals acht, den beiden Dreizehnjährigen empfahl, sie sollten sich, bevor sie sich eine Zigarette anzündeten, »besser erst mal die Hosenbeine unten zubinden«. Und zu Thjum, als dieser tatsächlich einmal verdächtig käsig wurde und ihm sogar die Augen über Kreuz standen: »Praktisch, nä, wennste so mit deim rechten Auge in die linke Hosentasche gucken kannst. Vor allem, wennste dein Taschengeld zählen willst.« Nach Thjums Verrat, der die Intimität dadurch verletzt hatte, daß er – ausgerechnet er – Mädchen dazuholte, hatte Albert das Rauchen so gründlich aus seinem Leben verbannt, daß er sieben Jahre später, als sich die Notwendigkeit zu inhalieren wieder ergab, nicht mehr wußte, wie er seine Lungen dabei einschalten mußte.

»Quatsch«, sagte Flix eines Abends im September '70, als er mit einer Kombizange ein Bröckchen Hasch in eine Kerzenflamme hielt. »Es gibt drei Dinge, die man nie verlernt: Fahrradfahren, Schwimmen und Rauchen. Versuch also gar nicht erst, mich zu verarschen. Ich hab jetzt andere Sorgen. Wir können Jimi nicht hängenlassen.«

»Zu spät. Der ist schon hinüber. An der eigenen Kotze erstickt.«

»Du wieder mit deiner Kotztheorie. Mann, vergiß es. Es war 'ne Überdosis LSD. Keine Schlaftabletten.«

»Dann weißt du mehr als der Leichenbeschauer.«

»Hendrix hat über seine Musik gesagt: ›Diesen Kreis habe

ich vollendet. Jetzt kann ich entweder denselben Kreis von neuem beginnen oder einen ganz neuen zu Ende bringen.‹ So, und was tut einer wie er dann? Er greift zu LSD. Zu viel LSD. Auch nachts.«

»Er hat tatsächlich einen neuen Kreis angefangen, egal ob mit Acid oder mit Tranquilizern. Ein schöner runder Trip.«

»Also, was ist, machste mit bei der Nachtwache? Sonst kannste abzischen.«

»Ich will ihm gern die letzte Ehre erweisen, aber dazu muß ich erst lernen, wie man halbwegs anständig auf Lunge raucht.«

Aus Flixens Lautsprecherboxen kam das Gitarrenintro von *The wind cries Mary.*

»Zwei Minuten Stille«, sagte Flix. »Er singt.«

Flix, im Schneidersitz (er selbst sollte in diesen Tagen Lotussitz dazu sagen) auf dem Fußboden seines Dachzimmers, umgeben von Zangen, Messern und Tabakbeuteln, begann, in der einen Messingschale seiner alten Waage das erhitzte Haschisch zu zerkleinern, wobei sich die andere mit den Gegengewichten laut scheppernd auf und ab bewegte.

»Zwei Minuten Stille«, sagte Albert. »Er singt.«

Flix füllte eine normale Pfeife mit leichtem Shag und ließ Albert solange daran nuckeln, bis dieser das Inhalieren wieder beherrschte.

»Bist du dir auch sicher«, fragte Flix, »daß der Rauch in die richtige Richtung geht? Denn mit dem Shit, wenn der direkt im Magen landet, dann weiß ich nicht, wer in seiner eigenen Kotze erstickt.«

Albert versicherte ihm, das seriöse Qualmen könne beginnen. Flix' Wasserpfeife versagte den Dienst bei der Totenehrung, was seiner Meinung nach daher kam, »weil ich beim letztenmal ein paar Flaschen griechischen Samos-Wein reingekippt habe statt Wasser ...« Dann eben die normale Pfeife. *And the wind ... whispers ... Mary.* Nebeneinander auf dem Teppich ausgestreckt, der mehr Tauwerk als Webware war, reichten sie einander die Pfeife und lauschten den Stücken von *Electric Ladyland.* Flixens Arm operierte völlig unabhängig von seinem Körper. Durch die Wimpern sah Albert, wie sich der Arm kobragleich, den Kopf drehend, vom Boden aufrichtete, um die Pfeife zwischen die nadelscharfen Giftzähne zu nehmen. Flix behielt den Rauch so lange in den Lungen, daß beim Ausatmen kaum mehr etwas davon zu sehen war.

»Kaffee ...!« schallte Tante Mayas Stimme aus der Sprechanlage. Flix wollte aufstehen, um den Knopf zu betätigen und zu antworten.

»Laß das«, sagte Albert. »Das ist die Stimme deiner Mutter, aber es ist in der Musik. Es gehört dazu. Sie haben es in die Platte gepreßt. Ein Verweis von Jimi Hendrix auf das ›Come in!‹ in *Finnegans Wake*. James Joyce diktiert Samuel Beckett eine Passage. Da klopft es. ›Come in!‹ sagt Joyce. Beckett, völlig konzentriert, notiert es. Seitdem ist es ein Teil des Textes. Mit der Wirklichkeit hat es nichts zu tun ...«

Flix blieb liegen, auch als seine Mutter später gehetzt aus demselben Lautsprecher sagte, sie habe »heftige Blutungen« bekommen. »Spielt ruhig weiter Karten, solange ihr wollt ... aber wenn's schlimmer wird, Flixje, dann mußt du für mich im Krankenhaus anrufen. Älterwerden ist wirklich ein Kreuz.«

»Nicht aufstehen«, sagte Albert. »Das ist in ›Voodoo Chile‹ drin. Liegt an der Pressung.«

Später, auf dem Heimweg, wurde Albert von etwas verfolgt, was sich raschelnd durch die Sträucher am Straßenrand fortbewegte – und auch noch danach, wo nichts mehr wuchs. Die Entdeckung, daß das Geraschel von seinen eigenen Haaren stammte, die im Wind an seinem Ohr vorbeistrichen, bedeutete noch nicht, daß er nicht mehr verfolgt wurde. Im übrigen war es ein Manöver mit dem Ziel, ihn von einem viel ernsteren Anschlag auf sein Leben abzulenken: Wegen des Morgennebels und geblendet von roten und grünen Ampeln an der Kreuzung bei der Geldroper Kathedrale, hatte er sie nicht kommen sehen, die erste von drei massiven bronzenen Kanonenkugeln, die ihm von der Glocke da oben entgegengeschleudert wurden, exakt um drei Uhr, und die ihn voll in den Magen traf. Er brach zusammen und bekam keine Luft mehr.

Und jetzt lernte er, von einem deutschsprechenden Türken, dem er erst vor kurzem begegnet war, zum dritten Mal in seinem Leben, wie man inhaliert. Albert jagte den Drachen, und die Müdigkeit glitt wie ein Mantel von ihm ab und damit auch das Doppelfutter der Angst.

War es die Konfrontation mit der Welt seines Vaters? Als die Stimme des Gebetsrufers aus dem Portal der katholischen Kirche von gegenüber erschallte, bemerkte Albert zum erstenmal eine leichte Irritation bei dem geduldigen und gleichmütigen Ali. Der Mann stand auf, weigerte sich, den vereinbarten Betrag zu kassieren, und ging mit bereits weniger klebrig klingenden Schritten die Treppe hinunter. Es war früher Morgen: Die Farbe war noch weich, aber bereits trocken. Durch einen Vorhangspalt im vorderen Zimmer schaute Albert Ali nach. In Höhe des Kircheneingangs, durch den bereits Muslime eilten, blieb er stehen, so daß Albert glaubte, auch er würde sich jetzt zum Gebet begeben. Nachdem Ali jedoch zugesehen hatte, wie drei Muslime sich vor lauter Eile in der Türöffnung beinahe gegenseitig den Weg versperrten, ging er weiter zu seinem Auto, das an der Ecke der Hendrick de Keijserstraat im spärlichen Licht der Hängelampen vor sich hin glänzte.

In seinem Geldroper Bett war Albert noch lange Zeit regungslos auf dem Rücken liegengeblieben, unfähig zu schlafen, was von der klaffenden Wunde in seinem Magen herrühren mochte. Er lauschte dem fernen Lärm einer späten Fete, der durch sein offenes Kippfenster hereinwehte. Um die demütigenden Schläge der Kirchenglocke zu vergessen, summte er ein Lied mit, das von der Fete herüberschallte. Jeden Augenblick erwartete er, das letzte »Bumm« auf der großen Trommel zu hören, der Refrain war bereits gut fünfzehnmal wiedergekehrt, hörte aber nicht auf. Er trat ans Fenster und spähte auf die Straße hinunter. Nirgendwo brannte Licht. Auf der Fete wurde es gerade einen Moment lang still, so daß sie noch schwerer zu lokalisieren war. Als er wieder im Bett lag, begann dasselbe Lied von vorn, nun allerdings immer lauter von einem Chor jubelnder Stimmen, wie in einem Fußballstadion, übertönt. Es fand und fand kein Ende.

Nun, in seinem Amsterdamer Bett, lauschte Albert den Geräuschen Alis im Dunkeln. Zumindest schien dessen Körper noch immer hörbar zugegen zu sein. Der Korbsessel, der sein Gewicht stundenlang getragen hatte, atmete knarrend auf, wodurch es schien, als wechsele Ali die Sitzposition. Von Zeit zu Zeit hörte Albert ihn aufstehen, um seine Zigarettenasche über dem Aschenbecher auf dem kleinen Schreibtisch abzuklopfen, denn sie einfach auf den Fußboden fallen zu lassen, war für einen so Feinbesaiteten undenkbar. Albert sah die Zigarettenspitze nicht glühen (der letzte, bei dem er in fast blendender Grelle einen Aschekegel im Dunkeln hatte aufglühen sehen, war Jimmy Händel gewesen, der glücklose Marinesoldat, der sich mit einer letzten Zigarette auf den Tod vorbereitete), dafür aber lösten sich Alis weiße Fußabdrücke vom Boden – eine leuchtende Spur, die zu dem knarrenden Sessel führte. Es war Albert nicht unangenehm, daß der Mann da immer noch saß, unaufdringlich, nie mehr Lärm machend als kleine, mit einem Zischen verklingende Knalle des sich entspannenden Rohrs, wie man sie auch bei einem Kaminfeuer hören konnte.

Das Erkalten

Oktober 1977
(Zwanet Vrauwdeunt)

Diese Tage vor dem Beginn ihrer Periode konnten (manchmal ja, manchmal nein) die einzigen Tage des Monats sein, an denen sie niedergeschlagen war. Ziemlich down war sie häufiger, doch die äußerste Melancholie, wenn alles sich in ein Schwarz-Weiß-Schema fügte und die ganze Welt sich gegen einen verschworen zu haben schien, überwältigte sie nur an diesen paar Tagen vor der Menstruation. Diesmal kam nun auch noch der Vondelpark hinzu, und trotz allem Elend konnte sie froh sein, daß sie überhaupt menstruierte.

Die Blasenverkühlung hatte sich nicht verstärkt, hatte sich nicht zu einer Blasenentzündung entwickelt. Zwei Tage lang alle halbe Stunde ein Schwall farblosen Urins, ohne das Gefühl, sich richtig zu entleeren. Alle halbe Stunde wurde sie, auf der Toilette kauernd, an die Vergewaltigung erinnert.

Was ihr blieb, war dieses vage Gefühl von Vertrautheit, das sie einfach nicht an etwas Konkretem festmachen konnte. Seine Kleidung. Sein Geruch. Seine Gestik. Sein Gemurmel: »Hirschknubbel.« Es war wie bei einem Namen, dessen einzelne Laute wie Salz auf der Zunge prickelten, sich aber nicht zu der richtigen Buchstabenfolge fügen wollten.

Auf einmal war ihre Welt von scheinheiligen Monstern bevölkert. In der Linie 16 auf dem Weg zum Zeitarbeitsbüro am Damrak (die 2 fuhr ihr zu dicht am Vondelpark vorbei, und außerdem könnte sie dann von der Überführung aus Die Stelle sehen: verbrannte Erde, berußte Bäume) teilten sich die Fahrgäste in Männer und Frauen, in Vergewaltiger und in deren Opfer. Sie alle trugen eine Maske der Alltäglichkeit. Sobald er mit einer Frau allein war, würde dieser Mann da, dem Anschein nach die Freundlichkeit in Person, der Geilheit und Gewalt verfallen. Alte Männer waren pensionierte Vergewaltiger, zwölfjährige Jungs Vergewaltiger in Ausbildung. Und all diese rosigen Frauen, mit ihren Einkaufstaschen ergeben auf dem Weg zum Kaufhaus Hema, wurden den ganzen Tag über, wenn es gerade paßte, von Stöcken aus gehärtetem Fleisch brutal durchstochen. Etwas Ähnliches hatte sie mit fünfzehn Jahren nach dem intensiven Studieren ihres ersten Pornohefts voll kopulierender und sich aneinander festsaugender Männer und Frauen schon einmal erlebt. Damals wurden alle Menschen in der Linie 16, und auch in der 2, zu Schlafwandlern degradiert, die starren Blicks auf dem Weg von einer Lutsch- und Knutschparty zur nächsten waren.

Jede Handlung übersetzte sich in eine andere Handlung. In einem Werbespot sah sie, wie eine Frau einem Mann den Ehering über den Finger schob. Die Handlung verwandelte sich mühelos ins Herunterrollen eines Kondoms über einen aufgerichteten Penis; die Frau, die mit gespreizten Schenkeln vor dem Mann saß, schob den Ring bis zur haarigen Wurzel seines knotigen Ringfingers. »Bis daß der Tod uns scheidet« – was konnte das anderes bedeuten als »Bis daß der Orgasmus uns scheidet«?

Auf dem Polizeirevier waren eine ganze Reihe Vergewaltiger aufgestellt: alle mit dem gleichen, von ihr beschriebenen Mopedhelm auf dem Kopf – nicht ganz wie der ihres Peinigers, sah sie jetzt. Alle im gleichen Jogginganzug. Sie hatten sich nach der erzwungenen Paarung vermehrt. Die Männer waren von unterschiedlicher Körperlänge und Schulterbreite, aber alle konnten es gewesen sein. Sie standen unter einem zu grellen Licht.

»Ich weiß nicht. Hier ist es so hell. Damals war es noch fast dunkel.«

Das Licht wurde gedämpft. Jetzt glichen sie sich noch mehr. Sie rochen alle nach kaltem Speichel.

»Kann ich die Hände sehen?«

Die Männer streckten auf die entsprechende Aufforderung eines Polizisten ihre Hände vor. Plötzlich hatte Zwanet das Gefühl, hinter all den heruntergelassenen Visieren starrten sie die Augen von lauter Freunden und Bekannten an, darunter

– da war sie sich sicher – Ernst Quispel. Höchstens einer von ihnen konnte der Täter sein. Wie mußten die anderen sie verachten! Hier, unter gedämpftem Licht, wurde schweigend eine ganze Reihe von Freundschaften ruiniert. Sie begann zu weinen.

»Ich weiß es wirklich nicht. Sie ähneln sich alle zu sehr.«

Die Roboter marschierten im Gänsemarsch davon.

Im Gerichtslabor in Rijswijk wurde der zerrissene Slip, den sie in ihrer Tasche aufbewahrt hatte, trotz ihrer Versicherung, der Samen des Vergewaltigers sei im Gras gelandet, auf Spermaspuren hin untersucht.

»Vielleicht ist eine geringe Menge doch in Ihnen geblieben.«

Die Blutgruppenfaktoren, die durch die Untersuchung ermittelt werden sollten, stellten noch kein rechtsverbindliches Beweismittel dar, konnten aber Hinweise liefern, so hatte ihr ein Mann vom Labor erklärt. »Der Slip muß sowieso auf Vaginalsekrete hin untersucht werden, um die Blutgruppenfaktoren des Opfers festzustellen.«

Dort, im Gerichtslabor, wurden Zwanet und ihr brutaler Liebhaber erst richtig voneinander getrennt, auseinandergenommen, ausgeforscht. Sie mußte an einen Waldspaziergang mit einem Onkel denken. Am Fuße eines Baums hatte eine Unterhose gelegen, die von dem Onkel mit Hilfe eines Ästchens – gierig, neugierig – einer Inspektion unterzogen worden war. So machten sie es jetzt auch mit ihrem Slip. Ernst Quispels Hose, die sie sich ausgeliehen hatte, wurde im übrigen ebenfalls in die Untersuchung mit einbezogen.

»Mejuffrouw Vrauwdeunt, bei Ihnen sind nach der Nacht, in der Sie überfallen wurden, Spermareste von Mijnheer Ernst Quispel festgestellt worden.«

Ihr erster Gedanke: *Natürlich, Ernst war es! Ernst mit einem Mopedhelm auf dem Kopf!*

»Bleiben Sie dabei, daß Sie nicht freiwillig mit ihm Verkehr hatten?«

Wie durcheinander sie gewesen war! Ernst hatte ja immerhin in jener Nacht, als sie sich in einer Art Trancezustand befand, einen idiotischen, zynischen Versuch unternommen, sie »diesen widerlichen Kerl vergessen zu lassen«. Der *Exorzist*!

»Doch, es war freiwillig. Das heißt ... Mein Gott, lassen Sie mich doch mal nachdenken, Mann.«

»Aber ... Sie haben hier Anzeige wegen Vergewaltigung erstattet.«

»Ja, ja, ich bin auch vergewaltigt worden. Nur ... da waren zwei Männer.«

»Wollen Sie damit sagen, daß Sie in der fraglichen Nacht mit *zwei* Herren Verkehr hatten?«

»Als ›Herrn‹ würde ich keinen von beiden bezeichnen. Ja, mit dem einen unfreiwillig, mit dem anderen ... mehr oder weniger freiwillig. Ich hab es über mich ergehen lassen.«

»Sie machen es aber ganz schön kompliziert für uns, Juffrouw. Dann müßten Ihr Freiwilliger und Ihr Unfreiwilliger ein und dieselbe Person gewesen sein.«

»Dieser Kerl im Park hat nicht in mir abge ... Wie oft muß ich das noch sagen?«

In den Wochen nach der Vergewaltigung entwickelte sich die so oft gehörte und gelesene Vorstellung, der Vergewaltiger könnte jemand aus dem Kreis ihrer Freunde, Bekannten oder sogar Verwandten sein, bei Zwanet zu einer Besessenheit. Von jedem der Männer, die nacheinander als Verdächtige in Betracht kamen, ließ sie sich – bis in ihr Innerstes hinein – restlos besitzen und vergiften. Die Gestalt des Vergewaltigers erwies sich dabei als höchst flexibel. Sie wuchs mit jedem Verdächtigen oder schrumpfte notfalls. Der Mopedhelm paßte allen ihren männlichen Bekannten. Jeden Tag, jede Woche füllte ein anderer Freund oder Bekannter sie aus, bis sie von Ekel geschüttelt wurde. Verdauungsprozeß, Stoffwechsel des Hasses. So fand die Überwältigung eine Fortsetzung nach der anderen.

Von dem Zeitpunkt an, als Zwanet von einem Psychiater

erfahren hatte, daß ein Junge aus ihrer ehemaligen Nachbarschaft, ein Pädophiler, in der Verwirrung der Untersuchung des öfteren ihren Namen nannte und von ihr sprach, als sei sie noch ein kleines Mädchen, galt auch er als verdächtig. »Hirschknubbel...«

Und Alberts Bruder Freek... was hatte der zu dieser Uhrzeit im Vondelpark zu suchen? Zwanet hatte ihn in ein wartendes Taxi steigen sehen, aber war es auch weggefahren? Hatte ihre spitze Bemerkung über Albert und ihr Verschwinden im Park ihn oder, besser gesagt, seinen Körper auf eine Idee gebracht? Doch dann hätte der Mopedhelm sich irgendwo in dem Taxi befinden müssen... Dumm, daß sie der Polizei nichts von der weißen Baßgitarre in der Weide erzählt hatte. Bis zum Überdruß reckten Popmusiker ihre Gitarre als schüttelndes Symbol in die Höhe, aber als Zwanet den schräg aufgerichteten Gitarrenhals im Morgengrauen gesehen hatte, hatte sie nur an einen Schwan gedacht. Mörder, hatte sie gelesen, hinterließen manchmal ein Zeichen als Hinweis auf ihre Identität. Galt das auch für Vergewaltiger... oder genügte denen ihr eigenes Sperma als Visitenkarte? Der Helm blieb ein größeres Rätsel als die Gitarre, allerdings war es eine Tatsache, daß Freek Egberts seit jenem frühen Morgen, Donnerstag, 22. September, spurlos verschwunden war. Auch Albert konnte nicht sagen, wo sich sein Bruder herumtrieb.

Um jeden der Männer wieder loszuwerden, bedurfte es nicht weniger als einer Teufelsaustreibung. Und wenn man sich dann vor Augen hielt, daß jede Austreibung lediglich dazu diente, dem nächsten Mann Platz zu machen... Weil der Orgasmus Entspannung in konzentriertester Form bietet, wurde Zwanet von heftigen Masturbationsanwandlungen überfallen, als hoffe sie, sich so all ihrer unerwünschten Liebhaber entledigen zu können. Ganze Serien von Orgasmen, während sie früher damit doch so sparsam gewesen war. Es hatte nichts gemein mit der völligen, wohligen Hingabe an die Wollust von früher (feine Schweißtröpfchen, die ihre Locken an den Schläfen kleben ließen), geschweige denn mit der früheren Flut erotischer Phantasien. Es ging nur noch darum, diesen Punkt der Entladung, der völligen Entspannung zu erreichen, des Bannens, des Austreibens.

Es schenkte ihr keine Erleichterung. Es war, als schrubbe sie sich sauber, sehr gründlich, ein wirbelnder Frühjahrsputz. Sie ging mit harter Hand gegen sich vor. Ihre Finger, früher sanft und die Handlanger ihrer Visionen, kamen ihr nun grob vor, wie die Klaue einer Putzfrau. Sie verzichtete jetzt auf die herrlichen, den Genuß steigernden Tempowechsel. Ihre Fingerspitze war nicht länger ein kleines Boot, das elegant über stets dieselbe anmutige Welle glitt. Nein, jetzt machte sie es mit der ganzen Hand, mit aneinandergepreßten Fingern, rotierend. Und sie machte es *hoch*, mit kaum gespreizten Beinen, durch viele Hautschichten hindurch – als ekele sie sich davor, die Falten direkt zu berühren. Sie wurde kaum feucht. Es tat weh. Sie schrubbte.

Plötzlich jedoch war es vorbei mit dieser Art der Teufelsaustreibung. Radikal: Sie rührte sich mit keinem Finger mehr an. Allein schon der Gedanke daran flößte ihr Abscheu ein. Sich selbst Genuß zu verschaffen! Doch die Geste des Brauenstreichelns blieb. Mit dem Mittelfinger der rechten Hand rieb sie ununterbrochen über ihre rechte Augenbraue, wie manche Menschen es zur Vervollständigung eines Stirnrunzelns tun. Zwanet tat es mit regelmäßigen Bewegungen, viele Minuten lang, ununterbrochen.

»Das ist nicht gut, Zwanet«, sagte ihre Mutter einmal.

»Was?«

»Immer dieselbe Stelle reiben. Durch sowas sind schon Tumore entstanden.«

»Menschenskind, kümmere dich um deine eigenen Tumore. Wovon sprichst du eigentlich?«

»Über dieses Gestreichel an deiner Augenbraue.«

Zwanet hörte abrupt auf. Ihre Hand fiel in den Schoß. Sofort ging der Mittelfinger wieder zur Braue hoch, doch dann hielt sie inne, und die Hand hing reglos in der Luft.

Dissonanzenquartett

Oktober 1977
(Albert Egberts)

War sein erster Zettel so klein gewesen, daß kein Text auf ihn paßte, so lagen bald schon viele Papierstücke mit Alis Handschrift in Alberts Wohnung herum: immer dieselbe Adresse (ein Hotel) und dieselbe Telefonnummer (des Hotels, dazu die Zimmernummer). Die Treppe war trocken, der Läufer bedeckte wieder die Stufen, aber noch immer ließ Ali sich von seinen eigenen, auf den Boden gestempelten Fußabdrücken zum Korbsessel führen. Natürlich hätte Albert weitere Kontakte ablehnen können, hätte zumindest Alis ohne Nachdruck angebotenen Dienste ausschlagen können, und sei es allein deshalb, weil das Zeug ihn eine Menge Geld zu kosten begann. Doch Neugier – und noch etwas, was vorläufig unbenennbar blieb – trieb ihn immer wieder in die Telefonzelle an der Ecke des Sarphatiparks, wo er schon längst keinen Zettel mehr brauchte, um die richtige Nummer zu wählen. Die Kraft, die ihn dorthin lockte, war der Anziehungskraft jenes Jungen mit dem breiten Mund vergleichbar, von dem Albert sich einmal hatte umarmen und befriedigen lassen, *weil* es ein Junge war, und damit das Unbekannte schlechthin. Der große Unterschied zwischen dem Jungen mit den großzügigen Lippen und dem zurückhaltenden Türken bestand darin, daß er bei ersterem von dem einen Mal genug hatte und sich beim anderen seine Neugierde als unstillbar erwies.

»Und noch etwas, vorläufig unbenennbar …« Unbenennbar blieb diese vage Triebfeder einstweilen noch, wenngleich sie Albert im Laufe der nun folgenden Wochen etwas deutlicher wurde, zumindest vermutete er es. Warum machte er zu einem Zeitpunkt, als er sich noch mit Leichtigkeit hätte zurückziehen können, freiwillig einen großen Schritt in die Schlangengrube einer möglichen Abhängigkeit? Es hing mit seinem rasenden Verlangen nach Bewegung zusammen – Bewegung, egal in welcher Form, denn die größte Sünde war Stillstand, egal in welcher Form. »Mal sehen, ob das dein Leben retten kann...« mußte in einem unbewachten Moment eine arrogante Stimme in ihm gesagt haben. Vielleicht hatte er das gemeint, als er auf dem Weg nach Amsterdam im Auto zu seiner Mutter gesagt hatte, er wolle dort »experimentieren«. An der Heftigkeit ihrer Reaktion war jedenfalls zu merken gewesen, daß sie eine Ahnung von der Kompromißlosigkeit des Experiments hatte, dessen Rohstoff das Leben war.

Der Korbsessel begann, an Ali zu haften. Er gab seine Last am Ende des Abends nur unter Mühen preis und ächzte und wimmerte dann bis tief in die Nacht vor Verlassenheit. Manchmal klang es auch anders, je nachdem: wie eine Zahlungserinnerung, strenge Mahnung, Drohung...

»Ich weiß nicht, was mit Zwanet los ist, Albert«, sagte Mevrouw Vrauwdeunt, zu Boden blickend, in ihrem herrlichen russischen Akzent. »Sie ist nicht in Ordnung. Sie ist gar nicht in Ordnung.«

Als Albert Zwanet wiedersah, schien etwas auf nicht wiedergutzumachende Weise zwischen ihnen zerstört zu sein, und das lag nicht nur an Krijns und Alis Diensten. Zwanet schien bis ins Mark erkaltet.

»Was hast du in der Nacht alles gemacht?« fragte sie scharf. »Ich will eine klare Antwort. Du hast beim *City* vor der Tür gestanden und später bei meinen Eltern... Man hat dich gesehen. Was ist in den Stunden dazwischen passiert? Sprich.«

Ihr Gesicht war hart und glich dadurch, in dieser Mischung aus Verzweiflung, Sanftheit und Gift, dem seiner Jugendliebe Lydia, die mit einer Zunge, scharf wie eine Rasierklinge, alles, was ihr nicht gefiel, in Stücke schnitt. Eine Stimme, die sang, Worte, die einen verwundeten... Sie war als Siebzehnjährige vor einer Discothek in Spanien angepöbelt und belästigt worden. Seitdem schnitt sie Männern in die Seele.

Zwanets Fragen quälten ihn. Er wurde unruhig.

»Dieser Quispel und du... zwei Seelen, ein Gedanke. Schmutzige. Auf meine Kosten.«

Wenn er sich nur diesen kleinen Rest aus Alis letztem Briefchen zu Gemüte führen könnte, dann wäre er imstande, ihr auf alles eine Antwort zu geben …

»Was hat Ernst damit zu tun?« fragte Albert fast schaudernd vor Unbehagen. »Laß ihn bitte aus dem Spiel.«

»Du hast mich ihm doch in die Hände gespielt, du Dreckskerl.«

»Ich weiß nicht, wovon du redest.«

Um ein Haar hätte er die Worte benutzt, die sein Vater so oft gegenüber seiner Mutter benutzt hatte, früher, wenn sie ihn in die Enge trieb: »Du hast wohl deine Regel, oder?«

Irgend etwas hinderte ihn daran, seinerseits böse zu werden. Etwas, das stärker war als Wut. Er ging nach Hause.

Alberts Korbsessel trug Ali durch die Nacht, auch nachdem dieser körperlich gegangen war. Frühmorgens erwachte Albert mit einem Gefühl der Übelkeit und Verwirrung von Alis lauter Stimme, die ihn vom Kirchenportal auf der gegenüberliegenden Straßenseite aus rief. Er knipste das Licht an: Der Sessel war leer und schwieg sich aus. Auf dem Sitz lag eines von Alis Briefchen, unschuldig wie früher ein Pülverchen vom Weißen Kreuz, manchmal mit ein paar Scheinen als Wechselgeld daneben. Alberts von den Kurierdiensten erspartes Geld näherte sich dem Ende, was ihn jedoch in gewisser Weise beruhigte: In Kürze würde er aktiv werden müssen, und dann würde sich zeigen, was sie wert war, diese Pendelei zwischen Übelkeit und Wohlbefinden. Eine Tretmühle wurde schließlich nicht von einem verborgenen Motor in Bewegung gesetzt, eine Tretmühle spornte zur Bewegung an, und genau darum ging es ihm ja.

Alberts Leben begann, den von Mevrouw de Hoogh-Stey vorgezeichneten Kreisen zu folgen, allerdings nachts. Er löste sie abends ab, sie ihn morgens.

Auch Flix, wenn er nicht bei Thjum übernachtete, hatte die Neigung, früh aufzustehen, meist, wenn Albert sich gerade ins Bett gelegt hatte. Das Schlimmste war nicht das Getrampel auf dem Holzfußboden, wenn er vom Vorderzimmer über das Treppenpodest und Alberts Zimmer in die Küche ging, sondern daß er dabei Türen aufstieß, deren Angeln nie geölt wurden und die allesamt ihre eigenen quietschenden und knarrenden Töne von sich gaben. Es waren vier: zwischen Flixens Zimmer und dem Podest, zwischen Podest und Diele, zwischen Diele und Alberts Zimmer und zum Schluß die Küchentür. Sie unterschieden sich nicht nur in der Tonhöhe, sondern besaßen auch noch eine jeweils eigene Geschwindigkeit beim Zufallen. Durch zunehmende Verlangsamung konnte der Ton außerdem höher oder tiefer werden. Um sich selbst von seiner großen morgendlichen Emsigkeit zu überzeugen, entwickelte Flix die Angewohnheit, die vier Türen zwischen sich und seinem Frühstück so weit wie möglich aufzustoßen. Er lief so oft hin und her, daß sie sich noch nicht wieder ganz geschlossen hatten, wenn er sie erneut aufriß oder aufstieß.

Eines Morgens fiel Albert auf, daß eine von Flixens Fuß aufgestoßene Tür fast wie ein Bogen klang, der grob und unkontrolliert über die Saiten einer Geige aufwärts geführt wird, um danach eintönig und langsam, mit schrillem Ton, herabzugleiten. Damit war eine auditive Zwangsvorstellung in Gang gesetzt worden. Flixens eigene Tür erinnerte an den tiefen Klang eines Cellos, die Türen der kleinen Diele neben der Toilette spielten die erste beziehungsweise die zweite Geige, und die Küchentür hatte das samtig Umflorte einer Bratsche. Mit Fußtritten und Ellbogenstößen, manchmal sogar, wenn er beide Hände voll hatte, mit einem Kopfstoß spielte Flix ganz allein Streichquartett. Durch das regelmäßige Hin- und Hergetrabe zwischen seinem Zimmer und der Küche, wodurch die Instrumente gegeneinander spielten, holte er kontrapunktisch alles heraus, was möglich war. Das *Dissonanzenquartett* nannte Albert diese immergleiche und doch jeden Tag wieder anders klingende Komposition für vier ungeölte Türen. Es war *eine* große, gänsehauterzeugende Improvisation, wobei Flix auch noch wie ein Kind, das mit Spielzeugautos spielt, jaulend die verschiedenen Heul- und Sirenengeräusche nachahmte.

Aber eigentlich war es Albert, der, übermüdet und schlaflos, im Bett diese Wahnsinnsmusik komponierte, indem er sich Flixens bediente, der die Instrumente in Schwung brachte.

Endlich hatte sein Leben ein Ziel, ein allgegenwärtiges Ziel. Sein Leben war in Fluß, doch er mußte jeden Tag zusehen, daß es in Fluß blieb. Jeden Tag den Kreis vollenden, jeder Tag eine Erfüllung, jeder Tag das Modell für ein ganzes Menschenleben. Es war mehr, als er zu hoffen gewagt hatte. In Amsterdam war das Leben tatsächlich mitten durch ihn hindurchgegangen. Es hatte ihn durchsiebt.

Gepsenstich

Sonnabend, 15. Oktober 1977
(Ernst Quispel)

So was Blödes. Da opfert Mijnheer Wendelgelst schon seinen freien Samstagnachmittag für mich, weil ich diese Woche sonst keine Zeit hatte, und dann komme ich eine halbe Stunde zu spät in Heemstede an. Na gut, höhere Gewalt. Demonstration gegen die Metro, die heute ihren Betrieb aufnimmt. Dort unten, wo der Bürgermeister ... tja, wie hat er das Ding eigentlich in Bewegung gesetzt – indem er eine Champagnerflasche daran zerschellen ließ oder einfach indem er ein Band durchschnitt? ... dort unter der Erde war es bestimmt voll, jedenfalls kam man schon auf dem Platz vor dem Bahnhof nicht durch. Als ob man das Ding noch stoppen könnte. Hättet ihr euch '75 mehr ins Zeug gelegt, dann wäre kein Maulwurf gekommen, um die Pfähle unter den alten Häusern wegzufressen, und ... ja, was noch? Dann hätte ich heute nachmittag meinen Zug gekriegt und nicht auch noch in Haarlem umsteigen müssen. An mir hat's nicht gelegen, damals, zu Zeiten des Krieges in der Antoniesbreestraat ... ich hab getan, was ich konnte ... Tag und Nacht, kein Auge mehr zugetan ... Wenn ich umzukippen drohte, bin ich einfach schnell in den Bummelzug nach Haarlem gesprungen ... schnell mal in der Familienkanzlei reingeschaut. *Quispel, Quispel & Quispel. Prozeßbevollmächtigte und Anwälte*. Ein kleiner Plausch mit meinem alten Herrn über den Maulwurf im Bereich des Nieuwmarkt ... na ja, kleiner Plausch ... und ich war wieder voll motiviert. Ein besseres Aufputschmittel gab's nicht.

Ich hab Wendelgelst am Telefon wohlweislich nicht erklärt, warum unser Termin immer wieder verschoben werden mußte. Inzwischen immerhin schon drei- oder viermal in einem Zeitraum von sechs Wochen. Wie soll man so einem trockenen Buchhalter auch erklären, daß der untadelige Anwalt noch nicht einmal ein halbes Jahr nach seinem letzten Exzeß für einen Monat in die Knie ging... und das während seines Urlaubs, den er im eigenen Land verbrachte, um seine Angelegenheiten in Ordnung zu bringen? Die Festivitäten selbst könnte Mijnheer Wendelgelst ja vielleicht noch verstehen... er würde sich eine Krawatte auf halbmast vorstellen, einen Cocktail mit so einem kleinen Papierschirm drin... aber die Zeit danach? Mit dem Zug, um Schlimmeres zu verhüten, in den Osten des Landes geflohen... nach Amsterdam zurückgeflohen, um noch Schlimmeres zu verhüten... Seit zwei Wochen, als Buße, permanent auf der Suche nach dem Mann, der die doppelt gedemütigte Zwanet überfallen (oder vergewaltigt) hat... Nein, damit das Weltbild des Mannes keinen Knacks abbekommt, hab ich einfach gesagt, die laufenden Fälle hielten mich in Amsterdam fest. »Oh, am Wochenende geht es auch, Mijnheer Quispel. Kein Problem.«

Taxis kennt man am Heemsteder Bahnhof nicht. Vielleicht drüben, auf der reicheren Seite... Aerdenhout... Auch nicht. Dann eben per pedes zu Mijnheer Wendelgelst... bin ohnehin schon zu spät, dank der Beunruhigung von ein paar tausend Amsterdamern, die sich um ungefähr zwei Jahre verschlafen haben. *Und* dank solcher Streikbrecher wie Albert Egberts, die für ein paar Cent bereit sind, dem Bürgermeister und einer Handvoll Beigeordneter den Arsch zu lecken und an der Einführung des Aluminiummaulwurfs mitzuwirken, und sei es nur durch die Durchführung einer Meinungsumfrage... Dieser Opportunist. Sogar jetzt, wo seine Zwanet, diese tolle Frau, in Schwierigkeiten geraten ist, verkrümelt er sich.

Wenn ich so betrachte, wie die Leute sich tagein, tagaus auf die verschiedensten Weisen zu drücken versuchen, dann muß ich daraus wohl schließen, daß dieses Sichverkrümeln für das Leben insgesamt gilt. Das Leben ist offenbar etwas, dem man sich... durch Abtauchen, ja, genau, das ist es... entziehen will. Permanent. Man will nichts davon wissen. Man drückt sich. Im Kleinen wie im Großen. Vielleicht ist es das, was Albert mit der Reise des Menschen ins Nichts meint... oder war es Ferien *im* Nichts? Muß ihn noch mal fragen. Das erste ist stärker ... dafür genügt eine einfache Fahrkarte ... Auch ich bin davon nicht frei, muß ich zugeben. Vielleicht ist Sichverkrümeln ja die Hauptbeschäftigung des Menschen. Seine Lebenserfüllung ...

Ein Opportunist, kann man wohl sagen. Es scheint so, als täte Albert im Moment für Geld *alles*. Gigolo spielen in der Beethovenstraat, dabei hab ich ihn noch nicht erwischt ... aber was nicht ist, kann ja noch werden ... Illegale Kindertransporte: macht er mit links. Erst zu mir kommen und sich über die Risiken informieren, und es dann, nachdem ich ihm ausdrücklich davon abgeraten habe, trotzdem tun ...! Gratis-Beratung, versteht sich von selbst ... genauso wie sich mein Berufsgeheimnis und meine Schweigepflicht von selbst verstehen ... Okay, es hat insofern eine Gegenleistung gegeben, als ich durch Albert an diesen ausgezeichneten Wirtschaftsprüfer Wendelgelst geraten bin. Ein bescheidener Midas, der alles, was er im Namen seiner Klienten anfaßt, in Gold verwandelt und selbst nur ein mittelprächtiges Honorar einstreicht. Ehrlich wie sonstwas, der Mann. Nur seine Liebe zu Kindern kann ihn Recht und Gesetz vergessen lassen. Letzten Sommer hat Albert ihm einen kleinen Jungen aus Italien geholt ... linke Sache ... Das dritte Adoptivkind des Ehepaars Wendelgelst, wenn ich's richtig verstanden habe ... Ob die beiden ersten, sie sind schon etwas älter, auch illegal adoptiert worden sind, weiß ich nicht. Nur das Mädchen habe ich einmal gesehen, Katinka ... Tinka ... Hübsches Kind. Blond. Voller arglosem Vertrauen zu ... anscheinend zu allem, zu ihren Eltern, der Schule, der ganzen Welt, einfach allem. Sieben oder acht ist sie und hat Lispellücken im Milchgebiß, die sie nur noch hübscher machen, vor allem wenn sie zu kokettieren versucht und vergißt, daß sie übers ganze Gesicht grinst.

J. A. Wendelgelst
WIRTSCHAFTSPRÜFER & STEUERBERATER

Das Schild steht links vom Plattenweg, der zur Haustür führt, gleich hinter dem niedrigen Zaun, der den Vorgarten vom Bürgersteig trennt. Links und rechts hohe Hecken, zwischen denen graue Fäden kreuz und quer gespannt sind – Wolle, auf den ersten Blick. Die breite Pforte, genauso niedrig wie der Zaun, läßt sich gerade weit genug öffnen, damit ich in den Garten eintreten kann, aber dann stehe ich vor dieser schulterhohen Absperrung, die an die zwei Meter tief ist. Eine Ordnung ist darin nicht auszumachen: Die Fäden kreuzen sich willkürlich, ohne jeden Plan, und trotzdem ist das Ganze sorgfältig ausgeführt. Straff, das ist das mindeste, was man dazu sagen kann. Nirgends ein schlaff durchhängender Faden. Hier muß ein ganzer Strang oder ein ganzes Knäuel Wolle verarbeitet und im Zickzackmuster hinter den Zweigen der beiden Hecken durchgezogen worden sein, bis der viele Meter lange Faden zu Ende war.

»Das ist Krieg, Mijnheer.« Genau diese Worte fallen mir ein. Vor manchem unwillkürlichen Lächeln wird man durch ein leichtes Kribbeln um die Mundwinkel gewarnt. Ich steh hier wie ein Vollidiot. »Das ist Krieg … das kann nicht weg, Mijnheer.«

Die Worte stammen von Albert, zumindest sind sie durch ihn über all die Jahre hinweg bewahrt geblieben. Er war sechs oder so und hatte an der gepflasterten Straße seines gottverlassenen (oder gottbesessenen) Dorfes stundenlang Ausschau gehalten nach seinem Onkel Hasje, dem Kunstmaler, der ein Bild für ihr Wohnzimmer bringen sollte. Endlich kam er angeradelt, das noch nasse Bild im neuen Rahmen auf Armeslänge vor sich haltend. Der Onkel fuhr den Sandweg zwischen den Hintergärten entlang, und Albert rannte hinter ihm her. Direkt vor ihrer Gartenpforte hatten Nachbarskinder, indem sie sich das Drahtgeflecht auf beiden Seiten zunutze gemacht hatten, quer über den Weg eine undurchdringliche Sperre aus Drachenschnur geflochten. Jetzt kann ich's mir besser vorstellen, Albert, wie das ausgesehen hat.

»Was ist das, Jungs?« fragt der Onkel. »Ich muß da durch.«

Der größte der Jungen deutet mit kerzengerade ausgestrecktem Arm auf das Gewirr der straff gespannten Fäden. »Das ist Krieg, Mijnheer. Das kann nicht weg.«

Seit diesem Tag, hat Albert mir vor einem halben Jahr erzählt, ist Krieg für ihn ein abstraktes Linienspiel gewesen, zwingend in seiner Straffheit, jedoch ohne sein Muster preiszugeben. »Ich schwör dir, Ernst, das gilt für mich bis auf den heutigen Tag. Wenn ich das Wort Krieg höre oder lese, sehe ich als erstes diesen Wall aus heller Drachenschnur vor mir...«

Ich hätte das auch lieber mit sechs erlebt. Wie soll ich jetzt zur Haustür mit der rostbraunen Glasscheibe kommen? Zum ersten Stock hinaufzuschauen, wo sich Wendelgelsts Büro befindet, bringt nichts: Sein Schreibtisch steht weiter hinten im Zimmer. Rufen? Ich komm mir sowieso schon wie ein Idiot vor, der hier rumsteht... Von überallher sind Augen auf mich gerichtet, außer aus dem Haus des Wirtschaftsprüfers.

Er ist genauso hübsch wie seine Schwester, ähnelt ihr aber überhaupt nicht mit seinen braunen Haaren und den Pausbacken. Und diese ernsten, weit aufgesperrten Augen... die sind wohl dunkelblau. Ist er gerade erst aus diesem schmalen dunklen Gang zwischen Haus und Hecke aufgetaucht oder hat er schon die ganze Zeit dagestanden und mich angesehen?

»Ist das Krieg?« frage ich und deute auf die wollene Barrikade. Könnte ja ein zeitloses Phänomen sein.

Imro? Remko? Bei meinem letzten Besuch ist sein Name gefallen. Imro oder Remko gibt keine Antwort. Er bleibt regungslos, mit dunklem, mürrischem Blick im Schatten des schmalen Gangs stehen. Er färbt sogar die Hecke mit seinem Mißtrauen.

»Darf ich nicht rein?« frage ich noch einmal freundlich. »Ich bin mit deinem Vater verabredet...«

Hinter der rostbraunen Scheibe der Haustür sehe ich bizarre Bewegungen, menschliches Spiegelbild, im Wasser schaukelnd. Das Klicken des Türriegels. Auf der Schwelle erscheint Mevrouw Wendelgelst, Steuerberaterin, ein kleines Kind an der Hand. Beim Anblick des zarten Stacheldrahts ist sie zu überrascht, um gleich zu reagieren. Der Junge tritt einen Schritt zurück, dreht sich um und verschwindet in Richtung des hinter dem Haus gelegenen Gartens.

»Rinko ...! Tinka ...!« ruft die Frau über die Schulter. »Wer hat ... Macht das sofort weg!« Sie sieht mich an und hebt die Arme. »Ich entschuldige mich tausendmal, Mijnheer Quispel. Irgendsoein Unfug, den die Kinder ausgeheckt haben. Ich mach es gleich weg. Was das wieder soll ...«

»Krieg«, höre ich mich sagen. Durch ihre große Brille schaut die Frau mich erschrocken an. »Er hat Krieg gespielt«, füge ich hastig hinzu. Hinter ihr taucht die Tochter auf, die mir grinsend zeigt, daß seit meinem letzten Besuch noch zwei Schneidezähne dran glauben mußten.

»Katinka, hol mir mal die Schere aus der Küche ... aber vorsichtig ...«

Der kleine Junge, zwei Jahre alt, tapst, von der Mutter losgelassen, ein paar Schritte auf die flauschige Absperrung zu, geht unter den etwas höheren Fäden durch, verfängt sich dann in den niedrigeren ... bückt sich, grabscht, ist gefangen. Seine Unterlippe beginnt zu zittern, aber noch bevor er losheulen kann, hat seine Mutter sich mit der von Katinka gebrachten Schere zu ihm durchgeschnitten ... und dann weiter zu mir. »Das darf nicht wahr sein, Mijnheer Quispel ... Aus dieser Wolle hatte ich einen Pulli für Rinko stricken wollen. Für den Winter ...«

»Vielleicht hat er ja selbst schon gestrickt ... noch ein bißchen weitmaschig.«

»Mein Mann erwartet Sie. Ich bringe Sie zu ihm hinauf.« Während sie mir vorangeht, schneidet sie hier und da grimmig einen höher gespannten Faden durch. Von Rinkos stolzem Atlantikwall sind nur noch ein paar schlaffe Wollfäden übrig, die von der Hecke herabhängen und sich durch die Rosensträucher schlängeln. Mit ihrem freien linken Arm schnappt sich Mevrouw Wendelgelst den Kleinen vom Rasen. »Und das ist, seit diesem Sommer, unser Kleiner, Marco ...« Der Junge schaut mich über ihre Schulter mit großen, dunklen Augen an. Nicht unwirsch und mißtrauisch wie Rinko, der leicht als sein leiblicher Bruder durchgehen kann, sondern mit einem Blick, der sagt: »Da staunst du, was ...« Muß Albert doch mal fragen, wie die Reise mit dem Kind verlaufen ist. Wir sehen uns in letzter Zeit zu selten, das ist das Blöde.

Mevrouw schließt die Haustür, gibt Marco in Katinkas Obhut, sagt: »Ich geh mal voraus ins Büro.« Wie bei früheren Gelegenheiten scheint ihr erst auf der dritten Stufe bewußt zu werden, daß sie als junges Mädchen gelernt hat, auf Treppen den Mann vorgehen zu lassen. Sie greift hinter sich, um ihren etwas weiten Rock an die Oberschenkel zu drücken. Ertappt schaue ich schräg nach unten und sehe, wie ihre hornhautüberzogene linke Ferse bei jeder Stufe aus dem ein wenig zu weiten Schuh rutscht. Oben angekommen, das immergleiche Ritual. Leida, so heißt sie nämlich, öffnet die Tür zu dem kleinen Nebenzimmer, in dem Aktenschränke stehen. Kündigt vor einer Kulisse aus Sammelmappen meinen Besuch an. »Johan ... Mijnheer Quispel ist da.« Aus dem größeren Zimmer, zu dem die Zwischentür offensteht, kommt keine Antwort. Leida raschelt an mir vorbei. »Bitte sehr, Mijnheer Quispel.«

Ich betrete den kleinen Archivraum, und mein Blick prallt gegen den unnahbar hohen und breiten Rücken eines ledernen Drehsessels. Lediglich ein Büschel stumpfes Haar ragt darüber hinaus, ansonsten ist der Buchhalter unsichtbar. »Treten Sie näher, Mijnheer Quispel.« Der Sessel dreht sich um hundertachtzig Grad, und Wendelgelst streckt mir die Hand entgegen. Er ist noch grauer im Gesicht, seit ich ihn vor gut zwei Monaten zuletzt gesehen habe. Herzleiden. Er hat eine neue Klappe, eigens aus Kanada importiert.

»Nehmen Sie Platz, Mijnheer Quispel.«

Sein Gesicht ist auch schmaler geworden. Alle naslang muß er seine schwere Brille, die keinen Halt mehr auf seinem knochigen Riechorgan findet, mit der Fingerspitze in Richtung Augenbrauen zurückschieben.

»Ich entschuldige mich tausendmal, Mijnheer Wendelgelst, daß ich so spät komme. Ich wurde aufgehalten ...«

»Oh, ich bitte Sie, keine Entschuldigungen. Ich wollte Ihnen als Rechtsanwalt meinerseits ein Problem vorlegen. Ich bin von einem Klienten ... oder, besser gesagt, von einer Gruppe von Klienten ... mit einem ganzen Netz von Schein-GmbHs in Schwierigkeiten gebracht worden. Lauter Manipulationen, wie sich jetzt erst herausstellt, mit Erlösen aus dem Pornohandel ... Haben Sie dafür ein Organ?«

»Für Pornos?«

»Für falsche GmbHs ...«

Nach getaner Arbeit, seiner und meiner, im übrigen ohne große Probleme gelöst zu haben, unterhalten wir uns noch ein wenig über häusliche Angelegenheiten. Mijnheer Wendelgelst hat in letzter Zeit Schwierigkeiten mit Rinko.

»Diese Absperrung im Garten ... glauben Sie mir, das wundert mich schon gar nicht mehr. Vor ein paar Nächten ... ich schrecke hoch ... steht Rinko plötzlich bei uns im Schlafzimmer. Steht am Fußende des Bettes ... schaut mich voll an ... Ich denke erst noch, er schlafwandelt, aber nein, er antwortet klar und deutlich.

›Rinko, hast du dich in der Tür geirrt? Mußt du pinkeln?‹

›Nein ... nein.‹

›Was machst du dann hier?‹

›Nichts.‹

›Was ist denn? Schlecht geträumt?‹

›Nein. Ja.‹

Ich steige aus dem Bett, bringe ihn in sein Zimmer zurück ... ›Erzähl mal, was hast du denn geträumt?‹

›Von ... von dem Esel mit den fünf Beinen. Nein, nein. Was Scheußliches. Ich weiß nicht mehr. Etwas ganz Scheußliches. Kein Esel. Nein, kein Esel.‹

Fängt laut zu weinen an. Ich sag: ›Ruhig jetzt. Sonst wacht Mama noch auf.‹ Und er: ›Papa ...‹ ›Ja, mein Junge?‹

›Papa, ihr dürft nicht mehr bei offenem Fenster schlafen.‹

›Warum nicht, mein Schatz?‹

›Da können Tiere reinkommen ...‹

Darüber mußte ich erst schrecklich lachen. ›Ein Esel mit fünf Beinen zum Beispiel? Der klettert aber nicht einfach am

Regenrohr hoch, mit den vielen Beinen ... und dann noch über die Fensterbank rüber ...‹

Daraufhin hat er wieder hysterisch losgeheult, und darüber bin ich dann doch erschrocken. ›Nein! Nein! Nein! Ihr müßt das Fenster zulassen ...!‹

Ich wollte nicht auf seine Ängstlichkeit eingehen und hab darum gesagt: ›Och, allmählich wird es sowieso zu kalt, um es offenzulassen ... In Ordnung, ich mach es von jetzt an zu. Wenn der Winter vorbei ist, sehen wir weiter ...‹

›Versprochen?‹

›Versprochen.‹

Tinka hat ihren Bruder auch schon ein paarmal aus unserem Schlafzimmer kommen sehen. ›Warum warst du bei Papa und Mama?‹ Und da hat er gesagt: ›Schauen, ob sie noch da sind ...‹ Er belauert seine Eltern.«

»Er ist jetzt zehn, nicht wahr?« frage ich den kopfschüttelnden Vater.

»Neun.«

»Es gibt Hinweise darauf, daß sich die Pubertät mit jeder Generation früher ankündigt. Vielleicht will er dem Geheimnis der Sexualität auf die Spur kommen ...«

»Na ja, beim letzten Mal, als Tinka ihn fragte, was er mitten in der Nacht bei uns mache, hat Rinko gesagt: ›Nachsehen, ob Papa und Mama noch leben ...‹ An dem Tag, nachdem ich ihn in unserem Schlafzimmer erwischt hatte, war er ein bißchen schulkrank. Ich mußte mein Archiv neu ordnen, also lasse ich ihn helfen. Ich auf dem kleinen Küchentritt, und er reicht mir Ordner und Mappen ... Da kommt unerwartet ein Klient ... ich schicke Rinko hinunter ... Kurz darauf stehe ich am Fenster, um die Jalousie runterzulassen, da sehe ich, wie Rinko mit seiner Schaufel ein Loch im Garten buddelt ... zwischen den Rosensträuchern ... Nach zehn Minuten schaue ich noch mal, da ist er dabei, Papiere in die Kuhle zu legen. Dann schaufelt er die Erde wieder drauf ... Ja, was denkt man da? Papiere von mir, hier aus dem Archiv ... Ich nach unten, in den Garten ... ›Rinko, mach die Erde wieder weg! Her mit den Blättern!‹ Er rennt heulend davon, also grab ich sie selber aus. Stellt sich raus, daß es Zeichnungen von Rinko sind. Alles Esel. Aufrecht stehend wie ein Mensch, aber mit einem Schwanz zwischen den Beinen. Manchmal auch mit den Beinen auf der Erde … mal vier, mal fünf …«

Das Telefon auf dem Schreibtisch klingelt zweimal kurz, was bedeutet: innerhäusliches Gespräch. »Leida will wahrscheinlich wissen, ob wir einen Tee möchten«, sagt Wendelgelst und nimmt ab. »Leida? … Ja, schick ihn mal rauf. Nein, wir sind mit unserer Besprechung fertig. Jetzt plaudern wir nur noch ein bißchen über dies und das … Esel zum Beispiel, aber das ist wieder eine andere Geschichte.«

Kurz darauf steht Rinko mit bedripster Miene vor der offenen Zwischentür. Als er mich flüchtig anschaut, lese ich einen schweren Vorwurf in seinen Augen, an der Grenze zum Haß.

»So, Rinko.« Der Vater bemüht sich, streng zu klingen. »Was sollte das eigentlich … Mamas gute Wolle ruinieren?«

»Ich bin von einer Gepse gestochen worden.« Wie eine Erklärung oder Entschuldigung, so hört es sich an.

»Von einer Wepse, meinst du wohl, äh … Wespe. Zwischen den Rosen?«

»Nein … ja …«

»Aha, deshalb mußte der Garten also gesichert werden«, sage ich, um nicht ganz wie der Ochs vorm Scheunentor dazustehen. »Ein Netz aus Wolle gegen die Wespen …«

»Ich bin von einer Gepse gestochen worden«, wiederholt Rinko mit Nachdruck.

»Gestochen … wo denn?« fragt sein Vater.

»In den Hintern …« sagt der Junge und dreht Wendelgelst seine Kehrseite zu. Er zieht seine rote Trainingshose ein Stück herunter. Der Vater versucht, beherrscht und neutral hinzuschauen, wie ein Hausarzt bei einer Untersuchung.

»Aber Rinko, das sind keine Wespenstiche … Meiner Meinung nach hast du dich in die Dornen eines Rosenstrauchs gesetzt.« Wendelgelst sieht mich an. »Lauter kleine Wunden. Sind schon verschorft, aber immer noch leicht blau unter der Haut …«

Rinko wird jetzt ungeduldig. »Ich bin von einer Gespe gestochen worden, sag ich doch! Einer Gespe! Einer Gespe ...!«

»In Ordnung«, sagt sein Vater und zwinkert mir zu. »Ich will dir ja zuhören ... und glauben ... aber dann mußt du erst das Wort richtig aussprechen. Wie beim vorigen Mal, als an deiner Mickymausuhr irgendwas nicht in Ordnung war. Wie haben wir das wieder hingekriegt? Was war noch mal mit dem Armband deiner Mickymausuhr?«

»Die Gepse war kaputt.«

»Gespe.«

»Gepse.«

»Nein, Rinko: Gespe. Gesssspe.«

»Gepssse ...!«

»Gespe. Wie Wespe.«

»Gepse. Wie Wepse.«

»Dann sag es so: Gesssss ... *p*.«

»Gessss ... *pus*!«

Die Zischlaute dieser Sprachlektion schwirren mir noch im Kopf herum, als ich zum Bahnhof zurückgehe. Mit jedem Schritt wächst meine Überzeugung, daß der kleine Kerl die Wahrheit sagt, wenn er behauptet, von einer Gepse beziehungsweise einer Gespe, wie manche zu einer Schnalle sagen, gestochen worden zu sein. Jemand muß ihn mit einem Riemen oder Gürtel verdroschen haben, und zwar nicht mit dem spitz zulaufenden, gelochten Ende, sondern mit der anderen Seite, an der das klirrende Insekt sitzt ... der metallene Stachel ...

Schalttage

Montag, 31. Oktober 1977
(Albert Egberts)

Manchmal hatte Albert den Eindruck, sein Korbsessel beginne schon bei Alis Kommen leise zu knarren, als heiße das Möbelstück den Mann willkommen, lade ihn ein, Platz zu nehmen. Es konnte aber auch sein, daß er sich vom vorigen Mal noch nicht ausgeächzt hatte. Alis Besuche folgten immer schneller aufeinander . . . In der Anfangszeit brachte er immer Nr. 3 mit, chinesischen braunen Zucker, vierzigprozentiger Reinheitsgehalt und mit dem Spiel Blasfußball von Jumbo Clipper Games ausgezeichnet zu inhalieren. *Chasing the dragon* nannten die Chinesen diese Einnahmemethode, und weil sie damit begonnen hatten, hieß sie in Amsterdam kurz »Chinesen«, außer für Albert, der von einer »Runde Blasfußball« sprach. Zur Erhitzung der Körner legte er ein Stück Alufolie in ein Teesieb und hielt es über eine Kerzenflamme. Er wußte nicht, ob aus Aberglauben oder um für sich selbst ein Ritual zu schaffen, jedenfalls wählte er sein kleines Blasrohr stets in der Farbe, die zu seiner Stimmung oder zu dem Moment paßte: rot, blau, gelb oder grün. Bevor das Spielzeug in seiner Hand zu einem Instrument des Todes wurde, mußte er immer an die Leerrohre aus Hartplastik denken, mit denen sie früher Papierpfeile auf Vögel schossen, oder an die leeren Kugelschreiberhülsen, mit denen man seinen Klassenkameraden kleine spuckenasse Papierknäuel ins Genick blies. Blasfußball selbst war das ekligste Gesellschaftsspiel seiner Jugend. Der kleine Ball wurde durch den Atem von drei, vier Jungs so lange an Ort und Stelle gehalten, bis ganze Spuckefäden aus den Röhrchen auf das Pappfußballfeld tropften. Wenn er sich damals selbst quälen wollte, genügte es, die lädierte und von zwei Unterhosengummis zusammengehaltene Schachtel hervorzuholen und an den Röhrchen zu riechen. Nichts reichte in puncto Ekligkeit an den sauren Geruch von altem eingetrocknetem oder fast eingetrocknetem Speichel heran. In Verbindung mit dem Teesieb war das Blasrohr nicht länger ein Instrument zum Blasen, sondern zum Saugen, wie Limo durch einen Strohhalm. Nachdem die Lungen und das Blut alle Dämpfe aufgenommen hatten, verengten sich seine Pupillen – Albert kontrollierte es jedesmal im Spiegel. Blasfußball machte seinen Blick leer und kalt. Wenn er mehr als die übliche Dosis inhaliert hatte, hingen seine Mundwinkel herunter, wie bei dem alten chinesischen Opiumraucher in dem nach einem Buch von Jules Verne gedrehten Film.

Tja, und dann die berühmte euphorisierende Wirkung von Heroin ... Die konnte er unmöglich in dem Zeug gesucht haben, denn die Euphorie war schon nach dem Umzug nach Amsterdam aus seinem Körper und Geist und Leben hervorgebrochen, und zwar auf sehr viel eigenständigere Weise ... Heroin, das war für Albert teuflischer Senf nach einem himmlischen Essen. Arglos, um seinem Glück einen Klecks hinzuzufügen, hatte er den Topf auf den Tisch stellen lassen. Mittlerweile war von Essen keine Rede mehr, jetzt löffelte er nur noch Senf, der Löcher in seine Eingeweide brannte. Er war vom Großhändler und vom Krämer um die Ecke abhängig, bevor ihm klar wurde, was da geschah.

Erst als er Alis leise knarrenden Platz in seinem Leben als zumindest lästig zu empfinden begann (und ein teurer Spaß war's obendrein), machte er sich daran, die Spur bis zum Ursprung zurückzuverfolgen. Irgendwo mußte etwas schiefgegangen sein. Faktoren im Spiel, auf die er keinen Einfluß gehabt hatte ... Nachträglich Schlußfolgerungen zu ziehen war so etwas wie das Rückwärtsfahren im Zug: Albert wurde schwindlig und leicht paranoid davon. Alle Spuren führten zu der Schneenacht im September ... jener Nacht, die sein Leben kreuzte und es kreuzigte ... aber das war nicht alles. Wer hatte ihn in diese Nacht geschickt? Genau, Schwester Cox. Susan Cox. Sux Cox, mit ihren verdammten Rechenspielereien. Ohne sie hätte er nichts von seinem zehntausendsten Lebenstag gewußt, hätte Ali nie seinen Weg gekreuzigt ... äh ... gekreuzt.

Jetzt, da er, an einem öden Montag Ende Oktober, schon mal dabei war, das Gesetz von Ursache und Wirkung etwas genauer zu studieren, bekam er Lust, Schwester Cox' kalendarisches Rechenexempel einmal nachzurechnen. Weil er am 30. April 1950 unmittelbar vor Mitternacht geboren war, hatte sie, soviel wußte er, den 1. Mai als seinen ersten Lebenstag genommen ... Vielleicht auch, weil es ein Zweifelsfall war: Sein Vater behauptete steif und fest, sein Sohn sei unmittelbar *nach* Mitternacht zur Welt gekommen, und wollte den 1. Mai als sein Geburtsdatum eintragen lassen, den Tag der Arbeit, der ihm als Salonkommunisten angeblich so wichtig war ... Seine Mutter klammerte sich an die Vorstellung eines königlichen Geburtstages, na schön. Also, erst mal die neuntausendneunhundertneunundneunzig folgenden Tage zum 1. Mai dazuzählen, danach würde er die Schalttage berücksichtigen ... lästige Fußangeln immer, diese Schalttage, brachten ihn völlig durcheinander ... Ohne die Schaltjahre zu berücksichtigen, kam Albert, die Lippen leise bewegend ... mal sehen ... auf den 22. September 1977. Wie war das möglich? Zwischen 1950 und 1977 gab es sieben Schaltjahre, 1952, 1956, 1960, 1964, 1968, 1972 und 1976, was sieben zusätzliche Tage ergab ... eine volle Woche, in der sein Leben genauso verstrichen war ... Sux Cox hatte die Schalttage nicht mitgerechnet. Noch hoffte Albert, sich zu irren. Mit fest geschlossenen Augen begann er von neuem zu zählen. Ihm fehlten sieben Tage. Beziehungsweise, er behielt sieben übrig. Nach dem Coxianischen Kalender fiel Alberts zehntausendster Lebenstag auf den 22. September 1977, nach dem Julianischen auf den 15. September 1977.

Sie hatte es versäumt, die Schalttage mitzuzählen ... Albert begann nervös zu kichern. Genau in dem Moment, als er die Nase voll hatte von den Berechnungen, die seine mageren Umfrageergebnisse hieb- und stichfest machen sollten, hatte Sux Cox ihn mit ihrer Rechnerei behelligt. Kein Buswechsel im Stadtteil Bijlmermeer war ihm entgangen ... nicht mal die kürzeste Taxifahrt ... jeden Pferdewechsel notierte er ... aber als Schwester Cox ihn mit ihren Zahlen überschüttete, wurde es ihm schwummrig vor Augen, und die Schalttage entgingen ihm. Die blöde Kuh. Die dreimaldämliche Kuh. Die siebenmalverfluchte Kuh mit ihrer verdammten Rechenmanie.

Als sie ihn in die Nacht hinausjagte, um seinen zehntausendsten Lebenstag zu feiern, lag der bereits eine Woche zurück. Was hatte er am Donnerstag, dem fünfzehnten, gemacht? Natürlich Leute befragt im Bijlmer. Er hatte keine besonderen Erinnerungen daran, denn mit seinen miefigen kleinen Abenteuern in den ungelüfteten Ehebetten dieser Schlafstadt hatte er bereits irgendwann im August aufgehört. Ach nein, an dem Tag war er überhaupt nicht im Bijlmer gewesen: Er war mit Freek und Mariëtte nach Eindhoven gefahren, um dort ihren Großvater zu beerdigen, den alten Pau van der Serckt... Zweifellos hatte er, während er, sein Großmütterchen am Arm, am Grab stand, dem Verrinnen eines Menschenlebens jede Menge Gedanken gewidmet, ohne auch nur eine Sekunde lang daran zu denken, daß es sein zehntausendster Lebenstag war. Hätte er es gewußt, dann hätte er ihn nicht gefeiert, und schon gar nicht mit so etwas wie einer Schneenacht, oh nein. Irgendwie fand Albert es im nachhinein passend und richtig, daß er an diesem Tag jemanden beerdigt hatte. Ohne es zu wissen, hatte er den Abschluß seines ersten Lebensdrittels mit einer Beerdigung gefeiert.

So hieß Albert Susan Cox als Sündenbock willkommen und reihte sie in die kleine Herde ein, die er bereits seit Jahren mit Tritten und Schlägen und Steinwürfen durch die eher wüstenartigen Regionen seines Lebens vor sich her trieb.

Manchmal, in weniger wütenden Momenten, dachte Albert auch, das Ganze sei ein sprachliches Problem gewesen. Er hatte das Wort »Schnee« fallenlassen, und Ali hatte die Ohren gespitzt. Und im übrigen nicht nur die Ohren... alles an dem Mann hatte sich geschärft, und er hatte sich mit sämtlichen Stacheln und Tentakeln in Albert festgehakt. Erst später begriff Albert, daß »Schnee« ein Szeneausdruck nicht nur für Kokain, sondern auch für Heroin war.

Jetztling oder Heutiger

Hakenkreuzmuster

Sonnabend, 19. November 1977
(Arend-Jan Baartscheer)

Anfang November zog meine frühere Kollegin, Englischlehrerin und Quasselstrippe Mariëtte, aus dem multikulti Happy Holland Hotel in eine billigere Wohnung hier im Viertel De Pijp, in die Rustenburgerstraat. Sie brauchte etwas später, aber noch im selben Monat, eine große Fete, um sich heimisch zu fühlen – anders wär's auch nicht gegangen, denn die Wohnung gehört einem Kulturanthropologen, der für eineinhalb Jahre in Indien stationiert ist. Wenn er zurückkehrt, wird sie wieder umziehen müssen. Schade um das Happy Holland Hotel mit all seinen Ägyptern. Ich hab so manche Diskussion mit ihnen über ihre Nachbarn, die Juden, geführt. Kurz und gut, sie kamen an dem bewußten Samstagabend alle zu ihrer Fete, eine schöne letzte Gelegenheit, sie auf die Palme zu bringen.

Lächerliche Beduinensitte, auf dem Boden zu hocken... Ich war der einzige, der stehen blieb, eine Schulter an die Wand gelehnt. Das verfehlt nie seine Wirkung. Von dieser Haltung geht etwas Unruhiges aus, etwas Maliziöses... womöglich sogar Bedrohliches... Mariëttes Bruder Albert, diese Witzfigur von einem Philosophen, ließ mich nicht aus den Augen. Augen voller Haß. Ich *hörte* ihn förmlich denken, schließlich kenne ich seine Ausdrucksweise: Sieh dir bloß diesen Streepje da an, mit seinem rotangelaufenen, von einer Art explosiver Leutseligkeit obszön glänzenden Gesicht... als könnte er jeden Moment Gewalt und Zerstörung über die Anwesenden bringen... Man kann nie wissen, Albert.

Seine beiden Freunde waren auch da, Flix und Thjum. Dekadente Schwulis, pfui Deibel. Homos, die werfen wir, wenn's soweit ist, als erste raus. Der kleine katholische Jude trug einen affigen weißen Overall: sein Kostüm, wie ich erfuhr, in einem Theaterstück, für das er vor seinem Kommen noch geprobt hatte. Schwantje als Heutiger in einer freien Bearbeitung der *Chinesischen Mauer* von Max Frisch. Avantgardistischer Murks... entarteter Mist... Wir werden ihm bald seine Zukunft nehmen, dann hat er, was er wollte: Kann er für den Rest seines Lebens den Heutigen spielen...

Vor lauter Langeweile inspizierte ich Mariëttes Bücherschrank. Tja, man will doch wissen, wofür sich die lieben Kollegen interessieren... selbst wenn es ehemalige Kollegen sind... Tim und Struppi... *Die Krabbe mit den goldenen Scheren*, in einer glänzenden neuen Ausgabe. Weicher Einband, kein harter Pappeinband wie bei meinem eigenen völlig zerlesenen Exemplar. Ich blätterte in dem Comic rum und spürte, wie ich blaß wurde.

»Mariëtte«, rief ich durch den Partylärm, »du hast dir ja einen zensierten Tim und Struppi andrehen lassen.«

Zum Glück wohne ich ganz in der Nähe. Ich habe meine eigene *Krabbe mit den goldenen Scheren* geholt... und gleichzeitig die Gelegenheit genutzt, mein Köfferchen mit Marschmusik mitzunehmen. Also, das wurde eine tolle Vorlesung, vor einem Publikum, das zur Hälfte aus Ägyptern bestand.

»Da, sieh dir das mal an, diese Volksverarschung...« Ich ließ die beiden Bände herumgehen, damit alle sehen konnten, wie die prononcierten Hakennasen der Zionisten aus der alten Fassung in der neuen retuschiert worden waren. »Die reinste Geschichtsfälschung.«

So richtig brachte ich die Bewohner des Happy Holland Hotels aber erst zum Grinsen, als ich die Sprechblasen der Zionisten aus der alten Ausgabe vorlas, selbstverständlich mit meinem schönsten hebräischen Akzent. Es war so unwiderstehlich, daß auch Mariëtte und ihr Polle, Pelle oder Pingo mitlachten, sogar Flix und Thjum begannen zu kichern. Nur der sture Egberts behielt seine Visage unter Kontrolle.

Danach hab ich meine schönste Schellackplatte mit deutscher Marschmusik aufgelegt.

»Habt ihr den Besuch von Sadat in Israel im Fernsehen

verfolgt?« fragte ich die ägyptischen Jungs ganz nebenbei. Hatten sie. »Ist euch etwas an seiner Krawatte aufgefallen?«

»Nein ... was denn?«

»Das Hakenkreuzmuster.« Wir waren wieder beim Thema.

Ein Esel mit fünf Beinen

Dienstag, 22. November 1977
(Wendelgelst)

Amsterdam Donnerstag-Vormittag

Sehr Geehrter Herr Wendelgelst Buchprüfer und Steuer-Prüfer in Heemstede / Aerdenhout Dortselbst

Geehrter Herr Sie täten gut daran mal die Adresse Nieuwendijk 233 B aufzusuchen denn möglicherweise könnte das was von Ihren Trabbeln lösen. Im Museum ist es die sechste Tür links, kapiert? Kleingeld bereithalten.

Hochachtungsvoll Anonym (Geht nicht anders)

In der großen Halle des Hauptbahnhofs tigerte ganz in der Nähe des Ausgangs ein Mann auf und ab. Jedesmal wenn er kehrtgemacht hatte und wieder in den Bereich des elektrischen Auges kam, öffneten sich die Glastüren dröhnend und aggressiv einladend. Obwohl der Zugwind dann immer nach seinen Hosenbeinen und Mantelschößen schnappte, schien der Mann es nicht zu merken. Türen zu, Türen auf. Mit verkrampftem Rücken setzte er seine Pendelbewegung fort, die Augen hinter den Brillengläsern starr auf die Steinchen gerichtet, die dort in den Fußboden eingelassen sind. Seine Kieferpartie entspannte sich lediglich von Zeit zu Zeit zu einem lautlosen Gemurmel. Wer genau hinschaute, konnte erkennen, daß die Knöchel seiner linken Hand schneeweiß waren, so fest umklammerte er den Griff seiner Aktentasche.

Und wieder sprangen, heftig sich vertikal spaltendes Glas, die Türen auf ... und schlossen sich ... bis der Mann kehrtgemacht hatte und der Wind von draußen ihn erneut zu fassen bekam. Schließlich blieb er vor der Tür stehen, die sich deshalb nicht gleich wieder schloß. Das Bimmeln und Knirschen der Straßenbahnen auf dem Bahnhofsvorplatz drang verstärkt in die Halle. Der Mann hatte die Tasche vor sich auf den Boden gestellt und einen Umschlag aus seinem Regenmantel gezogen. Er faltete ein Blatt auseinander. Um den Text lesen zu können, setzte er seine Brille ab und eine andere auf. Warum lesen Leute Briefe, die sie längst auswendig kennen? Der Mann starrte mehr auf das Papier, als daß er die Worte las.

»*... was von Ihren Trabbeln lösen...*«

Der Stil eines Ungebildeten, doch wiederum nicht ganz. Und so idiotisch es auch dastand, worauf konnte der Briefschreiber sonst anspielen als auf die Sache mit den GmbHs? Der kurze Brief war ironischerweise gleichzeitig mit dem häßlichen Schreiben des Finanzbeamten eingetroffen. Wie hatten diese Typen – Gesocks aus der Unterwelt, das stand inzwischen fest – ihn bloß soweit kriegen können? Nie auch nur der kleinste Makel an seiner Reputation, und jetzt...

Und trotzdem mußte sich unter diesem Abschaum so etwas wie ein menschliches Wesen befinden, das in Gewissensnot geraten war und ihn hatte warnen wollen.

»*Anonym (Geht nicht anders)*«

Eine Adresse, aber kein Zeitpunkt. Es handelte sich also vermutlich um Dokumente, die er »hinter der sechsten Tür links« finden konnte, es sei denn, dort saß permanent eine Kontaktperson (oder wie schimpfte sich so ein Kerl?). Es war aber auch möglich, daß sie ihn, einen ehrlichen Buchhalter, noch weiter in ihr Netz hineinlocken wollten...

Er mußte das Risiko eingehen. Das Wohl seiner Familie stand auf dem Spiel. Mit Rinko war in letzter Zeit ohnehin irgendwas, und wenn jetzt sein Vater auch noch... nein. Die Pubertät konnte es nicht sein, der Junge war nicht einmal zehn. Vielleicht gab es ein Alter, in dem Kinder doch noch Probleme mit ihrer Adoption bekamen. Tinka, fast acht, war immer die Fröhlichkeit in Person, genauso wie der zweijährige Marco... aber man konnte nie wissen, wie es später aussehen würde. Wie dem auch sei, nichts wie hin. Die Tür stand offen.

Den Nieuwendijk kannte Wendelgelst nur als Straße mit Schuhgeschäften und »Poffertjes«-Buden, und so wunderte er sich, unter der Hausnummer 233 B tatsächlich ein Museum zu finden.

MUSEUM DER APHRODITE

Gleich am Anfang eines langen, überhellen Gangs befand sich ein Schalter. »Eintritt zwei Gulden« las er in fünf Sprachen. Wendelgelst legte einen Zehner hin und bekam sein Wechselgeld in lauter Guldenmünzen. Er beugte sich zu dem Kreis mit den kleinen Löchern in der Glaswand. »Darf ich Sie etwas fragen? Mir wurde gesagt: ›Sechste Tür links...‹ Wissen Sie...«

»Sie müssen ganz nach hinten. Da gibt's genug Türen. Zählen Sie sie ruhig ab.«

Auf beiden Seiten des Gangs standen Vitrinen mit erotischen Bildern, Figuren, Büchern. Auch bei einigen Gegenständen aus Horn konnte Wendelgelst erraten, wie sie erotisch verwendbar waren. Je weiter er vordrang, um so moderner, frecher, ja, fast schon pornographisch wurden die Darstellungen. Japan im 16. Jahrhundert. Europa, Fin de siècle. Rostbraune Nacktfotos aus den zwanziger Jahren. »Trost für Frontsoldaten.« Heftchen, an die er sich vage aus seiner Wehrdienstzeit erinnerte, mit Frauen, glatt wie Schaufensterpuppen. Weiter reichten seine Kenntnisse dieser papiernen Welt nicht. Die letzten Vitrinen waren mit der Art von Kunststoffgegenständen gefüllt, die man auch – aus den Augenwinkeln – in manchen Schaufenstern der Stadt sehen konnte.

Der Gang endete an einer Wand mit einer schmalen Tür, die zu einem dämmrigen Raum führte. Wendelgelst ging hinein. Im rötlichen Halbdunkel lungerten ein paar amerikanische Touristen herum. Auch Ehepaare, Arm in Arm, unsicher.

An der Wand zur Linken befand sich eine Reihe von gut und gern zwölf Schwingtüren. Sie erinnerten an Duschen auf einem Campingplatz oder Umkleidekabinen in einem Schwimmbad. Über einigen der Türen brannte eine rote Lampe, allerdings nicht über der »sechsten links«. Hier mußte es sein. Es war nicht leicht, in diesem Schummerlicht nach Papieren zu suchen. Jedenfalls hatte er seine eigenen Unterlagen dabei, um sie eventuell vorlegen zu können.

Wendelgelst stieß mit seiner Aktentasche die schmalen, sich in ihren Angeln bewegenden Türflügel auf. Der Raum dahinter war so klein, daß er sich kaum bewegen konnte. Seine Tasche störte ihn. Wendelgelst stieß mit den Ellbogen gegen dünne Hartfaserwände. Er tastete mit der Hand über den Linoleumfußboden, fand aber nur ein benutztes Taschentuch, das vermutlich keine Nachricht enthalten würde. Erst als er sich wieder aufgerichtet hatte, sah er im Licht einer Minilampe den Schlitz eines Automaten. *Einwurf 1 Gulden*. Wendelgelst trug das Wechselgeld noch lose in der Manteltasche. Nachdem der Gulden gefallen war, schob sich in der Wand in Augenhöhe leise summend eine kleine Luke auf. Durch eine entspiegelte Scheibe blickte Wendelgelst in die bezaubernde Landschaft eines Guckkastens.

Das unnatürliche Interieur eines Puppenhauses, allerdings in Wirklichkeitsgröße. Hinter Großmutters Bett eine Spiegelwand, und darin die bleichen Hintern von zwei Frauen, die sich zu leiser Nachtclubmusik in den Hüften wiegten. Sie bewegten sich, sah Wendelgelst im Spiegel, von einem kleinen Fenster zum nächsten. Hinter den Fenstern die Köpfe von Männern wie er selbst, mit Brille, ohne Brille. Die Gesichter ausdruckslos. Auch sich selbst entdeckte Wendelgelst dort auf der gegenüberliegenden Seite.

Beide Frauen traten ein paar Schritte zurück, wodurch Wendelgelst sie ganz sah. Abgesehen von hochhackigen Pantoletten waren sie nackt. Während sie eine Form von verhaltenem Bauchtanz tanzten, unterhielten sie sich miteinander.

»... mit dem Einkaufen?« verstand er.

»Na, ganz einfach. Wenn ich Dienst hab, dann darf's für den gnädigen Herrn doch mal was aus der Dose sein, oder?«

»Recht hast du.«

Nicht nur ihre Nacktheit, die trotz des gedämpften Lichts viel zu nachdrücklich und zu nah war, versetzte ihn in eine Art süßer Erregung, sondern auch der Kontrast zwischen dieser wogenden Nacktheit und der schnippischen Nüchternheit ihrer Bemerkungen über den Haushalt.

»... das heißt, wenn ich irgendwo einen Parkplatz finde. Sonst...«

Er durfte nicht unaufmerksam werden. Man hatte ihn nicht umsonst hierher geschickt... Doch so scharf Wendelgelst auch aufpaßte, nirgendwo war etwas zu entdecken, das zur Lösung seines GmbH-Problems führen konnte. Warum hatte man ihn in dieses Spannerbordell gelockt?

Die Luke ging warnend rauf und runter und schob sich dann vor das kleine Fenster. Was hatte gleich noch mal in dem Brief gestanden? *Kleingeld bereithalten.* Wendelgelst holte einen Gulden aus seiner Manteltasche. Geräusch einer fallenden Münze.

Er verstand die Frau nicht, die sich mit schaukelnden Brüsten zu seinem Fenster beugte (weil sie so schwer herabhingen, bildeten sich direkt oberhalb der Brustwarzen senkrechte Falten), aber es war deutlich, daß er seine Kontaktperson gefunden hatte.

»... private cabin«, sagte sie mit Amsterdamer Akzent und deutete auf das Ende der Kabinenreihe. Warum glaubte sie nun auf einmal, einen Ausländer vor sich zu haben? »Private cabin ... over there. You go. I'll come. Okay?«

Wendelgelst nickte. Er wartete nicht, bis die Luke den Guckkasten erneut verschließen würde. Mit den Schultern stieß er die Pendeltüren auf, die sofort nach seinem ersten Schritt wieder zuschwangen und dabei sein Handgelenk einklemmten. Er riß sie noch einmal auf, indem er seine Tasche mitzog. Ein Mann, der vor dem Kabuff stand, wippte auf den Zehenspitzen, um über Wendelgelst hinweg hineinschauen zu können.

Wendelgelst lief mit großen Schritten in die angegebene Richtung, entzückt. Er hatte sich getraut. Er hatte diesem

Schmutz getrotzt und wurde jetzt dafür belohnt. Endlich würde Licht in die Sache kommen.

Beim letzten Kabuff waren die Schwingtüren breiter. *Privatkabine hfl. 2,50.* Hier war so viel Platz, daß sogar ein Hokker darin stand. Gegenüber den Türen, die noch etwas in den Angeln quietschten, war eine große senkrechte Scheibe in einer Tür ausgespart. Hinter dem Glas hing eine Jalousie, die dünne Lichtstreifen durchließ.

Er wartete.

Finger wurden zwischen die Lamellen gesteckt. Mehr Licht. Wendelgelst fühlte sich belauert. Das Geräusch eines Schlüssels im Schloß. Die Tür öffnete sich einen Spaltbreit. »Sie müssen einen Reichstaler einwerfen. Please put in a two and a half guilder piece.«

Was sollte das? Mußte er für die Information, die ihm versprochen worden war, jetzt auch noch bezahlen? Es begann mit einzelnen Gulden, danach waren Zweieinhalb-Gulden-Stücke an der Reihe … und enden würde es mit einer glatten Erpressung.

Wendelgelst tastete nach einem Reichstaler in seinem Portemonnaie. Nachdem die Münze in dem beleuchteten Schlitz verschwunden war, ging die Jalousie hoch. Nicht automatisch: Die Frau von eben zog an der Schnur. Sie trug jetzt einen Morgenmantel, und das beruhigte Wendelgelst. Siehst du, sie will mich sprechen. Sie hat sich von der Arbeit entfernt und sich anständigerweise etwas übergezogen. Ich mußte nur der Form halber Geld einwerfen.

Die Frau setzte sich auf einen kleinen Schalensessel und schlug dabei die Beine übereinander. Die Pantolette hing an Zehen mit dunkelblau lackierten Nägeln. Sie nahm den Hörer von einem kleinen Telefonapparat (kaum größer als das Kindertelefon von Rinko und Tinka, das Marco sich immer häufiger unter den Nagel riß) und deutete auf den gleichen Apparat auf Wendelgelsts Seite der Tür. Erst jetzt las er die Worte: *Hier können Sie Ihre Wünsche äußern.*

Wendelgelst nahm zögernd den Hörer ab. Leute, die sich aus nebeneinanderliegenden Telefonzellen anriefen … das hatte er schon mal im Film gesehen, aber die hatten keine Ahnung davon ... wähnten sich weit vom anderen entfernt ...

Eine blecherne Stimme, die schlecht zu den sich bewegenden Lippen auf der anderen Seite paßte. »I will tell you how ... when ...«

»Sie können Niederländisch sprechen.«

»Sie sind ein Engel. Ich sag Ihnen Bescheid, wenn Sie eine neue Münze einwerfen müssen ... Was wollen Sie sehen? Oder hören?«

»Alles, was Sie haben. Alles, was Sie wissen. Mir wurde nicht gesagt, *was* hier ...«

»Na, das ist 'ne ganze Menge. Das könnte gut und gerne einen halben Tag in Anspruch nehmen. Sie müssen schon etwas präziser sein.«

Sie entledigte sich mit einem Schlenker ihrer Pantoletten und zog die Knie hoch, wobei sie die Zipfel ihres Morgenmantels schnell zwischen die Schenkel schob.

»Die Sache mit den GmbHs ... Irgend jemand soll hier Informationen für mich haben.«

»Sagen Sie mal, soll das ein Spielchen sein? Na ja, wie Sie wollen.«

»Die sechste Tür links, wurde mir gesagt. Da soll mir etwas überreicht werden ... Dokumente ... oder zumindest soll mir da irgend etwas mitgeteilt werden.«

»Ich weiß nicht, was Sie meinen. Hinter jeder Tür bekommen Sie hier das gleiche zu sehen. Oder warten Sie mal ...« Sie dachte nach. »Haben die vielleicht die Filmkabinen gemeint? Da werden öfter mal Deals eingefädelt ... Nächster Saal. Ein bißchen weiter steht so ein nachgebautes Pinkelbecken. So'n Schnörkelding, wissen Sie. Mit Schaufensterpuppen drin. Da ist eine kleine Treppe, die müssen Sie rauf. Und dort sind die Kabinen. So acht, neun Stück. Vielleicht finden Sie da, was Sie suchen, hinter der sechsten Tür links.«

»Besten Dank.« Wendelgelst stand auf, noch immer mit dem kleinen Hörer am Ohr.

»Bekomm ich nicht noch was?«

Bekomm ich nicht noch was. Genauso sagte Leida das auch

immer, wenn er, bereits im Mantel, schon an der Haustür stand. Einen Kuß, meinte sie. Gab er ihr einen, so krähte Tinka: »Bekomm ich nicht noch was?«

Wendelgelst rührte mit dem Finger im Münzfach seines Portemonnaies. »Ich habe keine Reichstaler mehr.«

»Ich kann wechseln.« Er sah, daß sie den Hörer auflegte. Sie öffnete die Tür, streckte den Arm durch. Der Morgenmantel bedeckte sie nur noch teilweise. Eine Brust drückte sich an die Scheibe, die Brustwarze hatte kein Relief mehr.

»Ich hab's nicht kleiner als einen Zehner. Sie können den Rest behalten.«

»Sind Sie sicher, daß ich nicht noch was für Sie tun kann? Ich meine ... wo Sie schon hier sind.«

»Nein, nein. Wirklich nicht.« Er sagte es viel zu heftig. Der Arm verschwand. Wendelgelst entledigte sich endlich des Telefonhörers. Er fragte sich, was sie ihm wohl noch bieten könnte, dort hinter ihrer Tür, aber er traute sich nicht, zu bleiben. Fast widerstrebend und trotzdem erleichtert verließ er die schwüle Intimität der Kabine, in der die Jalousie bereits wieder an der Scheibe herunterratterte.

In dem Schnörkelding war ein Paar männlicher lebensgroßer Puppen aufgestellt, ungelenk verschlungen. Wendelgelst ging die paar Stufen der kleinen Treppe zu einem Raum hinauf, der im ehemaligen Hinterhaus liegen mußte. Links standen regungslos zwei etwa zwanzigjährige Jungs mit blassen Gesichtern, die in dem fahlen Licht nur blaß *erschienen*. Ein Mann mittleren Alters schlenderte nervös umher und schien sich nach Kräften zu bemühen, nicht zu den Jungs zu schauen.

An der Wand rechts erkannte Wendelgelst eine Türreihe (keine Schwingtüren). Er zählte. Neun, in der Tat. Die meisten standen ein Stück weit auf. Über zwei Türen, die geschlossen waren, brannte eine rote Alarmlampe – auch über der »sechsten links«. Er hörte das Surren von Projektoren.

Auf den Türen waren Fotos geklebt. Wendelgelst ging zögernd auf »seine« Tür zu und versuchte, aus dem Bild schlau zu werden, doch es gab zuwenig Licht. Es sah eher wie eine

Foto*collage* aus, mit Text. In dem Raum dahinter surrte der Projektor sehr laut, fast schon ratternd. Er hörte auch Füßescharren, Gehüstel ... Plötzlich war das Rattern zu Ende. An das Geräusch einer fallenden Münze in der Stille begann Wendelgelst sich allmählich zu gewöhnen. Und schon schnurrte der Apparat wieder ...

Er versuchte, die richtige Haltung zu finden. Hände in den Manteltaschen, Hände nicht in den Manteltaschen. Quasilässig spazierte er an den Kabinen entlang und beugte sich dabei – wie kurzsichtig – zu den Fotos vor: Sie mußten aus der Pappverpackung der Filmspulen ausgeschnitten worden sein. Irgendwo glaubte er vage eine Frau zu erkennen, um sie herum das lebende Inventar eines Bauernhofs.

Die beiden Jungs hatten sich noch immer nicht gerührt, und auch der Mann stand jetzt regungslos an der hinteren Wand, wie abwartend. Wendelgelst empfand diese Konstellation irgendwie als sehr bedrohlich. Er versuchte, das Bild der Frau aus dem Guckkasten zu verdrängen. Vergeblich. Die frische Erinnerung hatte etwas Süß-Verdorbenes, nicht zuletzt wegen ihres Geruchs – eine Mischung von Puder und scharfem Schweiß –, der durch den Türspalt in die Kabine gedrungen war, wo er sich mit diesem anderen, undefinierbaren Männergeruch vermengt hatte.

Wendelgelst war auf seinem beschämenden Spaziergang an Tür Nummer sechs (hinter der er Kleidergeraschel vernommen hatte) bereits vorbei, als diese sich plötzlich mit einem Klicken der Verriegelung öffnete. Er drehte sich um. Ein noch junger Mann trat heraus und sah, während er sich den Mantel zuknöpfte, Wendelgelst fast provozierend lächelnd genau ins Gesicht. So stark war die Vorstellung einer *Verabredung* hinter dieser Tür geworden, daß Wendelgelst seine rechte Hand ruckartig aus der Tasche zog und sie um ein Haar dem Unbekannten entgegengestreckt hätte, der genau in dem Augenblick die Hände wieder in den Taschen vergrub und schnell, noch immer lächelnd, in Richtung Ausgang davonging. Drinnen ratterte der Projektor noch kurze Zeit weiter. Erst als das Ding verstummte, erlosch die rote Lampe.

Wenn Wendelgelst nicht gleich hineinging, dann nicht, weil er zögerte, sondern wegen seiner Angewohnheit, beispielsweise eine öffentliche Telefonzelle, die gerade von jemand anders verlassen worden war, kurz durchlüften zu lassen, bevor er sie betrat. Zwei deutsche Ehepaare stiegen laut redend und kichernd die Treppe herauf, gefolgt von einem alten Mann mit Eimer und Schrubber. Als Wendelgelst aus Angst, die Deutschen könnten ihm zuvorkommen, die Tür weiter öffnete, sagte der Alte keuchend: »Moment mal, Chef.«

Er fischte einen Putzlappen aus der Seifenlauge, wrang ihn nachlässig aus und fuhr mit ihm auf einem Schrubber durch das dunkle Kabuff. »Bitteschön, Chef. Blitzsauber, Chef.«

Und während der Mann unter den verblüfften Blicken der deutschen Frauen die nächste Kabine auswischte, wartete Wendelgelst ungeduldig, bis sich die dampfende Feuchtigkeit halbwegs verzogen hatte. Noppenvinyl, trocknete zum Glück schnell. Ein anderer Vorteil war, daß er den schalen Chlorgeruch in der Kabine nun ganz dem Putzmittel zuschreiben konnte.

Wendelgelst schloß die Tür mit einem Riegel, der im Furnier der Seitenwand ein viel zu großes Loch gebohrt hatte. In der Kabine brannte Licht von der Stärke einer Fahrradlampe. An der Rückwand befand sich eine kleine Sitzbank, knapp für zwei Personen ausreichend.

Er war drinnen. Hier hatten sie ihn hindirigiert. Er hockte sich hin und tastete unter der Bank. Nichts, abgesehen von hart gewordenem Kaugummi oder irgendeinem anderen ekligen Zeugs. Er richtete sich auf, rieb die Hände und tastete mit der Schuhspitze die dunklen Ecken ab. Dokumente? Ein zusammengeknülltes Kleenex förderte er zutage, das er gleich wieder zurückstieß.

Jemand drückte gegen die Tür, die durch das ausgeleierte Loch in der Seitenwand mindestens zwei Zentimeter Spielraum hatte. Deutsche Stimmen. Natürlich, weil der Projektor nicht lief, zeigte das Licht draußen noch immer »frei« an. Auch hier gab es einen Münzeinwurf, dessen Schlitz von einem roten Lämpchen, nicht viel größer als ein Stecknadelkopf, beleuchtet wurde. Jetzt wurde kräftig an der Tür gerüttelt. »*Ach, laß doch …*«. Wendelgelst warf seinen Gulden ein, das Licht erlosch, und der Projektor begann zu laufen. Das Rütteln hörte auf.

Vor der weißen Innenseite der Tür stand, scharf geschnitten, Wendelgelsts eigene Silhouette, umgeben von einer viereckigen Aureole bunter Bilder. Als er sich setzte und damit aus dem Licht glitt, sah er die Nahaufnahme eines blonden Frauenkopfs, der mit geschlossenen Augen und gequältem Mund auf einem Kissen von der einen auf die andere Seite rollte, immer langsamer. Nachdem er zur Ruhe gekommen war, erschien auf dem hübschen, geröteten Gesicht ein entspanntes Lächeln, bei dem sich die Augen öffneten und die Zungenspitze schnell über die Lippen fuhr. *Torax Film The End.*

Dies war also das Ende des Films, für das sein Vorgänger kein Interesse mehr hatte aufbringen können.

Der Film hastete mit rennenden Buchstaben und Zahlen und Zeichen zu einem neuen Beginn. Da war der Titel, in Spiegelschrift. MISS MIRROR. Wendelgelst schaute hinauf, zur Quelle des Surrens: Der kleine Projektor hing über der Tür und war auf einen leicht gekippt an der Rückwand angebrachten Spiegel gerichtet: So wurde das Bild indirekt auf das weißgestrichene Holz geworfen.

Da war die blonde Frau wieder, diesmal in voller Größe – halb sitzend, halb an einen Frisiertisch gelehnt. Sie war mit irgend etwas luftigem Weißem bekleidet. Schlafzimmerwäsche. Sie hielt einen ovalen Handspiegel, und die Kamera blickte über ihre Schulter auf ihr Gesicht, das noch nicht die tiefe Röte zeigte. Danach bewegte sie den Spiegel wie eine Handdusche, die jeden Fleck erreichen soll, im Zickzack an ihrem Körper abwärts, verharrte eine Weile bei den Brüsten im Spitzen-BH – und da stoppte der Film abrupt und das schmutzige Licht sprang wieder an.

Wieder drückte jemand von außen gegen die Tür, diesmal ohne begleitende deutsche Rufe. Waren es die blassen Jungs, die ihn ausrauben wollten? Er saß hier wie ein williges Opfer.

Eine Ratte, die freiwillig in die Falle spaziert war und für ihren Platz im Käfig auch noch bezahlte ... Hastig grub Wendelgelst in seiner Manteltasche nach dem nächsten Gulden. Er dachte an Botschaften ... Spionagematerial ... solche Dinge, die in »harmlose« Filme verpackt oder geschnitten werden. Ja, diesen mußte er eben aussitzen: Vielleicht fiel ihm die Botschaft, oder was immer es war, von selbst in den Schoß.

Nachdem das Geldstück gefallen war, war die Frau wieder zu sehen. Der Film mußte ein kleines Stück weitergesprungen sein, denn jetzt hielt sie den Spiegel auf einmal am Rahmen. Außerdem hatte sie sich mit leicht gespreizten Beinen weiter zurückgelehnt. Den Griff des Spiegels, aus goldfarbenem Metall und mit einem vieleckigen Ende, schob sie unter den Schritt ihres Höschens, worauf sie – und das machte Wendelgelst ganz schwindlig – den Spiegel um neunzig Grad drehte und den Griff damit in den schmalen Baumwollstreifen wickelte. Und so bewegte sie den Griff des Spiegels (der ihn an das Ende eines Kruzifixes oder das Heft eines mittelalterlichen Schwerts erinnerte), eingepackt in diesen makellos weißen Stoff, entlang ihren Falten senkrecht auf und ab. Das Glas, auf das sie fettige Fingerabdrücke gestempelt hatte, war blitzend auf den Zuschauer gerichtet.

Sie hatte gerade soviel Bewegungsfreiheit, wie die Elastizität des Höschens erlaubte.

Beiderseits des so verschmälerten, metallverstärkten Schritts wurde immer mehr rosa Haut sichtbar. Langsam öffnete sie sich unter dem Druck des Hefts, und bizarre Falten kräuselten sich auf beiden Seiten in Richtung – so schien es in einer erschreckenden Nahaufnahme – sonnenbeschienener und mit Dünengras bewachsener Hänge. Der sich unaufhörlich auf und ab bewegende Spiegel entfaltete eine hypnotisierende Wirkung.

Wendelgelst begann insgeheim zu jammern – nach einer Welt, die er lieber nicht kennenlernte wollte. Das hier war ... das war *echt*. Und so nah. Und so fern. So nah, diese rosa Welt, daß er sie fast auf der Zunge schmeckte, ein dicker, süßer, bitterer Geschmack. So fern auch, daß sie plötzlich verschwinden konnte und dem Zuschauer nur die Sicht auf eine Tür voll bizarrer Streifen getrockneter Seifenlauge blieb.

Nach dem nächsten kleinen Sprung im Film hatte die Frau ihr Höschen ausgezogen. Das schlanke Heft schnitt hart und kalt und tiefer als vorhin in die glitzernde Spalte. Sie drückte jetzt so fest, daß sich die faltbaren Lippen um das Metall schürzten und es einhüllten wie zuvor der Baumwollstoff.

Noch nie zuvor hatte Wendelgelst so etwas gesehen, weder im Film noch in Wirklichkeit. Er war verheiratet, aber das ... das alles hatte er verpaßt. Der Film, erst am Anfang, hatte schon jetzt einen anderen Menschen aus ihm gemacht. Nach dem Verlassen dieser Zauberbüchse würde er nicht mehr derselbe sein. Das leise Gejammer in ihm hielt an. Was er sah, nahm ihn so in Anspruch, daß er vergaß, auf mögliche Hinweise zu achten, die ihn der Lösung des GmbH-Problems näherbringen könnten. Trotzdem war er sich jedesmal, wenn der Film stoppte, seiner Angst vor einem Überfall bewußt. Ein Messer an der Kehle in diesem dunklen Kabuff ...

Nachdem ein weiterer Gulden in den Schlitz gefallen war, lag die Frau rücklings im Bett und trieb den Griff bis zum ovalen Rahmen in sich hinein. In der anderen Hand hielt sie einen zweiten Spiegel, rund und silberfarbig, mit einem dünneren und kürzeren Griff, der in ihrer engeren Öffnung verschwand. Es folgte ein rhythmisches und noch hypnotisierenderes Spiel mit den beiden aufgerichteten Spiegeln, die sie in genau entgegengesetzter Richtung bewegte. Nicht nur beim Hineintreiben und Herausziehen; sie schwenkten auch entgegengesetzt von links nach rechts, in einer Art Scherenbewegung, und drehten sich dabei mitunter teilweise um die eigene Achse. Was das Spiel so schwindelerregend machte, waren die isolierten Fragmente der Umgebung, mit denen ihre geschickten Finger jonglierten. Der gegenläufige Rhythmus der beiden Spiegel so dicht übereinander, und dann das Einfangen und Wiederausblenden von Teilen des Zimmers – Decke, Lampe, Wand, Gemälde –, ohne daß auch nur für einen Moment das Kamerateam ins Bild kam.

Manchmal ähnelte es dem Hochwerfen von dünnen Pfannkuchen in einer kleinen Bratpfanne. Die ganze, in kleine Teile fragmentierte Umgebung war, durcheinandergeschüttelt wie in einem Würfelbecher, ihrem heftigen Rhythmus unterworfen. Immer wieder andere Teile, die in immer wieder neuen Kombinationen zusammentrafen und sich übereinanderschoben. Und wodurch Wendelgelst noch betörter wurde: Ihr Genuß war *echt*. Wie sonst war das Schimmern dieser schönen, langen Falten zu erklären, die sich beim Herausbewegen des oberen Spiegels um den Stiel stülpten? Und noch etwas ... etwas, das ihn, so allein und unbeobachtet er da auch saß, sogar vor sich selbst in ungewöhnliche Verlegenheit brachte: Mit dem Heft schäumte sie in tiefer gelegenen Falten eine milchige Flüssigkeit auf. Sie kroch über den Spiegelgriff heraus und ...

Der Film stoppte. Obwohl er durstig, mit buchstäblich trockener Kehle auf der äußersten Bankkante saß, konnte diesem soliden, etwas prüden Mann die geheime Bedeutung des Spalts, hart und kalt und gebieterisch, neben dem roten Lämpchen nicht länger entgehen: Er mußte mit Münzen becirct und weich gemacht werden. Sein letzter Gulden.

... lagerte sich auf den glänzenden Rändern dieses saftreichen Hohlraums ab. Viel Film war nicht mehr übrig. Die Frau schaute nicht länger in die Kamera, sondern hatte die Augen geschlossen und ging mit hochroten Wangen völlig im Finale ihres Spiels auf. Die Handspiegel schwenkten jetzt so vielfältig und gebieterisch umeinander, daß Wendelgelst an einen Angehörigen des Bodenpersonals denken mußte, der mit *bats* einen Helikopter bei der Landung einwinkt.

Sie war angekommen. Beherrscht zuckend, die Brüste machten eine kurze Baumelbewegung über ihren Körper, ließ sie es kommen. Es brachte einen Ausdruck des Schmerzes und der Ergebenheit auf ihr Gesicht. Doch die Spiegel fanden nicht sofort zur Ruhe. Es schien, als müsse noch ein Restgenuß aus ihrem Bauch vertrieben werden. Die Kamera zoomte den blonden Kopf heran, der noch ein paarmal auf dem Kissen hin und her rollte. Dann lag er still. Das Gesicht entspannte sich. Die Augen öffneten sich, und die Frau rundete das Bild mit einem Lächeln ab, allerdings einem schwülen, nach innen gerichteten, das unterstrich, daß sie nichts simuliert hatte.

Ende des Films.

Erst jetzt, beim relativ grelleren Licht des projizierten Rechtecks, über das erneut Buchstaben und Zahlen rannten, sah Wendelgelst an der Kabinenwand den Kippschalter und darüber den folgenden Text: WAHLSCHALTER SPIELEN SIE DEN FILM IHRER WAHL. Weil, wie er feststellte, sein letzter Gulden noch nicht aufgebraucht war, drückte er, um nicht wieder mit der Frau konfrontiert zu werden, auf den Knopf, übrigens ohne Neugier.

»Rinko ...!«

Hatte er den Namen tatsächlich laut gesagt, womöglich sogar geschrien? Im Kabuff nebenan ertönte Gelächter, gefolgt von Geballer gegen die dünne Wand. Fast unmittelbar nach dem Umschalten hielt der neue Film an. Wendelgelst hatte, nicht länger als eine Sekunde, seinen Sohn gesehen.

»Rinko ...!«

Auf seiner Netzhaut brannte das Bild eines nackten Rinko, der mit unglücklichem, flehendem Gesicht, fast weinend, über die Schulter genau in die Filmlampe blickte und dabei die Hand schützend vor die Augen hielt. Das war alles. Nein, noch ein kleines Detail glühte nach. Die runde Narbe von seiner Pockenimpfung, die Rinko am rechten Oberarm trug, saß jetzt links. Wendelgelst wollte daraus bereits folgern, er müsse sich bei der Identität des Jungen geirrt haben, als ihm aufging, daß hier *alles* spiegelbildlich projiziert wurde.

Dieser Gedanke verwandelte die Frau, mit der er hier, in diesem miefigen Kabuff, eine kurze Liebesaffäre erlebt hatte (er schmeckte sie noch auf der Zunge), in eine andere, eine Fremde. Ihre linke Hand war in Wirklichkeit die rechte gewesen, ihre rechte Brust die linke; auch ihre Beine, ihre Pobacken waren vom Projektor vertauscht worden; ein Muttermal saß auf der falschen Seite ihres Gesichts ... Nur das, was ihre Handspiegel gezeigt hatten, war kein Spiegelbild gewesen. Es stürzte ihn in Verwirrung, machte die Erregung aber nicht zunichte.

Wendelgelst war erschrocken von der Bank aufgesprungen, doch sein verhärtetes Fleisch hinderte ihn daran, aufrecht zu stehen. Nahm er das Schmutzige der Situation wirklich wahr? Seine Erregung überdauerte den väterlichen Abscheu geraume Zeit. Es schien sogar, als erhitzten Schreck und Abscheu sein Blut noch mehr.

Er wollte zu seinem Sohn, wollte ihm helfen, ihn bekleiden, beschützen vor dem grellen Licht... und stand mit leeren Händen da. Seine Gulden waren aufgebraucht.

Jetzt würde er den kleinen Jungen dort, in einem dunklen, stinkenden Loch zurücklassen müssen, wehrlos dem Erstbesten ausgeliefert, der sich mit ein paar Münzen in der Tasche hierher schlich. Wendelgelst mußte den beschämenden Weg durch die verschiedenen Räume antreten, um am Schalter Geld zu wechseln. Unter dem weißen Licht des langen Gangs hindurch... und wieder den ganzen Weg zurück, um in dieser stinkigen Zauberlaterne Rinkos Bild erneut aufzurufen und den Schmerz seiner Erniedrigung zu erleben.

»*... denn möglicherweise könnte das was von Ihren Trabbeln lösen...*« Diese Trabbel hatte der Briefschreiber also gemeint: die Probleme mit Rinko. Es mußte jemand sein, der von seinen häuslichen Schwierigkeiten wußte, womöglich sogar jemand, der bei ihm ein- und ausging... Doch er hatte Dutzende von Klienten, die ihn regelmäßig für eine geschäftliche Unterredung zu Hause aufsuchten.

Als er, die Manteltasche voll klimpernder Gulden, zurückkam, war die Filmkabine besetzt. Das gräßliche Surren des Projektors... das Fußgescharre... In der Kabine daneben saß, wie er an den Stimmen hörte, noch immer das deutsche Ehepaar. Die beiden anderen Deutschen saßen wahrscheinlich ein Stück weiter hinten unter der roten Lampe. Die beiden Jungs und der Mann waren verschwunden. Erst jetzt merkte Wendelgelst, daß er seine Aktentasche drinnen unter der Bank hatte stehenlassen, mitsamt allen Papieren über die fiktiven GmbHs. Es war ihm egal. Jetzt ging es um Rinko.

Wendelgelst versuchte, sich während des Wartens mit dem Gedanken zu beruhigen, daß es der Person da drinnen wohl um Miss Mirror ging. Es dauerte lang. Als endlich der Projektor verstummte und die rote Lampe erlosch, blieb die Tür noch eine ganze Weile geschlossen. Dahinter Gescharre, Geraschel von Kleidern, eine Schnalle, die gegen die Holzwand schlug ... Endlich kam er heraus: der Mann, der vorhin die beiden Jungs beglubscht hatte. Er trug Wendelgelsts Tasche, doch dieser sagte nichts. Er würde nachher an der Kasse fragen, ob etwas als »gefunden« abgegeben worden war. Falls nicht – es war ihm egal.

Er warf dem Mann einen kurzen Blick nach. Dessen rechter Schuh hatte bei den ersten Schritten außerhalb der Kabine einen feuchten Abdruck auf dem Fußboden hinterlassen. Auf den Noppenfliesen drinnen glänzten frische Spermakleckse, durch die ein Fuß gerutscht war.

Wendelgelst setzte mit einem Gulden den Film in Gang. Er war zwischen dem Ende und dem Anfang stehengeblieben. Rennende Zahlen. Jeden Moment erwartete er, die Ankündigung »MISS MIRROR« zu lesen, doch schließlich stand da, in Spiegelschrift: KINDERKARNEVAL.

Erst jetzt schien der Ekel – fühlbar, riechbar – vom besudelten Boden zu ihm aufzusteigen. Der Mann hatte seine Lust wahrscheinlich wegen Rinko verspritzt. Leida war einmal von einem Konzert eines Popsängers nach Hause gekommen, von dem sie gesagt hatte: »Als ob er zwei Zentimeter über dem Boden schwebt.« Das dürfte vermutlich an der raffinierten Beleuchtung gelegen haben, doch jetzt, in diesem Kabuff, wäre Wendelgelst gern buchstäblich »zwei Zentimeter über dem Boden« geschwebt.

Im Bild erschien ein Mann mit einem großen Eselskopf, wie in *A Midsummer Night's Dream*, wovon Wendelgelst einmal eine BBC-Aufzeichnung im Fernsehen gesehen hatte. Der Eselmann zog sich aus, behielt aber die Maske auf. Auf Händen und Füßen, das schwellende Geschlecht unter dem Bauch baumelnd, lief er auf Rinko zu. Rinko sah über die Schulter in die Kamera und schirmte dabei die Augen mit der

Hand ab. Die Lippen des Jungen formten klägliche Worte, die in der Filmkabine, wo nur das Rattern des Projektors zu hören war, nicht ankamen. Wendelgelst konnte die Lücke mühelos durch die Worte füllen, die er seinen Sohn neulich nachts hatte flüstern hören: »Ich hab wieder geträumt, Papa ... von dem Esel mit den fünf Beinen.«

Die undichte Stelle des Hasses

Donnerstag, 24. November 1977
(Albert Egberts)

An einem Donnerstagnachmittag Ende November wurde so heftig an dem Seil gezogen, daß die Kuhglocke beim Zurückschwingen gegen die Decke schlug und ihren Klöppel verlor. In der darauffolgenden Stille hörte ich den kleinen eisernen Stab über den Bretterboden des Nebenzimmers rollen. Ali konnte es nicht sein: Der hatte vor einer knappen Stunde seine Ware gebracht. Das Zeug war im übrigen schon wieder alle. Ich hatte es mit Hilfe meines kleinen Blasrohrs in tiefen Zügen genossen, nachdem ich mir bereits eine Benzedrintablette auf nüchternen Magen genehmigt hatte. Die Kombination versetzte mich in eine Art krampfartiger Erregung, wodurch ich meine Gedanken nicht auf den Artikel konzentrieren konnte, den ich gerade in *Het Devies* las: ein erster Bericht über das Heroin-Symposium, das an diesem Tag in der Westerkerk stattgefunden hatte. Wieder hörte ich das plastikummantelte Seil über die Fensterbank schurren, und noch einmal berührte die Glocke die Zimmerdecke, diesmal mit einem dumpfen Schlag.

Neugierig geworden nach dem Grund für soviel Gewalt, zog ich dummerweise mit Hilfe des Seils die Haustür auf. Zwei Männer polterten die Treppe herauf, ein schon etwas älterer und ein noch ziemlich junger.

»Falls Sie nicht schon so 'ne Vermutung hatten«, keuchte der Alte auf halber Höhe, »wir sind vom Rauschgiftdezernat. Nur damit Sie's wissen.«

»Dann kommen Sie wahrscheinlich geradewegs aus der Westerkerk... Ich lese nämlich eben in der Zeitung, meine Herren, daß das Heroin aus dem Bereich des Strafrechts raus soll. Sie wollen das jetzt gleich in die Tat umsetzen, nehme ich an...«

Der ältere der beiden Fahnder ging schnurstracks in mein

Zimmer. Sein jüngerer Kollege fuhr mit der Hand über den gespaltenen Türpfosten. »Neues Schloß?«

»Eine lästige Freundin. Wollte den Schlüssel nicht zurückgeben, als sie abschwirrte. 'ne ziemlich heftige Tante, mit mörderisch scharfen Fingernägeln. Die hätte ich gern bei Ihnen angezeigt wegen unerlaubten Waffenbesitzes. Aber so jemand könnt ihr ja nichts anhaben. Is ja so gewachsen ... Tja, da hab ich eben ein neues Schloß eingebaut. Seitdem kann ich wieder ruhig schlafen. Ohne das permanente Gefühl, daß nachts jemand mit Nägeln mitten im Zimmer steht.«

Es mußte das Benzedrin sein, das diese Worte aus mir herausschleuderte. Ich hörte meine Stimme eigenmächtig Dinge sagen, die ich überhaupt nicht sagen wollte.

»Und was hat die Dame sonst noch getan, außer den Schlüssel zu behalten? Toilette zertrümmert? Fußboden aufgerissen?«

»War halb so wild. Den Fußboden nur ein kleines Stück weit. Den konnte ich wieder in Ordnung bringen. Nur – die Nägel waren ein bißchen verbogen. Und die Toilette ... ach ja, sie hat sich immer etwas unvorsichtig hingesetzt, vor allem wenn sie böse war. Einfach durchgesessen, das Ding. Hab gleich am nächsten Tag einen besseren Pott auf der Straße gefunden. Orangene Brille mit aufgeklebten Blümchen ... Kann ich Ihnen wärmstens empfehlen.«

»Lassen Sie's gut sein«, sagte der Alte und wandte sich mir zu. »Wir kommen wegen etwas ganz anderem.«

Der Beamte kam mir vor wie eine fünfzehn Jahre ältere Ausgabe von Polizist Edelman, den ich in Geldrop gekannt hatte. Lag es an der starken Dosierung, daß sich die Bilder und Geschichten übereinanderschoben? Die Worte purzelten mir aus dem Mund, ohne daß ich Macht über sie hatte; die Frage, die ich stellen wollte (»Sind Sie Edelman?«), blieb mir brennend in der Kehle stecken. Wenn mir hier Edelman gegenüberstand, so war es ein fahler Schatten jenes Namens, mit diesem speziellen gelblichgrauen Haar, das nur Rothaarige im Alter bekommen. Edelman. Zusammen mit Dorfpolizist Lumumba der Schreck der ganzen Ortschaft. Sie waren unzertrennlich, Lumumba und er. Hielten kleine Wettkämpfe ab, freundschaftliche Wettkämpfe. Nicht aus Karrierestreberei, nein: alles nur zum Sport. Sie versuchten sich gegenseitig zu übertrumpfen. Edelman war der Schlauere, Lumumba der Stärkere. Der schlaue Fuchs und der Muskelprotz. Während der Mittagspause der Strumpffabrik Janssen-De Wit (mittlerweile pleite), bei Tiger Plastics und bei Zweegers' Landbaumaschinen wetteiferten sie im Knöllchenverpassen. Wer die meisten ausstellte. Es war ganz einfach. Noch bevor die Sirene heulte, postierten sie sich verdeckt in der Nähe des Fabriktors. Wenn die armen Tröpfe dann auf ihren Fahrrädern heraussausten, wurden sie von Edelman oder Lumumba am Schlafittchen gepackt. Und bekamen einen Strafzettel verpaßt: weil sie auf dem Bürgersteig gefahren waren... weil sie beim Abbiegen den Arm nicht ausgestreckt hatten... weil ihre Fahrradklingel nicht funktionierte... (und Edelman *liebte* unmißverständliches Klingeln, wie ich gerade selbst hatte feststellen können). Auch die Bremsen wurden kontrolliert. Es kam darauf an, gleich ganze Gruppen auf einmal zu erwischen, das brachte was. Gruppenstrafmandate. Edelman war der Geschicktere. Er dachte sich immer neue Tricks und Systeme aus. Lumumba war der Dreistere, um nicht zu sagen: der Brutalere. Verdammt noch mal, die armen Schweine, die möglichst schnell daheim sein wollten, um ihre Butterbrote oder den aufgewärmten Fraß vom Vortag essen zu können. Zwanzig Minuten hin, zwanzig Minuten daheim bei der Alten, zwanzig Minuten zurück. Und dann bis fünf oder sechs Uhr wieder Socken kontrollieren. Auf Elastizität, die richtige Größe, Winkelrisse, herausgezogene Schlingen, Laufmaschen... Abends standen sie wieder da, Lumumba und Edelman, diesmal um die Lichter zu überprüfen, vorn wie hinten...

Sie waren auch für ihr Auftreten bei der alljährlichen Kirmes in Zesgehuchten berüchtigt, im August, auf der es, wie es hieß, sehr heiß und grob zuging, zumindest hatten Edelman und Lumumba dafür gesorgt. Sie suchten Streit mit den »Halbstarken« (so betitelten sie alle Jugendlichen, egal, ob sie eine Schmalztolle hatten oder nicht). So wie jeder junge Mann ein »Halbstarker« war, so hieß jedes Moped »Zündapp«, und es galt, jede falsch abgestellte Zündapp – auf diese Idee war Lumumba gekommen – gegen die nächste Mauer zu schmeißen. (Die »Halbstarken« hatten ihm seinen Spitznamen verpaßt.) Er griff das Moped an Lenker und Sattel und knallte es aus zwei Meter Entfernung gegen die Mauer. Nach einigem Üben hatte auch Edelman den Dreh raus. Mit der Zeit wurden falsch abgestellte Zündapps knapp. Kein Problem: Auch die richtig geparkten kamen dran... Die beste Methode, die Halbstarken auf die Palme zu bringen. Ihr Moped, das war ihr ein und alles, der schnelle Thron, auf dem sie, umklammert von Mädchenarmen, saßen. Unbemannt, ungesteuert fuhren sich die Zündapps an einer blinden Mauer zu Schrott. Gekreisch der Mädchen.

Lumumba war ein Bär von einem Kerl mit einer langen, spindeldürren Frau, die ich nie anders als schwanger gesehen hatte. Der spitze Bauch betonte ihre Dürre noch. Alle Kinder von Lumumba hatten das Spindeldürre ihrer Mutter. Unter ihnen gab es ein Zwillingspaar, das nur zur Hälfte spastisch war.

Auch in diesem Punkt ließ Edelman sich nicht lumpen. Ich war öfter bei ihnen zu Hause, bei den Edelmännern. Also, da saß 'ne Menge Kindergeld beisammen. Er verdiente am Verbrechen und an seiner Brut. Allesamt genauso rötlich und blaß und sommersprossig wie der Vater. Ich war kurze Zeit mit seinem Sohn Paul mehr oder weniger befreundet. Ein Junge meines Alters, ein plumper Bauernstiesel. Eine aufgedrängte Freundschaft, die folglich bös endete.

Edelmans Frau war nicht lang und spindeldürr, sondern kurz und spindeldürr. Auch sie hatte ich selten ohne Spitzbauch gesehen. Die gräßliche Leidenschaft, mit der der Wachtmeister sie morgens oder abends, in vollem Wichs, zum Abschied küßte! Eine Leidenschaft, die sich ungeschwächt wiederholte, wenn er nach dem mittäglichen Wettstreit mit Lumumba nach Hause kam, um *sein* Mittagsbrot zu futtern. Ich hatte oft genug dabeigesessen. Es hatte etwas

Obszönes, wie er sich in dieser krachenden Uniform tief über das kleine Frauchen beugte und ihr, aus katholischer Pflichterfüllung und dennoch gierig, einen Schmatz auf den schmallippigen Mund drückte, umringt von den mucksmäuschenstillen Kindern. Und abends *wieder*, wenn der Dienst vorbei war, in unvermindert krachender Uniform.

Lange bin ich nicht zu ihnen gegangen. Von dem Zeitpunkt an, als ich Paultje, Vaters Augapfel, mit einem Beil bearbeitet hatte, war es vorbei. Wie das Ding in meine Hände gekommen war, weiß ich nicht mehr. Es war die kurze Axt von Willy van 't Woudts Opa, gerade erst geschliffen. Ich holte aus, um ein Stück Holz durchzuschlagen. Es war der frisch geschnitzte Spazierstock von Paul Edelman. Was ich wußte. Noch während ich ausholte, konnte ich die präzise eingekerbten Initialen lesen:

P. E.

Ich nahm Rache. Ein Schrei. »Mein Stock . . . !«

Paultje sprang auf mich los und versuchte, den Ast unter dem erhobenen Beilblatt wegzutreten. Das Beil ging seiner Wege, war nicht mehr aufzuhalten. Zu spät also. Aber der Stock blieb verschont. Anstatt des befreienden Geräuschs, unter dem sich frisches Holz spaltet, hörte ich einen enttäuschend harmlosen dumpfen Schlag . . . falls man es überhaupt als solchen bezeichnen konnte. Er trug *Sandalen*, der Unglückswurm. Es war erst Mitte März, doch er trug bereits Sandalen, bestimmt wegen seiner Schweißfüße, aber mit dikken Socken. Solche schweren, altmodischen Sandalen, die vielleicht einem Onkel gehört hatten, zweifellos einem mit rot behaarten Waden. Ausgetrocknetes dunkles Leder, gegerbt vom starken Schweiß der Rothaarigen . . . Jetzt, wo sein Vater oder jemand, der ihm stark ähnelte, nach all den Jahren vor mir stand, sah ich wieder, wie sich der Sandalenriemen spaltete. Nach zwei Seiten hin sprang er auf, fast anmutig, fast bereitwillig. Ich hatte ihn astrein getroffen. Die Socke öffnete sich, und darunter sah ich, wie sich ein dunkelroter Spalt bildete. (Später entdeckte ich, daß ich einen Steifen hatte, denn der Spalt hatte genau die gleiche Form und Farbe wie die aufgesperrte Möse von Mimi Boshond.) Sein erhobener Fuß. Einen Moment lang war es still im Unterholz. Dann schoß Blut hervor, und der sonst so steife und ungelenke Paul Edelman hinkte geschmeidig im Kreis herum und jaulte. Das hohe, gellende Jaulen eines rötlichen Hundes, der mit der Leine verdroschen worden ist.

Er wurde von einem Gruppenführer unseres Pfadfinderlagers ins Krankenhaus gebracht. Es stellte sich heraus, daß die zum großen Zeh führende Sehne getroffen war. Zum Glück hatte er seinen Spazierstock, der Mistkerl. Demnächst würde er dringendst einen brauchen. Und, zu dumm aber auch, Paultje hatte gerade mit der Tanzstunde angefangen, Standardtänze, und das Geld dafür war schon im voraus bezahlt! Und nicht zurückforderbar! Die Nachbarschaft zerriß sich das Maul darüber, daß ich mich, mit oder ohne eine Tüte Orangen, kein einziges Mal bei dem Unglücklichen blicken ließ. Danke bestens, so blöd war ich nicht! Mich von diesem rothaarigen Gemeindehund von einem Vater am Schlafittchen packen lassen!

Jetzt, wo dieser Vater, übrigens ohne das leiseste Anzeichen, daß er mich erkannte, hier leibhaftig vor mir stand, um mir nachträglich noch die Leviten zu lesen (wenn auch wegen einer ganz anderen Sache), sah ich in Gedanken befriedigt, wie diese Sandale immer von neuem aufsprang. Dank des Cocktails aus Benzedrin und Nr. 3 sah ich seinen Sohn vor Schmerzen tanzen, und ich kostete den Genuß aus, ihn wie einen Hund jaulen zu hören.

Was für ein Glück, daß dieser olle Ermittler in der Gestalt Edelmans bei mir geklingelt hatte! Der Vorfall wäre sonst möglicherweise endgültig in Vergessenheit geraten und hätte höchstens noch als juckende Narbe fortgelebt. Durch den ollen Edelman sprach die Vergangenheit! Sie begann zu kribbeln: Jucken in meinem amputierten Bein.

Im Dorf war Edelmans Beförderung bestimmt Gesprächsstoff Nummer eins. In die Großstadt berufen, Donnerwetter.

Dort sollte er Polizeiobermeister werden. Lumumba blieb einfacher Polizist. »So ein Flegel...!« lautete dessen Kommentar, möglicherweise eine Spur ungläubig ausgesprochen.

Inzwischen hatte Edelman es zum Ermittler beim Rauschgiftdezernat gebracht. »So ein Schnösel...!«

Jetzt, da er seine Uniform, die damals sein wabbeliges rötliches Fleisch zusammengehalten hatte, nicht mehr trug, sah er abgeschlafft aus, unser Edelman, in seinem öden grauen Anzug. Es war ihm deutlich anzumerken, daß er dieses feste Dienstkorsett vermißte, der arme Kerl. Hemdskragen, Krawatte, alles war da, aber das motzte ihn auch nicht auf. Seine Wangen, schwammig geworden, waren noch bleicher als früher. Das rötliche Haar, inzwischen bös dünn, war stumpf; es flammte nicht. Kurzum, es leuchtete nicht mehr. Kahle Stellen schimmerten durch. Er hatte Tränensäcke unter den Augen, gräuliche Blasen, die dazu anstachelten, sie mit einer zuvor in eine Gasflamme gehaltenen Stopfnadel aufzustechen. Um's kurz zu machen: eine aufgetakelte Kröte.

Ich schätzte ihn auf Ende Fünfzig. Irgendwo auf der Welt mußte sich sein Sohn befinden, zumindest sofern er noch lebte. Sein Sohn... mit einer blauvioletten Narbe am Spann. Ich stellte mir vor, wie sie nach gut fünfzehn Jahren immer noch feuchtschwül in den Nylonsocken juckte, die seine Mutter ihm nach wie vor bei Janssen-De Wit aussuchte. Drei Paar für einen Zehner. Drei zum Preis von zwei.

Die beiden Ermittler nahmen unaufgefordert Platz in meinen Korbsesseln. Das erzeugte ein ganz anderes Knarren, als wenn Ali sich darin niederließ. Ich blieb stehen und faltete seelenruhig die Zeitung zusammen, mein heftiges Zittern wurde nicht sichtbar.

»Nehmen Sie doch Platz, meine Herren. Womit kann ich Ihnen dienen?«

Der Ältere würde nie mehr anders als Edelman heißen können. Noch immer schwer atmend vom Treppensteigen, fragte er, ob ich »einen gewissen Ali« kennte.

»Ali?« (Ja, natürlich hieß er Ali. Auch wenn sein Name

Mehmet oder Murat oder notfalls auch Ömer war, er hieß *Ali*.)

»Ja, Ali, ja«, sagte Edelman gereizt. »Du weißt genau, wen ich meine. Ein Türke. Spricht ganz ordentlich Deutsch ... hat auch einen deutschen Paß ... aber er ist unverkennbar Türke. Wohnt abwechselnd in Berlin und in Amsterdam. – Na?«

Sozusagen gedankenverloren, die Hand am Kinn, drehte ich in meinem Zimmer Runden. Meine Schritte waren leicht, doch in mir schleppte ich einen reglos in sich zusammengesunkenen Albert, schwer und von einem Haß glühend, den ich bisher nicht kannte. Er konnte jeden Moment aufspringen und sich gemeinsam mit mir auf Edelman stürzen. Vorläufig brütete er, seinen Haß nährend, über dem Bild der entzweispringenden Sandale ... der sich obszön öffnenden Wunde ... Gemeinsam mit ihm sah ich erneut Edelmans Sohn vor Schmerz herumtanzen und kostete den Genuß aus, ihn wie einen Hund jaulen zu hören.

Während ich so im Zimmer herumtigerte, stimmte in der Tür zur improvisierten Moschee gegenüber der Muezzin lauthals seinen Gebetsruf an. Es kam meist unerwartet, und es verging kein Tag, ohne daß sich erzürnte Kamele in mir erhoben, doch so oft ich den Mann auch schon verwünscht hatte, jetzt war ich ihm dankbar. Diesmal war es Baartscheer, der sich in mir erhob, nicht erzürnt, sondern höhnend.

»Ali ... Ali ...« gab ich mich nachdenklich. »Tja, so heißen die doch alle, nicht wahr?«

»Komm, komm«, sagte der junge Ermittler. »Sie wissen ganz genau ...«

Es mochte an der Windrichtung liegen, jedenfalls schien der Muezzin den Mund noch weiter aufzureißen als sonst. Edelman begann, unruhig in seinem Sessel hin und her zu rutschen. Baartscheer regte sich, ich spürte es daran, wie mein Kopf in Richtung der jammernden Laute nickte. Meine Stimme nahm die bleierne Trägheit Baartscheers an. »Hören Sie das? Der heißt garantiert auch Ali. Ja ... hm ... ja. Und von den vierzig Wallegewändern, die sich da drinnen gleich flach auf die Nase legen, heißt bestimmt auch eine ganze Menge

Ali. Wenn nicht alle. Hier in der Gegend wimmelt's nur so von Alis. Hm. Ja ... Neulich haben sie einen in die Gracht fallen lassen. *De Telegraaf* hat ihn gerettet, das heißt ... postum heiliggesprochen, und sich seiner Familie angenommen. Sag noch mal einer was über die Zeitung. Die Sache kam auf die Titelseite, kleine Variante zu den rührenden Tiergeschichten. Ausgebüxter Seehund im Schloßgraben. Katze von Feuerwehr gerettet ... Was beweist, daß diese Alis bei *De Telegraaf* keineswegs geringeres Ansehen genießen als ... Ja. Hm. Ja. Nichts für ungut, meine Herren, aber ... äh ... wen wollten Sie jetzt eigentlich sprechen?«

Ihre Geduld war erschöpft. Sie wollten meine Arme sehen, gewiß nicht, um einen Kuß darauf zu drücken. Ich weigerte mich. Ich hatte nichts zu verbergen, weigerte mich aber – der Form halber. Damals befand ich mich noch im Hongkong-Stadium. Ich jagte den Drachen und fing ihn, so sehr der Schmerz in meiner Brust auch von Tag zu Tag zunahm. Meinen Armen war nichts anzusehen. Sie baumelten unversehrt in den Gelenkpfannen meines Knochengerüsts. Ich brauchte lediglich die Pulloverärmel hochzuschieben. Aber ich wollte sie nicht zu früh an mir herumschnüffeln lassen, und schon gar nicht solche Typen wie diesen Edelman-Verschnitt. Es kam darauf an, ihre Neugier zu schüren, ihren Argwohn zu wecken. Durch meine hartnäckige Weigerung mußte sich ihre Vermutung fast schon bestätigen. Erst dann würde ich nachgeben.

Nichts. Nichts zu sehen. Nicht mal ein Mückenstich.

Inzwischen ist das anders, daher verschwindet diese ganze Ameisenspur aus winzigen Krusten hinter Schloß und Riegel. Ärmel mit verstärkter Manschette, die Knöpfe wie Vorhängeschlösser. Silber, dazu ein glattpolierter schwarzer Stein. So kommen sie nicht so schnell auf die Idee, dich bis aufs Hemd auszuziehen. Ich sehe aus wie ein kleiner Lord. Kleider erhalten den Mann. Sie sind, sofern richtig ausgewählt, mit unsichtbaren Korsettstäben versehen. Sie halten dich aufrecht, wie die Uniform das früher bei Edelman tat. Aus den Manschetten ragen meine Hände heraus, noch immer fein und makellos wie die eines Pianisten. Niemand wird mich verdächtigen. Auch die Müdigkeit in meinem Gesicht hat nichts Abstoßendes. Wirkt eher wie ein Zeichen von Vornehmheit. Nimmt die Leute für mich ein. Niemand vermutet den Stachel in meinem Blut. (Nur manchmal, morgens, in meiner ganzen Wehrlosigkeit, bei all meinem Abscheu, muß ich mich mit dem Gedanken herumschlagen – den ich für luzid halte! –, daß ich möglicherweise schon längst in weiß der Himmel was für ein Dämmerreich zurückgetreten bin ... und daß ich für Zustimmung und Verständnis halte, was in Wirklichkeit ein mitleidiges Kopfschütteln ist.)

Je länger sie sich in meinem Zimmer aufhielten, die beiden Fahnder, desto lauter zischte ich vor Haß. Ganz wörtlich, es war fast nicht zu vermeiden, daß sie mich zischen hörten. Jeden Moment konnten sie mit Seifenlauge oder einem brennenden Streichholz meinen Körper abtasten, um die undichte Stelle meines Hasses aufzuspüren ... Vielleicht waren sie deshalb so erpicht darauf, mich ohne Kleider zu sehen.

»Deine Gehirnmühle mahlt offenbar äußerst langsam«, sagte Edelman, während er sich im selben Augenblick wie sein Kollege erhob. »Denk heute oder morgen mal in aller Ruhe darüber nach, versuch, dich an diesen Ali-Dingsbums zu erinnern. Er fährt einen hellbeigen Mercedes, falls dir das weiterhilft. Wir fragen in Kürze wieder nach. Und dann noch mal, notfalls. Und noch mal ... so lange, bis der heilige Geist dich erleuchtet hat.«

»Schönes Wochenende schon mal«, sagte der junge Ermittler.

Mit Edelman verschwand auch Baartscheer. Der Haß legte sich, doch alle meine Sinne blieben noch stundenlang schmerzhaft weit geöffnet. Der Altmännergeruch, den Edelman im Zimmer zurückgelassen hatte, entwickelte sich nicht nur zu einem unerträglichen Gestank, sondern hing auch fast greifbar wie Spinnweben über allem. Die Korbsessel knarrten noch stundenlang ohrenbetäubend.

Jetztling oder Heutiger

Freitag, 25. November 1977
(Thjum Schwantje)

»Das Sehvermögen ... das Gehör ... der Geschmack ... auch die Sprache, wenngleich das kein Sinn ist ...«

Ein idiotisches Bild. Flix saß mit dem Rücken zum Spiegel in meiner Garderobe, die Glühlampen wie ein Kranz um ihn herum, die mal einen gelblichen Schein verbreiteten, mal einen rosigen. (Vielleicht bin ich ja deshalb Schauspieler geworden, um dem Mysterium der Garderobenlampen auf die Spur zu kommen: warum ihr Licht mal gelblich wirkt und mal rosig. »Das ist die Luft, Mama ... und das ist die Lust ...« Das wird wohl bis zu meinem Tod mein Wahlspruch bleiben. *Soit.*) Hatte allmählich ganz schön einen in der Kiste, unser Flixie. Verfiel auf stumpfsinnige Weise in Wiederholungen.

»Nee, im Ernst, Albert ... das Gehör, das Sehvermögen, der Geruchssinn ... nein, der Geruchssinn nicht, die Nasenlöcher bleiben ja frei ... aber der Geschmack und auch das Gefühl ... der Tastsinn, meine ich ...« Bei jedem der genannten Sinne beschrieb er mit beiden Zeigefingern kleine, rasendschnelle Kreise dicht vor seinen Augen und Ohren und auch vor dem Mund, obwohl der ja nur *ein* Loch darstellte. Hinter ihm, und das war das Idiotische, sah ich auch noch seinen Hinterkopf mit den nervös herumwirbelnden Händen ... den kreisenden Fingern ... »Alle diese Dinge, Albert, entfallen, und das bedeutet ... das bedeutet ... absolute Einsamkeit. Kannste mir glauben. Panik, Angst, Einsamkeit ... Nur der Geruchssinn bleibt übrig, und selbst den kannste vergessen, du riechst nur noch den Gips.«

»Sag bloß«, meinte Albert, mittlerweile gelangweilt.

»Mach's erst mal«, sagte Flix mit schwerer Zunge. Bereits in der Pause hatte ich gesehen, wie er drei, vier Kognaks kippte, aber erst beim Empfang nach der Premiere hatte er richtig zu trinken angefangen, alles durcheinander, was das nächste Tablett nur bot. Als wir hinterher noch in meiner Garderobe saßen, wurde die Flasche Joseph Guy in einer halben Stunde um ein Drittel leerer, während Albert nur Wasser trank und ich wie ein Mädchen nippte, das seinen Lippenstift schonen will. (Was ein Stück weit stimmte, denn ich war noch nicht abgeschminkt.) Flix' Erregung rührte nicht vom Alkohol her, er kippte ein Glas nach dem anderen, *weil* er so aufgedreht war – übrigens schon seit Tagen. Nachdem er ein ganzes Jahr lang herumexperimentiert hatte, war es ihm endlich mit der unwirschen Hilfe seines miesepetrigen Chemiestudenten gelungen, eine geschmeidigere Gipsbinde zu entwickeln, die langsam trocknete ... noch nicht so elastisch, wie er es gern gehabt hätte, aber für seine Zwecke durchaus brauchbar ... Hinsichtlich der Zusammensetzung gab sich Monsieur äußerst geheimnisvoll, sogar uns gegenüber, als würden seine Freunde die Formel seinen Kunstrivalen verraten. Mittlerweile sprach er von nichts anderem mehr. Albert und Patrick gaben sich ja noch Mühe, mich zu meiner Rolle als Heutiger zu beglückwünschen (»Jetztling« sagte Patrick immer, weil das seiner Meinung nach ätherischer klang und besser zu der sich verflüchtigenden Gegenwart paßte), aber Monsieur Boezaardt walzte jedesmal, wenn *Die Chinesische Mauer* zur Sprache kam, das Stück durch sein eigenes zukünftiges *tableau de la troupe* nieder: Gipspuppen, die die Bewegung lebender Menschen einfangen sollten. Ich kam mir im weißen Overall des Heutigen ziemlich blöd vor, als Flix mich so ignorierte, und dann auch noch mit dieser pierrotartigen Schminke auf dem Gesicht ... Angeblich sprach er davon, was uns, Albert und mich, als seine Modelle erwartete, aber in erster Linie laberte er natürlich über seine eigenen Erfahrungen als Gipspuppenmodell. Ich hatte mich mal von ihm nach 's-Heerenberg mitschleppen lassen, wo sie vor ein paar Jahren ein ehemaliges Kloster in einen »lehrreichen Vergnügungspark« für die Jugend umgebaut hatten. Obwohl Flix in Den Bosch zum Bildhauer ausgebildet worden war, zumindest die »plastischen Fächer« absolviert hatte, bot er sich in 's-Heerenberg, wo große Wandgemälde mit Darstellungen aus der Mythologie entstehen sollten, als Maler an. Es wunderte mich nicht die Bohne, von diesem primitiven Urviech, das auch in seinem Beruf ein Grobian ist, zu hören, daß man ihm schon nach einem Tag verboten hatte, weiter an den Fresken zu arbeiten. Er habe seinen Pinsel nicht unter Kontrolle, tja, das hätte ich denen gleich sagen können. Flix, der Bildhauer der Zukunft, der einen neuen Realismus in der Kunst begründen sollte, wurde gefragt, ob er für dasselbe Honorar Modell stehe. Das bedeutete, daß er sich in allen möglichen Posen von Kopf bis Fuß in nasse Gipsbinden einwickeln lassen mußte, wonach ihm der hart gewordene Abguß stückweise vom Leib geschnitten wurde –, und diese Stücke wurden dann, manchmal mit einem anderen Kopf versehen, wieder zusammengesetzt. Weil er auf das Geld angewiesen war, ließ er sich die Erniedrigung gefallen, aber immerhin lernte er da sein eigenes künftiges Material und seine künftige Arbeitsweise kennen …

In 's-Heerenberg führte Flix mich an den Gestalten vorbei, die er dort hinterlassen hatte. In einem Menschenaffen erkannte ich trotz der forciert gedrungenen Haltung seinen Körper gerade noch wieder … der Kopf war ein Machwerk aus Papiermaché … Der schönste Flix, den ich dort sah, war ein Atlas, der unter einer riesigen Erdkugel kauerte, die nur zum Schein auf Nacken und Schultern ruhte, tatsächlich aber an einer Kette von der Decke herabhing. Von anderen Händen geschaffen, aber immerhin … für mich war das sein Selbstporträt.

Fotos vom Einpacken hatte ich auch jede Menge gesehen. Flix in knappem Nylonslip, wie er mit nassen Gipsbinden bedeckt wird … Flix, die Arme nach oben gestreckt, in einem Eisenrahmen hängend, Kopf und Oberkörper im Gips, und einen Pfropfen im Mund, der in diesem Fall geöffnet bleiben mußte … Flix, auf dem Rücken liegend, von Kopf bis Fuß eingegipst, an der Stelle seines Geschlechts genau so einen diffusen Hubbel, wie ihn Ballettänzer in ihrem Trikot haben (weiß befleckte Hände sind noch an seinem Hals und an den Achseln am Werk, ringsum verschmierte Eimer) … Wegen der Starrheit des Gipspanzers war auf den Fotos nichts von

Flixens Angst und Panik und Einsamkeit zu merken, wenn man mal davon absah, daß *ich* bei diesem Anblick Beklemmungen bekam, und zwar nicht zu knapp ... Klaustrophobie im kleinen ...

»Ungelogen, Albert ...« hob er nach einem apathischen Schweigen nun schon zum x-ten Mal an, »hören, sehen, schweigen ... sprechen, meine ich ... wenn du das wegen dem Gips alles nicht mehr kannst ... wenn du sozusagen vom Putzer selbst hinter die Mauer geklatscht worden bist ... also, Alter, ich kann dir sagen. Früher hab ich mal *Pim Pandur und die Hexe von 's-Heerenberg* gelesen. Für mich war es die Hölle von 's-Heerenberg, ich schwör's dir. Einsamkeit ... absolute, aber auch wirklich ab-so-lu-te. Ehrlich wahr.«

Es lag nicht nur an dem billigen Kognak, seine Angst war wirklich wieder da. In der kleinen Garderobe roch ich nicht seinen normalen Schweißgeruch, der schon durchdringend genug war – wenn Flix Angst hatte, stank sein Schweiß nach Katzenpisse. Trotzdem hatte ebendiese klaustrophobische Angst ihn auf eine Idee gebracht.

»Aha«, sagte Albert, »und jetzt sind Thjum und ich also an der Reihe, durch die weiße Hölle zu gehen ...«

Albert schien an diesem Abend nicht ganz bei der Sache zu sein. Viel hatte er nicht erzählt, aber einen Tag zuvor hatte die Polizei ihm einen Besuch abgestattet. Wenn wir ihm glauben durften, hatte er den Ermittlern mit der nötigen Bravour Rede und Antwort gestanden, und erst hinterher hatte er Bammel bekommen. Ganz abgeschüttelt hatte er ihn noch nicht, den Bammel, meiner Meinung nach aber auch die Polizei nicht. Man brauchte kein Freund von ihm zu sein, um zu sehen, daß er tief im Schlamassel steckte, auch wenn man kaum mit ihm darüber reden konnte. Als er mich nach dem Weg zu den Toiletten fragte und ich ihm die Tür zum Klo meiner Garderobe aufhielt, zog er es vor, auf den Gang hinauszugehen. Auch dieses Wassertrinken, wenn eine Flasche Kognak dastand, konnte nichts Gutes bedeuten.

»Karikatur des verunglückten Wintersportlers«, sagte Albert, »und das in New York. Etwas gewöhnungsbedürftig.«

Das hatte ich befürchtet. Vor einem halben Jahr hatte Flix über Ateliers 63 ein Angebot aus Amerika bekommen, seinen großen Arbeitsraum (in einer ehemaligen Brotfabrik) für drei Monate gegen den einer New Yorker Künstlerin zu tauschen. Ein Atelier von zweitausend *square feet* in einem Lagerhaus in der Lower East Side, darunter konnte sich sogar jemand etwas vorstellen, der noch nie in den Staaten gewesen war. Weil Flix nicht mal ein paar Zeilen auf Englisch hinbekam, hatte er Albert den Brief entwerfen lassen: Ja, er wolle gern auf den Vorschlag eingehen ... er selbst könne einen Raum von ungefähr zwölfhundert Quadratmetern bieten, in einer ehemaligen Bäckerei, mit zwei gekachelten Pfeilern in der Mitte ... Flix selbst hatte für seinen Aufenthalt in New York ein staatliches Stipendium beantragt und trotz der verworrenen Darstellung seiner Arbeitspläne sogar erhalten. Anfang November war alles geritzt, auch mit dem *loft-exchange* zwischen Amsterdam und New York. Albert, der allen Grund hatte, Amsterdam für eine Weile zu verlassen, wollte die ganzen drei Monate mitfahren. Er hatte noch Geld übrig von seinen Kurierdiensten ... Ich sollte einen Monat später für zwei Wochen rüberfliegen.

Eine Woche vor der Premiere der *Chinesischen Mauer* konnte Flix auf einmal englische Briefe schreiben. In zwei Sätzen, gespickt mit Fehlern, sagte er den *loft-exchange* mir nichts, dir nichts ab. Kein Interesse mehr. Die Veränderung seiner Arbeitspläne erfordere eine andere Umgebung – wenngleich er diese subtile Begründung nicht aus der Feder bekam. Das einzige, was ihm schwerfiel, war, Albert davon zu unterrichten. Sie sollten erst im Februar '78 nach New York fliegen, Tickets hatten sie noch nicht gekauft, doch zum neuen Reiseziel wollte Flix schon viel früher aufbrechen. Er war jetzt betrunken genug, nicht länger um den heißen Brei herumzureden.

»Mensch, Albert, New York, ich bitte dich ... das war doch mal ... das ist doch passé ... Eher was für niederländische Schriftsteller, die ihr Land zu klein finden ... Nein, für das, was ich will, hat New York mir nix zu bieten.« Betrunken oder nicht betrunken, er war auf der Hut, wie ich an seiner forcierten Lässigkeit merkte. »Ich geh nach Neapel. Auf das Arbeitsstipendium hat das keine Auswirkung.«

»Neapel...« wiederholte Albert. Ärger hatte keine Chance nach dem, was er weiter hinten am Gang, in der öffentlichen Toilette, gerade konsumiert hatte. »Kein Zentrum moderner Kunst, soweit ich weiß...«

Er paraphrasierte lediglich, was Flix vor langer Zeit auf Alberts Vorschlag geantwortet hatte, sich mal in Neapel umzusehen... oder, besser noch, in Pompeji... Der Spott war Flix auch damals schon entgangen. Er hatte den zum Spaß gemachten Vorschlag höhnisch abgelehnt, aber im folgenden solange darüber gebrütet, bis er ihn sich ganz zu eigen gemacht hatte. Jetzt war der Moment gekommen, ihn als *seine* Idee zu präsentieren.

»Neapel selbst«, sagte Flix, »interessiert mich nicht die Bohne. Ich hab da... per Post, mit Fotos und so... ein Atelier gemietet, und damit basta. Es geht mir um Pompeji. Wie die da zu sehen sind... solche Plastiken will ich machen.«

»Ah«, sagte Albert, »der hypermoderne Realist Boezaardt hat sich zur klassischen Kunst bekehrt...«

Es fuchste Flix, daß Albert sich dumm stellte. Er würde jetzt, das fühlte ich, das Reiseziel nur um so grimmiger verteidigen, das der andere ihm einst vorgeschlagen hatte. Ich wäre lieber nicht dabeigewesen. Ich vermißte die historischen und futuristischen Figuren aus dem Stück. Die saßen jetzt auch alle, noch immer dick geschminkt, in ihren Garderoben und hörten sich das Gegenwarts-Geblöke ihrer hereingeschneiten Bekannten an.

»Menschenskind, Albert, ich red doch nicht von den paar Skulpturen... den paar Figuren mit den zweifach gebrochenen Beinen... die sie da aus der Asche gebuddelt haben... Ich spreche von den Leichen, und sonst nix. Den versteinerten Kadavern der Pompejer... oder ihren Abgüssen, was weiß ich. *Das* sind die wahren Figuren von Pompeji... Nich vonner schlaffen Künstlerhand geschaffen und dann auch noch, um sonnen reichen Stinker von Auftraggeber zu bauchpinseln ... sondern, verdammt noch mal, von der wütenden Erde höchstpersönlich. Sie sind *entstanden*, diese Figuren ... und zwar aus der Wirklichkeit heraus. Und soweit von Machwerk die Rede sein kann, hat ebendiese Wirklichkeit dafür gesorgt ...«

»Mit Gott als Mäzen«, schaltete ich mich versuchsweise ein.

»Von wegen Gott, du Arschkrümel, altbackener ... Alles blind! Schöpfung auf gut Glück! Ich geh beim Vesuv in die Lehre und mache so lange weiter, bis ich mich in einen Ascheregen verwandelt habe ... !«

»Du redest ja schon in Interviewüberschriften«, sagte Albert.

»Von wegen Interviews ... Wenn ein Künstler anfängt, in der Presse über seine Arbeit zu sprechen, ist das Gift für ihren Wirklichkeitsgehalt ... lenkt nur ab, dieses Gelaber ... Das ist eher was für Kienholz, diesen internationalen Laberfritzen. Diese *Art show* von ihm, letzten Sommer im Pompidou ... Thjum, du hast es gesehen ... Auch Gipspuppen, Abgüsse richtiger Menschen, allerdings ohne Kopf. Nein, alte Uhren muß er da draufmontieren ... oder in diesem Fall Lautsprecher ... Bitte sehr, schön surrealistisch, das sagt sich immer gut in der Zeitung. Ich wickel auch lebende Menschen in Gipsbinden ein, aber bei mir gehört der Kopf dazu. *You can leave your head on* ... ungefähr wie in diesem Popsong, du weißt schon. Aber was mindestens genauso wichtig ist ... diese angeblich lebensechten Figuren von Kienholz sind so statisch wie sonstwas. Daß sie von einem Holzskelett aufrecht gehalten werden, das geht ja noch ... aber sie sind auch außen hölzern. Warum, glaubst du, bin ich schon seit einem Jahr dabei, mit diesem ... dieser Chemieflasche andere Gipsbinden zu fabrizieren? Wenn der nicht so viel Zeit ins Drehen von was weiß ich was für Pillen stecken würde ... Pep oder irgendson annerer Scheiß ... Pilzextrakte, glaube ich ... dann wären wir jetzt schon viel weiter. Ich hätte gern noch'n bißchen mehr Kautschuk drin gehabt, aber dieser Quacksalber meint, das wär schwierig. Je elastischer die Binde, um so weniger porös ... Das Zeug muß dann blitzschnell wieder runter, denn der Körper muß atmen können, das ist nun mal so ... durch alle Poren ...«

»Du willst, daß der Gips nach dem Trocknen noch biegsam ist ... geschmeidig ... damit du der Puppe eine dynamischere Haltung geben kannst ...«

»Egberts, du hast wieder mal nix kapiert. Absolut nix. Du kannst nur in Begriffen denken wie ›bearbeiten‹ und so ... total überholt ... Das haste jetzt von deiner ganzen Studiererei. Ihr bleibt immer an dem traditionellen Gewurschtel kleben ... Nein, du Superintellektueller, es geht darum, daß das Modell ... und Modell ist mir dann schon wieder zu sehr ein Begriff aus der traditionellen Kunst, bei mir steht das Modell für sich selbst und nicht für irgendwas anderes ... also, es geht darum, daß die Person, die ich eingegipst habe, sich in meinem Gipsverband bewegen kann ... und zwar noch eine ganze Zeitlang, bevor das Zeug hart wird ... Mir kommt es darauf an, diese Bewegung einzufangen, ohne selbst etwas hinzuzufügen. Wenn der Gips hart ist und das Modell keinen Finger mehr bewegen kann ... okay, dann geh ich mit der Schere ran. Ich schneide den Anzug in Stücke, setze sie wieder zusammen, und dann ... damit zeige ich die ursprüngliche Bewegung. Ohne irgendwelchen kitschigen ... schwülstigen ... pathetischen Mist dazuzutun.«

»Alles schön und gut, Flix«, sagte Albert, »aber auch wenn es nur ums Schneiden und Wiederzusammensetzen geht ... die Hand des Künstlers fehlt nicht. Das kannst du mir nicht ausreden.«

»Nein, was Wunder. Die Künstlerhand fehlt nicht ... nicht ganz. Noch nicht ... aber es ist ein kleiner Glücksfall für die Zukunft. Hier ... meine Hand.« Flix zog seinen Ärmel hoch, spreizte die Finger und drehte die Hand ein paarmal hin und her. »Das ist die Hand desjenigen, der den Verband anlegt ... und auch desjenigen, der ihn wieder aufschneidet ... Es ist die Hand des Arbeiters, nicht mal eines Handwerkers, und die darf gern ein bißchen darin zu entdecken sein, wenn es wirklich nicht anders geht. Aber die Hand des Künstlers, die muß ... die muß abgehackt werden. Müßte ein Gesetz des Realismus sein. Egal welche Hand des Künstlers nach dem Objekt ausgestreckt wird, sie muß ab ... sofortige Amputation ... rechts oder links, völlig egal ... abschneiden, die Pfote. Es ist Diebstahl ... du entfremdest etwas von Wert ... dem Wert, den die Wirklichkeit selbst schon in das Objekt gesteckt hat. Und der muß mit allen Mitteln geschützt werden.«

Patrick Gossaert hatte die ganze Zeit in einer Art ironischer Aufmerksamkeit den Mund gehalten, wenngleich ich gesehen hatte, wie er ein paarmal Anstalten zum Aufspringen machte, als wolle er etwas einwerfen: Er kam nicht zu Wort. Vielleicht weil er merkte, daß Albert langsam an die Decke ging, schaltete er sich jetzt doch ein. »Wenn ich dich richtig verstehe, Flix ... diese drahtlose Übertragung vom Modell zum Material, davon willst du doch weg, nicht wahr? So ist es doch immer gewesen ... dort posiert das Modell, und hier, in fünf Meter Entfernung, stehst du vor der Staffelei. Du tunkst den Pinsel in die Farbe und überträgst das Modell drahtlos auf die Leinwand. Der Pinsel als Antenne ...! Der Künstler als Funker ...! Und du hast jetzt die Absicht, wenn ich dich richtig verstanden habe, deine Leinwand zum Modell hinzutragen, die Leinwand, dein weißes Laken, wollen wir in deinem Fall mal sagen ... um das Modell zu drapieren ... aus dem Laken seinen Anzug zu machen. Oder? Ein bißchen so, wie Veronika es mit ihrem Käsetuch bei Christus gemacht hat und dann ein komplettes Porträt von ihm hatte ... Der unmittelbare Abdruck im Material ... Nur willst du noch weiter gehen und auch bestimmte Bewegungen des Modells in dein Material aufnehmen. Es handelt sich um Gipsbinden ... und die werden hart ... die Bewegung erstarrt ... Was ist an einer Bewegung interessant, die nicht mehr da ist ... die sich nur noch, so stelle ich mir vor, an einer gewissen Schlampigkeit des Gipsabdrucks ablesen läßt ... einer gewissen Diffusheit, weiter nichts ... Das möchte ich dich jetzt gern mal fragen: Was ist so realistisch an einer in Stein ... na ja, Gips ... erstarrten Bewegung? Ist das denn nicht gerade die absolute Verfremdung, das heißt das genaue Gegenteil des Realismus, wie du ihn verstehst?«

Flix wandte sich mit alkoholseligem Grinsen, das möglicherweise umgänglich gemeint war, aber auch ein wenig gemein wirkte, zu mir. »Ist er nicht ein Herzchen, unser Patrick? Niemand erwartet von ihm, daß er sich mit gefährlichen Kunstproblemen beschäftigt... und dann stellt er plötzlich die Frage der Fragen.« Er beugte sich weit auf seinem Stuhl vor und wandte sich Patrick Gossaert zu. »Hör zu, Schätzchen... hör zu... Die einzige Bewegung, die in hartem Material festgehalten zu werden lohnt, ist die *letzte* Bewegung eines Menschen. Die Bewegung, mit der er sich in den Tod arbeitet, sozusagen, mein Schätzchen... falls das nicht zu krass ist für deine empfindlichen Öhrchen... Diese Bewegung und die Bewegungslosigkeit des Todes liegen so dicht beieinander, daß man sie auch in erstarrendem Material zusammenbringen kann. Erwarte ich jedenfalls. Als erstes will ich mir mal diese versteinerten Toten anschauen, die sie in Pompeji aus der Asche rausgeholt haben... Im Moment des Krepierens erwischt... Schau, das ist genau das, was ich will. Ich bitte meine Modelle, sich vorzustellen, wie es ist, zu sterben... Ich packe sie von Kopf bis Fuß in klatschnasse, elastische Gipsbinden und lasse sie den sterbenden Schwan aufführen... na ja, jedenfalls so naturgetreu wie möglich... Darum such ich mir demnächst meine Modelle in den ärmlichen Gassen von Neapel. Leute, die ganz aus der Nähe miterleben, was Krepieren ist... Tag für Tag... die das nachempfinden können... die außerdem so einen großartigen Totenkult pflegen... wenn auch aus bitterer Notwendigkeit. Eine möglichst echte Todespose, das will ich von ihnen... Sie sollen in voller Rüstung sterben... und in diese Rüstung stecke *ich* sie. Erst wenn ich ein paar Brustharnische und Beinschienen mit ihren letzten Zuckungen auf einem kleinen Haufen liegen habe, können sie meinetwegen ihr Geld kriegen. Die Bewohner von Pompeji haben ihr Geld nie gekriegt... nicht mal als Vorschuß auf den Touristenstrom... Ihr Tod ist für die Ewigkeit festgehalten. Wahnsinn.

Ohne daß ein Künstler sie auch nur mit einem Finger berührt hat...«

Albert, bei dem die durch den Opiumgenuß bewirkte Ruhe und Gleichmütigkeit schon etwas nachließen, begann Flix mit diversen Widersprüchen in seinem Realismus zu triezen – so lange, bis Flix ihn »Idealist« schimpfte, womit er wohl nicht gemeint haben dürfte, daß Albert so etwas wie Ideale hegte.

»Idealist... ich?«

»Ja, du, du Depp. Aber es sei dir von Herzen verziehen, schließlich bist du so'n schwerer... schwerer... Du siehst alles durch die rosarote Brille des... des...«

Vereinbart war, das Wort nicht auszusprechen, und das tat Flix denn auch nicht. In umgekehrter Richtung hatten sie es offensichtlich versäumt, eine Vereinbarung zu treffen.

»Und du, Boezaardt, du stumpfst ja schon total ab durch den ganzen Kognak. Ich kann in unserer Wohnung keinen Schritt mehr tun, ohne daß der federnde Fußboden irgendwo Flaschen zum Klirren bringt. Alkohol frißt dir die Leber, das Herz und die Muskeln weg. Du schüttest dich voll mit weiblichen Hormonen... Kriegst Titten davon... deine Eier lösen sich auf... Bevor du's weißt, bist du ein halbes Weib. Aber das Schlimmste ist... was du für eine Theorie hältst, ist nichts anderes als die simple Formel deiner eigenen Abgestumpftheit.«

Später, nachdem Patrick sich davongeschlichen hatte, wurde der Streit natürlich wieder lautstark beigelegt, und das schien mir von Alberts Seite nicht ganz uneigennützig zu sein: Er wollte für eine Weile aus Amsterdam weg, das war offenkundig. Das Mädchen, das mich abschminken sollte, hatte bereits ein paarmal den Kopf zur Tür hereingesteckt und war mittlerweile wohl schon zu Hause. Während ich mich selbst mit einem Fläschchen und einem Wattebausch vor dem Spiegel an die Arbeit machte, hörte ich, wie Albert und Flix, anfangs noch etwas bissig, über die Reise sprachen.

Albert: »Wann wolltest du denn fahren? Am selben Tag, wie's für New York im Kalender stand?«

Flix: »Erst im Februar? Du hast sie ja nicht alle ... eine gute Idee so lange brachliegen zu lassen ... Nein, ich fahr übermorgen. Sonntagabend. Holland-Italien-Expreß um halb neun. Wieso ... wolltest du mir zum Abschied winken?«

Albert: »Und was ist mit dir, Thjum? Du hast natürlich noch etliche Vorstellungen vor dir ...«

Ich: »Bis kurz vor Weihnachten. Anfang Januar geht's dann in der Provinz weiter. Ich fahr am zweiundzwanzigsten oder dreiundzwanzigsten Dezember für zehn Tage oder so nach Neapel ... vielleicht knapp zwei Wochen.«

Albert (wieder an Flix gewandt): »Was dagegen, wenn ich bis dahin mitfahre?«

Flix: »Sonst fliegst du doch immer da runter ... mit Geheimdokumenten und Mikrofiches und so? Warum denn jetzt auf einmal mit so 'nem popeligen Zug?«

Albert: »Zwanet ist nicht mehr bei Omnilabor. Sie arbeitet jetzt bei einem anderen Zeitarbeitsbüro, Quick Quick Slow. Für mich mit der Betonung auf Slow. Kurierdienste sind da nicht mehr drin. Höchstens manchmal noch in umgekehrter Richtung. Aber dafür muß ich erst nach Italien ... auf gut Glück.«

Flix: »Geringe Chance also, daß sie was für dich haben ... Wie wolltest du denn die Zeit totschlagen? Ich stürz mich da in die Arbeit ... davon laß ich mich nicht abhalten ...«

Albert: »Vielleicht fahr ich weiter nach Kalabrien ... Sizilien ... Vielleicht sogar rüber nach Afrika. Mal sehen. Hauptsache weg von hier.«

Flix: »Denk dran, du Idiot, daß du keinen einzigen Krümel über die Grenze kriegst ... noch nicht mal ein Tausendstel Gramm ... Und ob du da an das Zeug kommst, bleibt abzuwarten. Was das betrifft, bleibst du besser hier ... schön nahe beim Delikatessenladen.«

Albert: »Och, ich hatte im Gegenteil vor, dort was für meine Gesundheit zu tun. Ich brauch keine Reiseapotheke. Reg dich nicht auf.«

Ich: »Wie wolltest du das denn mit dem Ticket machen? Drei Uhr ... mitten in der Nacht ... Schaffst du's morgen früh noch zu Transalpino? Am Samstagnachmittag haben sie zu, und auf dem Hauptbahnhof zahlst du fast das Doppelte...«

Albert: »Ich bin nachher gleich der erste, der da auf der Matte steht. Schlafen kann ich später noch.«

Flix: »Und... hat Monsieur Egberts auch an eine Reisekasse gedacht? Die haben mir nur ein Stipendium für *eine* Person gegeben...«

Albert: »Ich hab noch Bargeld rumliegen... dicke genug für die Fahrkarte... Auf meinem Konto ist nicht mehr viel, aber ich hab vierzig Barschecks. Für Italien bedeutet das... mal schauen... zwei Millionen Lire. Damit komm ich zwei Monate hin.«

Ich betrachtete mein Gesicht im Spiegel. Im Licht der Mattglasbirnen, das jetzt wieder mehr ins Rosige spielte, sah es fleckig und schmierig aus. Ich hatte etwas von dem Abschminkzeug, vermischt mit aufgelöster Schminke, auf meinen weißen Overall gekleckert, wo es orangebraune Flecken hinterließ. Die Wut, die ich in mir hochkommen fühlte, versuchte ich erst noch darauf zu schieben, aber ich wußte bereits, daß es eine Art böser Eifersucht war. Verschworene Reisegefährten, die beiden Herren... wie sie da saßen.

Das Autoquartett

Sonnabend, 26. November 1977
(Wendelgelst)

Beim fünften Laden für Scherzartikel, Blaubaert in der Ferdinand Bolstraat, stand er plötzlich Auge in Auge dem Eselskopf gegenüber, der ihn durch die spiegelnde Schaufensterscheibe hindurch angrinste, das Maul mit den großen Zähnen, bereit zum Blöken, halb geöffnet.

»Ja, da fragen Sie was ... Eine Dame, der ein Kinderfest bevorstand. Der kam's offenbar auf ein paar Cent mehr oder weniger nicht an, denn sie hat hier den halben Laden leergekauft. Diese Eselsmaske war auch dabei, ja.«

»Hat sie beim Bezahlen eine Quittung ... eine geschriebene Rechnung verlangt?«

»Ja, daran erinnere ich mich noch gut. Es gibt nicht viele, die beim Kauf von Scherzartikeln eine abzugsfähige Rechnung verlangen ...«

»Wissen Sie noch ... in aller Diskretion und ganz unter uns ... welchen Namen Sie draufgeschrieben haben?«

»Da mußte kein Name drauf.«

»Ja, Herr Inspektor, ich weiß, es ist Ihr freier Samstag, aber es geht um eine ganz faule Sache. Diese Angelegenheit mit den falschen GmbHs, auf die Sie mich angesprochen haben ... erinnern Sie sich, daß da eine kleine Filmgesellschaft dabei war? Ich habe Ihnen vor zwei Wochen die Ordner mit den abzugsfähigen Aufwendungen übergeben ... Könnten Sie für mich nachschauen, ob da eine Rechnung für ›Scherzartikel‹ darunter ist ... Stempel von Blaubaert, Ferdinand Bolstraat, Amsterdam ...? Wenn der Ladenbesitzer sich nicht geirrt hat, handelt es sich um einen Betrag von 249 Gulden ... Erst am Montag, sagen Sie? Verstehe. Ich ruf Sie nach dem Wochenende in der Wibautstraat an ... Entschuldigen Sie bitte nochmals, daß ich Sie zu Hause behelligt habe.«

»Rinko, erzähl mir doch mal ganz genau … was für eine Farbe hatte das Auto?«

»Violett.«

»Bestimmt?«

»Blau.«

»Also … violett oder blau?«

»Rot.«

Armer Junge … es brachte ihn ja selbst schon zur Verzweiflung. Bleich, ohne ein Wort zu sagen, verließ Rinko den Raum. Wendelgelst hörte ihn die Treppe hinaufgehen … wahrscheinlich in sein Zimmer. Jetzt wußte er, warum sich das Kind so oft zurückzog, aber dieses Wissen machte es nicht weniger schlimm, im Gegenteil. Rinko schloß die Tür nicht so nachdrücklich wie sonst … vielleicht hatte er sie sogar offen gelassen … Als Einladung für seinen Vater? Männer unter sich im Jungenzimmer …? Schon bald waren Rinkos Schritte wieder auf der Treppe zu hören. Er trat ins Wohnzimmer mit seinem Malkasten und legte ihn auf den Sofatisch. Er klappte den Blechdeckel auf: Viele der Farbsteine waren bis auf den Grund abgetragen von all den zweibeinigen, vierbeinigen und fünfbeinigen Eseln, die Rinko in der letzten Zeit gemalt hatte. Wollte er seinem Vater das verderbliche Fabeltier noch einmal vormalen? Rinko deutete auf einen fast noch unbenutzten Farbstein von dem Dunkelblau, das Rotkohl annehmen kann, wenn er zu lange gekocht hat. Mit angefeuchtetem Pinsel auf einem Stück Papier ausgestrichen, fiel die Farbe rotviolett aus.

»Hatte das Auto diese Farbe?«

Es war, als parkte das Auto dort auf dem Sofatisch, so erschrocken blickte der Junge auf die paar Pinselstriche.

»Ja.«

Wendelgelst holte einige Kataloge von Automobilausstellungen der letzten Zeit aus seinem Büro, doch Rinko konnte das Modell des Wagens, in dem der fünfbeinige Esel ihn mitgenommen hatte, nirgends finden. Manchmal, wenn sein Zeigefinger kurz über einer Seite verharrt hatte, steckte er ihn schnell in den Mund. Vielleicht war es ja eine alte Kiste gewesen …

»Katinka, hol doch mal das Quartett von oben, mein Schatz.«

»Mit den Märchen?«

»Nein, das andere ... mit den Autos.«

Zu dritt spielten sie Quartett. Die Modelle stammten vom Beginn der sechziger Jahre. Rinko geriet ganz in den Bann des Spiels.

»Kann ich von di-hier ...«

»Quartett ...!«

Rinko bekam die Karte mit dem hellblauen Volvo und rief: »Der hier ... aber so.« Er fuhr mit der Fingerspitze über den noch feuchten Farbstein von der Farbe gekochten Rotkohls. Empörter Stolz ließ Feuer in seine Wangen schießen, aber als er sah, daß ein rotvioletter Fleck auf das Bild des Quartettspiels geraten war, begann er zu weinen. »Ich hab's wirklich nicht mit Absicht gemacht ...«

Mischbetrieb

Sonntag, 27. November 1977
(Flix Boezaardt)

Meine Werkzeugkiste, die Rohre, aus denen ich einen Rahmen schweißen wollte, die großen Pakete Gipsbinden meiner Hausmarke ... das ganze schwere Material war letzte Woche schon mit dem Zug vorausgeschickt worden. Erst am Dienstag würde ich wissen, ob alles heil angekommen war. Ich machte mir vor allem Sorgen um die Binden, die wie Kaffee oder Schokolade als Handelsware durchgehen konnten, auch wenn ich sie in dieser Form eigenhändig im Universitätslabor entwickelt hatte ... na ja, mit Hilfe dieses laschen Pillendrehers ... Vielleicht hätte ich sie so auf den Versandpapieren deklarieren sollen. Jetzt stand alles unter dem Nenner: *Rohstoffe für das Anfertigen von Bildhauerwerken.* Anfangs dachten wir, mein Chemiestudent und ich, daß es sicherer sei, einen Markennamen und ein Logo zu entwickeln, was wir blöderweise auch taten. GUPSOS ELASTOS – der Vorschlag stammte von Thjum, so daß der endlich mal von seinem Gymnasium profitierte. Das Logo wurde ein stilisiertes Püppchen nach einem Bild von Salvador Dalí: Lenin mit anderthalb Meter nach hinten rausstehendem Hintern, gestützt von einem gegabelten Stock ... Bei mir war der Hintern natürlich in elastische Gipsbinden eingepackt. Dieses Laborgenie hat aus lauter Jux und Tollerei ein paar schwarze Müllsäcke mit GUPSOS ELASTOS plus eingegipstem Hintern bedruckt, und darin waren meine kostbaren »Rohstoffe für das Anfertigen von Bildhauerwerken« nach Italien transportiert worden, so daß der Zoll den Eindruck gewinnen konnte, hier gingen kommerzielle Produkte über die Grenze ... ohne genauere Bezeichnung auf dem Begleitformular. Wenn sie das Zeug beschlagnahmten, konnte ich mein Pompeji-Projekt vergessen. Durch diese Ungewißheit lag von Anfang an ein Fluch auf der Reise.

Der Holland-Italien-Expreß sollte am Sonntagabend um fünf vor halb neun abfahren. Thjum würde uns zum Abschied nicht nachwinken können ... jedenfalls nicht im Wortsinn, mit einem Taschentuch auf dem Bahnsteig ... der mußte exakt um halb neun als Heutiger (beziehungsweise als Jetztling, wie dieser Naseweis Patrick es wollte) auf der Bühne in der Nes antreten. Um ihn nicht in Zeitnot zu bringen, bestellten wir schon um sieben ein Taxi. Unsere Nachbarn von unten, froh, für ungefähr zwei Monate von dem Getrampel über ihren Köpfen erlöst zu sein, ließen uns nur allzugern bei der Taxizentrale anrufen und gaben uns noch ihren Segen mit auf den Weg. »Wir werden euch vermissen.« Es klang wie ein Vorsatz.

Der Taxifahrer, der unser Gepäck in den Kofferraum wuchtete, machte eine Bemerkung über das Gewicht meiner beiden Koffer. Total fertig, weil ich nicht wußte, was ich bei unserer Ankunft in Italien von den vorausgeschickten Sachen vorfinden würde, hatte ich im letzten Moment noch einen Reservevorrat GUPSOS ELASTOS eingepackt, aber nicht in einem bedruckten Müllsack. In dem neutralen, durchsichtigen Plastik sahen die Gipsbinden übrigens wie ein Paket Heroin im Straßenverkaufswert von mehreren Millionen aus. Es war die Frage, ob wir uns damit nicht genausoviel Ärger einhandelten. Zum Ausgleich paßte Alberts gesamtes Gepäck in eine normalgroße Wochenendtasche.

Albert setzte sich vorn neben den Fahrer. Ich saß hinten neben meinem Jetztling, der unter dem Wintermantel bereits seinen weißen Overall trug. Das Mädchen, das bei Handke-Weiss III schminkte, war am frühen Abend in die van Ostadestraat gekommen, um Thjum sein Pierrot-Gesicht zu verpassen. Ich merkte deutlich, daß er sich beschissen fühlte, der Schatz, weil er in Maske zum Hauptbahnhof mitkam. »Hättste mal die Puderquastentussi um 'nen Fächer gebeten«, sagte ich noch, aber das kam bei Thjummi nicht gut an. Es mochte an diesem schwermütigen Pierrot-Gesicht liegen, mit den Accents circonflexes über den Schlitzaugen, jedenfalls stank unserem Jetztling auf traurige Weise meine Reise mit Albert.

Himmel noch mal, Thjum, wir waren knapp dreizehn, als wir drei uns gegenseitig die Papphülse überschoben und so Verlobung feierten … ich hör noch die Kirmes im Hintergrund … aber muß das bis ans Lebensende unser tolles Dreieck kaputtmachen? Laß dich nicht so hängen, Mensch … Albert ist scharf auf Mädchen, und das auf eine Weise … ich darf gar nicht dran denken. Er riskiert schon mal ’nen Blick auf ’nen hübschen Jungen, aber nur, wenn der auf der anderen Straßenseite geht, sonst senkt er die Lider … mit diesen langen Wimpern, du weißt schon, die so oft von all den Frauen zusammenkleben, die schon feucht werden, noch bevor er seine Zunge nach ihnen ausgestreckt hat … Jetzt reiß dich zusammen, blöde Schwuchtel, und schmink dich in Zukunft nicht so doll.

Ganz schön mühsam, das alles durch Händedrücke an sein Herz und noch höher durchzumorsen, aber mein Schmolli mußte verstehen, daß ich das nicht laut sagen konnte.

In der Bahnhofshalle und später auf Bahnsteig 8 a erregten wir großes Aufsehen mit dem Jetztling zwischen uns. Es gab dem Abschied etwas Öffentliches, wie soll ich das sagen … etwas Theatralisches … Die Treue, die wir uns hier zwischen Tür und Angel schworen, hatte unter diesen Umständen vielleicht keinen Ewigkeitswert, reichte aber jedenfalls bis Weihnachten.

»Nein, nicht küssen«, hatte diese Tucke auch noch die Traute zu sagen, als ich endlich den Mut fand, ihn in der Öffentlichkeit zu umarmen. »Ich hab keine Zeit mehr, mich nachzuschminken.«

»Na, hör mal! Ich dachte, ein Heutiger könnte ruhig etwas mehr im Hier und Jetzt leben … Hab aber immer schon vermutet, daß du auch einer von denen bist: Gib acht, meine Nylons … mach mir keine Laufmaschen …!«

»Viel Erfolg für die Vorstellung heute abend«, sagte Albert.

»Mensch, hör bloß auf«, sprach mein süßer Thjummi mit unversehrtem Lippenstiftmund. »Ich bin nervöser als vor der Premiere.«

»Kein Wunder … ist ja auch das erste Mal, daß wir nicht im

Saal sitzen«, sagte ich. »Albert und ich werden das ganze Stück zwischen hier und, sagen wir mal: Köln vortragen ... sämtliche Rollen ... Wenn dir das als Unterstützung nicht reicht, weiß ich's auch nicht.«

Ich mag dieses endlose Herumgetue beim Abschied nicht, wenn alles Wichtige schon gesagt ist, beide Seiten aber weiter nach Worten suchen, wobei einer dann immer einen Finger zwischen zwei Knöpfe vom Mantel des anderen schiebt. Ehrlich gesagt war ich froh, als ich Thjum die Treppe vom Bahnsteig hinuntergehen sah. In dem Moment ging's für mich erst richtig los. Ich selbst hatte natürlich wieder nicht daran gedacht, einen Platz reservieren zu lassen, aber Albert kam angescheest mit zwei Platzkarten für ein Abteil im letzten Wagen. Wir schleppten als erste unser Gepäck in den Zug. Unsere Plätze waren von den achten die einzigen reservierten. Die übrigen Plätze des Abteils blieben bis zur Abfahrt leer, ebenso wie der Rest des Wagens. Wenn wir Glück hatten, würden wir in dieser Nacht auf den Bänken schlafen können.

Endlich kam ich dazu, ein paar Worte mit meinem Reisekumpan zu wechseln. Albert machte einen munteren Eindruck, war ansonsten die Ruhe selbst, und das breite Grinsen auf seiner Visage faßte alles noch mal zusammen: Es konnte losgehen.

»Mal im Ernst, Albert ... du hast doch nichts dabei, oder? Für mich ... für meine Arbeit hängt viel von dieser Reise ab ... ich kann keinen Ärger brauchen, verstanden?«

»Reg dich nicht auf. Während du daheim am Kofferpacken warst, hab ich mir alles, was ich noch auf Lager hatte, reingeballert. Ich wollte nichts mitnehmen ... und auch keinen Rest zurücklassen ... Es war das letzte Mal, also hab ich das Zeug noch mal so richtig dampfen lassen. War nicht schlecht, aber trotzdem ... Ende des Experiments. Es hat jetzt zwei Monate gedauert, und das reicht. Äußerst lehrreich, aber nun ist mir nach was anderem.«

»Vielleicht könntest du ja damit beginnen, daß du mir in Neapel Modell stehst ... Mit bandagiertem Kopf, mit dem du nichts hörst und nichts siehst, kann man gut über ein neues Leben nachdenken.«

»An mir hast du nix, Flix. Ich habe nicht einen Funken Talent zum Schauspielern, geschweige denn, daß ich einen sterbenden Schwan nachmachen könnte ... und dann auch noch in so 'nem steifen Ballettanzug, nee, nee.«

»Ich hab keine Sekunde lang daran gedacht, dich Freund Hein aufführen zu lassen. Dafür wollte ich ja gerade solche primitiven Typen aus dem Volk nehmen ... Nein, ich möchte als erstes mit einfacheren Posen experimentieren.«

»Gut, ich tu, was ich kann. Hauptsache, du denkst nicht, meine Mitarbeit bedeutet, daß ich deiner Meinung bin über deinen idiotischen Realismus ...«

Trotz der langen Reise, die vor uns lag, benötigte der Zug lediglich einen kleinen Ruck, um sich in Bewegung zu setzen. Nicht nur die Tatsache, daß wir das Abteil für uns allein hatten, sondern daß auch sonst niemand in unseren Wagen eingestiegen war, gab mir das Gefühl, wir reisten zu zweit in einem leeren Zug.

»Freitagabend habe ich dich als Idealist bezeichnet ... damit meinte ich natürlich so einen mit 'ner Zauberlaterne im Kopf ... na schön, das steht noch in den Sternen ... Wann hast du denn eigentlich zum erstenmal gemerkt, Albert, daß der Realismus ... philosophisch gesehen, in der Kunst, was weiß ich ... daß das nix für dich ist?«

»He, wir fahren ... Schon von Anfang an, in der Grundschule, bei Juffrouw Saris. In Erdkunde hat sie uns erklärt, was ein ›Mischbetrieb‹ ist. ›Bauern mit einem Mischbetrieb haben in der Regel zwölf bis dreizehn Kühe ... Ja, Albert?‹ Und der Klugscheißer, der ich damals war ... vor Wahrheitsliebe glühend ... wies die Lehrerin auf ihren Fehler hin. ›Bei uns hat früher ein Bauer gewohnt, Juffrouw ... mit Futterrüben und so, Juffrouw ... und der, Juffrouw, der hatte sechzehn Kühe. Bauer van Gogh, Juffrouw. Ich hab sie selbst gezählt.‹ Ich dachte, sie würde ihr Erdkundebuch auf den Boden schmeißen, weil die Zahlen darin von einer Sekunde zur anderen wertlos geworden waren. Aber nein: ›Ich vergeude meine Zeit in dieser Klasse!‹ Ich dachte: Beim nächsten Mal halt ich den Mund, ich war nämlich ein empfindsames Kerlchen ... vor allem, wenn ich kritisiert wurde. Ich nahm mir vor, nicht mehr zu zählen und die Dinge in Zukunft mit anderen Augen zu betrachten. Gut, nächste Stunde. Religion. ›Was für einen Beruf hatte der Pflegevater von Jesus?‹ ›Zimmermann, Juffrouw.‹ ›Sehr gut, und was macht ein Zimmermann alles?‹ ›Hobeln, Juffrouw.‹ ›Gut, und was bleibt beim Hobeln übrig?‹ ›Späne, Juffrouw.‹ ›Holzspäne, ausgezeichnet. Und was machten Maria und der kleine Jesus mit diesen Spänen ...?‹ An der Tafel hing für mich eine Vision von Jesus und Maria in steifen Kleidern aus ... sagen wir mal: Brokat ... und mit langen lockigen Haaren, feinste Holzschnitzerarbeit. ›Na, Jungs, was machten Maria und Jesus mit den Spänen, die beim Hobeln übrigblieben? Ja, Albert?‹ ›Die haben sie sich in die Haare gehängt, Juffrouw.‹«

»Und da wurde die Bibel auf den Boden gepfeffert ...«

»Na ja, mit Bibeln zu schmeißen war streng verboten. Eigentlich hatte Bonifatius ja schon was ganz Ungehöriges getan, als er mit seiner Bibel den tödlichen Schlag auffangen wollte ... Sie wurde aber feuerrot, Juffrouw Saris. Schließlich gab Flixje Boezaardt die erlösende Antwort. ›Damit haben sie den Ofen angezündet, Juffrouw, mit diesen Spänen.‹«

»Du erzählst vielleicht einen Stuß. Ich war damals in einer Pflegefamilie, wegen meinem Asthma ... oder, was weiß ich, in einem Bunker in den Dünen, um kräftiger zu werden ... In deine Klasse kam ich erst unter Lehrer Meulendijckxs, dem Geldroper Baron von Münchhausen ... Ich flog auch gleich wieder raus, weil ich die Tintenfässer vollgepinkelt hatte ... unsere Petze Albert beklagte sich, daß die Schrift so blaß war ...«

»Na schön, aber du hättest es sagen *können*. Du oder jemand anders, was macht das schon? Die Kinder seufzten erleichtert auf. In der Klasse schwebte jetzt eine ganz andere Vision. Ein Kanonenofen mit rotglühendem Bauch ... in einer schlichten Arbeiterwohnung in Nazareth, ungefähr im Jahr acht nach Christus. Wessen Augen sich bereits ein wenig an die Dunkelheit gewöhnt hatten, der sah sogar das glänzende verchromte Markenschild auf dem schwarzen Mantel: AETNA. Also, das war Realitätssinn… das war Realismus… Ich erlebte an dem Tag meine eigene Reformation. Ich bin meinem Glauben abtrünnig geworden… bin nie zurückgekehrt zu Jesus und Maria am Kanonenofen. Bis zum heutigen Tag glaube ich an einen Jesus und eine Maria, deren Haare vollhängen mit Holzspänen… Hörst du sie rascheln, Flix?«

»Hauptsache, du hörst sie rascheln… Ich hör sie lieber im AETNA prasseln.«

Hinter Arnheim, als wir uns der deutschen Grenze näherten, kriegte ich ganz schön Bammel. In einem schwarzen Buch, größer als die Bibel, überprüften zwei vierschrötige Männer vom Grenzschutz unsere Paßnummern. Mein schlechtes Gewissen bezog sich nicht auf meine eigenen Taten, sondern einzig und allein auf die von Albert: Bei ihm war vor ein paar Tagen die Kripo aufgekreuzt, und obwohl er sich nicht näher dazu äußern wollte, werden die wohl nicht umsonst bei ihm gewesen sein… »Tut uns leid, Mijnheer Egberts, wir haben uns in der Adresse geirrt.« Nein, ich hatte ihn sogar im Verdacht, deswegen auf meinen Zug gesprungen zu sein. Albert, noch mit Blasen an den Füßen vom heißen Boden, wollte eine Zeitlang unauffindbar sein. Ferien im Nichts, davon laberte er immer, und darüber, daß solche Ferien unerreichbar seien, was aber nichts mit einem zu schmalen Geldbeutel zu tun habe… Na ja, Italien war auch weit weg, doch immer noch näher als das Nichts… bloß, dafür mußten sie einen erst über die Grenze lassen.

Noch immer die Ruhe selbst, ohne eine Spur von Panik, reichte Albert dem breitschultrigeren der beiden Männer seinen Paß. »Ratten« wurden die Grenzschutzbeamten in der Unterwelt genannt. Eine Fehlbezeichnung… jedenfalls wenn man's plastisch betrachtete. Ich hatte noch nie einen Grenzpolypen gesehen, der wie eine Ratte aussah. Bulldoggen, das kam der Sache schon näher. Dieser blaffte, Ziffer für

Ziffer, Alberts Paßnummer dem anderen zu, der in dem Buch blätterte und seinen Zeigefinger über die Zahlenreihen gleiten ließ. Vielleicht war Alberts Strafregister, weil sich durch das Wochenende die Post immer sehr verzögerte, noch nicht in Arnheim eingetroffen, denn er bekam seinen Paß wieder zurück, wobei der Bullenbeißer ihm einen Blick größter Verachtung zuwarf. Dann riß er mir mit seiner blauroten Pranke das Büchlein aus der Hand. Was für eine gewaltige Kieferpartie der Kerl hatte, sah man eigentlich erst, als der Mund sich bei jedem Nennen einer Ziffer kurz öffnete, um das hohle Knurren rauszulassen. Viele Grenzschützer, wußte ich, stammten aus der Fremdenlegion. Jeder Legionär hatte schon mal mit dieser gefürchteten Disziplinarstrafe Bekanntschaft gemacht: einen ganzen Tag lang in der brennenden Sonne zu stehen und dabei mit der Nase einen scharfen kleinen Stein an die Kasernenmauer zu drücken. Steinchen losgelassen? Das Ganze wieder von vorn, zwölf Stunden lang von jetzt an gerechnet ... Dieser Bulle mit seinen makellos weißen Tressen hatte mehr als einmal damit zu tun gehabt, das sah ich an der tiefen Delle in seiner Nasenspitze, die von ganz anderem Zuschnitt war als die Pockennarben an seinen Wangen. Verdächtig oder nicht verdächtig, er würde keinen Bahnreisenden passieren lassen, ohne ihm dieses nordafrikanische Steinchen ins Herz gedrückt zu haben.

Der Zeigefinger des anderen stoppte abrupt mitten auf der Seite. Der Bullenbeißer steckte seine Steinschlagnase ins Buch und verglich die Nummer noch einmal mit meinem Paß. Plötzlich lag ein Zug aggressiver Befriedigung auf seiner Visage, die sich jetzt wieder mir zuwandte. »In letzter Zeit was mit der Polizei zu tun gehabt?« Als Blaffen konnte man es nicht mal bezeichnen. Hier wurde eine permanent gärende Wut ausgekotzt.

»Nein.«

»Auch nicht im Februar dieses Jahres, um genau zu sein, am dreizehnten?«

»Nicht daß ich wüßte.«

»Sie haben an dem Tag ein öffentliches Verkehrsmittel benutzt, ohne zu zahlen. Später sind Sie in Abwesenheit zu einer Geldstrafe von fünfzig Gulden verurteilt worden. Oder einen Tag Haft, nach Wahl. Sofort zu bezahlen beziehungsweise abzusitzen.«

»Ich bin ja bereit, zu zahlen, aber nicht jetzt. Ich habe mein ganzes Geld in Travellerschecks umgetauscht.«

»Dann muß ich Sie eben vierundzwanzig Stunden in Arnheim festhalten. Kein Problem für uns.«

»Ich bin bereit, den Tag abzusitzen, aber natürlich nicht jetzt. Lieber das als blechen. Ich hatte mich schon so darauf gefreut, mal 'ne Gefängniszelle von innen zu sehen ... Schien mir durchaus lehrreich.«

»Wirklich kein Vergnügen, das können Sie mir glauben«, blaffte der Exlegionär. »Das wird schon nach einer Stunde langweilig. Also, Mijnheer, was jetzt?«

In dem Moment legte Albert wortlos zwei Fünfundzwanzigguldenscheine auf die Ablage. So kannte ich ihn. Der Mann mit dem schwarzen Buch war bereits dabei, mir eine Quittung auszustellen. Plötzlich tat es mir um diesen Tag Haft leid. Monate in Vught gebrummt wegen dieser Partie aus Marokko, und jetzt hatte ich das Gefühl, mir würde etwas Einzigartiges genommen ... für das auch noch bezahlt werden mußte ... In der abgrundtiefen Langeweile eines vierundzwanzigstündigen Zellenaufenthalts wäre mir vielleicht das noch fehlende Glied meiner Theorie in den Schoß gefallen.

Bevor sich der Mann mit der durchbohrten Nase Alberts Mäuse von der Ablage grabschte, stieß ich noch schnell einen Fluch darüber aus. So, das hatten sie davon.

Blasfußball

Sonntag, 27. November 1977
(Flix Boezaardt, Albert Egberts)

Es ähnelte ein wenig dem, was ich letzten Sommer mit Thjummi im Zug nach Paris erlebt hatte, wo wir uns im Centre Pompidou *The Art Show* von Kienholz ansehen wollten. Irgendwo zwischen Brüssel und der französischen Grenze.

»Da kommt der Haschhund«, sagte Thjummi und nickte zur Tür unseres Abteils. Ich drehte mich um. Drei von solchen Bullen, wie wir sie kurz hinter Arnheim erlebt hatten. Ex-Gauner in Uniform. Einer hatte den größten Deutschen Schäferhund an der Leine, den ich je gesehen hatte. Ein Monster von der Größe her, aber mit einem wesentlich weniger brutalen Kopf als der seines Herrchens. Sie hatten es auf uns abgesehen, die übrigen Reisenden blieben unbehelligt. Der Hund wurde aufgefordert, uns zu beschnüffeln, zeigte jedoch nicht das geringste Interesse, sondern wandte sogar einigermaßen peinlich berührt, so schien es, die Schnauze diskret in die entgegengesetzte Richtung. Das mußte an Thjummi liegen, bei dem sogar Hunde die Unschuld und den Adel rochen, auch wenn er mal wieder Napoleons Mätresse spielte und sich seit Tagen nicht gewaschen hatte.

»*Allez, nom de dieu*!« Der Schäferhund wurde mit dem Ende seiner eigenen Leine verdroschen. Ein trauriger Jaulton blieb ihm in der Kehle stecken. Zwei der Bullen hoben den Hund hoch und stellten ihn mit den Vorderpfoten an meine Brust. Wieder wandte das Tier mit den bekümmerten Augen eines Hundes, der seinem Herrn so gern gehorchen würde, den Kopf ab. Er wollte zwar riechen, aber es war nichts zu riechen, und bellen, ohne daß Haschgeruch eine Person umgab, widersprach seiner Aufgabe und damit seinem Herrn. Diese Feldhüter ohne Säbel konnten sich einfach nicht vorstellen, daß wir aus Amsterdam kamen ohne mindestens hundert Gramm Marihuana in der Tasche. Sie steckten ihre

Nasen in unsere Plastiktüte mit dem Reiseproviant, ließen ihren von angeschimmeltem Knoblauch gesättigten Atem auf unsere Eßsachen los und drückten dann die Nase des Hundes darauf. Er konnte seinen Herren kein Hasch beschaffen. Sie knallten die Tüte auf die Bank neben Thjum, der mir gleich danach übersetzte, was sie beim Gehen gesagt hatten: »Diese verdammten Holländer nehmen immer ihr eigenes Fressen mit, wenn sie verreisen...« Auf die ihm eigene lakonische Weise fügte er noch hinzu, der Schatz: »Der Hund war das einzige menschliche Wesen in dieser ganzen Gesellschaft.«

Von *The Art Show* hatte ich Anfang März bereits eine Art Vor-Präsentation in der Skulima Galerie in Berlin gesehen. Na ja, gesehen, gesehen... Da strömten Hunderte von Leuten hin, von denen mindestens drei Viertel in der nächstgelegenen Kneipe warten mußten, bis sie eingelassen wurden. In der Galerie herrschte ein derartiger Trubel, daß die Komposition der Figurengruppe total unterging. Die bekleideten Gipspuppen waren kaum von den Besuchern zu unterscheiden, und schon gar nicht in puncto Vernissagegeschwafel. Kienholz' Figuren hatten ein Tonbandgerät an der Stelle, an der Lebende ein Herz tragen, und das einzig Hervorragende in ihrem ansonsten flachen Gesicht bestand aus einem zumeist länglichen, manchmal aber auch runden kleinen Lautsprecher, aus dem ununterbrochen das Blabla von Galeriebesuchern quoll, das man bei der Eröffnung irgendwelcher anderer Ausstellungen aufgenommen hatte. Wie meist auf Vernissagen standen auch die Kunstliebhaber aus Gips bis auf eine Ausnahme mit dem Rücken zu den ausgestellten Gemälden (in diesem Fall dem Werk eines gewissen Christian Carry, eines Pseudonyms von Kienholz selbst). Schade, daß das auf Band festgehaltene Gelaber so schlecht zu verstehen war. Um wenigstens etwas davon mitzubekommen, drängten sich die Leute so dicht an die Puppen, daß der Gips manchmal zusammengedrückt zu werden drohte. Ich hatte in der Zeitung gelesen, daß Kienholz seine Gipssnobs für die Pariser Ausstellung mittlerweile mit hochwertigeren Geräten ausgestattet hatte, einem Geschenk der Firma Sony aus Japan.

Wie konnte ich Thjum erklären, daß *The Art Show* in Paris weniger Wirkung zeigte als in Berlin? Im Pompidou ließ sich die Figurengruppe auch aus der Entfernung, als Ganzes, betrachten, wodurch sie einen verfremdeteren und damit künstlicheren Anblick bot als in Berlin, wo sich die sprechenden Puppen mit dem Publikum mischten und der Masochismus des Großen Wiedererkennens beginnen konnte. »Das Gipsmaterial, das ich verwende«, stand in einem Katalog, aufgezeichnet aus dem Munde von Kienholz, »ist das gleiche Zeug, mit dem ein Arzt Beinbrüche behandelt. Nur lasse ich an der Rückseite einen Streifen Haut frei, damit sich das Modell wieder hinauszwängen kann.« Einmal mehr war mir klar, was ich zu tun hatte. Zusammen mit meinem Laborknecht würde ich die Gipsbinden soweit perfektionieren, bis ich sie in einem unbewachten Moment wie ein Netz über das Publikum werfen konnte.

»Vom Pompidou nach Pompeji«, sagte Albert, dem ich die Geschichte beim Überqueren der deutschen Grenze erzählte. »Du hast mich gefragt, wann ich entdeckt habe, daß der Realismus nicht mein Bier ist... Wie war das bei dir? Wenn nicht du dieses pfiffige Bürschchen bei Juffrouw Saris in der Klasse warst, das die Holzspäne in den Ofen verwies, wann hast du dann das Licht des Realismus erblickt? Und was für ein Licht war das? Nicht das einer Zauberlaterne...«

»Später... später. Ich erzähl's dir schon noch.«

Als sich der Zug gegen Mitternacht, gut sechs Stunden nach meiner letzten Partie Blasfußball, Köln näherte, merkte ich, daß die große Dosis allmählich an Wirkung verlor, im übrigen ohne daß meine Stimmung darunter zu leiden hatte. Ich sagte mir immer noch in aller Seelenruhe, ich würde mir von nun an nie wieder etwas reinziehen, kein Nr. 3 und auch sonst nichts. Da brauchte es nicht einmal einen hysterisch geschworenen heiligen Eid. Später, zwischen Bonn und Koblenz, war die Wirkung völlig weg, doch das gab mir eher ein

Gefühl der Befreiung als der Panik. Keine Spur von jener Mattheit, die ich so gut kannte... Ein feierlicher Moment: Hier begann meine Freiheit.

Die Unruhe setzte erst später in der Nacht ein. Während ich Flix ergeben zuhörte, der mich, nachdem er eine halbe Flasche Joseph Guy weggegluckert hatte, immer mehr mit seinem »Realismus« zudröhnte, mußte ich ständig gähnen.

»Sieh dich um, Albert... Alles jagt der Vollendung entgegen... auch die Kunst. Mit der isses aber ein bißchen kompliziert. Die hat ihre Vollendung erst dann erreicht... nein, nicht, wenn sie die Wirklichkeit möglichst gut nachbilden kann, das reicht nicht. Während des Schaffensprozesses... das heißt, während sie versucht, die Wirklichkeit so präzise wie möglich wiederzugeben... während dieses Prozesses muß sie danach trachten, deckungsgleich mit der Wirklichkeit zu werden. In dem Moment ist die Kunst überflüssig geworden. Und das, Albert, das wäre dann erst ihre Vollendung... Ich will es noch krasser ausdrücken... Es ist die oberste Aufgabe der Kunst, sich selbst überflüssig zu machen. Darunter tun wir's nicht, heutzutage. Nun wollen wir uns aber nicht gleich zu weit vorwagen, und darum möchte ich diese These vorläufig ein wenig abschwächen. Diesem Zustand der Überflüssigkeit, dem muß die Kunst möglichst nahezukommen versuchen. Sie muß versuchen, sich selbst zu vernichten... den lieben langen Tag über Selbstmordversuche unternehmen. Das ist unsere Aufgabe... jedenfalls die der wahren Künstler... wir halten unseren Kopf dafür hin. Wir sind die Selbstmördermannschaft der Kunst. Ganz zu Ihren Diensten, Mevrouw. Früher hatten Sie den Musen-Lesbenklub am Hals, das war auch kein Vergnügen. Wo war ich stehengeblieben? Oh ja, die Kunst muß in einem Niemandsland wirken... einer Graulichtzone zwischen traditioneller Kunst und Wirklichkeit... solange, bis man sich der Grenze zwischen dem Niemandsland und der Wirklichkeit so dicht wie möglich genähert hat... man kann ruhig sagen: kurz vor dem Überschreiten steht...«

Ich versuchte, das nächste Gähnen zu unterdrücken, zermalmte es zwischen zitternden Kiefern, als wäre es eine zähe Wurstpelle. »Hab ich dir mal erzählt, Flixie, was Giacometti dazu gesagt hat? So ganz wortwörtlich hab ich's nicht behalten, aber es lief ungefähr darauf hinaus... ›Könnte ich nur eine menschliche Gestalt so modellieren, wie sie wirklich ist. Aber tja, das würde bedeuten, daß man die Wirklichkeit voll im Griff hat. Es würde totales Wissen bedeuten, und tja, dann hört das Leben auf. Ich kann nun mal nicht wiedergeben, was ich sehe. Und wer das könnte, würde daran sterben.‹«

»Das will ich erst mal sehen«, sagte Flix. »Und außerdem... es ist für einen Künstler absolut keine Schande, die Wirklichkeit in den Griff zu bekommen und dann daran zu sterben... Dafür sind wir uns keineswegs zu schade. Ja, damit meine ich keine solchen Pfuschkollegen wie diesen Tieman. Der denkt, daß es bei Galeristinnen so zugeht...« Flix stand auf und führte noch einmal seine Pantomime mit dem Zeigestock vor. Er streckte seinen linken Arm mit rückwärts gekrümmtem Mittelfinger nach unten, während die rechte Hand vor einem imaginären Bild gestikulierte. »Das hätte eine Figur aus *The Art Show* sein können«, sagte er, als er sich wieder auf die Bank mir gegenüber plumpsen ließ. »Na ja, wenn dich das nicht interessiert... Hockst nur da und gähnst mir einen vor.«

Es hätte etwas ganz Normales sein können, dieses Gähnen, nach so einer halb durchwachten Nacht, aber es war ein Gähnen, das keine Erleichterung schenkte. Meine Kiefer verkrampften sich. Jedes Gähnen endete in einem Fröstelgefühl.

»Ich kann wirklich nichts dafür, Flix. Ich gähne nicht vor Müdigkeit oder vor Hunger... auch nicht vor Langeweile, obwohl mir dein Realismus langsam zum Hals raushängt... Es ist... ich weiß es nicht. Sowas hab ich noch nie erlebt.«

Beim Gähnen begannen mir nun reichlich Tränen aus den Augen zu fließen. Als etwas später auch noch meine Nase triefte, traute ich mich zum erstenmal, dem Wort ins Auge zu sehen: Abstinenz. So weit hatte ich es in den vorangegangenen Wochen nie kommen lassen, dafür hatte Ali schon gesorgt.

»Verdammt noch mal, Flix«, brachte ich zwischen zwei

schmerzhaften Gähnern gerade noch heraus, »das sind Entzugserscheinungen. Und ich hab nichts dabei ...«

»Das hab ich befürchtet. Da, nimm ’nen Schluck Kognak ...«

»Kognak? Ich darf gar nicht dran denken ... Weg damit ... Allein schon der Geruch ...«

Die Unruhe, die mich überkommen hatte, war nicht einfach ein Gefühl des Unbehagens, sondern raschelte in meinem Körper wie eine Ratte. Um die Ratte zu verjagen, ging ich auf dem Gang auf und ab. Schlaffheit in den Beinen, die sich nicht lange gegen das Rütteln des Zugs zu stemmen vermochten, zwang mich, wieder Platz zu nehmen. Ein heftiges Zittern überfiel mich. Gleichzeitig brach mir der Schweiß am ganzen Leib aus. Das Gähnen wurde mit der Zeit so schlimm, daß ich den Mund kaum noch zubekam. Ich verspürte einen reißenden Schmerz in meinen Kiefermuskeln ... und auch in den Gelenken ... Beim Gähnen produzierte ich jetzt auch noch Knurpsgeräusche. Nun begann auch Flix, herzhaft zu gähnen, nur mit dem Unterschied, daß es ihm Erleichterung verschaffte. Es hatte etwas Wollüstiges, wie er sein Maul aufriß, ohne sich die Hand davorzuhalten. So in den Spiegel meiner eigenen Gähnerei schauen zu müssen, machte das Gähnen noch peinlicher und demütigender.

»Ich kann nichts dafür«, sagte er und wischte sich die Tränen aus den Augen. »Gähnen steckt an. Früher war ich sehr gut im Papierfalten ... Schnäbel, wie wir dazu sagten, konnte ich besonders gut. Die mußten aus dunklem Papier sein, sonst funktionierte es nicht. Man mußte sie so falten, daß man die Finger reinstecken konnte ... um so den Schnabel auf- und zuzumachen ... Happ, happ, happ ... In kürzester Zeit hatte ich es an Sonntagnachmittagen geschafft, daß alle im Wohnzimmer gähnten. Man mußte es natürlich schon mit ein bißchen Gefühl machen. Langsam aufsperren ... die Muskeln sich dehnen lassen ... und dann mit einem Schlag zu.«

So saßen Flix und ich uns in dieser Nacht während eines großen Teils der Reise mit offenen Mündern gegenüber, ohne viele Worte zu wechseln. Wenn Flix nicht gähnte, sondern mich nur anschaute, drückte sein Gesicht keine Verwunderung mehr aus, auch kein Mitleid, sondern eine Mischung aus Fassungslosigkeit und Grauen. Er fummelte am Heizungsknopf herum. Durch meinen gespaltenen Zustand, Frösteln bei gleichzeitigem Schwitzen, wußte er nicht, ob er die Wärme steigern oder drosseln sollte. Wenn Flix sich jetzt auch schon hilflos zu benehmen begann...

»Hö... hö... höher...!« preßte ich mit dem nächsten Gähner mühsam hervor. »Höher stellen...!«

»Geht nicht höher. Der Knopf ist kaputt. Komm, wir setzen uns irgendwo anders hin.«

Flix ging in das nächste Abteil, das neben der Toilette. Ich hörte ihn wieder an einem Knopf drehen. »Albert, hier ist es viel wärmer... schon fast eine Gluthitze«, rief er. Es kostete mich bestimmt zehn Minuten, die paar Meter in die Wärme zurückzulegen. Der Zug schien wie ein sich aufbäumendes Schiff, das mich bei jeder Woge in meine Kajüte zurückwarf. Flix trug unser Gepäck hinüber. Was die Wärme betraf, mußte ich ihm einfach glauben, denn ich merkte nichts davon, so durchgefroren war ich. Das Zittern wurde immer schlimmer. Ununterbrochen floß Feuchtigkeit aus meinen Augen, aus der Nase, aus allen Poren. Gesicht, Hals, Hemdkragen... alles naß. Zwischen dem Gähnen mußte ich ständig schlucken, auch ohne daß Speichel wegzubefördern war, und davon bekam ich wiederum Schluckauf.

»Da hat sich jemand in den Finger geschnitten«, sagte Flix. Das war ein Ausdruck von früher, aus seinem Elternhaus, wenn er oder Govertje (»Vogeltje«) heimlich einen Furz gelassen hatten. Er hatte recht: Ohne daß ich etwas dagegen tun konnte, strömten lautlose Winde aus mir. Langsam füllte sich das Abteil mit meinem Gestank, der auch meinen Poren entwich. Von Zeit zu Zeit flüchtete Flix samt Kognakflasche auf den Gang.

In Basel wurde der Zug völlig neu zusammengestellt. Fast eine Stunde lang wurde hin und her rangiert, was mich noch kränker machte und meine Knochen noch mehr schmerzen ließ. Ich selbst wurde da auseinandergezogen und wieder zusammengesetzt – sehr schlampig, kein Körperteil schien mehr an der richtigen Stelle zu sitzen. Ein Stück vorwärts ... ein Stück rückwärts ... einen Schlag vorn ... einen Schlag hinten. Es war schon längst nicht mehr der Zug, in den wir am Abend zuvor gestiegen waren. Ohne unsere Plätze zu verlassen, wurden wir stets von neuem in einen anderen Zug verfrachtet. Hatten wir erst ganz hinten gehangen, so waren wir jetzt direkt an die Lokomotive angekoppelt. Der Zug war nichts weiter als ein Kartenspiel, das immer wieder neu gemischt wurde. Eine Hand blätterte die Karten in einer langen Reihe auf dem Tisch aus, ließ sie kippen, schob sie wieder zusammen und mischte sie nochmals ...

Während die Wagen umrangiert wurden, saß eine Zeitlang ein Schwarzer bei uns im Abteil. Sein einziges Gepäck bestand aus einer großen, goldfarbenen Pralinenschachtel, die er uns von Zeit zu Zeit hinhielt. Flix griff gierig zu. Ich nahm aus Höflichkeit eine Praline, eine große weiße, und legte sie mit zitternden Fingern auf die Ablage. »I specially like the white ones«, sagte ich mit einem Hickser, zerstreut, einfach um etwas zu sagen.

»So do I!« rief der Schwarze und brach in lautes Gelächter aus.

In mir erstarrte etwas. War es Baartscheer, der sich da rührte? Vor ein paar Jahren hatte mich in der Nähe von Monte Carlo ein Schwarzer in einem schwarzen Sportwagen mit weißen Lederpolstern mitgenommen. »I specially like the white seats.« »So do I.« Baartscheer hatte mich damals noch nicht mit seinen Ideen bombardiert. Waren meine Äußerungen so durchschaubar? Ja, die Wörter selbst machten mich durchschaubar. Jeder Satz, den ich jetzt noch von mir gab, würde einen Versprecher enthalten ... Ich durfte meinen Mund nur noch dazu benutzen, um knurpsend zu gähnen, das reichte schon in puncto Versprechern.

Als der neue Zug, an dem es nichts mehr zu mischen gab, einige Minuten fast lautlos in dieselbe Richtung gefahren war, ließen die stechenden Schmerzen in meinen Knochen ein wenig nach, und ich fiel in Schlaf. Die Aluminiumfolie raschelte angenehm, als ich mein schwarzversengtes Teesieb damit auskleidete. Ich schüttete etwas von dem graurosa Puppenhauskies aus Alis Tütchen hinein und spannte den Stiel in den kleinen Schraubstock über dem Kerzenstummel. Die Flamme reckte sich, und Nr. 3 begann in Dampf überzugehen. Verdammt, ich hatte vergessen, ein Röhrchen vom Blasfußballspiel bereitzulegen. Ich machte den Spielzeugschrank auf. Das Damebrett, die Miniaturindianer, Monopoly ... alles war noch da, mit Ausnahme des Blasfußballs. Ich lief wütend in die Küche, wo meine Mutter in einer Schublade kramte. »Ich kann mein Teesieb nicht finden ... Hast du's vielleicht verschludert?« »Dann sag mir erst mal, wo das Blasfußballspiel geblieben ist ...!« »Ach, mein Junge, dieses eklige Spiel ... ich hab es Robby gegeben. Der mag ja nur so 'nen widerlichen Kram. Diese Ansammlung von Bakterien aus der Spucke von anderen ... igitt.« Währenddessen verflüchtigte sich hinter mir, im Wohnzimmer, der kostbare Stoff ... ohne daß ich ein rotes, gelbes, grünes oder blaues Röhrchen zur Hand gehabt hätte, um die Dämpfe damit zu inhalieren ... Rasend konnte man werden.

Zimmer ohne Fenster

Montag, 28. November 1977
(Flix Boezaardt, Albert Egberts)

»Lu-u-u... gano-o-o...!« Mit komisch verzerrter Stimme rief der Aufsichtsbeamte auf dem Bahnsteig den Namen in den Morgen. Es klang wie ein langgezogener, nach innen gerichteter Rülpser, der noch in meinem Kopf nachechote, als ein Lautsprecher auf der italienischen Seite der Grenze knarzend ein paarmal »Chiasso« sagte. Von Albert wußte ich, daß der Name dieser Grenzstadt so etwas Ähnliches wie »Lärm« bedeutete, und vielleicht kam es daher, daß der Name und der lärmende Trubel auf dem Bahnsteig in meinem Halbschlaf eins wurden.

Ich versuchte, meinen Traum festzuhalten. Ich sah meine kleine Mutter, ein Mädchen noch, in einer grünkarierten Jacke vor einem Schneefeld, auf dem eine Vielzahl ihrer Abdrücke als Engel zurückgeblieben waren. »Das meine ich«, sagte ich zu Thjum, der neben mir stand. »Ich werde schneeweiße Negative von lebenden Menschen machen...« Thjum antwortete nicht, aber ich konnte ihm anmerken, daß er böse wurde. Vor Wut fiepte seine Stimme in der Kehle, und er schlug mir mit einer Art Wurst aus Stroh und Jute gegen das Bein, immer fester, ohne daß es richtig weh tat.

Etwas Großes und Haariges war jaulend in unser Abteil gestürmt. Als ich die Augen öffnete, sah ich das Hinterteil eines Schäferhunds unter der Bank hervorragen, auf der Albert, vor sich hin stinkend, schlief. Der muskulöse Schwanz schlug an mein vom Sitz herabhängendes Bein. »Janken« nannten wir früher in Geldrop das durchdringende Heulen eines Hundes. Der Schäferhund jankte. Ich erinnerte mich wieder, warum ich das eine Bein hochgezogen und das andere hatte baumeln lassen. Als ich mich ausstreckte, um ein wenig zu schlafen, saß der Schwarze noch laut schmatzend mit seiner Pralinenschachtel neben mir. Jetzt war er verschwunden. Er war wohl nicht wegen des Gestanks weggegangen, den Albert verbreitete, denn dann wäre er schon viel früher abgehauen und hätte sich seine weißen belgischen Pralinen nicht so gut schmecken lassen. Beim Ausmisten des Augiasstalls hatte Herkules bestimmt Heroin als Reinigungsmittel benutzt, ich brauchte mir nur diesen Putzlumpen auf der anderen Bank anzusehen: einen halben Tag lang die Adern *nicht* mit Heroin geputzt, und schon verströmte man den Geruch eines Schweinestalls.

In der Abteiltür standen zwei Männer in blauen Overalls, wie's aussah, Italiener. Der Mann mit der Schlaufe der Leine am Handgelenk hatte größte Mühe, den Hund zu bändigen, der anscheinend noch tiefer unter die Bank kriechen wollte. Das Fiepen war fast ein hohes Pfeifen, das jetzt auch Albert geweckt hatte. Sein Haar war klatschnaß vom Schwitzen, und seine Oberlippe glänzte vor Rotz. Er fing wieder am ganzen Leib zu zittern an. Ich war fast froh, daß die Italiener die Tür aufgeschoben hatten: So kam wenigstens etwas weniger schlechte Luft ins Abteil. Na ja, *sehr* froh war ich wiederum nicht, auch wenn der jüngere der beiden entschieden ein Beau war, der seinen Overall trug, als sei er eine Schöpfung der Haute Couture. Beide machten besorgte Gesichter, und das verhieß nichts Gutes, denn der Hund war bestimmt einer Beute auf der Spur, sofern er sie nicht schon zwischen den Zähnen hatte. Außerdem sah Albert in seinem derzeitigen Zustand auch nicht gerade wie ein Anti-Drogenprediger aus.

Zu zweit begannen die Overalls jetzt, den Schäferhund unter Alberts Bank hervorzuziehen, was ziemlich schwierig war, weil das Tier sich so hartnäckig in seine Aufgabe verbissen hatte. Nachdem sie Norcino, wie sie den Hund nannten, auf den Gang hinausgezerrt hatten, hielt der eine ihn mit verkürzter Leine in Schach, während der andere wieder zu uns ins Abteil trat. Er schloß die Tür hinter sich und nahm eine etwa vierzig Zentimeter lange Latte aus seiner Tasche. Es war der Hübsche, und in einer anderen Situation hätte ich den Anblick seines hochgereckten Hinterns genossen, während er zwischen den beiden Bänken kniete. Er scharrte mit dem Holzstück unter der Bank herum. Da kam so einiges zum Vorschein. Papierknäuel, vertrocknete Orangenschalen, Staubflocken, undefinierbare Haarbüschel, ein Kuli, eine Bierdose, ein Schnuller (bei näherer Betrachtung ein ausgepacktes, aber nicht ausgerolltes Kondom), eine Spielkarte, Herz drei, und eine Zigarettenschachtel ohne Zellophanverpackung. Nein, dieser Zug war vor der Abfahrt in Amsterdam nicht gereinigt worden, und wenn man sich die hart wie Plastik gewordenen Orangenschalen ansah, lag der letzte Putzdurchgang zwei Wochen zurück.

Norcinos Herrchen richtete den Oberkörper wieder auf, blieb aber auf den Knien hocken. Er schüttelte die Bierdose und kippte den Inhalt in seine Hand. Zwei Kippen mit Filter und die Blechlasche. Er roch an den Kippen (das eine Mundstück trug Lippenstiftspuren) und steckte sie in seine Tasche. Er öffnete den Deckel der Zigarettenschachtel, und im selben Moment sprang Norcino mit gänsehauterregendem Krallengekratze jaulend an der Glastür hoch. Aus dem Päckchen kamen keine Zigaretten zum Vorschein. Ein rechteckiger Riegel, verpackt in Aluminiumfolie, war darin. Mein Schatz in Blau roch daran und machte ein noch sorgenvolleres Gesicht. Ohne uns eines Wortes oder Blickes zu würdigen, begab er sich zu seinem Kollegen auf den Gang. Der Hund durfte kurz an dem Päckchen schnuppern und bellte hoch und laut. Als Kompliment wurde er im Nacken gekrault.

»*Bravo, Norcino*!«

Ich schaute zu Albert hinüber, dem der Schweiß nur so übers Gesicht strömte. Wie konnte jemand soviel Flüssigkeit in sich haben? Er würde noch austrocknen...

»Sind wir schon in Italien?« fragte er.

»Gerade eben. Das hier ist Chiasso... und schon gibt's Stunk...«

»Italien... Ali... Wie ein Teufelchen aus der Schachtel springt sein Name hervor. So schlimm ist es mit mir. Ich kann an nichts anderes denken.«

»Wer ist Ali?«

»Dieser distinguierte Türke, dem du mal aufgemacht hast. Er ist mein Lieferant.«

»Albert, sag mal ehrlich... Was der Kerl hier unter der Bank vorholte, dieses Päckchen... war das von dir?«

»Ja, und um mich selbst auf die Probe zu stellen, hab ich nichts davon genommen. Süße Selbstquälerei... himmlische Entzugserscheinungen. Bist du bescheuert? Einfach ein Brocken Hasch, den jemand da vor dem Zoll versteckt hat, und dann... zum Beispiel... sich nicht getraut hat, aus dem Zug zu schmuggeln. Oder nicht mehr finden konnte.«

»Ist wirklich besser, du machst dir weis, es war Hasch. Angenommen, es ist dein eigenes Rezept... dann wirst du verrückt.«

»Danke, Flix, daß du mich daran erinnerst. Da hab ich die ganze Nacht über der Medizin gelegen und mich rumgequält...«

Der Schäferhund riß sich wieder los und sprang erneut an der Tür hoch. Er knurrte triumphierend, und danach fiel ihm die Zunge schwer aus dem Maul, was ihm mit einemmal etwas Rührendes verlieh. Vielleicht roch er eine Verwandtschaft mit meinem unglücklichen Reisegefährten. Sie waren beide auf das gleiche abgerichtet... etwas, das fast nicht zu finden war. Der schöne Zöllner zog Norcino am Halsband von der Tür weg und klemmte sich das Hinterteil des Hundes zwischen die Knie, während er sich mit seinem Kollegen weiter beriet, der das Päckchen in der Hand hielt. Ihren ernsten Mienen nach zu urteilen schienen sie die Situation für noch übler zu halten als wir. Der Schäferhund schlug mit dem Schwanz gegen die Tür, die in den Schienen klapperte. Ich sah, wie Albert über einen gellenden Pfeifton erschrak. Nein, keine Polizei. Der Zug setzte sich in Bewegung.

»Reg dich nicht auf, Albert. Wir fahren. Wenn sie uns verdächtigten, dann hätten sie uns sicher aus dem Zug geholt.«

»Glaubst *du*. Wir sind auf dem Weg nach Mailand. Mit Eskorte. Dort erwartet uns ein kaltes, feuchtes Spinnenloch. Das wird lustig, in meinem Zustand...«

Der ältere der blauen Overalls, einer voller Winkelrisse

(auch im Gesicht), kam noch einmal in unser Abteil, um zu fragen, ob wir reservierte Plätze hätten. Ich zeigte ihm die Platzkarten.

»Das wird uns nicht viel helfen«, hörte ich Albert knurren. »Wir sind heute nacht umgezogen … in das Abteil, in dem unsere Ware lag.«

Der Mann gab die Papiere kommentarlos zurück und trat wieder auf den Gang hinaus.

»Ach, komm, Albert. Das könnte genausogut *für* uns sprechen. Man setzt sich doch nicht breitarschig auf sein Hasch, einzig und allein, um diese Typen auf die Spur zu bringen … Du hast sie ja nicht alle.«

In dem Spiegel unterhalb der Gepäckablage, an der ich mich wie ein Affe hochgezogen hatte, sah ich, daß meine Pupillen sich so geweitet hatten, daß sich die Iris fast dahinter verbarg. Offenbar war mein Hirn noch nicht komplett verfault, denn ich sah alte Fotos von Sonnenfinsternissen vor mir: der Mond eine schwarze Kugel, umkränzt von den Strahlen der unsichtbar gewordenen Sonne. Sich mit dem Lichtkranz eines anderen schmücken, sogar am Tag … das also ist der Mond, Idol romantischer Schwärmer.

Während ich da hing, spürte ich, wie mir wieder so ein krampfartiges Gähnen in die Kiefer drang. Ich ließ mich auf die Bank herab und achtete darauf, mit meinem gähnenden Maul und der Triefnase so gut es ging außerhalb des Blickfelds der beiden Fahnder auf dem Gang zu bleiben. Wenn ich flüchtig über die Schulter schaute, sah ich sie, die Arme auf den schmalen Sims des Zugfensters gelehnt, eifrig miteinander sprechen. Ich hatte nicht gesehen, daß sie ihre Walkietalkies benutzten, hatte aber den Eindruck, sie hätten jemanden benachrichtigt, der jetzt nicht auftauchen wollte. Es konnte auch sein, daß sie noch zögerten, um uns die Gelegenheit zu geben, uns freizukaufen. Zitternd versuchte ich mich davon zu überzeugen, daß kein Heroin in dem gefundenen Päckchen war. Der Gedanke, ich hätte den rettenden Stoff die ganze Nacht so nahe bei mir gehabt, war noch unerträglicher als die Möglichkeit einer höheren Strafe, falls es sich tatsächlich um Heroin handelte ... Nein, in dem Silberpapier war nichts anderes als ein dunkelbrauner Brocken: die getrocknete und gepreßte Scheiße des Stinktiers, auf die der Jagdhund einseitig dressiert war. Der sprang noch immer mit kratzenden Pfoten an der Tür hoch. Sein Herrchen hatte die Leine wieder freigegeben. Der Schäferhund wollte mehr von seiner Beute riechen ... aus Gefallsucht, um noch länger am Nacken getätschelt zu werden ...

Meine ganze Peristaltik war durcheinander. Das unaufhörliche Schlucken wich einem fast rhythmischen Würgen, ohne daß Erbrochenes hochkam.

»Super«, sagte Flix böse. »Durch dein Gerotze und Gerülpse glauben sie erst recht, daß wir total abgefuckte User sind.«

An so 'nem Kumpel, da hatte man was. Durch dick und dünn ... Er litt sichtlich unter der Hitze im Abteil, die für mich nicht existierte. Ich spürte die klamme Kälte einer Mailänder Polizeizelle und roch ihre Muffigkeit. Ich saß bereits drin. Draußen zog Italien vorbei, aber Italien war nichts weiter als ein Name, solange »Ali« in ihm steckte, festgeklemmt wie ein Goldfisch in einem zugefrorenen Teich. Ich kam nicht an ihn heran.

Mein Gedärm bildete ein brodelndes Leitungssystem, aber ich traute mich nicht, zur Toilette zu gehen. Ich müßte am Hund vorbei, und gegenüber den Männern in Blau würde ich mich noch verdächtiger fühlen. Sie waren imstande, mich bei offener Tür unter ihren Augen meine Notdurft erledigen zu lassen, während das Hundefell an meinen nackten Beinen entlangstrich ...

»Wie haben die das Vieh genannt, Flix?«

»Norcino. Bedeutet das was?«

»Sowas wie Schlachter ... insbesondere von Schweinen, glaube ich.«

»Schützt uns das vor seinen Zähnen, was meinst du?«

»Wenn ich mich so rieche ... nein, wenig Chancen.«

War etwas durch meine Hose gedrungen? Schwer festzustellen, denn meine Sitzfläche war ohnehin schwitzig und naß. In der Beethovenstraat kannte ich einen Coffeeshop ohne eigene Toilette. Der Gast, der aufs Klo mußte, wurde nach gegenüber geschickt, in ein Sportgeschäft desselben Besitzers. Unter Lebensgefahr durfte er dann die belebte Straße überqueren, um dort, in der Toilette des Ladenpersonals, zu pinkeln. »Logo«, hatte Thjum gesagt, als wir dort mal zusammen einen Espresso tranken. »Hier kommen – für einen Cappuccino samt Klatsch und Tratsch – fast nur inkontinente Damen her. Nicht der Mühe wert, für die ein WC rauszustemmen ... Die tragen ja sowieso schon Pampers. Tropfende Teesiebe nennt man die. Sogar die Gigolos dort wissen, daß sie nach allen Schnallen und Knöpfen und Häkchen und Bändern auch noch diskret einen Klebestreifen zu öffnen haben ... Fällt mir jetzt schon zum x-tenmal auf, Albert, daß du null Durchblick hast, was so alles in der Welt los ist.«

Irgendwo zwischen Chiasso und Mailand erschien ein Kontrolleur. Unsere Bewacher hielten Rücksprache mit ihm, woran sich auch Norcino, der Schlachter, winselnd und knurrend beteiligte. Der Kartenknipser zog die Schiebetür auf und verlangte unsere Tickets. Er studierte sie aufmerksam, woraufhin er sich völlig überflüssigerweise noch einmal erkundigte, woher wir kämen.

»Amsterdam«, sagte Flix.

»Amster ... *huh* ... dam«, hickste ich.

»Amsterdáme, *si*?« wiederholte der Mann und meldete dann unseren Gefängniswärtern: »Amsterdáme.« »Ah, Amsterdáme«, nickten die beiden vielsagend.

»Wenn ich dran denke, Flix, daß du unbedingt über Deutschland reisen wolltest, um den belgischen Bullen aus dem Weg zu gehen ...«

»Verreck.«

»Ich bemüh mich nach Kräften.«

Patrick Gossaert hatte mal eine Weile in einer Florenzer Polizeizelle gesessen, weil er ohne Genehmigung handgearbeiteten Schmuck auf dem Ponte Vecchio mitverkauft hatte. Es mochte an seinem Hang zum Dramatisieren liegen, doch was er über seinen Aufenthalt in diesem mittelalterlichen Kerker erzählte, klang nicht allzu gut. Und dann stellte ich mir unter einer Mailänder Zelle, vielleicht weil Florenz eine soviel freundlichere Stadt war, etwas noch viel Klammeres und Grimmigeres vor...

Trotz des Zerberus, der uns mit soviel *chiasso* bewachte, mußten Flix und ich kurz nacheinander eingedöst sein. Unter der faschistischen Überdachung des Mailänder Bahnhofs wurden wir gleichzeitig wach, eher vielleicht von dem beängstigenden Schwirren in diesem stählernen Bienenkorb als von dem Ruck, mit dem der Zug hielt. Die Zöllner standen nicht mehr vor unserem Abteil.

»Sie sind weg, Albert... verdammt.«

»Haben sich bestimmt zu weit von der Grenze verirrt...«

Flix schob die Tür auf, streckte den Kopf in den Gang, schaute nach links, nach rechts... »Weg. Und Norcino haben sie auch mitgenommen.«

Ich wollte es noch nicht ganz glauben. »Schau mal genau nach... ob du sie nicht auf dem Bahnsteig siehst...«

Flix schob das Gangfenster herunter. Das Gedröhne, das unter Mussolinis stolzer Überdachung in den Wagen drang, war unerträglich. »Ich sehe sie nirgends.«

»Dann haben sie die Sache wohl der Bahnpolizei übergeben... Mach bitte das Fenster zu.«

»Ohne sich ordentlich zu verabschieden«, sagte Flix. »Schweinerei. Den einen fand ich supergeil...«

»Och, eine Narbe hier oder da kann durchaus anziehend sein... Lebenswandel in Keilschrift...«

»Ich meine den anderen...«

»Ah, den, der den Müll im Zug sortieren darf... Schenk ihm 'ne Botanisiertrommel zum Geburtstag... der freut sich halbtot.«

Auch hier in Mailand wurden die Karten wieder eine Stunde lang gemischt. Rückwärts aus der Überdachung raus... und genau wenn man, mit angehaltenem Atem, dachte, bereits auf dem Weg nach Bologna zu sein, wurde der Zug wieder in den Bahnhof gestoßen. Da ich, damit es mir nicht noch schlechter wurde, soweit wie möglich mit dem Gesicht in Fahrtrichtung sitzenbleiben wollte, schwang ich meinen Arsch ständig von der einen Bank auf die andere ... wodurch es in meinem Magen erst richtig zu schwappen begann. Meine nicht länger von meinem zerrütteten Körperzustand zu unterscheidende Angst sagte mir, daß diese ununterbrochene Rangiererei nur einem Zweck diente: unseren Waggon über eine Reihe von Zwischenstationen ... ein Ankoppeln hier, ein Ankoppeln da ... an den einzig richtigen strategischen Punkt zu befördern, wo er von der Polizei umzingelt werden konnte ... ein kurzes Nebengleis mit einer sofort herumzuwerfenden Weiche auf der einen und einem Prellbock auf der anderen Seite, der unser Schandpfahl sein würde ... Um erheblich weniger brenzligen Situationen als dieser aus dem Weg zu gehen, war ich aus Amsterdam geflüchtet ... das brachte uns ja wirklich weiter ... Ich mußte meine ganze Selbstbeherrschung, die der Muskeln und die des Geistes, aufbieten, um mich nicht auf die Toilette zu stürzen. Irgendwo da in der Tiefe erklärte mir ein zittriges Stimmchen wie das eines Kindes, das Besserung gelobt, daß sie mich nicht festnehmen würden, solange ich nicht das WC aufsuchte, bis der Zug sich wieder in Bewegung gesetzt hatte.

»Pech für die Jungs«, hörte ich plötzlich Flixens Stimme dicht an meinem Ohr. Ich schrak aus dem auf, was vielleicht nicht mal ein Halbschlaf, sondern eher eine Art Betäubung war. »Die haben den Hund rausgeführt und sind gerade noch rechtzeitig zurückgekommen, um den Zug aus dem Bahnhof fahren zu sehen ... Klang phantastisch, Norcinos Gebell unter diesem Dach.«

Es stimmte: Der Zug glitt gleichmäßig, nicht zu schnell, durch eine flache grüne Landschaft. Es hätte eine holländische sein können, wäre nicht alle fünf Minuten ein großer Bauernhof wie in *Novecento* aufgetaucht, diesem Bertolucci-Film, den ich mir zusammen mit meiner kleinen römischen Ro-oll'mópp'sè Maìra angeschaut hatte, als der Essiggeruch sich in meinem Leben noch ausschließlich auf das Kopfkissen in ihrem Messingbett beschränkte.

Vielleicht weil ich das Wort *goose-pimples*, Gänsepickel, soviel schöner fand als unsere »Gänsehaut«, hatte ich nie über die wörtliche Bedeutung von *cold turkey* nachgedacht. Ja, ich wußte, daß es ein Ausdruck für so etwas wie die nackte Wahrheit war, auch für das komplette Bündel von Entzugserscheinungen, doch es verwies natürlich zugleich auf die Gänsehaut – beziehungsweise Truthahnhaut –, die zur Abstinenz gehörte.

»Jetzt, wo wir der Inquisition entronnen sind ... kriegst du erst richtig Gänsehaut«, sagte Flix, nachdem ich beide Ärmel hochgeschoben hatte, um zu versuchen, meine Arme warm zu reiben. Es war aber noch schlimmer: Auf jedem Quadratzentimeter der durch und durch kalten Haut standen die Härchen in die Höhe, auch auf meinen Unterschenkeln ... ich streifte die Hosenbeine hoch, zeigte es Flix ... überall ... Ich kam mir wie eine haarige Raupe vor, die eine Schleimspur quer durch Europa gezogen hatte und jetzt verzweifelt darauf wartete, daß ihre Puppenhülle aufbrach ... um die Flügel in all ihrer Farbenpracht ausbreiten zu können und davonzufliegen aus dieser schmierigen Klebrigkeit.

Zwischen Bologna und Florenz blieb der Zug, während er sich quer durch den Apennin bohrte, regelmäßig in dunklen Tunneln stehen. Bei einer dieser Gelegenheiten stoppte er parallel zu einem bereits haltenden *rapido* aus der entgegengesetzten Richtung. An den Tunnelwänden schien ein äußerst schwaches gelbes Licht aus einer unsichtbaren Quelle, und in den Abteilen brannte nur die dunkelviolette Notbeleuchtung hinter kleinen Glasabdeckungen an der Wagendecke. In diesem Schein bewegten sich die Reisenden wie Schemen, doch weil fast jeder in banger Erwartung regunglos in seiner Ecke saß, waren es weniger als Schemen. Die Menschen schauten mit bleichen Gesichtern und toten Augen beim Gegenüber hinein.

»*Ships that pass in the night*«, sagte ich zähneklappernd zu Flix. Ich hatte das Buch nicht gelesen und auch den Film nicht gesehen, doch der Titel hatte mich jedesmal, wenn ich auf ihn stieß, wehmütig gestimmt. Außer jetzt, da ich ihn in dieser beängstigenden Bewegungslosigkeit fallenließ. Von wegen vorbeigleitender Festtrubel an Bord, von wegen erleuchtete Kajütenfenster, von wegen Gruß der Schiffssirene ... Alles, was dort wogendes Verlangen an der Reling war, war hier doppelwandige Bedrohung ... ein mit hoher Geschwindigkeit von hinten auffahrender Zug ... eine Bombe, verpackt in einem schwarzen Hemd, dessen Ärmel zusammengeknotet waren ...

»*Züge, die in Tunneln halten* ... auch'n guter«, sagte der grinsende Schemen mir gegenüber. »In Kürze in diesem Theater.«

Ships that pass in the night ... indem ich die Worte ununterbrochen wiederholte, versuchte ich den Trost, der früher von ihnen ausging, wiederzufinden, doch in einem fort schob sich Flixens drohender Filmtitel an ihre Stelle.

»Flix, und wenn du dich auf den Kopf stellst«, sagte ich mit zitterndem Unterkiefer, als wir endlich auf das Licht am Ende des Tunnels zurollten, »ich fahr heute nicht weiter als bis Florenz. Ich kann nicht mehr.«

»Und da klapperst du dann die Bahnhofsgegend auf der Suche nach dem erstbesten Opiumschuppen ab ...«

»Nein, natürlich nicht ... um Gotteswillen, nein ... Hauptsache, ich bin für ein paar Stunden von diesem gräßlichen Zug erlöst ... Jede Schienenfuge bedeutet einen Schlag ins Gehirn ... einen Hieb mit einer Eisenstange in die Nieren ... Ich halt das nicht mehr lange aus.«

Flix wies mit dem Daumen zur Gepäckablage hoch. »Wie sollen wir diese bleischweren Ungetüme in ein Hotel schleppen? Du kannst ja noch nicht mal deine eigene Wochenendtasche tragen ...«

»Wir können sie in die Gepäckaufbewahrung auf dem Bahnhof bringen ... Ist ja nur bis morgen früh. Außerdem ... in Rom müssen wir umsteigen. Da haben wir das gleiche Problem.«

»Albert, du kannst mich am Arsch lecken. Oder deine Rotznase reinstecken ... Steig du ruhig in Florenz aus. *Ich* reise nach Neapel weiter. Du bist mitgefahren, um von diesem Scheißzeug loszukommen ... also, reiß dich zusammen, beiß die Zähne zusammen, bis der letzte Rotztropfen gefallen ist. Firma Boezaardt, Kurreisen.«

Flix hatte insofern recht, als sich beim Umsteigen auf dem Stazione Termini in Rom sogar mein bescheidenes Gepäck noch als zu schwer für mich erwies. Weil er keine drei *colli* gleichzeitig tragen konnte, winkte er einem Gepäckträger, und ich mußte zahlen. Übrigens mußte er mir das Geld vorschießen, denn ich litt inzwischen unter solch fürchterlichen Spasmen, daß ich nicht einmal mehr mein Geld rausholen konnte.

Zwischen Rom und Neapel kam ich nicht mehr von der Toilette runter. In dem rüttelnden Wagen saß ich auf dem Pott wie ein Cowboy bei einem Rodeo auf einem jungen Stier. Weil fast die ganze Zeit eine Art Vogelschiß kam und ich folglich nicht aufstehen konnte, ohne mich zu beschmutzen, war ich gezwungen, mich zwischen meine Schenkel zu erbrechen. In meinem Bauch gebärdeten sich die Därme wie Stränge ausgewrungener Wäsche ... ich konnte sehen, wie sie sich unter der Haut wanden. Komplette gordische Knoten wurden dort miteinander verglichen, einer komplizierter als der andere ... ich hätte Harakiri begehen müssen, um sie zu entwirren ... Hätte ich diese Stunden auf einer Waage zugebracht, so hätte ich den Pfeil mit bloßem Auge rückwärts fliegen sehen können, wie den Minutenzeiger auf einer rückwärts gehenden Uhr von Victor IV.

Auch ohne Rangiergelände schaffte es der *rapido*, mich durchzuschütteln ... mich hochzuwerfen und wieder auf die Brille zu schmeißen ... und mich zu vierteilen, so daß die Fugen, Öffnungen und Poren meines Körpers noch weiter wurden und ich so leck wie ein Sieb darauf wartete, bis ich restlos ausgelaufen war ... Damit mir auf keinen Fall irgend etwas von meinem verlotterten, völlig ramponierten Zustand entging, würde erst als letzter Teil meines Körpers das Gehirn auf den Boden des Siebes sinken. Bis zuletzt, durch all dies Elend hindurch, wurde ich gezwungen, nachzudenken. So war auf einmal wieder die Erinnerung an meinen Umzug nach Amsterdam da, vor ungefähr vierzehn Monaten ... der grimmige Vorsatz im kleinen Auto meines Vaters ... Ich würde die Dinge, die alltäglichen Sachen, von ihrer nüchternen Hülle aus Schrumpffolie erlösen ... ich würde den Kesselstein der Selbstverständlichkeit, der sich an ihnen festgesetzt hatte, abschlagen ... Die Wirklichkeit, von der Flix lediglich einen Abguß herstellen wollte, würde ich mit meinen Fingernägeln bis auf das ursprüngliche Mysterium sauberkratzen ... Und *ecco*, kaum mehr als ein Jahr danach durchschnitt ich im Zug eine aufgeschürfte, was sag ich, eine *gehäutete* Welt, und alles, was ich dafür hatte tun müssen, war, meinen Geist und meinen Körper zwei Monate lang unaufhörlich zu betäuben, um ihnen danach diese Betäubung radikal zu entziehen ...

Sieben Jahre lang mit dürftigen Ergebnissen Philosophie studiert ... Meine Ausbildung zum Kesselklopfer dauerte knapp acht Wochen. Prüfung glanzvoll bestanden ...!

Flix, der Glückspilz, reiste einfach nach Neapel, mich aber zog die Lokomotive in einen sich immer mehr verengenden Tunnel hinein. Der Fahrplan war für uns beide derselbe, nein, mit Zeit hatte das alles nichts zu tun. Ich wurde nicht zum schmalsten Teil der Sanduhr gesogen, denn dahinter hätte sich wieder eine weite Perspektive eröffnet. Nein, ich schoß gurgelnd und röchelnd auf den tiefsten Punkt des Trichters zu und konnte dabei kaum den Boden der Flasche erkennen, derartig grünlich-dunkel war es dort. Ganz da unten watete ich, hinter dem sich mit den Koffern abschleppenden Flix, bis zum Nabel durch einen dicken, morastigen Bodensatz. Wie ein Kind, im Schwimmbecken stehend, seinen Urin einfach laufen läßt und dabei höchstens einen warmen Schwall an seinem Bauch entlangstreichen fühlt, so hockte ich mich auf dem Weg zur nächstgelegenen Pension nicht weniger als dreimal auf einer mit kaltem Abschaum gefüllten Neapolitaner Gasse hin, um Kot und Kotze freien Lauf zu lassen. Ich spürte die laue Pampe rings um mich hochsteigen, ohne daß sie mich wärmen konnte.

Daß das kleine Zimmer in der *pensione* Gran Sasso keine

Fenster hatte, fiel mir erst auf, als Flix die Vorhänge aufzog, um zur Bekämpfung des Miefs die Läden zu öffnen: anstatt eines Fensters die gleiche wildwuchernde Blümchentapete wie an allen vier Wänden. Ja, bei näherer Untersuchung war da doch so etwas wie ein Fenster: eine ausgesparte viereckige Öffnung in der an den Flur grenzenden Wand, mit Aussicht auf exakt die gleiche Tapete. Sie glänzte unter der vierzig Watt starken Deckenleuchte, dürfte also wohl abwaschbar sein; vermutlich der Grund, warum das Zimmer einen so reinlichen Eindruck machte.

»Schrankpapier«, brummte Flix.

Durch den trüben Film auf meinen Augen hatte ich für Blumen gehalten, was in Wirklichkeit ein Muster aus allen möglichen ineinandergeschlungenen Gemüsesorten war. Lauch, *cavolo verzotto*, Rettich, *cavolo bianco*, Schnittlauch, Petersilie, ein durchgeschnittener *cavolo rosso*, Knoblauch ... eine vollständige Vorschau auf die neapolitanische Küche, zumindest was die *contorni* betrifft. Man konnte sich vorkommen wie im Inneren eines Schranks für Tafelgeschirr und Eßwaren.

»Wir hätten ein noch billigeres Zimmer bekommen können«, sagte Flix, »aber da gab es nur Kartoffeln. Schien mir angesichts deines Zustands nicht so geeignet. Die Hochzeitssuite hatte eine Tapete mit allen möglichen Fleischwaren ... aber die wiederum war sehr teuer. Außerdem weiß ich nicht, ob ich unter diesen Umständen mit dir ins Hochzeitsbett steigen will ... Ich fand den ersten Teil unserer Flitterwochen schon intim genug. Jedenfalls hab ich die Nase voll davon.«

»Flix, es muß was passieren. So schaff ich die Nacht nicht.«

»Bleib ruhig. Ich besorg dir was. In einer Stunde bin ich zurück ...«

Während ich ihn noch mit quietschenden Sohlen die Steintreppe hinuntergehen hörte, ließ ich mich vom Bett rollen und rutschte auf den Knien an allen vier Wänden entlang. Ich beklopfte sie. Pappkarton. Das Zimmer lag im vierten Stock und war nur über ein schmales Treppenhaus zu erreichen, das im Falle eines Brandes als gut ziehender Schornstein fungieren würde. Wenn es soweit war (und mir fiel kein einziger Grund ein, weshalb das Feuer nicht schon in dieser Nacht um sich greifen sollte), würden wir uns inmitten eines Pappkartonlabyrinths aus rechtwinklig angeordneten Fluren und blinden Mauern befinden, allesamt beklebt mit der gleichen Gemüsetapete. Unser Zimmer war der Kubus im Kubus im Kubus ...

Ich versuchte, mich dadurch zu beruhigen, daß ich mir alle Situationen vorstellte, in denen meine Nase als Feuermelder gedient hatte. Meine Fähigkeit, an einem Sommermorgen bei nur spaltbreit geöffnetem Fenster von einem Brand am anderen Ende der Stadt wach zu werden ... Jenes Mal, als ich, gerade nach Amsterdam gekommen, in Unterhose und T-Shirt um drei Uhr nachts auf die Straße rannte und erst da die Feuerwehrsirenen in der Ferne hörte ... Solange ich lebte, würde das Geburtshaus meines Vaters im brabantischen Breugel weiterschwelen. Ich hatte mittlerweile das Alter, der Vater des kleinen Jungen zu sein, der er damals gewesen war ... Während er Fahrradfahren lernt, indem er immer wieder von der Dommelbrücke hinunterfährt und dabei nicht auf die Rauchsäule achtet, auf die ihn die anderen Kinder aufmerksam machen, renne ich nach Hause, um zu retten, was zu retten ist ... Immer wieder würde ich diesen kurzen Sprint absolvieren, mein ganzes Leben lang, das fing schon mit den brennenden Kippen an, die der Mann nachts hier und da im Haus herumliegen ließ, vorzugsweise an den Kanten der Holzmöbel ... Ich lernte, aus großer Entfernung zu riechen, *was* da brannte. Das angesteckte Ende der Peitsche, mit der ein Kreisel in Bewegung gehalten wurde und das bei jedem Schlag aufglühte ... ich roch es. Meine größte Angst schon als Kind, das sah, wie sich sein Elternhaus in einen Aschenbecher aus braunen Zigarettenfurchen verwandelte, war, einen Schnupfen zu bekommen. Eine verstopfte Nase bedeutete: lebendig zu verbrennen.

Nie hatte ich eine schlimmere Triefnase gehabt als in Neapel, wo ich wie eine Ratte in der Falle saß. Durch den Schleim hindurch glaubte ich die verschiedensten brennenden Materialien zu riechen ... Holz, Gummi, einen Schnürsenkel ... Flammend, schwelend, fettig qualmend drang das Feuer bis zu unserem fensterlosen Zimmer vor, wo es nicht einmal ein Waschbecken gab und kein anderes fließendes Wasser als die schleimige Feuchtigkeit, die mir aus der Nase lief.

Ich kroch unter die Decken, nur um in ausreichend Bettzeug eingewickelt zu sein: Das Flammenmeer hätte dann mehr Chance, allem ein schnelles, gründliches Ende zu bereiten. Fast unmittelbar danach stand ich wieder auf, um zum winzigen Bad am Ende des Flurs zu gehen. Mich zwischen Bett und WC hin und her schleppend, wartete ich auf Flix' Rückkehr. Ob es ihm wohl gelang, etwas zu »besorgen« in einer Stadt, die er nur von einer alten Ansichtskarte her kannte ... ich sah schwarz. Mit der Zeit ließ der Drang, auf den Flur hinauszupoltern, nach und hörte nach einigen Stunden sogar ganz auf. Es wunderte mich nicht: Alles, was sich an Flüssigem in einem menschlichen Körper befand, hatte ich aus mir herauslaufen fühlen, bis zum letzten Tropfen Schweiß, Spucke, Sabber, Urin, Schleim und Jauche ... Trotzdem hatte der *cold turkey*, wie sich zeigte, noch eine Überraschung für mich in petto ... eine Körperflüssigkeit, an die ich in dem ganzen Trara und weil mir der Sinn nicht danach stand, gar nicht gedacht hatte ... Ohne mich auch nur mit einem Finger berührt oder auch nur auf mein Geschlecht *gedeutet* zu haben, hatte ich innerhalb einer halben Stunde nicht weniger als vier unfreiwillige Orgasmen. Glaubte man, alles hinter sich zu haben ... da forderte die Fortpflanzungsmaschinerie auch noch ihren Tribut. Eine ganze Serie brennender Ejakulationen, ohne jeden Genuß. Mehr noch: Anstatt einer Befriedigung der Schmerz von ausgepißtem Nierensteinsand, dick genug, um einen halben Tennisplatz zu bedecken ...

Bei jedem unfreiwilligen Erguß war mir danach, mich wutschäumend umzusehen, wer mir das wieder eingebrockt hatte ... verspürte ich das intuitive Bedürfnis, bei den Carabinieri Anzeige wegen *violazione* zu erstatten. An diesem Abend prägte ich, da ich ja nichts Besseres zu tun hatte, den

Begriff Selbstvergewaltigung, *auto-rape*. Ich überlegte, ob sie wohl, außer im Kantschen Sinn als Sünde gegen *die Menschlichkeit in jeder Person*, auch strikt juristisch gesehen strafbar war, wie zum Beispiel Selbstmord oder der Versuch dazu. Ich kam zu keiner Lösung, aber es schlug die Zeit tot und den Schmerz. Der einzige Schluß, zu dem ich gelangte, war, daß Selbstvergewaltigung einem widerfuhr, wenn man sich aus dem Staube machte und seine reguläre Heldin im Stich ließ.

Erst nach drei Uhr nachts kehrte Flix ins Gran Sasso zurück, in seinem Taschentuch fünf harmlos aussehende Filterzigaretten. Er hatte sie »zum Selbstkostenpreis« von einem Besatzungsmitglied des amerikanischen Flugzeugträgers *USS Lyndon B. Johnson* bekommen, der hier permanent in der Bucht ankerte.

»Hier gibt's spezielle Kneipen für amerikanische Marineangehörige«, erklärte er, während er mir half, eine dieser Heroinzigaretten zu Ende zu rauchen, weil meine heftig zitternden Hände es nicht allein schafften. »Sogenannte Pianobars ... Also, ich hab nix von Piano gemerkt. Harte Rockmusik. *Born to be wild*... die Richtung. Getrunken wird da Heineken, aus diesen kleinen grünen Wegwerfflaschen.« Auch er hatte eine kräftige Bierfahne. Sonderlich beeilt hatte er sich nicht, um mein Leiden zu lindern. »Da wird ordentlich Opium konsumiert, wenn du mich fragst ... obwohl sich da ziemlich viel Militärpolizei rumtreibt. SP steht bei denen auf dem Ärmel. *Sea-pigs* werden sie von den Jungs genannt. Bestimmt zwei Mann pro Bar ...«

Bei der zweiten Zigarette benötigte ich seine Hilfe schon nicht mehr. Nach einer Viertelstunde war ich zu Flix' sprachloser Verwunderung wieder bester Dinge, völlig klar und entspannt, als hätte diese ganze Transalpino-Höllenfahrt nicht stattgefunden. Er mochte einfach nicht glauben, daß das Zeug, mit dem er selbst nie Bekanntschaft gemacht hatte, solche Wunder verrichten konnte.

Ich schnalzte mit den Fingern. »Weg ist er ...«

»Was ... wer?«

Ich sprang auf und schlug die Hände zusammen, als zerquetschte ich eine Fliege. »Ali … er ist raus aus dem Namen des Landes. Futsch und weg. Jetzt bin ich erst richtig in Italien.«

»Superbeginn des Trips, der dir die völlige Heilung bringen sollte … Voller Erfolg, würd ich sagen.«

»*Ich* beklag mich nicht. Nur werde ich ab sofort den Ausstieg etwas weniger radikal angehen … und ohne dich damit zu behelligen …«

»Och, war halb so wild … so kommt man wenigstens mal vor die Tür …«

Abgeklebte Autos

Dienstag, 29. November 1977
(Flix Boezaardt)

Natürlich war ich neugierig auf mein Atelier. Kontaktaufnahme, Mietvertrag, Kaution ... das alles hatten wir per Post geregelt. Ich wußte, daß es sich in einem höher gelegenen Teil der Stadt befand, mehr nicht. Doch so neugierig ich auch war, erst mußte ich mich um meine vorausgeschickte Materialkiste kümmern, die noch auf dem Bahnhof stand. Falls die Pakete mit meiner Hausmarke Gipsbinden beschlagnahmt worden waren, konnte ich wieder abzwitschern, es sei denn, ich war bereit, eine Menge Geld hinzublättern.

Nachdem Albert zur Beruhigung noch eine Morgenzigarette geraucht hatte (kein sehr erhebender Anblick: Er rauchte wie ein zwölfjähriges Mädchen bei der ersten Klassenfete), gingen wir die paar hundert Meter zum Bahnhof. Soviel Angst er am Abend vor den Wänden unseres fensterlosen Zimmers in der *pensione* Gran Sasso gehabt hatte, so gelassen sprach er jetzt von diesem mit Schrankpapier beklebten ungelüfteten Loch.

»Ein anderes Hotel? Ach wo. Ich find, das hat was, ein Fenster mit Aussicht auf die Tapete. Hilf mit dran denken, Flix ... daß ich Thjum davon erzähle ... wenn sie in Amsterdam mal wieder *Huis clos* von Sartre spielen. Es ist beklemmender als ein Zimmer mit Blick auf eine Backsteinmauer.«

Nichts in ihm erinnerte an das Wrack, mit dem ich volle vierundzwanzig Stunden lang durch die Hölle gefahren war. Der Entzugsgeruch steckte noch in seinen Klamotten, aber sonst ... Er sang sogar, der Sack. Immer denselben Refrain von Hildegard Knef, 'n Oldie.

Ich brauch' Tapetenwechsel,
Ja, ja, Tapetenwechsel ...

Die hätten ja wenigstens der Form halber Schmiergeld verlangen können, diese unterbezahlten Gepäckträger, aber nein: Im Depot bekam ich meine Kiste nach Vorlage des Einlieferungsscheins kommentarlos ausgehändigt. Sie erwies sich als zu groß, um per Taxi befördert zu werden. Auch das war kein Problem, denn neben dem Bahnhof gab es ein kleines Transportunternehmen, leicht schmuddelig und schmierig, mit verbeulten kleinen Lastwagen, aber es klappte. Wir konnten ebenfalls mitfahren, dicht gedrängt auf dem knappen Platz neben dem Fahrer, so daß wir gleich am Ziel waren.

Das Atelier befand sich im Erdgeschoß eines rot verputzten Eckhauses auf dem Monte Echia, einem zugebauten Hügel im *sezione* San Ferdinando, mit herrlichem Blick auf die Stadt und die Bucht. Schöner konnte es gar nicht sein ... feuchte Augen ... hier würde ich mein großes Werk vollbringen ... Neben dem roten Haus lag eine verwahrloste kleine weiße Kirche, und an sie hatte man eine gelb verputzte Schule gebaut. Es war ein milder Herbsttag, und aus den geöffneten Fenstern drang Kindergesang. Ich fühlte mich willkommen geheißen.

Die gelbe Schule, die weiße Kirche, das rote Haus ... diese Farbkombination hatte, von links nach rechts gesehen, etwas so Vertrautes, als ob ich diese Gebäudereihe schon früher einmal gesehen hätte ... in einem Traum, einer Vision, vielleicht beim Öffnen der Post aus Neapel ... nicht die *Form* der Gebäude, nur ihre Farbflächen ... Davor erstreckte sich ein kleiner Platz, auf dem Asphalt die weißen Rechtecke zum Abstellen von Autos. Ich drehte mich zur Stadt und der Bucht um, und dort ragte, bläulich und streng ... mein Lehrmeister, der Vesuv, vor mir auf, ein Wölkchen an seinem kantigen Schlund ... Guten Morgen, Herr Professor, unter Ihrem nörgeligen und kritischen Blick will ich hier meine Meisterprüfung ablegen, und danach ... danach können Sie von mir aus explodieren.

»Flix, den Schlüssel ...!« rief Albert über den Platz. Er half dem Fahrer, die Kiste mit meinen Sachen zum roten Haus zu schleppen. Einer meiner Koffer, der den Reservevorrat an

Gipsbinden enthielt, stand bereits vor der Tür. Ich trug den Ring mit den beiden Schlüsseln noch immer in dem Umschlag bei mir, in dem er mir per Einschreiben zugesandt worden war. Als ich die Tür aufschloß, fiel mein Blick auf die Klingelschilder … Lancia, Buono, Ferrara … kein einziger Name, der mit i endete …

Im Atelier war es dunkel. Ich fand nicht gleich einen Lichtschalter. Albert öffnete ein Fenster und stieß die Läden auf. Es gab, vorn und hinten und an der Seite, vier weitere Fenster, alle gleich hoch, die insgesamt mehr Licht hereinließen, als ich brauchte. Abends würde es, es sei denn, ich schleppte Lampen an, schwieriger sein, hier zu arbeiten: An der Decke hing ein kristallener Kronleuchter, von Spinnweben eingehüllt, bei Dunkelheit die einzige Lichtquelle.

Ich bezahlte den Transporteur und begann zusammen mit Albert, mein Werkzeug und alles Material auf dem Fliesenboden auszubreiten. Er half mir beim Zusammenschweißen eines mannshohen Rahmens aus Hohlrohren, der ein wenig an das Gerüst eines kleinen Bungalowzelts erinnerte. Unser Albert wollte es noch immer nicht kapieren.

»Warum willst du die Modelle denn an so 'nem Rahmen festbinden? Es kam dir doch auf die Bewegung an, oder …?«

»Der Gips darf keine Gelegenheit bekommen, ganz hart zu werden … darf nur eine dünne zusammenhängende Schicht bilden … Erst wenn er zäh ist, aber noch nicht trocken und steif, erst dann schneide ich das Modell los … und dann kann es sich bewegen, bis … na ja, bis die Binden wirklich zu hart werden, um noch irgendwas in ihnen anstellen zu können. Du glaubst bestimmt, ich laß hier jemand nackt tanzen und werf ihm, wie's grad kommt, ein paar von diesen nassen Streifen zu … da, fang! …«

Wir arbeiteten einen großen Teil des Tages. Am späten Nachmittag wurde Albert wieder unruhig. Den letzten amerikanischen Glimmstengel Spezial hatte er am Morgen geraucht.

»Wie hast du denn gestern abend diese Pianobar so schnell gefunden?«

»Du hast mir doch selbst mal eine Stelle bei Burroughs zu lesen gegeben, wonach Abhängige, wenn sie in einer völlig unbekannten Stadt ankommen... daß sie dann sofort, schon vom Bahnhof aus, das Gefühl haben, radargesteuert zu sein. Eine wildfremde Welt, und sie marschieren direkt auf ihr Ziel zu... der Dealer ist innerhalb von zwanzig Minuten gefunden... So ein Radargefühl hatte ich gestern abend auch, allerdings... wie soll ich das sagen... gesteuert von dir. Mann, hab ich einen Schreck gekriegt wegen deinem Zustand... wie du ausgesehen hast!... ich dachte, der geht hops, wenn nicht schnell was passiert... Ich lief automatisch in Richtung Hafen. Unterwegs dachte ich: Hier liegt eine komplette amerikanische Flotte in der Bucht... diese Marinejungs müssen doch dann und wann einen Landgang machen... und plötzlich kam mir eine Idee. Ich halt ein Taxi an und sag... *hör* mich selbst sagen, noch immer mit diesem Radargefühl: ›American bar. Amici from *Lyndon B. Johnson*.‹ Grinst der Typ nur und bringt mich schnurstracks in eine Straße, in der es vier von diesen Schuppen nebeneinander gibt.«

Ich sah, wie er ungeduldig wurde.

»Und... würdest du sie wiederfinden, auch ohne Radar? Oder wolltest du warten, bis sich der Radar bei mir von selbst einschaltet?«

»Wenn du mich fragst, Albert, dann kreist er schon. Komm, schau'n wir mal, wie weit wir's mit ihm schaffen. Den Hafen seh'n wir ja schon von hier aus.«

Bevor ich zuschloß, sah ich mich noch einmal im Atelier um. Alles war bereit. Das Werkzeug hing an Haken an den Wänden. Es war mir strengstens verboten worden, hier zu schlafen, was ich schon jetzt schade fand... nein, nicht wegen der kleinen Pensionen, in denen wir würden übernachten müssen, mit ihren Matronen, die uns von oben herab anschnauzen würden, mit ihrem spärlichen warmen Wasser und ihrem Mief... nein, ich fand es schon jetzt schade, morgens nicht inmitten meiner im Werden begriffenen Arbeit aufwachen zu können. Ich wollte sie nach dem Wachwerden sofort um mich haben, in voller Bewegung... alle Puppen, die ganze Familie, die von Tag zu Tag größer wurde...

Draußen auf dem Platz, es dämmerte bereits, zogen wir erst mal ein komisches Gesicht. Da standen plötzlich lauter kleine Autos, meist Fiats, deren Fenster von innen mit Zeitungspapier zugeklebt waren. In einem Fiat 500, genau vor meiner Haustür, sahen wir, wie der Fahrer hastig mit einer achtlos in der Mitte entzweigerissenen Zeitung und einer Rolle Klebeband die Seitenfenster beklebte. Die Windschutzscheibe war noch frei. Neben ihm saß eine Frau, die eine Zigarette rauchte und sich sehr große Mühe gab, nicht zu uns zu schauen, unter anderem indem sie sich ihre blondierten Haare vors Gesicht schüttelte.

»Kennst du noch dieses schöne niederländische Lied, Albert, das man vor ein paar Jahren überall hörte? *Ik wil het overal met je doen, maar niet in de auto*. Ich tu's überall mit dir, nur nicht im Auto. Das müßten sie doch mal ins Italienische übersetzen. Hätten sie gleich keine Parkprobleme mehr...«

»Dieser Typ, von dem ich dir erzählt hab, Gesù, für den ich manchmal Kurierdienste übernehme... der hat mich letzten Sommer eines Abends an solchen Parkplätzen vorbeigeführt. Ich dachte erst, die Zeitungen, weil sie so vergilbt waren, hätte man an den Scheiben befestigt, um die Polster tagsüber vor der Sonne zu schützen. Aber wenn man näher kam, dann bebte es darin nur so vor Leben, so ausgestorben sie aus der Entfernung auch aussahen... Gekeuche... ein kurzer Hupton... Das ist hier etwas ganz Normales, allerdings mit einem strengen Ritual... Gesù hat mich auf ein paar hübsche Details aufmerksam gemacht. Er betrachtet diese Parkplätze als eine Art Zuchtteiche für die Perlen, mit denen er handelt... diese kleinen Fiats sind die Austern... na ja, das ist eine andere Geschichte. Sollte ich besser nicht an die große Glocke hängen. Aber mir versetzen diese abgeklebten Autos jedesmal wieder einen ordentlichen Schock...«

Wir waren zwischen den Autos hindurch, aus denen hier und da Stimmen ertönten, zum Rand des Platzes gegangen und blickten auf die Stadt und die Lichter dort unten in der Dämmerung. Abgeklebte Autos ... »Abkleben«, das war genau das Wort, das Onkel Altje verwendet hatte. »Ich muß ihn erst noch abkleben.«

»Ich hab dir doch erzählt, Flix, wie meine Mutter mich mal in die Fabrik meines Vaters mitgenommen hat ... ich weiß nicht genau, wo er damals arbeitete, bei Daf vielleicht ... jedenfalls war er dort Lackierer, was anderes hat er ja nicht gemacht. Sie mußte ihn dringend sprechen, und ich hatte mir vorgestellt, mein Vater würde ans Tor kommen. Statt dessen erscheint da sowas wie ein mittelalterlicher Turnierritter mit einem Helm auf dem Kopf ... einer zylinderförmigen Henkerhaube mit einem Mikavisier, total übersät von feinen Farbspritzern. Er nennt meinen Namen ... es klingt hohl ... es ist seine Stimme, und auch wieder nicht ... Ich plärre los. Er setzt seinen Spritzhelm ab ... ja, es ist mein Vater ... aber ich bin nicht mehr zu beruhigen. Später, nachdem es den freien Sonnabend gab, habe ich begonnen, diesen Helm mit seinen heimlichen Nebenverdiensten in Verbindung zu bringen. Samstags spritzte er in Schwarzarbeit links und rechts Autos ... mit dem Material seines Chefs, wohlgemerkt ... Er nahm mich oft mit ... zumindest schickte meine Mutter mich zur Sicherheit mit, sonst versoff er das schwarz verdiente Geld auf dem Rückweg gleich wieder. Mich mitzunehmen war nicht ohne Risiko, denn alles mußte im Geheimen geschehen, und ich könnte mich möglicherweise verplappern. Du kannst mir glauben, daß man mir ganz schön was eingeschärft hat ... ich hatte nicht weniger als einen heiligen Auftrag zu erfüllen, und das unter Schweigepflicht – ich kann dir sagen ... Du verstehst also, daß dieser Helm in meinen Augen immer mehr zu der Maske eines Mannes wurde, der etwas zu verbergen hatte. Ein Strauchdieb mit einer Spritzpistole in der Hand ... Der Vater, den ich nicht gesehen haben durfte. Und dann wurde abgeklebt ... Alle Chromteile, die nicht abgenommen werden konnten, mußten mit Papier und Klebeband abgedeckt werden. Die Türscheiben, die Windschutz- und die Rückscheibe, da kam Zeitungspapier dran, ganz akkurat, Millimeterarbeit... Nicht, wie hier, an der Innenseite, sondern außen, und trotzdem hatte es denselben Effekt... ein verhängtes Auto, ein Stück Blech mit Augen, die in der Sonne vergilbten... Auch dieses seelenlose Ding hatte etwas mit dem Verbotenen zu tun... mit den beschämenden Handlungen meines Vaters, der mit einem Gummihandschuh den Hebel seiner Spritzpistole umlegte und... ja, diesem Auto eine andere Identität gab. Etwas, wovon ich manchmal in Jungenbüchern las, wenn es um gestohlene Autos ging. Als ich letzten Sommer... nach einem glühendheißen Tag... als ich hier in Neapel einen Parkplatz voll abgeklebter Autos sah, das war... Flix, ich *muß* in diese Pianobar. Jetzt sofort.«

»Ungefähr da...« Ich zeigte in die Tiefe, wo es nun rasch dunkel wurde.

»Noch ein ganzes Ende... Können wir nicht ein Taxi nehmen?«

»Nix Taxi. Zu Fuß. Ich muß dir unterwegs noch was erzählen.«

Er sträubte sich ein bißchen, dieser merkwürdige Opium-Chinese aus meiner Jugendzeit, aber ich packte ihn einfach am Arm und schob ihn zwischen den sprechenden Autos hindurch. (Nein, auch den *Backseat Dodge '38* von Kienholz hatte ich noch nicht vergessen. Das durchgeschnittene Auto... die Szene auf dem Rücksitz... Sollte Kienholz mal über so 'nen neapolitanischen Parkplatz stolpern, er würde auf der Stelle ein Museumsstück daraus machen. Einen Saal voller verhängter Fiats... Schlagzeilen und Anzeigen sorgfältig ausgewählt... und in jedem Auto ein Abspielgerät mit einem Band voll traurigem Gelaber, aufgenommen nicht kurz vor, sondern kurz nach dem Vögeln in Harmonikahaltung. Ich traute ihm sogar zu, in einigen der Autos einen Wippmechanismus einzubauen. Aber es würde keine Gipspuppe zum Zuge kommen, nur konservierte Geräusche. Vielleicht sollte ich ihm einen Brief schreiben... den Mann auf eine Idee bringen... Dann erst wäre Gips so richtig mein Material geworden... durch nichts anderes zu ersetzen...) Wir gingen die Salita Echia hinunter in die Stadt. Ich brauchte Albert schon nicht mehr zu schieben, er zog mich hinunter. Er hatte dort noch nie einen Fuß hingesetzt, roch aber bereits den Keller vom *Number One*. Oben Pianobar, unten Opiumhöhle.

»Wenn du das Zeugs brauchst, Albert, arbeitet dein legendäres Gedächtnis dann auf Sparflamme?«

»Hab ich bis jetzt noch nicht gemerkt. Höchstens, daß mir in dem Zustand eher eine Erinnerung an Ali kommt als an meine schöne Jugend...«

»Vergiß deinen Ali mal. Dein amerikanischer Ali heißt Bob oder Jack... Du warst bei der samstäglichen Spritzerei von Onkel Altje stehengeblieben. Erinnerst du dich noch, daß mein Alter mal einen gebrauchten Volkswagen kaufte? Das war nach seiner ersten Beförderung im Büro, irgendwann Anfang der sechziger Jahre... er hatte eine Gehaltserhöhung bekommen, der Trottel, und traute sich endlich, an sein Sparschwein zu gehen... Dein Vater hat diesen stumpfen Käfer damals glänzend rot gespritzt...«

»Wie eine blankpolierte Tomate... ja, weiß ich noch. Er hat's umsonst gemacht, weil's für Onkel Berntje war.«

»Genau. Nun hatte mein Vater einen Kollegen, der gleichzeitig mit ihm in der Firma angefangen hatte... auf der untersten Stufe. Außerdem waren sie Freunde. Dieser Kollege bekam keine Gehaltserhöhung, und eine Beförderung war für ihn schon gar nicht drin, also, du verstehst... böses Blut. Ein Haufen Verdächtigungen außerdem... Streit... kurz und gut, mit der Freundschaft war's vorbei. Als Berntje dann auch noch mit einem funkelnagelneuen VW auf den Hof gefahren kam... jedenfalls, so sah dieser alte Käfer aus, nachdem Onkel Altje ihn sich vorgenommen hatte, niegelnagelneu... da rastete dieser übergangene Kollege total aus vor Neid und Frust. Mein Vater parkte seine Tomate genau unterhalb der Abteilung des Mannes, die im dritten Stock lag. ›Befördert werden... ich?‹ hatte der Depp am Morgen noch rumgetönt. ›Danke bestens. Nach oben dem Chef den Arsch lecken und nach unten Fürze lassen. Kumpel, mit denen man auf einer Stufe gestanden hat... Nee, mit mir nicht. Und außerdem, diese Ehrgeizlinge werden nie älter als fünfzig. Das Herz...!

Selbstmord auf Raten ... und das für die paar Mistkröten! Für zwanzig Gulden mehr Gehalt vierzig mehr an Steuern zahlen ...!‹ Noch am selben Tag ist der ehemalige Freund ... er fand mit seiner Wut bei niemand Gehör ... aus dem dritten Stock auf den Volkswagen seines Vorgesetzten gesprungen. Mausetot.«

»Ähnlich wie die Geschichte, die du mir mal vom Vater von Japie Houtsma erzählt hast ... Sind wir bald da?«

»Es ist noch 'n ganzes Ende. Lieber Albert, das *war* der Vater von Japie Houtsma. Nur hab ich mich nie getraut, dir zu erzählen, daß dieser Idiot auf dem VW meines Vaters gelandet war. Der Art Karre, die sich innerhalb der nächsten paar Jahre jeder Arbeiter leisten konnte ...«

»Das heißt, was du damals erzählt hast ... daß sich sein Körper im Autodach abgedrückt hatte ... das war der rote VW von deinem Vater? Wie ein Löffel im Pudding ... diesen Ausdruck hast du, glaub ich, damals benutzt ...«

»So kenn ich dich wieder. Das Dach war so eingedellt, daß Berntje an dem Abend, so klein er war, mit der Nase auf dem Lenkrad nach Hause fahren mußte.«

»Der frischgebackene Chef konnte nur unter dem Abdruck seines Untergebenen den neu erworbenen Wohlstand genießen ... Eine etwas dürftige Rache, mit dem eigenen Leben zu bezahlen, aber eine süße.«

»Wenn du's so siehst, dann hat es schon fast wieder etwas von Klassenkampf ... zwar von einem höchst kläglichen, aber immerhin ... Mich interessiert nur der Abdruck dieses Todessprungs ... die in Blech gegossenen Formen des Körpers, der im Moment des Aufpralls noch lebte und im nächsten Moment tot war ... Wart mal, ich zeig dir ein Foto ...«

»Du wirst mir doch wohl nicht erzählen, Flix, daß es davon ein Foto gibt?«

»Schau selbst.« Wir blieben vor einem beleuchteten Schaufenster stehen, und ich faltete das Foto auseinander, das ich aus einer amerikanischen Zeitschrift gerissen hatte und seitdem bei mir trug. Eine Frau, die nach einem Sprung von einem Wolkenkratzer auf einem parkenden Auto gelandet war, dessen Dach sich ganz genau, fast schon in eleganten Falten, ihren Formen angepaßt hatte. Ein blechernes Totenbett, das durch den Lichteinfall und den hellblauen Einbrennlack wie Satin aussah. »Siehst du? Das meine ich. Daran gibt's nichts zu verschönern oder zu erklären ... In der Zeit, als ich auf der Kunstakademie war, wollte ich mal ein Wrack vom Autofriedhof schleppen, um mit einem Vorschlaghammer die Umrisse eines menschlichen Körpers reinzuschlagen. Jetzt würde ich mich mit einem Wrack zufriedengeben, in dem der Abdruck schon drin ist ... Die nackte Wahrheit.«

»In der Textielstraat sah ich deinen Vater jeden Tag, morgens und abends, in seinem roten Käfer ... Wie kommt es, daß ich nie was von einem eingedellten Autodach gemerkt habe?«

»Er hat es noch in derselben Woche ausbeulen lassen. Am Samstag kam ein Typ mit einer Spritzpistole und einer Maske, und der hat das gewölbte Dach wieder rot gespritzt. Dein Vater ... Du warst nicht dabei. Berntje hat ihn gebeten, den Mund zu halten, und das hat Onkel Altje offenbar getan. Ich selbst stand direkt daneben. Und hatte die Wut ... wegen diesem makellosen Abdruck, den sie rausgeklopft hatten. Das letzte Zeichen, das dieser arme Mann der Welt gegeben hatte ... mit dem eigenen Leib hineingedrückt ... und noch vor der Beerdigung war's wieder glattgestrichen.«

»Und dort, willst du sagen, liegt der Ursprung deines Realismus ...«

»Bravo. Und das bei einem erklärten Gegner ... So langsam kapierst du was, Egberts. Laß uns 'nen Zahn zulegen, du brauchst dringend 'ne rosa Brille.«

Die weiße Stille

Mittwoch, 30. November 1977
(Albert Egberts)

Flix schickte mich nicht nur zum Friseur, ich mußte mir auch jedes Härchen am Körper wegrasieren, bis dieser so glatt war wie der eines marmornen Apolls. »Schamhaare auch. Du kannst vorläufig deine enge Nylonbadehose anbehalten, aber vielleicht gehen wir später noch einen Schritt weiter ... Laß bloß nirgends eins stehen! Ich weiß aus 's-Heerenberg, wie weh das tun kann, wenn der Gips ein Härchen mit Stumpf und Stiel ausreißt.«

»Andererseits, Flix ... würde es deinem Realismus nicht zupaß kommen, wenn in jedem Abguß ein paar menschliche Haare zurückblieben? Eine Locke hier, ein Büschel da ... ein kleiner Pelz in Brusthöhe ... Einfach als Echtheitszertifikat?«

»Oh, von mir aus kannst du dich ruhig behaart eingipsen lassen ... Spart mir 'ne Menge Mühe.«

Er rasierte mich an den Stellen, an die ich nicht herankam, vom Nacken bis zu den Waden. 'ne Heidenarbeit mit so 'nem Gillettekratzer. Als er sich mit langen, schabenden Bewegungen meinem Hintern näherte, wurde mir langsam mulmig.

»Hier rechts hast du zwei rote Pickel. Ich kann dir nicht garantieren, daß sie unter so 'ner Doppelklinge ganz bleiben ... Mit dem Arsch auf 'nem Stück Alaun, Albert, hast du dich je so gesehen?«

Um auch den Spalt zwischen meinen Gesäßbacken ausrasieren zu können, schob er sie nacheinander mit dem Daumen zur Seite. Ich merkte, wie sehr er sich bemühte, diesem Handgriff einen professionellen Anstrich zu geben, und gerade dadurch bekam er etwas Doppeldeutiges.

»Nein, soweit brauchst du nicht zu gehen, Flix. Da komm ich mit ein paar Verrenkungen schon selbst hin.«

»Wie der Herr wünschen. Der eine Pickel blutet ein bißchen ... Alaun?«

»Ich nehm nachher gleich ein Aftershave-Bad.«

Über das wenige Kopfhaar, das ich hatte behalten dürfen, wurde eine straffe Gummibademütze gezogen. Auch die Badehose war aus einem derart straffen und dünnen Nylongewebe, daß sie kaum Linien oder Falten im Gips hinterlassen konnte. Ich stellte mich in das Rohrgestell. Flix band mit Stoffstreifen, die er von einem alten Oberhemd abgerissen hatte, meine Handgelenke in Kopfhöhe an die waagrechten Rohre, so daß meine Arme – gestreckt – leicht nach oben zeigten.

»Wir fangen einfach mal an«, sagte Flix. »Um die Elastizität der Binden zu testen, pack ich dich jetzt erst mal von Kopf bis Fuß ein. Ich laß nur einen Teil deiner linken Sohle frei ... das nennen wir die Kitzelstelle. Wenn du ganz eingegipst bist, krabbel ich dich da mit dem Finger zum Zeichen, daß du anfangen kannst, dich zu bewegen ...«

»Was für Bewegungen soll ich machen, wenn es soweit ist?«

»Improvisier einfach was. Die Beine kommen als letztes dran, du kannst also laufen, obwohl du dir davon nicht zu viel versprechen solltest ... Versuch auf jeden Fall auch, die Arme zu bewegen ... das wird schwieriger sein, weil der Gips dort länger Zeit gehabt hat, abzubinden. Forcier nichts, aber versuch auch mal, den Kopf zu drehen ...«

Bevor er mich einzugipsen begann, schmierte Flix mich am ganzen Körper mit Olivenöl ein. »Dann geht dein Anzug nachher leichter ab, nachdem ich ihn aufgeschnitten habe ... Außerdem klebt das Öl die Härchen, die wir übersehen haben, an die Haut. Dann haften sie nicht so leicht an den Binden ...«

Ich hätte Flixens Fürsorglichkeit rührend finden können, hätte sie nicht so deutlich in erster Linie seinem Material gegolten. Er holte einen Eimer heißes Wasser aus dem Badezimmer auf der anderen Seite des Flurs und stellte ihn neben den Rahmen. Jeden Streifen des Gipsverbands, den er von dem bereitliegenden Haufen nahm, tauchte er erst ins heiße Wasser. Bei der Berührung mit meiner Haut schien er sekundenschnell eiskalt zu werden. Es war eine verfremdende Empfindung. In dem schlecht geheizten Raum richtete sich das Verlangen automatisch auf den vor sich hin dampfenden Eimer ... herrlich, so warm eingepackt zu werden ... Aber von wegen, es hätten genausogut Schwaden aus einem Eimer voll Eis sein können. Auch nach dem Auswechseln des Wassers fühlte sich jedes auf die Haut gebrachte Stück Gipsbinde kalt und naß an. So wurde ich Schuppe für Schuppe mit einer feuchtkalten Fischhaut bedeckt.

Vielleicht weil er sich daran erinnerte, wie gräßlich es in 's-Heerenberg gewesen war, seiner Sinne beraubt zu werden, beschloß Flix, meinen Kopf als letztes zu umwickeln. »Dann können wir länger quasseln ...« Als es schließlich doch soweit war, fragte er: »Bereit für eine kurze Reise in die Einsamkeit?« Er stopfte mir Watte in die Ohren und legte mir runde Filzläppchen auf die Augen. Offenbar versuchte ich bis zuletzt, durch den Mund zu atmen, und hatte ihn dabei ein wenig geöffnet: Als ich schon nichts mehr hören konnte, drückte Flix mit Daumen und Zeigefinger meine Lippen zusammen. Dann schnürte er mir den Mund mit seinem Gipsverband, so daß ich nur noch durch die verengten Öffnungen in meiner Nase Luft holen konnte. Das einzige, was ich roch, war der fade Geruch des nassen Gipses. Weil mein Brustkorb bereits bombenfest eingegipst war, konnte ich nur in kleinen Zügen und Stößen Luft ein- und ausatmen. Der einzig verbliebene Kontakt mit der Welt war also äußerst gering bemessen, wozu noch der panische Gedanke kam, der steifer werdende Gips könnte die Sauerstoffaufnahme zusätzlich erschweren.

Das also hatte Flix bei der Premiere der *Chinesischen Mauer* in halbbesoffenem Zustand gemeint. Die totale Abgeschlossenheit und das dazugehörige Einsamkeitsgefühl. Nicht zu vergessen die Angst, es könnte so bleiben ... oder es könnte im Falle von Atemnot nicht rechtzeitig eingegriffen werden.

Und doch, bei aller sich steigernden Panik hatte dieser Zustand der Stummheit und Blindheit und direkt auf den Trommelfellen lastender Stille auch etwas Vertrautes ... Es waren die Einsamkeit, die Schneeblindheit und das *white silence* aus den Alaska-Erzählungen von Jack London, die ich mir als Junge schaudernd versucht hatte vorzustellen. Auch beim Erwachen nach meiner Nacht mit Krijn, Ende September, war dieses *white silence* dagewesen, ein sausender Druck auf den Ohren, nur unterbrochen vom Geräusch des Schnees, der fast unhörbar unter seinem eigenen Gewicht knirschte.

Ein taubstummer Blinder konnte sich zumindest noch bewegen. Ich konnte kein Glied rühren. Festgefroren im Eis. Wie lang hielt ich diesen Zustand eines lebenden Toten nun schon aus? Zwei Minuten? Es kam mir vor wie zwei Stunden. Auch das war offenbar ein Merkmal dieser völligen Abgeschlossenheit: Man wurde aus der Zeit herausversetzt.

Spürte ich da eine Bewegung in meinem Arm? Er sank langsam in die Richtung, wo früher mein Oberkörper gewesen war ... vielleicht immer noch war ... Auch der andere Arm sank jetzt unter seinem eigenen Gewicht herab. Pinocchio erwachte zum Leben. Das Kitzeln von Flix' Finger unter meinem Fuß fühlte sich anders an, als ich es mir vorgestellt hatte. Ich hatte gedacht, meine Sohle würde als einzige unbedeckte Stelle meines Körpers besonders empfindlich sein, aber nein, es ähnelte der Berührung eines Mundwinkels, der von der Spritze des Zahnarztes noch teilweise betäubt ist. Es war das Zeichen meines Herrn. Ich wußte, was ich zu tun hatte ...

In Träumen passierte mir das oft. Ich wollte vor einer Gefahr davonrennen oder auch nur die Straße überqueren, um einem Verlangen zu folgen, und konnte keinen Schritt mehr tun. Als ob meine Schuhe in geschmolzenem Asphalt feststeckten. So fühlte sich mein Versuch an, Flix' gekitzeltem Wunsch nachzukommen und mich in meinem steifen Anzug in Bewegung zu setzen. Derjenige, der mich in eine Salzsäule verwandelt hatte, forderte mich nun zum Gehen auf. Wenn auch mühsam, ließ sich der Kopf, weil der Gipsverband dort noch elastisch war, meinem Gefühl nach um neunzig Grad nach links drehen, wollte dann aber kaum mehr zurück. Ich versuchte, meine Armgelenke zu bewegen: Rund um die Ellbogen war der Gips steinhart. Fernsehbilder von trägen

Mondspaziergängern im Kopf, die eine seltsame Leichtigkeit in meinem Körper erzeugten, tat ich arglos einen Schritt nach vorn – wenngleich ich mich auf dieses »nach vorn« bis zum äußersten konzentrieren mußte, als ginge es um eine schwierige Richtungsentscheidung. Noch ein Schritt. Mit Waten durch Wasser ließ sich diese Art der Fortbewegung nicht vergleichen. Zwei Schritte in Treibsand in einem Overall aus Karton, dem kam es schon näher. Von Anheben konnte keine Rede sein – ich streckte mein Bein schätzungsweise fünfzehn Zentimeter für den nächsten Schritt vor ... und dann passierte es. Wahrscheinlich um mich anzuspornen, kribbelte Flix mich noch einmal an der Fußsohle.

Es fühlte sich zunächst nicht wie ein Sturz an, vielleicht weil es keinen Horizont gab, der als Bezugspunkt hätte dienen können. Ich torkelte ... nein, etwas in mir wurde zum Torkeln gebracht, was mir einen Moment lang ein angenehmes Schwindelgefühl verschaffte. Wie konnte jemand, der kaum ein Bein zu bewegen vermochte, so hart gegen eine Wand knallen? Wieder spürte ich die Kraft, mit der die Straßendecke sich ruckhaft senkrecht auf uns zubewegt hatte, als ich mit meinem Vater auf dem Moped gestürzt war. Wir fuhren einfach weiter, bis diese hochklappende Wand aus Kopfsteinpflaster dem jäh ein Ende machte ... Der Gipsverband bot keinerlei Schutz. Im Gegenteil, weil ich jegliche Orientierung verloren hatte, konnte ich meinen Sturz nicht abfangen. Es traf mich hart. Es war, als würde die Gipsschicht durch den Aufprall urplötzlich zu Stein. Jetzt konnte ich mich gar nicht mehr bewegen, und wegen des Schmerzes fühlte es sich an, als hätte ich sämtliche Knochen gebrochen. Auch die Eierschale um meinen Kopf bot keinen Schutz vor einer Gehirnerschütterung, wie ich merkte.

Nun, da ich so regungslos dalag, schien es, als flösse die Zeit noch langsamer dahin, sofern mein Leben überhaupt noch daran teilhatte. Warum griff Flix nicht ein? Hoffte er, ich würde mich wieder aufrichten, um von neuem so hinzuknallen? Alles einem von vornherein mißlungenen Kunstwerk zuliebe, in dem sich allenfalls die plumpe Flucht eines angeketteten Tanzbärs abgedrückt hatte? Daß ich auf der Brust lag, merkte ich an meiner Atmung, die jetzt noch mühsamer ging, und an der Nähe des Fliesenbodens, an dem der heiße Schwall meines Atems abprallte und abgekühlt in meine Nasenlöcher zurückschlug. Flix ließ mich im Stich, schlimmer noch: ließ mich ersticken.

Ich hatte, ehrlich gesagt, erwartet, er würde mich, sehr zynisch, ein drittes Mal am Fuß kitzeln. Aber nein, das erste Zeichen von draußen war ein schmerzhafter Stich in den Rücken und dann etwas Kaltes, das sich ruckweise über meine Haut zum Nacken hocharbeitete. Die befreiende Schere. Kurz darauf glitt der kalte Stahl quer über meinen Bauch. Arme, Beine... Ich spürte wieder die Kälte des Ateliers um mich. Ein Hautkribbeln war einstweilen das einzige, was an Gefühl zurückkehrte. Warum ließ dieser Sadist meinen Kopf bis zuletzt im Gips eingemauert?

Ich mußte zugeben: Bei aller einschnürenden Enge, die ich gespürt hatte – die aufgeschnittenen Stücke des Gipsanzugs glitten geschmeidig und elastisch wie ein Pyjama von meinem eingeölten Leib. Nachdem Flix die Maske mühsam von meinem Gesicht gelöst hatte und die Filzschuppen mir von den Augen gefallen waren, blickte ich genau in seine grinsende Visage.

»Bravo, Albertje...! Ein toller Sturz! Was mich betrifft, ist das Experiment geglückt... Ich muß nur lernen, den Verband schneller anzubringen. Viel schneller. Wie's jetzt war, geht die Elastizität zu schnell verloren... Mehr Bewegungsfreiheit für das Modell! Die Gewerkschaften können wieder ruhig schlafen...!«

»Hundertprozentig deiner Meinung, Flix. Mehr Bewegungsfreiheit für das Modell. Genauer gesagt, einmal und nie wieder.«

»Albert, du wirst mich in diesem Stadium doch nicht hängenlassen...?«

»Zeig mir, wie man einen Gipsverband akkurat anlegt, dann helf ich dir, die Geschwindigkeit zu steigern. Aber dann mußt du erst mal Modelle finden, die das aushalten... Ich springe lieber aus dem dritten Stock auf ein Auto, als daß ich das noch einmal mache.«

»'n Kaffee auf den Schreck?«

Sogar zum Kaffeekochen benutzte dieses Urviech Hammer und Amboß. Weil es in der kleinen Küche keine Kaffeemühle gab und er nur Bohnen unter seinen Vorräten hatte, schüttete er die in ein blauweiß kariertes Geschirrtuch. Er knüpfte es zu, legte das Bündel auf die Steinschwelle und drosch solange mit einem Hammer darauf ein, bis alle Bohnen mehr oder weniger zertrümmert waren. Für die richtige Stärke wäre höchstens etwas mehr von dem Grus nötig gewesen, aber es ergab ein Getränk von der gewünschten Farbe und dem gewünschten Duft. Flix schmeckte nichts Besonderes, aber für mich behielt der Kaffee einen metallenen Geschmack – und noch etwas ... es hing mit der Brenzligkeit von Funken zusammen ... Feuerstein ... Wir saßen uns auf umgedrehten Kisten gegenüber. Um uns herum lagen die Teile der Rüstung, in der Don Quijote sein Scheingefecht geliefert hatte. Helm, Brustpanzer, Beinschienen ... Weil die gebogene Schere beim Zurechtschneiden der einzelnen Teile hier und da eine Abweichung nach links oder nach rechts aufwies, konnte ich erkennen, daß die einzuhaltenden Linien zuvor sorgfältig mit Bleistift vorgezeichnet worden waren. Verdammt noch mal, während ich da lag und vor Atemnot halb krepierte, hatte sich Flix noch die Zeit genommen, ein ganzes Muster auf mir zu zeichnen. So ein Scheißkerl.

Donnerstag, 1. Dezember 1977

Die kleine Bimmelbahn hieß Circumvesuviana, weshalb man erwartete, sie würde den Fuß des Vesuvs in einem Halbkreis umfahren, aber sie folgte dem Halbkreis, der spiegelbildlich dazu lag: der Küste des Golfs von Neapel bis nach Sorrent. So weit wollten wir gar nicht. Flix war nach Neapel gekommen, um sich mal in Pompeji umzusehen, und so stiegen wir dort aus.

Wenn man eine gut funktionierende Stadt als organisches Wesen betrachtete, dann konnte man das ausgegrabene, ruinenartige Pompeji auch für ein realistisches Kunstwerk in Flixens Sinne halten. Flix' großer Lehrmeister, der Vesuv, hatte die Stadt, wie sie leibte und lebte, in glühende Asche getaucht, hatte ihr gerade noch die Gelegenheit gegeben, ihre letzten Zuckungen und den Rigor mortis in diesen alles erstickenden Mantel zu drücken, und siehe da ... was viele Jahrhunderte später zum Vorschein kam, war eine Momentaufnahme vom Tode des Organismus. Eine Schöpfung der Natur selbst, ans Licht gebracht nicht von der Hand eines Künstlers, sondern von der eines Handwerkers: eines Archäologen. Aber nein: Flix würdigte die Ruinen keines Blickes. In einem Prospekt hatte er gelesen, daß sich in einem Badehaus eine Gruppe vom Ascheregen überraschter Pompejer befand, und also folgte er den Schildern zum Badehaus. Eine Stunde lang schaute er sich den Abguß eines verkrampft im Tode erstarrten Mannes in einer Vitrine an. Dessen linker Arm hing in der Luft, die rechte Hand lag in der Leiste, vielleicht, um das nackte Geschlecht in dem Augenblick zu schützen, als die glühende Wolke durch das Dach auf ihn niederging. Der von Stirn, Scheitel und Hinterkopf gebildete Teil des Schädels war auffallend glatt, vor allem im Vergleich zum Gesicht, bei dem insbesondere Wangen und Nase etwas Klumpiges und Pokkennarbiges hatten, das ansonsten aber einen menschlichen Ausdruck behalten hatte, mit ängstlich nach oben gerichteten Augen und einem zum Schrei geöffneten Mund, in dem man jeden Zahn einzeln zählen konnte. Um die Mitte des Mannes lag eine Art Band ... ein breiter Gürtel ... es konnte auch ein zusammengerolltes Handtuch sein.

»Das ist es«, sagte Flix. »Das ist das absolute Meisterwerk des Realismus. Kein Künstler hat hier Hand angelegt ... nur ein Rülpser des Vesuvs. Ein Hickser, mehr nicht. So weit werde ich es nie bringen, denn ich versuche noch immer, die Wirklichkeit zu dirigieren. Solange ich das tue, bin ich ein gottverfluchter Künstler ... ein Manipulator ... ein verdammter Kitschheini ... ein Schwülstling ... Hier, in diesem gläsernen Sarg, liegt mein Vorbild. Ich kann nur versuchen, ihm mit meinem Werk möglichst nahe zu kommen.«

Draußen, außerhalb der Thermen des Forums, geriet Flix vor Aufregung ganz außer sich. »Mit Michelangelo hat alles begonnen, das Sich-Lösen vom idealistischen Gedöns ... der Schritt zum Realismus ... Dufter Typ. Brach in Leichenhäuser ein, um heimlich auf eigene Faust Anatomie zu betreiben ... Er hatte den Mut, seinen Figuren Fettwülste und komische birnenförmige Titten zu geben. Alles noch immer viel zu schön, aber es war immerhin ein Anfang.«

»Er war aber auch derjenige, der beim Anblick eines schönen Marmorblocks sagte: ›Die Figur steckt schon drin, sie braucht nur noch daraus befreit zu werden.‹ Meiner Meinung nach eine idealistische Betrachtungsweise ...«

»Nein, ganz im Gegenteil. Er betrachtete einen Marmorbrocken als *Objet trouvé* ... bloß, davon wollten seine Auftraggeber nichts wissen, und *die* hatten den Geldbeutel am Gürtel hängen. Also hieb Michelangelo ein paar Splitter ab und gab seinen Zeitgenossen, was sie wollten ... Ware für ihr gutes Geld ... Das war die Mode. Die Zeit sollte es lehren. Eine Sache des Abwartens. Jetzt sage ich: In jedem lebendigen Menschen steckt ein roher Marmorbrocken ... und in den kann er sich jeden Moment verwandeln, sobald der glühende Ascheregen auf ihn herabgeht. Albert, du bist mein Zeuge ... Ich werde dieser Ascheregen sein. Aber dafür muß ich erst das individuelle Künstlertum hinter mir lassen ... kannst ruhig sagen: sich zersetzen ... in einer Wolke feiner Ascheteilchen auflösen lassen ... Du wirst sehen, eines Tages bin ich völlig unsichtbar geworden hinter dem, was ich gemacht habe. Nein, nicht gemacht ... angerichtet.«

Seine Fröhlichkeit nahm seiner Orakelsprache die scharfen Kanten. Was hinderte mich, wenn ich ihn so hörte und anschaute, an eine echte Bildhauerarbeit zu denken? Ich sah, wie einst in Paris, die Bronze eines nackten Jungen, der mit einer kleinen Figur in der Hand und einem Spaten über der Schulter einen Freudensprung macht: *Trouvaille à Pompéi* von Hyppolite Moulin.

Drache aus Feuer und Blut

Freitag, 2. Dezember 1977
(Flix Boezaardt)

Ich hatte die Schnauze voll. Ende meiner ersten Woche in Neapel, und noch immer kein Modell am Wickel. Albert, die Memme, hat's nur einmal gemacht ... und ließ nicht mehr mit sich reden ... Gestank statt Dank, auch wörtlich. Stinkt mich da eine ganze Zugreise lang mit seinem *cold turkey* an, ich bugsier ihn an allen gefährlichen Grenzposten vorbei, lad ihn mir auf den Hals ... scheue keine Mühe ... und dann läßt der feine Herr mich hängen. Hält die ... mit was für 'ner Scheißausrede kam er gleich wieder? ... die weiße Stille nicht aus. 'n guter, muß ich mir merken. In Kürze, wenn Thjum mir Modell steht: »Halt noch 'nen Moment durch, mein Schatz ... gleich kommt die weiße Stille. Dann fängt der Oribori zu knirschen an wie Schnee ... Reiß dich zusammen. Ist gleich vorbei.«

Am Freitagnachmittag standen wir, bevor Albert sich seine Ration in der Via Medina holen ging, am Santa-Lucia-Brunnen und schauten aufs Meer hinaus ... na ja, Meer ... diesen kleinen Hafen halt bei der Festung, dem Castel dell'Ovo. Albert strampelte sich gewaltig ab, um mich auf alle möglichen Details dieser heruntergekommenen Stadt aufmerksam zu machen, die kunsthistorisch gesehen ... ich nehm das jedenfalls an, in Übereinstimmung mit der Wissenschaft ... wenig Genüsse bietet. Ich wollte ihn deutlich spüren lassen, daß er unsere Freundschaft in den Dreck gezogen hatte, und blieb also grollend stehen. Ein mißmutiges Geknurre als Antwort auf ihre überhebliche Führung, damit mußte sie sich begnügen, Reiseführerin Adelberta, saublöde Kuh.

»Schau doch mal, Flix, diese Farben ...!« Er deutete auf ein Ruderboot im Wasser, das gerade von der Rückseite der Festung heranschaukelte. »Manchmal finde ich das sowas von schade, daß du nur in Weiß arbeitest ...«

»Ja, und manchmal finde ich es sowas von schade, daß du nur weißen Rauch ausbläst. Kümmere dich um deinen eigenen Kram, du farbengeiler Nichtswisser...«

Das kleine Boot, das viel zu tief im Wasser lag, war vollbesetzt mit Frauen, von denen zwei mit kräftigen Schlägen ruderten. Es war eine Art schwimmender Wellensittichkäfig... ein buntes Gewirr flatternder Kleider, Hüte mit Bändern, Sonnenschirme... ein kompletter Regenbogen, in Stücke gerissen, zu Knäueln zusammengedrückt und wahllos in einem kleinen Kahn durcheinandergewürfelt... Sah toll aus, aber ich hatte keine Lust, es diesem Heuchler gegenüber zuzugeben. Sie ruderten in unsere Richtung. Schrille Rufe und hohes Gelächter im Wind... Na, diese Weibsbilder verstanden mit den Riemen umzugehen... kraftvolle Schläge... Muskelpakete unter Puffärmeln...

Ich wollte schon weitergehen, aber dieser Widerling hinderte mich daran, wohlgemerkt indem er mir die Hand auf die Schulter legte. »Moment mal, Flix...« Der geile Bock mußte das Weibervolk natürlich wieder unbedingt aus der Nähe begaffen, hörte das denn nie auf. Ich schüttelte seine Flosse ab und ging in Richtung Stadtpark, zur Villa Comunale, wo wir den Bus nach Klein-Amerika nehmen wollten.

»Flix, schau doch mal...« hörte ich jetzt hinter mir, gedämpft, als könnten diese neapolitanischen Weibsen ihn verstehen. »Das sind ja gar keine Frauen.«

Mit sauber hochgezogenen Riemen glitt das Ruderboot an dem kurzen Kai entlang, der an dieser Stelle Banchina Santa Lucia heißt. Nun, da der Kahn die steinerne Uferbefestigung berührte, klang das Geschnatter schon weniger hoch und hell, es hatte etwas Heiseres bekommen... etwas Brummendes im Unterton... Nur das Raffen der Kleider hatte noch etwas Weibliches, ansonsten kletterten die Ruderer resolut männlich an Land, wobei sie sich gegenseitig, wie Seeleute, mit einer Schraubbewegung der Arme hochzogen. Erst auf der Kaimauer verloren sie wieder an Gewicht, saßen Arme und Beine wieder lockerer an ihrem wogenden Rumpf. Die Hand nach hinten abgeknickt, schoben sie die zusammengefallenen Locken ihrer Perücke wieder zurecht. Hier und da wandte sich einer kurz ab, um sich den nach unten gerutschten BH hochzuziehen.

Da standen sie in einem Häufchen beieinander und spannten alle gleichzeitig den Sonnenschirm auf ... ein kompletter Blumenstrauß, inklusive Bändern und so ... Sie hatten natürlich längst spitz, daß Albert und ich da waren und Stielaugen machten. Solche aufgetakelten Weichlinge existieren ja nur aus dem Grund, damit andere hinschauen. Ohne daß man es merkt, stechen sie einem mit ihrem stumpfen, von einem Spitzenhöschen umhüllten Oschi die Augen aus ... Nein, Boezaardt, dieses Bild stimmt hinten und vorne nicht ... Transvestiten mögen nur Jungfrauen, das heißt ... sie fliegen auf Gaffer mit weit aufgerissenen, hervorquellenden Augen, die denen vor lauter gierigem Geglotze im Kopf brennen ... vor lauter Hinstarren tränen ... aber Jungfrauen müssen sie sein, die Gaffer, ihr Netzhäutchen muß intakt bleiben ... Es darf erst dann reißen, wenn Blicke fremdgehen ... ans andere Ufer geworfen werden.

Im Zoo Artis hatte ich mal versucht, mit einem Papagei ein Gespräch anzuknüpfen ... Hätte nie geglaubt, mal von Papageien umzingelt zu werden. Ich roch den Männerschweiß und die klumpige Schmiere an ihren Hobeln durch alles billige Spray und Make-up hindurch ... und das machte es gerade noch erträglich. Zumindest für mich ... Ich wußte nicht, wie Albert darüber dachte, und es interessierte mich auch nicht die Bohne. Jammerschade, daß wir diesen Anziehpuppen nicht im Dunkeln begegnet waren ... dann hätte ich Albert die gelungenste der Gruppe als Versöhnungsgeschenk ins Gran Sasso mitgegeben. Die Typen wußten nur zu gut, wie sie einen Hetero hinters Licht führen mußten, auch ganz wörtlich ... vorausgesetzt, die Lampe brannte auf Sparflamme. Albert würde möglicherweise nicht einmal merken, daß ich ihm eine Fummeltrine untergejubelt hatte. Nicht schwer, mir seine Begeisterung vorzustellen. »Eng wie ein Engel ... und genauso keusch. Vielleicht aus Treue zu ihrem Geliebten ... Streicheln, Kneten ... alles tabu. Alles reduziert auf das Eine ... aber das war dann auch das reinste Paradies. Na ja, solange es dauerte. Eine knappe halbe Minute ...«

Wo wir herkämen? *Olanda.* Ah ... *i Paesi Bassi!* Ob die Frauen dort auch noch lange Kleider trügen? Albert stand ihnen Rede und Antwort, in einer Art hartleibigem Indianer-Italienisch: Kötel aus durchschnittlich vier Wörtern, anstatt den ganzen Satz auf einmal herauszudrücken. Ja, lange Kleider sehe man in den Niederen Landen noch, aber nicht als Regel und schon gar nicht das Modell aus dem 19. Jahrhundert, das sie trügen. »Wobei ich die *coloratura* mal außer acht lassen will, meine Damen.«

So einer wie Albert wußte genau, wie er diese Kryptopimmel scharfzumachen hatte. Die Damen begannen eifrig durcheinanderzuschnattern. Anscheinend im Dialekt, denn sogar der bekannte italienische Singsang war futsch.

»*Paese che vaje, usanze che truove*«, sagte eine der Frauen, die die Riemen bedient hatte, achselzuckend. Ich fragte Albert ... zugegebenermaßen schon etwas weniger knurrig ... was die Schlampe zu nuscheln hätte.

»Das ist Neapolitanisch. Bedeutet so was Ähnliches wie ›Andere Länder, andere Sitten.‹ Aber sie meinen damit, daß wir uns ihrem Land und ihren Sitten anzupassen haben ... Sie wollen sich mit uns für heute abend verabreden.«

Wie dieser verrückte Kerl doch jedesmal wieder die Kurve kriegte, würde mir wohl ewig schleierhaft bleiben, jedenfalls war er von einem Moment zum anderen wieder Gold wert. »Okay, von mir aus ... aber dann muß eine von diesen Weiberattrappen sich bereit erklären, mir Modell zu stehen.«

Albert übersetzte. Die behaarten Damen gerieten in höchste Aufregung. Sie schnatterten noch heftiger durcheinander in ihrem Kauderwelsch und stürzten sich dann wieder in Italienisch auf Albert. Ich schnappte die Wörter *modella*, *reggipetto* und *cavalletto* auf.

»Sie glauben, daß sie vor deiner Staffelei Modell stehen sollen ... Finden sie toll, Hauptsache, sie kommen als Frau auf die Leinwand ... in vollem Staat ...«

»Erklär ihnen, daß es sich um einen Gipsverband handelt.

Wir haben das Wort doch neulich nachgeschlagen ... *ingessatura* ... Frag sie, ob sie bereit sind, nackt zu posieren.«

Ingessatura ... Ich hörte Albert das Wort ein paarmal wiederholen, gefolgt von *posare nudo*.

»*Nuda* ...!« riefen die Transvestiten im Chor, so viel war ihnen daran gelegen, daß die weibliche Form gewahrt blieb. Möglicherweise war dieser eine kleine Buchstabe wichtiger für sie als der ganze Unterschied zwischen einem männlichen und einem weiblichen Geschlechtsteil ...

»Ich glaube nicht, daß sie das kapieren, dieses Eingepacktwerden in Gips«, sagte Albert, »aber solange sie als Frau dargestellt werden, ist alles okay. Ganz nackt, das kommt für sie nicht in Frage. Sie wollen wenigstens ihr *reggipetto* anbehalten. Exhibitionistisch wie sonstwas, diese Tunten, aber nicht, wenn es um ihre Hühnerbrüstchen geht.«

»Aber was machen sie dann mit dem, *was* sie haben? Weißt du, bei diesen Ballkleidern, die sie jetzt tragen, wird man kaum bemerken, wenn sich darunter was regt. Aber mein Gipsverband ist ziemlich ... enthüllend, gelinde ausgedrückt.«

»Das einzige, was ich verstanden habe, ist, daß sie wie eine *ballerina* aussehen wollen, nicht wie ein *ballerino* ...«

»Gut, dann ist ihnen ja zumindest schon mal klar, daß das Material wie eine Art Trikot übergezogen wird ... und daß getanzt werden muß. Wenn sie ihre ausgestopften BHs anbehalten wollen, von mir aus. In Pompeji wird's wohl auch den einen oder anderen Transvestiten gegeben haben ... Und außerdem, hatte dieser Badende in den Thermen nicht sowas wie ein Handtuch über dem Bauch? Also bitte. Bei mir darf ein Transvestit als Frau sterben ... das ist *seine* Wirklichkeit ... beziehungsweise ihre ... Den Rest besprechen wir heute abend.«

»Wo sollen wir uns verabreden?«

»In einem von diesen amerikanischen Schuppen? Finden sie bestimmt toll, von den Marinesoldaten begafft zu werden.«

Albert hatte keine Lust, sagte er, in der Via Medina oder der Via Depretis den Zuhälter dieser verirrten Garderobenständer zu spielen. Die einzige echt neapolitanische Kneipe, die er kenne, sei *La Tattamella*... so stehe es jedenfalls auf dem Fenster... so genannt nach dem Spitznamen der Wirtin, Die Quasseltante, auch wenn man es seiner Ansicht nach La Tatanèlla ausspreche... Dort verabredete er sich immer mit Gesù, seiner Kontaktperson... oder seinem Auftraggeber... so genau wußte ich das nicht. Wir waren seit unserer Ankunft schon ein paarmal dagewesen auf einen Espresso mit Satz oder einen *vino bianco* aus einem derart fettigen Glas, daß Augen auf dem Wein schwammen wie auf einer gut durchgezogenen Suppe. Gesù hatten wir dort bisher noch nicht getroffen.

»Dann also bei der Quasseltante?«

Albert gab den Vorschlag weiter. Ja, *La Tattamella*, das kannten sie. Freitag abends werde dort immer *tombolella* gespielt, das treffe sich also gut. Das Lottospiel, so erklärten sie uns, sei sehr beliebt unter den *femmenielli*, wie die Transvestiten in den Quartieri genannt würden. Sie spielten dort immer gegen die Hausfrauen und die Nutten des Viertels... also ganz von gleich zu gleich... Wenn wir nichts dagegen hätten, daß sie ab und an eine Partie spielten, seien die Herren *artisti* herzlich willkommen. Also dann gegen zehn, nach dem Abendessen?

Es war jeden Nachmittag von neuem eine Überraschung, in welcher amerikanischen Opiumhöhle ich um die Aperitifzeit mit meinem darbenden Kumpel landen würde. In der Via Agostino Depretis gab es dicht beieinander in derselben Häuserreihe die *New York Bar* und die *Boston Blackies American Bar*. In einer Parallelstraße, der Via Medina, lag das *Number One*, und das wurde schon bald Alberts Lieblingslokal. In allen drei Schuppen wurde Heroin geraucht – nicht gespritzt, auch nicht »chinesisch« inhaliert, sondern geraucht, vielleicht wegen den *sea-pigs* mit ihren schmalen, eleganten Gummiknüppeln. Rauchen, mit Hilfe einer speziell präparierten Art Filterzigarette, fiel kaum auf. Albert, der nie geraucht hatte außer damals, als wir vor Jahren Jimi Hendrix die letzte Ehre erwiesen hatten, mußte sich erst daran gewöhnen.

»Haben sie bestimmt von ihren älteren Brüdern gelernt ... den Vietnamveteranen.«

»Alles besser, als in der Gesellschaft von russischen Soldaten zu landen, Albert ... die saufen das Frostschutzmittel aus ihren Panzern, um ein bißchen in Stimmung zu kommen.«

Ganz schön dreist, der Albert: mich einen Kulturbanausen schimpfen, weil ich »in der Fremde« nichts anderes runterbekam als Heineken. Fing der jetzt auch schon damit an, von wegen andere Länder, andere Sitten, genau wie diese Tarneier von der Banchina Santa Lucia. Das Heineken aus den grünen Exportfläschchen war bereits wäßrig genug, verglichen damit, was man im *Dopey's Elixir* daheim in De Pijp gezapft bekam ... wahrscheinlich so'n kastrierter Mais ... aber das labbrige italienische Peroni kriegte ich schon gar nicht runter. Das mußte ich Albert lassen, der hat immer das Exotische gesucht ... sogar in Amsterdam. Es mußte immer mindestens MADE IN HONGKONG draufstehen ... Der pfiff auf Gäule, die die Bierkutsche mit Heinekenfässern durch die Stadt zogen. Drachen, darunter tat er's nicht ... und zwar nicht so 'ne Attrappe wie zum chinesischen Neujahr in der Binnen Bantammerstraat, nein, ein echter mußte es sein, einer aus Feuer und Blut ...

Er ging am liebsten ins *Number One* in der Via Medina, weil es da unter der Pianobar einen muffigen Musikkeller gab, wo sie auf Wunsch immer derselben Gruppe von kahlgeschorenen Marineknaben Steppenwolf spielten. *Born to be wild*. Fand er klasse, unser Albert, nach seinem ersten Filterdrachen, diese E-Gitarren, die nach jedem Riff wie Kreissägen durch einen Holzknorren gellten. Er hatte mir mal erzählt, daß sein Alter, Onkel Altje, ihn nach einer durchsoffenen und durchtobten Nacht zu seinen Großeltern mitgenommen hatte, um bloß das anklagende, verheulte Gesicht von Mama Egberts, geborene van der Serckt, nicht mehr sehen zu müssen ... Opa van der Serckt spürte sofort, wo ihn der Schuh drückte, und legte »Ach, Vater lieb, komm, trink nicht mehr« von der Sängerin Ohne Namen auf dem Bande Rek Order auf, wie das Gerät in seiner Aussprache hieß. Alberts Vater sah dabei mit schuldbewußtem Grinsen, in dem eine Spur zuviel beschönigender Selbstspott durchschimmerte, unablässig seinen neunjährigen Sohn an, dessen Halsmuskeln nicht stark genug waren, einen jahrelang aufgestauten Schluchzer wieder runterzuwürgen. Kusch, du kleiner, zahnloser Kinderkummer...! Was willst du denn... bellen und nicht beißen? Marsch, zurück mit dir in die Hütte! Zurück mit dir, zurück hinter die Gitterstäbe meines Brustkorbs, los! Da kannst du dir an meinem läufigen Herzen einen abriemeln, wenn du's so dringend nötig hast...!

Und verdammt, was glaubst du? Fast zwanzig Jahre später seh ich diesen Schluchzer aus seiner Kehle schießen, nicht in der miefigen Wohnstube seines großelterlichen Hauses, sondern in irgendso 'ner feuchten Seemannsgruft im Hafen von Neapel. Was der Sängerin Ohne Namen nicht gelungen war, gelang den Holzfällern von Steppenwolf mit ihren rauhen Kehlen und elektrischen Kettensägen. Kein »Ach, Vater lieb, komm, trink nicht mehr«, sondern *The Pusher*... Hören konnte ich ihn natürlich nicht, diesen Schluchzer, bei *dem* heulenden Rumgesäge auf diesen Knorren, aber sehen um so besser, denn es kam auch noch was Nasses mit hoch.

Wenn wir irgendwas teilten, der Albert und ich, dann einen zweiten Vater – auch wenn Egbert Egberts ein richtiger Onkel von ihm war und für mich nur eine gute Ausrede, zum Liebhaber meiner Mutter, dieser geilen Schlampe, »Onkel« zu sagen... Wie auch immer, ich hatte 'ne Menge von ihm gelernt... lauter herrlich überflüssiges technisches Zeug... Zum Beispiel, daß »Schluchzer« komischerweise auch der Name eines bestimmten Beiteltyps ist. Als ich sah, wie Albert unter dem Einfluß von Steppenwolf diesen Schluchzer mit Stirn, Nase, Kinn... im Grunde mit dem ganzen Gesicht... endlich wegdrückte, bekam auch dieses alte Sprichwort auf einmal eine andere (oder zusätzliche) Bedeutung. *Auf einen harten Knorren gehört ein scharfer Beitel.*

... but the pusher is a monster...

Die schmuddlige Kaschemme *La Tattamella* lag versteckt in der Vico detto Fico – der Gasse mit dem Beinamen Die Feige in Alberts Feld-, Wald- und Wiesenübersetzung, aber seit ich gehört hatte, daß *fico* auch so was Ähnliches wie »Warze« heißen konnte, hatte die Vico detto Fico für mich immer den Beinamen Die Warze. Die Gasse war nicht viel tiefer, als die Front des *La Tattamella* breit war, also konnte Die Warze nur die Kneipe selbst sein. Sie tat alles, um diesem Spitznamen gerecht zu werden. Drinnen existierte keine einzige gerade Linie. Alle Ecken waren zugeschleimt. Mit all seiner Bizarrerie war *La Tattamella* der Hohlraum einer Warze, falls es so etwas gab. Außer dem Zurschaustellen von ein paar Vorratsgläsern mit getrockneten Anchovis und sauer eingelegten Artischockenherzen diente die kleine Theke aus gesprungenem Marmor nur als Stütze für Tattamellas Brüste, die nicht sauer eingelegt und auch keineswegs ausgetrocknet waren, sondern einfach naturell, als unüberbietbares Vorbild und unerreichbares Ideal den Blicken der *femmenielli* dargeboten wurden.

Es kostete uns im übrigen größte Mühe, in den mageren, farblosen jungen Männern, bei denen der Hang zu weiblicher Ausstaffierung allenfalls ansatzweise zum Ausdruck kam, die Damen vom Nachmittag wiederzuerkennen. Ein Paar schiefgetretene halbhohe Absätze hier, der einer schottischen Reisegesellschaft geklaute Kilt da ... Bei einem Kunstfaserpulli, der wahrscheinlich für Mohair durchgehen sollte, endete jede Fusselfaser in einem schwarzen Rußkügelchen. Die Hohepriesterin, die ich am Nachmittag noch wie ein Flaggschiff über die Kaimauer hatte davonsegeln sehen, hatte es mit Hängen und Würgen und unter Einsatz von mindestens drei Gummiringen geschafft, den Entenbürzel in ihrem schlecht ausrasierten Nacken zu einem Pferdeschwänzchen von der Länge eines halben englischen Schnurrbarts oder, na komm schon, der Augenbraue eines Bouviers hochzuzwirbeln. Auch mit den Brüsten unter den kunstseidenen Blüschen war es traurig bestellt ... kleine Knubbel, für die sich selbst ein Hirschjunges noch entschuldigen würde ...

»Sag mal, Albert, was haben die wohl mit den Ballkleidern

von heute mittag gemacht? Hüte weg, Schleier weg ... ich seh nicht mal mehr Fächer, obwohl die hier doch kein überflüssiger Luxus wären ...«

»Zurückgebracht, denke ich. Wird wohl alles ausgeliehen gewesen sein ... für einen festlichen Bootsausflug. Weibsen unter sich ... in vollem Fummel mal so richtig einen draufmachen ... He, da ist Gesù.«

Albert ging auf einen Typen zu, der beim Eintreten von den *femmenielli* mit Juchzern, Zungenschnalzern und Miauen begrüßt wurde. La Tattamella lüpfte, vielleicht als Respektbezeigung, kurz ihr Brüstepaar vom Marmor. Dieser Gesù war klein und mager und trug so eine rote Fischermütze, wie man sie auf neapolitanischen Gemälden des siebzehnten Jahrhunderts sehen konnte. Selbst jetzt noch, Anfang Dezember, hatte er ein wettergebräuntes Gesicht, was vielleicht aber auch nichts mit der Sonne zu tun hatte.

Daß der Mann so klein war, fiel nicht sofort auf, weil er einen Zwerg bei sich hatte, der ihm keine Sekunde lang von der Seite wich. Erst als Albert, mit seinen einssiebenundsiebzig wahrlich kein Hüne, vor Gesù stand, um ihm die Hand zu geben, konnte man sehen, daß dieser kaum größer als einsfünfundfünfzig war. Albert begrüßte die Fischermütze auf fast schleimig herzliche Weise, die mir nicht gefiel, denn ich mochte das Bürschchen von Anfang an nicht.

»Flix ...!« Albert winkte mich lachend näher. Ich wollte ihm den Abend nicht verderben, also riß ich mich am Riemen, ließ mich aber nur mit größtem Widerstreben dem Mickerling vorstellen.

»*Molto piacere*«, sagte ich halt, wie Albert mir's beigebracht hatte. »Boezaardt, Felix ...«

»*Felicissimo*!« Aus dem Maul stank er auch noch. »Beaux Arts, Félix ... ein französischer Name! Sind Sie französischer Herkunft?«

Es war kein schal gewordener Knoblauch, was ich roch. Der Mann hatte einen Atem wie eine Friedhofsbrise, die den Verwesungsgeruch der paar übriggebliebenen braunen Grabsteine in seiner Mundhöhle hinaustrug ... und selbst die lagen, schief im Leichenmatsch abgesackt, noch bis zu den Fundamenten frei ...

»Nein, ich bin Niederländer.«

Anders als ich erwartet hatte, wurde der Schleimling auf meine Antwort hin noch kriecherischer.

»*Olandese ... che bella combinazione*! Mein Name ist Porporà, Gesù ... Hier, bei La Tatanèlla, nennt man mich Gesùito ... Nein, das ist nicht einfach eine Verkleinerungsform ...«

»Jesuit«, sagte Albert aus dem Mundwinkel zu mir.

»Nein«, sagte Gesù, der ihn trotzdem verstanden hatte, »das hätte *gesuita* geheißen. Gesùito bedeutet, es wird Sie nicht wundern, heuchlerisch ... *ipocrito, falso* ... Ach, das sagen sie nur *per scherzo* ... so gehen wir hier miteinander um, hier bei La Tatanèlla.«

Plötzlich wußte ich ... es wirkte fast wie eine Befreiung ... an wen Gesù mich erinnerte. Vor ein paar Jahren hatte Albert mich zu *Death in Venice* mitgenommen, vielleicht weil er mir, aufmerksam wie er war, mit diesem bildhübschen Bengel Tadzio eine Freude zu machen glaubte. Na, da kannte er mich aber schlecht. Bei solchen Porzellanpüppchen krieg ich immer Lust, ihnen die Ärmchen und die Beinchen abzubrechen ... wobei ich mir das Köpfchen mit den goldgepinselten Augenbrauen natürlich bis zuletzt aufhebe ... nein, hier kein Fingerspiel ... seitlich zwischen die Backenzähne geklemmt, und dann *krack*! ... Zu meiner großen Befriedigung las ich später in einem Interview mit Professor von Aschenbach, daß er diesen Tadzio außerhalb des Sets »für ein kleines, verwöhntes Miststück« hielt, das über nichts anderes sprechen konnte als über Motorräder und E-Gitarren ... großartig. Nein, mir war eine ganz andere Figur aus diesem Scheißfilm unter die Haut gegangen. Als man Venedig bereits gegen die Cholera desinfiziert, sitzt der Professor eines Abends auf der Terrasse seines Hotels ... wie es scheint, nervös, besorgt ... Vor den Gästen spielt eine Gruppe von Straßenmusikern. Akkordeon, Geige ... der Sänger spielt auch Gitarre ... Zuerst ein schönes, wiegendes Stück. Der Sänger geht mit dem Hut an den Tischen entlang. Von Aschenbach fragt, bevor er seinen Obolus entrichtet: »*Are they desinfecting Venice*?« In dem Augenblick, während die gepflegte Hand mit den Münzen bereits über dem Hut schwebt, verwandelt sich der Sänger in die Person, die ich soeben in der Gestalt Porporàs, Gesùs wiedersah ... Servil, kriecherisch, die noch verbliebenen Zähne triefend vom Geifer seiner Lügen ... Er drückt sich vor einer klaren Antwort, doch das Stück, das er und seine Gruppe als Zugabe spielen ... ein Lied mit einem stilisierten Lachanfall als Refrain, den der Sänger besonders höhnisch vorträgt ... sagt alles.

»Erinnerst du dich noch an diesen Liliputaner aus Geldrop, der mit seiner Zwergenschwester zusammenlebte?« fragte Albert.

»Reusje, der kleine Riese«, fiel mir sofort ein. »Der ist verunglückt, als er auf seinem Kinderfahrrad direkt hinter einem Lastwagen über die Straße wollte ... wobei der noch einen Anhänger hintendran hatte ...«

»Genau. Also, *questo signore gigante*« (Albert verbeugte sich vor dem Zwerg, dessen bösartiges Kartoffelgesicht sich zu einer Lachgrimasse verzog, ohne daß auch nur ein Fünkchen Fröhlichkeit in seine Boxeraugen trat) »heißt auch Reusje. Darf ich dich vorstellen, Flix? Signore Colossino ... Gesù sagt immer: Ich habe drei Paar Augen. Im Kopf, im Rükken und in den Knien ... das letzte Paar gehört Colossino.«

Ich drückte das schwammige Händchen des Zwergs. »Felix.«

»Ah ... Felice Fellone«, sagte Colossino, wobei sein Grinsen noch breiter und dreckiger wurde.

»Laß dich bloß nicht gleich in Rage bringen«, sagte Albert. »Spitznamen sind hier eine Notwendigkeit ... sonst würden sie sich gegenseitig sofort den Kopf einschlagen ... Flix der Schurke. Stecks ein und vergiß es ...«

Gesù versorgte uns mit Wein und schleppte uns zu dem Tisch, an dem die *femmenielli* mit den Frauen Lotto spielten, die ihre im Durchschnitt aus sieben oder acht Kindern bestehende Brut gerade ins Bett gesteckt hatten. So lernten wir mit

Hilfe von Gesù, der die neapolitanischen Wörter in normales Italienisch übersetzte, die spezielle Ausdrucksweise der *femmenielli* kennen. Sie spielten wie wir mit numerierten Holzscheiben auf Kartonkarten... nur verwandelte sich jede starre Zahl zwischen 1 und 90 im Verlauf des Spiels in ein faszinierendes Bild, und mit jedem Bild war in der Regel eine Geschichte verbunden... die manchmal zur nächsten Geschichte führte und so weiter...

»Das ist kein Gesellschaftsspiel«, sagte Albert, »sondern ein Lyrikabend...«

Für alle *femmenielli* war die begehrteste Scheibe die 6, auch *Chella ca guarda sempe 'nterra e nun vede 'o sole* genannt. Gesù übersetzte es für Albert ins Italienische, und der übertrug es für mich ins Holländische. »Die Sechs steht für das, womit sie nie dienen können, trotz all ihrer Frauenkleider... so schön sie sich auch herausputzen... Die Möse. ›Was immer zu Boden blickt und nie die Sonne sieht‹.«

»Ich hab 66...!« girrte Mario-Maria. »Ich hab *'e ddoie zetelle*!«

»*Le due zitelle*«, verdeutlichte Gesù.

»Die zwei Mädchen«, wiederholte Albert.

An diesem Freitagabend wurde, dem Senken der Stimmen nach zu urteilen, erstmals der Zusammenhang zwischen den Zahlen 21 (*'a femmena annura*... die nackte Frau) und 43 (*'onna Pereta fore 'o barcone*... Frau Pereta draußen auf dem Balkon) enthüllt. Daß die Holzscheiben fettgetränkt waren, verstand sich von selbst bei La Tattamella, die übrigens nicht mitspielte und auch ihr Marmorpult nicht verließ, um die Getränke zu servieren. Doch bei den meisten Scheiben war sogar die Zahl, ursprünglich als Relief ins Holz gekerbt und mit roter Farbe betont, teilweise abgetragen. Streit gab es deswegen nie... sie erkannten sie trotzdem... Die Scheibe mit der 12 war von der feinen Feile Tausender von Fingerspitzen völlig glatt poliert und mit Olivenöl gefirnißt worden. Sie stand für *'o surdate*... den Soldat... und machte die Gesichter ernst und düster. Alle, die Frauen wie die *femmenielli*, lehnten sich zurück, und das Spiel wurde lange Zeit nicht angerührt. Die

Geschichte, soweit ich sie mitbekam, ähnelte dem, was dem Vater eines früheren Nachbarmädchens von uns zugestoßen war ... Milli Händel ... auch so ein Porzellanpüppchen, dessen betrogener Liebhaber Albert es leider versäumt hatte, ihm das zarte Hälschen zu brechen. Na ja, was nicht war, konnte ja noch werden.

87: *'e perucchie* ... die Läuse (oh, wie gern hätten sie keine echten Läuse in ihren falschen Perücken gehabt)

18: *'o sanghe* ... das Blut (dabei stand Gianni-Gina von seinem Stuhl auf, um, wie er sagte, seine Binde zu wechseln)

85: *l'aneme 'o Priatorio* ... die Seelen des Fegefeuers (so ungebildet sie auch waren, konnte doch jeder der *femmenielli* ein paar Zeilen aus Dantes *Purgatorio* aufsagen)

Die Zusammenhänge zwischen diesen verschiedenen Wörtern und Bildern waren ebenso zahlreich wie die Zahlenkombinationen bei Tresoren ...

Ihre Kleiderschränke, das waren die stets vollen, quer über die schmalen Straßen der Quartieri gespannten Wäscheleinen ... Sie brauchten nur zuzugreifen, ohne große Anstrengung, doch viel mehr als ein ausgeblichenes Blüschen hier und einen grau gewordenen Schlüpfer da brachte es ihnen nicht ein ... so fingerfertig und virtuos sie auch mit den Wäscheklammern der Nachbarin spielten. Altes Brot war *das* Mittel, um ihre kleinen BHs auszustopfen ... nicht zu hart, nicht zu weich ... es wurde erst weggeworfen, wenn es zu schimmeln begann ... Manchmal fand ich in meinem Atelier so einen BH für Heranwachsende, innen grünlich verschmiert ... Auch wenn das Weibliche an ihnen ansonsten nur durch eine Haarklemme über dem linken Ohr angezeigt wurde, bedeuteten die BHs alles für meine *femmenielli.* Sie flehten mich an, das winzige Kleidungsstück anbehalten zu dürfen, wenn ich sie in Gips wickelte. Mein einziger Einwand war dann, daß die Dinger oft nicht stramm genug saßen, so daß die frisch aufgebrachten Gipsstreifen sich wieder lösten ...

Ihr Exhibitionismus bestand also in erster Linie darin, zu zeigen, was sie nicht besaßen, und zu verbergen, was sie zuviel hatten. Bevor ich sie einpackte, steckten sie ihr Geschlecht auf komplizierte Weise zwischen die Schenkel: erst das Höschen ein Stück weit auf die Oberschenkel rutschen lassen, dann die Handvoll männlicher Teile nach hinten schieben und zum Schluß den Slip wieder hochziehen ... Das funktionierte nur, solange sie die Knie gegeneinanderdrückten und ich beide Beine zusammen verpackte. Damit wurde ihr Totentanz freilich zu einer Art Sackhüpfen am Königinnentag, und das war ja nicht der Sinn der Sache. Schließlich kam ich ihnen mit der Art von breitem Klebeband entgegen, mit dem Onkel Altje früher die Autos vor dem Spritzen abklebte. Einfach einen breiten Streifen vom Nabel bis zum Steißbein ... und das in mehreren, einander überlappenden Bahnen, bis sie mit einem selbstklebenden Slip prunken konnten. Währenddessen machte ich sie zur Minna ... natürlich auf Niederländisch.

»Ihr Blödmänner ...! Wie wärt ihr in Pompeji von der glühenden Asche überrascht worden? Mit zwischen den eigenen Arschbacken eingeklemmtem Pillermann, so daß ihr nicht mal hättet abhauen können, als der Vesuv zu spucken begann ...! Ihr glaubt wohl, ihr bewegt euch genauso anmutig und elegant wie eine Frau im engen, geschlitzten Rock ... Also, das könnt ihr vergessen! Es sieht aus wie jemand, der die Scheißerei hat ... Dünnpfiff ... und Angst, es nicht rechtzeitig bis zum Pott zu schaffen ... Das also ist euer Gang über den Steg eurer persönlichen Modeschau ... über den *catwalk* der Quartieri ...!«

Was mich betrifft ... ich verwandelte sie in geschlechtslose Schneepuppen. Ich ließ sie in der Sonne sterben. Es gab Schlaffsäcke darunter, die sofort zu Boden gingen, weil der Gipsverband auf irgendeinen Gleichgewichtsnerv in der Nähe der Ohren drückte. Nun ja, um so besser ... Fortan arbeitete ich darauf hin, ihre zarten Mädchenköpfe so straff wie möglich zu umwickeln. Und schon fielen sie um ... ich hatte kaum Zeit, die Schleifen ihrer Baumwollfesseln aufzuziehen ... Dieser Druck hinter ihren Ohren, das war die halbe Miete ...

Nachdem ich sie rausgeschnitten hatte und die einzelnen Teile ihres Gipsanzugs um ein Holzskelett wieder zusammengefügt waren, konnten sie ihren eigenen Abguß gar nicht genug bewundern. Bitte sehr, da ... da stand der Beweis ihrer Weiblichkeit ... das Relief ihrer Brüste, die Ebenheit ihres sanft gewölbten Bauchs ... Unter meinen knetenden Händen waren sie sogar etwas runder geworden ... etwas molliger ... *mehr* Frau in einem Wort.

»Keine Spur von meinem Neunundzwanziger«, sagte einer. Albert, der auch da war, übersetzte es mir, übrigens ohne etwas zu kapieren.

»Was meint unser Mädelchen?«

Albert fragte nach.

»Ich meine ... nichts mehr zu sehen von meinem *pate d' 'e criature*.«

»Oh, jetzt versteh ich«, sagte Albert. »Sie spricht von ihrem ›Vater der Geschöpfe‹ ... ihrem männlichen Geschlechtsteil, mit anderen Worten ... So heißt die 29 beim *tombolella*.«

Für mich waren sie in solchen Augenblicken, wenn sie nach getaner Arbeit schwatzten, allesamt ein »Achtundvierziger«. Soviel hatte ich jedenfalls von unserem Freitagabend bei La Tattamella behalten: *'o muorto ca parla* ... der sprechende Tote.

»Keine schlechte Idee, Flix, deine Netze in den Quartieri auszuwerfen ... aber wenn du mich fragst, hast du keine Figuren gefangen, sondern Menschen ...«

»Genau was ich wollte.«

Sie kamen nie allein, die *femmenielli*. Nach getaner Arbeit begleiteten wir sie immer, einen kleinen Umweg zum *Number One* machend, ein Stück Weges. Ein rührender Anblick, wie sie sich in der schicken Via Roma in den Schaufensterscheiben der teuren Modegeschäfte spiegelten. Sie hatten allesamt den Dreh raus, sich so hinzustellen ... nicht zu weit entfernt, nicht zu nah ... daß ihr Spiegelbild an die Stelle der Schaufensterpuppe trat, so daß sie selbst für einen Moment mit der zur Schau gestellten Kleidung geschmückt waren ...

Die Nacht ein einäugiger schwarzer Kater

Sonnabend, 10. Dezember 1977
(Albert Egberts)

Auch in puncto Eifersucht war ich Thjums würdiger Stellvertreter.

Auf Anraten einiger *femmenielli*, denen klar war, daß Flix Leute wie sie nur insofern liebte, als sie seiner Kunst dienten (und richtige Frauen nur, solange sie ihm nicht zu nahe kamen), gingen wir eines Nachmittags die Via Roma entlang bis hinunter zur Piazza Dante. »*Bar Gargiulo*«, riefen sie uns noch nach, bevor sie nach links in einer Gasse verschwanden, die möglicherweise Vico detto Afflitto hieß.

Während wir am Aluminiumtresen des *Gargiulo* im Stehen einen Espresso tranken, schob sich ein etwa vierzehn-, fünfzehnjähriger Junge zwischen uns. Nachdem sogar Flix ihn, indem er einfach über den Kopf des Halbwüchsigen hinweg weitersprach, ignoriert hatte, sah ich aus den Augenwinkeln, wie irgendwo da unten mit einem Mittelfinger achtlos ein Juckreiz zwischen den Schenkeln vertrieben wurde. Der Junge wiederholte die Gebärde in immer kürzeren Abständen, bis der Finger so etwas wie eine dicke Stopfnadel wurde, die sich mit groben Stichen durch den Jeansstoff seiner Hose bohrte. Im selben Rhythmus zeigte sich jedesmal die Zungenspitze des Jungen zwischen dessen Zähnen. Flix, der voller Feuer erzählt hatte, welche verwundenen Abgüsse ihm dieser Tag beschert hatte, geriet ganz aus dem Takt. Ich hätte dem kleinen Pupen am liebsten einen Tritt in den Hintern verpaßt, aber Flix hatte bereits angebissen. Während ich mich, in einem plötzlich aufsteigenden Verlangen nach dem Keller vom *Number One*, noch fragte, worin bloß die Anziehungskraft dieses abgedroschenen Getues vorgetäuschter Wollust bestehen mochte, das trotz seiner Künstlichkeit die Jahrhunderte überdauert hatte, ging Flix bereits nach einem entschuldigenden Blick in meine Richtung mit dem minderjährigen Stricher hinaus. In einer Erzählung von Tschechow läßt die Hauptfigur sich von Freunden in ein Bordell mitschleppen, wo er seiner Enttäuschung über das übertrieben wollüstige Benehmen der Damen und ihre vulgär verführerische Kleidung Ausdruck verleiht. Oh, wie sehr würde ihm eine Hure in hochgeschlossenem schwarzem Kleid gefallen, die sich so züchtig wie eine Gouvernante betrug...! Eine Frau, bei der es, und sei es auch nur in ihrer Erscheinung, noch Keuschheit zu überwinden galt... Fein beobachtet, Anton: Wer ist bloß auf die Idee gekommen, ein Mann könne lediglich durch einen bis zu den Strapsen geschürzten Rock in Erregung geraten... durch eine Titte, die unter violettem Neonlicht dem Vorbeigehenden auf der flachen Hand angeboten wird... durch schmollend vorgeschobene geschminkte Lippen... eine im Takt hervorglitschende Zunge? Es war ein Konsens, den sich jemand ausgedacht hatte, und der Mann hatte sich nach ihm zu richten... etwas anderes wurde ihm nicht geboten...

Auch abends nach dem Essen wollte Flix wieder ins *Gargiulo*, und am nächsten Tag ließ er mich sogar allein in die Via Medina gehen. Jetzt war alles zu spät. Flix hatte Neapels Strichjungen entdeckt. Er ließ sich unter der Port'Alba von ihnen befummeln, und wenn es da zu belebt war, im kleinen Park an der Gesù Nuovo. Ich fühlte mich in Thjums Namen betrogen.

Am Freitag, dem neunten, nahm ich abends bei La Tattamella Flix in einer plötzlichen Anwandlung beiseite und erzählte ihm, ich würde am nächsten Tag für knapp zwei Wochen nach Sizilien fahren. Der Entschluß zu verreisen fiel zeitgleich mit meiner Mitteilung darüber oder hinkte sogar für den Bruchteil einer Sekunde hinterher.

»Weißt du, was du da tust... du kennst dich da doch überhaupt nicht aus.«

»Das ist es ja gerade... ich will noch einmal versuchen, mein Blut wieder sauber zu kriegen. Irgendwo ganz allein... einfach durch damit...«

»Also, wenn ich an unsere Herfahrt denke – ich weiß nicht

recht. Hannibal zog mit einem kalten Truthahn über die Alpen...«

»Seitdem hab ich nur minimale Dosen im *Number One* genommen. Ich komm jetzt eher davon los, du wirst schon sehen...«

»Ich will's für dich hoffen.«

»Zwei Wochen, das muß reichen, damit mein Stoffwechsel wieder ins Lot kommt. So um Weihnachten rum bin ich wieder zurück... wahrscheinlich noch vor Thjum...«

Bevor ich in der Nacht den Zug nach Villa San Giovanni bestieg, drückte mir Flix eine Flasche des Typs in die Hände, die die Italiener *fiasco* nennen: dickbäuchig und aus hellgrünem Glas, aber ohne Strohmantel. (Im *Mirafiori* in Amsterdam hatte der italienische Ober einmal beim Servieren der Speisen die Flasche umgestoßen, wobei ein Schwall Rotwein in Zwanets Schoß gelandet war. Großes Spektakel: *»Fiasco della casa*!« Es kam tatsächlich eine Flasche vom Haus auf den Tisch, doch laut Zwanet bedeutete der Ausruf auch: »Schnitzer des Hauses!« Es sollte mich viele Reisekilometer kosten, das bestätigen zu können.) Obwohl ein Korken drin steckte, versiegelt mit einer dicken Kapsel aus rotem Lack, war die Flasche leer – abgesehen von einem zusammengerollten Briefumschlag und sechs Zigaretten. Ob ich sie bitte bei der Überquerung der Straße von Messina über Bord werfen wolle...

»In dem Umschlag ist natürlich die Karte, auf der der Schatz eingetragen ist, gezeichnet mit unsichtbarer Zitronentinte. Soweit versteh ich's ja noch. Aber die Zigaretten...«

»Für die Fischer dort... als Dankeschön dafür, daß sie den Brief zur Post bringen. Ein alter Brauch. Schiffsjungen haben das früher gemacht, glaube ich... um ihrer alten Mutter eine Nachricht zukommen zu lassen...«

Um Flix aus seiner Verlegenheit zu erlösen, hielt ich die Flasche mit spöttisch zugekniffenem Auge gegen das Licht.

»Gib dir keine Mühe«, sagte er. »Die Adresse ist innen. Der Brief ist für Thjum, damit du's weißt... Bin gespannt, ob er ihn noch vor seiner Abreise bekommt.«

»Schon kapiert... deine gesammelten Abenteuer aus dem *Gargiulo*, von der Port'Alba und der Gesù Nuovo.«

»Beschränk du dich mal auf deinen Gesù und halt ansonsten die Klappe.«

Um neun Uhr morgens kam ich in Villa San Giovanni an, und eine Stunde später befand ich mich auf der Fähre nach Messina. An Land war es mild und warm gewesen wie mitten an einem Frühlingstag; erst als ich während der Überfahrt an der Reling stand, wurde ich durch den kalten Wind daran erinnert, daß auch in der Spitze des Stiefels halb erfrorene Zehen stecken konnten. Der Himmel leuchtete in einer grellblauen Tönung, die sich von allem unterschied, was ich bis zu diesem Augenblick meines Lebens an Blauschattierungen am Himmel gesehen hatte. Die noch tief stehende Sonne war so weiß, daß mir, als ich mich umdrehte und einen Moment hinschaute, die regungslos vor ihr schwebende Möwe erst auffiel, nachdem sie sich kurz emporgeschwungen hatte, um sich dann senkrecht ins Kielwasser des Schiffes fallen zu lassen. Es war das erste Mal, daß ich sah, wie sich eine Scherbe aus der Sonne löste... eine Sternschnuppe am hellichten Tag...

Ungefähr in der Mitte der Meeresstraße holte ich Flixens *fiasco* hervor. Ich hielt sie noch einmal ins Licht – diesmal in das der Sonne. Infolge der schnellen Temperaturwechsel, denen ich mein Gepäck ausgesetzt hatte, war die Flasche an der Innenseite mit feinen Kondenströpfchen beschlagen, genau wie das Glas an meiner Armbanduhr. Dem Tabak konnte diese leichte Feuchtigkeit nicht schaden... Thjums Herzen ebensowenig... Sieh mal einer an, Thjum, ein Brief von Flix... das kannst du dir ja rot im Kalender anstreichen. Die einzigen drei oder vier Briefe, die ich je von ihm bekommen hatte, waren aus der Zucht von Vught verschickt worden, wie er die Strafanstalt dort nannte... dieser Kosename wurde von den Gefängnisbehörden nicht einmal zensiert. Sogar in der Langeweile, die er dort durchzustehen hatte, konnte er sich kaum zum Schreiben aufraffen.

Mit Zwanet habe ich in dem ganzen Jahr von unserer ersten Begegnung im Onkelboerensteeg bis zur Nacht des Großen Mißverständnisses (Nummer 40 auf dem Lottobrett: *'a neva...* der Schnee) kaum einen Brief gewechselt. Merkwürdig, denn ich bin immer ein ausufernder Briefschreiber gewesen. Mit zwölf gab es Francine, eine kecke Blondine, die ihrer fünf Jahre älteren Schwester das Küssen abgeschaut hatte, wenn die sonntags nachmittags, während die Eltern Verwandte besuchten, mit ihrem Matrosen auf dem Sofa lag. Nein, wir zogen uns nicht zu zweit in den Schuppen zurück, sondern mit einer ganzen Gruppe... meiner Schwester und ihren Freundinnen, Freunden von mir, einem Nachbarjungen... Wir brauchten Publikum... Zeugen... Das einzige Fenster, das in der Tür des Schuppens, wurde durch einen Jutesack gegen Blicke von außen abgedeckt. Der Schlüssel wurde herumgedreht. Drinnen brannten Kerzen. Außer nach Wachs und dem unvermeidlich qualmenden Docht roch es nach eingefetteten Werkzeugen, ölgetränkten Putzlappen und Spiritus.

»Anfangen«, rief jemand.

Franci und ich drückten unsere halb geöffneten Münder fest aufeinander... so fest, daß wir die Schneidezähne des Gegenüber durch die Lippen hindurch spürten, aber ohne daß die Zungen sich berührten. In dem zu drei Viertel dunklen Raum erklang im Chor das dröhnende Zählen unserer Zeugen.

»... siebenundzwanzig... achtundzwanzig... neunundzwanzig...«

So regungslos wir da auch standen, Franci und ich, so leichtfüßig tanzten in der Choreographie der Zugluft und der Kerzenflamme unsere Schatten über die Wand. Manchmal, wenn sich die Flamme qualmend über den rußgesättigten Docht hinausreckte, bebten unsere Schatten vor Leidenschaft... schlugen, übermannt von heißen Trieben, mit den Köpfen gegen die Firstbalken... noch höher, an die Pfannen des kleinen Dachs... Kurz und gut, unsere Schatten spielten es uns vor... den Wirbel der Zungen, den Paarungstanz der

Körper ... aber wir folgten ihnen nicht. Völlig bewegungslos durchstanden wir die monotone Zählerei.

»... vierundsechzig ... fünfundsechzig ... sechsundsechzig ... siebenundsechzig ...«

Bei »hundert« ließen wir mit einem tiefen Seufzer der Befreiung voneinander ab und sahen uns innig zufrieden an ... jedenfalls blinkte das Weiß in unseren Augen hin und her ... Das Erreichen der Zahl Hundert war für die anderen das Signal, blindlings küssend übereinander herzufallen, ein ungeordnetes Gewälze im Staub, zu dem Franci und ich uns nicht herabließen. Wir saßen Hand in Hand auf einer umgedrehten Gemüsekiste und sahen zu, wie meine Schwester Mariëtte mit einem Freund von mir, Willy, auf dem staubigen Betonboden lag. Beide hatten die Beine hochgezogen und lagen mit aneinandergedrückten Knien in einer mühsamen Umarmung da. Willy trug auf seinem knochigen Schädel immer eine viel zu große Briefträgermütze, die ihm beim Herumtollen vom Kopf gerutscht war und jetzt mit der flachen Seite auf dem Boden lag ... Ich richtete meine Aufmerksamkeit darauf und fühlte, wie ich allmählich traurig und glücklich wurde ...

Sobald Franci nach Hause gegangen war, zog ich mich in die Waschküche zurück und verriegelte auch dort die Tür. Auf dem kalten Fliesenboden ausgestreckt, die Nase etwas zu dicht am Abfluß mit dem erdigen Geruch von Lehmkartoffeln und alter Rasierseife, begann ich ihr mit rotem Kugelschreiber einen langen Brief zu schreiben. Abends nach dem Essen, wenn die älteren Kinder noch eine Weile draußenbleiben durften, ließ ich Franci die Epistel von einem Jungen aus ihrer Nachbarschaft, Mies Moeskops, bringen, der sich eigens zu diesem Behuf mit seinem Fahrrad an unserer hinteren Gartenpforte einfand. Der etwas schwammige Junge, der vom schnellen Radeln immer schwitzte, war sich seiner verantwortungsvollen Aufgabe als *go-between* des Liebespaars des Dorfes bestens bewußt. Er kam stets am selben Abend noch einmal bei mir vorbei, um zu melden, daß die Mission erfüllt sei. Mies brachte nie Post mit zurück – nur einmal, als wir mindestens ein Dutzend Briefe weiter waren, eine mündliche Botschaft: »Ich soll von Francine ausrichten, es ist aus.«

Ich traute meinen Ohren nicht. Ich hatte ihr gerade ein briefliches Meisterwerk zustellen lassen ...

»Und, ach ja«, keuchte der klatschnasse Mies triumphierend, »ich soll dich von Francine auch noch fragen, ob du etwa nicht wußtest, daß es *immer* auseinandergeht, wenn man sich Briefe schreibt ...« Schon stellte er sich wieder auf die Pedale, um wegzuradeln, wahrscheinlich um Franci möglichst schnell von meiner Niedergeschlagenheit berichten zu können. Sein erhitzter, rot angelaufener Kopf drehte sich noch einmal zu mir um. »Meine Schwester, und die ist schon achtzehn, sagt es auch, Albert ... wenn einer anfängt, heiße Briefe zu schreiben, also, dann kann man Gift drauf nehmen, daß es dann in kürzester Zeit aus ist.«

Um die Flasche möglichst lange im Blick behalten zu können, warf ich sie weit auf das Meer hinaus, sah sie aber gleich, nachdem sie auf den Wellen aufgekommen war, nicht mehr. An meiner feuchten Handfläche klebten Stücke des roten Lacks. Oh, Flix ... dieser Doofkopp ... und das war jetzt unser Materialmann! Er hätte ganz anderes Zeug benutzen müssen, um die Flasche wasserdicht zu machen ... Na ja, vielleicht schaffte das Ding es ja allein durch den Korken.

Weil es immer hieß, diese »Perle« müsse man gesehen haben, nahm ich den Bummelzug nach Taormina. Ja, dort war es schön, aber mich machte am Ende meines ersten Tags auf Entzug die abgeschiedene Lage in erster Linie nervös und unruhig. Angenommen, ich hielt es nicht aus ... angenommen, ich brauchte etwas ... Noch am selben Samstagabend nahm ich den Bus nach Catania, einer Stadt mit schlechtem Ruf, so daß ich für alle Fälle auf die nötigen Hilfsquellen zurückgreifen konnte.

Die Pension war noch schmuddeliger als alle Pensionen, die ich bis zu diesem Zeitpunkt in Süditalien von innen gesehen hatte, aber ich bekam ein Zimmer mit Blick auf die Piazza Duomo. Sogar wenn ich im Bett lag, konnte ich die Spitze des

Obelisken sehen, den ein Elefant in der Mitte des Platzes trug. Ich verließ an diesem Abend mein Zimmer nicht mehr. Die Unruhe blieb, war aber nicht stark genug, mich auf die Straße zu treiben. Hunger hatte ich nicht: Ich knabberte an einem Schinkenbrötchen herum, das noch aus Taormina stammte, mehr brauchte ich nicht.

Sonntag, 11. Dezember 1977

Am nächsten Morgen hatte mein körperlicher Zustand noch am ehesten Ähnlichkeit mit dem am Ende eines verkaterten Tages nach einem schweren Alkoholrausch: Die Kopfschmerzen und die Übelkeit sind verschwunden, die Sinne weit geöffnet, und der Gemütszustand so porös, um alle Eindrücke ... Musik, Panoramen, Passanten ... derart zu filtern, daß sie noch schöner wirken. Am frühen Mittag, als alle beim Essen waren, spazierte ich durch eine ausgestorbene Villa Bellini. Für einen Park hatte es etwas zu viele und etwas zu große asphaltierte Plätze, an deren Rändern Männer und Frauen, die Geldtasche wie die eines Milchmanns umgehängt, neben Reihen von Dreirädern, kleinen benzingetriebenen Motorrädern sowie Schaukelpferden schweigend, grüblerisch auf die ersten Sonntagskunden warteten. Das einzige Kind, das hier auf einem Fahrrad herumfuhr, machte eine solche dem Vergnügen dienende Fläche noch leerer. Aus knarzenden Lautsprechern an Laternenpfählen und Bäumen drang sizilianische Musik, und vielleicht weil es sonst so leer und still im Park war, fiel mir an dieser Musik zum erstenmal die geheime Mischung aus italienischem Frohmut und spanischem Trübsinn auf. Catania ... allein schon der Klang dieses Namens. Ein weinerlicher Verzweiflungsschrei ... Durch die Palmen und Kakteen (deren grüne und rote Früchte als Gemüse oder, kandiert oder nicht kandiert, als Obst gegessen wurden) hatte die Atmosphäre teils etwas Mexikanisches, teils etwas Arabisches ... und jedesmal landete ich auf dem Rückweg zu meinem Zimmer gegenüber dem Dom bei dem

Elefanten, der mit einem aufrechtstehenden Obelisken auf dem Rücken dahinmarschierte...

An diesem Sonntagnachmittag war es für die Jahreszeit so warm, daß auf den Stufen des Duomo ein paar junge amerikanische Touristen lagen und sich sonnten. Ein alter Sizilianer, dunkelgrauer Anzug, hellgrauer Hut, studierte mit zusammengekniffenen Augen die Vorderfront der Kathedrale, schwer auf seinen Spazierstock gestützt, in fast erstarrter Haltung, als habe er sich von der Schönheit des Bauwerks lähmen lassen. Meinerseits fasziniert von seiner Faszination, blieb ich schräg hinter ihm stehen, schaute mit seinen Augen und versuchte zu sehen, was er sah. Ohne etwas an seiner Körperhaltung zu verändern, ließ der Mann den Blick immer wieder von der Fassade abwärts gleiten und heftete ihn dann auf die winterweißen Oberschenkel des amerikanischen Mädchens (ich kannte sie aus der Pension), das dort rücklings auf einer breiten Treppenstufe in der Sonne lag. Die Augen geschlossen, wer weiß in einem Rausch aus Sonntagsstille, grellem Licht und Sonnenwärme, möglicherweise halb eingeschlummert vom Wein zum Mittagessen, schürzte sie ihren Rock immer wieder um ein paar Zentimeter... oder besser gesagt, immer wieder erhoben sich ihre Hände eigenmächtig aus dem Schoß, um mit schmetterlingsleichten Fingern den Saum noch ein Stückchen höher zu schieben, einfach weil die Sonne es verlangte...

Die Kirche, die konnte warten... Ich trat einen kleinen Schritt vor, so daß ich das Gesicht des Alten von der Seite sehen konnte. Roststreifen liefen durch dessen weißgrauen Schnurrbart. Seine rotgeränderten kleinen Augen hatten durch den Anblick des jungen – festen und dabei doch weichen – Fleisches gewiß nicht an Glanz verloren. Sie wurden erst richtig feucht, als das Mädchen die Beine hochzog und die Knie auseinanderfallen ließ, wodurch das Kleid, sofern noch nicht hochgezogen, in zierlichen Falten auf ihren Bauch glitt. Der Alte – und ich nicht minder – hatte nun freie Sicht auf ihre breiten Schenkel, die dort oben noch weißer und von solch gleichmäßiger sahniger Tönung waren, daß man förmlich zur Neugier auf größere Nuancen hinter dem sichtbar gewordenen Höschen gezwungen wurde, das von fast perverser Kaufhausschlichtheit war.

Dies war eine Wahrnehmung, die von einem porösen Gemütszustand und einem sich noch erholenden Nervensystem nicht nur aufgesogen, sondern auch verzerrt wurde. Meine Augen wurden feucht bei dem Gedanken daran, was die sich langsam entblößende junge Frau für den Greis neben mir verkörperte... Nicht nur all das, was endgültig vorbei war, sondern auch alles, was so nie hatte sein dürfen. Als er noch jung war und das Feuer in seinen Lenden brannte, war der Duomo auch schon alt gewesen... kein Unterschied war zu erkennen... doch nie hatte sich auf seinen Stufen in dieser selbstverständlichen, schamlosen Weise ein Mädchen unter seinen Augen ausgestreckt...

In meiner Brust begann etwas zu wimmern. Ich wußte jetzt, was mich nach Sizilien und Catania geführt hatte: mein Ebenbild als künftiger alter Mann. Der Schatten des Obelisken war wie ein Zeiger warnend zu mir unterwegs. Bei mir drohte das Feuer vorzeitig unter dem graurosa Puppenhauskies von Nr. 3 erstickt zu werden.

Der Alte drehte, möglicherweise aus Angst, bei seiner Schaulust ertappt zu werden, den Kopf etwas weiter nach rechts... niemand... und dann, als wüßte er sich plötzlich belauert, ruckartig nach links. Ich sah die Adern wie blaue Würmer auf seinen Schläfen liegen. In diesem Moment fühlte ich mich als der größere Voyeur von uns beiden, auch wenn ich mich nur an der sexuellen Pein eines Greises ergötzte. Umarmen wollte ich ihn, vor ihm auf die Knie fallen und seine Hände aus getrockneter Froschhaut küssen, ihn als Großvater adoptieren (»Sie haben Ähnlichkeit mit meinem Großvater väterlicherseits, wie ich ihn von Fotos kenne«)... alles wollte ich tun, sofern er mir nur die Unverschämtheit meines Zuschauens verziehe, die Erniedrigung, die ich ihm zufügte, den Blick ins Paradies, den ich ihm nun versagte... Für einen Moment war Mißtrauen in seinen Augen, fast Haß, doch gleich darauf flammte etwas in seinem Blick auf. Erkennen. Ein Mitstreiter. Männliche Zusammengehörigkeit... Behend ging der Alte auf die Stufen zu und zeigte mit seinem Spazierstock zwischen die Schenkel des Mädchens. Er schaute grinsend über die Schulter zu mir, wiederholte dreimal ein Wort, das ich nicht verstand (wahrscheinlich in seinem Dialekt), und sagte dann auf italienisch: »*La figa! La figa! La figa...!*« Schamlos bewegte er schraubend seinen Spazierstock, dessen dicke Gummikappe keine zehn Zentimeter vom Schritt des Baumwollhöschen entfernt war. Die Amerikanerin, aufgeschreckt durch das fröhlich skandierte zotige Wort (oder durch den geschäftigen Schatten, der plötzlich über sie fiel), setzte sich auf und zog mit beiden Händen das Kleid über die Knie. In aller Ruhe spazierte der Alte in Richtung der Piazza Università davon, wobei er mich im Vorbeigehen durch ein leichtes Lüften seines Hutes grüßte. Sein Gesicht war wieder unbewegt, fast traurig, doch nach dem kleinen Theaterstück, das er soeben für mich aufgeführt hatte, wußte ich ganz genau, daß ich für diese Begegnung nach Sizilien gekommen war. Nein, ich brauchte nicht unbedingt meinerseits mit geschwollenem Kropf wie eine Taube vor den Stufen des Duomo auf und ab zu stolzieren, um dieser Amerikanerin zu gefallen, so lautete seine Botschaft nicht. Ich mußte einfach versuchen, das Feuer am Brennen zu halten, das die kleine Franci seinerzeit in mir entzündet hatte. Wieder hörte ich das Zählen des Chors... es durfte nicht aufhören...

Montag, 12. Dezember 1977

In einem kleinen Hotelzimmer in Siracusa zu umgerechnet 6,35 Gulden pro Nacht, wo man noch roch, daß hinter einer mit Maschendraht abgetrennten Nische Kaninchen gehaust hatten, stand ich die Entzugserscheinungen durch, die sich tatsächlich als weniger heftig erwiesen als während meiner Transalpino-Höllenfahrt. Ein Popmusiker, im Fernsehen zu seiner Heroinsucht befragt, benutzte für die Abstinenzphase den Ausdruck *climbing the walls*, was in der Untertitelung mit »Tapete kratzen« übersetzt wurde. In diesem Kaninchenstall gab es nicht mal eine Tapete, die man hätte abkratzen können, und mit dem Wände-Hinaufklettern kam man auch nicht weit, denn die Bude war so niedrig, daß sogar jemand von meiner Größe kaum aufrecht darin stehen konnte. Nach einiger Zeit hatte ich etwas mehr Platz, denn binnen weniger Tage nahm ich ungefähr vier Kilo ab, wenn ich der alten Waage auf dem Bahnhof glauben durfte. Auf dem Höhepunkt der Krankheit hatte ich wieder innerhalb einer halben Stunde unfreiwillig mehrere Male einen Orgasmus, wenngleich sie – noch immer ohne den geringsten Genuß – weniger schmerzten als die bei meiner Ankunft in Neapel. Ich mußte an das denken, was Flix mal als großsprecherischer Pubertierender ausgerufen hatte, um die Scham zu überschreien und kurzen Prozeß mit dem Schuldgefühl zu machen: »Nach dem sechsten Mal fängt er's Stottern an ... dann kommt nur noch lauwarmes Wasser mit 'n bißchen Seifenschaum raus.«

Manchmal wagte ich mich zu einem kurzen Spaziergang über die Halbinsel hinaus, auf der die Altstadt erbaut ist. Dort herrschte bröckeliger gelber Sandstein vor, und vielleicht lag es daran, daß ich diese Rundgänge nur als Kletterpartien durch Wassergräben und über Wehrgänge einer Sandburg in Erinnerung habe. Selten war dort ein Mensch auf der Straße – so schien es zumindest, denn ich mußte mich einstweilen mit einem eingeengten Bewußtsein begnügen. Eines Nachmittags spazierte ich bei einbrechender Dämmerung durch eine totenstille Straße, deren Häuserfassaden schwefelgelb leuchteten. Nirgends eine Lampe hinter einem Fenster ... doch, irgendwo stand eine Flügeltür zu einem schwach erhellten Raum offen, in dem eine Frau in einem langen blauen Kleid auf einer Bettcouch lag, auf den Ellbogen gestützt, rauchend ... Sie schaute zwar zu dem Passanten, allerdings gelangweilt, uninteressiert. Erst später, im bittersüßen Geruch meines Kaninchenstalls, ging mir auf, daß ich nicht einfach eine Vision aus den Fluren der Sandburg mitgenommen hatte. Dort residierte tatsächlich eine Hure, freilich eine, die den Eindruck machte, in ihrem nachtblauen Abendkleid gelangweilt und traurig auf den Mann zu warten, der sie mit an Bord eines Festschiffes nehmen würde. Ich dachte an das stumme Versprechen, das ich meinem alten Großvater in Catania gegeben hatte, und verfluchte meinen Leib, der, um das Gift auszuscheiden, seinen Spott mit dem besten trieb, das ich zu verschenken hatte ... Das – nie mehr.

Donnerstag, 15. Dezember 1977

Palermo schien in erster Linie eine rastlose Studie sizilianischer Pensionszimmer zu werden. Ich konnte mich nirgends eingewöhnen, wechselte zweimal am Tag die *locanda*, fühlte mich überall bedroht. Die Wirtinnen waren ausnahmslos dicke Matronen mit einem derart kleinen Empfangstresen, daß sie darin aussahen wie festgewachsen. Um ihren Bauch war gerade noch genug Platz, um sich halb umzudrehen und den Schlüssel vom Haken zu nehmen, wobei der mitherumschwenkende Busen dann alles vom polierten Holz fegte, was nicht niet- und nagelfest war. Es war ihr Thron, mit Fächern für Post und Pässe in der Rückenlehne. Einige hatte ich im Verdacht, sich, sobald der Gast außer Sichtweite war, mitsamt Tresen fortzubewegen, wobei die Gummibirnen an den Zimmerschlüsseln alle in dieselbe Richtung schaukelten. Ein Korsett mit allem Drum und Dran ... Telefon ... Blechdose mit Wechselgeld, die bei jeder Bewegung gebieterisch schepperte wie eine Sammelbüchse ... Zehntausendlireflebben mit einem alten Unterhosengummiband darum herum ...

Montag, 19. Dezember 1977

In Agrigento bekam ich es erst richtig mit Nummer 90 der *tombolella* zu tun. Vielleicht weil es die letzte Holzscheibe des Spiels war, die höchste Nummer, hatten sie sie *'a paura* genannt: die Angst.

Agrigento, hatte ich gehört oder gelesen, war viel mehr als Palermo ein Adlerhorst der Mafia, doch was ich an diesem Sonntagnachmittag an der Südküste Siziliens antraf, war eine stille, ruhige kleine Stadt. Sie hatte sogar etwas Abgeklärtes, doch das mochte an meiner Stimmung liegen: Ich war noch schwach, vor allem weil ich in der vergangenen Nacht meinen Körper derartig bis zum Grund geleert hatte, doch irgendwo in mir wuchs die Gewißheit, daß meine Kräfte bald wiederkehren würden.

Hier gab es keine schmuddeligen Pensionen, sondern Hotels mit geräumiger Rezeption und uniformierten Angestellten. Im *albergo* Castore e Polluce wurde mir nach dem Ausfüllen des Anmeldeformulars ein Zimmerschlüssel mit einer blauen Birne ausgehändigt. Erst als ich das Hotel verließ, um essen zu gehen, fiel mir auf, daß alle Schlüssel, die hinter dem Portier aufgereiht hingen, eine rote Birne hatten. Das unbedeutende Detail störte mich die ganze Mahlzeit über. Als ich am späteren Abend zurückkehrte, saß ein anderer Mann am Empfang, die Schlüssel hinter seinem Rücken hingen in einer völlig neuen Konstellation da, aber ihre Birnen waren ausnahmslos rot. Auf meine Frage, warum ich als einziger Gast eine blaue hatte, zuckte der Mann verärgert die Schultern, ohne seine Schreiberei zu unterbrechen.

Als ich den Schlüssel mit der blauen Birne zum zweitenmal ins Schloß steckte... ihn umdrehte, wobei ich die Vollgummibirne wie einen Kinderball an das Türfurnier schlagen hörte... überkam mich das gleiche Unbehagen, fast schon ein Gefühl der Panik, wie damals beim Öffnen meiner Wohnungstür in Amsterdam, als ein hinter den Türpfosten geschobenes Stück Papier ins Treppenhaus flatterte. (Kurz darauf klingelte Ali.) Jetzt erwartete ich, jeden Moment eine Stimme hinter mir zu hören, ebenso kurz angebunden wie die des Mannes in Palermo, der mich beim *ufficio del turismo* ertappt hatte, das überhaupt kein *ufficio del turismo* war... eher schon eine Mafiahöhle...

Ich stieß die Tür auf, knipste das Licht an und trat schnell zwei Schritte zurück auf den Flur. Nichts Besonderes zu sehen. Trotzdem tat ich die ganze Nacht, die von birnenförmigen Gegenständen erfüllt war, kaum ein Auge zu. Ja, ich war mir bewußt … ich hatte es mit den greifbaren Dingen, mein Gedächtnis spann Erinnerungen zwischen sie wie Spinnweben, selbst das unscheinbarste kleine Bild war unentbehrlich geworden … von anderen Dingen, die sich unsichtbar machten, indem sie sich mit dem Anschein von Alltäglichkeit umgaben, versuchte ich die Schale abzukratzen … doch bei einem abergläubischen Respekt vor ganz normalen Gegenständen hatte ich mich bislang nicht ertappen können. Ich maß ihnen keinerlei Voraussagekraft bei.

Dies hier war neu.

Als ich am nächsten Morgen, matt vom Schlafmangel, mein Zimmer verließ, um unten zu frühstücken, sah ich, wie ein Zimmermädchen auf der anderen Seite des Flurs gerade eine Tür abschloß. Am Schlüssel hing eine blaue Gummibirne. Auf ihrem Wagen mit sauberen Laken und Handtüchern lag bestimmt ein Dutzend Schlüssel mit blauen Birnen. Ich hielt ihr den meinen hin. Sie schlug die Augen gen Himmel und rief die heilige Jungfrau an, während sie in der großen Schürzentasche vor ihrem Bauch wühlte. Bestimmt nicht ohne Grund ließ sie die Münzen ihres Trinkgelds lange klingeln, bevor sie einen Schlüssel mit einer roten Birne hervorholte, die die Nummer meines Zimmers trug. Sie schlug sich an die Stirn, allerdings nicht um sich selbst zu strafen.

»Mein Kollege, sehen Sie … der ist so *negligente*, wissen Sie … so nachlässig.«

Ich tauschte meine blaue Birne gegen ihre rote und steckte ihr einen Fünfhundertlireschein zu, woraufhin sie mit einemmal eine grüblerische und schuldbewußte Miene zog. Rasch schob sie ihren Wagen weiter den Flur entlang. Ich ertappte mich dabei, wie kindlich froh ich über die Auflösung des Mißverständnisses war, und dadurch begann ich mir erst richtig Sorgen über meine völlig unbegründeten Ängste zu machen, die keinerlei körperliche Ursache mehr hatten und sich jetzt einfach auf alles zu beziehen schienen, dem sie unterwegs begegneten.

Die Sonne, die ich am späten Nachmittag an einem violetten Himmel über einem violetten Meer hängen sah, war bereits die rote Sonne Nordafrikas ... eine Wüstensonne ... Agrigento lag hoch, und weit dort unten in der Tiefe erstreckte sich das Meer, das auf diese Entfernung nie anders als glatt aussehen konnte. An diesem Nachmittag war es *ein* großes Bleiglasfenster, allerdings ohne Blei ... Nach einem sorgenerfüllten Tag wegen meiner gefräßigen Ängste, die den harmlosesten Gegenstand schluckten, um sich zu nähren, breitete sich endlich Ruhe in mir aus. Am nächsten Tag würde ich nach San Leone gehen, dem Badeort von Agrigento. Dort würde ich mit den Zehen die Flutlinie antippen, und alles wäre wieder gut.

Als es zu dämmern begann, kehrte ich mit dem Vorsatz ins Hotel zurück, in meinem gut beleuchteten Zimmer endlich den Brief an meine Mutter zu schreiben, der mir in Palermo mit den 15-Watt-Birnen nicht aus der Feder geflossen war. Ich verschob meinen Tisch, um das Deckenlicht möglichst gut auszunützen, versuchte es erst mit der Anrede »Liebe Eltern«, kam aber erst in Fluß, nachdem ich ein neues Blatt mit »Liebe Mama ...« begonnen hatte. Ich erzählte ihr von Neapel, von dem kleinen Lokal *La Tattamella* und dem dortigen Lottospiel mit den eigenartigen Spitznamen für alle Zahlen zwischen 1 und 90. Ich beschränkte mich auf die etwas weniger frivolen Kosenamen, wie zum Beispiel für die »28«: *'e zizze ... zuche e dduorme*, das sich wie ein kurzes Wiegenlied anhörte: »Die Brüste ... saug und schlaf.«

Mit einemmal schwebten diese Worte, die ich mit schwarzer Tinte geschrieben hatte, weiß auf schwarz vor meinen Augen, wo sie sich rasch verschoben, auflösten. Das Licht war ausgegangen ... die Birne mußte zersprungen sein. Tastend fand ich den Schalter der kleinen Leselampe neben dem Bett, aber die tat es auch nicht. Auf der Suche nach der Tür stolperte ich über meine Tasche. Ich drehte den Schlüssel derartig heftig um, daß die Gummibirne um meine Hand schleuderte. Auf dem Flur war es dunkel. Ich schloß mein Zimmer ab und suchte den Weg zur Rezeption, wo die Angestellten mit Kerzen hantierten. Befehle wurden geschnauzt. Ich schnappte Worte auf, die sich so ähnlich anhörten wie *cassa di distribuzione*, und ging davon aus, daß die Sicherungen herausgeflogen waren. Große Lust, hier bei Kerzenlicht zu Abend zu essen, hatte ich nicht, folglich verließ ich das Hotel, um irgendwo einen Aperitif zu trinken.

Der einzige Stern, der bereits am Himmel stand, machte mich in seiner Aufdringlichkeit darauf aufmerksam, daß die gesamte Stadt ohne Licht war. Sofort war die Angst wieder da. Ganz Agrigento ohne Strom ... vielleicht sogar ganz Sizilien ... all die langen Stunden der Dezembernacht stockdunkler Finsternis ausgeliefert. Nein, ganz in der Ferne, tief unterhalb der Stadt, wo San Leone liegen mußte ... da war noch ein Lichtschleier. Ich sah jetzt auch Lichtstreifen zwischen Agrigento und dem Meer: Das mußten die Straßenlaternen sein.

Ich begann, auf gut Glück durch abschüssige Straßen auf eine ferne, gepunktete Linie aus Straßenlaternen zuzugehen. Manchmal verschwand sie kurz hinter einer Häuserreihe. Hier und da flackerte hinter einem Fenster, dessen Läden nicht geschlossen waren, eine Kerzenflamme.

Noch bevor ich die ersten brennenden Laternen erreicht hatte, die offenbar aus einer anderen Elektrizitätsquelle gespeist wurden als die Straßenbeleuchtung von Agrigento, strich Licht aus zwei Scheinwerfern über mich. Neben mir hielt ein kleines Auto, dessen Tür sich öffnete. Undeutlich sah ich, wie sich der Kopf eines Mannes mit Brille und Schnäuzer herausbeugte.

»He, wo soll's hingehen, *al buio pesto*?« rief er lachend. »Porto Empedocle?«

»San Leone«, sagte ich auf gut Glück, wenngleich die Lichterglut genausogut über einem anderen Ort gelegen haben konnte.

»*Avviene*. Steig ein.«

Die Straße existierte nur so weit, wie die Scheinwerfer reichten. Ich fragte den Mann nach der Ursache der ausgefallenen Stadtbeleuchtung.

»Oh, das passiert hier so oft, *niente di particolare*. Pff... Sicilia!« Seine rechte Hand, die einen Moment lang das Lenkrad losließ, warf ganz Sizilien in einer Art gönnerhafter Verachtung über die Schulter. Er führte noch ein paar Vorfälle aus seiner Zahnarztpraxis an, die ich nur insoweit verstand, als sie das Nichtfunktionieren Siziliens veranschaulichen sollten.

Als wir den beleuchteten Teil der Straße entlangfuhren und die Laternen ins Auto schienen, sah ich aus den Augenwinkeln, daß er auffällig oft und länger, als sich im Hinblick auf unsere Sicherheit verantworten ließ, auf seinen Fahrgast schaute.

»Wollen wir noch einen kleinen Strandspaziergang machen?« fragte er, als wir uns San Leone näherten. Wieder ließ seine Hand das Lenkrad für einen Augenblick los, diesmal um träge das Masturbieren vor seinem Hosenschlitz nachzumachen. Der Mann trug einen silbriggrauen Anzug mit Weste, allerdings zerknittert, und sah mit seiner dicken Brille, dem dunkelblauen Haar und der dritten Braue unter der Nase aus wie ein iranischer Diplomat, der etwas zerzaust vom Flughafen kommt.

»*Sono sposato*«, sagte ich, weil mir keine andere Ablehnung einfallen wollte. Mit der linken Hand bedeckte ich automatisch die rechte, um zu verbergen, daß ich keinen Ehering trug.

»*Anch'io*«, sagte er und tickte einen Oschi von Ring an den oberen Lenkradrand. »*Non importa*.«

Er bog zwischen zwei Häuserblocks an der Hauptstraße in einen kurzen Sandweg zum Strand ein. Sobald das Auto zwischen zwei niedrigen Steinmauern zum Stillstand gekommen war, stieg ich aus, wofür auf meiner Seite so wenig Platz war, daß der Mann bereits um das Auto herumgelaufen war, bevor ich mich hatte hinauswinden können, und mir so den Weg zu den Häusern versperrte. Ich ging zum Strand. Der Sand war auf einmal so weich, daß ich den Mann nicht hinter mir herkommen hörte, so sehr ich auch die Ohren spitzte. Weil ich es diesem Amateurpäderasten nicht gönnte, mich vor ihm wegrennen zu sehen, trottete ich so ruhig wie möglich zum Meer und setzte – wie ich es mir für den nächsten Tag vorgenommen hatte – den Fuß auf den Spitzensaum der Brandung. Nach einiger Zeit blickte ich mich, neugierig geworden, um. Vor dem Bretterzaun, der die Hintergärten gegen den Strand abschirmte, stand eine Reihe Umziehkabinen und dazwischen eine Art Betonsarkophag, der im Sommer möglicherweise als Duschkabine diente. Da der Mond gerade aufgegangen war, sah ich den *dentista* in diesem aufrecht stehenden Sarg an sich herummachen, aber ich konnte nicht genau erkennen, was er tat; wie's aussah, würde man sagen, er habe gerade gepinkelt und bringe jetzt seine Kleidung in Ordnung. Meinen Blick über die Schulter, der ihm nicht entgangen war, mußte er als Einladung aufgefaßt haben. Während er mühsam auf mich zugelaufen kam, wölkte rings um seine massiven Diplomatenschuhe feiner weißer Sand auf. Bei seiner ungelenken Umarmung, die sich von der Form her wahrscheinlich nicht davon unterschied, wie er von hinten die Arme um seine Patienten schlang, spürte ich, daß sich seine Erektion irgendwo im oberen Teil seines Hosenbeins verklemmt hatte. Es folgte ein Ringkampf auf dem harten, nassen Sand, über den immer wieder rauschend wie ein Besen die Brandung fegte, um die Spuren des Kampfes zu verwischen, während er noch im Gange war. Ich landete für einen Moment auf dem Knie im Wasser, und das machte mich so wütend, daß ich dem Mann ganz ordinär, wie früher auf dem Schulhof, ein Bein stellte. Da saß er wie ein Kleinkind auf dem Hintern im flachen Meer.

»*Stronzo . . . !*« rief er mir nach und fügte noch etwas von einer *sentenza di morte* hinzu . . . einem Todesurteil . . . Es klang zu weinerlich, als daß man es als ernsthafte Drohung hätte auffassen können, wenngleich ich wußte, daß die Mafia sich für ihre Liquidationen häufig eines Friseurs oder Zahnarztes bediente. Zur Sicherheit entfernte ich mich rückwärts gehend, aber er blieb so sitzen, in der skrotumschrumpfenden See.

Mit einem sandig an meinem Unterschenkel scheuernden

Hosenbein kam ich zum Yachthafen von San Leone, wo ich auf eine geöffnete Bar oder ein geöffnetes Restaurant hoffte. Ja, es gab da so etwas wie einen Strandclub, die *Canna Inglese*, doch hier waren die Rolläden heruntergelassen und rasselten drohend im Wind... stählerne Wachhunde... Ich setzte mich auf einen Bootssteg und schaute zu, wie der Mond höher stieg.

Jean Genet hat irgendwo geschrieben, daß er nie einen Seemann das »An die Rahe mit ihm!« rufen hören konnte, ohne dabei den Verurteilten mit dem Arsch auf die Rah gespießt zu sehen anstatt einfach aufgeknüpft. So sah ich jetzt, wie sich der Mond der Rah einer Segelyacht näherte. An die Rahe mit ihm...! Hätte ich hier mit Thjum gesessen, so hätte er zweifellos hinzugefügt: »An Ra mit'm!«, was wieder eine völlig andere Konstellation war. Der Mond anal überwältigt vom Sonnengott... nicht schlecht, Thjum.

Noch einen Moment, und der Mond würde an die Rah der Yacht *Ninfa* gespießt werden... doch die *Ninfa* hat andere Pläne mit dem Mond... die *Ninfa* möchte den Mond *gekreuzigt* sehen und nutzt eine kleine Welle, um sich so hinzulegen, daß ihr Mast und die Rah ein dunkles Kreuz vor der noch rosigen Lichtscheibe bilden... Der Mond läßt sich nicht einfach kreuzigen, sondern segelt, anders als die Yachten im kleinen Hafen von San Leone, ungehindert zum nächsten Mast weiter, der höher ist und mehr Tauwerk hat... die *Nembrotte*, Nachbarin der *Ninfa*, besitzt ein komplettes Netz... ist selber die Spinne... Ganz sacht, kaum merklich bewegt sie den Rumpf, die *Nembrotte*, solange bis sie den Mond in ihrem Netz gefangen hat... Doch so wie dieser sich weder aufspießen noch kreuzigen läßt, läßt er sich auch nicht in einem Netz fangen... und sollte es doch einmal soweit kommen, kann er noch immer in sein Spiegelbild flüchten. (Ein herabhängendes Kreuz... das macht als Folterinstrument doch nichts her...) Da, er hat sich schon wieder aus den Fäden der *Nembrotte* gelöst, und jetzt muß er nur noch Spießruten laufen entlang den Masten der *Imalaia*, der *Pastello*, der *Fiumalbo* und all der anderen Yachten... Der Mond berührt noch schnell die Degenspitze der *Geronimo* und befindet sich nun außerhalb der Reichweite der Lanzen und gezückten Schwerter all dieser Kreuzfahrer. Das lassen sie nicht auf sich sitzen... hoch im Sattel der Wellen starten sie noch Ausfälle in Richtung ihrer entkommenen Beute... Alle lassen sie, unterstützt vom Wind, die straff gespannten Leinen gegen ihre Masten schlagen, so daß es sich für den Mond anhören muß, als wären zehnmal soviele Verfolger hinter ihm her, als es in Wirklichkeit sind... Es ist der Rhythmus, in dem der Haß und die Verbissenheit dahineilen...

Ausgefallene Elektrizitätswerke hin oder her, wie in alten Zeiten wölbte sich mittlerweile ein erdrückend klarer Sternenhimmel über der Südküste Siziliens. Der Schreck fuhr mir in die Glieder beim Gedanken an den schrecklichen Sog dieses Gewölbes, solange in Agrigento lediglich mit einer kümmerlichen kleinen Kerze gearbeitet wurde. An diesem Abend waren sie alle da... ich hatte noch nie so viele Sterne beisammen gesehen. Auch die verbindenden Pilzgeflechte und -fäden waren deutlich zu erkennen. Und noch etwas... die Decke schien ein Stück abgesenkt zu sein... übrigens ohne das Mysterium näher zu bringen, wie ich sofort sah. Die sichere rote Birne, die mir an diesem Morgen von dem Zimmermädchen in die Hand gelegt worden war, das war lediglich ein Tropfen auf den heißen Stein meiner Angst gewesen, merkte ich jetzt. Der wirkliche heiße Stein, der drohte da dicht über meinem Kopf... Von dort noch neues Leben herbeizuschleppen versuchen? Kinder außerirdischer Eltern adoptieren? Für Gesù vielleicht ein nettes Geschäft, aber dann mußte er auf mich als Kurier verzichten... ohne mich!... Nein, aufgespürt hatten sie noch niemanden, dort draußen, doch hier unten... in der Welt des reihenweise begangenen Unrechts und der unzähligen Gesetzesübertretungen... wurden bereits Bücher über »Weltraumrecht« verfaßt, man konnte ja nie wissen. Ein paar außerirdische Zivilisationen, nur Gott wußte, welch schöne Zusammenarbeit sich daraus entwickeln konnte... schöne Vermählungen ebenfalls... veredelte Bastardrassen... Tauschhandel mit Genen... Die paar Milliarden arme Arschlöcher hier unten, die kennen wir ja allmählich ... einfach zuviel des Guten ... Hungerleider und arbeitsscheu obendrein ... Aus gutem Brot Scheiße machen, das ist alles, was sie können. Laß sie doch zur Hölle fahren ... dann können wir die Hölle evakuieren. Wir sind bis hinauf zum Nordpol zum Bersten voll ... bis zu den Gefrierkellern des Südpols ... auf allen Längen- und Breitengraden hocken sie quengelnd auf diesem einen Bolus zusammen, alles Fliegen, die eine mit etwas mehr Blau, die andere mit etwas mehr Grün, und sogar über diesen Farbunterschied gibt es noch Streit ... Aber dann diese Enttäuschung, als sich die Venus als unbewohnt entpuppte ... ebenso der Mars ... und auch der Jupiter! Um von allen anderen Planeten ganz zu schweigen ... den kleinen ... Hintergärten ... Der eine stand zu nah bei der Sonne, der andere wiederum zu weit von ihr entfernt ... Pech, immer nur Pech hier unten, sogar wenn wir unsere Flügel ausbreiten und mal etwas weiter weg nachschauen ... Eine Schikane Gottes? Bewußte Fehlkalkulation, als Er Seinen Urfurz ließ? Oder konnte Er auch nichts dafür, litt Er unter unkontrolliertem Dünnschiß? *Der liebe Herrgott würfelt nicht* ... und warum nicht? Tut Er es doch, dann mit soviel Ungestüm, daß die Würfel in alle Richtungen fliegen ... kein Blumentopf damit zu gewinnen ... Jahrhundertelang untersuchen sie das schon, die Gegner und Verfechter des Zufalls im Kosmos: Wie kommen die Würfel zu ihren Punkten? Antwort: Das sind die Scheißespritzer von Gott, als Er die Kontrolle verlor ... Aber wir werden sie finden, diese außerirdischen Wesen und ihre Zivilisationen ... das hat auch Kolumbus geschafft ... Also werfen wir mal einen Blick auf die anderen Sonnen, dort, weiter weg, ob die inzwischen vielleicht ein Ei ausgebrütet haben ... Willkommen, Fremder! Zugegeben, hier zu Hause gönnen wir einander nicht das Schwarze unter den Nägeln, aber das ist eine Frage von incompatibilité d'humeur, das müssen Sie nicht auf sich beziehen ... treten Sie doch näher, dann kann ich Ihnen die Füße waschen, die sind bestimmt staubig nach so einer langen Reise, ja, genau, voller Meteorstaub, dafür haben wir hier auf der Erde eine prima Seife ... lesen Sie sich währenddessen mal diese Broschüre über Weltraumrecht durch ... kann Ihnen noch gute Dienste leisten ... Achten Sie nicht auf das Durcheinander. Das reinste Chaos aus kaputten Ehen und gebrochenen Friedensverträgen, aber das geht vorüber ... Nehmen Sie Platz. Oh nein, keine Ursache. Von Natur aus ist der Mensch ein soziales Wesen. Steht sogar in *Schwere Wörter: Menschen sind gesellig lebende Tiere ...*

Wenn der Mond so hoch steht, scheint er völlig bewegungslos zu sein, aber das ist genauso trügerisch wie beim Tischtennisball in der Kirmesschießbude, der von dem gleichmäßigen Luftstrom aus einem Röhrchen im Schwebezustand gehalten wird. Er segelt noch immer, der Mond, und all die protzigen Yachten an ihren Festmacheleinen und ihren modernen Ankern in Form eines Schusterleistens haben das Nachsehen.

Mittwoch, 21. Dezember 1977

Mein Körper hatte sich erholt, die Angst sich gelegt: Zeit, zum Festland und nach Neapel zurückzufahren, um Thjum zu begrüßen.

Weil mein Appetit noch zu wünschen übrigließ und ich Brot kaum hinunterbekam, kaufte ich auf dem Weg zum Bahnhof in einer Konditorei ein paar Leckereien für die Zugfahrt: ein Stück Pizza, ein Stück Quiche und ein Mandeltörtchen. Wegen des verschiedenen Geschmacks und Geruchs wurde alles einzeln in knisterndes Papier mit einem Band darum verpackt. Ich fand es zu schade, die Sachen in meiner übervollen Tasche zu zerdrücken, und balancierte deshalb den Stapel mit den kleinen Paketen auf der Hand meines hochgehaltenen linken Arms, den ich eigentlich brauchte, um schwankend ein Gegengewicht zum schweren Gepäck rechts zu bilden. In dieser schlecht ausbalancierten Haltung wurde ich beim Überqueren des Bahnhofsplatzes um ein Haar von einem plötzlich von links auftauchenden Auto erfaßt. Es fuhr viel zu schnell und legte eine Bremsspur bis knapp einen halben Meter vor meinen Füßen hin. Das schrille Quietschen hatte zur Folge, daß ich meine Tasche fallen ließ und, um nicht doch noch das Gleichgewicht zu verlieren, kurz in die Knie ging, wobei ich mich eine Sekunde lang mit der frei gewordenen Hand auf dem Asphalt abstützte, bevor ich wieder hochfederte. Der Fahrer machte das bekannte undefinierbare Zeichen mit den zusammengefügten Fingerspitzen, die die Lücke zwischen Frage- und Ausrufezeichen füllt und das wir in den Niederlanden manchmal weniger heftig zeigen, indem wir nur die Fingerspitzen mit den Lippen berühren, um auszudrücken, daß ein Gericht ganz besonders gut schmeckt. Die Päckchen in ihrem glatten Papier lagen noch auf meiner linken Hand, ohne sich einen Zentimeter verschoben zu haben.

In dem Augenblick, als mir, noch während des Hochfederns, bewußt wurde, daß ich unversehrt davongekommen war, bemerkte ich eine Art antizipierenden Genuß bei mir, oder vielmehr: ein tiefes Verlangen nach dem ausbleibenden Schlag. Der wirkliche, physische Aufprall hätte mit all seinen Folgen nicht heftiger und verstörender sein können als dieser zutiefst gewollte, aber nicht erfolgte Zusammenstoß im Geiste. Es war wie die schmerzliche Umarmung einer abwesenden (oder imaginären) Geliebten in einem einsamen Bett. Die Angst vor dem Schmerz, die eins wird mit dem zutiefst gewollten Schmerz … es ging mir etwas zu weit, den einundzwanzigsten Dezember ein für allemal zum Weltmasochistentag auszurufen, doch ein wenig mehr verstand ich jetzt davon, seit ich so vorsichtig und tollkühn zugleich den Bahnhofsplatz von Agrigento überquert hatte.

Alles an und in mir, jede Faser, jeder Nerv, wartete noch eine ganze Weile angespannt auf den Schlag, so daß meine Erleichterung ob des glücklichen Ausgangs sich einstweilen auf die geretteten Päckchen mit dem Reiseproviant beschränkte.

Pension Gran Sasso

Mittwoch, 21. Dezember 1977
(Albert Egberts)

Falls Flix in Neapel die Unterkunft wechseln sollte, so hatte er mit Albert vereinbart, dann würde in Messina ein Brief mit der neuen Adresse auf ihn warten, doch auf dem Hauptpostamt war in der Abteilung für postlagernde Sendungen unter E nichts für Egberts zu finden. Sicherheitshalber bat er den Beamten, der nach alter Art eine grüne Sonnenblende aufgesetzt hatte, auch unter A nachzuschauen, wurden sein Vor- und sein Familienname in Italien doch gelegentlich vertauscht. *No, signore, niente.* Folglich ging Albert davon aus, daß Flix noch in der Pension Gran Sasso wohnte, bei diesem verrückten Weib.

Am Abend des einundzwanzigsten Dezember setzte Albert nach Villa San Giovanni auf dem Festland über. Der Zug, den man auf die Fähre rangiert hatte, war so voll mit Leuten, die die Feiertage im Norden verbringen wollten, daß Albert sich mit einem Klappsitz auf dem Gang begnügen mußte. Wieder einmal wunderte er sich über die theatralische, ächzende Unlust, mit der Italiener sich auf eine Reise begeben. Ihm selbst war er recht, dieser unbequeme Sitzplatz – er war froh, sich kräftig genug zu fühlen, die stundenlange Fahrt darauf zu verbringen. Nach seiner sizilianischen Höllenfahrt kam Albert sich wieder gesundet und wie neugeboren vor. Er würde jetzt durch Neapel streifen können, ohne sofort in das Viertel mit den amerikanischen Bars zu flüchten, und genauso frei würde er sich in Kürze, im neuen Jahr, in Amsterdam fühlen. Ali konnte seinetwegen … nein, nicht bloß durch den Korbstuhl krachen, sondern auch noch durch den Holzfußboden darunter … und noch tiefer, durch sämtliche Stockwerke bis ins Souterrain … bis in die Erde, die Albert mit seinen eigenen Absätzen solange feststampfen würde, bis sich nicht einmal mehr ein Wurm dort unten rührte.

Pension Gran Sasso in der Via Palermo: Sizilien verfolgte mich bis nach Neapel. Flix traf ich dort nicht an, auch Thjum nicht, doch der befand sich ja möglicherweise erst auf dem Weg nach Italien. Die kleine Frau, die die Pension führte, sah mich noch mißtrauischer an als vor meiner Abreise und zeigte nicht das geringste Anzeichen des Wiedererkennens.

»Wohnt mein Freund hier noch... *questo Olandese grande e rossigno*?«

Sie tat so, als wüßte sie nicht, von wem ich sprach, und das nicht mit Worten, sondern indem sie ihre zerbrechlichen Schultern hochzog. Selbst dies war physisch bereits eine zu große Anstrengung für sie. Es brachte ihre Lungen in Aufruhr, die wahrscheinlich gerade noch soviel Volumen hatten wie die fast gewichtslosen Tüten, die einst ihre Brüste gewesen waren. Sie sah aus wie die ältere, boshafte Cousine von Edith Piaf, der Typ spindeldürre Pariserin, den man von Fotos aus den dreißiger Jahren kennt, kaum größer als eine Mülltonne, aber mit einem riesigen, auf das Pergament ihres Gesichts gemalten Clownsmund. Allerdings fragte ich mich, wie dieser ausgezehrte kleine Körper einen derart lauten, rauhen Männerhusten hervorzubringen vermochte, der mit dem pfeifenden Seufzer eines achtlos hingeworfenen Dudelsacks ausklang. Sie schüttelte böse ihr Vogelköpfchen. Luft zum Sprechen hatte sie nicht mehr, nur, um eine lange Filterzigarette mit goldenem Ring anzuzünden. Ich sagte, ich würde im Atelier des langen rothaarigen Holländers vorbeigehen und dann, mit ihm oder ohne ihn, noch einmal hierher zurückkehren. Möglicherweise würde sich auch noch ein anderer *signore Olandese* melden, *meno grande e cogli capelli bruni*, und...

Als sie den Arm hob, um ungeduldig abzuwinken, konnte ich sehen, wie das Licht aus einer nicht mal so starken Glühbirne dicht hinter ihr durch die pergamentene Haut ihrer Hand fiel und einen Augenblick lang die Knochen sichtbar machte. Sie räusperte sich und ließ einen grünen Schleimbatzen zwischen ihren glänzendroten Lippen geschickt in den Topf ihrer Zimmerpalme fallen, woraufhin sie sich umdrehte und den Flur hinunterschlurfte.

Das Atelier auf dem Monte Echia war geschlossen. Zu versuchen, durch die Fenster hineinzuschauen, hatte keinen Sinn, denn die Läden hatte Flix von innen zugemacht. Es sah ganz danach aus, als sei er abgehauen, wie ich geflohen vor seinen Gipsdämonen ... Nein, vorläufig mußte ich davon ausgehen, daß er sich noch in Neapel aufhielt, aber etwas anderes zu tun hatte. Thjum vom Bahnhof abzuholen, zum Beispiel.

In umgekehrter Richtung ging ich durch die ganze Stadt zur Piazza Garibaldi. Schon auf dem Hinweg war mir aufgefallen, daß selbst die ärmlichsten Straßenrabauken in einem fort Knallfrösche und Schwärmer losließen. Ich fragte mich, woher sie das Geld hatten, denn als ich bei den Buden stehenblieb, stellte ich fest, daß das Zeug hier nicht billig war. Das Feuerwerk in der Silvesternacht war eine großartige, farbenprächtige chinesische Armee, die im Triumphzug in die Stadt einmarschierte. Aber sie hatte auch ihre Vorauskundschafter und Boten, die bereits früh im Dezember von sich hören ließen, gefolgt von einer schwereren Vorhut zwischen Weihnachten und Neujahr. Genauso wie es eine Nachhut gab, an Neujahr und den Tagen danach ... die Krüppel, die Marketenderinnen und alle anderen Zurückgefallenen ... der Schrei eines Besoffenen hier, ein stockendes Triumphlied da ... Vorläufig hatten wir es mit den Boten zu tun, doch von ihnen wimmelte es nur so in den schmutzigen Straßen Neapels.

Auf der Tafel mit den Ankunftszeiten las ich, daß in einer halben Stunde ein Zug aus Florenz eintreffen würde. Ich wußte nicht einmal, ob Thjum, wie wir überlegt hatten, einen Zwischenstopp in Florenz einlegen würde, um dort zu übernachten ... Dennoch ging ich bis zum Einlaufen des Zuges auf dem Bahnsteig hin und her und achtete darauf, ob ich Flix irgendwo sähe. Die Wagen leerten sich. Kein Thjum.

Ich spazierte zur Pension Gran Sasso zurück, die ganz in der Nähe des Bahnhofs lag. Die Besitzerin, deren lange Filterzigarette nie zu Ende zu gehen schien, konnte zwischen zwei Röchlern nur den Kopf schütteln. Nein, es sei noch immer kein großer blonder Holländer hiergewesen, und nein, auch kein kleiner dunkler. Gut, hätte sie denn ein Zimmer für mich, ein *singola*?

Den nächsten Hustenanfall unterdrückte sie gerade lange genug, um herauspressen zu können: »Nur ein *matrimoniale*.«

Wenn ich akzeptierte, müßte ich den vollen Betrag für zwei Personen bezahlen und nicht anderthalbmal die Kosten eines Einzelzimmers, was normal gewesen wäre. Ich verzichtete, versicherte ihr aber, ein Zimmer im Gran Sasso zu beziehen, sobald meine Freunde eingetroffen seien. Um die Ecke, im Hotel Principe, fand ich ein billiges *singola*, das ich erst mal für eine Nacht nahm. Ich holte meine große Tasche aus der Gepäckaufbewahrung, brachte sie ins Hotel und schrieb dort einen kurzen Brief für Flix und Thjum.

Edith Piafs böse Cousine schleppte gerade mit letzter Kraft einen Müllsack von ihrer Pension zum Straßenrand. Ich hielt ihr den Umschlag mit dem Brief hin. Wenn sie so freundlich sei, den meinen Freunden zu übergeben, würde ich sie reichlich mit *fiori* belohnen. Gierig riß sie mir den Umschlag aus der Hand und begann, ihn mit einem Fingernagel aufzureißen.

»Nein, *signora*, bitte ... es ist ein persönlicher Brief. Wenn Sie ihn für meine Freunde aufbewahren, bringe ich Ihnen Blumen mit.«

Resolut reichte sie mir den Brief zurück – auf eine ganz besondere Weise, indem sie ihn an meine Brust drückte und dann losließ, so daß er an meinem Körper heruntenglitt, noch bevor ich ihn zu fassen bekam. Holländer ... Anstatt *fiori* hatte sie natürlich *fiorini* verstanden, Florine, Gulden.

»Ich bin nicht Ihre Postbotin«, sagte sie mit hustenerstickter Stimme. Sie riß mir den Brief, den ich wieder aufgehoben hatte, aus der Hand und ging damit, den Müllsack hinter sich her schleifend, zur Straßenecke. Ich blieb stehen und wartete, ob sie meinen Brief auch für den Müll bestimmt hatte. Sie schob ihn in ihre Schürzentasche, aus der sie erst das Päckchen mit den Filterzigaretten hervorkramte. Nach einer so schweren Arbeit hatte sie eine verdient. Ich wartete nicht, bis sie zurückgeschlurft kam.

Nach einem neuerlichen vergeblichen Gang zum Atelier konnte ich einen Besuch in den amerikanischen Bars nicht länger hinausschieben. Eine Beruhigung: Als ich mich der Via Agostino Depretis näherte, verspürte ich keinen Drang zur Beschleunigung meiner Schritte. Ich hatte einzig vor, so eine grüne Heineken-Buddel an einer der Bars zu bestellen, um den Durst zu löschen, den ich bekommen hatte, als ich mit trockener Kehle zwischen Bahnhof und Atelier hin und her getrabt war. Auch als ich im *Boston Blackies* stand und der Hausdealer, der mich erkannte, auf mich zukam, verspürte ich keine Anfechtung, mit ihm nach hinten zu gehen. Ich spendierte ihm was zu trinken, was er nur akzeptierte, weil er seinen Glauben an mich als Kunden noch nicht ganz verloren hatte.

»Hast du meinen Freund hier gesehen?«

»*Cogli capelli rossigni*? Mal nachdenken ... Anfang der Woche zum letztenmal. Vielleicht vorgestern. Trank Whisky.«

»Allein?«

»Mit Amerikanern ...«

»War da kein kleinerer Holländer dabei ... ein dunkler ... mit ziemlich langen Haaren?«

»Nein, das wäre mir aufgefallen. Ich achte immer auf potentielle neue Kunden.«

Freitag, 23. Dezember 1977

Der Zettel, den ich am späten Donnerstagabend neben die Klingelleiste der Pension Gran Sasso geklebt hatte, war am nächsten Morgen verschwunden. Vielleicht hatte Flix ihn beim noch späteren Nachhausekommen gefunden ... oder aber Thjum nach seiner nächtlichen Ankunft aus dem Norden ... Nein, Signora Piaf, die ausnahmsweise höchst zuvorkommend war, hatte keine Herren gesehen, die meiner Beschreibung entsprachen, so leid es ihr tue.

»Sie wissen doch noch, daß ich gestern hier war…«

Sie kniff ihre Äuglein zusammen. Feine Schnitte im Gesichtspergament, wie mit einem Federmesser gezogen. »Kenne ich Sie denn?«

An einen Brief konnte sie sich ebenfalls nicht erinnern. Sie bot mir freundlich ein Zimmer an.

Nachdem ich den ganzen Tag lang zwischen Pension, Atelier und Bahnhof hin und her gependelt war, machte ich an diesem Freitagabend, zwischen halb sieben und halb acht, eine schwierige Stunde durch. Der Bahnhof lag nur wenige Gehminuten vom Hotel Principe entfernt. Wenn ich kurz nach acht in den Zug nach Rom stieg, konnte ich an Heiligabend gerade noch vor Mitternacht zu Hause sein. Zu Hause… dabei sah ich nicht die kahle, verlassene Wohnung im Amsterdamer Viertel De Pijp vor mir, mit keinem anderen Weihnachtsessen als dem, was Ali mir, eingewickelt in Wachspapier, besorgen würde. Ein Weihnachtsmann mit schwarzem Schnäuzer… Selbst meine Kuhglocke wollte nicht wie ein Rentierglöckchen klingen, seit sie von Ermittler Edelman oder jemandem, der ihm glich, kaputtgerissen worden war. Vom Weihnachtsessen gäbe es nur den Dampf zu genießen, genau wie der Bettler, der eine Brotkruste in die Dünste des Wildbrets hält… Der Truthahn würde mir erst später serviert werden… kalt… Nein, bei Zuhause dachte ich tatsächlich an mein Elternhaus. Ein knackendes Kaminfeuer würde ich dort nicht vorfinden, okay, aber das einzige Geknacke, das mich in De Pijp erwartete, stammte von dem Korbsessel, in dem Ali zugeschaut hatte, wie ich meine einsame Partie Blasfußball spielte.

Es war noch nicht zu spät. Vierundzwanzig Stunden später in Köln in den Zug nach Eindhoven umsteigen… War der letzte Bummelzug Richtung Weert schon weg, konnte ich immer noch ein Taxi nach Geldrop nehmen… Verlottert triumphierend. Das waren die Worte, die mir vor Augen schwebten. Verlottert triumphierend sah ich mich in der Wemstraat um Punkt vierundzwanzig Uhr aus dem Taxi steigen ... meine Mutter umarmen ... ihr als erster frohe Weihnachten wünschen ... Drinnen würde ich meinen Vater, meinen Bruder und meine Schwester unter dem wie immer zu kleinen Weihnachtsbaum antreffen ... Ja, Mariëtte würde bestimmt dasein, aber Freek, nein, es war unwahrscheinlich, daß er den ganzen weiten Weg aus der Wüste Süd-Jemens zurückfliegen würde, um, Pulverdampf im Haar, zu Hause Weihnachten zu feiern und Friede auf Erden allen Menschen, die guten Willens sind ... Haarscharf sah ich die Girlande mit den Weihnachtslämpchen aus dem »Personalgeschäft« von Philips vor mir. Sie war bestimmt zwanzig Jahre alt, und es saß nur noch hier und da ein Exemplar der ursprünglich matten, emailglasartigen Lämpchen drin, die einmal im Jahr durch einen Lamettaschleier hindurch meine Jugend erleuchtet hatten. Irgendwo war noch ein rotes ... woanders ein grünes ... der Rest war durch zu helle Exemplare späterer Weihnachtslämpchen ersetzt worden. Auch die Kugeln, von denen einige die zwanzig Jahre seit ihrer Anschaffung überlebt hatten, sah ich Stück für Stück vor mir. Die ältesten, zu erkennen an ihrer Stumpfheit und den Spuren von Kerzenflammen, stammten noch vom Baum meines Großvaters.

Beim Reinkommen roch ich den Duft von Kerzen, die gerade ausgeblasen oder zwischen zwei mit Spucke angefeuchteten Fingerspitzen ausgedrückt worden sind, denn die Familie hatte bereits beschlossen, schlafen zu gehen. Es war der einzige Geruch, mit dem ich in der van Ostadestraat eine weihnachtliche Stimmung hatte hervorrufen können: nach dem Ausblasen des Kerzenstummels unter meinem angekokelten Teesieb ... Meine Schwester zündete sie wieder an, und meine Mutter ging in die Küche, um ein kleines Weihnachtsessen für mich zu bereiten. »Nur halbe Portionen«, wie ich gebeten hatte, »es ist ja schon spät ...« Eine Korbflasche mit fünf Litern Wein hatte ich beim Umsteigen in Rom noch kaufen können.

Es gab nur eine Möglichkeit, die schmerzlich verlockende

Wohnzimmerszene auszulöschen: indem ich mir vorstellte, wie mein Alter Weihnachten Jahr für Jahr vergällt hatte. Mit seiner eigenen Galle, denn wenn er kotzte, dann gründlich. Als wir einmal von der Nachtmesse nach Hause kamen, Engelsgesang noch in den Ohren, fanden wir ihn tobend auf der Schwelle zu einem leergesoffenen Keller.

»Du Halbidiot!« fauchte meine Mutter ihn immer an, wenn er es ganz besonders schlimm trieb. Mit starker Betonung auf *Idiot*, aber: nur ein halber. Sie spie es mit ihrer ganzen Verachtung aus, und die Augen und der verzerrte Mund taten ein übriges, aber trotzdem: lediglich ein *halber* Idiot. Bis in ihre Schimpfwörter kroch das bleiche Blut ihrer Bescheidenheit.

Sonntag, 25. Dezember 1977

Weihnachten ... wurde ein Martyrium für mich. Es regnete in Neapel, und alle seine wunderbaren Bewohner, die auf die Straße gehört hätten, blieben drinnen beim Festmahl. Ich spazierte durch schmuddelige, nasse Viertel. Es gab kaum geöffnete Restaurants, nur ein paar teure, so daß ich das Mittagessen ausfallen ließ. Um kurz im Trockenen und unter Leuten zu sein, flüchtete ich in eine verwahrloste Barockkirche, in der es eine lebende Weihnachtskrippe gab. Dort lag ein Ochse in seinem eigenen Mist, und der Esel blökte die leere Krippe an, aus der Maria den schreienden Jesus gehoben hatte: ein kräftiges Baby von sechs Monaten. Durch das Mittelschiff liefen verirrte Schafe; es fehlte ein Hund, um sie zum Stall zurückzutreiben.

Am ersten Weihnachtstag ging ich mittags in der Vico detto Fico bei La Tattamellas kleinem Lokal vorbei, um zu schauen, ob Gesù da war. An der Innenseite der Glastür war ein Saugnapf mit einem Haken befestigt, und an diesem hing ein kleines Schild: *Während der Weihnachtstage geschlossen*. Ohne Eile spazierte ich in die Via Depretis, wo ich mich für die *New York Bar* entschied, weil die von außen am belebtesten aussah. Viele Besatzungsmitglieder der *USS Lyndon B. Johnson*, die sich gegenseitig ein *happy Christmas* zuprosteten. Ohne mit irgend jemandem zu sprechen, trank ich ein paar von diesen grünen Heineken-Exportfläschchen, was lediglich dazu führte, daß ich an meine Bruchbude in De Pijp denken mußte, in die bei einem bestimmten Wind manchmal der Gerstengeruch von der Heineken-Brauerei an der Stadhouderskade drang. Trotz der Anwesenheit der SP wurden hier und da gefüllte Zigaretten geraucht. Ich nahm von niemandem eine an, weder gegen Bezahlung noch geschenkt.

Montag, 26. Dezember 1977

Natürlich schaute ich auch regelmäßig auf dem Monte Echia nach, wo Flix' Atelier jedesmal einen noch verlasseneren Eindruck machte. Von dem hochgelegenen Platz aus, auf dem am frühen Abend des zweiten Weihnachtstags lediglich vier zugeklebte Autos standen, blickte ich über die mäßig beleuchtete Stadt. Hier und da knallte es. Irgendwo in der Tiefe mußte es ein Zimmer geben, wo Flix und Thjum ihrer Liebe frönten. Als ich den Berg wieder hinunterging, warfen mir kleine Jungs zischende Feuerwerkskörper zwischen die Beine.

Pompei funebri

Dienstag, 27. Dezember 1977
(Albert Egberts)

Erst einen Tag nach Weihnachten fand ich das Atelier offen. Ich bemerkte es bereits, während ich zum Platz hinaufstieg: Die Fensterläden waren nicht länger geschlossen, und die hohe Haustür stand ein ganzes Stück weit auf. Ohne zu klingeln trat ich in den Flur, wo die Flügeltür zur Werkstatt einladend weit geöffnet war.

Als hätte er die letzten Tage nichts anderes getan, war Flix mit flinken Fingern dabei, ein Modell in Gipsbinden zu wikkeln. Nur das rechte Bein mußte noch vom Knie abwärts eingegipst werden. Zum Schutz vor brennenden Augen hatte er etwas gefunden: eine Taucherbrille, die mit weißen Spritzern übersät war. Als ich eintrat, blickte er flüchtig auf und brummelte etwas Unverständliches. Er hatte es sichtlich eilig, seine Arbeit zu beenden, bevor die Binden ihre Geschmeidigkeit verloren.

In diesen zwei Wochen hatte er sich offensichtlich eine fast beängstigende Geschwindigkeit beim Auftragen des Gipses angeeignet. Das Atelier lag und stand voll mit den verkrampften Abgüssen der Transvestiten, die meisten zu *einem* Stück zusammengefügt, manche in Einzelteilen herumliegend. Die Szene hatte auffallende Ähnlichkeit mit den *calchi di fuggiaschi in un orto* in Pompeji: den Abgüssen von Flüchtenden in einem Garten. Bei einem unserer Stadtspaziergänge hatte ich Flix den Text auf der Fensterscheibe eines Bestattungsunternehmers übersetzen müssen: POMPE FUNEBRI. Im karg bestückten Schaufenster lagen ein Grabkranz aus Lorbeerblättern und eine Marmorplatte, in die Beispiele von Schrifttypen eingemeißelt waren. »Ähm, so was Ähnliches wie Bestattungsbedarf, glaube ich.« Jetzt stand auf eine Wand des Ateliers gekrakelt: POMPEI FUNEBRI – DIE TAUSEND TOTEN DES FELIX BOEZAARDT.

»Wo warst du die letzten Tage?«

»Hier natürlich ... wo sonst? Ich hab mir den Arsch abgearbeitet.«

»Bei geschlossenen Fensterläden?«

»Meistens ja. Da kamen ständig Kinder aus der Nachbarschaft und glotzten rein. Ging mir ziemlich auf den Geist.«

»Du solltest mir doch einen Brief mit deiner neuen Adresse schicken ... postlagernd, Messina.«

»Wenn ich die Pension wechseln würde, ja. Ich bin aber noch immer im Gran Sasso, bei dieser alten Hexe. Mevrouw de Hoogh-Stey auf neapolitanisch.«

»Wieso ...«

»Tut mir leid, Albert ... ich muß das hier schnell fertig machen. Das kann nicht warten.«

»Und Thjum?«

»Thjum ist im Anmarsch. Wenn du einen Moment Geduld hast ...«

Flix zog die Bänder auf, mit denen die Handgelenke des Modells am Rahmen festgebunden waren. Kitzeln der Fußsohle war nicht mehr nötig: Wie Kienholz, dem Katalogtext zufolge *»for the model to wiggle out of«*, ließ Flix jetzt am Rücken einen Hautstreifen frei. Den berührte er ungeduldig mit den Fingerspitzen. Die sonst völlig in nassen, glänzenden Gips eingepackte Person machte einen steifen Schritt schräg nach vorn, wobei er (es war eindeutig ein »Er«, der nicht, wie die Transvestiten, sein Geschlecht zwischen den Beinen verbarg) gegen den Eisenrahmen stieß.

»Blödmann ...!« zischte Flix, der einen angespannten Eindruck machte.

Nicht nur was die Geschwindigkeit des Aufbringens betraf, sondern auch bei der Verteilung der Binden hatte er eindeutig Fortschritte erzielt. Das Modell, das sehr schmächtig war und nicht über große körperliche Kraft zu verfügen schien, konnte sich besser bewegen, als es mir damals gelungen war – wenngleich Bewegen immer noch ein großes Wort war.

»Nicht weiter rummarschieren«, sagte Flix laut. »Jetzt die Sterbeszene! Los, sonst wird das Zeug zu hart!«

»Er hört dich nicht.«

»Nein, aber er weiß verdammt gut, was er tun soll.«

»Kriegst du das hin ... diese Anweisungen auf italienisch?«

»Das mach ich ganz einfach auf niederländisch.«

Das Modell versuchte jetzt, in die Knie zu gehen, bekam aber nur den Ansatz dazu hin. Der Mann (oder Junge) ließ sich seitlich zu Boden fallen und wälzte sich hin und her, wobei er sich bemühte, die Beine möglichst weit hochzuziehen und die Arme zu kreuzen.

»Jetzt stirb doch endlich, du Miststück!« rief Flix. »So stirbt man doch nicht! Der spielt 'nen epileptischen Anfall, sonst nichts ...«

Das Modell hatte sich noch alle möglichen Bewegungen abgepreßt und lag jetzt still, in verkrampfter Haltung auf den weiß bespritzten Fliesen. Ich hörte den Mann schnaufend atmen und fühlte sofort wieder die Beklemmung von damals wie eine Klammer um meine Brust. Flix zog Bleistiftlinien über den Gips, kritzelte Zahlen in die einzelnen Stücke. Dann bohrte er die gebogene Schere in die weiße Schicht, die noch nicht ganz hart war, aber zäh wie die Schale eines Reptilieneis. Ich war neugierig, was für ein Monster aus diesem Ei zum Vorschein kommen würde. Es stank nach Olivenöl, soviel war jedenfalls sicher.

Merkwürdig, wie schlecht man den Körper von jemandem erkennt, solange man kein Gesicht dazu sieht. Mir erschien die Haut für die eines Süditalieners ziemlich bleich, aber erst als Flix die Totenmaske abzog und dem Modell die kleinen Puderquasten von den Augen zupfte, sah ich, daß es Thjum war. Er erschrak, als er nicht nur Flix über sich gebeugt sah, sondern auch mich.

»Albert, alter Arsch ...! Wir dachten schon, du hast dich für immer auf Sizilien niedergelassen ... Alles im Griff?«

»Bestens. Als ob es nie eine Rolle in meinem Leben gespielt hätte.«

Freitag, 30. Dezember 1977
(Thjum Schwantje)

Merkwürdiger Kerl, dieser Gesù, dachte Thjum, und noch kleiner als ich... Er begleitete den Mann zusammen mit Albert bei der Überfahrt nach Ischia. Kurz nach dem Ablegen fuhren sie an dem amerikanischen Flugzeugträger vorbei. Gesù deutete darauf: »Irgendwo da unten... gleich über dem Wasserspiegel... da hat mein Vater sein Büro.«

»Dein Vater«, wiederholte Albert. Es war offenbar das erste Mal, daß er Gesù von seinem Vater erzählen hörte.

»Ein hoher amerikanischer Offizier«, sagte Gesù. »Stanton. Porporà ist der Name meiner Mutter. Ich bin Jahrgang sechsundvierzig, *capisci*?«

Sie saßen auf den roten Kunstlederbänken eines weißen Schiffs, tief verborgen unter den vielen Farbschichten, die bei jedem nachfolgenden Anstrich offenbar nicht abgekratzt worden waren. Trotz des dunklen Himmels und der Regenschauer sah die kleine Insel Procida, an der sie vorbeimußten, um nach Ischia zu gelangen, freundlich aus mit ihren weißen, mit bunten Kacheln verzierten Häuschen.

»Ich hab euch absichtlich die Direktverbindung aufgeschwatzt«, sagte Gesù. »Auf Procida anzulegen, das halt ich nicht aus. Das gibt mir das Gefühl, daß ich wieder für Jahre in der Erziehungsanstalt verschwinde. Wie sechsundfünfzig.«

Aufmerksam betrachteten Thjum und Albert den Hafen... die immer kleiner werdenden, den Hügel hinaufkletternden Häuser... viele auch in Pastelltönen... Nichts verriet etwas von den Anstaltsgreueln, von denen Gesù ihnen hinter den bespritzten Glasscheiben des Fahrgastraums erzählte.

Am Abend standen sie zusammen mit Gesù im *La Tattamella* und sahen dem Lottospiel zu. Albert übersetzte Thjum die stets wiederkehrenden Ausdrücke... die Kosenamen für die einzelnen Zahlen auf den fettigen Holzscheiben. Einige der verlorengegangenen runden Dinger waren durch Kartonstückchen ersetzt worden, auf denen die Zahlen mit Kugelschreiber geschrieben waren.

»Was stets zu Boden blickt und nie die Sonne sieht...«

So ein Auge, das stets zu Boden blickte und nie die Sonne sah, hatte Thjum auch, sein *bronz'oeil*, aber er war nicht einäugig wie die Frauen. Er war nicht beschnitten, so daß das andere Auge meist geschlossen blieb, manchmal jedoch mit zurückweichendem wimpernlosem Lid, blutdurchlaufener Iris und einer ovalen Pupille senkrecht zu ihm hinaufschaute. Er hatte Heimweh nach dem weißen Spiegel, auch wenn es ihm nie gelänge, einen Blick hineinzuwerfen... Lust, ihn hinauszuschleudern, hatte er nicht: Alles an ihm schien starr und gefühllos wie Karton, wie der Gipsverband, in den Flix ihn jeden Tag unter viel Geschrei einpackte...

Sonnabend, 31. Dezember 1977
(Albert Egberts)

Weil infolge von Flix' launischer Monomanie die ganze Woche bereits eine Krise drohte, blieb ich an Silvester tagsüber im Atelier, das ich nur dann und wann verließ, um für uns drei ein paar Sandwiches und süße Brezeln zu kaufen. Auch Thjums Duldsamkeit traute ich nicht. Er unterwarf sich jedem von Flixens geschnauzten Befehlen, steckte kopfnickend dessen Kritik ein, die oft an Beleidigung grenzte (»Mein Gott, was für 'ne Tucke... Jeanne d'Arc, in ihrer Rüstung sterbend«), aber ich hatte das Gefühl, er könnte jeden Moment in seine Klamotten schlüpfen, den Monte Echia hinunterrennen und nie mehr zurückkehren.

Wir drei hatten an diesem Morgen schon früh das Gran Sasso verlassen. Flix marschierte mit langen Schritten am Wasser entlang, so daß Thjum kaum mitkam. Niemand sprach ein Wort. In der Nähe der Piazza del Plebiscito erbot ich mich, bei einem Bäcker etwas zum Frühstück zu kaufen. Ich wußte, daß Thjum wild auf sahnegefüllte Croissants war. »Flix, wenn du dann schon mal ein paar Kaffeebohnen zertrümmern würdest...« Er antwortete nicht einmal, sondern begann, ohne sich umzusehen, mit grimmig gebeugtem Rükken den Aufstieg.

Als ich mit einer Tüte voll süßer Brötchen das rote Haus betrat, roch es auf dem Flur nach Kaffee, aber Flix hatte nicht auf das Frühstück gewartet. Thjum hing bereits gekreuzigt im Eisenrahmen. Der Geruch des billigen Olivenöls, mit dem sein rasierter Leib eingeschmiert war, verdarb den Duft des frischen Backwerks in meiner Hand. Flix hatte den Eimer mit warmem Wasser auf einen Hocker gestellt, um sich nicht jedesmal bücken zu müssen. Er arbeitete schneller denn je. Man konnte es kaum noch als Eingipsen bezeichnen, was er da tat: Er klatschte die Bindenstücke naß, wie sie waren, auf Thjums Haut. Nach jeder gespielten Sterbeszene bohrte Flix die gebogene Schere in den Gips, was er vor einem Monat noch spielerisch »den Gnadenstoß« genannt hatte. Jetzt blieb das Spielerische dem Ausschimpfen vorbehalten. Obwohl ich jedesmal vor Beklemmung fast erstickte, wenn ich Thjums schnaufende Atemzüge hörte, waren die Szenen Flix noch zu gestellt.

»Albert, sieh dir das an... und sowas nennt sich Schauspieler«, rief er, während Thjum dabei war, dem Gips seinen Willen aufzuzwingen. »Aber wie man auch nur halbwegs authentisch hopsgeht, davon hat unser Bubi nicht die leiseste Ahnung... genausowenig wie deine affigen *femmenielli*.«

»Meine? *Du* wolltest doch Volkstypen aus den Quartieri...«

»Du hast sie mir aufgehalst. Genau wie diesen Möchtegernschauspieler. – Super! Grandios!« schrie er höhnisch, nachdem er den Gipspanzer zum dritten- oder viertenmal aufgeschnitten hatte. »Aber ist dir schon mal die Idee gekommen, du kleiner mieser Schmierenkomödiant, daß es auch *zu* schön sein kann? Was hab ich von einer knienden Ballettänzerin? Krepieren sollst du... aber nicht wie ein Schwan, sondern wie ein Hund! Vergiß doch mal deine Primaballerinenschwester! Der sterbende Schwan von Berendina Schwantje... da scheiß ich drauf! Denk an deine alte krepierende Mutter...!«

Doch bei jeder folgenden Szene agierte Thjum, wie Flix es nannte, als müsse er »seine Aufnahmeprüfung für die Schauspielschule« machen. Ich hatte große Lust abzuhauen, wollte Thjum aber nicht im Stich lassen. Schon den ganzen Tag über hatten plötzlich losgelassene Feuerwerkskörper Flix' Gereiztheit noch gesteigert. Im Laufe des Abends knallte es immer häufiger. Das Krachen kam jetzt nicht nur aus der Tiefe der Stadt, sondern auch von näher, vom Hügel. Flix waren bereits ein paarmal Werkzeuge aus der Hand gefallen, und bei der lauten Explosion eines Schwärmers auf dem Platz draußen rutschte ihm die Schere aus, was Thjum einen ordentlichen Ratscher am Oberschenkel eintrug. Der Gips sog sein Blut auf. Auch nachdem der Verband von seinem Gesicht entfernt worden war, kam keine Klage über seine Lippen. Flix murmelte eine hastige Entschuldigung. Kurz darauf sah ich, wie er die Blutspuren in dem aufgeschnittenen Beinstück aufmerksam betrachtete. Täuschte ich mich oder erschien auf seinem grimmigen Gesicht ein zustimmender Ausdruck? Im Medizinschränkchen in der Küche fand ich eine alte Jodflasche. Mit der Pipette träufelte ich etwas von der braunen, stark riechenden Flüssigkeit auf Thjums Wunde.

»Nein, kein Mull, kein Hansaplast...« sagte Flix. »Das wird ja doch gleich wieder losgerissen. Mit dem Jod ist es ausreichend behandelt.«

Gegen zehn begann Flix – »das ist das letzte Mal für heute, ich schwör's dir« –, Thjum erneut Schuppe um Schuppe aufzukleben. Mir fiel auf, daß Thjum mich, während er in dem Rahmen stand, oft und lange ansah, als wolle er mir etwas ohne Worte klarmachen. Ich wußte nicht, was er von mir wollte. Wenn sein Gesichtsausdruck flehend gewesen wäre... Doch er war eher stolz, fast hochmütig, als wolle er mir sagen: Schau, das alles ist mir meine Liebe wert... ich werde so oft in diesem steifen Anzug vor ihm durch den Staub kriechen, wie er will... Oder war er nur zu stolz, um flehend zu schauen, und wollte mir trotzdem zu verstehen geben, daß er am Ende seines Lateins war?

Flix arbeitete unermüdlich weiter, sehr schnell. Seine Nerven waren sichtlich bis zum äußersten gespannt, doch inzwischen war er offenbar mehr als am Nachmittag auf die Knaller gefaßt, die manchmal in Serien knatterten. Er bat mich, ihm zu helfen, wie ich es an diesem Tag schon öfter getan hatte, aber ich sagte ihm, er solle zusehen, wie er alleine zurechtkäme. »Ich finde, du treibst auf unverschämte Weise Raubbau an deinem Modell ... und nicht nur an ihm.«

»Wenn du das meinst, dann verpiß dich.«

»Kein übler Vorschlag.«

Wieder so ein langer Blick von Thjum. Bat er mich zu bleiben? Ich beschloß, die letzte Szene abzuwarten, inklusive des Aufschneidens, und dann zu gehen. Weg vom Druck dieses unmöglichen Theaters ... irgendwo ganz allein dem neuen Jahr zuprosten ...

Thjum beugte, sofern das noch möglich war, den Kopf zurück, so daß Flix die Filzläppchen auf seine Augenlider legen konnte. Es waren gebrauchte Puderquasten, das kleine Format, die für das Rouge. Sie hinterließen auf Thjums Lidern einen schwachen roten Abdruck. Bevor Flix Thjums Ohren mit Ohropax verstopfte, blaffte er ihm noch ein paar Anweisungen zu. »Der Verband sitzt jetzt perfekt, Thjum ... mach was daraus. Er ist noch ganz naß und biegsam. Besser geht's nicht. Die Schauspieler aus deinem Club sind doch hin und weg von diesem amerikanischen Scheiß ... diesem *method acting*, oder? Schade, daß du gleich das Feuerwerk nicht mehr hören kannst, aber versuch dir doch mal wirklich vorzustellen, daß glühende Asche auf dich runterkommt. Beim Jod hab ich dich ganz leicht zusammenzucken sehen ... Stell dir vor, wie dein ganzer Körper sich krümmt, wenn er an der Außenseite verbrennt. Und winde dich so lange, bis du fühlst, wie die Ascheschicht hart wird ... Fühl, wie sie erstarrt, Thjum! Zeig, was du kannst ... !«

Thjums Kopf wurde umwickelt, und Flix zog die Bänder auf, die allmählich schon ganz steif vom Gips waren. Zum fünften oder sechsten Mal an diesem Tag spielte Thjum seine träge Rolle. Der Verband war noch so geschmeidig, daß der Schauspieler sich auf die Knie fallen lassen konnte, ohne daß die weiße Kruste riß. Es bildeten sich lediglich Falten und Verwerfungen, was ja gerade beabsichtigt war. Der Oberkörper knickte steif nach vorn ab, wurde von einem hölzernen Arm gestützt ... Ich hörte Thjum mit kurzen, japsenden Stößen Luft holen. Es glich dem schnellen Atmen eines von Gesùs schwangeren Mädchen; wir hatten sie auf Ischia besucht, und da hatten auf einmal die ersten Wehen eingesetzt. »Atmen, wie die Hebamme es dir beigebracht hat«, hatte Gesù ihr befohlen, worauf dieses kurzatmige Hecheln begonnen hatte. Thjum hatte sich bleich abgewandt; wir fanden ihn später weiter hinten in der Straße, wo er auf uns wartete. Wieder schnitt mir die Beklemmung wie ein Messer in die Brust, doch Flix fand Thjums Pose noch immer zu theatralisch.

»Er kriegt's nicht hin! Er kriegt's einfach nicht hin ...!«

Seine Stimme hatte jetzt etwas Quengelndes. Wegen des noch lauter gewordenen Lärms draußen konnte er sich wahrscheinlich noch schlechter in die rauschende, »weiße« Stille hineinversetzen, in der Thjum sein Theaterstück aufführte. Ich sah, wie er zwei kleine Stücke Gipsverband aus dem Müllsack zog und in den Eimer tunkte. Mit zitternden Fingern drückte er sie übereinander. Wahrscheinlich hatte er doch irgendwo einen feinen Riß in dem Panzer bemerkt und wollte ihn überkleben ... Er näherte sich Thjum von hinten, der sich auf Knien in allen möglichen Posen wand.

»He, Flix, was hast du denn jetzt vor ...?«

»Halt du dich da raus, Albert ... Verpiß dich, hab ich gesagt.«

Flix beugte sich über die sich in Krämpfen windende weiße Puppe und schob ihr die doppelt gefaltete Gipsbinde unter die Nase, genauso brutal, wie ein Räuber es mit einem äthergetränkten Lappen beim Tankwart tun würde.

»Laß den Scheiß, Mann ...!« rief ich. »Laß das sofort bleiben, hörst du ...!«

Leicht kneteten seine Fingerspitzen die Substanz fest. Ich konnte nicht sehen, wie weit das weiche Zeugs in Thjums Nasenlöcher eindrang.

»Halt's Maul, Albert!« schrie Flix und versuchte, mich mit

ausgestrecktem Arm auf Distanz zu halten. »Er soll nur mal kurz Schiß kriegen ... damit er seine Arbeit besser macht ... Das ist alles. Ich nehm's gleich wieder weg ...«

Von Thjum war jetzt kein Geschnaufe mehr zu hören. Es drang lediglich eine Art gedämpfter, sonorer Brummton aus den Tiefen des Gipsanzugs. Ich versuchte Flix beiseite zu stoßen und streckte die Hand nach Thjums Kopf aus, um den frischen Gipsstreifen abzuziehen ... In diesem Augenblick kam Thjum ruckartig aus der erstarrten Pose eines sterbenden Schwans hoch, wobei er mir einen ungezielten Kopfstoß unters Kinn verpaßte. Im nächsten Moment lag ich rücklings auf dem Fliesenboden. Es dauerte etwas, bevor ich wieder die kerzenförmigen Lampen des Kronleuchters durch den blauen Schleier sehen konnte. Ich wollte aufstehen, aber das schaffte Thjum in seiner starren Hülle besser als ich. Zwischen den Schwindelanfällen sah ich ihn in der Mitte des Ateliers stehen. Trotz des Lärms draußen konnte ich den Gips bei Thjums Bemühungen krachen hören, seine Arme so weit zu heben, um die Nasenlöcher frei zu machen. Aber obwohl das Material noch flexibel war, erwies es sich doch schon als zu zäh für ein solches Manöver.

»Flix, verdammt noch mal, nimm das Zeug von seiner Nase ...!«

»Noch einen Moment ... Ich will ihm nur kurz Angst einjagen, das siehst du doch ... Albert, bleib mit deinen Pfoten weg! Ich habe auch ein Recht auf Experimente ... genausogut wie du! Ich zieh's gleich wieder ab ...«

Als ich mich aufzurappeln versuchte, zog Flix mich wieder zu Boden und preßte mir einen eisernen Arm um die Kehle. In den nun folgenden Augenblicken sahen wir dem plumpen Tanz eines Bären zu ... eines Eisbären in diesem Fall ... der außerdem ungelenke Bemühungen unternahm, sich seines Fells zu entledigen. Er stieß den Eimer mitsamt dem Hocker um. Dampfendes Wasser strömte über den schiefen Fußboden auf uns zu.

»Mach Schluß, Flix ... jetzt sofort!«

Irgendwie konnte ich an seinem Griff spüren, daß er selbst

aufspringen wollte, sich aber bis zum äußersten Gewalt antat, um aus der Situation herauszuholen, was nur irgend möglich war. Sein Arm glitt von mir ab.

»Ja, ich nehm's weg ... Er hat jetzt lange genug Blut und Wasser geschwitzt ...«

Er ging auf Thjum zu, der sich steif um die eigene Achse drehte ... gegen eine Wand fiel ... noch immer mit diesem monotonen Brummen, das jetzt eine Oktave höher klang. Flix streckte die Hände nach Thjums Gesicht aus. Zum erstenmal sah ich jetzt, daß auch die weiße Maske in Bewegung geraten war und etwas von den Zuckungen darunter wiedergab. Flix' Finger fuhren, streichelnd oder kratzend, das konnte ich nicht genau erkennen, über Thjums bedecktes Gesicht. Da hielt ich es nicht länger aus. Ich wollte nicht wissen, was diese kurzfristige Angst und Atemnot bei Thjum angerichtet hatten ... und zwischen ihm und Flix ... Vielleicht war es nicht einmal der Abscheu vor Flix, der mich aus dem Atelier trieb, möglicherweise war es auch meine eigene Beklemmung, von der ich mich erst befreien konnte, sobald ich nicht mehr gezwungen wäre, Thjum in diesem Panzer eingeschlossen zu sehen.

Ich lief auf den Platz, um meinen eingeschnürten Brustkorb mit Luft zu füllen. Über Neapel wölbte sich ein Sternenhimmel, fast so klar wie vor zwölf Tagen über Agrigento, nachdem die Stadtbeleuchtung ausgefallen war. Auf dem Platz standen so spät am Silvesterabend nur wenige zugeklebte Autos, aus denen viel lautere Stimmen als sonst drangen und sogar den Lärm des Feuerwerks übertönten. An die kleine Mauer gelehnt, schaute ich auf die unter mir liegende Stadt, die dort mit jeder Lampe und jeder Laterne sichtbar auf das neue Jahr wartete. Auf dem Gefechtsturm des Flugzeugträgers war auf der der Küste zugewandten Seite in großen Leuchtziffern die Jahreszahl 1978 zu lesen. Noch schrieben wir 1977. Aber es war Viertel vor zwölf, und die Stadt befand sich kurz vor der Explosion. Die Knalle waren um ein Vielfaches zahlreicher und lauter als in Amsterdam um Punkt zwölf. Aus den Straßen da unten, aber auch aus denen rund um die Spitze des Monte Echia, stieg jetzt ein Nebel aus Pulverdampf auf. In den höheren Stockwerken hielten Kinder so etwas wie Fackeln aus den Fenstern, die Wasserfälle von Licht an den Hauswänden herunterströmen ließen. Hügelabwärts verloren sich diese Ströme aus fallenden Sternchen, noch bevor sie das Pflaster berührten, im Bodennebel der explodierenden Schwärmer.

Mitternacht, und der Paroxysmus näherte sich seinem Höhepunkt. Auf der *USS Lyndon B. Johnson* wurden in einigem Abstand voneinander zwei große Suchscheinwerfer eingeschaltet und auf die Stadt gerichtet. Sie bohrten sich in den rasch dichter werdenden Rauchvorhang oberhalb des Hafens und begannen, vom Nebel sichtbar gemacht, wie zwei mächtige Arme zu kreisen, die das funkensprühende Neapel ins Meer fegen zu wollen schienen. Hier und da war, verschleiert durch dichten Pulverdampf, ein kleiner Brand zu erkennen. Über alles Geknatter hinweg gellten die Sirenen von Feuerwehrautos und Rettungswagen, und wegen all dieser Geräusche konnten die läutenden Kirchenglocken sich nur wie Alarmglocken anhören.

Binnen zehn Minuten hatte das Feuerwerk die Stadt völlig ausgelöscht. Neapel hatte sich unsichtbar in einem Smog verkrochen, der in London nicht dichter hätte sein können. Das geheime Muster der Stadtbeleuchtung war jetzt dem Blick völlig entzogen, und auch kein Stern mehr war über mir zu erkennen. Als ich den Monte Echia hinunterging, reizte der scharfe Pulverdampf meine Lungen, die den ganzen Tag über durch den Anblick des eingeschnürten Thjum ohnehin schon so mitgenommen waren. Um alldem zu entgehen, wollte ich auf den Monte di Dio hinauf, den Berg Gottes, wo ich noch undeutlich, wie ein asymmetrisches Kreuz, den Kran erkennen konnte, der dort oben bei den Bauarbeiten an der Festung eingesetzt wurde. An den äußersten Enden des Kreuzes brannten Lampen: An ihnen mußte ich mich orientieren, bevor sie unsichtbar würden. Ich flüchtete in die Via Nunziatella, dann in die Via Monte di Dio ... und immer weiter hinauf, während ich kein Auge von dem erleuchteten Kreuz ließ, dem Elmsfeuer beim Castel Sant' Elmo ...

Im Viertel Chiaia begann ich, die steilen Treppen hinaufzusteigen. Aber auch hier holten die von den tiefer gelegenen Teilen der Stadt heraufquellenden giftigen Dämpfe mich ein und verschlugen mir den Atem. Auf jeder zweiten Stufe mußte ich stehenbleiben und husten. Es hatte keinen Sinn. Ich gab auf und kehrte zurück – dorthin, wo keine Stadt mehr war. Ich ging auf gut Glück in Richtung der Quartieri. Bergrunter wurden die Straßen enger ... lagen immer dichter beieinander ... Es war, als sei dieser ganze Komplex von Vierteln, den man die Quartieri nannte, vom Hang des Monte di Dio hinabgerutscht. Eine Lawine aus eng aufeinandergepackten Häuserblocks, die erst dort unten vor der vornehmen Via Roma zum Stillstand kam ... Ganze Straßen hatten sich in ihrem aufgehaltenen Fall harmonikaartig zu Treppen verkürzt.

An den Gassenecken standen Ölfässer mit qualmenden Feuern, um die sich vor allem Kinder scharten. Etwa zehnjährige Jungs zerschmetterten, trunken vom Feuerwerk, leere Flaschen an den Kreuzungen – nicht nur auf dem Pflaster, sondern auch an den Hauswänden, so daß die Glassplitter in alle Richtungen sprangen und die Vorbeigehenden sich noch tiefer in ihre Schals verkrochen, mit denen sie die Atemwege gegen den Pulverdampf schützten. Ich hatte nicht einmal ein Taschentuch dabei. Die Reizung saß so tief in meinen Lungen, daß Husten keine Erleichterung mehr verschaffte.

In den Innenhöfen der steilen Mietskasernen, in ferner Vergangenheit für die Einquartierung spanischer Soldaten erbaut, schien der Pulverdampf einen etwas weniger dichten Nebel zu bilden. Dort hingen sie ... ihre Maria, ihr Jesus, ihre Heiligen ... alle in einem Rahmen aus blauen Neonröhren, die mir Erinnerungen einflößten, die ich lieber vergessen wollte ... an die Amsterdamer Toiletten, wo wir entseelt, unserer Adern beraubt, lediglich pinkeln konnten ... wo sich allenfalls ein Zuckerkranker eine Insulinspritze setzen könnte ... tastend ... irgendwo unter die Haut ... Hier, in den Quartieri, sollte das bleichblaue Neonlicht ihren heiligen Idolen eine Seele verleihen ... zumindest einen Strahlenkranz ... Der ganze Heiligenkram litt hier genauso unter der

Armut wie die Wohnenden selbst: Ein Halo, dessen Licht, anstatt sich segensreich zu verbreiten, auf sich selbst zurückgeworfen wurde …

Wenn im Erdgeschoß die Fensterläden offenstanden, sah ich kleine Räume ohne Tapeten, vollgestopft mit riesigen Betten und Schränken. Die Bettgestelle bogen sich, auch ohne daß fünf, sechs Kinder auf ihnen schliefen, tief unter der Last ihrer schweren Messingverzierungen durch … Die Schränke waren zumeist schwarz lackiert, mit Ornamenten, die an die hier noch häufig benutzten Leichenwagen erinnerten. (Ich hatte einmal einen dieser Prunkwagen mit einem Toten durch eine Geschäftsstraße rollen sehen … klappernde Pferdehufe und etwa zehn Blechbläser, die für den *marche funèbre* sorgten … Es war ein alter Brauch, daß die Geschäfte dann ihre Rolläden schlossen. Ich sah Ladenbesitzer hinausrennen … ja, richtig, ein Trauerzug … Sie zogen mit der einen Hand den Rolladen halb herunter, jagten mit der anderen eine Fliege weg, und schon schoß das Aluminiumgitter wieder aus eigener Kraft in die Höhe … *Back to business*.)

Am Eingang zur Vico detto Fico lag ein großer, schwelender Abfallhaufen. Das Feuer war durch eine Ladung welken Gemüses von dem kleinen Markt erstickt worden, der hier samstags um die Ecke abgehalten wurde. In einer teilweise von den Flammen verkohlten Spankiste sah ich alle möglichen rostigen Gegenstände, von denen die meisten schon nicht mehr zu identifizieren waren … Scharniere mit langen eisernen Ausläufern, schon fast in Auflösung begriffen, bei der ersten Berührung abblätternd … Sofaspiralen, die die schwersten Hintern gestemmt hatten und jetzt zwischen meinen Fingern wie Vermicelli zerbrachen … Ich stieß auch auf vier alte Scheren … bei näherem Hinsehen drei ganze und eine halbe … bizarr wie alte Schürhaken voll angebackener Schlacken. Aus irgendeinem Grund konnte ich sie nicht liegenlassen, so rostig und schmutzig und unbrauchbar sie auch waren … Flix liebte altes Material. Vielleicht konnte ich ihn morgen etwas milder stimmen, wenn ich ihm die Scheren als Neujahrsgeschenk überreichte … vielleicht lenkte es ihn etwas von seinem Projekt ab, das uns allmählich alle zermürbte ... Ich fand einen alten Lappen und wickelte die Scheren sorgsam ein.

»Sie sollten aufpassen, Signore Eccheberti ... diese Instrumente sind, wie's aussieht, mehr als hundert Jahre alt. Vielleicht auch schon hundertfünfzig ...«

Ich sah auf. Ich hatte ihn bereits an der Stimme erkannt: Gesù.

»Oh, riskiere ich eine Geldstrafe wegen Ausfuhr von Antiquitäten?«

»Antiquitäten ... nein, die schmeißen die Leute hier nicht einfach auf die Straße. Ich meine den hart gewordenen Dreck ... Möglicherweise stecken da noch Bazillen der großen Choleraepidemie von 1884 drin ... Das sind Schneiderscheren, die vom Vater auf den Sohn übergegangen sind, viele Generationen lang, das seh ich auf einen Blick ... Ich schließe nicht aus, daß sogar noch ältere Krankheitskeime daran festgebacken sind ... von der Epidemie von 1836 ... Nur damit Sie's wissen.«

»Sie sind für Flix. Der hält den Gasbrenner dran ...«

»Ach natürlich ... für Felice Fellone! Der hat das heilige Feuer ... *fuoco sacro! Ferro e fuoco!* Nein, dann laufen Sie keine Gefahr ...«

»Apropos Feuer ... Ist das hier jedes Jahr so?«

»Oh, Signore Alberto, das ist noch gar nichts ...!« Sein scharfes Lachen mündete in einen Hustenanfall. »Sie hätten voriges Jahr hiersein müssen! Erstickt sind sie! Leute mit Gasmasken auf ...!«

Gesù schlug sich den Schal vors Gesicht, und wie von selbst gingen wir in Richtung *La Tattamella* (oder zu La Tanèlla).

»Wir haben uns ja noch kein glückliches neues Jahr gewünscht«, sagte ich. »Darf ich Ihnen einen *bianco* anbieten?«

Bevor wir hineingehen konnten, sprang neben der Glastür des *La Tattamella* ein ungefähr achtjähriges Mädchen aus einem Hauseingang. Sie bat mich um hundert Lire, was sich so anhörte: »Ai schento li-i?«

Ich sagte ihr, ich hätte kein Kleingeld. Als sie sah, daß Gesù schon hineingegangen war, hob sie einen Stein auf und stellte sich vor mich. Mit rückwärts gestrecktem Arm, bereit, mir das Projektil an den Kopf zu werfen, forderte sie tausend Lire. Aus *Die Quasseltante* fiel gerade genug Licht in das Dunkel und den Pulvernebel, um die Angst des Kindes hinter dem blassen, frechen Gesicht sichtbar zu machen. Ich sah an dem gespannten kleinen Körper in dem kleinkarierten grauen Kleid auch, daß sie imstande war, den Stein auf mich zu schleudern oder ihn als Faustkeil zu verwenden und mir damit zu Leibe zu rücken. Gesù, der gemerkt hatte, daß ich nicht mitgekommen war, öffnete die Tür. Mit einem Blick erkannte er, was hier vor sich ging.

»Immer mit der Ruhe, meine Kleine«, sagte er und strich ihr über die Haare. »In ein paar Jahren wird Onkel Gesù für dich sorgen ... alles wird gut.«

Das Mädchen tat ihr Bestes, böse auszusehen. Als ganz aus der Nähe die Stimme einer unsichtbaren Frau einen Namen rief (»Ciccio! Ciccio!« – also nicht ihren), ließ sie ihre Waffe fallen und rannte die Gasse hinunter.

La Tattamella saß an einem Tisch bei einigen ihrer Stamm-*femmenielli*, so daß Gesù und ich uns breit an den Tresen lehnen konnten. Ich hatte eine kleine Karaffe Weißwein bestellt, aber Die Quasseltante hatte uns einen ganzen Liter vorgesetzt, mit zwei Gläsern, die beide dicht oberhalb des Bodens einen bleistiftdünnen Zierrand aus alten Rotweinresten aufwiesen. Als die Karaffe bis über die Hälfte geleert war, versuchte ich, Gesù zu erklären, weshalb ich den Jahreswechsel nicht mit meinen beiden Freunden feierte. Er hatte bereits das eine oder andere von den *femmenielli* gehört, die Felice Fellone Modell gestanden hatten, doch worum es genau ging, verstand er noch immer nicht. So plump und platt Flix' realistische Ansichten auch waren, mein Italienisch reichte nicht aus, sie Gesù zu vermitteln. Daher fragte ich ihn, wie er seinen Silvesterabend verbracht habe.

»Ganz normal ... bei meinen Mädchen vorbeigeschaut.

Die Arbeit geht weiter. Zwei sind hochschwanger. Ich hatte Angst, daß das Feuerwerk sie womöglich erschreckt ... Aber von wegen. Tapfere Mädchen ... mitten in der Schlacht.«

Ich schenkte die Gläser noch einmal voll. Die Spuren des roten hatten sich längst im weißen Wein aufgelöst ...

»Jetzt mal im Ernst, Signore Eccheberti ... Alberto ... können wir, Sie und ich, im neuen Jahr wieder Geschäfte machen?«

»Solange dieselben Konditionen wie bisher gelten ... so oft Sie wollen.«

Gesù bot mir etwas zu trinken an »in einer der amerikanischen Bars«, in der ich noch nie mit ihm gewesen war. Er ließ durchblicken, im Bilde zu sein, was ich dort anfangs gesucht hatte. »Sie dürfen da auf meine Kosten konsumieren, was Sie wollen ... Champagner, Whisky, etwas anderes ... Für den Rest der Nacht sind Sie mein Gast.«

Mit einem Schal vor dem Mund gegen den Pulverdampf (meinen hatte Gesù La Tattamella abgeschwatzt) gingen wir im Zickzack durch das Labyrinth zur Via Roma hinunter. Der Kontrast zwischen der vornehmen Geschäftsstraße und den heruntergekommenen Gassen, die wir hinter uns ließen, war in dieser Nacht weniger krass als sonst. Aus den geöffneten Fenstern der über den Geschäften gelegenen Wohnungen wurde noch immer Sperrmüll auf die Straße geschmissen, in erster Linie alte Möbelstücke ... aber auch neue, wenn der Vorrat an altem Trödel erschöpft war ... Keine zehn Meter vor uns flog unter Gejohle ein dreisitziges Sofa aus dem Fenster, das auf seinem Fall einen quer über die Straße gespannten Bogen mit Weihnachtsbeleuchtung mitriß. Die Eisenkonstruktion landete auf dem Pflaster, wo eine ganze Reihe der Lämpchen weiterbrannten.

Hier, im tiefer gelegenen Teil der Stadt, nahe dem Wasser, wurde der Nebel noch dichter. Pulverdampf, in solchen Mengen produziert, verzog sich offenbar langsam. Wir gingen am Opernhaus vorbei, wo ich kurz nach meiner Ankunft hier *Poliuto* von Donizetti gesehen hatte. Durch einen vorausgegangenen Besuch in der Via Medina hatten die Musik und der Gesang erst richtig ihre Wirkung entfaltet. Jetzt waren unter den Arkaden des Teatro San Carlo Heuler zu hören. Die Akustik war dort perfekt. Weiterer Pulverdampf wölkte durch die Bogen auf die Straße hinaus...

»Sie haben eine Vorliebe fürs *Number One*... Via Medina... dann sollten wir am besten hier über die Piazza Municipio gehen...« Er war also noch besser im Bilde, als ich gedacht hatte. Vielleicht unterhielt er ja Beziehungen zu den dortigen Hausapothekern...

Im *Number One* war es nicht nur proppenvoll, sondern man prügelte sich auch... durch das große Fenster sahen wir das Wogen der Menschenmenge. Vier SPs versuchten Schulter an Schulter, eine Mauer zu bilden und so die kämpfenden Parteien zu trennen.

»Hier scheint es mir im Moment nicht so ratsam«, sagte ich. »Vielleicht ist es um die Ecke etwas ruhiger...«

Bei der *New York Bar* wurden wir schon am Eingang von zwei *sea-pigs* gestoppt. Zu voll... unverantwortlich, noch mehr Leute reinzulassen. »Versuchen Sie's doch beim *Boston Blackies* hier die Straße runter... der Laden ist größer.«

An der Tür zur *Boston Blackies American Bar* stand kein SP. Wir kamen ungehindert hinein, was aber nicht bedeutete, daß da nichts los gewesen wäre. Die Gäste, fast ausnahmslos junge Marinesoldaten, standen in einer Art Hufeisenformation um zwei kämpfende Kameraden. Der eine versuchte, den Kopf des anderen, den er von hinten an den Ohren gepackt hatte, mit dem Gesicht gegen die Wand zu schlagen, von der die Umstehenden gerade so viel frei gelassen hatten, daß der Junge sein Vorhaben auch ausführen konnte.

»*You son of a bitch... you dirty motherfucker... I'm not leaving this fucking place... until that fucking face of yours... has seen that fucking wall... a thousand fucking times...!*«

Weil die Ohren zu klein waren, um wirklich Kraft auf sie auszuüben, versuchte der Angreifer, an den Haaren des anderen besseren Halt zu finden. Sie waren jedoch zu kurz...

rutschten ihm immer wieder zwischen den Fingern durch... Das Gesicht rückte nicht ein einziges von den tausend angekündigten Malen in bedrohliche Nähe zur Wand.

Mehr als zwei SPs auf einmal hatte ich noch nie in einer der Bars gesehen. Eben, im *Number One,* waren es vier gewesen. Hier, im *Boston Blackies*, zählte ich dunkelblaue Uniformen mit weißen Mützen noch und noch... ich kam auf zehn. Wahrscheinlich wegen der spannungsgeladenen Atmosphäre hielten die meisten ihren Schlagstock in der Hand. Ein Stock war es eigentlich nicht... und auch keine Latte... sondern ein langer, nervös zitternder Gummifühler... eine erigierte Peitsche... der Radar des *sea-pig*... Hier konnten sie ihn wieder einstecken, denn der Streit verebbte, obwohl es noch viel Geschrei gab. Das Publikum begann, die spontan gebildete Arena wieder zu betreten.

»Alberto, Sie sind größer und breiter als ich... Wenn Sie mir den Weg zur Bar bahnen, dann bestelle ich den Whisky...«

Ich tat mein Bestes, kam aber nicht an den Schulterpolstern der beiden SPs vorbei, die den einzigen Durchgang zwischen zwei zur Bar drängenden Horden versperrten.

»Guarda, Alberto«, hörte (nein, fühlte) ich Gesùs Stimme in meinem Nacken, »da ist Felice Fellone...!«

Ich blickte mich um, sah aber Flix den Schurken nirgends. Gesù mußte etwas anderes gemeint haben: Den Kneipenlärm überschreiend, erklärte er mir in kurzen, stets wiederkehrenden Sätzen, daß »Fellone« auch noch etwas anderes bedeute... etwas Zweideutiges, was er sich nicht getraut habe, meinem Freund zu erklären... »Riß in der Hose.« Er benutzte, auf italienisch, immer wieder neue Wörter für dasselbe. Der Riß könne auch eine »Öffnung« in der Hose sein, wohlgemerkt auf der Rückseite... Versuchte der Mann mir umständlich klarzumachen, daß sie sofort gemerkt hatten, er und sein kleiner Riese Colossino, daß Flix ein Homo war? Worauf wollte er hinaus? Sogar in diesem von Zigarettenrauch, Alkoholgeruch und menschlichen Ausdünstungen erfüllten Raum fand Gesùs schlechter Atem einen direkten Weg in meine Nase, auch wenn der Trubel ihn mindestens anderthalb Meter von mir fortgeschoben hatte. In *jedem* Raum würden sich die Gerüche, muffige oder scharfe oder auch nur würzige, sofort in Blumendüfte verwandeln, sobald dieser Herr seinen Atem ausstieß – na ja, Blumendüfte, für einen flüchtigen Moment eben, um danach zu ersticken und den Gestank von Wasser aus einer Vase anzunehmen, das trotz der fauligen Stengel von Herbstastern wochenlang nicht gewechselt worden ist. So wie es Brillen für eine besondere Sorte Kinogänger gab, damit diese in den Genuß einer zusätzlichen Dimension im Film kamen, müßte es auch möglich sein, Linsen zu entwickeln, die den fauligen Atem aus jemandes Mund sichtbar machten. Dann würde sich zeigen, daß es einen großen visuellen Unterschied zwischen dem Mundgeruch eines Menschen gibt, bei dem die Plaque, bereits zäh wie Pech, kurz vor dem Versteinern steht, einem, bei dem alter Zahnstein schon am Zerbröckeln ist, und einem, bei dem die Quelle des Elends, unerreichbar für Bürste oder Mundwasser, tief im Halse steckt, zum Beispiel als schwefelartige Ablagerung an der Innenseite der Kehle. Eine solche Brille würde Sprechblasen ans Licht bringen, grün wie Galle, obszön rosa wie holländische Garnelen oder schmutzig wie Fabrikrauch. Bei Gesù wäre es so, als sei irgendwo in Höhe seiner Hinterhauptshöhle ein Schornsteinfeger dabei, nach acht Wintern hemmungslosen Heizens den Schornstein freizustochern. Aus der offenen Feuerstelle seines Mundes träte, für den Brillenträger sichtbar, bei jedem Wort eine pechschwarze Rußwolke, die sich, nachdem sie kurz im Raum geschwebt hätte, auf dem Mobiliar und dem Teppich des Zimmers ablagern würde und ebenso auf Augenbrauen, Schultern und der Seele des Angesprochenen.

Unterdessen waren wir noch keinen Schritt vorangekommen in Richtung Bar. Ein betrunkener Marinesoldat boxte dem genau vor mir stehenden *sea-pig* gegen die Schulter und schrie (mit dem weit aufgerissenen Maul des einstigen Haustyrannen seiner Eltern): *»Hey, you, mister Motherfucker...! This motherfucker says he just killed his friend! How 'bout* *that*? Er fragt, ob du mal kurz mitkommst...! Geht ganz schnell!«

Zuerst dachte ich, der tobende Knabe von eben, der Ohren und Haare seines Gegners einfach nicht richtig zu fassen gekriegt hatte, hätte diesen inzwischen doch noch totgeschlagen, aber dann sah ich, daß der Marinesoldat, der den SP angesprochen hatte, Flix am Arm näher zog. Gesù hatte ihn also tatsächlich schon vorher im Raum gesehen.

Flix machte nicht den Eindruck, mich wahrgenommen zu haben. Bleich war sein Gesicht schon seit Tagen, vom angestrengten Arbeiten, aber an die Stelle der Verbissenheit war eine merkwürdige Ungerührtheit getreten, die ich nicht an ihm kannte. Sofern man überhaupt noch von einem Gesichtsausdruck sprechen konnte, dann von Gelassenheit, auch kein Merkmal, das ich so schnell mit Flix in Verbindung bringen würde.

»*Hey, mister Motherfucker*, ich versuch gerade, dir was zu erzählen!« Der *sea-pig*, zweifellos im Glauben, zum Narren gehalten zu werden, schüttelte die Hand des schreienden Marinesoldaten ab. »*Something important! Death...! Murder...! You're not even listening!*«

Jetzt griff ich, meinen Arm durch die drängelnde Menge zwängend, Flix an der Schulter. Er reagierte nur insofern, als er... träge, zerstreut... meine Hand abzuschütteln versuchte... ein herabgetrudeltes Herbstblatt, das an seiner Kleidung hängengeblieben war... Schließlich bekam ich sein Handgelenk zu fassen. Er schaute starr blickend um sich, fast uninteressiert, um festzustellen, wer ihn gepackt hatte: Als er mich sah, trat ein schwaches Lächeln auf sein Gesicht: Er hatte einen alten Bekannten getroffen und wußte nicht recht, welche Umgangsformen nach einer so langen Zeit galten.

Mir war der SP, dem ich ins Ohr schrie, daß tatsächlich etwas Ernstes passiert sein mußte, nach der dritten, vierten Wiederholung derselben Mitteilung dann doch bereit zuzuhören. Er warf einen flüchtigen Blick auf Flix, dessen Handgelenk ich noch immer fest umklammerte (nicht, um ihn an der Flucht zu hindern, sondern um einen Kontakt mit ihm zu erzwingen, der über die Augen nicht mehr bestand), und zog dann seinen Gummifühler hervor. Er streckte ihn über die Köpfe der Leute zur Bar und bohrte die Spitze einem der Barkeeper ein paarmal in die Brust, bis dieser aufsah – erst böse und dann, nachdem er gesehen hatte, daß es sich um einen Ordnungshüter handelte, feige, beflissen grinsend. Der SP deutete mit seinem Schlagstock auf eine Stelle irgendwo hinten im Lokal. Der Barmann nickte heftig, in dieselbe Richtung deutend, und wischte sich dann die Hände an der Schürze ab. Ich wandte mich zur anderen Seite, um Gesù zu sagen, wir müßten ein andermal auf unsere neuerliche Geschäftsverbindung trinken. Jetzt gehe es um ernstere Dinge. Ich sah mich um: Gesù war nirgends zu entdecken.

»*Follow me*«, sagte der SP, die Lippen an meinem Ohr, »*and take that guy with you.*«

Er hatte inzwischen durch Schreie und Gestikulieren seinen Kollegen informiert. Die beiden gingen, die dicht zusammengedrängten Marinesoldaten unsanft auseinanderstoßend, neben dem Barmann vor uns her. Ich zog Flix am Handgelenk mit. Als ich mich umdrehte, sah ich, daß er keinerlei Versuch unternahm, Ellbogen und Schultern der links und rechts fast umkippenden Jungs auszuweichen. Sein Gesichtsausdruck war wieder völlig neutral, das matte Lächeln vagen Wiedererkennens verschwunden.

Ganz hinten in dem großen Raum, noch hinter den (jetzt abgedeckten) Tischen mit dem amerikanischen Billard, war neben den Toiletten eine weiße Tür und darauf stand in schwarzen Großbuchstaben: PRIVATO. Der Barkeeper schloß sie mit einem Schlüssel auf, an dem die Plastikminiatur einer Flasche Four Roses hing. Er knipste das Licht an und hielt uns die Tür auf. »*Prego.*« Er selbst ging nicht mit hinein.

»*Just tell us exactly what happened.*«

Flix saß auf der Kante eines zurückgeschobenen Stuhls, Beine gespreizt, Ellbogen auf den Knien, Hände zwischen den Schenkeln herabbaumelnd, exakt so, wie die SPs ihn dort mit sanftem Zwang hingesetzt hatten.

»Komm, Flix... erzähl ihnen, was los ist. Vielleicht können sie dir helfen... Wo ist Thjum?«

»Thjum ist tot.«

»Ich bitte dich, Flix... natürlich ist Thjum nicht tot. Aber sag, ob ihm was fehlt. Vielleicht braucht er Hilfe...«

Der Fußboden bestand aus ziegelroten Fliesen, zwischen die nach einem bestimmten Muster hier und da eine gelbe gesetzt war. Zwischen Flix' Füßen befand sich so eine gelbe – und auf sie war sein Blick fixiert, zu ihr sprach er.

»Tiemè... so haben sie seinen Namen ausgesprochen, die *femmenielli*, gleich von Anfang an... so haben sie Thjum genannt: Tiemè... Das ist Neapolitanisch und bedeutet: Paß auf! Sieh dich vor!... Daher kommt alles... Sie hätten ihn nicht Tiemè nennen dürfen...«

Er sprach in Trance, schnell und tonlos. Die *sea-pigs* bestanden darauf, er solle englisch sprechen. Ich erklärte ihnen, daß sein Englisch sehr rudimentär sei, ich ihnen seine Äußerungen aber so gut wie möglich übersetzen würde.

»Fragen Sie ihn wenigstens, ob jemand tot ist oder nicht... damit wir wissen, ob wir hier umsonst sitzen. Sie haben selbst gesehen, was für eine *fucking hell* da drinnen herrscht... wir sind da eigentlich dringend nötig.«

»Flix... was hast du mit Thjum gemacht, nachdem ich weg war? Seinen Gipsanzug aufgeschnitten?«

»Ich wollte nur, daß er mal kurz Schiß kriegt...«

»Ja, das hast du am Abend auch schon gesagt...«

»... ihm mal kurz Angst einjagen...«

»Da war ich noch dabei, Flix... Was ist danach passiert?«

»Ich wollte, daß er ein bißchen in Atemnot kam, der Thjum... nur ganz kurz... dann wollte ich es wieder wegnehmen... Ich wollte, daß er schöner stirbt.«

»*Translation please*!«

»Verdammt, Flix, wie soll ich denn so 'nen Unsinn übersetzen? Jetzt sag klipp und klar, was Sache ist, dann können wir was unternehmen. Also... liegt Thjum etwa noch in Gips verpackt rum... ohne sich bewegen zu können? Bist du wütend rausgelaufen? Jetzt sag doch bitte, was wir tun sollen...«

Ich erklärte den *sea-pigs* kurz, welche Art von Bildhauerarbeiten Flix machte ... mit *plaster* ... und daß er dafür lebende Modelle benutzte. Sie zuckten brummend die Achseln.

»Ich hab gedacht ... noch einen Moment«, sagte Flix, noch immer ohne den Blick zu heben. »Zwei Sekunden. Ich war so nahe dran, verehrte Kommission ... so nah dran an der Wirklichkeit ... so nah an der Wahrheit ... Das war ... das war ... *echt*, verstehen Sie? Nein, das verstehen Sie nicht, weil Sie eine Kommission sind ... Wie Sie da sitzen, einer wie der andere, sind Sie für die Tradition, die Abstraktion, das Figurative ... das Surrealistische, das Symbolische und diesen ganzen Stuß ... Das dagegen, diese Falten ... das war echt. Er würde schon nicht so schnell ersticken, der Thjum. Ein sterbender Schwan steht immer wieder auf, wenn er einmal gestorben ist ... um den Applaus entgegenzunehmen ... eine Zugabe zu geben ... So ist es auch bei Thjum. Der hat genug Luft bekommen. Ich hab seinen Atem gespürt ... glühend heiß durch die Pampe hindurch. Das Zeug ist so porös wie ... wie ein Häkelhemd. Ich bin mit meinen Händen ganz dicht drangeblieben ... damit ich es jeden Moment wegziehen kann.«

Flix hatte die Hände gehoben und betrachtete seine Fingerspitzen. Nach dem ganzen Gefasel beunruhigte mich dies erst richtig. Zehn der empfindlichsten Stellen seines Körpers, und zwei davon hatten Thjums heißen Atem gespürt.

»*Come on, what is this all about a plaster saint?*«

»Flix, jetzt red nicht drum rum, sag, was mit Thjum ist. Diese *sea-pigs* werden ungeduldig ... du bist doch hergekommen, um mit ihnen zu reden. Gleich ...«

Er blickte grinsend zu mir hoch. »Im Zoo, im Artis, gibt es auch ein *sea-pig* ... so steht's ganz kleingeschrieben bei der Seekuh ... Ein Seehundkörper mit einem großen elastischen Loch, und da drin verschwindet ein Kopf Endivie nach dem anderen ... weißt du noch?« Er betrachtete wieder seine Fingerspitzen, rieb sie zweimal kreuzweise gegeneinander und sagte: »Thjum ist tot.«

»Ich weiß, Flix ... du hast ihn einen schönen Tod sterben lassen. Ein Superexemplar in deiner Sammlung. Aber kannst du uns jetzt endlich sagen, ob wir was unternehmen müssen oder nicht ...«

»Erst hab ich den Gips an seinem Kopf weggeschnitten ... so ...« Er machte Schnippelbewegungen mit Zeige- und Mittelfinger in Höhe seines Nackens. »Hinter dem Ohr, und dann über den Kopf ...«

Ich bekam wieder Luft. »Und dann? War natürlich grün und blau vor Wut ...«

»Ja, blau ... völlig blau ... Unter diesen Filzläppchen hatte er noch zwei Filzläppchen über den Augen ... ganz kleine Puderquasten, mit Wimpern ... festgeklebt ...«

»Und dann? Hast du jemand gerufen ... von oben?«

»Nein, ich konnte es allein ...«

»Was, allein?«

»Den Gipsverband ...«

»Aufschneiden, meinst du?«

»Nein, anbringen.«

»Wieso ... anbringen?« Ich merkte, daß ich genauso laut schrie wie vorhin drinnen. »Er war doch noch eingepackt ...!«

»Sein blaues Gesicht. Ich wollte es nicht sehen.«

Die *sea-pigs* saßen jeder auf einer Seite des Schreibtischs des Geschäftsführers. Löschblatt vollgekritzelt mit Additionen. Fleckige Rechnungen auf Metallnadeln gespießt. Ein Telefonapparat ...

»Meine Herren, so schnell wie möglich ein Rettungswagen zum Monte Echia.«

Der eine SP zog mit skeptischer Miene den Apparat zu sich heran. »Haben Sie gehört, wie die Sirenen den ganzen Abend geheult haben? Es wär ja schon ein *miracle*, wenn die überhaupt ans Telefon gingen ... um zu sagen: Nein, es ist keiner frei.«

»Weil Sie das Skandinavisch dieses Herrn da so eifrig übersetzt haben«, sagte der andere, »wissen wir immer noch nicht, ob es sich um einen Unfall oder ein Verbrechen handelt ... Im letzteren Fall müssen wir zuerst die Carabinieri informieren ... die sorgen dann für einen Rettungswagen ...«

Die verächtliche und amerikanische Manier, wie er das Wort Carabinieri aussprach, verhieß wenig Gutes für die Gespräche, die möglicherweise gleich nötig waren, geschweige denn für eine eventuelle Zusammenarbeit.

Selbst das Getuschel der *sea-pigs*, Köpfe zusammengesteckt, hatte etwas amerikanisch Lautes, so daß ich genau verstehen konnte, was sie besprachen. Ob sie, während sie auf die Carabinieri warteten, den Laden räumen oder, mitsamt allen anwesenden Gästen, hermetisch abriegeln sollten, darüber konnten sie sich einfach nicht einigen. Der SP, der für das Festhalten der Besucher war, hatte mich offenbar mit Gesù hereinkommen sehen.

»Wer war der Typ?« fragte er mich.

Ich hatte den Eindruck, daß Gesù schon früher, und öfter, seine Aufmerksamkeit erregt hatte.

»Nur so ein Bekannter ...« Die Worte gaben mir schon, während ich sie aussprach, das Gefühl, mich verplappert zu haben.

»Nur so ein Bekannter«, wiederholte er gespielt zerstreut und wandte sich dann wieder seinem Kollegen zu. »Okay, sag dem *chief bartender*, er soll die Leute nach Hause schicken, aber behalt diesen *red cap* noch hier.«

Nachdem der Mann die Tür hinter sich geschlossen hatte, erwartete ich, ihn jeden Moment in Gesellschaft von Gesù wieder auftauchen zu sehen. Er blieb lange weg, und während dieser ganzen Zeit behielt Thjum eine weiße Kruste, die schrumpfte und schrumpfte ... Der andere SP schwieg und schaute gleichgültig, mit allenfalls einem leicht verächtlichen Zug um den Mundwinkel, auf Flix, der wiederum den Blick nicht von seinen Fingerspitzen wandte.

»Verdammt noch mal, Flix, warum bist du denn das ganze Stück hierher gelaufen? Du hättest doch da oben jemand alarmieren können ...«

Er ließ die Hände sinken. Seine Augen leuchteten auf, allerdings so wie eine Kerze mit zu langem Docht, die Flamme schmutzig von rußigem Qualm.

»Oh, ich hab mir gedacht ... die Amis kapieren das höchstwahrscheinlich besser als die Itaker.«

Ich wußte genau, wenn ich in diesem Augenblick das Grinsen von seinem Gesicht hätte kratzen wollen, wären meine Finger pechschwarz vom Ruß geworden. Amis und Itaker für Amerikaner und Italiener ... das war der Jargon von vor x Jahren, seitdem nie mehr gehört. Von einem Moment zum anderen schien sich dieses dreckige Grinsen irgendwo um seinen Mund zusammenzuziehen und dort zu verschwinden. Flix' Lippen wurden genauso farblos wie der Rest seiner ängstlichen Visage.

»Gestalten ... Albert, wie heißt das auf italienisch? Ich wollte ihn nicht töten ... ich wollte ihn nur gestalten. Seinen Tod, meine ich. Ich wollte seinen Tod nur gestalten ... Albert, du mußt das für mich übersetzen.«

Ich hatte gehört, wie das Geschrei und Gelächter der betrunkenen Marinesoldaten hinter der Tür des kleinen Büros rasch verebbte. Der *sea-pig*, der den Laden hatte räumen lassen, kam wieder herein – ohne Gesù.

Es hätte eine schöne Eingangsszene eines Theaterstücks sein können. Der Vorhang hebt sich, und vier Männer in Regenmänteln bewegen sich durch einen unordentlichen Raum voll nicht alltäglicher Gegenstände, darunter viele Werkzeuge, die nicht sofort ihre Funktion verraten. Der dunkle Fußboden ist übersät mit weißen Tropfen, allerdings unregelmäßig, an manchen Stellen dicht an dicht ... Verbindungslinien ... verschmierte Stellen, wo ein Fuß ausgeglitten ist ... und das alles unter dem körnigen Licht eines sparsamen Kronleuchters, wodurch sich dem Publikum das Bild eines umgekehrten Sternenhimmels aufdrängt. Irgendwo im Zentrum des Firmaments, heller strahlend als alles ringsum, liegt ein Himmelskörper, der nichts anderes als der Mond sein kann, allerdings in Form einer ausgefransten Sichel, verstümmelt, zerbrochen ... Falls die vier Herren (einer trägt einen Hut) so etwas wie moderne Engel darstellen sollen, dann kreisen sie schon sehr komisch am nächtlichen Himmel. Ungelenk, mit raschelnden Regenmänteln, bewegen sie sich umeinander und um den zerbrochenen Mond ... Sie sprechen, aber nicht miteinander ... sie murmeln irgendwas hinter der Hand, alle vier gleichzeitig. Nein, sie halten etwas in der Hand, einen rechteckigen Gegenstand, und auf den sprechen sie ein. Erst nach einiger Zeit, als die Leute im Zuschauerraum die Stimmen besser auseinanderhalten können, wird etwas von ihrem eintönigen Gemurmel verständlich. Es sind Aufzählungen ... gesprochene Listen all dessen, was sich im Raum befindet, und dazwischen kleine Abschweifungen darüber, in welcher Beziehung zueinander sich die einzelnen Möbelstücke und Gegenstände befinden ... ihre Lage ... und wie die sich im Vergleich zu der Lage verändert haben kann, die sie für gewöhnlich einnehmen. Ihre sonoren Monologe greifen nur dann ineinander, wenn sie, stets über einen Umweg, zum Mond zurückkehren, der da wie ein aufgeplatzter Salzlaib zwischen den Sternen liegt.

»Hocker und Eimer vermutlich von der leblos vorgefundenen Person umgestoßen ... Nasser Kreis auf hölzerner Sitzfläche des Hockers kann darauf hindeuten, daß Eimer auf Hocker gestanden hat, bevor er von der leblos vorgefundenen Person umgestoßen wurde ... Auf dem Fliesenboden eine große Lache einer milchigen Flüssigkeit, möglicherweise Wasser, in dem Gips angerührt wurde ... Die leblos vorgefundene Person liegt mit den Unterschenkeln, beide mit einer dicken Schicht Gipsbinden umwickelt, in besagter milchiger Flüssigkeit ...«

Draufsprecher. Wie sie auf italienisch hießen, wußte ich nicht. Ich kam auch nicht auf die Idee, jemanden von den Gerichtsmedizinern zu fragen, ich hatte andere Sorgen, aber mir wurde plötzlich bewußt, daß ich das niederländische Wort zum erstenmal aus Zwanets Mund gehört hatte. »Draufsprecher?« Das war am Ende unseres letzten Telefongesprächs, Mittwoch, 21. September 1977, irgendwann am Nachmittag. »Draufsprecher, ja ...« Sie hatte mir erzählt, daß ihr Vater gerade von seiner Arbeit beim Gesundheitsamt mit einer Geschichte nach Hause gekommen war von der Entdeckung einer bereits halb mumifizierten Leiche in einem Keller, in dem dann auch ein paar Draufsprecher eintrafen. »Ermittler, die alles, was sie am Ort des Verbrechens vorfinden, auf Band sprechen ... auch die läppischsten Dinge ... Bonbonpapiere, um nur ein Beispiel zu nennen ...« Es klang, als habe sie es soeben von dem von ihr vergötterten Papa erklärt bekommen. »Gutes Detail für *In den Achseln der Stadt*.« »Schon notiert ... aber mit diesem Titel, Albert, da bin ich mir nicht mehr sicher. Ich erklär's dir heute abend.« »Gegen zwölf im *City*. Ich bin da.«

Wir sollten uns an diesem Abend nicht nur verpassen, es war auch unser letztes Telefongespräch. Draufsprecher ... mit diesem neuen Wort, das aus einem von Leichengeruch erfüllten Keller eines abbruchreifen Hauses stammte, hatten wir uns vor mehr als drei Monaten verabschiedet. Für immer, wie's aussah.

Es mußte von dem verhüllenden Panzer aus Gipsbinden herrühren, daß es mir zunächst nichts ausmachte, Thjum dort so regungslos auf dem Fußboden in einer Lache Magermilch liegen zu sehen. Oder vielleicht hatte es mir doch etwas ausgemacht, und meine Gefühle wußten keine andere Form anzunehmen als die einer Theaterszene. Zu Flix, der jetzt mit ausdrucksloser Miene zwischen zwei Carabinieri stand, hatte ich mal gesagt, er stelle die immergleiche Parodie eines verunglückten Wintersportlers nach, wie man sie in Cartoons sah oder als Witzfigur in einem Varieté. Das Bild stimmte mehr denn je, und es gelang mir nicht, mich dieses banalen Gedankens wegen schuldig zu fühlen. Wer sagte, daß es Thjum war, der dort lag ... und nicht irgendeine leere Hülle mit allenfalls einem Skelett aus Latten? Nachdem ich mit einem unterdrückten Lachkrampf die Krankenhausbilder von mir geschoben hatte, trat an deren Stelle das des Pompejers aus dem Badehaus. In etwa der gleichen Haltung lag die Puppe, die Flixens jüngste Schöpfung war: auf dem Rücken ... den Kopf etwas nach links gedreht ... linker Unterarm mit abgeknickter Hand aufgerichtet ... rechte Hand in der Leistengegend, die Finger bereit, das zu enge Hosenbein einen halben Zentimeter hochzuziehen ... Die Ähnlichkeit würde wohl keinem der Draufsprecher aufgefallen sein. Sie waren im übrigen fertig mit ihrer Arbeit, zumindest was das Festhalten der vorgefundenen Fakten auf dem *luogo del sinistro* betraf. Einer stöberte, das kleine Gerät vor dem Mund, noch in den Ecken des Ateliers herum, wußte aber nichts mehr hinzuzufügen. »*Alla fine dei conti* ...« sagte er noch, doch dann fiel ihm offenbar nicht mehr ein, wie er das Ganze noch einmal hätte zusammenfassen können. Er drückte mit dem Daumen auf eine Taste, ich sah das rote Lämpchen erlöschen, und er steckte den kleinen Recorder in die Manteltasche.

Die Stille, die nach dem Mönchsgemurmel eintrat, hatte Auswirkungen auf die Arme der Puppe. Sie sahen aus wie von Hand ausgewrungene Bettlaken, die in dieser Form getrocknet waren. Ich erwartete jeden Moment, daß sie sich, die Hände kleine Propeller, surrend in ihre ursprüngliche Position zurückdrehen würden.

Merkwürdig: In der Seite dieses Badenden aus den Thermen von Pompeji stak oder, besser gesagt: hing eine geöffnete Schere mit einer Spitze im Gips, obwohl Flix nie an dieser Stelle mit dem Aufschneiden begann. Außerdem war es eine Schere mit runden Griffen und geraden Klingen, keine gebogene, wie er sie für gewöhnlich benutzte. In dem Moment fühlte ich die dreieinhalb Scheren aus der Vico detto Fico wieder schwer in meiner Innentasche. Es schien mir nicht der rechte Augenblick, sie Flix für sein nächstes Projekt zu überreichen ... Durch die schlanke Friseurschere, die sich im Gips festgebissen hatte, verwandelte sich die Puppe wieder in den Thjum, den ich kurz vor Mitternacht wie einen blinden und taubstummen Bär hatte herumtanzen sehen, eintönig brummend aus seiner mit einem Maulkorb verschnürten Schnauze. Einen Moment lang war er stehengeblieben unter dem fleckigen Licht des Kronleuchters mit seinen gläsernen Tränen und seinen Spinnweben. Vom Fußboden stieg Dampf um die steifen Beine auf. Plötzlich tapsten sie zu uns her, als trügen sie den Bären gezielt auf uns zu. Flix zog mich beiseite, und Thjum rannte krachend gegen die Wand. Er verlor das

Gleichgewicht und fiel um, wobei er ein Regal mit Werkzeugen mitriß. Auf diese Weise mußte die Schere in seinen Pelz geraten sein ... Er hatte sich wieder aufgerappelt ... hatte sich mit dem steifer werdenden Gips noch ein Stück weit bewegt ... Ununterbrochen war dieser sonore Brummton zu hören, nah und doch fern, dann und wann übertönt von dem Geknalle draußen, das Thjum selbst nicht hören konnte. Früher lieh er sich meine Bücher aus ... Spürte er in diesem Moment, wie die weiße Stille aus den Alaska-Erzählungen von Jack London auf seine Trommelfelle drückte? Wunderbar, diese absolute Schneestille ... als Junge habe ich davon in Alberts muffigen Büchern gelesen ... braun gewordene, flekkenübersäte Seiten ... »Ringsum lastete die Stille wie etwas Tastbares auf ihnen. Sie wirkte auf ihren Geist ein, genauso wie die vielen Atmosphären in tiefem Wasser auf den Körper des Tauchers drücken.« Was ist das? Meine Nasenlöcher verstopfen ... Ich bin unter einer Schneelawine begraben. Aber wie leicht der Schnee auf mir ist ... Jeden Moment kann ich Flixens Schere kalt über meine Haut gleiten fühlen. Ich muß nur so liegenbleiben ... ein Schnee-Engelchen, wie seine Mutter ... ja, ich bin Flixens gehorsames Schnee-Engelchen ... Dieser rote Schimmer vor meinen Augen ... so muß ein Fötus in der Gebärmutter das Licht wahrnehmen ...

Bei der Ankunft im roten Haus auf dem Monte Echia hatte ich einen Arzt im Flur stehen sehen. Das Stethoskop hing ihm noch um den Hals. Hatte er damit, durch den Gipsverband hindurch, Thjums Herzschlag spüren wollen? Jetzt kam er herein, stellte seine Arzttasche neben den weißen Ballen auf den Boden und kramte seine eigene gebogene Schere hervor. Einer der Ermittler reichte ihm ein zusammengefaltetes Stück Segeltuch, auf das sich der *medico* mit unglücklicher Miene kniete. Wie ein Fechter machte er ein paar Ausfälle auf Thjums gepanzerten Oberkörper. Er schien unschlüssig, an welcher Stelle er die Schere in den Gips bohren sollte.

»Ich hab schon mal ein Gipsbein abnehmen müssen, aber das hier ... ein ganzer *abito* ...«

Schließlich entschied er sich, am Kopf zu beginnen. Hinter

den Ohren schnitten sich die geknickten Klingen geschmeidig in den Gips ... über den Schädel hinweg und unter dem Kinn durch ... Der Arzt legte die Schere auf Thjums Brust und zog, sacht ruckend, mit beiden Händen die weiße Maske ab. Er zupfte die Filzläppchen von den Augen, die Thjum noch lebend geschlossen hatte. Sein Gesicht war ausdruckslos wie das einer Schaufensterpuppe. Der Todeskampf ließ sich ausschließlich an den Falten, Furchen, Runzeln und Rissen im weißen Harnisch ablesen. Er saß ihm schief und schepp am Rumpf ... ein Brustpanzer aus sich stauendem Eis ... das war die eigentliche Totenmaske.

Ich stand da und konnte den Blick nicht von Thjums Gesicht lösen, glänzend von Olivenöl, das bei diesem Licht wie Bühnenschweiß aussah. »Hab ich doch so einen schrecklichen Alptraum gehabt ...« sagte Flix eines schönen Frühlingsmorgens in der van Ostadestraat zu Thjum, während wir zu dritt auf dem Balkon frühstückten. »Ich schlotter immer noch ...«

»Das war nur ein Traum«, sagte Thjum, den ich auch jetzt wieder um die Treffsicherheit beneidete, mit der er ein weichgekochtes Ei köpfte.

»Ja, aber das macht es ja gerade zu so einem Alptraum«, sagte Flix. »Du weißt ganz genau, daß du *nicht* träumst ... das sagst du dir auch immer wieder. Ich träume nicht ... dies ist kein Traum ...«

»... und trotzdem hast du diesen Mord begangen«, sagte Thjum lachend und tunkte eine Brotkruste ins Eigelb. »Ja, ich kenne das. Du brauchst dir nicht mal in den Arm zu kneifen, um zu wissen, daß es kein Traum ist. Dieser Mord, der läßt sich nicht mehr ungeschehen machen ... und er wird auch herauskommen. Und dann diese Erleichterung beim Aufwachen, wenn man sieht, daß alles beim alten ist ... Schau, genau wie bei dem Eigelb hier an meinen Fingern. Wenn ich die Augen schließe, und es wird hart, dann fühlt es sich wie Wachs an ... Vielleicht ist es ja von einer Kerze getropft, die neben dem Sarg eines geliebten Menschen steht ... Oh nein, von wegen Traum ... es ist echt ... Die Sonne kribbelt dir in der

Nase, du machst die Augen auf, und siehe da... es ist nur Eigelb... du kannst es einfach mit den Nägeln abkratzen... Seufzer der Erleichterung.«

»Ich halte diese Erleichterung beim Aufwachen für völlig fehl am Platz«, sagte ich. »Erleichtert, weil alles beim alten ist... Gerade darin, daß alles beim alten ist, besteht ja das Greuliche. ›Sei froh, daß es nur ein Traum war.‹ Blödsinn. Laß uns doch mal über den Alptraum sprechen, der uns auch nach dem Aufwachen noch ins Genick bläst... den ganzen Tag über... den Kragen hochzustellen bringt nichts... Mir ist das klare Wachs lieber, das neben meiner toten Liebsten herunterfließt. Das Eigelb von meinem Frühstück, das tropft geradewegs aus der Hölle... Verglichen mit dem Greueltraum vom Tag ist der nächtliche Alptraum eine blasse Geschichte, die man sich erzählt, um die Zeit des Schlafens rumzubringen. Die Natur hat die Bewußtlosigkeit für den Menschen erfunden, damit er einem unerträglichen Schmerz entrinnt. Genauso hat sie den Alptraum zusammengebastelt, um unsere Aufmerksamkeit ein wenig von dem knallharten realistischen Traum abzulenken, der das Wachdasein für uns ist... einem, der sich im Gegensatz zu der Amateurbühne nachts echter Messer und echten Bluts bedient... Und so wie Bewußtlosigkeit keinen Schutz vor dem Tod bietet, kann der Alptraum nichts gegen die Wirklichkeit ausrichten.«

»Boh«, sagte Thjum, »was für ein Wortgeklingel, nur um zu sagen, daß du heute morgen eine Stinklaune hast...«

Sonntag, 1. Januar 1978

We had a little Thjummi,
Now Thjummi is no more:
For what he thought was H_2O*,*
Was H_2SO_4

Den ganzen Weg über dröhnte mir dieser Reim bereits durch den Kopf. Er verdrängte allmählich sogar die hartnäckigsten

Fetzen des nächtlichen Verhörs. Aus Little Willy war little Thjummi geworden, und H_2SO_4 mußte eigentlich $CaSO_4$ sein, aber ansonsten befanden sich diese Verszeilen, wie sich nun zeigte, nach zehn Jahren immer noch lückenlos in meinem Kopf, als wäre ich gestern zum erstenmal zwischen den Formeln in meinem Chemiebuch darauf gestoßen. Zu ihrem Metrum ließ es sich angenehm marschieren, was lediglich dann und wann an Kreuzungen unterbrochen wurde, wo die Stadtreinigung dabei war, die Trümmer des Jahreswechsels zu beseitigen. Im Rumpeln der Müllwagen, dem hydraulischen Kippen der Ladefläche, dem Geschrei der städtischen Arbeiter... in alldem kehrte die Kakophonie des Verhörraums wieder. Das Hinein- und Hinausgetrampel von Polizisten und Kripobeamten, das Türengeknalle... Die Stahlschreibtische schienen nur zu dem Zweck aufgestellt worden zu sein, um laut schrillenden Telefonen und Faustschlägen von Vernehmungsbeamten einen Resonanzkörper zu verschaffen. Der Ausdruck Kreuzverhör griff hier zu kurz... ich hatte ein ganzes Exekutionskommando von Vernehmungsbeamten und Protokollanten vor mir... Von ihrem staccato abgefeuerten Italienisch verstand ich noch nicht mal ein Viertel, aber von einem Dolmetscher hatten sie offenbar nie etwas gehört. Daß sie nicht verstehen wollten, was Flix mit diesen Puppen vorhatte, nahm ich ihnen nicht übel; es hätte mich schon auf niederländisch größte Mühe gekostet, einen Zipfel des Gipsschleiers zu lüften. Mindestens genauso viel Interesse zeigten meine Vernehmer für Porporà, Gesù. Ich hatte mir vorgenommen, seinen Namen nicht zu nennen, achselzuckend über unser gemeinsames (von der SP beobachtetes) Eintreffen im *Boston Blackies* hinwegzugehen: »Ein entfernter Bekannter, der mich ein Stück begleitet hat...« Doch als mir vor Müdigkeit schwindlig wurde, nahmen sie mich richtig in die Zange.

»Wie wollen Sie glaubhaft machen, daß Sie das Atelier Ihres Freundes schon vor Mitternacht verließen?«

Ich beschrieb möglichst genau, wie die Stadt um Viertel vor zwölf ausgesehen hatte... als ich zum Hafenviertel hinunterging ... wie die Scheinwerfer der *USS Lyndon B. Johnson* begonnen hatten, im Pulverdampf um sich zu greifen ... Sie trieben mich mit ihrem Gequassel in die Enge. So viel Konkretes ich im Bericht über meinen Weg auch aufführte und ihn mit neuen Details ergänzte, mir fehlten jedesmal ein paar Kilometer, und eine bestimmte Zeit blieb offen. Ich erzählte ihnen von meinem Gang den Monte di Dio hinauf, in dem Bemühen, dem scharfen Pulverdampf zu entfliehen ... Es reichte nicht, um die Zeit zwischen meinem Abstieg vom Monte Echia und meiner Ankunft im *Boston Blackies* zu erklären.

»Ich habe noch eine Weile in einer *cantina* zugebracht ... in den Quartieri.«

Nein, an den Namen könne ich mich nicht erinnern, und auch nicht an die Straße.

»Aber Signore, jetzt hören Sie mir mal gut zu ... Es liegt doch in Ihrem eigenen Interesse, noch mal gründlich in Ihrem Gedächtnis zu graben ... Möglicherweise gibt es Zeugen, die bestätigen können, daß Sie dort einige Zeit zugebracht haben.«

In kürzester Zeit fielen die Namen La Tattamella, Vico detto Fico und ... ja, ich hätte diese kleine *taverna* mit einem gewissen Gesù besucht, den ich an der Ecke der Gasse getroffen hätte ... einem Bekannten aus dem *La Tattamella*, wo ich öfter hinginge ... nein, seinen Nachnamen kennte ich nicht.

»Auch nicht seinen *soprannome* ... l'Imperatore?«

»Nein ... doch, so habe ich ihn, glaube ich, schon mal im *La Tattamella* nennen hören ... *scherzoso*, meine ich.«

»Gut, dann sprechen wir über dieselbe Person.«

Von dem Moment an wurde ich über meine Beziehungen zu »il signore Porporà« ausgequetscht, wie er konsequent genannt wurde. Als sie mich gegen neun gehen ließen, wußte ich kaum noch, was ich nun über Gesù ausgeplaudert hatte und was nicht. Ich erinnerte mich in erster Linie an meinen (mal schwächelnden, mal wieder erstarkenden) Widerstand gegen jede Frage, die sich auf ihn bezog. Irgend etwas, so geringfügig es auch sein mochte, war mir rausgewitscht ... ich kam einfach nicht mehr darauf, aber es lag mir wie ein Stück Dreck auf der Zunge ... Über die Kurierdienste, die ich im Auftrag von il signore Porporà ausgeführt hatte, hatte ich den Mund offenbar zu halten vermocht, sonst hätten sie mich wohl eine Weile in ein separates Zimmer gesteckt. Beim Weggehen wurde mir mitgeteilt, daß ich mich vorläufig unter derselben Adresse aufzuhalten und für weitere Vernehmungen zur Verfügung zu stehen hätte. Flix hatte ich, seit wir in verschiedenen Autos vom Monte Echia abtransportiert worden waren, nicht mehr gesehen. Ich rechnete nicht damit, ihn sehr bald in unserem fensterlosen kleinen Zimmer in der Pension Gran Sasso wiederzusehen. Vielleicht hatte seine Polizeizelle ja so etwas wie ein Fenster ... Auch durch Gitter und Sicherheitsmattglas hindurch vermochte Tageslicht einen Weg zu finden ... Dann hätte er sich zumindest nicht verschlechtert ... Früher oder später würde die kleine Zelle, in der Flix auf seine Verurteilung wartete, ihn an die seltsame Verpackung seiner damaligen Abschlußarbeit erinnern. Ein hohler Betonklotz, in den rostige Griffe eines Kanaldeckels eingegossen waren und der die mißglückten Ansätze zu seiner schriftlichen Arbeit enthielt ... Es würde kein sofortiges Wiedererkennen sein, sondern ein allmähliches Begreifen, daß er den Platz seiner vollgekritzelten Papiere eingenommen hatte. Seine eigene, fleischgewordene Theorie ... eine Sache maßstabsgetreuer Vergrößerung, das war alles ... Ziel erreicht, Aufgabe erfüllt. Wieder auf freiem Fuß, würde er bis an sein Lebensende seine Zelle auf dem Rücken mit sich schleppen müssen ... eine Schnecke, zu groß für seine Seele ...

Neujahrstag, halb zehn Uhr vormittags. Nicht nur das Pflaster hier unten wurde sauber gefegt, auch der Himmel spannte sich schon wieder hell und klar über Neapel. Der Pulverdampf des Jahreswechsels war verflogen – was noch nicht bedeutete, daß ich die zerreißende Beklemmung in meinem Brustkorb losgewesen wäre. Es war Thjum, der ihn weiterhin zusammenschnürte.

»Das beste, was sich dazu sagen läßt, Thjum, ist, daß du

später den langsamen Tod nicht mitzumachen brauchst … diesen ganzen Abbau, den Verfall …«

»Albert, ich bitte dich … nicht schon wieder die alte Leier vom Tod, der sich Zeit läßt … der sich träge und faul in deinen Knochen ausstreckt … dafür bin ich jetzt nicht in der Stimmung. Komm, laß dir was anderes einfallen. Das fortschreitende Alter als langsame Reise zum Tod … immer das gleiche Lied. Mit genausoviel Recht kannst du sagen, daß das Älterwerden eine Offensive gegen den Tod ist … nach der Parole: Angriff ist die beste Verteidigung … Wir zählen die Jahre und reisen ihm entgegen. Er ist unschlagbar, daß er letztlich siegt, steht fest, aber wir können ihm doch empfindliche Verluste beibringen … nicht, indem wir ihm in der Blüte unseres Lebens mit offenem Visier entgegentreten, sondern vielmehr im Alter, wenn alle Ritzen und Fugen der Rüstung längst zugerostet sind … wenn der Feind uns schon von weitem als rostigen Kanonenofen vom Trödelmarkt daherkommen hören kann … ein klappernder Schrotthaufen auf Füßen … Indem wir ein hohes Alter erreichen, verschaffen wir dem Tod seinen Schlaganfall. Er wird betäubt … einseitig gelähmt … Ihm sind die Zähne gezogen. Je mehr Jahre vergehen, um so effektiver bauen wir ein Abwehrsystem gegen den Tod auf …«

»Du meinst, daß wir in fortgeschrittenerem Alter immer vertrauter mit ihm werden, so daß wir ihn … na ja, nicht bezwingen, aber immerhin besser mit ihm umgehen können?«

»Nein … ja, das auch … aber mit Abwehrsystem meine ich in erster Linie eine Art notwendigen Abstumpfungsprozeß. Das Fleisch wird zäher, die Empfindlichkeit geringer, das Fassungsvermögen flacht ab … Nach Jahren gemessen bist du dem Tod näher, aber … um's jetzt mal im Jargon dieser Beziehungsklempner auszudrücken … du *öffnest* dich ihm weniger. Der Schwamm wird weniger durchlässig. Die Sehschlitze der Angst setzen sich zu. Es ist wie beim Krebs: Wer ihn in jungen Jahren bekommt, bei dem vermehren sich die bösartigen Zellen rasend schnell … für sie gibt es in all dem frischen Fleisch noch jede Menge zu erleben … In einer alten, ausgetrockneten Wurstpelle geht der Krebs in aller Gemütsruhe vor... sogar das Wuchern hat hier etwas Sparsames, Häppchenweises... Auch wer unter Demenz leidet und kaum mehr weiß, wo hinten und vorn ist, dem ist der Tod wurscht. Das Sterben passiert zu einem großen Teil, ohne daß er es merkt. Ich will damit nur sagen, Verlust der körperlichen und geistigen Abwehr bedeutet den gleichzeitigen Aufbau der Abwehr gegen den Tod. Das Immunsystem gegen den Tod, das muß gerade in der Schwäche gesucht werden, in der Erschöpfung, der Zerstreutheit, dem Gewichts- und Gedächtnisverlust... Nie ist die Entfremdung zwischen Mensch und Tod stärker als ganz zum Schluß, wenn er aufgebraucht ist, der Tage überdrüssig, und Entfremdung sich nicht länger von Gleichgültigkeit unterscheiden läßt. ›Ich habe meine Zeit gehabt.‹ Selbst das hörst du ihn nicht mehr sagen, es sei denn als letzten Ascherest, der von seinem erloschenen Gehirn auffliegt. Der Aufstand gegen den Tod ist niedergeschlagen, aber nicht vom Tod selbst. Ein Todeskampf findet höchstens noch der Form halber statt... als Metapher... Zuckungen? Ein Rückzugsgefecht in Scheinbewegungen... Bei mir war das gestern abend schon anders, das hast du an... nein, nicht an dem Turiner Grabtuch sehen können, sondern an dem von Neapel... das jetzt als Haufen numerierter Einzelteile in einem Polizeitresor liegt.«

Die eiserne Hand, die sich in meine Brust krallte, würgte mich jetzt so, daß ich stehenbleiben mußte. Ich versuchte, mit möglichst kurzen Atemzügen abwechselnd durch Mund und Nase zu atmen, doch die Beklemmung war überall. Aus den Augenwinkeln sah ich den dunkelgrauen Koloß Maschio Angionino, die klobige Festung am Hafen, die mir Anfang Dezember jedesmal, wenn ich auf dem Weg zu den amerikanischen Bars war, als Bake gedient hatte. Ich brauchte nur noch die Piazza Municipio zu überqueren... Bevor ich ersticken könnte, hätte ich die Via Medina und den Keller des *Number One* erreicht.

»Nein, Albert«, seufzte Thjum noch, »der einzig wahre Tod ist ein frühzeitiger Tod.«

Colle parfumée

Donnerstag, 12. Januar 1978
(Albert Egberts)

Im Anschluß an eine Kontrollaktion der Polizei wurde ich eines Abends durchsucht (...). Welches Befremden, als der erstaunte Polizist zwischen anderen Dingen eine Tube Vaseline hervorzog! Man wagte, Witze darüber zu reißen; denn sie enthielt ein gomenoliertes Vaselin. Unter dem schallenden Gelächter der ganzen Schreibstube, in das ich selbst ein paar Mal – schmerzlich – einstimmte, hörte sich das folgendermaßen an:

»Steckst du sie in die Nasenlöcher?«

»Paß auf, daß du dich nicht erkältest; sonst kriegt dein Kerl Keuchhusten!« (...)

Ich wußte, daß die Vaselintube die ganze Nacht hindurch der Verachtung – jenem Gegenteil ewigwährender Anbetung – einer Gruppe schöner, starker, kräftiger Polizisten ausgesetzt sein würde. Einer tatsächlich so starken Verachtung, daß noch der schwächste von ihnen nur die Finger ein ganz klein wenig zusammenzudrücken brauchte, um mit einem leichten, kurzen und unanständigen Laut einen kleinen Gummiwurm zum Vorschein zu bringen, der dann weiter in das lächerliche Schweigen hinausgetreten wäre. Und doch war ich gewiß, daß dieses nichtssagende, schmächtige Ding ihnen standhalten würde und durch seine einfache Anwesenheit die Polizei der ganzen Welt in Aufregung versetzte – Verachtung, Haß, stumme, vielleicht ein wenig höhnische Wutausbrüche auf sich ziehend (...)

Jean Genet, *Tagebuch eines Diebes*
In der Übersetzung von Gerhard Hock und Helmut Voßkämper

Thjum, oder was nach der gründlichen Obduktion von ihm übrig war, wurde bereits um den achten Januar herum in die Niederlande zurückgeflogen. Mich behielten sie noch ein paar Tage länger da, bevor mir erlaubt wurde, seiner Beisetzung in Nimwegen beizuwohnen. John Vlacq, der dreimal täglich in der Pension Gran Sasso anrief, hatte in einem *home run* vorbei an allen möglichen richterlichen Instanzen erwirkt, daß ich Neapel und Italien für eine knappe Woche verlassen durfte. Danach sollte ich mich wieder beim Ermittlungsrichter in der Via Costantinopoli melden. Ein neues Dokument war in dem Fall aufgetaucht, das sich entlastend für Flix auswirken könnte – oder aber zusätzlich belastend, je nachdem wie man es betrachtete. Der *giudice istruttore* zerbrach sich den Kopf über einen Liebesbrief des Beschuldigten an das Opfer, der dem Poststempel zufolge in Reggio di Calabria einen Tag nach Neujahr aufgegeben worden war, als Boezaardt bereits mindestens eineinhalb Tage festsaß. Der Brief war an eine Adresse am Oudezijds Voorburgwal in Amsterdam gerichtet, und da als Absender die Pension Gran Sasso in der Via Palermo in Neapel angegeben war, hatte die Amsterdamer Polizei das Poststück in die Via Costantinopoli weitergeleitet, da es für die Untersuchungen im Fall Gupsos Elastos möglicherweise von Bedeutung sein könne. Ja, ich konnte bestätigen, daß die Krakelschrift von Flix stammte.

»Wie erklären Sie es sich dann, daß *questa lettera* am 2. Januar mehrere Hundert Kilometer entfernt aufgegeben wurde, während Signore Beaux Arts hier in Polizeigewahrsam saß...?«

»Ich habe den Brief für ihn aufgegeben...«

»*Ciò è assurdo*! Sie hatten Hausarrest in der Pension Gran Sasso... Sie standen unter ständiger Beobachtung!«

»... am zehnten Dezember vorigen Jahres.«

»*Nonsenso*! Der Poststempel läßt keinerlei Zweifel offen... sehen Sie selbst... hier haben Sie auch noch die Lupe eines *filatelico*.«

»Am Morgen des zehnten Dezember habe ich diesen Brief in einer Flasche über Bord geworfen... irgendwo zwischen Villa San Giovanni und Messina... eine wasserdicht verschlossene Flasche...«

»Wer sagt mir, Signore Eccobirra, daß dieser sogenannte Liebesbrief nicht *premeditatamente* als eine Art entlastendes Dokument verfaßt und verschickt worden ist? Das Überbordwerfen der *fiasco* in der Straße von Messina würde Sie dann in gewisser Weise zum Komplizen machen … haben Sie sich das schon mal überlegt?«

Das Gutachten des Gerichtsgraphologen lag ebenfalls bereits vor. Der Untersuchungsrichter las mir, nachdem er mehrere unwichtige Passagen summend zusammengefaßt hatte, einige Fragmente daraus vor. »*Vedremo* … ›möglicherweise ein großer schlummernder Kummer‹ … *ti credo sulla parola* … Ah! hier: › … voll widersprüchlicher Gefühle … Ohnmacht … künstlerisch mäßig begabt … *fantasticone* mit wenig Realitätsbewußtsein …‹ Wie bringen Sie letzteres, Signore Esperto, mit dem Bild in Einklang, das Sie von Ihrem Freund gezeichnet haben als einem Künstler, der auf einen *realismo ultramoderno* hinarbeitete und bei der Ausführung eine, *a dirla fra noi*, kleine Ungeschicklichkeit beging?«

Seit Thjums Umzug von Geldrop nach Berg en Dal am Ende unseres gemeinsamen Jahrs auf dem Gymnasium hatte ich seinen parfümierten Kleber nie mehr gerochen, doch allein schon die Erinnerung an diesen Geruch konnte mich fünfzehn Jahre später noch wütend machen. Als er nach den Osterferien neben mich auf die Bank rutschte, hatte er einen angenehmen Duft an sich. Er stammte aus seinem Aufgabenheft, in dem er über die freien Tage neue Bilder von Sängern und Filmstars geklebt hatte. Ich wußte, daß er die Ostertage bei seinem Vater und seinen Geschwistern in Berg en Dal verbracht hatte.

»Hat Beertje ihre Rosenwasserflasche über deinem Heft verschüttet?«

Mit geheimnisvoller Miene öffnete Thjum den Reißverschluß seines Bleistiftetuis und zeigte mir eine noch volle, allenfalls hier und da etwas eingedellte Tube mit der Aufschrift COLLE PARFUMEE. Nachdem er den Deckel abgeschraubt hatte, bildete sich unter denkbar zartestem Zischen eine große rosa Blase auf dem Mundstück. Sie zerplatzte, ich spürte feine Tröpfchen an meinem Handrücken, und zwischen Thjum und mir stieg der Geruch eines unbekannten Parfüms auf.

Der konzentrierte Duft von Blumen, allerdings mit etwas unverkennbar Muffigem in den Grundtönen. Nicht nur das letzte Trimester meines ersten (und einzigen) Gymnasiumsjahrs war dazu verdammt, nach *colle parfumée* zu riechen, es wurde auch immer mehr Thjums eigener Geruch und der meiner heimlichen Verliebtheit in ihn. Alles, was bei mir selbst farblos war, grauweiß oder gläsern, nicht nur der Kleber, mit dem ich die Idole in mein Heft klebte, nahm bei Thjum das Rosige des schwabbelnden kleinen Rüssels aus der Tube an. Wenn er nach dem Naseschneuzen in sein Taschentuch blickte und auch ich einen verstohlenen Blick hineinwarf, glaubte ich einen rosa Schimmer in seinem Rotz zu entdecken, genauso wie bei jemand anders eine Spur Grün darin sein kann. Seit wir mit unseren Spielchen aufgehört und unsere obszönen Zeichnungen in einem »sakramäßig schönen Christusfeuer« verbrannt hatten, blieb unsere gegenseitige Leibeserziehung auf das gleichnamige Unterrichtsfach beschränkt. Ich vermutete, daß Thjum – im Gegensatz zu mir – noch keinen Samen vergossen hatte, daß er jedoch kurz davor stand, und wenn es soweit wäre, käme als erstes diese wunderbare rosafarbene, in Tausende parfümierter Tröpfchen zerplatzende Luftblase, und danach würde der *colle* herabfließen, ebenso schwer und üppig wie sein Duft...

Als seine Mutter immer häufiger drohte, ihn nach Berg en Dal zu schicken, und unsere Trennung unabwendbar schien, versuchte Thjum, dem Schicksal zuvorzukommen, indem er mich gegen Ende des Schuljahrs buchstäblich von sich stieß. Vielleicht lag es an dem Geruch des kalten Suppenfleisches, mit dem an diesem Tag mein Schulbrot belegt war... Dicht neben Thjum und selbst eingesponnen in seine rosa Wolke *colle parfumée*, beugte ich mich kauend über sein aufgeschlagenes Aufgabenheft, in dem er mir seine letzten Neuerwerbungen zeigte: Farbfotos von Elvis Presley und Brigitte Bardot. Ohne zu warten, wie es sich gehörte, bis ich den Mund leer hatte, versuchte ich zu sagen: »Als ob die BB selbst mit deinem Kleber vollgeschmiert wäre... schön klebrig... dann brauchst du sie nie mehr loszulassen.«

Dabei spritzte ein Essensrest auf eines seiner Bilder. Thjum wurde böse und stieß mich in meine Bankhälfte zurück. »Weg da! Du stinkst, weißt du das? Du stinkst! Du stinkst...!«

Und er zog mit seinem grünen Radiergummi quer über die schwarze Tischplatte einen Strich, der in seiner bizarren Form aussah wie Stacheldraht.

Ohne daß er von meiner Rückkehr wissen konnte, stand am selben Tag noch Ali auf der Matte.

»*Ach, Sie haben immer noch das schöne Glöckchen*!« rief er von unten herauf. »*Gut*!«

Die süßliche Duftwolke, die er vor sich her die Treppe hinaufschickte, konnte ich nicht gleich identifizieren. Ich dachte an ein etwas weibisch ausgefallenes Aftershave... eines, das man auf enthaarte Damenbeine gab...

»Vielleicht ein bißchen spät, aber ich dachte... na, ich will meinem alten Freund Maurice Katan doch noch ein glückliches neues Jahr wünschen.«

Als er mir die Hand drückte, kam mir ganz kurz die Erinnerung an eine Wunde, die ich mir als Kind an der Handfläche zugezogen hatte und die einfach nicht heilen wollte. Wenn meine Mutter den Verband wechselte, bestrich sie die Wunde unter Zuhilfenahme eines Teelöffels mit einer kühlen hellgrünen Salbe, die geheimnisvoll duftete, mentholartig und erdig zugleich. Nein, die Erinnerung wurde mir wahrscheinlich nicht von dem (bedeutend süßeren) Geruch eingegeben, den Ali an sich hatte, sondern von dem klebrigen Pflaster in seiner Handfläche. Was hatte ihn erwischt, eine Messerspitze oder eine Kugel?

Er hielt meine Hand länger fest als nötig. Als er sie losließ, spürte ich den Abdruck des Pflasters... nein, das Pflaster selbst... das Ding klebte jetzt in meiner Handfläche. Ali schien nichts davon bemerkt zu haben: Er lächelte weiterhin fein. Trotz meiner Verlegenheit schaute ich flüchtig, als hätte ich da einen Spickzettel, in meine Hand. Der schwere Duft von billigem Parfüm verstärkte sich noch. In meiner Handfläche klebte ein kleines rechteckiges Briefchen. Es hatte die bekannte Form, war aber mit einer rosa Substanz überzogen, die aussah wie Hagebuttenmarmelade.

»*Es ist nur zum Spaß*«, sagte Ali entschuldigend. »Nicht das Päckchen ... das müssen Sie als Neujahrsgeschenk betrachten. *Nein, ich meine* ... dieser komische Kinderkleber ... ich wollte Sie foppen.«

Mit der anderen Hand versuchte ich, das Briefchen zu entfernen, doch so oft es auch von der einen in die andere Hand wechselte, das Ding blieb wie bei Schulze und Schultze aus den Abenteuern von Tim und Struppi an mir kleben. Durch den Geruch, der ihm unvermindert entstieg und den ich mittlerweile sehr wohl erkannt hatte, verspürte ich auch kaum noch das Bedürfnis, das Päckchen loszuwerden. Schließlich klebte ich es auf meinen linken Handrücken und nestelte es mit den klebrigen Fingern meiner rechten Hand auf. Der freiwerdende Essiggeruch vertrieb den Duft von *colle parfumée* nicht. Vorsichtig, das Handgelenk mit dem geöffneten Briefchen in Brusthöhe, holte ich die Schachtel mit dem Blasfußball aus dem Schrank. Ich wählte das grüne Röhrchen. Teesieb mit Alufolie. Der kleine Schraubstock aus dem Kasten für den jungen Bastler. Kerzenstummel auf Unterteller. Ali zündete das Streichholz für mich an ...

Thjum trudelte in dicken Dunstwolken ein. Ich sog ihn sofort ein, tief in den Schutz meiner Eingeweide. So war es gut, ja, so war es gut ... Die krampfende Beklemmung, die sich bei Alis Kommen eingestellt hatte, verschwand schlagartig. Ich inhalierte Thjum so tief, daß ich mit der Zeit selbst den *colle parfumée* nicht mehr roch. Einige Milligramm Asche und ein Klecks rosa Kleber auf dem leeren Einwickelpapier von Nr. 3 – das war alles, was von der Einäscherung übrigblieb. Ich schloß die Augen und sah eine Holzscheibe vorbeirollen ... immer langsamer, in ruhigen Umdrehungen, wobei rote Blitze und Kringel über das Holz liefen.

Als sie still lag, auf der Seite, konnte ich die Zahlen erkennen, eine 6 und eine 2. »Zweiundsechzig«, hörte ich die Stimme von La Tattamella sagen. »Da haben wir ihn ... *'o muorto acciso* ... den getöteten Toten.«

Auf den Leib geschrieben

Freitag, 13. Januar 1978
(Albert Egberts)

Wenn Albert Thjums Familie begegnete, dachte er nicht gleich daran, daß sie Juden waren, und das hatte nicht nur mit ihrem fünfzehn Jahre zurückliegenden Übertritt zum Katholizismus zu tun: Sie sahen nicht jüdisch aus, hatten zumindest wenige der Gesichtszüge, die von Nichtjuden als »typisch jüdisch« abgestempelt wurden. Hier jedoch, in dieser Umgebung, auf dem katholischen Friedhof der Heilig Landstichting, und auch vorher schon, in der Kirche, nahmen sie zuweilen ihr jüdisches Äußeres wieder an. Merkwürdig, dachte Albert, daß abgenutzte, sogar auf Steinen fast verwischte Symbole solche Kontraste wiederaufleben ließen.

August Schwantje, vor Kummer geschrumpft, sah neben der unbewegten Gonnie klein und rabbinerhaft aus. Auch Gidi, Hand in Hand mit der blonden Jerry, konnte er sich auf einmal sehr wohl mit Schläfenlocken vorstellen. Und Berendina, hochgewachsen neben ihrer durchscheinenden Stiefschwester Milli, glich trotz ihrer dunkelblonden Haare einer pechschwarzen, tanzenden Salome, wie Albert sie auf einem Stich aus dem 19. Jahrhundert gesehen hatte.

Niemand erbarmte sich einer alten Dame, die auf dünnen Beinen schwankend etwas abseits stand und jeden Moment unter dem Gewicht ihrer Perücke zusammenbrechen konnte, die wie aus Gußeisen geschmiedet wirkte. Ihr Gesicht hatte das Grau von Zeitungspapier, mit lila Schlieren unter den Augen. Die dünnen Lippen schienen zu murmeln. Es war mehr als ein Wiedererkennungsschock für mich, etwas weit Grauenvolleres, denn sie hatte eine verblüffende Ähnlichkeit mit Thjums Mutter in ihren letzten Tagen. Vor Jahren hatte Thjum mir erzählt, daß seine Alte in Geldroper Supermärkten immer öfter dabei erwischt wurde, wie sie Pilsflaschen in ihrer Tasche verstaute.

»Bekommt sie denn so wenig Unterhalt von deinem Vater«, hatte ich ihn damals gefragt, »daß sie ihr Bier nicht mehr bezahlen kann?«

»Es geht nicht ums Geld«, sagte Thjum. »Sie schämt sich, drei-, viermal pro Tag mit Alkohol an der Kasse zu stehen.«

»Wäre es dann nicht besser, wenn sie ihre ganze Tagesration auf einmal holt?«

»Soviel kann sie nicht auf einmal tragen. Sie würde sofort umknicken.«

Die Gesellschaft hatte sich um das offene Grab gestellt, über dem Thjums Sarg auf zwei Querbalken ruhte. Es gab noch etwas Gescharre und Gehüstel, aber sonst hatte jeder seinen Platz gefunden. Die Herren hatten fast ausnahmslos die Hände vor dem Hosenschlitz, will sagen: die eine zur Faust geballt, die andere direkt dahinter um das Handgelenk geschraubt. Auch die Damen machten eine Faust, doch die ruhte in der offenen anderen Hand in Busenhöhe und wurde außerdem durch ein zusammengeknülltes Taschentuch gemildert, das dann und wann für einen Moment sichtbar wurde, wenn ein Augenwinkel oder Nasenflügel zu betupfen war. Den etwas älteren Frauen hingen Henkeltaschen am Arm, die jüngeren klemmten ihre Unterarmtasche unter die Achsel.

Albert, der ganz hinten stand, sah sich noch einmal im Kreis um. Er vermißte jemanden, wußte aber nicht, wen. Es war kein Name, der ihm auf der Zunge lag, es handelte sich allenfalls um einen schwachen Geschmack ... eher noch einen matten Geruch ... etwas Dumpfes ... Nein, Thjums ehemaliger Schulkamerad Boris van Buschbasch, Sproß des Klaviertransportunternehmens, fehlte nicht. (»Van Buschbasch – mit Ihren Tonleitern treppauf, treppab.«) Sogar seinen Tick, den Thjum zeitweilig von ihm übernommen hatte, hatte er mitgebracht. Albert erinnerte sich an die endlosen Nachmittage, die Boris und Thjum, einander gegenübersitzend, über Östlich-Verblasenes philosophiert hatten, wobei Boris den Oberkörper wie in einer Art Trance vor und zurück wiegte, bis Thjum es ihm gleichtat. »Die beiden Nickengel« hatte Gidi sie genannt. Thjum hatte diese Nickerei mit der Zeit wieder abgelegt, und zwar für immer, bei Boris dagegen schien es nur noch schlimmer geworden zu sein. Der heftig geneigte Oberkörper klappte, wie bei einem vor der Klagemauer betenden orthodoxen Juden, einem Taschenmesser vergleichbar, immer wieder vor dem weißen Sarg mit dem Leichnam seines Freundes zusammen, als könne er ihn so zum Leben erwecken.

Albert sah jetzt auch Thjums jüngste Schwester Frederika. »Fredje« stand, neben dem von den Schwantjes adoptierten streunenden Kätzchen Katharina »Toosje« Katrinčak, hinter ihrem Vater und ließ vorläufig als einzige der Gesellschaft ihren Tränen und ihrem Rotz freien Lauf, während Toosje mit ihrem verdrehten und verkümmerten Ärmchen den Rücken ihrer »Schwester« zu streicheln versuchte, was aber eher auf eine Art Geknuffe hinauslief. Augusts Jugendfreund aus Lemberg, Baruch D. (»stands for Dollar«) Kirschenbaum, war ebenfalls zugegen. Er trat ein paar Schritte vor zu Thjums einsamer kleiner Tante. Er faßte Mevrouw Zeligman am Oberarm, ließ ihn, sichtlich erschrocken von dem zerbrechlichen Knochen im Mantelärmel, wieder los und legte dann vorsichtig seinen riesigen Arm um ihre Schultern.

Schauspieler der Theatergruppe Handke-Weiss III hatten sich Thjum zu Ehren gekleidet und geschminkt wie in *Die Chinesische Mauer*, dem letzten Stück, in dem er mitgespielt hatte – in der Rolle des Heutigen. Damit ihr Kostüm voll zur Geltung kam, trugen sie keinen Mantel, mit der Folge, daß die Akteure leicht verfroren dastanden. Einer drückte Thjums zusammengefaltetes und von einem grünen Band gehaltenes Kostüm, den Overall des Heutigen, an sich: Der würde natürlich gleich zu den Blumen auf den Sarg gelegt werden.

Es wäre im übrigen auch nicht verkehrt gewesen, dachte Albert, wenn als Ehrenzeichen Stab und Schuhe des heiligen Canisius auf dem Deckel gelegen hätten ... und sofort fiel ihm schaudernd ein, wer hier fehlte. Eines Nachmittags Ende Dezember hatte Flix ihm vor dem Zusammenbauen den Gipsabdruck von Thjums Arm gezeigt. Bizarr wie Adern waren Thjums Narben darin abgedrückt, die er sich zugezogen hatte, als er die Reliquien aus der zertrümmerten Vitrine zusammengerafft hatte.

Ganz einfach, Thjums Geliebter fehlte bei der Beerdigung, und das gab ihr etwas Unvollständiges. Sein Mörder, ja, der war überlebensgroß anwesend in den eckigen Konturen des Sargs ... in dem schwarzen Loch unter den Balken ... in dem Raum, den der Halbkreis der regungslos dastehenden Menschen frei ließ ... Aber sein Geliebter?

Der Bestattungsunternehmer hatte Albert im Namen der Familie gebeten, eine Ansprache zu halten. Er hatte sich geweigert. Was hätte er auch sagen sollen? Thjum, die Menschen, die hier in Zukunft vorbeigehen, werden auf deinem Grabstein einen rätselhaften Text lesen.

THEODOR SCHWANTJE
Thjum
1. 5. 1950–31. 12. 1977

DAS IST DIE LUFT
DAS IST DIE LUST

Alle, die um dich trauern, wissen, daß dies nicht die Worte eines drittklassigen Dichters sind, und auch nicht deine letzten Worte. Thjum, du bist der einzige Mensch auf Erden, dessen erste Worte ... nicht nur aufgezeichnet sind, sondern sogar in Stein gemeißelt. Du sprachst sie aus, aufgeregt, aber gut artikuliert, als das Alter des ersten Gebrabbels schon lange vorbei war. Bis zu deinem fünften Lebensjahr war deine Zunge teilweise am Gaumen angewachsen. Nachdem sie abgetrennt worden war, hast du noch monatelang den Mund gehalten, wenngleich in dir etwas zu brodeln begann. Es kam der 23. November 1955, deine Mutter knipste im dämmrigen Wohnzimmer um vier Uhr nachmittags ein paar Lampen an, und in dem Moment begann, mit dem Ausstoßen deiner ersten Worte, dein Leben. »Mama! Mama! Das ist die Luft ...! Und das ist die Lust ...!« Mit fuchtelnden Armen ranntest du durch das Zimmer, um auf die »Luft« zu deuten: die spinnwebenähnliche Dämmerung, die noch in den Ecken hing. Danach bliebst du vor einer Schirmlampe auf einem Beistelltisch stehen, bewegtest die Hände wellenförmig um den durchschienenen Pergamentschirm und riefst: »... und das ist die Lust!« So immens war in den Jahren des großen Schweigens die Faszination für die, wie du es später selbst nanntest, Lichter geworden, die die Nacht intakt ließen. Sterne, Kerzenflammen, das rote Rücklicht deines Fahrrads ... Um letzteres sehen zu können, mußtest du dich manchmal gefährlich weit zurückbeugen, so daß du regelmäßig auf parkende Autos fuhrst. In Amsterdam wurden die roten Rücklichter der Autos und ihre Spiegelung auf dem nassen Asphalt von Blutspuren abgelöst, die sich Tropfen für Tropfen zickzackartig durch die Stadt zogen. Auch sie gaben für dich in irgendeiner Weise Licht (die Lust) auf dem dunklen Pflaster (die Luft). Ach, Thjum, du stießest selten oder nie bis zu ihrem Ursprung vor ... zu dem Körper, aus dem all das Blut gesickert war ...

Hätte Albert in Gegenwart von Thjums versammelter Familie das Schlimmste, das Allerschlimmste sagen können, das ihm auf der Zunge lag?

Heute wissen wir, Thjum, wohin die Tröpfelspur dich führte. Von der chinesischen Mauer zum neapolitanischen Monte Echia. So folge auch ich meiner eigenen Blutbahn, Thjum, die als Tröpfelspur durch die Stadt führt. Das Ende ist noch offen. Ein Hauseingang ... ein Rinnstein ... die hohe Eingangstreppe zu einem Herrenhaus ... der Nebeneingang zu Onze-Lieve-Vrouwegasthuis. Vielleicht führt sie mich ja ans andere Ende der Welt. Hauptsache, sie klettert nicht an der Schwesternschürze von Sux Cox hinauf ... oh, meine letzten Blutstropfen wie eine Ameisenspur zwischen ihren kümmerlichen Brüsten hindurchlaufen zu sehen! Meiner Mutter zufolge war das erste, woran ich mich, noch mit blutigem Händchen, festklammerte, die Brosche einer Wochenpflegerin ... Manchmal hängen Anfang und Ende miteinander zusammen. Du begannst stumm, mit geknebelter Zunge, und du endetest stumm … und taub und blind … von Kopf bis Fuß in Gips gegossen, der dir auf Augen und Ohren drückte und die Kiefer zusammenpreßte. Keine letzten Worte. Nur ein letzter Tanz. Von allen Menschen müßte der letzte Tanz festgehalten werden, wenngleich du jedem leichtfüßigere Schlußschritte wünschen würdest, als dir selbst vergönnt waren. »Musik wie die, zu der ein Bär zu tanzen pflegt«, schrieb ein Kritiker zu einer Komposition von Nietzsche.

Ein Versprechen, Thjum! Jetzt! Ich werde dich leichtfüßig fortleben lassen … Wie oft hast du mir nicht die Ohren vollgelabert mit dem Schreiben, das mir angeblich vorbestimmt sei. Vorbestimmt, zugedacht … wo denn, in welchem Schrank? Als ob das Schreiben etwas wäre, was irgendwo, Moos oder Zinsen ansammelnd, herumliegt und auf einen wartet … Nein, das Problem war, ich habe es dir einmal zu erklären versucht, daß ich mich nicht zwischen Lyrik und Prosa entscheiden konnte. Ein Gedicht wurde aus hölzernen kurzen Prosasätzen zusammengeschustert, bei einer Erzählung landete ich immer viel zu schnell in der Höhle der Poesie. Letzteres wäre ja nicht mal so schlimm gewesen, wenn ich mich nicht auch noch wie ein Verirrter benommen hätte … Ach, na ja, dieses Problem hat sich erledigt. Jetzt deichselt Patrick die Sache für mich. Zum Glück hört er nicht allzugut, das heißt … er kann perfekt zuhören … mit dem dritten Ohr.

Lyrik, Prosa … wer keine Wahl treffen, wer sich nicht entscheiden kann, der muß für die Bühne schreiben. Dann kann er die erzählenden Elemente dem Regisseur und dem Bühnenbildner überlassen und die Poesie den Schauspielern. »Die Rolle ist ihm auf den Leib geschrieben«, liest man gelegentlich bei deinem Freund, dem Theaterrezensenten. Ich werde ausschließlich Stücke verfassen, Thjum, deren Hauptrolle dir auf den Leib geschrieben ist. Auch ganz wörtlich. Ich werde es so einrichten, daß sie nur für jemanden von deiner Statur und deiner Motorik zu spielen ist. So wird der Schauspieler gezwungen werden, deine Seele in sein Spiel zu legen.

Ich kann unsere Gespräche ... die in Nimwegen, die in Amsterdam ... nur dadurch retten, daß ich sie fortsetze, sie nicht verklingen lasse. Wie kann ich das besser tun, als indem ich Dialoge für dich schreibe? Ich werde dir noch eine Menge zu sprechen geben, Thjum, verlaß dich drauf.

Gott sei seiner tabellarischen Seele gnädig

Montag, 20. Februar 1978
(Ernst Quispel)

Mist. Dieser Mandant von mir ist kein Drängler, aber er will jetzt endlich wissen, woran er beim Fiskus ist. Das Blöde daran ist, daß *ich* das Gesicht verliere, schließlich habe ich ihm diesen Wendelgelst als buchhalterisches Genie empfohlen. Vor zwei Wochen kam das letzte Schreiben aus Heemstede: daß ein Entwurf des Einspruchs, wegen der Besonderheit und Komplexität des Falls um einiges verspätet, uns in Kürze zugesandt wird. Unterzeichnet: Wendelgelst. Übermorgen verstreicht nach all den beantragten und bewilligten Verlängerungen die allerletzte Frist. Wenn ich früher die Nummer in Heemstede wählte, hatte ich Wendelgelst meist direkt an der Strippe. Ganz selten seine Frau, die gelegentlich Aufträge für ihn übernimmt, ohne daß die beiden nun gleich eine Sozietät bildeten. Wenn ich jetzt anrufe, und das läuft schon seit Wochen so, geht eines der Kinder dran, Rinko oder Tinka. Einmal hörte ich sogar das fröhliche Gebrabbel von Marco, das bei aller Unverständlichkeit noch immer etwas Italienisches hat. Oder Neapolitanisches, das ist laut Albert nämlich eine Sprache für sich, und der kennt sich nach allem, was ihm in den letzten Monaten passiert ist, damit aus.

»Hallo, Rinko. Kann ich deinen Vater sprechen?«

»Papa ist nicht da.«

»Oh. Kann ich dann mal kurz deine Mutter sprechen?«

»Mama hat keine Zeit.«

»Dann warte ich solange, bis sie fertig ist …«

»Mama sagt, sie kann jetzt nicht ans Telefon kommen.«

»Dann sag Mama … oder Papa … daß Herr Quispel aus Amsterdam angerufen hat.«

Die kurzen Telefongespräche mit den Kindern laufen immer nach demselben Schema ab. Manchmal fügt Rinko nach diesem »Papa ist nicht da« nach kurzem Zögern hinzu: »Papa ist beim Inspektor.«

»Hallo, Tinka. Ist dein Vater da?«

»Papa ist ... ähm ... spazieren.«

»Ist deine Mutter in der Nähe?«

»Ähm ... Mama ist auch ... spazieren.«

»Wenn sie von ihrem Spaziergang zurückkommen, würdest du ihnen dann bitte sagen, daß Herr Quispel aus Amsterdam angerufen hat?«

»Ich sag Mama ... ich sag Papa, daß ein Herr aus Amsterdam angetelefoniert hat.«

»Wunderbar, hübsche kleine Dame. Es war mir ein Vergnügen, mit Ihnen gesprochen zu haben.«

»Tschü-üs.«

Goldige Kinder, aber auf die Tour komme ich nicht an den Einspruch. Letzte Chance für Wendelgelst, selbst abzuheben. Sonst nehme ich den ersten Zug nach Heemstede, und dann können sie was erleben in ihrer vornehmen Einfamilienhausstraße. Vor lauter Braß verwähle ich mich, mein zittriger Finger fährt in das falsche Loch der Wählscheibe, ich erwische zweimal einen verkehrten Anschluß. Dann: die zaghafte, nein, ängstliche Stimme von Rinko.

»Bei ... ähm ... Büro Wendelgelst.«

»Ah ... hallo, Rinko. Ich muß dringend deinen Vater sprechen.«

»Papa ist ... Papa ist nicht ...«

»Gut, dann gib mir deine Mutter.«

»Mama ist nicht ... Mama ist ...«

Du brauchst dringend mal wieder 'nen Stich von der Gespe, du kleiner Flunkerfritze mit deinen elliptischen Lügen. Sofort bereue ich diesen Gedanken, wodurch sich mein Ärger etwas mildert.

»Rinko, jetzt hör mir mal gut zu. Es ist mir egal, wo sie sind ... im Büro oder in der Küche ... aber du gehst jetzt zu deinem Vater oder zu deiner Mutter und sagst, daß einer von ihnen ans Telefon kommen muß. Es darf auch ein bißchen dauern ... ich bleib dran.«

»Aber Mijnheer, Papa ist wirklich nicht...«

»Dann hol deine Mutter. Wenn sie nicht kommen will, dann sagst du ihr, daß ich in einer Stunde bei euch vor der Tür stehe. Und Fäden im Garten zu spannen hat keinen Sinn... ich komm da durch...«

Mevrouw Wendelgelst muß neben ihrem Sohn gestanden haben, vielleicht sogar mit so einem Mithörding am Ohr. Sie hat ihm den Hörer aus der Hand genommen und sagt überaus ruhig und würdevoll: »Steuerberatungsbüro Wendelgelst.«

Höre ich da, wie der Junge sich weinend entfernt? *Gepse... Gespe... Gesspus*, echot es zischend in mir weiter.

»Mevrouw Wendelgelst, hier Quispel, falls Ihnen das noch nicht klar war. Ich habe den Eindruck, daß Ihr Mann Katz und Maus mit mir spielt. Ich muß ihn auf der Stelle sprechen, anderenfalls ergeben sich Probleme, die auch für ihn unabsehbar sein können.«

»Der Einspruch... Mijnheer Quispel, ich weiß Bescheid. Das war eine harte Nuß für ihn, aber ich glaube, jetzt hat er sie geknackt.«

»Glauben Sie... Könnten Sie mich dann mal mit Mijnheer Wendelgelst verbinden, damit er mir die freudige Nachricht selbst kundtun kann?«

»Es tut mir leid, Mijnheer Quispel. Mein Mann hat im Moment einen wichtigen Klienten da. Sie wissen ja... diese unerquickliche Sache... dabei hatten Sie ihn doch noch beraten. Er hat mich ausdrücklich gebeten, ihn nicht zu stören.«

»Wie lange wird er Ihrer Meinung nach noch mit seinem Klienten beschäftigt sein?«

»Na, in einer Stunde werden sie wohl fertig sein, vermute ich.«

»Mevrouw, jetzt ist es halb drei. Ich bin gegen vier bei Ihnen, um den Einspruch abzuholen.«

»Kein Problem, Mijnheer Quispel. Ich werde dafür sorgen, daß er für Sie bereitliegt.«

»Das reicht nicht. Ich muß auch mit Ihrem Mann über den Inhalt sprechen.«

»Ich werde dafür sorgen, Mijnheer Quispel, daß er dann für Sie frei ist.«

»Mijnheer Quispel, ich bringe Sie hinauf.«

Alles wirkt eine Spur anders als sonst. Mevrouw Wendelgelsts magere Waden fangen auf den untersten Stufen gerade noch das orangerote Licht der tiefstehenden Nachmittagssonne ein, die durch das rostbraune Glas der Haustür hereinfällt. Dadurch sehe ich nicht nur, daß ihr die Nylonstrümpfe zu locker um die Beine sitzen, sondern auch, daß blaue oder violette Blitze beginnender Krampfadern durchschimmern. Wieder hastet sie unbeholfen die Treppe hinauf, als werde ihr zu spät bewußt, daß »die Frau den Mann vorgehen zu lassen hat«, obgleich diese Anstandsregel doch schon seit der soundsovielten Auflage aus dem Groskamp-Ten Have verschwunden ist – meine Mutter in Haarlem verfolgt diese Dinge sehr genau. Trotzdem habe ich den Eindruck, daß Mevrouw Wendelgelst diesmal noch schneller nach oben verschwindet, als nötig ist, um mich für meinen schamlos nach oben gerichteten Blick zu strafen. Auf dem Flur im ersten Stock bin ich plötzlich allein. Sie ist leicht rauschend entschwunden. Wohin? Die Tür zu dem kleinen Archivraum, in dem sie sonst immer, sich steif um die eigene Achse drehend, meinen Besuch ankündigt, steht weit offen, aber ich sehe keine Mevrouw Wendelgelst. Ist sie durch die Zwischentür ins Büro ihres Mannes gegangen, um ihm Instruktionen ins Ohr zu flüstern? (»Dieser Mijnheer Quispel ist ziemlich sauer.«) Ich bleibe stehen, genau vor der Schwelle zum Archivraum, und spitze die Ohren bis zum äußersten. Ich höre keine Stimmen, nicht einmal flüsternde. Ich gehe zwei Schritte vor und stehe zwischen den Schränken mit den Aktenordnern und Mappen. Nach wie vor wirkt alles wie immer, außer daß ich nicht angekündigt bin und Mevrouw Wendelgelst verschwunden ist, ohne mir Tee angeboten zu haben (vormittags Kaffee). Ich blicke auf die hohe Rückenlehne von Wendelgelsts ledernem Schreibtischstuhl, die den Steuerberater in dieser Position völlig unsichtbar macht – bis auf ein glanzloses Haarbüschel, aber auch das sehe ich jetzt nicht, wahrscheinlich weil er vorgebeugt oder weit zurückgelehnt sitzt. Ich erinnere mich noch an den verstohlenen Stolz, mit dem er mir den Stuhl kurz nach dem Erwerb vorgeführt hat. Obwohl es im Hinblick auf die abzugsfähigen Betriebsausgaben auch für ihn Zeit wurde, seine schon seit Jahren abgeschriebene Büroeinrichtung zu ersetzen, grinste er dabei wie jemand, der sich einem hemmungslosen Kaufrausch hingegeben hat. »Der König muß sich seinen Thron erst noch verdienen, Mijnheer Quispel«, hatte er, ob seiner Verschwendungssucht sogar leicht blumig werdend, gesagt.

Trotz meines Ärgers und meiner Ungeduld warte ich, bis er sagen wird: Treten Sie näher, Mijnheer Quispel. Ich hüstele. Keine Reaktion.

»Guten Tag, Mijnheer Wendelgelst.«

Jetzt setzt sich der Stuhl auf dem schweren Drehkreuz in Bewegung, zunächst langsam, um dann ruckartig zu mir herumzuschwenken. Ich fühle, wie sich die Haut zwischen meinen Schulterblättern zusammenzieht. Auf dem Stuhl sitzt, mit bleichem, kaltem Gesicht, Mevrouw Wendelgelst.

»Treten Sie näher, Mijnheer Quispel.«

Wieder fühle ich, wie die Wut von vorhin in mir hochkommt, gehe aber trotzdem, ohne etwas zu sagen, in das Büro.

»Nehmen Sie Platz, Mijnheer Quispel.«

Gehorsam, allerdings auf der Hut, setze ich mich auf den geraden Sessel auf der anderen Seite des Schreibtisches und sehe Mevrouw Wendelgelst mit hochgezogenen Augenbrauen an. Sie ist um eine weitere Schattierung blasser geworden. Ihre Miene ist starr.

»Ja, sehen Sie, Mijnheer Quispel... mein Mann ist vor sechs Wochen plötzlich gestorben.«

Ein Wespenstich. Ein Gespenstich.

»Nachträglich mein aufrichtiges Beileid, Mevrouw Wendelgelst. Vor sechs Wochen... ich verstehe nicht...«

»Seine Herzklappe... Wie Sie vielleicht wissen, hatte mein Mann ein Herzleiden. Er hatte eine künstliche Klappe aus

Kanada. Wie sich jetzt herausgestellt hat, ein minderwertiges Fabrikat. Es ist in letzter Zeit häufiger im Gerede gewesen. Bei vielen Menschen stößt der Körper diese Klappen irgendwann ab ... Anfang Januar hat er mich plötzlich nachts geweckt. Ich sollte fühlen, ob seine Klappe noch arbeitet. Ich war der Meinung, daß sie es tat. Am nächsten Morgen war er tot.«

»So ein liebenswürdiger Mann ... Aber etwas verstehe ich nicht, Mevrouw. Vor zwei Wochen habe ich noch einen Brief von ihm bekommen ...« Schnell überfliege ich im Geist diesen Brief. Der freundschaftliche Ton. Die Anspielungen auf das aus dem Ruder gelaufene GmbH-Debakel. Die Unterschrift, die über das Blatt springt wie eine Rolle Stacheldraht. »Hat er den vielleicht schon vier Wochen vorher geschrieben und nicht zur Post gebracht? Und haben Sie dann, als Sie seine Sachen aufräumten ...«

»Diesen Brief habe ich geschrieben«, sagt sie kalt. »Und zwar anhand der Durchschläge seiner bisherigen Korrespondenz mit Ihnen. Schon seit sechs Wochen schreibe ich Briefe im Namen meines verstorbenen Mannes. Ich setze seine Unterschrift genauso leicht darunter wie meine ...«

»Aber dann verstehe ich noch immer nicht ...«

»Ich hatte keine andere Wahl, Mijnheer Quispel. Ich habe drei Adoptivkinder, und die müssen alle drei zu essen und etwas anzuziehen haben. Wenn ich allen unseren Klienten sofort eine Todesanzeige geschickt hätte, wäre die Hälfte sofort zu einem anderen Steuerberater gegangen. Solange das Büro nicht verkauft ist, hänge ich den Tod meines Mannes nicht an die große Glocke.«

»Ich bin sprachlos. Am Telefon sagten Ihre Kinder jedesmal treu und brav, daß Papa ...«

»Ich war der Meinung, es ist nicht die Aufgabe der Kinder, Klienten, die anrufen, über den Tod ihres Vaters zu informieren. Für Rinko und Tinka ist es auch so schon schwer genug.«

Natürlich, alles für die Kinder. Essen, Kleidung ... und auch sonst müssen sie, soweit wie möglich, geschont werden. Aber sie sind sich nicht zu schade, ihren Vater seit nunmehr sechs Wochen am Telefon künstlich am Leben zu halten und so das Steuerberatungsbüro bis zum Verkauf vor der Abwanderung von Klientent zu bewahren.

»Irgend etwas, Mijnheer Quispel, muß meinem Mann einen Schlag versetzt haben«, sagt die Frau etwas sanfter, allerdings mit noch ebenso kaltem Blick. »Es war nicht nur die Herzklappe ... Manche Männer, das ist mir bekannt, führen ein zweites Leben. Bei meinem verstorbenen Gatten habe ich mir das nie vorstellen können. Aber nach seinem Tod fand ich in seinem Schreibtisch eine Pappschachtel mit einer vollen Filmspule. *Pornozirkus* oder so etwas Ähnliches stand darauf, und daß es um Kinder ging ... Ich hab das Ding sofort weggeschmissen. Ich hatte es schon zu lange in der Hand gehalten ... Zack, in den Müll, und vergessen, vergessen ... Später fand ich in einem Archivschrank noch einen ganzen Stapel solcher Filme. Dutzende. Alles dieselben. *Pornozirkus, Pornozirkus* ... Als ob er sämtliche Kopien aufgekauft hätte. Ich habe alles weggeschmissen.«

»Vielleicht hat ein Klient sie ja bei ihm deponiert. Ihr Mann war in die Klemme geraten, weil er sich mit faulen GmbHs eingelassen hat. Ich habe ihn in dieser Sache noch beraten ...«

»Das könnte eine Erklärung sein. Aber was ist dann mit diesem Brief? Ich habe auch noch eine ganze Liste mit Pornoläden gefunden ...«

Ich erkenne die alberne Unterschrift. »Hochachtungsvoll Anonym (Geht nicht anders)«.

Mijnheer Wendelgelst ... Gott sei seiner tabellarischen Seele gnädig.

Schlafen mit angezogenen Stiefeln

Ich habe gemerkt (eine Lektion aus den Schützengräben), daß man mit angezogenen Schuhen besser einschläft als ohne. Die wahre Vorbereitung auf den Schlaf ist, sich richtig hinzulegen, das heißt, die Haltung einzunehmen, in der man nicht mehr fallen kann. Ohne diese Vorsorgemaßnahme muß man Mühe und Aufmerksamkeit auf sein Gleichgewicht verwenden, und das geht auf Kosten des Schlafs. Mehr noch, wenn man in einer leicht instabilen Haltung einschläft, sorgt der Schlaf dafür, daß man sich entspannt und dann ein Stück weit fällt, wodurch man aufwacht. Jeder hat schon mal festgestellt, daß jemand, der im Sitzen schläft, alle naslang wach wird, weil sein Kopf kippt; wer lesend einschläft, läßt sein Buch los, was ihn weckt. Ja, wenn auch nur eine Hand nicht ganz hinuntergefallen ist, wenn die Schwerkraft nur irgendwo auf Widerstand stößt oder wenn irgend etwas im Gleichgewicht gehalten wird, dann fallen wir tatsächlich ein bißchen beim Einschlafen, und davon werden wir wach. Daraus leite ich ab, daß man nur auf dem Rücken wirklich gut einschläft; in dieser Position kommt unser Körper dem flüssigen, vom eigenen Gewicht ausgeglichenen Zustand am nächsten. Womit wir bei den Schuhen sind. Denn bei dieser ausgestreckten und entspannten Haltung sind die Füße aufgerichtet und bearbeiten die Decke – doch die Schuhe sind Schild und Zuversicht, so daß die Schwerkraft, die unser permanenter Feind ist, die Schwerkraft, die unser Wecker ist, uns in Ruhe läßt; alles ist bereits ganz herabgefallen; dadurch und nur dadurch schlafen wir. Was aber ist mit den Leidenschaften, den Erinnerungen, den Sorgen, den Plänen? Ich glaube, wir irren, wenn wir Gedanken bilden zu können glauben, wenn der Körper nicht mehr arbeitet. Die Ruhe des Körpers ist auf der Stelle der Schlaf des Geistes. Wir versuchen manchmal, die Sorgen beiseite zu schieben – aber dann gerade denken wir an sie. Doch wenn unser Körper sich nicht mehr widersetzt, herrscht sofort Friede in unseren Gedanken.

Alain, *Schlafen*

Harakiri mit einer goldenen Schere

Sonnabend, 4. März 1978
(Albert Egberts)

Die Nachbarin von unten, die Flix und er wegen ihrer großen blonden Gestalt »Der Wikinger« nannten, hatte oft genug mit der flachen Hand – »Meiner! meiner! meiner!« – auf den Wohnzimmertisch geschlagen: Sie haute ab und nahm ihr rechtmäßiges Eigentum (ein unansehnliches Ding mit Wasserrändern) an einen unbekannten Ort mit. Bald darauf zog der Musiker mit seiner *pedal steel guitar* zu seiner neuen Freundin. Es war nicht das einzige Gemaunze, das verschwand: Auch die Katzen zogen aus, und dadurch nahm der Mäusebestand wieder zu. Die verlassene Wohnung wurde von der Stadt zugenagelt, und zwar so gründlich, daß nur noch die Mäuse entkommen konnten – in den zweiten Stock. Albert langten seine alten Schuhe nicht; er stand bei seinen Bekannten bald im Ruf, immer das abgetretene Schuhwerk abzuholen, er, der so warm von den Kinderschuhen erzählen konnte, die in der Straße seiner Kindheit in der Küche des einzigen Hauses, in dem es einen Fernseher gab, aufgereiht standen. (»Ein Schuhfetischist war ich nie, aber wenn ich das sah ...«) Niemand machte sich die Mühe, die Wohnung im ersten Stock wieder aufzubrechen, nicht einmal, nachdem Albert in der Hoffnung, die Mäuse wieder loszuwerden, das »Büro für Hausbesetzerbeistand« vom freigewordenen Wohnraum in Kenntnis setzte.

Währenddessen zog Mevrouw de Hoogh-Stey beharrlich ihre Kreise.

Schon bald nach Alis Neujahrsbesuch und dem goldenen (beziehungsweise rosenfingrigen) Händedruck begann Albert, sich das Heroin intravenös zu verabreichen. Das Blasfußballspiel genügte nicht mehr. »Der kleine Schnabel des Kolibris«, hatte Ali gesagt, »trifft sein Ziel leichter als das qualmende Maul des Drachens.« Albert mußte sich nach der ersten Spritze übergeben, die er sich von jemandem aus Alis Hofstaat hatte setzen lassen, aber wie bei seinen ersten Erfahrungen mit dem Alkohol hielt ihn das nicht davon ab, weiterzumachen. Er lernte schnell, seinen linken Oberarm mit der rechten Hand abzubinden und durch die Vorfreude auf den glühenden Genuß seinen Widerwillen gegen die Nadel zu überwinden.

Albert gab sich dem Spritzen-Ritual so fanatisch hin, daß seine Adern schwollen und rot wurden, sich immer warm und schmerzhaft anfühlten, harte Stränge unter der Haut. Wenn er zu verschwenderisch mit dem Zeug umgegangen war, versagte die Peristaltik; sein Bauch wurde hart wie ein Brett.

Bei einem anderen Besuch hatte Ali ein größeres Päckchen dabei, mit Leichtigkeit groß genug für ein halbes Pfund. Albert riß es ihm fast aus den Händen, so ungeduldig hatte er auf seine Ration gewartet. Ali hielt es ihm, wie bei einem Kind, ungreifbar hoch über den Kopf.

»*Ruhig! Ruhig!* Lassen Sie mich erst etwas dazu sagen... Zufällig habe ich mal gelesen, daß ein Landsmann von Ihnen« (Ali sagte noch immer, auf deutsch, »Sie« zu dem, der ihm längst zu Füßen lag) »in Hollywood den Helden in einem Stummfilm spielte. Ich glaube, er kam auch aus dem Süden der Niederlande... aus Brabant... Er war der Lover von Sarah Bernhardt. Nicht schlecht, *was*? Als der Tonfilm aufkam, wurde er, mit seinem Akzent, abserviert. Verstehen Sie jetzt, Albert, warum ich mich bei all meiner Schönheit hier nie beim Film beworben habe, und auch nicht in Babelsberg? Haha... Na ja, seine Rolle war also ausgespielt. Eines Tages legte er sämtliche Zeitungsausschnitte mit lobenden Rezensionen um sich herum auf den Fußboden und beging Harakiri. Mit einer goldenen Schere. Darunter tat er's nicht, *was*? Ich habe Ihnen keine goldene Schere mitgebracht. Sie sollen auch nicht Harakiri machen. *Sie bekommen* aber ein solides Werkzeug. Das beste, das es gibt. *Rostfrei*, das ist in diesem Fall besser als Gold. Bitte sehr.«

Aus dem Papier kam eine Schachtel der Art zum Vorschein, in der teure Füller verkauft werden. Auf der blauen Seide lag eine Schere. *Fiskars Delux* stand in goldenen Buchstaben auf der Innenseite des Deckels. Aufgrund dieser Verpackung dachte Albert das erste Mal bei einer Schere an einen Füller. Wenn die Spitzen einer Schere nur nahtlos genug schlossen, mußte man, nachdem man sie in Tinte getaucht hatte, damit schreiben können...

»Trotzdem kann ein bißchen *Vorsicht* nicht schaden. In einem Autoschloß bricht die Spitze einer Schere, sogar einer *Fiskars*, nur allzu leicht ab.«

»In der Bibel steht doch irgendwas von einem Rasiermesser«, sagte Patrick, während er die Schere über seine Finger gleiten ließ, »und daß sie es auf seinem Kopf ruhen ließ...?«

»Ja, schon«, sagte Albert, »aber ich spreche von der Version von Jan Steen. Bei ihm sind es Scheren. Hast du dir schon mal klargemacht, daß du, wenn du jemandem mit einer Schere die Augen ausstechen willst, erst mit deinen Fingern der Schere die Augen ausstechen mußt? Ach, daran ist nur meine Mutter schuld. Die hatte eine Scherenphobie...«

»Du wolltest mir doch erzählen, wie du versucht hast, deinen Bandwurm loszuwerden...«

»Hat alles mit Scheren zu tun. Ich hatte früher einen Lehrer, der unglaublich lügen konnte. Meester Meulendijckxs. Der erzählte uns, daß man erst ein paar Tage fasten muß und dann den Bandwurm mit Essensdüften hervorlocken. Sich mit offenem Mund, würgend, über einen Teller Erbsensuppe beugen... bis er zum Vorschein kommt... und ihn dann mit einer Schere guillotinieren. Es kam auf den Kopf an. Den Rest der Fadennudel würde man schon irgendwann rausscheißen.«

»Bist du ihn jetzt los oder nicht?«

»Ich hab stundenlang mit aufgerissenem Mund, Schere in der Hand, über einem Teller Erbsensuppe gesessen. Es passierte nichts. Ich spürte kein Kribbeln im Hals. Er hat nicht mal einen Blick darauf geworfen, was ihm da aufgetischt wurde. Zum Schluß waren meine Finger so geschwollen, daß ich sie einseifen mußte, um mich wieder von der Schere zu trennen. Ist ja eine komplizierte Verlobung, so ein Gerät. Aber ich hatte keine Gelegenheit, den Bandwurmkopf in die schon fest werdende Erbsensuppe einzubetonieren. Er sitzt immer noch dran und wächst und wächst.«

»Was dich auffrißt, Albert ... dein Bandwurmkopf, das ist die Ostfrontkugel von deinem Va ... von deinem Onkel Egbert. Die wirst du nicht einfach so los, nicht einmal mit einer Schere. Wenn du mir die Geschichte von dieser verirrten Kugel anvertraust, dann halte ich sie für dich mal auf Papier fest.«

»Du meinst, daß deine Sicht der Dinge den Teller Erbsensuppe ersetzen kann ...«

»Und die Schere, ja.«

Seufzerbrücke

Donnerstag, 23. März 1978
(Albert Egberts)

Als Albert Ernst Quispel im Leidsebosje begegnete und sie wie selbstverständlich stehenblieben, um einen Plausch zu halten, fühlte Albert sich ... nein, nicht direkt ertappt, sondern er fühlte, wie die Schere in seiner linken Innentasche plötzlich schwerer wurde, und zwar so, daß sein Jackett unter dem offenen Regenmantel sich zu verziehen schien.

»Ich muß schon sagen, Albert, deinen Klamotten nach zu urteilen, geht's dir momentan nicht schlecht ... Was treibst du eigentlich so in letzter Zeit?«

»Und du?«

Quispel nickte zur anderen Seite des Wassers hinüber, wo die einzelnen Gebäude des Untersuchungsgefängnisses sich über die Mauer hocharbeiteten. »Ich komme gerade von einem Mandanten da drüben ... Ich erledige ein paar Formalitäten für ihn im Zusammenhang mit dem Umzug in diesem Monat.«

»Umzug ...«

»In die Strafanstalt Over-Amstel.«

»Ah, in den Bijlmer-Bau ...«

»... wie sie jetzt schon im Volksmund heißen, die sechs durchlöcherten Schuhkartons entlang der Bahnlinie. Meinem Mandanten stinkt das gewaltig. Man hat ihn vor ein paar Monaten aus der Leidsekruisstraat rausgeholt ... aus seiner natürlichen Umgebung ... aber er durfte immerhin noch ihre Nähe spüren, in seiner Zelle da drüben.«

»Ist das nicht eine zusätzliche Strafe? Ich meine, wenn du durch das kleine Mattglasfenster in deiner Gefängniszelle das bunte Neonlicht der Freiheit blinken siehst ...«

»Es ist hart. Aber für so einen Burschen ist es noch schlimmer, keine Straßenbahnen vorbeifahren zu hören ... kein fernes Discogedröhne aufzufangen ... kurz und gut: den normalen Lebensnerv nicht zucken zu fühlen. Der Bürger, der Genugtuung für seine ermordete Schwiegermutter will, denkt, daß ein Gefängnis in der bewohnten Welt eine zusätzliche Strafe bedeutet... wie die Seufzerbrücke, von der aus der Gefangene einen letzten Blick auf sein geliebtes Venedig werfen durfte... Das ist der Grund, weshalb jetzt alle über das ›Luxushotel in Bijlmermeer‹ meckern... Nein, die meisten Insassen hier in Amsterdam ziehen ihre Seufzerbrücke vor. Sie wollen leiden... solange das, was sie vermissen, in der Nähe ist. Hörbar... fühlbar am Vibrieren der Straßenbahnen... manchmal sogar zu riechen, wenn der Wind von Südosten kommt und den Duft der *Poffertjes*bude am Wetering-Kreisel heranträgt...«

»Und was passiert jetzt mit der Ponte dei Sospiri hier... *l'ultimo sospiro*?«

»Kleinbetriebe in den Zellen... alternative Goldschmiede... zum Schluß Abriß und Neubau, glaube ich. Ob es für das Frauengefängnis in Rotterdam eine neue Zweckbestimmung gibt, weiß ich nicht...«

»Wie meinst du das?«

»Sag mal, Albert, liest du keine Zeitungen mehr? Ich hab das übrigens schon vor einer ganzen Weile von meinem Vater gehört. Die meisten Frauen dort, die mit langen Freiheitsstrafen, kommen auch in den Bijlmer-Bau. Auch deine Hennie A.«

»Die hat deinen Vater doch geschaßt... nachdem er ihr Berufungsverfahren vermasselt hatte, oder?«

»Ja, aber an dem Fall... an dieser Frau... scheint etwas dran zu sein, das ihn nicht losläßt. Du verfolgst die Sache nicht mehr, wenn ich dich richtig verstehe?«

Albert fühlte die Schere eiskalt, wie ein Werkzeug aus einem ungeheizten Schuppen, an seiner Brust, als lägen keine zwei Stoffschichten dazwischen.

»Nein. Aber was gibt's da noch zu verfolgen? Ja, jetzt... den Aufstieg aus einem mittelalterlichen Kerker in ein elektronisch gesichertes Hochhaus. Schwer, sie mir darin vorzustellen...«

»So genau hast du mir das ja nie erzählt, Albert, aber... was hat dich eigentlich an diesem Fall so interessiert oder fasziniert?«

»Und dich?«

»Na ja, das Versagen meines Vaters ... des Typs von Karriereanwalt, der er ist... Es war seine erste wirklich große Blamage als Strafverteidiger. Der Sturz meines Vaters als Despot, darum ging es mir im Grunde. Und damit um das Schicksal meines Elternhauses ... der Sozietät ... Und dir?«

»Um das gleiche. Nur galt mein Interesse der Angeklagten, nicht ihrem Anwalt. Der Fall meines Vaters ... meiner Mutter... meines Elternhauses... das habe ich anhand dieses Prozesses alles haarklein studieren können.«

»Er hat dich also mehr über deine Eltern gelehrt als über ihre? Und weniger über sie als über dich ...?«

»Am meisten habe ich über die Leute auf der Zuhörertribüne gelernt... die anonyme Masse ... und nicht zu vergessen ihre Wortführer in der Presse, die selber natürlich auch wieder anonym sind, egal, ob ein Name unter den Berichten steht oder nicht...«

»Eine Menge, zu der du natürlich auch gehörst...«

»Massenmythomanie, Ernst. Das solltest du als Anwalt mal untersuchen. Massenmythologie ... und in erweiterter Form Massenmythomanie. Das Wort ist meine Erfindung, aber du wirst schon merken, was ich damit meine. Massenmythomanie und ihr Einfluß auf den Rechtsgang. Wäre eine Dissertation wert.«

»Darüber mußt du mir bei Gelegenheit mehr erzählen. Jetzt muß ich zu einem anderen Mandanten ... in der Haftanstalt II beim Bahnhof Haarlemmermeer. Wird auch ausgemistet. Kommt alles nach Over-Amstel. Wenn du dir vorstellst, was da demnächst alles an bizarren Lebensläufen beisammenhockt ... aus aller Herren Länder ... Sechs dicke Dynamitstangen an der Eisenbahnlinie nach Utrecht. – Begleit mich doch noch ein Stück bis zur Haltestelle der 2. Nein, hier am Overtoom ... Ich hab mir's überlegt, ich geh doch nicht zu Fuß.«

»Ernst ... ich weiß, es ist nicht dein Spezialgebiet, aber ... könntest du nicht ein Wiederaufnahmeverfahren in Gang setzen? Das Experiment mit der Massenmythomanie hat jetzt lange genug gedauert. Die Leute haben daraus gelernt ... das Gruselmärchen ist ihnen durch Mark und Bein gegangen ... und jetzt haben sie die Frau und ihr Schicksal schon wieder vergessen. Ein Ende auf dem Scheiterhaufen, tja, sowas hängt dem Publikum noch eine ganze Weile in der Nase ... fette Rußflocken auf ihrem Sonntagsstaat ... aber es gibt nichts, was so schnell verhallt wie das Geräusch einer zufallenden Gefängnistür. Es wird Zeit, daß der Fall mal von aller Massenmythologie gesäubert wird ... und daß die Frau doch noch eine faire Chance erhält ... Ich habe auch davon profitiert. Ich bin reicher geworden ... Mehr noch, die Frau hat mich in gewisser Weise gerettet ... So, jetzt reicht's.«

»Ich fürchte, ich kann dir nicht ganz folgen, Albert ... da kommt meine Straßenbahn ... Hör zu. Ich hab von meinem Vater gehört, daß in Rotterdam jemand dabei ist, eine Wiederaufnahme vorzubereiten ... ein Kriminologe von der Erasmus-Universität ... ein gewisser Verhaar, wenn ich mich nicht irre ... Er hält auch Vorlesungen über den Fall. Kauf dir von Zeit zu Zeit eine Rückfahrkarte nach Rotterdam, würde ich sagen. Lehrreich. Also, tschüs ...!«

Wackliger Kopf

Mittwoch, 29. März 1978
(Ernst Quispel, Albert Egberts)

Quispel hatte sich um Alberts illegale Wohnung gekümmert, Briefe an die Stadtverwaltung geschrieben ... er hatte es geschafft, die Drohung im Zusammenhang mit dem Kinderhandel abzuwenden ... hatte Albert verteidigt, nachdem man ihn bei einem Ladendiebstahl erwischt hatte ... alles pro Deo, gratis und zum Nulltarif ... Jetzt war Schluß. Niemand konnte von ihm erwarten, daß er auch noch Thjums Mörder verteidigte, nicht einmal Albert. Na ja, Mörder ... gut, das stand noch dahin. Also, dann war's ein Unfall: Davon mußte John Vlacq den italienischen Richter eben überzeugen. Johnnyboy sprach ganz ordentlich Italienisch, wenigstens das war ihm geblieben von seiner vergeblichen Beschäftigung mit den Brigate Rosse. Also, okay, er war bereit, sich für Boezaardts Auslieferung an die Niederlande einzusetzen, aber das war auch alles. Die Chance war übrigens klein, daß die Itaker, wie Thjum sie nannte, den Gipsmanscher gehen lassen würden. Winzig klein. Aber er würde sein Bestes tun.

Albert natürlich wütend. »Eifersucht, Ernst, und sonst gar nichts. Du bist nie über dieses eine Mal mit Thjum weggekommen ...«

Schöner Gedanke, den man hegen und pflegen sollte: daß er Flix seinem Schicksal in Italien überließ, weil der so schnell nach dem süßen Abenteuer im Sommer '76 Thjums Lover geworden war. Quispel widersprach Albert nicht.

»Weißt du was, Albert? Ich bitte meinen Vater, nach Italien zu fliegen. Dann kann er denen erklären, daß ... wie war das gleich wieder ... daß dieser Gipsmord ein Bündel in Rätsel verpackte Fragezeichen ist ...«

»... das von einem Mysterium zusammengehalten wird, ja. Besten Dank. Ich werde es genauestens für ihn ins Italienische übersetzen. *Un fascio di ... di ...*«

»Super. Dann denken die gleich an einen rechtsextremen Anschlag. Und lassen deinen Arno Breker auf der Stelle frei.«

Nein, diesmal saß Albert nicht im Holland-Italien-Expreß, um ein Kind in Neapel abzuholen. Von Gesù hatte er in den Monaten, die seit Neujahr verstrichen waren, nichts mehr gehört. Wenn er nach dem Gipsmord festgenommen und verhört worden wäre, hätte zumindest eine Spur zu Albert führen müssen, doch dieser hatte während der ganzen Zeit keinen hohen Besuch erhalten. Vielleicht stand ihm die Festnahme ja bevor, sobald er die italienische Grenze passierte. Er dachte an die beiden Männer im Overall mit ihrem Haschhund. Vielleicht waren das ja Mailänder Kleinkriminelle gewesen, die so im Zug reisende Kuriere austricksen wollten. Albert war sich auf einmal völlig sicher, daß er nicht festgenommen würde, nicht einmal wegen des Vorrats an Nr. 3, den er in seiner Unterwäsche mit sich führte. Aber auch ohne diese Gewißheit wäre er das Risiko eingegangen: Flix brauchte wenigstens dieses eine bekannte Gesicht im Zuschauerraum.

Die Eucharistiefeier begann mit dem anfangs getragenen, allmählich aber immer erregteren Verlesen der Anklageschrift durch den Staatsanwalt, worauf der Oberpriester das Wort hatte. Währenddessen bereitete sich John Vlacq mit Hilfe eines Dolmetschers auf die Befragung einiger sachverständiger Zeugen vor. Sein Plädoyer, wußte Albert, würde er auf italienisch vortragen. Kurz und gut, eine Messe mit drei Priestern. Der Rest verharrte in der Rolle des Meßdieners.

Die Hostie, das war Flix auf seiner Anklagebank. Er mußte vom Angeklagten zum Schuldigen transsubstantiiert werden beziehungsweise vom Angeklagten zum Unschuldigen. Wie er da mit hängendem Kopf vorgebeugt saß, die Arme zwischen die Knie geklemmt, erinnerte Flix an Marinus van der Lubbe, als dieser wegen des Reichstagsbrands vor Gericht stand. Das Deckenlicht fiel auf die rötlichen Stoppeln in seinem scharf ausrasierten Nacken; oben hatte er seine Haare behalten dürfen.

Schuldig, unschuldig ... Flix schien längst darüber hinaus. Er schlug sich mit anderen Dingen herum. Er trauerte um den Geliebten, der ihn verlassen hatte, und ließ seine Wut an demjenigen aus, der ihm den Freund genommen hatte.

Flix sah sich kein einziges Mal zur Zuschauertribüne um. Es war unmöglich, seine Aufmerksamkeit zu erregen. Adieu, Alter, mit deinem wackligen Kopf.

Doch wenn da, in dieser einen Person, Mörder und Opfer einen unentscheidbaren Kampf austrugen, dann mußte dort auch noch ein Dritter anzutreffen sein: der triumphierende Künstler, der seinen Realismus bis zur äußersten Konsequenz durchgezogen und den Sterbemoment seines Lovers in seinem Material festgehalten hatte.

Freitag, 31. März 1978
(Albert Egberts)

»Ohne Maurice Pilorge, dessen Tod mir noch immer das Leben vergällt, hätte ich dieses Buch nie geschrieben. Ich widme es seinem Gedenken.« So lautet die Widmung in *Notre-Dame-des-fleurs* von Jean Genet. Maurice Pilorge, der seinen Liebhaber ermordet hatte, um ihm eine Summe von noch nicht einmal tausend (alten) Francs zu entwenden, starb unter der Guillotine. »... danach schnitten sie ihm vor seinem zwanzigsten Geburtstag den Kopf ab ...« So heißt es in der niederländischen Übersetzung, was schade ist, denn der Autor wollte sagen, daß das Fallbeil sein Geburtstagsgeschenk war (»puis on lui coupait le cou pour l'anniversaire de ses vingt ans«).

Ich klappe das Buch zu, das ich im Zug auf der Rückfahrt in die Niederlande noch einmal gelesen habe. Vor meinen Augen erscheint das vertraute Bild von Hennie A., die in einer Art Schürzenkleid auf ihrer Gefängnispritsche sitzt. Man hat sie nicht im Wortsinn zum Tode verurteilt, sondern lebendig begraben unter Beibehaltung von Sauerstoffzufuhr, was weit grauenvoller ist als die Todesstrafe. Ihr Tod bei lebendigem

Leibe vergällt mir noch immer das Leben. Das niederländische Strafgesetz nimmt ein Leben, ohne im Austausch dafür den Tod zu geben. Ohne Pfand. Das Leben wird konfisziert und irgendwo zur Aufbewahrung gegeben. Weggeräumt, bis es nichts mehr wert ist, längst diesseits des Todes aufgebraucht ist. Ein solches Rechtssystem bezeichnet sich selbst als »human«, ohne seinen Untertanen die Genugtuung zu verschaffen, ein Taschentuch in das Blut des Verurteilten tauchen zu können.

In den Vereinigten Staaten, las ich gestern in einer italienischen Zeitung, werden Stimmen laut, die fordern, die Hinrichtung von zum Tode Verurteilten live im Fernsehen zu übertragen. Ein Plädoyer also für ein legitimiertes, über Kabel zu empfangendes *snuff movie*. Das bringt mich wieder auf meinen alten Gedanken, daß die Erfindung der Todesstrafe durchaus etwas ganz anderes verkörpern könnte als eine Form »extremer Gerechtigkeit«. Die Hinrichtung eines Verbrechers in kleinem Kreis war, bevor das Zelluloid erfunden war, vielleicht tatsächlich das *snuff movie* avant la lettre. Eine Theaterversion des gefilmten Krepierens, das seit ungefähr zehn Jahren Anklang findet. Der Kick liegt im Schnüffeln an einem Lebenden, der im nächsten Moment eine Leiche sein wird. Bei der Anwendung des Gesetzes geht es in Amerika auch noch um ein straffreies, da von der Mehrheit gewünschtes Totschlag-Experiment. Geifernd mit der Nase fast draufhängen – das war bislang einer kleinen Gruppe Auserkorener vorbehalten: dem Gefängnisdirektor, dem Henker, ein paar Zeugen, dem einen oder anderen Journalisten. Verständlich, daß der Fernsehzuschauer jetzt auch seinen Teil verlangt. Mit der Fernbedienung in der Hand kommt er sich dann schnell selbst wie der Henker vor.

So betrachtet wäre also unter allen Strafen sogar die Todesstrafe kein Ziel (Gerechtigkeit in extremis), sondern *Mittel* – ein Mittel, um die perverse Neugier, man kann schon sagen: perverse Lust des Bürgers zu befriedigen. Das großartige Gefühl, ohne Heimtücke, da unter Mitwissen, Mitwirkung, Mittäterschaft vieler anderer, einen Menschen öffentlich vom

Leben zum Tode gebracht zu haben! Einen Toten mit sich herumzutragen, der einem *gehört*! Selbst einen Toten geboren zu haben!

Das jahrelange Belassen eines zum Tode Verurteilten in der *deathrow* ist ein perverses, aber legitimes Hinauszögern der Lust. Oder: die lange Schwangerschaft des Mörders mit dem Recht auf seiner Seite. Die »Aufschub«-Anrufe gehören zu den Ritualen, die den Genuß kurz vor dem *moment suprême* unterbrechen sollen. Vor der Kurve abspringen – und rasch wieder drauf.

Der beunruhigte Bürger als Zauberer. Er hat einen Menschen vor sich, noch ganz beseelt von dem Leben, das ihm einst geschenkt wurde, gesund an Leib und Gliedern, mit einem im Kreis herumtrabenden Blut, einem Herzen, das die Trommel rührt ... »Ich kann dafür sorgen, daß du binnen einer Minute *tot* bist.«

Und so geschieht es.

Der Bürgerhenker beugt sich über sein Geschöpf: einen Toten. Er hat eine Seele geschlürft, wie ein anderer eine Auster schlürft. Göttlichen Rotz. Zum Schaudern herrlich.

Flucht in den Käfig

April-Mai 1978
(Albert Egberts)

Wollte er nachempfinden können, was Flix demnächst für Jahre zu erdulden haben würde? War es Buße für seinen Anteil an Thjums Tod, auch wenn es sich bei ihm lediglich um Unachtsamkeit und mangelndes Verantwortungsgefühl handelte? Kurz nach seiner Rückkehr aus Italien, wo er Gesù vergeblich gesucht hatte, ließ Albert sich absichtlich beim Aufbrechen einer ganzen Reihe von Autos schnappen. Er hatte einen halben Tag lang Ausschau gehalten, bevor zwei Polizisten ganz gemächlich in der Ferne auftauchten. Erst nach geräuschvollem Herummurksen und dem Einschlagen einer Autoscheibe war es ihm gelungen, ihre Aufmerksamkeit zu erregen.

Am Parnassusweg wurde Albertus Hubertus Norbertus Egberts, geboren am dreißigsten April neunzehnhundertfünfzig in Geldrop, zu sechs Wochen Haft verurteilt, abzusitzen in der Haftanstalt II in der Havenstraat, wo man mit der Verlegung der Gefangenen in den »Bijlmer-Bau« bereits begonnen hatte. Albert sollte der letzte Bewohner von Raum I.O.II im östlichen Zellenblock sein. Dieser hatte rotzgrüne Wände, eine klassische Zellentür wie in Filmen, wohingegen ihm die halbrunde Decke wie bei einer Kapelle etwas Feierliches verlieh. Das Guckfenster in der Tür mußte ein früherer Insasse durchstoßen haben: Glassplitter klebten darin. Eines Tages ging er mit dem Mund viel zu dicht an die runde Öffnung, um viel zu laut etwas zu dem hereinlauernden Wärter zu sagen. Dem Mann flogen ein paar Glaskörner ins Auge, was Albert zwei Tage Isolationshaft eintrug. Im Gegensatz zu den normalen Zellen hatte die Isolierzelle eine hermetisch abschließbare Doppeltür: Das Fenster bestand aus einer doppelten Schicht Plexiglas, die kein Hysteriker kaputtbekäme. Albert fand hier die ohrenbetäubende Stille von Flix' Gipsanzug wieder, und zwei Tage lang durchlebte er Thjums letzte Minuten.

Im Fenster von Zelle I.O.II war armiertes Mattglas. Darunter eine Reihe von Scharnierklappen, mit denen kleine Lüftungsgitter verschlossen werden konnten. Hinter einem von ihnen schimmerte etwas, ein diffuser Gegenstand, grau und braun. Nach stundenlangem Draufstarren erkannte Albert, daß es ein völlig vertrocknetes Rattengerippe war; es erinnerte ihn an die Katzenskelette in den Vitrinen des Pubs *Dirty Harry*, wo er mittags mit Thjum gegessen hatte, als sie in London gewesen waren. So hatte er bei seinen Mahlzeiten doch ein wenig Gesellschaft. Diese Ratte war der Grund, warum Albert seine langen Kneipengespräche mit Thjum fortzusetzen begann.

Im vorigen Jahrhundert, bei seiner Fertigstellung, lag dieses Gefängnis noch inmitten von Wiesen. Albert pries sich glücklich, jetzt von der Stadt umgeben zu sein. An den akustisch zu ortenden Manövern der Straßenbahnen konnte er hören, um welche Linie es sich handelte: die 16... die 6... Abends konnte er mit dem Gehör sogar der Linie 2 bei ihrer Überquerung des Amstelveensewegs folgen und noch ein ganzes Stück weiter, in beide Richtungen... Nach Mitternacht hörte Albert die Wagen ins Depot rollen, müde und durchgedreht von allen zurückgelegten Strecken, die er so gut kennengelernt hatte.

Wenn er sich auf dem Innenhof hinter einem der Basketballpfosten neben der Panzertür steif an die Mauer drückte, konnte er auf die Uhr des Campanile-Verschnitts auf der gegenüberliegenden Seite schauen. Das Kupfer war vergoldet. Gegen Ende des Hofgangs am Nachmittag, wenn die tiefstehende Sonne manchmal auf die Zeiger und Ziffern schien, ließ er sich gern davon blenden. Auf dem Weg in seine Zelle trug er dann noch, wie eine Neonreklame aufblitzend, die richtige Zeit auf seiner Netzhaut: Viertel nach fünf. Drinnen mußte er sich dann wieder mit dem halbstündlichen Schlagen der Uhr begnügen. Zwischen zwölf und zwei Uhr nachts, wenn er wach dalag, packte ihn oft Unsicherheit: dreimal hintereinander nur dieser eine Schlag ... War es ein Uhr oder schon halb zwei?

An Sonntagnachmittagen konnte er das Gejubel, Gejohle und Getröte aus dem Olympiastadion hören. Geröchel aus der »Badewanne«.

Es konnte auch sein, daß Albert sich hatte schnappen lassen, um zu sehen, ob ihm hinter Mauern und Gittern gezwungenermaßen gelingen würde, was ihm in Neapel nicht gelungen war: vom Heroin loszukommen. Ein Reinfall. Ein Mithäftling war derart abhängig, daß er Probleme mit dem Stuhlgang hatte und regelmäßig zum Anstaltsarzt mußte. Das hatte auch seine Vorteile. Der von der Hartleibigkeit gedehnte Schließmuskel machte sein Rektum außerordentlich geeignet, ein wasserdichtes Röhrchen mit Heroin zu beherbergen, nicht nur für den eigenen Gebrauch, sondern auch als Nebenverdienst. Die Lektüre von *Papillon* aus der Gefängnisbibliothek hatte ihn auf die Idee gebracht. Er machte die gleiche Erfahrung wie der Autor Charrière: Zwei kleine Metallzylinder, nacheinander ins Rektum geschoben, konnten auf wundersame Weise ihren Platz tauschen. In den Röhrchen von Alberts Mithäftling steckten Geld und Heroin. Der Mann trug immer eine weite Latzhose, deren rechte Tasche er aufgeschnitten hatte. Hatte er von einem Besucher ein gefülltes Röhrchen entgegengenommen, so schob er den Arm bis über den Ellbogen in die bodenlose Hosentasche und versteckte es. Aus puritanischen Gründen waren Visitationen *im* Körper dort kaum erlaubt. Ansonsten bediente sich der Mann eines »Platten«, wie er ihn nannte: eines Wärters, der sich schmieren ließ.

»Ich schieb mir immer erst das Röhrchen mit dem *Horse* rein und dann das mit der Knete ... Gift drauf, daß die dann wieder Bäumchen wechsle dich spielen, und dies Röhrchen mit Dope, tja, das brauch ich nun mal als erstes ... wenn nicht für mich, dann für dich. Stimmt doch, oder?«

Ein ausgeleierter Schließmuskel ... Heroin hüllt sich stets ins Gewand des Todes.

Obgleich Albert dort zu mühelos seiner Sucht frönen

konnte, brachte ihn der kurze Aufenthalt in einer Zelle doch zum Denken und Träumen. Er kannte nun den Käfig, in dem sich der Vogel vor der Außenwelt sicher weiß. Vielleicht lag es auch am Umzugslärm, der immer lauter auf den Korridoren und unter der Kuppel erschallte. Mit jedem abtransportierten Häftling fühlte Albert sich sicherer in seiner Zelle. Gerade weil er ihm ausgeliefert war, hoffte Albert, daß auch der Mann mit seinen Kloakenröhrchen bald im Bijlmer-Bau verschwinden würde. Er hatte kein Glück: Er wurde sein letzter Mitinsasse in der Haftanstalt II. Bei seinem Abschied, einen Tag bevor Albert entlassen wurde, grub der Mann noch mal tief in seiner Tasche und schenkte ihm einen Vorrat für zwei Tage.

»Es heißt ja, daß Leute, die nicht kacken können, sich nur schwer von ihrer Knete trennen ... Also, Kumpel, ich nicht. Viel Spaß mit dem Dope. Ich will noch nicht raus. Ich sitz jetzt noch ein paar Wochen ab an der Bahnlinie nach Utrecht. Klasse Aussicht da ...«

Nach seiner Entlassung dachte Albert wehmütig an seinen Käfig zurück, so wie er als Junge von ewig stillen Flecken in der Heide geträumt hatte, von Oasen in der Wüste und von Klosterbibliotheken, zu denen er als einziger Mönch Zutritt hatte. Er hatte sich zu früh schnappen lassen. In einen alten, rostigen Käfig hatte man ihn gesteckt, in dem nichts mehr funktionierte. Das nächste Mal eine geschlossene Abteilung mit Blick auf die Bahnlinie nach Utrecht ...

Frühstück mit dem krummen Löffel

Mai-Oktober 1978
(Albert Egberts)

Auch wenn sein Sammlerstatus möglicherweise anderes vermuten ließ – Albert hing nicht an Besitz. Den kärglichen Hausrat, mit dem er nach Amsterdam gekommen war, hatte er nie vermehrt. Von dem aus drei Einzelmatratzen bestehenden Bett, das seiner post-impotenten Zeit in Nimwegen Glanz verliehen hatte, hatte er nur eine behalten: Sie ruhte auf zwei aneinandergenagelten Paletten. Selbst die Korbstühle von der Terrasse des *Keizerskroon*, die turnusmäßig Alis Astralleib durch die Nacht trugen, hatte er nicht durch weiche Sessel ersetzt. Und dieses spärliche Mobiliar stand in einer Wohnung, die er illegal bezogen hatte. Das Kostbarste, was er besaß, waren ein paar Anzüge, die auf Bügeln über den Türen hingen, welche folglich nicht mehr geschlossen werden konnten, so daß das *Dissonanzenquartett* völlig anders klang als zu Flixens Zeit. Albert betrachtete die Anzüge nicht als Luxus, sondern als Arbeitskleidung, notwendige Täuschung, wenn er sich an einem Auto zu schaffen machte. Und weiter? Die seltene .35er Smith & Wesson mit dem in den Kolben eingravierten Naziemblem hatte er zwar von Arend-Jan Baartscheer übernommen, aber nie abbezahlt, so daß sie auch nicht zu seinem Eigentum gerechnet werden konnte.

Und ja, dann noch seine Scherensammlung.

Unter den Tieren gab es auch Sammler. Den Bären ... den Affen ... die *pack rat* ... Nicht nur Vögel sammelten Ästchen und Stöckchen, manche Fischsorten taten das ebenfalls, aber das war kein Sammeln um des Sammelns willen: Sie bauten eine Art Korb daraus, in dem ihre Jungen heranwachsen konnten. Albert fühlte sich eher mit der Elster verwandt, die ohne erkennbares Ziel sammelte: Ringe und anderen Schmuck, Schlüssel, bunte Glasstücke ... sogar Brillen ... künstliche Gebisse ... Hauptsache, es glänzte, schimmerte, leuchtete, blendete ... Oder sammelte auch die Elster, um etwas zu verbergen ... um die Aufmerksamkeit von etwas abzulenken, das eine Spur weniger funkelte als der Rest, für den Vogel aber unendlich mehr Wert besaß?

Nein, Sammeln war in erster Linie eine Sache des Menschen. Die frühesten Ägypter waren besessene Sammler. Sie betrieben sogar schon Antiquitätengeschäfte. Merkwürdige Idee, ein Antiquitätenladen in der Antike ... Für die Mesopotamier, auch sie Fanatiker in puncto Sammeln, galt noch nicht, daß sie ihren Besitz »nicht ins Grab mitnehmen konnten« ... Nur Karl Marx wollte von dieser Sammelwut nichts wissen. »Zeitverschwendung!« rief er immer. »Das einzige, was sich dabei ansammelt, ist die Staatsverschuldung!«

Warum sollte man die Dinge nicht schöner machen, als sie waren? Es war jedermanns gutes Recht ...

Wenn man seine Kleidung vernachlässigte und in Lumpen herumlief, war es in kürzester Zeit um einen geschehen. Dann gehörte man erst richtig dazu. Lumpen stellten die Uniform dar, durch die sich der Penner vom Bürger unterschied. Unterscheiden *mußte*, sonst konnte er seine Almosen in den Wind schreiben. Amsterdamer aus Bos en Lommer oder Buitenveldert, die nicht öfter als zweimal im Jahr »in die Stadt« kamen, glaubten einen User schon eine halbe Straßenlänge weit zu erkennen: an seinen schmuddeligen Klamotten, den Rippen, die man durch den Jeansstoff zählen konnte, und einer Visage voll eiternder Pickel, kurz und gut, ein Aussätziger, der nicht mal eine Glocke brauchte. Um dem Bild, das die Leute von einem Junkie hatten, nicht zu entsprechen, kleidete sich Albert immer mehr wie ein feiner Herr. Das fiel ihm um so leichter, seit er ausgerechnet hatte, daß sogar eine umfangreiche, kostspielige Garderobe noch nicht einmal fünf Prozent dessen verschlang, was er im Jahr für seine Heldin ausgab. Inzwischen besaß er in seinem abbruchreifen Haus einen Schrank voll Seidenhemden mit eingewirkten Schwalben, deren Ärmel sich um seine abgemagerten Handgelenke mit riesigen Manschettenknöpfen schlossen, den größten, die er bekommen konnte. Manschettenknöpfe wie Vorhängeschlösser. Niemand bekam die auf. So saß er in seiner Kleidung hinter Schloß und Riegel. Und trotzdem war es, auch durch die sorgfältig gewählten Schuhe, ein Outfit, in dem er sich blitzschnell aus dem Staube machen konnte... wenn es sein mußte...

Lediglich die italienischen Krawatten waren ausrangierte Stücke von Ernst Quispel, der jedes Jahr einen ganzen Schwung, ausreichend für den Rest seines Lebens, kaufte, auch wenn dieser Trinker nicht so lange zum Kruge ging, bis er brach. Sogar wenn Albert die mit Wein- und Kognakflekken besudelten Exemplare wegwarf, blieben genug Krawatten, um alle seine Anzüge und Hemden jede Woche anders aussehen zu lassen.

Natürlich war er dünner geworden. Er befand sich nicht länger »im Zenit meines Fettes«, wie Ernst es frei nach Heinrich Heine zuweilen ausdrückte. Vor etwa zehn Jahren, als zwanzigjähriger Gott, hatte Albert vierundsechzig Kilo gewogen. Nach seiner Übersiedlung nach Amsterdam, als noch nichts los war, wurden es sehr bald vierundsiebzig. Jetzt war er wieder bei vierundsechzig angelangt.

Aber mager ... nein.

Wenngleich von Appetit kaum die Rede sein konnte, bekam sein Körper doch, was ihm zustand, und mehr als das. Wie in einer Murmelkuhle lagen sie morgens schimmernd in seiner Hand, die durchsichtig gelben und grünen Perlen, die einen wesentlichen Bestandteil seines Frühstücks darstellten. Die gelben Kapseln enthielten Weizenkeimöl, dessen hoher Vitamin-E-Gehalt aus seiner Leber eine uneinnehmbare Festung machte. Eine verunreinigte Nadel hätte, sollte er mal versehentlich eine benutzen, keinerlei Chance. *Ihn* würde keiner je gelb wie einen Kanarienvogel sehen. (Daß das Öl angeblich auch den Geschlechtstrieb anfachte, war bedeutungslos geworden.) In den grünen Kapseln war flüssiger Knoblauch. Sie lösten sich erst nach einer Weile im Magen auf, verursachten also keinen schlechten Atem. Jedesmal, wenn er die Murmeln, drei auf einmal, kühl über seine Zunge rollen fühlte, mußte er an seinen Alten denken, der nie Knoblauch aß, ihn verabscheute und von seinen Arbeitskollegen trotzdem beschuldigt wurde, mit seinen »dick salamibelegten« Butterbroten die Luft zu verpesten. Ihre zugekniffenen Nasen und zurückschaudernden Gesichter verunsicherten ihn, und er begann insgeheim, in die vorgehaltene Hand zu hauchen, um dem Ursprung des Gestanks auf die Spur zu kommen. Vielleicht ahnte er, daß seine Frau ihm Refusal ins Essen gab, allerdings nicht in solchen Mengen, daß als lästige Nebenwirkung »Ein scharfer Knoblauchgeruch im Atem« eintrat.

Hinsichtlich des Nutzens der Perlen hatte Albert anfangs, als er sie noch in einem Reformhaus in der van Woustraat kaufte, so seine Zweifel. Hinter der Theke standen nur lahmarschige, bleichsüchtige Mädchen mit Schürzen von der Haushaltsschule. Sie machten immer eine halb sorgenvolle, halb böse Miene und konnten nicht rechnen, was dem Kunden manchmal zum Nachteil, häufiger aber noch zum Vorteil gereichte. Das Verdächtige an der Geschichte war, daß diese bleichsüchtigen Wesen, die mit stumpfen Augen stets matt behaupteten, das gewünschte Produkt selbst auch zu verwenden, in rasantem Tempo aufeinanderfolgten, ohne daß jemand die Verschwundenen je wiedersah, nicht einmal in einem anderen Laden. Beweise gab es nicht, aber Albert brachte ihre Mattigkeit unwillkürlich mit einem Artikel aus *Het Devies* in Verbindung, den er in dieser Zeit gelesen hatte: In einer Lagerhalle der Reformhausindustrie hatten Nahrungsmittelkontrolleure auf einem Berg noch nicht verarbeiteter Sojabohnen Ratten in einem Zustand totaler Apathie gefunden.

Der Laden, den Albert danach entdeckte, an der Ceintuurbaan, bot genau das entgegengesetzte Bild. Power pur. Als er ihn das erste Mal betrat, sah er, wie sich der sechzehnjährige Sohn des Inhabers (ein ehemaliger Gemüsehändler, der den Menschen noch mehr Gutes tun wollte) in einer Art Sprunghaltung über die etwas zu niedrige Theke beugte. Der Junge unterzog eine abgearbeitete Frau aus dem Viertel De Pijp einem Verhör, offensichtlich um herauszufinden, ob ein bestimmtes Produkt, das ihrer Vitalität auf die Sprünge helfen sollte, für sie auch wirklich geeignet war. Mit großer Gewalt und scheinbar jederzeit in der Lage, federleicht über die Ladentheke zu hechten, stieß er seine Fragen hervor.

»Stuhlgang?«

»Na ja...«

»Hart? Weich? Breiig?«

»Na ja, normal...«

»Also nicht zu hart und nicht zu weich!«

»Na ja...«

»Eierstöcke? Myom?«

»Operiert.«

Im Sperrfeuer der knappen Fragen ging das Frauchen, das ab und an verstört über die Schulter zu Albert blickte, automatisch zum gleichen Telegrammstil über. Albert selbst wurde vom Vater bedient, der von hinten herbeigeeilt war. Dieser legte die gleiche wichtigtuerische Heftigkeit an den Tag, unnötig schreiend wie jemand, der vergessen hat, daß er Kopfhörer aufhat. Als Albert chronische Müdigkeit erwähnte, geriet der Mann noch mehr in Erregung.

»Gelée royale, das brauchen Sie! Ein phantastisches Mittel! Phan-ta-stisch...!«

Das Frauchen verließ mit ihrem Mittelchen gegen Wechseljahrsbeschwerden ermattet den Laden. Der Junge stiefelte derart ungestüm nach hinten, daß die Fläschchen und Töpfchen in den Regalen klirrten.

»Die Energie, die einem das schenkt! Ich weiß, wovon ich rede! Gelée royale! Ich nehme es selbst auch! Täglich!«

Die Worte wurden Albert aus großer Nähe kraftvoll ins Gesicht geschleudert, aber das machte nichts, er konnte riechen und schmecken, daß sogar der Speichel des Mannes aus purem Lebenselixier bestand, ohne den geringsten chemischen Zusatz.

»Mein Sohn nimmt es! Meine Tochter...! Und ich sage Ihnen: Studienergebnisse! Jeder rühmt die Qualität! Phantastisches Mittel! Wir fühlen uns fitter als je zuvor! Sagenhaft, wirklich! Und nur positive Nebenwirkungen! Hier, mein Haar, sehen Sie, wie es glänzt... Also, das war vor ein paar Monaten noch ganz anders! Stumpf und matt! Und hier...« Er fuhr mit den Zeigefingern unter seine Brillengläser und zog die Haut straff. »Sehen Sie? Die Krähenfüße sind weg. Schon nach zwei Wochen! Mijnheer, wie der Beipackzettel sagt: Gelée royale steigert neben unserer Lebenskraft auch unsere Schönheit...«

Der ehemalige Gemüsehändler hatte nicht übertrieben. Gelée royale wurde Alberts wichtigster Lebensquell. Die kaffeebraunen Kapseln sahen aus wie Zäpfchen, waren aber oral einzunehmen. Er ließ eine immer ein paar Minuten lang unter seiner Zunge liegen, damit das Zeug auch ohne Frühstück gut vom Blut aufgenommen wurde. Es bestand aus einer Mischung natürlicher Aufputschmittel und dem Gelee, das Bienenköniginnen als Nahrung dient. Albert hatte Bücher konsultiert. Eine Offenbarung. Larven von Arbeitsbienen, die mit diesem Gelee anstatt mit gewöhnlichem »Bienenbrot« gefüttert wurden, entwickelten sich zu Königinnen. Das stand da. Man hatte es erforscht. Nicht Arbeit adelte, sondern Adel entstand durch die Nahrung, die die Arbeiter zu sich nahmen. Die Liebe zur Monarchie ging durch den Magen... Die Larven, die sich zur Königin entwickelt hatten, produzierten nicht nur Tag für Tag Eier, deren Menge gut ihrem eigenen Gewicht entsprach, sondern wurden durchschnittlich auch fünfzigmal älter als die normale sich abrackernde Biene.

Durch das Gelée royale war Albert von einer Arbeiterlarve zur Königin aufgestiegen. Wenn alles gut lief und er sich weiterhin sein Ambrosia unter die Zunge legte, stand ihm die fünfzigfache Dauer eines normalen Lebens bevor. Tolle Aussicht. Jedenfalls war es ein schönes körperliches Surrogat für sein unerreichbar gewordenes »Leben in die Breite«... Kurz und gut, Gelée royale oder Royal Jelly verlieh ihm königliche Würde. (*Royal evil*, das war allerdings eher eine Drüsenkrankheit.)

»Es ist nicht ausgeschlossen«, hatte Meester Meulendijckxs in der fünften Klasse der Volksschule gesagt, »daß wir in Zukunft, anstatt zu essen, eine Pille einnehmen, die alles Nötige enthält.«

Meester Meulendijckxs war ein begnadeter Lügner, begeisterte die Klasse mit den tollsten Räuberpistolen, doch Albert hatte sofort begriffen, was er meinte: Unserem Organismus würde es an nichts fehlen. In der dritten Bank der mittleren Reihe packte ihn die Aufregung ob so viel menschlichen Erfindungsgeistes und gleichzeitig eine erstickende Angst: Nie mehr essen ...! Nicht länger spüren, wie Küchendüfte einem das Wasser im Munde zusammenlaufen lassen ...!

Jetzt war Albert, noch keine dreißig Jahre alt, wegen seines ewigen Appetitmangels auf Raumfahrerkost angewiesen, während die Menschen um ihn herum weiterhin die Deckel lüpften, um ihren Nasen schon mal etwas Gutes zu tun.

Was für die Wahl seiner Kleidung galt, galt auch für die seiner Worte. Sich dem Jargon der *scene* (oder »Sien«) anzupassen, bedeutete bereits die Hälfte des Wegs in die Gosse. Es hieß soviel, wie sich der eigenen Lasterhaftigkeit zu ergeben. Wer das teuer bezahlte Gift auch in seine Sprache eindringen ließ, sei es subkutan oder intravenös, für den gab es kein Zurück mehr. Hier galt nämlich *nicht*, daß das Übel, war es erst mal benannt, damit auch schon gebannt war.

Pusher, dealer, scoren, dope, fix, shot, horse, cold turkey ... Albert haßte diese Wörter. Er verwendete sie nur, um seinen Abscheu gegen sie auszudrücken, um sie auszuspucken. Es waren glibberige Wörter, sie rutschten einem raus wie ein Stück nasse Seife. Nicht nur, daß es keine niederländische Entsprechung für sie gab, sie gehörten zu gar keiner Sprache mehr, auch nicht zum Englischen. Mehr noch, sie hatten nie zu irgendeiner Sprache gehört. Sie waren aus dem Nichts gekommen. Sie waren von denen gehört und aufgeschnappt worden, die ein Ohr dafür hatten oder irgendein anderes Sinnesorgan. Die Wörter der Menschen hatten ihren Ursprung möglicherweise in Seufzern und innerlichen Klagen; dies hier waren Wörter, die über die Lippen so vieler Nationalitäten geflossen waren, daß sie nur noch die Funktion von Seufzern und Klagen hatten.

Albert schwieg lieber über die Dinge, die sie in all ihrer Abgedroschenheit bezeichneten, es sei denn, er fand andere Wörter dafür. Am liebsten solche, die ihnen einen unverdienten Glanz verliehen, genauso wie er sich früher vorgenommen hatte, die Gegenstände und Vorfälle in seinem Umfeld in ein anderes Licht zu rücken und ihnen so ihre ursprüngliche Rätselhaftigkeit wiederzugeben. So bezeichnete die Sprache, anstatt Kommunikationsmittel zu sein, gerade seine Einsamkeit.

Wenn Thjum postum seinen Willen bekam und Albert sich, Sucht hin, Sucht her, als Schriftsteller entpuppen sollte, würde er den Brief abschicken, der, an Albert Egberts sen. gerichtet, schon so lange in seinem Kopf bereitlag. *Eigentlich hat sich nichts geändert, seit ich Dich als pedantischer pubertärer Knabe bei Tisch nicht bat, mir die Zuckerdose zu reichen, sondern, in anmaßendem Ton: »das Porzellan mit den Kristallen«. Alles schön und gut, aber dieses beharrliche Schreiben, dieses Sichplagen, dieses endlose Umschreiben, bis ein »möglichst ökonomischer« Text entstanden ist, entspricht keineswegs dem uns zugedachten Leben. Wir können uns nicht bequem an unseren Schreibtisch setzen und, als hätten wir alle Zeit der Welt, anderthalb Sätze pro Tag schreiben, »so lange, bis es perfekt ist«. Genauso wie Feder, Papier, Schreibmaschine die uns bremsenden, einschränkenden Mittel sind, ist auch das uns zubemessene Leben ein bremsendes, einschränkendes Mittel beim Schreiben. Ich finde es natürlicher, fieberhaft hinter den Wörtern herzueilen, als sich mit abgespreiztem kleinem Finger vor die Goldwaage zu setzen. Laß ein Buch auf diese Weise – infolge dieser großen Fiebrigkeit – mißlingen, okay, aber man ist wenigstens hinterhergerannt. Andererseits, Pa, habe ich es auch Deinetwegen getan. Hab versucht, Dich, Mama, uns zu bereichern, indem ich nicht auf die Sprachkahlschläger hörte. Ökonomisches Schreiben ist etwas für die (allzu) Wohlerzogenen, die in Watte Gepackten, die immer schon von zu vielen Sachen, von Schnickschnack umgeben waren. Kahlschreiben ist nur ein weiterer Luxus für solche Leute.*

Schlecht Weggekommene wie wir bedienen sich der gleichen Sprache wie die Privilegierten. Schade, daß Du zuwenig Gebrauch davon gemacht hast. Ich habe, auch in Deinem Namen, darin gewühlt, ins Volle gegriffen – freilich nicht blind. Ich brauchte diese Sprache auch, um aus »uns« früher die verborgene Poesie hervorzulocken. So bin ich aus Respekt vor Dir und den Deinen nie in die Falle irgendeiner marxistischen Richtung getappt. Das hätte bedeutet: Rechte zu beanspruchen anstatt zu erwerben. Um Euch die Möglichkeit offenzulassen, ins andere Lager zu gelangen, huldige ich nach wie vor dem Ideal des freien Unternehmertums – na ja, mit ironischem Vorbehalt, okay, denn eigentlich interessiere ich mich nur für Probleme, die tiefer sitzen als das Portemonnaie. Dein Dich liebender Sohn Albert Egberts jun.

Als Milli Händel diese Worte, die er von ganz weit und ganz tief zu holen geglaubt hatte, als Schönrederei entlarvte, um durch sie seine Impotenz zu rechtfertigen, hatte Albert sich geschworen, nie, nie, nie auch nur einen Buchstaben davon zu Papier zu bringen. Er würde auf gar keinen Fall einer wie auch immer gearteten dichterischen Stimme folgen. Für immer verseucht mit Verlogenheit und Ohnmacht, die Poesie. Ausdrucksmittel eines erschlafften Schwanzes. Werkzeug der Feigheit.

Sie *wollten* doch so gern, wie bei Gösta Berling, einen Dichter in ihm sehen? Jetzt, da er sich endlich der totalen Impotenz überantwortet hatte, die möglicherweise sein Lebensziel war, schwelgte Albert in den schönen Worten, die für das andere Phänomen bestimmt waren, dem er ausgeliefert war. Er brauchte das Make-up der Sprache nicht länger, um seine Lügen zu garnieren.

Der Held auf Socken, dieser Feigling, nannte seinen Dämon, schlicht übersetzt, »meine Heldin«.

Albert wußte wenig von ihr. Ihr Stammbaum griff mit langen Wurzeln Tausende von Jahren in der Zeit zurück. Sie war eine Tochter des Opiums und eine entfernte Verwandte der

Serpentina, aus der Ghandi seinen Frieden schöpfte und mit der er seinen Hunger stillte. Im Gegensatz zu dem Dreieck seiner eigenen Kindheit war das ihrige aus Gold. Hier endete ihr Lebenslauf in etwa.

Sexuell war sie genauso schwer einzuordnen. Nymphoman und frigide zugleich war seine Heldin. Sie befriedigte ihn und wartete, selbst unbefriedigt, voll erniedrigender Ungeduld, bis er erneut imstande war, sie zu nehmen. Einzunehmen, aufzunehmen, in sich aufzunehmen... Unersättlich und gleichzeitig ungerührt, wollte sie es immer wieder, viele Male am Tag. Er konnte ihr nicht widerstehen. Zu den merkwürdigsten Zeiten pochte sie an seine Tür. An seinen Körper. Ihr Pochen war in seinem Blut, ihr Fingerknöchel in seiner Haut.

Zu Allerseelen nahm sein Vater ihn auf dem Gepäckträger seines Mopeds immer mit zum Friedhof von Son, um einen Topf weiße Blumen auf das Grab seiner Eltern zu stellen. Sie waren Ende der vierziger Jahre kurz nacheinander gestorben, als ihr Sohn im fast schon verlorenen Niederländisch-Indien an den »Polizeiaktionen« mitwirkte. Der junge Soldat hatte an keiner der beiden Beerdigungen teilnehmen können, und der kleine Albert merkte seinem Vater an, daß es ihm ernst war mit dem Aufstellen dieses roten Tontopfs, den sie unterwegs bei einem durchgefrorenen Blumenhändler gekauft hatten, und nicht nur eine Ausrede, um unterwegs in einer Kneipe einzukehren.

Abgesehen von den schlichten Gräbern war der Friedhof eine kahle Fläche ohne den geringsten Schutz, und an jenem rauhen Novembertag hatte der Wind sämtliche frisch hingestellten Blumen umgeweht. Für Albert war es ein beängstigender Anblick: überall die gleichen weißen Herbstastern, deren rottönerne Füße sich in die Erde gestürzt hatten, als wollten sie der Trauer der bereits wieder nach Hause zurückgekehrten Angehörigen Ausdruck verleihen. An einer Stelle war ein Blumentopf von dem etwas erhöhten Grab auf den ausgetretenen Weg gerollt und wälzte sich dort, dem Wind und der Trübsal ausgeliefert, voller Schmerz hin und her. Alberts Vater setzte seine Ehre darein, seine Astern stolz aufgerichtet zurückzulassen. Er pflegte den Topf zu drei Vierteln einzugraben, aber anstatt seinen Sohn um eine alte Sandkastenschaufel zu bitten, hatte er auch diesmal wieder einen Eßlöffel aus dem Besteckkasten mitgenommen. Alle Löffel mußten bereits einmal an der Reihe gewesen sein, denn für Albert schmeckte seit Jahren jeder Löffel Brei oder Suppe nach Erde, genauer gesagt: nach Friedhofserde.

Der Vater hockte sich, den noch in Papier eingewickelten Topf an sich drückend, hin und stach den Löffel in die graue Erde. Der Stiel knickte sofort um neunzig Grad ab: Die Erde war gefroren. Auch Albert hockte sich hin, wobei die Zeitungen unter seinem Mantel verrutschten und gegen das Kinn drückten (sie hatten mit Frost gerechnet), und so kauerten sie beide da und blickten betreten auf das unbrauchbar gewordene Grabwerkzeug. Noch bevor Albert Schritte auf dem hartgefrorenen Boden hörte, vernahm er in rhythmisch aufeinanderfolgenden Intervallen ein hohes musikalisches Summen. Er hatte das Geräusch lange nicht gehört, erkannte es aber sofort als das Singen von Egbert Egberts' Oberschenkeln, die wie immer in schwarzem Kordsamt steckten. Die Musik verstummte. Albert blickte zu seinem Onkel auf, der in seinem langen Ledermantel, den Motorradhelm noch auf dem Kopf, Motorradbrille vor den Augen, am Rand des Grabes stehengeblieben war – schweigend, denn es war nach dem Bruch zwischen den beiden Brüdern. *Einer, der 'nem annern erzählt, daßtem mittem Messer innen Schuppen gebracht hast.* Auch Alberts Vater machte den Mund nicht auf, erhob sich aber aus der Hocke, wobei er scheinbar andächtig den verbogenen Löffel betrachtete, als wäre da noch etwas zu retten.

In dem Gegenstand, den Egbert mit der Hand umklammerte, erkannte Albert einen kurzen Armeespaten, dessen mit Hilfe eines Scharniers zum Stiel umgeklapptes Blatt in einem grünen Überzug steckte: Bei den Pfadfindern hatten sie auch so einen, um den ständig gekämpft wurde, man konnte sich das Ding an die Hüfte schnallen. Egbert zog die Hülle ab und fixierte, indem er an einem geriffelten Ring drehte, den Spaten im rechten Winkel am Stiel, wodurch eine Art Hacke entstand, die er seinem Bruder hinhielt. Albert sah, wie sein Vater zögerte, dann den Löffel in die Jackentasche steckte und, immer noch schweigend und ohne den anderen anzuschauen, Egbert das Werkzeug aus der Hand nahm. Gewohnheitsgetreu oder um sich eine Haltung zu geben, spuckte der Mann in die Hände, bevor er auf das Grab seiner Eltern einzuhacken begann. Die Spitze des Blatts prallte von der gefrorenen Erde mit einem Geräusch ab, als schlüge Eisen auf Stein. Ein wenig grauer Stoff wölkte auf. Dabei beließ er es nicht, sondern hackte verbissen weiter, und nach einer Weile war ein Teil der Graboberfläche zu Scherben und Klumpen zerschlagen. Albert sah, wie sein Vater in seiner Kunstlederjacke schwitzte, die nicht »atmete« und unter der er ebenfalls einen Packen Zeitungen gegen den Frost trug. Wortlos nahm Egbert seinem Bruder das Gerät aus der Hand und fuhr mit der Hackerei fort, bis auch er in seinem Ledermantel heftig schwitzte, der zwar »atmete«, aber nicht weniger schwer war als der Ganovenanzug, in dem er sich beim Training und bei Wettkämpfen wütenden Hunden auslieferte.

So hackten die Egberts-Brüder abwechselnd und in verbissenem Schweigen am Grab ihrer Eltern. Schließlich standen zwei identische rote Tontöpfe mit weißen Astern nebeneinander inmitten kleiner Berge trockener, pulvriger Erde, die jeden Moment wegwehen konnte, woraufhin auch hier die Blumen umfallen würden, um den geweihten Boden zu küssen.

Die Worte, die sie zum Schluß doch noch wechselten, brachen kaum das große Schweigen.

»Also, danke schön«, hörte Albert seinen Vater mit einer Zigarette im Mund murmeln.

»Schon gut«, sagte Egbert, der den Armeespaten wieder einpackte. Und dann noch einmal, zerstreut: »Schon gut, schon gut.«

So gingen sie auseinander, der eine auf dem Moped, der andere auf dem Motorrad. Das nächste Grab, an dem sie sich treffen sollten, war das von Egbert. Bei strömendem Regen, so daß man aus dem Sand eine feuchte Kugel formen konnte, bevor man ihn auf den Sarg warf.

Albert hatte den Vorfall seinem Ghostwriter Patrizio Canaponi erzählt, dem Schriftsteller mit Blattgold, aber ohne Material, auf dem er es anbringen konnte. Patrick hatte etwas höchst Virtuoses daraus gemacht, einen imaginären Dialog zwischen Sohn und Vater, wobei letzterer bereits im Grab lag. Natürlich fehlte der verbogene Löffel nicht, doch Albert hatte ihm nicht erzählt, daß dieser noch immer täglich eine Art Grabschmuck unter seinem Süchtigenarsenal darstellte. Der krumme Löffel, aus dem seine Heldin vor ihm aufstieg, fein und durchsichtig wie die Venus von Botticelli aus ihrer Muschel, erinnerte ihn durch seine Form an das tödliche Spiel, das er spielte, und bewahrte ihn davor, zu weit zu gehen. Das Maß war unsichtbar in ihm geeicht.

(Auch Egbert Egberts war mit einem Gegenstand in seinem täglichen Ritual vertreten: Das Halsband, das Albert sich während seines Frühstücks mit dem krummen Löffel um den Oberarm band, hatte als Beschlag spitze Nägel, die nach innen gedreht werden konnten, um ungehorsame Hunde zu bändigen. Während des Abbindens grinsten sie ihm zu wie ein Gebiß aus lauter metallenen Eckzähnen.)

Er drang nicht in sie ein. Sie penetrierte *ihn* mit Hilfe einer Hohlnadel, feiner als der Schnabel eines Kolibris, und vermischte sich mit seinem Blut. Jedenfalls solange es anhielt. Albert war der Empfangende, der gelähmte Liebhaber. Vielleicht verkörperte er ja so den Traum jedes mit Impotenz geschlagenen Mannes: vollkommene Befriedigung bei ungestörter Passivität. (Fast der Text für eine Kontaktanzeige.) Jetzt, da die Rollen vertauscht waren, konnte er sagen, daß er mit keiner Frau je intimer gewesen war, nicht einmal mit Marike bei ihrer Liliputanerhochzeit. So hätte es bei Milli Händel sein müssen. So, und nicht anders.

Vier-, fünfmal am Tag schenkte seine Heldin ihm die Befriedigung, die von der Subkultur *flash* genannt wird. Von seinem Korbstuhl aus sah ihr Zuhälter beifällig zu, wie er sie nahm ... sie ihn. Albert hatte keine Ruhe, bevor sie sich nicht ganz in ihm ausgestreckt hatte. Er war ihr Geliebter und ihr Liebeslager zugleich. Nach dem Orgasmus nistete sie sich in allen seinen Organen ein, bis sie in jeder Faser zu spüren war. Sie hatten einander Liebe geschenkt (sie ihm) und lagen nun still beieinander. Der Zuhälter wachte über das Paar, ohne den Stuhl auch nur einen Augenblick zum Knarren zu bringen. Albert genoß seine Sättigung. Im Postkoitum gab es keine Spur von Trübsal, im Gegenteil: Alles, was zuvor trist, ekelerregend, beängstigend erschienen war, war auf einen Schlag verschwunden. *Omne animal post coitum triste, praeter gallum qui cantat.* Albert kam sich wie die glückliche Ausnahme von der Regel vor: wie der Hahn, der nach dem Koitus – nein, nicht krähte, auch nicht sang, und ebensowenig pfiff, wie bei Gogol, sondern wie einer, *in dem* es, ganz leise, krähte und sang und pfiff.

Unmerklich langsam verflüchtigte sie sich. Er wachte von ihrem Verschwinden auf. Eine Tür schlug, und beim Erwachen wußte man nie genau, ob es nicht vielleicht nur ein Zusammenzucken im Schlaf gewesen war. Er spitzte die Ohren und vernahm eine Art Geraschel, das sich schnell und deutlich zu einem Prasseln entwickelte, mitunter durchsetzt von scharfen, trockenen Knallen: Es war der jetzt leere Korbstuhl, der erst zögernd, allmählich jedoch freimütiger das Körpergewicht des Zuhälters preisgab. Er würde nicht einmal dazu kommen, mit dem Knarren aufzuhören, so schnell nähme der Mann seinen Platz wieder ein, um das Korbmaterial kurzfristig zum Schweigen zu bringen. Das Knarren war nichts anderes als eine auditive Visitenkarte.

Trotzdem verließ sie Albert zuweilen für einen Tag, und dann war auch ihr Zuhälter unauffindbar. Albert suchte sie überall. Die Hand an der Schere, schaute er in jedes Auto, ob sie sich da vielleicht verbarg. Er erwarb Schätze, um sie zurückzulocken. Immer von neuem mußte Albert versuchen, seine Heldin für sich zu gewinnen, damit war er vollauf beschäftigt. Sie war eine teure Hure und blieb zudem ihrem Zuhälter treu. Ihm kaufte er sie, zwei-, dreimal am Tag ab, Besitz, der nie Eigentum wurde. Stinkreich wurde dieser charmante Dreckskerl allein von Albert, und wie sah die Gegenleistung aus? Albert teilte sein Leben mit einer Frau, die das ihre mit vielen teilte. Unzähligen.

Um endlich Ziel und Richtung in sein Leben zu bringen, hatte Albert die Welt auf den Kopf stellen müssen. Er hatte den eisernen Pfeil der Logik zur anderen Seite hin gebogen, und der sah jetzt tatsächlich wie der Löffel aus, der am Grab seiner Großeltern abprallte. Albert war unentwegt damit beschäftigt, gegen eine Krankheit anzukämpfen, die es ohne die Medizin, mit der er sie bekämpfte, gar nicht gäbe. Das Heilmittel ging dem Leiden voran. Sein Stoffwechsel hatte den Bastardstoff adoptiert, ihm einen Platz in seiner Fabrik gegeben, und jetzt war Alberts Körper in seiner Toleranz anspruchsvoll geworden.

Unaufhörlich war er damit beschäftigt, einer Welt der Unruhe, weiten Pupillen, Diarrhö und unerwünschten Orgasmen zu entfliehen und in die der großen Ruhe, der *pinpoint pupils*, Därme und allem anderen, was sonst noch auf spiegelglatten Schienen auf dem Weg ins Depot durch seinen Leib schoß, vorzudringen. Jeden Tag waren alle seine Handlungen auf die Vollendung eines perfekten Kreises ausgerichtet: eines, der in sich selbst mündete. So war sein Leben ebenso zielgerichtet wie überflüssig geworden.

Aber auch ein Arbeiter war ständig damit beschäftigt, den Hunger zu vermeiden, indem er jeden Tag arbeitete und so die verausgabte Energie auf einem gewissen Niveau hielt. Diese Zwanghaftigkeit kennzeichnete alle Menschen und alle Zeiten und diente nur scheinbar einem höheren Ziel.

Mehr und mehr kam Albert sich wie ein Versuchskaninchen vor, Opfer eines Laborexperiments, dessen Resultat lautete: Der Mensch ist das einzige Wesen auf Erden, das die Fähigkeit besitzt, *sich gegen sich selbst zu entscheiden*. Gegen seine Gesundheit, gegen seine Interessen, gegen die Welt, in der er zu leben versuchen muß. Der beste Beweis für diese These war, daß er selbst willentlich und wissentlich die Rolle als Versuchstier *und* als Laborant übernommen hatte.

Panorama Mesdag

Herbst 1978
(Albert Egberts)

Es fiel Albert Egberts trotz seiner Vergangenheit als gelähmter Liebhaber nicht schwer zuzugeben, daß das Heroin eine dämpfende Wirkung auf die Sexualität hatte. Nicht nur das Interesse am Akt nahm ab, sondern mitunter auch die Fähigkeit dazu.

Gegen Ende '78 versuchte er, seine Heldin wegen eines irdischen Mädchens mit schönem Körper zu verlassen.

Seine Heldin besaß keine Möse, genausowenig wie Engel ein Geschlechtsteil haben. Eine Möse hätte bei ihr keine Funktion gehabt. Sie war dazu da, ihn zu penetrieren, und nicht, um penetriert zu werden. Alberts Heldin war ewige Jungfrau, jungfräuliche Hure, *puttana vergine*. In seiner Liebe zu ihr verlor auch sein eigenes Geschlechtsorgan seine Funktion. Keusch waren die beiden im trauten Beisammensein.

Irdisches Mädchen mit schönem Leib, alles schön und gut, aber *er* war es, der im Herbst '78 unter der Trennung litt, nicht seine im Stich gelassene Heldin. Albert rief überall nach ihr. Er hatte ihr noch nicht den Laufpaß gegeben, da senkte sich ein strenger Winter herab. Die Heldin ließ Schnee, Glatteis, Frost zurück und nicht, wie die *lovesongs* auch in diesem Jahr behaupteten, eine »Leere«. Ihr Abschiedsgeschenk.

Aber er gewann sie zurück. Albert schlug, und zwar im Wortsinn, das allzu irdische Mädchen in die Flucht... entledigte sich ihrer mit seinen Händen... und die Heldin kehrte triumphierend zurück. Sie wurde ihm, wie eine englische Braut am Arm ihres Vaters, von ihrem Zuhälter zugeführt. Albert bezahlte ihn und nahm sie.

Unverbesserliche Ameisen, die Menschen... Nach Italien und nach Alis Rückkehr in seinen Korbstuhl versuchte Albert noch ein paarmal, mit nachlassendem Enthusiasmus, von seiner Vergiftung loszukommen. Erst als seine Sucht ein Jahr alt war, unternahm er einen Versuch, der gelang, und eine ganze Weile sah es danach aus, als sei der Sieg endgültig. Doch da ging es auch um eine Frau, die sein Leiden, die Schmerzen, die abgekratzte Tapete unter seinen Fingernägeln mehr als wert war.

Margerie. Maggy. Mech. »Jojo.«

Albert lernte sie irgendwann Anfang Oktober, um vier Uhr nachts, im Hellebaardsteeg kennen, wo sie versuchte, das Schloß ihres Fahrrads aufzubekommen (aber vielleicht gehörte ihr das Rad ja gar nicht, vielleicht wollte sie es einfach klauen). Albert, der nach getaner Arbeit zufällig vorbeikam, erbot sich, ihr zu helfen, denn wenn er am Ende einer Nacht, in der er Blechkisten geöffnet hatte, noch nicht einmal mehr ein Fahrradschloß aufbekam, war er mies dran. Das Mädchen hatte eine Freundin dabei und auch noch einen Typen, doch der war den Frauen einfach nachgelaufen. Sie kamen aus dem *Dogshit City*, in dem Albert im Jahr davor einen Frühling und einen Sommer lang mit Zwanet wunschlos glücklich gewesen war, vor allem mittwochs abends. Vielleicht ließ er sich darum, wegen der Erinnerung, auf ihren Vorschlag ein, »in der Amstelstraat noch einen trinken zu gehen«, wo alles noch geöffnet sein mußte. Das Fahrrad, ob Margeries Eigentum oder nicht, war nach einer Messerspitze Ingeniosität mittlerweile fahrbereit.

Im *Het Kompas* wurden sie nicht eingelassen, aber gegenüber gab es noch ein Lokal, das erst am Morgen schloß. Restlos wohl fühlte Albert sich nicht: Um die Ecke, in der kleinen Nebenstraße, die zum Fluß führte, hatte ein Jahr zuvor das Elend begonnen.

Nachdem der Typ, der einfach mitgelaufen war und es anfangs auf die dunkelhaarige Margerie abgesehen hatte, sie ein paarmal unter dem Kinn gestreichelt und »Mech« genannt hatte, überließ er sie Albert und machte sich an die blonde Freundin ran. Das Pech verfolgte ihn: Blondie wandte sich ständig von ihm ab, um, ohne Nasenspitze oder ein Ohrläppchen auszulassen, Maggys Gesicht mit Küssen zu bedecken. Margerie machte ein immer beklommeneres Gesicht.

»Wenn sie bloß nicht so komisch riechen würde«, sagte Margerie jedesmal, wenn sich das Mädchen wieder dem im Stich Gelassenen zuwandte.

In der Tat roch sie sehr würzig nach Schweiß, fast schon animalisch. Vielleicht in erster Linie, damit er nicht »falsch« von ihr denke, legte es Maggy darauf an, von Albert geküßt zu werden. Ach, welch verlorener und vergessener Genuß: der erste Kuß eines Mädchens, das man noch keine halbe Stunde kennt... Der Barmann, aber auch das gehörte dazu, stieß nahe an ihren Köpfen zwei Gläser aneinander.

»Kein Gepimper hier an der Bar. Macht das zu Hause.«

Ein Jahr lang war Albert Verabredungen mit Frauen tunlichst aus dem Weg gegangen, doch als er jetzt durch die Utrechtsestraat, in der jeder Hauseingang von einer Autonutte bewohnt wurde, zurück zu De Pijp trottete, trug er einen Bierdeckel mit Margeries Adresse in seiner Innentasche. Er befand sich neben seiner Schere, die er einem ganz anderen Bierdeckel verdankte. In dieser Nacht hatte er zum erstenmal ein *Fahrradschloß* damit geöffnet. Irgendwie gab ihm das ein Gefühl freudiger Unschuld.

Auch Margerie wohnte in De Pijp, nicht weit von Albert entfernt: in der Mesdagstraat, wo sie sich eine Erdgeschoßwohnung mit zwei Freundinnen teilte, Eva und Floske.

Eva war eine zarte Blondine mit Zululippen und ewig jener kleinformatigen Seemannsmütze, die Deutsche und *leatherboys* trugen. Das winzige Zwergenmädchen Floske war die Tochter eines Alkmaarer Bäckers, doch sobald man dieses gewöhnliche Wort mit ihrem Vater in Verbindung brachte, piepste sie empört: »Konditor, hörst du! Konditor!«

Die Wohnung gehörte einem ungarischen Fotografen, der zu seiner Freundin gezogen war. Es lag noch einiges von seinen Sachen herum, zum Beispiel Bücher, die Albert manchmal mitnahm, um sie zu Hause zu lesen, Möbel, von denen die Mädchen gelegentlich ein Stück verkauften, wenn sie knapp bei Kasse waren, und Fotos, darunter das Farbbild – als erstes dachte man an eine Großaufnahme aus einem exotischen Aquarium – eines glänzenden, goldfischartigen Phallus mit einer flossenartigen Schleife: laut Eva ein Geburtstagsgeschenk für die Freundin des Ungarn.

»Das Foto?«

»Nein, das hat *sie* gemacht. Festgehalten, bevor die Pracht dahin war.«

Aus der Schlafzimmertür war die Mattglasscheibe seit langem verschwunden. Steckte man wie ein Pferd den Kopf hinein, so bot sich einem, wie Albert es für sich nannte, das Panorama Mesdag: die drei Mädchen, nebeneinander auf einer blanken Matratze liegend und zu einem großen Fernseher hochschauend, der schräg nach vorn gekippt in labilem Gleichgewicht auf einem wackligen Kleiderschrank stand, direkt unter der Zimmerdecke. Jedesmal, wenn ein Kleidungsstück aus dem Schrank genommen wurde, drohte das Ungetüm allein schon dadurch, daß die Kleiderbügel an die Rückwand stießen, herabzustürzen, um nicht nur das Mädchen zu zerschmettern, das ein passendes Kleid suchte, sondern auch die beiden anderen mit explodierendem Glas zu durchsieben. Als Floske, die leichtsinnig vor Ungeduld, weil sie ihren Gürtel nicht gleich finden konnte, mit beiden Armen zwischen den Kleidern herumfuhrwerkte, von Albert auf die Gefahr hingewiesen wurde, piepste sie empört: »Da ist doch noch ein Kabel mit einem Stecker dran!«

Sie trugen die eigenen Sachen wie die der anderen, bis niemand mehr wußte, was wem gehörte, mit Ausnahme der Hosen der kurzbeinigen Floske. Außerdem liehen sie sich alle drei auch noch Stücke von Dritten aus, Freundinnen, die davon bei Gelegenheit gern was wiedersehen wollten, am liebsten gewaschen. Tagelang gab es Streit wegen einer Socke, eines BHs, eines Ohrrings.

Alle schliefen in diesem kleinen Zimmer, auch Albert, wenn es sich so ergab. Eva kam oft erst gegen Morgen aus dem *Dogshit City* zurück und weckte dann, völlig überdreht, Maggy.

»Mech! Mech! Ich kann Modell stehen für die Nullnummer einer neuen Modezeitschrift, so gut wie sicher...! Der Fototyp war hin und weg von mir! Am liebsten hätte er sofort angefangen...!«

Oder: »Mech! Wach auf, Mech! Ich hab wahrscheinlich eine Rolle in einem Film...! Nee, nee, der Mann ist absolut vertrauenswürdig...«

Margerie hörte immer mit großen Augen interessiert zu, quetschte ihre Freundin begierig aus, drehte sich dann wieder Albert zu und murmelte: »Warum muß dieses Scheißweib mich immer mitten in der Nacht wecken... da wird ja doch nie was draus...«

Weil das Panorama Mesdag ihn mit der Zeit langweilte, ließ Albert seine neue Liebe immer häufiger in der van Ostadestraat schlafen, sorgte aber dafür, daß das Mädchen nicht mal den kleinsten Einblick in sein *anderes* Leben bekam. Er kaufte einen Radiowecker, so daß sie noch glücklicher miteinander wach werden konnten, und um sich zu revanchieren, kaufte Margerie eine Batterie Ohrstöpsel. Sobald morgens das Radio anging – Albert stellte es immer ziemlich laut –, beugte sie sich stöhnend aus dem Bett, um zwei dieser knetbaren rosa Mottenkugeln aus der Schachtel zu nehmen und sich in die Ohren zu friemeln. Danach war sie im wahrsten Sinne des Wortes taub für alle lieben Worte, die Albert ihr unter der Decke zuflüsterte; Maggy reagierte nur noch auf seine Liebkosungen. Es dauerte eine gute Woche, ehe er etwas merkte. Beim Abziehen des Betts fand er nicht weniger als acht rosa Kegel, wächsern und flauschig zugleich, die Fettflecken auf seinem blauen Laken hinterlassen hatten, welche er nicht gleich identifizieren konnte. Die gelbbraunen Spitzen einiger dieser kleinen Kegel gaben ihm zu denken. Ach ja, natürlich, Maggys *oribori*... Die Entdeckung ihrer kleinen Schwäche, ihres leisen Widerstands gegen sein Frühaufstehertum rührte ihn so, daß er die Fettflecken in Kauf nahm. Das Weckerradio benutzte Albert von da an nur noch als Uhr.

Sich Kosenamen auszudenken gehörte auch zur Verliebtheit. Morgens war Margerie das »Schildkrötchen«, weil sie, wenn sie geweckt wurde, den Kopf so schnell unter die Decke ziehen konnte. So träge wie Schildkröten und Mädchen wie Maggy durchs Leben gingen, so schnell zogen sie das Genick ein. Ssssst! und *weg* war das Köpfchen. Und dann blieb sie unauffindbar, seine Maggy, und unzermürbbar ... Wenn Albert sich laut entfernte und dann auf Zehenspitzen zum Bett zurückschlich, kam der Lockenkopf langsam, sich vortastend, wieder zum Vorschein – um beim leisesten Laut, bei der geringsten Berührung erneut zu verschwinden. Sie war sich dessen nicht einmal bewußt. Das Einziehen des Kopfes war ein Reflex, nichts weiter, genau wie bei ihrer Namensgenossin, der Schildkröte. Sie wußte nicht einmal, was Albert mit seinem Kosenamen meinte.

»Schildkrötchen? Na toll, mit so ’nem kalten Ekelviech verglichen zu werden ... Was sind das bloß für scheußliche Schimpfworte?«

Woraufhin Albert ihr wieder vorführte, wie das Schildkrötenmännchen das Weibchen für den Koitus auf den Rücken wirft und beim kaltblütigen Höhepunkt eine Art Brechgeräusch ausstößt wie einer, dessen Magen leer und dessen Galle aufgebraucht ist. Bis Margerie vor Abscheu um sich trat.

Wenn Maggy Albert im Stehen umarmte, schlang sie immer ein Bein um ihn. Sie legte es in seine Kniekehlen und tat so, als wolle sie an ihm hochklettern. So wurde Margerie sein Klettermaxe, und er nannte sie Jojo.

Ihre Falten da unten waren fast genauso symmetrisch wie bei Marike aus Nimwegen, aber weniger zart, weniger pervers, weniger verborgen ... statt dessen geschwollener, fast beängstigend blutvoll und eingefaßt von kräftigen Rundungen. Mit den kerzengeraden und störrischen schwarzen Haaren – fast wie ein Nadelkissen – ähnelte das Ganze in geschlossenem Zustand einem zusammengerollten Igel. Wenn Maggy die Lage ihrer Beine ein klein wenig veränderte, konnte sie sich fast nahtlos schließen. »Igelchen«, ja, so nannte Albert sie auch manchmal, weil sie all das wehrlose feuchte Rot so schnell verschwinden zu lassen vermochte, indem sie sich da zu einer stachligen Kugel zusammenrollte.

Wenn dies passierte, war da manchmal Thjums Stimme vom anderen Ende der Welt. Er behauptete höhnisch, daß Darwins Evolutionslehre durch ihr »alles in allem« »in erster Linie den Dichtern recht zu geben schien...« Gut gesprochen, Thjum. Das Igelchen nimmt in meiner *Enzyklopädie der Schamspalte* einen besonderen Platz ein.

Wenn das Igelchen seine Stacheln nicht sofort aufstellte und Albert seine Maggy streicheln durfte, rieben ihre Finger synchron seinen Nacken. Immer heftiger... bis sie innehielten und die Fingerspitzen den Druck verstärkten, wobei ihr Atem stockte: Vorstufe zur völligen Hingabe. War es dann soweit, so bohrten sich ihre Nägel schmerzhaft tief in Alberts Nackenhaut – so daß er manchmal blutete, denn Maggy ließ sie lang wachsen. Unauffällig, beiläufig kontrollierte Albert von Zeit zu Zeit, ob sie Trauerränder hatte. Man hörte so viel von Infektionen, man konnte nie wissen. Er war nie gegen Tetanus geimpft worden.

Sie mußte sich also nicht nur regelmäßig die Nägel von Alberts Blut reinigen, sondern beherrschte auch die Kunst, ihn bis aufs Blut zu reizen – häppchenweise. So hatte Maggy die Angewohnheit, wenn Albert köstliches Fleisch und Wurst als Brotbelag gekauft hatte, vorher mißtrauisch in die Tüten zu äugen... ohne sie zu öffnen, ohne das Papier auch nur zu zerknittern... und das Näschen zu rümpfen, wenn der Inhalt ihr nicht zusagte. Mochte sie den Belag überhaupt nicht, dann brachte dieses verwöhnte Biest es fertig, sich kurz und deutlich zu schütteln. Ein leichtes Erschauern ihrer zarten Schultern... sichtbar nur für den, der einen Blick dafür hatte...

Wenn Albert morgens früher aufstand als sein Schildkrötchen und während der Zubereitung des Frühstücks eine Mozartplatte auflegte, ertönte ihre tiefe, rauhe Schlafstimme aus dem Bett als Zeichen dafür, daß sogar das Einsetzen von Ohropax ihr zuviel Mühe war: »Verdammt noch mal, stell die Scheißmusik ab...!«

War Maggy aber erst mal aufgestanden, dann mußte nach dem Duschen, wenn sie in vorgebeugter Haltung ihren Po am Ofen wärmte, von ebendiesem Mozart *Alla Turca* aufgelegt werden, weil das Stück sie an ihren ehemaligen Klavierlehrer erinnerte.

»Standst du da auch mit dem Hintern am Ofen?«

»Nein, du Knallkopp, ich hab immer mit mir selbst gewettet, daß ich mich schnell zum Orgasmus klimpern, äh, fingern konnte, bevor er reinkam. Dann stand ich auch so da, mit dem Gesicht zur Tür, ganz normal, voll angezogen. Ich achtete immer darauf, daß ich einen Rock trug. Es ging ganz schnell.«

»Mal erwischt worden?«

Stolz: »Nie.«

»Obwohl du das natürlich wolltest. Und dann... *alla Turca*.«

»Es erregte mich immer außerordentlich, wenn auf der ersten Taste, die ich anschlug, ein feuchter Fingerabdruck zurückblieb. Oder wenn es ein kurzes Stocken gab, weil sie eine Sekunde lang an meinem Finger hängenblieb. ›Deine Hände kleben ja noch, weil du dir Süßigkeiten reingestopft hast‹, sagte er dann. ›Geh und wasch sie dir da unterm Hahn.‹«

Einmal, als sie etwas mehr davon erzählte, hatte Maggy nach langem Drängen seitens Alberts vorgeführt, wie sie, wachsamer Blick auf die Tür, im Stehen rasend schnell masturbieren konnte. Weil sie aber immer noch am Ofen stand, stieß sie beim Nahen des Höhepunkts in einer unkontrollierten Bewegung mit der linken Pobacke an den glühenden Gasofen. Albert sah, wie der Schmerz gleichzeitig mit dem Orgasmus ihren Körper durchzuckte, und bildete sich ein, der Schmerz habe den Höhepunkt vorzeitig ausgelöst. Es war das erste Mal, daß er eine Frau im Augenblick des Orgasmus aufzischen hörte. Tränen sprangen auf den Holzfußboden. Der leichte Brandgeruch stammte wohl von der glühenden Reibung, verursacht durch einen Finger, der so außerordentlich geschwind sein Werk vollbracht hatte, bevor die Tür aufflog und der Klavierlehrer hereinkam.

»Junge Dame, heute nehmen wir uns die *Sonata facile* vor.«

Natürlich tröstete Albert sie, denn Maggy jammerte jetzt wirklich in langen Jaultönen, wobei sie ihren Oberkörper verdrehte, um den Schaden zu begutachten. Er küßte ihre schuldigen Fingerspitzen und versorgte die Wunde mit Salbe und Verband.

»Ehrlich gesagt«, meinte sie, noch mit Tränen in den Augen, als der Schmerz abgeklungen war. Sie lachte schon wieder.

»Ehrlich gesagt – was?«

»Ich hab noch nie so einen Wahnsinnsorgasmus gehabt. Ehrlich.«

Maggys kräftiges Haar hatte die Form einer Wolke aus dunklen Locken. Volle, pralle Lippen vor kurzen, festen, sehr weißen Zähnen ... Bedeutend weniger reizvoll an seinem Kletterkreisel war dagegen die Nase, im buchstäblichsten Sinne des Wortes eine *Stups*nase, die ihr ganzes Gesicht ins Lächerliche zog, verzerrte, veräppelte ... Im Gegensatz zum Rest ihres gesunden Gesichts war das Näschen mickrig, verfärbt, schilfrig und voller Mitesser. Es ließ alles unernst erscheinen, was Augen und Mund (die durchaus Ernst ausstrahlen konnten) ausdrückten, und verdarb mit seinem Aufwärtsschwung die übrigen Züge.

Von diesem Näschen hing alles ab. Wenn Maggy über das ganze Gesicht lächelte und alles darin jubelnd nach oben strebte, fiel bei so viel Fröhlichkeit der Aufwärtsschwung weniger aus dem Rahmen. Lauschte sie dagegen aufmerksam und angestrengt Alberts Worten – wobei sie außerdem ihre Kiefermuskeln vergaß, so daß der Mund mit blassen Lippen offenstand –, dann sah Maggy so unbedarft aus, daß er irritiert innehielt. Trotzdem vermochte sie, ohne daß es ihr selbst bewußt war, durch eine einzige arglose Bemerkung Alberts Verärgerung in Rührung zu verwandeln. Wie damals, als sie ihre Mutter und ihre Schwester in Buitenveldert besucht hatte und nach der Rückkehr, in Gedanken versunken, mit einem derart stumpfsinnigen Ausdruck dasaß, daß er ... na ja. Gerade als Albert eine gehässige Bemerkung loslassen wollte, hellte sich plötzlich ihr ganzes Gesicht auf, und sie sagte: »Gestern abend ... oh, war das süß. Meine dreizehnjährige Schwester, ganz besorgt, ja, goldig, sag ich dir ... fragt: ›Und wenn dann ein Junge zu dir kommen will, und er kann die ... die ... wie heißt das ... die Ritze nicht finden, was muß ich dann in Gottesnamen tun, Mech?‹ Also, so was von goldig ... unglaublich süß. Junges Ding, das seine ältere, weisere Schwester um Rat fragt. Als ich ins Bett ging, fand ich zwei Mandarinen auf meinem Kopfkissen. Hatte sie mir hingelegt. So goldig ... ach.«

So jemand brachte einen dazu, die eigene Wut runterzuschlucken. Na ja, bis sie einmal Milch kochen sollte und sie in den Pfeifkessel tat ...

Margeries Eltern waren geschieden. Ihre Mutter war wild auf junge Männer und hatte sich vor kurzem, achtundvierzig Jahre alt, mit einem neunzehnjährigen Medizinstudenten aus Leiden verlobt, mit dem sie – Maggy konnte dieses Detail nur mit einer Art heftiger Brechimitation wiedergeben – »teuer essen ging«. Haßerfüllt klang sie erst bei der Beschreibung von Mutterns »eigenem Zimmer«, das früher Margerie gehört hatte. Als sie einmal zu Besuch nach Buitenveldert fahren wollten, wurde Albert in bezug auf dieses Zimmer genauestens instruiert.

»Und du gehst *nicht* mit ihr rauf, verstanden? Dieses Scheißweib will meinen Freunden immer ihr ›eigenes Zimmer‹ zeigen ... ohne daß ich dabei bin ... Das hört mir jetzt auf, diese Anmache.«

Jeden Morgen wollte Maggy sich wiegen, gleich nach dem Aufstehen, was am vorteilhaftesten war. Weil sie ihre Kontaktlinsen dann noch nicht eingesetzt hatte, schaute sie kurzsichtig an ihrem nackten Körper hinunter auf den zitternden Zeiger zu ihren Füßen. Immer weiter beugte sie sich vor, um die Kilos ablesen zu können, wodurch die Waage wieder aus dem Gleichgewicht geriet. Von der Reservebrille, die sie manchmal aufsetzte, wollte sie nichts wissen, weil die schwere Fassung und die dicken Gläser ihr Körpergewicht irreführend in die Höhe trieben. Schrecklich, sie auf diese Weise nackt zu sehen, den makellosen Körper mit nichts anderem bekleidet als einer scheußlichen Brille, die ihre Augen zu Stecknadelköpfen verkleinerte: eine steife Bürotrutsche, die zur Überraschung aller die Kleider abgelegt hat.

Im übrigen hatte sie seit Jahren dasselbe Gewicht.

Lotsapoppa

Dienstag, 14. November 1978
(Albert Egberts)

Lotsapoppa trug immer eine Art Pfeilköcher auf dem Rücken oder zumindest etwas, das wie eine Golftasche aussah, in der mit Zeitungspapier umwickelte Neonröhren verschiedener Länge staken. Es gab nur wenige Toiletten in der Stadt, in denen er nicht in Null Komma nichts das blaue Neonlicht durch eiskaltes Tageslicht zu ersetzen verstand, in dem das Gewirr seines Adernetzes zu sehen war.

Erst nach dem unvermeidlichen goldenen Schuß in einem Hauseingang an der Goldenen Kurve der Herengracht hörte Albert, wie der Mann zu seinem Spitznamen gekommen war. Lotsapoppa: So hieß ein Schwarzer, der von Charles Manson in Los Angeles ermordet worden war, lange bevor dieser sich nur noch als Regisseur von Morden betätigte. Der Lotsapoppa von der Goldenen Kurve verkaufte wie der gleichnamige Schwarze »lots a poppa« auf der Straße, *lots of poppers*.

Anwaltskollektiv De Pijp & De Wet
z. Hd. Mr. E. Quispel
Kuipersstraat 30a
1073 TN Amsterdam

Betr.: Bekanntschaft mit meinem Doppelgänger

Amsterdam, 14. November 1978

Du gerätst, zu Unrecht, fast in eine Schlägerei in einem auch nachts geöffneten Restaurant, das Du danach mit leerem Magen verläßt; unterwegs wirst Du noch richtig in eine Schlägerei verwickelt, und das Ende vom Lied ist, daß Du – gefeiert wie ein Held – mit einer Gratisportion Speck nach Hause kommst. Ich weiß nicht, manchmal scheint sich eine geheime Logik hinter den Dingen zu verbergen. Bleibt die Frage: Was tust Du mit dieser Speckseite? Du wolltest doch keine Eier mit Speck mehr zum Frühstück essen, seit Du Diät hältst, Ernst?

Verstehst Du jetzt, warum ich Dich in der bewußten Nacht unbedingt in ein Taxi verfrachten wollte? Aber nein: Du wolltest zu Fuß gehen. Eigensinnig sein. Keine Gefahr sehen.

Und trotzdem ist es ein seltsames Phänomen. Ich bin auch so. Frag mich rundheraus: »Wenn dir jemand, der möglicherweise ein Messer in der Tasche hat, deinen Koffer aus der Hand reißt, verfolgst du ihn dann?«, und ich antworte Dir im Brustton der Überzeugung: »Auf gar keinen Fall.« Dann eben keinen Koffer. Ich hab keine Lust, einen Messerstich abzubekommen. Ich bin kein Held.

Und trotzdem ... wenn es dann mal passiert ...

In der van Baerlestraat, in der Nähe vom *Keyzer*, gibt es ein chinesisches Restaurant, in dem die Concertgebouw-Besucher vor zwanzig Uhr, ein Auge beständig auf ihre Uhr geheftet, schnell noch ein Fu jong hai futtern. Eines frühen Abends im Oktober – draußen ist es noch hell – setze ich mich mit Maggy in den ruhigsten Teil dieses Restaurants, in den kurzen Teil des L-förmigen Raums, in dem außer uns niemand ist. Wir geben unsere Bestellung auf, trinken Bier, reden und gehen »völlig ineinander auf«. Dadurch registriert mein Hirn zwar den schmuddeligen jungen Mann, der sich an den Nachbartisch Rücken an Rücken mit Maggy setzt, nicht aber – jedenfalls nicht sofort – dessen merkwürdige Bitte an den Ober, ihm vier Speisekarten zu bringen, obwohl er ganz allein ist. Erst später, als der junge Mann nach intensivem Studieren der Karte aufsteht und geht, dringt zu mir durch, daß er zum Ober gesagt hat: »Gleich kommen noch drei Freunde von mir. Bringen Sie schon mal vier Karten.«

Diese Unregelmäßigkeit, im nachhinein wahrgenommen, veranlaßt mich, Maggy aufzufordern: »Deine Tasche! Schau in deine Tasche! Ob dein Portemonnaie noch drin ist!«

Ihre Tasche muß über der Rückenlehne ihres Stuhls in

Griffnähe dieses Schmuddeltyps gehangen haben. Sie ist offen. Das Portemonnaie ist verschwunden. Auf dem Tisch neben dem unsrigen liegt ein Stapel von vier in dickes Leder gebundenen Speisekarten. Ich stehe auf und laufe aus dem Restaurant. Unterwegs renne ich fast den Besitzer um, der mir, sehr chinesisch lächelnd, bedeutet, ihm sei nichts passiert. Draußen sehe ich den Dieb im späten Sonnenlicht mitten auf dem Asphalt der van Baerlestraat stehen. Er versucht, auf die andere Straßenseite, Richtung neuer Flügel des Stedelijk Museums zu entkommen, aber der Autostrom ist zu dicht.

»He! Wie ham wir's denn?« – oder etwas ähnlich Stumpfsinniges rufe ich, sehr laut, über die Straße. Der Dieb dreht sich um, sieht mich, schaut wieder zum unerreichbaren Neuen Flügel, schaut noch einmal über die Schulter...

»Komm her...!« Ich erschrecke vor meiner eigenen autoritären Stimme, die ich, abgesehen vielleicht von zu Hause, an mir nicht kenne. Ich sehe, wie der Typ zögert. Er schätzt die Entfernung zur anderen Straßenseite; die Autoschlange zeigt keine Lücke.

»He! Wird's bald?«

Zwischen ihm und mir fahren fast keine Autos. Der Dieb dreht sich auf dem Absatz um und kommt langsamen Schrittes auf mich zu. Auf seiner Visage zeichnet sich etwas Gekränktes und Weinerliches ab. Als er ganz nahe herangekommen ist, verstehe ich: »Was ist denn? Ich hab doch nichts getan!« Genau wie ein Kind mit schlechtem Gewissen sagen würde.

»Her mit dem Portemonnaie!«

»Was für einem Portemonnaie? Ich hab kein Portemonnaie...«

Scheiße, denke ich: Er hat es bestimmt schon irgendwo in einen Abfallbehälter geworfen – um es nachher wieder rauszuholen. An diesem Punkt angelangt, tue ich Dinge, die mir völlig fremd sind. Oder doch nicht (und lediglich nie die Gelegenheit erhalten hatten, ihren Nutzen zu beweisen)? Vor dem chinesischen Restaurant parkt, ganz dicht am Rinnstein, ein Auto. Ich packe den gekränkten Dieb mit beiden Händen an seiner Joppe und lege ihn – ohne daß es mich viel Kraftanstrengung kostet – rücklings über die Motorhaube. Ich beginne an ihm zu zerren, ihn zu schütteln, und rufe: »Ich mach so lange weiter, bis das Portemonnaie aus deinen Lumpen fällt.«

Der knochige Körper des verwahrlosten Junkies rappelt auf der Motorhaube. Aus den Augenwinkeln bemerke ich den chinesischen Restaurantbesitzer auf der Schwelle seines Ladens, der wieder beschwörend gestikuliert. Neben ihm steht Maggy. Etwas rutscht über die Stoßstange und dann in den Rinnstein. Ich weiß nicht, ob das Portemonnaie aus den Kleidern des Diebs gefallen ist oder ob er es losgelassen hat. Fast bedauernd wende ich mich von dem Typ ab; ihn durchzuschütteln hat mir gutgetan.

Der schmierige junge Mann läuft, diesmal ohne sich um den Verkehr zu kümmern, in Richtung Concertgebouw davon, windet sich im Zickzack zwischen den vor der Ampel wartenden Autos durch. Er sieht sich in einem fort, immer noch mit dieser jämmerlichen Visage, nach mir um, und solange er zu verstehen ist, höre ich ihn sagen: »Huh! Ich hab doch nichts getan!« Wie ein ertapptes Kind.

Obgleich ich mir in diesem Moment hätte sagen können, daß er als Gegner nicht viel hermachte, dieser Schlaffi, werde ich von einem Augenblick zum anderen wieder der alte, und mit schlotternden Knien gehe ich, die kleinen Verbeugungen des Chinesen ignorierend, mit Maggy wieder ins Restaurant. Etwas später bereitet es mir Mühe, den Löffel mit der Tomatensuppe an den Mund zu führen. Es fehlt nicht viel, und ich muß gefüttert werden.

Was ist das bloß? Wenn Du Dir einen nächtlichen Spaziergang durch Amsterdamer Gassen vorstellen mußt, sagst Du gewiß: »Um Gotteswillen! Ich nehm lieber ein Taxi.« Tritt die Situation aber ein, dann fühlst Du Dich wohler in Deiner Haut, weniger bedroht als dienstags vormittags in Madurodam. Mehr noch, Du entwickelst die Neigung, jedem Passanten, auch dem zwielichtigen, eiskalt in die Augen zu sehen. Ein Raubüberfall … stell dir das bloß mal vor! Ich stelle ihn mir vor. Also, soll er doch rauben. Wenn er sein Messer in der Tasche läßt, bin ich schon zufrieden. Den Verlust nehme ich hin.

Aber nein. Passiert es tatsächlich, dann sorgen die alten, seit langem reduzierten Instinkte dafür, daß wir unseren Mann stehen. Auf zur Verteidigung! Auf zum Angriff! Tritt ihm in die Eier ...!

Wie kommt das? Wollen wir in unserer Vorstellung keine Helden sein und werden es in einer gegebenen Situation doch? (Du kennst es von Dir selbst, Ernst: Wie ein Held, beladen mit Geschenken, kommst Du nach Hause.) Und sind wir kurzzeitig Helden gewesen, dann können wir es hinterher wieder nicht glauben. Sogar physisch mißtrauen wir im nachhinein unseren Taten: Wir beginnen am ganzen Körper zu schlottern.

Aber den umgekehrten Fall gibt es auch. Schau Dir nur die Iraker an. Ihre Rhetorik ist getränkt von *eingebildetem* Heldenmut. »Wir werden unsere Gegner, die Satan auf der Schulter tragen« – ich paraphrasiere mal eben – »mit dem Schwert der Rache spalten. Sie werden in Strömen von Blut ertrinken, deren tosende Fluten auch ihre Nachkommen noch in den Untergang reißen werden.«

Aber sie wehren sich nicht. Sie haben sich so tief in der Wüste eingegraben, daß sie nicht mehr herauskönnen, nicht einmal mit einem Küchentritt. Ja, von Zeit zu Zeit schmeißen sie einen schießpulvergefüllten Laternenpfahl über die Grenze, aber das bringt nicht viel.

Ich will hier nicht über Politik sprechen. Ich will lediglich sagen, daß bei beiden psychologischen Typen – dem Typ Ernst Quispel/Albert Egberts zum Beispiel und auf der anderen Seite dem Typ Schwert der Rache – das Vorstellungsvermögen in bezug auf unter Beweis zu stellenden Heldenmut falsch gepolt ist.

Dem schmuddeligen jungen Mann, der sich tatsächlich als rauschgiftsüchtig entpuppte, bin ich später noch einmal begegnet. Beim Pinkeltor am Dam zischte er, ohne mich anzuschauen: »Hasch ... Speed ... Poppers.«

Er hatte nichts, das meinen Geschmack traf, dieser Lotsapoppa, aber wir kamen ins Gespräch, und seitdem spreche ich ihn regelmäßig, meist bei der Unterführung zum Rokin, wo Händler und Touristen einmütig pinkeln. Was ihn so anziehend macht? Was mich an ihm abstößt, müßtest Du eigentlich fragen. Er ist ein Albert Egberts ohne Manschettenknöpfe wie Vorhängeschlösser. Es ist betörend, an einem Albert Egberts zu schnüffeln, auch ganz wörtlich, der ohne die Zwangsjacke einer kugelsicheren Weste durchs Leben geht. Während ich ihm zuhöre, vermittelt Lotsapoppa mir immer mehr das Gefühl, Ernst, daß ich das Leben eines Süchtigen mit allen seinen Konsequenzen auf ihn übertragen habe. Es kommt mir allmählich ganz natürlich vor, ihm Geld zu geben, wenn er seinen Kram nicht los wird, nicht als Belohnung, sondern als Entschädigung.

Du brauchst nicht länger wie die Katze um den heißen Brei zu schleichen, Ernst, ich habe es schon von Vlacq gehört. Flix hat auch in der Berufung zwölf Jahre bekommen, die er in Neapel abbrummen muß . . . Und dann sterben, wirst Du sagen. Ich fürchte, es wird schon vorher ein Unglück geben, wenn die schweren Jungs den genauen Tathergang spitzkriegen. Der arme John . . . er hat sich so viel Mühe gegeben. Mach Deinem Kompagnon keine zu harten Vorwürfe wegen dieses Flops. Denk dran – wenn wir Deinen Vater geschickt hätten, wären wir vom Regen in die Traufe gekommen.

Wislof (das bedeutet: mit Liebe)

Albert

Der steinerne Alkoven

Montag, 18. Dezember 1978
(Albert Egberts)

Bevor Maggy das steinerne Bett entdeckte, spielten sich ihre Phantasien stets in einem schnell fahrenden Zug ab, merkwürdigerweise immer zwischen Utrecht und Ede-Wageningen. Den genauen Sachverhalt, das heißt, was die anderen Fahrgäste in ihrem Abteil nun eigentlich von ihr wollten, bekam Albert nicht aus ihr heraus.

»Ach, laß doch, sie sind völlig anonym«, beruhigte Maggy ihn eine Spur gekränkt. »Ich seh die Gesichter nie scharf, und das ist ja gerade das Geile dran.«

Für manche Leidenschaften war es schwer, einen Namen zu finden, so dunkel waren sie, aber eine geheime Leidenschaft konnte auch aus einem Wort *entstehen*, wie der Fall Margerie zeigte. In einem Zeitschriftenartikel über obdachlose Jugendliche hatte sie infolge einer falschen Trennung am Zeilenende hartnäckig das Wort »Port-albumser« gelesen. Was mochte das wohl sein, der Plural von Album war doch Alben und nicht Albumser, und was hatte Port damit zu tun? Als ihr aufging, daß damit ein »Portalbumser« gemeint war, gewannen Haustürnischen, gerade weil die Albumser fortan nie mehr aus ihnen wegzudenken sein würden, eine ungeheure Anziehungskraft für sie. Auf einen Schlag verwandelte sich die Stadt in einen einzigen großen Lochkäse aus Portalen und Haustürnischen, tiefen, weniger tiefen, mit und ohne Steintreppe, einfachen Haustürnischen, doppelten Haustürnischen, Haustürnischen mit Nebennischen, gefliesten, mit und ohne Pflanzen, illegalen Pissoiren, rechteckigen, bogenförmigen ... So wie andere sich auf Grachtenhäuser oder Gebäude der Amsterdamer Schule spezialisieren, wurde sie eine große Kennerin von Haustürnischen in sämtlichen Stadtteilen. Sie konnte auf eine bestimmte Straße oder Gracht mit der Bemerkung verweisen, daß es dort, »bei Nummer 117 A B«, ein grandioses Portal gebe, »riesengroß und trotzdem intim«. Bei abendlichen Stadtspaziergängen mit ihr sah Albert eine ganze Menge Portale von innen.

»... dieses mal probieren.«

Maggy schob ihn unsanft die Stufen hinauf und in die Nische hinein. Ein Hausportal mußte dunkel sein. Sie zögerte nicht, sich von Albert hochheben zu lassen, um das Deckenlicht auszuschalten; ein eventuelles Gitter an einer Leuchte knipste sie mit der Drahtzange durch, die sie immer in ihrer Hand- oder Manteltasche hatte.

Ihre Lieblingshaustürnische lag an der Prinsengracht, Nummer 564a und b. Ein Bogenportal mit einer steil von der Straße hinaufführenden Steintreppe, die an einem geräumigen Absatz vor zwei schmalen Haustüren endete. Nur für Passanten, die den Hals verrenkten, war derjenige zu sehen, der es sich dort bequem gemacht hatte. Diese Haustürnische nannte Maggy ihren »steinernen Alkoven«, und weil bei einem Alkoven die Gardinen geschlossen sein mußten, hielt sie sich am liebsten darin auf, wenn es regnete und ein durchsichtiger Tropfenvorhang dem Aufenthalt einen noch intimeren Charakter verlieh, ohne daß man völlig von der Straße abgeschnitten gewesen wäre. Passanten schauten bei Regen meist zu Boden oder verbargen sich unter einem Schirm, und das verringerte die Gefahr, als Port-albumser erwischt zu werden, wobei eine Entdeckung aber wiederum nicht ganz ausgeschlossen war und so für die notwendige Spannung sorgte.

Sobald Maggy es sich mit Albert in ihrem steinernen Alkoven gemütlich gemacht hatte, flammte, so lautlos sie auch waren, hinter dem Oberlicht der linken Tür eine Lampe auf. Hinter der Tür waren leise knarrende Schritte auf der Holztreppe zu hören und kurz darauf das Knirschen des Nachtschlosses, woraufhin die Stufen wieder erklommen wurden. Im Lampenlicht, das in Kürze wieder erlöschen würde, sah Albert Maggys verzücktes Gesicht. Der unbekannte Bewohner mit dem scharfen Gehör kam ihr, ohne daß es ihm selbst bewußt war, in ihrem höchsten Genuß entgegen: von der Straße her erwischt werden zu können, während der Zugang zum Haus, zu dem diese Eingangsnische ein Vorportal bildete, definitiv versperrt war. Hier, auf ihrem steinernen Lager, gab sie sich Alberts flüchtigen Handgreiflichkeiten leidenschaftlicher hin als in irgendeinem anderen Hauseingang der Stadt.

Bei Liebe dachte die neunzehnjährige Margerie sofort an Paris, wo sie trotz ihrer Herkunft aus Buitenveldert noch nie gewesen war. Mit dem Geliebten nach Paris ... davon hatte sie während ihrer ganzen Oberschulzeit geträumt. In der dritten oder vierten Klasse hatte Maggy einen Roman gelesen, in dem jemand sich in der französischen Hauptstadt verirrt hatte, oder sich deshalb gerade *nicht* verirrt hatte, weil er sich Straßen und Gebäude genauestens einprägte (die Geschichte spielte vor dem Bau der Metro) ... wie auch immer, sie wollte mit Albert nach Paris, und zwar so schnell wie möglich. Albert fürchtete sich vor einer Wiederholung seiner Italienerfahrungen, vor der »Neapel-Grippe«, wie er es mittlerweile nannte, und schob die Reise immer wieder auf. Doch Jojo kletterte vor Begeisterung den ganzen Tag hindurch an ihm hoch, und zum Schluß konnte er es ihr nicht mehr abschlagen.

»Eine ganze Woche nach Paris! ... nur mit dir! ... in einem Hotel!« rief sie, zu imaginären Walzerklängen herumwirbelnd. Es war eine Szene aus einem Film für reifere Mädchen, Albert erkannte sie wieder und hätte trotzdem in diesem Moment heulen können.

Schließlich gelang es ihm, ihre Woche auf vier Nächte zu reduzieren. So eine kurze Zeit, darin ballt sich doch viel mehr Romantik, nicht wahr, Maggy? Albert arbeitete hart, um eine Dosis für fünf Tage zusammenzubekommen. Er ging große Risiken ein, indem er tagsüber loszog, denn nachts wollte er, um keinen Verdacht aufkommen zu lassen, so häufig wie möglich bei Margerie sein.

Am achtzehnten Dezember, einem Montag, fuhren sie mit dem Morgenzug um sieben Uhr los, und um zwei bezogen sie in ihrem Hôtel de Suez am Boulevard Saint-Michel Quartier.

Keine Tapete mit großen Blumen, kein Bidet mit Staubsaugerschlauch, das knarrend von irgendwoher hervorgezogen werden mußte, nichts von der üblichen pittoresken Tristesse Pariser Hotelzimmer. Die Schiebetüren des Kleiderschranks waren mit großen, blitzsauber polierten Spiegeln bedeckt, wie man sie sonst nur von Kneipen und bei Krankengymnastinnen kannte. Albert konnte sich darin beim Geschlechtsakt selbst sehen, eine endlose Pendelbewegung, die wegen des Gifts in seinem Körper selten zum Höhepunkt führte. Maggy gegenüber hatte er für den ausbleibenden Samen nach dem simulierten Orgasmus eine hübsche Ausrede gefunden.

»Bei dir komme ich manchmal wieder wie ein zwölfjähriger Junge, der noch nie einen Samenerguß hatte... Wunderbar, diese göttliche Unschuld wieder zu spüren... diesen kindlichen Orgasmus, ohne Vergeudung... Es heißt, daß nicht alle Männer ihren Körper so beherrschen können. Ich schon. Jedenfalls bei dir...«

Maggy war nicht wenig stolz darauf, daß sie den in ihm schlummernden jungfräulichen Knaben geweckt hatte. Endlich hatte sie ihre wahre Magie als Frau entdeckt.

Schon allein an der rasch sinkenden Temperatur hätten sie etwas von dem strengen Winter erahnen können. Am zweiten Morgen ihres Aufenthalts waren sie entlang der Seine zu Fuß unterwegs zum Eiffelturm, unter dem in einem Zirkuszelt eine komplette Fernsehshow aufgezeichnet wurde, mit Glitzermädchen und Luftschlangen werfenden Zuschauern, kurz und gut, wie nur die Franzosen es konnten. Margerie wollte es sich gern ansehen, aber über den Fluß wehte ihnen ein derart schneidend kalter Wind entgegen, daß der Turm einfach nicht näher zu kommen schien, mehr noch: Er wich vor ihnen zurück, und zum Schluß gaben sie es auf. Am nächsten Morgen servierte ihnen das Zimmermädchen das Frühstück bei völliger Dunkelheit. In der Lichterstadt, in der zu dieser frühen Stunde in unzähligen Dienstbotenkammern die verbotenen Heizlüfter angingen, um den Hintern derjenigen zu wärmen, die auf dem Bidet hockten, war die Stromversorgung zusammengebrochen. Tief unter dem Pflaster standen die

Metrozüge still, in Dunkelheit gehüllt. Erst jetzt zeigte sich, wie sehr diese Stadt sonst aus Licht bestand, mehr als aus Stahl und Stein.

Aber auch das war: Glück. Obwohl in Alberts Fall mit unterschwelliger Unruhe gepaart. Er hatte den Stromausfall in Agrigento noch nicht vergessen.

Das Ende der Woche rückte näher, doch Maggy wollte von Abfahrt nichts wissen. »Wegen dem Geld müssen wir nicht fahren«, beschwor sie Albert. »Ich hab noch genug auf meinem Konto ... Oh, bitte! Bitte!«

Albert konnte nicht länger den Schein von Hartherzigkeit wahren, und so erzählte er ihr unumwunden von dem Stachel, der ihn quälte. Während er sein Geständnis ablegte, machte Maggy ein Gesicht wie jemand, der gezwungenermaßen Zeuge des Freilegens einer tiefen Wunde wird und kein Blut sehen kann. »Wenn ich dir dadurch mehr bedeute, hör ich auf. Sobald wir wieder in Amsterdam sind. Bis Neujahr hab ich das Schlimmste überstanden ... ich schwör's dir.«

Der Schwur war heraus, bevor er wußte, wie ihm geschah.

Der Winter als Sündenbock

Ende Dezember 1978
(Albert Egberts)

Die Woche zwischen Weihnachten und Neujahr war dem großen Kampf gewidmet. Margerie durfte erst zu Silvester wieder kommen. Albert wollte nicht, daß sie ihn in seiner stinkenden Erniedrigung erlebte. Er mußte da allein durch.

In dieser Woche begann der Winter. Albert rief ihn hervor ... rief ihn auf sich herab ... Er erbrach, und es begann zu schneien. Er klapperte mit den Zähnen, und der strengste Frost seit Jahrzehnten setzte ein. So als würde sein innerer Polarwinter draußen sichtbar. Es erging ihm wie Ernst Quispel, der im Rauch des brennenden Hotels Polen, der sich auf dem Dam niederschlug, seine eigene Melancholie Gestalt annehmen sah.

Obwohl Albert deshalb nur noch mehr fror, kam ihm der plötzliche Wintereinbruch gerade recht. Er fühlte sich dadurch in seinem eiskalten, zähneklappernden Elend weniger ausgestoßen. Nun konnte er dem Wetter die Schuld an seinen grauenhaften Kälteschauern geben. Es existierten bereits viele Sündenböcke in Albert Egberts' Leben, Sux Cox war einer davon, und nun fungierte also auch der Winter als solcher.

Selbst jetzt, inmitten der Scheiße, beschlich Albert das Unheimliche von früher, das die Woche zwischen Weihnachten und Neujahr kennzeichnete. Eine geborgene Woche, markiert durch Feiertage, und doch überschattet von der unangenehmen Gewißheit, daß das größte und bedeutendste Fest bereits vorbei war. Das widersprüchliche Gefühl der Erwartung, vermischt mit Enttäuschung, entging ihm nicht, obwohl er ganz andere Sorgen hatte. Er dachte sogar, irgendwann auf dem absoluten Tiefpunkt der Woche, an Milli Händels Geburtstag und wurde sich bewußt, daß er erneut dabei war, von seiner Impotenz zu genesen – ohne Marike de

Swarts hilfreiches Pläsierchen und auch sonst so ganz anders als damals.

Der Schnee kam zu spät für eine weiße Weihnacht, wurde aber durch den bald darauf einsetzenden strengen Frost gut konserviert für das neue Jahr. Am Silvestermorgen schien das Schlimmste vorbei zu sein. Albert aß etwas und räumte mit unsicherer Hand, zittrig wie er noch war, seinen Krempel auf. Das beschmutzte Bettzeug. Vom Schweiß steife Schlafanzüge ... hart wie Karton ...

Am Nachmittag kam Margerie mit Blumen für den genesenden Kranken. Albert tat so, als freue er sich darüber, aber sie erinnerten ihn zu sehr an den Strauß, den Sux Cox ihm am Vorabend seines Niedergangs gebracht hatte.

»Na, wie ist es, feiern wir noch ein bißchen Silvester?«

Zu spät wurde ihm bewußt, daß er nichts zu essen oder trinken besorgt hatte. Zu seiner Enttäuschung begann Maggy zu quengeln: Es tat ihr bereits leid, nicht die Einladung ihres Vaters angenommen zu haben. Über gefrorenen Schnee, der unter Alberts noch schlappen Beinen knirschte, schlurften sie Richtung Innenstadt. Sie fanden kein geöffnetes Lokal, wo man etwas essen konnte. Na schön, dann eben in die Wärme einer Kneipe ... Das *Eylders* machte gerade zu. Die Hocker standen bereits umgedreht auf der Theke, an der die noch verbliebenen Gäste den letzten Schluck des Jahres austranken.

Sie verbrachten den Silvesterabend schließlich am von Margerie seit ihrer Poverbrennung gehaßten Ofen, der sogar voll aufgedreht keine richtige Wärme zu verbreiten schien. Sie hatte die Adressen von drei, vier nächtlichen Feten an verschiedenen Punkten der Stadt mitgebracht. In Amsterdam-West, in Oost, im Zentrum ... sie brauchten nur eine auszusuchen. Durch ihre Kontakte im *Dogshit City*, wo sie an bestimmten Abenden hinter der Bar stand, öffneten sich ihr alle Türen. Doch Albert fühlte sich zu schwach, um auszugehen. Das enttäuschte Margerie tief. Sie verstand es nicht. Geheilt war doch geheilt, oder?

Um sich zu wärmen, krochen sie schon früh ins Bett, bei brennendem Ofen und brennenden Lampen. Mit Maggy gemeinsam unter einer Decke fand Albert wieder zu Kräften. Nicht nur zu der mentalen und körperlichen Vitalität, die nötig war, sich mit einer Frau zu vereinigen, nein, es schien, als erhebe sich aus einer fossilen Schicht seines Lebens etwas lange Vergessenes: echtes Verlangen, echte Lust... Margerie, die das gemerkt haben mußte, hatte ihre eigenen Pläne mit ihm. Daraus, daß Albert wegen des dürftigen Silvesterabends etwas gutzumachen hatte, schlug sie jetzt Kapital.

»Aber was willst du denn?«

»Das weißt du genau. Was ich noch nie getan habe... Da, wo's ein bißchen enger ist... Stell dich nicht so doof an.«

Und während alles wieder frisch und neu hätte sein können, zwang Maggy ihn, sie aufzureißen, verführte sie ihn zu diesem Spiel, bei dem eine Blechdose zu Hilfe genommen werden mußte. Der leicht parfümierte Geruch der Vaseline verdarb viel, ganz zu schweigen von der allzu glatten Rückseite ihres Körpers, an der Albert keinen Halt fand... an der er zerschellte... Er wollte ihre geliebte Vorderseite an sich spüren.

Die stramme Faust, die sich um einen schraubte... die schlecht passende Scheide... Sie war eng. Maggy schrie, wimmerte, flehte... sie versuchte, Albert abzuwerfen... »Ich halt's nicht aus! Ich halt's nicht aus!« Und, etwas leiser, in kläglichem Ton: »Es fühlt sich so *gräßlich* an...«

Albert gab nicht nach, und ihre Vereinigung nahm Züge eines Kampfes an. Er schlang seinen Arm um ihre Hüfte, zwängte seine Hand unter ihren Bauch, suchte, bis er – unverhofft geräumig, glatt, wogend – den anderen Eingang in ihren Körper fand. Schaurig leer, verlassen, lechzend... als stecke der Liebhaber versehentlich in einer anderen, obgleich er *sie* suchte. Dann aber entdeckte er sich selbst, versteckt hinter einer beweglichen Trennwand. Um sie vom Schmerz abzulenken, das unangenehme Gefühl in den Dienst ihrer Lust zu stellen, half Albert ihr auf die Sprünge. Dabei spürte er, wie er sich durch all ihre Schichten und Falten hindurch bewegte... in fleischige Hüllen verpackt... nicht wirklich *bei* ihr.

Maggys Höhepunkt fiel mit dem seinen zusammen, aber

bei der Aufnahme und Verarbeitung ihrer Lust, die jetzt eine zweifelhafte Dimension hinzugewann, zog sie sich überall so stark zusammen, daß Albert sich nicht voll entladen konnte. Seine Lust riß ab, blieb irgendwo in ihm stecken, so daß sie mit ihrem Orgasmus im Grunde den seinen auslöschte.

Aufgrund ihrer plötzlich gesteigerten Überempfindlichkeit tat Albert ihr offenbar noch mehr weh, denn Maggy entledigte sich seiner, indem sie ihre Hand nach hinten ausstreckte und ihren Hintern animalisch schüttelte. Die Geschwindigkeit seines Samens war so abrupt abgebremst worden, daß es schien, als seien Nierensteine im Anmarsch. Albert fühlte sich so kalt wie die Nacht von Silvester auf Neujahr.

Ein wenig traurig über den Nachschmerz, aber doch mit glücklichem Lächeln (sechzehnjährige Braut in der Hochzeitsnacht) sagte Margerie ihm dankbar, daß sie dies, was für sie immer etwas Geheimes und Sündiges gewesen sei, als ihre »eigentliche Entjungferung« betrachte.

»Na ja, die richtige damals, von der ich dir erzählt habe ... im Gemeindewald, weißt du noch, kurz vor der Essenszeit ... von der hab ich so gut wie nichts gemerkt.«

Verdorbener Tau

Sonnabend, 6. Januar 1979
(Albert Egberts)

Bereits in der ersten Woche des neuen Jahres war klar, daß es der härteste Winter seit Jahrzehnten werden würde. »Mit dem Einfrieren von Weichen und Oberleitungen«, las Albert in der Zeitung, »hat der Frost im gesamten Land den Zugverkehr lahmgelegt.«

Es schneite auch weiterhin, auf den gefrorenen Schnee des alten Jahres.

Bei den Hauptgrachten hatte man lediglich das Eis auf der Keizersgracht intakt gelassen. Es war und blieb ein seltsames Schauspiel, wie sich einmal im Jahr Hunderte von Menschen, Messer unter den Schuhen, mit langen gleitenden Bewegungen durch Haarnadelkurven zwischen zusammengefegten Schneehaufen hindurchschlängelten, todernst und monoman. Die übrigen Grachten hatten in der Mitte eine grünliche Zackenspur aus Eisschollen, auf der der kraftlose Glanz einer tiefstehenden Sonne lag.

Albert erduldete die bittere Kälte als Reinigung. Daß er standhielt, verdankte er zu einem großen Teil dem strengen Winter. Nachdem sein Körper durch Entzugserscheinungen seine Schuld beglichen hatte, erhielt er alle alten, verpfändeten Verlangen wieder zurück: Appetit, Lust auf Wein und Bier, körperliche Anstrengung, Liebe... Maggy sah ihn manchmal zweideutig grinsend an, als teile sie erst jetzt wirklich das Geheimnis der Intimität mit ihm. Doch auch ein ernsthafteres, fast schon archaisches Bedürfnis machte sich wieder bemerkbar, das lediglich seine Sucht unterdrückt hatte: der Wille, auf eine andere als eine von vornherein zum Scheitern verurteilte Weise eine *Tat* zu vollbringen. Jetzt, da jeder Tag nicht länger dem gleichen, sich selbst aufhebenden Zweck gewidmet war, regte sich das ruhelose Bedürfnis, die Energie auf etwas anderes zu richten.

Margerie arbeitete als Aushilfskraft »schwarz« an der Bar des *Dogshit City* im Hellebaardsteeg. Eines Samstags nachts Anfang Januar '79 holte Albert, zum erstenmal wieder richtig unter Leuten, sie dort ab.

Er kam zu früh, hatte sich in bezug auf die Sperrstunde geirrt. An den Wochenenden machte das *City* nicht um Viertel vor vier zu, sondern eine ganze Stunde später. Das behagte ihm nicht. Das *Dogshit City* war noch immer – und würde es immer bleiben – das Lokal der nicht eingehaltenen Verabredung mit Zwanet, in der Nacht vom 21. auf den 22. September 1977, ein Datum zum Behalten oder, besser, zum Vergessen... falls das möglich war. Albert hatte sich seitdem nie wieder hineingetraut, mit Ausnahme jenes einen Mals, als zwei ehemalige Kommilitonen ihn mit hineinnehmen wollten und er nicht gewagt hatte, die Einladung auszuschlagen, und auch nicht den Drink, den sie ihm vorsetzten. Der Whisky und seine Heldin verbanden sich auf teuflische Weise, und Albert kotzte seinen Kumpels auf die Schuhe, bevor er ins Freie flüchtete. Was ihm von jenem Mal am deutlichsten in Erinnerung geblieben war, das war die angenehme Weichheit, mit der ihn beim Verlassen des *City* die Handboogstraat empfing: Das Stadtbauamt hatte das Pflaster aufgebrochen; über den gelbbraunen Sand führte ein schmaler Brettersteg zum Spui, wo Albert sich in einem VW versteckte, um seine besorgten Verfolger abzuschütteln.

Während Maggy ihre letzte Stunde am Zapfhahn absolvierte, tigerte Albert nervös zwischen der Tanzfläche und dem einen Stock höher gelegenen Café hin und her, mit dem Gefühl, jeden Moment könne Zwanet von irgendwoher, aus der Garderobe oder der Damentoilette, auftauchen, um ihm die bittersten Vorwürfe zu machen. Natürlich tauchte sie nicht auf. Albert hatte von Ernst Quispel gehört, daß Zwanet als *nanny* bei einer großen Familie in Kanada arbeitete.

»Im Haushalt schuften? Eine Göttin wie Zwanet? Sich von quengelnden Kotzbrocken von Kindern fertigmachen lassen?«

»Als Katharsis«, fügte Ernst mit einem Gehabe hinzu, als

wisse er sehr viel mehr. Um sich nicht aufregen zu müssen, hatte Albert es dabei belassen und nicht weitergefragt, was er jetzt allerdings bereute. Hing diese Katharsis mit ihm, Albert, zusammen? Mußte Zwanet nach mehr als einem Jahr ihre Liebe, die nur ein knappes Jahr gedauert hatte, immer noch von sich abkratzen? Was schrieb sie Quispel, diesem galanten Ritter, diesem schlüpfrigen Erotomanen mit seiner glatten Visage eigentlich alles?

Nicht Zwanet hielt ihn auf der Treppe zum Café an, sondern die rothaarige Odile, die damals, während jener glückseligen Frühlings- und Sommermonate des Jahres '77, an der Bar des *Dogshit City* gearbeitet hatte.

»Lange nicht gesehen hier, Albert.«

»War anderweitig beschäftigt.«

Sie gehörte zu jenen Studenten, die vor ein paar Jahren ein paar Tausend Gulden pro Nase in ein ausgebranntes Etablissement gesteckt hatten, einfach so, zum Spaß, und das Vielfache dieser Summe mit ihrer beliebten Studentendisco inzwischen wieder herausbekommen hatten.

»Stehst du noch selbst an der Theke?«

»Nein, die Zeit ist vorbei. Ach, man muß auch anderen die Gelegenheit geben, sich was dazuzuverdienen. Zum Beispiel deiner Freundin Mechelien.«

»Margerie.«

»Margerie, sorry. Ihre Namen stehen sowieso nicht auf der Gehaltsliste.«

»Ein pechschwarzes Bier ... schmeckt nirgends so gut wie hier: *Dogshit City.*«

»Genau so ist es.«

Ihre hohe, singende Stimme. Das rote Haar, hoch am Hinterkopf straff zusammengebunden zu einer Mischung aus einem Pferdeschwanz und einem Knäuel unentwirrbarer Nylonfäden, gab ihrem blassen Gesicht etwas Gespanntes, eine Art verunglücktes Facelifting mit Hilfe einer Haarspange. Ihre Augen standen keine Sekunde still, ließen ihn aber auch nicht los; es war, als versuche sie, mit ihrem Blick an immer wieder anderen Stellen in Albert einzudringen, um so etwas von dem fröhlichen Trinker von damals wiederzufinden, den sie so oft auf einen Wink hin bedient hatte. Er hatte mit ihr geflirtet, und sie hatte ihm so manches Glas gratis hingeschoben – allerdings immer die sichere Theke zwischen ihnen. Sie hatte Albert exaltiert erlebt, auf dem Höhepunkt seiner Betrunkenheit, und ihn gelegentlich auch, den Kopf auf einem Bierdeckel, in Schlaf fallen sehen...

»Menschenskind, wie umwerfend glücklich du damals ausgesehen hast. Ganz anders als Ernst. Der hat es nur ein paar Wochen im Jahr, und dann kriegt er sowas Überdrehtes... Was ist bloß aus dir geworden? Du siehst jetzt viel seriöser aus. Und auch viel älter. Na ja, so konnte das natürlich nicht ewig weitergehen... Oder ist das der Einfluß von Mechelien?«

»Margerie.«

»Margerie, sorry.«

Die Treppe hinauf- und hinuntergehende Leute stießen in einem fort mit Albert und Odile zusammen. Die reinste Kirmesattraktion, diese Treppe. Sie wurden immer weiter voneinander getrennt.

»Komm doch mal zum Essen zu mir«, rief Odile. »Dann können wir ein bißchen quatschen. Donnerstagabend, okay?«

Albert breitete die Arme in einer machtlosen Gebärde aus und wurde an ebendiesen Armen weiter hinuntergezogen, obwohl er auf dem Weg nach oben gewesen war. Odile, die zu den Toiletten im Parterre gewollt hatte, wurde von vielen Ellbogen nach oben geschoben.

»Binnen Oranjestraat 10 B«, schrie sie noch, als sie über die oberste Stufe stolperte. »Sieben Uhr. Ratatouille.«

Donnerstag, 11. Januar 1979

Pappschnee, Pulverschnee, nasser Schnee, trockener Schnee, angebackener Schnee, Eisschnee, alter Schnee, neuer Schnee, schmutziger Schnee, gelber Schnee, Blutschnee – durch diesen Winter '78/'79 wurde die niederländische Sprache innerhalb weniger Wochen so reich wie die der Eskimos. Maggy legte dazu eine Platte von Frank Zappa auf:

Watch out where the huskies go
Don't you eat that yellow snow

In einer der kurzen Querstraßen, die wie mit groben Stichen die Brouwersgracht und den Harlemmerdijk aneinanderheften, bewohnte Odile Amandsberg das frühere Büro ihres Vaters, der von dort aus Kokosnüsse und möglicherweise auch anderes importiert hatte. Etwas von seiner früheren Zweckbestimmung war noch an den Neonröhren abzulesen, die dicht unterhalb der Decke über alle Wände des Raums liefen. Odile schaltete sie, wie sie gestand, nur beim Putzen ein.

»Dann entgeht mir kein Stäubchen.«

Jedenfalls war bei Alberts Besuch am Donnerstagabend die Etage mit Hilfe hinter Zimmerpflanzen versteckter Bürolampen stimmungsvoll beleuchtet, die ein bizarres Blättermuster auf Wände und Decke warfen, so daß man sich wie auf einer Lichtung mitten im Wald vorkam. Während das Essen im Backofen vor sich hin schmorte, führten sie sich schon mal Wein und Oliven und klassische Musik zu Gemüte. Ihre Unterhaltung war zurückhaltend, abtastend ... Odile fühlte Albert dezent auf den Zahn, was er in den vergangenen knapp eineinhalb Jahren, das heißt, seit er das *Dogshit City* nicht mehr besucht hatte, getrieben habe.

»Es geht mich natürlich nichts an, aber ...«

Albert merkte, wie neugierig Odile vor allem auf das Geheimnis – oder Rezept – seines Glücks war, an dem sie dann und wann hatte schnuppern dürfen. Es kostete Albert nicht die geringste Mühe, um die Wahrheit herumzureden. Er habe hart gearbeitet und sei nun dabei, seine Magisterarbeit abzuschließen.

»Und du, Odile?«

»Ich bin nächste Woche mit dem Studium fertig. Des Geldes wegen brauche ich es eigentlich nicht mehr. Wenn du siehst, was das *Dogshit* einbringt ...«

»Ja, der Teufel scheißt immer auf denselben Haufen.«

Alberts Gastgeberin hatte ein vorzügliches Ratatouille zubereitet. Dazu tranken sie, vor allem Odile, viel Rotwein aus einer unerschöpflichen Korbflasche. Manchmal, wenn sie nachgießen wollte, legte Albert die Hand auf sein Glas. Er kannte die Nücken und Tücken des Alkohols nicht mehr so gut.

Als Dessert gab es flambierte Kirschen mit Schlagsahne. Albert merkte, daß auch seine Liebe zu solchen Leckereien wiederkehrte.

Bereits beim Kaffee kam Odile mit Whisky. Albert akzeptierte höflich, ließ erst das Eis schmelzen und es überhaupt ruhig angehen, während Odile eindeutig zu hastig trank. Nach ihrem dritten – doppelten – Whisky stolperte sie mit einer Schüssel voll Eiswürfel, die auf dem Fußboden in alle Richtungen sprangen – Gegenstände, die sich, wenn man lange nach ihnen suchen mußte, völlig unsichtbar zu machen verstanden. Albert erzählte ihr die Geschichte von den verschwundenen Bauklötzen und wie seine Mutter, suchend und unter Sesseln und Schränken tastend, in immer größerer Verzweiflung über den Boden gekrochen war.

»Was für ein Glück, daß du dir keine Eiswürfel in deine Ballonhose gesteckt hattest.«

Ohne Eis stürzte sie ihren Whisky noch schneller hinunter, und dennoch blieb ihre Zunge sicher. Allerdings machte sich eine gewisse Verschiebung bemerkbar. Odile versuchte, alles zu schön auszudrücken, was Albert dann und wann an seinen Augenbrauen merkte. Einmal sprach sie sogar von »welken Schneeglöckchen voll verdorbenem Tau«, womit sie die Präser meinte, die sie beim Einzug in diese Etage hier und da im Bürodickicht gefunden hatte.

»Gepflanzt von meinem Vater ... und seiner Sekretärin ...«

»Immer nur Kokosnüsse, das ist auf die Dauer auch langweilig.«

»... derselbe Tau, von dem auch ich zum Leben erweckt worden bin. Widerliche Blumen.«

»In früheren Zeiten nannten die Engländer das Kondom ›französische Jacke‹. Die Franzosen nannten es ›englische Jacke‹. So versuchten sie, sich die Erfindung von so etwas Verderblichem gegenseitig in die Schuhe zu schieben. Obwohl sich bereits die alten Römer ein zugenähtes Stück Schweinedarm drüberzogen, wenn es sich so ergab. Ich habe noch nie etwas von einer römischen Jacke gehört. Geschweige denn von einer römisch-katholischen ...«

Albert mußte kurzzeitig weggetreten sein, denn plötzlich saß ihm auf einem ledernen Kamelsattel ein langer junger Mann mit Schnurrbart und unglücklichem Gesicht gegenüber. Im übrigen war er ebenso schnell wieder verschwunden.

»Das war Philip«, erklärte seine Gastgeberin. »Er kam mit Problemen her, hat sich aber von dir abschrecken lassen. Tja, Mensch, tja ... Philip ...« Ihre Stimme wurde jetzt endlich unsicher. »Der kommt schon so lange her ... dem steht sozusagen die Tür immer offen. Wir kennen uns schon seit Jahren ... Man sieht es von hier aus nicht, aber seine Flecken, die sind da« – Odiles Hand hing schlaff in der Luft und zeigte irgendwohin – »noch immer da, seitlich am Sofa. Du verstehst ...«

»Aber ja. Die Indianer ließen das Blut ihres ersten erlegten Bären auch an ihrem Jagdhemd. Als sichtbaren Beweis ihrer Heldentat, meine ich.«

Jetzt mußten Fotos gezeigt werden. Ihre Jugend mit Philip. Er kam auf den nicht eingeklebten Farbfotos jüngeren Datums ebenso vor wie in den alten Alben, zwischen dem Spinnwebpapier. Odile kniete neben Albert, lehnte sich immer schwerer gegen seinen Schenkel. Sie lallte etwas, richtig rührend. Albert war so freundlich, sich jedes Foto genau anzusehen, konnte aber keine unglückliche Jugend entdecken. Auch keine glückliche übrigens.

»Hab ich dir eigentlich schon mal ... ganz nebenbei ... gesagt, dassich in dich fullieb-bin?« Es kam ohne Vorwarnung. Ihr roter Haarwust nahm ihm die Sicht auf seinen Schoß voller Fotos.

»Nein, hast du noch nicht. Nicht mal nebenbei.«

Jetzt ging es ihr offenbar nicht schnell genug, denn mit einem wohlgezielten Schlag fegte sie sämtliche Fotos auf einmal von seinen Oberschenkeln. Sie nahmen denselben Weg wie die Eiswürfel. Während Albert ihnen verdutzt nachsah, hing die rötliche Dame ihm schon um den Hals.

»Und wann küßt du mich endlich?« Sie hatte jetzt eine ganz kindliche Stimme.

Albert verstand. Diese Odile war wie eine Motte auf das Licht zugeflogen, das sie selbst noch in ihrem Auge bewahrte, das ihn aber, den verblichenen Stern, schon lange verlassen hatte. Über einen Zeitraum von fast eineinhalb Jahren hinweg vermochte er offenbar noch, Menschen mit einer Ausstrahlung, die nicht mehr die seine war, auf eine falsche Fährte zu locken. Ein Mißverständnis ... ein Irrlicht ... Albert war nicht mehr der junge Mann, der die Formel für das Glück kannte. Völlig geblendet war er selbst inzwischen gestolpert, möglicherweise in die Irre geführt durch sein eigenes Licht, und längelang zu Fall gekommen. Wie konnte er ihr das klarmachen? Sie war ja bereits auf ihn geflogen. Er spürte, wie ihre Flügel an ihn schlugen ... Sie riß ihn mit ...

... vorläufig nur aus dem Sessel zu Boden. Wild zog sie ihm das Oberhemd aus der Hose. Die Knöpfe gaben nach. Sie zerrte ihm das Shirt über Schultern und Oberarme ... Albert hörte, wie etwas krachte und riß ... Und mit einemmal war, aus dem Nichts, das Bild von Thjum da mit einem in Streifen gerissenen Hemd um die Schultern, Streifen, durch die sein schmächtiger, glatter Oberkörper braunrosa hindurchschimmerte. Thjum war aus dem *Frascati* einem Theaterkritiker nachgerannt, der ihm eine miese Besprechung verpaßt hatte. Draußen, auf der Nes, war es zu einem Wortwechsel gekommen (mit Knäueln von Kneipenbesuchern an den Fenstern), bei dem der halbbetrunkene Rezensent Thjum mit beiden Händen am Hemd gepackt und gerufen hatte: »Wir dürfen der Konfrontation nicht aus dem Weg gehen. Niemals.« Und von einer Sekunde zur nächsten stand Thjum wie eine Vogelscheuche da, mit ausgefransten Hemdstreifen, die von einem

Lüftchen sacht hochgefächelt wurden. Der Kritiker hatte sich in Rauch aufgelöst.

Odile machte sich jetzt über Alberts Hose her, bekam sie aber nicht auf. Sie zerrte an seinem Gürtel, um den Dorn der Schnalle aus dem Loch zu kriegen. »Zieh jetzt ...! verdammt noch mal ...! diese blöde ...! Misthose ...! aus ...!«

Alles im selben Rhythmus wie ihr Gezerre an dem Leder, wodurch bei Albert das Ratatouille hochkam. Brennende Säure in der Kehle.

»Wir dürfen der Konfrontation ... nicht ... aus dem Weg gehen«, stöhnte Albert. »Niemals.«

Odile kämpfte jetzt knurrend mit den eigenen Kleidern. Die Bluse hing aufgeknöpft um die Schultern. Sie hatte eine schneeweiße Haut voll kaum sichtbarer Sommersprossen, die noch Winterschlaf hielten. Das Dreieck orangeroten Haars, heller als das auf ihrem Kopf, wirkte fast unecht. Odile fühlte sich schwammig an. Fleisch, das nicht sonderlich fest an den Knochen hing. Doch in ihren Falten war sie mit feinstem Sämischleder ausgekleidet, ungeschmeidig und glatt zugleich.

»Du! Du! Du ...!« war nur noch zu hören, während sie Albert wild an sich zog.

Hatte er sie denn immer noch nicht verloren, diese Unfähigkeit, »nein« zu sagen? Zeigte sie sich wieder, weil er erneut, wenn auch auf andere Weise, von seiner Impotenz genesen war? (Meiner Impotenz beraubt, sagte er manchmal bei sich.) Ihm schwirrten noch die Worte im Kopf, mit denen er vor ein paar Tagen Mechelien, sorry, Margerie den Wert der Ehe erläutert hatte, wie er ihn inzwischen beurteilte.

»Nicht das Institut, das bei den christlichen Parteien so beliebt ist, mein Schatz, sondern die Ehe als gewachsene *Erkenntnis*. Als geistiges Produkt der Menschen, wie es sich im Laufe der Jahrhunderte entwickelt hat. Ein Monument, ein Bauwerk, wie der Turm zu Pisa, in das lediglich geistige Errungenschaften gesteckt worden sind, keine materiellen Belange ... Ein Gebäude, das man nicht einfach abreißen kann, weil die Zeit mittlerweile zufällig weniger strenge Anforderungen stellt. Nicht einfach ein Kniefall vor Gott und der bürgerlichen Gesellschaft, Maggy, sondern eine über Jahrtausende hinweg zu uns gelangte Betrachtungsweise. Nämlich, daß es von höherem Wert ist, sich diesem einen Mann oder dieser einen Frau ... allerdings dem oder der richtigen! ... zu widmen, als sich mit mehreren abzugeben. Diese großartige Erkenntnis, die Tausende von Jahren brauchte, um so zu werden, so *tief*, kann man nicht einfach über Bord werfen, weil ... na ja, weil die Menschen in den letzten zwanzig Jahren von nichts anderem mehr reden als von ›sexueller Revolution‹ und ›Fremdgehen ist gesund‹ ...«

Hier, vor seinen durch die eigene Hose gefesselten Füßen, lag seine Chance: auf den billigen Luxus zu verzichten, eine willige Frau zu vögeln, und das zugunsten des weit größeren Luxus, jemandem treu zu bleiben.

Ihre verdrehten Augen ... Odile hatte es schon längst nicht mehr auf Albert abgesehen. Sie befand sich in einem Rausch, erzeugt durch Alkohol und das Mißverständnis, das Albert war. Was hatte, aus dem Mund von Professor Klosser, Epikur gleich noch mal gesagt? »Geschlechtlicher Verkehr hat einem Mann noch nie gutgetan. Und er darf sich glücklich preisen, wenn er ihm nicht übelgetan hat.«

Alberts einziger Widerstand, als er sich in ihre Arme ziehen ließ, bestand aus einem spöttischen Lächeln.

Odile rief weiter rhythmisch »Du! Du! Du!«, jetzt im Takt seiner Bewegungen, abwechselnd mit dem Ansatz zu einem wahnsinnigen Gelächter, wie bei einem Traum, den der Schlafende nicht für sich behalten kann. Im Gegensatz zu ihren hochroten Wangen blieb der Rest ihres Körpers so kühl, wie er aussah. Lediglich dieses glatte und zugleich ungeschmeidige Sämischleder, das sie um sein Glied drapiert hatte, tat sein aufreizendes Werk. Albert bewahrte keine Erinnerung an so etwas wie einen Höhepunkt: Er war damit beschäftigt gewesen, etwas abzuwickeln, mehr nicht.

Obwohl es ihm widerstrebte, blieb er über Nacht bei ihr in ihrem hohen Bett. Morgens ihre gespielte Unschuld, wieder mit dieser hohen, fast gekränkten Stimme.

»Du hier? Oh je ... was ist denn passiert? Wir haben doch

nicht etwa ... ähm ... gevö ... gebumst, wie sagt man dazu? Nein, oder? Albert, sag, daß wir nicht gebu ... gevögelt haben!«

Albert war gern bereit, ihr diesen Gefallen zu tun – vielleicht als Gegenleistung für ein leichtes Frühstück mit starkem Kaffee.

»Na gut, wir haben nicht gebumst. Und auch nicht gevögelt.«

»Oh, Gott sei Dank.«

Und was nicht geschehen war, geschah noch einmal: Sie bumsten und sie vögelten, wobei Odile sich so verhielt, als geschähe es wieder nicht. Für Albert hingegen geschah es doch, so daß er sich nicht länger vormachen konnte, er sei in dieser Nacht das Opfer eines schwachen Augenblicks oder »der Umstände« geworden.

Er machte jegliche Ausrede zunichte.

Stadt aus Glas

Sonnabend, 20. Januar 1979
(Albert Egberts)

Es dauerte nicht lange, da wurde alles im Hause still und der ganze Gasthof lag in tiefem Schlafe; lediglich in einem der Fenster schimmerte noch Licht aus dem Zimmer, in dem der an diesem Tag eingetroffene Leutnant aus Rjazanj logierte, offenbar ein großer Liebhaber von Stiefeln, denn er hatte bereits vier Paar kommen lassen und probierte gerade das fünfte Paar an. Immer wieder ging er auf sein Bett zu in der Absicht, sie jetzt auszuziehen und sich hinzulegen, aber er bekam es nicht übers Herz: Die Stiefel waren tatsächlich von vorzüglicher Machart, und noch eine ganze Weile hob er das Bein, um den fachmännisch und großartig geschnittenen Absatz bewundern zu können.

Gogol, *Die toten Seelen*
in der Übersetzung von Alexander Eliasberg

Nachdem so ungefähr alle garstigen Wetterarten an der Reihe gewesen waren, setzte Glatteis ein.

Es war wirklich das letzte, was dem Winter noch einfiel. Das Heimtückischste vom Heimtückischen. Glatteis. Freund Winter hatte alles aus sich herausgepreßt, hatte sich völlig verausgabt, sich kopfüber unter Null fallen lassen... alles wieder auftauen... alles wieder gefrieren lassen... Und jetzt, da die Straßen mit einer undefinierbaren dumpfgrauen Kruste überzogen waren – Staub, Asche, Straßenschmutz, Hundekacke, alles war darin enthalten –, wurde eine Schicht Firnis darübergeklatscht, um das Zeugs gründlich in Lack zu tauchen, es ordentlich glänzen zu lassen und noch etwas länger zu konservieren. Kurz und gut, die Vernissage des Winters, im Freien und ohne billigen Wein.

Eines Nachts, nicht lange nach dem Essen bei Odile Amandsberg, kam Maggy ziemlich aufgedreht aus dem *Dogshit City* nach Hause, eine Erregung, die nicht im Einklang mit dem kalten Körper zu stehen schien, der neben Albert ins Bett schlüpfte.

»Odile aus dem *City* hat ihr Examen bestanden! Sie gibt Samstag, den zwanzigsten, eine Fete! Wir sind beide eingeladen! Dieser Freund von dir, der Anwalt, Ernst, kommt auch ... und Dodo ... und, na ja, im Grunde das ganze *City*! Alle!«

Maggy hörte und hörte nicht auf zu sagen, wie »außerordentlich nett« sie es von Odile fand, sie ebenfalls zu ihrer Party einzuladen, »obwohl ich ja noch nicht mal zum Stammpersonal gehöre«. Albert dachte sich sein Teil und versuchte mit allen möglichen Mitteln, sich vor der Fete zu drücken. Vergeblich. Schließlich gab er nach, beschloß aber, auf der Hut zu sein.

Am Morgen des zwanzigsten Januar kreuzte zum erstenmal seit langer Zeit Hennie A. wieder seinen Weg – über den Rundfunk. Albert suchte an seinem Radiowecker die Sender nach einer Musik ab, die ihn nicht gleich anödete, blieb kurz bei etwas Jazzigem, und auf einmal war *ihre* Stimme im Zimmer und erzählte, was ihr widerfahren war. Er hörte atemlos zu. Es kamen auch andere zu Wort. Anwälte, eine Freundin, der »Füso« sowie der Reporter, der das Ganze rekonstruiert hatte. Es war der erste Teil einer fünfteiligen Dokumentarreihe, die insgesamt zehn Stunden Sendezeit in Anspruch nehmen würde.

Nachmittags, ihre Stimme noch im Kopf, ging Albert in die Stadt, um sich nach einem Paar neuer Schuhe umzusehen. Der graue Schnee, hier und da fast schwarz, lag zu bizarren Mäuerchen aufgetürmt auf beiden Straßenseiten. In einem großen Schuhgeschäft am Nieuwendijk fand er, und als Ausverkaufsware sogar von 220,– auf 90,– Gulden herabgesetzt, ein Paar tolle hochhackige Stiefel. Hohe Absätze waren seit Jahren eine Schwäche von ihm. Sie sicherten ihm genau die drei, vier Zentimeter, die ihm mit seinen knapp 1,77 Meter fehlten. Hohe Absätze hoben einen empor, man stand auf den Zehenspitzen, ohne sich überanstrengen zu müssen; sie hoben einen über sich selbst hinaus und über die schneidenden Worte des Langen El Rosiëlle früher, in der Schule: »Ich bin ja vielleicht ein langer Lulatsch, aber du bist eindeutig zu klein.«

Seit er mit einer Schere in der Tasche herumlief, hatte Albert hochhackige Schuhe für zu extravagant gehalten. Er wollte eine Kleidung tragen, die nur insoweit auffiel, als sie bereits von weitem jeglichen Verdacht ausräumte. Jetzt ging es wieder. Jetzt durfte er seiner Eitelkeit wieder nachgeben. Albert Egberts war vom Gift geheilt und begab sich erneut unter Menschen. Er zählte die neunzig Gulden hin. Weil er die Stiefel auf der Fete tragen wollte, sollte er sie am besten jetzt schon mal einlaufen, überlegte er sich, und ließ sich daher seine alten Schuhe einpacken.

Wieder im Freien, merkte Albert nicht gleich, daß ein feiner Niederschlag in der Luft hing. Er tat ein paar vorsichtige Schritte, blieb stehen, beugte sich nach links und nach rechts, um zu schauen, ob die Absätze nicht zu auffällig hoch waren, und mischte sich dann selbstsicher unter die bummelnde Menschenmenge. Ein lange vergessenes Gefühl, dieses Stelzenlaufen... Ein Stück weiter den Nieuwendijk hinunter beschlich ihn doch wieder das peinliche Gefühl, von allen Seiten gemustert zu werden. Fast bereute er schon seinen Kauf, aber das Zögern hielt nicht lange an: Als er in einer kleinen Nebenstraße merkte, wie fest sich die Absätze in die nicht ganz harte Schneeschicht bohrten, überkam ihn kichernd die Versuchung, mit unwirklich großen Schritten loszustapfen.

Wie der Husar aus den *Toten Seelen*, der es einfach nicht über sich brachte, seine neuen Stiefel auszuziehen und sich schlafen zu legen, war Albert so sehr mit seiner Neuerwerbung beschäftigt, daß er das Glatteis erst bemerkte, als er ein paar Steinstufen zu einem im Souterrain gelegenen Coffeeshop hinunterging. Bereits auf der zweiten Stufe rutschte er aus. Es gelang ihm, einen Sturz zu vermeiden, doch beim Aufkommen auf dem Aluminiumrost verknackste er sich den Knöchel. Humpelnd suchte er in seinen stolzen Stiefeln drinnen einen Tisch auf.

Langsam, ungleichmäßigen Schritts schaffte Albert es etwas später an diesem Nachmittag zu den Straßenbahnhaltestellen am Damrak. Es dämmerte bereits. Der immer dichter fallende Eisregen jagte ihm unaufhörlich Nadelstichschwalle ins Gesicht. Stirn, Wangen, Nase, alles wurde starr und gefühllos, außer für den giftigen Niederschlag.

Durch das Eis, das sich an den Oberleitungen festgesetzt hatte, lösten die Straßenbahnen blaue Funkenregen aus wie beim Schweißen. Manchmal hielt eine Bahn, nachdem ein grellblaues Licht über ihr aufgeflammt war, irgendwo auf halber Strecke am Damrak abrupt an, noch weit von der Haltestelle entfernt, um sich erst nach einigen Minuten wieder langsam in Bewegung zu setzen. Es hatte etwas vom vierten Mai, Erinnerung an das Ende des Zweiten Weltkriegs. Totengedenkfeier zur Unzeit.

Die Stromkabel wurden immer dicker eingepackt und hingen schwer und schimmernd über den Köpfen der Wartenden, kurz davor, zu reißen und sich wie tödliche Lassos um die Leute zu schlingen. Und dann die beängstigende Farblosigkeit von allem! – nicht nur, weil zu dieser Stunde immer mehr bunte Leuchtreklamen erloschen, sondern vor allem durch die hartnäckige Verpackung aller Dinge in ein und dasselbe Mattglas. Alles grau in grau, und als einziger Lichtpunkt dieses kalte, blaue Geflacker, im Grunde nicht mal eine Farbe. Sogar die Straßenbahnen, gepanzert mit wulstigen Eisschichten, bizarr wie Kerzenwachs, hatten ihr grelles Bleistiftgelb abgeliefert und waren nicht länger von ihren grauen Vorgängerinnen zu unterscheiden.

Aber auch jetzt gab sich der Winter als Alberts Verbündeter zu erkennen. Das Unbehagen wegen der Fete, die ihm schon seit Tagen im Magen lag, verschwand plötzlich, als er sich murmeln hörte: »Wenn das so weitergeht, kämpfen wir uns heute abend nicht ganz bis ans andere Ende der Stadt. *Hin* schaffen wir's ja vielleicht noch, aber wie soll man da je wieder mit heiler Haut zurückkommen?«

Mit einemmal war ihm die Glätte willkommen, und er verfluchte nicht länger seinen verstauchten Knöchel. Das Glatteis war ein Geschenk des Himmels, wodurch er die beiden

Frauen nicht miteinander zu konfrontieren brauchte. Er würde sich zu Hause frisch machen, dann vorsichtig in die Mesdagstraat schlurfen und den Abend bei Margerie verbringen, schön kuschelig im Wissen um den Ausnahmezustand draußen. Die Eisschicht schützte ihn – und sein Glück dazu.

Der 4 gelang es als einziger der Straßenbahnen, ohne Verzögerung die Haltestelle am Kaufhaus De Bijenkorf zu erreichen. Siegreich donnerte sie aus der Richtung Hauptbahnhof heran, aber trotzdem ebenfalls blaue Funken sprühend. Zwischen dem Dam und dem Frederiksplein blieb die 4 neunmal stehen, die Haltestellen nicht mitgerechnet. Bei jedem nicht vorgesehenen Halt fiel die Beleuchtung in der Bahn aus. Fast tastend mußte der Fahrer – »Keine Panik, Leute, sonne Funken ham Se in den Autoskootern auch« – etwas in einem Kasten über der mittleren Tür umschalten, woraufhin die Bahn, wieder voll beleuchtet, weiterkonnte, zumindest für eine Weile. Nach dem regulären Halt am Frederiksplein wollte sie sich nicht wieder in Bewegung setzen. Die Fahrgäste wurden gebeten, auszusteigen. Der Taxistand war leer, und Albert mußte mit seinem vom Stillsitzen schmerzhafter und steifer gewordenen Unterschenkel zu Fuß nach Hause, humpelnd. Auf der Brücke über die Singelgracht, wo er verschnaufte und sich das Eis aus dem Haar streifte, sah er den zu einem guten Teil vergeblichen Versuchen von Autos zu, aus De Pijp kommend, die sanfte Steigung zu schaffen. Bis auf eine Ausnahme hie und da rutschten sie wieder zurück – zurück in De Pijp.

Zu Hause angekommen, kleidete sich Albert fast ganz in Schwarz: die weite Jacke, die eng geschnittene Hose, seine neuen Stiefel, alles schwarz. Nur die Weste, die Marike in Nimwegen für ihn gemacht hatte, war von einem silbrigen Grau, und die Krawatte (ein von Quispel unversehrt ausrangiertes Exemplar) sah mit ihren abwechselnd schwarzen und silbernen Streifen wie ein Schokoladeneinwickelpapier aus. Sogar das seidene Oberhemd, mit eingewobenen Schwalben in einem etwas helleren Ton, war schwarz.

Als er vor der Spiegeltür des Kleiderschranks stand, den Küchenspiegel in der rechten Hand, um sich auch von der Seite betrachten zu können, mußte er daran denken, was ihm einmal mit Marike passiert war. Lange Zeit traf er sie nur werktags, während die Wochenenden einem Mädchen gewidmet waren, das er bei einem Besuch seiner Eltern in Eindhoven kennengelernt hatte: Ileen. Ein Wochenende fuhr er nach Eindhoven, das andere holte er Ileen nach Nimwegen, wo er dann versuchte, Marike nicht unter die Augen zu kommen. Dieses Doppelleben machte ihn völlig fertig. Eines Freitags, als er Ileen vom Bahnhof abholen sollte, hatte Albert Marike krank und fiebrig in ihrem Zimmer zurückgelassen. Es war das erste Mal, daß er sich wegen der Situation schuldig fühlte. Nach reichlichem Alkoholgenuß in der Stadt wurde er mitten in der Nacht neben einem glühenden Körper wach und fragte schlaftrunken: »Hast du noch Fieber ... Marike?«

Zwischen diesem »Fieber« und dem Aussprechen des Namens lag eine kurze Pause, während der er in einen Halbschlaf zurücksank, doch als er fühlte, wie Ileen neben ihm erstarrte, war er auf einen Schlag hellwach. Er simulierte zwar einen abgrundtiefen Schlaf mitsamt leisem Geschnarche und verwirrtem Gemurmel, tat aber kein Auge mehr zu aus Angst, noch mehr zu verraten. Am Morgen begründete er die verfehlte Frage mit einem schlecht verarbeiteten Traum, doch damit ließ Ileen sich nicht abspeisen, sondern verlangte genaueste Auskunft. Albert beschloß, nach beiden Seiten hin mit offenen Karten zu spielen. Er schlug sogar ein Treffen der beiden Frauen vor, aus Scheinheiligkeit und mehr oder weniger der Form halber, doch zu seiner Überraschung waren beide damit einverstanden, und er beeilte sich, die Begegnung in die Wege zu leiten. Albert würde mit Marike zu seinen Eltern nach Geldrop fahren, dann konnten sie Ileen am Samstagabend in seinem früheren Jugendclub treffen.

Monate zuvor hatte sich Marike etwas schwarzes Zweiteiliges gekauft, einen langen Rock und darüber ein Mittelding zwischen einer Bluse und einem kleinen Cape. Es stand ihr sehr gut, und Albert drängte sie Woche für Woche, es zu tragen. In derselben Zeit, allerdings an einem Wochenende, hatte er – zerstreut – auch Ileen geraten, sich etwas Schwarzes zu kaufen, am besten »etwas Langes«, das würde so einen schönen Kontrast zu »ihren hellblonden Haaren« bilden, und so weiter und so fort. Es ging Albert, jedenfalls dem Voyeur in ihm, natürlich um einen strengen schwarzen, altmodisch schulmamsellartigen Rahmen für das Spiel, dessen Zeuge er so gern war. (»Nein, nicht ausziehen. Nur hochziehen.«) Nachdem ihm Marike auf diese Weise ein paarmal seinen Wunsch erfüllt hatte, richtete sich seine Schaulust auf andere Formen, und das Deux-pièces hing schon wieder seit Wochen vergessen im Schrank. Zweifellos um Albert mild zu stimmen, hatte Marike es mit nach Geldrop genommen, um es am Samstagabend während der Begegnung mit ihrer Rivalin zu tragen. Nicht zuletzt, weil es ein ostentativer Verweis auf ihre intimsten Augenblicke war, rührte dies Albert. Die Rührung wich jedoch der Versuchung, durch das Fenster zu flüchten, als er sah, wie Ileen den Club betrat – von Kopf bis Fuß todschick in Schwarz.

Jetzt gab es zwei Frauen, die in seinem Beisein erstarrten.

Ileen, die Gewandtere der beiden, unternahm noch einen ängstlichen Versuch, ein Gespräch in Gang zu bringen, sah sich aber einer wie eine Katze fauchenden Marike gegenüber. Es ging schon längst nicht mehr darum, daß sie sich ein und denselben Mann teilen sollten, die Schweinerei bestand in dem Schönsten, was dieser Mann ihnen gegeben hatte: eine Garderobenempfehlung zur Mehrung ihrer Schönheit, und aus deren Einmaligkeit hatte er Konfektion gemacht. Albert versank in Grund und Boden, doch bevor ihn die Scham ganz übermannte, begann auch etwas in ihm zu jubeln, möglicherweise ein Machtgefühl.

Auf einmal war er sich gar nicht mehr so sicher, daß er sich vor Odiles Fest drücken wollte. Um das hinreißende Gefühl der Verworfenheit noch zu betonen, tuschte er sich die Wimpern mit etwas Maskara, ganz leicht, ohne Krümel und Klümpchen. Seine Lippen brachte er mit *light gloss* zum Glänzen, das einen sündigen Fruchtgeschmack hatte. Die

Kosmetika stammten aus aufgebrochenen Autos, was sie noch verworfener und verbotener machte.

»Voilà«, sagte er zu seinem Spiegelbild, von dem er sich gar nicht mehr losreißen konnte. »Der perfekte Zuhälter. Der ideale Schwiegersohn und Lump.«

Er strahlte eine fast schon auf die Spitze getriebene Eleganz aus, fand er: auf die Spitze der Nadel.

Erst als Albert einen Fuß vor die Tür setzte, merkte er, daß sich die Schmerzen in seinem Knöchel noch verschlimmert hatten. Beim Umziehen hatte er den linken Stiefel kaum vom Fuß bekommen, und noch schwieriger war es, ihn wieder anzuziehen.

Unvermindert fiel der Eisregen herab.

Gegen neun klingelte er am Haus des Ungarn in der Mesdagstraat. Es war Margeries Tragik, daß es kein Eingangsportal besaß. Eis überzog die Haustür und hatte das Guckfenster, von dem die Mädchen so gern Gebrauch machten, völlig versiegelt. Nachdem Floske geöffnet hatte, eilte sie ins Schlafzimmer zurück. Sie wollte offenbar nicht ein Wort von dem Streit verpassen, der dort im Gange war und an dem sich auch der voll aufgedrehte Fernseher auf dem Schrank zu beteiligen schien. Eva hatte eine Weste von Maggy einer Freundin oder »vielleicht auch« ihrer Schwester geliehen und außerdem einen Gürtel, den Maggy von ihrer Mutter geliehen hatte, verbummelt. Panorama Mesdag in Aufruhr. Konditoreitöchterlein Floske konnte ihr wollenes Trikot nirgends finden und hegte auch so ihren Verdacht.

»Und mein Pulli ...?«

»Und meine Strumpfhose ...?«

»Von wem kann ich dann zum Teufel noch mal einen BH leihen?«

In einem fort wurde die Schranktür aufgerissen und wieder zugeknallt, was den Fernseher auf der Kante beängstigend zum Wackeln brachte. (Albert brauchte niemand etwas zu erzählen: In Nimwegen, in der Küche des Studentenwohnheims, hatten sie einmal als Experiment oder als Protest gegen die Wohlstandsgesellschaft einen Ziegelstein, von außen, in einen alten Fernseher geschmissen. Nach der Explosion, oder vielmehr Implosion, war alles mit einer zuckerähnlichen Schicht überzogen gewesen.) Jedesmal, wenn der Schrank geöffnet wurde, verflüchtigte sich das Bild in schrägen Streifen, um erst beim Schließen wieder zurückzukehren. In seinen Tiefen schlugen die Kleiderbügelhaken, von böser Hand auf die Seite geschoben, immer heftiger aneinander. Alles nach links ... die Hälfte wieder nach rechts ... einer nach dem anderen wieder auf die andere Seite ... Ihre Garderobe ließ sich lesen wie ein Buch, allerdings eines, in dem der Faden verlorengegangen ist. Leere Bügel knallten schaukelnd gegen die Rückwand. Das Bild begann über den Schirm zu laufen ...

»Ein *Saustall* ist das hier, Herrgott noch mal! Hier ist mindestens eine zuviel.«

»Ja, du selbst, blöde Kuh!«

»... und mindestens ein Pulli zuwenig.«

»Verdammte Pest«, rief Margerie, »ist meine Pluderhose jetzt auch schon futsch?«

»Oh je ...« Eva schlug die Hand vor den Mund. »Die liegt bei meiner Mutter. Zum Reparieren. Im einen Bein war der Gummi gerissen ...«

»Außerdem steht sie dir nicht, Mech«, sagte Floske.

»Also, dann zieh ich eben meine Lederhose an«, wandte sich Maggy endlich an Albert, der den Kopf durch das glaslose Fenster der Schlafzimmertür gesteckt hatte. »Bleibt mir nichts anderes übrig.«

»Lieber Schatz, es *ist* kein Leder«, sagte Albert. »Wie oft muß ich dir das noch sagen? Ein dünnes, lappiges Kunststoffzeugs, das noch nicht mal den Anspruch erhebt, wie Leder auszusehen. Es ist nicht einmal Kunstleder.«

Oh ja, da stand der feine Herr: geschniegelt und gebügelt, in seinen neuen Stiefeln überheblich emporragend ... während das arme Kind verzweifelte Anstrengungen unternahm, sich schönzumachen. Einen blauen Pulli mit eingewirkten Goldfäden hatte sie sich bereits geschnappt. Sie trug ihn einstweilen als Minikleid. Jetzt noch eine Hose.

Nichts zu machen. Hätte er sie wenigstens, unwiderstehlich gekleidet, gegen eine zweifellos toll herausgeputzte Odile ausspielen können ... Nein, dieses Machtgefühl von damals, mit Marike und Ileen, würde an diesem Abend nicht jubeln.

»Vergiß es«, sagte Albert. »Draußen kommt man nicht durch, so glatt ist es. Laß es uns hier gemütlich machen. Diese Idyl, oder wie sie heißt, wird es dir bestimmt nicht übelnehmen.«

»Odile. Darum geht es nicht. Ich hatte mich so darauf gefreut, mit dir auf eine Fete ...«

Erneute Grabbelei, diesmal in Pappkartons unten im Schrank. Der Fernseher wurde tatsächlich nur noch durch sein Kabel vor dem Absturz bewahrt. Schließlich wurde es doch die verhaßte Hose aus schlecht imitiertem Lederimitat. Zum Glück reichte der golddurchwirkte Pullover bis zur Hälfte ihrer Oberschenkel, so daß niemand sehen konnte, wie ausgebeult die Sitzfläche um ihren Hintern schlackerte, als trüge sie eine volle Windel darunter.

Um halb elf verließen Albert und Maggy das Haus, in Gesellschaft von Eva, die »zufällig zu einer Fete in der Filmakademie« mußte und »bis dahin mitkam«, was Taxikosten sparte. Der Eisregen fiel noch heimtückischer als vorhin. Sie teilten sich zu dritt Maggys Regenschirm, der kaum Schutz bot, weil die feinen Tropfen auch von der Seite kamen und manchmal sogar vom Boden aufzuwirbeln schienen. Bürgersteig und Straße waren spiegelglatt. Das einzige, woran sie noch Halt suchen konnten, war der Stock des Regenschirms, und so schlurften sie über die Tweede van der Helststraat zum Okurahotel, wo immer ein paar Taxis standen. In Alberts straff eingeschnürtem Knöchel pochte der Schmerz.

Auf dem Parkplatz vor dem Hoteleingang, wo der Nylonläufer bis zum Asphalt lag, war kein Taxi zu sehen. Nur Autos von Hotelgästen, mit flüssigem Eis übergossen.

Als einzige standen sie an der nächstgelegenen Haltestelle der 25 in der Ferdinand Bolstraat und warteten – bis der Fahrer einer sich langsam in die entgegengesetzte Richtung bewegenden Bahn (so früh schon das Schild »Letzte Fahrt« über der Frontscheibe) sich aus dem Fenster beugte.

»Von mir aus könnt ihr warten, solange ihr wollt, nä. Aber die 25 kommt nicht mehr. Und sonst auch nichts. Für heute abend alles aus dem Verkehr gezogen.«

Die Bahn glitt in einem prasselnden Funkenregen davon. Totes Licht. Keine Taxis, keine Straßenbahnen ... Gründe genug, um Odiles Fete sausen zu lassen, wieder nach Hause zu gehen und den verletzten Fuß auf einen Stuhl zu legen. Aber die Mädchen zogen ihn bereits zum nächsten Taxistand ...

An der Kreuzung Ferdinand Bol und Albert Cuyp, wo verschiedene Straßenbahnlinien zusammenliefen und sich wieder gabelten, war nach all der beklemmenden Verlassenheit unerwartet viel los. Soweit die Leute nicht wider besseres Wissen auf ihre Bahn warteten, hatten sie sich unter einem Regenschirm oder mit einer über den Kopf gezogenen Plastiktüte bei der zu einer Kopfweide verformten Taxirufsäule angestellt. Stolpernd, den geschwollenen Knöchel in dem Stelzstiefel eingezwängt, kam Albert dort an und vermochte kaum noch einen Schritt zu gehen.

Taxis auch hier nicht ... ja, doch, mit langen Unterbrechungen dann und wann eines, das den Eindruck machte, sich verirrt zu haben. Dann gab es unweigerlich ein Geplänkel zwischen der Person, die an der Reihe war, und dem unvermeidlichen Vordrängler. Geschimpfe, manchmal ein Handgemenge. Die Reihe der Wartenden schrumpfte nicht, sondern nahm eher noch zu, da immer mehr Leute zu der Überzeugung gelangt waren, daß keine Straßenbahnen mehr fuhren.

»Sollen wir nicht besser zurückgehen, Maggy?«

»Noch einen Moment, Liebster. Eine Sekunde. Nach Hause gehen können wir immer noch.«

Eva, geschmeidig wie immer, fand, lange bevor sie an der Reihe war, einen Platz im Taxi anderer Leute, die in dieselbe Richtung wollten. Schließlich redeten Albert und Margerie kein Wort mehr miteinander, so sehr legte sich die Beklemmung der langsam glasig werdenden Stadt auf sie. Albert stand nicht länger unter dem Regenschirm. Die Eiskappe auf seinem Kopf wurde immer schwerer. Er hatte den Eindruck, unter dem Gewicht leide vor allem sein verletztes Bein.

An den Bäumen auf dem namenlosen kleinen Platz war jeder Zweig für sich glasiert. Laternenlicht fiel durch die kahlen Kronen wie der Schein eines Weihnachtsbaumlämpchens durch Engelshaar. Es sah aus, als ordneten sich die Äste und Zweige exakt konzentrisch um die Lichtquelle, eine optische Täuschung, die Albert als kleinen Jungen, vor dem Weihnachtsbaum stehend, schon so oft in Erstaunen versetzt hatte. Gänge und Tunnel aus Licht, mitten durch die Baumkronen hindurch ... Der Schein der Laternen wirkte besonders kalt, da es nun so viele Dinge gab, die er erglänzen lassen konnte, während nirgends mehr Farben zu beleuchten waren. Straßen, Häuser, Bäume ... alles hatte sich hinter dickem, unpoliertem, undurchsichtigem Glas zurückgezogen. Nein, hatte den Anschein, als bestünde es aus Rohglas. Eine gläserne Stadt, der jede Farbe entzogen war und in der niemand sich bewegen konnte. Mit der Stadt war jede Bewegung eingefroren.

Etwas weiter die Ferdinand Bol hinunter lag die Kneipe, in der vor knapp eineinhalb Jahren Alberts Parforceritt begonnen hatte, den er nun endlich hatte abbremsen können. Er hatte aus schierer Notwendigkeit angehalten. Lediglich der Bruchteil einer Bewegung, und er würde ausrutschen.

In die Kneipe dieses Zuhälters und Sonntagsdichters hatte er nie wieder einen Fuß gesetzt.

Der Eisregen rauschte, knisterte. Jedes Taxi blieb noch länger weg als das vorige. Als die Leute vor ihnen eingestiegen waren, blieben Albert und Margerie allein zurück. Hinter ihnen war niemand mehr. Der Schwanz der Schlange war langsam abgebröckelt, hatte sich vor lauter Ungeduld aufgelöst; die Leute waren behutsam weggeschlichen, als schämten sie sich für die vertane Zeit.

Schon nach Mitternacht. Kein Taxi ließ sich mehr blicken. Große Erleichterung unter Alberts Eiskappe: Dank der Witterungsbedingungen würde er die beiden Frauen nicht in ein und demselben Raum zusammenbringen müssen. Doch Maggy, die Nase rot vor Kälte und Nässe, beharrte eigensinnig auf ihrem Vorhaben. Eiskrusten hafteten an ihrem Mantel. Gegenüber dem Taxistand befand sich ein hell erleuchteter Shoarmaladen, wenngleich Albert wegen der beschlagenen Fenster nicht erkennen konnte, ob er noch geöffnet war.

»Maggy, soll ich da drinnen nicht mal schnell diese Idyl anrufen? Das gehört sich doch wohl.«

»Frag dann aber nach Odile. Das gehört sich wohl.«

»Gut, Odile. Ich sag ihr, daß wir wegen der Glätte festsitzen und uns alle Mühe geben, doch noch zu kommen. Daß wir aber nichts versprechen können. Okay?«

»Ich warte hier weiter auf ein Taxi.«

In dem Shoarmaladen, in dem zwei ägyptische Studenten aus dem Happy Holland Hotel arbeiteten, wurde Albert als Bruder ihrer früheren Hausgenossin Mariëtte herzlich begrüßt. Selbstverständlich durfte er, auch ohne hier etwas zu verzehren, das Telefon benutzen. Am anderen Ende der Stadt nahm jemand mit unverständlich rauher Stimme ab. Das mußte Fafa sein, der einstimmbandige DJ aus dem *Dogshit City*, der immer nur irgend etwas ins Mikrofon knurrte, was die Besitzer auch noch chic fanden: Schließlich ging es um die Musik.

»Fafa?«

Knurrknurr. Im Hintergrund Fetenlärm. Eine Vision von Geselligkeit rund um Odiles Fleckensofa. Der Fußboden übersät mit Eiswürfeln, Farbfotos, Kondomen.

»Kannst du Odile eben mal am Ärmel zupfen?«

Hüstelhüstel. Geräusch eines auf den Tisch gelegten Hörers.

»Ernst Quispel. Wen möchten Sie sprechen?«

»Verdammt noch mal, Ernst, wie hast du's bei der Glätte bis zur Brouwersgracht geschafft? Ich sitze schon seit Stunden in De Pijp fest. Ohne irgendeine Transportmöglichkeit.«

»Keine Ahnung. Ich bin schon seit Mittag hier. Hast du die Sendung gehört?«

»Inklusive der Berichte aus Garten und Landwirtschaft, ja. Hol mir doch eben mal Odile, ja?«

Einer der Happy Hollander, Ingenieur in spe, stand an dem rotierenden Grill und schnitt mit einem großen Messer Schafsfleisch in Streifen, woran auf merkwürdig vor und zurück schaukelnde Weise sein ganzer Körper teilnahm. Ohne seine Tätigkeit auch nur für einen Moment zu unterbrechen, sah er sich alle naslang breit grinsend über die Schulter nach dem telefonierenden Albert um, wobei die Selbstgedrehte in seinem Mundwinkel jedesmal schräg in die Höhe wippte.

Odile am Apparat. »Hier hat keiner was von Glatteis gesagt.«

»Die wollten dir wahrscheinlich die Stimmung nicht verderben. Ich versuche schon seit neun Uhr, von hier wegzukommen. Jetzt ist es halb eins. Das hat wohl kaum noch Sinn.«

»Angenommen, du kommst noch ... bringst du Mechelien dann mit?«

»Wenn Margerie willkommen ist.«

»Türlich, ich hab sie doch selbst eingeladen. Aber ... weiß Margerie Bescheid?« Oh, diese durchtriebene singende Stimme.

»Worüber?«

»Du hast es schon vergessen ...«

»Auf höheren Befehl von dir. Ich mußte dir versichern, daß nichts vorgefallen ist.«

»Gut, darf Margerie dann wissen, was nicht vorgefallen ist?«

In Breugel hatte ein Mann seine fremdgehende Frau auf einem Stuhl festgebunden, ihr mit einem Rasiermesser den Kopf kahlgeschoren und den Schädel zum Schluß schwarz gemacht. »So, jetzt kannst du zu ihm gehen.« Sie ging nicht, und damit war die Ehe, wie man sich erzählte, gekittet. So einfach war das damals.

»Später. Heute nacht noch nicht, auf deiner Fete. Übrigens, wovon reden wir da eigentlich? Es ist so gut wie ausgeschlossen, daß wir noch ein Taxi kriegen. Zu Fuß geht's sowieso nicht. Und außerdem hab ich mir den Knöchel verknackst ...«

»Knöchel verknackst? Ist ja wie verhext ...«

Sie hatte recht: Es war, als stapele er Ausrede auf Ausrede. Das Ende des Telefongesprächs klang unverkennbar wie ein »Auf Wiedersehen in besseren Zeiten«.

Draußen fand er Maggy auf der Rückbank eines Taxis, die Tür auf ihrer Seite weit geöffnet, wie die Klappe einer Falle. Der Fahrer war dabei, das angefrorene Eis von der Windschutzscheibe zu meißeln. Kurz darauf fuhren sie dann, wenn auch nur im Schrittempo, entlang der Route der Linie 16 Richtung Concertgebouw. Der wenige Verkehr in der van Baerlestraat bewegte sich träge, zu Tode erschöpft. Auf der Überführung über den Vondelpark rutschte der Wagen, sich langsam um die eigene Achse drehend, seitwärts über den Asphalt weg und kam am Brückengeländer zum Stehen, wobei der Motor ausging. Tödliche Stille über der Stadt. Niemand sagte ein Wort. Im Park standen die Bäume wie auf den Kopf gestellte Kronleuchter da, quasi gewichtslos wie geblasenes Glas. Genau in dem Moment, als der Fahrer die Tür auf seiner Seite aufdrückte, ließ ein großer Baum in effekthascherisch theatralischer Gebärde zwei seiner unteren Äste fallen: zarte Arme in Spitzenärmeln. Es ging ganz ohne Gewalt. Es war ein dünnes, zartes Geräusch in der Nacht wie von einem Weihnachtsbaum, an dem ein Hunderücken entlangstreicht.

In dem Augenblick, als er das sah und hörte, kam ihm, begleitet von einem Schauer über den Rücken, von ganz tief unten ein Name in den Sinn: Zwanet.

Het Wapen van Lummel (4)

Sonntag, 21. Januar 1979
(Albert Egberts)

Sie fuhren durch die Marnixstraat, die mit ihren fahlgrauen Mietskasernen das Eis nicht einmal benötigte, um alle Farbe zu verbannen. Das Taxi hielt an der Ecke Brouwersgracht. Der Fahrer nannte den Betrag.

»Wir sind noch nicht da«, sagte Albert.

»In die kleinen Straßen trau ich mich jetzt nicht rein«, sagte der Mann unwirsch. »Sie haben ja gesehen, was gerade passiert ist ... Ihre Sache, wie Sie weiterkommen.«

Sie waren ganz in der Nähe der Binnen Oranjestraat, aber es wurde ein langer Fußmarsch. Beide, Albert und Maggy, blickten auf ihre Schuhe, in denen die Füße mit denkbar kleinsten Schritten voranschlurften. Sie sprachen nicht mehr viel. Albert war in Gedanken bei seinem Telefongespräch mit Odile. Irgendwie kam es ihm betrügerischer vor als alles, was dem vorausgegangen war, obwohl nur ein paar kryptische Äußerungen gefallen waren. Er sah seine Vermieterin vor sich, Mevrouw Bekkema ... vier, fünf Jahre war es jetzt her ... Während Albert sie besuchte, um ihr zum Tod ihres kleinen Sohnes zu kondolieren, bekam sie einen Anruf von dem Mann, der sie ein paar Jahre zuvor beschwindelt und verlassen hatte, nachdem er außerdem ihren blühenden Kirschbaum umgehackt hatte. Sie behauptete zu wissen, daß er es war, doch am anderen Ende der Leitung schwieg Cor Coster sich hartnäckig aus. Sie selbst sagte ebenfalls kein Wort, Mevrouw Bekkema. So telefonierten sie sprachlos über das, was in der Vergangenheit vorgefallen war.

Montag, 14. Oktober 1974
(Chor)

»Jetzt sag doch mal, Cor ... das ist jetzt schon das hunderttausendste Mal in letzter Zeit, daß ich dich zum Telefon gehen sehe ... heute abend mindestens schon das fünfte Mal ...«

»Und was ist daran Besonderes, Cas Mischdichein?«

»Nix. Außer daß ich dich nie was sagen höre.«

»Schon mal was von ›besetzt‹ gehört, du Quatschkopp?«

»Von wegen besetzt. Du wirfst dein Geld rein, du wählst, du sagst nichts, aber das Geld fällt auch nicht wieder raus. Sieht dir nicht ähnlich, Cor, es einfach liegenzulassen.«

»Krieg's mit meinen dicken Fingern nicht raus.«

»Na, ich schon. Als du vorhin auffem Klo warst, hab ich in der Münzablage nachgefühlt. Da hätten mindestens drei Münzen drinliegen müssen, für all die Male, wo's besetzt war.«

»Na schön, du alter Einmischer – es war nicht besetzt.«

»Es war also jemand da?«

»Ja, aber was soll das?«

»Du hast nix gesagt. Ich hab nicht mal gesehen, daß deine Lippen sich bewegt haben.«

»Macht dir wohl Spaß, anderen Leuten nachzuspionieren?«

»Es ist mir nur aufgefallen. Geht mich sonst nix an.«

»Soll ich dir was sagen, Cas? Am anderen Ende sagt auch niemand was.«

»Nicht mal beim Abnehmen? Beide machen einen auf stumm ... Da weiß also einer, daß er anonym angerufen wird und daß es bei jedem Anruf wieder soweit sein kann?«

»Ein*e*, Cassie. Ja, anfangs, da hat sie ihren Namen noch genannt. Immer mit diesem Jubelton einer Quasselstrippe, die scharf ist auf'n bißchen Kontakt. Ich hab den Mund gehalten. So lange, bis sie auch den Mund hielt beim Abnehmen.«

»Glaubst du, sie weiß, daß du's bist, Cor?«

»Die Kuh wird zumindest so ihre Vermutungen haben. Aber sonst ...«

»Hältst du die Muschel zu?«

»Die Muschel ... was redest du da, Mann?«

»Die Sprechmuschel, legst du da deine Hand drauf, bevor du Kontakt ... Verdammich, Cor, hast du das gesehen? *Legt* mir einer von diesen Brabantern doch 'nen astreinen Dreibandenstoß hin.«

»Ja, hab ich gesehen ... Nee, daran hab ich noch nie gedacht. Was bringt das schon? Dauert sowieso immer nur ganz kurz. Dann wird die Verbindung unterbrochen.«

»Cor, mach doch mal spaßeshalber die Augen zu und horch. Das Klackern der Kugeln, wie klar das zu hören ist ... Oder das Gläsergeklirr da bei Siem. Kneipengeräusche, Mann, das erkennst du am Telefon immer. Die Stimmen sind hier besonders laut.«

»Nie dran gedacht. Gut, dann weiß sie eben, daß ich's bin. Ihr anderer Ex kann's nicht sein. Das ist ein Postbote, der von religiösem Wahn besessen ist. Der sitzt bestimmt in keiner Kneipe.«

»Aha, anonyme Anrufe bei 'ner Ex ... Pure Triezerei?«

»Ja, ich will diesem Weibsstück von Zeit zu Zeit 'nen ordentlichen Schreck einjagen. Aber die gibt keinen Mucks von sich. Sie nimmt ab und hält den Mund. Heute abend hab ich gedacht, sie sagt wenigstens ihren Namen.«

»Warum denn ausgerechnet heute abend?«

»Hier, schau mal, im *Gelderlander*, diese Traueranzeige ...«

»Mm ... *nach rund zweieinhalbjähriger liebevoller Pflege im Heim Maria Roepaan ist unser lieber Sohn und Bruder ... LJIBBE*, was für'n Name! ... *im unschuldigen Alter von 8 Jahren völlig unerwartet von uns gegangen*. Hm, in Nimwegen. *Das Engelamt wird ...*«

»Und so weiter und so fort. Ihr liebes Söhnchen. Warum, glaubst du, Cas, hat dieses liebe Söhnchen und Brüderchen zweieinhalb Jahre ... *rund* zweieinhalb Jahre ... in diesem Mariadingsbumsheim gesessen? Na?«

»Du scheinst es zu wissen.«

»Weil ich, Cas, das Scheusal mit einem Tritt dorthin befördert habe. Um genau zu sein, im März '72. Nein, besser noch, ich hab mir meinen Schuh nicht mal an dem dreckig machen müssen, an diesem vollgeschissenen Monster. Das hab ich sauber dieser Rabenmutter von ihm überlassen. Es war ein Experiment. Ich wollte mal sehen, wie weit eine Frau für mich geht. Ob sie sogar bereit wäre, ihr Kind im Stich zu lassen, wenn ich es verlange. Im Stich lassen? Willentlich und wissentlich aus dem Haus verbannen, 'nen Fünfjährigen! Also, da wird viel erzählt von Heiratsschwindel und so... und was da noch so alles hängenbleibt. Aber nie spricht jemand von einer anderen Art von Heiratsschwindel... von der moralischen Seite der ganzen Angelegenheit... von moralischem Heiratsschwindel. Also, Cas, ich kann dir sagen, das sind die Dinge, die mich interessieren. Moralische Fragen. Die Knete, die kommt erst an zweiter Stelle.«

»Was für ein Kind war es denn?«

»Ein kleines Monster. Meistens war er mit einer Leine im Wohnzimmer angebunden, und trotzdem hat er alles kurz und klein getreten. Als ich zum erstenmal hinkam, standen da kaum Möbel. Tapeten mit Blutflecken, wo das Bürschchen mit dem Kopf gegen die Wand geballert hatte. Kaum Geschirr im Haus, kein Glas weit und breit, alles von der kleinen Kanaille zerdeppert. Jetzt sag mal ehrlich, Cas, *da* sollte ich einziehen? Raus mit dem Balg, hab ich gesagt. Und sie hat's getan, die Hündin. Oder, besser gesagt, sie war zuwenig Hündin und zu sehr Hure, sonst hätte sie das nie gemacht. Also, so was find ich jetzt interessant... ein lohnendes Experiment... Die Hündin, die sich von der Hure rumkommandieren läßt. Ich mußte nur mit den Fingern schnippen, und schon hat's geraucht zwischen den beiden. Du kannst mir glauben, daß die Mutterhündin sich nicht sofort geschlagen gab, solche schwachsinnigen Hundebabys bringen nämlich das Beste in diesen Weibern zum Vorschein.«

»Aber warum hast du denn gedacht, sie meldet sich *heute* abend am Telefon mit ihrem Namen, Cor?«

»Hier, die Traueranzeige... was steht da? *Ljibbe ist in seiner elterlichen Wohnung aufgebahrt.* Ich dachte, die erwartet jede Menge Anrufe, Beileidsbezeugungen und so, und meldet sich also richtig. Aber denkste. Ich hab schon viermal angerufen, und jedesmal dieses eisige Schweigen. Du würdest doch denken, besonders, wenn sie annimmt, daß ich dran bin, daß sie mal zu heulen anfängt, die Hündin. Aus Reue oder so, weil sie ihr Blag so leichtfertig weggegeben hat. Und wofür denn schon? Für die Aussicht auf einen Schwanz. Also, den hat sie von mir nicht gekriegt. So blöd müßt' ich sein. Ausgenommen zu werden, das konnte sie kriegen. Die Hure, Cassie, die bin nämlich noch immer ich. Eine jungfräuliche Hure. Eine, die sich nicht hingibt, aber trotzdem die Knete kassiert.«

»Jetzt sag mal ehrlich, Cor, das hätte dir gefallen, wenn sie am anderen Ende der Leitung geflennt hätte, was? Du geilst dich doch so richtig an dem Kummer von diesem Weibsstück auf ...«

»Das kann ich nicht leugnen.«

»Sag mal, Cor, du mit all deinen Weibern ... hast du eigentlich mal eine wirklich platt gemacht?«

Fest des Hasses

Sonntag, 21. Januar 1979
(Ernst Quispel)

Genau in dem Moment, als Albert mit seiner Ammech oder wie sie heißt, reinkam, schaltete Dodo durch einen einzigen Tastendruck Odiles komplette Batterie Neonröhren ein.

»Sorry«, quetschte er noch mit diesem heiseren Bellhusten raus, aber ich wußte genau, daß er es absichtlich getan hatte, um Albert zu triezen, über den er schon vorher an diesem Abend hergezogen war. Die Lampen gingen sofort wieder aus, aber gerade dadurch wirkte Alberts Auftritt wie von einem Blitzgewitter umrahmt. Jedenfalls konnte man in dem grellen Licht sehen, daß die Augen der Anwesenden anfingen, genauso glasig zu werden wie die Mayonnaise auf den übriggebliebenen Häppchen. Dieses modische Schummerlicht auf Partys enthält uns ja oft die schönsten Details vor. In einer Dünenmulde, zwischen dem Strandhafer, lassen die Kaninchen ihre Kötel zurück – genau wie wir unsere graugrünen Olivenkerne zwischen den Kippen in einem Aschenbecher. Besten Dank, Dodo, für die Beleuchtung.

Ich stand zufällig in der Diele und verlustierte mich an meinem Mineralwasser, als Albert unserer charmanten rothaarigen Gastgeberin mit einer Umarmung gratulierte –, und zwar reichlich steif für einen, der sie erst vor kurzem ziemlich locker besprungen hat. Na ja, der Dodo hatte nicht umsonst so 'nen Haß auf ihn und bellte ihn so ruppig mit seinem einzigen verbliebenen Stimmband an. Ammech, in einer Hose aus so 'ner Art Plastikfolie, in der man Futterrüben einschlägt, hielt ihre Gratulation kurz und sprintete zu einer Kollegin aus dem *Dogshit City*. Die Fete schien ganz im Zeichen dieses Shitschuppens am Hellebaardsteeg zu stehen, und das gefiel mir überhaupt nicht. Ich wurde zu sehr an diese Nacht vor knapp eineinhalb Jahren erinnert, als ich Zwanet dort, in der verrückten Studentendisco, so halb und halb den

Kopf zu verdrehen versuchte. Hätte ich es nur etwas gründlicher angepackt, Albert hin oder her, dann wäre sie nicht so stinkwütend quer durch den Vondelpark nach Hause geradelt und müßte jetzt nicht als *nanny* in Vancouver Buße tun.

»Hast du's ihr unterwegs erzählt?« hörte ich Odile leise fragen. War nicht zu vermeiden: Die Diele war sehr klein, wir standen dichtgedrängt. Vielleicht sollten es ja auch alle verstehen. »Nein? Dann soll ich also vorläufig den Mund halten? Na schön.«

Eine subtile Teufelin, diese Rote. So war sie schon, als ich sie in der Fakultät kennenlernte. Ich war fast fertig; ich glaube, ihr und mein Studium überlappten sich nur ein Jahr. Albert fühlte sich nicht wohl in seiner Haut, das sah man gleich. Sogar in diesem leicht und gefügig ausgesprochenen »Na schön« schwang der künftige Verrat bereits mit. Er gab mir abwesend die Hand.

»Na, Ernst. Hast du die Einlassungen deines Vaters heute morgen im Radio genossen? Er ist ja immer noch sehr stolz auf dieses Bündel Fragezeichen, verpackt in Rätsel ...«

»... und umgeben von einem Mysterium. Genossen ist zu schwach ausgedrückt. Ausgekostet habe ich sie. Förmlich verschlungen.«

Albert trug eine Krawatte von mir, eine ausgeflippte mit viel Silber drin. Das war mir schon öfter so gegangen, wenn ich ihn sah mit etwas Wildem von mir um den Hals: Sehnsucht nach den Tagen, vergangenen wie künftigen, an denen ich bedenkenlos so etwas Extravagantes trug. Während ich mich an meinem Glas Blubberwasser festhielt, schaute ich Albert nach, als er auf seine Ammech zuhumpelte. Blasen von den hochhackigen neuen Stiefeln, oder war es draußen tatsächlich glatt?

Es mochte an diesem Scherz mit dem Neonlicht liegen, jedenfalls begannen sich schon bald nach Alberts Ankunft Leute zu verabschieden, die Fete war über ihren Höhepunkt hinaus. Dodo tanzte mit Ammech und legte sich auch sonst gewaltig für sie ins Zeug, obgleich er unterhaltungstechnisch gesehen natürlich nicht voll Stoff geben konnte. Ich hatte eigentlich keinen Grund, länger zu bleiben, das Mineralwasser steckte mir wie ein Stück Steinkohle in der Speiseröhre, aber es lag Trouble in der Luft, und wenigstens einer sollte nüchtern sein. Dodo war auf dem besten Wege, Albert seinerseits Hörner aufzusetzen, und erhielt dabei Schützenhilfe von Alberts verstauchtem Knöchel. Als DJ nannte er sich Fafa, an seiner Haustür stand aber nur Dodo, ohne Nachnamen, hatte Odile mir erzählt. Um mit seiner schnarrenden, kraftlosen Stimme die Gehässigkeiten in verständlicher Form an den Mann zu bringen, mußte er sich jedesmal weit zu Albert vorbeugen.

»Du tanzt ja gar nicht ... Mann, kannst du dich beherrschen!«

Das Bier war alle. Albert stürzte sich auf Genever, wovon er eine ganze Flasche vor sich stehen hatte. An Hochprozentiges war er nicht mehr gewöhnt: Er sollte aufpassen. Es konnte nicht mehr lange dauern, dann würde er zurückschlagen, das sah ich ihm an. Ein bösartiger Rausch.

»Fafa ist natürlich dein Künstlername. Früher gab's in Nimwegen einen DJ, Willem Groeneveld, der Schmachtfetzen auflegte und sich folglich Big Bill the Evergreen nannte. Wie heißt du denn wirklich?«

»Richtig heiß ich Dodo.«

Albert schleppte sich mit seinem kaputten Bein zum Klavier, setzte sich auf den Hocker und schlug den Deckel auf.

»Dodo ... Do ... do ...«

Ich hörte ihn den Namen in sämtlichen Tonarten der Verächtlichkeit aussprechen, wobei er sich auf dem Drehhocker wieder vom Klavier abwandte. Mit der rechten Hand unter der Achsel durchgreifend, suchte er, so unmusikalisch er auch war, auf der Tastatur den Namen. *Do. Do.* Es war klar, was er damit sagen wollte: So kann nur jemand heißen, der es auf der Tonleiter nicht weiter gebracht hat als bis zur untersten Stufe. Im *Dogshit City*, wenn er hinter den beiden Mischpulten ins Mikro kläffte, bekam er eine Stimme, der Dodo ... da wurde er gehört, und sei es auch nur, weil seine schnarrende Stimme den Tanzenden Gänsehaut bescherte. Er hatte eine Vorliebe für Discomusik, bei der jedes Element beliebig austauschbar war. Musik, die auf der Stelle trat. Sein Name schien das perfekt auszudrücken: Dodo, Disco-Dodo... Das alles, diese ganze Verachtung, steckte in der Art und Weise, wie Albert achtlos unter der Achsel hindurchgriff und nach der richtigen Taste suchte. Dodo der Eintönige.

Schließlich scharte sich nur noch eine kleine Gruppe um den Kamin und die Geneverflasche. Soweit sie aus *Dogshit City*-Personal bestand, drehte sich das Gespräch um »schwarze Kanäle« und wie groß die Gefahr sei, daß das Finanzamt dahinterkam, das sehr spitz »Fikus« genannt wurde – ich hoffte für sie, daß er sich als *Ficus elastica* erweisen würde. Nachdem Albert den Namen noch ein paarmal auf dem Klavier angeschlagen hatte, erhob sich Das Tapfere Dodolein mit ungerührter Miene und verschwand nach hinten. Zur Toilette, würde man meinen, aber irgendwie bewegte er sich nicht wie jemand, der mal pinkeln muß. Noch bevor er zurück war, erhob sich auch Alberts Ammech, um nach hinten zu gehen, ebenfalls ohne die Selbstverständlichkeit eines Menschen in ihren Bewegungen, der mal muß. In dem Moment war die Musik zu Ende, und eine nervöse Stille breitete sich in Odiles Zimmer aus.

»Albert, ich komm dir entgegen«, sagte die Gastgeberin. »Ab jetzt spielen wir nur noch *slow.*« Sie legte eine andere Platte auf. »Aber dann will ich auch 'ne Runde Stehblues mit dir tanzen.«

Albertje schlug sich mit seinem Humpelbein ganz wacker, aber obwohl das Schauspiel zum Lachen war, verstand Odile noch etwas Intimes daraus zu machen. *Warm and tender love* hatte sie aufgelegt, von Percy Sledge, und genauso sah es auch aus – vielleicht profitierten Ammech und ihr ausgestorbener Vogel auch noch ein wenig von der Stimmung. Schade nur, daß im Gegensatz zu vorhin in der kleinen Diele nicht zu verstehen war, was Odile und Albert sich – sie beschwörend, er abwehrend – zu erzählen hatten. Na ja, war wiederum auch nicht schwer zu erraten. Da wurde, vor allem von der Gastgeberin, die Rechnung für eine Romanze präsentiert, an der der Gast dann herumfeilschte. Tabellarische Buchhaltung der Liebe auf einem Fest des Hasses, und das alles unter einer Eisglocke – also, Ernst, jetzt mal nicht so zynisch, so spät am Abend. Im übrigen konzentrierte sich Alberts Aufmerksamkeit immer weniger auf Odiles flehende Miene. Nach jeder mühsamen Drehung blickte er ruhelos über die Schulter zu der Gesellschaft, in der noch immer kein »Federbusch am Arsch« zu sehen war, geschweige denn Ammechs plastikverpackter Hintern.

Ich sah es kommen, schritt aber zu spät ein. Plötzlich riß Albert sich harsch aus Odiles Armen los und humpelte mit langen Schritten aus dem Raum. Ich sprang auf, sah noch gerade, wie er in der Diele die Tür zur Toilette aufriß, die sich als leer erwies. Es war, als inventarisiere er alles in aller Ruhe: das ins Waschbecken gefallene Gästehandtuch, auf das Wasser aus dem Hahn tropfte ... die Fetzen von nassem Toilettenpapier auf dem Fliesenboden ... eine schwelende Zigarette auf dem Kunststoffspülkasten, der bereits mehrere Brandspuren aufwies ... ein in der Toilettenschüssel schwimmendes, nicht angezündetes Streichholz, das das Wasser rosa gefärbt hatte ... und nicht zu vergessen die Klobürste, die aus dem Halter gekippt war. Er drehte sich um und sah die schmale Treppe nach oben. Ich versuchte, ihn aufzuhalten.

»Albert, laß sie ... es ist nur peinlich, wenn ...«

Er stieß mich beiseite und sprang die Treppe hinauf. Ich griff noch nach seinem Knöchel, zog mir aber nur einen feurigen Kratzer von seinem Absatz quer über den Handrücken zu. Oben war, wie ich wußte, ein winzigkleines Gästezimmer mit einem Teenagerbett. Ich sprintete hinter Albert her – er stieß bereits die Tür auf. Ammech und Fafa-Dodo saßen nebeneinander auf dem schmalen Bett, zwischen sich einen rechteckigen Spiegel, der an den Spiegel beim Friseur zur Weihnachtszeit erinnerte, wenn dieser mit künstlichem Schnee ein paar undefinierbare Verzierungen daraufgesprüht hatte, nur mit dem Unterschied, daß es sich hier um eine ganz andere Art von Schnee handelte. Ammech, vollständig bekleidet, hielt einen zusammengerollten Geldschein wie eine Zigarettenspitze zwischen den Fingern, und Dodos Hand war, mit einer Rasierklinge, über dem Spiegel festgefroren. Auf dem Glas stand, festgedrückt im eigenen erstarrten Wachs, eine Kerze, die auf diese Weise ihr Licht verdoppelte. Um die Gillette-Klinge, sah ich, war auf der einen scharfen Seite ein Stück Blei gebogen. Dodos Gesicht hing kopfüber im Spiegel, und sein Ausdruck verriet, daß ihn auch Alberts unangekündigtes Auftauchen fast den Kopf verlieren ließ.

»Aha, so ham wir's also ...!« zischte Albert. Und zu Ammech: »Los, komm mit! Aber sofort!«

Einen Moment lang glaubte ich, er würde drauflosschlagen, aber nein, er drehte der Schneelandschaft mit ihren Haarnadelkurven sofort wieder den Rücken zu. Auf dem schmalen Sims, der wohl einen Flur darstellen sollte, trat ich rasch einen Schritt zur Seite, um ihn durchzulassen. Unten an der Treppe hatte sich die übriggebliebene Gesellschaft um die wachsbleiche Gastgeberin versammelt. Ammech kam mit raschelnder Hose aus dem kleinen Zimmer gerannt. Sie überholte Albert auf der schmalen Treppe und versperrte ihm, als er fast unten war, den Weg.

»Jetzt hör doch mal zu ... Führ dich nicht so auf!«

Alberts Hand traf sie voll ins Gesicht. Er mußte das Geraschel des widerlichen Vogels hinter sich auf der Treppe gehört haben, denn er drehte sich abrupt um und knallte auch Freund Dodo eine.

»Und eine für dich, du Idiot ...!«

Alles spielte sich in einer derartigen Geschwindigkeit ab, daß es mir nicht gelang dazwischenzuspringen, zumal die Treppe so schmal war. Ammech zog heulend ab, den Flur entlang in die Küche, auf den Fersen gefolgt vom humpelnden Albert. Unter dem Küchenlicht drehte sich Ammech um, goldgesprenkelte Arme schützend vor dem Gesicht, aber man sah trotzdem, daß Nase und Lippe bluteten. Albert holte noch einmal aus; jetzt landeten seine Schläge dumpf auf Ammechs Pullover. Endlich kam Bewegung in mich. Ich lief in die Küche und zog Albert rückwärts über die Schwelle.

»Jetzt reicht's aber ... hör auf!«

»Was hast du da oben gemacht?« rief Albert noch, aber während ich ihn festhielt, spürte ich, wie die schlimmste Wut verebbte.

»Haut bloß alle ab!« rief Odile heulend. »Ich will euch nicht mehr sehen! Nie mehr!«

Nun kam doch wahrhaftig Würde über unseren Albert. Er zog seinen Mantel an. Fast ohne zu humpeln, schritt er auf seinen hohen Absätzen zu der Treppe, die zur Haustür hinunterführte. Er hatte die Hand schon auf dem Geländer, da drehte er sich noch einmal zu Odile um.

»Gut, wir gehen. Tut mir leid, daß das passiert ist«, sagte er in einer Mischung aus Unterwürfigkeit und Stolz.

Dodo hatte Blut geleckt – na ja, einstweilen nur sein eigenes, das dick auf seiner Unterlippe lag, aber es war auch etwas in Alberts wiedergewonnener Selbstbeherrschung, das ihm so etwas wie den Mut des Feigen gab.

»Wart draußen auf mich, ich mach dich platt.« Er preßte die Luft mit Kraft über die Fetzen Schmirgelpapier in seinem Kehlkopf. »Ich mach dich platt wie sonstwas.«

Dodo wartete nicht bis draußen. Vielleicht weil Albert ihn matt, müde lächelnd ansah, traf Dodos Faust ihn zweimal voll ins Gesicht.

»Ich mach dich platt.«

Albert hielt den Kopf lächelnd aufgerichtet, als seien ihm weitere Schläge willkommen, und Dodo hätte ihn liebend gern bedient, wäre nicht ein dünner Blutstrahl aus seiner erneut erhobenen Faust gesickert. In einem Anflug von Ungläubigkeit und Haß um den Mund öffnete er sie. In seiner Handfläche stand senkrecht, mit der scharfen Seite nach unten, die Gillette-Klinge, die ihm beim Zerkleinern des Kokains so gute Dienste erwiesen hatte.

»Verdammte Scheiße.« Der Fluch strich dünn über das Schmirgelpapier, klang aber, als komme er aus tiefstem Herzen. »Verdammt ... Verdammt ...«

Das Blut tropfte direkt auf den Flurläufer. Immer wieder streckte Dodo die Finger seiner linken Hand nach der Klinge aus, konnte sich aber, stets bleicher werdend, nicht überwinden, sie aus dem Fleisch zu ziehen.

»Komm, Maggy«, sagte Albert ruhig. »Vielleicht geht noch ein Nachtbus.«

Ach, natürlich, Maggy hieß sie ... oder eigentlich Margerie ... Wie kam ich nur auf Ammech? Nun, wie sie auch heißen mochte, wie viele Namen sie auch hatte, sie folgte Albert gefügig die Treppe hinunter, oder vielleicht sollte ich sagen: wie ein geprügelter Hund. Und da regte sich wieder mein alter Fehler, meine größte Schwäche: Fürsorglichkeit – obwohl sie mir im Hinblick auf Dodo wenig zu schaffen machte. Vielleicht hatte er ja mal so eine Klinge verschluckt, womit das Elend begonnen hatte, was weiß ich. Ich verabschiedete mich rasch von Odile, bei der die Tränen nur so strömten, und das bestimmt nicht allein wegen des versauten Flurläufers.

»Halt dich tapfer, mein Schatz. Ich sorg schon dafür, daß die beiden da draußen gut nach Hause kommen.«

»Meinetwegen können sie im Erdboden versinken ... oder im Eis ...«

Im Vorbeigehen brummte ich den schwarzen Kanälen des *Dogshit City* noch etwas zu, aber die waren zu beschäftigt, den heiser wimmernden Dodo zu versorgen, was durchaus verständlich war, denn, ehrlich gesagt, was macht man mit einem Discjockey, egal ob er Fafa heißt oder ganz anders, dem eine Rasierklinge aus der Handfläche ragt? Das gibt nur Kratzer auf den Platten, ein asynkopisches Ticken, das beim Tanzen irreführend sein kann ...

Draußen sah ich gerade noch, wie Albert und seine Maggy, die mitten auf der Straße lagen, versuchten, aufeinanderzuzukriechen, bevor ich selbst längelang zu Boden ging.

Schlafen mit dem Stiefel am Fuß

Sonntag, 21. Januar 1979
(Albert Egberts)

Den ganzen langen Weg bis nach Hause lief er hinter uns her, Ernst Quispel, in zwanzig, dreißig Meter Entfernung, je nachdem, ob wir wieder mal hinknallten oder er, wodurch er Boden gutmachte oder verlor. Ich weiß nicht, was ich mit Margerie angestellt hätte, wenn er uns nicht so ostentativ beschattet hätte, der diskrete Einmischer. Natürlich hielt ich mich unter diesen Augen zurück, die ich in meinem Rücken fühlte, aber schon auf der Schwelle des Hauses in der Binnen Oranjestraat wurde das Bedürfnis, den Streit weiter auszuschlachten, so groß, daß mir das Wasser im Munde zusammenlief, und unterwegs setzte es noch so manchen Schlag. Häufiger verfehlte die Hand infolge der Glätte ihr Ziel und konnte sich nur noch Halt suchend an den Körper klammern, den sie eigentlich hatte schlagen wollen, so daß dieser zusammen mit meinem zu Boden gezogen wurde und den Schlag doch noch abbekam – vom Pflaster. Da lagen wir dann und hörten Ernst Quispels Schritte näher kommen, klebrig tastend, manchmal rutschend oder »schliddernd«, wie wir das früher in Geldrop nannten.

»Verdammt noch mal, hattest du deine scharfen Krallen eigentlich *ihm* ins Genick bohren wollen, wenn du kommst? Wolltest ihm wohl sein anderes Stimmband auch noch durchtrennen …? Dann wär die Sache wenigstens erledigt gewesen …«

»Mann, du bist ja nur eifersüchtig, und wie! Stinkeifersüchtig! Ein eifersüchtiges Arschloch, das bist du!«

Die Schritte hielten an der Stelle, wo wir wieder auf die Füße zu kommen versuchten, uns aneinander festklammernd und wieder ausrutschend, manchmal zu zweit gegen eine Haustür knallend … in endloser Wiederholung … Draußen, in der Kälte, war mir in wenigen Sekunden ein völlig neues

Gesicht verpaßt worden. Der Einstimmbandige hatte zweimal schnell hintereinander eine in meine linke Gesichtshälfte geballert, ohne mir auch nur die Gelegenheit zu geben, ihm zwischendurch die andere Wange hinzuhalten. Ich spürte, wie der Schmerz langsam, aber gründlich in den Kopf zog – mit der gleichen Genugtuung, die ich verspürt hatte, als ich Maggy das erstemal schlug. Erst auf der Straße begann meine weichgeklopfte Visage anzuschwellen, und zwar so, daß sie zu einer gefütterten Maske wurde, hinter der ich vollständig verschwand, und vielleicht war das ja der Grund, weshalb ich mich trotz des schweigenden Verfolgers so ungeniert an Margerie auszutoben wagte.

Seine Faust war mit einer Rasierklinge bewaffnet gewesen, doch die hatte sich nur gegen ihn selbst gewendet. Der Trottel. Bei manchen Menschen schlägt alles, was nach draußen will, sofort nach innen, ist es nicht die Stimme, dann ihr Stachel.

Irgendwo, irgendwann hatten wir beschlossen, den Nachtbus nach Oud-Zuid zu nehmen. Tatsächlich schlugen wir wie von selbst, uns währenddessen streitend, hinfallend und wieder aufstehend, den Weg zum Hauptbahnhof ein. Haarlemmerstraat, Martelaarsgracht ... mit Quispel im Schlepptau der Schimpfworte, Flüche, dumpfen Schläge und wirbelnden Rutschpartien ... Doch als wir am Bahnhofsvorplatz angekommen waren, gingen – oder rutschten – wir an der Haltestelle des Nachtbusses vorbei. Dort klammerten sich ein paar Nachtschwärmer aneinander, wahrscheinlich von nichts anderem beisammengehalten als vom klebrigen Eisregen und der schwachen Hoffnung, doch noch eine Transportmöglichkeit zu finden. Auch Quispel ließ den Pfosten links stehen und folgte uns entlang den nächsten Haltestellen des Busses, der uns keinmal überholte oder entgegenkam. Alles, was sich für gewöhnlich bewegen konnte, war reglos festgeschmiedet in einer aus Glas gegossenen Stadt. Nur wir und unser Schatten wirbelten auf der äußersten Kruste herum, in die wir jeden Augenblick, sofern wir nur hart genug zu Boden gingen, aufgenommen werden konnten, um wie Fische in einem zugefrorenen Teich das Tauwetter abzuwarten. Dann war für uns kein »Sicherheben/aus eig'ner Kraft und Sinken/durch Schwellen des Ertrinkens« mehr zu erleben, keine Rede davon.

»Eifersüchtig« hatte sie mir nicht weniger als dreimal ins Gesicht geschleudert, die Maggy. Nein, mein Schatz, das war keine Eifersucht, und schon gar nicht auf die monotone Fanfare eines Dodo, dieses kahlgerupften Kadavers – nein, es war diese Schneelandschaft auf dem Spiegel, die mich rot hatte sehen lassen. Verdammte Scheiße, die ganze Stadt hat sich in eine Glaskugel verwandelt, ich schüttele sie, indem ich eine Tür öffne – und es beginnt zu schneien, und nicht gerade wenig. Genauso wie in jener Septembernacht vor knapp eineinhalb Jahren, am Ende des Sommers, als ich frühmorgens staunend auf eine dicke Schneeschicht auf dem Rembrandtsplein sah. Ein schöner Anblick, zugegeben, zumindest für eine Weile, denn ich bin immer noch schneeblind, mit stechenden Kopfschmerzen, entzündeten Augen und so. Diese Erinnerung, mein zartes Rosenknöspchen, diesen Schlag unter die Gürtellinie und darüber, den hättest du mir besser erspart.

Bei aller Lust zum Zuschlagen war da gleichzeitig etwas, das meine Schläge abbremste, und zwar nicht nur das konstante Risiko auszurutschen und auch nicht die wachsame Anwesenheit von Meester Quispel, der, auf unseren Fersen, die Argumente für eine Ehescheidung sammelte – nein, es war etwas im Bewußtsein. Mitleid? Scham? Ich empfand Reue, daß die Schläge sie trafen, vermischt mit Bedauern, daß sie sie nicht härter trafen, weil Maggy sie unverdientermaßen abwehrte. Wenn ich nie zerfleischender war als in jener Eisnacht, dann war ich mit Sicherheit auch nie selbstzerfleischender gewesen.

Wie nie zuvor war sie Jojo, mein Klettermaxe, den ich immer wieder fallen ließ und der dann von selbst wieder zu mir hinaufkletterte, allerdings nicht, um wie früher eine Ferse in meine Kniekehle zu stemmen und so zu tun, als wolle sie für eine Umarmung an mir hochklettern, sondern jetzt, um zurückzuschlagen oder sich zumindest vor dem Ausrutschen zu bewahren. Sie bohrte mir auch ihre Nägel, die früher die

Intensität ihrer Orgasmen in meinen Nacken gekerbt hatten, ins Gesicht, das glücklicherweise durch die Kälte und die Schwellung unempfindlich geworden war. Sie hatte dazu »vorsätzlich« ihren rechten Fäustling ausgezogen, dieses Futteral ihrer Messer, das sie jetzt mit der behandschuhten linken Hand umklammerte. Selbst durch das watteartige Gefühl in meiner Wange hindurch meinte ich fühlen zu können, wie das Blut, sich abkühlend, in den Wunden stand. Kartoffeln hätte sie mit diesen Nägeln schälen und ausstechen können, die Maggy.

Es fiel kein Eisregen mehr, aber gerade dadurch schien das Pflaster jetzt noch rutschiger zu sein, als bekomme es erst jetzt die Gelegenheit, sich so glatt wie ein Spiegel zu ziehen. Maggy und ich waren es, die als unentwegt rotierendes Gebilde verschiedener Körperteile die Fläche polierten. Unermüdlich. Unsere Kleider waren nur noch Putzlumpen. Soweit wir überhaupt in der Lage waren zu gehen, mußten wir uns mühsamst, mit den denkbar kleinsten Schlurfschritten, vorwärtsbewegen, was in krassem Gegensatz zu der Heftigkeit unserer Schimpfkanonaden stand. Für Ernst, der ein Stück hinter uns ging, mußte es ein köstliches Schauspiel sein, wenngleich ich ihn kein einziges Mal lachen hörte. So fochten wir unseren sinnlosen Streit aus. Was konnte ich ihr von meiner Schneenacht im September erklären? Das Argumentieren hatte ich längst aufgegeben, um mit meinen Worten nur noch zu verletzen, zu beleidigen ... Ihre Art sich zu kleiden, ihre aus dem Rahmen fallende Nase, ihre auf junge Männer so geile Mutter ... alles mußte herhalten, sogar ihre Obsession für Haustürnischen. Ich hörte in einem fort meine eigene Stimme zu mir zurückkehren, die vom Schreien immer heiserer wurde und immer mehr Ähnlichkeit mit der von Dodo bekam. So war ich, während die Worte selbst immer müheloser flossen, schließlich nur noch eine Stimme, die, wie ein Gleichgewichtskünstler balancierend, auf diesem einen Stimmband die gläserne Stadt durchschnitt. Meine Lust zu quälen und meine gleichzeitige Reue darob hoben sich gegenseitig fast auf, was mich noch rasender machte.

Als Margerie auf dem Rokin wieder einmal zurückschlagen wollte, verlor sie erneut das Gleichgewicht. Sie blieb liegen, ohne mich in ihren Fall mitgerissen zu haben. Ich stupste sie mit der Stiefelspitze am Rücken an, um zu sehen, ob sie sich verstellte. Sie begann zu weinen.

»Jetzt hab ich niemand mehr«, schluchzte sie. »Niemand mehr.«

In diesem Moment kam aus der entgegengesetzten Richtung, vom Muntplein, ein ziemlich distinguiert aussehendes älteres Ehepaar an uns vorbei, das seltsamerweise mit fast normalen Schritten über die Eisschicht ging. Beide warfen einen flüchtigen Blick auf das weinende Mädchen, wobei der Mann in einer mir unbekannten Sprache ein paar Worte zu der Frau sagte. Das war alles. Es schien mir, als beugte ich mich einzig und allein aus dem Grund über Margerie, um aus der Nähe zu sehen, wie eigenständig sich meine Finger in ihre festen dunklen Locken gruben. Sie zogen Maggy an den Haaren hoch, und ich entdeckte, daß auch ich wieder aufrecht dastand, ausschließlich um zuzuschauen, wie die Finger in den steifen Wollhandschuhen sich aus den Locken befreiten. Wir gingen nicht mehr zu Boden. Es war, als bemerkte ich erst jetzt Maggys (oder Evas oder Floskes) dunkelblauen Mantel, der ihr mit allen seinen albernen, überflüssigen Zierfalten viel zu weit war und nur von einem schmalen Glitzergürtel zusammengehalten wurde. Dieses Mantels wegen wollte ich sie trösten und küssen, und in diesem Augenblick war ich mir völlig sicher, daß ich sie sehr, sehr liebte. So viele Haustürnischen, eisfrei geblieben, an denen wir im Streit vorbeigerutscht waren, während sie uns als Alkoven hätten dienen können ... Ich streckte die Arme nach Maggy aus, zog sie an mich ... hörte sie noch mit erstickter Stimme etwas sagen ... und da lagen wir wieder, kämpfend in des anderen Armen, auf dem Gehweg. Wenige Meter von uns entfernt sah ich, wie Ernst Quispels Beine stehenblieben.

Uns an spiegelglatten Laternenpfählen und Verkehrsschildern festhaltend und hochziehend, überquerten wir den Muntplein, gefolgt von einem zögernden Anwalt, der nicht recht wußte, auf welchem Weg wir weitergehen würden. In der Reguliersbreestraat, wo ich Margerie mit dem Kopf gegen eine Schaufensterscheibe knallen wollte, erhob er – mahnend und drohend – zum erstenmal seine Stimme.

»Albert, jetzt hör aber auf . . . !«

Sein Ruf zeigte insofern Wirkung, als ich in der spiegelnden Scheibe, die vom Eisregen nur wenig in Mitleidenschaft gezogen war, plötzlich das vom Suff bleiche, verzerrte Gesicht meines Vaters sah. Ich kniff die Augen zusammen, und neben seiner Visage erschien das verheulte Gesicht meiner Mutter, an der rotgeriebenen Nase ein hartnäckiger Tropfen, der zu gleichen Teilen aus Tränen und Rotz bestand. In diesem einen, blankgeriebenen Moment fragte ich mich, ob er je vor einem Spiegel in sich den eigenen Vater erkannt hatte, der seine Mutter schlug. Wie ich es später tun sollte, war auch er als Junge regelmäßig zwischen seine Eltern gesprungen. Scheinbewegungen oder vielmehr . . . so konnten wir ganz aus der Nähe zuschauen, wie es ging. Erster Rang. Wie eine perfekte Kopie seines Vaters hatte der meinige die ganze Zeit in mir vor Ungeduld gezappelt, bis er zum Vorschein kommen konnte. Na, da war er also, springlebendig und sturzbesoffen.

Jetzt waren es Reue und Gewissensbisse, die mich dazu bewegten, Maggy zu umarmen. Ich ließ mich zu Boden fallen und zog sie mit, sie ziellos und unsanft küssend, wo ich sie nur küssen konnte. Sie wehrte meine Liebkosungen nicht ab, machte sie aber dadurch lächerlich, daß sie wieder zu jammern anfing.

»Ich hab niemand mehr . . . niemand mehr . . . denn du hast mich geschlagen . . . geschlaaaagen . . .«

Das letzte Wort sagte sie immer leiser und nachdrücklicher, bis es sich so kümmerlich und einsam anhörte wie ein fallender Kondenswassertropfen in einer Höhle.

». . . ge*schla*gen . . .«

Maggy lag einfach auf dem Rücken und blickte apathisch in die Gräue über ihr, während sich Tränen an ihren Schläfen entlang einen Weg nach unten suchten, um noch rechtzeitig ein kleines Loch ins Eis bohren zu können. Ich weinte mit ihr.

»Das wird nie wieder gut... nie wieder... Von jetzt an werde ich immer Angst vor dir haben.«

Wir kämpften uns noch durch die Utrechtsestraat. Maggy brachte nicht mehr viel Neues vor. Es waren Kombinationen aus immer wieder denselben kurzen Sätzen, die sie in einer Art schluchzender Trance wiederholte. Auf dem Frederiksplein sahen die Bäume aus, als hätte man Schornsteine mit ihnen gefegt, so zerrupft. Während wir den Platz diagonal überquerten, hörten wir bestimmt fünfmal, wie ein großer Ast unter dem Gewicht des Eises abbrach. Wenn er aufschlug, klang es ganz anders als am Abend zuvor – es erinnerte noch am ehesten an ein gefülltes Weckglas, das auf dem Boden zerschellte.

Als ich mich umdrehte, um zu schauen, ob Ernst Quispel uns noch folgte, sah ich gerade, wie er in dem Versuch, sich abzufangen, Halt suchte an dem igluförmigen Klettergerüst, das man dort für Kinder aufgebaut hatte. Die von Eis überzogenen Stangen schimmerten im Laternenlicht. Das war das letzte, was ich von ihm sah, jedenfalls in dieser Nacht, so oft ich mich auf dem Weg in die van Ostadestraat auch noch umschaute. Eigentlich war es nicht mehr als das Skelett eines Iglus, dieses Klettergerüst, doch vielleicht hatte Ernst mittlerweile dermaßen genug von seinem Begleitservice, daß er darunter liegengeblieben und eingeschlafen war. Ich vergaß es später jedesmal, ihn danach zu fragen.

»Verzeih mir, Maggy, bitte. Verzeih es mir einfach, ohne weiteres Gerede.«

Albert saß auf der Bettkante, das linke Bein über das rechte geschlagen, und versuchte vergebens, seinen Stiefel auszuziehen. Der rechte lag bereits, so neu er auch war, voller Narben von den Stürzen in etwa diagonal auf dem Bettvorleger, doch der linke saß unverrückbar festgeschraubt um den Knöchel, der durch den mühsamen Marsch quer durch die Stadt noch stärker angeschwollen war.

»Ich kann nicht. Ich kann's einfach nicht. Du hast mich *geschlagen*. Weißt du überhaupt, was das bedeutet?«

So fest er auch ruckte, zerrte, zog, bis das Leder krachte – und der Knöchel auch –, in den Stiefel war keine Bewegung zu kriegen.

»Ich weiß besser als jeder andere, was das bedeutet. Darum will ich, daß du mir verzeihst, und zwar sofort. Jede Minute, die du's hinauszögerst, stirbt mindestens ein Viertel von mir.«

Albert wußte schon längst nicht mehr, ob er aus Scham um Vergebung bettelte, oder ob eine Versöhnung ihm zupaß kam, weil er Maggy dann bitten konnte, ihm beim Ausziehen dieses mistigen Stiefels zu helfen.

»Ich kann nicht, sag ich doch!«

»Ich werde dir alles erzählen. Dieser Spiegel... Ich kann dir alles erklären. Morgen... Aber hilf mir um Himmelswillen erst aus dem Stiefel, damit wir ins Bett kommen.«

»Ich kann nicht«, wiederholte Maggy noch einmal, doch das bezog sich offenbar noch immer auf das Verzeihen, denn sie begann jetzt, mit aller Kraft an dem Stiefel zu zerren. Zweifellos wollte auch sie ins Bett. Sie hing, Alberts Absatz an ihrem Bauch, fast waagrecht in Rückenlage, während er sich mit nach hinten gestreckten Armen am Bett festhielt. Eher noch würde Maggy sein Bein aus dem Gelenk ziehen oder ihm einen Leistenbruch zufügen, als daß sich der Stiefel auch nur einen Zentimeter bewegte. Das glatte Leder, das unter ihren abrutschenden Fingern noch kurz quietschte, entglitt ihr, und sie flog rückwärts mit dem Kopf gegen den Ofen – der diesmal kalt war. Während sie sich, wie ein Kind auf dem Po hockend, den Hinterkopf rieb, zeigte sich auf ihrem Gesicht etwas, das Albert so gut von seiner Schwester kannte, nur umgekehrt. Wenn Mariëtte beim Monopoly verlor, begann sie immer zu kichern, ein nervöses Lachen, das manchmal von einer Heulgrimasse inklusive Tränen durchbrochen wurde, bis Lachen und Weinen *ein* Gesicht bildeten. Margerie versuchte zunächst, mit einem Heulgesicht wie dem eines Kindes ein hicksend hochkommendes Kichern zu unterdrücken – mit schließlich dem gleichen Resultat. So betäubt sein eigenes Gesicht auch war, fühlte Albert, wie die gleiche Widersprüchlichkeit darin wütete, genauso wie man sich manchmal bewußt wird, daß man die gleichen Grimassen schneidet wie ein Komiker auf dem Fernsehschirm.

Es war so unerträglich, einander zwischen hängendem Heulen und würgendem Lachen ansehen zu müssen, daß Albert seine Aufmerksamkeit lieber wieder auf seinen Stiefel richtete. Ohne Erfolg. Er erkannte, daß er genauso lange, bis zum Morgengrauen, dasitzen und seinen Stiefel anstarren konnte wie der Leutnant aus *Die toten Seelen*, nur mit dem Unterschied, daß der Husar es aus freien Stücken tat, weil er sich einfach nicht satt sehen konnte an dem wohlgeformten Absatz, und er selbst keine andere Wahl hatte, weil sein Fuß wie ein unerbittlicher Leisten darin steckte. Er gönnte dem Leutnant seine Schlaflosigkeit und seinen Fetischismus dazu, kroch selbst aber schließlich mitsamt Stiefel und allem Rest ins Bett, nachdem er seine Hose an den Hüften etwas gelokkert hatte. Zögernd folgte auch Margerie, die noch eine ganze Weile von letzten Schluchzern geschüttelt wurde – vielleicht auch ein wenig vom Lachen. Ohne wirkliche Überzeugung streichelte er ihren Rücken mit seiner noch immer durchfrorenen Hand, die sie von Zeit zu Zeit durch eine Schulterbewegung abschüttelte, bis er jede weitere Berührung unterließ. Wenn sie in den Schlaf glitt, entspannte sie sich und streckte dabei automatisch das eine Bein aus, während das andere angezogen unter ihr blieb. Sobald ihr Fuß das kalte, nasse Stiefelleder berührte, zog sich das Bein ruckartig zurück, wobei Maggy mit einem kläglichen Laut aus dem Schlaf schrak. Das Bein zitterte, zusammenzuckend, nach wie das eines jungen Hirsches – bis der Schlaf sie erneut dazu verleitete, es zu strecken, und ein Zusammenstoß mit der Eisnacht, die jetzt in diesem einen Stück Schuhwerk konzentriert war, unvermeidlich wurde.

Warum spürte Albert gerade in Streitsituationen, wie ihm die Brust vor Triumph schwoll? Hohle Beschimpfungen, pathetisch ausgestoßen, und dennoch: die Glut großen Triumphs. Wem im Leben das Drama fehlt, der bricht einen Streit vom

Zaun. Ohne einen Teil der Menschheit zum Feind zu haben, ging es offenbar nicht.

Nach der Eisnacht schlief Albert erst einmal, wie er es Quispel gegenüber ausdrückte, »mit dem Stiefel am Fuß«. Wieder (oder noch immer) war er der gelähmte Liebhaber, der er zwischen seinem achtzehnten und zweiundzwanzigsten Lebensjahr gewesen war.

Seine Jojo würde nie mehr an ihm hochklettern. Maggy aus seinem Leben verschwunden... vielleicht hatte er das durch seine Schläge ja bewirken wollen. So hatte sein Vater früher in einer derart heftigen Empörung, daß er selbst daran glauben konnte, die häusliche Gemütlichkeit zerschlagen, um trinken gehen zu können. Es war der Ruf des vergifteten Bluts, das durchaus zu täuschen war, allerdings nie für lang. Wenn es ihm gerade in den Kram paßte, machte er sich selbst weis, daß es der Kummer über Margeries Verschwinden war, der ihn zu der alten, bewährten Medizin greifen ließ.

Einmal mehr wurde ihm bewußt, daß die Heilung von seiner Impotenz bei Marike in Nimwegen die Bankrotterklärung seiner Liebhaberkarriere gewesen war. Liebkosen mußte man mit den Augen, den Fingern und der Zunge, vielleicht sogar nur mit den Augen. Auch mit einer sexuellen Behinderung konnte man sich Frauen nähern, ohne allzu nah kommen zu müssen. Ein Paarungstanz, ohne daß es zur Paarung kam, das war die Liebe in seinen besten Jahren für ihn gewesen. Weil er sich unerreichbar machte, wähnte sich auch das Mädchen unerreichbar. Es wurde nie eine Strauchelpartie.

Jetzt hatte er sich, um die Frau auf Distanz zu halten, im Bett mit einem Stiefel gerüstet. Doch er wollte ein für allemal davon los, von der sogenannten körperlichen Liebe. Seine neue Impotenz wäre süßer als die alte, weil sein Leben nicht mehr durch Versuche, dem Übel abzuhelfen, vergällt wäre. Er ging freiwillig ins Exil, ohne das Bedürfnis, zurückzukehren.

»Sex, das ist Heimweh nach der Zeit, als es noch gut war.« So ungefähr stellte Andy Warhol es dar, in einem Lieblingszitat von Flix. Für Albert drohten Sex und Heimweh identisch zu werden, und das mußte er um jeden Preis verhindern. Genau wie Heimweh wurde Sex eher klagloses Sichfügen denn ein Verlangen. »Ich kann nicht nach Hause, denn es gibt kein Zuhause.« Das Heimweh schwand mit jedem Tag mehr. Es wurde eher zur Form eines Gefühls als zum Gefühl selbst.

Die Selbstempfängnis mit Hilfe der Injektionsnadel war süßer als die süßeste Ejakulation, und der Genuß war nicht binnen einer halben Minute vorbei. Um das Postkoitum zu bekämpfen, nahm Albert wieder die Schere zur Hand.

Margerie sah er einstweilen nicht wieder. Von Floske, der er auf der Straße begegnete, hörte Albert, daß »Mech« dem Panorama Mesdag und seiner Kippelkiste den Rücken gekehrt hatte, um in Aalsmeer eine einjährige Ausbildung zur Stewardeß zu machen.

»Ihr Pappi. Das hat sie einfach gelockt«, fügte die Kleine hinzu. »Endlich eine Möglichkeit, Pappi nahe zu kommen. Mechs große Liebe.«

Albert verstand. Ihr Vater war Flugkapitän bei der KLM, und deswegen bekam sie ihn natürlich nie zu Gesicht, außer von Zeit zu Zeit im Fernsehen, denn er war ein überaus Wichtiger mit unzähligen Flugstunden und einem unglaublichen Erfahrungsschatz und hatte sogar einmal – völlig freiwillig – eine gekaperte Maschine voller Geiseln und Terroristen durch halb Europa geflogen. Um zu so jemandem vorzudringen, auch wenn es der eigene Vater war, mußte man selbst eigentlich Kopilot oder Bordmechaniker werden, oder Flugzeugentführer; Stewardeß war wirklich das mindeste.

Pech für Maggy; gerade als sie den Lehrgang erfolgreich abgeschlossen hatte, ging ihr Vater vorzeitig in Rente. Es war ein gutes Jahr nach dem Eisfest. Albert sah sie auf dem Museumplein aus einem KLM-Bus steigen. Auf dem Kopf trug sie eine blaue Halbkugel. Die Dinger machten auf ihn immer einen massiven Eindruck, als wäre ein Topf oder eine Pfanne aus Metall darin, und vielleicht war es auch so; er traute sich Stewardessen von der KLM nie zu fragen, ob er mal dranklopfen dürfe.

An einer windigen Ecke des Platzes hatten sie sich eine Weile unterhalten, ohne ein Wort über den Winter '79 zu verlieren. Beim Abschied bot Maggy ihm an, mal gemeinsam übers Wochenende nach London zu fliegen, sie gratis, und die Kosten seines Tickets zu teilen. So kämen sie günstig weg. Die ganze Zeit hielt sie wegen des Winds ihre Hand an der blauen Halbkugel. Albert nickte dankbar jaja, das höre sich gut an. Er wußte, daß er nie auf das Angebot eingehen würde. Seit ihrem Abgang war seine Flugangst, die anfänglich durch ihre beruhigenden Geschichten etwas nachgelassen hatte, in aller Heftigkeit zurückgekehrt.

Armseliges Märtyrertum

Besuch ohne Aufsicht

Dienstag, 6. Februar 1979
(Hennie A.)

»Hier im Singel halte ich mir ein Vögelchen«, schrieb Hennie aus dem Gefängnis Bijlmermeer an ihre Freundin. »An deinem Geburtstag habe ich auch Kareltjes Geburtstag gefeiert. Ich habe ihm von meinem gesparten Lohn eine kleine Treppe und eine Schaukel und einen Spiegel geschenkt. Wenn er auf die Treppe geht, dann findet er ganz oben ein Stück Apfel zwischen den Gitterstäben seines Käfigs. Er traut sich (noch) nicht auf die Schaukel, ich denke, die ist ihm zu wacklig. Das Lockmittel für die Schaukel ist ein Wasa-Vollkorncracker, ebenfalls zwischen den Gitterstäben, aber den knabbert er von außen weg, wenn ich ihn, ähm, auf ›Hofgang‹ lasse. Der Spiegel ist das Tollste für ihn. Mit ihm schnäbelt er fast bis zum Gehtnichtmehr. Es ist schon auffällig, daß er jetzt mit all seinen neuen Spielsachen viel weniger Bedürfnis danach hat, seinen Käfig zu verlassen.«

Die Welt war so weit weg, daß ihr sogar die Lust zu masturbieren verging. Masturbieren, das setzte Einsamkeit voraus, aber zumindest auch die *Möglichkeit*, daß sich die begleitende Vision erfüllte. In Hennies Fall war die Isolation so total, daß es nicht einmal mehr die Möglichkeit einer Möglichkeit gab, und diese völlige Unmöglichkeit erstickte jeden Drang schon im Keim. Das Spiel hörte, gleichzeitig mit dem Ausfall ihrer Eierstöcke, in ihrer Zelle, diesem Sammelbekken allen Übels, einfach auf zu existieren.

Der Gefängnisarzt führte ihre Depressionen auf Östrogenmangel zurück.

»Sie leiden doch auch an Nachtschweiß und tagsüber an Hitzewallungen, nicht wahr?«

»Auch Östrogenmangel?«

»Aber ja. Wir fangen mit einer nicht zu hohen Dosis an, und Sie werden sehen, wie wohl Sie sich damit fühlen. Die Menge können wir dann jederzeit noch steigern.«

Hennie war ihm dankbar. Das nächtliche Schwitzen ließ nach, der Blutandrang ebenfalls, doch die Depressionen blieben, auch nachdem die Dosis erhöht wurde.

»Kann diese höhere Dosis auch nicht schaden, Herr Doktor?«

»Im Gegenteil. Auf lange Sicht hilft es sogar gegen den Knochenabbau.«

Und wieder hatte Hennie bitter lachen müssen. Sie sah sich selbst, eine bei lebendigem Leibe begrabene Leiche, ein mit Pergament überspanntes Skelett, in einer Zelle aufgebahrt, wie man ihr ein Mittel gegen *Knochenabbau* verabreichte.

Sie war fast siebenundvierzig, und sie war frei. Kurz zuvor hatte der Arzt definitiv festgestellt, daß ihre fruchtbare Zeit vorbei war. Oh nein, sie hatte sich nach ihrer Freilassung kein neues Leben mit neuem Mann und neuen Kindern vorgestellt, das nicht, doch es war, als trenne die früh eingetretene Menopause sie für immer von ihrem *alten* Leben, mit dem sie jetzt auch durch keinen körperlichen Prozeß mehr verbunden war. Ein nachträglicher Tritt in den Unterleib.

»Sie haben immer eine problematische Menstruation gehabt«, sagte der Gynäkologe. »Stellen Sie sich darauf ein, daß es noch Jahre dauern kann, bis sich das hormonale Gleichgewicht wieder einigermaßen eingestellt hat.«

»Jahre...« All die Zeit sollte sie also körperlich daran erinnert werden, was nicht mehr war.

»So acht, zehn Jahre sind in Ihrem Fall nichts Ungewöhnliches.«

Es schien, als würde ihr eine neue Strafe in Aussicht gestellt.

Hennie war wie ein kleines Kind, das von seinen Eltern – »nicht böse, sondern traurig« – einer Sache bezichtigt wird, die es nicht getan hat; also senkte sie den Kopf. Denn so war es natürlich: Da *alle Welt* in ihr eine Elternmörderin sah, blickten auch ihre Eltern strafend auf sie herab.

»Hennie! Hennie! Was hast du mit uns gemacht...!?«

»Haben wir dich *so* erzogen?«

»Deine Hand wird sich noch aus dem Grab recken. Du hast deinen Vater und deine Mutter geschlagen.«

Und noch auf andere Weise entwickelte sie Scham- und Schuldgefühle in bezug auf ihre toten Eltern. Hatte sie ihnen nicht ihren rechtmäßigen Tod gestohlen? Vaters Recht auf Selbsttötung war von ihr verschleudert worden. Er mußte »durch ihr Zutun« exhumiert werden ... Muttchens Andenken hatte sie dadurch besudelt, daß sie den Verdacht des Muttermords auf sich lud. Die Arme mußte hochbetagt mit der negativen Aura ins Grab, von der eigenen Tochter zu Tode gebracht worden zu sein.

Kurz und gut, noch nie war jemand, ein ältestes Kind, so fahrlässig mit den eigenen Eltern umgesprungen. Sie kam sich selbst immer mehr wie ein rasendes Junges vor, das bellend, beißend, bösartig knurrend seine halbtoten Eltern herumschleppt. Sie ermordete sie, verscharrte sie, scharrte sie wieder aus, verschleppte sie, zerriß sie in Stücke, verbuddelte sie an anderer Stelle erneut in der Erde ... Sie gönnte ihnen keine Ruhe.

Lotsapoppas Geschichte

Dienstag, 6. Februar 1979
(Lotsapoppa)

Der freie Wille, Albert... du willst mir hier was vorlabern vom freien Willen? Menschenskind, als ob diese verpißte Unterführung hier nicht schon genug stinkt... Vier Himmelsrichtungen gibt es und alles, was noch dazwischenliegt, aber hier auf dem Dam zieht es unweigerlich vom Rokin her. Schlägt mir immer voll in die Fresse, diese Stinkewolke... tierisch massiv, in Scheiben könnt' man sie schneiden... Und da reißt Monsieur auch noch sein Maul auf, um es nach dem freien Willen stinken zu lassen. Dort oben... da, siehst du?... hinter diesen Fenstern befindet sich der Große Industrielle Club... quassel denen mal die Ohren voll mit deinem freien Willen, den dicken Herren auf ihren Chesterfieldsofas... mit ihren Zigarren, die sie aus freiem Willen rauchen... ihren Schnäpsen, die sie sich aus freiem Willen hinter die Binde kippen... Der Pissegestank aus der Unterführung hier, das ist mein freier Wille, Albert, also halt bloß das Maul.

Bei mir hat es Monate gedauert... Jahre... bevor ich richtig gecheckt hab, wie alles angefangen hat. Aber du kannst hier rumstehen und dir'n Loch innen Kopp denken, wie und was und wann und wieviel... du endest doch immer beim gleichen Punkt: daß du plötzlich voll drinsteckst... bis zum Hals... Also gut, ich *hab* ja zurückgeschaut, um den Psychiatern und Petrus am Himmelstor und all den Typen, die alles haarklein wissen wollen, voraus zu sein. Also... total verblüfft, kann ich wohl sagen... meine Augenbrauen gingen bis zum Himmel hoch. Ich war baff. Restlos geplättet, kann ich dir sagen.

Nimm's mir nicht krumm, Albert, aber seitdem... seit ich mir unbedingt das Fernglas an die Birne drücken mußte... seitdem steht dein freier Wille bei mir ein bißchen in üblem

Geruch. Halt doch mal deinen Rüssel in den Wind… brauchst gar nicht tief Luft zu holen, um ’nen Hauch aufzufangen, von seinem phantastischen Ruf. Der freie Wille… eine offene Kloake zwischen dem Dam und dem Rokin.

Oh nein, ich hab nicht gelernt, ihn zu leugnen, diesen guten alten freien Willen, das nun doch nicht, bist du verrückt? Dafür ist es noch zu früh … das hat noch Zeit … Aber ich seh ihn jetzt mit anderen Augen, den freien Willen … und zwar hab ich ihn mit meinen Blicken fast vertrieben. *Fast*, sag ich. Als ich mich von meiner ersten Verblüffung erholt hatte, beschloß ich, er darf noch eine Weile bleiben … vorausgesetzt, er kennt seinen Platz … seinen bescheidenen Platz … Seit der Zeit hatte er übrigens verdammt wenig Ansprache an mir. *Ein* Wort, das mußte genügen. Kusch.

Gilt auch für dich, Egberts. Kusch. Was willst du hier eigentlich, außer mir den Tag vermiesen mit deinem Gelaber vom freien Willen? Du warst doch weg von deiner Heldin und ihrem Zuhälter und all dem dichterischen Dünnschiß? So, es ist aus mit dem Verhältnis? Wurde auch Zeit … Übrigens gar nicht häßlich, deine Maggy … war außerdem mal so freundlich, mir ihren Geldbeutel zu leihen, das Schätzchen … Und jetzt willst du mir also weismachen, du bist nur gekommen, um mir in Philosophie ’n bißchen auf die Sprünge zu helfen? Wo waren wir stehengeblieben? Ah ja, der freie Wille … von Plato bis Pluto.

Gut, es wird heißen, ich habe kein Recht, darüber zu sprechen … ich sollte besser das Maul halten … Mir sitzt der Tod nämlich etwas zu wörtlich auf den Fersen, das läßt sich nicht leugnen. Ein übler Scherz natürlich … ein Streich, den nur Unser Lieber Herrgott einem spielen kann, und das auch nur aus Jux. Drei Freunde, Albert, ich schwör’s dir. Nein, vier. Erst die anderen drei, und jetzt auch noch Bintje … wenigstens so gut wie … wird wohl nicht mehr lang dauern … Früher hatte ich ein Buch, das hieß *Der Dreizack ist geschärft*. Handelte von drei Jungs … irgendwas mit ’nem Boot, wilde Wogen, was weiß ich … jedenfalls drei Jungs, die irgendwas bis zum Äußersten verteidigten, hab vergessen, was. Also, und so' ne Neptunsforke waren wir auch, allerdings mit fünf Zacken, und die waren auch alle geschärft, obgleich sie nicht wußten, wofür. Bintje und ich und ... na ja, die Namen der drei anderen spielen hier keine Rolle ... die sind fein säuberlich in Stein gemeißelt. Wird wohl kein Marmor sein ... Wir fünf gegen den Rest der Welt, du weißt schon. Natürlich wollten wir alle unser eigenes Mädel, aber soweit war es noch nicht, und in der Zwischenzeit fuhren wir per Anhalter in der Gegend rum. Von hier nach da und von Nix nach Nirgendwo, kreuz und quer durchs Land. Sechzehn waren wir, alle fünf, außer Bintje, der war fünfzehn. Sah übrigens aus wie siebzehn, das heißt, Bintje konnte man in gewisser Weise auch als sechzehn betrachten. Per Anhalter ... zu zweit und zu dritt. Eines Abends kommen wir einfach nicht aus Den Haag weg. Kein Auto hält an ... Wird immer später, wird Nacht. Kein Mensch mehr auf der Straße. Wir haben Hunger, also knacken wir einen Kiosk gegenüber vom Krankenhaus. Jede Menge Schokolade ... Nougat, Studentenfutter, eingepacktes Obst ... Wir uns vollgestopft und noch ein paar Heftchen mitgenommen, um die Nacht auf dem Bahnhof rumzubringen ... In dem Moment, als wir in den ersten Zug nach Amsterdam steigen wollten, hat man uns geschnappt. Sechs Kripotypen, obwohl wir nur zu fünft waren ... Tagelang auf der Wache festgehalten, keiner hat gequasselt ... Irgendwie sind sie an die Adresse von meinen Eltern gekommen ... ein Kripotyp ruft meinen Vater an ... in meiner Gegenwart, wohlgemerkt ...

»Mijnheer, was sollen wir mit ihm machen?«

»Festhalten«, sagt der Kotzbrocken, der mich gezeugt hat. »Laßt den mal schön schmoren. Wenn der bei euch im Bau sitzt, wird er wohl was ausgefressen haben. Ich steh jedenfalls nicht für ihn grade ...«

Also, Albert, ich seh's so ... Ich steh hier zwar, in meinem Pißtunnel zum Rokin, und quassel mir einen ab, aber trotzdem geb ich nix auf Sprache. Ja, Kindermund kann ja noch was Nettes sein, zugegeben. Aber auf die Dauer kommt auch der zungenfertigste Steppke nicht gegen das an, was die Erwachsenen ringsum so alles verzapfen. Ihre Sprache ist total korrupt und verseucht und was weiß ich noch alles. Diese widerliche Durchtriebenheit fängt schon beim Wort »Erwachsene« an, das sie sich selbst an die Brust geheftet haben ... wie 'nen Orden ... Seit sie ihm diesen Tumor aus'm Kopf geholt haben, mitsamt der Wurzel, hört er sich manchmal wie ein Dichter an, unser Bintje. »Mit diesem Wort Erwachsene, Poppa«, hat er neulich gesagt, »ist etwas oberfaul. Wenn du mich fragst, müßte es ›Entwachsene‹ heißen ... abgetakeltes Volk, das der Jugend entwachsen ist ... ›Verwachsene‹ ist vielleicht noch ein besseres Wort. Schiefgewachsene ... Weggewachsene ... nein, Verlorengewachsene ...«

Ich sag dir, Albert, mein Kumpel Bintje ... von dem kannst du dir noch 'ne Scheibe abschneiden. Ein zugenähtes Rechteck seitlich an seinem kahlen Kopp, so groß wie ... na ja, wie die Klappe von so 'nem Automat, aus dem du dir 'ne Krokette ziehst, aber trotzdem: Entwachsene, Verwachsene und all so 'n Kram ... Nee, die Kartoffel, die sie aus seinem Kopp ausgebuddelt haben, die hat seiner Sprache jedenfalls nicht geschadet. Verlorengewachsene ... so ist es doch wirklich, oder? Das erwachsene Pack, zwischen dem ich aufwuchs, war dermaßen mit sich selbst beschäftigt, daß die's einfach nicht hinkriegten, ihr Kind auch nur 'n bißchen für voll zu nehmen. Per deffitionem, sag ich immer ... nach ihrer Deffition ist ein Kind etwas Unvollkommenes, etwas Unfertiges, und das mußte so schnell wie möglich fertig gemacht werden. Das fing natürlich schon damit an, daß sie dem Knirps, der sie selbst auch mal waren, ihren fetten Rücken zukehrten. Ich wurde praktisch erdrückt von den positiven Lebenseinstellungen um mich herum. Hörte nicht auf, sag ich dir ... Also, meiner Meinung nach war's nix anderes als gutgelaunte Todessehnsucht. Du hast sie doch auch erlebt, Albert? Den dicken Arsch der Vergangenheit zugekehrt, die Drecksfüße in der Gegenwart, mit den Pfoten nach der Zukunft grabschend ... Zum Totlachen, dieses Schauspiel. Senile Ratte mit raushängender Zunge in einer Tretmühle, mit der du noch nicht mal 'ne Fahrradlampe zum Brennen kriegst ... Jahrein, jahraus, von morgens bis abends hab ich sie aus der niedergebrannten Vergangenheit in eine glänzende Zukunft schreiten sehen. Die meisten waren auch noch so brav, in der Gegenwart ordentlich die Füße abzuputzen... um nicht mit Matschschuhen in ihr makelloses Demnächst getapert zu kommen. Machte nix her, diese Gegenwart... ein lumpiger kleiner Fußabtreter, und darauf in schwarzen Buchstaben WILLKOMMEN... Auch ganz schön undankbar, diese Aufgabe, denn es war ein Willkommen, das die Zukunft der Vergangenheit bereitete. Vielleicht sollte ich sagen: Gestank statt Dank, denn die Gegenwart bekam nicht nur den Staub und den Matsch der Vergangenheit auf die Matte, sondern auch noch die Scheiße... in einem hübschen Muster aus dem Profil eines Gummiabsatzes gestampft...

Ob ich 'ne unglückliche Jugend hatte? Wenn ich dir jetzt erzähle, daß ich nie in der Ecke stehen mußte... Nee, nee, nix von wegen Gesicht zur Wand... freie Sicht hatte ich, freie Bahn... Sie drehten mich gleich mit dem Rücken zu meiner Geburt, und mir wurde ausdrücklich verboten, mich je wieder umzusehen. War ja auch nicht wenig, was da hinter mir gähnte... das Wasser lief mir im Mund zusammen... Poppa-Pi, schau vor dich! Einmal zur Tür raus, für immer zur Tür raus... raus und nie wieder rein... 'n Tritt in den Hintern, und los ging's, ab in Richtung Zukunft, ohne Rückfahrkarte... Groß sollte ich werden, das vor allem. Ein großer Junge. Ein Durchgangsstadium, die Jugend, ebenso lästig wie unumgänglich. »Nein. Poppa-Pi, jetzt noch nicht... bald... bald, wenn du groß bist.«

Ein Prinz war ich, Albert... ich schwör's dir... und sie behandelten mich wie ein Kaninchen. »Gutes Brot mit Speck, und das läßt er einfach liegen! Du willst doch nicht immer ein kleiner Junge bleiben? Brot mit Speck, davon wirst du groß und stark... Iß wenigstens den Speck auf!«

»Vielleicht mag er den Senf nicht.«

Und wenn du bös auf die Schnauze gefallen warst: »Macht nichts... vom Fallen wirst du groß.« Vielleicht ging's mit Sterben ja noch schneller, das Größerwerden.

Schien endlich was Wichtiges zur Sprache zu kommen, dann merkten sie auf einmal, daß Kinder dabei waren, und die Kleinen mit den großen Ohren wurden in den Garten gescheucht. Wenn ich mich unter dem Tisch versteckte, zwischen den wispernden Nylonstrümpfen der Tanten, dann war dieses Wichtige die reinste Enttäuschung. Die Erwachsenen tranken Bier, rülpsten, daß der Tisch wackelte, warfen mit ein paar großen Worten um sich, und das war's. Ich hab sie längst entlarvt, die rollenden Rülpser und die großen Worte... die Scheiße ist nur, daß ich dieses widerwärtige Echo nicht los werd. Esel! Esel! Esel...!

Ein großer Junge werden, mit Brot und Speck und Fallen und Aufstehen... noch ein paar Jährchen schlafen, und es war soweit... und dann noch ein paar Jährchen schlafen und lernen, und man war ein Mann... und noch ein paar Jährchen schlafen und arbeiten, und man war ein Mann, dem's super ging, denn das Leben beginnt mit vierzig. Fünfundzwanzig Jahre Zeit, um überall rumzuquaken, daß das Leben *eigentlich* mit fünfundsechzig beginnt. Schön auf Sparflamme köcheln, bis einem das Gas ganz abgedreht wird... Derweil kam dann endlich die Vergangenheit wieder zum Zuge... das große Sammeln... das Aufspießen von Erinnerungen... Wie hat Bintje das neulich ausgedrückt? Um den gesunden Teil von seinem Kopp gegen die Bestrahlung zu schützen, haben sie ihm eine durchsichtige Kappe gegeben mit einem rechtekkigen Loch auf der Seite, wo diese bösartige Kartoffel gesessen hat... Neulich hat er das Ding für mich aufgesetzt. Ich hab zum ihm gesagt: »Wie ein Astronaut, bereit, in seine Zeitmaschine zu steigen.« »Zeitmaschine?« sagt Bintje. »Weißt du, was eine Zeitmaschine ist? Eine zahnlose Alte, die ihren Keks in den Tee tunkt... das ist 'ne Zeitmaschine.«

Schau dich bloß um, Albert, und du siehst es... zu riechen ist es auch... Bei dem ganzen Gehetze, um meine Geburt abzuschütteln, bin ich jetzt selbst im Paradies angelangt. Ist schneller gegangen, als ich dachte. 'ne Hypothek kannste darauf nicht nehmen, aber bitte sehr... vor mir steht das Haus der Zukunft. Halt mir den Daumen, daß es nicht auf Sand gebaut ist ... daß ein paar lange Pfähle daruntersitzen ... obwohl ich das Schlimmste befürchte ... Super Eingang, siehst du, und auf dem Abtretrost liegt so 'ne schöne haarige Matte: WILLKOMMEN. Ich bin geradewegs aus der Vergangenheit, den Wind im Rücken, darauf getreten. Klingeln ... nix damit. Ja, genau, was du sagst: Das große Füßescharren hat begonnen. Aber dann ... die Tür geht von selbst auf. Niemand da ... auch nicht oben an der Treppe, denn es gibt keine. Auch keinen Flur übrigens, und nirgends Licht ... Ich schau ins Zappenduster.

Jetzt werd ich dir mal erzählen, Albert, wie's weiterging. Der wichtigste Moment in meinem Leben ... Um nicht länger in dieses schwarze Türloch schauen zu müssen, hab ich mich einfach umgedreht. War nicht schwer ... ich kehrte dem Haus der Zukunft einfach den Rücken. Und, was glaubst du? Verdammte Scheiße, hab ich gesagt. Hinter mir war es mindestens genauso dunkel. Keine Hand vor den Augen zu sehen ... Einen Moment nicht aufgepaßt, und es war Nacht. Keine Straßenbeleuchtung, nirgends ein Gardinenspalt mit ein bißchen Licht ... absolut nichts. Ein Strandräuber mit 'ner ganz kleinen Laterne, wegen der noch nicht mal 'ne Erdnußschale auf die Klippen auflaufen würde? Weit und breit nichts ... Kein Mond, keine Sterne ... doch, direkt über meinem Kopf war ein kleines Stück Sternenhimmel von der Größe ... ja, genau: von der Größe meines Fußabtreters.

Vergangenheit und Zukunft, hör mir bloß auf damit. Das gleiche wie der Weihnachtsmann und Gott, die gibt's auch beide nicht. Nur die Gegenwart existiert, und damit hat sich's. Wenn du die Augen zumachst, kannst du sie klopfen und ballern spüren ... nein, nicht wenn du hier den Dam überquerst, da klopft nichts, da knallt's! ... im Ernst, Albert, mach doch mal eben die Augen zu, dann spürst du die Fingerknöchel der Gegenwart ... hier, über den Ohren, ungefähr da, wo sie bei Bintje das Ding rausgeholt haben ... spürst du's? Jetzt! jetzt! jetzt! ... Es ist eingeschlossen in deinem Kopf, in Leib und Gliedern ... du brauchst nur auf das Klopfen zu hören, die Klinke runterzudrücken, aus dir herauszutreten ...

und schon hat sich das ganze Problem mit Gott und dem Weihnachtsmann, mit der Zukunft und der Vergangenheit von selbst erledigt.

Das Blöde ist nur, Albert ... ich verzeih mir das nie ... das Dämliche ist, daß ich nur auf dieses Klopfen gehört habe. Jetzt! jetzt! jetzt! ... Ich hab es gehört und nicht reagiert. Ich bekam Gänsehaut, so nah klang es ... mir haben sich die Nakkenhaare gesträubt ... Schau, du darfst die Gegenwart nicht als Fußabtreter benutzen, aber darin stehenbleiben darfst du auch nicht. Mein Fehler. Wie ging der Witz noch mal von dem Eisbärlutscher? Egal, ich bin in der Gegenwart eingefroren. Wenn es in meinem Leben so was wie 'ne Berufung gibt, dann hat man mich auf die Matte zitiert, und da werd ich wohl für den Rest meines Lebens stehenbleiben ... in ein und derselben Haltung, und warten, bis das Klopfen aufhört. Währenddessen starr ich ein bißchen in das pechschwarze Hinterland, das wächst und wächst, ohne daß ich es wachsen sehe ...

Het Wapen van Lummel (5)

Sonnabend, 17. Februar 1979
(Chor)

»Keine weiteren Nachrichten aus Landwirtschaft und Gartenbau. Der Winter ist vorbei. Mach das Radio mal aus, Siem.«

»Tja, schon wieder die letzte Sendung. Der Fall Hennie A., wie kommen die bloß auf die Idee. Aber schon interessant, all die verschiedenen Gesichtspunkte.«

»Schöne Musik auch.«

»Also so was. Erst die Achthundertjahrfeier. Jetzt wieder diese Hexe. Lummel wird noch mal weltberühmt.«

»Bin gespannt, ob heute nachmittag wieder Ausflügler kommen.«

»Wenn das Wetter es zuläßt.«

»He, Cor, setz dich zu uns.«

»Aber nur, wenn du nicht wieder mit diesem Generve anfängst, Cas.«

»Zwei Pils für uns, Siem. Was meinst du, Cor? Hat sie's getan oder hat sie's nicht getan?«

»Sie oder jemand anders, was macht das schon?«

»Die leugnet ja steif und fest.«

»'ne hartnäckige Tante, ja. Aber verurteilt ist verurteilt.«

»Jetzt sag mal ehrlich, Cor...«

»Fängst du schon wieder an?«

»Nee, jetzt mal im Ernst. Hast du schon mal jemand kaltgemacht, ja oder nein?«

»Du?«

»Nein, ich hab dich gefragt. Erst du.«

»Wenn du besser aufgepaßt hättest anstatt zu pennen, dann müßtest du diese Frage nicht stellen.«

»Wie meinst du das?«

»Genau wie ich's sag.«

»Ich versteh dich nicht.«

»Dann laß es.«

»Ich hab dich was gefragt.«

»Zum hundertsten Mal, Cas: Ich hab's immer schlauer angepackt. Nicht so'n Murks von wegen 'nen alten Mann 'nen Kopp kürzer machen für 'nen Hunni oder noch weniger. Das lohnt doch die ganze Mühe nicht. Viel zu brenzlig. Ich spekuliere mit den Hormonen von Witwen, alten Jungfern, geschiedenen Frauen. Die kriegen was von mir für ihr Geld.«

»Schläge ...«

»Wenn's sein muß.«

»Nie zu fest zugeschlagen?«

»Was meinst du? Ein blaues Auge?«

»Nein, ich meine: ernsthaft. Daß sie nicht mehr aufgestanden sind oder so.«

»Och ... gleich wieder aufgestanden sind sie manchmal nicht. Aber später schon. Man kann nicht ewig liegenbleiben.«

»So kommen wir nicht weiter. Ich meine natürlich: daß sie keinen Mucks mehr von sich gaben oder so.«

»Ach so. Nie. Jedenfalls ...«

»Ich höre.«

»Warum sollte ich das eigentlich ausgerechnet dir erzählen? Das kapier ich nicht.«

»Tu's doch einfach. Bei mir ist es gut aufgehoben. Ich schweig wie ein Grab, das weißt du.«

»Will ich dir auch geraten haben, mein Freund. Sonst *mach* ich ein schweigendes Grab aus dir.«

»Erst das andere Grab. Los, raus mit der Sprache. Und ein bißchen dalli. Du hast also doch mal jemand platt gemacht ...«

»Na ja, das heißt ... nie ein Weib, mit dem ich was hatte.«

»'nen Kerl?«

»Nee. Oder, ich will mal so sagen ... Eines Tages lern ich eine Frau kennen. Ich denk gleich: Witwe. Noch jung, noch scharf, aber: Witwe. Dafür hab ich 'nen Blick. Jahrelange Erfahrung. Na gut, 'n kleiner Plausch. Und so weiter und so fort. Was glaubst du?«

»Witwe.«

»Nix Witwe.«

»Geschieden.«

»Nix geschieden.«

»Für 'ne alte Jungfer war sie doch zu jung, oder?«

»Rat mal, Cas.«

»Ich geb's auf.«

»Ganz einfach ... verheiratet.«

»So 'ne Gemeinheit. Und dann hast du sie platt gemacht. Oder, sagen wir, in die Herrlichkeit befördert.«

»Kommt drauf an, was du damit meinst.«

»Versteh schon. Du hast sie glücklich gemacht. Was ist dabei rausgesprungen? Die Mitgift, meine ich ...«

»Nein, das kam erst später. Ich war selbst scharf auf sie.«

»Böse Durchkreuzung deiner Pläne.«

»Ja, ich hab's nämlich nicht übers Herz gebracht ...«

»Böse Enttäuschung, Cor. Jedenfalls finanziell.«

»Kannste wohl sagen. Aber das hat sich schnell geändert.«

»Du warst nicht mehr scharf auf sie ... Die Rettung für dein Portemonnaie.«

»Nein, sie wollte mich nicht mehr. Das heißt ... das heißt ... durch den Kontakt mit mir, sagte sie, hätte sie ihre Gefühle für ihren Mann neu entdeckt, sagte sie. Sie sagte: Ich will ihm wieder hundertprozentig treu sein. Hat sie gesagt.«

»So eine Gemeinheit. Und daraufhin hast du die Scheißalte doch noch platt gemacht ...«

»Nein.«

»Na ja, dann eben ihren Typ. Logo.«

»Nee – was hätte das denn für 'nen Sinn gehabt? Ich hab die Sache auf meine Weise gelöst.«

»Cor! Cor! Heiratsschwindel mit 'nem Kerl dabei!«

»Nein, nein, diesmal auf 'ne andere Tour. Erst hab ich gesagt: Okay, blöde Kuh, gib du mir den Laufpaß, dann sorg ich dafür, daß dein Mann alles erfährt. Geb ich dir schriftlich. Mal sehen, wie glücklich eure Familie dann ist. Gut, war natürlich überspitzt. Schließlich hab ich mich, ich bin nämlich fair, einverstanden erklärt, sie nicht mehr anzurühren ...«

»So, so.«

»Im Tausch für, jetzt kommt's, im Tausch für ein monatliches Schweigegeld.«

»Also Erpressung. Nicht dein Metier.«

»Erpressung ... na ja, wenn du's so nennen willst.«

»Aber zum Schluß hast du die Scheißalte doch noch platt gemacht, oder? Hat sie ihre Moneten nicht rausgerückt?«

»Doch, sogar ordentlich. Aber ich wollte mehr.«

»Nie zufrieden.«

»Aber das war schwierig. Ihr Laden lief schlecht. Und das monatliche Geld für mich machte die Sache nicht besser. Also fing ich an, Anspielungen zu machen: auf einen Rutsch erkaufen, mein Schweigen. Ich sag: verkauf den Scheißladen. Wenn dabei für mich ein Mercedes rausspringt, hörst und siehst du nie wieder was von mir.«

»Sehr fair, Cor. Du bist noch viel zu gut für diese Welt, Mann. Und dann?«

»Was, glaubst du, macht dieses Scheißweib? Rennt zur Polizei. ›Ich werde erpreßt.‹ Jawohl.«

»Auf was für Mistweiber läßt du dich da bloß ein! Sich gratis und für nix bürsten lassen, das ist das einzige, was die im Sinn haben. Logisch, daß du sie dann ... doch noch ... Was hat die Polizei gesagt?«

»Ja, das war auch sowas. Die Herren versuchten mich auf frischer Tat zu ertappen. Aber denkste. Sie kamen im falschen Moment rein. Nicht, als mein Goldfisch mir die Knete über den Tisch schob, sondern als sie mir Zucker in den Kaffee tat.«

»Pech für die Jungs. Kein Beweis.«

»Na ja, sie haben mir trotzdem das eine oder andere zu verstehen gegeben. Daß ich mich da besser nicht mehr blicken lassen soll, und ähnliche Scherze. Sehr unfreundlich. Ich konnte natürlich so tun, als ginge mich das alles nichts an, aber ... Kurz und gut, mir lief eine andere über den Weg, und so geschieden wie sonst was, also kein Problem.«

»Mercedes?«

»Ein Toyota. Auch schön. Und bezahlbar. Man muß nicht

immer nach den Sternen greifen. Diese Tussi, eine Friesin, hatte auch noch ein verblödetes Balg. Also, das hab ich sofort in eine Anstalt expediert... hab ich dir vor Jahren schon mal erzählt... Keine Lust, den Mißgeburten von anderen Zucker innen Arsch zu blasen. Das Leben ist so schon teuer genug. Eine achtzehnjährige Tochter war bereits aus dem Haus, verheiratet und so. Fort mit, schade.«

»Lenk nicht ab. Das hat dich bestimmt gewurmt, das mit dem Mercedes. Also hast du das andere Weib doch noch... äh... ich weiß, daß dir Plattmachen zuwider ist. Das Wort, meine ich.«

»Mir fehlte mein Taschengeld.«

»Du hattest doch eine Neue?«

»Ja, aber ihr ganzes Geld ging für die Raten für den Toyota drauf. Natürlich hatte ich das so gedeichselt, ich bin doch nicht blöd, daß der Toyota auf mich lief und der Kredit auf meine überglückliche zukünftige Ehefrau... verlobt waren wir schon... aber sonst blieb kein Cent übrig.«

»Aha! Du hast dir daneben *noch* eine genommen!«

»Zuviel Mühe, Cas. *Dieses* Theater. Nein, ich bin ein paarmal in die Straße von der anderen zurückgefahren. Hab mich links und rechts mal umgehört. Lief tatsächlich wieder gut mit der Familie. Trotzdem hatten sie, ohne mein Wissen, ein Skandal, den Laden verkauft. Der Mann arbeitete inzwischen bei der Gemeinde in Arnheim. Entspannung auf der ganzen Linie. Vorzeigefamilie. Immer viel los. Viel Besuch auch von ihrer alten Mutter, einer Witwe, mit der sie – das wußte ich – ein Herz und eine Seele war. Schon immer, aber jetzt, wo die Familie wieder mehr im Lot war, um's mal so auszudrücken, ging die Alte auf einmal wieder aus und ein bei ihnen. Sah alles superglücklich aus. Zum Kotzen.«

»Oh, und dann hast du die Mutter vernascht. In der Not frißt der Teufel Fliegen, nicht wahr?«

»Du hast sie wohl nicht alle. Die war fast achtzig!«

»Nur'n kleiner Scherz, Cor.«

»Und trotzdem bist du dicht dran. Ich hab mir gedacht: Die arme, einsame Alte, die jetzt wieder weiß, wo sie hingehen kann, findet es bestimmt nicht schön, wenn die liebe Familie durch ungesunde Mitteilungen aus 'ner bestimmten Ecke zerbricht. Kapiert?«

»Verreck! Du hast also die Erpressung einfach von der Tochter auf die Mutter verlagert! Hat sie geblecht, die Alte?«

»Aber blitzartig!«

»Und das Maul gehalten?«

»Hab ich schon für gesorgt. 'ne Todesangst hatte sie.«

»Was ist schiefgegangen?«

»Die Alte bekam Rente. Hatte nix übrig. Ab einem bestimmten Zeitpunkt zahlte sie mir das Geld, das für die Miete bestimmt war. Also: Mietschulden. Der Gerichtsvollzieher kam und drohte. Das hatte sie schon mal erlebt, aber da war die Fürsorge eingesprungen. Anfangs dachte sie, die Gemeinde bringt die Sache auch diesmal wieder in Ordnung. Tat sie nicht. Man drohte ihr, den Hausrat zu verkaufen. Hat mich nicht die Bohne interessiert, Hauptsache, ich bekam mein Geld. Eines Tages komm ich zu der Alten: kein Bargeld mehr.«

»Ich ahn's schon.«

»Nicht so vorlaut, Cas. In einer Woche komm ich wieder, hatte ich gesagt. In der Woche hat sie ihre Tochter eingeschaltet – ja, natürlich ohne was von mir zu sagen. Das liebe Töchterchen war sowieso schon ein As im Fälschen, überweist also, ohne mit der Wimper zu zucken ... nein, nicht die geschuldeten anderthalbtausend, sondern fünfzehn Gulden. So was. Auf der Empfangsbestätigung hat sie dann hinter die Fünfzehn zwei schöne runde Nullen gemalt und das dem Gerichtsvollzieher gezeigt. Alles in Ordnung. Ich bekam, was mir zustand. Aber was macht dieses Scheißweib von einer Tochter? Sie kriegt Gewissensbisse, und was, glaubst du, macht sie?«

»Na?«

»Sie zeigt sich selbst wegen Urkundenfälschung an. Bei der Polizei. Da hatte die Alte dann überhaupt nichts mehr.«

»Ja, und daraufhin hast du dir ihren Schwiegersohn vorgeknöpft.«

»Ach, Mensch, sowas macht man doch nicht. Dann ist deine Einkommensquelle endgültig versiegt. Und du riskierst noch, daß sie ein zweites Mal zur Polizei traben. Bah, so 'ne Denunziantenfamilie. Mieses Volk. Schön und gut, ich heiz der Alten noch mal ordentlich ein und geh. Eine Woche später: kein Geld. Sie hatte wirklich keins. Dafür wahnsinnige Angst. Ich hatte keine Lust, die Sache auf die Spitze zu treiben. Wegen der Polizei. Aber ich hatte die Nase gestrichen voll.«

»Erst von der Tochter gelinkt und dann von der Mutter.«

»Sowas von voll, sag ich dir.«

»Verständlich. Und das hast du dir nicht gefallen lassen.«

»Na ja ... erst schon. Hab mir gedacht: Okay, nix zu machen. Aber dann hab ich mich eines Abends, zum erstenmal seit meiner Verlobung, besoffen. Und nicht zu knapp. Sherry. Dann brennen bei mir die Sicherungen ganz schnell durch. In der Klinik damals, du weißt schon, hab ich die Ölfarbentherapie mitgemacht. Kam mir später gut zupaß: ›Ich bin Kunstmaler. Völlig verkannt. Kein Geld.‹ Sind doch alles Weiber, die 'ne Zigeunerin mit runtergerutschtem Träger an der Wand hängen haben. Also, an dem Tag hatte ich, um der Toyota-Schnepfe 'ne Freude zu machen, wieder mal ein Bild gemalt. 'n kleinen van Gogh, aber die hatte ja keine Ahnung. Daß ich mich so ins Zeug legte, hatte noch 'nen anderen Grund. Dieser Student, der bei ihr im Souterrain wohnte. Dieser Topfgucker ... dieser naseweise Sich-in-alles-Einmischer ... Ich konnte ihn nicht mehr sehen. Der mußte raus. Ich dachte: Die alte Schnepfe tut ja doch alles für mich, ich tu so, als ob ich den Keller dringend als Atelier brauche. Dann sind wir wenigstens dieses verbummelte Genie los. Gut, das Bild war fertig, ich war an dem Tag auch noch achtunddreißig geworden, und das sollte alles gefeiert werden. Es war schon nach sechs, aber es war langer Donnerstag. Ich in meinem Toyota in die Stadt. Spirituosenabteilung von V & D. Genug Sherry- und Kognakflaschen, um damit zu kegeln. Fällt mir doch plötzlich ein, daß diese Friesin nur Limogläser hat. Gut, noch schnell zu Miro, um Sherrygläser zu kaufen. Und ... verdammte Pest, was meinst du?«

»Ich mein gar nichts mehr.«

»Seh ich doch die bewußte Familie rauskommen. Die Familie, die ich schon so ungefähr vergessen hatte. Behängt mit Einkäufen. Sie, ihre Mutter und ihr Mann, der Arsch. Alle mit Tüten und Päckchen beladen. Hat mich die Wut gepackt. Kein Geld für mich, aber für Einkäufe. Und was für 'ne Menge, Cas! Ich war so stinkig, daß ich mir bei der Friesin daheim schon 'ne tödliche Menge Sherry und Kognak hinter die Binde goß. Hat mich natürlich nur noch stinkiger gemacht. Und dann kommt spätabends auch noch dieser Milchbart von 'nem Studenten daher und führt mich vor. ›Das Souterrain ist viel zu dunkel, um als Atelier dienen zu können.‹ Womit er natürlich völlig recht hatte. Außerdem wies er mich auf den Kirschbaum hin, der genau vor dem einzigen Fenster stand. Noch weniger Licht. Ich sag: ›Das wollen wir doch mal sehen. Den Baum leg ich um.‹ Saublöd natürlich, aber ich mit meinem Suffkopp hack auf den viel zu dicken Baum ein. Mit 'ner kurzen Axt, auch das noch. Was anderes gab's da nicht. Nix wie Blasen an den Pfoten.«

»Hast du das Ding umgelegt?«

»Nein, und das hat mich noch wütender gemacht. Ich stinksauer in meinem Toyota weg. Von einer Kneipe zur anderen. Eiskalte Biergläser an meine glühenden Handflächen gehalten. In 'ner Binnenschifferkneipe in der Unterstadt versackt. Du kennst die, Cas, die ist bis neun Uhr früh auf. Und ich immer saurer. Diese Scheißweiber, verdammte Pest. Auf einmal kommt mir 'ne Idee. Es ist früher Morgen, schon hell, aber ich wart nicht, bis sie dichtmachen. Schwing mich in meinen Toyota und fahr hierher. Nach Lummel. Hab ich schon öfter um die Zeit gemacht, wenn mein Geld alle war. Blank war ich jetzt auch, und fast kein Benzin mehr im Tank. Bei der Alten wußte ich genau, um wieviel Uhr die Tochter vorbeikommt. Gegen halb neun. Sie kam jeden Morgen, um zu schauen, ob ihr Muttchen noch lebt. Eine Fürsorge, sag ich dir, aber die würde ihr diesmal nicht helfen. Gut, ich bin um Viertel vor acht da, vielleicht sogar etwas früher. Geh sofort hintenrum. Probier die Küchentür. Abgesperrt. Ich an der

Klinke gerammelt. Der Hund springt an der Tür hoch. Die Alte öffnet. Erschrickt.«

»Cor, mir schwant was. Nix überschlagen, hörst du, jetzt, wo ich dich endlich soweit hab.«

»›Ich hab keins‹, sagt sie. Nein, sag ich. Nein, natürlich nicht. Gestern abend auffen Kopp gehauen, was? Beim Einkaufen. Ja, ich weiß alles. Ich glaub, wir müssen uns mal unterhalten ... Sie ging mir voran in die Küche. Sie hatte noch nicht gefrühstückt, sondern gerade erst, sah ich, ein Ei aufgesetzt. 'n schönes braunes mit 'nem roten Stempel. Das Wasser hat noch nicht gekocht. Wir gehen ins Wohnzimmer. Sie dreht das Radio leiser. Unter meiner Jacke spür ich das Ding schön hart an meinem Hosenbund.«

»Ding? Was für ein Ding? Du hast was übersprungen.«

»Die Feile. Eine ganz grobe Feile. So ein Oschi, den der Zimmermann immer mit beiden Händen festhält, wenn er damit übers Holz fährt. So'n Ding. Weiß Gott keine Nagelfeile. Obwohl ... später hab ich die Fleischreste mit meinem kleinen Nagel rauspulen müssen.«

»Also, weiter.«

»Im Radio hat sie gesagt, die Tochter: ›Muttchen hat nie in dem Stuhl gesessen.‹ Sie meinte den Rauchersessel. Nee, ha, ha, darin wollte sie auch überhaupt nicht sitzen, die Alte. Ich hab sie reingedrückt. ›Wir müssen uns mal unterhalten.‹ Da sitzt sie also in ihrem bequemen Sessel, Muttchen. Die Beine steif vorgestreckt. Ich sofort drauflos geschlagen. Das heißt, die Feile läßt sich nicht so leicht aus dem Bund ziehen. Hat ganz schön was zerrissen. Aber es war ja für 'nen guten Zweck. Ich schlag ihr also auf den Kopf. Schon beim Auftreffen von der Feile merk ich, daß der Schlag nicht kräftig genug war. Wegen den Blasen und den steifen Pranken vom Baumumhacken hab ich schlecht gezielt. Hat nicht richtig getroffen. Noch mal. Blut spritzt an die Wand und an das Fischglas. Ja, verdammt, ich seh den Goldfisch blitzschnell abdrehen, als das Blut auf ihn zuschießt. Das sind so Sachen, die später wiederkommen ... 'n zähes Weib, für ihr Alter. Springt aus dem Sessel hoch, als ob plötzlich 'ne Feder knallt. Der Hund springt auch auf, rennt hinter ihr her in die Küche. Erst in der Grobküche – oder was ham die im Radio gesagt? im Abstellraum – krieg ich sie zu fassen. Ich hab keine Lust mehr zuzuschlagen, vielleicht wegen dem Blut auf dem Fischglas. Ich denk, sie kann jeden Moment zusammenbrechen. Aber, wie gesagt, sie war 'n zähes Weib. Ich hab ihr die Gurgel zudrükken müssen. Das half. Ich hörte's knacken. Fühlte sie, mit Blut und so, unter meinen Händen wegflutschen.«

»Wie bist du da weggekommen, ohne Fingerabdrücke zu hinterlassen?«

»Ich zieh ganz vorsichtig den Putzlumpen aus meinen Klamotten raus, wisch mir die Hände dran ab und wickel die Feile rein. Eklig, das Paket, aber das Blut war nur innen und ist nicht durch den öligen Stoff durchgekommen. Hab das Öl noch durchs Blut durch gerochen. Die Hintertür hab ich mit dem Ellbogen auf- und auch wieder zugedrückt. Sie fiel nicht ins Schloß, und um ein Haar wär ich so blöd gewesen und hätte die Klinke mit bloßen Händen runtergedrückt. Nee, soll sie doch offenbleiben. Ich hörte den Hund winseln, aber er kam nicht raus. Das war das letzte, was ich sah: den Hund bei seinem Frauchen. Frauchen liegt am Fuß der Treppe. So ist es doch auch im Film? Die Leiche am Fuß der Treppe, nix Besonderes. Und dazu ein armer Köter. Ich hab's noch mal auf Video gesehen, im Gerichtssaal, allerdings ohne Leiche und ohne Hund.«

»Aber Cor, du willst mir doch nicht erzählen ... So ein altes Weib, und was du dafür riskiert hast! War dir denn klar, was du da getan hast?«

»Aber ja. Du hast doch gerade Radio gehört. Worum ging es da, alles zusammengenommen?«

»Um eine Frau, die erst ihren Vater vergiftet und dann ihrer Mutter den Kopf eingeschlagen hat, einfach ausgedrückt.«

»Genau. Gut behalten, mein Junge. Siehst du, und ich hab der Tochter nur ein bißchen geholfen, wenn du verstehst, was ich meine.«

»Nein, versteh ich nicht. Soviel Jahre Gefängnis riskieren

für 'ne kleine Abrechnung... Wenn die Weiber doch alle ihren Geldbeutel so locker in der Schürze rumtragen, nachdem ein Kerl wie du ihnen den Kopf verdreht hat, warum dann weiterhin versuchen, ein altes, kahles Huhn zu rupfen?«

»Geht dir noch kein Licht auf? Wer ist denn jetzt im Knast gelandet, ich oder die Tochter?«

»Verdammt noch mal.«

»Würd ich auch sagen.«

»Ja, aber das war Glück, Cor. Du konntest ja vorher nicht wissen, daß es so läuft... daß man die Tochter verdächtigt...«

»Nein? Mensch, denk doch mal nach. Was, sagtest du grade selbst, hat sie mit ihrem Vater gemacht?«

»Vergiftet... aber dafür wurde sie freigesprochen.«

»Mit Ach und Krach, ja. Aber für die Leute ist sie natürlich immer das Scheusal geblieben, das seinen Vater umgebracht hat. Zu wem, glaubst du, führt die Spur, wenn jetzt auch noch ihre alte Mutter ermordet aufgefunden wird?«

»Na...«

»Du *willst* es nicht kapieren, glaub ich. Liegt an deinem harten Schädel, dafür kannst du nix. Sieh mich an. Ich bin in vielen Häusern gewesen. Ich bin mit jeder Menge Frauen in Berührung gekommen, aus den unterschiedlichsten Milieus. Das fördert das psychologische Verständnis. Die Menschenkenntnis. Jetzt hör doch mal, Cas! Das genau wollen die Leute hören! Tochter ermordet Vater. Nicht zu beweisen. Freispruch. Die Enttäuschung ist förmlich zu riechen. Die Leute wollen immer, daß es wahr ist, wenn jemand anders was Schreckliches angestellt haben soll oder ihm was Schreckliches passiert ist, je nachdem. Gut, die Geschichte gerät ein bißchen in Vergessenheit. Dann, zehn Jahre später, wird Muttern ermordet. Dann wollen sie aber wirklich, daß es wahr ist, daß die Tochter es getan hat, denn damit verwandelt sich die Sache von vor zehn Jahren auch sofort in etwas, das wahr ist. So sind die Menschen nun mal.«

»Ja, wenn du's so erklärst, klingt es gut... aber trotzdem...«

»Mensch, ich wußte genau, was ich tat. Ich bin doch nicht blöd. Ich *wußte*, daß die Tochter eine halbe Stunde später kommen würde. Aber gut, daß es so phantastisch laufen würde ... daß sie auch im Blut ihrer Mutter rumrühren würde ... das hätte ich natürlich nie zu hoffen gewagt, geschweige denn daß ich damit gerechnet hätte. Um so besser.«

»Ich glaube, mir dämmert langsam was.«

»Sieh an, sieh an. Na ja, besser spät als nie.«

»Dieser Polizeiüberfall.«

»Das vor allem. Aber nicht nur.«

»Du meinst ... daß sie dir den Laufpaß gegeben hat.«

»Ja, das hat auch 'ne Rolle gespielt. Ich schäm mich fast, das zuzugeben. Sentimentaler Quatsch. Aber na ja, gekränkte Männlichkeit, nicht wahr? Es war einfach zuviel für mich: vor die Tür gesetzt, und dann auch noch finanziell übers Ohr gehauen ... bei der Polizei angezeigt ... Also, ich bitte dich. Das war zuviel des Guten. Oder, lieber gesagt, zuviel des Bösen. Diese Frau ist eine Teufelin. Eine Denunziantin. Das kann ich nicht vertragen. Sie hat ihre Strafe verdient.«

»Verdammt noch mal.«

»Würd ich auch sagen.«

»Verdammt noch mal, das ist ...«

»Etwa nicht?«

»Verdammt noch mal, das ist ... das ist ...«

»Ist doch so, oder?«

Der Giro d'Italia

Freitag, 18. Mai 1979
(Patrick Gossaert)

Ich werde den Irren aus der offenen Anstalt in Perugia ewig dankbar sein.

Natürlich hatte ich schon von der außergewöhnlich revolutionären Psychiatrie gehört, die in Perugia betrieben und weltweit diskutiert wurde, nicht nur auf Kongressen mit kalten Büfetts und einem kleinen Seitensprung als Dessert. Deshalb wunderte ich mich auch überhaupt nicht über die Typen, die regelmäßig vor den Haustüren in der alten Innenstadt, Grimassen schneidend und sich vor Lachen schüttelnd, auf den Stufen saßen und sich zwei große Transistorradios gleichzeitig an die Ohren drückten, deren so weit wie möglich herausgezogene Antennen aufgrund der Erregung der Lauschenden zitterten, hin und her peitschten oder sich zuweilen auch wie nervöse Wettkampfdegen kreuzten. Doch am Morgen des achtzehnten Mai dachte ich, schlaftrunken, nicht gleich an Irre. Übrigens auch nicht an richtige Radrennfahrer.

Und wenn man mich totschlägt, ich weiß noch immer nicht, was Albert damals, vor ungefähr zwei Jahren, mit solch großer Regelmäßigkeit nach Rom führte. »Kurierdienste« nannte er es: bei Firmen Päckchen und Dokumente übergeben, auf die man aus irgendeinem Grund nicht einfach eine Briefmarke kleben konnte (wahrscheinlich würden sie beim Kontakt mit menschlichem Speichel explodieren). Im Frühjahr '77 hatte ich dort für zwei Monate, völlig gratis und subventioniert, ein kleines Appartement über dem Istituto Olandese, angeblich um Nachforschungen für eine noch zu schreibende Novelle, *Camera lucida*, anzustellen, die nie beendet wurde aus dem einfachen Grund, daß ich auch damals schon meine ganze Zeit mit der Suche nach einer geheimen, nie zuvor verwendeten Erzählinstanz vertat. Ende Mai rief Albert im Institut an, um mitzuteilen, er werde am 3. Juni nicht weniger als »einen ganzen halben Tag« in Rom sein – Donnerwetter, das lohnte sich ja. Wir machten ab, mittags bei La Cesarina in der Via Sicilia zu speisen, wo wir vielleicht einen Blick auf Fellini erhaschen konnten, es war nämlich sein Lieblingsrestaurant, mit Gerichten aus seiner Heimatregion.

Der Maestro war an dem Mittag zufällig nicht da: wohl aber Albert Egberts an einem Tisch in Begleitung zweier junger Italienerinnen. Mit der einen, Mara (oder Maìra), hatte er eindeutig was, also sollte ich die Sache mit den Kurierdiensten vielleicht cum grano salis nehmen. Jedenfalls legte er sich gewaltig ins Zeug, um bei der anderen Frau den Liebeskurier zu spielen, in meinem Namen, und das begann tatsächlich mit einem Salzkörnchen. Ivana – oder Iwan, wie ihre Freundin sie nannte – bestreute, indem sie mit ihrem Zeigefinger leicht auf den oberen Teil des kleinen Gefäßes klopfte, jedes Stück Brot mit ein ganz klein wenig Salz. »*Un pochino*«, sagte sie dann entschuldigend, »*... un pochettino ...*«

»*Toscane! Toscane! Pane senza sale!*« rief Mara, und es klang wie eine Verszeile.

Albert, auch nicht aus der Gosse, beeilte sich zu erklären, daß es sich hier um einen Stoßseufzer aus südlicheren Provinzen handele, weil man in der Toskana salzloses Brot esse, schon seit Jahrhunderten. »Ivana kommt aus der Toskana«, fügte er noch hinzu. »Sie versucht schon seit Jahren, ihrem Körper das Salz zuzuführen, das sie in ihrer Jugend entbehrt hat ...«

Dieser Kuppler. Er wußte, wie vernarrt ich in die Toskana war. Aus der Toskana, aha ... und woher genau? Ivana nannte den Namen eines Dorfes, ich weiß nicht mehr welches, außer daß es in der Nähe von Siena lag. Kurz und gut, wir kamen ins Gespräch, und darum ging es Albert, dieser Puffmutter mit Schlips und Kragen, letzten Endes ja nur. Also, mein toskanischer Iwan mochte ja vielleicht süchtig nach Salz sein, aber dann war seine Maìra, wenn man mich fragt, ein Essigjunkie. Nicht, daß sie so verschwenderisch mit dem Essigkännchen hantiert hätte, im Gegenteil, sie goß überhaupt keinen Essig über ihren Salat, sondern sie *stank* danach, obwohl sie sonst so gepflegt wirkte. Erst viel später hörte ich von Albert, daß sie ihren gewaltigen Lockenwust zur Bekämpfung von Schuppen mit Essig wusch, aber da war es aus genau diesem Grund auch schon aus zwischen den beiden. An jenem bewußten Mittag hatte er aber noch nichts dagegen, seine Nase und den Rest hineinzustecken, und so ließ er mich mit Ivana im Restaurant zurück.

Nein, in der Toskana lebe sie schon seit Jahren nicht mehr. Nach ihrem Studium in Florenz habe sie begonnen, an der Università degli Stranieri in Perugia Italienisch zu unterrichten. Manchmal kann man sich selbst nicht verstehen: Es hat ganze zwei Jahre gedauert, ehe ich mich traute, auf die Einladung einzugehen, sie dort einmal zu besuchen. Ich bezog Quartier in einem Hotel an der Hauptstraße des mittelalterlichen Stadtzentrums oben auf dem Hügel. Es war Anfang Mai '79. Ivanas Telefonnummer lag neben dem Apparat, aber ich konnte mich nicht dazu entschließen, sie anzurufen. Angespannt lief ich durch die alten Straßen, aß zweimal täglich in der Mensa ... alles in der Hoffnung, ihr durch Zufall zu begegnen. Keine Ivana, kein Iwan ... und der Telefonhörer blieb wie ein Stein auf der Gabel liegen.

Mit dem Schreiben ging es auch nicht voran. Ein halbes Jahr zuvor war zwar mein Debüt erschienen, die mit Blattgold und Sterlingsilber aufgeputzten Geschichten von Albert Egberts, sein »Wappen« von Amsterdam obendrein, doch die Erzählungen waren noch zu sehr Vorboten ... ihnen fehlte der absolute Erzähler, nach dem ich nun schon seit Jahren suchte ...

Am Morgen des 18. Mai wurde ich wach vom Lärm unter dem Fenster meines Hotelzimmers. Ich stieß die Läden auf. Meine Nase fing den scharfen, brandigen Geruch von frisch aufgebrachtem Asphalt ein, doch was ich sah, ließ sich mit dem Lärm und dem Geruch nicht gleich in Einklang bringen. Auf den holprigen Steinen der alten Hauptstraße fuhr, in regenbogenfarbenem Outfit, eine Gruppe von Radrennfahrern in Höchstgeschwindigkeit vorbei. Auf dem kleinen Platz am Ende der Straße, wo der Brunnen stand, drehten sie ein paar Runden und fuhren dann volle Pulle zurück in Richtung

Dom. Wieder kehrten sie an der Stelle um, wo mit Hilfe einer dröhnenden Dampfwalze das Kopfsteinpflaster asphaltiert wurde. Als die Rennfahrer erneut unter meinem Fenster vorbeischossen, sah ich, daß sie lange Schlangen rosa Toilettenpapier hinten an ihren Sporträdern befestigt hatten. Sie blickten regelmäßig grimmig über die Schulter zurück, nicht, um zu sehen, ob ihre Verfolger ihnen nicht zu dicht auf den Pelz rückten, denn die gab es nicht, sondern um zu kontrollieren, ob die meterlangen Schlangen Scheißpapier an diesem windstillen Morgen auch genügend flatterten. Wieder drehten sie auf dem Platz um ... stoppten dicht vor der drohenden Walze, die die pechschwarze dampfende Pampe auf dem mittelalterlichen Pflaster verteilte ... Die Arbeiter waren nicht viel mehr als zerfließende Schemen hinter dem Hitzevorhang, der dort hing.

Auf dem Weg zum Frühstück fragte ich den Mann an der Rezeption, wie die Stadtverwaltung in Gottesnamen bloß auf die Idee gekommen sei, dieses wunderbar verwitterte Pflaster, das so gut zu den jahrhundertealten Fassaden paßte, unter Pech zu begraben.

»Anweisungen, Signore ... von den Veranstaltern des Giro. Gestern hat der Prolog in Florenz stattgefunden. Heute ist die erste Etappe. Sie sind bereits gestartet in Florenz ... Heute mittag treffen sie in Perugia ein. Das Finish ist hier auf der Piazza ...«

»Aber ... der Asphalt wird doch nicht mehr rechtzeitig hart? Jedenfalls nicht, wenn es wieder so ein heißer Tag wird wie gestern, und das wird es. Warum haben sie die Straße nicht früher asphaltiert?«

Der Mann zeigte die italienische Gebärde des Fatalismus: Arme seitlich zum Boden ausgestreckt, Handflächen nach vorn, Schultern hochgezogen, Mundwinkel runter, Kinn vorgestreckt ... nicht zu vergessen der dazugehörige Kehllaut: » ... è ... «

»*L'organizzazione* hat erst gestern abend kontrolliert, ob alles in Ordnung ist ... Sie fanden den Straßenbelag *troppo inuguale. Dunque* ...«

Nach dem Frühstück bemerkte ich, daß die Piste für die Rennfahrer aus der offenen Anstalt immer kleiner wurde, bis sie ihre Runden nur noch auf dem Platz drehen konnten. Er war zu klein, um eine solche Geschwindigkeit zu entwickeln, daß die Toilettenpapierfahnen weiterhin waagrecht in der Luft flatterten.

Am Nachmittag sah ich von derselben Stelle aus zu, wie die Spitzengruppe um den Dom herum in die Hauptstraße stürmte. Nach dem Erreichen des frischen Asphalts blieb von diesem Sturm nicht mehr viel übrig. Die dünnen Reifen gaben ein schmatzendes Geräusch von sich, und die Fahrer mußten sich mit ihrer ganzen Kraft in die Pedale werfen, um noch ein wenig Geschwindigkeit – nein, zu erreichen, dafür war es bereits zu spät, vielleicht: zu suggerieren. In der Haltung des Siegers konnte ich, als er die Ziellinie überfuhr, allenfalls eine Art gequälten Triumph ausmachen. Das Feld fuhr sich danach als Ganzes im weichen Asphaltbrei fest.

Ich habe mir noch die Feier auf dem in aller Eile aufgebauten Podium angeschaut. Es war ein etwas ältlicher, fast kahlköpfiger junger Mann, der den Grabkranz über sein rosa Trikot geworfen bekam und den Kuß des zweifellos schönsten Mädchens der Stadt entgegennehmen durfte ... sie hatte ein etruskisches Profil, wie Ivana ... Beccia hieß er ... ein zäher Kletterer, wie die *Gazzetta dello Sport* schrieb ... Zweiter wurde ein Norweger, ein hochgewachsener, breitschultriger Wikinger, der aussah, als knülle er jeden Abend nach erbrachter Leistung sein kleines, leichtes Fahrrad zu einem Silberpapierknäuel zusammen, um es achtlos im Papierkorb zu deponieren. Nur der Name des Mannes, der auf den dritten Platz kam, ein Belgier, sagte mir etwas: Roger de Vlaeminck.

Der große Triumphator dieser ersten Etappe des Giro d'Italia '79 aber war ich. Die Irren, die in der Rüstung ihrer Helden geschmeidig, so leicht wie Federn und mit wehenden Fahnen vor dem zermalmenden Monster hertanzten, während die Helden selbst von dem Monster der Lächerlichkeit preisgegeben wurden ... hinter ihm herzockelten ... sich in seiner Pechspur festfuhren ... Das Bild wollte etwas von mir, und es konnte mich dahin kriegen, wo es mich haben wollte. Es hatte etwas mit Reyen zu tun ... mit Chören ... rechts auf der Bühne die Helden, links die Verrückten ... Jetzt wußte ich, warum ich nach Perugia gelockt worden war und warum ich zwei Jahre gewartet hatte, bevor ich erneut dort hinfuhr. Es kam nicht nur auf den richtigen Ort an, sondern auch auf den exakten Tag: In Perugia wurde mir am achtzehnten Mai 1979, während der ersten Etappe des Giro d'Italia, enthüllt, daß ich es mit einer kollektiven Erzählinstanz versuchen mußte ... mit Reyen, mit Chören ...

Wenn ich nun schon unbedingt bis zum heutigen Tag auf dieses Fünkchen Erleuchtung hatte warten müssen, wurde es dann nicht Zeit, mich bei Ivana zu melden? Ich ging in mein Hotelzimmer zurück, und auf einmal kostete es mich keine Mühe mehr, den Telefonhörer von der Gabel zu heben. Das Zimmermädchen hatte genau an diesem Morgen den Zettel weggeworfen, der die ganze Zeit neben dem Apparat gelegen hatte. Es stellte sich heraus, daß ich die Nummer, ohne sie bewußt auswendig gelernt zu haben, aus dem Kopf wußte – nein, auch das entsprach nicht der Wahrheit: Erst als ich meine Bemühungen einstellte, mich an die Zahlen und ihre Reihenfolge zu erinnern, wählten meine Finger treffsicher die Nummer. Mein Körper hatte sie behalten, nicht mein Gehirn.

»Pronto?«

Es war eindeutig ihre Stimme.

Reyen, Chöre ... damit war ich noch nicht am Ziel. Kam eine solche kollektive Instanz ... so eine Ansammlung von Erzählern ... kam die ohne Heldentaten aus, die besungen werden wollten? Und diese Heldentaten ... kamen die ohne Held aus, der sie vollbringen sollte? Also ergab sich doch wieder das Problem des Individuums in der Erzählung. Mußte ich doch wieder mit einem scharfgeschliffenen Kartoffelmesser, das das denkende Rohr der Länge nach in zwei Teile spaltete, ein erzählendes »Ich« abspalten ... oder sollte ich ein »Er« von woanders holen, von ganz weit weg, der sich bei näherer Betrachtung doch als mein Doppelgänger entpuppen würde?

(Es war eine romantische, aber deshalb nicht weniger zutreffende Vorstellung, daß es in dem Fall nicht mit dem Doppelgänger schlecht endete, sondern mit demjenigen, der seinem Doppelgänger begegnete.)

Kurz nach der ersten Etappe des Giro hatte ich mein Hotel gegen Ivanas mittelalterliche kleine Wohnung eingetauscht, die kühl und düster in einer hohen, schmalen Gasse lag: der Via del Conventuccio, der Straße des Klösterchens von Nix. Sie sorgte gut für mich ... etwas zu gut. In dem Schrank unter der Spüle bewahrte sie eine Literflasche Wein auf, die sie alle zwei Wochen, jedenfalls sofern sie dann leer war, in einer Weinschenke nachfüllen ließ. Sie wurde mit einem Plastikdeckel verschlossen, wie er früher bei uns auf den Lodaline-Flaschen saß, mit einem Ring um den Hals. Beim Essen stellte sie zwei Duralex-Gläser auf den Tisch, wobei sie meines etwas mehr als halbvoll einschenkte; in ihres füllte sie gerade genug Tropfen, um »*cin cin*« damit zu machen. Es war wie mit dem Likörglas in *Madame Bovary* (von Ivana halsstarrig als *Salamm Bôvary* buchstabiert), in das Emma, als sie Doktor Bovary näher kennenlernt, für sich so wenig Curaçao einschenkt, daß sie die anderthalb Tropfen mit der Zungenspitze vom Boden aufnehmen muß – doch die Szene in dem Buch hatte zumindest noch eine sexuelle Konnotation, während es sich bei Ivana um reine Hypochondrie handelte. Nachdem sie dieses bißchen Wein ausgeschenkt hatte, drückte sie den Lodaline-Deckel wieder auf die Flasche und trug sie in die Küche, um beim Öffnen des Schranks unter der Spüle zu rufen: »Oder wolltest du danach noch ein Glas?«

»Ja, warum läßt du die Flasche nicht einfach auf dem Tisch stehen?«

»*Madonna ...!*« Und dann kam es ... Leberzirrhose, Herzverfettung, frühzeitige Demenz ... die ganze Litanei. Das alles wurde über mich ergossen, bis mir die Lust auf ein zweites Glas Wein vergangen war.

Auf dem Fernseher stand eine Art Minizentrifuge, die an das Stromnetz angeschlossen werden konnte und dann aus normaler Milch Joghurt machte. Ivana war so stolz auf ihr reines Hausmolkereiprodukt, daß ich es nach jeder Mahlzeit, mittags und abends, als Nachtisch vorgesetzt bekam. Wenn ich es auch nur eine Minute stehenließ, weil ich zum Beispiel meinen Wein noch nicht ausgetrunken hatte, sah ich den hausgemachten Joghurt in undefinierbare Flocken und eine Art trüber Wundflüssigkeit zerfallen.

»Ivana, *amore*, was für eine Milch nimmst du, um diesen Joghurt zu machen?«

»Normale ... da, schau.« Sie zeigte mir die leere Tüte.

»Hab ich mir gedacht. H-Milch ... davon kann man keinen Joghurt machen.«

»Du siehst doch, daß es geht ...«

»Das *ist* kein Joghurt. Das ist ... *che so io! Vomito di un agnello!* Erbrochenes vom Lamm! Probier's doch mal mit frischer Milch ...«

»Hier bekommt man keine frische Milch.« Nun war's heraus. »Das alte Zentrum von Perugia liegt zu hoch. Hier wird nicht jeden Tag frische Milch angeliefert ...«

Ivana senkte den Blick und schaute auf ihren zu Flocken zerfallenden Nachtisch – niedergeschlagen, als sei das Fehlen frischer Milch hier auf dem Berg ein Grund für mich, sie sitzenzulassen. Ja, was macht man in so einem Fall? Ich krabbelte sie mit den Fingerspitzen an der Hand, sagte, ich würde gern wiederkommen, wolle mich jetzt aber für eine Woche oder so zurückziehen, um über mein Buch nachzudenken. »*Mi manca il narratore*. Ich suche ihn, so lange, bis ich ihn gefunden habe.«

»Sonst setzen wir eine Anzeige in die Zeitung ... ERZÄHLER GESUCHT.«

Ivana kannte ein ruhiges Hotel für mich: Da Laura auf der Isola Maggiore im Trasimenischen Meer, wo Hannibal eine Schlacht geschlagen hatte. Der größte Unterwasserelefantenfriedhof der Welt. »Es ist noch weit außerhalb der Saison ... du bist wahrscheinlich der einzige Gast. Nur an den Wochenenden kommen ein paar Leute mit dem Boot, um dort zu essen. Der Hotelbesitzer ist gleichzeitig der Bürgermeister des Dorfes. Das Dorf besteht aus einer einzigen Straße. Hundertzwei Einwohner. Inzwischen vielleicht achtundneunzig, denn dort wohnen fast nur alte Leute ...«

Ivana hatte nicht zuviel versprochen. Ich war der einzige Gast im Hotel, in dem ich einen ganzen Stab weißbeschürzter Frauen um mich hatte, die meine Anwesenheit als eine Art Generalprobe für die nahende Hochsaison betrachteten. Wenn ich mich nach dem Frühstück auf meinen Spaziergang über die schmalen Sandwege der Insel begab, säuberte die schielende Küchenprinzessin bereits im Schattenteil des Gartens die *regina del lago* für mich, die »Königin des Sees«, einen Süßwasserfisch von gewaltigen Ausmaßen, der, wenn ich mich nicht täuschte, noch ein wenig nach Elefantenfleisch schmeckte, doch das konnte auch die Suggestion der Geschichte sein. Ich spazierte immer zu der kleinen Kirche am anderen Ende der Insel, wo ich mir an der Außenmauer, auf der schon seit einer Weile die Sonne stand, den Rücken wärmte. Nach einem Umweg über das Schloß (Eigentum eines Ölscheichs, der dort noch nie gesichtet worden war) ging ich zum Hotel zurück. Entlang der Dorfstraße saßen alte, schwarzgekleidete Frauchen auf Holzstühlen vor ihren Häusern, morgens in der Sonne, nachmittags im Schatten, aber immer mit den Gesichtern zu den Hauswänden, an denen in weiten Girlanden die Fischnetze ihrer Söhne zum Trocknen hingen. Das einzige Geräusch, das man in der ganzen Straße hören konnte, war das eintönige Gemeißel des Bildhauers, bei dem ich immer auf einen kleinen Schwatz stehenblieb. Er war ein Sohn der Insel, doch die Kunst hatte ihn in die Welt hinausgeschickt, erst nach Paris, dann nach Brüssel, wo er noch immer wohnte und ein großes Atelier besaß. Die Monate Juni bis einschließlich September verbrachte er in dem kleinen Haus seines steinalten Vaters, in dem es keinen Platz zum Arbeiten gab, so daß er sich mit der Straße begnügen mußte. Für die Sonntagsausflügler hatte der Künstler dort eine permanente Ausstellung seiner Werke eingerichtet... Skulpturen einfach in der Gosse ... An ein Holzbrett hatte er Fotos von Prinzessin Paola geheftet, wie sie in Brüssel eine Ausstellung von ihm eröffnete. Das war erst zweieinhalb

Jahre her gewesen, doch die Sonne hatte die Fotos so vergilbt, nein, zu Sepia verfärbt, daß sie aussahen wie von vor dem Ersten Weltkrieg. Der Alte, der schon in den Neunzigern sein mußte, lag im Haus im Sterben und lauschte den ihm noch verbleibenden Sekunden, die sein Sohn mit dem Gleichmaß einer tickenden Uhr in den Stein meißelte.

Im Hotelgarten versuchte ich an dem sonnengebleichten Tisch, an dem noch ein paar Schuppen der *regina del lago* klebten, meine Erzähltheorie zu Papier zu bringen. Nichts kam, nichts, absolut nichts, so oft die schielende Köchin auch aus dem offenen Fenster schaute, um kopfschüttelnd zu rufen: »*Sempre lavorare, questi scrittori!* Immer nur arbeiten . . . !«

Am Sonntag sollte Ivana auf die Insel kommen. Die kleine, dem heiligen Franziskus geweihte Kapelle war der beste Fleck, die Ankunft der Fähre zu beobachten. Die Oberfläche des Sees war so glatt, daß sie sich sogar vom hin und her pendelnden Boot kaum zum Kräuseln bringen ließ. Das weite V hinter dem Schiff schwankte zwischen deutlicher Linie und optischer Täuschung. Der Motor und das Kielwasser erzeugten nicht mehr als ein dumpfes Rauschen, ein Geflüster mit brummendem Unterton, wohingegen die Musik aus dem Radio im Steuerhaus mich in scharfen Schwallen erreichte. *Stasera c'è gran gente*. . . Ich konnte manchmal sogar die Worte verstehen. Als die Fähre die Isola Minore passiert hatte und zu einem trägen Bogen in Richtung Hafen der Isola Maggiore ansetzte, eilte ich den Hügel hinunter zum Anlegesteg.

Ivana . . . ich konnte sie schon von fern an der Reling stehen sehen. Sie trug ein Kleid, so weiß wie das frisch gestrichene Boot, dessen Name seit dem Anstrich deutlicher zu lesen war: NEMBROD.

Weil sie bei Tisch vom Personal mit *signorina* angesprochen und somit als dahergeflatterte Freundin betrachtet wurde (ich hätte sie als meine Ehefrau ankündigen müssen), wollte sie nach dem Mittagessen nicht mit mir auf mein Zimmer. Es wurde eine rastlose Wanderung über die Insel.

»Wie wär's hiermit?«

»Du willst wohl von einer Schlange gebissen werden, was?«

Die kleine Kirche, auf dem höchsten Punkt der Insel gelegen, hatte ich nie anders als geschlossen gesehen. Jetzt standen die Türen weit offen, und heraus drang kurzatmig blasbalgende Orgelmusik. Aus der großen Umarmung wurde, aus Angst vor Giftschlangen, doch nichts mehr, also gingen wir in die Kirche. (Es wird immer so viel Aufhebens von der männlichen Angst vor der *vagina dentata* gemacht. Nach meinem Spaziergang mit Ivana habe ich Untersuchungen zur weiblichen Angst vor dem *penis dentatus* angestellt, dessen nadelscharfe Zähne nicht mal von Gift zu triefen brauchen.)

»*Ecco l'artista*«, sagte Ivana. »*Piange.*«

Umringt von einer Handvoll Inselbewohner stand der Bildhauer vor dem Altar. Er beugte sich über einen einfachen Sarg aus lackiertem Fichtenholz und drückte einen Kuß auf den Deckel. Was er dabei im Kreis versprühte, schienen mir eher Schweißtropfen zu sein, aber ich wollte Ivana nicht widersprechen. Als wir nach der Feier, bei der sich die ächzende kleine Orgel ein komplettes Requiem zugemutet hatte, wieder ins Freie traten, hatten die Schwalben gerade mit ihrer Jagd auf Nahrung begonnen. Unter dem sich vertiefenden Blau des Himmels bildeten sie eine Art kaleidoskopischer Kuppel, deren Muster mit bloßem Auge nicht zu verfolgen war. Das hohe gellende Pfeifen, das sie dabei von sich gaben, ließ die letzten Orgeltöne noch tiefer klingen, als würde die Musik durch das schrille Gepiepse in die Erde gezwungen.

Ich schaute zu dieser wimmelnden Kuppel hinauf, zu diesem zart jauchzenden, gemeinsamen Streben, und dachte: Wir... wir... wir... Kein *pluralis modestiae* und schon gar kein *pluralis majestatis*, und doch sollten sich meine Reyen und Chöre in der ersten Person Plural äußern. Sie sollten alle zusammen die Hauptfigur von *Knabenschlummer* bilden. Wer der Knabe war, der aus dem Schlummer wachgesungen werden mußte, würde ich später schon noch sehen... es konnte unmöglich mehr als eine Nebenfigur sein... Wichtiger war, daß ich dem Charakter der Erzähler auf die Spur kam – nicht ihren individuellen Persönlichkeiten, denn die spielten keine Rolle, sondern dem Charakter der Gruppe, einem Charakter, größer und stärker, als ihn ein Individuum je besitzen könnte.

Ein schmaler, sonnenheißer Grat

Sonnabend, 11. August 1979
(Albert Egberts)

Die Zusammenkunft bei Marike, auf dem Bauernhof in Etten-Leur, als ihre Eltern für ein knappes Wochenende verreist waren. Der betäubende Geruch von Mist und überreifen Äpfeln, der bis in die Schlafzimmer drang. Noch immer glaubte Albert, daß damals alles mit einem Heuschnupfenanfall Der Riesin begonnen hatte. Schuld daran waren weniger die tränenden, rotgeriebenen Augen mit den feucht verklebten Wimpern; als noch suggestiver erwies sich die leicht behaarte Oberlippe voll Schleim, der ihr allem eindämmenden Geschnüffel zum Trotz farblos aus der Nase floß. Für Albert war es, als beginne dort die Quelle seiner Erinnerungen zu sprudeln. Über die Gleise ihrer Rotzrinne jagte der Zug seiner ersten Entziehungsreise. So wußte Albert, daß er sich auch diesmal nicht ungehemmt, die vollen vierundzwanzig Stunden hindurch, in den gordischen Leiberknoten hineinsinken lassen konnte, der sich in kürzester Zeit bilden würde. Im Bad neben den Schlafzimmern wartete seine Heldin. Ungefähr eine Stunde später würde sie sogar dort nicht mehr sein. Sie würde ihn an der Haltestelle abpassen und auf den vorbeifahrenden Bus springen, während Albert noch schwitzend angerannt käme. Auf dem Bahnhof in Breda würde er den Zug knapp verpassen, in den sie soeben mit Ziel Rotterdam oder Den Bosch eingestiegen war. Er war gezwungen, den nächsten zu nehmen, eine halbe Stunde später. Nach dem Umsteigen in den Zug nach Amsterdam würde ihm der gleiche farblose Rotz in die Kehle und über die Oberlippe fließen wie jetzt bei der großen Frau in Etten-Leur.

Jemand meinte, der Geschmack beim Küssen sei stimulierend. Es hatte so viele Kandidaten gegeben, die das ausprobieren wollten, daß Der Riesin fast kein Rotz mehr geblieben war. Ein Fenster zu öffnen genügte, um das Reservoir wieder zu füllen. Es blieb sogar genug übrig für das nächste Experiment: eine Fellatio, eingeleitet mit einem Streicheln der Oberlippe und fortgesetzt nach dem Hochziehen der Nase bis in die Tiefe der Kehle.

Nach diesem Sommerwochenende notierte Albert, *jede* Frau trage ihre Vulva im Gesicht – oft verborgen, zuweilen offen und schamlos, ein Antlitz, das vollständig aufbricht. (»In der Straßenbahn das Gesicht einer nichtsahnenden Frau studieren, und zwar so lange, bis aus ihren Zügen das einzigartige Bild ihrer Vulva hervortritt... Sich nicht mit einem ersten, skizzenhaften Eindruck zufriedengeben, sondern mit dem Blick weiterkneten und zurechtrücken, bis eine höhere Intuition sagt: so und nicht anders. (...) Pauschal lassen sich Frauen in solche mit einem leugnenden und solche mit einem bestätigenden Augenaufschlag unterteilen. Der zweiten – und scheinbar bequemeren – Kategorie ist am meisten zu mißtrauen, weil sie uns bei der abtastenden visuellen Erkundung auf Irrwege bringen kann.«)

Sonnabend, 25. August 1979

Etwas später im selben Monat trafen sich mehr oder weniger dieselben Leute noch einmal zu einer Radtour durch die Mokerheide. Ein von scharf duftenden Kiefern beschützter Platz. Funken von Sonnenlicht auf dem Chrom der Räder. Träge sich regende Lust. Ein nahezu bewegungsloses Kopulieren ineinander verknäulter Leiber. Keinerlei Eile, den Reizzustand zum Höhepunkt zu treiben. Zum Schluß ein schläfriges Blinzeln in Richtung des großen Samentropfens, der im pulvrigen Sand der Grube gelandet ist.

»Als ob ein Kind seinen abgelutschten Drops auf den Strand hat fallen lassen... so sieht es aus.«

»Der gleiche kleine Kummer.«

Nun, da diese Zusammenkünfte – ohne Einladung, ohne Verabredung – Tradition geworden waren, wollte Albert nicht mehr. Nicht, weil sie ihn anwiderten, das heißt... noch nicht. Letztlich war es Sinn der Sache, daß sie ihn irgendwann anwiderten. Insoweit er ihre Entwicklung, ihre Eskalation in der Hand hatte – und das hatte er, wenn auch in erster Linie durch seine unauffällige Anwesenheit –, führte er sie bewußt zu einem unumkehrbaren Sättigungspunkt. Es kam ihm auf die völlige Läuterung an, woraufhin er mit einem Minimum an sexuellem Gedöns (lieber noch in federleichtem Zölibat) weiter durchs Leben gehen könnte. Im Gegensatz zu den anderen, bei denen Neugier und Langeweile über etwaige Hemmungen siegten, war das Beieinanderliegen im Gruppenverband, so unregelmäßig es auch geschah, für Albert zu einer Disziplin geworden, einer Methode, sich in allen möglichen und unmöglichen Stellungen gründlich »auszuschütteln« und »leerzuspritzen«, bis es irgendwann ein für allemal reichte.

Nach der Genesung von seiner Impotenz war alles sehr schnell sehr banal geworden. Kein Engel mehr ... ein *Mann* ... mit einer vergeblichen Aversion gegen Frauen. Ihr vaginaler Schnupfen ...

»Huch, ich bin erkältet ... lauter Nieser ...«

Ihre geheuchelten Orgasmen. Na ja, lieber eine pathologische Lügnerin, fand Albert. Alles besser als eine grundehrliche Haut, die in Tränen aufgelöst ihre Frigidität beichtet. Nein, lieber die Frau, die ganze Serien von Orgasmen zusammenlügen kann ... ohne ein Wort in den Mund zu nehmen. Sie ist beredter mit ihrem Atem und ihren Lenden. Gekeuche. Gestöhn. Stockender Atem ... eine rasselnde Kehle ... Gehampel. Wer wollte so viel Einfallsreichtum keinen Glauben schenken? Tief gläubig bin ich davon geworden ... So unerschütterlich ist mein Glaube inzwischen, daß ich längst aufgehört habe, diese Mysterien genauer zu erforschen.

Durch ihre frommen Lügen haben sie es soweit gebracht, daß meine Göttlichkeit im Laufe der Jahre in ihren seidenen Falten verronnen ist. Nicht auffindbar. Nichts Menschliches ist mir mehr fremd, leider.

Später, als der Alkohol, und noch später, als auch das Heroin ins Spiel kam, wurde der Samen unwillig. »Man gurkt und gurkt herum«, wie ich es meinen Schicksalsgefährten Lotsapoppa mal formulieren hörte.

»Herumgehampel auf 'nem Weib...« Wenn es wieder mal soweit ist, muß ich an diese schrecklichen Worte aus einem launischen Aphorismus von J. C. Bloem denken.

Ja, man mußte wissen, wo man umzukehren, an welchem Punkt man sich vom körperlichen Trott zu befreien hatte. Es galt, einen Kreis zu schließen, allerdings einen von der Form einer Spirale.

Es war das alte Problem wie in Nimwegen: um das Innenleben in die Breite zu dehnen, mußte das äußere zwangsläufig zum Stillstand gelangen. Nicht umsonst war Albert einem Leben in die Breite auf dem Tiefpunkt (oder vielleicht sollte er sagen: Höhepunkt) seiner Impotenz am nächsten gekommen. Sein sexuelles Unvermögen hatte die Vision eines Marinesoldaten geboren, der sich, während er Wache stand, in den Kopf geschossen hatte, sowie der weißen Taube, die den Ehering bei der Witwe abgeliefert hatte. Sein Heimweh nach dem »Schlafen in einem Zelt der Marke Impo« war wieder stärker geworden, seit er Patrick die Geschichte von Milli Händels Vater diktierte, wie er sie ihr einst in ihrem sterilen Liebesnest erzählt hatte. Die Marinekaserne in Den Helder... die entführte Taube im Schuhkarton mit den Luftlöchern... Jimmys Visionen im Rhythmus des *Boléro*, kurz vor seinem Tod... Schade, daß Albert bei seinem Ghostwriter auf so einen Grübelfritzen gestoßen war, der sich mehr um die richtige »Erzählinstanz« kümmerte als um die Geschichte selbst. Zu Beginn hatte Patrizio mit seiner güldenen Feder ohne Tinte eine Schreibblockade, weil es ihm nicht nur an Tinte, sondern auch an Material mangelte. Jetzt, da Albert ihm das Rohmaterial seines Lebens anvertraute, das sich für den Autor als eine Art heiterer Offenbarung erwies, litt er nicht weniger unter einer Schreibhemmung, denn nun stellte sich ihm die Frage: Wer spricht? Nachdem der Streit um eine »erste« oder eine »dritte Person« zugunsten letzterer entschieden war, kam immer noch kein Buchstabe aufs Papier, denn nun fragte dieser Schlaffi von einem Canaponi sich plötzlich, ob er seinen Helden nicht doch als »zweite Person« einführen solle, und zwar in Verbindung mit »irgendeiner Instanz«, die auf dieses »du« einredete. Albert verstand gar nichts mehr. Ihn beschlich die Vermutung, daß Patrizio Canaponi von allen Aspekten des Schriftstellerdaseins am meisten an der Schreibhemmung hing – für ihn eine riesige, beängstigend blau leuchtende Schwelle, die er nicht zu überschreiten wagte.

Oh, nicht, daß Albert die Sexualität künftig aus seinem Leben verbannen wollte, alles andere als das: Er wollte sie im Gegenteil *in* sein Leben holen, allerdings in einer freieren, uneingeschränkteren, ungezügelteren Form als die des schukkelnden Paarungsakts, den er als die größte Einengung des Sexuellen betrachtete. Albert fand, es werde Zeit, seine Erfahrungen mit Frauen, und insbesondere die Überdosis, die er sich hier in Nimwegen reinzog, zu einer Art Lavagestein erstarren zu lassen, das er zu jedem gewünschten Moment zu einer physisch greifbaren Erinnerung aufglühen lassen könnte – einer so frischen Erinnerung, daß man sich damit begnügen konnte.

Wenn die Eroberung, das Hineingleiten in die feuchte Wärme, die sich vor einem auftut, wichtiger ist als der Orgasmus (der in gewisser Weise alles wieder aufhebt), dann wiederum ist die erotische Vision aufgrund ihrer unbegrenzten Möglichkeiten wichtiger als die Penetration. In der sexuellen Phantasie herrscht absolute Freiheit. Da hat man das Auge einer Fliege, sieht alles gleichzeitig, ohne sich um »den Orgasmus des Partners« scheren zu müssen. Der erotische Visionär bekommt keinen Orgasmus; er sieht Orgasmen. Er selbst bleibt auf einem schmalen, sonnenheißen Grat stehen, dessen Wärme beunruhigend, aber gerade noch erträglich durch seine Sohlen dringt.

»So goldig«, hatte Jerry einmal von ihrer Mutter gesagt. »So lieb. Als ich elf war, hatte ich mal eine Zeit, in der ich nicht schlafen konnte. Sie sagte: ›Jede Frau hat eine gewisse Stelle, und wenn sie die nur lange genug reibt, kommt der Schlaf von ganz allein. Und wenn es nicht flutscht, dann gibt es im Arzneischränkchen eine kleine Tube mit Salbe, die du daraufschmieren kannst.‹ So goldig und ungeschickt. So zärtlich ...«

Der Orgasmus als natürliche Entspannung und schlafförderndes Mittel – davon wollte Albert nichts wissen. Er entdeckte im Gegenteil, daß intensives Denken an das Lavagestein, an die erstarrte Orgie unter Ausklammerung der Befriedigung ihn auf triumphale Weise in den Schlaf führte.

Schriftlich bereitete er sich auf sein Zölibat durch die Zusammenstellung einer »Enzyklopädie der Vulva« vor, der er den Titel *Die Kapelle* gegeben hatte.

Mevrouw, Gnade!

Mittwoch, 5. September 1979
(Hennie A.)

Das einzige, was sie von ihm kannte, war seine Stimme: träge, tief und darunter Melancholie als Resonanzkörper; eine Stimme, häufig stockend – ein Stolpern an der Grenze zum Stottern. Hennie hatte ihn in den Radiosendungen über die juristischen Mängel in ihrem Verfahren sprechen hören, in einem ruhigen, fast gelassenen Ton, der im Widerspruch zu der Empörung zu stehen schien, die in seinen Worten lag, doch es war schließlich eine professionelle Empörung. Meester Dr. Cees ter Haar, Kriminologe an der Erasmus-Universität, verlegte sich nicht darauf, ihre Unschuld zu beweisen, sondern führte mit dieser schleppenden Stimme, jedoch glasklar, aus, daß Hennie A. kein faires Verfahren gehabt hatte, ganz zu schweigen von der bestürzenden Menge an Fehlern, die dabei gemacht worden waren. Er arbeitete geduldig, mit einem wachsenden Archiv, an der Vorbereitung einer Wiederaufnahme des Lummeler Mordfalls, und daß er nicht auf Teufel komm raus ihre Unschuld beweisen wollte, flößte Hennie irgendwie großes Vertrauen ein. Sie klammerte sich, zunächst während der Sendungen und später, indem sie ihn in ihrer Erinnerung aufsuchte, an die bodenlose und dadurch gerade vertrauenerweckende Schwermütigkeit dieser Stimme. Der Kriminologe zeigte vorerst kein Bedürfnis danach, persönlichen Kontakt zu ihr aufzunehmen. Was Hennie über seine Fortschritte erfuhr, stammte von ihrem Anwalt. Je öfter sie an ter Haars Stimme dachte, um so mehr kam es ihr so vor, als hätten die Nachforschungen über ihr Elend deren Ton so tief und schwer und melancholisch gemacht: Er hatte sich über einen Brunnen gebeugt, und das Echo war ihm auf die Kehle geschlagen. Bleischwer und fast nicht mehr herauszubringen lag die Wahrheit auf seinen Stimmbändern.

Da geschah, im Frühjahr '79, das Unbegreifliche. Während

eines Urlaubs auf Bali war Cees ter Haar eines Nachmittags in den Dschungel gegangen und nicht wiedergekehrt, nicht an diesem Tag, auch am nächsten nicht und ebensowenig an den darauffolgenden Tagen und Wochen bangen Wartens. Seine Familie war seit Monaten bereits wieder in Rotterdam, und noch immer hatte man kein Lebenszeichen von ihm erhalten.

»Der kommt natürlich nie mehr wieder«, sagte Hennies Anwalt. »Es heißt, daß er schwer depressiv war und daß sie genau aus dem Grund, mitten im Studienjahr, in dieses Paradies geflogen sind.«

Der ist natürlich tot. Nein, das hatte er nicht gesagt, und Hennie sah, wie ter Haar, ungelenk dahinstolpernd, als wäre er seine eigene fleischgewordene Stimme, immer tiefer in den Regenwald geriet, sich mit den Armen in Ästen verfangend, Lianen beiseite schiebend ... Manchmal brüllte er mit dieser Stimme in äußerster Verzweiflung Richtung Boden oder Baumwipfel, die dort, in großer Höhe, das Sonnenlicht abhielten. Tiere antworteten schrill und gellend. Es war das Labyrinth ihres Falls, das ihn dorthin gebracht hatte. Aus diesem hoffnungslosen Komplex totlaufender Gänge war er in den Dschungel geflüchtet, von einer Verwirrung in die nächste. Sie, Hennie A., hatte den kundigen und kritischen Kriminologen dazu verurteilt, mit ihrem unmöglich zu revidierenden Fall, mit ihrem Gelüge und Getrickse, mit ihren falschen Geständnissen und ihrer unwahrscheinlichen Unschuld. Sie begann zu weinen.

»Die armen Leute ... wie sollen sie denn je erfahren, was aus ihrem Mann beziehungsweise Vater geworden ist? Womöglich bekommen sie nie Gewißheit. Nicht mal ein Platz, an dem er begraben ist ...«

»Dafür sind fünf Jahre vorgeschrieben«, sagte der Anwalt.

Jedes Zeitmaß hörte sich in ihren Ohren wie eine Verurteilung an.

»Fünf Jahre ...« wiederholte sie erschrocken.

»Ja, in knapp fünf Jahren wirst du irgendwo eine Traueranzeige lesen: Cees ter Haar, fünf Jahre vermißt, endgültig für tot erklärt.«

Es klang, als würde der Mann für seine Familie fünf Jahre lebendig begraben bleiben. Eine Verurteilung, wie auch immer. Hennie biß sich fest auf die Lippe.

»Was wird jetzt aus meiner Wiederaufnahme?«

»Die Wiederaufnahme... Ja, ich habe schon versucht, jemand anders darauf anzusetzen. Auch einen Kriminologen. Aber die Familie ter Haar hat das Archiv versiegeln lassen.«

»Weil sie fest damit rechnen, daß er zurückkommt?«

»Zumindest lassen sie die Möglichkeit offen. Und solange bleiben die Akten geschlossen.«

»Und wenn da unten seine Leiche gefunden wird?«

»Wenn sein Tod definitiv feststeht, wird das Archiv vernichtet.«

»Aber das werden sie mir doch nicht antun? Mein letzter Rettungsanker... meine Unschuld, meine Rehabilitierung... das alles liegt in ter Haars Arbeitszimmer!«

»Ich weiß, Hennie. Die Familie sagt, sie schulde es seinem Andenken, keine unvollständigen Unterlagen aus der Hand zu geben. Er allein wußte, so lautet ihre Argumentation, worauf er hinauswollte. Niemand kann mehr auf seiner Linie weiterdenken. Wenn sich jemand anders mit diesem unvollständigen Archiv an die Arbeit macht, könnte das auch die entgegengesetzte Wirkung haben. Sie wollen um jeden Preis verhindern, daß ihr Cees sich postum blamiert. Oder, noch schlimmer, daß man ihm nachweist, er habe unrecht.«

»Aber... wie soll das jetzt weitergehen mit mir?«

»Ich fürchte, Hennie, daß eine Wiederaufnahme nicht mehr drin ist. Ter Haar hatte alles ganz genau im Kopf. Die ganze Konstellation. Die ganze Strategie. Ein vorausdenkender Mann. Ein Schachspieler. Für einen anderen, der sich da hineinvertiefen würde, ist wahrscheinlich zuwenig Material da, um die Sache schlüssig darzustellen.«

»Ich schien schon so nahe dran...«

»Du bist sowieso nicht mehr weit weg. Nächstes Jahr, 1980, hast du zwei Drittel deiner Strafe verbüßt. Du hast immer als Musterhäftling gegolten, daran wird's also nicht scheitern. 1980 kommst du auf jeden Fall frei.«

»Nahe dran ... ich meine, nahe dran an einer Lösung. Und wenn es auch erst am Tag meiner Entlassung gewesen wäre, ich hatte so gehofft, daß ter Haar den Leuten hätte klarmachen können ...«

»Nichts zu machen, Hennie. Der Mann hat sich im Urwald verirrt. Hat vielleicht Selbstmord begangen ... Blicken wir in die Zukunft. Auf deine Entlassung. Ich wollte dir vorschlagen, ein Gnadengesuch abzufassen.«

Mit einem Gesicht, das sich vom Weinen rot anfühlte, sah Hennie ihn an.

»Ist das nicht genau das Gegenteil von einem Wiederaufnahmeverfahren? Das andere Extrem? Das ist ja noch schlimmer als ein Geständnis. Das heißt ja, gestehen und gleich darauf um Gnade bitten.«

»So solltest du es nicht sehen. Betrachte es doch von der praktischen Seite. Jeder Monat, den du früher freikommst, ist ein Monat.«

»Ich weiß nicht. Ich werde darüber nachdenken.«

»Entscheide dich bald. Wir sind sowieso schon spät dran mit dem Einreichen eines Gnadengesuchs.«

Hennie beriet sich mit ihren Freundinnen vom Frauenturm und mit ihrer Lieblingswärterin, der einzigen, der sie ganz vertraute. Alle rieten ihr inständig, an dem Gesuch mitzuwirken, und schließlich ließ sie sich überreden. Sie verlangte erneut nach ihrem Anwalt.

»Es lohnt sich eigentlich kaum noch, aber sei's drum«, sagte Hennie zu ihm. »Sagen Sie mir, was ich tun muß.«

»Der Königin einen Brief schreiben.«

»Ist das alles?«

»Nein, bereite dich schon mal vor. Du wirst dich einer erneuten Untersuchung unterziehen müssen.«

»Um herauszufinden, ob ich noch genauso krank bin wie vor sieben Jahren?«

»Na ja ... die Herren Psychiater müssen in erster Linie versuchen herauszufinden, ob du dir in diesen sieben Jahren nichts zugezogen hast, psychisch, meine ich, das einer Rückkehr in die Gesellschaft im Wege steht.«

Hennie lachte hart auf.

»Ja, ich weiß, was du denkst, Hennie: Die Gesellschaft soll davor geschützt werden, was sie mit ihrem Strafsystem bei mir angerichtet hat. – Aber so ist es, leider. Ein bißchen Gnade mußt du dich schon was kosten lassen.«

»Und wohin schleppen sie mich diesmal?«

Der Anwalt schwieg für einen Moment.

»In die Psychiatrische Beobachtungsklinik.«

»Ha! Das ist ja so ungefähr wie das Justizministerium! Daß ich nicht lache! Da haben sie mich damals, '65, auch mit Holzklötzen ruhig gehalten, weil ich meinen Vater umgebracht hatte! Und '72, als ich meine Mutter erschlagen ... oder erwürgt hatte, oder beides ... da haben die Psychiater dort auch befunden, ich sei eine Gefahr für die Gesellschaft?«

»In den letzten Jahren hat sich in der Psychiatrie einiges getan, Hennie. Ter Haar, das weiß ich, hatte nachweisen wollen, daß die Gutachten von damals nichts taugten. Vielleicht kann die heutige Psychiatrie sie ja sogar Lügen strafen. Ich würde es auf jeden Fall versuchen. Wer weiß, ob aus der Ecke nicht auch eine gewisse Rehabilitation möglich ist.«

Hennie zog matt einen Mundwinkel hoch. Der Anwalt teilte ihr noch mit, die Resozialisierungsstelle stehe hinter ihrem Gnadengesuch.

»Haben sie es so eilig mit der Resozialisierung? Wohl nichts Besseres zu tun.«

»Hör zu, sie halten dich für eine unglaublich starke Frau. Aber sie machen sich Sorgen über die soziale Isolation, in der du dich schon so lange befindest. Sie haben Angst, du hältst das nicht mehr lange durch. Der Bezirkspsychiater ist derselben Ansicht. Der will nicht, daß du so etwas Ähnliches wie ein nationales Experiment in psychischem Durchhaltevermögen wirst. Er hat von sich aus, im eigenen Namen, ein Gnadengesuch eingereicht.«

»Boh, soviel Komplimente überall für meine Stärke. Aber diese Besorgnis, bezieht die sich nicht auf die Leute selbst? Es ist natürlich alles andere als gut für ihren Ruf, wenn ich zusammenklappe.«

»Das Wichtigste, Hennie, ist, daß für dich ein paar Monate Freiheit zusätzlich rausspringen. Jetzt müssen wir uns aber erst mal mit diesem Brief an die Königin beschäftigen.« Der Anwalt gab ihr ein paar Tips für die Abfassung des Gnadengesuchs. »Aber du mußt den Brief selbst schreiben, mit deinen eigenen Worten. Er muß soweit wie möglich ein authentisches Dokument werden.«

Wochenlang lag ein Bogen Papier in ihrer Zelle herum mit dem folgenden Beginn:

Amsterdam, Strafanstalt Over-Amstel
5. September 1979

Mevrouw,

Oh, im großen und ganzen wußte Hennie schon, was im Brief stehen sollte. Sie würde die Länge ihrer Strafe erwähnen, die manchmal unerträglichen körperlichen Schmerzen, die sich während der Haft eingestellt hatten und immer schlimmer wurden. Wie aber sollte sie in ein und demselben Satz die Leugnung ihrer Schuld mit der Akzeptierung ihrer Verurteilung verbinden und dafür um Gnade bitten? Sie fand keine Lösung und schrieb schließlich, bevor sie das Blatt zerriß, dieses eine unmögliche Wort nieder:

Mevrouw, Gnade!

Ihr Anwalt war der Meinung, sie solle sich zunächst der psychiatrischen Untersuchung unterziehen. Gefügig beantwortete Hennie die Fragen, die sie bereits so gut kannte, und beteiligte sich an den Rätseln und Spielen, die sich in all den Jahren kaum verändert hatten. Sie fand beinahe Gefallen daran, alles so gewissenhaft wie möglich auszuführen. Ihre eigene Präzision erschien ihr als die denkbar beste Form von Widerstand. Sie hoffte auf ein Ergebnis, das beweisen würde, daß die Haft – und nicht ihre Persönlichkeit vor der Inhaftierung – sie zu einer Gefahr für die Gesellschaft machte.

Als Hennie aus der Klinik zurückkehrte, war es Herbst. Das psychiatrische Gutachten sollte noch etwa drei Monate auf sich warten lassen, die Antwort auf ihr Gnadengesuch noch länger. »Mevrouw, Gnade!« Sie schrieb noch zwölf Fassungen eines Briefes an die Königin, so lange, bis ihr Anwalt zufrieden war. »Obwohl ich noch immer meine Schuld an dem Totschlag abstreite, habe ich im Laufe der Jahre Verständnis dafür entwickelt, daß meine Richter 1972 auf der Grundlage der damals vorliegenden Fakten schwerlich zu einer anderen Entscheidung kommen konnten als zu meiner Verurteilung, die ich dann auch gelernt habe zu akzeptieren, so bitter es auch war.« Jedesmal, wenn sie diesen Satz wieder las, erschrak sie zutiefst. Da stand sie, schwarz auf weiß, in der Sprache ihres Anwalts: die größte Lüge ihres Lebens. Sie würde sich höchstens ein paar Monate Freiheit damit erkaufen können, und sogar das war eine Lüge, denn Freiheit war etwas anderes als eine huldvoll gewährte geringfügige Reduzierung einer langjährigen Freiheitsberaubung.

De Kardinaal

Sonnabend, 20. Oktober 1979
(Patrick Gossaert)

Es wird dich freuen zu hören, Albert, daß ich nach all dem Gelaber und Rumgenerve die richtige Erzählinstanz ... na ja, vielleicht noch nicht gefunden habe, ihr aber immerhin auf der Spur bin, und das ohne Jagdhunde, was sagst du jetzt. Oder vielleicht ist es eher so, daß die Erzählinstanz *mir* auf der Spur ist, dann aber unter Einsatz von Jagdhunden: den Canes Venatici. Du wirst gleich, wenn ich dir Bericht erstattet habe, verstehen, was ich damit meine. Erst noch etwas anderes.

Vor gut zwei Jahren kam dir auf dem Weg in meine Bruchbude an der Kostverlorenvaart eine der beiden Weinflaschen abhanden, die du zum Essen mitbringen solltest. Straßenraub ... nein, ganz so schlimm war's nicht: Du gabst den Barolo her, noch bevor der Typ, der dich überfiel, ihn forderte. Der Kerl hat sich, wenn ich dich damals richtig verstanden habe, noch ordentlich angestrengt, damit es nach Raub aussah, was ihm auch einigermaßen gelungen sein muß, denn du kamst leichenblaß bei mir an, und das einzige, das du von dir geben konntest, war das Schlottern deiner Knie. Der Anlaß zu einer tätlichen Auseinandersetzung braucht nicht unbedingt ein Raub zu sein, es geht darum, ob wir es auf einen Kampf ankommen lassen. Wenn du mich ein paar Tage zuvor gefragt hättest: »Angenommen, Patrick, du würdest wegen angeblich schlechtem Benehmen vom Geschäftsführer eines Restaurants rausgeschmissen, würdest du dann Widerstand leisten?«, dann hätte ich dir in aller Ehrlichkeit geantwortet: »Nein. Mensch, ich hab viel zuviel Angst, daß sie mit Schaufel und Besen meine Zähne zusammenfegen müssen, sowas hört sich grauenhaft an. Einen Fluch auf seine Schwelle schleudern? Einverstanden. Einem notorischen Giftmischer falsche Referenzen ausstellen, damit er sich bei ihm als Koch bewirbt? Keinerlei moralische Bedenken. Aber zurückschlagen – nein.«

Albert, ich bin dir noch immer dankbar dafür, daß du mir, dem Chorknaben mit leerem Kopf und leerem Herzen und leerem Leben, freie Hand bei der Bearbeitung deiner mündlich überlassenen Geschichten gegeben hast, ob ich nun Geld dafür hingeblättert habe oder nicht (reden wir nicht mehr darüber, du warst schlecht bei Kasse). Wenn ich aus diesem Rohmaterial ein Heldenepos schmieden will (na, denn man los), dann ist das nicht einfach in der ersten oder zweiten Person möglich, darüber haben wir uns schon bis zum Überdruß (deinem Überdruß) unterhalten, ohne eine Alternative zu finden. Seit dem vergangenen Frühjahr höre ich Chöre brausen ... Reyen Sätze skandieren ... Satyre raschelnd tanzen ... alles noch vage und unverständlich. Mit diesem ganzen Wahnsinn im Kopf habe ich mich vor ein paar Wochen auf De Fazanthof in Wassenaar zurückgezogen, eine Art nicht profitorientierter Pension, in der Künstler und Wissenschaftler sich auf ein schwieriges Projekt vorbereiten können oder sich von der großen Arbeit ausruhen dürfen, die sie gerade bewältigt haben. Die Leitung dieses Rehabilitationszentrums für Große Geister liegt in Händen einer Stiftung, deren Statuten keinen Raum für künstlerische oder wissenschaftliche Arbeit innerhalb der Mauern des Fazanthofs lassen. Im Kleingedruckten wird sogar suggeriert, derjenige, der sich in sein Zimmer zurückzieht, um zu arbeiten, mache sich antisozialen Verhaltens schuldig. Wenn du weißt, daß sich hier viele Witwen längst verstorbener Künstler und Wissenschaftler aufhalten, Frauen, die gern bei einer Tasse Tee schwatzen und tratschen, verstehst du, daß oft auf das Kleingedruckte verwiesen wird, wenngleich die Damen, eine wie die andere, zu kurzsichtig sind, um es lesen zu können. Auf dem Fazanthof arbeite ich also klammheimlich zwischen den Kaffee- und Teestunden an der Entwicklung eines Erzählers (den Singular brauchst du schon nicht mehr wörtlich zu nehmen).

Obwohl meine siebenundzwanzig Jahre das Durchschnittsalter korrigieren, liegt es nach wie vor oberhalb der rentenbezugsberechtigten Altersgrenze, weshalb De Fazanthof ein Abonnement bei der Küche eines benachbarten Seniorenheims hat, und das bedeutet: jeden Abend zu Tode gedünstetes Gemüse, ein fünfzig Gramm schweres ungesalzenes Stück Fleisch und ein rosa oder beiges Euthanasiedessert mit einem vertrockneten Schlagsahneкötel. Bei Tisch, auf dem Platz mir gegenüber, versucht ein pensionierter Zeichenlehrer mit dem Gilles-de-la-Tourette-Syndrom vergeblich, merkwürdige Geräusche und obszöne Wörter im Gehege seines klappernden Gebisses zu halten. Ich verstehe regelmäßig Ansätze zu Wörtern und Ausdrücken wie (ich greif jetzt einfach aufs Geratewohl etwas heraus, Albert, nichts für ungut) »Arschblasen« und »Möse buttern«, die durch ein in der Therapie gelerntes Geschnaube und Gebrumme wieder abgewürgt werden, allerdings jedesmal eine Idee zu spät, um zu verhindern, daß ich mich an den Fadennudeln verschlucke. Kurz und gut, hier ist *Der Zauberberg* – allerdings die Den Haager, die Wassenaarer Version.

Letzten Samstagabend, als ich in meinem Zimmer ganz oben im Haus die Essensglocke hörte, wurde die Lust auf gewürzte Speisen und junge menschliche Gesellschaft auf einmal so groß, daß ich, ohne mich abzumelden, das Haus verließ. Im Laufschritt durchquerte ich den Park zur Wassenaarer Innenstadt ... wo sich sämtliche Restaurants als voll entpuppten. In einer Kneipe namens *Unico* wagte ich erst nach fünf Schnäpsen, beim Bezahlen, ein Taxi zu bestellen.

»Wo darf ich Sie hinbringen?« fragte der Fahrer, als ich schon einige Minuten auf dem Rücksitz saß.

»Nach Leiden, Kloksteeg, Restaurant *De Kardinaal*.«

Während ich mich das sagen hörte, spürte ich, wie mir ganz oben in der Nase Tränen brannten. *De Kardinaal* war für Louise und mich jahrelang der geheime Ort, an den wir uns, ein ganzes Ende von Amsterdam entfernt, zurückzogen, wenn wir etwas zu feiern hatten: Buch, Geburtstag, Jahrestag unseres Kennenlernens ... Ineinandergeschlungene Hände zwischen den Gläsern ...

»Mevrouw, Meneer ... das ist aber lange her!« Der Geschäftsführer schien jedesmal aufrichtig erfreut zu sein, uns zu sehen, und empfahl uns die Medaillons ... mit Kartoffelkroketten und einem guten Médoc ... danach einen großen Dessertteller ... Schön, da Ouiesje in Amsterdam auf mich wartete, bis ich meinen Erzähler im Griff hatte, würde ich eben allein eine kleine Wallfahrt zu »unserem« Kardinal im Schatten der Pieterskerk unternehmen. Dort gab es ein transportables Telefon mit langer Schnur ... wenn man darum bat, brachten sie es an den Tisch ... Ich würde Ouiesje anrufen, sie bitten, sich ein Glas Wein einzuschenken, damit wir anstoßen konnten. »Das nächste Mal sitzen wir hier wieder zusammen, mein Kleines.«

Als das Taxi im Kloksteeg bei *De Kardinaal* vorfuhr, sandte die Pieterskerk den ersten von acht Schlägen über die Stadt. Das Restaurant war restlos voll, bis auf zwei Tische mit dem Schild RESERVIERT. Die herrische Schullehrerin, die mir Rede und Antwort stand, hatte ich dort noch nie gesehen. Sie legte ihren Block beiseite und blätterte in dem großen Buch. Vor neun Uhr habe sie keinen Platz für mich. Na, komm schon, Zähne zusammengebissen, schließlich ging es um nicht weniger als eine Liebeswallfahrt (auch wenn ich mittlerweile vor Hunger fast krepierte). Nachdem sie dreimal mit wachsender Geringschätzung gefragt hatte, ob es wirklich nur für eine Person sei, notierte die Frau meine Reservierung. »Gossaert. Neun Uhr.« Es lag nicht an dem Verhalten dieses Weibsbilds, weshalb ich *De Kardinaal* mit einem unbehaglichen Gefühl verließ. Alles schien anders als bei früheren Gelegenheiten, sogar die Gerüche. Ach nein, das kam natürlich nur daher, weil Ouiesje nicht dabei war ...

In einer Kneipe an der Rapenburggracht dachte ich an die Arbeit, die ich auf meinem Schreibtisch im Fazanthof zurückgelassen hatte, *Knabenschlummer*, und versuchte, mit fünf, sechs Genevern das Brausen der Chöre wieder heraufzubeschwören. Als ich die Turmuhr der Pieterskerk neun schlagen hörte, ging ich die hundert Meter zum Restaurant zurück. Alle Tische waren besetzt. Ein schmaler junger Mann mit Fliege kam auf mich zu, an den ich mich von früheren Besuchen her erinnerte, auch wenn er vorgab, mich noch nie gesehen zu haben. »Sie haben reserviert? Davon ist mir nichts bekannt, Mijnheer.«

Er holte die Schullehrerin hinzu, die ebenfalls tat, als sähe sie mich zum ersten Mal. »Von einer Reservierung weiß ich nichts. Es ist alles besetzt.«

Trotz meiner Trunkenheit ging mir die Wahrheit auf. Sie hatten meinen Tisch an eine zwei- oder vierköpfige Gesellschaft verschachert, und ich stand da wie der letzte Depp. Auch wenn es infolge des leeren Lebens, das ich führe, wenig Merkenswertes gibt, ist mir mein gutes Gedächtnis manchmal doch von Nutzen. So wußte ich noch genau, wie die Fliege vor Louise und mir gekatzbuckelt hatte, als er beim letztenmal sein Trinkgeld einheimsen wollte. Ich zog sämtliche Register. Die Gäste sahen von ihrem Heilbutt auf. Dem schmalen Jüngling blieb die Luft weg. Seine Kollegin, das verlogene Stück, verzog sich mit ihrem Block nach hinten. Ich war auf sentimentale Weise betrunken genug, um mich vor allem in Ouiesjes Namen beleidigt zu fühlen. Unser Kardinal ... das reinste Sakrileg!

Auf einmal stand ein breiter, grobschlächtiger Mann neben mir. Einer, von dem ich mit Sicherheit keinen Gebrauchtwagen kaufen würde, im übrigen auch keinen neuen. Der neue Geschäftsführer? Dann mußte er früher Rausschmeißer einer Discothek am Thorbeckeplein gewesen sein. Ohne zu fragen, worum es hier eigentlich ging, packte er mich am Revers. Rote Brandherde am Rande meines Blickfelds.

»Nimm deine Pfoten ...«

Im Restaurant ein Konzert scheppernd abgelegter Besteckteile. Tischgespräche senken sich auf die Lautstärke von verschwörerischem Gesumme. Um nicht tatenlos dazustehen, packe ich den Geschäftsführer an den Jackettaufschlägen. Vor meinen Augen schieben sich rote Glut und Trauerflor übereinander, doch hinter diesem Vorhang sehe ich einen Tisch, an dem vier Personen speisen. Na ja, speisen ... Gabeln mit einem aufgespießten Stück Kalbsbries verharren regungslos zwischen Teller und verstummtem Mund. In meinem Kopf schwellen die Sprechchöre an. Sie ähneln jetzt denen in den *Carmina Burana*, und obgleich ich noch immer kein Wort davon verstehen kann, klingen sie auf autoritäre Weise aufmunternd. Ruhe nicht, bevor du ihn quer über diesen Tisch gelegt hast...

Uns gegenseitig am Jackett festklammernd, führen wir ein steifes Tänzchen auf, der Geschäftsführer und ich, so lange, bis er mit dem Rücken zum Tisch der Briesfutterer steht, die vorsorglich schon mal aufspringen. Und, wie ist das nur möglich (ich bin überhaupt nicht stark), da liegt er bereits rücklings auf den Speisen, ich halb über ihm – zusammen ungefähr in der Stellung, die Liebende einnehmen, wenn sie sich auf dem Küchentisch unter ermutigendem Topfgeklapper oder ablenkendem Wasserkesselgepfeife lieben, du weißt schon, was ich meine. Aber dann, weil es nun mal kein Liebesspiel ist, beginnt der Tisch zu kippen. Volle Gemüseschalen klatschen auf den Boden, gefolgt von dem Geschäftsführer und seinem unerwünschten Gast. (Einige Details werden sich erst später wieder einstellen: wie sich die von ihren Stühlen aufgesprungenen Speisenden mit Servietten die Kleider abreiben, zum Beispiel. In dem Moment selbst habe ich keine Zeit, mich um anderer Leute Reinigungsrechnung zu kümmern.) Der Geschäftsführer ist nicht umsonst Geschäftsführer: Er bekommt Verstärkung von mindestens drei Angestellten, die alle an mir zu zerren beginnen. Arme, Beine, Kopf... alles in der Klammer ihrer Gliedmaßen. Sie versuchen, mich außer Sichtweite der Gäste zu ziehen... in die Küche... Bloß nicht. Dort, wo ihr guter Ruf nicht länger auf dem Spiel steht, werden sie mich alle zusammen verprügeln und über einen kleinen Innenhof mit stinkenden Mülltonnen abführen. So sehr ich mich unter dem Höhnen der Chöre auch wehre, die Übermacht ist zu groß. Es gelingt ihnen, mich über den fettigen Boden in die Küche zu schleifen. Hoch und mächtig ragt da, ganz in Weiß, der Koch vor mir auf. Er hat etwas in der Hand. Ein Hackmesser? Eine Suppenkelle kann auch sehr weh tun... Weg, bloß weg aus der Küche. Wenn ich schon zusammengeschlagen werden muß, dann lieber unter den

Augen der Gäste. Blutergüsse im Purpur eines Kardinalgewands... Ich würde sie allesamt mit einem Hühnerknochen quer in der Luftröhre sitzen lassen, diese Leidener.

Frag mich nicht, wie, Albert, aber es gelang mir, mich ins Lokal zurückzukämpfen. Ich hatte mein Publikum wieder. Auch ein kleiner Held braucht Publikum... Es half. Ich riß mich los, sprang auf, trat einen Schritt zurück. Dem Geschäftsführer und seinem Gefolge, die mit leeren Händen auf dem Boden lagen, rief ich zu: »Und jetzt ist Schluß! Jetzt reicht es! Ihr ruft mir jetzt sofort ein Taxi, und das war's dann...!«

Woher nahm ich, keuchend und mit dröhnendem Herzen, die Traute? Und siehe da, sie machten tatsächlich einen einigermaßen beschämten oder zumindest verdatterten Eindruck, die Hüter der gastronomischen Ordnung, als sie sich aufrappelten. Der schmale Jüngling, der selbst (er wäre auch nur im Weg gewesen) nicht an dem Kampf teilgenommen hatte, erhielt den Auftrag, ein Taxi zu rufen. Scharrten da nicht die ersten Messer und Gabeln wieder auf den Tellern? Fliege erschien und meldete in neutralem Ton, das Taxi sei im Anmarsch.

»Was bin ich Ihnen schuldig?«

»Geht aufs Geschäft, Meneer.«

Keine Wiedergutmachung, nichts. Freier Abzug, wie's scheint. Trotzdem warte ich aus Angst, die Herren von *De Kardinaal* könnten mir draußen doch noch eine Abreibung verpassen, drinnen auf die Ankunft des Taxis. Speisende Menschen, merke ich, greifen nach Kalamitäten in einem Restaurant eher erneut zu Messer und Gabel, als daß sie ihr Tischgespräch wiederaufnehmen. Aber es geht buchstäblich kein Bissen die Kehle hinunter. Um sie nicht länger anschauen zu müssen, setze ich eine kunstsinnige Miene auf und tue so, als sähe ich mir an der Wand einen gerahmten Kupferstich der Rapenburggracht an, wobei ich dann und wann, sozusagen als Kommentar zum Gesehenen, vor mich hin murmele. Ich stehe ganz in der Nähe des Ausgangs. Wenn ich keine Blicke in meinem Rücken spürte, würde ich meinen, das Restaurant sei ausgestorben, so mucksmäuschenstill verhalten sich die Leute in ihrem gemeinsamen Gebet für ein schnelles Eintreffen des Taxis. Ich traue mich nicht hinaus, so schnell ist meine übliche, gesunde Feigheit zurückgekehrt. Angenehme Informationen, die das Warten verkürzen: Ich stelle, noch immer murmelnd, fest, daß auf diesem mies kolorierten Stich die Rapenburggracht aus der Zeit vor dem Kahlschlag durch ein explodierendes Pulverschiff zu sehen ist. Gleichzeitig folgere ich, daß meine kleine hysterische Heldentat nichts anderes war als ein halbherziger Versuch, meinem Erzähler einen Protagonisten zu verschaffen.

Im Taxi zurück nach Wassenaar begann mein Bein steif zu werden. Ich fühlte mich zermatscht wie ein Apfel, der im Oktober noch unter dem Baum liegt. Nachdem ich dem Taxifahrer von meinem Abenteuer berichtet hatte, sagte er: »Hätte ich Sie nur vorher warnen können ... Die Leute, die *De Kardinaal* betrieben haben, leiten jetzt ein anderes ein Stück weiter die Straße runter. *Restaurant Heere's*. Vor zwei Wochen war der Wechsel. *De Kardinaal* wird jetzt von Leuten geführt, die überhaupt keine Gastronomen sind. Die kommen aus einer ganz anderen Branche ...«

Beim Bezahlen merke ich, daß mein Jackett zerrissen ist, aber mein Portemonnaie steckt noch an seinem Platz.

Weil das Unternehmen später in dieser Nacht doch noch auf einen Triumph hinauslief, traue ich mich, dir meine anfängliche Niederlage einzugestehen, Albert: Die Wallfahrt zu dem geheimen Ort, an dem Louise und ich immer unsere Meilensteine gefeiert hatten, endete in einer Wassenaarer Kneipe mit dem Verzehr von zwei Frikadellen, die eine aufgepeppt mit Tomatenketchup, die andere mit Erdnußsoße. Kurz bevor der Laden dichtmachte, klingelte ich Ouiesje wach, um ihr zu erzählen, ich hätte für sie gekämpft, im *Kardinaal*. Meine Stimme hatte einen feigschluchzenden Unterton.

»Wer hat mit einem Kardinal gekämpft? Deine Stimme klingt nicht ganz ... Schau zu, daß du in deinen Fazanthof zurückkommst.«

Zu guter Letzt wurde ich meine Geschichte bei einem boxernasigen Kerl los. Seine Augen begannen zu glitzern. »Bevor du weitererzählst ... wart mal eben.«

Er wechselte ein paar Worte auf spanisch mit seiner Freundin, die daraufhin mit betrübtem Lächeln die Kneipe verließ.

»So, das ist nur was für Männer. Wollen wir nach Leiden zurück? Erteilen wir ihnen 'ne kleine Lektion ...« Er erzählte mir, daß er frisch aus dem Gefängnis entlassen sei und jetzt ein ganz neues Leben anfangen wolle, »ohne irgendwelchen Zirkus ... mit Kindern und einer Frau, du weißt schon ... und ohne Zirkus«. Das hielt ihn nicht davon ab, immer wieder auf seinen Vorschlag zurückzukommen, »denen da in Leiden« mal ordentlich den Marsch zu blasen. Wofür er gesessen habe? Na ja, für ein »schweres Vergehen« natürlich, wie sie es nannten, auch wenn es eigentlich nicht der Rede wert sei. »Also, fahr'n wir jetzt noch nach Leiden, oder wie isses? Die Typen müssen dringend die Fresse poliert kriegen ...«

Es war zu spät, meine Redseligkeit zu bereuen. Ich wurde ihn nicht mehr los. Er verfolgte mich durch ganz Wassenaar, wobei er mir lauthals mein Recht auf Rache vorrechnete. Auch nachdem ich in den dunklen Park eingetaucht war, hörte ich den Mann noch raschelnd, laut rufend nach dem Weg suchen. »Leiden liegt aber in die annere Richtung ...!«

Ich verkneife es mir, dir jetzt mit einem Verweis auf die Anfangsverse von Dante zu kommen, aber ich muß dir gestehen, daß ich mich in dem kleinen Wäldchen verirrt habe. Immerhin war es mir gelungen, meinen Rächer abzuschütteln. Ich kann mich nicht erinnern, ob diese Nacht vom Mond oder von Sternen erhellt wurde ... jedenfalls nur spärlich, vermute ich, sonst hätte ich nicht einen Wassergraben für einen Weg gehalten ... Na ja, er war ja auch ganz mit Entengrütze asphaltiert und sah wie ein glattgeharkter Pfad aus hellgrauem Sand aus. Mein Bein verschwand lediglich bis zum Knie im Wasser ... zwei Sekunden, und schon stand es wieder auf dem Trockenen. Im spärlichen Licht sah ich, wie sich das Loch in der Grütze langsam in sich anmutig windenden Linien wieder schloß ... Für einen kurzen Moment bildeten sie eine Figur, die dem Eröffnungszeichen am Beginn von Notenlinien glich. Ich sah die Inschrift auf dem Grab von John Keats in Rom wieder: HERE LIES ONE WHOSE NAME WAS WRIT IN WATER... und in dem Moment erhielten in diesem Park die schon seit Monaten in meinem Kopf brausenden Chöre endlich eine verständliche Stimme. Die erste Person Plural, die ich gesucht hatte, entpuppte sich als eine Art homerisches Wir... ein höhnender Haufen von Göttern und Halbgöttern, der beschwörend auf den Helden einredete... allerdings im Ton unserer Zeit und mit holländischer Zunge...

Im Fazanthof schleppte ich mich mit meinem triefenden Bein die Treppen zu meinem Dachkämmerlein hoch. Ich schaltete das Licht ein. Mich am Schreibtischrand festhaltend, las ich im Stehen das dort liegende und einer Fortsetzung harrende kurze Kapitel. Mutter und Sohn am Grab des Soldaten... Während des Lesens, ein Auge zugekniffen, schien mir die Geschichte vom magistralen Brausen in meinem Kopf von neuem diktiert zu werden... von so etwas wie strafend berichtigenden Sprechchören... Es kostete mich einige Mühe, in dem höhnischen Gekicher um mich herum meine eigenen betrunkenen Atemzüge zu erkennen.

Gelegenheit geben

Sonntag, 21. Oktober 1979
(Albert Egberts)

Nein, es hatte nichts mit der suggestiven Form mancher Pilze zu tun, ganz und gar nicht, das wäre auch zu naheliegend gewesen, und außerdem waren sie alle mittlerweile übersatt –, wenngleich dieser oder jener, übrigens ohne auch nur das leiseste Grinsen zu ernten, eine scherzhafte Anspielung darauf machte. Was einem Anlaß schon näherkam: das kicherige Pinkeln der Frauen hinter einem Baum, die sich am späten Vormittag, um den Kater zu vertreiben, zum Frühstück ein Bier zu Gemüte geführt hatten, das sich nun während des Waldspaziergangs auf ihre Blase und ihre Lachmuskeln auszuwirken begann. Das Rascheln trockener Herbstblätter unter einem Urinstrahl, der aufgewühlte Humusgeruch, Dampf, der hinter einem grün bemoosten Baumstamm aufstieg ... das war es schon eher. Und damit hatte es an jenem Sonntagnachmittag wahrscheinlich auch begonnen.

Keine einzige traute sich, um sich etwas unbeobachteter hinhocken zu können, tiefer in den Wald hinein, so daß hier und da in einer dunkelblauen oder dunkelgrünen Strumpfhose beim Hochziehen ganz kurz, gleichsam flatternd, der weiße Schmetterling eines Slips sichtbar wurde. Schlapp vom Lachen, sich den Bauch haltend, kam das Mädchen dann zum Weg zurück.

»Was steht ihr da so? Geht doch weiter ...!«

Und weiter zog die Karawane dann wieder hinter Gidi und Lei her, die die Pfirsichkiste mit Erde und Pilzen zusammen trugen, weil sie mit ihren etwa ein Meter siebzig ungefähr gleich groß waren. Der Limburger Lei, eigentlich Leo, trug statt seiner Jeans ebenfalls eine Strumpfhose, eine knallrote, die er beim Weggehen Marike, sie hatte seine Größe, abgeschwatzt hatte. Anlaß zu Heiterkeit war dies eigentlich nur gewesen, weil sie es wußten: Zwischen seinem Mantelsaum und den Schafträndern seiner Stiefel war kaum etwas davon zu sehen.

Nur Madelon, die mit Albert das Ende des Trupps bildete, tat sich schwerer mit dem Pinkeln neben dem Weg. Obwohl sie höchstens eine halbe Flasche getrunken hatte, war sie die erste, die über eine volle Blase klagte.

»Na, worauf wartest du noch«, sagte Albert. (Um ein Haar hätte er einen Lieblingsspruch von früher losgelassen: »Worauf wartest du noch, altes Loch?« aber so etwas sagte man nicht zu Madelon, die er noch aus dem Geldroper Villapark kannte, wo er durch Philips' und Gottes Gnade gelegentlich zu einem Fest eingeladen worden war; so etwas sagte man zu einer wie Marike, sogar wenn sie fragte: »Soll ich eine Dose Bohnensuppe aufmachen?« »Worauf wartest du noch, altes Loch?«)

»Paßt du auf, ob jemand kommt?«

Er hielt das für Unsinn, protestierte aber nicht. Die anderen gingen weiter; sonst war niemand zu sehen. Madelon ging ein Stück in den Wald hinein und schaute dann über die Schulter.

»Du mußt dich aber umdrehen.«

Albert stellte sich mit dem Rücken zu ihr, blickte den Weg hinauf und hinunter (rechts neblige Reglosigkeit, links eine ungeordnete Menschengruppe, abwechselnd in lange Schatten und mattes Sonnenlicht getaucht) und merkte, daß er selbst – zum Frühstück zwei Flaschen Bier – eine volle Blase hatte. Außerhalb von Madelons Blickfeld stellte er sich vor einen Baum. An seinem Geschlecht merkte er, wie kalt seine Hände waren. Durch Madelons Anstellerei kam er sich, mit dem Rücken zum Weg, nun selbst beobachtet vor, wodurch er sich nicht frei fühlte, zu pinkeln. Die Beine weit anhebend, um nicht über die Wurzeln zu stolpern, ging er so weit um den Baum herum, bis er sowohl den Weg als auch das Mädchen im Blick hatte, das sich, ihm vertrauend, hinter nichts versteckt hatte. Die Wollstrumpfhose hing ihr bereits auf den Knöcheln, und wieder flatterte ein weißer Schmetterling durch den Wald, diesmal ein getüpfelter. Unter dem Wildlederrock, den sie zusammen mit dem Mantel hochhielt, ragte ihr weißer Hintern hervor – Albert sah, wie er sich im Nu unter einer Gänsehaut zusammenzog. Er spürte, wie der Urin kraftvoll aus ihm zu strömen begann und durch seine Wärme das in der Hand erkaltete Glied kribbeln ließ. Das Wasser wurde von der verharzten Kiefernrinde nicht aufgenommen, sondern spritzte in seinem eigenen Dampf in alle Richtungen. Auch Madelon produzierte nach kurzem Schaudern endlich ihren Strahl, der sich durch die Blätterdecke hindurch deutlich hörbar in die Erde bohrte. Ihr warmer Dunst stieg senkrecht auf.

»Ich habe mich damals von dir unheimlich zurückgewiesen gefühlt«, hatte sie ihm kurz zuvor gebeichtet. »Ich meine ... schließlich hast du mich entjungfert. Weißt du überhaupt, was das bedeutet?«

Albert glaubte es ungefähr zu wissen. Aber sie entjungfert? Wann denn? Ja, es stimmte, er war eine Zeitlang von ihr völlig fasziniert gewesen. Weniger von ihrer Person als vielmehr ... na schön, das war eher etwas für *Die Kapelle*. Man geriet nicht so leicht in den Bann eines Mädchens wie Madelon mit ihrem runden Cherubsgesicht und der durchsichtigen Brillenfassung. Doch so engelhaft rosig und blond sie auch war mit ihrer Kinderhaut, ihren hellgrauen Augen, so animalisch grob und dunkel war das Geschlecht, das sie zwischen ihren schneeweißen Kinderschenkeln verbarg. Als er ihr einmal ganz nebenbei, aus Langeweile Avancen gemacht hatte, hatte er es entdeckt – fast durch Zufall, denn seine streichelnden Hände waren nach dem Passieren ihres Nabels bereits umgedreht, in der Absicht, nie wieder dorthin zurückzukehren. Ein hingeschludertes hufeisenförmiges Exkrement, das in einen obszönen Tupfer auslief, über dem – etwas heller, aber noch immer unmenschlich dunkel – so etwas wie ein molliger Kakerlak hervorquoll. Wer es einmal, von soviel Unschuld umrahmt, erblickt hatte, wollte unbedingt in dieser morastigen Ausscheidung versinken; sie stellte die Einladung dar, sich auf diesem Mädchen aus Porzellan, das niemand beschädigen wollte, wie ein Tier auszutoben ... Ach, es war bereits

Geschichte geworden und in seiner »Enzyklopädie« kanonisiert.

Albert merkte, daß sein Geschlecht während des Wasserlassens zu schwellen begonnen hatte. Das machte nun, da der Urin abgeschlagen war, das Kribbeln noch angenehmer. Das Gefühl ließ sich sowohl mit der Nachwirkung als auch dem Vorstadium eines Orgasmus vergleichen. Erst jetzt begriff er, was der betrunkene Penner in Amsterdam gemeint hatte, der an einem eiskalten Abend aus dem Pissoir gerufen hatte: »Einmal gut gepißt, ist schon die halbe Befriedigung!«

Mit den Fingern, der Zunge, vor allem den Augen: Albert hatte sich so intensiv mit ihrem Geheimnis beschäftigt, daß er stets vergaß, ihm nach den Gesetzen der Fortpflanzung zu dienen. Eines Abends hatte Madelon ihn daher selbst in sich eingeführt. »Au«, sagte sie. Sie rief es nicht, sondern sagte einfach: »Au.« Es klang wie eine Feststellung, nicht wie ein unwillkürlicher Ausruf. »Au.« Das mußte die Entjungferung gewesen sein, die sie gerade erwähnt hatte. Bei einem urweltlichen Organ wie dem ihren, einem so animalischen, dachte man schlichtweg nicht an ein Jungfernhäutchen.

Auch nachdem er sein Glied wieder in der Kleidung verstaut hatte, pochte es angenehm weiter. Etwas steif ging er vorsichtig, damit möglichst wenig dürre Zweige knackten, auf die hockende Madelon zu. Das Rauschen unter ihr hörte plötzlich auf. Albert blieb stehen. Stille. Sie verharrte in dieser Haltung, von neuem zuckend, und er begriff: Weil sie kein Papier, nicht einmal Gras zur Hand hatte, versuchte sie auf diese Weise, die letzten Tropfen abzuschütteln. Beigesetzt in seiner Enzyklopädie? Da war es noch, sich zusammenkrampfend, tröpfelnd ...

Albert hockte sich, auf angenehme Weise durch seine Erektion behindert, hinter sie. Erst jetzt bemerkte Madelon seine Anwesenheit. Sie versuchte, Panik im Augenwinkel, wie ein Tier, das zitternd seiner Notdurft ausgeliefert ist, über die Schulter zu blicken. Der Dampf hatte sich verzogen, doch aus der Tiefe der orangenfarbenen Blätter stieg ein starker Geruch nach frischem Urin und Erde, und dieser Geruch war es, der ihm befahl, seine Handfläche zwischen ihre Schenkel zu legen. Die Tropfen, die noch in dem spröden Haar hingen, fühlten sich bereits abgekühlt an und vor allem: dünn. In der Tat wie Wasser. Ein Mann erwartete dort ausschließlich dikken, warmen Schleim, Trost und Beruhigung seines Lebens.

Begann die Doppeldeutigkeit des Daseins, sein doppelter Boden, nicht schon bei der zweifachen Funktion der Geschlechtsorgane? Den Tag über Unrat ausscheiden, das Abwaschwasser des Körperhaushalts, um dann mit einemmal, nach einem unverhofften Reiz, als Instrument der Leidenschaft dienen zu müssen, auf Abruf verfügbar zu sein für das Schönste und Chaotischste in uns: die Liebe. Und damit hörte die Zwiespältigkeit noch nicht auf. Auch wenn hartes Fleisch kein Stahl war und weiches keine Würgschnur, so verwiesen unsere plump geformten Waffen der Leidenschaft beim Agieren doch auf das Stechen und Würgen des *crime passionnel*. Vielleicht war die Doppelfunktion unserer edlen Teile ja ein Sinnbild des doppelten Bodens im täglichen Leben. Das Dasein während der Woche mit seiner Tretmühle, die weiß Gott keine Kirmesattraktion war, war auf die Befriedigung der Primärbedürfnisse ausgerichtet, doch von Zeit zu Zeit begann etwas zu schwellen, sich zu erheben, zu wogen, zu zucken, zu pochen, zu beben, und dann entpuppte sich der Alltagstrott vollgestopft mit Schwellkörpern, Schleusen, um erhitztes Blut zu transportieren, Quellen unvermischten Schleims, der nur zu dem Zweck ausgeschieden wurde, um etwas hereinzuholen ... Die Folge: Mord, Totschlag, Brandschatzung, Vergewaltigung ... Das kollektive Delirium eines Kriegs. Katastrophe auf Katastrophe ...

Albert notierte sich das für seine Enzyklopädie, allerdings nicht so, wie man es manchmal in Ermangelung eines Schreibgeräts direkt im Kopf macht: Er notierte es mit seiner Fingerspitze. Madelon deutete die Notiz als Liebkosung und half ihm mit Wärme und Feuchtigkeit, die Eingebung zu behalten.

Die entzückten Rufe der anderen, die eine neue Pilzkolonie entdeckt haben mußten und daher den Weg verlassen hatten, klang auf einmal ganz nah. Madelon federte aus ihrer

Hockstellung und zog dabei in ein und derselben Bewegung Slip und Strumpfhose hoch. Alberts Hand verfing sich in den hochgleitenden Kleidungsstücken; als er sie befreite, glitt sie, selbst einigermaßen warm geworden, über die wehrlosen, kalten Pobacken, die sich durch die stramme Gänsehaut pokkennarbig anfühlten. Diese Bewegung war es, die seiner noch immer wie die eiskalte Kinderhand in Ofennähe kribbelnden Erektion die definitive Form gab und Beständigkeit verlieh. Er ahnte, was an diesem Nachmittag passieren würde und daß es das letzte Mal sein würde. Er hatte es gerochen. Er schmeckte es auf seiner Zunge.

»Sorry«, sagte Madelon, »hier sind zuviel Leute im Wald.«

Gelegenheiten bieten, das war es, was die von Natur aus keusche, sogar prüde Wirklichkeit tat. Aber auch nicht mehr. Das Alltagsleben, wie wir es einander vorgaukelten, bot selten oder nie Raum für echte, spontane Intimität. Nein, man mußte sich bemühen, die Oasen, die »Verschnaufpausen« im Tag aufzuspüren. Die Alltagswirklichkeit war ein aufreizendes Suchbild in einem Almanach: Finde die Tür, das Schloß, die Öffnung, die Falte, die Unebenheit, die Verhärtung ... und laß dich bei alledem von einem speziellen Geruch leiten. Finde, kurzum, die Gelegenheit ... den unverhofften, verborgenen Alkoven ...

Knabenschlummer (1)

Sonntag, 21. Oktober 1979
(Patrick Gossaert, Chor)

†

HIER RUHT UNSER LIEBER BENNIE

»Siehst du«, hörte er seine Mutter sagen, »siehst du wohl: *Ihr* Name steht nicht drauf.«

Neun, zehn Worte – sie hatte sie geflüstert, dicht an seinem Ohr, allzu nah, beängstigend laut. Und er hörte, wie sie die Nase hochzog: Sie schniefte noch immer. Ihre Stimme klang belegt, in einem vom Weinen schleimgefüllten Mund. Zweimal rutschte ihre Stimme aus: »*Siehst* du – *siehst* du wohl.« Fast ein Pfeifen, dieses Zischeln – es schnitt ihm schmerzhaft ins Ohr. Und noch einmal: »Und der von dem Kind auch nicht – *siehst* du wohl.«

Die Stille, der Regen, und dann dieses eindringliche Flüstern, das ihn als Kind hatte beruhigen sollen, es aber nie getan hatte – jetzt übrigens noch weniger als damals. Er sah sie nicht: Sie standen so dicht nebeneinander (Schulter an Schulter, untergehakt), daß er sie nicht sehen *konnte*. Was er sah, waren die weißen Kondenswolken ihres Atems vor dem schwarzen Inneren des Regenschirms. Ihre Worte bildeten fünf ungleiche Wolken. Sie standen unter Bäumen. Er hörte das Rauschen und Klopfen des direkt, das unregelmäßige Spritzen des indirekt fallenden Regens.

Hier ruht unser lieber Bennie.

Das Grab hatte die Form eines Sarkophags: horizontal, aber etwas schräg ansteigend, abgedeckt von einer Platte, die überall einen Dezimeter über den Rand hinausragte: am Fußende schmal, bis über die Mitte breiter werdend, sich zum Kopfende hin wieder verschmälernd. Darüber ragte ein steinernes Kreuz auf. Das Ganze war von einer klotzigen Größe und einer Steinsorte, die noch am meisten an Beton erinnerte (verwitterte Zäune). Grün ausgeschlagenes Gestein: schleimiges Moos, gesprenkelt mit gelben Flecken. Große und kleine Risse: der Frost von fünfzehn bis zwanzig Wintern. Die eingemeißelten Namen schwer lesbar.

Er hob den Regenschirm, der sie beide beschirmte, etwas höher. Der eckige Rand glitt den Namen entlang aufwärts – er las sie von unten her. Keiner von ihnen sagte ihm etwas. Er verglich die Nachnamen: Die beiden obersten, ein einzelner und ein doppelter, mußten die der Eltern sein.

»Siehst du wohl: *Ihren* Namen hat man absichtlich weggelassen.«

Er kannte ihren Namen – ihren Familiennamen, ihren Vornamen, ihre Initialen: keine Spur von ihnen. Den Namen der kleinen Tochter hatte er vergessen. Er rechnete aus (»Jetzt ist es Anfang März, sie hat Weihnachten Geburtstag – so etwas behält man«), daß das Mädchen inzwischen achtzehn sein mußte, gut zwei Jahre jünger als er selbst. Achtzehn war sie jetzt, achtzehn – aber daran knüpfte sich keine Vorstellung.

»Du kennst ihn bestimmt nicht mehr«, sagte die Mutter jetzt. »Ach nein, natürlich nicht. Das geht ja auch gar nicht – dafür warst du noch zu jung.« Der Pfeifton war verschwunden, aber man konnte noch immer deutlich hören, daß sie geweint hatte. »Drei, vier, fünf – wie alt warst du damals eigentlich?«

Er antwortete nicht, sondern verglich die Jahreszahlen: seine eigenen, die in seinem Kopf, mit denen des Verstorbenen, die in den Stein gemeißelt waren. Er rechnete aus, daß er an dessen Todestag vier Jahre alt war, wenige Monate vor seinem fünften Geburtstag – behielt es aber für sich.

»Aber sag mal ehrlich«, sagte sie, »erinnerst du dich noch ein bißchen an ihn?«

Er antwortete nicht, kniff die Augen zusammen und starrte einige Zeit auf das ovale Bild in der Mitte des Kreuzes. Es war aus emailliertem Metall und an zwei Stellen, oben und unten, mit Nägeln befestigt. Rund um den oberen Nagel war das Email abgeplatzt. Ein Rostfleck nahm einen Teil des Gesichts weg: das linke Ohr, die linke Schläfe. Er sah das Lächeln eines jungen Mannes seines Alters – vielleicht ein paar Jährchen älter. Das zurückgekämmte Haar entsprach der Mode der fünfziger Jahre, doch selbst für diese Zeit war es um die Ohren etwas zu akkurat wegrasiert: die Topffrisur. Obwohl keine Spur von einem Uniformkragen zu sehen war, schloß er daraus, daß das Bild aus der Soldatenzeit des Verstorbenen stammte – aus den letzten Jahren also. Ein auffallend hübsches Gesicht, das er nicht sofort wiedererkannte. Allerdings erkannte er darin etwas wieder von der Wärme eines Sommertags, von Sonne, Schatten, einer stillen Straße, *ihrer* Straße, von faulem Taubengegurre, dem schwachen Echo entfernter Gewehrschüsse, einem Fetzen falscher Musik aus einer offenen Tür, und einem großen Mann in Weiß, der sich ihm nähert: Drohend fällt dessen Schatten über ihn, eine Hand senkt sich schwer auf seinen Kopf, grobe Finger greifen in sein Haar – nur ganz kurz, denn der Mann geht weiter, blendend weiß übernimmt er die falsche Melodie (die jetzt rein klingt), und verschwindet um die Straßenecke, flatternd, weiß ... *stop! stop! stop!*

Stop! – Erschrick nicht: *Wir* sind es. Leg deinen Kuli hin und hör zu ... deinen *Kuli* ... hör zu ... Gut – gerade eben, irgendwann, hast du dich hingesetzt, um zu schreiben (Stuhl zurück, so, und dann in den Knien eingeknickt: der übliche Stuhlgang), aber du hast nicht gemerkt, *wir* hingegen schon, daß durch falsche Luft oder falsche Gicht unwillkürlich eine Art Kniebeuge in deine Gliedmaßen geschossen ist, fast ein Kniefall – und nicht nur in deine Glieder: Schließ die Augen, so wie wir ... *Wir* haben dich herumstümpern, im Schlamm wühlen sehen. Wir haben gesehen, wie du dich im Schlamm am Rande eines Tümpels, mehr war es nicht, niedergekniet hast, zwischen dem Schilf. Du hast vielleicht geglaubt, es sei der dunkle Glanz der Tischplatte, über die du dich beugtest (du hast so eine glattpolierte Platte aus schwarzem Marmor: schön, sehr schön) – aber *nein*! es war die glatte Oberfläche eines stehenden Gewässers. Und daß du Zugluft verhindert hast, indem du das Dachfenster schlossest – obgleich wir dich *an der frischen Luft* auf die Knie haben gehen sehen. Nackt und wehrlos ... aber von Zugluft in der Tat keine Spur. Es war ungewöhnlich windstilles Wetter, kein Hauch regte sich, das Wasser blieb unbewegt.

Du stocktest kurz, nicht wahr, bevor du den Stuhl unter dich zogst – haben wir das richtig gesehen? ... Ja, nur allzu richtig: Du bliebst eine kleine Weile unbeweglich in dieser lächerlichen, halb eingeknickten Haltung, die Hände an der Tischkante ... *die Hände im Schlamm*. Wir wissen, was deine Aufmerksamkeit erregt (aber leider nicht festgehalten) hat: In der rautenförmigen Lichtfläche, die das schräge Dachfenster auf deine Schreibtischplatte projiziert, sahst du plötzlich, wie der dünne weiße Kreidestrich entstand, den ein Düsenjäger gerade in den Himmel über dir zog. Von irgendwo rechts unten, in einem der stumpfen Winkel der projizierten Raute, kam er – lautlos, unsichtbar: Nur der Strich wurde langsam sichtbar und schien sich selbst zu zeichnen. Aufreizend träge und doch schneller als der Schall setzte der weiße Strich sich diagonal zum gegenüberliegenden Winkel fort. *Das* erregte deine Aufmerksamkeit – aber es wurde dir nicht richtig bewußt. Leider ... Und dennoch ... dennoch hefteten sich deine Gedanken an diesen Strich ... oder, besser gesagt: Sie hefteten sich an die Spitze des Punkts, aus der er stets von neuem entstand. Nichtssagende Gedanken, die sich sofort wieder verflüchtigen und trotzdem für einen Moment an deine Schläfen klopfen.

»Ein Punkt«, wirst du vielleicht gedacht haben – »... ein nichtswürdiger Punkt ... ein *Pünktchen* ... mikroskopisch klein ... noch kleiner: unsichtbar ... ein geometrischer Punkt ... alles gut und schön, aber wenn so etwas keine Oberfläche hat ... keinen Umriß, keinen Umfang ... keine Länge hat, keine Breite ... wenn so ein imaginärer Punkt tatsächlich existiert, und sei es nur in unserer Phantasie ... tatsächlich existiert und dennoch unendlich klein ist ... wie kann dann eine Linie die *Gesamtheit* solcher Punkte sein? ... Aber wenn das nicht möglich ist, was ist eine Linie dann … es sei denn, sie stellt die kürzeste Verbindung zwischen zwei notfalls unendlich kleinen Punkten dar? … Was, wenn sie einen leichten Bogen beschreibt … sich unerkennbar biegt? … Eine unaufhaltsame Linie … eine ohne Anfang und ohne Ende … ist das nicht der unendlich kleine Abstand … das unendlich schmale Grenzgebiet … zwischen zwei unendlich großen Flächen? … Aber … zwei unendlich große Flächen, die einander im Weg sind … zwei unendlich große Flächen, die einander begrenzen … ist das nicht ein Widerspruch? …«

Nun, vielleicht nicht genau so – aber doch so ähnlich. Und da bliebst du stecken – denn noch bevor der Düsenjäger die Raute über den anderen stumpfen Winkel links oben wieder verließ, machte er plötzlich einen scharfen Schwenk nach rechts und kurvte weiter, bis er sehr bald seine eigene Bahn kreuzte. So war eine Schleife entstanden – und der Kreidestrich wurde nun in einem etwas flacheren Bogen nach links (für den Düsenjäger nach links) zu dem spitzen Winkel links unten (für dich links unten) weitergezogen. Der Bogen wurde durch den ganzen Winkel einen Halbkreis lang weiterbeschrieben, bis sich die Kalklinie im Zentrum der Raute noch einmal schnitt. Danach bewegte sie sich schnurstracks zu dem gegenüberliegenden spitzen Winkel rechts oben, doch noch bevor sie diesen erreicht hatte, brach die Kreide ab, will sagen: Die weiße Linie wurde nicht weitergezogen.

Der Düsenjäger, dieser unsichtbare Düsenjäger … der stammte von uns. Da war kein Flieger – *wir* schrieben in den Himmel. Dort hing unser Zeichen: Wir wollten dich warnen. Du warst gewarnt, und trotzdem … trotzdem war deine Aufmerksamkeit bereits erlahmt, noch bevor unser Fingerzeig seine Kraft verloren hatte … noch bevor er verschwamm und in Flocken zerfiel. Denn … natürlich! – beim Vorbeugen war in dem schwarzen Marmor … in diesem schwarzen Spiegel reglosen Wassers … sofort dein Antipode erschienen … und nicht nur er, nein: umringt von der Welt … der *umgekehrten* Welt. Steil nach unten wachsende Bäume … ein Vogel, der unter den Kronen durchfliegt … etwas tiefer ein paar Wölkchen ... und noch tiefer, noch weiter unten am blauen Himmelszelt, entsteht langsam eine Linie, die im Begriff ist, sich hinter all dem zu verstricken ... sich aber rasch wieder fängt und ihres Weges zieht ... Dieser dein Antipode – er stützte sich, wie du, mit den Händen im Schlamm ab und beugte sich zu dir. Du zu ihm. Er hat sich aus der Tiefe, *seiner* Tiefe, zu dir aufgerichtet und dich erwartungsvoll angesehen. Er dich, du ihn. Aug in Auge ... Aug in Auge. *Allzu* erwartungsvoll. Dieser Blick ... du konntest ihm nicht widerstehen. Natürlich hättest du den Mund auftun können und zu reden beginnen – doch was immer du sagen würdest, stets würde er es dir nachsagen. Nun, du hast den Mund gehalten (hast wohlweislich deine Mutter zu Wort kommen lassen, na schön, *seine* Mutter) – du hast *ihn* den Mund halten lassen. Aber du hättest ihn beinahe zum Sprechen gebracht. Du *hattest* ihn schon fast soweit – um ein Haar. Bewegt hat er sich auch kaum noch ... dieser Regenschirm, gut ... aber war er nicht kurz davor, sich in Bewegung zu setzen? Du hättest ihn alles tun lassen können, alles, was du selbst tust, alles! – *aber auch nicht mehr als das*: Was außerhalb des Bereichs deines Willens fällt, fällt auch außerhalb des seinen (... *plumps* ...). Seine Welt? – Schau gut hin: Seine Welt ist nichts weiter als das exakte Abbild der deinen – ihre immaterielle Kehrseite, das ist alles. Zufrieden? – Ihn zu benutzen – der einzige Spaß, den du daraus ziehst, besteht darin, dich selbst in *seiner* Gestalt in »der Welt«, *seiner* Welt, herumhüpfen zu sehen ... dich selbst zwischen den Dingen herumtollen zu sehen, die ihn umringen: Bäume, Vögel, Wolken ... Aber glaub *uns*: Bei ihm brauchst du die Lösung nicht zu suchen. Er ähnelt dir viel zu sehr: Er ist dein ungreifbarer Doppelgänger. Such sie nicht bei ihm – genausowenig wie bei dir selbst. *Nicht* dort – und *hier* auch nicht. Sprich jetzt ... verwende *unsere* Worte ... sieh was geschieht ...

»Dort nicht und nicht hier ...«

Siehst du, wie sich seine Lippen bewegen? Beinahe obszön, nicht wahr, wie sie sich zusammen mit deinen bewegen? Du hörst jetzt deine eigene Stimme ... ohne dein Zutun: Es klingt heiser, du beginnst darauf zu achten, es hallt ... schaurig, nicht wahr? *Er* wirft deine Worte zurück ... von *ihm* bekommst du sie retour – ihr sprecht gegeneinander.

»... hier nicht und nicht dort.«

Dich selbst kannst du nicht erzählen – das hattest du schon begriffen, als du dich gerade, eben, *irgendwann einmal* hingesetzt hast, um zu schreiben. Und darum ... Narr! ... darum hast du *ihn* gewählt – und du schicktest dich bereits an, ihn so zu behandeln, als sei er die leibhaftige Dritte Person ... Welch ein Fehlgriff! Aber ... als »dritte Person« wäre er schon bald aufgeflogen ... das heißt: für *uns* ... du hättest den Fehlgriff nicht mal bemerkt. Hör zu ... unter uns gesagt und geschwiegen: Dein »er« ist nicht nur keine echte dritte Person ... nicht einmal eine zweite ... er ist allenfalls, *allenfalls* ein Schatten der ersten Person ... die du bist ... und was bist du? ... Gut, *mene mene tekel ufarsin*: Er ist unzureichend, er genügt nicht – weg mit ihm. Und jetzt ... noch einmal ... *unsere* Worte ...

»Ich nicht und nicht du ...«

Noch einmal! Noch einmal! – Beschwöre ihn ... schwöre ihm ab ... es muß *aus* sein zwischen euch ...

»... du nicht und nicht ich.«

Denn auch wenn du aufrichtig warst ... und zugabst, daß es nicht mehr als dein Spiegelbild ist, das mit dir flirtet ... dein eigener Schatten, dem du den Hof machst ... zu *ihm* gelangen kannst du nicht. Ihn füllen mit deinem Fleisch und Blut ... ihm deinen Atem leihen ... Mann, ihr würdet ineinander weggleiten, euch auflösen, *ersticken*. Möchtest du sehen, wie das passiert, Ungläubiger – gut, dann umarm ihn ... und du wirst sehen ... nein, nur *wir* werden es sehen ... daß ihr vollständig und für immer ineinander verschwindet ... Eine derart tragische Paarung bis zum Nichts – wie könnte die uns zerstreuen! Eine Tragödie? – Eine Posse! ... So solide, so massiv dieser schwarze Spiegel dort unter dir auch zu sein scheint – bei jeder Annäherung würden wir etwas von dir in ihm verlieren ... dasselbe von ihm in dir ... ein *doppelter* Verlust ... deine Arme in seinen ... der rechte im linken, der linke im rechten ... seine Schultern in deinen ... Lippen, die sich gegenseitig wegküssen ... Mann, ihr würdet mit aufgefressenen Gesichtern ineinander ersaufen! ... Und die Dinge! – Gut, schenk dich nur her ... – aber hast du dir mal überlegt, wie sie erschrecken werden, die Dinge ... wie sie sich erschrocken aus der Welt zurückziehen werden, wenn ihr euch einander ausliefert? Du würdest alles zerstören. Erst nach einer Weile ... zittrig, schwankend ... würden sie allmählich ihren alten Platz wieder einnehmen: die Bäume, die Vögel, die Wolken ... *und kein Mensch mehr weit und breit.* Stehendes Gewässer – du kannst nur *ein*mal hineinsteigen ... und du kehrst nie mehr zurück. Nie.

Überzeugt?

Einverstanden, einverstanden – aber wir wollten uns doch zerstreuen. Unsere ganze Hoffnung hatten wir auf dich gesetzt ... Es ist schiefgegangen. Schon gleich zu Beginn, als wir zwischen den Zeilen hindurchlugten, ging es schief. Aber es ist noch nicht zu spät: Wir haben dir beizeiten auf die Finger geklopft ... es kribbelt noch etwas, sei ehrlich.

Uns zerstreuen ...

Aber wenn wir dir den Spiegeltod nicht gönnen und er, der dort winkt, zu durchsichtig für uns ist – dann wird rasch ein Dritter auf den Plan treten müssen. Schnell! Schnell! Wir sind ungeduldig – der Tag ist kurz. Ein Dritter – aber woher? ... Laß ihn in Gottesnamen auftreten, daher, woher noch keiner dieser ganzen und halben Schemen aufgetreten ist, auf daß unser Genuß grenzenlos wird. Eine dritte Person – eine *echte*, wie wir sie uns wünschen ... Eine, die uns etwas vortanzt, wie es *uns* behagt ... Eine, die nach *unserer* Pfeife tanzt und doch gefallsüchtig genug ist, nach eigenem Gutdünken zu tanzen, sich Tänze auszudenken und selbst dann noch zu tanzen, wenn unsere Orgeln schweigen ... kapriziös, wirbelnd, unermüdlich ... bis die Nacht hereinbricht und wir trunken sind und so durch und durch zerstreut, daß wir wie eine dünne Puderschicht über allem liegen ... alle Dinge mit unserer gewichtslosen Anwesenheit überzogen haben ... so durch und durch zerstreut, daß wir nicht einmal mehr unsere Träume brauchen, um die Nacht rumzubringen ... Dieses Wesen, dieser Tänzer ... Wo? Wo denn!

»Hier nicht und nicht dort ...«

Creatio ex nihilo? – Ex nihilo nihil fit!

»... dort nicht und nicht hier.«

In der greifbaren Wirklichkeit nicht und nicht in der ungreifbaren, in der auslöschbaren nicht und nicht in der weniger auslöschbaren. Im »Jenseits« dann, oder ...

»Unter den Lebenden nicht und nicht unter den Toten.«

Oder ... *genau zwischen euch*?

Wir spüren, wie du zitternd am Rande der Antwort stehst, wie ... wie eine Libelle über dem Wasser – das Bild ist gar nicht mal so schlecht. Gut, aus nichts wird nichts erschaffen – so ohnmächtig sind selbst wir. Ein Stäubchen, ein Teilchen ... ein Minimum brauchen wir schon. Du, er – wir kommen nicht *ganz* ohne euch aus. *You guys* seid noch nicht ganz verloren für uns. Das Hochheben eines Regenschirms, ein bißchen Rechnerei, eine Erinnerung – mehr ist noch nicht verspielt. Der Regen darf weiter strömen, die Toten können liegenbleiben, die Mutter ... der Tenor ihrer Worte ... unverändert. Aber er, *er* – wieder! wieder! – alles wartet auf *ihn*.

Laß *uns* nur machen ...

Tu, was wir dir sagen ... Von dem, was da im Spiegel gefangen ist, wirst du dich jetzt verabschieden. Beuge dich noch *ein*mal über ihn, ein letztes Mal. Ein fester Halt ist wichtig – du darfst nicht vornüberfallen. Du darfst dich nicht noch im letzten Moment in seine Arme stürzen. Stütz dich gut mit den Händen im Schlamm ab ... so, ja ... und beug dich jetzt so weit über das Wasser ... vorsichtig, vorsichtig ... daß eure Lippen sich *fast* berühren ... so, ja ... nicht weiter ... Schau ihm jetzt fest in die Augen und wiederhole noch einmal ... bestätige noch einmal, was wir bereits wissen ... *unsere* Worte ...

»Hier nicht un(*nd nicht dort*).«

Schau! Am Drehpunkt, an der Achse, am Scharnier unserer Formel ... »und« ... *berühren* eure Lippen sich! Und doch wieder nicht ... Hast du es gespürt? Nein, du hast es nicht gespürt. Fühl mal mit der Zunge: Deine Lippen sind nicht einmal naß geworden. Eure Lippen – zwischen ihnen war ein unendlich dünner Film: Die Oberflächenspannung des Wassers hat dem Kuß widerstanden ... Und trotzdem ... trotzdem könnte man es als Kuß bezeichnen ... *Der Kuß war dieses giftige kleine, harte, kugelrunde Bindewort, das von deinen Lippen aufs Wasser sprang*: ... »und« ... Hinunterschlucken konntest du es nicht mehr – es entwich dir. Es muß ein winziger Teil deines Atems gewesen sein, der da über das Wasser strich, eine geringfügige Luftbewegung – aber *hier* ist die Sicht unbegrenzt, *uns* entgeht nichts ... und um das Unsichtbare sichtbar zu machen und das Unhörbare hörbar, sagen wir: Es ist gewichtslos auf dem Wasser aufgeschlagen, dieses »und« ... es ist lautlos zerborsten: ... un*nd* ... Aber jetzt sieh nur, es verhält sich wie ein zertretenes Insekt! ... es krümmt sich! ... sieh nur, es zieht sich zusammen wie ein versengter Ohrwurm! ... es windet sich! ... & ... – Siehst du, was damit gemeint ist? ... »&« ... Wonach wir immer gesucht haben ... ist *dieses verletzte Insekt*! ... »Hier nicht & ...« – der Rest ist dir im Halse steckengeblieben. (Das »dort« hat dem »nicht« brav gehorcht, wollen wir mal sagen, und ist verschwunden ... sei froh!) ... »&« ... Verstümmelt, in sich selbst verheddert, aus dem Zusammenhang gerissen: ein entwurzeltes Wort – aber vor Leben bebend, voll neuer Bedeutung! ... Siehst du, wie sich aus dem geringsten Strudel heraus ... diesem »&« ... dieser kleinen schwarzen Rose ... der Spiegel jetzt kräuselt? Aber hast du auch gemerkt, daß dein Antipode verschwunden ist? Herabgesogen von diesem winzigen Wirbel – ausgelöscht, vernichtet ... (Er wird gerettet werden.) Auch für dich wird es jetzt Zeit, zu verschwinden – wir kümmern uns um die Frucht eurer Spiegelei. Steh auf! Steh auf! Streck die Beine! Massier dir die Gelenke! Du hast bestimmt einen Krampf ... falsche Gicht ... oder dein Bein ist eingeschlafen ... Aber Krampf hin oder her, diese deine unwillkürliche Kniebeuge, fast ein Kniefall, deine ganze kniende Haltung – das alles ist haargenau in dem aufgezeichnet, was dort kreiselt: ... »&« ... Dieses »&« – das ist das stilisierte Abbild des Menschen zwischen Fallen und Aufstehen, zwischen Biegen oder Brechen ... des Menschen, der sich für das historische Sichaufrichten abstößt ... seines Übergangs vom Kriechen zum Schreiten ... der im Begriff ist, seiner Beine mächtig zu werden ... ihre Tragfähigkeit zu erproben ... sich abzustoßen für das Wettrennen ums Feuer ...

Hier aber liegt er noch gekettet in der Steifheit seiner Gelenke ... kniend ... vor *uns* ... und erwartet unsere Befehle.

Wenn du so von oben auf das Wasser herunterschaust, siehst du, wie das Zeichen sich langsam ausdehnt – immer harmonischer, immer konzentrischer ... Wo ihr euch gefunden (und im selben Moment wieder verloren) habt – aus diesem Zentrum heraus rollt es sich in den anmutigsten Wendungen (man könnte es als unsere *Schönschrift* bezeichnen) auf bis zum Ufer. Endlos träge, kaum sichtbar. Dieses »&« ... wir werden sehen, ob es lebensfähig ist ... ob es je die Person werden kann, auf die wir uns so gefreut haben ... ein Held ... oder ein Monster ... oder beides ... oder keines von beiden ... Er nicht, nicht du – »&«.

Euer Kuß ... der hat dieses »&« gezeugt ... deinen Partner vernichtet, aber ... *er ist hier bei uns*. Er ist hier bei uns, um die Gesten, die unausgesprochenen Worte, die er von dir empfing, sogar seinen Regenschirm, mit uns an ... »&« weiterzuleiten. Komm du nun auch und zerstreu dich *mit* uns. Komm und stärk unsere Vorstellungskraft ... wir brauchen Nahrung, um unser Monster zu säugen. Keine Phantasie! – Die breitet sich schon reichlich genug in unseren Träumen aus. Gut, ein Einhorn hie und da wird zugelassen ... sofern seine Hufe glaubwürdig über das Kopfsteinpflaster klappern ... sofern wir es nur dann und wann in eine dunkle Gasse biegen sehen ... kannst du ihm in seinem Zuckeltrab folgen? ... es läuft auf einen kleinen Innenhof ... *jetzt stößt es sein Horn gegen eine kleine gußeiserne Wanne* ... Vorstellungskraft, davon haben wir hier nie genug.

Komm, und überlaß die Sache jetzt uns ... Zeit zum Orakeln ... Zwischen deiner Wirklichkeit und der Scheinwirklichkeit dieses anderen muß sich eine unendlich dünne horizontale Ebene befinden ... und in dieser »dritten Wirklichkeit« habt ihr, haben *wir* »&« zur Welt kommen lassen ... »&« ... Es ist dabei, Gestalt anzunehmen in einer zweidimensionalen Welt, die genau zwischen euren Welten eingeklemmt ist. (Nur *wir* haben Zugang dazu.) Hier nicht & nicht dort.

... »&« ... – ein Bindewort. Genau an der Grenze zwischen »hier« und »dort«, zwischen »nicht« und »nicht« führt es ein beengtes parataktisches Dasein: ... »&« ... Dieses drollige Ösen-Häkchen hakt, reiht, *schmiedet* zwei ebenbildliche, aber ewig getrennte Welten aneinander. In diesem Paradoxon ist es sogar das stärkste Glied ... »&« ... – unsere dritte Person, unser Mittler ...

Ach, »&« ... so wie es sich da jetzt krümmt, besteht es aus nicht viel mehr als einem Bindewort – nein, es *ist* dieses Bindewort: Es ist sein eigener Name: »&« ... – der Rest ist Wasser. Halb Wort, halb Bild – ein Stück aufgelebter Zeichensprache, mehr nicht. Der siebenundzwanzigste oder nullte Buchstabe des Alphabets – der einzige, dessen wir uns *wirklich* bedienen werden (weg mit der Sprache!). »&«: die Stimmgabel für unsere Keilschrift.

Hör unser Entzücken! ... dieser Lotussitz *en profil* ... »&« ... visualisiert es nicht genau die kniende Haltung, in der wir es erzeugt haben? ... Und die Anführungszeichen, von denen es gehalten, gestützt wird ... sind das die Welten, zwischen denen es sich bewegt? ... nein, ja ... es sind *Muschelschalen*: Sie wachsen mit diesem »&«, bis es so viel Volumen hat, daß es aus ihnen herausbricht. Doch einstweilen ist es noch ein Häkchen, eine Öse, eine Schleife, eine Schlinge – das ist alles: ein kleiner *Homunkulus* ... Und mit diesem kleinen Homunkulus werden wir jetzt unsere Alchimie betreiben – ebenso präzis wie pervers. Er ist unser Ausgangspunkt, unser Anknüpfungspunkt – das absolute Minimum, das wir suchten, um unsere Geschichte daran aufhängen zu können: eine unbekannte, ungeschriebene, sich selbst fortspinnende Geschichte ... um uns zu zerstreuen ... unbegrenzt, bis zum Tod ... »&« ... »ein aus sich selbst heraus kreisendes Rad« ... unser einziges Faktum ... *aber wir sind ja schon mit einem halben Wort zufrieden*! Wir, die wir richtig verstehen ... allzeit bereit, voll und ganz bereit, uns wegzuwerfen. Zufrieden? ... mit einem halben Wort? ... *Wir müssen es sein*! Wir stammen aus der Zeit nach dem Großen Weltenbrand ... aus dem dritten Viertel dieses Jahrhunderts ... den siebziger Jahren, die sich bereits den achtzigern nähern! ... Wir haben keine andere Wahl! Wir sind aufgewachsen, aufgezogen mit dem Gott Nahweh in unserer Mitte ... unter der strahlenden Sonne des Optimismus ... Wir haben keine große Geschichte. Wir sind noch sehr jung, aber nicht halb so unsterblich wie unsere großen Vorgänger. Wir haben nur ein halbes Wort und ansonsten unser Köpfchenköpfchen – das muß reichen ... Und das tut es ...

Herzdame

Sonntag, 21. Oktober 1979
(Albert Egberts)

Fliehet die Unzucht! Alle Sünden, die der Mensch tut, sind außer seinem Leibe; wer aber Unzucht treibt, der sündigt an seinem eigenen Leibe. Oder wisset ihr nicht, daß euer Leib ein Tempel des heiligen Geistes ist, der in euch ist, welchen ihr habt von Gott, und seid nicht euer eigen? Denn ihr seid teuer erkauft; darum so preiset Gott an eurem Leibe.

1. Korinther 6, 18-20

»Wieso, Kapelle?«

»Was ›Wieso, Kapelle‹?«

»Warum nennst du deine Vagina-Enzyklopädie *Die Kapelle*?«

In Marikes Dachzimmer, in dem vom Vorabend noch der abgestandene Fetengeruch nach Alkohol und Zigaretten hing, trafen sie die rote Ineke auf einem Stuhl mit gerader Lehne, das Gipsbein auf der Bettkante. Als sie lärmend hereinkamen, zog sie ihren langen Rock etwas weiter über das Knie nach unten, als sei es unanständig, anderen einen Blick auf den weißeren Teil des Gipses zu gönnen. Sie griff sofort wieder das Frühstücksgespräch mit Albert auf, das durch Gidis Vorschlag, »Pilze suchen zu gehen«, jäh abgebrochen war.

»Ach so, *die* Kapelle ... Also, paß auf.« Albert wußte, wo Marikes Schreibzeug lag. Er suchte sich einen dicken schwarzen Filzstift aus, und weil er kein unbeschriebenes Blatt Papier finden konnte, zeichnete er seine Skizze auf eine dichtbedruckte Zeitungsseite. »Schau, wenn ich jetzt hier eine gepunktete Linie ziehe, dann siehst du, daß so etwas wie eine Spiegelung entsteht ...«

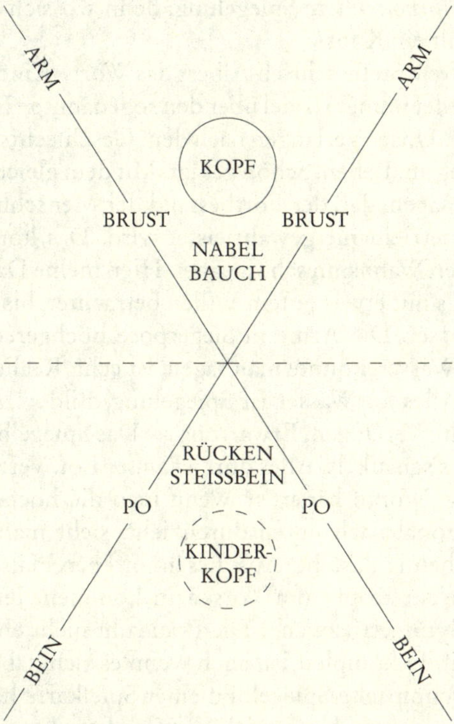

»Der Leib ist ein Tempel des heiligen Geistes, heißt es in der Bibel ... irgendwo bei den Korinthern. Also, für mich ist euer Leib auch der Form nach ein Tempel ... ein sich selbst spiegelnder Tempel.«

»Brüste, die Arschbacken spiegeln?« fragte der kleine Lei, der immer die Ohren spitzte, wenn es um weibliche Formen ging. »Tolle Spiegelung. Das eine sitzt vorn dran, das andere hinten.«

»Ich gebe zu, es ist eine etwas diffuse Spiegelung. Der Hintern, der den Busen spiegelt ... Du kennst doch diese Püppchen mit der Drehfläche in Nabelhöhe. Bei denen kann man den Oberkörper herumdrehen. So was Ähnliches. Man könnte auch sagen, daß hier doppelt gespiegelt wird: horizontal und vertikal. Aber wie man es auch dreht und wendet, es ist eine *unvollendete* Spiegelung, denn wo sich die Beine gabeln, fehlt ein Kopf.«

An die freie Stelle schrieb Albert das Wort »Kinderkopf«.

»Man redet immer so viel über den sogenannten Fortpflanzungstrieb. Unser Verlangen nach dem Geschlechtsakt erhält die Gattung am Leben. Schön gesagt. Mit dem gleichen Recht kann man sagen, daß der Fortbestand der Menschheit durch eine Symmetriemanie gewährleistet wird. Das kommt meinem eigenen Wahnsinn schon näher. Hier, meine Dame steht, wenn man's mit etwas gutem Willen betrachtet, bis zum Nabel im Wasser. Die Arme in Siegerpose hochgereckt. Alles *über* dem Wasser, könnte man sagen, ist echt. Realität. Ratio. Planung. Alles *im* Wasser ist Spiegelung, Bild ... Also Illusion. Traum, Verlangen, Erwartung ... Das Spiegelbild ist gekräuselt. Es schaukelt. Alles dort ist außer Lot. Verzerrt. Unvollständig. Woran hapert's? Wenn man die hochgereckten Arme diagonal nach unten durchzieht, sieht man, daß die Frau breitbeinig dasteht. Aus diesem offenen Hals da unten muß noch ein Kopf zum Vorschein kommen. Jetzt haben wir's ...! Symmetriezwang! Die Frau ruht nicht eher, als bis ihr Spiegelbild komplett ist, auch wenn es sich dabei um das völlig zerschnipselte Spiegelbild einer Spielkarte handelt. In komplettem Zustand nenne ich sie Herzdame.«

Er schrieb den Namen in Großbuchstaben über die Skizze.

»Ein sehr kurzlebiges Spiegelbild«, sagte Die Riesin.

»*Eine* Kräuselung, und es ist verschwunden«, gab Albert zu. »Und darin ähnelt es dem, was im anderen Lager als die Garantie für den Fortbestand der Gattung Mensch betrachtet wird. Dem Orgasmus. Meiner Meinung nach ist es aber genau diese Kurzlebigkeit, die das Bedürfnis nach Symmetrie aufrechterhält. Einen Moment lang blickt die Mutter in ein nicht erkennbares kleines Gesicht. Dieses schaut nicht zurück. Es ist blind und blutig. Es ist von einer Haut umhüllt und damit genauso austauschbar wie das Gesicht eines Bankräubers, der sich einen Nylonstrumpf über den Kopf gezogen hat. Das vollendete Spiegelbild gebiert einen Menschen. Etwas löst sich aus ihm, und damit ist die Symmetrie schon wieder zerstört. Andererseits ist damit das *Bedürfnis* nach Spiegeln wiederhergestellt. So und nicht anders wird der Fortbestand der Menschheit gewährleistet ... durch eine Art kunstsinniger Zwangsneurose. Der Geschlechtstrieb ist dabei nur ein Hilfsmittel. Ein Instrument, nichts weiter.«

»Und jetzt zu deiner Kapelle«, sagte Ineke, die wieder den hochgerutschten Rocksaum über den Gips in Richtung Schienbein zog. »Du hast zwar was von einem Tempel gesagt. Aber ich weiß immer noch nicht, warum deine Enzyklopädie *Die Kapelle* heißt.«

»Der Tempel ist über der Kapelle errichtet. Ich sprach vom ›offenen Hals‹ des Spiegelbilds. Weil dort, und nur dort, die Symmetrie wiederhergestellt werden kann, ist es die geheimnisvollste und, na ja, heiligste Stelle der Frau. Wenn ein Mann dort eindringt und sie befruchtet, wird nicht so sehr ein Mensch erzeugt als vielmehr ein Gleichgewicht. Ein kopulierender Mann arbeitet dort an nichts weniger als an der Restaurierung eines Musters ... eine harte Arbeit ... Er hat eine absolut dienende Rolle. Er ist der Dumme. Im Vergleich zu dem, was sie dort trägt ... einen geschmeidigen Kragen für den erwarteten Kopf ... damit verglichen hat er da nicht mal ein Zepter der Leidenschaft ... es ist kaum mehr als eine Narrenpritsche ... Damit fuchtelt er ein bißchen herum, der dumme Kerl. Meine Herzdame birgt da nicht weniger als eine Zukunftsvision. Eine Möse ist der offene, noch lebende Hals nach der Guillotine. Sie sehnt sich glucksend nach einem Kopf.«

»Jetzt versteh ich auch besser«, sagte Die Riesin spöttisch, »warum Frauen einen leckenden Kerl so gern bei den Haaren an sich ziehen. Das ist sowas wie Kleben. Einen abgerissenen Finger legt man sich auch unter die Zunge.«

»Vor zwei Jahren war ich in Assisi«, fuhr Albert fort. »Wenn man dort aus dem Bahnhof kommt, sieht man in den Hügeln das alte Assisi. Ganz in der Nähe des Bahnhofs steht ein noch relativ neuer Dom, den man über einer alten Kapelle errichtet hat. Ich weiß nicht mehr, was diese Kapelle so besonders und so heilig machte, nur, daß man es der Mühe für wert befunden hat, den kleinen Bau in einer kompletten Basilika zu verpacken. Kuppeln, Türme, Seitenschiffe ... alles, um dieses kostbare Kleinod zu ehren und gleichzeitig zu schützen. Da hatte ich meine Metapher. Die Brüste und Arschbacken als Kuppeln, Arme und Beine als Türme und Pfeiler ... ein kompletter, reich gewölbter Tempel, einzig und allein um eine feuchte Krypta vorn unter dem Mittelschiff zu erhalten. So ist es doch? Eine verborgene kleine Kapelle voll alter Weihrauchdüfte ... und drum herum erhebt sich dann, in schönstem Gleichgewicht, ein auffälliges Kirchengebäude. Zur Umrahmung, aber auch als architektonischer Schutz dessen, was dort durch marmorne Falten dem Auge entzogen wird. Eine Basilika zum höheren Ruhm der Möse, Herrgott noch mal – das ist der Frauenkörper. Weist nicht euer gesamter Bau auf diese geheime Kerbe hin? Na also. Dieser elastische Schlitz ... die Spannung des ganzen Leibs führt dorthin. Darum kann eine Frau selbst auch nie vergessen, was sie mit sich trägt. Achtet mal darauf. Egal was für ein Typ sie ist, extrovertiert, introvertiert ... ob sie lacht oder mißmutig dreinschaut ... immer hat sie *auch* den in sich gekehrten Blick eines Priesters mit der Hostie in einer Dose, auf dem Weg zu einem Sterbenden. So jemandem guten Tag zu sagen, hat immer etwas Heikles, Doppeldeutiges ... Denn aufgepaßt! Man grüßt auch ihre Möse! Genau wie der Priester darf sie eigentlich nicht zurückgrüßen.«

»Kapelle, ist das nicht auch der Name eines Tagfalters?« fragte Ineke.

»Ein weiterer Grund, die Enzyklopädie so zu nennen. Nicht nur weil ich sie ... Plural ... wie Herr Steckelbein in meiner Kapellendose sammle. Die Ähnlichkeit mit einem Schmetterling ... Darf ich das hier verraten, Marike?«

»Ich weiß nicht, worauf du hinauswillst«, sagte Marike, die verdammt gut wußte, worauf er hinauswollte.

»Erinnerst du dich noch, daß ich dich angeschaut habe ... es ist schon etliche Jahre her ... und daß ich dann sowas Ähnliches sagte wie: ›Wie ein Schmetterling von oben betrachtet, nur mit zusammengefalteten Flügeln‹?«

Marike kicherte. »Nein, ich möchte eigentlich nicht, daß du das ausplauderst.«

»Bei niemand hat dieses Bild je so gestimmt wie bei dir.«

»Wie wir dich kennen, Albert«, sagte Marike, »sind sie nicht lange zusammengefaltet geblieben.«

»Jetzt platzen wir aber langsam vor Neugier«, sagte Die Riesin, »ob Alberts Bildersprache auch Hand und Fuß hat. Vor allem nach dieser Vorlesung über Architektur. Marike? Ja, tut mir leid, die paar Male, als ich dein Ding gesehen habe, war's gerade voll in Aktion. Es kann an meiner Kurzsichtigkeit gelegen haben, aber ich hab es nie scharf von oben gesehen.«

Wieder kicherte Marike. »Ogottogott«, sagte sie und wurde rot. Nach aller Schamlosigkeit der vergangenen Male mußte alles doch wieder von vorn beginnen, aber das hatte auch seinen Reiz. Für Hans, den Sportlehrer, war es die erste Sitzung, doch wer von den anderen hätte sich dieses »von vorn Beginnen« entgehen lassen wollen? Marike schon gar nicht. Alles von vorn.

»Ogottogottogott«, wiederholte sie. »Na schön, alles im Dienste der Wissenschaft ...«

»Der Poesie, meine Liebe«, verbesserte Die Riesin, die ihrer dunklen Stimme auch einen zuckersüßen Anstrich geben konnte. Marike setzte sich in ihren alten Sessel. »Moment mal. Ich finde das nicht so leicht. Albert macht das alles mit Worten, aber das da ...« Sie legte Daumen und Zeigefinger seitlich an den Kopf, wie um sich auf ihre Aufgabe vorzubereiten. Unterdessen hockten oder knieten sich alle Anwesenden nahezu geräuschlos im Halbkreis um sie. Gidi und Jerry, Die Riesin, Hans und Lei. Ineke, das Gipsbein auf das Bett gelegt, blieb auf ihrem Stuhl, von wo sie volle Sicht auf den Sessel hatte. Madelon war scheu aus dem Zimmer gehuscht, um einen Stock tiefer auf die Toilette zu gehen.

Vom Herbst hatten sie nur die Kälte draußen gelassen, sofern sie nicht noch in ihren Gliedern steckte; der Geruch nach Pilzen und Walderde war mit hereingekommen und hatte sich in dem Maße verstärkt, je länger die Kiste neben der Heizung stand. Marike konzentrierte sich, allerdings viel länger als eine Turnerin vor dem Salto. Die tiefstehende Sonne beleuchtete schwach ihr Gesicht, konnte aber nicht der Grund dafür sein, daß sie die Augen mit einer Hand abschirmte.

»Schwierig«, sagte sie. »Vor allem wenn man die erste, ich meine, die einzige ist.«

»Wir können natürlich beschließen«, sagte Jerry, »daß wir alle sofort alles ausziehen.«

»Ach, wie spießig«, sagte der kleine Lei, der sich gerade auf mehr Damenkleidung gefreut hatte.

»Absolut dagegen«, rief Ineke.

»Den Gips darfst du anbehalten«, sagte Jerry.

»Wie großzügig«, sagte Ineke, »aber das meine ich nicht. Hab ich euch das nie erzählt? Meine Eltern waren Mitglieder im Verein für Sexualreform. Zu bestimmten Zeiten waren sie an der Reihe, bei uns zu Hause eine Party zu organisieren. Noch immer ein abschreckendes Bild: all die Bügel mit kompletter Garderobe auf dem Flur. Ordentlich am Haken aufgehängtes Kostüm samt BH und Slip. Im Wohnzimmer hatten nur die Matratzen was an. Schutzüberzüge. Ich war vierzehn, fünfzehn, und mußte an diesen Abenden immer früh ins Bett. Natürlich hab ich mich dann manchmal über das Treppengeländer gehängt. Am deutlichsten in Erinnerung ist mir noch der Geruch im Treppenhaus. Nicht der von sich öffnenden Männer- und Frauenkörpern, sondern von Toilettenseife. Castella. Typischer Samstagabendgeruch. Oh, was hatten sie sich geschrubbt, die Damen und die Herren! Eine Heidenangst, auch nur das leiseste menschliche Düftchen von sich zu geben ...! In ihren miefigen Blättern las ich, daß der Geruch, der nach dem Zurückziehen der Vorhaut frei wird, für die Frau so unwiderstehlich, so stimulierend sein kann ... Also, meiner Meinung nach kam in unserem Wohnzimmer aus jeder Vorhaut ein Stück LUX Toilettenseife zum Vorschein. Orale Stimulierung, wie sie es in ihrer Freier-Sex-Klasse nannten, wurde dann schnell zum Seifenblasen-Blasen. Na ja, das war es ja auch, was sie wollten, diese Hippies von vor zehn Jahren. Blumen pflücken und Seifenblasen blasen.«

Die Tür öffnete sich, und Madelon kam herein, die die Lage etwas ängstlich sondierte. Bis jetzt kein Grund zur Beunruhigung, abgesehen von den verbalen Taten.

»Meine achtzehnjährige Schwester durfte, wenn sie wollte, auch mitmachen. Spätabends kam sie dann in unser Zimmer mit einer Menge ›Kann-ich-dir-eigentlich-nicht-erzählen‹-Geschichten. Für mich böhmische Dörfer. Nach meinem siebzehnten Geburtstag wurde ich eingeführt. Halleluja... grauenhaft. Dieses Knäuel aus schlaffem Fleisch! Dieser Misthaufen aus Blumenkohlärschen! Frauen, deren Brüste neben ihnen auf der Matratze lagen... Igittigitt! Schenkel aus streichfähigem Blauschimmelkäse... Wenn man mich fragt, behielten sie doch alle den eigenen Mann im Auge... den ihnen gesetzlich angetrauten Wandelnden Wanst... Allen schönen Sprüchen zum Trotz. Aber das Schlimmste war dieses nüchterne Ausziehen in der Diele... dieses pudelnackte Reinkommen, den Abdruck des Unterhosengummibands noch auf der Haut... oder des BH-Verschlusses auf dem Speckrücken... Vieh mit einer Markierung. Die Herren mit schwänzelnder Dreivierteleerektion. Wie ein Hund, der Gassi gehen will. Nervös zitternd, schnüffelnd, Herrchen hinter sich her ziehend...«

»Und du, Ineke?« fragte Die Riesin.

»Tja, ich hab mich natürlich geniert wie sonst was. Ich schämte mich für mein rotes Haar und meine weiße Haut. Ich hatte Sommersprossen bis zwischen die Brüstchen. Und dann dieser orange Puschel da unten an meinem Bauch... Mein Vater war sehr fanatisch in diesen Dingen. Dieses Rumgemache bewahrte einen angeblich vor allen möglichen Krankheiten... auch vor Versagensangst im gesellschaftlichen Leben... Meine Mutter sagte, ich bräuchte nicht, wenn ich absolut nicht wollte. Gut, irgendwann fummelt so 'n alter Knacker doch an mir rum. Wollte unbedingt lecken. Na ja, mit geschlossenen Augen war es eigentlich ganz schön. Als ich gerade ein bißchen warm wurde, kam die Alte von dem Typ und klopfte ihm auf die Finger – beziehungsweise auf die Eier, wie nennt man das. ›So ein junges Ding, Hendrik!‹ Eiskalt. Titten bis auf die Knie. ›So ein junges Ding!‹ Aber am meisten hat mich doch dieser Fleischhaufen abgetörnt. Nirgends auch nur ein Fetzen Bekleidung. Ein bißchen rumgukken und suchen war nicht drin. Freiheit? Nichts öder als das! Darüber bin ich nie weggekommen.«

»Schon verstanden, Ineke«, sagte Lei. »Alles bleibt so weit wie möglich bedeckt.«

Marike, an der die ganze Geschichte spurlos vorbeigegangen zu sein schien, stellte sich plötzlich hin. Mit ein paar raschen Bewegungen entledigte sie sich ihrer Schuhe und der Strumpfhose und saß schon wieder im Sessel, das rechte Bein über der Lehne. Sie zog ihren Rocksaum hoch und stellte zur Schau, was an ihr am wenigsten schön war: ihre Oberschenkel, wabbelig eingedellt und blaugeädert. Sie trug einen schlichten weißen Baumwollslip. Als sie eine Fingerspitze hinter den Schritt hakte, sagte Albert einigermaßen gehetzt: »Vorsichtig. Nichts stören. Das Bild muß stimmen. Alles für die Poesie ...«

Äußerst behutsam zog Marike den Baumwollstreifen beiseite. So etwas wie ein summender Seufzer ging durch die Runde. Er klang auf schmachtende Weise wie eine Bestätigung. Nur Albert, der in seiner Enzyklopädie alles von Marike exakt aufgezeichnet hatte, sah, daß sie etwas zu spät dran waren. Oh ja, gewiß, was sich da wie zwei Linien-in-einer den Blicken darbot, ließ sich noch immer als »Draufsicht auf einen Schmetterling mit zusammengefalteten Flügeln« beschreiben. Doch infolge einer leichten Schwellung ihres Fleisches war das Relief bereits weniger messerscharf. Die zarte Symmetrie war unverkennbar die eines Schmetterlings auf einem Blütenkelch. Es war ein kurzlebiges Bild. Unter ihren Blicken büßte es rasch an Form ein. Es verlor seine Straffheit. Der Schmetterling, vom Sonnenlicht auf dem Kamm der zusammengelegten Flügel leicht angetippt, verwandelte sich vor ihren Augen in eine glänzende Larve, die ein kleines bißchen Feuchtigkeit ausschied.

»Ihr sagt ja nichts«, sagte Marike, ein wenig beklommen.

»Wir sind sprachlos«, sagte Lei.

»Das Bild hat sich selbst gelöscht«, sagte Gidi in seinem üblichen unberechenbaren Ton. »Aber es war verblüffend deutlich, was Albert meinte.«

»Gelöscht?« Marike überprüfte es, noch immer äußerst vorsichtig, mit ihrer Fingerspitze. »Hatte ich gar nicht gemerkt.«

Oh, Die Riesin war wahrlich die Philosophin der Gruppe...

»Wir Frauen können uns selbst eigentlich nie richtig sehen. Es sei denn breitbeinig vor dem Spiegel. Und selbst dann. Rechts ist links und links ist rechts. Du bist ständig dabei, dich selbst zu übersetzen. Hunde und Katzen sind so gelenkig, daß sie da mit der Zunge selbst hinkommen. Uns fehlt diese Gelenkigkeit. Für uns ist es immer ein Blindekuhspiel. Blind den Finger da reinstecken, wo es passiert. Und, na ja, weil wir den Spiegel ja nicht ständig, den ganzen Tag lang mit unseren Haxen umarmen können, ist unsere eigene Möse uns eigentlich genauso fremd wie den Männern. Daß die davon träumen, da mal 'nen Blick reinzuwerfen, ist offenbar ganz normal. Aber wir selbst sind noch stärker ausgeschlossen als sie. Immer wieder dieses Gelaber über den Unterschied zwischen Männern und Frauen. Unser Geschlecht ist soviel weniger prononciert als ihres. Ja, das ist uns mittlerweile bekannt. Es geht um die Erkennbarkeit des Geschlechts. Wir müssen grabschen und wühlen, um uns Gewißheit über die Anzeichen unserer Erregung zu verschaffen. Den Herren guckt die Erregung mit einem kleinen, hinterlistigen Auge direkt ins Gesicht. Sie werden auf ihre masturbatorischen Winke hin prompt bedient. Habt ihr da mal drauf geachtet? Ein hervorquellendes Auge mit einer rechteckigen Pupille, wie bei einer tranigen Ziege. So nenne ich es auch für mich: das Ziegenauge des Mannes. Und damit meine ich nicht so 'nen Stimulierungsring aus dem Versandhaus.«

Sie hatte recht, fand Albert, und daher war das Leben der Frau ein einziger ununterbrochener anmutiger Tanz um eine Höhle, einen leeren Schrein. Ein Tanz, der verbarg, bewahrte und in diesem Verbergen gelegentlich eine Pause einlegte.

»Nicht aufhören«, sagte Albert, nachdem Marike den elastischen Baumwollstreifen mit dem Geräusch eines Katapults wieder hatte zurückschnalzen lassen.

Nein, die größte Intimität mit einer Frau lag für Albert weniger denn je im Geschlechtsakt selbst, sondern im Zuschauen, wie sie sich selbst befriedigte. Es war ein Akt, den sie stets in völliger Einsamkeit, nur in Gesellschaft von sich selbst vollzogen hatte. Indem sie ihn ihrem Lover offen zeigte, gewährte sie ihm den denkbar tiefsten Blick in ihr verborgenes Leben. Nicht weniger als das *Herz* ihrer Einsamkeit kehrte sie damit für ihn hervor, und etwas Schöneres konnte sie ihm gar nicht bieten. Dies Tun war mit einem anderen verwandt, das man mit weiblicher Selbstgefälligkeit assoziierte. Kleine Drehbewegungen ... ein kurzes Schlenkern der Hand ... Stricken. Ein Finger, der immer wieder gewandt und schnell den Faden um die gekreuzten Nadelenden schlang ... In Anwesenheit des zuschauenden Lovers blieb ihr Finger in einem unsichtbaren Garn gefangen, das sich manchmal, ganz kurz, als Glitzern in Form eines selbstgesponnenen Schleimfadens zeigte.

Marike wußte, was von ihr erwartet wurde, suchte aber noch mit gekrümmten und in der Luft erstarrten Fingern nach der richtigen Methode.

»Ob es so etwas wie eine Polygamie der Finger gibt?« fragte Gidi gelangweilt.

»Was meinst du damit?«, fragte Die Riesin spitz.

»Na ja, ich frage mich bei einer Frau immer, mit welchem Finger sie verheiratet ist. Mit dem Zeigefinger, dem Mittelfinger ... dem kleinen Finger ... Und ob sie, wenn sie einen festen Finger hat, manchmal doch mit einem anderen fremdgeht. Und wie es sich anfühlt, wenn sie nach jahrelanger monogamer Ehe mit beispielsweise dem Ringfinger plötzlich den Harem einer ganzen Hand auf sich losläßt ... und dazu noch den gesamten Harem der anderen Hand ...«

»Ein monogames Liebesleben könnte sie nur mit ihrer Zunge führen«, meinte Die Riesin. »Und das ist ja gerade nicht möglich.«

»Kein Grund zur Verzweiflung«, sagte Gidi. »Wenn sie nicht Schlangenmensch genug ist, um mit ihrer eigenen Zunge verheiratet zu sein, kann sie den Nektar immer noch mit Hilfe ihrer Fingerspitzen weiterreichen. Die Griffel als ebensoviele *go-betweens*... Handkuß für die fast unerreichbare Geliebte.«

»Ogottogott, kann der labern«, sagte Marike. »Lei, gib mir mal die Schere da.«

Sie deutete auf einen Korb Nähsachen, aus dem die Augen einer großen Schere ragten. Sie wurde ihr gegeben. Es war eine alte, plumpe Schere aus dunkelbraunem Eisen mit wenigen noch verbliebenen Splittern des ursprünglichen Lacks – so eine Schere, die schon sehr lange in der Familie von Hand zu Hand ging. Marike schob ihren Rocksaum noch etwas weiter hoch und legte jetzt auch das andere Bein über die Armlehne. Die widerspenstigen Härchen zu beiden Seiten des Schritts wie eine raffinierte Stickerei... Ganz oben an ihren Schenkeln die geschwungenen Ausbuchtungen, in die exakt die Seite eines Babyköpfchens paßte... Marike zog mit ihrem Nagel eine Furche in den Baumwollstoff, ungefähr an der Stelle, an der die Flügel des Schmetterlings zusammengefügt gewesen waren. Es ähnelte dem Strich eines Handwerkers, der Rille einer Nagelspitze, die der Zimmermann ins blanke Holz gezogen hat, um die Sägelinie anzugeben... Sie preßte die Augen der Schere, Spitze nach oben, so fest gegen ihre Scham, daß die großen Labia, noch immer vom Stoff bedeckt, wie zwei weiße Kissen durch die rostigen Ovale quollen. Fest drückend begann sie, die Schere vertikal auf und abwärts zu bewegen. Albert mußte an die Wäscheklammer denken, die sie sich als Kind von einer Freundin auf ihre Schamlippen hatte klemmen lassen, »um ein Junge zu werden«. Nach panikartigem Herumgetanze, wobei sie vor Schmerz geschrien hatte, hatte sich die Klammer von allein – mit einem Klackgeräusch – gelöst und war unter ihrem Kleid hervor auf den Holzfußboden des Speichers gefallen. Seitdem konnte sie nie wieder Wäsche an eine Leine geklammert sehen, ohne... Plötzlich hielt Marike inne.

»Laßt ihr mich das mal ganz allein machen? Ich versuche, etwas nachzuspielen ... aber es wäre kein überflüssiger Luxus, dabei ein Vorbild vor Augen zu haben.«

»Ach komm, Marike, das wäre eine Sünde«, sagte Die Riesin, noch immer scharf. »Sei doch ehrlich ... diese ganze männliche Masturbiererei, die *hat* doch was Weibisches. Ich kenne nichts Frivoleres. Das Befingern einer gigantisch angeschwollenen Klitoris. Wir Frauen sind wenigstens noch bescheiden. Die Herren bringen ihn erst mordsmäßig auf Vordermann, und dann kann das Fingerspiel beginnen. Das ist auch der Grund, warum unsere Herren der Schöpfung bei jeder Anfechtung eine *Frau* brauchen. Oder ...? Versteht ihr? Sie haben Angst vor dieser weibischen Handlung, die das Onanieren ja im Grunde ist. In die eigene hohle Hand abspritzen zu müssen ... der Gedanke allein schon! Ein Gedanke, den andere ihnen womöglich an der Nase ablesen könnten! Der Nachbar! Die Nachbarin! Ein Gedanke, den sie mit dir, einem Mann, in Verbindung bringen könnten ... einem Mann! Mein Gott, bloß das nicht! Ich fingere nicht an mir herum! *I'm a man, yes I am, and I luv you so* ... Ich brauche eine Frau! ... Aber kapieren die denn nicht mit ihren Spatzenhirnen, daß *Bumsen* eine noch viel weibischere Angelegenheit ist? Ihnen fehlt genau das bißchen Phantasie, um auf ihre eigene Rückseite schauen zu können, sonst würden sie sehen, unsere Superhelden, wie schrecklich frivol sie da liegen und mit dem Hintern wackeln, mit den Hüften kreisen ... Und das alles, um sich ... das ist das Schönste! ... *in uns*, wie in einer eingecremten Handfläche ... einen abzuwichsen.

Nur wir sehen das, wir Frauen, weil wir, doof wie wir sind, unseren Kopf immer auf irgendeine unbequeme Unterlage betten ... wir sehen es, wenn wir zwischen ihren flatternden Schulterblättern durchgucken ... Mannomann, und die haben selbst keine Ahnung davon! Das also ist nun ihr ganzes Repertoire ... an sich selbst rumzufingern oder, noch weibischer, ihr drolliger Anteil am Geschlechtsakt ... Das muß man sich mal vorstellen! Ein Haufen Weiber! Ich beneide sie nicht!«

Albert, der fast Schulter an Schulter mit den anderen auf dem Boden saß, spürte, wie ein Schaudern durch die Runde ging, als Marike sich die Augen der Schere über die Finger schob, das Instrument mit einem schurrenden Geräusch öffnete und die eine Klinge unter den Stoff zwischen ihren Beinen schob, auf dem jetzt ein vertikaler Roststreifen prangte. Das Knirschen einer alten Schere, die sich durch den Stoff eines Slips frißt...! Die untere Hälfte des Baumwollstreifens klappte anmutig nach unten. Abgeschnittene Härchen, nicht länger als Wimpern, klebten in der feuchten Poritze. Marike fuhr mit dem Finger nach oben. Ihre Schamlippen stülpten sich dunkel nach außen und glitzerten im letzten Licht der Sonne, die noch kraftloser geworden war und sich durch das Mattglas einer beschlagenen Scheibe hindurcharbeiten mußte. Die Pilze schienen auf einmal stärker zu duften, doch es war Marike, die deren Duft durch ihren eigenen ergänzte.

Hans, der Sportlehrer – groß, blond, athletisch –, zeigte sich unbeirrt von den Worten Der Riesin. Er kniete vor Marikes Sessel und entblößte sein Glied. Ein toller Anblick, wie es da groß und stramm und glänzend aufgerichtet stand. Wie um zu kontrollieren, ob alles in Ordnung war, legte er seine Hand locker darum und ruckte ein paarmal achtlos daran. Da war etwas auf mehr als normale Weise in Harmonie. Die straff gespannte Haut über den Penisschaft hin und her zu bewegen bedeutete für ihn immer: mit den Eiern zu spielen – so schwer und gleichgewichtig hingen sie in ihrem beweglichen Skrotum.

»Nur ganz kurz«, sagte Marike, während sie ihn an seinem harten Teil an sich zog und bei sich einführte. »Nur schnell, um ihn auf Hochglanz zu bringen.« Sie schlang die Arme um seinen Hintern und drückte... immer fester... damit er so tief wie möglich in sie eindrang. »Ja, er braucht ein bißchen Politur... das macht ihn noch schöner...«

Sie schob Hans schon bald wieder an seinen Hüften aus sich heraus. Sein Geschlechtsteil war von einem glänzenden Film überzogen, schimmerte bis zur Wurzel.

»Man kann sich ja fast drin spiegeln...« sagte Marike.

»Leute, was für eine glanzvolle Veranstaltung heute...! Schon ein ganz spezielles Gefühl übrigens, ihn nur so kurz drin zu haben. Dadurch spürt man das Negativ deutlicher als sonst...«

Anfangs rutschten Hans' Finger noch an dem ab, was Marike ihm mitgegeben hatte, doch unter seinen knetenden Griffen sahen sie sein Glied wieder trocken werden, als sei eine leichte Brise darüber gestrichen.

Ineke hatte sich, indem sie sich auf ihrem geschienten Bein wie ein Zirkel herumdrehte, von dem Stuhl, auf dem sie die ganze Zeit gesessen hatte, wegbewegt, um vorsichtig an der Wand herab auf den Boden zu gleiten. Während sie mit vorgestrecktem Gipsbein herunterrutschte, zog sie, kein Auge von Hans und seinem bebenden Glied lassend, ihren Rock bis über die Taille hoch. Sie trug ein lächerliches Höschen: der Saum des linken Beins, der sich um den Gips spannte, hatte einen viermal so großen Durchmesser wie der des rechten Hosenbeins. Als sie es auszog, wobei sie in erster Linie ihr gesundes Bein beugte, wurde der Grund dafür deutlich. An dem Slip war die Naht auf der linken Seite aufgetrennt, und dazwischen waren zwei breite Gummibänder eingesetzt. Das Höschen blieb an dem eingegipsten Knie hängen. Im Verglich zu dem leicht fettigen Kopfhaar zeigte sich das Schamhaar von einem süßeren Orange – oder lag das an der Nähe des schneeweißen Gipsverbands? Durch die Geschmeidigkeit, mit der sie ihr rechtes Bein hochzog und zur Seite fallen ließ, wurde das andere mit jeder Sekunde schwerer und ungelenker, und das verstärkte sich noch, als ihre Hand den nicht bedeckten Schenkel streichelte und wie von selbst in die Leiste glitt. Omafalten am Übergang vom Po zum Oberschenkel. Schwammigweiße Haut, Sommersprossen. Je lebendiger die Hand wurde, um so höher schien das Gipsbein trotz seiner Reglosigkeit zu steigen, wie ein Brot, das, noch ganz weiß, gerade in den Ofen geschoben worden ist. Vom Knie abwärts war der Gips schmuddeliger. Namen und Daten waren mit Filzstift darauf gekritzelt, sogar eine Gedichtstrophe, und auf den unförmigen Spann, dicht oberhalb der Zehen, die wie rosa Murmeln in den Gips eingebettet lagen, war ein feuerrotes Herz gemalt, durchbohrt von einem Pfeil.

Es war Albert, der durch seine gesenkten Wimpern zu ihr schaute, als schlängele sich da ein katzenartiges Wesen in allen möglichen Windungen an einer unverrückbaren Kalkmauer hinauf. In wievielen Bruchteilen einer Sekunde zeigte sich ihre Möse unter den sich rasend schnell bewegenden Fingern? Als sie an dem Punkt angelangt war, wo sie hinwollte, konnte Albert deutlich sehen, wie sie an sich hielt, um ihr genesendes Bein nicht zu sehr zu belasten. Eher bebend denn zuckend fing sie den Orgasmus mit dem Rest ihres Körpers ab. In ihre sommersprossigen Wangen schossen Flammen von einem Purpurrot, das sich mit dem orangefarbenen Haar biß.

Wenngleich Inekes heftiges Spiel eine andere Story zu erzählen schien, bestand das Geheimnis dieser Nimwegener Zusammenkünfte, so hatte Albert entdeckt, in der *Langsamkeit*. Das sich langsam mit Blut oder Schleim füllende Fleisch – und das dann bis zur Sättigung betrachten. Die Handlung schien sich manchmal, so auch an diesem Sonntagnachmittag, in einem Terrarium abzuspielen, mit *einem* Wesen, das sich – sehr konzentriert – bewegte und den anderen als erstarrten Zuschauern. Ein träges Streicheln von Finger oder Zunge ... eine baumelnde Brust ... Albert verstand, was Ineke mit ihrem Bericht von diesen Samstagabenden früher bei sich zu Hause gemeint hatte: Es kam nicht darauf an, ohne Kleider wild übereinander herzufallen. Daher: Verlangsamung der Handlung zugunsten des Zuschauens. Perversion der Reglosigkeit ...! Bei einer echten Orgie hatte auch die Scham eine Matratze. Wie ein Hund an Falten und Rundungen, haarigen Schatten herumschnüffeln und hier und da das Bein heben, um ein paar Tropfen zu vergießen, und sich an nicht zu identifizierenden Körperteilen reibend aufgeilen. Das pervers Attraktive an Körpern entdecken, die als unattraktiv gelten. Reiz des Mankos ...! *Die* Möglichkeit für einen frauenorientierten Mann, zu merken, daß er den Anblick zweier dunkler, behaarter Hoden genießen kann, die träge gegen den Damm einer Frau schlagen oder unter einer Klitoris hängen und immer wieder kurz von der Hand angehoben werden, deren einer Finger danach ebendieser Klitoris ein kurzes Streicheln gönnt. Er lernt, den Anblick fremden Samens zu genießen, der aus von ihm selbst begehrten Falten kriecht.

Die Langsamkeit war auch als *Umrahmung* da – um eine zeitweilige, nicht zu kontrollierende Heftigkeit richtig zur Geltung kommen zu lassen: den notwendigerweise alles durcheinanderbringenden Trommelwirbel von Fleisch auf Fleisch.

Albert diente die Langsamkeit vor allem dazu, um so sicherer einen Zustand der Übersättigung zu erreichen.

Knabenschlummer (2)

Sonntag, 21. Oktober 1979
(Patrick Gossaert, Chor)

Nein, es waren nicht die strafenden Sprechchöre, die dem Delirium tremens vorangehen, wie Albert sie in seiner Nimwegener Zeit erlebt hatte, sondern die Aufdringlichkeit der heraufbeschworenen Chöre, ihr genau artikuliertes Stimmgetöse, das zweifellos durch den Kater nach meinem Abenteuer in Leiden begünstigt wurde. Das »Dachbodenstudio« im Fazanthof wurde während jenes Sonntagnachmittags zu klein und zu eng für soviel Stimmgewalt. Außerdem kam ich nicht nach damit, alle Litaneien zu notieren, so sehr ich auch das Gefühl hatte, dicht an der lange gesuchten Zauberformel dran zu sein. Mir blieb nichts anderes übrig, als in den Park zu flüchten.

Das Rathaus von Wassenaar liegt nicht inmitten der Häuser, Straßen und Stadtteile, die es verwalten soll, nein, in Wassenaar macht man das anders. Die haben ihr Rathaus, bewacht von zwei steinernen Löwen, in einem Park versteckt, so groß und dicht wie ein Wald, was wiederum den Vorteil mit sich bringt, daß man hier sehr fotogen heiraten kann. Daß ich einen weißen Rolls Royce mit einem Blumengesteck aus Farnen und cremefarbenen Tulpen auf der Motorhaube vor der Freitreppe sah, wunderte mich nur insofern, als es Sonntag war: Das Rathaus machte einen geschlossenen und verlassenen Eindruck.

Auf dem leicht abschüssigen Rasen standen dicht nebeneinander zwei Stative, das eine etwas höher als das andere. Ein merkwürdig ungelenkes Brautpaar. Ich dachte zunächst an Vermessungsgeräte, aber nein, es waren tatsächlich Fotokameras daraufgeschraubt, die beide in die Richtung des Rolls blickten, die linke mit einem langen Objektiv, die rechte mit einem Harmonikarüssel.

Im Wagen sah ich jetzt Bewegung. Ein Schlag schwang

lautlos auf, und heraus kamen zwei Männer in Freizeitkleidung: Lederjacke und Jeans. Auch als sie die Tür zuschlugen, hörte man nicht mehr als ein dumpfes Klicken. Der eine Mann, dem weitere Fotoapparate um den Hals hingen, öffnete einen anderen Wagenschlag und half der Braut beim Aussteigen. Sie war für eine klassische Hochzeit gekleidet. Weißes Seidenkleid, Schleier aus dünnem Tüll, durchsichtige weiße Strümpfe und ein Brautstrauß aus weißen Rosen... Der zweite Mann hat sich bereits hinter eines der Stative gestellt. Die Braut schreitet würdevoll auf ihn zu. Als er die Hand hebt, bleibt sie stehen. Der Fotograf drückt auf den Auslöser... noch einmal... und noch einmal... Von einem Bräutigam keine Spur.

Leicht geniert wie ein Mensch, der Zeuge einer nicht für seine Augen bestimmten Szene wird, wandte ich mich ab und ließ mich vom bunten Bukett des Parks aufnehmen... braun, orange, rot, gelb und etwas Grün hier und da...

Lange blieb ich am Rand des großen Teiches stehen. Zum ersten Mal seit dem Sommer zeigte die Entengrütze große Mottenlöcher. Fragmente von Wolken und Baumkronen in dunkelbraunen Spiegeln aus reglosem Wasser. Es war windstill, nichts regte sich, nichts rauschte, und dennoch hörte ich den Chor der Stimmen wieder.

»&«

Bewegung... Mit unseren Lippen ist es uns gelungen, dieses Ding zu beseelen... es steckt Bewegung in ihm, noch kein Schwung... aber es bewegt sich... langsam, langsam... dreht es sich, kehrt es sich... kaum wahrnehmbar... über, durch, *in* der Wasseroberfläche zum Ufer... dem Ufer... dem Ufer... In fast unsichtbaren Kräuselungen rührt es den Schlamm... bleibt im Modder stecken... fast unmerklich... und nimmt Form an. Da ist unser vergrößerndes Auge: genau über dem schlingenden, blubbernden, saugenden Schlick... Und wir sehen (weil wir sehen *wollen*), was sonst verborgen bliebe: das gestrandete »&«, das sich vollsaugt mit lebendigem, atmendem Schlamm … nein, es *schlammt* sich damit voll. Wie eine Kröte bläst es sich auf, bis … in der Tat: bis es vollere Proportionen besitzt. Form. Und damit ist »es« zu einem *er* geworden: unsere dritte Person, mit »&« als seinem geheimen, aber eigentlichen Namen, seinem Taufnamen … Wir werden sehen, ob er irgendwann noch so etwas wie einen Rufnamen erwirbt. Einstweilen nicht. Lassen wir ihn vorläufig so unbeschrieben wie möglich. Tabula rasa. So *leer* wie möglich.

Er ist – *er.* Er ist … unser.

Wir haben ihm unseren Atem gegeben. Wir werden ihm Worte in den Mund legen (Laute), ihn kleiden – und wir werden ihn mit unserer Vorstellung nähren, bis er uns über den Kopf wächst und seiner eigenen Wege geht. Bis er uns … *entgleitet*. Wir geben ihm das Feuer unserer Vorstellungskraft – er braucht es uns nicht einmal vor unseren Füßen wegzureißen. Wenn er uns über den Kopf zu wachsen droht, können wir uns seiner noch immer entledigen: Jemand, dessen Existenz von so wenig abhängt wie die seine, muß sich leicht wieder entfernen lassen. Aber jetzt – jetzt können wir noch mit ihm machen, was wir wollen. Ein Spielball. Jetzt noch. Und auch wenn wir voller Ungeduld sind und rasend neugierig sogar nach seiner Schuhgröße – wir werden es langsam angehen lassen, schön Schritt für Schritt … (Als wären wir Herr unserer eigenen Launen!) Ihn sehr vorsichtig ausmalen: Er darf uns nicht *zu früh* entwischen.

Mit angezogenen Knien (»&«), geschwollen wie ein neugeborenes Kind, liegt er, pulsierend vor Leben, im Schlamm begraben. *Ein* achtloses Antippen mit so einem sixtinischen Finger, und er wird aufschnellen … aufkeimen. Der Schlamm ist endlos, aber fruchtbar: sumpfig, gasig … von oben genährt durch verspätete Winterregen, von unten durch die Leichname von seinen unzähligen Vorgängern, »&«'s, die langsam verwesend dorthin zurücksickern, von wo sie einst kamen: dem Schlamm.

Hier wimmelt es nur so von Gräbern, die sich im Schlamm festgesogen haben, die mit ineinander verhakten, schiefen und scheppen Kreuzen im Regen liegen – soweit unser Auge reicht. Am Fuße des größten Grabes ist gerade ein Regenschirm aufgesprungen – ein schwarzer: Wir sinken mit dem Regen auf ihn herab ... wir *sind* der Regen. Er ist mit seiner verchromten Spitze senkrecht aus der durchweichten Erde hervorgekommen, aufgeklappt: Die Klumpen flogen nur so herum. Das Spannen der Feder, *klick!* – und das Geräusch des Regens verändert sich. Das Grab ist plump und häßlich, abgesackt und bemoost: schleimig grün mit giftgelben Flekken – ein Grab wie eine ungeschlachte Kröte.

Im schwarzen Hut des Regenschirms hausen zwei Köpfe: seiner und der einer älteren Frau. Er, die Frau – sie existieren kaum: Kopf, Hals, von ihm der rechte, von ihr der linke Arm. Sie trägt ein Kopftuch, er ist barhäuptig. Seine Haare, bereits ziemlich lang, sind noch mit dem Aluminiumgestänge verwachsen: Sein Kopf *hängt* in der Spitze des Regenschirms, ein Hau-den-Lukas oben im Kirmeszelt. Ihre Arme sind verschlungen – na gut, nach Art der Menschen eingehängt, und dennoch ist es so, als rankten sie sich wie wilder Wein um den Stock des Regenschirms abwärts: An dem gekrümmten Griff greifen ihre Finger ineinander. Sie sind noch verflochten, Mutter und Sohn. Sie trägt einen Glacéhandschuh, einen schwarzen: so dünn und stramm sitzend, daß an der Außenseite die Form ihres Eherings sichtbar wird. Seine Hand ist nackt: rote Finger, weiße Knöchel, Nägel, durch die es violett durchschimmert – kein Ring.

Ihre Gesichter sind verschwommen, formlos – sie können noch *jedermann* sein. In der kunstseidenen Umrahmung des Kopftuchs besteht das ihre großenteils aus Mund – einem großen, feuchten Mund. Seines ist ganz und gar Ohr – ein obszönes, weit offenes Ohr. Es hört den Regen.

Der Schirm, der auch den letzten kleinen Nachtfrost überlebt hat, ist wie ein zartes Gewächs unter den kahlen Bäumen emporgeschossen. Im März regnet es unter Baumkronen stärker als unter freiem Himmel. Der Regen, der nicht geradewegs durch die Äste fällt, hält sich erst an den Zweigen fest und läßt sich dann in großen Tropfen fallen. Im Innern des Schirms erklingt giftiges Ticken in unregelmäßigen Salven.

Die schwarze Kuppel umschließt sie völlig: Sie sind eng verbunden, Mutter und Sohn, aber er *sieht* sie nicht. Er ist noch blind – blind wie ein Grubenpferd, das zum erstenmal aus dem Schacht kommt; aber nicht mehr lange. Wir stehlen den Atem der Mutter, um ihm Leben einzuhauchen, ihre Stimme, um ihm die Augen zu öffnen.

»Siehst du?«

Ihre Lippen, noch rissig und rauh vom zu Ende gegangenen Winter, bewegen sich dicht an seinem Ohr – er kann hören, wie sie mit donnernder Gewalt an seiner Ohrmuschel entlangraspeln. Sie flüstert. »Siehst du? *Ihr* Name ist weggelassen. Absichtlich. Der der Kleinen auch. Siehst du das?«

Er ... *hört*.

Er hört sie schmerzhaft scharf flüstern: Er kann den leichten Pfeifton hören, jedesmal, wenn ihre Zungenspitze ganz kurz an den schleimigen Gaumen tippt – ein Pfiff. Und nicht nur das, nicht nur ihre Worte kann er in seinem Ohr pfeifen und zischen hören – er hört auch jedes Detail dieser großen, feuchten, sich bewegenden Mundhöhle. Keine Bewegung ihrer Zunge entgeht ihm: Das Dehnen der Muskeln, das Sich-an-den-Zähnen-Entlangschieben ... er hört sogar das Reißen der Schleimfäden, die ihre Zunge spannt ... ein silbernes Gespinst im Dunkel ihres Mundes ... so deutlich wie Saiten. Sie hat geweint – erst vor ganz kurzem lautlos geweint: Ihre Nase hat sich in ihren Mund entleert. Und auch wenn es nur wenige Millimeter sind, er hört dennoch, wie sich ihr künstliches Gebiß verschiebt: Er hört, wie es sich einen Moment sapschig von ihrem Gaumen löst, ein kleiner Schmatzer, nur den Bruchteil einer Sekunde lang ... und mit dem nächsten Schmatzer wieder zurückschnalzt. Sie *ist* ein Mund –, und er ist aus ihr geglitten, mit seinem ganzen feinfühligen Gehör.

»Siehst du wohl?«

Er spürt die feuchte Wärme ihres Atems an seinem Ohr entlangstreichen und sieht (es ist naßkalt), *sieht* dessen weiße Kondenswölkchen vorbeitreiben: ein leichter Nebel, der ihren Mund verschleiert – wenn er sich lichtet, bekommt sie mehr Gesicht.

In den Regenschirm kommt Bewegung – spiralförmig schraubt er sich hoch. So fest sind ihre Arme mittlerweile ineinander verschlungen, daß er seine Hand (seine *andere* Hand – er hat noch eine) aus der Hosentasche nehmen muß, um den Stock ... ja, so sieht es tatsächlich aus: *in die Höhe zu schrauben.* Seine Haare – beim Aufspannen ins Aluminiumgestänge geraten – lösen sich mit einem Ruck: ein brennender Schmerz in seiner Kopfhaut, der schnell in anhaltendes Prikkeln abebbt – einem heftigen Prickeln, das das erste Bild in ihm losprickelt. Ein Bild ... eher ein *Gefühl* denn ein Bild: Als kleiner Junge unter das Bett gejagt, verfängt er sich mit seinen Strubbelhaaren in den Spiralen – unter ihm flüchtet ein unsichtbarer Esel davon, und da hängt er, reglos, und steckt die Stumper des Mops ein. *Er hat eine Vergangenheit*! Der Schirm hebt sich drehend: ein aus sich selbst heraus kreisender Flügel – von dem Tropfen fliegen. Auf der schräg ansteigenden Grabplatte werden von unten her ruckweise die eingemeißelten Namen sichtbar – einer wie der andere für ihn unbekannt, kein einziger bekannter darunter. Weiter oben ein Doppelname, darüber wieder ein einzelner ... die Mutter, der Vater ... damit beginnt die Reihe. Und ganz oben:

†

Hier Ruht
Unser Unvergeßlicher Liebling
BENNIE
6. 3. 1933 8. 7. 1956
Geborgen in Jesu Armen

Nur in den voll wiedergegebenen Namen der Eltern kommt sein Familienname vor – sonst hatte er keine nahen Angehörigen, mit Ausnahme von *ihr*, Gonnie, und ferner dem Kind, das seinen Namen trug. Ihr Name kommt tatsächlich nicht darauf vor, sieht er jetzt – und der des Kindes auch nicht.

»Der der Kleinen auch. Siehst du das?«

Erst jetzt wird ihm bewußt, daß er soeben, als der Schirm

noch unten war, in den Kondenswölkchen der Worte seiner Mutter für einen Moment den hellen Schemen eines kleinen zwei- oder dreijährigen Mädchens gesehen hat: blaß, durchscheinend, weißblond, scheu und von Kopf bis Fuß blauweiß gekleidet: blaue Schuhe, weiße Söckchen, blauer Rock, weißer Pulli, blaue Schleifen im Haar – ein »Marienkindchen« ... nur die Sonnenbrille auf ihrer Nase hat eine feuerrote Fassung. Da fragt die Mutter, ob er ihn noch kenne, den früh verstorbenen Soldaten.

Ein Soldat!

»Bestimmt nicht. Oder doch? Könnte sein. Du warst sechs, als er starb. Rechne mal nach. Sieh dir das Datum an.«

Mit einem letzten Ruck geht der Regenschirm in die Höhe. Er steht jetzt Auge in Auge mit dem Porträt – einem ovalen Porzellanporträt, ein wenig eingesunken in der Mitte des Kreuzes, das am Kopfende des Grabes aufragt. Das Foto ist verblaßt, etwas violettstichig – eingefaßt von einem goldenen Rand. Diagonal läuft ein Riß darüber. Links oben fehlt ein Scherben, wodurch ein Teil des Gesichts verschwunden ist: das rechte Ohr, die rechte Schläfe ...

Bis hierher kann er noch jeder sein, »&« ... oder *werden*. Er steht da, an diesem Grab – noch völlig leer.

Wie alt ist er? – Einundzwanzig, schätzen wir, einundzwanzigeinhalb.

Das bedeutet, daß er eine Vergangenheit hat – wir haben *gesehen*, daß er eine Vergangenheit hat. Und Erinnerungen. Der Mop.

Und hat er ein schwaches Gedächtnis für Fakten und Eindrücke; ist sein Hirn vorzeitig erweicht von Alkohol oder der Spritze; bleiben seine Erinnerungen vage oder werden sie in Kürze ausgelöscht – selbst dann können sie ihre Wirkung auf ihn nicht verfehlt haben: Sie haben sich ... verinnerlicht. Er ist ... die fleischgewordene Vergangenheit in Person.

Memini ergo sum.

»Je me souviens, donc je suis.«

In *allen* Sprachen ...

Seine Welt... *ist* nicht endlos. Diese seine große, feuchte Welt... dieses Aquarium – wir haben lediglich eine ganz kleine Ecke davon abgetrennt, mit einer Glasplatte, und in dieser Ecke unseren Fisch großgezogen. Und wenn wir dieses Hindernis *jetzt* entfernen, wird er dann... in den frei gewordenen Raum schwimmen?... Nein. Unmöglich. Im Gegenteil.

Noch lange wird er an exakt derselben Stelle seine Nase an einer imaginären gläsernen Zwischenwand stoßen – und rechtsum kehrt machen. Oh, und dann würde er als Fisch immer noch dazu in der Lage sein, was er als Mensch nicht vermag: »... Sich zu erheben/aus eig'ner Kraft und abzusinken/durch Schwellen des Ertrinkens.«

Seine Vergangenheit... ist der amputierte Teil seines Lebens: Sie plagt ihn... sie beherrscht ihn wie ein Jucken in einem amputierten Bein. Und um ihn nun... ganz allmählich... *fühlbar* mit Vergangenheit vollströmen zu lassen, werden wir ihm sogar ein außergewöhnlich *präzises* Gedächtnis mitgeben – ein superpräzises. Das ermöglicht es uns vielleicht, ihn, während er sich erinnert, Schicht um Schicht kennenzulernen – wie eine Zwiebel: Wir werden über ihn weinen, ohne Trauer zu empfinden.

Aber woran sollen wir dieses haarfeine Gedächtnis aufhängen, ohne es zu zerreißen?... wohin es spinnen, um zum Unheil seiner Jugend vorzudringen?... wie seinen *Fluch* in diesem Gespinst fangen? Seinen Fluch – wo verbirgt sich sein Fluch?

Er ist nicht sehr gesprächig – hat den Mund noch nicht aufgemacht. Sein Fluch... unausgesprochen? Geboren, vielleicht, ohne Stimme? Das Weinen klang auch schon so merkwürdig... Die Zunge mit dem Gaumen verwachsen? (Der Vater, der glaubt, ein zurückgebliebenes Kind gezeugt zu haben – *der Teufel! der Teufel!* –, und in religiösen Wahn verfällt... Er ist Postbote von Beruf. Um acht Uhr morgens verläßt er das Haus, in Uniform – um zehn ist er wieder zurück. Nur die wichtigsten Stücke sind dann zugestellt – der Rest verschwindet im Keller: Drucksachen, Glückwunschkarten etc. Er nimmt die Bibel zur Hand und verkriecht sich, die Uniformmütze auf dem Kopf, hinter dem Ofen. Die Mutter – ein hartes, friesisches Weib – verbrennt einmal im Monat die gesammelte Post, zusammen mit abgefallenen Blättern oder alten Zeitungen. Ihr stummes Kind schürt mit einem Stock das Feuer und versengt sich die Wimpern.) Geboren also ... als *Ohr*? Mit Stummheit geschlagen, sich alles anhören zu müssen ohne Widerwort! Wörter, die schon in seiner Kehle zappeln! ... Und dann? Mit fünf oder sechs Jahren Zunge und Gaumen operativ getrennt? Und was waren dann seine ersten Worte? *Ta ta ta*, vielleicht – oder ... loderte plötzlich das Feuer hoch auf und schrie er: »Mama! Mama! ... Das ist die Luft! ... Und das ist die Lust!« ...?

Oder hat er hartnäckig weitergeschwiegen?

Nein! Nein! Weder das eine noch das andere. Das ist kein Fluch, wie wir ihn krachen hören wollen. Tiefer! *Tiefer*!

Sein Sehvermögen? Vielleicht vorübergehende Blindheit – zum Beispiel infolge schwerer Masern? Ein halbes Jahr würde genügen – sechs Monate in einem dunklen Zimmer, in allerfrühester Jugend. Und jetzt ... hat es böses Blut geschaffen? Übermäßigen Argwohn geweckt? Erkundet er die Welt ... mit seiner Nase? *Riecht* er die Menschen? Oder, wiederum, mit dem Gehör?

»Ich höre deinen Schrittmacher ticken.«

Ist er der mürrische kleine Kerl, der sich still an seinen Thekenplatz klammert und in die Finsternis von früher trinkt? (Sein rechtes – oder linkes – Auge bleibt schwach. Nach so vielen Gläsern Nachtwache wird es eine endlos träge Bahn nach innen beschreiben und nur noch so eben in einer Ecke hängenbleiben. Und der Tag wird kommen, da er plötzlich zur Toilette geht, um sich im Spiegel zu betrachten.

»Schau, schau, schau«, wird er dann sagen. »Ich bin Sartre und Nietzsche zugleich, mit diesem Auge. Und Buñuel dazu. Und, nicht zu vergessen, Ben Turpin. Und der Glöckner von Notre-Dame. Was nicht alles. Cyclops Rex. Geli Raubal. Im Land der Kastraten ist Einei König. Ta-dam, ta-dam, tadam ...«

Er wird seinen Platz an der Theke wieder einnehmen und jedesmal ein Auge zukneifen, wenn er an diesem Abend mit jemandem spricht. Das falsche. Am nächsten Tag hat er es bereits wieder vergessen.) Ist dies sein Porträt? Vielleicht ... Zu einem Teil vielleicht. Viel mehr als einen schwachen Nebel aus dem Mund seiner Mutter haben wir ihm noch nicht gezeigt. Aber ... es sind noch zu sehr seine *Sätze*. Wir wollen einen krachenden, alles durchdringenden Fluch, der ihn in frühester Jugend vom Kopf bis zum Fuß gespalten hat. Am liebsten ... am allerliebsten ... hätten wir einen unentwirrbaren Komplex solcher Flüche. Hauptsache, er hat keine Ähnlichkeit mit einer Romanfigur!

Blind, halbblind ... oder hat sich sein Blick seit diesem dunklen Kinderzimmer sogar geschärft?

Das ovale Porträt.

Große Sorgfalt wird auf die Gegenstände in seiner Umgebung verwandt werden müssen. Schließlich sind es die alltäglichen, greifbaren Dinge, an denen sich sein Gedächtnis entzündet: Es wird durch sie entflammt, wie ein Streichholz an einer Zündfläche. Darum wollen wir jetzt sehen, welche Alchimie das kleine ovale Porzellanporträt mit seinem Gedächtnis betreiben wird, und das alles womöglich innerhalb einer einzigen harten, kugelrunden Minute. Mehr noch mit seiner Vorstellungskraft vielleicht als mit seinem Gedächtnis, denn wir geben ihm wenig Anhaltspunkte: Sommertag, Taubengegurre, Gewehrschüsse, falsche Musik, ein Mann in Weiß ... Das sind die Fakten.

Und weiter?

Vage, unverständliche Geschichten aus späteren Jahren. Ein Schuß ... eine Taube ... etwas mit einem Ehering ... Geflüsterte Geschichten im Kreise der Erwachsenen. Er saß unter dem Tisch – in dieser Haltung:

&

Durch die nahezu kahlen Sträucher hatte ich gesehen, daß die matrimoniale Fotosession noch in vollem Gang war. Ich hatte mich hier zu Beginn meines Spaziergangs etwas unbehaglich gefühlt, doch jetzt konnte ich am Rande des bewachsenen Parkteils nicht einmal mehr einen Schritt tun ... Die Stative waren auf ihren drei Beinen ein ganzes Stück von der Braut wegspaziert, jedes in eine andere Richtung, und beide hatten sie keinen Kopf mehr. Die beiden Fotografen bewegten sich, die Kameras im Anschlag, im Tigerschleichgang durch das Gras auf die Braut zu, die ihre Röcke geschürzt hatte und sie jetzt in Höhe der Taille festhielt. Sie trug einen Hüftgürtel mit Strapsen und ein schmales Spitzenhöschen ... alles weiß, das heißt: aus dem Rahmen fallend nur insofern, als es so schamlos sichtbar gemacht wurde. Die Frau hatte sich den Brautstrauß zwischen die Schenkel geklemmt, und der Anblick all dieser Dinge zusammen brachte mir den Geschmack von Fondant in den Mund ... vielleicht von »Brautpralinen« ... inklusive vager Zahnschmerzen ...

»Perfekt«, rief einer der Fotografen. »Nächste Sequenz.«

Die Braut zog ihr Höschen aus. Es blieb an einem Stöckelabsatz hängen. Sogar nach wiederholten Versuchen, es zu lösen, hing es immer noch fest. Da sie lediglich auf einem Bein stand, drohte sie das Gleichgewicht zu verlieren. Ein Fotograf eilte ihr zu Hilfe und steckte sich das Höschen in die Tasche seiner Lederjacke. Die Frau raffte ihre Rocklast, die ein Stück weit nach unten gesunken war, wieder an den Oberkörper. Es mußte mit all dem bräutlichen Weiß zusammenhängen, jedenfalls hatte ich Schamhaar noch nie als etwas so Obszönes empfunden. So als wäre es gerade erst aus all der unbefleckten Seide und blütenreinen Spitze wie ein dunkelhaariger Schimmelpilz ihren Bauch hinaufgekrochen, im Begriff, sich weiter auszubreiten – ein Naturphänomen, das von den sich im Gras windenden Fotografen so schnell wie möglich festgehalten werden mußte. Aus der Froschperspektive. Der eine fotografierte sie von vorn, der andere von hinten.

Als sie vom Rasen aufstanden, ließ die Frau ihre Röcke wieder fallen. Zu dritt gingen sie zum Rolls. Hinter ihrem Rücken wollte ich die freie Fläche zu dem Teil des Parks überqueren, der in den Garten von De Fazanthof überging.

Ich sah, wie die Tür des Wagens aufschwang ... Auf der Vorderbank saß tatsächlich ein Bräutigam. Grauer Zylinder, Frack, Kniestrümpfe mit Sockenhaltern bis zu den nackten Oberschenkeln hochgezogen: Die Nadelstreifenhose hing ihm bereits zusammen mit dem Herrenslip auf den Lackschuhen. Die Braut setzte sich rittlings auf seinen Schoß, das Gesicht ihm zugewandt. Der eine Fotograf steckte ihr eine künstliche Blume hinter den Straps, der sich über ihrem Schenkel spannte. Der andere stieg hinten ein und hielt mit Blitzlicht über die Schulter des Bräutigams hinweg die eheliche Verbindung fest.

In feierlicher Stimmung ging ich weiter zum Fazanthof, um dort die beschwörenden Einflüsterungen meiner Chöre aufzuzeichnen. Ich war ungebetener Zeuge beim Vollzug der denkbar kürzesten Ehe gewesen, dazu bestimmt, mit Licht festgehalten zu werden und einen Monat lang in einem Hochglanzmagazin ein kümmerliches Dasein zu fristen, ausschließlich konsumiert in anonymen Schlafzimmern mit einem Teakholznachttisch als knapp bemessenem Ehebett.

Orgie am Sonntag

Sonntag, 21. Oktober 1979
(Albert Egberts)

Sogar in einer Kneipe, in der die Luft doch immer dick ist von Rauch und Alkoholausdünstungen, passiert es gelegentlich: daß würzig, aber nicht unangenehm, die gesammelten Körpergerüche der Anwesenden zu riechen sind. Kleidung fungiert als kollektives Netz, das über alle geworfen wurde, um die Ausdünstungen niederzuhalten, aber gerade weil es so stickig ist, kommen die Gerüche später frei, und dann in ihrer ganzen Hinterhältigkeit – nämlich in konzentrierter Form.

In Marikes Dachzimmer waren alle zu beschäftigt, um zu rauchen oder zu trinken, doch im Raum hing noch der Geruch voller Aschenbecher und halbleerer Bierflaschen, in denen aufgeplatzte Kippen trieben. Dazu gesellte sich der Geruch von Humus und welkenden Pilzen – Steinpilzen! –, doch selbst der so entstandene Mischgeruch war, wie sich zeigte, immer weniger imstande, die direkten Ausdünstungen von neun Erwachsenenleibern zu übertönen. Nicht nur im »kollektiven Netz« der Kleidung hatten sie Knöpfe, Schleifen und Schnallen gelöst, auch in ihrer eigenen Haut hatten sie, an dünnen Webstellen, die Öffnungen, aufgehenden Nähte und Winkelrisse vergrößert, so daß sich die Dünste aus noch tieferen Schichten ihres Körpers frei entfalten konnten. Kneipengeruch, Waldgeruch, die Gerüche von Schweiß, Speichel, Samen und anderer Flüssigkeit ... das alles ergab ein Gas, das offenbar die Unersättlichkeit schürte, denn niemand schien imstande, als erster aufzuhören, auch nicht nach dem zweiten oder dritten Mal. Dennoch schien irgendwann so etwas wie eine Pause einzutreten, in der sie ihrem Fleisch einen Moment Ruhe gönnten und der Röte im Gesicht die Gelegenheit gaben, sich zu verziehen. Die Sonne war untergegangen. Hinter dem beschlagenen Fenster brach die

Dämmerung herein und machte die Leiber im nicht erhellten Zimmer noch bleicher.

Erst als Marike ihre Strickjacke und das T-Shirt darunter auszog, wurde Albert bewußt, daß sich niemand ihrem Oberkörper gewidmet hatte. Lag es am Wunder der Kapelle mit ihrer zusammengefalteten Flügelzartheit, daß auch er das Streicheln ihrer kümmerlichen Brüste immer übersprang? Sie hatte sich in der Vergangenheit gelegentlich darüber beklagt... Marike streifte die Träger ihres BHs herunter und drehte das Kleidungsstück um 180 Grad um ihren Oberkörper. Was machte sie jetzt so nervös, daß ihre Finger zitterten und es ihr nicht gelang, den Verschluß zu öffnen? Also ließ sie es, schob den Büstenhalter zur Taille herunter und beugte sich über Alberts Bauch. Die kleinen schlaffen Brüste dehnten sich, und sie ließ sie, indem sie mit dem Oberkörper hin und her schaukelte, immer wieder über sein Geschlecht streichen. Gerade jetzt, da es in erigiertem Zustand schmerzhaft zu pochen begann, war es angenehm, von zwei wolkigen, knochenlosen Händen geknetet zu werden. Engelklauen.

»Man liest doch manchmal...« stammelte Marike, an niemanden im besonderen gewandt, »na ja, man hört doch manchmal... von zwei auf einmal und so. Zwei gleichzeitig, meine ich. Also zu dritt...«

»'türlich, mein Schatz«, sagte Die Riesin, »wir helfen dir schon.«

Von dem Augenblick an sollte es ein unaufhörliches Händegeflatter um Marike geben. Als erstes halfen Jerry und Die Riesin Albert, in Marike einzudringen, während sie rittlings auf ihm sitzen blieb. Von ihm wurde nichts verlangt. Marike hatte ihn durch ihr Geschlenker von neuem in die richtige Glut versetzt, und jetzt bedienten sich die anderen seiner, um Marikes Wünsche zu erfüllen. Albert hätte protestieren können, tat es aber nicht. Was ihm da ungefragt geboten, das heißt aufgedrängt wurde, war – im wahrsten Sinne des Wortes – die Grenze seiner Begierden und Möglichkeiten. Bis zu dieser Grenze wollte er gehen und einen Blick hinüberwerfen. Mehr nicht. Danach wurde es Zeit für den endgültigen Rückzug.

So glatt und offen Marike immer gewesen war, blieb auch jetzt wieder ein dorniger Ring, durch den er hindurch mußte, und diesmal war sie es, die Kraft anzuwenden hatte. Es war, als kehrte sich das gezähnte Hindernis nach außen: Das scharfe Gefühl verschwand, aber der Druck war noch spürbar. Marike saß senkrecht auf ihm, in einem Winkel von neunzig Grad. Die hilfreichen Hände ihrer Freundinnen hatten sie von ihrem langen Rock befreit, doch das im Schritt aufgeschnittene Höschen war noch da und kroch durch die schraubenden Bewegungen ihrer Hüften zur Taille hoch, wo es sich zum BH gesellte. Marike war nicht geschmeidig, und ihr fehlte das Gespür für den richtigen Rhythmus in dieser Stellung, doch gerade weil der Zugriff ihres Beckens immer genau eine Spur *daneben* erfolgte, wurde Albert von dem Gehoppel erregt. Wie erwartet hielt sie ihre aufrechte Haltung nicht lange durch. Sie beugte sich zu ihm vor und stützte die Hände neben seinen Schultern auf den Boden. Ihre langen Haare, glatt und blond, strichen über sein Gesicht.

»Du willst doch, oder?« flüsterte sie gehetzt. Er konnte ihr Gesicht im Dämmerlicht fast nicht erkennen. Ihr Atem stieß heiß in seinen Mund.

»Alles, was du willst.«

»Wer soll's sein, Mar?« fragte Jerry. »Gidi oder . . .«

»Will ich gar nicht wissen.«

»Sie will nur gefüllt werden«, erklang begütigend die Stimme Der Riesin.

Hinter Marikes kreisendem Hintern wurde flüsternd beratschlagt. Eine Hand legte sich auf ihren Rücken. »Halt mal kurz still, mein Schatz.«

Marike wurde noch tiefer auf Albert gedrückt durch den Schatten, der jetzt über sie fiel. Ihre schwingenden Brüste kamen auf seinem Bauch zur Ruhe. Zwei Knie schoben sich über den Teppich und drückten sich an Marikes Knie. Jemand, der zwei aufeinanderliegende Menschen mühelos mit seinen Schenkeln umfassen konnte – dazu war nur der große Hans in der Lage. Albert sah jetzt sein verschattetes Gesicht hoch über Marike. An dem dann und wann stockenden Atem des Sportlehrers und dem aufmunternden Gemurmel der anderen hörte Albert, daß der Mann versuchte, in Marike einzudringen. Spüren tat er es erst, als das Glied des anderen abrutschte und sich in seinen Hodensack bohrte.

»Das geht so nicht«, ächzte Marike. »Über dem Waschbekken ist Nivea.«

Die flache blaue Dose war rasch gefunden. Eingetauchte Fingerspitzen schwebten fast leuchtend durch das Halbdunkel. Jerry nahm sich Hans vor, Die Riesin erbarmte sich Marikes. Albert spürte Marikes Schaudern, als ihre warme Öffnung mit der kühlen Creme in Berührung kam. Der lange, harte Finger Der Riesin wurde hinter einer dünnen Wand dicht an seinem Geschlecht ein paarmal so sachlich wie ein Schlüssel umgedreht. Als die Hand sich zurückzog, verbreitete sich um Marike ein Geruch von unendlicher Verdorbenheit. Das süße Parfüm der Hautcreme, vermischt mit dem bitterwürzigen Geruch ihres Inneren, vereinte sich mit der Gaswolke, die sich in dem kleinen Raum bereits ausgebreitet hatte.

Wieder gab es Händegeflatter irgendwo im Bereich von Alberts Oberschenkeln. Nach drei Ansätzen glitt Hans bis zur Hälfte in Marikes Enge hinein. Sie begann laut zu rufen. Jerry und Die Riesin eilten auf Knien herbei.

»Oh, nein, nicht so ... Nicht Hans. Hans ist zu groß für mich. Ich halt das nicht aus.« Die Worte kamen staccato und fast wimmernd.

Albert spürte, wie der Athlet an sich hielt. Da gefror etwas. Die Riesin und Jerry behandelten Marike wie eine Gebärende. Sie legten ihre bleichen Hände wie Lappen um ihr Gesicht. Für einen Augenblick schien Marike ruhig, aber als Hans daraufhin tiefer in sie glitt, setzte das Rufen wieder ein – erstickt, denn eine Hand lag auf ihrem Mund.

»Ich hab mich geirrt ... ich hab mich geirrt ...! Ich will das nicht ... ich *will* das nicht ...!«

Hans rührte sich nicht. Noch nie zuvor hatte Albert diese

Empfindung im Schoß einer Frau erlebt. Die plötzlich begrenzte Weichheit. Angestoßen nur durch das zweifache Pochen von Männerblut, begannen dort zwei bronzene Glokken gegeneinander zu dröhnen. Aber auch das *Wissen* war süß – das Wissen, daß dieses majestätische männliche Glied so nah war und daß die Nähe durch eine dünne weibliche Trennwand legitimiert wurde. Näher zu der Grenze zwischen sich selbst und einem Mann konnte Albert nicht gelangen, das wußte er. Immerhin wurde ihm ein Blick auf die andere Seite der Mauer gegönnt. Über den Grund eines flachen Teichs trieb, vorangejagt vom Wind, der Schatten einer Schäfchenwolke. Das Wasser war hellgelb, der Grund aus weißem Porzellan, und darüber ragte ein Junge auf, das Geschlecht in der Hand. Besorgt starrte er auf die kleine Wolke aus geronnenem Sperma, die beim Urinieren aus diesem geheimnisvollen Röhren- und Pipelinesystem in seinem Unterleib gespült worden war. Dreizehn Jahre alt, hatte er nach der Selbstbefriedigung das Pinkeln so lange wie möglich, fast bis an die Schmerzgrenze hinausgezögert – aus Angst, er würde sich, so kurz nach dem Erguß, innerlich beschädigen, in Fetzen reißen... eine Explosion im Reservoir... Blut... Infolge der in Unordnung geratenen Vorhaut hatte der Strahl sich geteilt, wie die Doppelschalmei des Fauns auf der Picassoreproduktion an der Wand seines Dachzimmers. Nach dem Masturbieren hatte sein wieder keusch gewordenes Organ auch *gesungen* wie eine Hirtenflöte, zur Rückwand der Toilette und der Schüssel hin gerichtet... und darin schwamm nun, unter der Deckenleuchte eher als Schatten sichtbar denn als Substanz, der Rest seiner fürstlichen Sünde, und innerlich war er nun zersprungen. Er hatte sich selbst kaputtgemacht.

Thjum, denn Albert sah jetzt, daß es Thjum war, dreizehn Jahre alt, verbarg die Ruine in seinen Kleidern und spürte dabei, wie zwischen den Flaumhärchen an seinem rechten Handgelenk etwas spannte. Verzuckertes Sperma, das sich wie ein Armband ganz herumwand – eine Kette mit Gliedern aus den feinsten Kristallen, aufgereiht an seinem eigenen Körperhaar. Ein Schmuck nur, solange es keine Zeugen gab.

Sobald jemand hereinkam, wurde es auf der Stelle zu so etwas wie dem Abdruck eines Stricks am Hals nach einem mißglückten Selbstmordversuch ...

Albert störte sich nicht an Marikes Gejammer, und auch für Hans war es kein Grund, sich aus dieser von ihr selbst gewollten Konstellation zurückzuziehen. Noch nie waren zwei Männer dichter an ihre Sirene herangekommen. Sie hatten sich in ihr festgespießt. Hatten sie in der Zange. Sing nur, Liebchen, wir haben unseren Schiffbruch längst hinter uns; Biegen oder Brechen, jetzt geht es um dich oder uns ...

Nachdem Marike sich beruhigt zu haben schien, begann Hans, sie gemächlich und gleichmäßig, aber mit Nachdruck in den Anus zu vögeln. Nichts davor hatte je diese überwältigende Auswirkung auf Albert gehabt: weder die eigene Hand noch die einer anderen Person, und auch nicht die geräumige Scheide einer Frau. Hier war ein Tischlermeister mit ihm zugange, der ihn in einer Frau festgeklemmt hatte wie in einem Schraubstock und ihn jetzt rhythmisch und subtil mit dem Hobel bearbeitete.

Marike beschränkte sich nun auf kleine Würgegeräusche, abwechselnd mit einem zittrigen Gemurmel, an dem sich auch ihre Brüste, die auf Alberts Zwerchfell gelandet waren, beteiligten. Schleimiger Speichel, der aus ihrem Mundwinkel trat, hing in Fäden zwischen ihren Haaren, die ihn zu Alberts Gesicht weitertrugen, wo er zäh und kalt ankam. Ihr Atem wurde noch immer voll und heiß und nach Gidis Samen riechend in seinen Mund und seine Nase gestoßen. Mit jedem kunstgerechten Vorwärtsgleiten des Hobelinstruments bäumte sich seine Lust stärker auf. Hans würde erst aufhören, wenn Albert bis auf einen halben Millimeter genau in diese preziöse Dreiheit paßte.

Rund um dieses vielbeinige, vielköpfige Goldene Kalb arrangierten die anderen ihr eigenes Fest.

Madelon hatte sich zögernd in Leis Hände begeben, der kaum größer war als sie. Wie ein verlegenes Pärchen Sechzehnjähriger auf einer Klassenfete hockten sie in einer Ecke und knutschten, als ginge es um ihr Leben. Madelon hatte ihre Brille, die ihnen dabei im Weg war, abgesetzt – was, wie Albert wußte, ein gutes Zeichen war. Lei ließ sich den Schneid nicht abkaufen: Immer wieder legte er Madelons Hand in seinen Schoß, doch sie schrak vor der Berührung mit seinem Damenslip und den Nylonstrümpfen zurück, die Marike ihm nach dem Spaziergang gegeben hatte. Schließlich begann er dann eben, *sie* auszuziehen. Es war das erste Mal, daß sie das bei einem ihrer Zusammenkünfte erlaubte. Noch vor Lei merkte Die Riesin, welche Besonderheit Madelon da preisgab. Sie ließ das Dreiländereck aus Körpern, das ihre ganze Aufmerksamkeit und ihre streichelnde Hand beansprucht hatte, im Stich und schob sich im Tigerschleichgang auf Madelon zu. Es war, als schlüge Die Riesin ihre Zähne in eine Beute. Ob Mann oder Frau, noch nie hatte Albert jemanden so wild und gierig auf jemand anders einbeißen und -lecken sehen. Über dem Kopf Der Riesin machte Madelon noch ein paar ohnmächtige abwehrende Gebärden, doch schon bald ließ sie sich schlaff zurücksinken.

Die Welt schien ganz auf diese dünne, geschmeidige Trennwand zwischen Rektum und Scheide reduziert, und an dieser kletterten, jeder auf seiner Seite, die beiden Männer hoch, um sich Mal um Mal in immer wohligerer Ermattung bis zum tiefsten Punkt herabgleiten zu lassen. Marike war zu etwas Papierdünnem geworden, einer jammernden Haut, und ansonsten existierte sie immer weniger. Der große Hans wurde unbeherrschter, beschleunigte seine Bewegungen, und zum erstenmal in seinem Leben kam Albert sich schamlos *gevögelt* vor. Von einem Mann. Nicht über einen Umweg, sondern unmittelbar an der empfindlichsten Stelle seines Geschlechts: dort, wo das Frenulum spannte ... das Zungenbändchen der Eichel ... Und er ertrug es ... ertrug es ... solange Marike nur zwischen ihnen wogte.

Aus ihrem Gemurmel war ein noch eintönigeres, beschwörendes Gebet geworden, das fast einem Summen glich, wäre nicht das rasendschnelle Gewisper ihrer Lippen gewesen. Ihr Gesicht, so nah, sah ihn nicht. Es war blind. Die Augen blickten nach innen, nein, nach hinten: Sie trug ihr Gesicht am unteren Ende ihres Rückens und betrachtete, wie Gidi und Jerry und Ineke, diesen verschlungenen Körperknoten.

Es war, als würde Albert durch das autoritäre Geschlecht des anderen gezwungen, sich in genau demselben Moment zu entladen. Hans begann zu schnauben. Er richtete sich tief und hoch in Marike auf, wodurch sie sich noch fester um Albert spannte. Die beiden Männer waren jetzt so nah beieinander, daß Albert einen Moment lang glaubte, was er wie eine heiße Flamme durch seinen Körper züngeln spürte, sei im Grunde der Orgasmus des Sportlehrers. Gleichzeitig brummte Hans einen Bericht von Alberts Orgasmus, der auch nicht von schlechten Eltern war, in Marikes Nacken.

Reglos und immer schwerer lastete Hans' massiger Sportlerleib auf Marikes Rücken. Als sie (wie Albert) spürte, daß er im Begriff war, sie zu verlassen, murmelte sie: »Ich bin noch nicht soweit.«

Hans blickte über die Schulter, sah, daß der Rauchersessel frei war, und benötigte dann seinen ganzen physischen Einfallsreichtum, um in die Tat umzusetzen, was ihm vorschwebte. Er schlang einen Arm um Marikes Taille und zog sie, die noch immer mit ihm verbunden war, mit *einer* Bewegung rückwärts auf den niedrigen Sessel. Dabei trennte er sie so unerwartet von Albert, daß diesem das noch harte Glied naß klatschend, aber vor allem schmerzhaft gegen den Bauch schlug. Einen Moment lang empfand er einen Haß gegen diese Turnmaschine, der ebenso glühend wie der Samenerguß war, den der Mann bei ihm zuwege gebracht hatte.

Marike saß jetzt rittlings auf Hans' Oberschenkeln, nicht länger jammernd über seine zerreißende Anwesenheit in ihr. Fast zärtlich legte der Sportlehrer Marikes rechten Unterarm in ihre Leiste zum Zeichen, sie könne jetzt loslegen. Während aus ihren nassen Falten Alberts Samen über die niveaglänzenden Hoden von Hans lief, fingerte Marike sich der Befreiung entgegen. Ihre Hand schlingerte unbeherrscht durch die geräumige Spalte, die in nichts mehr auf den Schmetterling verwies, über den sich alle an diesem Nachmittag mit angehaltenem Atem gebeugt hatten.

Als sie soweit war, sprang Marike, sich mit den Füßen von der Sitzfläche des Sessels abstoßend, schreiend auf: Selbst in halb erschlafftem Zustand konnte sie das mächtige Glied nicht länger in sich ertragen. So blieb sie eine Weile über Hans stehen, das Gesicht zu einer Grimasse schmerzlichen Genusses verzerrt, breitbeinig und halb aufgerichtet wie eine Bauernmagd, die sich vor die Scheunenwand hockt, um zu pinkeln. Aus ihren beiden Öffnungen perlten große Samentropfen auf Hans' Bauch und Oberschenkel, und wieder war da dieser Geruch parfümierter Eingeweide, noch verdorbener als vorhin.

»Glühend heiß«, sagte Hans. »Aber man spürt sofort, wie es kalt wird.«

Später war es Die Riesin, die breitbeinig im Rauchersessel saß, die langen Beine über den Armlehnen. Ihre Füße, ganz am Ende dieser Stelzen, wirkten anormal klein und zart. Die Riesin war ihre eigene optische Täuschung. All das weiße Fleisch ihrer gewaltigen Schenkel schien den dämmrigen Raum heller zu machen. Kurzgeschnittenes Haar und ein kantiges Kinn gaben ihr ein männliches Aussehen, was von dem nahezu flachen Busen noch unterstrichen wurde: Bei ihr glaubte man erst, es tatsächlich mit einer Frau zu tun zu haben, wenn sie sich ihrer Kleider entledigt hatte. Ihre Brüste waren weiche Scheiben, mit Nippeln, so groß wie schlaffe Trauben – weiße Trauben, glasig braun geworden. Ansonsten war Die Riesin einzig und allein Schlitz, wie sie da saß. Die haarigen Lippen hatten insgesamt eine von Albert nie zuvor erblickte Größe und wichen in scheinbarer Steifheit, wie unwillig, auseinander, um den purpurnen Spalt preiszugeben. Es ließ sich nicht recht ausmachen, wo dieser begann oder endete. Es schien, als habe er irgendwo hoch oben in ihrem wild wuchernden Schamhaar, nicht sehr weit unterhalb des Nabels, seinen Anfang und laufe – den Damm annektierend – bis zum Anus weiter, auf diese Weise einen Bogen von der Größe eines Halbkreises beschreibend. Derjenige, dem sie sich so gezeigt hatte, behielt in Erinnerung, daß er fünfundzwanzig Zentimeter Möse gesehen hatte.

Lei, noch immer in Strapsen, gab zu erkennen, daß er als erster wolle, weil er es »nicht appetitlich« finde, mit anderer Leute Samen in Berührung zu kommen. Sein Geschlecht stand tierisch grob aufgerichtet über dem zarten Gespinst der Strümpfe, und dieser Anblick war Albert nicht unangenehm. Der Transvestit hatte seine Hand hinter einen Straps geschoben und streichelte mit dem Zeigefinger den Befestigungsknopf, der sich in das Nylon drückte.

Während er das Strumpfband weiterstreichelte, zog er unbeherrscht an seinem Glied (die Gebärde war – angesichts der weiblichen Kleidungsstücke – von einer fast unerträglichen Derbheit). Als er seinen Samen hochkommen fühlte, drückte er ohne Zärtlichkeit den Kopf seines Glieds zwischen die Purpurlippen. Man konnte sehen, wie sich sein Skrotum zusammenzog, als er am ganzen Körper zu zittern begann, bevor er sich zuckend in sie ergoß. Er zog sich etwas zu früh aus ihr zurück: Sein letzter Schwall glitt den erschauernden Schaft hinab und hinterließ silberne Flecke auf den Strümpfen.

Albert blickte auf die leicht schartig auseinandergewichenen Lippen, die eine Bahn schimmerndes Elfenbein preisgaben: den Samen, der jetzt herausquoll und Licht einfing. Das Klischee, das ihm dazu einfiel, war das der »perlenden Zähne«. War durch einen derartigen Anblick irgendwann einmal die Angst vor der Vagina dentata entstanden? Weiches, fließendes Bild, erstarrt unter einem panischen Blick.

Albert beschloß die Reihe. Das Sperma seiner Vorgänger drang zwischen den Falten Der Riesin hervor; eine große perlmuttfarbene Rotzblase glitt über ihren kurzen Damm. Der Anblick der gierigen, übervollen Höhle half Albert, zum drittenmal seinen Mann zu stehen. Er drückte sich, ein wohliges Ekelgefühl überwindend, bis zur Wurzel in sie hinein; er war sich der Tatsache voll bewußt, vom Schleim der anderen umgeben zu sein. Ein dritter Orgasmus in Folge war bei ihm immer schmerzhaft. Er trug das Seine zum Cocktail bei, und der Genuß lag eher in der Verschwörung, der weißen Blutsbrüderschaft, denn im Höhepunkt selbst. Er fühlte die Wände ihres Fleisches nicht mehr, nur dieses dicke Fluidum. Er zog einen guten Teil davon, in Form von Fäden, mit hinaus. Die dicke weiße Flüssigkeit legte sich, allen Unebenheiten folgend, wie eine geschmeidige venezianische Maske auf ihre Möse.

Erst jetzt begann *ihr* Spiel. Unter ihren flink rührenden Fingern wurde der Teig dicker und dicker.

Im Moment ihres Orgasmus, als sie ihren breiten Hintern hochwarf, schwappte ein Schwall kollektiven Spermas heraus. Albert blickte darauf und fühlte sein Geschlecht schmerzhaft pochen. Und sie hielt nicht inne, Die Riesin, verschaffte sich einen Orgasmus nach dem anderen. Bis sie allen Samen pochiert hatte und jedermanns Lust erstarrt war.

Tourette

Sonntag, 21. Oktober 1979
(Albert Egberts)

»Gidi, du warst älter als Thjum und daher auch jüdischer als er ... aber später bist du auch auf eine katholische Schule gegangen. Von Christus weißt du also schon so viel, daß ...«

»... die Juden ihn ermordet haben.«

»Das will ich im Moment mal ausklammern. *Es sind die Juden nicht. Ich bins.* Wo befanden sich die Wunden bei Christus?«

»Mal schauen ... Was war diesem Witz zufolge gleich noch mal in einem Christus-Do-it-Yourself-Paket drin? Zwei Latten, ein Hammer und vier Nägel. Vier Perforationen also, wenn wir die Schrammen vom Stacheldraht an seinem Kopf nicht mitzählen. Oder wart mal ... haben sie seine Füße nicht mit *einem* Nagel übereinandergenagelt? Sprichwörtliche jüdische Sparsamkeit ... Also gut, zwei Latten, ein Hammer und drei Nägel. Das ergibt noch immer vier offene Wunden ...«

»Vergißt du nicht etwas, Gidi? Es sind fünf.«

»Oh, der Essigschwamm? Zusammengezogener Mund ... Loch im Magen ...«

»Der Lanzenstich an seiner Seite ... Macht nichts. Hast du schon mal was von stigmatisierten Frauen gehört?«

»Sind das nicht diese hysterischen Italienerinnen, die bei der Olivenernte vom Baum fallen und dann im Krankenhaus Löcher in Händen und Füßen bekommen, obwohl sie lediglich mit einer Gehirnerschütterung eingeliefert worden sind?«

»So ungefähr. Sie sind nach einem Unfall bettlägerig geworden, haben Visionen von Christus und Maria und was weiß ich wem noch alles, und dann treten plötzlich Löcher in ihrem Körper auf ... die Wundmale Christi ... auch an der Seite. Übrigens nicht nur in Italien.«

»Ich habe lange geglaubt, meine Stiefschwester Milli würde in der Zeit, als sie bettlägerig war, auch noch anfangen, die Wunden des Erlösers zu lecken... Mit dem Essen hatte sie schon aufgehört.«

»Milli hat eher die Stigmata von Jimmy Händel übernommen, scheint mir.«

»Ach ja, natürlich, der hat sich ja in den Kopp geschossen, der Blödmann.«

»Meiner Meinung nach tragen alle Frauen das Stigma Jesu. Nicht seine fünf Wundmale, sondern sein einziges wahrhaftes Stigma. Seine jungfräuliche Geburt. Seine Zeugung durch den Heiligen Geist. Es ist immer da. Keusch geschlossen, aber jederzeit bereit, sich zu öffnen... und zu empfangen, was Christi Mutter nicht empfangen hat. Jeden Monat beginnt es zu bluten... um das Leiden des Halbgottes in Ehren zu halten. Seinen lebenslangen Kummer, nicht aus menschlichem Samen hervorgegangen zu sein.«

»Also ist es im Grunde die fruchtbare Variante seines Stigmas...«

»So langsam schnallst du's. Gerade durch diese Umkehrung wird er lebendig gehalten und als Gott geehrt.«

»Nettes Gedankenspielchen, Albert, aber was ist dann mit all den Frauen, die schon menstruiert hatten... die schon befruchtet worden waren, Kinder geworfen hatten... bevor der Stern von Bethlehem am Firmament erschien?«

»Seine uneigentlichen Stigmata... die zufälligen Wunden, die er bei seiner Kreuzigung davontrug... die begannen erst in unserer Zeitrechnung zu bluten. In den Handflächen und an den Füßen dieser hysterischen italienischen Weiber, die du gerade erwähnt hast. Sein eigentliches Stigma aber, das seiner jungfräulichen Geburt, war schon seit Anbeginn der Zeiten in die Frau eingekerbt... als Voraussage, daß er einmal kommen werde. Und nach seinem Tod wurde es ein Rückverweis. Ein heiliges Andenken.«

»Wenn ich dich richtig verstehe, Albert, dann hat der Heilige Geist es auf dem Gewissen, daß jeden Tag... und den ganzen Tag über... auf der ganzen Welt die kleinen Quellen zu fließen beginnen … wie in einem Mysterium … und zum Gebet aufrufen.«

»Warum, glaubst du wohl, habe ich meine Enzyklopädie *Die Kapelle* genannt?«

Gidi bewegte lediglich die Lippen. Albert sah, wie das Wort lautlos gegen die Rückseite von Gidis Zähnen sprang.

»…«

»Du sagst es.«

»Fose, Punze, Schlammloch … Fickgrube, Fickritze … Klemmfotze, Schnappfut … Spritzdose …« Gidi las laut aus *Die Kapelle* vor, dem Kapitel der Synonyme. »Was für eine unglaubliche Menge von Wörtern für ein und dasselbe. Oder soll ich sagen: Schimpfwörtern?«

»Letzteres«, antwortete Albert.

»Und wozu das alles?«

»Um mein höchstpersönliches Gilles-de-la-Tourette-Syndrom zu pflegen.«

»Leidest du denn daran?«

»Ich hoffe es zu erwerben. Und sofern ich es bereits in mir habe, kultiviere ich es.«

»Ich erinnere mich an einen Fall aus dem Mittelalter. Ein Flickschuster aus Siena. Der hockte den ganzen Tag an seinem Leisten und sauigelte vor sich hin. *Figa* vorn und *figa* hinten. Der Überlieferung zufolge ließ er seinen Hammer im Rhythmus der schweinischen Wörter aufkommen. *Cazzo! cazzo! cazzo!* Die Gläubigen in seiner Umgebung machte das fuchsteufelswild. Einen vorübergehenden Mönch hatte dort schon mal der Schlag getroffen. Der Schuster wurde krank von seinem eigenen Gefluche. Aber er konnte es nicht lassen. Er litt am Tourette-Syndrom, wenngleich das erst noch erfunden werden mußte. *Figa! figa! figa!* Dann hat er, um nicht mit Hölle und Verdammnis gestraft zu werden, bis zu seinem Tod das Maul gehalten. Hat buchstäblich kein Wort mehr gesagt. Nur seinem Hammer, der heftig auf den Leisten knallte, war noch anzumerken, daß das blasphemische Gewettere in seinem Herzen einfach weiterging, doch das störte niemanden. Nach seinem Hinscheiden wurde er folglich heiliggesprochen. Nimm dir lieber ein Beispiel an diesem Schuster, Albert.«

»Völlig falsch. Wir brauchen unsere Flüche, unsere Schimpfwörter und säuischen Ausdrücke sogar dringend, um Gott anzurufen. Das unvermeidliche *Fut!*, das immer wieder an die Rückseite unserer Zähne springt und den Schmelz zerbröselt ... es ist unentbehrlich! Deinen Schuster hat man unter dem falschen Gott heiliggesprochen.«

»Du Gottloser!«

»Wäre es nur so, Gidi!« rief Albert und beschloß, in Erinnerung an Thjum die diesem vorgetragenen Thesen zu wiederholen. »Leider kann man jemanden nicht ohne weiteres als Gottlosen beschimpfen. Sogar wenn du Descartes an den Haaren herbeischleifst und es auf *seine* alte Manier machst ... sogar wenn du es mit Hilfe des kartesianischen systematischen Zweifels machst ... über eine ganze Kette ungläubiger Neins ... selbst dann landest du bei einer Art hypothetischem Gott. ›Alles, was zu unserem großen Verdruß stärker ist als wir selbst. Gott als das, was uns Steine in den Weg legt, Knüppel zwischen die Beine wirft. Gott als Widerstand, als Reibung in der Welt. Kurz und gut, Gott als der Alte Hemmschuh.‹«

»Ich halte lieber an dem selbsttätig kreisenden Rad fest ...«

»Alter Frömmler. Gott ist der lockere Sand, in dem sich unser Fahrrad festfährt. Gott ist die Schwerkraft, wenn es uns in dem Moment gerade nicht paßt. Das Sauerstoffzelt, in dem zu leben wir gezwungen sind. Gott ist nicht der Schöpfer des Himmels und der Erde und des Menschen, er ist der Frustrator jeder menschlichen Schöpfung. Der große Flügelstutzer. Das ätzende Salz in unserer Suppe. Kaugummi unter der Sohle. Alles, was tödlich und hinderlich ist.«

»Fürwahr keiner, den man aus Dankbarkeit mit Gebeten überschüttet, dein Gott.«

»Nicht mal einer, an den man flehentliche Bitten richtet. Denn das würde ihn zu sehr zu ›Gott‹ machen. Zu einem gütigen. Nein, nix vonwegen hoffnungsvolle Erwartung. *Fatalismus* ist die einzige Haltung, die hier paßt. Ein Gott, vor dem man den Kopf beugt. Nicht aus Pietät, sondern weil er einem den Fuß auf den Nacken stellt. Auf *alle* diese ungewaschenen Nacken. Gott ist ein tausendfüßiges Monster. Für den einen ist er die Zeit, für den anderen der Tod, der Hunger, der Schmerz, der Krieg, die Trunksucht, die Eifersucht ... Ein Gott, zu dem man nicht betet, sondern flucht. Jetzt haben wir's.«

»Von morgens bis abends Gottverdammich rufen ... Das Wort bedeutet doch nichts mehr.«

»Der irreführendste Konjunktiv, den es gibt. Ein falscher Konjunktiv. ›Gott verdamme mich!‹ Das ist nichts weiter als eine Feststellung. Eine am eigenen Leibe erfahrene Feststellung. Gott ist, was mich verdammt, von sich stößt, auf mir herumtrampelt ... mich heruntermacht ... erniedrigt ... Wir können ihn so viel verfluchen, wie wir wollen, und werden ihn trotzdem immer als den Stärkeren anerkennen müssen. Ob wir wollen oder nicht.«

»Hut ab vor dem Tyrannen«, sagte Gidi mit müdem Seufzer.

»Darum *müssen* wir ihn auch in einem fort verfluchen. Blasphemische Äußerungen, die wir hegen, kultivieren, erweitern müssen. Gegen die Brandung anschreien. Es ist ein religiöses Ritual.«

»Gott hört dich! Fluche!«

»Genau. Hier kann man sogar einen Beweis aus dem Ungereimten anführen. *Ich fluche, also existiert Gott.* Fluchen, Gidi, ist das Beten des Ungläubigen. Ein Anti-Gebet ... zischend ausgestoßen ... unter einem Speichelregen ... den Kopf gebeugt unter dem verhaßten schwieligen Schweißfuß deines Dämons, deines Spielverderbers. Leider bekommt nicht jeder, was er zu gottver ... en hat, über die Lippen. Nicht jeder leidet an einer gesunden Form des Tourette-Syndroms. Und darum ...«

Im Halbdunkel des Zimmers irrten flatternd noch ein paar streichelnde Hände umher, die durch die Kerzenflamme, bei deren Schein Gidi in Alberts *Enzyklopädie* gelesen hatte, vergrößert an die Wand projiziert wurden. Finger, zweifellos noch schilfrig vom Sperma, schlangen sich ineinander. Es löste bei keinem mehr ein Kribbeln oder Erregung aus; es war einzig und allein als Trost gedacht. Männliche Geschlechtsteile, ermattet vom Sich-Aufrichten und mehrmaligen Abspritzen, schwanden, schrumpften, krochen in zu weite Haut zurück, schmiegten sich in das eigene Schamhaar, legten den Kopf an einen Schenkel. Öffnungen, Ritzen verklebten mit eigenen Mitteln. Es wurde bereits nach Kleidungsstücken gesucht. Es war vorbei.

»Erst«, sagte Gidi, »mußte ich – Pflichtprogramm – an Gott glauben. Dann einigte ich mich mit Freunden, unter anderem mit dir, darauf, daß es keinen Gott gibt, auch nie gegeben hat. Als nächstes las ich Nietzsche und bekam zu hören, daß Gott *tot* ist, also durchaus einmal existiert, inzwischen aber den Löffel abgegeben hat. Jetzt, wo ich alt genug bin, um mir von niemandem mehr etwas weismachen zu lassen und meinen eigenen Gott bestimmen kann, bekomme ich zu hören, daß ich ihn mit Schimpfwörtern und Flüchen überschütten muß.«

»Nicht deinen Gott. Bet ruhig, Gideon. Tu, was du nicht lassen kannst. Ich spreche doch von einem Sammelbegriff – mangels etwas besserem: Gott – für alles, was mir in die Quere kommt, mir Steine in den Weg legt, für alles, was stärker ist als ich. Ein negativer Gott. Das Negativ Gottes.«

»Der Teufel.«

»Nein, der Teufel ist die Ergänzung eines gütigen Gottes. Kein Teufel ohne Gott. Der Teufel ist Gottes Schatten. Ich spreche von einem Gott, der der Schatten des Menschen ist.«

Die Riesin hatte sich den Rasierspiegel reichen lassen, vor dem Marike immer ihre Mitesser ausdrückte, stark vergrößerte Monsterdinger. Albert und Gidi saßen jetzt hinter dem Rauchersessel, doch von seinem Platz aus blickte Albert genau in den Spiegel, in dem sich alles, was von ihrem schamlosen Treffen übrig war, konzentrierte, stark vergrößert, ein schwabbelnder weißer Schaumbatzen, kurz davor, zu fallen. Solange er noch an ihren Falten haftete, konnte Die Riesin sich nicht satt sehen. Sie ging mit dem verzerrenden Spiegel näher heran und dann wieder so weit wie möglich weg, kippte ihn nach links, nach rechts ... Sie verschaffte ihrer Jagdtrophäe einen Rahmen.

Auf dem Fußboden saß Madelon, leise weinend, die Brille wieder auf der Nase.

»Gidi, das Gilles-de-la-Tourette-Syndrom als *Krankheit* herauszulassen bedeutet gleichzeitig die Heilung derjenigen, die bisher als Patienten galten. Jedermann Patient, keiner Patient. Gilles de la Tourette auf Krankenschein! Das Tourette-Syndrom für jedermann! Als zweite Natur, als Form des Atmens. Mozart hatte es! ›Leck, dreck und schmeck.‹ Lies mal den Brief an seine Kusine darauf hin. Miauend über Möbelstücke springen ... Laß uns miauend, bellend, in Kniebundhose oder Pyjama, über die Möbel springen. ›Cara mia Druck und Schluck.‹ Zurück zum grotesken Ballett der getanzten Charaktere. Sich bewegende Puppen auf dem Karussell müssen wir werden, mit hölzernem Tic auf die Glocke schlagen, wenn es sich so ergibt. Unterdrückte Spasmen ... der *Pas de deux*, die Quadrille unseres frustrierten Herzens ... dürfen wieder heraus. So tanzen wir die Hornpipe zum höheren Ruhm ... aus Abscheu? ... unseres Querschießenden Gottes. Komm aus deinem Turm heraus, Gilles, und teil dein Syndrom mit großzügiger Hand aus. Sag den Leuten, wie's geht, wo der Knopf ist, kurbel ihre Tics an, sie brauchen es. Erlöse den Noch-nicht-Leidenden von seinen Tics, will sagen, bring seine unterdrückten Tics an die Oberfläche, kehr sein Inneres nach außen. Das Gesündeste, Vitalste am Menschen zur Krankheit deklarieren, das ist ein Verbrechen! Kongreß! Da kommen sie, an den runden Tisch, der rechteckig ist. Einer ruft lauter als der andere, nachdem sich merkwürdig bewegende, unflätige Worte ausstoßende Menschen auf einem Podium gestanden haben. Der deutsche Professor: ›Koordinierte Erinnerungskrämpfe ... der Unglückliche!‹ Der französische Professor: ›Pauvre con ... c'est une maladie des tics!‹ Und der schwedische Forscher hält es für eine ›Myospasia impulsiva‹. ›Kurzum‹, sagt der niederländische Vertreter:

›Het Syndroom van Gilles de la Tourette.‹ Gideon, wir tanzen alle unseren unvorhersehbaren spastischen Tick-Tanz, wir sprechen, brabbeln, zischen, keuchen alle dieselbe Sprache: Koprolalie.«

»Au ja. Laß uns doch alle den ganzen Tag über ›Fotze Schwanz Arsch Ficken ist gesund‹ rufen.«

»Runterschlucken ist ungesund. Davon bekommt man nur schlechte Zähne, frag die Bläsergilde. Führt nur zu abgeleiteten Gebärden. Andere zwischen den Beinen streicheln, zum Beispiel, oder an sich selbst herumfummeln, angetörnt durch diese Wörter, die gegen die Rückseite deiner Zähne springen. Erinnerst du dich noch an Lodewijk ... Loodje?«

»Herrgottnochmal. Der sich immer ganz schnell bei gelokkerter Hose mit der Fingerspitze übers Arschloch fuhr und sie einem dann mitten im Gespräch unter die Nase hielt, ›da, riech mal‹ – oder hat er gar nichts gesagt? – mit der ernstesten Miene der Welt ...«

»Er konnte nicht anders. Seine Hände schweinigelten, wo sein Mund es nicht durfte. Es gibt noch Stärkere, Disziplineriertere: Die behalten sogar die Hände bei sich, zumindest gegenüber Umstehenden. Die streicheln nicht mal, wie Napoleon, das Ohrläppchen von jemand anders. Aber dafür küssen die in den unerwartetsten Augenblicken ein Brückengeländer, umarmen einen Laternenpfahl, reiben sich obszön an einer fremden Haustür ... Sie vergreifen sich an der Welt. Du mußt es so sehen, Gidi: Die gesittete, gesellschaftlich und intellektuell akzeptierte Ausdrucksweise ist die extremste Form, die das (von jedermann mehr oder weniger) unterdrückte Tourette-Syndrom anzunehmen versteht. Es erstickt unser Beten zu dem Gott-der-Reibung. Uns sind die richtigen Worte für unseren griechischen Klagegesang abhanden gekommen. Sie stecken irgendwo fest. Eine Litanei an diesen Gott-in-allem-stärker-als-wir richten, okay, aber dann, bitte, mit sämtlichen Registern. Das Knirschen von Steinen und Muscheln in der Brandung: Rauschen, Singen, Zähneknirschen in einem. Sonst hat es keinen Sinn. Laß uns, wenn wir uns über so viel schäumenden Schweinkram, über die unverhüllten Kapriolen unserer Worte schämen, laß uns dann die Gesichter bedecken – allerdings wie die alten Griechen: mit Satyrmasken. Mit Masken, die unseren Haß und unseren Abscheu noch besser ausdrücken als unsere eigenen Visagen.«

»Du bist ja richtig in Fahrt, Albertje. Wenn du mich fragst, *betest* du schon.«

»Oh, das ist noch gar nichts. Du mußt Gott, diesem uns ein Bein stellenden Gott, den Frack vollschimpfen.«

»Er spürt es nicht«, sagte Gideon. »Er ist doch so 'ne Art Negativ, oder nicht? ›Schimpfen tut nicht weh‹, haben wir früher in der Schule gesagt.«

»Um so besser. Um so bitterer. So wird unser Fluchen und Geifern nie einen Sättigungspunkt erreichen. So glühend unser Geschimpfe auch ist, *Ihn* vernichtet es nicht. Solange – allein schon – der Tod für uns existiert, kann auch unser Gottverfluchen kein Ende haben. Solange Sein Fuß auf unserem Nacken steht, fließt der Geifer aus unserem Mund. Trieft geradewegs in den Sand, in die Erde. Ein sinnloses Vergießen einfallsreicher Schimpfwörter, aber trotzdem ... das Fluchen, Wettern, Schimpfen, unflätige Redenschwingen hat einen *Wert an sich*. Eine Heulboje im Nebel. Der triumphierende Schrei des Ohnmächtigen, um so lauter und triumphierender, je klarer ihm ist, daß Schreien nichts nützt. Ein Gott mit tauben Ohren, das ist es, zu dem wir beten.«

»Amen.«

Albert flippte jetzt völlig aus. Er hüpfte wie ein Frosch durchs Zimmer und stupste dabei jeden an. »Du ... und du auch ... grab das Gilles-de-la-Tourette-Syndrom in dir aus. Hör auf mit diesem gelehrten Blabla. Kultivier lieber das Fluchen und Geifern. Klag, aber nicht über die kleinen Dinge, dann hören und lernen wir noch was. Dreh den Gashahn deines giftigen Atems auf, du Trottel.«

Niemand wurde schlau aus seinen Worten. Irgendwann sprach Albert sogar vom »Gilles-de-Rais-Syndrom«, worauf Die Riesin sagte: »Sollen wir jetzt alle Kindermörder werden? Besten Dank.«

»Nein, ihr sollt diesem gezierten Getue bei euch selbst den

Garaus machen. Wo's klemmt, das will ich von außen sehen können. Schlenkert und fuchtelt herum, dafür habt ihr Arme und Beine. Die Menschen tanzen zu wenig. Ich will, daß ihr beim Tanzen wild um euch tretet. Der Tic-Tanz. Ein Trettanz um das schwarze Kalb, das uns ständig vor die Füße läuft. Das in einem fort den Schwanz hebt und uns auf die Schuhe scheißt.«

Nein, so recht schlau wurden sie daraus nicht, die müden Gäste in Marikes Zimmer. Na ja, Hauptsache, Albert verstand es. Ewig dankbar würde er Gidi für dessen frömmlerische Äußerung bleiben. Gideon hatte ihm nicht weniger als eine Grundsatzerklärung entlockt. Eine neue Lebensform. Ein Alibi für seine zu lange unterdrückten Flüche. Er ging nach Hause als neuer Mensch. Als Monster ... ein sprachgewaltiges Monster ...

Als Albert die Haustür öffnete, begann ganz in der Nähe eine Glocke für den sonntäglichen Sechs-Uhr-Gottesdienst zu läuten.

Am auffälligsten an der ganzen Sexualität war vielleicht noch, daß sie keine direkten Spuren hinterließ. »Eine Frau streicht sich die Federn glatt ...« hatte er irgendwo bei Wolkers gelesen, in *Eine Rose von Fleisch*. War es nicht ein Wunder, daß von dieser angeblich höchsten aller Leidenschaften so wenig haftenblieb, zum Beispiel auf dem Gesicht eines Menschen, der sich gerade gepaart hatte? Der Unterleib pflügte tief (beziehungsweise: wurde tief durchpflügt), mit entsprechend verzerrten Gesichtszügen – und siehe da, der Orgasmus hatte alles ausgelöscht. Hie und da bewahrte jemand noch eine Röte, die auch rasch verflog ... sich verflüchtigte ... Verlangen und Befriedigung lösten einander offenbar im absoluten Sinne ab. Keine Spur blieb zurück, geschweige denn eine Narbe. Die Geschlechtsorgane selbst stellten die Stigmata dar, die erst wieder in Aktion treten würden, sobald neue Lust sich regte.

Man stieg geradewegs aus der Leidenschaft in seine Schuhe und ging seiner Wege.

Ein Schirm im Aufgebot

Dienstag, 6. November 1979
(Ernst Quispel)

Ich ging sogar noch einen Schritt weiter. Als die Periode der »Katharsis in Kanada«, wie sie es in ihren Briefen etwas mädchenbuchhaft nannte, vorbei war, machte ich Zwanet aus einer glückseligen Sufflaune heraus kurzerhand einen Heiratsantrag. Daß sie, so groß und erstaunt ihre Augen dabei auch aussahen, ja sagte, bedeutete für mich vor allem, daß ich ihr Vertrauen durch die zweijährige Suche nach ihrem Vergewaltiger uneingeschränkt wiedergewonnen hatte – auch wenn ich noch immer keinen Kopf aus dem Mopedhelm gezaubert hatte. Anfang November bestellten wir das Aufgebot.

Im Treppenhaus des Einwohnermeldeamts, in dem (es war um die Mittagszeit) der fettige Geruch fritierter Kroketten hing, liefen wir Albert Egberts in die Arme, dem, als er sich nächtens wieder einmal herumtrieb, sein Paß geraubt worden war und der jetzt einen neuen beantragt hatte. Es war schwer zu entscheiden, ob die Geneverfahne, die sich jedesmal, wenn er den Mund öffnete, durch den Fritierfettdunst bohrte – eine Kombination, von der mir fast übel wurde –, frisch war oder noch aus der vergangenen Nacht stammte. Merkwürdig war es schon: Das letzte Mal, als ich ihn Genever trinken gesehen hatte, war zu Jahresbeginn gewesen, auf dieser eisigen Fete bei Odile. Wir hatten ihn bereits über unsere Heiratspläne unterrichtet, und er hatte nicht protestiert. Jetzt aber, in unmittelbarer Nähe des Standesamts, erregte sich Albert heftig. Er und Zwanet waren zu diesem Zeitpunkt bereits gut zwei Jahre auseinander.

»Die Ehe ein Schirm, hab ich richtig gehört?« entgegnete er laut auf meine schwache Verteidigung hin. Seine Stimme schallte durch das Treppenhaus, in dem die dicken Fettschwaden die Akustik keineswegs beeinträchtigten. »Ein Schirm gegen das Elend, sagst du? Schön gesprochen! Quispelchen hat den Schirm neu erfunden. Sehr schön! Aber von welchem Elend, mein Lieber, *sprichst* du eigentlich? Dem in der bösen Welt anzutreffenden Elend: sehr *gu-ut.*« (Letzteres süß und höhnisch. Das falsche Kompliment eines Lehrers.) »Ein Schirm gegen das Tränental, von dem der unbekannte Dichter singt. Ist doch was verdammt Schönes, die Poesie. Ja, scheint auf den ersten Blick ganz beachtlich, was der Mensch gegen all das gratis vorgefundene Elend in Stellung bringt. Dämme. Mauern. Dächer. Institutionen. Beschwörende Gebärden. Er hamstert Kartoffeln ... Pfiffiges Bürschchen! Er sucht Schutz. Baut sich eine Hütte. Kurz und gut, er wappnet sich gegen die Elemente. Denn glaub ja nicht, daß er sich auf den Kopf scheißen läßt – von wegen. Er erfindet den Schirm. Er heiratet.«

Zwanet ignorierte er völlig.

»Aber was glaubst du? Darin erschöpft sich der gottgleiche Schöpfungsdrang des Menschen noch nicht, von wegen! In seinem kreativen Rausch schlägt er weiter zu, der Energiebolzen. Er ist nicht mehr zu stoppen. Hinter dem Palisadenzaun, den Monsieur gegen die Schweinerei errichtet hat ... ich meine, gegen die Schweinerei, die schon immer da war ... hinter seiner dünnen kulturellen Wand sozusagen, stiftet er neues Elend. Willentlich und wissentlich. Eigenständigkeit über alles! Er schafft Mist und Plunder unter seiner ach so sorgfältig entworfenen – darum aber nicht weniger verletzbaren – Kruste der Selbsterhaltung. Quispelchen stellt hier wirklich keine Ausnahme dar.«

Er lallte ein bißchen, aber das täuschte.

»Was ist ein Haus? Obdach, wird ein Simpel sagen. Falsch. Mehr noch als ein Dach über dem Kopf ist ein Haus ein Resonanzkörper, um mit aller Kraft zugeknallten Türen eine Stimme zu verleihen. Dafür ist es gebaut. Im goldenen Ring der Ehe gehen wir in erster Linie mit den Fäusten aufeinander los. Wenn nicht gar mit Messern. Im goldenen Ring der Ehe werden unnütze Kinder gezeugt. Von vornherein Unglücksraben. Gefundenes Fressen für Scheidungsanwälte! Wie der Blitz mit diesem achtzehnkarätigen Gold zum Pfandleiher, um im Tausch dafür die kurzfristigen Wonnen und die langfristigen Tripper des Fremdgehens in Empfang zu nehmen! Die eheliche Treue als notwendiges Unterpfand des Ehebruchs, vergiß es! Der Supererfinder der ehelichen Treue vergeudet einen Großteil seines logischen Denkvermögens damit, seine Promiskuität zu begründen. Er zerstört, was er geschaffen hat. Mehr noch, er erschafft, um zu zerstören. Und ist dann erst *richtig* den Elementen ausgeliefert. Der Trottel.«

Weinkrampf *oder* Der jüdische Weihnachtsbaum

Montag, 24. Dezember 1979
(Arend-Jan Baartscheer)

Seh ich doch in der Leidsestraat diesen Judenfreund Egberts vor dem Schaufenster einer Konditorei stehen ... Was will ein Junkie mit Süßigkeiten? Ah, zwischen den hoch aufgeschichteten Leckereien steht ein Weihnachtsbaum mit blinkenden Lichtern ... ein schöner Anknüpfungspunkt ...

»Appetit bekommen auf Schokoplätzchen, *Herr Eckberts*?«

»Na, Streepje, schnell noch Spritzgebäck bunkern, bevor der Heilige Abend naht?«

So sehr ich ihn auch zu triezen und zu provozieren versuche, er bleibt immer höflich. Mal schauen, wie weit wir heute gehen können. Friede auf Erden allen Menschen, die guten Willens sind.

»Ich esse nur ideologisch vertretbare Plätzchen, das heißt ... wie Hitler sie sich von seinem Leibkoch backen ließ. Das Rezept ist nicht erhalten geblieben, aber ...«

»... mündlich überliefert. In euren Kreisen, wohlgemerkt.«

Versucht sich heute in Schlagfertigkeit. Wir werfen den Weihnachtsbaum ins Gefecht.

»Genau, so ist es. So, *Herr Eckberts*, Sie stehen jetzt also hier und gedenken Ihres *entarteten*, vor zwei Jahren bestatteten *Freundes* Thjum ... War sein Familienname nicht Schwänzchen? Reichlich merkwürdig für eine jüdische Familie, wie das hintere Ende eines Schweins zu heißen ... ja.«

Haut mir nicht in die Fresse. Wird bleich, bleibt aber korrekt.

»Wieso sollte ich ausgerechnet hier Theodor Schwantjes gedenken? Da weiß ich einen besseren Ort ...«

»Zweifellos, ja ... gibt ja genug Darkrooms in Amsterdam ... sogar an Heiligabend ... hm ... ja. Nein, ich dachte, im Zusammenhang mit diesem Weihnachtsbaum ...«

Merkt auf, schaut jetzt wieder flüchtig seitlich ins Schaufenster. Weihnachtsbaumbeleuchtung blinkt jeweils dreimal kurz hintereinander, wie das Lämpchen des automatischen Anrufbeantworters, auf den drei Nachrichten gesprochen worden sind. Augen verengen sich. Auf der Hut. Dritte Nachricht unverständlich.

»Hör zu, Arend-Jan, ich weiß, daß du 'nen Sprung in der Schüssel hast, aber was hat der Weihnachtsbaum zu tun mit ...«

»Bis in alle Ewigkeit, egal, ob die christliche oder die jüdische, steht unumstößlich fest, daß bei der Geburt des Staates Israel ein Weihnachtsbaum geschmückt wurde. Ja ... hm. Als halbwegs gebildeter Mensch kann man bei einem anderen offenbar *gar* nichts mehr als bekannt voraussetzen ... Nicht Theodor Schwantje, sondern Theodor Herzl – oder Hartje, wenn du willst – war mit seinen unbeschnittenen Söhnen ... ja, hm, ja ... an Heiligabend gerade dabei, einen *Tannenbaum* zu schmücken, als ... na gut, ja, da kam also eine Delegation orthodoxer Rabbiner vorbei, denn Herzl schrieb an seinem Buch *Der Judenstaat*, und sie wollten mal sehen, ob dieses Genie wirklich der langerwartete Messias sei. Ja ... Gründlich reingefallen, denn ein Weihnachtsbaum in Wien, christlicher ging's nicht, und etwas Hanebücheneres hatten sie noch nicht erlebt. Er sagte so was wie: ›Bei uns steht keine Krippe drunter ... es ist ein Sonnenwendbaum‹, und dadurch haben sich diese Rabbiner täuschen lassen. Das ist ihnen später noch bitter aufgestoßen. Herzl hat sie alle sauber an ihrer langen Nase herumgeführt, mit seinem *Judenstaat*. Ihm schwebte ein neues Getto vor ... eine Art Gesamtgetto für ganz Europa, aber schön weit weg ... oder sag ruhig: ein groß ausgefallenes *Konzentrationslager*. Die Juden könnten dort von der ursprünglichen Bevölkerung, sobald die einmal vertrieben war, permanent attackiert werden ... das sparte wieder Wachtürme, um sie innerhalb der Stacheldrahtumzäunung zu halten ... hm, ja. Na ja, was will man mehr? Dieser Herzl war bei den größten antisemitischen Intellektuellen seiner Zeit in die Lehre gegangen. Vorneweg Drumont mit seinem *La France juive* ... der Mann, der die jüdische Weltverschwörung aufgedeckt hat ... Ja, hm. Das muß man sich mal vorstellen. Herzls jüngster Biograph hat das vor kurzem nachgewiesen. Großartige Lektüre. In Theodor Herzl müssen die Juden um die Jahrhundertwende ihren extremsten *Selbsthaß* verehrt haben, *Herr Eckberts*, das waren noch Zeiten! Er hat sie mit seinem Heilsstaat völlig verrückt gemacht, genau wie er sie haben wollte. Aber zuvor hat er der katholischen Kirche ... ich denke, um auszuprobieren, wie tief er sie erniedrigen konnte ... zuvor hat er dem Papst angeboten, alle Juden zum christlichen Glauben zu bekehren. Den ganzen Haufen auf einmal christianisiert. Rosenkranz drum herum. Fertig.«

»Mensch, Streepje! Ich kann's ja kaum erwarten, bis ich diese neue Betrachtungsweise als Drucksache in meinem Briefkasten finde ... und wenn es wieder in jedem Haus verteilt wird, hoffe ich inständig, daß jemand damit zur Polizei geht ... aber jetzt muß ich dich doch mal vor dir selbst in Schutz nehmen. Ich les auch manchmal ein Buch. Herzl hatte den Plan entwickelt, alle Juden zum Christentum zu bekehren ... im Tausch für die Abschaffung des Antisemitismus. Das scheint mir das genaue Gegenteil der massenhaften Demütigung, die du darin sehen willst ...«

»Eine antisemitische Tat zur Abschaffung des Antisemitismus ... wer hat so was schon je gehört? Ich will es Ihnen noch krasser sagen, *Herr Eckberts*. Ja ... hm, ja. Noch viel krasser. Herzl selbst wollte, zusammen mit einigen anderen jüdischen Potentaten, vor der Kirchentür stehenbleiben ... um mit diesem elitären Klub das *wahre* Judentum fortzusetzen. Die ganze Herde gefügiger Schafe in die Kirche treiben, bis sie nicht mehr herauskönnen, und dann selbst rechtsumkehrt machen ... erzähl mir was! Verkappte Ausrottung, das war es! Er hatte vorsorglich schon mal zweihunderttausend Pavianvorhäute für den ersten Schwung getaufter Juden bestellt ... zum Transplantieren ... Ja. Arrangiert sich mit dem Papst. Kein Petrus, der danach kräht ...«

Läuft nicht weg. Hört mir immer noch zu. Kann noch viel weiter gehen. Weihnachtsbaum blinzelt aufmunternd.

»Und als diese sublimierte *Endlösung* nicht zustande kam, hat unser Theodor sich darauf verlegt, seine Juden mit ein paar zionistischen Parolen ins Getto zu jagen. Das dunkle Afrika, das gelbe Asien ... war ihm schnurzegal, wo er seinen Stacheldraht ausrollen würde. Uganda ... sollten die Nigger sie doch in die Pfanne hauen. Asien ... auch keine schlechte Wahl, mit all den drohenden Schlitzaugen dort vor der Tür ... ja, hm, ja ... die gelbe Gefahr, die wie ein Sandsturm durch die Spalten und Ritzen der Baracken dringt ... Scheint auch noch Pläne gehabt zu haben, in Südamerika die antisemitische Kolonie von Nietzsches Schwester zu einem Spottpreis zu übernehmen, denn aus der war ja doch nix geworden ... ja ... Nueva Germania, der Name konnte einfach über dem Tor stehenbleiben. Alle auf einem Haufen, unter den Augen der ganzen Welt ...! Und das alles, weil sie ihren antisemitischen Messias nicht enttäuschen wollten. Ja, der Erlöser mußte schon Jude und Antisemit zugleich sein ... um solche Wunder vollbringen zu können. Ja ... hm. Herzl war am Sederabend sturzbetrunken, nachdem er all die Weingläser auf den Kaminsimsen jüdischer Häuser geleert hatte ... Und natürlich waren es die Antisemiten in Europa, die seine Pläne am lautesten bejubelten. Ja ...! Na gut, es lief dann schließlich ein klein wenig anders, aber gegen ein paar feuerspeiende Palästinenser um den *Stacheldraht* herum hatte er natürlich auch nichts einzuwenden. Genausowenig wie gegen den satten Zynismus, mit dem seine Juden nun im Gelobten Land zusammengetrieben worden waren ... Sie haben recht, *Herr Eckberts*: Es wird vielleicht Zeit, mich wieder mal an die Kurbel des Vervielfältigungsapparats zu begeben. Ja.«

Erwidert nichts. Folge seinem Blick zur gegenüberliegenden Straßenseite.

»Ah, *Herr Eckberts*, geht da nicht gerade Ihr Freund Patrick, oder Patrizio, vorbei ... der Chronist Ihrer Heldentaten ...? Ich hab ihn gebeten, auch mal an mich zu denken ... in seiner Eigenschaft als Ghostwriter, meine ich ... Ich wollte ihm mein geplantes Buch *Weinkrampf* diktieren. Er hat leider Abstand davon nehmen müssen. Er kann nicht stenographieren. Bedauerlich. Ja. Und das alles jetzt komplett mit der Hand zu schreiben ... ich fürchte, dafür habe ich nicht die nötige Geduld.«

»Versuch's doch mal im Gefängnis, Streepje. Ein kleiner Putsch durch die Paramilitärs der Viking-Jugend, und sie lochen dich ein. Es ist kein rausgeschmissenes Geld, denn es bringt auf jeden Fall Publizität. Und womöglich triffst du da irgendeinen wegen Veruntreuung verurteilten Protokollführer aus der Wirtschaft ... jemand, der Steno gelernt hat ... und dann diktierst du ihm dein Buch. Denk mal drüber nach.«

Mit unterdrückter Wut gesagt. Geht endlich weiter. Weihnachtsbaum blinkt. Auf der Brücke spricht Canaponi mit Kollegen ... bekanntes Gesicht ... Judenfreund Egberts hat Judenhasser Baartscheer auf eine Idee gebracht. Besten Dank, Albert.

Die Zeugen

Montag, 24. Dezember 1979
(Ernst Quispel)

Um auf jeden Fall zu verhindern, daß ich in Zukunft meinen Hochzeitstag vergesse und dann ohne Blumen nach Hause komme, suchte ich mir für unsere Hochzeit ein leicht zu merkendes Datum aus: den vierundzwanzigsten Dezember, Heiligabend. Auf Zwanets dringenden Wunsch wurde es eine schlichte Angelegenheit im kleinen Kreis. Ihre Eltern, ihre Freundin Hillechien; meine Mutter, mein Bruder, meine Schwester. Kein böser Vater. Auch kein Albert: Der hatte uns seine wohlgemeinten Glückwünsche bereits zur Genüge ausgesprochen. Hillechien und Carl, mein Bruder, sollten als Trauzeugen fungieren. Eine aus vier Etagen bestehende Hochzeitstorte war Zwanets einziges Zugeständnis an meine verjährten – aber offenbar gut erhaltenen – Knabenträume.

Als sich alle in unserer Wohnung versammelt hatten, bestellte ich gegen halb eins (obwohl die Trauung erst um zwei Uhr stattfinden sollte) zwei Taxis. Zehn Minuten später klingelte es. Die ganze Gesellschaft eilte per Lift und über die Treppe nach unten, wo *ein* Taxi vor der Tür wartete.

»Wenn mehr als ein Wagen bestellt wird«, sagte der Fahrer, »checken wir immer erst, ob sich da keiner einen Scherz erlaubt hat. Ich rufe jetzt noch einen.«

Ich ließ Zwanets Eltern mit Hillechien hinten einsteigen. Zwanet, bildschön in ihrem bronzefarbenen Deux-pièces, nahm vorne Platz. »Ich seh euch gleich im West-Indisch Huis.«

»Mein Kollege ist schon unterwegs«, sagte der Fahrer und zog, über Zwanet langend, die Tür zu. Beim Wegfahren sah sie mich durch die Scheibe grausam lächelnd an.

Fünf Minuten später kam das zweite Taxi. Die Familie auf die Rückbank, ich vorne rein. »In die Harlemmerstraat bitte.« Während der gesamten Fahrt wurde kein Wort gesprochen. Meine Mutter hatte eine neue weiße Tasche auf dem Schoß, eigentlich zu groß, als daß man sie noch als Handtasche hätte bezeichnen können.

Als wir ins West-Indisch Huis hineingingen, stellten wir fest, daß Zwanet und die anderen noch nicht eingetroffen waren. Das wunderte mich, denn unterwegs war der Verkehr trotz des Weihnachtstrubels überall ungehindert geflossen. Es war kurz vor eins. In der großen Eingangshalle mit dem viel zu kleinen Weihnachtsbaum warteten wir – schweigend, nervös – auf den Rest der Gesellschaft. Mein Bruder und meine Schwester standen, etwas unbehaglich, rauchend in einer Ecke, als seien sie sich nicht ganz sicher, ob da geraucht werden durfte. Sie sprachen nicht miteinander. Meine Mutter stand mitten in dem großen Raum und lächelte krampfhaft. Die Tasche, neu bis in die Falten, hing ihr an einem viel zu langen Henkel am Arm und reichte bis zu den Knöcheln hinunter. Unter den Blicken des Amtsdieners, der sich, die Arme auf dem Rücken, vor einer Nebentür postiert hatte, ging ich immer wieder zum Fenster, um nach dem Taxi Ausschau zu halten. So verstrich eine Viertelstunde, eine halbe Stunde.

Als ich die Blicke des Amtsdieners nicht länger ertragen konnte, ging ich auf ihn zu, um ein paar Worte mit ihm zu wechseln. »Kommt das noch regelmäßig vor, eine Braut, die den Bräutigam im letzten Moment sitzenläßt?«

Für ihn lag kein Scherz in dieser Bemerkung. »Oh, erst heute morgen noch. Ja, ich bitte Sie, diese ganzen Scheinehen … Vorhin, um ein Uhr, hätte ein Paar heiraten sollen. Keiner der beiden ist erschienen. Na ja, dann kommen Sie eben etwas früher dran.«

»Vorausgesetzt, ich bekomme noch Gesellschaft.«

»Ja, viel Glück.«

Weitere zwanzig Minuten vergingen. Meine Mutter, die nicht von ihrem Platz wich, lächelte schon lange nicht mehr. Die Tasche hing mittlerweile an ihrem anderen Arm. Zwanet konnte bereits auf dem Flughafen sein. Mir wurde schwindlig und übel von einem stets von neuem wiederkehrenden Gedanken: *daß dies ihre Rache war. Ihre zynische Antwort auf meinen mangelnden Zynismus*. Heiraten, Vaterschaft, na und? Ich hatte mich selbst verleugnet; sie würde diese Selbstverleugnung strafen. Zwanet brauchte diesen Hochzeitstag, um mir stilvoll den Laufpaß zu geben, um einen möglichst theatralischen Bruch zu vollziehen. Im West-Indisch Huis ließ sie mich eine gepfefferte Stunde der Wahrheit durchleben.

Gott sei Dank, da hielt endlich, eine ganze Stunde nach der Abfahrt, das verschollene Taxi vor der Tür. Ein grauer Opel. Während ich hinausging, merkte ich, wie sich meine Sorge und meine Gewissensbisse in ordinäre Wut verwandelten. Doch noch bevor ich meiner Braut, einen Tadel auf den Lippen, beim Aussteigen helfen konnte, schwang die Tür auf und heraus stolperte statt einer strahlenden Zwanet eine alterslose Frau mit pickligem Gesicht, fahl und ausgezehrt: ein Klappergestell in Freizeitfetzen. Viel zu fest, mit so etwas wie Verachtung, warf sie die Autotür zu und schlurfte matt auf den Eingang des West-Indisch Huis zu. Im Vorbeigehen hörte ich sie nur halb verständliche Verwünschungen zischen, möglicherweise für den Fahrer bestimmt, der mit seinem Taxi schon wieder zwanzig, dreißig Meter weitergefahren war. In dem unbehaglichen Gefühl, ihr wie jemandem zu folgen, der zu mir gehörte, ging ich hinter ihr her ins Haus.

In der Empfangshalle standen vier Stühle ohne Armlehnen in einer Reihe. Die Frau, die genausogut dreiundvierzig wie sechsundzwanzig sein konnte, legte sich sofort, als wäre sie hier zu Hause, gekränkt stöhnend und schnaubend quer auf die Sitze. Ein Junkie, ohne jeden Zweifel. Sie schien mir dringend was zu brauchen.

Der Amtsdiener, der offensichtlich doch eine ironische Miene aufsetzen konnte, ging ohne besondere Eile auf sie zu. »Kann ich Ihnen behilflich sein, meine Dame?«

Heiser und gereizt kam die Antwort: »Wir sollten jetzt heiraten.«

»Ja, um ein Uhr. Das war vor einer Dreiviertelstunde. Und im übrigen braucht es dafür zwei. Fragen Sie nur den Herrn da. Der weiß Bescheid.«

»Shit, ja, das Taxi. Und ich mußte auch noch umziehen... Dieser Tscheche ist bestimmt schon unterwegs.«

»Rumäne.«

»Dann eben Rumäne. Macht das irgendeinen Scheißdreck aus? In einer halben Stunde ist er Niederländer.«

»Das wird sich zeigen, meine Dame. Wie sieht es mit den Zeugen aus?«

»Shit. Überhaupt nicht dran gedacht. Braucht man die wirklich?«

»Ohne Zeugen keine Trauung, meine Dame. Es ist jetzt schon das dritte Mal in einer Woche, daß Sie hier ohne Zeugen ankommen. Ganz abgesehen von den Malen, wo der Rumäne und Sie sich verpaßt haben. An Ihrer Stelle würde ich also ganz schnell versuchen, zwei Zeugen aufzutreiben für den Fall, daß dieser... ähm... daß Ihr Verlobter noch erscheint.«

Unwillig, fluchend erhob sich die Frau von ihrem improvisierten Ruhelager. Nein, ich täuschte mich nicht: Sie kam auf mich zugewankt. Sie sah mich aus dumpfen Augen an. Pupillen wie Sonnenfinsternisse, würde Albert sagen.

»He du, willst du nicht Zeuge für uns sein?«

»Zeuge? Ich bin hergekommen, um zu heiraten.«

»Ja, das sagen alle. Denk dir was anderes aus, Mensch.«

Die Frau wandte mir ihren müden Rücken zu. »Bringen mich um Lohn und Brot«, hörte ich sie noch murmeln. »Prellen mich glatt um fünf Hunnis.«

Kurz darauf sahen wir sie, Passanten ansprechend, in der Haarlemmerstraat hin und her laufen. Die meisten Menschen gingen, trainiert im Ausweichen von Bettlern, in einem kleinen Bogen um sie herum; andere, die sich aufhalten ließen, schüttelten schon bald den Kopf. Als wieder ein Taxi vor dem West-Indisch Huis hielt, wäre ich fast ein zweites Mal in die Winterkälte hinausgegangen – wider besseres Wissen, denn diesmal handelte es sich um einen blauen Mercedes. Aus ihm stieg, scheu, ein großer Mann von Mitte vierzig mit Schnäuzer. Die Frau unterbrach ihre Anheuerversuche und ging, mit dem Finger deutend, gestikulierend auf ihn zu. Der Mann schritt zögernd auf den Eingang zu, während seine Gattin in spe, in ihrem Löcherpulli fröstelnd, ihre Bemühungen wiederaufnahm, Zeugen an Land zu ziehen. Ihr Terrain beschränkte sich jetzt auf das Stück Bürgersteig auf der gegenüberliegenden Straßenseite in Höhe einer breiten Fassade mit zwei Schaufenstern. Links waren Hochzeitsutensilien ausgestellt (ein Brautstrauß auf einer kleinen Marmorsäule, Bänder, ein Hochzeitsfoto, aber auch Kunstenten in vielen Größen); rechts war, wie aus der Aufschrift und einem monströs großen, aufgesperrten Gebiß auf der Fensterbank hervorging, ein Laden für Kunstgebißreparaturen untergebracht. Zwischen diesen beiden Schaufenstern trottete die Frau hin und her, bis jemand anbiß und sie zwei Frauen mittleren Alters gebieterisch, voller Ungeduld in Richtung West-Indisch Huis vor sich herschieben konnte. Die beiden machten ein beklommenes Gesicht, als hätte man sie festgenommen. Der Amtsdiener, der sich mit dem rumänischen Bräutigam in einem äußerst dürftigen Deutsch unterhalten hatte, wandte sich den eintretenden Zeuginnen zu. Die eine Frau tat ihr Bestes, eine noch leere, schäbige Einkaufstasche zu verbergen; die andere entschuldigte sich, daß sie »nicht hochzeitlich gekleidet« sei. Sie machten noch immer eine bestürzte Miene: Was hatten sie sich aufschwatzen lassen? Ich war von der Szene so gefesselt, daß ich nicht merkte, daß wiederum ein Taxi vor dem West-Indisch Huis gehalten hatte.

Eifersucht aus Liebe

Montag, 24. Dezember 1979
(Ernst Quispel)

»Ernst, der Typ war kein richtiger Taxifahrer. Der war für seinen Schwager eingesprungen. Irgendwas von wegen Wintersport. Bevor ich gemerkt hab, daß wir auf dem Weg zum *Oost*-Indisch Huis waren, sofern es das gibt, saßen wir schon im Weihnachtsgedränge fest. Jetzt sei doch vernünftig.«

Im Trauungssaal hing noch der Mief des Junkiepullovers, sofern es nicht der der Ostblockklamotten des Rumänen war oder der Einkaufstaschen der Zeuginnen oder alles zusammen, was noch am wahrscheinlichsten war. Fast zu spät nahm der Beamte (Typ Danny Kaye in jung, komplett mit blonder Haartolle) ein paar notwendige Änderungen in einer entscheidenden Passage seines Standardtexts vor.

»... Ernst Maximiliaan Quispel, Rechtsanwalt ... Zwanet Elise Vrauwdeunt, Ärztin ... wie diese beiden Berufe sich gegenseitig ergänzen, so werden auch Sie, in dieser Ehe ...«

Obwohl ich seinen Worten kaum folgte, konnte ich hören, was für eine schmalzige Show er da in seinem schwarzen Anzug abzog. Ich blickte von der Seite her zu Zwanet Elise Vrauwdeunt, die sich nicht mal zu fragen schien, wo dieser Arschkriecher die »Ärztin« hernahm. Sie war – lächelnd – mit ihren Gedanken bei anderen Dingen. Wenn in unserer Wohnung der Kühler leer auf dem Couchtisch stand, so deshalb, weil der Champagner im Kühlschrank richtig temperiert wurde. Auf dem Plattenspieler lag Mendelssohns *Sommernachtstraum*, die Seite mit dem Hochzeitsmarsch nach oben: Diesen Schmalz wollte ich uns beim Öffnen der Flaschen auf keinen Fall vorenthalten.

Wenngleich ich also Danny Kaye herzlich wenig Beachtung schenkte und sein Gesülze fast völlig an mir vorbeirauschte, paßte sich Alberts Kommentar zu unserem Aufgebot doch ausgesprochen irritierend der Satzmelodie des braven Beamten an: »Dein Schirm hilft dir nicht die Bohne, Ernst. Nicht die Bohne. Das Leben ist ein einziges Elend, und darin wird, ob du's willst oder nicht, neues Elend geschaffen, das weißt du doch. Ein Mantel des Elends in einem bereits existierenden Mantel des Elends. Zwischen dem von Natur aus schon vorhandenen Mist und dem selbstproduzierten Scheiß« – hier folgte Albert präzise einem langen Satz Danny Kayes über die Vorzüge einer ehelichen Verbindung – »befindet sich lediglich eine dünne, brüchige Wand der Zivilisation und Kultur, des Selbstschutzes und der ehelichen Treue. Dein brüchiges Häuschen, Ernst, scheint in erster Linie dazu bestimmt zu sein, es in Brand zu stecken oder zumindest zu verlassen und dabei die Tür so fest hinter dir zuzuknallen, daß Frau und Kinder unter den Trümmern begraben werden... Oder, um deine erbärmliche Bildersprache noch etwas auszubauen: Im Gestänge des Schirms, der uns vor den Elementen schützen soll, hängen Fledermäuse... *selbstgezüchtete* Fledermäuse!... die ihren beißenden Urin auf unsere Köpfe tropfen lassen. Vom Regen in die Traufe, voilà – das ist dein Werdegang.«

Die flotte Tolle, ans Ende ihrer Ansprache gelangt, ging um den Schreibtisch herum, wobei er einen kleinen weißen rechteckigen Karton wie ein Tablett vor sich her trug. Beim letzten Schwenk seines langen Leibs rollten die beiden Ringe vom Karton auf den Boden. Beamter und Amtsdiener auf Knien unter dem Schreibtisch, murmelnd, tastend.

Mit einemmal wußte ich, wie es ablaufen würde. Meine Angst, mochte sie auch noch so unbegründet sein, sie würde mich früher oder später mit einem anderen betrügen, würde im Lauf der Zeit so groß werden, daß ich mich gegen diesen unerträglichen Gedanken nur noch dadurch würde wappnen können, daß ich selbst einen Seitensprung machte. Die Ehe brechen, um zu gegebener Zeit den Ehebruch des oder der anderen ertragen (und verzeihen) zu können. Fremdgehen als Vorsorgemaßnahme. Untreue aus Treue. Anders ging es nicht.

Oh, und sie wird sich als *bitterer* Trunk erweisen, diese

vorbeugende Medizin gegen die Eifersucht, soviel ist sicher! Trotzdem ... drauf und los! Verführen notfalls mit angeekelter Miene. Unsere Liebe darf nie an Eifersucht aus Liebe zerbrechen. Ich weiß, daß ich, und sei es blutenden Herzens, gründlich zu Werke gehen werde, ist es doch ein hartnäckiger Dämon, der ausgetrieben werden muß.

Die Ringe waren gefunden. Mit vom Bücken rot angelaufenem Gesicht hielt der Beamte uns den Karton hin. Zwanet und ich schoben einander den Ring auf den Finger: ich ihr den kleinen, der sich trotzdem noch als etwas zu weit erwies, sie mir den großen, der erst nach viel Gewürge mühsam über die Gelenke rutschte. Ich fragte mich, ob ich während meiner verbissenen Kreuzzüge gegen die Eifersucht meinen Ehering, notfalls nach feierlichem Einseifen des Fingers, ablegen oder aber, aus welch noblen oder perversen Gründen auch immer, anbehalten würde.

Brennendes Jucken in meinen Augenwinkeln. Ach Zwanet, liebe Zwanet: Diese unglückliche Teufelsaustreibung ist, glaube mir, das Höchste dessen, was ich dir in meiner Liebe zu bieten habe, auch wenn du das nie glauben, geschweige denn gebührend würdigen wirst. Der ultimative Ausdruck meiner Liebe ist dieser Verrat. So hinterhältig, so hinterrücks er auch sein mag, er verleiht meiner Liebe, und demzufolge auch deiner, die Einsamkeit, die nur den ganz großen Lieben eigen ist ...

Wie aber würde das vor sich gehen? Würde es mir gelingen, die Eifersucht aus Liebe zu bezwingen? Oh nein, im Gegenteil, das wußte ich nur allzugut. Bei jeder Frau, die ich, wahrscheinlich widerwillig, für die Bekämpfung meiner Eifersucht mißbrauchte, würde der Gedanke an eine untreue Zwanet realer werden, abscheulicher, niederschmetternder. Meine Kur würde das Gegenteil bewirken.

Und Zwanet? Selbst nachdem ich – ängstlich, gierig, ohne Lust – zehn-, zwanzigmal mein Gegengift eingenommen hatte, würde Zwanet nicht das leiseste Bedürfnis nach Fremdgehen zeigen. Im schlimmsten Fall (und es gab keinerlei Grund anzunehmen, daß er nicht eintreten würde) würde sie von den ehebrecherischen Praktiken ihres Mannes erfahren, ohne zu wissen, ohne wissen zu *wollen*, daß es sich hier um eine »Vorsorgemaßnahme« handelte, einen Versuch, gegen die befürchtete Demütigung immun zu werden. Und dann war erst recht der Teufel los, denn nun würde *sie* sich als eifersuchtsanfälliger erweisen – ohne davon früher je viel gemerkt zu haben. Es war unausweichlich. Indem ich vergeblich versuchte, in mir eine Immunität gegen Eifersucht aufzubauen, hatte ich die Eifersucht bei ihr *geweckt*.

So ungefähr würde es sein. Ja, so würde es sein. Verdammt.

Hiob und die Königinmutter

Donnerstag, 31. Januar 1980
(Hennie A.)

Im Januar 1980 erhielt Hennie aus der Hand einer Wärterin die Einladung in die Psychiatrische Beobachtungsklinik, um dort das soeben fertiggestellte Gutachten durchzusprechen. Die Einladung berührte sie unangenehm. Lieber hätte sie das Fazit der Untersuchung im Frauenturm vernommen, ohne dazu in einem Bus der Justizbehörde über die Schnellstraße rasen zu müssen. Jedes überholende Auto, jedes Auto, das sie überholten, sogar jedes auf der anderen Seite der Leitplanke entgegenkommende Auto jagte ihr Angst ein: Wie konnte das alles so haarscharf aneinander vorbeifahren, ohne sich zu streifen, ohne sich Kopf an Kopf voreinander aufzubäumen und sich gegenseitig von der Fahrbahn zu katapultieren? Sie hatte das Gefühl, all diese sich mit hoher Geschwindigkeit so dicht nähernden metallenen Hüllen würden glühend heiß, zischten und dampften in der Winterkälte. Sie war erleichtert, als der kleine Bus vor der Klinik vorfuhr, und fürchtete sich gleichzeitig schon wieder vor der Rückfahrt.

Der Psychiater empfing sie herzlich. Er erhob sich hinter seinem Schreibtisch, setzte die Lesebrille ab, die an einer Kordel vor seiner Brust hängenblieb, und begrüßte sie mit kräftigem Händedruck. Seine halb aufgekrempelten Ärmel entblößten einen dicken Pelz grauer Kräuselhaare auf den Armen.

»Nehmen Sie Platz, Mevrouw.«

Hennie setzte sich auf eine Art hohen Sessel, den man auch an den Schreibtisch schieben könnte, um Schreibarbeiten zu verrichten, ohne daß man sich dabei überanstrengen müßte. Der Psychiater nahm ebenfalls Platz. Er setzte seine Lesebrille auf, deren Bändsel in Form einer possierlichen Schleife in seinem Bart hängenblieben.

»Ich will Sie nicht zu lange auf die Folter spannen, Mevrouw. Ich fasse die wichtigsten Befunde jetzt kurz zusammen. Ein Mitarbeiter wird gleich noch mit Ihnen auf einige Details eingehen ... Also, unser Hauptproblem bestand darin, daß es nach wie vor extrem schwierig ist, Ihre wahren Gefühle zu erkennen ...«

Wieder fühlte Hennie, wie Wut über diese Bestimmtheit der Wissenschaftler bezüglich der Emotionen eines anderen in ihr aufstieg.

»Das gilt auch für meine fünf Kinder, Herr Doktor – es ist schwierig für sie, meine Gefühle zu erkennen. Sie sind mir weggenommen worden, alle fünf. Ich finde es äußerst schwierig, Ihren Mitarbeitern gegenüber meine Muttergefühle zu zeigen.«

»Es geht nicht nur um die Gefühle einer Mutter.« Er blieb freundlich.

»Also dann um die Gefühle einer Tochter. Zu ihren Eltern. Wie leicht, glauben Sie, ist es, den Gefühlen zu seinen Eltern Ausdruck zu geben, wenn man seit Jahren nichts anderes zu hören bekommt, als daß man erst seinen Vater ermordet hat und danach seine Mutter? Erst machen sie einem die Tochtergefühle kaputt und dann auch noch die Muttergefühle. Ihr müßt nicht diese Gefühle untersuchen, sondern wodurch sie kaputtgegangen sind.«

»Ich würde sagen, das ist eher die Aufgabe des Rechtsapparats.« Er lächelte, als hätten sie eine lustige Meinungsverschiedenheit. »Im Vorgriff auf meine Schlußfolgerung kann ich Ihnen mitteilen, daß wir Ihnen ansonsten in allem entgegengekommen sind. Sie leiden an Depressionen und Sie sind am Ende Ihrer Kräfte. Aber Sie stellen keine Gefahr für die Gesellschaft dar und auch nicht für sich selbst. Wir haben keinerlei Anzeichen eines Drangs gefunden ...«

»Warum steht das *jetzt* in einem Gutachten? Warum haben die Herren vor acht Jahren ... und im übrigen auch vor fünfzehn Jahren ... warum haben die etwas ganz anderes gesagt? Damals war ich eine große Gefahr.«

»Mevrouw, ich möchte meinen damaligen Kollegen nicht rundweg widersprechen, aber die seinerzeitigen Gutachten verdienen keinen Schönheitspreis. In der Zwischenzeit hat sich einiges an unserem Vorgehen geändert ... und auch in unseren Untersuchungsmethoden ... Die Entwicklung ist rasant in diesem Bereich der Wissenschaft.«

»Und diese acht Jahre Gefängnis, bin ich dadurch im nachhinein nicht zu einer zusätzlichen Gefahr für die Gesellschaft geworden? Oder für mich selbst?«

»Nein, Mevrouw ...«

»Schade.«

»... aber die Sache würde anders aussehen, wenn man Sie noch länger festhielte. Darum würden wir Ihr Gnadengesuch gern nachdrücklich unterstützen.«

»Und wenn ich rauskomme, bin ich euch immer noch nicht los, nehme ich an.«

»Im Gegenteil, Mevrouw. Von einer psychiatrischen Behandlung ist keine Rede. Ein wenig Betreuung am Anfang, ein wenig soziale Begleitung, das ist alles. Aber das können Sie besser mit dem für Sie zuständigen Herrn von der Bewährungshilfe besprechen.«

»Arbeitsbeschaffung«, sagte Hennie plötzlich mitten in die letzten Worte des Psychiaters hinein.

»Wie bitte?«

»Arbeitsbeschaffung ... das fiel mir plötzlich ein. Es war also eine Art Arbeitsbeschaffungsmaßnahme. All die Untersuchungen. All die Gutachten. All die Arbeitsstunden. Zehn Männer heben einen Graben aus und zehn andere schaufeln ihn wieder zu. Ich war nichts weiter als eine Arbeitsbeschaffungsmaßnahme für sie. Ulkiger Gedanke.«

Am Abend, es war noch früh, saß Hennie allein im Freizeitraum, wo der Fernseher lief. Auf dem Bildschirm erschien, etwas befangen wirkend, die alte Königin, die eine Erklärung abgab. Juliana verkündete ihren Verzicht auf den Thron zugunsten ihrer ältesten Tochter. Am traditionellen Königinnentag, dem dreißigsten April, werde die Krönung stattfinden.

Hennie war allein mit der alten Frau, die sich persönlich an sie wandte, so wie Hennie sich in ihrem Brief persönlich an die Königin gewandt hatte.

»Mevrouw ...« sagte Hennie laut. »Sie werden jetzt zur Königinmutter ...«

Wie hypnotisiert blickte sie auf das ruhige, leicht besorgte Gesicht der Frau auf dem Bildschirm.

»Soll ich Ihnen mal aufzählen, Mevrouw, was ich durch diese ganze Sache verloren habe? Was es mich alles gekostet hat? Also, zunächst einmal habe ich meinen Vater verloren. Er hat sich selbst verloren, indem er sich umgebracht hat. Mit Gift. Aber so richtig habe ich ihn erst verloren, als es hieß, *ich* hätte ihn vergiftet. Und damit war auch auf einen Schlag meine Kindheit futsch ... und all die Dinge, für die sie solche schönen Worte haben, meine Unschuld, meine – wie hat der Füso das gleich wieder genannt – meine Unbefangenheit ... Die Liebe, die Erinnerung an meinen Vater, auf nichts hatte ich mehr Recht, denn ich hatte ihn ja ermordet. Er war nicht mehr mein Vater. Ich war nicht mehr seine Tochter. Ich war seine Mörderin. Später habe ich auch noch seine Hinterlassenschaft verloren. Die Gärtnerei, sein wackliges Kapital ... Ich habe mich vom Erbe kahlrupfen lassen, nichts als Schulden. Und als bei mir nichts mehr zu rupfen war, wurde ich erpreßt. Der einzige Mann, in den ich je verliebt war, erwiderte meine Liebe mit Erpressung, so daß ich auch ihn verlor. Mein guter Ruf im Dorf war dahin, aber auch das Vertrauen meines Ehemannes. Dann nahmen sie mir noch Muttchen weg, meine Königinmutter. Jemand hat ihr den Schädel eingeschlagen und die Kehle zugedrückt. Noch am selben Tag kamen sie und sagten, *ich* hätte sie ermordet. Ich hatte sie verloren, aber man nahm mir auch noch das Recht, mich als ihre Tochter zu bezeichnen. Die Erinnerung an meine alte Mutter? Für mich verbotenes Terrain, Mevrouw! Anstatt zu ihrer Beerdigung zu dürfen, wurde ich selbst in ein dunkles Loch geworfen. Sie sperrten mich ein. Ich hatte meine Freiheit verloren, meine Lebenszeit. Mein Mann beantragte, ohne mit der Wimper zu zucken, die Scheidung. Aber was das Schlimmste war: Meine fünf Kinder wurden mir genommen. Einfach so, von einem

Tag auf den anderen. Als ich später darum zu kämpfen begann, sie wenigstens *sehen* zu dürfen, wurden sie mir auch noch offiziell genommen. Vom Jugendamt. In Ihrem Namen also, Mevrouw, wenn ich das sagen darf. Mein ältester Sohn verlor bei einem Verkehrsunfall ein Bein. Noch schlimmer also, als wenn mir ein Bein amputiert worden wäre. Ich durfte nicht zu ihm, ihm nicht die Hand halten. Seitdem habe ich Phantomschmerzen in meinen Beinen, obwohl sie noch dran sind. Aber meine Gesundheit hatte ich im Gefängnis bereits eingebüßt, genauso wie draußen alle meine ›irdischen Güter‹, wie sie so schön hießen, als mir offiziell mitgeteilt wurde, daß ich nicht länger über sie verfügen könne. Alles, was mit meiner Vergangenheit zusammenhing, hat man mir genommen, und dazu, sicherheitshalber, auch schon meine Zukunft. Ich bekomme hier, im Frauenturm des Bijlmerbaus, regelmäßig Besuch von einem Fürsorgemenschen, den wir den Füso nennen. Wenn ich von diesem totalen Verlust, meiner Pleite spreche, kommt er mir immer mit Hiob und seinem Unglück daher. Als ob es immer noch schlimmer sein könnte. Na ja, ich finde, Hiob hat noch Glück gehabt. Der hatte wenigstens eine Scherbe, mit der er seine Geschwüre schaben konnte.«

Königin Juliana war vom Bildschirm verschwunden, aber Hennie redete immer weiter, in Trance. Zwei andere Gefängnisinsassinnen, die gerade den Freizeitraum betraten, sonst freche Dinger, blieben in respektvoller Entfernung stehen.

»Jetzt, wo ich alles verloren habe, Mevrouw, wundert es mich ehrlich gesagt, daß ich soviel *hatte*. Und es hört nicht auf. Jetzt wollen sie mir auch noch das Gefängnis nehmen. Ohne mir etwas anderes zu geben. Ja, eine ›nette kleine Wohnung‹, wie der Typ von der Bewährungshilfe es nennt, aber die dort wohnen wird, hat nur noch wenig mit mir zu tun. Denn bevor sie mir sozusagen die Welt zurückgeben, nehmen sie mir erst noch meinen Namen weg. Meine Identität. Jemand anders bekommt also die Welt. Ich war Hennie A. Den Rest meines Nachnamens haben sie schon vor Jahren abgeschnitten. Jetzt wird der Rest auch noch entfernt, bis auf den letzten Buchstaben. Ich weiß nicht einmal, wie die Frau, die in Kürze entlassen wird, heißen wird. Genausowenig wie ich weiß, wie sie aussehen wird. Also, Mevrouw, was ich sagen wollte ... Wenn es mit mir schon soweit gekommen ist, daß der Füso Vergleiche mit dem heiligen Hiob anstellt, wie ich ihn mal nennen will, dann wäre ich doch schön blöd, wenn ich das – ich meine, diese *Position* – auch noch hergäbe. So wie ich jetzt bin, kann ich mich wenigstens noch ein bißchen als Märtyrerin fühlen. Als lebende Anklage, na ja, als halbtote. Das setze ich alles aufs Spiel, wenn ich Sie weiterhin um Gnade anflehe, na schön, um Begnadigung. Mir geht es nicht einmal so sehr darum, daß ich mir das selbst nicht antun will, dieses Geständnis, das in dem Gnadengesuch enthalten ist ... nein, *meiner Mutter* kann ich es nicht antun. Sie sind selbst Mutter genug, um zu verstehen, was ich meine. Die Stufe, auf der ich gelandet bin ... nein, Mevrouw, kein Sockel, eine Grube ... die betrachte ich als Auszeichnung. Ich hab mal von jemandem den Ausdruck ›Kreuz der Unehre‹ gehört. Das ist es, meine Auszeichnung ist ein Kreuz der Unehre, und es gehört *mir*. Das gebe ich nicht einfach her. Früher, in der Schule, mochte ich im Geschichtsbuch immer sehr das Wort ›Tauschhandel‹, aus der Zeit, als es noch kein Geld gab. Ich habe auch Tauschhandel betrieben. Mit den Aasgeiern. Alles hergegeben, nicht nur irdische Güter, sondern auch alles andere, und dafür habe ich irgend so einen wertlosen Fetzen Papier bekommen. Eine Art Bescheinigung. Urkunde für Märtyrerinnen oder, sagen wir mal: ein Zertifikat der Heiligsprechung. Das lasse ich mir nicht einfach wegnehmen, Mevrouw. Das wieder eintauschen für ein bißchen mehr Freiheit? Was bedeutet Freiheit denn noch für mich? Da draußen wartet niemand auf mich. Ich ziehe mein Gnadengesuch lieber zurück, jetzt, wo Sie ohnehin abtreten. Sie sind, bitte, so freundlich, den Brief zu zerreißen, bevor er in die Hände Ihrer Tochter gelangt?«

Der Türke im Radio

Mittwoch, 20. Februar 1980
(Albert Egberts)

Den ganzen Tag über spukte es Albert im Kopf herum: Hatte er an diesem Morgen wirklich gesehen, was er, noch im Halbschlaf, gesehen zu haben glaubte? Zunächst waren es nur Stimmen: Auf der Straße unten und aus einem offenen Fenster über ihm wurden Anweisungen hin und her gebrüllt. Auf dem Vorhang, auf dem grelles Sonnenlicht lag, zeichnete sich ein dünner vertikaler Schatten ab, an dem entlang ein anderer Schatten, länglich und horizontal, abwärts glitt, wobei er unter Zurücklassung eines zweiten vertikalen, parallel zum ersten verlaufenden Schattens außer Sicht verschwand: das Seil, das oben um einen Flaschenzug geschlungen war.

War Mevrouw de Hoogh-Stey, ohne daß Albert es gemerkt hatte, für immer durch ihre blaue Himmelstür getreten, um das Haus nun mit Hilfe eines Hebebalkens und eines Flaschenzugs zu verlassen? Konnte es nicht irgendein Möbelstück gewesen sein, das ihre Angehörigen abgeholt hatten? Besaß Mevrouw de Hoogh-Stey Möbel in Form eines Sarges...?

Manchmal glaubte er sie immer noch die Treppe heraufkommen zu hören. Bumm, bumm... patsch. (Zwei Füße plus, eine Stufe höher, ihre Tasche.) Das Gepolter und Geschlurfe galt immer nur einem willkürlichen Teil der Treppe, nie der ganzen. Geräusche hielten sich in dieser Art von Häusern länger als die Menschen, die sie einmal hervorgebracht hatten. Um die Geräusche zum Verstummen zu bringen, mußte man die Mauern dem Erdboden gleichmachen.

Er konnte ihn jetzt nicht schnell mal fragen, doch wenn Albert Flix richtig verstanden hatte, betrachtete Mevrouw de Hoogh-Stey die leicht gebogenen Straßen im Viertel De Pijp als Kreise, die sie, sofern sie nur lange genug in dieselbe Richtung weiterging, stets wieder zum selben Punkt zurückführten. Die Spirale eines alten Sofas stellte das beste Modell dafür dar, was für die alte Dame der Straßenplan der näheren Umgebung geworden war. Kein Wunder, oder vielleicht doch ein Wunder, daß sie eines Tages nicht mehr zurückgekehrt war. Einfach immer weitergegangen und so von ganz allein auf einen höher gelegenen Kreis geraten. Tot oder lebendig, Mevrouw de Hoogh-Stey weilte irgendwo anders. Auch die »Freunde ihrer Enkelin«, gleichgültige Punks, die ein paar Wochen später in ihre Wohnung eingezogen waren, konnten Albert über das Schicksal des alten Frauchens nicht schlauer machen.

Albert war schon längst in deren Fußstapfen getreten. Auch ohne die watschelnde Lockente fand er den Weg. Bei eintretender Dämmerung verließ er das Haus, drehte seine Runde und kehrte gegen Morgen wieder zurück, jeden Tag eine Stufe höher ... jeden Tag etwas entrückter, abgeklärter ... Mit jedem vollendeten Kreis konnte auch sein Blut die Kreisbahn wieder ungehindert vollenden. Sein Gang wurde immer leichtfüßiger, sein Kreuz leichter zu tragen. Er trug es aufrecht, ohne daß ein Splitter in seine Schulter drang. Es paßte bequem unter seinen Mantel, dieses Kreuz, lag in seiner geballten Hand auf dem Herzen, noch nicht einmal ein halbes Pfund an Ballast.

Wenn Albert beim Nachhausekommen die blaue Tür hinter sich zugezogen hatte, nahm er die Hand mit der Schere aus dem Mantel. Er schob den verkrampften Daumen und Mittelfinger in die Griffe und ließ sie langsam zugehen, als schlösse er das Buch der Nacht. Alle Großtaten der zurückliegenden Nacht waren in Form von Scharten in den Klingen vermerkt, eine Art Brailleschrift für den, der das richtige Fingerspitzengefühl dafür besaß. Im spärlichen Laternenlicht, das durch den Türspion einfiel, sah er zu, wie die verchromte und die schwarz lackierte Spitze sich übereinanderschoben und ineinander aufgingen. Der nicht lackierte Teil fing das Licht einer Laterne ein ... ein Funke, der über die Stufen ins Treppenhaus hüpfte ... Albert folgte ihm die Treppe hinauf, die Scherenspitze entgegen allen Ratschlägen und inständigen Bitten seiner Mutter ungehorsam nach oben gerichtet...

Seit Mevrouw de Hoogh Albert frühmorgens nicht mehr um den Schlaf brachte durch das Hin- und Hergeschiebe ihres Diwans, in dem die Spiralen laut dröhnten, und sie offenbar mit einer ganz anderen Spirale rang, fiel ihm auf, wie beängstigend still es nachts geworden war. Natürlich, Flixens Streichquartett der ungeölten Türen war längst verklungen, und die Punks mußten ihren dröhnenden Tanz über seinem Kopf erst noch aufführen... aber es fehlte noch etwas. Schon seit Wochen hatte Albert den Gebetsruf des Muezzin nicht mehr gehört. Auf Nachfrage erfuhr er, daß die Muslime des Viertels allesamt ins Cinétol in der Tolstraat gezogen waren, nicht um sich dort den Film *Life of Brian* anzusehen, sondern weil das nicht mehr zu rettende Kino zu ihrer neuen Moschee umgebaut worden war. Lang währte die Stille nicht. Schon bald wurde der Gebetsrufer von einem elektronischen Glokkenspiel abgelöst, einem Geschenk der Gemeindemitglieder an ihren Pfarrer, um ihm zum Abzug der Mohammedaner zu gratulieren. Amsterdam war von jeher eine Stadt der Glokkenspiele. »Zur vollen Stunde spielen hier so viele Carillons«, schrieb ein berühmter Tourist aus einem früheren Jahrhundert, »daß die Melodien nicht mehr auseinanderzuhalten sind.« Als Erbe dieser Tradition mußten sich die Menschen, die im Umkreis der kleinen Kirche wohnten, jetzt alle halbe Stunde eine gellende, buchstäblich durch Mark und Bein gehende stumpfsinnige Melodie aus einer streng militärisch ausgerichteten Reihe von Glocken anhören, die sich nicht einmal bewegten. Seine schönsten Klänge gab das Glockenspiel preis, wenn die hypernervösen Hausbesetzer auf der anderen Straßenseite mit einem Luftgewehr darauf ballerten. Es klang wie ein einsamer Schuß in einem Western, auf eine Indianerfeder abgefeuert, ein Schuß, der endlos von den Wänden des Canyons abprallte und echote. *Pi-uh*...! Nur wenn eine dünne Schneeschicht auf den Glocken lag, war das Geräusch erträglich, klang die immergleiche Melodie trocken, geborsten und so kraftlos, daß es schien, die elektrischen Klöppel könnten jeden Augenblick abbrechen und zu Boden trudeln. Doch im Gegensatz zum vergangenen Jahr fiel in diesem sehr wenig Schnee.

Steine wurden gegen den Schellenbaum geschleudert... Jungs kletterten auf das Dach, um ihn, selbst auf die Gefahr eines tödlichen Stromschlags hin, außer Gefecht zu setzen... Das Ding erwies sich als gegen alles gefeit. Es produzierte weiter seine eindringliche gehirnwäscheartige Psalmenweise, ein automatischer Missionar mit der immergleichen Botschaft, die den dort wohnenden Heiden durch nichts je wieder aus dem Kopf gehen würde.

Erst eine Roßkur half. Midas von nebenan nahm, indem er ein Mikrofon an einem Schrubberstiel aus dem Fenster hielt, Punkt elf Uhr vormittags die Melodie auf seinem Tonbandgerät auf und spielte sie dann mittels großer Boxen am offenen Fenster alle fünf Minuten ab, den ganzen Tag über und auch am Tag danach – so lange, bis der Pfarrer, dem die Melodie vor lauter Überfütterung wahrscheinlich schon zum Hals herauskam, den Auftrag erteilte, sein *Clockwork orange* abzustellen.

Doch auch so triumphierte der Glaube, denn die nun eingetretene Stille, die in magnetischen Wellen jedermanns schmerzende Ohren umspülte, nutzte Gott (es war nur eine Zwischenlandung) dazu, sich ganz schnell, auch für die Nachbarn auf der gegenüberliegenden Straßenseite, zu manifestieren, die normalerweise nicht einmal an einen Hausherrn glaubten.

Albert vermißte jetzt sogar das Gewinsel der *pedal steel guitar.* Auch die Nachbarn links und rechts verschwanden einer nach dem anderen, hinterließen Stille und Leere – und Beklemmung. Als Albert erfuhr, daß selbst die Frau mit der allzeit emsigen Zahnbürste auf gepackten Koffern saß, und er zu ihr ging, um sich zu verabschieden, sah er zwar ihre Augen ruhelos zur Spüle in der Küche wandern, doch Zähneputzen war nicht mehr möglich: Sie hatte die Bürste bereits eingepackt. Im leeren Zimmer, in dem sie ihre Stimmen dämpften, weil jedes Wort so hohl klang, umarmte er sie versuchsweise. Bevor sie ihre Hand zwischen ihre Münder zwängte, konnte Albert gerade noch ihren Atem beschnuppern, der nach Vanille roch.

»Nein«, murmelte sie hinter ihrer Hand. »Ich möchte hier keine Erinnerungen zurücklassen.«

Nicht Alberts Radiowecker berichtete an jenem zwanzigsten Februar von einem »abwechselnd in Berlin und Amsterdam wohnenden Türken«, der auf der Schnellstraße »mit zwei Kilogramm reinem Heroin« im Auto festgenommen worden war, sondern der alte Kasten mit dem Käseleinen und den Lampen, an dem Freek seine erste Baßgitarre ausprobiert hatte. Stärker als ein Kohleofen es mit seinem rotglühenden Glimmerguckfenster fertiggebracht hätte, zauberte die gelb erleuchtete Senderskala des alten Apparats etwas von der Atmosphäre seines Elternhauses in den kahlen Raum. Tagelang hatte Albert versucht, das Ding wieder in Gang zu setzen, und nun, da es soweit war, drang keine Musik aus dem kaputtgepulsten Lautsprecher, sondern die kurzgefaßte Personenbeschreibung von Ali beziehungsweise Ömer beziehungsweise Murat. Das Radio knarzte heftig, doch der Bericht war gut zu verstehen.

»... Rauschgiftdezernat der Amsterdamer Polizei hatte den Mann in Zusammenarbeit mit den Berliner Kollegen bereits seit längerer Zeit observiert.«

Der Nachrichtensprecher erwähnte nicht, ob sich der Mann bei seiner Verhaftung auf dem Weg von den Niederlanden nach Deutschland oder in umgekehrter Richtung befunden hatte. Albert ertappte sich dabei, automatisch von der ersten Möglichkeit auszugehen: Es war eine Habgier, ein mentales Hamsterbedürfnis, das nie verging. Im übrigen waren Berlin und auch Amsterdam weit weg. Die Welt schien auf ein nahezu leeres Zimmer reduziert, in dem an Nylonangelschnüren aufgehängte rostige Scheren sich sacht auf den Wärmewellen bewegten, die aus dem Gasofen aufstiegen. In dem dämmrigen Raum gab es noch ein zweites, viel kleineres Zimmer, dezent beleuchtet, und darin wohnte Ali. Sein Korbstuhl, der nächtelang knarrend sein Körpergewicht und weitere Maße preisgegeben hatte, stand leer und still in einer Ecke. Jetzt war es das Radio, das seine Beschreibung knarrte... »Ein abwechselnd in Berlin und Amsterdam wohnender Türke.« Verhaftet, während Albert bereits beschlossen hatte, ihm den goldenen Schuß zu verpassen. Mit der nicht abbezahlten Smith & Wesson. Ja, irgend jemand muß doch dran glauben. Wenn ich bestimme, daß nicht ich derjenige bin, der draufgeht, sondern er, und dieses Urteil auch vollstrecke, dann durchbreche ich meine Sucht. Dann habe ich die Zerstörung umgelenkt. Aber jetzt... er ist hier bei mir im Zimmer, im Radio, doch das, worin ich meine drei oder vier Kugeln pflanzen wollte, sein lebender, fruchtbarer Körper, ist festgenommen und irgendwo hinter Schloß und Riegel gesetzt worden. So ist er gegenwärtiger denn je, ohne aus dem Weg geräumt werden zu können. Das Geknarre, mit dem er sich manifestiert, steckt nicht länger im Rohrmaterial, sondern ist ätherisch geworden. Allgegenwärtig ist er jetzt, der Ali. Oder Murat. Oder Ömer. Er verbirgt sich im kleinsten, ängstlichsten Straßenhändler. Sogar in Lotsapoppa hätte man ihn ein klein wenig wiederfinden können, wenn der sich nicht schon längst selbst den goldenen Schuß gesetzt hätte.

Thjum war auch einmal einer Blutspur in Istanbul gefolgt, wohin sein Vater ihn auf eine Geschäftsreise mitgenommen hatte. Die rote Tüpfellinie lockte ihn von den gepflasterten Straßen in das Labyrinth der Sandgassen, wo sich das Blut im gelbweißen Staub zu einer Art Perlen zusammengerollt hatte. Dieser zerrissenen Schnur ging er nach, Ecke um Ecke, Gasse um Gasse, über Hunderte von Metern... sie endete nicht... Blutete man denn nicht irgendwann völlig aus? Es war die heißeste Stunde des Tages. Kein Mensch weit und breit. Nur hier und da ein räudiger Hund... ein Huhn... Tiere ohne ersichtliche Wunden. Irgendwo hatte sich Thjum auf eine Steinstufe gesetzt, um den Sand aus den Schuhen zu schütteln. Er ruhte seine glühenden, nackten Füße auf dem Stein aus, der hier, im schmalen Schattenstreif, verhältnismäßig kühl war. Als er für einen Moment die Augen schloß und eine Vision von schlanken Minaretten hatte, die sich schwankend in einen violetten Himmel reckten, spürte er plötzlich einen kurzen Windhauch ganz in der Nähe ... ein Geraschel ... Thjum öffnete die Augen. Ein braungebrannter Türke hatte Thjum die Schuhe unmittelbar vor den Füßen weggeschnappt und an ihrer Stelle eine Münze in den Sand geworfen. In jeder Hand einen Schuh, lief der Mann im Zuckeltrab davon, sich grinsend umdrehend wie einer, der etwas günstig erworben hat. Thjum klaubte die Münze aus dem Staub. Ein Dollar. Die Schuhe, von August Schwantjes speziellem italienischen Schuhmacher handgefertigt, hatten einhundertfünfundsiebzig Gulden gekostet. Thjum beschloß schmunzelnd, den Handel zu akzeptieren. Überdies war der Mann bereits mit wehendem Kaftan um einen hölzernen Bretterzaun gebogen.

Wieder war es Thjum nicht gelungen, der Blutspur bis zur Quelle zu folgen. Er ließ sich barfüßig von ihr zu den befestigten Straßen der besseren Viertel zurückführen.

»Alis Vater«, sagte Albert halblaut, als er die Geschichte hörte.

»Wessen Vater?« fragte Thjum.

»Der Vater von Ömer ... oder Murat ... der läuft da noch immer in deinen Schuhen rum. Er hat sie nicht zu teuer ...«

In *Het Devies* las Albert am selben Nachmittag, daß Alis richtiger Name Sükrü lautete. Von seinem Familiennamen sollte er nie mehr wissen, als daß er mit T anfing.

Flucht in den Ofen

Sonnabend, 1. März 1980
(Albert Egberts, Ernst Quispel)

Albert, der nach seiner Heldin fieberte ... das war Reisen im Geiste. Er schloß die Augen und war aus vielen Himmelsrichtungen zugleich unterwegs nach Amsterdam.

Was dem Zoll auf dem Pariser Flughafen Charles de Gaulle entgangen war, entging Albert dank des Röntgenblicks seiner geweiteten Pupillen nicht: Der Koffer auf der Rückbank des Taxis hatte einen doppelten Boden. Der Chauffeur hatte seinem Fahrgast angeboten, das Gepäckstück in den Kofferraum zu legen, aber der Mann hatte ihm achtlos, fast gleichgültig zu verstehen gegeben, daß er es lieber bei sich behielt. »*It's not a big trunk anyway.*« Jetzt lag die Hand des Fahrgasts locker auf dem Koffergriff und streichelte von Zeit zu Zeit die Schnappschlösser.

»Gare du Nord, yes. Quick, please. My train for Amsterdam will be leaving within three quarters of an hour.«

Im selben Moment näherte sich der Lorelei-Expreß, der schon seit Stunden exakt dem Lauf des Rheins folgte, der niederländischen Grenze bei Arnheim. Im Wagen 365, erste Klasse, hingen verstreut sieben junge Frauen in derselben unbequemen Art auf ihren Sitzen. Ein Chinese, auf dem Weg von der einen Toilette zur anderen und wieder zurück, ging regelmäßig an den Abteilen vorbei – um zufrieden festzustellen, daß seine blonden Schätzchen noch immer, unruhig hin und her rutschend, ihr Gewicht auf dem untersten Teil ihres Rückgrats ruhen ließen, als setzte die lange Reise ihnen allmählich zu.

»Sie bringen es mir«, sagte Albert leise, »auf Körpertemperatur.«

Das blauäugige Mädchen mit den unschuldigen Zöpfen sollte später gestehen, daß sie vom wiederholten Zurechtschieben des mit Heroin Nr. 3 gefüllten Kunstpenis einen

Orgasmus bekommen hatte. Sie hatte es jedesmal sehr diskret durch die Kleider hindurch getan, wenn die anderen Fahrgäste woandershin schauten, doch die heiße Flamme loderte so unerwartet und hoch in ihr auf, daß ihr der Atem hörbar in der Kehle stockte. Ein Mann im Dreiteiler auf der anderen Seite des Gangs musterte sie mit hochgezogenen Augenbrauen und ließ seinen Blick leise lächelnd auf ihr ruhen, ohne daß ihr Erröten zurückgehen sollte. Ungelenk, die Knie zusammengedrückt, stakste sie zur Toilette, um das Ding kurz mal aus ihrem Körper zu nehmen.

So war das Verlangen nach seiner Heldin mitunter nicht von eher fleischlichem Verlangen zu unterscheiden, oder vielleicht war es so, daß die durchbohrten Mädchen im Zug Alberts Heldin verkörperten und er nur insofern eine Erektion bekam, als er den Platz des begehrten Stoffs einnehmen wollte. Manchmal wurde sein Sehnen so heftig und schmerzvoll, daß seine Bestellung nur noch per Leiche zu ihm unterwegs sein konnte. Im Flugzeug von Leonardo da Vinci nach Schiphol brach auf dem Weg zur Toilette ein junger Mann zusammen. Während des Sinkflugs fiel er ins Koma und starb, noch bevor die Maschine am Boden war. Die Obduktion förderte ein im Magen geplatztes Kondom einer minderwertigen, katholischen Marke zutage, gefüllt mit Heroin Nr. 4. Genau die Ladung, auf die Albert wartete, wurde nun, in Plastik versiegelt, ins Polizeilabor gebracht, um genauer untersucht zu werden …

Es ging doch noch gut aus, denn unterdessen hatten zwei andere Kuriere, mit der gleichen Ladung im Magen, aber mit etwas weniger ätzender Magensäure, Schiphol ungeschoren verlassen können, wenngleich der chinesische »Kontrolleur« sie keinen Moment aus den Augen ließ. In Anwesenheit ihrer Kontaktperson steckten sie sich im Badezimmer eines nahegelegenen Motels zwei Finger in den Hals – und da lag das glatte Würstchen, garniert mit dem halbverdauten Lunch der Alitalia.

Im selben Motel, ein paar Zimmer weiter, wurde einem Kurier, der eine ganze Perlenschnur heroingefüllter Kapseln geschluckt hatte, von seiner Kontaktperson ein Becher Abführtee nach dem anderen verabreicht, während er, die Hose auf den Schuhen, auf der Toilette saß.

»Kommt noch nichts? Drücken ...! Drücken ...!«

Unendlich langsamer, als der Körper durch die Luft gereist war, legte die Geheimfracht ihren Weg durch den Körper zurück. Im schlimmsten Fall hatten die Därme ihre eigene Zollschranke in Gestalt eines Hämorrhoidengeflechts errichtet.

So ließ sich Amsterdam in Albert Egberts' persönlichem Katastrophenplan innerhalb einer Stunde als Mittelpunkt der Welt einrichten, zu dem aus sämtlichen fruchtbaren Winkeln der Erde Schiffe, Züge, Lastwagen und Flugzeuge unterwegs waren, bemannt mit Körpern, die von temporären Geschwülsten durchwuchert waren. Nur in Amsterdam konnten all diese fast berstenden Leiber purgiert und operiert werden ... um so den Leitenden Arzt selbst vorübergehend von seinem Leiden zu heilen.

Die Stadt bestand aus Straßen, Plätzen, Grachten und den Autos an diesen Straßen, Plätzen und Grachten. Manchmal, wenn die Not groß war, reduzierte sich die Stadt für Albert ausschließlich auf eine Landschaft von Auto-Interieurs. Straßen gab es nicht mehr, nur noch so etwas wie bizarre Kriechpfade, die durch ganze Reihen geparkter Autos hindurchführten. So kroch er von einer Karosserie in die nächste, die ihm wiederum den Durchgang zur nächsten verschaffte. Er kam sich wie eine Art Klammeraffe vor, der sich, indem er sich an Lenkrad und Schaltknüppel festhielt, geschickt zwischen Sitzen und Armaturenbrett hindurchschwang. Laternenlicht fiel durch oft staubige Fenster herein, auf denen lediglich einzelne Segmente, von Scheibenwischern geformte Flächen, Durchblick auf die Straße gewährten. Wenn es regnete, schlängelten sich die Schatten der im Zickzack herabrinnenden Tropfen wie Würmer über die Verkleidung. Im Winter, bei Frost, wurde es ein Gekrieche über Mattglasscheiben, durch Iglus, so dünn, daß sie Licht durchließen. Albert fühlte sich vom Eis geschützt und hatte gleichzeitig Angst, weil er nicht sehen konnte, wann sich der Besitzer näherte.

Den Winter '80 hatte er bereits größtenteils hinter sich. Zumindest fror es nicht mehr. Der Frühling kam in Sicht, und die Scheiben beschlugen schon weniger von seinem Atem, nachdem er in ein Auto eingedrungen war. Der März begann in diesem Jahr mit einem Wochenende. In der Nacht von Samstag auf Sonntag brachte sein umständlicher Spaziergang, bei dem er sich zwischen den Autos hindurchschlängelte, ihn wegen geringen Erfolgs bis zum Overtoom. An der Kreuzung Overtoom/Eerste Constantijn Huygensstraat bemerkte er aus der Ferne eine nachlässig errichtete Absperrung und dahinter viele Leute, Feuer, Licht – der nervöse Rhythmus und gellende Lärm einer Punkband. Ein Straßenfest ... Als er näher kam, sah er, daß es eine Barrikade war.

Albert erinnerte sich an die Taxifahrt vom vergangenen Freitagnachmittag zum Methadonbus an der Mozes en Äronkerk. Über Sprechfunk wurde dem Fahrer geraten, die Vondelstraat und den umliegenden Bereich »wegen Krawallen zwischen Jugendlichen und der Polizei« zu meiden, doch Albert hatte nur Augen für den dunkelroten Stadtbus, dessen Scheiben grobes Papier abdeckte und der so einen Moment lang das Bild der mit Zeitungen zugeklebten Liebesautos in Neapel wachrief.

Methadon, diese abscheuliche Roßkur, hatte einen langen Atem. Es wirkte gut vierundzwanzig Stunden lang, häufig noch länger. Manchmal schienen die Segnungen dieses nach nichts schmeckenden Almosens in Tablettenform kein Ende zu nehmen ... Im Vergleich zu Alberts Heldin, die ihre Dienste selten länger als sechs, sieben Stunden zur Verfügung stellte, war das Methadon eine zähe Hure, die sich an ihren Freier gegen dessen Willen klebte. Albert verspürte, gut vierundzwanzig Stunden nach der Einnahme des unbefriedigenden Mittels, von dem man bestenfalls sagen konnte, es halte die Entzugserscheinungen auf Abstand, das Bedürfnis nach versöhnlicher Wärme in seinem Körper. Er hatte es jetzt eilig. Daß man ihn, zweifellos dank seines verwilderten Zustands, inklusive Stoppelbart und zerrissenem Regenmantel, an der Barrikade so ungehindert durchließ, hätte ihn normalerweise alarmiert: Nichts in seiner Erscheinung durfte auf Gosse hindeuten. Zum erstenmal war es ihm egal.

Seit das Pflaster Amsterdams 1975 durch die Vibrationen der näher rückenden Metro gelockert worden war, hatte es, in den Fugen, wieder Moos ansetzen können; jetzt wurden die Steine zum erstenmal seit fünf Jahren erneut herausgebrochen, und zwar mit Hilfe von Brecheisen. Das Pflaster wurde wieder aufgerollt wie ein Teppich. Kein sandiger Strand kam zutage, sondern der fahle Sand der Arena, verstreut, um Blut aufzunehmen. Thjum hatte sich zu früh aus dem Staube gemacht. Hier hätte er Blutspuren folgen können. Gesiebt durch einen geflochtenen Schild... grobe Gehwegplattenteile mit rotem Zackenrand... die Zickzacklinie eines vom Schlagstock gepeitschten, flüchtenden Hausbesetzers... Die Hausbesetzer von heute hatten entdeckt, daß Steine und Platten an anderen Stellen der Stadt genauso locker saßen wie damals im Nieuwmarkt-Viertel.

Den Barrikaden, in den Ausmaßen variierend zwischen Sommer- und Winterdeich, war anzusehen, daß selbst die Hausbesetzer und Straßenkämpfer ihre holländische Abstammung von Wasserwehrern und Dämmebauern nicht verleugneten.

Was sie wollten, war offiziell die Legalisierung ihres besetzten Hauses. Aber in Wirklichkeit wollte natürlich niemand Miete bezahlen, nicht einmal, wenn man dadurch Recht auf die Reparatur undichter Wasserrohre und die Instandsetzung von Dächern hatte. Instandsetzen, das taten sie lieber selbst. Außerdem fühlten sie sich durchaus wohl in dem improvisierten Saustall. Es war der sorgsam zum Ausdruck gebrachte Haß gegen die Wohlanständigkeit ihres Elternhauses.

Obwohl... Häuser besetzen, das war nicht weniger als eine Religion. Das Haus war das höchste Gut auf Erden. Daher durfte man es nicht, nachdem man einen Vertrag unterschrieben hatte, mieten und dann – Achtung, bloß nichts beschädigen! – brav darin wohnen, als wäre es ein notwendiger

Gebrauchsgegenstand, nein, ein Haus mußte erobert werden. Es mußte, und zwar mit mehr Gewalt, als ein Einbrecher benötigte, geknackt und aufgebrochen werden. Danach bewohnte man es nicht, sondern nahm es ein, besetzte es – alles durch die Einkerbung der eigenen Initialen, die unauslöschliche Narben hinterlassen sollten. Die Eltern schlichen auf Zehenspitzen durchs eigene Haus, das jemand anderem gehörte, aus Angst, etwas zu beschädigen ... zahlten brav jede Mieterhöhung ... Sie, die Hausbesetzer, überfielen das Haus ihrer willkürlichen Wahl: Die einzige Bedingung war, daß es leer stand und somit wehrlos war. Weder Schlösser noch Ketten noch zusammengeschweißte Stahlplatten konnten verhindern, daß dem Haus Gewalt angetan wurde.

Damit zeigten sich die Hausbesetzer konservativer als ihre Alten. Sie erklärten das Haus für heilig – und mußten folglich mit ihm in einer Symbiose leben, wie Schimmelpilze in Flechten. (Albert bezeichnete Hausbesetzer deshalb als »Symbioten«.) So wie die Hausbesetzer das Haus heiligten, indem sie in es eindrangen, machte das Haus seine Besetzer zu Märtyrern: Sie kämpften für das Haus. Die IDEE HAUS. Sie alle trugen das Haus auf dem Rücken – wie Schnecken. Jeden Moment konnten sie sich darin zurückziehen, jeden Moment auch konnten sie sich wieder größer machen als das Haus.

Sie verhielten sich wie Heilige, Märtyrer, Weltentsager. Auf der Stelle wurde das Haus jeglicher Schönheit und jeglichen Komforts beraubt. Die Fassade wurde mit Kriegsfarben beschmiert, die Haustür mit Stahlplatten zugeschweißt, so daß man durch das Fenster hinein- und hinausmußte ... Kühlschränke dienten nicht dazu, die Butter kühl zu halten, sondern wurden als Geschosse an den Dachrand gerückt. Matratzen zum Schlafen auf den Boden gelegt. Lumpen darauf und daneben ...

Jedes Haus eine Festung und seine Bewohner ein sektiererisches Verteidigungsheer.

Seit dieser Heiligsprechung einer Institution, die unter ihren Eltern zu etwas Austauschbarem verkommen war, beschäftigten sie sich in der Sekte vierundzwanzig Stunden am

Tag mit dem Glauben und dem dazugehörigen Ritual. Nicht Dichter und Bauer, nicht Zar und Zimmermann, sondern Hohepriester und Klempner. Die »nicht profitorientierten« Kleinbetriebe erzählten Geschichten von abgebrochenem Studium, von einem Tabu auf Diplomen und einem Embargo gegen die Zukunft ... alles jedoch unter Beibehaltung staatlicher Zuwendungen.

Nie ein offenes Visier. Eine Gesichtsmaske mit Sehschlitzen wie der unheimlichste Vergewaltiger. Ihr Sprecher sollte bei jedem Interview verlangen, daß sein Name durch ein Pseudonym ersetzt wurde. Helden der Anonymität.

Monate in einem Haus ... Fenster, Türen zugeschweißt ... nackte Neonröhren eingeschaltet ... kaputte Kühlschränke am Dachrand, bereit, hinuntergestürzt zu werden ... Wer wollte behaupten, die Hausbesetzerbewegung habe etwas mit der Realität zu tun?

Ganz in der Nähe des besetzten weißen Eckhauses mit dem ovalen Balkon, der ständig bevölkert war und an die Freitreppe von Palast Soestdijk mit der winkenden Königin erinnerte, öffnete Albert routiniert ein Auto. Die Leute da oben, der Kameras wegen maskiert, schenkten ihm keine Beachtung. Er war gerade dabei, das Radio abzuschrauben, als er eine Gruppe von Männern, Schals vor dem Gesicht, auf das Auto zukommen sah. Albert ließ sich unter das Armaturenbrett fallen. Viele Hände zerrten an dem Auto, das sich schaukelnd, in kleinen Rucken über den Asphalt in Bewegung setzte. Plötzlich stand es wieder still. Draußen tobte ein heftiger Wortwechsel. Jemand riß die Tür auf. Ernst Quispel.

»Raus mit dir, Albert, aber blitzartig. Du bist in einen Ofen gekrochen ...«

Albert kletterte aus dem Auto, und gemeinsam sahen sie zu, wie die Hausbesetzer das Fahrzeug über den Steinhang einer Barrikade hinaufschoben, die bereits in Brand stand. Als das Auto von den Flammen erfaßt wurde, wich Quispel vor der Feuerglut zurück, doch Albert blieb stehen, während ihm kalte Schauer über den Rücken liefen. Ernst, der offenbar bemerkt hatte, wie es um ihn bestellt war, steckte ihm einen gefalteten Hundertguldenschein in die Hand.

Sonntag, 2. März 1980
(Ernst Quispel)

Natürlich, auch der rasende Reporter von City Radio Amsterdam war an diesem Brennpunkt der neuen Zeit zu finden. Sean Verbiest war, zumindest mütterlicherseits, irischer Abstammung, was ihn von vornherein gegen die gröbsten Sprachschnitzer feite. Jeder, der irgendwie von sich reden gemacht hatte, beispielsweise indem er einem kleinen Druckerzeugnis ans Licht der Öffentlichkeit verholfen hatte, wurde von ihm bewundernd »ein Änigmata« genannt. Um ihn nicht zu hart anzugehen, faßte Quispel diese merkwürdige Mehrzahlform eben als eine Art Pluralis majestatis auf, wodurch die bewunderte Person ein Gefäß *voller* Mysterien wurde, warum auch nicht. Den Reporter wieder und wieder zu korrigieren hatte auch keinen Sinn, denn der Mann hatte sich einen so fest sitzenden Kopfhörer übergestülpt, daß ihm die Ohren platt an den Schädel gedrückt wurden: Er hörte einen schlicht nicht. Seine Waffe war nicht die Feder, sondern das Mikrofon. Gebildet wie er war, wußte er, daß sich das Wort Dildo durch irgendeine Volksetymologie vom arabischen Verb *duldul* herleitete, was so etwas wie »schwabbeln« bedeutete, das heißt das Gegenteil dessen, was ein künstlicher Penis an dauerhaft erigierter Steife suggerierte. Verbiest wurde nie müde, diesen Schnack zu erzählen, während er das Mikro am Kabel vor der Nase der zu interviewenden Person hin und her baumeln ließ. *Duldul.* Diese Art, das Mikro zu halten, diente ihm außerdem als Beweis seiner Solidarität mit Frauen, wohingegen seine Kollegen einer wie der andere »Machos« seien, deren Männlichkeit sich in aggressiver Weise ins Mikro schleiche. Nicht so Sean Verbiest. Wie einen Hering am Schwanz, so hielt er sein Mikro über den danach schnappenden Mund seines Opfers.

Anstatt eine Frage zu stellen, ließ er den Unterkiefer einfach fallen, und dann kam ein hohles, krächzendes Geräusch heraus, unverständlich bis auf das nie fehlende, bei passender und unpassender Gelegenheit benutzte Wort »Kultur«. Zu Beginn des hohlen Gelächters, das manchmal auf eine Antwort folgte, legte er seine Zunge zusammengerollt zwischen Ober- und Unterzähne. Das einzig andere verständliche Wort war »Änigmata«, sofern es ein Wort war. An der Art und Weise, wie er jeden, der irgendwann einmal eine gewisse Bedeutung erlangt hatte, »ein Änigmata« nannte, war deutlich zu hören, daß er diese Leute zu jedem von ihm gewünschten Moment auch wieder in Grund und Boden stampfen konnte.

Verbiest wurde von einem mürrisch dreinschauenden Mann mit dunklen Locken assistiert, den Frauen mit fehlgeleitetem Mutterinstinkt für einen Beau hielten. Er war der Verantwortliche der Sendung »Raus mit der Sprache«, in der Amsterdamer ihrem Ärger auf Nachbarn oder Gemeindeverwaltung Luft machen konnten. Dort, im Studio, fühlte er sich hörbar wohl; hier, inmitten des tosenden Straßenlebens, tat er den Mund nicht auf. Wer ihn genau beobachtete, konnte sehen, daß er sich auf Höheres vorbereitete. Unter diesen jugendlichen Locken brüteten Fernsehträume. Ein Studio brauchte er, allerdings keines, in dem er nur aus Stimme bestand. Die Locken gut ausgeleuchtet vor einer Pappwand, durch die kein tosendes Straßenleben dringen konnte, und permanent das Auge der Kamera vor sich, dem er verliebt zuzwinkern konnte, so sah seine Zukunft aus.

Und genau *so* wurde über die Krawalle in der Vondelstraat berichtet.

Die Veteranen

Montag, 3. März 1980
(Freek Egberts)

> *Ich habe mir das Thema für einen Roman überlegt, den ich aus Gründen der Blindheit und Faulheit nicht schreiben werde. Das Buch, das zu verfassen ich meinen Lesern, gleichgültig wem, überlasse, handelt von einer Verschwörung der Alten gegen die Jungen, der Eltern gegen die Kinder. Lassen wir uns mal die verschiedenen greulichen Möglichkeiten eines solchen Buches ansehen, das möglicherweise niemand schreiben wird. Man kann nur hoffen, daß niemand es schreiben wird, denn es wäre ein sehr trauriges Buch.*
>
> Jorge Luis Borges, *Sábado*, 14. Mai 1983

Das im Sinkflug begriffene Flugzeug holperte derart durch die Wolken, daß man den Eindruck gewinnen konnte, man befahre eine belgische Landstraße. Vor Jahren hatte dieser Freund von Albert, Patrick, die Niederlande, aus der Luft betrachtet, mit seinem eigenen Wappen verglichen. Freek hatte das damals reichlich affektiert gefunden, doch jetzt gab er sich geschlagen. Jedesmal, wenn die Wolkendecke aufriß, erhaschte er einen Blick auf diesen großen Wappenschild, den Holland darstellte, die silbrigglänzende Bizarrerie des IJsselmeers, der Amstel und anderer Gewässer als Mähne, Zunge und Pranken des niederländischen Löwen.

Freek dachte, als er der italienischen Stewardeß die Plastikkaffeetasse zurückgab, an sein eigenes Wappen oder, besser gesagt: seinen Wappenspruch, denn unter welchem Banner er zweieinhalb Jahre seines Lebens in der Wüste verbracht hatte, war ihm weniger klar denn je. *Ich pisse Farbe und Feuer.* Er würde wohl irgendwie mit dem Reichtum der Armut zusammenhängen, mehr konnte er nicht daraus machen. Es war auch nicht länger von Bedeutung. Sein Großvater lebte nicht mehr, um das Rätsel zu lösen, und all die anderen alten Männer, die »Europa groß gemacht hatten«, waren gefaßt. Sie waren inhaftiert und warteten auf ihre Aburteilung – einige, las Freek gerade in *La Repubblica*, in besonderen Seniorengefängnissen. An den angeblichen Motiven ihrer Terroraktionen regten sich Zweifel.

Nirgends, in keinem einzigen Zeitungsbericht, hatte er den Namen des alten Schriftstellers finden können. Vielleicht aus Liebe zu den Niederlanden hatte der Mann ihm während ihrer Begegnungen in einem Kaffeehaus in Aden immer mehr Details darüber erzählt, wie alles angefangen hatte, dieses unmögliche Unternehmen VME. Es war eine Geschichte über die Großen der Erde im Ruhestand, die nicht länger resigniert herumsitzen wollten.

»Take your 'ands off me, you little bâtarde!«

Der alte Mann, der mit starkem französischem Akzent sprach, schlug seine Herrenhandtasche hart auf Rücken und Kopf des Jungen, der seinen Arm ergriffen hatte, um ihm beim Überqueren der belebten Fitfth Avenue zu helfen. Der Junge wehrte die gut gezielten Schläge mit der Hand ab, auf deren Rücken sich schon bald der leicht blutende Abdruck eines Reißverschlusses bildete.

»Euch kann man's aber auch *nie* rechtmachen, alter Miesepampel«, rief der Junge weinerlich, während er sich das Blut von der Hand leckte. »Euch geht's ja nur darum, andere zu terrorisieren. Wenn wir in der U-Bahn nicht für euch aufstehen, ist es nicht recht. Und wenn wir euch unseren Sitzplatz anbieten, auch nicht, dann sagt ihr, wir sind herablassend. Altmännerterror ist das. Hoffentlich fahren sie dich gleich über den Haufen.«

Ohne sich um die Fußgängerampel zu kümmern, trat der Alte auf die Straße. Er hielt die Hand in die Höhe, und die Autos stoppten gehorsam, manche mit quietschenden Reifen. Auf steifen, krummen Beinen stakste er zur anderen Seite. Nur das an seinem Handgelenk baumelnde Ledertäschchen schien noch etwas von der Wut des Mannes zu verraten. Er war von kleiner Statur, was durch einen stark gekrümmten Rücken noch betont wurde, Frucht eines halben Jahrhunderts Schriftstellerei. Sommer in New York: Der bejahrte Autor trug ein kurzärmliges Polohemd und den Sonnenhut mit der schlappen Krempe, den er beim Golfspielen auch immer aufhatte. Er biß so fest auf die Pfeife, daß der Stiel knackte, und daran merkte er, wie sehr ihn der Zwischenfall mit diesem pfadfinderhaften Arschkriecher auf dem Bürgersteig aufgeregt hatte. Mitten auf der breiten Avenue überkam ihn einer seiner Schwindelanfälle, doch er erreichte die andere Seite, ohne zu wanken. Er lechzte nach einem Glas kaltem Champagner. An Schwindelanfällen litt er bereits seit zwanzig Jahren, und um sie loszuwerden, hatte er vor langer Zeit sogar den Alkohol aufgegeben, doch im vergangenen Jahr hatte ein Arzt ihm geraten, sich jedesmal, wenn ihm schwarz vor Augen wurde, ein Glas Champagner zu genehmigen. Mittlerweile war er bei zwei Flaschen pro Tag angelangt und fühlte sich jünger als vor sieben Jahren, als er aufgehört hatte zu schreiben. Das ewige Mißverständnis in bezug auf das Alter hatte ihn zu diesem Entschluß geführt. Irgendwann würde er den Faden wieder aufgreifen (notfalls im Gefängnis), doch zuvor galt es, zu kämpfen.

Als er den schattigen Bürgersteig auf der gegenüberliegenden Seite entlangging, konnte er endlich über diesen »Altmännerterror« des Pfadfinders lächeln. Nach dem letzten Treffen des VME, vor einem Monat in Amsterdam, hatte er mit einem niederländischen Kollegen – na gut, Alterskollegen eben, der Mann war vor zwanzig, dreißig Jahren Minister gewesen – in einer Straßenbahn gesessen, die genauso gelb war wie die Taxis hier in New York. Der Ex-Minister begleitete ihn zu einem kleinen Bahnhof im Südteil der Stadt, wo der Zug zum Flughafen abfuhr. Im Mittelgang der Straßenbahn stand dicht neben ihrer Sitzbank ein ungefähr elfjähriger Junge, der, auf einen Aufkleber an der Fensterscheibe deutend, in einem fort dasselbe wiederholte. Obwohl der Schriftsteller aus seiner Jugend noch etwas Flämisch konnte, hatte er ihn nicht verstanden, und sein Kollege (»Verbündeter« war ein besseres Wort) anfangs genausowenig, denn der war mit seinen fast neunzig Jahren so schwerhörig, daß man ihn getrost als taub bezeichnen durfte. Als der Holländer es schließlich verstanden hatte, erklärte er es dem Schriftsteller mit seiner scharfen Stimme in schlechtem Französisch. Der Text des Aufklebers war der Jugend in den Mund gelegt: *Wollen Sie sitzen? Ich kann stehen!*

Der Wohlstandsrüpel hatte jedoch zu dem steinalten Mann gesagt: »Wollen Sie stehen? Ich kann sitzen!«

Darüber hatten sie beide, der Holländer krächzend, lachen müssen – doch später, im Flugzeug nach Lausanne, war dem Schriftsteller das grauenvolle Zukunftsbild, das diese Worte beschworen, aufgegangen. *Wollen Sie stehen? Ich kann sitzen!*

An der Hotelrezeption verwies man ihn in das oberste Stockwerk. Den Puertoricaner, der ihn hinaufbegleiten wollte, wimmelte er ab.

»Merci, pal. I can find it by my own.«

Im Vorraum des Clubs stieß der alte Schriftsteller auf eine ganze Armada von Krankenschwestern, die meisten in – manchmal weißer, manchmal gedämpft grauer – Uniform. Er konnte den Blick nicht von einer jungen Schwarzen lassen, die ein weißes Häubchen und eine weiße Schürze trug. Sie faltete gerade eine karierte Wolldecke zusammen, die sie danach in einen leeren Rollstuhl legte. Daneben gab es noch einen Rollstuhl, der wie eine Ziehharmonika zusammengeschoben war. Hier hatten die Herren die Frauen zurückgelassen.

Er drückte auf eine Messingklingel. Ein alter Mann im Smoking öffnete die schwere Tür und lächelte als Zeichen des Wiedererkennens.

Der übliche Seniorenmumpitz: An den Tischen entlang der Wände wurde Karten und Backgammon gespielt, und über den Billardtisch beugten sich steife Rücken. Aufgeregte Stimmen. Zwei Mädchen servierten Kaffee, Orangensaft, Scotch, Wodka.

Er sah den alten Holländer im Gespräch mit einem ungefähr ebenso alten Russen, dessen Name ihm gerade entfallen war, wenngleich er noch wußte, daß man einen Cocktail nach ihm benannt hatte. Ganz in der Nähe ihres Tisches saß der alte blinde Argentinier auf einem Stuhl mit gerader Lehne, den er von einem anderen Tisch weggenommen hatte; er stützte sich auf den dicken, gebogenen Griff seines Spazierstocks. Er schaute (so schien es) dem Billardspiel mit ironischem Blick zu, hörte aber wahrscheinlich nur das Ticken (manchmal Klackern) der Bälle, die daraufhin in die Löcher plumpsten. Die Anwesenheit des Blinden flößte dem Schriftsteller Unbehagen ein: Das konnte durchaus ein schwieriges Treffen werden. Der Alte war immer so skeptisch...

Der Ex-Minister, der Konsul, der Botschafter, der alte gelbe Opiumraucher... sie waren alle da. Der Mathematiker. Der Kernphysiker. Alle. Sogar der alte Pianist. Der alte Schriftsteller war sogar noch bei Graham Greene in Antibes gewesen, um ihn zu überreden. Der wollte schon, allerdings nur, um Material für einen Roman zu sammeln.

Daraus wurde nichts.

Nachdem die Versammlung eröffnet worden war, wurden die Namen derjenigen verlesen, »die aus unserer Mitte gerissen worden sind«, im Alter von 78, 81 und 93 Jahren.

»Sie haben den Kampf vorzeitig abbrechen müssen, doch wir werden ihn fortsetzen.« Der Vorsitzende bat um eine halbe Schweigeminute. »Mehr Zeit haben wir nicht zu verlieren.«

Als die dreißig Sekunden um waren, wurde dem alten Holländer das Wort erteilt, der einen Vortrag über moderne Völkerwanderungen vorbereitet hatte, und zwar anhand eines Klassikers der niederländischen Literatur, von dem der alte Schriftsteller noch nie gehört hatte. Alle alten Herren steckten sich sofort den Stöpsel für die Simultanübersetzung ins Ohr. Später wurde der Vortragstext in drei Sprachen verteilt. Der alte Schriftsteller hatte Freek die niederländische und die französische Fassung gegeben. Es war ein sonderbarer Text. »Ein postkolonialer *Max Havelaar*« lautete der Titel. Es begann mit einer Art Motto.

»Um Mißverständnisse aus der Welt zu schaffen, erkläre ich, daß die Ansichten der SOZIALDEMOKRATEN über die

Möglichkeiten, die traurige Lage zu verbessern, in der sich ein großer Teil der Bevölkerung Europas befindet, mir *in der Hauptsache* UNRICHTIG erscheinen.

Multatuli, *Rotterdamsch Nieuwsblad*, 15. November 1886

Wo haben unsere jungen Schriftsteller nur ihre Gedanken? Schon seit fast eineinhalb Jahrhunderten gilt Multatulis Debüt als ›unübertroffener Höhepunkt in der niederländischen Romankunst‹, und jetzt bietet sich die Möglichkeit, einen *Havelaar* des 20. Jahrhunderts zu schaffen, und wo sind sie, die wackeren Boys? Ich könnte den Handschuh (meinen eigenen) natürlich selbst aufgreifen, hätte ich nicht schon einen zu tragen: den von Jorge Luis Borges, der vor gar nicht so langer Zeit seinen Kollegen *all over the world* vorhielt, es werde höchste Zeit für den großen antiödipalen Roman über den Aufstand der alten Männer gegen die jungen. Dazu lieferte er das Bild von Abraham mit erhobenem Opfermesser vor dem geknebelten Isaak. Ich sah ununterbrochen eine wettergegerbte, mit Pigmentflecken übersäte Hand vor mir, und darin eine Pistole, die auf den Piloten einer Boeing gerichtet war. Und ich wußte: Diese bejahrten Herren, Führungspersönlichkeiten im Ruhestand, sehen, wie das alte Europa, das sie, jeder seinen Teil, groß gemacht haben, durch die Einheitssucht einer jüngeren Politikergeneration vor die Hunde geht. Ihr hohes Alter hält sie nicht davon ab, gegen letztere einen Guerillakrieg unter Zuhilfenahme sämtlicher Kniffe und Tricks des modernen Terrorismus zu führen. Durch einen hypnotisierenden Anstoß von Borges sind wir, meine Herren, momentan also full-time mit Europa beschäftigt, dem alten wie dem neuen.

Lieber schriebe ich einen im ausgehenden 20. Jahrhundert angesiedelten postkolonialen *Max Havelaar* (*oder Die Völkerwanderungen in der niederländischen Gesellschaft*). Ich bin gern bereit, einem imaginären, weniger beschäftigten Kollegen das Konzept zu überlassen, auch wenn es vor den Parlamentswahlen im Mai wohl nicht mehr gelingen wird, so ein Wahnsinnsprojekt auf die Beine zu stellen. Keine Sorge:

Multatulis Meisterwerk kam auch zu spät und blieb doch lange aktuell.

Man nehme ...«

(Es folgte die Aufzählung der Zutaten, inklusive der Gewürze, für einen im ausgehenden 20. Jahrhundert angesiedelten *Max Havelaar.*)

»Es geht nicht um die Geschichte. Wer einen *Havelaar* schreibt, will Politiker anstacheln, besser noch: beeinflussen, wenn es irgend geht: zur Verantwortung rufen, oder sogar – das wäre das Nonplusultra – zum Rücktritt zwingen. Ich würde dem Autor von *Max Havelaar* (*oder Die Völkerwanderungen ...*) daher raten, im Kontext seiner Geschichte den Begriff ›Toleranz‹ neu zu bestimmen. Toleranz – insbesondere gegenüber Migranten – hat für mich zu sehr den niederländischen, das heißt: falschen Beiklang von ›Muß doch möglich sein‹; zu sehr den niederländischen, das heißt: faden Beigeschmack von ›Mitmenschlichkeit‹; zu sehr die niederländische, das heißt: unausgesprochene Nebenbedeutung von ›Beide Augen zudrücken‹. Politisches Entgegenkommen mit einem Spielraum des Beide-Augen-Zudrückens – das suggeriert, auf äußerst beruhigende Weise, einen bis in alle Ewigkeit tröpfchenweise einsickernden Migrantenstrom. Eine Darstellungsweise, die nichts mit der Realität zu tun hat. Ganze Völker sind auf Wanderschaft, und sofern sie es noch nicht leibhaftig sind, sind sie es immerhin schon im Geiste, wobei ihr vorbereitender Wille zum fruchtbaren Delta vorauseilt, das möglicherweise ihr Endziel ist. In einer solchen globalen Situation muß man den Mut aufbringen, die gönnerhafte Haltung der ›Toleranz‹ durch so etwas wie eine fatalistische Sicht zu ersetzen. Man muß sich ein Herz fassen und sich über den – scheinbar noch einzudämmenden – Einbahnstraßenverkehr der Fremden hinaufschwingen, um aus der Vogelperspektive festzustellen, daß, unaufhaltsam, eine neue Völkerwanderung im Gange ist – nein, unzählige Ströme von Völkerwanderungen. Es ist lange her, daß Schwarzafrika sich mit Spiegeln und Perlen und, als Zugabe, einer Prise Salz begnügte; heutzutage liefern wir ihnen die Zauberlaternen, mit denen Bilder aus den ›reichen Ländern‹ zu empfangen sind. Die Völkerverschiebungen, die in vollem Gang sind, gehorchen nicht weniger als einem ökonomischen Gesetz der Kommunizierenden Röhren, dem drängenden und saugenden Gesetz: Viel Armes Fließt Zu Wenig Reichem. Wer sich dabei noch an seinen Grenzübergang stellt und im Wahn, überaus tolerant zu sein, leutselig über die ankommenden Köpfe streichelt, von dem habe ich in seiner Eigenschaft als Politiker in heutiger Zeit keine hohe Meinung. Wahre Toleranz wäre – nein, nicht das behördlich in Bahnen gelenkte, im Schlafe geregelte Tolerieren geringer Zahlen, sondern ein waches, weit offenes Auge für die Wahrheit, und die könnte so lauten: Hier hat eine nicht aufzuhaltende Völkerwanderung eingesetzt, genauso langsam und zäh und unabwendbar wie der Gletscher einer neuen Eiszeit; sie *ist* diese neue Eiszeit. Eine Toleranz, die, im würdigsten Fall, eine Art aktiven Fatalismus bedeutet – aktiv insofern, als wir versuchen müssen, die massenweisen Wanderströme so gut es geht zu kanalisieren. Laßt sie nur kommen, laßt sie nur kommen; die Illusion, sie durch geltendes Recht aufhalten zu können, führt weltweit zu noch größeren Katastrophen.

Ist es nicht Aufgabe des Verfassers des neuen *Havelaar*, die Politiker zu zwingen, vor dem Wüten der Geschichte das Haupt zu beugen? In der Anlage mein Handschuh.

Zum Schluß dieser Vorschlag (das ›Hunderttausend‹ ist eine Variable): ›*Ihnen* widme ich mein Buch, Juliana von Nassau-Oranien ... Sie wage ich mit Zuversicht zu fragen, ob es Ihr königlicher Wille ist: daß hierzulande mehr als *hunderttausend* Ihrer Untertanen *mißhandelt und erniedrigt werden in Ihrem Namen*?‹«

Tee, Drinks, Zigarren. Die Kellner wurden aus dem Raum geschickt. Ein Brite meinte, während er den Zigarrennebel wegwedelte: »Meine Herren, meine Herren, verlieren unsere Zielsetzungen nicht an Glaubwürdigkeit, solange wir weiter rauchen und trinken?«

»Bullshit! Es *liegt* nicht am Nikotin, am Teer und am Alkohol ...! Das ist es ja gerade, was sie uns immer weismachen wollen!«

Für seine fatalistische Sicht der Völkerwanderungen ins neue Europa erhielt der niederländische Redner keinen Beifall.

»So verschleudern wir ja gerade das alte Europa, das nur intakt bleiben kann, wenn wir die Landesgrenzen geschlossen halten.«

»Ein europäischer Einheitsstaat, das bedeutet Migration ... ohne sich von der Stelle zu bewegen.«

»Die europäische Einigung ist eine Fiktion. Dafür geht kaum jemand zur Wahlurne. Die Völker selbst haben kein wirkliches Interesse daran.«

»Wir kämpfen also gegen eine Fiktion?«

»Gerade *weil* es eine Fiktion ist, müssen wir dagegen ankämpfen«, sagte der blinde Argentinier. »Mit allen Mitteln. Es gibt nichts Gefährlicheres als Fiktionen.«

»Europa als Einheit ist noch immer nichts weiter als ein ›Kap der alten Welt, ein westlicher Ausläufer Asiens‹«, sagte der alte europäische Schriftsteller. »Mit Dank an Paul Valéry.«

»Es geht nicht nur um Europa«, erklärte der kleine gelbe Opiumraucher in kichrigem Englisch. »Es geht um die Welt, die wir groß gemacht haben ...«

»... und die wir nicht einfach durch den Dienstboteneingang verlassen wollen.«

»Gehen wir bis zum Äußersten?«

»Wir werden zu den extremsten Mitteln greifen.«

»Wir müssen noch über das Trainingslager abstimmen.«

»In einem halben Jahr findet in Stockholm ein Spitzenkongreß von Biologen statt. Unsere klügsten Söhne werden dort sein. Es wird in erster Linie um das Altersgen gehen. Zweifellos nicht, um es so exakt wie möglich zu lokalisieren ...«

»Doch. Zu lokalisieren, und dann ... Ich fürchte, mir kommen die *scrambled eggs* vom Mittagessen wieder hoch, wenn ich weiterspreche.«

»Dieses Flugzeug müssen wir uns schnappen.«

Die Wüste, seine Kalaschnikow, die Geschichten und Theorien des alten Schriftstellers, der Duft des Kaffeehauses in Aden ... das alles lag weit hinter ihm. Freek spürte das Federn des Fahrgestells im Rückgrat, und wie üblich begann eine Gruppe Schwachköpfe zu applaudieren, weil es dem Kapitän in letzter Sekunde gelungen war, die Maschine auf den Boden zu setzen. Er war eindeutig wieder in den Niederlanden. Er hätte etwas dafür gegeben, schnurstracks in den Vondelpark gehen zu können, um seine Baßgitarre vom Baum zu nehmen. Eitle Tagträumerei: Das Instrument war vermutlich noch am selben Septembermorgen von diesem verirrten Astronauten mitgenommen worden ... diesem Typ mit dem Mopedhelm ...

Er versuchte, sich Albert in einer neuen Wohnung vorzustellen, verheiratet mit Zwanet. Aber er kam nicht weiter als bis zu einem Albert, der in einem Geruch von Gas und Schweißsocken unter der Kuhglocke stand und seinen Brief las – sein, Freeks, letztes Lebenszeichen. Er war fast am Ende angelangt. Gleich würde die Glocke vor seiner Nase schaukeln, er würde den Brief zusammenfalten und auf dem Treppenpodest am Strick ziehen. »Wer ist da?« »Freek.« »Ah, du bist also wieder da ... Ich hab gerade deinen Brief gelesen.«

Auch für den Schriftsteller, selbst schon bejahrt, war es ein dramatisches Schauspiel, all diese alten bis sehr alten Männer unter dem tiefhängenden Stacheldrahtgewirr hindurchkriechen zu sehen. Die schlaffe, faltige Haut ihrer Oberkörper blieb genauso leicht wie Kleidung an den eisernen Dornen hängen, doch sie war so bleich und pergamentartig, daß es mit dem Bluten nicht so schlimm war. Der eine oder andere hatte kleine, leere, schlaff herabhängende Brüste wie eine steinalte Frau, nur mit dem Unterschied, daß sich bei ihnen ein wenig weißes Nylongarn dazwischen kräuselte.

Ihr Ausbilder war selbst nicht mehr ganz jung: ein pensionierter Hauptmann einer Spezialeinheit, der sich, unter Geheimhaltung, gern ein nettes Sümmchen dazuverdienen wollte. Mit der Veteranenlegion sprang er alles andere als sanft um. Die Alten erhielten soweit möglich das gleiche Training, nur etwas weniger streng, wie junge Einsatzkräfte-in-Ausbildung. Der Instrukteur ließ sie – mit und ohne Seile – über Palisadenzäune klettern, durch Schlammpfützen kriechen, einen kalten Fluß überqueren ... Am wichtigsten waren die Schießübungen, von denen einige VMEs wegen ihrer Parkinson-Erkrankung ausgeschlossen wurden.

Es war nicht zu vermeiden, daß von Zeit zu Zeit ein Toter zu betrauern war. Für viele der im Trainingslager versammelten Herzen kam die Kommando-Ausbildung zu plötzlich oder zu spät. Derlei Ereignisse sorgten nur für eine noch größere Verbissenheit bei den Überlebenden. *Vetus melior est.*

Am Nachmittag, nach dem Duschen, wurden die Herren mit einem Whisky oder – wenn ihre Kondition es zuließ – einem Schäferstündchen mit einem der eigens eingeflogenen Mädchen belohnt, die auch bei politischen Kongressen zum Einsatz kamen.

Der alte Schriftsteller zählte viele Psychiater und Psychologen an seinem Wohnort Lausanne zu seinen Bekannten. Auf die Bitte eines befreundeten Psychiaters hin hatte er einmal an einer Untersuchung über den Einfluß von Träumen auf das Auftreten einer Erektion während des Schlafs mitgewirkt, die an männlichen Probanden zwischen zehn und neunzig Jahren durchgeführt wurde. Er war damals schon hart auf die Achtzig zugegangen und hatte scherzend zu seinem Freund gesagt: »Vergebliche Liebesmüh. Bei mir gibt es nichts mehr aufzurichten. Träume hin oder her. Sic transit gloria glandis.«

An seinem Kopf wurden Klemmen zur Registrierung von Pupillenbewegungen befestigt, die einen Traum ankündigen. So, über Kabel mit einem Apparat verbunden, schlief der alte Schriftsteller, nur mit Pyjamajacke bekleidet, auf einem Behandlungstisch der psychiatrischen Klinik ein. Als mitten in der Nacht das Gerät große Turbulenz hinter seinen Augenlidern registrierte, konnten die Forscher es sich nicht verkneifen, den alten Mann, der sich dort mit so viel Altersfatalismus zur Ruhe gelegt hatte, zu wecken.

»Sehen Sie selbst. Wenn wir es Ihnen morgen erzählen würden, würden Sie es doch nicht glauben.«

Es war, als blickte er in einem Spiegel auf sein eigenes jüngeres Selbst. Ein wiedergefundenes Juwel. Seine Wangen wurden naß.

»Und von diesem Wunder haben Sie Nacht für Nacht nichts gewußt...«

Seit dieser Untersuchung, die von seiner Seite nichts weiter als ein Freundschaftsdienst gewesen war, hatte er sein Selbstvertrauen wiedergewonnen.

Der alte Schriftsteller erzählte Freek nicht, ob er selbst an der Flugzeugentführung beteiligt gewesen war. »Ich möchte nur soviel sagen, junger Mann, daß sich ein halbes Jahr nach dem Treffen in New York tatsächlich eine alte, mit Pigmentflecken übersäte Hand ins Cockpit einer Boeing schob, die sich auf dem Weg nach Stockholm befand. Bekannt ist, daß sie zitternd einen schwerkalibrigen Revolver auf den Piloten richtete. Ein noch viel älterer Mann, mit einer Maschinenpistole vor der Brust, fuhr durch den Mittelgang der Maschine. Die einzelnen Bestandteile seiner Waffe waren in den Hohlrohren seines Rollstuhls versteckt gewesen... alles angepaßt und von der Kontrolle übersehen...«

Freek erinnerte sich noch daran. Die Zeitungen hatten in ihren Bildunterschriften anfangs von »bizarr als alte Leute geschminkten und vermummten jungen palästinensischen Desperados« berichtet, unter ihnen ein Maskenbildner vom selben Rang wie derjenige, der in dem Film *Der Pate* aus Marlon Brando den alten Don Corleone gemacht hatte. »Wenn es einen Oscar für Terrorismus gäbe, er stünde ihm zu.« »Alte Männer, von Terroristen freigelassen, bevor diese sich mit der Maschine in die Luft jagten.«

Am Kiosk in der Ankunftshalle des Flughafens Schiphol grinsten Freek von den Zeitungsregalen die fetten Schlagzeilen von *Het Devies* entgegen:

Barrikaden Vondelstraat geräumt
Panzer auf Amsterdams Straßen

Sofort nach seiner Rückkehr in die Stadt suchte Freek die Ruinen dessen auf, was, *Het Devies* zufolge, ein paar Tage lang der Vondelfreistaat gewesen war – ein fiktiver Staat, der lediglich an diesem einen fiktiven Tag, dem neunundzwanzigsten Februar, alle vier Jahre errichtet werden konnte. Es war also ein Staat außerhalb der eigentlichen Zeit, und da war alles frei oder, besser gesagt, freibleibend ... bis zum Überdruß ... Freek kam gerade noch rechtzeitig, um zu sehen, wie Bulldozer der Stadtverwaltung, eskortiert von Leopardpanzern, die letzten Barrikadenreste auf die Seite schoben, so mühelos wie mit Schaufel und Besen. Am frühen Morgen, hatte er der Zeitung entnommen, war das Ultimatum des Bürgermeisters abgelaufen, und so war es bereits nach drei Tagen mit dem Vondelfreistaat vorbei.

Lange Zeit war es seine Taschenbibel gewesen, doch in der Wüste hatte er das Buch weggeschmissen: *Philosophy of the Urban Guerrilla*, »The Revolutionary Writings of Abraham Guillén«. Einmal hatte Freek voll Rührung über eine Passage lächeln müssen, in der Amsterdam unter den Städten aufgeführt wurde, die so etwas wie eine Stadtguerilla hatten oder gehabt hatten. Dem armen Guillén war irgendwann vermutlich etwas zu Ohren gekommen von Provos, Vervielfältigungsapparaten in Souterrainräumen, wochenlang andauernden Straßenkämpfen, hier und da einladend abgestellten Fahrrädern, die bei der ersten Berührung explodieren konnten ... Es sah so aus, als bekäme der alte Abraham nachträglich doch noch recht: Wer die Panzer da, auf dieser freundlichen Straßenkreuzung, grimmig vorbeirollen sah, *mußte* daraus folgern, daß Amsterdam sich so etwas wie eine *urban guerrilla* hielt. Und dabei handelte es sich hier, wie er den Worten einiger geschlagener Umstehender entnahm, lediglich um eine Art sekundären Kampf. Rund um den Vondelfreistaat war, im Kleinen und ohne daß jemand in die Gracht fallen konnte, der Kampf um die stolze Burg der Hausbesetzerbewegung ausgetragen worden: De Groote Keyser an der Keizersgracht, wo sie auch ihren eigenen Rundfunksender hatten.

Der Junge, der Freek noch einige Details erzählte, trug sein Saxophon an einer Kordel um den Hals und drückte das Instrument liebkosend und schützend an seine schmutzige Kleidung. Schon dreimal hatte er sein gesamtes Hab und Gut verloren, nachdem ein Schlägertrupp eine Benzinbombe in die von ihm besetzte Wohnung geworfen hatte. Nur sein Saxophon hatte er jedesmal mit Müh und Not retten können. Auch heute morgen wieder, wenngleich er das Futteral in der geräumten Wohnung hatte zurücklassen müssen.

Gegen Abend drehte sich die Diskussion nur noch um die Frage, ob der Bürgermeister nun Panzer eingesetzt habe oder nicht. Er selbst behauptete in allen Medien und Tonarten, nein: Es seien lediglich Panzerwagen beim Räumen der Barrikaden zum Einsatz gekommen. Panzerwagen seien, so die Hausbesetzer, auch Panzer – jedenfalls dem Buchstaben nach. So arteten die Rückzugsgefechte in ein Wortspiel aus, sechs Buchstaben horizontal – immer das gleiche Lied, Wohnung hin oder her.

Freek hatte der Weltrevolution und dem Weltterrorismus den Rücken gekehrt, doch von diesem Guerillakrieg rund um den Dorfbrunnen konnte er sich nicht lösen. Nur gut, daß er sein Gepäck auf dem Flughafen in die Aufbewahrung gegeben hatte. Neben dem Jungen mit dem Saxophon marschierte er an diesem Abend in einem Demonstrationszug, dessen Ziel De Groote Keyser war. Wie die meisten Demonstranten trug er eine qualmende Fackel, und er genoß den Geruch all dieser brennenden Dinger auf einem Haufen. Er versuchte, die Kiefer fest zusammengepreßt zu halten, doch nach einiger Zeit wurde seine Stimme wie von selbst in das stets von neuem wiederholte, durchdringende Flüsterwort mit hineingesogen.

»Woooooooo-o-o ... nungsnot! ... Wooooo ...«

Trotz einer Dienstbotenschürze aus weißer Tünche ragte De Groote Keyser noch immer hoch und aristokratisch über seine Nachbarn hinaus. Kreischen tat er auch wie eine Küchenmagd: Die Hausbesetzer hatten die Sirenen eingeschaltet. Alle Fackeln versammelten sich auf der Brücke und den schmalen Uferstraßen, so daß doch noch Flammen erloschen – von Leuten, die ins Wasser fielen.

In der van Ostadestraat 209, wo man noch immer die Kuhglocke betätigen mußte, fand Freek einen ängstlich in seiner dämmrigen Bruchbude abgetauchten älteren Bruder vor. An der Einrichtung hatte sich seit dem September '77 nichts geändert, außer daß jetzt überall Scheren herumlagen und -hingen, in Schalen und an Fäden über dem Ofen.

»Albert, was ist hier in den paar Jahren passiert, *for God's sake*?«

Die Worte hatten ihm während des gesamten Wegs von der Innenstadt zu De Pijp auf der Zunge gelegen. Jetzt, da er sie aussprach, in diesem düsteren Loch, in dem überall dreiteilige Zuhälteranzüge auf Bügeln hingen, war er sich nicht mehr so sicher, ob sie sich noch auf Amsterdam bezogen oder nicht vielmehr auf seinen Bruder.

Het Wapen van Lummel (6)

Montag, 14. April 1980
(Chor)

»... geriet der Mercedes aus noch ungeklärter Ursache auf die linke Straßenseite und prallte frontal mit einem entgegenkommenden Lastwagen zusammen. Der Fahrer des Personenwagens war sofort tot. Seine neben ihm sitzende Ehefrau wurde, wie der Fahrer des Lastwagens, schwer verletzt. Das mit Kisten voller Kopfsalat beladene Fahrzeug kippte am Straßenrand um. Am Mercedes entstand Totalschaden. – Haben die Herren irgendeine Idee, von wem *De Gelderlander* hier spricht?«

»Sowas liest man jeden Tag.«

»Da steht kein Name dabei, aber ich weiß, wer es ist.«

»Na?«

»Cor.«

»Cor Sales?«

»Ja, der hat auch einen Mercedes unter'm Hintern, um ihn zu Schrott zu fahren, stimmt. Nein, Cor Coster, alias ... na ja, 'ne ganze Menge Aliassen. Coster war, glaub ich, sein richtiger Nachname. Hier hieß er immer nur Cor.«

»Ich kenn nur einen Cor Sales. 'n Habenichts.«

»War Coster auch. Aber der hat sich deswegen nicht hängen lassen. Der hatte hier und da seine Frauen, die für ihn sorgten. Es ist schon tragisch, dieser Mercedes war endlich das, was er immer haben wollte. Vorher hatte er es nie weiter gebracht als bis zu einem Toyota im Baumviertel von Nimwegen. Jetzt hatte er endlich eine betuchte Tussi, über eine Kontaktanzeige, sofort geheiratet und so ... und dann das. Totalschaden. Und er mausetot.«

»Da sieht man's mal wieder. Sobald das Glück zum Greifen nah ist, gehst du hops.«

»Das würde man nicht mal seinem schlimmsten Feind wünschen.«

»Na ja, jetzt, wo er sowieso tot is, kann ich ja sagen, daß Cor …«

»Halt dich da raus, Cas. Immer diese Verleumdungen, das is ja zum Kotzen. Und dann auch noch, wenn sie tot sind. Du kennst doch das Sprichwort: ›Über die Toten …‹«

»Nein, laß Cas mal ausreden. Was war mit Cor, Cas?«

»Nix. Schon gut.«

Ein Schwarm Scheren

Montag, 28. April 1980
(Albert Egberts)

Adressen, davon gibt's zwei verschiedene Sorten. Als erstes die »hintenrum« (der Laden ist dicht, aber »hinten« geht das Geschäft weiter). Dort werden die Wertsachen in Geld umgesetzt. Ganze Autointerieurs, mit saftigem Verlust für dich selbst und noch saftigerem Gewinn für den anderen. Ich akzeptiere, was sie mir bieten, feilsche nicht – und nicht nur deswegen, weil's eilt, sondern auch aus einer Art lächerlichem Stolz heraus. Reicht der gebotene Betrag nicht aus, hab ich ja immer noch meine Schere. Angst brauch ich nicht zu haben: Die anderen Scheren, zu Hause, werden bestätigen, daß sie in eine Sammlung gehört.

Die anderen Adressen, da geht es ums Klingeln, um vergebliches Klingeln auf hohen Eingangstreppen. Sie traten in mein Leben, als Ali daraus verschwand. Ohne hinschauen zu müssen, blind tastend, findest du den Knopf. Der Arm kennt den Weg. Er schließt den Stromkreis. Er stellt den Kontakt her. Sie lassen dich klingeln, da drinnen, damit du spürst, wer du bist.

Hohe Eingangstreppen, hohe Häuser. Die Herren wohnen oft so hoch, ganz oben, im obersten Stock, daß du die Klingel nicht mal läuten hörst und somit nie weißt, ob sie womöglich abgestellt ist. Und wenn du sicherheitshalber mit dem Ohr am Briefschlitz horchen willst, kommst du wieder nicht an den Knopf, so hoch sitzt der, oder, besser gesagt: so geschrumpft bist du schon am frühen Morgen.

Klingeln und warten. Wenn du dir lange genug vor der Tür einen abgefroren hast, wenn es dir langsam reicht, gehst du zur nächsten Adresse und notfalls auch noch zur übernächsten. Für den Fall, daß es drei Adressen gibt, reduziert sich die Stadt auf ein Dreieck, das aus den kürzesten Entfernungen zwischen den einzelnen Häusern besteht. In diesem Dreieck verschwindet die Stadt. Sie paßt genau hinein. Der frühe

Morgen verstreicht mit dem unaufhörlichen, immer schnelleren Gang von einer Ecke zur nächsten ... Manchmal läßt du farbloses Erbrochenes auf ihren hohen Eingangstreppen zurück, so elend und hilflos hast du da gewartet.

Und sie sehen dich! Irgendwie sehen sie, auch ohne Türspion, wie du da stehst. Wenn sie genau wissen, du hast Geld, öffnen sich dir die Türen, auch nachts. Das Seil klappert auf allen Etagen, das Schloß schnappt auf, und ganz oben, drei, vier Treppen hoch, steht der Herr und wartet auf dich. Er trägt eine Sonnenbrille. Selbst der Abend ist noch zu grell für ihn, die Nacht nicht dunkel genug. Die Treppen sind hoch und steil, eigentlich braucht man eine Bergsteigerausrüstung dafür.

Er ist wieder verschwunden, bevor du oben bist. Ganz kurz hast du sein Gesicht im Dunkel des Treppenhauses über dem Geländer gesehen. Zwei Stecknadelköpfe Licht von einer Sparlampe sind in seinen Brillengläsern aufgeleuchtet. Und weg ist er wieder. Also mußt du klopfen ... Noch einmal. Lauter, lauter. Und *noch* einmal ... Er antwortet – mißtrauisch. Ein Gespräch durch die Tür. Argwohn ist Trumpf in diesen hohen Häusern.

Er läßt dich die Scheine unter der Tür durchschieben, woraufhin er – nicht sofort, er hat Zeit – sein Tütchen herausrückt.

Mit »alternativem Bewußtseinserlebnis« hat das alles nichts zu tun. Im Gegenteil. Mein Konsumverhalten habe ich mir von den großen Triaden hinter den Kulissen diktieren lassen – nicht anders als jemand, der sich von der Werbung weismachen läßt, daß er ab-so-lut nicht mehr ohne ein bestimmtes Erfrischungsgetränk oder ein neues Quarkdessert leben kann. Und ich lasse mich noch unendlich massiver übers Ohr hauen als beim Kauf einer Black & Decker: Für ein Gramm Heroin bezahle ich das *Hunderttausendfache* dessen, was es anfänglich, gleich nach dem Raffinieren des Rohopiums, wert war. Ein derart dreister Gewinn, da kann kein multinationaler Konzern mithalten. Das Heroingeschäft *ist* ein multinationaler Konzern.

Ich habe stets eine Reserveschere in der Tasche. Sie steckt in einem Kalbslederfutteral (auf einer Seite wie bei den Indianern mit einem Schnürsenkel zugezogen), in das ein Aluminiumtaschenkamm gehört. Ich trage sie neben meiner Brieftasche, in der ich, schwarz auf weiß, eine Serie ausgeschnittener Profile bewahre – etwa zwanzig. Ich habe sie einem fingerfertigen Scherenschnittkünstler auf dem Montmartre, an der Place du Tertre, abgekauft. Mißlungene und nicht abgenommene Profile, fast für umsonst, ein Trinkgeld, mehr nicht. Ein achselzuckender Handel: Er verstand nicht, was ich damit wollte. Die Besitzer dieser Profile waren schließlich längst wieder in Amerika, in der Schweiz, in Japan ... Ich sagte ihm, ich würde ihnen die ausgeschnittenen Konterfeis bringen ... würde so lange suchen, bis ich die dazugehörige Person gefunden hätte. 42nd Street, New York ... Kantonstrasse, Zürich ... eine Wohnung über einem Geschäft in Tokio ... ein Mittelgewichtsboxer, der inzwischen ein völlig anderes Profil hat – ich würde sie finden. Der Franzose hielt mich für einen Depp, überließ mir aber gern die für ihn wertlosen Dinger (Schatten ohne Seele). Ausgeschnittene Profile, um ein künstlerisches Alibi parat zu haben. Schwarz auf weiß. Als Rechtfertigung dafür, daß ich so viele Scheren am Herzen trage. (Ein gefälschtes Friseurdiplom war nirgends zu beschaffen.) Daß meine Scheren etwas groß sind für diese Art Fingerspitzenarbeit, braucht niemandem aufzufallen. Und wenn sie auf der Wache den Kopf des Kommissars ausgeschnitten haben wollen, kann ich mich immer noch weigern: »Uniformen machen mich nervös.«

(Paris hatte ich übrigens gleich wieder verlassen. Die Autos sind dort genauso einfach zu öffnen wie in Amsterdam, nicht schwerer als eine Sardinenbüchse. Die Beute fiel sogar reicher aus ... Aber ich hatte keine Adressen, um das Zeug loszuwerden. Und ich war zu ungeduldig, um erst einmal in Ruhe abzuwarten, wie der Hase läuft, oder mich auf französisch eingehend danach zu erkundigen. Im letzten Auto, das ich aufmachte, habe ich alles, was ich inzwischen zusammengetragen hatte, auf die Rückbank gelegt, natürlich außer dem Bargeld. Umgekehrte Welt ...)

Daß die Fiskars Deluxe so benutzerfreundlich ist (nicht zu hart, nicht zu weich), ist natürlich eine feine Sache, doch je mehr sich die Schere meiner Arbeit anpaßt, desto größer wird die Gefahr, daß sie zerbricht. Die Kerben sind schnell zu tief. Früher oder später bleibt die Spitze wie der Bart eines abgebrochenen Schlüssels im Autoschloß stecken und läßt sich nicht mehr herausfriemeln. Ein unnütz ausgefahrener Stachel, zum Zeichen, daß der Besitzer seinen Kram behalten darf.

Von der kaputten Schere, die zugleich mit ihrer Spitze auch ihr Alibi verloren hat, muß ich mich blitzartig zu trennen versuchen. Ich habe schon eine ganze Menge in die Gracht geworfen, Dutzende, an immer wieder anderen Stellen. Aber neulich zeigte sich in einem Traum, grün und trüb wie ein Aquarium, daß sich meine abgebrochenen Fiskars Deluxe allesamt an derselben Stelle versammelt hatten: zwischen den Pfeilern einer Brücke, wo das Wasser etwas dunkler schien ... Dort befand sich ein ganzes Korallenriff aus Fahrradrahmen und Sprungfederbetten. Die Scheren lagen halb eingesunken im Schlamm, aus dem allenfalls ein Auge ragte, gerieten aber schon bald in Bewegung, als ein über sie hinwegfahrendes Boot das Wasser in Aufruhr versetzte. Es waren gut und gern zweihundert ... Sie erhoben sich alle gleichzeitig, schwammen wie ein Fischschwarm, die beschädigten Kiemen in dieselbe Richtung gewandt, über die glibbrigen Korallen ... unter der Brücke hindurch ... auf eine schwere Frau zu, die mühsam über den Grund der Gracht heranschritt. Ihre Haare wedelten träge auf, doch aus Nase oder Mund drangen keine Luftbläschen. Ich erkannte sie sofort und begriff mit einemmal, was meine Aufgabe dort unten war. Von dieser Brücke war meine schwermütige Großtante Stientje ins Wasser gegangen, weil sie es nicht verwinden konnte, daß ihr einziger Sohn Sjors jun. sich verloben wollte, und dazu noch mit dem falschen Mädchen. Das war lange her, aber es war noch nicht zu spät, sie zum Aufsteigen zu bewegen und allen Kummer ungeschehen zu machen ... Sjors jun. hatte die Verlobung noch vor der Beerdigung gelöst ... (Sie wohnte als einzige meiner Amsterdamer Großtanten »standesgemäß«, will sagen: im Dachgeschoß eines herrschaftlichen Hauses am Vondelpark. Im Krieg hatte sich da, am Firstbalken, ein untergetauchter Jude aufgehängt, was Tante Stientje einfach nicht vergessen konnte. Trotzdem: standesgemäß. Ich war dort Mitte der fünfziger Jahre zu Besuch gewesen. Durch die hohen Bäume, die über die kleinen Dachfenster hinausragten, war es dort selbst an hellichten Sommertagen so dunkel und unheimlich, daß ich stundenlang nur noch weinen konnte, egal, was Tante Stientje an alten Spielsachen von Sjors jun. anschleppte. Nach der Arbeit brachte mich Sjors sen. auf dem Fahrrad zu meinen anderen Großtanten an der Wittenkade, wo auch mein Großvater war. Erst dort beruhigte ich mich wieder, obwohl es da kaum weniger dunkel war.)

Trotz der Entfernung und des trüben Wassers konnte ich bei Tante Stientje deutlich die bläuliche Ausstülpung an ihrer rechten Schläfe erkennen, die von der Familie kurz »Stiens lila Ei« genannt wurde. (Polizisten, die sie herausgefischt hatten, dachten an ein Verbrechen, was Onkel Sjors jedoch bei der Identifizierung widerlegen konnte: Den Ärzten zufolge hatte sie einen Nervenknoten von anormaler Größe, möglicherweise das sichtbare Zeichen ihrer verkrampften Natur. »Meine Frau war ziemlich schwerblütig, müssen Sie wissen.«) Unter der Brücke klappten die Scheren alle gleichzeitig zu und schossen auf Tante Stientje zu. Sofern sie sie nicht direkt trafen, schwärmten sie um sie herum und versuchten, sie zu stoßen und zu stechen, wo sie nur konnten ... in Bauch und Brüste ... Waden, Schenkel, Hintern ... sogar in ihr Doppelkinn ... Überall, wo sie dick war. Mit ihren knapp anderthalb Klingen schnappten sie nach ihren Zehen ... schnitten ihr in die Ohren ...

Ich versuchte, zu ihr zu gelangen, verfing mich aber in der Alteisenkoralle. Einige Fiskars hatten den Nervenknoten entdeckt, und so entstand heftiges Geschnüffel und Gesteche an Stiens lila Ei. Tantchen begann, im Tod irrezureden. »Albertje darf alles Spielzeug von Sjors jun. haben. Jetzt ist doch alles vorbei. Still jetzt ... nicht mehr weinen.«

Ihr Mund war geöffnet, um noch mehr zu sagen, doch da plumpste plötzlich die nächste Schere in die Gracht, eine nicht abgebrochene. Sie fiel in geschlossenem Zustand mit der Spitze senkrecht nach unten und traf Tante Stientje genau in ihrer bläulichen Ausstülpung. Gelbe Flüssigkeit wölkte daraus auf, die im Wasser merkwürdig pulvrig wirkte.

»Albert, du Mistkerl ...!«

Wütend versuchte sie, an der Kaimauer hinaufzuklettern. Scheren hingen wie Wäscheklammern am Saum ihres Kleides ... Im nächsten Moment saß ich neben ihr in einem offenen amerikanischen Schlitten. Sie saß entspannt lächelnd am Steuer und war viel jünger und schlanker, als ich sie gekannt hatte. Von dem Nervenknoten an ihrer Schläfe keine Spur. »Ach, übrigens, Albert«, sagte sie und griff nach dem Schaltknüppel, »die Produktion dieser Fiskars Deluxe haben wir eingestellt. Sie war nicht mehr rentabel.«

Heilige mit Pseudonym

Mittwoch, 30. April 1980
(Hennie A.)

Eine Rache für das Zurückziehen ihres Gnadengesuchs war es vielleicht nicht ganz, dazu wußten die Gefängnisbehörden zu wenig von ihrer fast phobischen Aversion gegen Großstadttrubel, doch dadurch, daß man sie ausgerechnet am Königinnentag entließ, der diesmal zudem noch der Tag des Thronwechsels war, wollten sie zweifellos ihre Mißbilligung über den Rückzieher zum Ausdruck bringen. Es war, als wollten sie sagen: Die Entlassung Gefangener anläßlich der Thronbesteigung des Monarchen ist eine alte Tradition der Monarchie, und obschon es sich in deinem Fall, Hennie A., offiziell um vorzeitige Entlassung wegen guter Führung handelt, sollst du doch das unbehagliche Gefühl haben, daß man dich im letzten Augenblick dank eines großherzigen Gnadenerweises der neuen Monarchin auf freien Fuß gesetzt hat.

Hennie konnte sich der Symbolik nicht erwehren: Auch für sie bedeutete dieser Tag einen Thronverzicht. Im Gefängnis, in diesem hoch aufragenden Frauenturm, hatte sie für sich ein Podest errichtet, indem sie zu jedem Verlust, zu jedem Abschied nachdrücklicher »ja« sagte, »ja, nimms nur mit«, so lange, bis sie alles verloren hatte und nur noch eine alles ledige Hennie übrigblieb. Jetzt sagte man ihr, die Strafe sei verbüßt, und nahm ihr damit auch noch das Gefängnis. Der Thron wurde ihr unter dem mager gewordenen Hintern weggezogen. Nicht einmal eine leere, durchsichtige Hennie A. war sie mehr, denn im selben Atemzug teilte man ihr ihre neue Identität mit. Das Beste, was sich darüber sagen ließ, war, daß sie nun wieder einen vollständigen Familiennamen hatte, wenn auch keine Familie. Fortan würde sie Elisabeth Korstanje heißen, Rufname Els. Irgendwo in Amsterdam, an einer ihr noch unbekannten Adresse, war bereits ein Schild mit diesem Namen an einen Türrahmen geschraubt: *E. Kor-*

stanje. Alle Wege zu ihrem früheren Leben, zur Betuwe, nach Lummel waren ihr damit verschlossen. Korstanje, ein Name wie eine Straßensperre. Sie würde sich nie mehr mit einem totalen Verlust brüsten können. Das Märtyrertum, das sie für sich entdeckt hatte und das der Leere zumindest ein wenig Glanz verliehen hatte, mußte sie schon wieder aufgeben. Niemand glaubte an eine Heilige mit einem Pseudonym.

Erst am späten Mittag jenes dreißigsten April 1980 würde Hennie vom Bewährungshilfebeamten van der Maaden mit dem Auto abgeholt werden. Er und der Füso, der ihr bereits etwas früher Gesellschaft leisten wollte, würden sie in die neue Wohnung bringen. Die Adresse würde ihr unterwegs mitgeteilt werden.

Hennie wußte nur, daß es sich um eine ordentliche, frisch renovierte Wohnung in einem Amsterdamer Volksviertel handelte. Sie stellte sich darunter De Pijp vor, das einzige der aus dem neunzehnten Jahrhundert stammenden Viertel, in dem sie mal gewesen war und aus einer belebten Geschäftsstraße heraus lediglich dann und wann einen Blick in die sich leicht krümmenden Straßen hatte werfen können, die kein Ende zu haben schienen. Weil Hennie problematische Füße hatte, eine halbe Größe Unterschied zwischen dem linken und dem rechten, und die von den Wärterinnen besorgten Schuhpaare nie richtig passen wollten, war sie einmal unter Begleitung im Justizbus in die van Woustraat gebracht worden. Dicht bei der Kreuzung mit der Ceintuurbaan hatte der Trubel sie gleichzeitig mit dem Lärm der Autos und Straßenbahnen angeflogen. Sogar auf dem Bürgersteig hatte sie, während sie zwischen zwei kräftigen Wärterinnen dicht an den Häusern entlangging, das Gefühl, jeden Moment angefahren werden zu können. Sie wich so vielen in sicherer Entfernung vorbeifahrenden Autos aus, daß sie ständig mit Frauen zusammenstieß, die hier ihre Einkäufe erledigten. So gingen sie von einem Schuhgeschäft zum anderen, ohne daß Hennie sich entscheiden konnte: Sie wurde von dem Rummel draußen, all den vorbeischießenden Bewegungen zu sehr abgelenkt. Während sie sich auf halbhohen Absätzen vor dem

Spiegel drehte, knickte sie manchmal vor Schreck um, wenn draußen eine Straßenbahn klingelte oder ein Auto hupte. Schließlich hatte sie aufs Geratewohl etwas genommen, ein Paar flache Schuhe, ohne sich sicher zu sein, daß sie gut saßen. Hauptsache, schnell zurück in den Bus und zurück zum Frauenturm.

Hennie hatte in der Nacht vor ihrer Entlassung schlecht geschlafen. Sie war mit Migräne aufgestanden. In ihrer Abteilung waren ein paar Frauen etwas lustlos und kichernd dabei, unter den wachsamen Blicken und spöttischen Kommentaren einiger Wärterinnen Girlanden mit orangefarbenen Fähnchen und orangeroten Ballons aufzuhängen. Hennie nahm ihre Lieblingswärterin Jolijn beiseite.

»Ich bin dabei, meinen Koffer zu packen. Ich will nur wenig mitnehmen. Würdest du bitte morgen Barbara meine Malsachen geben?«

»Warum gibst du sie ihr heute nicht selbst? Ein schönes Abschiedsgeschenk.«

»Nein, Jolijn, das tu ich nicht. Dann fang ich an zu heulen. Ich lasse alles, was ich nicht mitnehme, in meiner Zelle. Was mit der Malerei zu tun hat, ist für Babs. Den Rest, die Blumen und so, mußt du eben verteilen. Ich nehme nur Kleidung und Bücher mit.«

»Gut, mach ich. Alles, was du willst, Hen.«

»Sag noch so oft wie möglich Hen. Bald ist es Els.«

»Für Hen mach ich alles. Für Els bin ich nicht zuständig.«

Der Koffer, noch immer das Pappding aus dem Frauengefängnis in Rotterdam, füllte sich nur langsam. Jeder Gegenstand wurde wieder herausgenommen, an seinen festen Platz in der Zelle zurückgelegt und dann manchmal doch noch zu den Kleidern im Koffer gestopft. Am liebsten wäre sie ganz ohne Gepäck in ihr neues Leben gegangen. Diese Bücher zum Beispiel ... Simone de Beauvoir, *Der Herr der Ringe*, Tolstoi ... ob Mevrouw Korstanje die in ihrer Wohnung in De Pijp wohl auch würde lesen wollen? Zum Schluß stellte Hennie alle Bücher wieder aufs Bord. Sie würde Jolijn bitten, sie der Gefängnisbibliothek zu übergeben. Wenn es Elisabeth

Korstanje gelang, etwas mit ihrer Ausbildung zur Bibliotheksassistentin anzufangen, würde sie genug Bücher um sich haben.

Hennie zog die bunten Stecknadeln heraus, mit denen Fotos und Ansichtskarten an der Pinnwand befestigt waren, und sortierte alles. Kein einziges Foto aus ihrem früheren Leben, nur Schnappschüsse ehemaliger Mitgefangener, meist einem Brief beigelegt. Auch die Briefe hatte sie aufgehoben. Sie hatte schon jetzt das Gefühl, ein Briefgeheimnis zu verletzen, wenn sie sie außerhalb des Gefängnisses läse. Gut, dann eben in den Koffer, all diese persönlichen Dinge: Dort, wo sie nicht mehr persönlich waren, würde alles vernichtet werden.

Zu wenig Ballons

Mittwoch, 30. April 1980
(Arend-Jan Baartscheer)

Piekfein sah er aus, der Herr Eckberts, allerdings flatterte alles an ihm unter den Rotorblättern eines tiefstehenden Polizeihelis: Seine Krawatte wand sich wie eine verzauberte Schlange, und der Regenmantel schlug auf dem Rücken Wellen wie ein rutschender Nylonstrumpf an einem Schenkel. Er war nicht nur der einzige im Sonntagsstaat, sondern auch der einzige, der nicht wegrannte. Er hielt einen Stein in der Hand, ich sah's genau. Hatte er wirklich vor, den auf den Helikopter zu werfen? Gut so, Albert. Je mehr Chaos, desto besser. So wurde die Drecksarbeit für uns erledigt. Die schwarzen Extremisten in Italien konnten neidisch auf uns sein. Näher bei mir bemerkte ich einen Jungen und ein Mädchen, die zwei Gasballons an die beiden Enden einer Fahrradkette banden und währenddessen immer wieder einen flüchtigen Blick hinauf zum Heli warfen.

»Schnell«, sagte der Junge, »bevor er wieder wegfliegt.«

Die Ballons, losgelassen, trugen die Fahrradkette leider nicht zum Rotor hinauf, wo sie sich um die Blätter hätten winden können. Die Kette war zu schwer für die beiden Ballons, die sie, vom Wind gelenkt, zwar mitzogen, allerdings dicht über dem Boden. Sand klumpte an den eingefetteten Gliedern, die dadurch noch schwerer wurden. Sich wie eine Schlange windend, schleppte die Kette sich durch den Staub, um sich ein Stück weiter mitsamt den Ballons in den Leinen des Festzelts zu verheddern.

»Schlaffes Gas«, sagte das Mädchen.

»Zu wenig Ballons«, sagte der Junge.

So kam das Chaos nie voran, wenn diesen Autonomen oder wie sie sich nannten, nichts Besseres einfiel, als eine ausrangierte Fahrradkette an zwei liebliche orangefarbige Luftballons zu hängen, die vom Feind selbst weggepustet wurden ... Der Helikopter ließ sich, angesogen vom blauen Loch zwischen den Wolken, wieder in den Himmel hineinfallen. Zu lang getrödelt, Albert. Er ließ den Gehwegplattenbrocken fallen. Jemand anders hob ihn wieder auf und warf ihn auf eine Gruppe ME'ler, die gerade angerannt kamen. Er prallte an einem der geflochtenen Schilde ab. Sie hatten es eindeutig auf Herrn Eckberts abgesehen.

»Wir haben genau gesehen, was du vorhattest, du Miststück.«

Albertje bekam ein paar mit dem Schlagstock übergezogen und gab daraufhin Fersengeld. Er war deutlich schneller als die ME'ler in ihrer schweren Ausrüstung, vor allem hier, wo sie auch noch durch den Sand latschen mußten. Ganz schön fix für einen degenerierten Junkie, wie Herr Eckberts in die Nieuwe Amstelstraat sprintete. Er hatte einen ordentlichen Vorsprung, machte aber doch einen Fehler, bravo. Ja, das hatte man davon, wenn man ein feiger Hund und ein Judenfreund war: Mit eingezogenem Schwanz rollte er eilends unter einen parkenden Buick. Auch Judenfreunde wollen sich bei einer Razzia am liebsten schnappen lassen. Polizisten, die mit ihren Stöcken unter diesem Auto rumstocherten, ein tolles Bild. Leider wurde es von Steinewerfern gestört, die dem Feigling zu Hilfe kamen. Die ME'ler waren längst vertrieben, aber trotzdem dauerte es noch eine ganze Weile, bis unser Held unter dem Chassis hervorkroch. Er flüchtete in die Kneipe an der Ecke, *De Strooien Boot*, wo ich vor Jahren mal mit ihm gebechert hab. Das waren noch Zeiten. Damals haben wir gemeinsam irgendsoein Judenweib mitsamt ihren Zitronen und ihren Filzläusen über die Klinge gejagt. Bildlich gesprochen.

Abgeschnittene Brüste

Mittwoch, 30. April 1980
(Hennie A.)

Jolijn erschien, um ihr Bescheid zu sagen, daß der Füso im Freizeitraum auf sie warte. Als sie eintrat, erhob er sich, ein Lächeln auf dem stets etwas sorgenvollen Gesicht. Er deutete auf die Girlanden, über die inzwischen auch Luftschlangen geworfen worden waren.

»Ich sehe, hier ist auch Königinnentag.«

In diesem Moment ging Hennie auf, daß bei jeder Entlassung einer Langzeitinsassin andere Girlanden hervorgeholt wurden. Gelbe, grüne, violette, mit rosa Lampions. Heute hatte die Königin Vorrang.

Der Füso gab ihr die Hand.

»Heute ist es soweit, Hennie. Solange wir uns noch innerhalb dieser Mauern befinden, nenne ich dich weiter Hennie, ja?«

»Wo fängt Els an?«

Der Füso sah sie mit fragendem Lächeln an.

»Ich meine ... ab wo tritt Els in Kraft?«

»Mach dir deswegen keine Sorgen, Hennie. Ich würde sagen: wenn wir hier über die Schwelle gehen. Wenn wir auf der anderen Seite des Schloßgrabens stehen.«

»Ich will's ja nur wissen.«

»Nach ein paar Tagen hast du dich daran gewöhnt.«

»Kann man sich denn je an so etwas gewöhnen?«

»Hauptsache, du weißt, wer du bist, Hennie.«

Hennie lachte abschätzig. »Nicht einmal das.«

Van der Maaden wurde eingelassen, und jetzt kamen auch nacheinander die Frauen aus dem neunten Stock in den Freizeitraum. Die meisten gaben Hennie die Hand, wünschten ihr in gebrochenem Niederländisch, gebrochenem Englisch oder flinkem Spanisch alles Gute. Jetzt, beim Abschied, fiel ihr erst auf, wie sehr niederländische Frauen in der Minderheit waren. Die meisten Insassinnen stammten aus Lateinamerika, und von ihnen wiederum war die Mehrheit wegen Drogenschmuggels verurteilt. Als sie im Frühjahr '78 in den Singel gekommen war, war noch nicht einmal ein Viertel der Frauen spanischsprachig gewesen. Hennie küßte nur Barbara und Jolijn.

»Schreibst du uns, wie es dir da geht, mein Liebes?« fragte Barbara.

Hennie nickte nur. Sie wußte genau, daß Elisabeth Korstanje kein Wort an die Babs im Frauenturm aus der Feder bekommen würde.

Zum letztenmal passierte Hennie, flankiert von van der Maaden und dem Füso, sämtliche elektronischen Schleusen der Strafanstalt Over-Amstel. Mit jeder Durchquerung, so empfand sie es, wurde ihre Identität als Hennie A. eine dünnere Haut. Als sie den Wagen des Bewährungshilfebeamten erreicht hatten, hielt van der Maaden Korstanje, Elisabeth, Rufname Els, die Tür auf.

Es wunderte Hennie fast, daß nun, da sie so gründlich zu Els geworden war und alles, einschließlich ihres Namens, hatte zurücklassen müssen, die Migräne in ihrem Kopf geblieben war und zu ihrem neuen Bestimmungsort mitreiste. War folglich der chronische Kopfschmerz ihre wahre Identität, zumindest ein Teil davon? Dann mußten auch die anderen Wunden noch dasein, inklusive des Phantomschmerzes, den das amputierte Bein ihres Sohnes ihr beschert hatte.

Sie saß auf der Rückbank, den zu einer Art Orangebraun verblaßten Pappkoffer neben sich, der Füso neben van der Maaden, der das Auto steuerte. Sie fuhren über die Utrechtsebrug in die Stadt. Hennie schaute nach rechts auf die Amstel, die auf die Innenstadt zukroch, nicht breit und kahl wie beim vorigen Mal, als sie die Schuhe kauften, sondern über und über bedeckt mit Vergnügungsschiffen, vielfach in den Farben Rot, Weiß, Blau und Orange geschmückt, so voll, daß der Fluß dadurch schmaler schien. Die meisten Boote und Bötchen befanden sich auf dem Weg ins Zentrum, über dem etliche Hubschrauber kreisten. Das vermittelte ihr den Eindruck einer überfüllten Stadt, und sie verspürte buchstäblich Beklemmung: einen beengenden Druck auf der Brust. Das Auto wählte denselben Weg wie der Justizbus beim letzten Mal. Dies war die Rijnstraat, das wußte sie, die weiter oben in die van Wou überging, wo die Schuhe gekauft worden waren, die sie auch jetzt noch trug. Je weiter sie in der langen Straße vorankamen, um so voller wurde es, vor allem auf den Gehwegen; Leute drängten sich um die Podien, auf denen Musik gemacht wurde. Die Kneipen hatten draußen zusätzliche Zapfanlagen installiert, um auf den Terrassen bedienen zu können; es gab mehr stehende als sitzende Gäste. Der Füso legte den Arm auf die Rückenlehne seines Sitzes und wandte ihr den Kopf zu.

»Geht's da hinten, Hennie?«

»Els.«

»Pardon: Els.«

»Ja, ab sofort konsequent sein«, lachte der Mann von der Bewährungshilfe.

»Es geht«, sagte sie.

»Ich kann Ihnen jetzt ja schon mal sagen«, erklärte van der Maaden, »daß wir auf dem Weg nach Amsterdam-West sind. Es war zu Ihrem eigenen Besten, daß wir sogar die Gegend bis zuletzt geheimgehalten haben. Sie werden ganz in der Nähe vom Overtoom wohnen, falls Ihnen das was sagt.«

»Nein, kenne ich nicht.«

»Aber wenn Sie sich erst etwas in der Stadt umschauen wollen – das können Sie auch. Der Koniginnentag ist immer etwas ganz Besonderes in Amsterdam ...«

»Nein, bloß nicht.«

»Hennie ... Els ist nicht mehr recht an den Trubel gewöhnt, Meneer van der Maaden, fürchte ich.«

»Oh, tut mir leid. Heute morgen erst mußte ich jemanden nach Hause bringen, und der ... na ja, der sehnte sich geradezu nach dem Gewimmel. Ein echter Amsterdamer. Mevrouw Korstanje muß sich natürlich erst an die Großstadt gewöhnen.«

An der Kreuzung Ceintuurbaan fuhren zwei gelbe Straßenbahnen haarscharf aneinander vorbei, wobei die eine plötzlich von links kam und die andere genauso plötzlich von rechts, während sich eine weitere von der gegenüberliegenden Seite näherte, die gerade noch rechtzeitig anzuhalten schien. Und aus allen Richtungen Autos.

»Passen Sie auf!« rief Hennie, als van der Maaden in eine Linkskurve ging. Es war, als spürte sie den Aufprall bereits in ihren Gliedern, noch bevor er erfolgt war.

»Es passiert nichts«, sagte der Füso in einem Ton, als spräche er mit einem kleinen Kind.

Ein Traktor mit Anhänger, auf dem ein kleines Blasorchester, umringt von trinkenden und singenden jungen Männern, saß, fuhr vor der Nase der entgegenkommenden Straßenbahn in die van Woustraat. Das warnende Geklingel spürte Hennie, als hopsten Bleikugeln in ihrem Magen.

»Es passiert nichts«, wiederholte der Mann von der Bewährungshilfe.

Das Auto fuhr jetzt ungehindert durch die Ceintuurbaan, nicht zu schnell, und doch rief Hennie bei fast jeder Seitenstraße unwillkürlich »Achtung!«, immer dann, wenn sich von dort ein anderes Auto näherte. Und wenn sie sich zurückhielt, hätte sie am liebsten einen Arm um den Kopf gelegt und sich tief in ihren Sitz verkrochen. Wie sie an ihrem neuen Wohnort empfangen wurde! Tausend Gefahren mußte sie überwinden, um sich bis zu ihrer unbekannten Wohnung durchzukämpfen. Dort angekommen, würde sie aussteigen müssen und gezwungen sein, die relativ sichere Abgeschlossenheit des Wagens zu verlassen und sich unter all die sich locker bewegenden und tanzenden Leute zu begeben. Oh, wie gern hätte sie ihre Begleiter gebeten, auf der Stelle umzudrehen und sie in den Frauenturm zurückzubringen, der unantastbar für die außer Rand und Band geratene Stadt war, auf die er herabblickte.

Das Concertgebouw erkannte sie von den Bildern. Gegenüber davon wogte und toste eine Kirmes bis hin zum Rijksmuseum, das sie ebenfalls von einer lange aufbewahrten Ansichtskarte her erkannte. Die Welt schrie ihr zu, mit weit aufgerissenem Mund. Es ist eine Kinderwelt, dachte sie, ein niederschmetternder Vergnügungspark.

Für viele dieser Kindleute da draußen war Hennie A. vor mittlerweile genau acht Jahren für kurze Zeit eine *Mutter* gewesen, die ihnen vor dem Schlafengehen ein schwarzes Märchen vorgelesen hatte. Kurzfristig war sie die Verkörperung eines düsteren Mythos gewesen. Eher eine Erscheinung, so wie Bernadette in Lourdes (in stärkerem Maße noch als die Heilige Jungfrau) eine Erscheinung gewesen war, das heißt die Projektion eines übervollen Herzens, eines überreizten Hirns. Durch ein Versehen oder einen Zufall wurde Hennie A. die Personifikation dessen, was niemand offen zu sein wagte, wovon sogar niemand offen zuzugeben wagte, es sein zu wollen: der Mörder des eigenen Vaters und der eigenen Mutter. Oh, nur kurz im totalen Elternmord schwelgen zu dürfen... Pornographischer Balsam für die Seele. So war sie zur Märtyrerin geworden, die an der kurzfristigen Aufdekkung eines winzigen dunklen Winkels im Herzen all dieser Leute zugrunde ging. Für die Zuschauer war es ein kabarettistisches Vergnügen gewesen, rasch verfliegend, aber von einem tiefschwarzen Genre.

Nur die Märtyrer und die Heiligen von einst hatten einen Namen, die heutigen gerieten rasch in Vergessenheit. Niemand da draußen kannte Hennie A. noch, wußte noch von ihrem Leiden. Sie war eine Varietékünstlerin im Ruhestand, die eine kurze Blütezeit erlebt hatte.

Unter fingiertem Namen wurde der ehemalige Star jetzt vom beängstigenden Lärm der Metropole empfangen. Sie näherten sich einer belebten Kreuzung, wo eine Straßenbahn in einer dicht gedrängten Menge eingekeilt war, die von behelmten Polizisten zu Pferde überragt wurde.

»Ich glaube nicht, daß wir über den Overtoom hinauskommen«, sagte van der Maaden. »Da gab's heute morgen auch schon Randale. Die haben ein leerstehendes Bürogebäude besetzt.«

»Keine Wohnung, keine Krönung«, sagte der Füso und

drehte sich augenzwinkernd um. »Für dich gilt das ja zum Glück nicht ... äh ... Els.«

Der Bewährungshilfebeamte blickte in den Rückspiegel und bremste, woraufhin sofort ein kakophonisches Hupkonzert losbrach. Hennie lief es kalt über den Rücken.

»Ich versuch's mal über die Vondelstraat«, sagte van der Maaden und bog in die Seitenstraße, vor der sie zufällig gerade standen. Sie fuhren auf eine Kirche mit einem spitzen schwarzen Turm zu, um die die Straße wie um einen kleinen Kreisel herumgeführt wurde. Links, hinter Gittern, schimmerte der Park. Mit einemmal kam eine große Menge Jugendlicher hinter der Kirche hervorgerannt, verfolgt von behelmten berittenen Polizisten, die mit Stöcken um sich schlugen. Das Auto wurde von schreienden jungen Leuten umringt, die ihre Köpfe mit den Armen vor den Schlägen schützten. Massige Pferdeleiber streiften die Motorhaube und die Türen. Ein gewaltiger Pferdearsch preßte sich an die Scheibe, hinter der Hennie saß. In all den Jahren hatte sie vergessen, wie groß so ein Tier sein konnte – oder lag es daran, weil Lummel ein Dorf von Ponys war? Diese Giganten würden, wenn es so weiterging, das Auto zu einem Blechknäuel zusammenquetschen. Hennie drückte die Hände an die Ohren. Sie wurden alle im Zentrum des Gefechts erwürgt.

Nachdem die jungen Leute verjagt waren, bildeten die Polizisten, sowohl zu Pferd als auch zu Fuß, eine lebende Straßensperre direkt vor dem Auto. Etwas Schweres traf dröhnend auf das Dach, und die Beamten hoben wie *ein* Mann ihre geflochtenen Schilde über die Köpfe, wo es auf einmal Steine regnete. Ein Stein landete hart auf der Rückscheibe. Als die Mannschaften auf die Angreifer zustürmten und der Lärm sich verlagerte, hörte Hennie hinter sich ein knirschendes Geräusch, ein stöhnendes, nagendes Brechen von Glas, das noch nicht in Scherben zerbersten will. Sie sah sich um: Die ganze Scheibe, in der noch das Spinnwebmuster rings um den Sprung zu sehen war, hatte sich milchig weiß verfärbt, wodurch nun ein anderes Licht im Auto lag. Wintersonne, die durch Eisblumen schien.

»Beugen Sie sich so weit wie möglich vor, Mevrouw Korstanje«, sagte van der Maaden. »Sonst bekommen Sie den Zucker womöglich noch ab.«

Soweit die Kirche nicht die Sicht versperrte, war die Straße frei zur weiteren Durchfahrt. »Dann eben durch die Anna Vondelstraat«, murmelte der Beamte.

Hinter ihrem Rücken hörte Hennie, die den Kopf gebeugt zwischen die beiden Vordersitze gesteckt hatte, weiterhin Gewimmere und Geächze, an das sie sich aus ihrer Jugend in Lummel erinnerte, wenn jemand einen schweren Stein auf das Eis des Schloßgrabens rund um das Rathaus geworfen hatte. Ein Geräusch, das zwischen Standhalten und Zerbrechen schwankte. Sie fuhren an großen freistehenden Häusern vorbei, zwischen denen Teile des noch frischgrünen Parks zu sehen waren; hier und da das Rosa und Weiß fast verblühter Obstbäume. Wo die Straße an einem Hotel endete, bogen sie nach rechts zu dem, was der Overtoom sein mußte.

»Na los, kleiner Verstoß gegen die Verkehrsregeln«, sagte van der Maaden und ließ das Auto über die erhöhten Ränder holpern, mit denen die Straßenbahnspur abgetrennt war, während Hennie eine Tram in voller Fahrt auf sich zukommen sah. Ihrem Gefühl nach entkamen sie ihr nur knapp. Auf der anderen Fahrbahnseite paßten sie exakt in eine langsam vorankriechende Autoschlange.

Wer unschuldig gemartert wurde, dabei das Haupt stolz erhoben hielt und einer guten Sache zuliebe schwieg, war ein Märtyrer und bald ein Heiliger. Wer davon hörte, bei dem ließ der Märtyrertod einen Moment lang die Seele erglühen. Hennie – und das machte sie zu einer besonderen Märtyrerin, einer überzeugenden Heiligen – war die stolze Trägerin der schlechtesten Gedanken der Menschen gewesen: die Eltern töten; den Vater vergiften, der Mutter den Schädel einschlagen und sie erwürgen. Ansonsten waren Märtyrer unnütze Wesen. Die Welt ging, nach einem Moment bewegter Aufmerksamkeit, wieder zur Tagesordnung über. Der oder die Heilige mußte einen anderen Namen annehmen, um überhaupt noch, inkognito, diese Welt betreten zu dürfen.

Nicht nur, dachte Hennie, bin ich diese Märtyrerin mit den abgeschnittenen Brüsten, sondern sie haben auch meine Familienbande gekappt, meinen Stammbaum beschnitten, Mutters Flügel bis auf den Knochen gestutzt. Sollen die Scherben in Gottesnamen auf meinen Kopf und Nacken fallen, vielleicht lenkt mich das ja von dieser ewig weiterfressenden Migräne ab. Kann denn wirklich, wie der Füso behauptet hat, aus einem, der alles verloren hat, ein neuer Mensch auferstehen? Ein weises Wrack, ja.

Nein, eine Rückkehr in die Welt war dies wirklich nicht. Ihre eigene Welt, das Dorf aus Glas, ließ sie immer weiter hinter sich. Hennie konnte nicht dorthin zurückkehren, weil es zu einem Wallfahrtsort geworden war; die Heilige selbst traf man dort nicht gern in der ihr geweihten Kapelle. Ihre abgeschnittenen Brüste in Spiritus, das war das Äußerste der Gefühle.

Het Wapen van Lummel (7)

Mittwoch, 30. April 1980
(Chor)

»Sie ist auf freiem Fuß.«

»Wer, die Hexe Avezaath?«

»Wer sonst?«

»Woher weißt du das? Sowas wird doch nicht bekanntgegeben...«

»Ich hab's von Cor Sales gehört, und der wußte es von Milder, der kennt nämlich 'ne alte Freundin von dem Weib, mit der sie sich schreibt. Sie haben zusammen im Knast gesessen. In Arnheim noch.«

»Sie hatte doch zwölf Jahre gekriegt, nicht? Davon sind acht rum.«

»Vor ein paar Tagen ist sie entlassen worden.«

»Dann ist sie wohl begnadigt worden... im Zusammenhang mit der Krönung. Machen sie doch immer bei solchen Anlässen.«

»Na ja, rechne doch mal nach. Acht von zwölfen abgesessen, dann ist sie nach zwei Drittel freigekommen. Völlig normal, bei guter Führung. Dann braucht man keine Begnadigung mehr.«

»Gute Führung...! Wie kann so eine sich denn gut führen, mit so viel Blut an den Fingern? Das ganze Nest, aus dem sie kam, leergemordet! Nein, so eine, die hätten sie die vollen zwölf Jahre absitzen lassen müssen. Und das hätte immer noch nicht gereicht.«

»Hat jemand sie schon im Dorf gesehen?«

»Soviel ich weiß, nicht.«

»Natürlich nicht. Eine, um die's so 'nen Wirbel gegeben hat, die lassen sie irgendwo anders neu anfangen. Unter 'nem anderen Namen. Die wohnt jetzt irgendwo in Hillegom oder so. Kann sie Blumenzwiebeln pellen.«

»Kann schon sein, aber zurückkommen wird sie, egal, ob

sie 'nen anderen Namen hat oder nicht. Das eigene Dorf lockt doch immer, und außerdem ist es auch noch der Ort des Verbrechens. Nee, die steht heute oder morgen wieder bei ihrem Ex auf der Matte. Um weiß der Himmel was zu tun.«

»Eltern braucht sie jedenfalls nicht mehr abmurksen. Die hat sie alle beide erledigt.«

»Stimmt, aber so 'ne Bestie ist auch noch Mutter. Ein Muttertier kehrt immer zur eigenen Brut zurück.«

»Vielleicht ist es jetzt an der Zeit, mit den Kindern anzufangen. Die frißt sie mit Haut und Haaren auf. Nee, ich denke, seit ein paar Tagen ist es ein ganzes Stück weniger sicher in Lummel. Ich sag auf der Polizeiwache, sie sollen zusätzliche Patrouillen gehen.«

»Einfach 'ne Schande, daß man bei uns die Todesstrafe abgeschafft hat. Da bringt jemand Vater und Mutter um und wird auch noch in Watte gepackt. ›Sag doch mal, Schätzchen, wo fehlt's?‹ Is natürlich alles pyschiatrisch, und außerdem, du weißt schon, der Krieg.«

»Die Polizei wird wieder sagen, alles halb so wild. Also, dann geh *ich* hier aber mit 'ner Unterschriftenliste rum. Dann muß hier eben 'ne Bürgerwehr her. Wenn der Staat nicht wachsam ist, nehmen wir's eben selbst in die Hand. Hat schon genug Tote gegeben.«

»Es scheint übrigens … hab ich auch von Sales, und der hat's wieder von Milder … daß sie, die Hexe, jetzt, wo sie frei ist, überall rumposaunt, daß sie's tatsächlich getan hat.«

»Ah, so geht das. Erst gestehen, dann vor lauter Schreck leugnen, und wenn sie dann ›wegen guter Führung‹ vorzeitig freikommen, überall rumerzählen, daß sie's, ätsch, doch getan haben. Madame Avezaath ist also auch noch stolz drauf.«

»Und trotzdem war sie's nicht.«

»Halt's Maul, Cas. Ich warne dich. Du warst schon halbbesoffen, als du reinkamst. Wenn du jetzt wieder anfängst, rumzukrakeelen, dann fliegst du raus.«

»Von mir aus, dann hat sie's eben getan. Gieß mir noch mal ein.«

Das Geständnis

Mittwoch, 30. April 1980
(Hennie A.)

»Jan Pieter Heijestraat, da müssen wir rein, nicht wahr?« fragte der Füso.

»Ja, gleich rechts«, sagte van der Maaden und warf einen flüchtigen Blick in den Rückspiegel, wahrscheinlich um zu schauen, ob die gesprungene Scheibe noch hielt.

Jetzt müßte ich eigentlich noch, dachte Hennie, zunächst einmal vor diesen beiden netten Herren ... und später vor der ganzen Welt ... »zugeben«, daß ich diese beiden Morde doch begangen habe. *Das* wäre eine bittersüße Genugtuung ... Die sensationellste Lüge als Schlußglied dieser ganzen Kette von Lügen, die mich hierher, auf die Rückbank dieses Autos, auf dem Weg zu einem unbekannten Ziel, gebracht hat. Ja, das wär was ... Jetzt noch mit einem Geständnis aufwarten, damit würde ich der ganzen Strafe und allem Leiden und allem Schmerz auf einen Schlag ihre Sinnlosigkeit nehmen, das heißt ... für die anderen, schließlich will das Auge der Welt auch was. Sie würden erleichtert aufatmen: Es stimmt also doch. Vielleicht wäre erst dies das wahre Märtyrertum: Die Allgemeinheit von ihrem letzten Rest Schuldgefühl erlösen, falls das kein zu großes Wort ist für den Anflug von Zweifel hier und da an der Rechtmäßigkeit des Urteils. Ohne daß die Allgemeinheit eine solche Erlösung verdiente ... aber das genau wäre ja das Schöne daran ... ich hals ihnen die Erlösung einfach auf ...

Im Laufe der Jahre hat sich ein Mantel aus Lügen und Mißverständnissen um mich gelegt. Da fehlt nur noch was ... da ist noch ein Riß ... eine offene Naht ... Mit einem Geständnis würde ich diesen Mantel, unter dem ich mein Geheimnis immer bewahren ... fest unter Verschluß halten mußte ... ein für allemal versiegeln. Ein Geheimnis im übrigen, das gar keines war. Ich zumindest habe bestimmt kein Geheimnis daraus gemacht, daß mein Vater Selbstmord begangen hat und meine Mutter von einem Unbekannten erschlagen wurde. Sie haben es auf dem Präsentierteller gereicht bekommen, die Leute. Wenn ich meinen Verhörern, meinen Richtern und meinen Henkern jetzt im nachhinein recht gebe ... ja, ich habe meine Eltern umgebracht ... dann kann ich dieses »Geheimnis« wieder schön für mich selbst beanspruchen. Das wäre doch ein Gag ... Voll in die Fresse können sie's kriegen. Sie werden bedächtig die Köpfe schütteln, mir aber sofort und mühelos glauben. Zum Totlachen ... Ja, mein Geheimnis, nicht das erfundene Geheimnis, sondern das *echte* ... daß ich meinen Eltern nämlich nie auch nur ein Haar hab krümmen können ... würde wieder ganz allein mir gehören. Abgeriegelt von der Außenwelt ... von all den Leuten, die es »immer schon gewußt haben, nicht nur das mit ihrer Mutter, sondern auch mit dem Vater« ... Ich bräuchte mein Geheimnis nicht mehr anzupreisen ... bräuchte es nicht mehr feilzubieten, ohne daß es jemand haben will ...

Es geht mir nicht einmal so sehr um mich, sondern vielmehr um meine lieben Alten. Daß die Leute sagen ... daß es in dem einen Fall sogar für erwiesen gehalten wird ... daß meine Eltern ermordet worden sind, was sage ich, *sich haben ermorden lassen* von ihrem eigenen Kind, betrachte ich in erster Linie als postume Beleidigung und Erniedrigung meines Vaters und meiner Mutter. Als Besudelung ihres Andenkens, die ich lieber ungeschehen machen will, als den Makel auf meinem eigenen Namen als Tochter, Mutter und niederländische Staatsbürgerin zu beseitigen.

Mein Vater war bei vollem Verstand, als er Hand an sich legte und eine widerliche, ätzende Sahnesorte in seinen Kaffee rührte. Er wußte, und wird es auch bis in alle Ewigkeit wissen, daß er sich das Gift der Schlange Parathion selbst verabreicht hat. Auf seinem Sterbebett hat er röchelnd, mit Schaum in den Mundwinkeln seiner Tochter zum letztenmal in der Gewißheit ins Gesicht schauen können, daß *sie* ihm kein Härchen gekrümmt hat.

Von meiner Mutter habe ich in angenehmer und gemütlicher Atmosphäre nach unserem Einkaufsbummel in Nimwegen Abschied nehmen können. Nur sie weiß, bis ans Ende aller Zeiten, wie ihr Mörder aussah, und wenn der sich nicht stellt oder nie gefunden wird, wird sie auch bis ans Ende aller Zeiten die einzige bleiben. Ich hätte, um es mal so auszudrükken, nie mehr ein Auge zugetan, hätte ich mit der Wahrheit leben müssen, daß Muttchen in ihren letzten Augenblicken vor ihrer ältesten Tochter gestanden hat ... daß Muttchen in der Gewißheit (oder dem Wahn) eines gewaltsamen Todes hätte sterben müssen, ihre Tochter sei eine Elternmörderin ... Doch, ich hätte meine Augen noch einmal zugetan, ein letztes Mal, denn an dieser Wahrheit wäre ich selbst gestorben.

Er weiß. Sie weiß. Ich weiß.

Dies ist meine Heilige Dreifaltigkeit, liebe Eltern. Nach allem, was die Welt uns angetan hat, verdient sie es nicht besser, als durch mein Geständnis, was ich angeblich mit euch gemacht habe, mit Verachtung gestraft zu werden. So wird sie bei ihren eigenen Worten genommen werden, die Welt. Sie wird ihren eigenen leeren Schall wiederhören ... Paps, Mam, wir drei wissen es besser, nicht wahr? So können wir dieses Wissen für uns behalten. Wenn ich in die Welt geschrien habe, was sie hören wollen, diese perversen Typen, erst dann werde ich euch würdig in mir bestattet haben. Wir werden still und friedlich alle drei vereinigt sein. So. Kein Platz für jemand anders. Das Geklatsche und Getratsche da draußen macht unser Beisammensein nur noch intimer. Wir drei ... die einzigen Wissenden auf der ganzen Welt ... Das kann sich der liebe Gott da oben ruhig hinter die Ohren schreiben.

Von der Jan Pieter Heijestraat war das Auto kurz darauf nach links in eine Straße eingebogen. Es hielt gleich hinter der Ecke. Van der Maaden zog die Handbremse an und drehte den Zündschlüssel herum.

»Wir sind da.« Er wandte sich zu Hennie um. »Es ist eine einfache Straße, hoffentlich enttäuscht Sie die Wohnung nicht.«

Die beiden Herren stiegen aus. Der Füso hielt Hennie die Tür auf. »So, Els, bitte schön. Nein, den Koffer nehm ich.«

Autotüren schlugen zu. Hennies Blick suchte automatisch das Schild an der Ecke. *Brederodestraat.* Darüber waren zwei Fensterreihen zugemauert, eine Ärmlichkeit, die dadurch kompensiert wurde, daß der Putz symmetrische Schnörkel aufwies. Der Bewährungshilfebeamte zeigte auf das zweite Stockwerk des Gebäudes neben dem Eckhaus.

»Da wirst du wohnen.«

Zwei Fenster links und rechts einer nach innen aufgehenden Glasflügeltür, vor der ein schmiedeeisernes Gitter angebracht war, damit man sich hinauslehnen konnte; als Balkon konnte man es nicht bezeichnen. Über jedem Fenster prangte ein gefällig modelliertes bogenförmiges Relief und über jedem Bogen ein kleiner Kopf, von dem nicht mehr auszumachen war, ob er Mann, Frau oder Engel darstellen sollte, so sehr hatte der Regen die Gesichter verwaschen.

»Neben diesem zugemauerten Haus?«

Van der Maaden schmunzelte. »Nein, das ist ganz normal bewohnt. Schau mal um die Ecke. Ende des vorigen Jahrhunderts baute man diese Eckhäuser mit zusätzlichen Fenstern in der Seitenmauer. Die Steuern wurden damals nach der Fensterfläche festgesetzt. Daher ließen die meisten diese Fenster wieder zumauern. Lieber wie eh und je amsterdamerisch-dunkel, als etwas mehr Geld auszugeben.«

Hennie blickte sich beschämt um, ob sie nicht auffielen. Sie sah lediglich, über den Gehweg verstreut, Grüppchen von Kindern auf Decken neben ihrem ausrangierten Spielzeug sitzen; ein paar schauten erwartungsvoll in ihre Richtung. Ein Mann, der gerade in die Straße eingebogen war, als sie an ihm vorbeifuhren, hockte sich vor eine karierte Decke mit Miniaturautos. Hinter den Fenstern im Umkreis ihrer neuen Wohnung war niemand zu sehen. Wenn sie schon mal einen Vorschuß auf ihr Geständnis nehmen wollte, war dies der richtige Augenblick. Die Worte sprangen wüst an der Rückseite ihrer Schneidezähne hoch, wie Flüche, wie schweinische Ausdrücke. Sie verspürte das Bedürfnis sie auszusprechen nicht nur, um ihre Eltern, wie sie es sich vorgenommen hatte, für sich selbst zu behalten, es war auch die pure *Lust*, sie in den

Mund zu nehmen, die sie antrieb. Es würde ihre bitterste und süßeste Lüge sein, und sie würde sie sich schmecken lassen, wie noch keine Lüge ihr geschmeckt hatte.

»So, Mevrouw Korstanje, gehen wir. Nach Ihnen.« Van der Maaden gab Hennie einen Ring mit zwei Sicherheitsschlüsseln, von denen der eine mit einem blauen und der andere mit einem roten Plastikrand versehen war. »Der rote ist für die Haustür.«

Zögernd ging Hennie auf zwei dicht nebeneinander liegende Türen zu. »Links«, sagte van der Maaden, aber Hennie hatte das Namensschild bereits gelesen: *E. Korstanje*. Sie steckte den Schlüssel ins Schloß, und hinter der aufschwingenden Tür klapperte ein Seil. Puh, was für eine steile, schmale Treppe führte da ins ungewisse Dunkel. Als sie ihren Fuß bereits auf die unterste Stufe gestellt hatte, sah sie van der Maadens Hand neben ihrem Kopf die Wand abtasten und auf einen Schalter drücken, der im Dunklen schwach leuchtete. Die ganze Treppe (hinter einem kleinen Absatz kam eine zweite steile Treppe) war jetzt hell erleuchtet. Es waren keine farblosen, abgetretenen Stufen, sondern makellos weiß gestrichene, mit einem dunkelroten Läufer, den Messingstangen hielten. Unter ihren Schritten wirbelten keine Staubflocken auf. Die Wände des Treppenhauses mußten erst vor kurzem geweißt worden sein, mit Ausnahme eines Streifens zwischen Stufen und Geländer, der cremefarben lackiert war. Der einzige Mißklang bestand darin, daß, noch bevor sie alle den zweiten Stock erreicht hatten, das Licht ausging. Hennie erstarrte auf einer der obersten Stufen. Hier war es viel dunkler als unten, als die Haustür noch offengestanden hatte.

»Da muß noch so ein Schalter sein, Mevrouw Korstanje. Ein leuchtender. Sehen Sie ihn?«

Sie sah ihn. Ganz vorsichtig, aus Angst, ins tiefe Dunkel zu stürzen, tastete sie sich etwas weiter hinauf. *Jetzt, hier, in der Dunkelheit, die Worte aussprechen, damit sie schwer auf die beiden herabplumsen.* Hennie drückte auf den Schalter. Sie stand vor der Tür ihrer Etagenwohnung.

»Der blaue«, sagte van der Maaden, keuchend vom Treppensteigen.

Hennie öffnete die Tür. Sie trat in eine schummrige kleine Diele, wo ein Spiegel ein wenig Licht vom Treppenhaus einfing. Es roch stark nach Farbe. Van der Maaden machte wieder Licht. Eine Tür, offen, führte zu einer kleinen Küche, eine andere, rechts, zu einem großen, so gut wie leeren Raum.

»Ja, gehen Sie ruhig weiter«, sagte der Mann von der Bewährungshilfe mit leichtem Stolz in der Stimme. »Das gehört alles Ihnen.«

Im Wohnzimmer, das zur Straße hinaus lag, gab es keine Sessel, aber vor den Flügelfenstern stand ein Eßtisch mit vier Stühlen. Auf der Tischplatte, nicht in der Mitte, sondern an der Stelle, an der ein zu heißer Topf seinen Abdruck hinterlassen hatte, befand sich eine Vase mit Blumen. An einem der Stiele hing eine Karte. Von dem Platz aus, an dem Hennie stehengeblieben war, konnte sie lesen, was darauf stand: *Viel Glück im eigenen Heim.* Keine Unterschrift. Die Männer hinter ihr blieben stehen. Hennie hörte das dumpfe Geräusch, mit dem der Füso ihren Pappkoffer auf dem linoleumbedeckten Holzfußboden abstellte. Sie erinnerte sich an die Heimkehr ihrer Mutter nach zweimonatigem Krankenhausaufenthalt. Erneute Nierenbeckenentzündung. Stocksteif war die abgemagerte kleine Frau mitten im Wohnzimmer stehengeblieben und hatte auf die vertrauten Gegenstände gestarrt, die sie geglaubt hatte nie wiederzusehen. Hennie und ihre Schwester waren damals auch einfach regungslos hinter ihr stehengeblieben, nicht recht wissend, was sie tun sollten. Hennie dachte erst noch, ihre Mutter inspiziere die Sauberkeit der Wohnung, bereit, ihre schlampigen Töchter anzufahren. Schließlich war sie in Tränen ausgebrochen und hatte eine halbe Stunde lang geweint. Als Muttchen die Sprache wiederfand, antwortete sie auf die Frage, was sie habe, einfach: »Ich bin zu Hause.«

Auch Hennie hatte Lust zu weinen, weniger ihrer Heimkehr in dieses fremde Haus wegen als vielmehr wegen der Erinnerung an die hilflose Erleichterung ihrer Mutter. Noch mehr Lust hatte sie aber, sich zu den Herren umzudrehen und ihnen die Botschaft von ihrer Schuld mitzugeben. Die Welt in Verlegenheit zu bringen und selbst befreit zurückzubleiben, erlöst von dem Wort, das nie ausgesprochen werden durfte, weil es Lüge, Gotteslästerung und Verdammnis zugleich war.

»Möchten sich die Herren nicht setzen?«

»Nun, Mevrouw Korstanje«, sagte van der Maaden, »mir scheint, Sie sollten nach all der langen Aufpasserei jetzt doch mal *wirklich* allein sein. Es sei denn, Sie wollen Mijnheer Vingboons noch unter vier Augen sprechen. Meine Aufgabe ist jedenfalls für heute erledigt. In Kürze melde ich mich wieder, um ein paar Formalitäten mit Ihnen durchzusprechen. Mietübertragung und so. Lassen Sie mich dann auch wissen, ob Sie einen Telefonanschluß möchten.«

»Ich habe Ihnen beiden etwas zu sagen. Setzen Sie sich bitte.«

Alle drei zogen einen Stuhl vom Tisch und setzten sich, Hennie als letzte. Sie blickte von einem zum anderen. Der Füso sah sie warm und aufmunternd an. Van der Maaden schien nicht wohl in seiner Haut.

»Nur zu, Els«, sagte der Füso. »Genier dich nicht. Wir hören zu.«

»Ich ... diese beiden Mordfälle ...« begann sie.

»Oh, Hennie, liebe Hennie, tut mir leid, daß ich dich noch einmal so nenne«, sagte der Füso mit seiner wärmsten Stimme. »Laß uns davon nicht mehr sprechen, bitte. Du mußt jetzt blitzschnell anfangen, an dein neues Leben zu denken.«

»Nein, es würde mir guttun ... gerade, um einen Neuanfang machen zu können ...«

»Hennie, hör zu. Für den einen bist du freigesprochen worden, für den anderen hast du deine Strafe verbüßt. Laß die Sache jetzt ruhen.«

»Ja, aber ich habe es all die Jahre abgestritten. Es würde mir guttun, jetzt ... gerade weil jetzt alles hinter mir liegt ...«

»Selbst wenn, Hennie, selbst wenn wir, Mijnheer van der Maaden und ich, Gerichtsinstanzen wären, hätte es keinen Sinn, uns eine solche Mitteilung zu machen. Wir haben dafür zu sorgen, daß du menschlich und materiell in der Gesellschaft wieder Fuß faßt. Wir sind also für das, was dir auf der Zunge liegt, sowieso nicht die richtige Adresse.«

»Sie bringen uns damit nur in Verlegenheit«, fügte van der Maaden hinzu.

»Hennie darf uns gern in Verlegenheit bringen«, sagte der Füso, »Hauptsache, sie bringt sich selbst nicht in Verlegenheit. Und genau das droht jetzt zu passieren.« Er erhob sich, streckte Hennie die Hand entgegen. »Mevrouw Korstanje, wir müssen streng sein. Wir lassen Sie jetzt allein.«

Hennie, verwirrt, nahm die Hand, aber nur schlaff. Die ausgestreckte Hand van der Maadens, der ebenfalls aufgestanden war, ignorierte sie. Der Bewährungshilfebeamte beließ es dabei.

»Wir finden den Weg«, sagte er. »Machen Sie sich keine Mühe.«

Doch Hennie trottete hinter ihnen die beiden Treppen hinunter und ließ dabei, anstatt sich am Geländer festzuhalten, das Seil, mit dem die Haustür geöffnet wurde, durch die hohle Hand laufen. An der Schwelle blieb sie stehen, während die beiden Männer zum Auto auf der gegenüberliegenden Straßenseite gingen. Ein Mädchen und ein kleiner Junge, die sich an den Kofferraum gelehnt hatten, deuteten auf das klaffende Loch, wo die Rückscheibe gewesen war. Van der Maaden warf einen flüchtigen Blick in den Wagen, nur um zu konstatieren, daß das gesamte Glas zerbröselt auf der Rückbank lag. Er öffnete die Tür auf der Fahrerseite, während Vingboons auf der anderen Seite wartete. Sie ahnten beide, was Hennie hatte sagen wollen, aber sie hatten ihr den Genuß versagt, es auszusprechen. Van der Maaden hob die Hand und rief: »Ich melde mich wieder, Mevrouw Korstanje.«

»Aber so hören Sie mir doch zu.« Hennie tat ein paar Schritte auf den Bürgersteig. Sie sah aus den Augenwinkeln, daß der Mann von vorhin, inzwischen kniend, noch über den Preis der Dinky Toys verhandelte, doch sie spürte, wie eine alte Wut in ihr erwachte, so daß ihr alles gleichgültig wurde. »Ich *hab's* getan, lassen Sie mich das doch mal in aller Deutlichkeit sagen. Nicht nur beim letzten Mal, auch beim ersten. Verstehen Sie doch, wie wichtig es für mich ist, Ihnen das zu sagen …«

»Mevrouw Korstanje«, winkte der Füso noch und stieg schnell ein. Das Auto fuhr die Straße hinunter. Hennie sah die Silhouetten zweier Köpfe, eingerahmt von einem bizarren, in der Sonne glitzernden Fenster aus noch festsitzenden Glassplittern.

Eine steinerne Faust

Donnerstag, 1. Mai 1980
(Albert Egberts)

Wie konnte Alberts Geburtstag je noch etwas anderes sein als eine Vorbereitung auf den Trauertag, der darauf folgte: den ersten Mai, den Tag, an dem Thjum nie mehr ein Jährchen älter werden würde. Zuerst hatte die Königin ihm den Geburtstag verdorben, später Flix durch seinen Gipsverband. Albert war nun für immer an dieses eine Fest gebunden: die Feier seines zehntausendsten Lebenstags. Seitdem hatte er jeden Tag Geburtstag, und das würde möglicherweise bis zu seinem zwanzigtausendsten Lebenstag so bleiben, sofern ihm so viel Zeit vergönnt war.

»Und wo warst du, Patrick, als es hier am Krönungstag rundging?«

»Am liebsten würde ich jetzt sagen: Ich lag am Strand von Positano ... inmitten eines Meers leerer Liegestühle und unnützer Sonnenschirme ... außerhalb der Saison, herrlich ... aber ich weiß genau, daß es an der Costa Amalfitana geregnet hat. Ich bin also im Hotel Vittoria geblieben ... hab mich schon am Morgen in der leeren Lounge vor den Fernseher gesetzt. Aber von wegen. Ich dachte, sie würden in Italien, das vor Heimweh nach dem Königreich nur so trieft, die Krönung in ganzer Länge übertragen. Statt dessen mußte ich mich mit einer Zusammenfassung während der Abendnachrichten begnügen. Nichts Neues im übrigen. Nichts, was ich – nach der Vondelstraat – nicht schon vorhergesehen hätte. Das aggressive Geräusch von Pflastersteinen auf Polizeischilden, das blitzschnell quer durch Europa nach Italien gedrungen war ... Alle wollen, daß ich mich schuldig fühle, weil ich abseits geblieben bin. Aber keiner, der mittendrin war, kann mir erzählen, was da los war. ›Autonome‹, brummelt der eine. ›Hausbesetzer‹, sagt ein anderer. Und ein dritter zieht sich mit einem ›Amsterdam war eben noch nie königstreu‹ aus der

Affäre. Ich denke, es ging, wie so oft, um die Ästhetik der Gewalt. Bei der Krönung der Königin kannst du den Hut in die Luft werfen ... und dann mußt du eben schauen, ob du denselben wieder auffängst und nicht einen viel billigeren. Du kannst auch mit Steinen werfen. Das gibt dir das Gefühl, daß etwas ganz Schlimmes und Schwerwiegendes in der Nieuwe Kerk stattfindet, gegen das du eine steinerne Faust ballen mußt. Das macht einen Thronwechsel auch für die Monarchisten nur noch gewichtiger ... zu einem heiligen Akt. Um so heiliger, wenn aus dem Weihwasserwedel ein Steineregen auf den Hermelin niedergeht.«

Zwischen Tränengas und Langeweile
liegt ein Glücksfall: der Tag
des Gleichgewichts. Männer tragen
Fenster durch die Stadt, verrücken
Sonne. Ich schaue auf ein Geschäft –
kein Ebenbild. So selbstgemacht
bin ich nicht oft, die Scheiben
sind verschwunden, Gehweg
ist weich, die Platten weich.

Willem Jan Otten, »1. Mai 1980«

Das byzantinische Kreuz

Sonnabend, 21. Juni 1980
(Albert Egberts)

Es glitzert einem immer öfter entgegen: ein Häufchen Glaskrümel im Rinnstein. Keine Scherben, nein, zerbröseltes Glas, leicht milchig. An dem Auto, das dort parkt, erweisen sich bei genauerer Inspektion alle Scheiben als intakt. Im nächsten Moment geht dir auf, daß das Auto mit der eingeschlagenen Scheibe längst von seinem Besitzer in die Werkstatt gebracht worden ist und ein anderer Wagen den Parkplatz eingenommen hat. In *Het Devies* lese ich, meine Kollegen, ich meine die Pfuscher unter ihnen, griffen »in zunehmendem Maße zu der sogenannten ›Ellbogenmethode‹, bei der mit einem Ellbogenstoß eine Autoscheibe zertrümmert wird«. Und: »Diese Methode hat den Vorteil, daß der Autoknacker die Umgebung im Auge behalten kann.«

Glauben Sie denen kein Wort. Weil ich nie abgeneigt bin, von anderen zu lernen, habe ich mal die Probe aufs Exempel gemacht. Ich ließ die Fiskars Deluxe in der Innentasche und versuchte es mit dem Ellbogen. Wenn wir uns früher auf dem Schulhof den Ellbogen empfindlich gestoßen hatten, riefen wir: »Autsch, Telefon.« (Das Telefon wird manchmal auch als »Witwerschmerz« bezeichnet, warum, weiß ich nicht. Man würde doch gerade erwarten, daß ein Witwer jetzt, wo er nicht mehr jeden Abend im Bett mit dem Ellbogen stoßen muß, endlich von diesen lästigen Telefonaten erlöst ist. Aber vielleicht ist der Witwerschmerz ja so etwas wie ein Tennisarm vom verzweifelten Masturbieren.) Das Telefon konnte man auch »klingeln lassen«, indem man sich gegenseitig kräftig auf den Telefon- oder Musikantenknochen schlug. Im Biologieunterricht lernten wir, daß dabei der Ellennerv getroffen wird. Kurz und gut, »autsch, Telefon« ist ein Euphemismus für das, was mir bei meinem ersten Versuch, eine Autoscheibe einzuschlagen, passierte. Ich hab mich sauber reinlegen lassen von *Het Devies*. Fast zwei Wochen lang bin ich mit einer Art Blutsack am Ellbogen rumgelaufen, einem riesigen violetten Ding, das es mir fast unmöglich machte, meinen Arm in den Jackettärmel zu zwängen. Genug Kraft, um die Scherenspitze in einem Autoschloß umzudrehen, brachte ich schon gar nicht auf; ich mußte die linke Hand benutzen und fühlte mich so aufgeschmissen wie der Bruder von Wittgenstein, als er mit einem leeren rechten Ärmel aus den Schützengräben zurückkehrte und Ravel ihm die Partitur des *Klavierkonzerts für die linke Hand* vorlegte. (Wenn es nicht Teil der Musikgeschichte wäre, hätte es ein Cartoon von Yrrah sein können.)

Stümperei findet man überall, in allen Branchen, auch den eher illegalen, in diesem Fall jedoch kann das Verschwinden des feineren Handwerks nur diese eine schreckliche Ursache haben: Der Hersteller ist nicht in der Lage, die Nachfrage der Eisenwarengeschäfte nach Fiskars Deluxe zu bewältigen. Mein erstes Exemplar bekam ich, zwei Jahre ist das schon wieder her, von Ali, der also nicht Mehmet oder Murat heißt, sondern Sükrü. Er versicherte mir, es sei etwas Neues, auf diese Weise, lautlos und ohne grobe Gewalt, Autos zu öffnen. Es gelinge fast nur mit dieser einen Marke, Fiskars, und außerdem benötige man diesen einen Typ, Deluxe. Die teuerste Schere im ganzen Laden, aber man hole die Kosten im Nu wieder rein. Wer damit begonnen hatte, erzählte Sükrü nicht, vielleicht jemand in Berlin ... Man würde doch annehmen, daß der anonyme Glücksvogel es für sich behalten würde ... jedem seine eigene Methode, nicht wahr ... oder daß er wenigstens ein heimliches Patent darauf beantragt hätte. Ich selbst habe nie was davon erzählt ... ja, doch, Lotsapoppa, dem geschwätzigen Lotsapoppa, der wohl nicht tatenlos gewartet hat, um das Geheimnis der Fiskars Deluxe per goldenem Schuß ins Grab mitzunehmen. Da also kann die undichte Stelle gewesen sein ... Fest steht, daß sie seit etwa anderthalb Jahren in immer weiteren Kreisen verwendet wird. Es kam sogar vor, daß ich auf die abgebrochene Scherenspitze eines anderen in einem Schloß stieß ... Auto versiegelt durch den Stachel des Konkurrenten, verdammt noch mal ... Aber, na ja, es standen ja noch mehr Karren an der Gracht, nur zu ... Das Problem, das sich jetzt stellt, ist schwerwiegender. Die Nachfrage nach der FD übersteigt das Angebot. Sie finden reißenden Absatz, ohne daß die Vorräte rechtzeitig ergänzt werden können. Zum Beispiel dieses Eisenwarengeschäft an der Ecke Tweede van der Helst/Sarphatipark ... Die beiden Eckschaufenster sind immer ein einziges Gefunkel von Messern und Scheren. Unter den Teppichscheren, den Zickzackscheren, den gebogenen Scheren und den Haushaltsscheren springen meine Fiskars immer wie achtzehnkarätiges Gold inmitten von Messing heraus. Mein Vorrat war gerade verbraucht ... die letzte war im Schloß eines alten Buicks abgebrochen ... Ich werfe einen schnellen, tastenden Blick in das eine Schaufenster. Keine Fiskars Deluxe. Das andere Schaufenster ... nichts. Drinnen: »Alles verkauft, Mijnheer. Sie sind bestellt.«

So weit lasse ich es nicht mehr kommen. Früher hatte ich immer Angst, mehr als zwei im Haus zu haben. Ein Exemplar kann man in einer Sammlung doppelt haben, nicht wahr ... Warum sollte ein Sammler nicht auch acht oder zehn derselben Scheren besitzen? Begehrte Tauschobjekte ... Fiskars Deluxe ... Ich habe die halbe Stadt abgeklappert, bis ich ein Dutzend beisammen hatte.

Am besten ist es, seine Kaufwut in Warenhäusern auszutoben. Da fällt es weniger auf, wenn man sich von einem bestimmten Produkt ein halbes Dutzend auf einmal zulegt. Rein in die Tüte, Kassenzettel, und ab damit. Noch besser ist es, immer nur *eine* Schere zu kaufen, zum Beispiel jeden zweiten Tag. Doch im *De Bijenkorf* haben sie neulich was spitzgekriegt. Dort gibt's gewitzte Mädels. An der Kasse, zu der die Scherenabteilung gehört, sitzt eine mit wachen Augen. Ich legte meine x-te Schere auf die Theke.

»So, so«, sagte sie in ihrem Amsterdam-West-Tonfall. »Sie haben ja 'nen ordentlichen Verschleiß.«

Ich hab, glaube ich, nur leicht gelächelt. Darin bin ich sehr gut ... Beim nächsten Mal versuchte ich, an einer anderen

Kasse zu zahlen – aber ich wurde weitergeschickt. Ich hab noch daran gedacht, die Schere zurückzulegen, doch das schien mir erst recht verdächtig. Von allen Seiten fühlte ich Kameras auf mich gerichtet ... Es war viel los an der Kasse, zu der man mich geschickt hatte und die ich mittlerweile so gut kannte. Diesmal wird's wohl nicht auffallen, dachte ich noch; hier stehen so viele Leute. Doch als ich dran war, sagte das Mädel laut und fröhlich: »Schon wieder so 'ne Schere. Was machen Sie bloß damit?«

Vor lauter Verlegenheit wurde ich frech, was gar nicht zu mir paßt. Ich antwortete rasch, wenn sie mal einen Abend mit mir ausginge, dann würde ich ihr's erzählen. Woraufhin sie mich ansah, als ginge ihr ein Licht auf. Als wollte sie sagen: »Ich werde mich hüten. Ich laß mich doch nicht auf so 'ne Schere aufspießen ...«

Ein Schwarm Säuglinge

Montag, 21. Juli 1980
(Albert Egberts)

Nachdem Albert vor dem anhaltenden Sommerregen in den Öffentlichen Lesesaal an der Prinsengracht geflüchtet war, hatte er aus lauter Langeweile in einer alten Ausgabe der *Far Eastern Economic Review* geblättert; sie war zufällig das erste, worauf sein Blick in der Zeitschriftenabteilung gefallen war.

Endlich hatte man die Ursache des immer häufiger gewordenen Babyraubs in Thailand entdeckt.

Albert roch nicht länger seine durchregneten Kleider, er roch direkt den Abscheu, der seinem Körper entwich. Kinder von zwei Jahren und darunter wurden im Goldenen Dreieck, das der Garten ihrer Babyzeit gewesen war, gestohlen, durch eine Injektion getötet, ausgeweidet, mit wasserdichten Tüten voll Heroin vollgestopft und wieder zugenäht. Nutten, jung genug, um sich an das Spielen mit Puppen zu erinnern, brachten sie über die Grenze, nahmen auch immer ein lebendes Kleinkind mit, das kurz vor Erreichen des Grenzpostens zum Weinen gebracht wurde.

Albert mußte an die toten Delphine denken, von denen er in einer anderen amerikanischen Zeitschrift gelesen hatte. Thunfischschwärme schwammen normalerweise in Delphingruppen mit. Vor den Küsten Kaliforniens und Mexikos, wo man Thunfisch hochwertiger Qualität fing, verfingen sich täglich viele Delphine in Netzen, die nicht für sie ausgelegt worden waren. Die Säugetiere, die zusammen mit den Fischen in die Tiefe gezogen wurden, konnten nicht mehr an die Oberfläche zurück, um Luft zu schnappen, und starben einen sinnlosen Tod. Nach dem Einholen der Netze warfen die Thunfischer die nutzlosen Delphinkadaver wieder ins Meer. Albert, der seit dem Beginn seiner Abhängigkeit keinen rechten Hunger mehr kannte, liebte exquisite Häppchen, wie zum Beispiel rohen Thunfisch, nach japanischer Art in Sojasoße getunkt. Nach dem Lesen dieses Artikels verwandelte sich jedes zarte Stück Thunfisch, das früher samtig und salzig wie weibliches Schamfleisch seine Zunge gestreichelt hatte, in einen großen Brocken nicht konsumierbaren Delphins. Er bekam es nicht mehr hinunter.

Von nun an würde es ihm auch mit dem Heroin so ergehen: Mit jedem Durchdrücken der Spritze zog er einen ganzen Schwarm Säuglinge mit in die Tiefe. Das mußte aufhören. Er wollte sich nicht wieder und wieder wie ein Semmelweis Leichengifte spritzen.

Eines Sonntagsmorgens wurde ich zwei schon etwas älteren protestantischen Jungen aus der Nachbarschaft anvertraut, Brüdern, die mich ohne Wissen meiner Mutter in ihre Sonntagsschule mitnahmen. Von einem Fräulein mit strengem, spitzem Gesicht lernten sie, daß die Erde zwar aus einer harten Kruste mit weichem Inhalt bestand, »so wie unter dem Schorf auf der Wunde weicher Eiter ... ach nein, nein, was sag ich denn da ... ich meine, die Erde ist wie ein Bonbon ... eine Schicht knusprige Schokolade mit Likörfüllung, die auf der Zunge brennt«, daß es aber einst nur die Bonbonfüllung gegeben hatte, die von keiner Schokoladenschicht beisammengehalten wurde, sondern allein durch die Geschwindigkeit, mit der das heiße Zeugs rotierte, »und natürlich von der Schwerkraft ...«

Die beiden so unterschiedlichen Bilder für ein und dasselbe hatten einen bestimmten Effekt auf meinen Geschmackssinn und meinen Speichel. Im einen Augenblick schmeckte ich das Bittersalzige eines mit meinen Schneidezähnen von der heilenden Wunde geknabberten Schorfs auf der Zunge, im nächsten troff die rosa oder grüne Likörfüllung einer belgischen Praline in meine Mundhöhle, um dort alles lichterloh brennen zu lassen. Auf dem Rückweg nahm mich jeder der Jungen an einer Hand, während sie sich lebhaft über das Äußere und Innere der Erdkugel weiterunterhielten. Ich hätte gern mehr darüber gehört, vor allem weil ich während des ganzen Nachhausewegs fühlte, wie der Boden unter meinen Füßen schwindelerregend wegdrehte, doch das Gespräch artete in ein kindisches Gezanke über die richtige Schreibweise des Wortes »Bonbon« aus.

»Es heißt Bombom.«

»Nein, Bom*bon*.«

»Nein, Bombom ... Oder Bumbum?«

Und immer so weiter bis in unsere Straße. Über das andere Bild sprachen sie nicht. *Bombom, Bumbum...* für den damals noch tobenden Kalten Krieg im nachhinein verständliche und verzeihliche Versprecher, doch ich war durch das Sonntagsschulfräulein für immer infiziert mit jener anderen Bildersprache, die ihr in einer Anwandlung monatlicher Verstimmung unversehens entwichen war ... Für mich hatte unser Planet seitdem nicht nur eine erstarrte Oberfläche im geologischen Sinn, sondern auch eine Wundkruste, die ich für mich den »Schorf der Erde« nannte, eine schützende Schicht, bestehend aus dem Abfall von Kriegen, Hungersnöten, Epidemien, Eiszeiten, Vulkanausbrüchen, Sonnenfinsternissen ... kurzum, ein Placken geronnener Blutkörperchen. Die Wunde mit Leichen versiegelt. Die Erde durch Massensterben vor dem Verbluten bewahrt.

Auch das Stehlen und Töten von Babys trug zu dem weltumspannenden Schorf bei – eine schwarzrote, hubbelige Kruste von Thailand bis nach Westeuropa. Dort ermordete Säuglinge, hier mit dem Tod injizierte Junkies ...

Nicht zerstreut, eher ertappt, als sei ihm die Mitschuld an Kinderraub und Kindermord anzusehen, schweifte sein Blick von Zeit zu Zeit zu der Assistentin, die trotz einer Brille mit dicken Gläsern die Nase dicht über den Karteikasten hielt, während ihre Finger suchten. Gebeugt, angespannt saß sie da, mit unglücklicher Miene, als fürchte sie, etwas falsch zu machen. Hennie A. Sie hatte also tatsächlich etwas aus ihrer Gefängnisausbildung zur Bibliotheksassistentin gemacht. Nur, dies war nicht der Bijlmerbau, hier gingen die Leute frei ein und aus, wenngleich Albert sich die Frage stellte, wie frei er selbst war, eingezwängt in diese unsichtbare, sich unaufhaltsam weiterdrehende Tretmühle. Durch ihre nach innen gekehrte Aufmerksamkeit, diese nicht auf die Zeit achtende Gelassenheit erinnerte die Frau Albert an das Schlußbild in *La dentellière*, in dem Isabelle Hupert der verschlossenen, opferbereiten Spitzenklöpplerin in dem Gemälde immer ähnlicher wird. Eine bescheidene Märtyrerin. Sie hatte ihre Strafe nicht verbüßt, diese ging weiter, bis zum Tod. Es war die Todesstrafe, die die Niederlande nie abgeschafft hatten. Ihre Strafe würde sie sogar überdauern.

Plötzlich verspürte Albert das Bedürfnis, sie anzusprechen, sie merken zu lassen, daß er sie erkannt hatte, eine gewisse Solidarität zu bekunden. Er schlug die *Far Eastern Economic Review* zu und erhob sich, wobei er die Zeitschrift gedankenlos zusammenrollte. Er ging zu ihrem Tisch, wo sie in der schmalen Schublade noch immer nicht gefunden hatte, was sie suchte. Ihre Finger blätterten Karten um, sie las Namen, Titel, und ihre Lippen bewegten sich mit. Albert hatte bereits den Mund geöffnet, Atem und Zunge waren schon auf dem Weg zu einem leisen »Mevrouw Avezaath...«, als ihm einfiel, daß sie da unter einem anderen Namen saß, anonym, inkognito. Seine Bemerkung könnte sie ihrer Kollegin gegenüber verraten, die etwas entfernt von ihr Zeitschriften in schräge Regalfächer einordnete. Albert konnte sich nicht mehr erinnern, mit welchem Namen die beiden Männer von der Bewährungshilfe sie am Königinnentag angesprochen hatten, und er hätte ihm auch nicht geholfen. Hennie Avezaath, deren Name zunächst zu einem Anfangsbuchstaben gestutzt worden und jetzt endgültig unter der Guillotine gefallen war, entdeckte einigermaßen erschrocken, daß er vor ihrem Tisch stand. War es möglich, daß sie in ihm den jungen Mann erkannte, der vor acht Jahren immer auf demselben Platz auf der Zuschauertribüne gesessen hatte? Bei den Gerichtsverhandlungen hatte sie sich oft scheu, flüchtig umgeschaut, vielleicht, um zu sehen, ob ihr Mann und die Kinder da waren. Damals hatte Albert ihr nie zugenickt, wie er es jetzt tat, während er, fast mit einer Verbeugung, einen Schritt zurücktrat und auf die gläserne Zwischentür zuging.

»Oh, Mijnheer, würden Sie das Heft bitte zurücklegen?«

Es klang leise und unsicher und hatte immer noch, wenn auch abgeschwächt, diesen Betuwer Akzent.

»Natürlich. Entschuldigung.«

Albert legte die Zeitschrift mit dem Bericht über seine Mittäterschaft auf eines der schrägen Regale zurück, wo sie, weil sie zusammengerollt gewesen war, nicht richtig liegenbleiben wollte. Er rollte sie noch mal andersherum, und jetzt blieb sie, etwas zerknautscht, stehen. Albert warf noch einmal einen kurzen Blick auf den Umschlag, spürte, roch den Abscheu wegen der unschuldigen Kinder. *Das einzige, was man wegwirft, ist die Verpackung*. Er sehnte sich heftig danach, von dem Gift erlöst zu werden. Als er an dem Tisch vorbeiging, an dem die Frau jetzt tief gebeugt schrieb, dachte er an die sichere Ummauerung eines Gefängnisses. Mauern gegen den Tod in ihm und außerhalb von ihm. Doch der Raub und die Ermordung von Babys dort in der Ferne würde ihm wohl nie zur Last gelegt werden, er galt lediglich als Opfer am anderen Ende der Heroinlinie. Um im Bijlmerbau auf Dauer, an den Mauern hochkletternd, Graffiti unter den Nägeln, von seiner Sucht geheilt zu werden, brauchte es eine eindeutigere Schuld.

Als er die Glastür aufstieß, hörte er hinter sich: »Danke sehr, Mijnheer.«

So klein hatte der Kummer sich gemacht, hier an der Prinsengracht. Albert ging hinaus in den Regen, der schon fast vierzig Tage anhielt.

Der Tag, an dem eine Maus aus meiner Zahnbürste fraß

Gottes unbescholtene Witwe

Mittwoch, 23. Juli 1980
(Albert Egberts)

Wenn das so weitergegangen wäre, Thjum, dann hätten wir auch, rein meteorologisch gesprochen, schon für September Schnee vorhersagen können.

Schnee im September ... Die Wirklichkeit schien darauf erpicht, diese Metapher meines Lebens mit ihren eigenen Mitteln darzustellen. Vielleicht wollte sie sich endlich erkenntlich erweisen, die häßliche, alte Schreckschraube. Immer wieder hatte ich versucht, sie mit anderen Augen zu betrachten, aber sie war sich beharrlich gleichgeblieben. Sie hatte ein zähes Fell.

Wenn ich Rührung verspüren will, brauche ich nur an die harmlosen Witze meiner Mutter zu denken, die immer lahm waren, die ich aber doch stets mit einem Kichern bedachte, um sie mit ihrem Gelächter nicht allein zu lassen, das sie dämpfte, indem sie sich die Nase zuhielt. »In deiner Socke ist ein Loch.« »Kein Wunder, sie ist heute nacht vom Stuhl gefallen.« Ja, Thjum, ich weiß ... deine Mutter war genauso, aber du machtest ihr scharfes Gewieher nach jedem schlecht erzählten Witz nur noch einsamer, indem du es hart und kalt imitiertest. »Am Montag ißt du Brechbohnen, am Dienstag ißt du sie, am Mittwoch ...« So fing ein anderer beliebter Scherz meiner Mutter an, bei dem sie mit zugehaltener Nase violett anlief. »Und heute haben wir Donnerstag, und auf einmal magst du sie nicht mehr? ... Das kannst du deiner Großmutter erzählen!«

Es ist, als bediente sich die Wirklichkeit Mamas Stimme oder, genauer gesagt: der Stimme der keifenden Frau, die meine Mutter mit ihrem Witz darzustellen versuchte. »Am Sonntag ißt du Tatsachen, am Montag ißt du Tatsachen, und am Dienstag ißt du sie«, höre ich sie schnauzen, jedesmal, wenn ich von ihrem aufgewärmten Tatsachenmaterial genug bekomme. »Drei Tage hintereinander tische ich dir die herrlichsten nackten Tatsachen auf ... du ißt ohne Murren deinen Teller leer ... und jetzt, wo wir am Mittwoch noch einmal Tatsachen essen, magst du sie auf einmal nicht mehr. Was soll das? Du bist ja wie einer dieser Dichter ... Na gut. *Mir* machst du nicht weis, daß sie dir nicht mehr schmecken, Freundchen. Ich hab gesehen, daß du sie runterbekamst, so hart sie auch waren. Spar dir also deine Ausreden. Du ißt, was auf den Tisch kommt, und damit basta. Außerdem sind sie sehr nahrhaft, Tatsachen ...«

In diesem Monat jedoch sah es allmählich so aus, als würde die Wirklichkeit zu gegebener Zeit tatsächlich für mich aus ihrer alten Haut schlüpfen ... um die Rolle zu spielen, die ich ihr angedichtet hatte. Es im September schneien zu lassen.

Soweit ist es natürlich nicht gekommen, Thjum, das ist dir doch wohl klar. Noch bevor es August ist, hat sie ihr Gesicht schon wieder unter Kontrolle, Gottes unbescholtene Witwe. Nur gut, denn nichts ist elender als eine Metapher, die Wirklichkeit wird. Es hätte ihr Ende bedeutet.

Heute, am 23. Juli, haben wir den ersten richtigen Sommertag seit gut sechs Wochen. Schwankte die Temperatur in der zweiten Junihälfte noch um die 17°, so sank die Quecksilbersäule, wie es so schön heißt, im Laufe des Juli unter 15°. Und dann nur Regen, Schlamm, Nässe ... Wenn ich daran denke, wie die durchweichte Erde deinen Sarg von Tag zu Tag fester umschließt, spüre ich, wie mir die feuchte Kälte bis ins Genick hochkriecht. Kurz vor jenem unseligen Silvesterabend in Neapel hast du Gesù kennengelernt, den kleinen Mann mit der roten Fischermütze ... Ich übernahm gelegentlich Kurierdienste für ihn. Er hatte einen internationalen Handel aufgezogen, illegale Adoptionen, auch in den Niederlanden ... Genaueres hab ich dir damals nicht erzählt ... Schweigepflicht. Im Zusammenhang mit den Ereignissen jener Nacht wollten die Carabinieri ihn vernehmen. Er versteckte sich irgendwo, aber sie brachen einfach seine Wohnungstür auf und stießen da auf eine Fülle von belastendem Material. Jedenfalls habe ich das später erfahren, als ich mit dem Verhör an der Reihe war. Sie hatten nichts mich Belastendes entdeckt, außer daß ich den Mann offenbar kannte. Ich durfte gehen. Gesù war unauffindbar, wahrscheinlich aus Neapel geflüchtet, womöglich nicht einmal mehr in Italien ... Ich habe mich noch überall bei Kontaktpersonen erkundigt, aber ... nichts. Die komplette Kinderlinie schien dicht. Man könnte sagen, dein Tod hat ihn in die Flucht geschlagen, ohne daß er direkt etwas damit zu tun gehabt hätte. Da siehst du mal, in welch ruhelose Gestalt deine Seele geschlüpft ist. Ein umherirrender Neapolitaner, der nicht mehr nach Hause zurückkann ... Aber gut, der Abend, an dem ihr euch kennengelernt habt. Wir tranken Weißwein in dieser Schmuddelkneipe. *La Tattamella* ... Die Klatschtante ... Du hast mit Flix am einzigen Tisch gesessen, und ich hing mit Gesù an der kleinen Theke, hinter der La Tattamella in einer Höhle verschwunden war. Wir sprachen über unsere Geschäfte ... neue Absatzmöglichkeiten ... Währenddessen zeichnete Gesù auf der Marmorplatte des Tresens mit Filzstift die Karte der Niederlande. Er laborierte so lange daran herum, bis sie fast wie eine anatomische Zeichnung von Leonardo da Vinci aussah ... der Querschnitt durch einen Frauenschoß ... »*Guarda, Alberto*«, sagte er. »So sieht dein Land aus. Was blickt stets zu Boden, sieht nie die Sonne? *La figa*. Kleb diese Zeichnung ruhig in deine Enzyklopädie. Dann hast du auch eine Ritze in Marmor verewigt ...«

Ihr kamt dazu, und dann haben wir für die fernen Niederlande den Kosenamen »Sumpfmöse« gefunden. Es verschlug uns fast die Sprache, so gerührt waren wir. Ich hab noch versucht, es für Gesù ins Italienische zu übersetzen, aber mir fiel nur *pantano puttana* oder *puttana pantanosa* ein, sowas wie »Sumpfnutte«, was dir überhaupt nicht gefiel, glaube ich. Wie dem auch sei, in den letzten Wochen habe ich oft daran denken müssen, an diese von Gesù gezeichnete Schmähung. Sogar mitten im Sommer wahrte sie nicht den Anstand, die niederländische Jungfrau. Sie spreizte die Schenkel und zeigte uns ihr wahres Gesicht. Die Sumpfmöse. Es war unappetitlich, ihr so tief in den Schlund schauen zu müssen.

Nicht nur die Leute, auch die Zeitungen empörten sich darüber. Seit dem Beginn der Messungen, 1856 oder so, hatte es im Juli noch nie so viel Niederschlag gegeben. Man konnte es konstatieren, es sogar in Millimetern ausdrücken, nur beschweren konnte man sich nirgends, bei niemand. Gott war tot, und sein Nachlaß ... nichts als Nachlässigkeit. »Wir leben unter dem Gott Nahweh«, hab ich Patrick mal sagen hören.

Bliebs um die Mittagszeit mal ein Stündchen trocken, so herrschte trotzdem ein Dämmerlicht wie im Dezember um halb vier Uhr nachmittags. Die dunklen Tage vor Weihnachten im Juli. Soweit die Leute in Amsterdam geblieben waren, hatten sie tagsüber das Licht an, so daß Einbrecher schon morgens sehen konnten, wer im Urlaub war und wer nicht. Wenigstens die genossen den Sommer. Jetzt, da viele Geschäftsleute an der Côte d'Azur und der Costa Brava lagen, konnte Merkur sich etwas mehr Zeit für die Diebe nehmen. Nur, damit du nicht vergißt, Thjum, daß wir gemeinsam ein Jahr auf dem Gymnasium verbracht haben.

Zur dunkelsten Zeit des Sommers wurde ich regelmäßig, oft schon vormittags um elf, von dubiosen Typen mit noch dubioseren Ausreden aus dem Bett geklingelt. Einen Moment lang aus dem Gleichgewicht gebracht, weil die Tür aufging. Dann: »Ist Berend da ... Berend Zijlstra?«

»Hier wohnt kein Berend Zijlstra. Hat hier auch nie gewohnt. Machen Sie die Tür wieder richtig hinter sich zu?«

Es wird dich interessieren, Thjum, daß deine heißgeliebte Mevrouw de Hoogh-Stey ihr altes Haus noch mal aufgesucht hat. Ende Juni war das, natürlich bei strömendem Regen. Ein paar Tage zuvor hatte sich bei einer lautstarken Versammlung in unserer Nachbarschaft herausgestellt, daß unsere Häuserreihe in der van Ostade nicht zu retten war. Den Abriß hatte die Gemeinde schon vor Jahren beschlossen, aber nun wurde Druck gemacht. Alle raus. Die Gebäude weiter besetzt zu halten hatte keinen Sinn mehr. Das Abrißunternehmen würde notfalls zusammen mit einem Trupp der Mobilen Einheit anrücken. Die Leute unter mir, das Lehrerehepaar, waren bereits abgehauen – jeder in eine andere Richtung, was dich nicht wundern wird, wenn du dich an die Kräche unter dem dünnen Bretterfußboden erinnerst. Ich vermißte das Jaulen der *pedal steel guitar*, und jetzt standen auch die klirrenden Punks von oben kurz vor dem Auszug. Einen ganzen Freitagnachmittag lang hörte ich sie in ihren Knobelbechern rummarschieren bei der Vorbereitung ihrer Abschiedsfete, die an dem Abend über die Bühne gehen sollte. Gegen vier bimmelte meine Glocke. Ich öffnete die Tür. Ein Mann, wahrscheinlich ein Taxifahrer, half Mevrouw de Hoogh-Stey über die Schwelle, worauf er im strömenden Regen machte, daß er wieder in seinen Wagen kam.

»Hu-uh, ich bin wieder da«, rief sie nach oben, in die Dunkelheit.

Ich drückte auf den Lichtschalter. Es wird dich freuen zu hören, Thjum, daß die alte Dame einen gepflegten Eindruck machte. Sie trug ein rotes Wollkleid, von dem ich anfangs dachte, es hinge voll mit aufgenähten Kristalltränen, bis mir klar wurde, daß sie, während sie Schritt für Schritt vom Taxi zur Haustür schlurfte, eine Menge Regentropfen abbekommen haben mußte. Sie glitzerten auch im sorgfältig aufgesteckten Haar. Der Stock, der polternd jedesmal eine Stufe höher aufgesetzt wurde, war neu, aber sie arbeitete sich bestimmt nicht langsamer die Treppe hinauf als früher. Als sie vor der zugenagelten Wohnungstür im ersten Stock den Kopf hob, sah ich, daß ihr Gesicht, auf jeden Fall im Vergleich zu dem kleinen Totenkopf, den ich hier beim letztenmal hatte weggehen sehen, deutlich runder war und sogar eine gesunde Hautfarbe hatte.

»Ah, ein bekanntes Gesicht«, sagte sie mit klarer Stimme, kaum keuchend. »Ihren Namen weiß ich nicht mehr, aber ich habe Sie sofort wiedererkannt. Ich war eine Weile weg, müssen Sie wissen. Aber jetzt bin ich wieder da.«

Als Mevrouw de Hoogh-Stey kurz darauf vor mir stand, blickte ich in klare Augen.

»Ein bekanntes Gesicht, ja... Ich will oben mal nachschauen, wie es um meine Sachen steht. Da wird wohl eine dicke Staubschicht drauf liegen.«

Ich hörte das Dröhnen der Punkknobelbecher auf dem Holzfußboden, traute mich aber nicht, die alte Frau, die sich jetzt entschlossen an das Erklimmen der vertrauten Treppe machte, aufzuhalten. Etwas später, während ich noch tatenlos in meinem Zimmer stand, hörte ich ihre schrille Stimme, begleitet vom rhythmischen Poltern des Stocks. Es klopfte an meiner Tür. Kjelt von oben, die Visage unter den absichtlich verschnittenen Haaren noch bleicher als sonst. Mitten in seiner Nasenscheidewand stak eine große Sicherheitsnadel, ein Mordstrumm, das wahrscheinlich von seiner Mutter dazu verwendet worden war, ihren schottisch karierten Wickelrock festzustecken. Er versuchte, mir mit ächzenden Kehlgeräuschen etwas zu erklären, machte dann eine hilflose Handbewegung und sagte: »Albert, du kennst sie besser als wir ...«

Was hast du an dem Tag gemacht, an dem Elvis Presley starb? Ich werd's dir sagen, Thjum. Nachdem du den Bericht in der Zeitung gelesen hattest, kamst du zu mir (Flix war bereits zu Ateliers 63 nach Haarlem verschwunden) und bist diesen ganzen beklemmenden Augusttag lang nicht mehr gegangen. Um acht Uhr abends klopfte damals Mevrouw de Hoogh aufgeregt an meine Tür. »Da sind lauter Leute in meinem Wohnzimmer. Junge Leute. Sie sitzen auf dem Boden ...«

Wir gingen zu dritt nach oben. Niemand. Im Fernseher, der in voller Lautstärke lief, die Nachricht von Elvis' Tod, die wir uns im Stehen anschauten.

»So jung«, sagte Mevrouw de Hoogh-Stey, als es vorbei war, mit ihrer normalen Stimme. »Das wünscht man doch keinem.«

Die Eindringlinge wurden mit keinem Wort mehr erwähnt. Jetzt, drei Jahre später, waren sie immer noch da, geschmückt mit Ketten und Sicherheitsnadeln. Die alte Frau stand, mit ihrem Stock herumfuchtelnd, in ihrem früheren Wohnzimmer.

»Was habt ihr mit meinen Möbeln gemacht?« rief sie schrill. Sie deutete auf den grellfarbig lackierten, mit Chillums und Silberpapierknäueln übersäten Haschaltar, in dem noch das frühere Büfett zu erkennen war. Es hatte den Anschein, als habe sie sich mit Kjelts Freundin gerauft: Das aufgesteckte Haar hatte sich teilweise gelöst, ihr Kleid war verrutscht, und auch sonst sah sie, so kurz nach ihrem gelassenen Eintreffen, verwildert aus. Die Gummikappe ihres Stocks zeigte zitternd auf meine Brust. »Dich kenn ich auch ... du steckst hier mit drin ...« Und, sich wieder zu den Punks umdrehend: »Stellt alles wieder an den alten Platz zurück. Aber dalli! Rotzbengel. Es gibt überhaupt keinen Anlaß, hier so ein Remmidemmi zu veranstalten ...«

Kjelt und sein siebzehnjähriger Rattenkopf, die ein Dutzend Minisicherheitsnadeln pro Ohr trug, standen da und lachten dämlich. Schließlich habe ich von einer Telefonzelle aus den ältesten Sohn von Mevrouw de Hoogh angerufen. Ich bekam die Schwiegertochter an die Strippe, ebendie, die seinerzeit die Wohnung des alten Frauchens Freunden ihrer Kinder zugeschanzt hatte. Sie hielten es offenbar nicht der Mühe wert, selbst zu kommen, denn eine Viertelstunde später fuhr eine Art Kleintransporter des Pflegeheims vor, Typ Tierambulanz, mit zwei Pflegern drin. Mevrouw de Hoogh-Stey ließ sich widerstandslos die drei Treppen hinunterführen. Ich horchte hinter meiner geschlossenen Tür.

»... unnie Möbel ...« verstand ich noch, während oben der Hochspringtanz zur Musik der Sex Pistols losging. »... unnie Sachen ... unner goldene Ring ...«

Drei Tage lang hab ich das Dröhnen des Pogo gehört, dazu die Urschreie jedesmal, wenn zwei Schultern aufeinandertrafen. Am Montag sind Kjelt und seine Freundin verschwunden, unter Zurücklassung des Inventars.

Außer den Dieben drangen im Laufe des kalten Sommers auch immer mehr Mäuse in die Wohnungen ein. Da die Jahreszeiten gerade wie Spielkarten gemischt wurden, suchten sie, verwirrt, vorsorglich schon mal ihre Winterquartiere auf. Die Katzen von unten hatten die Mäuse schon immer in meine Etage gejagt, und nachdem die Typen von oben mitsamt ihrem Proviant verschwunden waren, erbte ich auch noch ihr lebendes Inventar. Nachts wurden die Schuhe knapp. Die Tierchen waren dankbare Esser. Mit einer Zeitung waren sie schon hoch zufrieden ... Manchmal hörte ich ein kurzes Zischen aus dem Küchenschrank: Dann hatten sie wieder ein Paket vakuumverpackten Kaffee aufgenagt, übrigens nur, um den Inhalt zu inspizieren, denn fressen taten sie ihn nicht.

Ich erinnere mich, wie du dich einmal kopfschüttelnd über das perfekte Muster einer Honigwabe gewundert hast, Thjum. Vielleicht ist es weniger augenfällig als bei den Bienen, doch auch Mäuse haben einen Sinn für Ästhetik. Um den zu entdecken, mußt du mal eine Bratpfanne mit einer Schicht hart gewordenem Fett auf dem Herd stehenlassen. Morgens findest du dann auf dem Pfannenboden ein Muster, so fein und rätselhaft wie Eisblumen auf einer Fensterscheibe. Das haben die Mäuse mit ihren Schneidezähnen in die Fettschicht geritzt. Ihre Gier hindert sie nicht daran, die zartesten, ineinander verhakten Vogelfedern zu zeichnen. Derweil bekam ich sie, so laut sie sich auch in dem sonst so stillen Haus aufführten, einfach nicht zu Gesicht. Als dreißigjähriger Mann stand ich noch immer neben meiner Mutter auf einem Holzstuhl und spürte, wie ihre Angst von ihrem nackten Bein, dessen Oberschenkel ich umklammerte, auf mich übergriff. Nirgends eine Spur von ihm, dem Verursacher eines solch großen Schreckens. Eine Maus war ein Monster, eines, das sich verbarg und in seiner Unsichtbarkeit erst recht zum Monster wurde. Meine Angst hatte sich im Lauf all der Jahre verlagert; jetzt hatte ich nur noch Angst davor, eines Tages eine Maus zu *sehen*, und nicht nur als davonflitzenden Schatten. Ich achtete immer darauf, genug Lärm zu machen, um sie in die Flucht zu schlagen. Oft ging ich laut polternd mit zugekniffenen Augen in die Küche. Ich hörte die Mäuse über das Linoleum rennen. Wenn ich die Augen öffnete, waren sie weg. Sie durften ausschließlich akustisch dasein. So war es für mich gerade noch erträglich.

Daß das Monster gestern sichtbar wurde, hängt einzig und allein mit dem Zustand meines Gebisses zusammen.

Thjum, wir sind die Söhne zahnloser Eltern. Früher, in Geldrop, habe ich bei deiner Mutter, wenn sie ihren Mund zu einem freudlosen Lachen aufriß, zwischen den Speichelfäden das Gold funkeln sehen. Dazwischen wird wohl auch noch etwas vom ursprünglichen, braun angelaufenen Zahnschmelz vorhanden gewesen sein. Von deinem Vater weiß ich, daß sein Gebiß in der russischen Armee draufgegangen ist. Tee trinken mit einem Brocken hartem Zucker zwischen den Zähnen und die dann zweimal pro Woche mit Salz und Wodka auf der schwieligen Fingerspitze putzen. Sein Kumpel Kirschenbaum, hörte ich bei deiner Beerdigung, hat seinerzeit noch versucht, ihn nach Amerika mitzunehmen, weil es dort solche phantastischen Prothesen gebe. »Mach aus Schwantje einen Swanson... das läßt sich besser aussprechen, jedenfalls solange dein Gebiß noch nicht richtig sitzt.« Kurz und gut, in den Niederlanden, wo er schließlich hängenblieb, hat August sein künstliches Gebiß genausogut bekommen, wenngleich es sich nach den Worten deiner Mutter gleichzeitig als Gratiszugabe plastischer Chirurgie erwies, so unerkennbar verformte es sein Gesicht. Meine Eltern ließen sich beide, als sie um die Dreißig waren, sämtliche noch verbliebenen Zähne ziehen, nachdem sie in Gips gebissen hatten.

Kinder zahnloser Eltern... Nicht die Gewißheit, daß wir dank Wohlstand und Krankenkasse unsere eigenen Zähne würden behalten dürfen, war der große Luxus, sondern daß wir sie ohne Angst vor einem künstlichen Gebiß vernachlässigen konnten. Bei dir legen sie, immer größer und brauner werdend, stets mehr von der Landschaft deiner Exzesse frei, und auch bei mir zeigen sich die ersten Lücken. In der Saxen Weimarlaan habe ich einen guten Zahnarzt gefunden, einen Fachmann von altmodischer Gediegenheit. Er hat mir vorgerechnet, daß mich die Sanierung meines Gebisses auf etwa achttausend Gulden zu stehen kommen wird, inklusive der Goldfüllungen. Ich weiß nicht, wie ich das Geld zusammenkriegen soll (oder, besser gesagt, ich weiß es schon, aber alles Geld, das ich ranschaffe, ist im Prinzip für meine Heldin reserviert). Trotzdem habe ich ihm die gesamte Behandlung anvertraut, angefangen bei einem kosmetischen Eingriff. Es ging um einen halb abgebrochenen Schneidezahn, der schwarz geworden war: ein Andenken an das zehnjährige Flixje, damals, als wir noch darum kämpften, wer Egbert Egberts Onkel nennen durfte.

Daß ich trotz all meiner Zahnschmerzen, die manchmal wie ein Kinnhaken zuschlugen, die kosmetische Behandlung vorzog, hängt mit deiner Stiefschwester Milli zusammen. Anfang Juli suchte sie, nach all den Jahren, wieder Kontakt ... mit vagen Worten ... Ich hatte den Eindruck, sie wollte mich aushorchen, was denn nun genau mit dir passiert war. Gut, nach einigem Hin- und Hergeschreibe verabredeten wir uns. Am siebzehnten Juli wollten wir uns an der Endstation der Linie 25 treffen. Ich nehme an, sie hatte vor, mit dem Auto zu kommen und es irgendwo in der Nähe der Utrechtsebrug stehenzulassen.

Am fünfzehnten gehe ich durch den Regen zur Praxis meines Zahnarztes. Ich halte den Schirm als Schutz gegen herumsprühende Tropfen so tief wie möglich, und so sehe ich die Rosenranken nicht, die irgendwo auf dem Koniginneweg über einen Zaun hängen. Ich schiebe sie im Vorbeigehen mit dem Schirm vor mir her, und eine peitscht unter dem Rand zurück – mir genau ins Gesicht. Eine Mordsschramme fast von Ohr zu Ohr, und ein Dorn hat sich in meine Nasenspitze gebohrt. Der Schaden zeigt sich erst, als mir der Zahnarzt kurz darauf einen Spiegel vorhält.

»Sie kommen für eine ästhetische Behandlung her ... und unterwegs verschandeln Sie Ihr Gesicht. Sehr hilfreich.«

Nachdem das Blut weggewischt war, blieb eine giftigrote Kerbe in meiner Nasenspitze. Ich wußte sofort: So kann ich Milli nicht unter die Augen treten. Der Zahnarzt bohrte den schwarzen Zahn auf und füllte ihn mit etwas, das ihn wieder hell erscheinen ließ. Erneut hielt er mir den Spiegel hin. Das Ergebnis verblaßte völlig hinter meinem geschundenen Gesicht. Während ich entmutigt auf mein Spiegelbild blickte, verpaßte mir mein freiliegender Nerv erneut einen Kinnhaken. Der Zahnarzt bohrte die alte Füllung meines angegriffenen Backenzahns auf und wich zurück vor dem Gestank.

»Völlig hohl ... Die Füllung hat nur noch als eine Art Kanaldeckel fungiert. Himmelnochmal, was da für ein Geruch rauskam ...!«

Er schloß den Hohlraum provisorisch mit einer Notsubstanz und band mir aufs Herz, mich rasch zu entscheiden. »So eine Behelfsfüllung schleift sich innerhalb weniger Wochen ab ... und dann liegt der Nerv wieder offen da und knistert und funkt.«

Zu Hause betrachtete ich dankbar meine verschrammte Nase im Spiegel. Ich schickte Milli noch am selben Nachmittag ein Telegramm mit der Mitteilung, daß ich mich nicht mit ihr treffen könne. Ohne nähere Angabe von Gründen.

Ach, Thjum, du wirst dich wohl fragen, warum etwas derart Unbedeutendes mich zur Absage der Verabredung veranlaßte. Das hängt mit meinem neuerlichen Zölibat zusammen. Ich schlafe »mit dem Stiefel am Fuß« ... was das bedeutet, erkläre ich dir bei Gelegenheit. Bei Milli, mit der du mich wohlgemerkt bekannt gemacht hast, zeigte sich meine Impotenz erst so richtig. Ich mußte mein Unvermögen bei jemand anders überwinden, bei Marike de Swart, ohne bei deiner Stiefschwester davon profitieren zu können. In den zwei Jahren, die du nicht mehr da bist, habe ich mich von diesem ganzen sexuellen Theater befreit. Wie? Indem ich zuvor bis zum Überdruß teilnahm ... Das fiel mir nicht allzu schwer, denn nach unserer tragischen Silvesterfete habe ich mich völlig meiner kleinen, tapferen Heldin hingegeben ... sie erwartete mich in Amsterdam. Nein, ich war der Konfrontation mit Milli nicht gewachsen, in meinem derzeitigen Zustand eines unschuldigen Kommunionskindes.

Sie kam natürlich auch deinetwegen ... um durch mich ihrem Stiefbruder näher zu sein. Ein weiterer Grund, sie nicht ins Haus zu lassen. Über dich, Thjum, kann ich nur mit dir reden, mit niemandem sonst.

Nachdem es Juli geworden war, erwartete ich täglich, das Elend würde am nächsten Tag ein Ende haben. Nachts lief ich mit quatschnassen Schuhen durch die Gosse. Aber während im Süden der USA Hunderte an den Folgen einer Hitzewelle krepierten, zeigte sich, daß es bei uns jeden Tag noch einen Grad kälter werden konnte, einen Millimeter nasser, eine Viertelstunde früher dunkel ... Der Sommer schien auf der Strecke geblieben zu sein. Eis fand kaum noch Absatz. Eine Katastrophe für Unilever.

Zeitungsjargon, Thjum, aber so ist es: Die schweren Regenfälle haben für großes Ungemach im Land gesorgt – nicht nur, daß meine Scheren zu rosten begannen. Das Leben in die Breite, Alter: Einer nach dem anderen sind sie über die Ufer getreten, unsere Flüsse, und sie scheinen dadurch nur noch träger geworden zu sein.

Letzten Samstag drosch der Regen dermaßen auf Amsterdam ein, daß die ganze Demonstration gegen die Ausrottung der Wale ein Fiasko wurde. Es tauchten nur ein paar Dutzend Regenschirme auf, die in Trauben aneinanderklebten, um sich danach wieder zu lösen und über die ganze Stadt auszuschwärmen. Ein Reporter von *Het Devies* wollte partout Spruchbänder ohne Text in diesen Schirmen sehen: einen wortlosen Protest gegen den Verlust von Walfischbein und spritzenden Fontänen.

Aktionen für die Umwelt, alles schön und gut, aber dann soll wenigstens das Wetter ein bißchen mitspielen ... Jetzt ist es zu spät, um noch etwas zu tun. Die Internationale Walfangkommission hat bei einem idyllischen Treffen in Brighton ein Fangverbot mit dreizehn gegen neun Stimmen abgelehnt. Stand heute morgen in der Zeitung. Unter den Neinsagern waren Länder, allen voran Südafrika, die sich nicht einmal am Fang beteiligen, was die Aktivisten wiederum in ihrer Überzeugung bestärkt, die Menschheit sei schlicht auf Zerstörung aus, egal, was ihr zufällig ins Visier kommt. Ich kann mir auch nicht vorstellen, daß diese schwarzen Mörder da unten so wild sind auf Lebertran. Du?

In Moskau hatten sie am Samstag bei der Eröffnung der Olympischen Spiele ebenfalls mit schlechtem Wetter zu kämpfen. Die alten Griechen hatten zweifellos ihre Götter dafür, hier aber mußten marxistische Regenmacher eingreifen, um den Guß etwas früher auszulösen, auf daß die Gäste trocken blieben. Von Flugzeugen aus beschoß man die bösartige Kumulonimbus mit Chemikalien (Zusammensetzung geheim, so daß erst nach Jahren herauskommt, wieviele Besucher sich anstatt nasser Klamotten Krebs eingehandelt haben). So drehen sie da nicht nur an der Geschichte, sondern, falls nötig, auch am Wetter, wenn es sich nicht artig an die Gesetze des dialektischen Materialismus hält. Ein von der Tass verbreiteter Kommentar suggerierte, der CIA habe die Regenwolken mit Hilfe wieder anderer Chemikalien über Moskau erzeugt. Und das, obwohl die Amerikaner sie in ihren Südstaaten doch selbst gut hätten brauchen können, wo die Hitze ja bereits Hunderte von armen Schluckern das Leben gekostet hat. Aber natürlich, der Feind geht vor.

Am Sonntagmorgen schlug die Waal ein etwa zehn Meter großes Loch in den Sommerdeich bei Herwijnen, so daß das Deichvorland überschwemmt wurde. Pferde und Kühe konnten von der Feuerwehr noch in letzter Sekunde gerettet werden, »Großvieh als erstes«, doch Schafe, Lämmer und Kaninchen ertranken jämmerlich. Von den Schafen, in die Tiefe gesogen durch ihren schweren, nassen Pelz, ragten nur noch die Beine aus dem Wasser. Ihre Lämmer starben so kurz nach dem Frühling bereits an einem vorzeitigen Herbst. Du bist, wie ich, ein Stadtmensch, Thjum, und recht hast du, denn es gibt nichts Traurigeres als den Anblick eines ersoffenen Kaninchens, das mit klatschnassen Ohren am Deich liegt.

Die Maas stand der Waal weiß Gott in nichts nach. Bei der Stauanlage in Borgharen ließen düstere Männer mit verwitterten Gesichtern den ganzen Sonntag über die Latte nicht aus den Augen, die den Wasserstand anzeigt. Der Fluß stand dort bereits so hoch wie zum kritischsten Zeitpunkt des vergangenen Winters. Wenn es so weiterging, blühte allen das Schicksal der Titanic, nur ohne Eisberg. Alle Mann in den Keller, wo unsere Wiege war.

Am Sonntagnachmittag standen Straßen und Unterführungen in Hengelo unter Wasser, wo sie's doch sowieso schon so schwer haben. Sonntagabend dasselbe in Eindhoven. Bei meiner Oma im Viertel Tivoli lief während des Unwetters der

Keller voll, und sie kroch mit ihrem molligen Leib zur Abwechslung in den Schrank unter der Spüle, wie sie es während des Krieges bei Luftangriffen getan hatte. Ihr blieb keine andere Wahl. Niemand gab ihr diesmal unrecht, denn nur wenige Kilometer entfernt, in Geldrop, spaltete der Blitz einen Baum, als wäre es ein Holzscheit, nachdem er durch einen Einschlag in die Telefonzentrale in Maarheeze auf einen Streich einen ganzen Chor wehklagender Stimmen aus der Luft gefegt hatte. Gott mochte tot sein, doch seine letztwillige Verfügung hatte sich gewaschen.

Trotzdem war bereits während des großen Feuerwerks ein Hochdruckgebiet im Anmarsch ... vom Ozean her ... vorläufiges Ziel: Frankreich. Hier merkten wir noch nicht viel davon, nachdem das Unwetter sich besänftigt hatte. Ein steifer Nordwestwind blies weiterhin feuchtkalte Luft über die Nordsee in unsere erkältete Sumpfmöse. Sie schniefte und prustete, ließ sich aber nicht mehr schneuzen, so übervoll war sie von Nässe und Schlick. Wir versanken alle zusammen langsam in ihr. Wenn sich der Wind nicht rechtzeitig gedreht hätte, hätte kein Hahn mehr nach unserem stolzen Meeresgrundvolk gekräht.

Gestern morgen, gerade als alle dachten, das Schlimmste sei vorbei, putzte die Maas noch schnell dreißig Meter Deich beim Limburgse Heel weg. Aber auch der Sommer war jetzt nicht mehr aufzuhalten: Fast gleichzeitig mit diesem letzten Deichdurchbruch brach auch die Sonne durch. Wehrdienstpflichtige Soldaten aus der Kaserne in Roermond sind jetzt mit entblößtem Oberkörper dabei, das Loch zu stopfen. Das Bild müßte dich eigentlich entzücken, Thjum. Wir lassen den Mut nie sinken. Unverzagt tragen wir weiter Wasser ins Meer.

Nicht aus Besorgnis, sondern aus Neugier, wie sich die Sintflut weiterentwickelt, habe ich wieder angefangen, Zeitungen zu lesen. (»Liest du keine Zeitungen?« sagten wir immer leicht vorwurfsvoll zueinander. »Nein, du etwa?« »Ich hab dich gefragt.« Es ließ sich nie im voraus sagen, auf welchem Wege die Welt bei uns einzog. Nur zu einem kleinen Teil über die Zeitung. Ich glaube, Thjum, wir fanden es beide

Sünde, uns unsere breite Sicht der Dinge durch Nuancen aus den Kolumnen verderben zu lassen. So habe ich es immer für bemerkenswert gehalten, daß Männer in dem Maße, wie sie älter werden und damit weniger zu verlieren haben, sich insbesondere in die Nachrichten aus Politik und Wirtschaft vertiefen, mit tiefen Stirnfalten, die nicht nur die Folge ihres Verfalls sind. In diesem Sinne bin ich dabei, ein alter Knacker zu werden.) Überschwemmte Gewächshäuser auf der Betuwe ... verdorbene Maisernte ... Schäden für Bauern und Gartenbaubetriebe gehen in die Hunderttausende ... Ich lese das auch ein wenig mit den Augen von Mevrouw Korstanje-Avezaath und frage mich, ob solche Nachrichten sie noch berühren, wenn sie die Zeitungen in der Zeitschriftenabteilung des Öffentlichen Lesesaals ordnet. Ich sehe, wie sie sich mit einem Tacker über den NRC beugt, um die einzelnen Teile zusammenzuheften (nur unten, am Lesetisch, gibt es noch Zeitungshalter), die Schlagzeile über das verfaulende Obst in ihrer Heimat liest und mit den Lippen Worte formt, die ich als »Nach mir die Sintflut« verstehe.

»Fam. Lolkema aus Leeuwarden, in einem orangefarbenen Opel Kadett, amtliches Kennzeichen 21-69-ZZ, unterwegs in Dänemark mit Ziel Schweden, wird gebeten, mit der ANWB-Alarmzentrale in Den Haag Kontakt aufzunehmen. Telefon ...«

Hat der daheimgebliebene älteste Sohn die bei ihnen wohnende Großmutter erwürgt, um sich mit seiner Freundin eine Interrailkarte kaufen zu können? Nicht alles Leid wird so diskret verschwiegen. Beim vertriebenen Schah von Persien kann man ganz genau verfolgen, wie er sich schon seit einem Jahr oder anderthalb von einem Land ins nächste schleppt, und vor allen Dingen: von einem Operationstisch zum nächsten. Überall hinterläßt er ein Stück Geschwulst. Und auch wenn er noch so schnell reist, der Tumor begleitet ihn in alle Himmelsrichtungen, genau wie die Juwelen, die er im Arsch aufbewahrt. Schwein gefüllt mit Perlen, gutartigen und bösartigen. Es ist eine Geschwulst, die man beschneiden, aber nicht mit Stumpf und Stiel herausreißen kann – genausowenig wie seinen Pfauenthron, dessen Federn tief in Allahs Arsch stecken. Größere Ähnlichkeit als mit einem Pfau hat Rezah Pahlevi mit einer Eidechse, die eine getüpfelte Linie abgezwackter Schwänze über den Globus zieht. In Teheran rufen die Ayatollahs, der Tumor bei diesem »Blutsauger des Jahrhunderts« sei durch »in Gärung übergegangene Gewissensbisse« ob der Praktiken seiner Geheimpolizei Savak entstanden. Sein Gewissen wird bereits an der Außenseite seines Körpers sichtbar wie der Höcker eines Dromedars.

Inzwischen ist der Bucklige in Kairo eingetroffen. Wenn es soweit ist und er seinem Buckel erliegt, hofft er, in einer Pyramide beigesetzt zu werden, so tief im Labyrinth, daß sein Leichnam für die islamische Revolution unauffindbar ist. Ich halte ihm den Daumen, Thjum.

Nachdem der Schah Anfang letzten Jahres die Koffer pakken mußte und sein Bluthund Savak an die Kette gelegt worden war, überschwemmte iranisches Heroin den Markt hier. Ich konnte meine Heldin verschleiert an jeder Straßenecke treffen, und zudem noch zum reduzierten Preis. Gegen Ende des letzten Jahres jedoch bekam Chomeini was spitz. Er fing an, selbst wie die Savak zu schnüffeln. Mit Erfolg. Im Frühjahr begannen die Exekutionen. Hunderte. Jetzt kommt meine Heldin wieder aus dem Goldenen Dreieck, zu gepfefferten Preisen und unverschleiert. Lotsapoppas Geist führt sie am Arm zu mir.

Imam Chomeini hält in Teheran seit fast einem Jahr ein kleines Heer amerikanischer Diplomaten in Geiselhaft. Vom Schah gestohlene Reichtümer, die in den USA eingefroren worden sind, sollen zurück in den Iran. Vizekonsul Queen, der krank war, haben sie vor kurzem freigelassen. Mich verbindet irgendwas mit diesem Queen... Obwohl er im Gegensatz zu mir eine Quelle für Nachrichten von weltweitem Interesse war, blieb er, wie ich, von der Welt abgeschnitten. Neun Monate lang las er Shakespeare. Ich sammelte Scheren in dieser Zeit. Ich frage mich, wer von uns beiden weiter von der Welt entfernt war.

Worum ich bei meinem erneuten Kontakt mit der Welt der

Zeitungen nicht herumkomme, sind die vielen politischen Anschläge. Sie liefern die tollsten Namen beim Frühstück und beim Nachmittagsdrink.

Letzten Freitag versuchten sie, sich im Pariser Vorort Neuilly Shapur Bakhtiar, den letzten Premier unter dem Schah, vorzuknöpfen. Fünf junge Männer drangen unter dem Vorwand in sein Haus ein, ihn interviewen zu wollen. Das Mikrofon entpuppte sich als Feuerwaffe. Bakhtiar wurde kein Haar gekrümmt, nur eine allzu neugierige Nachbarin, die den Kopf zur Tür reinstreckte, überlebte es nicht. Der rächende Arm des Imam von Ghom reicht weit, auch wenn er manchmal etwas ungenau zielt. Zufällig hielt sich der iranische Außenminister Sadegh Ghotbzadeh ebenfalls gerade in Paris auf – um gleich an Ort und Stelle abstreiten zu können, daß seine Regierung auch nur das Geringste mit der Schießerei zu tun habe. Noch etwas blaß um die Nase nach all der Aufregung machte der Ex-Premier vor Fotografen das Victory-Zeichen, was, wie er fand, superwestlich wirkte. Ihm gefalle es, so bekannte er einem (echten) Journalisten gegenüber, übrigens sehr gut in Paris, wo er den Wein nach Herzenslust genießen könne, der in Teheran ja nur in den Gully gekippt werde.

Nicht nur Wein fließt im Iran. Bakhtiar mag zwar mit dem Leben davongekommen sein, doch in seiner Heimat hat man mit der Hinrichtung der Verschwörer begonnen, die einen Staatsstreich ... vielleicht nicht vorbereiteten, aber immerhin im Sinn hatten, mit dem Ziel, ihn, Bakhtiar, wieder an die Macht zu bringen. Allah, der alles andere als tot ist, erkennt solche Gedanken bei den Untertanen und flüstert sie Ayatollah Chomeini ein. Ein solcher Mann Gottes an der Spitze einer Nation ist ideal: Man spart die Kosten für einen Geheimdienst.

Tags darauf wurde der frühere Premierminister der Türkei, Nihat Erim, erschossen, als er mit seiner Frau ins Auto steigen wollte, um den Tag am Strand zu verbringen. Er hatte gerade den Picknickkorb mit kaltem Huhn in den Kofferraum gestellt. Die Täter fanden noch Zeit, Erim einen Zettel mit den Worten »Dev-Sol« an den Sommeranzug zu stecken. Ein herbeigeeilter ausländischer Journalist dachte zunächst an eine Sonnenölmarke (*Developed Solarization*), doch es stellte sich heraus, daß es »Revolutionäre Linke« hieß. Erims Frau, die unversehrt blieb, hat auf den Ausflug verzichtet.

Am Dienstag voriger Woche hat in der Türkei übrigens auch ein Parlamentsabgeordneter dran glauben müssen: Abdurrahman Koksaloglu. Da hast du wieder so einen zungenschnalzenden Namen für den Morgenkaffee oder den Nachmittagstee, Thjum. Der Mann ist tot, sein Name tanzt einem auf der Zunge, lebendig wie die Pest. Man zählt eifrig nach, wer von den beiden, Erim oder Koksaloglu, nun genau das zweitausendfünfhundertste Opfer politischer Gewalt in diesem Jahr in der Türkei ist. Ehre, wem Ehre gebühret.

Der vergangene Sonntag wurde offenbar auf der ganzen Welt als Ruhetag eingehalten. Keine Anschläge. Nur in der Korte Leidsedwarsstraat wurde ein Fünfundfünfzigjähriger in einer Kneipe von zwei jungen Männern in die Brust geschossen, aber das hatte, glaube ich, nichts mit Politik zu tun. Montag war es wieder früh Tag. Schon zum Frühstück Namen, gegen die es keine Cornflakes aufnehmen konnten. An der Pariser Avenue Hoche wurde Salah Al-Bitar liquidiert. Ebenfalls ein ehemaliger Premier, in diesem Fall von Syrien. Heutzutage ist es riskanter, Ex-Premier zu sein, als Premier. Salah Al-Bitar, ein fanatischer Verfechter der arabischen Einheit, bekam von seinem Mörder einen Genickschuß in dem Moment, als er den Schlüssel in der Tür zu seinem Büro umdrehte. Er wollte dort an dem von ihm ins Leben gerufenen Blättchen *Al Ihya al Arabi (Die Arabische Wiedergeburt)* arbeiten. Letztlich öffnete er eine andere Tür – eine, die zu einem panarabischen Paradies führt, das er, wiedergeboren, mit einem Schritt über die eigene Leiche betrat.

Paris natürlich wütend, nachdem es solchermaßen zu einer islamitischen Schießbude verkommen war. Die tiefgläubigen Auftraggeber waschen ihre Hände in einem mohammedanischen Sprichwort: »Zum Beten bleibt wenig Zeit, wenn erst der Teufel gesteinigt werden muß.«

Ich lese vom Erdbeben. Was für ein Weib, Thjum, diese unsere Erde. Sie litt wieder mal unter Morgenmuffligkeit. Aber trotzdem keine Sekunde zu spät bei der Arbeit, denk das bloß nicht. Ihre Bahn, ihre Umdrehungen ... schon seit Jahrtausenden das perfekte Uhrwerk, der ideale Kalender. Ein Fischbeinstab verrutscht in ihrem Korsett, Menschen werden zermalmt, doch sie platzt nicht wirklich aus den Nähten. Bleibt pünktlich, auf die Minute, alles in bester Ordnung. Ich habe mal die stark vergrößerte Aufnahme einer Eizelle gesehen, die von Spermien bedrängt wurde. Es sah aus wie ein Golfball mit einer Perücke aus Sojasprossen. Analog hat sich von Zeit zu Zeit ein kosmischer Samen in die Erde gebohrt. Kaum absehbare Folgen. Planet und Sonne getrennt von Tisch und Bett, Anbruch einer nie dagewesenen Eiszeit, aussterbende Tierarten ... Aber: Sie kreiste weiter. Sie wich nicht einen Millimeter von ihrer Bahn ab. Was für ein Wahnsinn! Und was für ein System! Alte Schlampe ...!

Universität des Verbrechens

Mittwoch, 23. Juli 1980
(Flix Boezaardt)

Ich habe für den Knast hier so oft die Bezeichnung *l'unicri* (*l'università della criminalità*, Universität des Verbrechens) gehört, daß der eigentliche Name mir oft entfällt und mir auf den Briefumschlägen fremd vorkommt, wie eine falsche Adresse. Das Gefängnis ist auch wie eine Universität eingerichtet und hat die gleiche Hierarchie. Typen, die gerade ihre Abschlußprüfung in irgendeinem Kriminalitätsfach abgelegt haben, werden von ihren Chefs als studentische Hilfskraft oder wissenschaftlicher Mitarbeiter dazu angestellt, frisch in den Knast gekommene kleine Ganoven aus den Quartieri bei ihrem Studium zu betreuen. Erst als *laureando* darf der Student Vorlesungen beim Professor persönlich hören, in seiner luxuriös eingerichteten Zelle – stets irgendein Mafioso mittleren Alters, der nicht einmal mehr ans Ausbrechen denkt, so ein tolles Leben führt er hinter Gittern, mit Farbfernseher, teurem Fressen und Saufen und von Zeit zu Zeit einer Edelnutte. Genauso wie Professoren an der Universität sitzen sie auch in verschiedenen Kommissionen und üben Beratertätigkeiten aus. Sie verfügen über Telefon in ihrer Zelle und haben hinter dicken Ledervorhängen die halbe Unterwelt der Stadt im Griff. Manchmal erhalten junge Verbrecher von ihrem *professore* den Auftrag, per Fernkurs Buchhaltung oder Jura oder Volkswirtschaft zu studieren. Von oben werden sogar Stipendien zur Verfügung gestellt, die später, wenn sich der Kriminelle nach dem Examen einen Platz draußen erobert hat, zurückgezahlt werden können. Die Camorra wird immer mehr zu einer perfekten Kopie des modernen Unternehmens. Eine Verhaftung gilt als Betriebsunfall: Die zurückbleibende Familie des geschnappten Mafioso bekommt für die Dauer seiner Haftstrafe eine Art Arbeitslosengeld. Für Witwen während der Arbeit verstorbener Angestellter gibt es eine Rente. Invaliditätsbezüge ... für alles wird gesorgt. Kindergeld, denn: Eine Generation hilft der nächsten, nicht wahr?

Aus Langeweile habe ich mich auch mal für ein Studium angemeldet, aber ich werde von allem ausgeschlossen. Manchmal spüre ich so etwas wie Verachtung. Einfach deinen Freund kaltzumachen, ohne daß dir das was bringt und ohne daß es nötig ist, ihn zum Schweigen zu bringen ... das ist etwas Unbegreifliches für sie, um nicht zu sagen: etwas Unmoralisches. Ich habe ihnen wohlweislich nicht erklärt, daß es so etwas wie ein Betriebsunfall der Kunst war. Ich denke, dann wäre mir das gleiche Los beschieden wie den Typen ganz am Ende des Gangs, die sich an kleinen Jungen oder Mädchen vergriffen haben. Die alten Römer starben einen sanften Tod in einem warmen Bad. Hier muß man sich mit einer Dusche begnügen, die nichts lindert, sondern das Blut aus dir drischt, bis es hellrosa wie Brause in den Abfluß kriecht, der halb zugeschwemmt ist von Schamhaar und erstarrtem Sperma, grau wie Zeitungspapier. Mit anzusehen, wie deine letzten Lebenssäfte dorthin fließen ...

Hier gehen Gerüchte, daß dieser Gesù verhaftet worden ist ... scheint eine ziemliche Berühmtheit an der hiesigen Universität zu sein ... ein Einzelgänger, von dem mit Respekt gesprochen wird ... Ich hab die Augen gut aufgemacht, kann ihn aber nirgends entdecken.

Im Freizeitraum, der hier »der Ring« heißt wegen der täglichen Schlägereien, spiele ich manchmal eine Partie Tombola mit beziehungsweise *tómmola*, wie sie hier sagen. Es erinnert mich an die kleine Kneipe von La Tattamella, wo ich mir das Spiel ein paarmal mit Thjum angeschaut habe.

Es wird hier immer gemütlicher. Zur Abwechslung sitze ich jetzt nicht mit drei, sondern mit fünf anderen in einer Zelle. Zwei Stockbetten zu je drei Etagen vis-à-vis, dazwischen ein Gang, zu schmal, um auf und ab zu tigern. Vier Neapolitaner und ein Römer, alle aus den *bassofondi*. Die sind's gewöhnt, ja. Die haben immer schon zu zehnt in einem Zimmer gewohnt und zu fünft in einem Bett geschlafen. Den

Mief der anderen einatmen, dann fühlen sie sich wohl, die Idioten. So schamlos, wie sie einen *ventariéllo* lassen, so prüde sind sie, wenn's um ihren Schwengel geht. Wenn jemand pissen muß, dann wird von den anderen erwartet, daß sie ihm den Rücken zudrehen. So stehen wir also zu fünft wie Schwachköppe da und stieren unsere Zellentür an, während es hinter uns plätschert. In meiner vorigen Zelle, wo ich mit drei Jugoslawen saß, war das ganz anders. Ich hatte reichlich Gelegenheit, mich an ihrem schweren Geschütz zu erfreuen. Ich begann schon fast, das Gefängnisleben zu loben, als diese Serben was spitzkriegten. Sie fingen an, mir abwechselnd einen abzuwichsen. Zwei hielten mich fest, so daß der dritte ungehindert zulangen konnte. Der Form halber und um ihr Spielchen mitzuspielen, sträubte ich mich, fand es derweil aber gar nicht so schlecht, diesen totalen Mangel an Zärtlichkeit. Dort wurde mir mit grobem Werkzeug der Zebedäus poliert. Nachdem ich meine weiße Galle zweimal gespuckt hatte, hätte es mir eigentlich gereicht, aber von wegen: Der dritte, der hübscheste von ihnen, wollte auch sein Teil. Ich hatte das Gefühl, jetzt würde nur noch lauwarmes Wasser mit ein bißchen Seifenschaum rauskommen, aber unser Sep blieb bei der Stange, und ich hab ihn nicht enttäuscht. Danach aber fing's erst richtig an: Knebel in den Mund, Arme auf den Rükken, Hose runter. Ja, das hatte fast was Zärtliches: der Spuketropfen, der genau unterhalb meines Pullirands auf dem nackten Ende meines Rückens landete und zart kitzelnd in meiner Arschritze abwärts kroch. Dann wurde in die Hände gespuckt, Gürtelschnallen klirrten, und ... na ja, dann haben sie sich alle drei über mich hergemacht. Brutal, mit schwerstem Geschütz. Der Genuß reichte nicht aus, den Schmerz aufzufangen. Zum erstenmal seit 's-Heerenberg wurde mir wieder bewußt, wie wenig Luft durch die Nase hinein und hinaus kann. Glühend heiß wurden meine Nasenlöcher davon ... und diesen letzten Kontakt mit der Atmosphäre hatte ich bei Thjum auch noch abgeschnitten ... So an ihn zu denken half mir über die Vergewaltigung hinweg. Es machte den Schmerz süß.

Wenn ich jetzt die Augen schließe, wette ich zehn zu eins, daß ich meine Gipspuppen wieder vor mir sehe, als immer wieder anders aufgestellte Figurengruppe, immer regungslos, immer schweigend: meine Familie, die auf mich wartet ... Die Kulisse ähnelt dem Keller eines niederländischen Gemeindemuseums, in dem als Gegenleistung für Fördergelder Kunstwerke lagern. Fahlgraue Leinwandrückseiten ohne Rahmen und dazwischen die numerierten Puzzleteile, die alle zusammengenommen Thjums Rüstung gebildet haben. Sogar die stummen Zeugen meiner Tat haben sie in den Keller geschmissen ...

Gut, ich schließe die Augen. Ich sehe meine Mutter als achtjähriges Mädchen, gekleidet in einen beigen Dufflecoat. Einen Moment zeichnet sie sich scharf vor einer weißen Schneefläche ab, dann läßt sie sich rücklings, mit ausgebreiteten Armen, in den Schnee fallen. Sie bewegt die Arme nach oben und unten und steht wieder auf. Im Schnee sieht man den Abdruck eines Engelchens. Wieder läßt sich die kleine Maaike rückwärts fallen, um ihre Flügel auszubreiten, und noch mal und noch mal ... so lange, bis sie von ihrer Mutter zum Essen gerufen wird und ein ganzes Heer von Engeln in der bläulichen Dämmerung zurückläßt.

»Máááá-ya ...! Eééé-ssen, mein Engel!«

Blutgeschmack

Mittwoch, 23. Juli 1980
(Albert Egberts)

Und immer noch war es nicht vorbei, Thjum. Als sich gestern morgen, Punkt elf, mein Radiowecker einschaltete (ich weiß genau, daß ich das Unding nicht gestellt hatte), begannen die Nachrichten mit einem Bericht über einen türkischen Gewerkschaftsführer, Kemal Türkler, der beim Verlassen seiner Wohnung in Istanbul von drei Männern umgebracht worden war. Zu dem Anschlag bekannten sich die extremistischen Rächer für Türkisch-Islamische Einheit, von denen ich Sükrü, damals noch Ali, so oft mit bewundernder Hochachtung hatte reden hören.

Ich ließ das Radio an und blieb noch eine halbe Stunde auf dem Rücken liegen, die Füße übereinandergelegt, die Hände unter dem Kopf gefaltet. Es wunderte mich ein wenig, daß ich mich weniger elend fühlte als sonst nach dem Aufwachen und keine Eile verspürte, mein Frühstück mit dem krummen Löffel zu mir zu nehmen. Hatte die frühe Stunde etwas damit zu tun? Wenn ich normalerweise zwischen zwei und drei Uhr nachmittags aufstand, brauchte ich dringend etwas. Um wieviel Uhr war ich in dieser Nacht nach Hause gekommen? Jedenfalls war es schon hell gewesen. Auf dem Weg durch die Utrechtsestraat hatte ich auf den Brücken aus den Augenwinkeln heraus in einem fort Mäuse davonflitzen sehen. Müdigkeit? Wenn ich genau hinschaute, sah ich sie mit wedelnden Öhrchen aufsteigen und in Gruppen von vier, fünf auf einen Baum fliegen. Spatzen. Ich brauchte dringend etwas. Doch als ich zu Hause war, kam ich einfach nicht dazu, mir mein Frühstück zu bereiten. Ich habe eine ganze Weile mit der Schere in der Hand am Tisch gesessen. Nein, Thjum, nicht um den Bandwurm zu enthaupten, sollte der sich noch zeigen. Ich spielte einfach damit herum, und dabei fiel mir auf, was für eine schöne Zusammenfassung meines Lebens so eine

Schere darstellte, mit all ihren Scharten und dem verwitterten Chrom. Schließlich habe ich sie widerwillig beiseite gelegt, um die Hände für Egbert Egberts' Hundeleine und den krummen Löffel von Albert Egberts sen. frei zu haben. Mein Widerwille, der leider nicht stark genug war, mich zu kurieren, mußte mit dem Artikel über den thailändischen Babyraub in der *Far Eastern Economic Review* zusammenhängen, von dem ich dir erzählt habe. Ich bin mir inzwischen ganz sicher.

Um drei Minuten nach halb zwölf (Discjockeys verkünden einem bei passender und bei unpassender Gelegenheit »die genaue Zeit«) stand ich auf. Die Übelkeit war geringer als befürchtet. Der Trauerflor vor meinen Augen löste sich rasch auf. Meine Beine trugen mich ohne viel Getorkel zur Toilette. Zweifellos verdankte sich meine relativ gute Verfassung auch der warmen Mahlzeit, die ich mir am Abend zuvor zum erstenmal seit langer Zeit wieder genehmigt hatte. Ich hatte sogar mit Appetit gegessen. Keinen rohen Thunfisch. Vor allem Fleisch. Aber ich hatte auch, wie mein Zahnarzt, feststellen können, in welch schlechtem Zustand sich mein Gebiß befand. Wenn ich, um nicht als Abhängiger erkannt zu werden, sogar auffällige Manschettenknöpfe trug, mußte ich meine Backenzähne doch wirklich mal mit Porzellan und Gold auf Vordermann bringen lassen.

Bei geschlossenen Vorhängen zog ich unter der Schreibtischlampe die Nadel auf, ohne daß mir die Finger zitterten. Es war nicht das übliche hastige Gefummel. Ich machte es ruhig und treffsicher wie eine Krankenschwester, die jemandem gleich eine Spritze gegen Heuschnupfen verabreichen wird.

Obgleich der Kontrast zwischen den beiden aufeinanderfolgenden Zuständen in meinem Körper weniger groß schien als sonst, genoß ich den schnellen Abzug all dessen, was Bodensatz war in meinem Blut. Du hast mich nur als einsamen Spieler des Gesellschaftsspiels Blasfußball gekannt. Erst nachdem ich dich in Neapel zurückgelassen hatte, begnügte ich mich nicht mehr mit einem flüchtigen Kuß meiner Heldin; sie mußte auf direktem Wege in mein Blut. Doch die fast schneidende Glückseligkeit sofort nach dem Lösen des Riemens um den Oberarm, wie ich sie früher erlebt habe, kehrt nie mehr wieder. Momentan besteht mein Himmel aus nicht viel mehr als dem Verschwinden und danach der stundenlangen Abwesenheit jeden Gefühls von Unbehagen. Schade, Thjum, daß eine mit so viel Geld und Gefahr erkaufte Euphorie sich nur negativ beschreiben läßt. Aber was will man: Das Übel wurde durch sein eigenes Gegenmittel geschaffen. Schön rund sind sie immer, die Kreise.

Ich blieb sitzen, bis ich vollkommen neutrales Gebiet für sich gegenseitig belagernde Empfindungen geworden war, und stand dann auf, um mir in der Küche einen Tee zu kochen. Wieder nannte der Discjockey die genaue Zeit: vierzehn nach zwölf. Weil die Küchentür keine Klinke hat und gern beim leisesten Lufthauch ächzend aufschwingt, wird sie durch einen großen Nagel arretiert, der schräg in einem kleinen Loch im Türrahmen steckt. Ich zog den Nagel heraus. Die Tür öffnete sich langsam und lautlos.

»Wir ändern uns nicht«, schreibt Céline. »Wir wechseln weder unsere Ansichten noch die Socken.« So wird es dich nicht wundern, Thjum, daß ich in der Küche noch immer keinen Vorhang am Fenster habe. Ich stand auf der Schwelle und blinzelte wegen der blendend weißen rückwärtigen Fassaden der Häuser gegenüber. Sie sind frisch gestrichen, aber das war es nicht allein: Die Sonne stand auf ihnen. Kein Streiflicht zwischen zwei Wolkenkontinenten, sondern voll und grell.

Als sich meine Augen mit den *pinpoint pupils* ein wenig an all das Licht gewöhnt hatten, sah ich die Maus auf der Spüle. Mir wurde bewußt, daß ich es versäumt hatte, gegen die Tür zu treten ... Das Tierchen balancierte auf den Hinterbeinen auf dem Rand des Wasserglases, in dem immer zwei Zahnbürsten und eine Tube Zahnpasta stehen. Nach hinten gebeugt wie ein Bergsteiger umklammerte es eine der Bürsten, in der offenbar ein Essensrest hängengeblieben war, mit den Vorderpfötchen. So aufgerichtet, kam die Maus gerade daran, doch es kostete sie sichtlich Mühe, die Fleischfaser, die sich zwischen den Nylonborsten verfangen hatte, herauszulösen. Ich tastete mit der Zungenspitze nach dem aufgebohrten Backenzahn, in dem sich die Behelfsfüllung schon wieder zur Hälfte abgeschliffen hatte. An dem scharfen Rand hatte sich am Abend, als ich das medium gebratene Ribeyesteak gegessen hatte, ein sehniges Fleischstückchen festgesetzt. Zuerst hatte ich versucht, es mit der Zunge zu entfernen, danach, indem ich die Wange schmatzend einsog und kraftvoll Speichel in den Zahn preßte, um schließlich, weil keine Zahnstocher auf dem Tisch standen, mit dem Zeigefingernagel daran herumzupulen. Nichts half. Offenbar hatte ich es heute morgen, bevor ich zu Bett ging, herausgeputzt: Meine Zunge fand es nicht mehr. Es steckte in den Borsten meiner Gum-Zahnbürste, der einzigen, die mir mein Zahnarzt wegen meines geschwollenen Zahnfleischs zu benutzen erlaubte.

Durch diese Suchbewegung meiner Zunge hatte ich auf die denkbar intimste Weise Kontakt mit einem kleinen Wesen, das ich sogar nie hatte *sehen* wollen. Jetzt fraß es aus meinem Mund, wie ein Vogel, der das Gebiß eines Krokodils sauberpickt. Zusammen mit dem faden Geschmack von verdünntem Blut, der von meinem beschädigten Zahnfleisch herrührte, kostete ich die Unschuld dessen, was ich stets als meinen Dämon betrachtet hatte. Möglicherweise beruhte auch das größte Trauma ... nicht auf dem grauenvollen Ereignis selbst, sondern auf einem deplacierten Gegenstand, einem schrillen Detail, einer hoffnungslos banalen Nebensächlichkeit. Hab ich dir mal von dem Handschuh erzählt, Thjum? Nein, ich meine nicht den, den du eine Weile als Beischläfer hattest. Auch nicht den Glacéhandschuh deines Bruders ... Bevor mich meine Mutter, du erinnerst dich, neben sich auf den Stuhl hob, auf den sie sich vor einer Maus im Zimmer geflüchtet hatte, war sie dabei gewesen, Nylonstrümpfe anzuziehen. Damit ihre Fingernägel keine Laufmaschen machten, zog sie sich meines Vaters Wollhandschuhe an. An der Hand, mit der sie mich an sich drückte, trug sie noch einen, wodurch sie zu einer Art haariger Klaue wurde: der Pranke eines Monsters, das uns bedrängte.

Unter den Anstrengungen der Maus tickte die Bürste gegen den Glasrand. Ich ertrug den Anblick des sich heftig bewegenden, molligen kleinen Körpers ohne Abscheu. Es war eher Rührung, was ich empfand. Und noch etwas ... eine Art kindlichen Stolz, in dem ich mich selbst wachsen fühlte. Ich hatte mich immer von fahlen Schemen narren lassen anstatt von Bedrängern aus Fleisch und Blut.

Mit ihrer kärglichen, in meinem hohlen Zahn marinierten Beute verschwand die Maus hinter dem Gasherd. Ohne sich zu beeilen, denn sie hatte mich noch immer nicht bemerkt, so reglos war ich in der Tür stehengeblieben.

An der Stelle, an der die Maus verschwunden war, brachte ich mit überströmendem Herzen Wasser zum Kochen. Ich hatte keine Angst. Ich hatte immer viel zu sehr vor meinen Ängsten gekuscht. Es kam darauf an, sie zu überschreien, wegzuhöhnen, zu würgen, zu zertreten ... Das einzige, wovor ich je wirklich Angst gehabt hatte, war die Angst selbst. So wie manche Menschen eher den Kummer über den Tod ihres Kindes fürchten als den Tod selbst.

Ich kochte Tee, um den Eisengeschmack des Blutes aus meinem Mund zu spülen. Doch der Geschmack wurde innerhalb kurzer Zeit so stark, daß ich mich fragte, ob nicht der Tee nach Blut schmeckte. Es war schon längst nicht mehr mein eigenes Blut ... Ich kostete Blut, und es schmeckte nach mehr. Ich fühlte mich wie der britische Vampir aus Flixens unappetitlichem Witz vom internationalen Vampir-Kongreß: Während sich zur Cocktailzeit alle auf die Bloody Mary stürzen, bittet der Brite um eine Tasse heißes Wasser, um sich Tee aus dem benutzten Tampon einer jungen Frau zu bereiten. Ich kochte Tee aus Blut, und ich wußte, wessen Blut es war.

Nachdem ich das Ribeye verzehrt hatte, dessen letztes Restchen die Maus gerade in ihre Höhle geschleppt hatte, hatte ich in dem Lokal noch einen Kaffee getrunken. Es waren wenig Gäste da. Der Fernseher, hoch oben auf einem Bord, lief. Niederländische Popgruppen spielten ihren jüngsten Hit, alles in

Playback. Nur der Koch, der die Gerichte eigenhändig aus der Küche hereintrug, warf im Vorbeigehen dann und wann einen Blick darauf. Die Sendung zog erst meine Aufmerksamkeit auf sich, als die Gruppe Derrick Fisher Disco angekündigt wurde und das Gesicht meines Bruders auf dem Bildschirm erschien. Im Intro erkannte ich die ersten Takte von *Homeward bound* wieder, einem alten Stück von Simon & Garfunkel, allerdings als Tanznummer arrangiert, mit straffem Discorhythmus. Jetzt, als die ganze Band ins Bild kam, erkannte ich auch Paddy mit seiner Sologitarre. Ich hatte in den Zeitungen davon gelesen: Freek hatte, »nach jahrelanger Abwesenheit im Ausland«, seine alte Gruppe neu gegründet. Nach sechswöchigem Üben gewannen sie bei einer Talentshow in Amstelveen den ersten Preis: eine Plattenaufnahme in einem mit dem neuesten Schnickschnack ausgestatteten Studio.

Freek, der sich von einer Jury aus Radiobonzen entdecken ließ, die sich bei Nebentätigkeiten gefielen... ziemlich gewöhnungsbedürftig, so kurz nach seiner Rückkehr aus Südjemen. Ich erinnerte mich an seine große Klappe, als wir uns zur Feier seiner Heimkehr vollaufen ließen. »Ich bin jetzt in der Lage, Glibberveen und die ganze rassistische Bagage niederzumähen.« Zwei Wochen später hatte er seine Kalaschnikow wieder mit einer Baßgitarre vertauscht, das heißt... die Kalaschnikow hatte er dort unten gelassen, und die Baßgitarre war nicht länger eine Rickenbacker, sondern eine Fender. In diesem »Studio mit dem phantastischen Equipment« durfte er das Instrument, vielleicht weil sich seine Hände zu sehr einem Maschinengewehr angepaßt hatten, nicht einmal selbst spielen. Fast alle Bandmitglieder wurden durch geleckte Studiomusiker ersetzt, die sich gern als »Multi-Instrumentalisten« bezeichneten, weil sie außer einer zwölfsaitigen Gitarre auch noch Harmonium spielten und mit Tamburin und Rumbakugeln ganz gut zurechtkamen. Eigentlich wurde nur Freeks Stimme für brauchbar befunden. Er wurde als einziger ins Studio beordert. Als er eintraf, waren alle *ghost-musicians* bereits verschwunden, hatten aber das komplette

Tonband dagelassen. Freek bekam einen Kopfhörer aufgesetzt und mußte das Stück bestimmt zwanzig-, dreißigmal singen.

... all my words come back to me
in shades of mediocrity...

Techniker hinter einer Glaswand modelten seine Stimme gemäß dem Zeitgeschmack zurecht. Freeks Singstimme wurde selbst zum Instrument, auf dem andere von fern, mit Hilfe eines Schaltpults, herumspielten. »Okay, hör mal eben auf. Wir geh'n jetzt 'nen Kaffee trinken.«

Als Freek schon lange wieder in Amsterdam war, murksten sie in Hilversum noch immer an seiner Stimme herum. Sie jagten sie durch sämtliche verfügbaren Filter... mischten ein bißchen Echo und Resonanz dazu... einen kleinen Hintergrundchor, fix und fertig aus dem Synthesizer... Die langsam aufgenommene Stimme wurde schneller abgespielt, die schnell aufgenommene wieder verlangsamt und die Resultate beider Prozesse auf verschiedenen Tonspuren zusammengeschnitten. Auf dieselbe Weise wurde ein hoher, mit Kopfstimme gesungener Refrain mit einer derart tiefen Version gemixt, daß Freek dafür sein Kinn auf die Brust hatte pressen müssen. So wurde seine Stimme entstellt und gleichzeitig in vielerlei Gestalt vervielfältigt.

Jetzt waren Hunderttausende Fernsehzuschauer Zeuge, wie durch Playback Freek Egberts und seine rechtmäßige Stimme sich nach vielen Irrwegen wieder trafen. Ein rührendes Wiedersehen. Aber... sie hatten sich beide verändert und waren einander auf beunruhigende Weise fremd geworden. Beide hatten für die Begegnung in Bussum eine lange Reise auf sich genommen. Mittelsmänner hatten die Verabredung arrangiert. Jetzt umkreisten sie sich verlegen. Die Singstimme war wie eine Seele verzweifelt auf der Suche nach einem Körper, den sie nach einer strapaziösen Reise durch die Unterwelt der Spulen und Tapes und Regler sogar gefunden hatte. Doch der Körper paßte nicht mehr zur Seele. Ich sah meinen

Bruder nach seiner Stimme schnappen wie ein Fisch nach dem Köder. Die Stimme tanzte ihren Tantalustanz zwischen wogendem Tang aus Hintergrundchören.

Ganz Holland hielt den Atem an.

And all my words come back to me
in shades of mediocrity...

Hübsches Teenagerliedchen, Freekie. Was aber war aus seiner Solidarität mit den geknechteten Kasten geworden? *Solid Air* hieß seine Wüstenorganisation. Feste Luft – solide genug, um Luftschlösser daraus zu bauen. Jetzt war sogar seine eigene Stimme eine ferne, flimmernde Illusion geworden.

Um sein Gitarrenspiel war es noch schlimmer bestellt. Sein Baß, der der Leier auf dem Concertgebouw glich, nur mit einem Stiel, diente lediglich der Dekoration. Die Finger seiner linken Hand tasteten über den Hals auf der Suche nach den Akkorden eines anderen, die seiner rechten nahmen immer wieder dieselbe Treppe aus vier dicken Saiten, um den konservierten Baßrhythmus aus dem Studio wiederzufinden. So war die Hand des Kommandokämpfers bei seiner Rückkehr zur Musik in einer Tretmühle gelandet.

Nicht einmal vier Minuten dauerte der Kampf, bei dem Freek versuchte, seiner Stimme Herr zu werden. Der Song wand sich in zierlichen Schleifen um ihn, die Stimme war manchmal nah, blieb aber ungreifbar. Man konnte es für Ernsthaftigkeit halten, wie er den Song interpretierte, doch in Wirklichkeit machte Freekie schlichtweg ein ängstliches Gesicht, ich sah es genau. Wer lippenlesen konnte, sah, daß ganz andere Worte als »shades of mediocrity« aus seinem Mund kamen. »Ich will meine Stimme wiederhaben...! Los, gebt sie mir wieder zurück...!« Popmusik für Taube und Schwerhörige.

Das Stück näherte sich dem Finale. Langsam wurde die Musik ausgeblendet. Freeks Lippen tasteten noch nach der Stimme, allerdings bereits weniger überzeugend... zaudernd... Er lachte verlegen, geniert... ein verkrampftes

Grinsen war es, gut für allenfalls anderthalb Groupies in den Kulissen. Noch bevor der kümmerliche Gesang ganz verhallt war, schloß Freek den Mund. Er gab's auf. Anfang der sechziger Jahre hatte es eine Popsendung gegeben, *Rodeo*, bei der die debütierende Gruppe, wenn ihr Stück den Zuschauern nicht mehr zusagte, auf einem runden, mobilen Podium unter lautem, die Musik übertönenden Pferdegewieher aus dem Bild gedreht wurde. Der arme Freek mußte sogar auf das tarnende Gewieher verzichten. Seine Stimme ging durch ... immer dünner werdend ... floh in die Ferne. Der Sänger, die Hand am Gitarrenhals, verbeugte sich vor einem unsichtbaren Publikum und nahm den Geisterapplaus entgegen. Er beugte den Kopf, um seine Niederlage einzugestehen. Er hatte sich mundtot machen lassen.

»Baartscheer abknallen? Ich?« hatte er kurz nach seiner Rückkehr gerufen, als er wieder nüchtern war und seiner Stimme noch nicht ganz verlustig. »So 'ne Witzfigur, die zufällig ein bißchen über die Stränge schlägt? Wofür hältst du mich? Es laufen viel weniger forsche Typen rum, die es verdienen, daß man sie über die Klinge springen läßt, wenn du schon unbedingt die extreme Rechte ins Herz treffen willst. Du mußt sie nur aufspüren. Vielleicht solltest du in Deutschland oder Belgien suchen.«

Ich blies auf meine Schale mit heißem Tee und roch das Blut. Es war falsch von mir gewesen, erkannte ich jetzt, ihm recht zu geben. Arend-Jan Baartscheer trug ein beflecktes Symbol. Was für einen Unterschied machte es schon, welchen Vertreter der Bewegung man sich vorknöpfte, solange es darum ging, die Aufmerksamkeit eher auf bestimmte Praktiken zu lenken, als jemand Bestimmtes auszuschalten? Mit jedem Mitglied traf man die Organisation, und darauf kam es an.

»Kannste doch wirklich nicht ernst nehmen, die Viking-Jugend oder Viking-Jeugd oder wie sich dieses Gesocks schimpft ...« hatte die nuttige Stimme meines Bruders gesagt.

»Es ist noch kein halbes Jahr her, Freek, ich weiß das Datum noch ... zwanzigster Oktober. Ein Samstag. Ganz Holland wusch die Autos, scharrte im Garten, klebte mit dem Ohr am Radio und verfolgte das Sportgequassel ... Ich kauf am Spui *Het Devies* und beobachte durchs Schaufenster der Buchhandlung drei Schriftsteller aus ein und demselben Stall, die dort ihre Werke signieren ... schwungvoll, leutselig lächelnd, sich keiner Gefahr bewußt ... Ich schlage die Zeitung auf. NATIONALE JUGENDFRONT VERSAMMELT SICH IN SOEST. Prominent vertreten, ›nein, nicht in die Zeitung, mein Name, schreiben Sie einfach Johann, mit Doppel-N‹: Baartscheer und eine Abordnung seiner Viking-Jugend. Der Bericht stand wohlgemerkt neben der Mitteilung, daß am selben Nachmittag in Harlingen der Anton-Wachter-Preis an Patrizio Canaponi verliehen wurde für ...«

»... für ein Buch, das genausowenig den Finger auf die wunde Stelle legt, wolltest du sagen?«

»Es sei denn auf die wunde Stelle, die ich selbst bin. Freek, damals und dort, in Soest, wurden die entscheidenden Kontakte geknüpft ... damals und dort ist die VJ erst so richtig aus den Startlöchern gekommen, glaub mir. Und keiner hat dem einen Riegel vorgeschoben.«

»Die haben doch alle wenig oder nichts zu melden. Glaub *mir.*«

Erst da begriff ich, daß Freek ... ob links, ob rechts ... mit keiner Form von politischer Gewalt mehr etwas zu tun haben wollte. Grace Slick, die Sängerin von Jefferson Airplane, hatte mal auf die Frage nach den Zukunftsplänen der Gruppe allen Ernstes geantwortet: »Wir wollen lauter werden.« Im Vorgriff darauf hatte sie das Kind, das sie ihrem Gitarristen schenkte, mit dem ohrenbetäubenden Namen »God« bedacht. Die Band The Flock, bei der eine allesbetäubende elektrische Geige den Ton angab, antwortete auf die Frage nach ihrer erschlagenden Lautstärke: »Wir wollen so laut spielen, daß wir den Krieg in Vietnam nicht mehr hören.« Auch Freek gab murmelnd ein ähnliches Statement ab, stöpselte ein und ließ seinen Baß grollen. Mehr, Thjum, gibt's einstweilen von meinem Bruder nicht zu berichten. Ich wollte das völlig zerlesene Exemplar *Urban Guerrilla* aus seinem neuen Zimmer mit nach Hause nehmen. Er hatte es nicht mehr. Liegt irgendwo im Südjemen und raschelt im Wüstenwind.

Politische Anschläge sind so alt wie ... vielleicht nicht wie die Welt, aber doch immerhin so alt wie die Politik. Noch nie war, wenn ich den Zeitungen Glauben schenken darf, die politische Liquidation so weltweit verbreitet und so oft angewendet worden wie in letzter Zeit. Es bekommt mehr und mehr etwas Klinisches: Vertreter der einen Gruppierung schießt Vertreter der anderen Gruppierung vor dessen Haus nieder, bekennt sich mittels der Presse zu dem Mord, woraufhin Publizität und Angst von selbst folgen.

Mein alter Heißhunger nach Bewegung ... ist der ausgelöst worden durch die kleine Szene mit der Maus? Hatte das Ende der Regenperiode etwas damit zu tun? Gestern, am Dienstag, dem zweiundzwanzigsten Juli 1980, um die Mittagszeit, wußte ich auf einmal, was ich zu tun hatte. Schlicht und einfach dies: Baartscheer mit der Smith & Wesson das Hirn aus dem Kopf pusten, wie ein kleiner Junge, der ein Nest ausgeräubert hat, das aufgestochene Ei einer Amsel ausbläst. Dann die Polizei anrufen und auf die Festnahme warten. Den Rest muß ich anderen überlassen. Beim Umdrehen der Leiche, um zu schauen, wo die Kugeln am Rücken ausgetreten sind, würden die Ermittler nicht nur das Runenzeichen entdecken, sondern auch einen ganzen Teppich eng verknüpfter internationaler Kontakte lüften.

Jetzt galt es nur noch herauszufinden, in welchen Kneipen sich Baartscheer in letzter Zeit herumtrieb, um mit seiner Pfadfinderuniform zu prunken. Er hielt es nirgends lange aus. Schaffte es, sich in kurzer Zeit bei Stammgästen wie dem Kneipenwirt beliebt zu machen, begann dann vorsichtig, seine Sprüche loszulassen, und erschien eines Abends in seiner Viking-Uniform. Wenn er rausgeschmissen wurde, zog er seine Kluft zurecht, klopfte den Staub von der Hose und suchte sich ein anderes Lokal. Erntete er Beifall, so verlor es für ihn rasch an Reiz, und er suchte ebenfalls eine neue Kneipe auf. Ich hatte seinen langen Marsch durch die Lokale in Amsterdam-Zuid mit halbem Auge mitverfolgt, eher von ferne als aus der Nähe, hatte seine Spur jedoch vor etwa einem Monat verloren. Damals kam er regelmäßig in einen Billardschuppen an der Amstel, wo sich viele Jugoslawen trafen. Zweifellos hatte er dieses Lokal längst wieder abgehakt, aber vielleicht ließ sich dort ein Anknüpfungspunkt finden.

Ich war so aufgeregt, Thjum, daß ich meinen Tee zu heiß trank. Ich verbrannte mir die Zunge an kochendem Blut.

Viking-Jugend

Dienstag, 22. Juli 1980
(Albert Egberts)

Um zwei Uhr zog ich die blaue Tür hinter mir ins Schloß. Hätte ich in dem Moment meine Augen etwas besser aufgemacht, dann wäre mir die ungewöhnliche Betriebsamkeit rund um den Häuserblock aufgefallen, doch dafür hatte ich keinen Kopf: Ich mußte Baartscheers langen Marsch erforschen. Erst später an diesem Tag, als alles wieder zur Ruhe gekommen war, sah ich die Truppenbewegung der Arbeiter vor mir, das Gewuchte von Gerät und Material, die Aluminiumgitterzäune, die den Eindruck machten, als sollten sie zu einem Löwenkäfig zusammengebaut werden... Da begriff ich.

Das Billardcafé *De Eenheid* liegt an der Ecke Amsteldijk/van Ostade. Ich brauchte die Straße also nur in Richtung Fluß hinunterzugehen. Die Sonne stand auf der langen weißen Fassade der Hausbesetzerdruckerei De Raddraaier, kurz hinter unserem Häuserblock. Die Türen waren geöffnet, ich konnte meine Suche im angenehmen Rhythmus der Druckmaschinen beginnen, von dem mein Bruder und seine Derrick Fisher Disco sich noch eine Scheibe abschneiden konnten. Er schoß von selbst in meine Beine, sehr gebieterisch, wie früher das Gedröhne eines vorbeimarschierenden Spielmannszugs, und ich hatte das Gefühl, er würde mich zu Baartscheer tragen, und wenn es hundert Kneipen und zehnmal vierundzwanzig Stunden dauern würde. So würde es in allen Druckereien klingen, wenn die Zeitungen seinen Tod und meine Tat der Welt kundtaten... lieber heute als morgen...

Neben De Raddraaier liegt eine alte Garage, die von den marokkanischen Jungs aus dem Viertel als eine Art Clubhaus benutzt und von den Anwohnern »die Rasta-Höhle« genannt wird, obwohl die Kinder ihr Haar kurz tragen. Vor ein paar Tagen, ich war gerade eingeschlafen, wachte ich am frühen Morgen von einem scharfen Brandgeruch auf. Ich stürzte im Bademantel auf die Straße. Hier war der sengende Gestank noch stärker, aber ich sah nirgends Rauch, und alles schien in tiefer Ruhe zu liegen. Bis auf einmal weit weg, auf der van Woustraat, etwas aufzuheulen begann. Kurz darauf bog das rote Monster, sich schüttelnd, knurrend, kreischend, blaues und gelbes Licht versprühend, in die Straße ein ... Vor der Rasta-Höhle, wo es auf hohen Rädern stoppte, schwärmten schwarze Insekten mit schuppigem Nacken aus. Sie rissen die Garagentür hoch ... und da war der schwarze Rauch, der sich kurzfristig noch verdichtete, als gespritzt wurde, nicht mit dem Schlauch, sondern mit Löschgeräten. Die Straße stieß einen erleichterten Seufzer aus allen Fenstern aus, die gleichzeitig hochgeschoben wurden: Die Geisterstadt war also doch bewohnt. Gerüchte, natürlich, die Bude sei angezündet worden, um die Marokkaner zu vertreiben. Die eine Straßenhälfte versteifte sich darauf. Die andere war sich sicher, daß ein Rasta-Joint dort vor sich hin geschwelt hatte und die Jungs eine Gefahr für das Viertel darstellten: Zunageln, die Bude.

Auf dem Bürgersteig lag noch immer die halbverkohlte Kokosmatte, und aus der Garage, deren Schwingtür offenstand, quoll kalter Brandgeruch. Als ich daran vorbeiging, kamen gerade drei etwa zwölfjährige Marokkanerjungs heraus, von denen einer ein schwarzversengtes Fahrrad schob. An ihren bedrückten Mienen war abzulesen, daß sie den Schaden begutachtet hatten. Ich blieb kurz (zum federnden Rhythmus der Druckmaschinen auf der Stelle tretend) stehen und schaute hinein, aber sogar das üppige Sonnenlicht ließ mich nicht mehr erkennen als ein pechschwarzes Kabuff, in dem verkohlte Papierschnipsel tanzten. Zwei der Jungs drückten die Eisentür nach unten und gingen, ohne sie abzuschließen, hinter dem dritten mit dem Fahrrad her, wie ich in Richtung van Wou.

An der Einmündung der Seitenstraße knallten die Felgen der Räder, deren Reifen vom Feuer halb weggefressen waren, vom Gehweg auf den Asphalt. Von links näherte sich ein dikker Mann mit einem großen Koffer. Er schwitzte in seinem dreiteiligen Konfektionsanzug, über dem er, auf den Wetterumschwung nicht vorbereitet, auch noch einen nicht zugeknöpften Regenmantel trug. Der Mann befand sich auf dem Weg zum Schattenstreifen auf der gegenüberliegenden Seite der van Ostadestraat, überlegte es sich beim Anblick der drei Jungs mit dem Fahrrad jedoch anders. Er wartete, bis das Rad den gegenüberliegenden Bürgersteig erreicht hatte und hob dann ohne Vorwarnung ächzend seinen Koffer auf den Gepäckträger. Das Fahrrad ging vorne hoch, das Vorderrad klappte zur Seite; dem sich erschrocken umsehenden Jungen gelang es gerade noch, den Lenker zu packen und wieder auf Kurs zu bringen.

»Ja, brauchst gar nicht so komisch zu gucken«, sagte der Mann keuchend. »Jeder muß seinem Nächsten helfen.«

Er hielt den Koffer am Griff fest und half so, das Rad zu schieben, wobei er japsend mit kleinen Schritten weiterging. Ohne es zu merken, machte sich der Mann seinen beigen Regenmantel an dem fettigen Ruß auf dem Schutzblech schmutzig. Die drei Jungs drängten sich mit besorgten Gesichtern dichter beisammen, als hofften sie so, den einzigen aus dem verbrannten Inventar geretteten Besitz zu schützen.

»Einander helfen, darum geht es doch, oder?« Weil der Mann notgedrungen abgehackt sprach, klang es um so salbadriger. »Denkt dran ... ihr seid hier ... zu Gast. Für Leute, bei denen ... man zu Gast ist ... muß ... man was ... tun. Ich geh jetzt auch ... ins Ausland ... und da helf ich ... wenn es sich so ... ergibt ... alten Frauen ... über die Straße ... nur so als ... Beispiel.«

Wahrscheinlich befand er sich auf dem Weg zur Haltestelle der 4 in der van Woustraat, um die Straßenbahn zum Hauptbahnhof zu nehmen. Der Junge mit dem Drahtesel hatte die größte Mühe, das Vorderrad zu Boden zu drücken, und dabei auch noch auf den Felgen, an denen Fetzen des Schlauchs und des Reifens flappten, voranzukommen. Die ängstlichen Blicke, die die Jungs wechselten, hatten nichts mit irgendeiner Gefahr zu tun, die von dem Mann drohte. Vielmehr hatten sie voreinander Angst, weil sie mit dieser kleinen, süßtönenden Demütigung nichts anzufangen wußten, keine Antwort auf die erzwungene Dankbarkeitsbezeugung gegenüber einem ihrer Gastgeber fanden. Das Feuer hatte ihren Widerstand gebrochen.

Der Rhythmus der Druckmaschinen drückte mir ein schnelleres Gehen auf, doch ich wollte mir nichts von dieser Szene entgehen lassen. So wurde ich Zeuge, wie der Mann an der Kreuzung mit der van Wou entdeckte, daß nicht nur sein Regenmantel, sondern auch die Hosenbeine von der Rußschicht auf dem Fahrrad beschmutzt worden waren.

»Verdammt noch mal, ihr kleinen schwarzen Mistkerle ... eure Schuhwichse färbt ja auch noch ab!«

Mit dem Koffer, den er wütend vom Gepäckträger riß, zog er auch noch einen langen schwarzen Strich genau oberhalb des Mantelsaums. Die Jungs liefen mit rasselnden Felgen davon. Ich konnte nicht sehen, ob sie lachten, doch ihre Bewegungen drückten Befreiung aus. Faß uns nicht an. Wir färben ab.

So unsicher ihre Bewegungen auch gewesen waren und so schwankend sie sich mit aneinanderstoßenden Schultern, dieses immer wieder wegrutschende Fahrrad zwischen sich, fortbewegt hatten – die kleine Gruppe hatte mir doch den Weg gezeigt. Auf der anderen Seite der van Woustraat lag *De Draaimolen*, in letzter Zeit ebenfalls ein Lieblingslokal von Arend-Jan. Ich ging hinein. Alles beim alten. Quer über den beiden Zapfhähnen lag noch immer der mit der Feztroddel geschmückte Totschläger, vom Wirt »Türkenfresser« genannt. Ich erkundigte mich nicht nach einem gewissen Arend-Jan Baartscheer. Sondern gleich nach Johann.

»Nein, Johann hockt zur Zeit bei der Konkurrenz, der treulose Hund«, rief die Frau des Besitzers. »Im *De Eenheid* ... Einheitswurst, sagen wir immer, wegen dem ganzen Gesocks, das sich da versammelt ... Hier, am Ende der Straße, Ecke Amstel. Wenn du ihn siehst, den Johann, dann sag ihm, er hat hier noch 'ne offene Rechnung von achtzehn Piepen.

Vom letzten Mal, als er die Kacke hier zum Dampfen gebracht hat. Achtzehn Piepen noch was.«

Im Glasanbau von *De Eenheid* tranken zwei Ehepaare mittleren Alters Kaffee und blickten dabei auf den Fluß hinaus, auf dem ein kleiner Schlepper eine Dreierreihe Müllkähne zog. Darüber hing eine Wolke Möwen, die sich komplett, als Wolke, mit den schwimmenden Containern mitbewegte, ohne daß man sehen konnte, wie die Vögel das machten, denn wenn sie sich nicht in die Tiefe stürzten, zogen sie mit ausgebreiteten Flügeln langsame Kreise, wobei sie manchmal fast reglos, wie rüttelnde Raubvögel, in der Luft standen. Auch jetzt, wo die Sonne schien, war das Lokal mit seinen schweren Veloursvorhängen und der dunklen Holztäfelung schummrig: daß alle Lampen brannten, nicht nur die über dem Tresen, änderte nichts daran. Der weiter hinten gelegene Raum wurde von zwei riesigen, mit blauem Tuch bezogenen Billardtischen beherrscht, die in einer Reihe hintereinander standen. An einem der beiden spielten zwei Männer, die sich bei meinem Eintreten gerade zu streiten begannen, ob bestimmte Bälle sich nun berührt hatten oder nicht. Sie sprachen laut in einer Sprache, die ich nicht verstand. Ich tippte darauf, daß es Jugoslawen waren. Sonst befand sich niemand in dem großen Lokal, abgesehen vom Wirt, der, eine Zigarre zwischen den Zähnen, Gläser spülte. Er begrüßte mich, indem er den Unterkiefer kurz vorstreckte, wobei die Zigarre, gleichzeitig mit seinen Brauen, hochging.

»Wetterchen, Mijnheer«, ächzte er zwischen den Zähnen.

Ich kletterte auf einen Hocker an der Theke und schaute mich noch einmal um, ob ich keinen Gast übersehen hatte. Sonst keiner da. Auf den Tischen bissen sich rosa Teeröschen zärtlich mit Plüschdecken von der Farbe geronnenen Bluts. Ich bestellte einen Tonic.

»Halbmond, Mijnheer?«

»Gut«, sagte ich, auch wenn ich nicht wußte, was er meinte.

Mit einer kleinen Pinzette des Typs, der in ein Nageletui gehört und dazu dient, Holzsplitter unter Fingernägeln herauszuziehen, fischte der Mann eine hauchdünne Zitronenscheibe aus einem kleinen Eimer und ließ sie in meinen Tonic gleiten. »Die Kohlensäurebläschen springen wie Flöhe aus meinem Glas.« Durch den Zitronenduft wußte ich auf einmal wieder, wo ich diesen Worten zum erstenmal begegnet war. Im *De Strooien Boot*, Mai '77, wo eine jüdische Frau gezwungen worden war, in eine Zitrone zu beißen, und Baartscheer etwas über ihr Ungeziefer gesagt hatte. Hatte ich damals, irgendwo in einer geheimen Schublade meiner Seele ... meines inneren Archivs, begonnen, für jede seiner Äußerungen einen Strich zu machen?

Als hoffte ich, Baartscheer würde hereinkommen, schaute ich zur Tür, vor der der Ledervorhang an der halbrunden Stange auf die Seite geschoben war. Die Türverglasung bestand aus schmalen Mattglasscheiben, die sich mit gleich breiten Klarglasscheiben abwechselten. Beim Eintreten hatte ich es, abgelenkt von der Szene auf dem Fluß, übersehen, doch an der Außenseite der Tür befand sich in Augenhöhe ein rechteckiges Stück Papier von der Größe einer Zigarettenschachtel. Vom Schankraum aus gesehen war es weiß: die selbstklebende Rückseite.

»Kommt hier noch immer ein gewisser Johann her?« fragte ich den Wirt.

»Johan, Johan ...« wiederholte der Mann, während er die Zigarre aus dem Mund nahm. »Heutzutage gibt's so viele Johans.«

»Er wohnt hier um die Ecke.«

Der Mann kniff die Augen zusammen und schüttelte den Kopf.

»Johann. Er spricht seinen Namen deutsch aus. Wenn er anschreiben läßt, sagt er: ›Johann, mit zwei N's‹.«

»Ach, der ...! Den hab ich wochenlang nicht mehr gesehen. Logisch, ich hab ihn nämlich rausgeschmissen. Fing an, die Jugoslawen zu triezen. Und hier kommen so viele Jugoslawen her ... Leute, die untereinander schon soviel Stunk machen ... Da kann ich keinen brauchen, der sie noch zusätzlich aufhetzt. Meine Kundschaft, ehrlich wahr, die geht mir über alles. Das Ding hier« (er schlug hart auf den Ausschank) »muß laufen. So einfach ist das.«

»Irgendeine Idee, wo er zur Zeit rumhängt?«

»Wird er gesucht oder so? Sind Sie von der Kripo? Im Prinzip sag ich nie was ...«

»Nein, nein. Nur ein Bekannter. Ich treff ihn nie zu Hause an. Also, wenn Sie jemand sind, der im Prinzip nie aus der Schule plaudert ... sehen Sie, ich hab von diesem Johann, mit Doppel-N, vor einiger Zeit eine Pistole übernommen ... eine Smith & Wesson. Anzahlung geleistet, für den Rest Raten vereinbart, aber seitdem hab ich ihn nicht mehr gesehen. Ich will die Sache jetzt endlich aus der Welt schaffen. Nicht, daß ich demnächst im Ruf steh, meine Schulden nicht zu begleichen. Wenn's jetzt noch um einen nicht abbezahlten Entsafter ginge ... Aber wenn der Gläubiger seine Pistole wiederhaben will, und beide zerren daran rum ... so 'n Ding kann leicht losgehen ... Lieber nicht.«

»Versteh ich. Hier gegenüber, auf der anderen Seite vom Wasser, ist das *De Hondt*. Gleich rechts hinter der Brücke. Ich hab mir sagen lassen ... aber nageln Sie mich nicht fest ... daß Mister Johann, mit zwei N's, mittlerweile da seine Seelen fängt.«

Sein langer Marsch hatte ihn also bereits bis nach Amsterdam-Oost gebracht, den Baartscheer. Prima. Es ging voran.

»Dann schau ich da mal. Jeder Missionar kann was in seiner Sammelbüchse brauchen.«

»Solange Ehrwürden hier wegbleiben, ist mir alles recht. Meine Jugoslawen kochen ihn bei lebendigem Leibe in einem großen Topf und fressen ihn mit Haut und Haaren auf. Hunde genug hier, um die Knochen im Garten zu verbuddeln.«

Ich legte zwei Gulden auf einen Bierdeckel, rutschte von dem hohen Hocker herunter und drückte nach einem Gruß die Eingangstür auf. Noch bevor sie mit Hilfe ihrer Hydraulik zufallen konnte, stand ich wieder im Lokal.

»Der hat hier ja seine Visitenkarte hinterlassen.«

Der Wirt legte seine Zigarre auf den Rand des Spülbeckens

und kam hinter der Theke hervor. Zusammen gingen wir hinaus und sahen uns das kleine Klebebild auf der sich langsam schließenden Tür genauer an.

»Zum Teufel, als ob Hitler aus dem Aschekasten auferstanden ist«, sagte der Mann.

Auf dem Sticker, fluoreszierend rosa, war in Silberdruck ein Adler abgebildet. Kein stolzer Raubvogel, sondern einer, der einem Comic entflattert ist. Er schien aufzusteigen aus etwas ... ja, was war das ... etwas Strahlendem. Einer aufgehenden Sonne? Es sah eher aus wie ein bewimpertes Auge, in das sich der Adler krallte, um es zu blenden. Oder sollte es die Spitze des Eis darstellen, das die Welt war, und dahinter die starren Strahlen einer Sonne, die erst aufgehen würde, sobald die Herrschaft der Bewegung gefestigt war, die darunter in gotischen Buchstaben prangte?

Viking-Jugend

Ebenfalls in Silber war die Rune eingeprägt, die Arend-Jan Baartscheer auch auf seiner Uniform trug. Ein stilisierter, auf dem Schwanz stehender Fisch, der mich an die Fische erinnerte, die ich in den Wänden der römischen Katakomben eingeritzt gesehen hatte. Ein Zeichen frühchristlichen Märtyrertums, allerdings um neunzig Grad gedreht. Baartscheer zufolge hatten wir es hier mit »der neuen Swastika« zu tun.

Angesichts so viel himmelstürmerischer Poesie wirkte die in kleinen schwarzen Buchstaben angegebene Amsterdamer Postfachnummer himmelschreiend prosaisch.

Fluchend versuchte der Kneipenwirt, den Aufkleber mit dem Daumennagel zu entfernen, aber das war gar nicht so einfach. Die Viking-Jugend verfügte über hartnäckigen Kleber. Als es mir von dem Nagelgekratze auf gesandstrahltem Glas kalt über den Rücken lief, ging ich weiter. Der Mann würde heute oder morgen schon in der Zeitung lesen, was dem Wildplakatierer zugestoßen war.

Mitten auf der Brücke blieb ich stehen, das Gesicht zur Innenstadt. Ich hatte nicht nur den Regenmantel zu Hause gelassen, sondern auch mein Jackett, und spürte nun die Kraft der Sonne auf meinem Rücken. Vom Wasser stieg ein unverkennbarer Sommergeruch auf, doch ein Stück weiter, wo die Türme des Zentrums verschwommen zu erkennen waren, war die Luft noch diesig. Vielleicht war es ja buchstäblich so, daß die Stadt nun, nach vierzig Regentagen, trockendampfte.

Das Wasser floß zur Abwechslung mal deutlich erkennbar stadteinwärts, so angeschwollen war der Fluß durch die Regenfälle. Auf den Wellen schienen die Möwen, so schwer sie sich mit ausgebreiteten Flügeln auch fallen lassen konnten, kaum Gewicht zu haben. Beim ersten Hausboot unten an der Brücke kakelten Enten um eine schwimmende Mandarine. Ich ging etwa zehn Meter in diese Richtung und beugte mich dann über das Geländer. Die Mandarine war eine von der Sorte mit dicker, hubbeliger Schale, großzügig bemessen, voller Luft. Die Enten pickten eine nach der anderen danach, mit fast wütenden Schnabelhieben. Bei jeder Attacke tauchte die Frucht unter und sprang dann wie ein Spielball wieder an die Oberfläche. Kämpften sie darum oder spielten sie ein Spiel? Keinem der Schnäbel gelang es, die Schale zu durchdringen, und vielleicht war das ja auch gar nicht die Absicht. Die Enten feierten auf ihre Weise die Rückkehr des Sommers.

Lautes Gebimmel. Aus der Ruyschstraat näherte sich in voller Fahrt die Linie 3, die der S-Kurve folgend auf die Brücke schlingerte, bei deren Erreichen aber sofort die Geschwindigkeit drosselte. Fast im Schrittempo kroch die Bahn bis zum höchsten Punkt der Brücke hinauf, wo die Fuge verlief – aus Ehrerbietung, hätte man meinen können, aber ich wußte, daß die Brücke in miserablem Zustand war und pfleglich behandelt werden mußte. Sobald ihre Nase den Amsteldijk erreicht hatte, schoß die 3, wieder mit hoher Geschwindigkeit, in die Ceintuurbaan. Alles Details, die von höchster Bedeutung sein konnten. Wenn Baartscheer sich tatsächlich das *De Hondt* als Ausfallsbasis ausgesucht hatte, dann würde ich ihm hier, auf dieser baufälligen Klappbrücke, um die

Sperrstunde auflauern ... schon heute abend ... Ihn als Freund ansprechen und dann wie einen Hund abknallen ... Ruhig zur Telefonzelle am Ende der Brücke gehen, die Polizei anrufen und, wie es bis zum Überdruß in den Zeitungen hieß, mich »zu dem Anschlag bekennen«.

»Egberts hier. Ich habe gerade auf der Nieuwe Amstelbrug jemanden erschossen ... ein Mitglied einer neofaschistischen Organisation ... etwas Paramilitärisches ... die Viking-Jugend. Ihnen wahrscheinlich wohlbekannt. Egberts, ja. A. H. N. Albertus Hubertus Norbertus. Oh, Pardon. Tot? Weiß ich nicht. Er liegt auf den Schienen der Linie 3. Nein, es ist niemand bei ihm. Doch, jetzt kommen Leute angelaufen ... aus dem *De Hondt*, wo er auch herkam ... So fünf, sechs Mann. Wie bitte? Die Straßenbahn fährt gerade vorbei, ich verstehe Sie nicht. Ach so ... Drei Kugeln. Vier. Eine Pistole. Eine .35 Smith & Wesson. Ah, der Rettungswagen ist schon unterwegs? Und Ihre Leute? Ich warte hier an der Telefonzelle auf sie. Ecke Nieuwe Amstelbrug/Weesperzijde, ja. Nein, nein, es ist ein rein politischer Anschlag. Natürlich aus Protest gegen den Vormarsch der ... Aber ist es nicht besser, wenn ich nachher vernommen werde? Oh, verstehe. Sie haben in solchen Fällen den Auftrag, den Anrufer so lange wie möglich an der Strippe zu halten. Der erstarkende Neofaschismus in Europa. Rassismus. Fremdenhaß. Die Straßenbahn hat angehalten und steht jetzt mitten auf der Brücke. Der Fahrer ist ausgestiegen. Die Leute drängen sich im vorderen Teil ... Ja, die Waffe habe ich noch. Eine Smith & Wesson, wie gesagt. Leer. Sie liegt vor mir auf dem Telefonbuch. Warum sollte ich so ein wichtiges Beweisstück in den Fluß werfen? Nein, ich gehöre keiner antifaschistischen Organisation an. Ich operiere auf rein persönlicher Basis. Im Namen der potentiellen Opfer, könnte ich noch hinzufügen ...«

Bedingung war nur, daß Baartscheer seine Uniform trug. Zwischen der kleinen Mündung der Smith & Wesson, bereit, zu speien, und Baartscheers provozierend schlagendem Herzen mußte sich das Hemd der Viking-Jugend spannen. Das Theater mußte komplett sein.

Jetzt, da ich mir das Kleidungsstück vor Augen rief, drohte es zu etwas Rührendem zu werden, wie die Uniformen des Spielmannszugs, die von den Müttern der kleinen Trommler daheim auf der Tretnähmaschine angefertigt wurden. Ich versuchte, mir Arend-Jans abgearbeitete alte Mutter vorzustellen, wie sie die Rune auf den Hemdsärmel nähte. Ihr Sohn saß im Unterhemd, die bronzenen Stempel der Pockenimpfungen am Oberarm, in dem zu kleinen Nähzimmer, doch sein ganzes Seelenheil lag auf ihrem zarten Schoß ausgebreitet. Nein, die Ärmste hatte kurz nach dem Krieg schon genug büßen müssen, nur weil sie die rechtmäßige Gattin eines NSB'lers war. Ein volles Jahr im Lager, getrennt von dem Kind, das später den Vater wegen dessen Taten verehren sollte (und seine Mutter nur insoweit bewundern sollte, als sie in diesem Lager gesessen hatte). Ich konnte noch kurz einen Blick auf jene andere Witwe werfen, Die Witwe, energisch an ihrer schnurrenden Singer sitzend, an der sie die Doppelnaht in den rechten Ärmel eines Uniformhemds nähte, so kerzengerade, daß dessen Träger seinen Arm allein schon aus diesem Grund schräg emporrecken wollte. Ich sah sie lächeln. Für ihre Jungs machte sie diese häusliche Arbeit gern.

Ich beugte mich wieder über das Brückengeländer und sah, wie eine Ente von der aus dem Wasser emporschnellenden Mandarine einen Kinnhaken verpaßt bekam. »Enten sind phantastische, im Grunde nicht für die Wirklichkeit bestimmte Tiere«, hatte ein Amsterdamer Dichter in einem Interview fallenlassen. Ich dachte: Was heute abend oder an einem der nächsten Tage auch passieren mag, dieses Bild der Wasserball spielenden Enten kann mir keiner nehmen. Das ist etwas, wovon ich im Gefängnis zehren werde. Wenn ich Baartscheer im *De Hondt* antraf, würde die Nieuwe Amstelbrug zu meiner Seufzerbrücke werden. Ein letzter Blick in Richtung der alten Innenstadt, bevor ich hinten in das Polizeifahrzeug stieg. Ein Rettungswagen würde mittlerweile fast Nase an Nase vor der Straßenbahn stehen. Und dazwischen, im Schein zweier nervös flackernder blauer Kerzenflammen, Baartscheers Leiche. Herbeiströmende Zuschauer: »Da ist jemand unter die Straßenbahn gekommen.« Auf dem Revier das erste Verhör. Eine Nacht Polizeigewahrsam. Am nächsten Tag Verlegung in das weiße Schloß mit den sechs Türmen. Nein, nicht in den Bijlmerbau: Das war nicht der Name, der zu meiner Tat paßte. Statt dessen: die Strafanstalt Over-Amstel, das klang wenigstens ein bißchen heroisch, wie das Kastell der Herren van Aemstel. Vorführung beim Untersuchungsrichter, der dort irgendwo in einem Vorgebäude saß. Dann in den sogenannten »Eingangsturm« unter den sechs majestätischen Hochhäusern, das Demersluis, um dort auf meinen Prozeß zu warten.

Wenn ich an meine zukünftige Zelle dachte, sah ich *ihre* freigewordene vor mir, inklusive Staffelei und Vogelkäfig, wie sie in dem Dokumentarbericht im Radio beschrieben worden war – eine Zelle im Frauenturm, wo ich nach dem Abschütteln des sexuellen Elends auch den Rest würde abschütteln können, um in das totale Zölibat einzutreten.

So wie Johann, mit zwei N's, aber ohne Nachnamen, eigentlich Arend-Jan Baartscheer heißt, heißt das *De Hondt* auch nur unter den Stammgästen so: Auf dem Fenster steht in weißen Zierbuchstaben »*Amstelstroomzicht*«.

Während ich zu dem Lokal hinüberging, kam eine 3 aus der Richtung Ceintuurbaan. So vorsichtig, gleichsam auf Zehenspitzen, die Straßenbahn auch auf die Brücke fuhr, in der Mitte fast stehenblieb und sich höchstens etwas schneller, wie erleichtert, wieder hinunterrollen ließ, die Brücke gab ein durch und durch krankes Knacken und Quietschen von sich. Nein, es bestand wenig Gefahr, daß die 3 mein Opfer überfahren würde, um es so für sich zu fordern.

Die Einrichtung im *De Hondt* war in allem mindestens ein Vierteljahrhundert moderner als im *De Eenheid*, deswegen aber nicht weniger antiquiert. Der furnierte Tresen erinnerte mit seinen geschwungenen Linien an von Picasso-Formen inspiriertes Fünfziger-Jahre-Mobiliar. Die Lampen darüber hatten mit ihrem schwachen orangefarbenen Licht die Form umgedrehter Tüten.

Ins *De Hondt* waren Flix und ich regelmäßig in der Zeit gegangen, als ich noch zwischen den Oostelijke Eilanden und De Pijp schwankte; es war ein Grenzposten, an dem Flix mich zu überreden versuchte, zu ihm auf die andere Flußseite zu ziehen. Auch damals schon wurde die Kneipe von den vorzeitig gealterten, heruntergekommenen Männern aus dem frequentiert, was mein Großvater früher das »Arbeitshaus« genannt hatte, was tatsächlich aber ein Obdach für Alkoholiker war. In Opas Augen, der im widerlichsten Zuhälter noch einen fürsorglichen Onkel sehen konnte, schwärmten diese Herren frühmorgens in die Stadt aus, um bei einer der tausend Drehorgeln mit der Sammelbüchse herumzugehen. Die Arbeitshausmänner vom *De Hondt* verbrieten den Zehner, den sie als Taschengeld mitbekommen hatten, nicht im Lokal selbst, sondern in der angrenzenden Frittenbude, wo sie für einen Gulden eine Halbliterflasche Pils in einer braunen Tüte erhielten. Solange dieser fahle Papiersack um die Flasche gewickelt blieb und nur der Hals herausragte, konnte man den marokkanischen Inhaber nicht auf eine Schankerlaubnis für alkoholische Getränke ansprechen. Das war vielleicht ein knisterndes Trinken! Die Männer hatten die Fertigkeit entwickelt, unter den Neonleuchten der Frittenbude ihr Bier zu trinken, als verzehrten sie, etwas ungeschickt und Senf verkleckernd, eine Knackwurst aus einem Stück Papier; so mußte es für vorbeifahrende Streifenwagen aussehen. Der Frittenbrater fungierte auch als Hehler: Wenn der Zehner alle war, verscherbelten die arbeitslosen Geldeinsammler bei ihm ihre Wertsachen, die Geschenke vom letzten Weihnachten ... oft Uhren ... Mit dem Erlös gingen sie ins *De Hondt*, wo der Genever wartete.

Mit den Schnapsgläsern kam auch der Knobelbecher auf den Tresen. An diesem Nachmittag wurde so hitzig gewürfelt, daß nicht einmal der Mann an der Theke mein Eintreten bemerkte. Jedesmal, wenn der Lederbecher auf den Tresen geknallt wurde, zeigte sich, daß es noch lauter ging. Unter immer größerem Kraftaufwand wurde jeweils eine kleine Steinfigur auf dem Tresen entzweigeschlagen. Der Becher wurde hochgehoben. Zerschmetterte Körperteile kreuz und quer durcheinander. Ein gespaltener Kopf. Ein kurzes, schweigendes, abtastendes Deuten der Scherben. Dann die rauhen Schreie. Das Einsammeln der Brocken. Nächster Schlag. Zu Splittern mußte es werden ... zu Pulver ...

»*Der Johann*?« wiederholte der Mann am Zapfhahn auf deutsch. »*Ja, der Johann* kommt schon noch manchmal her, wenn ihm danach ist. Nicht mehr so oft wie früher. Weißt du, was mit ihm los ist? Der kann die Dinge phantastisch gut erklären. Wirklich phan-tas-tisch. Is ein richtiges Rednertalent. So einer braucht immer wieder neues Publikum. Also sucht er sich immer wieder 'ne annere Kneipe. Der müßte höher gehn inner Polletik, das würd mehr bringen. Oh, wir sind gut miteinander ausgekommen, im Ernst. Wir ham uns verstanden. Zur Zeit sitzt er im *De Huyschkaemer* in der Utrechtsestraat, wenn ich richtig informiert bin. Grüß ihn mal von Pieter de Hondt.«

Erst als ich, nachdem ich über einen auf der Matte ausgestreckten alten Mann gestiegen war, wieder in Richtung Tür ging, sah ich Ernst Quispel an einem Fenstertisch. Tropfen eines kurzen Regenschauers, Nachkömmling des Dauerregens, die am Fenster haften geblieben waren, besprenkelten ihn mit winzigen Schatten, denn die Sonne schien mit voller Kraft. Von ihm könnte man sagen, daß die Schatten, die auf ihn fielen, schnell trockneten. Dipsomanie. Während ich auf ihn zuging, sah ich, wie ein hinter der Scheibe im Zickzack abwärts kullernder Regentropfen eine halb dunkle, halb leuchtende Spur schräg über sein Gesicht zog.

»Ernst, bist du Dip? Ich wollte dich was fragen ...«

»Albert, ich bin ganz und gar dein Dip.«

»... über politische Anschläge in den Niederlanden. Die strafrechtlichen Folgen. Aber wenn du Dip bist ...«

»Frag. Frag.«

Auch hier fiel mir erst beim Verlassen der Kneipe der grellrosa Aufkleber an der Tür auf. Einen Moment lang dachte ich an die Möglichkeit, daß Baartscheer mir folgte, anstatt umgekehrt, und die Tür jeder Kneipe, in die ich ging, durch sein Zeichen markierte. Aber nein, der Sticker war bereits angefressen von Wind und Wetter, ausgeblichen, und die Ecken trugen Spuren kratzender Fingernägel.

Zwischen Hausbooten und herrschaftlichen Häusern aus dem neunzehnten Jahrhundert ging ich durch die Weesperzijde in Richtung Amstelhotel. Ich spazierte durch einen Tunnel aus majestätischen Bäumen, in den nicht nur am Ende Licht schimmerte. Überall, durch Ritzen und Spalten, drang die Sonne ein. Es roch noch feucht und herbstlich, doch für die Bäume war die Fäulnisgefahr rechtzeitig abgewendet.

Ich sah einen jungen, schäbig gekleideten Vater, das Kind in einem Sitz am Lenker, auf einem Fahrrad, an dem nicht nur der Kettenschutz fehlte, sondern auch die Kette selbst. Der Mann stieß sich mit dem linken Fuß ab; der andere ruhte auf dem nutzlosen Pedal. Er stieß sich ab, hoch erhobenen Hauptes, mit einer Würde, die dem auf einem eleganten Rad entgegenkommenden älteren Herrn fehlte. In diesem stolzen Sich-Abstoßen, mit achtlos schlenkerndem Bein, lag Stolz auf das Kind, das noch nie eine so hinreißende Geschwindigkeit erlebt hatte. Das Fahrrad hatte ein wenig Schieflage.

An der weißen Unterseite der Torontobrug spielte flirrend das vom Wasser der Amstel reflektierte Sonnenlicht. Ich blieb dort stehen und blickte auf eine Szene vor dem Hotel: Ein altes Boot wurde von der Flußpolizei eingekreist. Möglicherweise konnten die Jungs auf dem Kahn keine Papiere vorweisen. Zum x-tenmal war da das Bild meines apokryphen Wappens von Amsterdam. Drei sich zankende Gestalten in einem schaukelnden Ruderboot. Die Opferung des Paddels.

Unter der kleinen Brücke, die quer zur Torontobrug verlief und zum Hotel führte, kamen Tretbootfahrer zum Vorschein. Sie steuerten ihre albernen Fahrzeuge zu dem geenterten Boot und schaukelten dort neugierig herum. An Deck erhitzten sich die Gemüter, aber ich konnte nicht stehenbleiben und warten, wie alles ausging. Irgendwo in der Stadt wartete eine Leiche auf mich. Noch war Bewegung in ihr, sie schleppte sich von einer Kneipe zur anderen, aber das waren lediglich die letzten Zuckungen, eine Seele, die an ihrer Ankerkette zerrte. So wie Bäume, die gefällt werden sollen, ein weißes Kreuz auf die Rinde gemalt bekommen, trug der Mann das Zeichen, daß er dem Tode geweiht war, auf seinem Ärmel. Er war bereits eine Leiche, brauchte nur noch getötet zu werden.

Über den Professor Tulpplein, wo vor einigen Jahren der Amsterdamer Wohltäter Caransa so beispielhaft entführt worden war, ging ich um das Hotel herum und überquerte die Sarphatistraat. Ich blieb an der Ostseite des Flusses, wo ich in der Sonne gehen konnte; die andere Seite lag bereits im Schatten. Die Schleusen vor dem Carré-Theater waren geöffnet. Alles floß. Dieses ganze in Stein gefaßte Amsteldelta quirlte vor lauter Bewegung.

Auf der Magerebrug klopfte eine Schiffersfrau gerade ihre langen, schmalen Matten aus. Sie hingen bis dicht über das Wasser, und die Frau beugte sich so weit wie möglich über das Geländer. Sie schlug ihren Teppichklopfer mit solcher Kraft auf den Kokos, daß die hölzerne Zugbrücke knirschte und quietschte. Die Schläge, die über das Wasser schallten, waren die einzigen deutlichen Geräusche in der Umgebung: Der Rest war umflortes Tosen in weiter Ferne.

Zu dem Zeitpunkt, als ich die Magerebrug erreichte, hatte die Schiffersfrau ihre schleppkahnlangen Matten schon wieder aufgerollt. Als ich an ihr vorbeiging, schlug sich der Geschmack von feinem Staub auf meiner Zunge nieder. In ihre dicken nackten Arme hatten die Kokosfasern feine Kratzspuren geritzt.

Über die Kerkstraat gelangte ich in die Utrechtsestraat, die ich nur ein kleines Stück in südlicher Richtung zurückzugehen brauchte, um vor *De Huyschkaemer* zu landen. Der Straßenbahnverkehr, spürbar bis ins Herz jedes Hauses, fordert hier seinen Tribut. Das an der Ecke der Utrechtsedwarsstraat gelegene Lokal hat so viele baumdicke Stützen um sich, daß man kaum hineinschauen kann. Mit Ausnahme des Aushängeschilds, das zwischen zwei Pfählen hervorsteht, deutet nichts auf eine Kneipe hin. Das Haus an der anderen Ecke, in dem sich ein exotisches kleines Restaurant befindet, wird von grün gestrichenen Pfählen aufrecht gehalten, die man mit Hilfe von laubgesägten Blättern zu Palmen gemacht hat.

Die Kneipe, ohnehin schon fast unsichtbar hinter ihren Gittern, schien geschlossen. Ermutigt durch ein kleines Schild »KL ... MMT« (über dem E klebte der Sticker der Viking-Jugend), drückte und drückte ich, bis die Tür aufflog. Im Vorraum, in dem nur Platz für eine Person war, stand ein Araber. Obwohl die Tür gegen seine Schulter geknallt war, hellte sich sein Gesicht bei meiner Ankunft auf, ohne daß die Furcht ganz aus seinen Augen verschwand.

»Ich gedacht: zugeschlossen«, sagte der Mann. »Und Gewalt anwenden ... ach. Also ich hier stehenbleiben.«

Ich fragte ihn, wie lange er da schon stehe, eingeklemmt zwischen zwei Türen.

»Nicht lang. Halbe Stunde.«

Nachdem er mich gefragt hatte, wo sich die Kneipe *Het Witte Paard* befinde, machte er sich rasch aus dem Staub, als habe er Angst, ich könnte die Tür endgültig zusperren. »Viele Dank, Mijnheer. Viele Dank.«

Drinnen traf ich lediglich ein paar alte Männer. Sie saßen in Gesprächshaltung beisammen, vorgebeugt, einer mit der Hand am Ohr, aber keiner sagte etwas. Die Sonne stand auf der Hauswand. Die Schatten der Stützbalken lagen schräg auf dem mit weißem Sand bestreuten Boden, so daß man sich noch mehr wie auf einer Waldlichtung vorkam. Weiter hinten im Lokal scheint ein Zimmer aus dem ersten Stock halb durch die Decke gesackt zu sein. Man schaut durch Fenster mit kleinen Scheiben, vor denen rot-weiß karierte Bauerngardinen hängen, in ein intimes Interieur, das keineswegs für neugierige Blicke bestimmt scheint. Dort saß, unter einer Stehlampe mit rosa Schirm, ein zeitunglesender Mann. Regungslos. Ich dachte erst an eine Kienholz-Imitation mit bekleideter Gipspuppe, vielleicht eine alte Arbeit von Flix ... bis der Mann eine Seite umblätterte und die Zeitung zusammenfaltete. Trotzdem blieb der Eindruck einer Theaterkulisse, kurz bevor das Stück beginnt. Der Vorhang hat sich gerade gehoben, doch der Zuschauer behält das genannte Gefühl, Zeuge einer Szene zu sein, die ihn nichts angeht.

Ich fragte die Frau, die neben der Theke Kaffeetassen abtrocknete, nach Johann.

»Johann? Ja, ja, der ist jeden Abend hier ... jeeeden Abend. Er sitzt da immer beim Klavier, in seinem komischen Aufzug. Und diskutiert mit den Studenten. Der Junge hat eigenartige Ideen, aber er tut keiner Fliege was zuleide. Na ja, neulich hatten wir ein kleines Problem. Ich denk mir so: Der bestellt ja nix. Sitzt schon den ganzen Abend an seinem ersten Pils. Stellt sich raus, daß Monsieur eine Tüte mit Halbliterflaschen dabeihat. Und einen Flaschenöffner. Hatter doch immer wieder sein Glas aus den eigenen Vorräten nachgefüllt. So ham wir nich gewettet, Johann, sag ich zu ihm. Und schon war Schluß mit der heimlichen Zapferei. Heute abend ist er unter Garantie wieder da. Punkt neun. Danach kann man die Uhr stellen. Geht immer erst, wenn wir zumachen ... und dann macht er weiter im *Mic-Mac* an der Ceintuurbaan. Verkündet denen auch noch schnell die frohe Botschaft ...«

Longnecks

Dienstag, 22. Juli 1980
(Gesù Porporà)

Für Leute, die unbedingt hocherhobenen Hauptes durchs Leben gehen wollen, hatten sie niedrige Häuser – Pfahlwohnungen, allerdings mit sehr kurzen Pfählen. Die Wände bestanden aus rautenförmig geflochtenem Bambus. Der Stamm, ursprünglich in Birma beheimatet, hatte sich irgendwann einmal diesseits der Grenze in Thailand niedergelassen. *Longnecks* wurden sie genannt, nach der festen Metallspirale, die bei den Frauen um den Hals gewunden war und nicht abgenommen werden konnte. Sie wuschen sich den Hals mit Öl und Zitronensaft. Anfangs dachte Gesù, die Ringe seien aus Gold: Er sah bereits kostbare Köpfe durch den Urwald rollen. Aber nein, sie waren nur goldfarben, aus nahezu wertlosem Metall, und wurden getragen, um die Hälse besonders lang erscheinen zu lassen.

Bei dem Mädchen, das reglos vor ihm stehengeblieben war mit dem schlafenden Baby im Arm (Gesù schätzte es auf etwa sieben, es konnte das Kleine kaum tragen), hatte der Metallkragen einen dunklen Ring aus Blutergüssen auf Schultern und Schlüsselbeinen hinterlassen, die sich vereinzelt bis in die zarte Kiefer- und Wangenpartie hochzogen. Wahrscheinlich trug sie ihren strammen Kragen erst seit kurzem. Es war Gesù beim Belauern des Stamms bereits früher aufgefallen, daß die Frauen nicht so schnell und wachsam über die Schulter schauten, was ihre Kinder gerade trieben.

»Darf ich das Baby mal halten?« fragte er, einfach in seinem neapolitanischen Dialekt, während er dem Mädchen das Kleine ganz selbstverständlich aus den Armen nahm. Verdattert, große, bange Augen, ließ sie ihn gewähren. Gesù drehte sich um und verschwand mit langen Schritten, fast rennend. Bei seinem Moped angelangt, drehte er sich um und sah das Mädchen unbequem hoch erhobenen, unbeweglichen Hauptes in Richtung Dorf laufen. Er bildete sich ein, daß der Kragen, der Funken von Sonnenlicht einfing, sie daran hinderte, zu schreien. Gesù legte das Kind in die Kiste, die auf den Gepäckträger montiert war. Der Lappen, der das Baby bedeckt hatte, fiel zur Seite. Es war ein Mädchen.

»Na ... vor diesen Würgringen hab ich dich jedenfalls gerettet. Sei froh.«

Die Generalprobe

Dienstag, 22. Juli 1980
(Albert Egberts)

Als ich nach einer Tasse Kaffee *De Huyschkaemer* verließ, hatten die alten Herren noch immer nichts gesagt, obwohl sie ihre Konversationshaltung beibehielten. Ich ging die Utrechtsestraat hinunter zum Frederiksplein. Um ins Viertel De Pijp zu kommen, hat man, wenn man keinen Umweg machen will, beim Überqueren des Platzes zwei Möglichkeiten. Arend-Jan Baartscheer wohnt am Ende der Kuipersstraat, ganz in der Nähe der Amstel. Geht er nach dem Besuch in *De Huyschkaemer* gleich nach Hause, so ist es für ihn naheliegend, den linken Teil des Platzes zu überqueren, um dann über Oosteinde, Hemonystraat und so weiter zu seiner Wohnung zu gelangen. Begibt er sich dagegen, wie diese Quasseltante in der Kneipe andeutete, erst noch ins *Mic-Mac*, dann ist der direkte Weg der durch den parkartigen Teil rechts.

Während ich so dahinmarschierte, spürte ich, wie meine Sohlen eine militärische Dicke annahmen; ich wurde hochgehoben. In Baartscheers Schuhen ging ich auf der Höhe des *Oosterling* hinüber zu dem kleinen Park. In der Uniform der Viking-Jugend kam ich am Elektrizitätshäuschen der GEB vorbei, an der Telefonzelle und – »Blumen, Mijnheer?« – am Stand des Blumenmanns, der spätabends natürlich geschlossen ist.

»Wem sollte ich denn damit eine Freude machen müssen?«

»Na, ich würde sagen, Ihrer ...«

»Meine Freundin hat Schluß gemacht. Und meine Mutter ... meine Mutter ist ein falsches Weib. Die hat unsere Sache verraten. Die verdient nicht mal Blumen auf ihrem Grab.«

Schlechter Zeitpunkt für eine Generalprobe. Falsche Komparsen.

»Dann Ihrer Nachbarin.«

»Schon lange abtransportiert ins Pflegeheim. Oder nein, warten Sie mal ... beschwert sich ewig über die Marschmusik, die ich spiele.«

Es war *Nacht*, verdammt noch mal. Tiefste Nacht. Stockdunkle Nacht. Blumen, in Eimern schlummernd, der Händler daheim auf *einem* Ohr. Schwindlig vom Alkohol sah ich vom Klettergerüst her, das die Form eines Iglus hatte (und auf dem jetzt, im Sonnenlicht, Kinder rauf und runter kletterten), jemanden auf mich zukommen. Ziemlich resolut, das heißt: ich erschrak. Ein aggressiver Ausländer? Da erkannte ich beim bleichen Laternenschein, daß es Albert Egberts war. Was wollte dieser degenerierte Junkie von mir? Er probierte sein spöttisches Lächeln aus, doch seine Miene war gespannt.

»Na, Herr Eckberts ... auch auf der Piste?«

»Nein, Streepje, nein. Ich habe Wichtigeres zu tun.«

Wir stehen am Klettergerüst. Plötzlich zieht dieses Weichei eine Pistole hervor. Wohlgemerkt, die Smith & Wesson, die ich ihm verkauft habe ... vor Jahren ... mit einer seltenen Nazi-Inschrift ... Gibt nur noch wenige Exemplare davon. Hab ich immer bereut. Er richtet das Ding auf mich. Ein Schauer läuft mir über den Rücken, aber nicht vor Angst. Es ist Gänsehaut, verursacht von der quietschenden Kreide des Lehrers an der Tafel. Die gleiche Wirkung hatte der Briefbeschwerer der Witwe auf mich. Nachdem ich um eine Unterredung gebeten hatte und in ihr Arbeitszimmer vorgelassen worden war, zog sie – mich argwöhnisch musternd – eine faustgroße Figur zu sich heran. Die Platte des Stahlschreibtischs war mit Linoleum belegt, am Fuß des Briefbeschwerers entdeckte ich einen dünnen grünen Filzrand – und trotzdem bekam ich Gänsehaut von dem kratzenden Geräusch von Metall auf Metall. Die Figur wurde nicht als Schutz vor dem Zugwind auf ihre Papiere gestellt (zweifellos ihre Memoiren), sondern blieb am Rand der Schreibtischplatte stehen: Die in zu weite Sämischlederhaut gehüllte Hand der Witwe lag daneben, auf der Hut. Rostfarbene Pigmentflecken. Gepflegte Nägel, wie kurze Messer: Mit zusammengekniffenen Augen hätte ich vielleicht fünfmal *Meine Ehre heißt Treue* darin eingraviert sehen können. Der längliche Briefbeschwerer war eine Replik eines ägyptischen Hofschreibers mit einem Pavian neben sich: Ich erkannte die Darstellung aus einem Geschichtsbuch. Wir kamen ins Gespräch. Sie merkte, daß sie einen Gesinnungsgenossen vor sich hatte, und entspannte sich. Sie rollte ihren Schreibtischstuhl, einen Sessel auf kleinen Rädern, zurück und entspannte sich, die Hände im Schoß gefaltet (zehnmal *Meine Ehre heißt Treue*). Sie bot mir einen Ledersessel neben dem Schreibtisch an.

»Darf ich mir das mal ansehen?« fragte ich. Ohne ihre Zustimmung abzuwarten, nahm ich die kleine Figur in die Hand.

»Lassen Sie das«, sagte sie, einen verärgerten, haßerfüllten Ausdruck auf dem stolzen Gesicht (eine Persönlichkeit!), doch da polterte schon etwas unsanft auf den Parkettfußboden: ein großer Revolver. Beim Hochnehmen des Briefbeschwerers hatte ich bereits einen Widerstand gespürt, als hinge das Ding mit fadenziehendem Leim an der Schreibtischplatte. Ein starker Magnet mußte sich darin befinden, der die große Handwaffe festhielt.

»Er hätte losgehen können«, sagte sie vorwurfsvoll, während sie sich bückte, um den Revolver aufzuheben und unter die Platte zu kleben. Sie schob den Magneten (Metall auf Metall) wieder in Richtung Federhalterständer und Tintenfaß am Kopf des Schreibtisches. Das Geräusch verschaffte mir Gänsehaut bis zum Ende des Gesprächs.

»Baartscheer«, sagt der Junkie, »Baartscheer, es ist aus mit deiner Mitgliedschaft in der Vikingzunft. Ich leg dich jetzt hier im Park um ... aufgebahrt in deiner Uniform ... und dann rufe ich die Polizei und die Presse. Ich mache keine halben Sachen. Die Leute werden auf ihre Kosten kommen.«

»Schön gesagt, Herr Eckberts, aber wollen Sie dieses Kriegsgerät nicht erst mal abbezahlen, bevor Sie damit schießen?« Ich spüre, wie ich eiskalt werde, und wundere mich schon nicht mehr über meinen ruhigen Zynismus. »Kugeln auf Pump ... geht das nicht gegen Ihre Ehre, damit eine Rechnung zu begleichen? Ihnen ist doch wohl hoffentlich klar, daß es Ihr eigener Vater ist, auf den Sie zielen? Nein, nicht der Lackierer ... der Maschinenschlosser ... Nicht der vaterlandsliebende Verteidiger unseres Niederländisch-Indien, sondern der Landesverräter. Sie sehen, Herr Eckberts, ich weiß mehr, als Sie denken. Ja. Hm. Ja. Ihre Frau Schwester kann Taufscheine lesen, lassen Sie sich das gesagt sein.«

Für einen Moment scheint er verwirrt. Er zögert ... schießt dann aber doch, der dreckige Judenfreund ... zweimal kurz nacheinander. Ich höre die Explosionen, sehe die Pistole in seiner Hand hochfedern. Ich spüre nichts. Er muß mich verfehlt haben. Höchste Zeit für meine Rolle als Gläubiger. Ich werde das Ding wegen Nichtbezahlung zurückverlangen, bevor dieser Idiot womöglich noch trifft. Jetzt. Ich mache einen Schritt auf ihn zu und spüre, wie eine heiße Flamme durch meine Eingeweide lodert. Sofort feuert dieser untreue Sohn eines SS-Angehörigen noch einmal.

Ganz flach atmen, das geht gerade noch, wie nach einem Schlag in den Magen. Nein, Baartscheer, wir fallen jetzt nicht, kommt nicht in Frage. *Meine Ehre heißt Treue*, und diese Treue gilt vor allem dem stolzen Menschen, dem Aufrechtgehenden. Es verstößt gegen meine Ehre, mich hier hinzulegen. Warum scheint dieses Klettergerüst auf einmal so weit weg? Ein einziger Schritt ... aber ich bekomme meinen rechten Fuß nicht vom Boden hoch ... Blöd. In Träumen geht es mir oft genauso. Als müßte man die ganze Straße mit anheben, will man auch nur einen einzigen Schritt tun ...

Bevor man sie im Herbst '45 in ein Lager steckte, war meine Mutter zusammen mit ein paar Hundert anderen NSB-Frauen im Utrechter Tivolitheater zusammengetrieben worden. Sie kauerten und schliefen in dem von Flöhen wimmelnden Stroh und kratzten sich ununterbrochen an den Stellen, an denen es am meisten juckte. Auf der Bühne hatten die Bewacherinnen eine Krankenstation eingerichtet. Ungefähr dort, wo jetzt ihr Platz im Stroh war, hatte sie, als junges Mädchen, am Abend des 22. Januar 1931, einem Donnerstag, auf einem Plüschsessel auf die Vorstellung des Anna Pawlowa Balletts gewartet. Meine Mutter wußte, daß Anna Pawlowa selbst nicht tanzen würde: Sie lag krank im Hotel Des Indes in Den Haag. Getanzt wurde der *Carnaval des animaux*, mit Ausnahme von *Le cygne*, denn der sterbende Schwan war Pawlowas Glanzrolle, also wurde nur die Musik gespielt. Später hörte sie, daß die Tänzerin an diesem Abend gestorben war, nachdem sie zuvor noch, in einer Art Fieberwahn, das Ballettkostüm für *Le cygne* über einen Stuhl hatte hängen lassen. Die letzten Worte einer Primaballerina mußten natürlich aus Tüll und Satin bestehen... pathetischer Quatsch. Aber mir meine Mutter so vorzustellen, im Stroh ihrer Schande kauernd, auf eine Bühne voller Krankenhausbetten schauend... und das, während sie einen Moment lang wieder zu dem Mädchen wurde, deren Blicke dem sich bewegenden Lichtkegel folgten, in dem Anna Pawlowa unsichtbar tanzte... verdammt noch mal, ja, das läßt mich nicht kalt, das ist kein Pappenstiel.

Ha, schau, so geht's auch. Ich laß mich einfach vornüberfallen. Der Iglu fängt mich auf. Kaltes Aluminium. Ja, warum sollte sich Atlas nach getaner Arbeit nicht mal über seinen Globus legen? Schön locker, mit ausgebreiteten Armen... Ganz in der Ferne sehe ich im fahlen Laternenschein die Trinker hocken. Die Flaschen glänzen unter ihrer Bank. Das tragbare Radio zu ihren Füßen ist auf einen Nachtsender eingestellt. *Don't cry for me, Argentina.* So schrecklich weh tut es nun auch wieder nicht, aber jeder Schmerz ist zuviel. Ich hätte ihm was mit einem schwereren Kaliber verkaufen sollen, und zwar gegen bar. Der Amateur.

Ich habe ihn nicht weggehen hören. Er muß da noch irgendwo hinter mir stehen. Wie viele Kugeln habe ich schlimmstenfalls noch zu erwarten? Mal schauen... zwei, nein, drei stecken jetzt in mir, und das ist auch zu spüren. Zwei hat er, nach eigenen Worten, im *White Horse* in Eindhoven in die Decke gejagt. Aus purem Schneid. Um einer Frau zu imponieren... irgendsoeiner kalvinistischen Trine... Er hat nie um neue Patronen gebeten, der Herr Eckberts. Hätte auch keine bekommen. Noch mehr Kugeln auf Pump, bestimmt... Es kann höchstens noch eine drin sein.

»Diese letzte, Baartscheer«, kläfft der Hund, »ist im Namen aller Juden, die deinen Worten zufolge nie vergast worden sind. Sie danken dir für den cleveren Beweis. Und Grüße von Thjum.«

Kein Gnadenschuß. Kein Genickschuß. Der Feigling schießt mir seine letzte Kugel in den Rücken. Viel zu tief, verdammt noch mal. Er hätte höher zielen müssen. Jetzt ist noch reichlich Zeit für die Stimme meines Vaters.

»Hast du sie gesehen, Arend-Jan? Diese schlecht gekleideten Waschlappen, das waren die niederländischen Grenzposten. Und da vorn, da sind die deutschen, in ihren Uniformen. Unterschied gesehen? So würdevoll ... so diszipliniert ...«

Oh nein, das schaffen wir nie. An Deutschland kommen wir nie heran. Ich spüre, wie meine Hand aus seiner gleitet. Ich werde doch wohl nicht hier ... in diesem gottverdammten Niemandsland ...

»Schau, Mama, der Mann da will auch klettern«, klang es dicht an meinem Ohr.

Ich öffnete die Augen und spürte den schmerzhaften Hieb der Sonne. Ganz nah sah ich das fast blitzende Weiß im Auge eines kleinen surinamischen Jungen, der mir gegenüber auf einer waagrechten Stange des Klettergerüsts stand. Andere Kinder tobten darum herum. Mütter in Sommerkleidern kamen herbei, besorgt. Ich ließ den Iglu los und richtete mich schwindlig auf. Die Morgendosis verlor an Wirkung. Ich brauchte dringend einen Nachschlag. So eifrig hatte ich Baartscheer gesucht, daß ich mich selbst vernachlässigte ... Sparsam sein. Viel war nicht mehr da, und ich hatte keine Zeit, mit der Schere loszuziehen. Aufpassen, daß die größere Hälfte für abends übrigblieb. Ich würde es brauchen, um die Kraft zu finden – und die innere Ruhe –, Baartscheer niederzuschießen.

Während die Mütter wieder ihre Plätze im Schatten aufsuchten, ging ich langsam in Richtung Westeinde los.

Treppe aus Licht

Dienstag, 22. Juli 1980
(Albert Egberts)

Es fiel mir zum erstenmal auf, daß das scheinbar unverwüstliche Blau der Haustür, das dem Geist von Mevrouw de Hoogh-Stey den letzten Rest gegeben hatte, längliche Blasen und Krakeleien aufwies. Nun, an der Hitze dieses Sommers kann es nicht liegen, ich denke, die munteren Maler haben damals den Untergrund aus halb zerbröselter Farbe nicht entfernt. Sofort mit dem dicken Pinsel drüber. Mich darüber zu beschweren ist nicht mehr möglich: Sie sind einer nach dem anderen verschwunden, und von der blauen Farbe in der Dose ist nur noch eine dicke Haut übrig.

Nachdem ich einen großen Schritt über den Pfuhl aus Papierbrei zur untersten Treppenstufe gemacht und die Tür hinter mir zugeworfen hatte, fiel mir noch eine Veränderung auf... eine mehr oder weniger angenehme, wenngleich ich auf der Hut blieb. Obwohl ich die kaputte Glühbirne oben auf dem Absatz seit Wochen durch eine neue hätte ersetzen müssen, schien mehr Licht in den schmalen Treppenhausschacht. Kein elektrisches, es sei denn, irgendwo da oben wäre während meiner Abwesenheit eine Neonleuchte installiert worden, und wer war schon so blöd in einem verlassenen, zum Abriß verurteilten Haus? Neue Besetzer? Ich dachte sogar einen Moment lang an Filmlampen... vielleicht für einen Dokumentarbericht...

Auf halber Höhe der untersten Treppe blieb ich stehen und lauschte angestrengt, während ich automatisch meine Schere hervorzog. Genauso wie wenn ich morgens früh nach Hause kam, schob ich Daumen und Mittelfinger meiner rechten Hand in die Griffe und setzte meinen Weg nach oben mit aufwärts gerichteter Spitze fort, während ich auch jetzt noch das Gefühl hatte, ein Verbot meiner Mutter zu ignorieren.

»Scherenspitze immer in der Faust halten, Albert, besonders wenn du die Treppe hinaufgehst ...!«

Der Unterschied zu sonst bestand darin, daß ich mit der Schere keine fast vollständige Finsternis durchbohrte. Je höher ich kam, um so mehr Licht strömte über die Treppen nach unten, dessen Quelle einstweilen unsichtbar blieb. Der Absatz vor meiner Wohnung badete sogar darin. Kein eiskaltes Licht von Neonröhren oder Filmlampen, sondern warmes, freundliches, das ein sich bewegendes Gekräusel an den alten Lack auf Flixens ehemaliger Tür warf.

Am Anfang der Treppe zu dem, was Mevrouw de Hoogh-Steys Stockwerk gewesen war und wo nun sogar die Punkerfreunde ihrer Enkel das Feld geräumt hatten, schaute ich nach oben – direkt in den blauen Himmel. Nicht nur das Licht, auch die Wärme des Sommerhimmels sank auf den Ort herab, der sonst so feucht und kalt und muffig sein konnte. Mit plötzlich aufkommender Platz- und Höhenangst stieg ich weiter ... Stufe um Stufe ... wobei ich stets einen Fuß neben den anderen setzte, aus Angst, zu schnell oben zu sein. Die kleine Balustrade schirmte noch das Treppenpodest im dritten Stock ab, aber es gab kein Dach mehr. Ich reckte den Kopf: Der Fußboden von Mevrouw de Hooghs kleiner Wohnung war zum Dach des Hauses geworden. Der beige Teppichboden, auf dem die Weinflecke der Punkerfeten im schonungslosen Sonnenlicht ihre eigene Geschichte erzählten, lag noch da. Sogar die alten Möbel, die mit einer Säge und grellfarbenem Lack einer neueren Zeit angepaßt worden waren, prangten vor dem blauen Himmel. Ein Stück der Küchenwand, schwarz-weiß gefliest, war stehen geblieben, um die Kulisse für ein aufzuführendes Theaterstück zu vervollständigen.

Wieder eine Stelle, an der das Geschwür Amsterdams ans Licht durchgebrochen war.

Keine Arbeiter weit und breit. Ich begriff jetzt, warum ich draußen nichts von irgendwelchen Abrißarbeiten gemerkt hatte: Das Gerüst stand an der Rückseite des Hauses. Material und Werkzeuge mußten von der Straße her durch die

Lücke neben der Schule herbeigeschafft worden sein, wo man schon zuvor ein Haus abgerissen hatte.

Platzangst, Höhenangst ... es mußte etwas anderes sein, das mich jetzt überfiel. Es schien, als wolle etwas mich weiter hinaufdrücken, zum Licht, *ins Blaue hinein*. Ich glaubte, jetzt besser zu verstehen, was Flix mit der »Spirale von Mevrouw de Hoogh-Stey« gemeint hatte. Hierher war sie also Mal um Mal, tagein, tagaus, unterwegs gewesen auf ihren unerschöpflichen Kreisen. Zu dem Punkt, an dem ihre beiden Häuser, ihre beiden Nummern 209 eins wurden und den Himmel berührten. Lebte sie noch, in ihrem Pflegeheim, in dem bitteren Bewußtsein, daß ihre Möbel den Märtyrertod gestorben waren? Vielleicht war sie heute nachmittag plötzlich, nachdem eine Abrißbirne mit *einem* Schwung den Himmel für sie aufgebrochen hatte, friedlich eingeschlafen ...

Mit einem Gefühl, als kehrte ich ihr bis in alle Ewigkeit den Rücken zu, stieg ich die Treppe aus Licht wieder zu meinem eigenen Stockwerk hinunter, wo alles mit einer Schicht aus Staub, Schutt und Kalk bedeckt war und erstaunlich frisch aussehendes Schilf aus Löchern in der Decke ragte.

Um nicht wie ein *Junkie* aussehen zu müssen (dieses vermaledeite Wort), hatte ich meinen Körper mit Weizenkeimöl und Gelee royale konserviert, ihn durch die schönsten Anzüge und manschettenknopfverriegelte Hemden getarnt und ihm sogar versagt, ein Resonanzkörper für Subkulturjargon zu sein ... Ich hatte mir die Haare schneiden, Schuhe maßanfertigen lassen ... Einblick in meinen Kragen, freie Sicht auf meine eingefallene Brust hatte ich den Leuten verwehrt, indem ich meine Hemden zusätzlich durch den Doppelknoten einer Seidenkrawatte versiegelte (Leihgabe von Ernst Quispel, aber das brauchte sonst niemand zu wissen) ... Sogar die Schere in meiner Innentasche hatte ich von jeglichem Verdacht befreit, indem ich eine ganze Scherensammlung darum herum angelegt hatte. Alles, um das Laboratorium meiner Studien in Verlotterung und Verluderung fremden Blicken zu entziehen. Sollten meine wissenschaftlichen Bemühungen zu einer revolutionären, nobelpreiswürdigen Erkenntnis führen, konnte ich der Welt immer noch die geheime Anordnung meiner Kolben und Retorten enthüllen …

Und jetzt war das Wichtigste, das mich davor bewahrte, als Junkie auf dem Präsentierteller zu sitzen, verschwunden: das Dach über meinem Kopf. Für einen Anzug, um darin zu wohnen, konnte ich gerade noch das Geld aufbringen, für eine Mietwohnung nicht. Mußte ich mich jetzt wirklich als Abhängiger genieren, mich beim Autoknacken erwischen lassen, um dann höchstens für ein paar Wochen in den Knast zu wandern, zu kurz, um mein Blut sauber zu kriegen? Oder doch meine Sucht bis zuletzt tarnen und in Kürze für etwas Ernsteres und Nobleres ins Gefängnis gehen, so daß ich den Junkie in mir als blinden Passagier in die Zelle einschmuggeln konnte?

Wenn ich keine Unterkunft mehr hatte, die ich ungehindert als Rauschgifthöhle benutzen konnte, wollte ich eine, die zugleich als Klinik fungierte.

Van Buschbasch

Mittwoch, 23. Juli 1980
(Ernst Quispel)

»Das Fortepiano deines Bruders ist seit meiner Ankunft bestimmt schon zwölfmal zum Theater oder anderswohin gebracht worden«, schrieb Leopold Mozart am 12. März 1785 etwas müde aus Wien an seine Tochter Nannerl. An diese Briefpassage mußte Quispel denken, als er morgens über den Kloveniersburgwal zu Arthur Seijffardts Haus ging und sah, wie der Flügel des Komponisten aus dem Fenster gehoben wurde. Die Seile, in denen das Instrument hing, waren mit Schaumgummi und Filz überzogen; der schwarze Lack reflektierte das frühe Sonnenlicht. VAN BUSCHBASCH stand auf dem Transportwagen wie auf den Arbeitskitteln der vier Männer, die mit dem Klavier zugange waren, und darunter, in kleineren Großbuchstaben: MIT IHREN TONLEITERN TREPPAUF, TREPPAB.

Das Klaviertransportunternehmen hatte nach einer Geschichte von Albert Egberts irgendeine Verbindung zu Thjum... zu dem Erwachen seiner Homosexualität... irgend so etwas... genau wußte Ernst es nicht mehr. Thjum war tot und begraben, und seine sexuelle Veranlagung spielte keine Rolle mehr, genausowenig wie seine musikalischen Vorlieben. Obwohl – der Flügel sollte von der Firma van Buschbasch zum Friedhof Kommervlugt gebracht werden, wo Seijffardt eine eigene Komposition bei der Beerdigung seines Freundes, des Schriftstellers, spielen sollte. Man ging also davon aus, daß die Toten Musik hören konnten, ebenso die Ansprachen.

Bis das Klavier am späten Nachmittag zurückgebracht wurde, konnte Quispel Seijffardts Wohnung zum Arbeiten benutzen – und um bei Zwanet diesbezüglich jeden Zweifel auszuräumen, hatte er einen Stapel Akten unter dem Arm mitgenommen. Die Polaroidkamera trug er in einer Plastiktüte. Durch die unabwendbare Trinkperiode, die erst tags zuvor zu Ende gegangen war (jedenfalls was das Trinken betraf, ansonsten mußte noch eine Menge ausgeschwitzt werden), war er mit seiner Arbeit erschreckend in Verzug geraten. Und als hätte der Teufel seine Hand im Spiel, und der Teufel hatte *immer* seine Hand im Spiel, fielen die dipsomanen Wochen mit den Vorbereitungen für ihren Umzug in den Kloveniersburgwal zusammen, der ebenfalls tags zuvor erfolgt war und von Zwanet ganz allein hatte bewältigt werden müssen. Ernst saß im *De Hondt*, ergeben trinkend, bis der Wodka ihm zuwider wäre, ein Prozeß, der durch den Wetterumschlag beschleunigt wurde. Auch heute wieder hatte er seine treue Zwaantje, die mit ihrem Hausfrauenkopftuch noch hübscher aussah, zwischen den Umzugskartons im Hinterhaus in Stich gelassen.

Das Gewuchte mit dem Flügel, der im Wagen wie ein Pferd graue Decken übergeworfen bekam, flößte Quispel zusätzlich zu dem ohnehin vorhandenen Unbehagen ein unbestimmtes Gefühl der Unruhe ein, das sich kurz darauf beim Anblick des staubigen leeren Flecks in Seijffardts Wohnzimmer noch verstärkte. Arthur war bereits zur Vondelkerk gegangen, um einige Partien aus dem Requiem seines deutschen Kollegen Aribert Reimann zu dirigieren, das noch nie aufgeführt worden war, möglicherweise sogar noch der Vollendung harrte.

Die Buschbaschleute schlossen das große Fenster wieder und händigten Ernst die Schlüssel aus, nachdem er ihnen zugesichert hatte, gegen vier Uhr dazusein. »Oder sonst der Besitzer«, fügte er hinzu und verspürte sofort einen schmerzenden Stich im Magen: Ich sollte nicht hiersein, ich muß Albert suchen.

Es war vorbei, er spürte es. Ja, tags zuvor, im *De Hondt* an der Amstel, hatte er gefühlt, wie es verschwand, wenngleich er es sich da noch nicht ganz eingestehen mochte. Solange der Regen am großen Fenster herabgeströmt war, bildete er den Vorhang, der die Kneipe von der Außenwelt abschloß. Quispel fühlte sich dort geborgen – bis der Vorhang aufgezogen oder, besser gesagt, transparent wurde und sich in Tropfen auflöste, die im ersten unreinen Sonnenlicht glitzerten. Es hatte wochenlang ununterbrochen geregnet, und der Regen war der natürliche Schutz seiner Euphorie gewesen. Überall hatte er wie altes Fensterglas die Sicht auf die Welt verzerrt, und so war es gut gewesen. Quispel hatte Frauen S-förmig wie Haubentaucher an den Kneipenfenstern vorbeischaukeln sehen, Busen und Hintern herausgedrückt. Nachts hatte er die Stadt sich mit all ihren Lichtern spiegeln sehen, und nicht nur in den Grachten, nein, das ganze Pflaster war zu wogendem Grachtenwasser geworden. Und dann war der erste Sonnenstrahl aufgeblitzt, an Regenwolken vorbeistreichend und dadurch trübe wie Leitungswasser, in dem Rost schwimmt.

Genau bei diesem ersten Durchbruch des Sommers, so schien es hinterher, war Albert Egberts im *De Hondt* aufgetaucht.

»Ernst, bist du Dip?«

Was machte ihn heute nur so nervös, Alberts Unberechenbarkeit oder der Besuch, den er hier bei Seijffardt erwartete? Kaum älter als ein Kind ... Quispel hatte die Verabredung aus einer Art Überschwang getroffen, weil er wußte, daß er den Teenager höchstens an seine Brust drücken würde, zu ungeduldig, etwas Richtiges mit ihm anzufangen. Nun, da das pure Glücksgefühl ihn im Stich gelassen hatte, stellte das Gift etwas mit seinem Körper an: Nackte Geilheit trat an seine Stelle. Er wünschte, er hätte die Verabredung nicht getroffen. Besser war es, Fehler rückgängig zu machen, anstatt noch mehr zu begehen. Albert suchen, ihn von seinem wahnsinnigen Vorhaben abbringen ... Baartscheer warnen, egal, was für ein Arschloch der Mann auch war ...

Stille Grabrede

Mittwoch, 23. Juli 1980
(Patrick Gossaert)

»Vierzig Tage Regen«, hörte ich Albert neulich sagen, aber es wird wohl die verlockende Bibelanspielung gewesen sein, denn meiner Meinung nach hat es länger als eineinhalb Monate ununterbrochen geregnet. Ganz Kommervlugt liegt dampfend unter dem ersten heißen Tag des Sommers. Offenbar hat es so sein sollen, daß du an diesem dreiundzwanzigsten Juli in die Erde herabgelassen wirst, die noch ganz das Schlammloch ist, das du auf deinem Sterbelager Woche für Woche sich hast bilden hören. Ich kann dich nicht mehr fragen, wie es ist, so lange im Sterben zu liegen und ununterbrochen den Regen zu hören, immer drängender, als müsse er dir unbedingt etwas sagen, als *wolle* er etwas von dir.

Vor ein paar Tagen war über der Stadt ganz kurz ein makelloser Regenbogen vor dem Dunkelgrau zu sehen. Ich stelle mir vor, daß du unter diesem Tor aus Licht ins Jenseits gegangen bist, glückloser – oder vielleicht doch glücklicher – Kollege. Mehr von der Sonne hast du nicht zu Gesicht bekommen, doch wenn sie schon all ihre Farben zeigt wie ein Pfau, was bleibt dann noch zu wünschen übrig?

Vorhin, in der Trauerhalle, haben wir das schaurige Klavierstück gehört, das Arthur Seijffardt eigens für diesen Anlaß komponiert hat. Er spielte es selbst, auf seinem eigenen Flügel, den man mit viel Kosten und Mühe nach Kommervlugt transportiert hat (VAN BUSCHBASCH – MIT IHREN TONLEITERN TREPPAUF, TREPPAB). Eine schwärmerische Dame, die das glänzendschwarze Ungetüm an den Drahtseilen hängen sah, dachte, es handele sich um den Sarg eines jung verstorbenen Klaviervirtuosen in einem originellen Design, und fiel fast in Ohnmacht. Ich mußte an die Worte von Albert Egberts sen. denken, die ich in »Ein Kaktus auf Chopins Grab« verarbeitet habe. »Er spielte sich das Blut aus den Fingern.«

Ich hatte, auf meine Weise, auch etwas zu diesem Anlaß beitragen wollen. Einen Brief, um ihn vorzutragen oder ihn dir versiegelt in den groß ausgefallenen Briefkasten nachzuwerfen, der dort gähnt. Aber ich erinnerte mich, daß ich dir schon einmal wie ein Dieb bei Nacht, ohne Zutun eines Postboten, einen Brief habe zukommen lassen. Auf leisen Sohlen, um drei Uhr morgens, vor zwei Jahren in der Bloedstraat. Wir stritten schon seit Wochen schriftlich über einen Zeitschriftenbeitrag von mir, immer schärfer und giftiger, und mit einemmal merkte ich (oder merkte ich an einer Antwort von dir), daß ich zu weit gegangen war. Während dieses gesamten postalischen Scharmützels hattest du dich, wiewohl kurz angebunden, doch unendlich würdiger verhalten als ich, und um dir das zu versichern, wollte ich nicht warten, bis der Briefkasten geleert würde.

Das Ganze hing mit einem grundlegenden gegenseitigen Unbehagen zusammen.

Gleich bei unserer ersten Begegnung, als ich mich zu dir in die Bloedstraat begab, um den Text meines Debüts mit dir durchzusprechen, wurde das spürbar. Das unbehagliche Gefühl, daß ich diesen Schwarzsehkontrolleur mitgeschleift hatte. Nein, noch absurder: das Empfinden, du würdest denken, ich hätte ihn deinetwegen mitgebracht. Ein mit diesem Besucher plötzlich eingedrungenes totalitäres System.

Ich habe seitdem mindestens zweimal im Jahr daran denken müssen: wenn ich meine halbjährliche Rundfunk- und Fernsehgebühr überwies – geniert und mit einem Kichern, bisher; von nun an: geniert und mit einer Träne im Auge.

Ich sagte blödsinnige Dinge an jenem Nachmittag, und das ist so geblieben. Oft genug habe ich versucht, meine merkwürdige Haltung dir gegenüber zu analysieren. Als ich dich Anfang '78 kennenlernte, war noch nicht mehr als dein Debüt erschienen. Ich hatte mir selbst ein Exemplar gekauft, aber als die Rede auf das Buch kam, hörte ich mich zu dir sagen: »Ich hab es gelesen ... das heißt, bis auf die letzte Erzählung. Derjenige, von dem ich das Buch geliehen hatte, hatte sie selbst noch nicht gelesen und diese letzten zwanzig Seiten mit einem Stanleymesser herausgeschnitten. Jemand, dem nicht viel an Büchern liegt...«

Warum? *Warum*, um Gotteswillen? Es war kein »Spleen« von mir. Du warst der Grund dafür. Durch deine Vornehmheit, charmante Verlegenheit, deine Verletzbarkeit, die sorgfältige Wortwahl (du gabst Worte so mühsam preis, daß es schien, sie müßten herausgepreßt werden: Die Schädelhaut spannte sich an der Stirn, an den Schläfen zuckte etwas, schwoll etwas an) – durch all das schrumpfte ich zu einem Idioten, einem schlechten Hofnarr, einem Plappermaul, der blödes Zeug daherredete.

Spielte ich den Idioten aus Selbstrechtfertigung – um die allzu große Frivolität, die mein Werk damals noch kennzeichnete, zu rechtfertigen? Oder aus Ehrfurcht? Ich machte mich klein vor dir. Lautstark klein.

Du legtest mir gegenüber das gleiche Unbehagen an den Tag wie ich dir. Nur... konfrontiert mit deinem Unbehagen, deiner ungelenken Verlegenheit und deinem seitwärts gerichteten Gang mit ausgestrecktem Arm, als wolltest du dem, der neben dir ging, bei einer Reihe imaginärer Türen ständig den Vortritt lassen, überdrehte ich mein Unbehagen, meine Verlegenheit, meine Förmlichkeit zu karikaturesker Selbstsicherheit. Wenn ich die Anstrengung des Suchens nach den richtigen Worten auf deinem Gesicht sah, begann ich mit scheinbar größter Leichtigkeit zu *quasseln*. Obwohl ich gern wirklich befreundet mit dir gewesen wäre, blockierte ich so eine mögliche Freundschaft. Auf der privaten Ebene kamen wir nicht weit.

Als Leser (aber ist der Leser in mir nicht schon längst gestorben, ermordet vom Schriftsteller?) zog mich dein Werk nicht an. Als Schriftsteller liebte ich auf fast eifersüchtige Weise die Konsequenz und das handwerkliche Können deines Schreibens. Als ich sah, wie die Kollegen aus unserer Anfangszeit einer nach dem anderen zurückblieben, den Kampf aufgaben oder irgendwie sonst ihre Versprechen nicht einlösten, weidete ich mich an dem Gedanken, auf jeden Fall mit *dir* weiter in einen gesunden Wettstreit verwickelt sein zu können. Wenn dieser Wettstreit jetzt nicht mehr gegeben ist, dann bleibt ... nein, nicht der Vorsatz, sondern die Gewißheit, stärker noch: die unausweichliche *Tatsache*, daß ich nach dieser Beerdigung keine unverbindliche Schreiberei mehr betreiben kann.

Es sieht so aus, als hätte ich dir gegenüber mein Gefühl des Unbehagens abgelegt – aber zu welchem Preis!

Eine klebrige Kastanie

Mittwoch, 23. Juli 1980
(Ernst Quispel)

»Ich hatte eigentlich gehofft, Sie hätten die Fotosachen schon bereit.«

Verriet diese Bemerkung frühere Begegnungen mit professionelleren Fotografen?

»Es geht mir nur um ein paar Polaroidaufnahmen.«

»Mir ist es egal.«

Der Junge hatte sich als »Danny« vorgestellt, wie es auch in der Anzeige stand, unter einem gräulichen Nacktfoto, auf dem sein Gesicht zum Teil überklebt war. Mit dem Alter – siebzehn – hatte er wohl genausowenig geschummelt. Älter sah er nicht aus, jünger auch nicht. Wegen einiger feuerroter Pickel an Wangen und Kiefern hatte er sich nicht richtig rasieren können: Hier und da sprossen noch ein paar Büschel flachsartiges Haar. Vor allem am Hals war die Haut schuppig, wahrscheinlich weil er kein Aftershave benutzt hatte. Ein dünner Schnurrbart, nicht mehr als ein leichter, dunkelblonder Flaum, war gar nicht wegrasiert. Seine Frisur, die die Ohren frei ließ, war lang und im Nacken zottelig. Er trug ein weißes T-Shirt mit kurzen Ärmeln, eine gebleichte Jeans mit militärischem Koppel, grau gewordene Tennisschuhe. Eine Nylonjacke, die bei seiner Ankunft über seiner Schulter gelegen hatte, hing jetzt von seiner Hand auf den Boden. Ernst nahm sie ihm ab und legte sie über einen Stuhl.

»Dann sagen Sie mal, wie Sie sich das gedacht hatten. Gleich anfangen oder ...«

Auf dem kleinen Foto in der Anzeigenrubrik *Schlüsselloch* hatte dieser Danny mit leicht angezogenen Knien breitbeinig dagesessen, eine halbe Erektion an den Oberschenkel geschmiegt. In dem Begleittext hatte er sich als »Amat. fotogr.« angeboten, »gegen Reisek. erst.«, mit der Anpreisung, »schl. u. unbeh.« zu sein. Ernst fand ihn eher mager als schlank, und dieses »unbeh.« traf auf dem Foto nur für die Partie oberhalb des Nabels zu. Er bat den Jungen, das T-Shirt anzubehalten, und ebenso die Schuhe, und die Jeans zusammen mit dem Slip bis zu den Knien herunterzustreifen. Das verschaffte ihm das Gefühl, Anweisungen zu erteilen wie ein Arzt.

»Dann muß ich die Füße aber etwas auseinandernehmen. Sonst...«

Er produzierte bei passender und bei unpassender Gelegenheit ein verlegenes Lächeln wie ein linkischer Halbwüchsiger.

»Okay, das ist ja gerade gut.«

Danny tat, worum er gebeten wurde, treffsicher, und sorgte durch eine leicht gespreizte Beinhaltung dafür, daß ihm die Hose nicht auf die Knöchel rutschte. Seine Beine waren sonnengebräunt, aber Ernst konnte sehen, daß der Junge am Strand (nicht dem verregneten in den Niederlanden) eine Badehose mit kurzen Beinen getragen hatte. Unschuldig, mit geschlossener Vorhaut, ohne das geringste Anzeichen von Erregung hing sein Geschlecht unter dem Saum des T-Shirts heraus. Die Bleichheit des Organs hatte etwas Rührendes und Wehrloses über der Bronzefarbe der Beine. Um nicht zu lange mit ungeschütztem Auge hinschauen zu müssen, nahm Ernst die Polaroidkamera vom Tisch und drückte aufs Geratewohl, mit Blitzlicht, ab. Sofort schnurrte das Foto heraus. Er legte es auf einen Stuhl, ohne zu warten, bis das sich selbst entwickelnde Bild seine Konturen preisgab. Die Fotos interessierten ihn nicht. Das Knipsen war für ihn nur ein Anlaß, und er hoffte, daß dies auch für den Jungen so war. Was das anging, war er zuversichtlich, denn in demselben Blatt hatte schon mal ein Leserbrief von Danny gestanden, in dem er von seinen Erlebnissen mit einem Amateurfotografen erzählte, den er zufällig kennengelernt hätte – eine Erfahrung, die er unbedingt wiederholen wolle. Wer für seine Dienste nur eine Reisekostenerstattung verlangte, dem mußte es um etwas anderes gehen.

»Leg deine Hände jetzt mal auf den Rücken... Unterkörper etwas weiter vor... ja, so.«

Seine quasi-professionellen Anweisungen klangen ihm selbst merkwürdig in den Ohren. Wie sollte es weitergehen? Um Zeit zu gewinnen, die ganze Kassette, die in der Kamera steckte, vollknipsen, in der Hoffnung, der Junge würde unter dem doppelten Blick von Mann und Kamera brauchbar erregt? Danny trug die Art von billiger Unterhose – graugrün –, die Mütter aussuchen, im Kaufhaus, ein halbes Dutzend auf einmal. Trotz der Fotografiererei, trotz des Blitzlichts, das über seinen entblößten Unterleib sprühte, hatte sich kein Fältchen an seinem Geschlecht verändert. Wichtiger war, daß Ernst sich auf der Grundlage des undeutlichen kleinen Fotos aus der Rubrik *Schlüsselloch* nicht geirrt hatte. Danny besaß tatsächlich Hoden, die schwer und träge in ihrem Sack ruhten, einem Sack, weniger bleich als der Penis, schmutzigrosa, spärlich behaart und mit einer Art grober Gänsehaut bekleidet. Diese Ausstattung entsprach perfekt einem Traum von Ernst, der in seiner Jugend realisierbar gewesen war, jetzt aber nur noch als Vision existierte. Als Junge hatte er nie genug davon bekommen können, sich nackt, auf beiden Knien und einem Ellbogen über einem auf dem Boden liegenden Spiegel zu postieren, wie ein Tier, und zuzuschauen, wie seine Hoden *entgegengesetzt* zur ziehenden Bewegung seiner Hand schaukelten. Hierfür bedurfte es eines sehr elastischen und äußerst beweglichen Skrotums. Das vollkommen selbstgefällige Spiel eines über dem Tümpel pumpenden Narziß, bei dem allenfalls noch das Bild der Frau eine Rolle spielte, die er einmal mit dröhnenden Schritten über den Bürgersteig hatte gehen sehen und bei der, weil sie keinen BH trug, die Brüste bei jeder Vorwärtsbewegung *hoch*wippten – ein Anblick, den Ernst als etwas Widersprüchliches und Verwirrendes, zugleich jedoch auch Erregendes empfunden hatte.

Dannys Foto und Anzeige in der Rubrik *Schlüsselloch* hatten in Verbindung mit seinen Enthüllungen in der Leserbriefabteilung in Ernst das Verlangen geweckt, heimlich dem wilden und paradoxen Schaukeln von Hoden an einem fremden Jungenkörper zuzuschauen. Bei ihm selbst, der mittlerweile in den Dreißigern war, hatte das Skrotum inzwischen alles immer mehr zu kokosnußartiger Kompaktheit zusammengeschnürt. Eine Baumelbewegung unter der Haut war kaum mehr zu erkennen, ganz abgesehen von dem zu überwindenden Abscheu, sich wie ein Hund auf Händen und Füßen über den rechteckig geschliffenen Teich zu stellen. Jungs hatte er nie begehrt; selbst das Techtelmechtel mit Thjum war lediglich ein Experiment gewesen. Es mußte also ein brennendes Heimweh nach seiner eigenen, allesdurchdringenden Lust als Sechzehnjähriger sein, das ihn dieses Treffen hatte arrangieren lassen. Und noch etwas. Danny, der sich seiner Handgreiflichkeiten mit dem Amateurfotografen brüstete, hatte von diesem die Geschichte eines Mädchens mit unnatürlich großer Klitoris gehört, die in erigiertem Zustand etwa eineinhalb Zentimeter aus den Falten ragte. Jemand hatte sie gefragt: »Darf ich dir mal einen runterholen?« Dieses Detail hatte den Leser des Briefes, Ernst, womöglich noch mehr erglühen lassen als Danny, den Verfasser, der gestand, bisher keine Erfahrungen mit Mädchen gesammelt zu haben und sich diese geheimnisvollen Wesen seitdem nur noch mit einem prononcierten Stimulierungsorgan ausgestattet vorstellen zu können. Seitdem war Ernst im Geiste fieberhaft auf der Suche nach dem Mädchen mit dem großen Kitzler, wobei er sich vorstellte, dieser würde nicht mit einer Fingerspitze bedient, sondern mindestens mit Daumen und Zeigefinger, die ziehende Bewegungen, ähnlich denen eines Jungen, vollführten. Seine trockene Kehle zeigte ihm den Weg: Er gelangte zu dem Schluß, die größtdenkbare Klitoris sei bei einem Jungen zu finden.

»Danny, könntest du ... ähm ... deinen Penis ... etwas *voller* machen. Ich meine ... daß er zwar noch hängt, aber etwas größer und schwerer ist.«

Da war dieses pubertäre Kichern wieder, das so aufreizend gut zu den Pickeln auf seinen Wangen paßte.

»Na ja, vielleicht müssen Sie mir dann ein bißchen helfen oder so.«

Es war das erste Mal seit seinem kleinen Abenteuer mit

Thjum, daß Ernst bei einem Mann, einem Jungen noch, seine Handfläche unter das Geschlecht schob. Er wog die Hoden und spürte, wie tief sie unter ihrem Moskitonetz aus elastischer Haut herabhingen. Nach wie vor bestand die Möglichkeit, daß sich das Skrotum bei einer Erektion zusammenziehen würde, um die Hoden hochzuheben, bis in die Nähe der sicheren Bauchhöhle, in die sie möglicherweise schlüpfen könnten, und dann wäre Ernsts Vision vom Schaukeln und Schlingern von vornherein zerstört. Wenngleich der Penis des Jungen auf nicht mehr als dem kleinen Finger der unter den Hodensack geschobenen Hand ruhte, konnte Ernst fühlen, wie sich durch das einschießende Blut da drinnen etwas zu regen begann. Nach einer leichten Verlagerung, einem Streicheln seitlich am Finger entlang, öffnete sich die Fleischtülle, in die die Vorhaut auslief. Wärme und Klebrigkeit stülpten sich hinaus.

»Jetzt mal stop. Sonst hängt gleich nichts mehr«, sagte Danny, der diesmal sein Kichern vergaß.

Ernst zog die Hand zurück und griff zur Kamera. Unterhalb von Dannys T-Shirtrand war etwas in einer äußerst langsamen, fließenden Bewegung begriffen, für das Auge genauso schwierig zu verfolgen wie das Voranrücken des Minutenzeigers auf einer Uhr. Ernst schleuderte dem Jungen sein Blitzlicht entgegen. Das Geschlechtsteil, noch immer bleich, allerdings mit schwellenden Adern, neigte sich erst nach links, schwenkte dann nach rechts, als schwanke es, auf welcher Seite es hochsteigen solle. Schließlich zeigte es gerade voraus auf den Fotografen und richtete sich so ruckweise weiter auf. Im geschwollenen Zustand neigte es sich leicht nach links. An der Gedehntheit des Skrotums, in dem der rechte Hoden weiter herabhing als der linke, änderte sich nichts. Der Anblick ließ Ernst erglühen; gleichzeitig fragte er sich besorgt, wie er den Jungen dazu bringen sollte, diesen reizvollen Apparat in Bewegung zu setzen, in Schwung zu bringen, damit die Hoden ihren Pas de deux tanzen konnten.

Er machte zwei Fotos hintereinander, um Zeit zu gewinnen, wobei er sich nach Kräften bemühte, zwischen dem

Drücken des Auslösers einen gespielt fachmännischen Blick über den Apparat hinweg auf Dannys Unterleib zu werfen, an dem alles gespannt blieb. Die Hoden wirkten wie Gegengewichte zu diesem schräg aufgerichteten Hebel aus hart gewordenem Fleisch. Er erinnerte sich, wie er als Junge seine Erektion unter dem Hemd verbarg und in dem vom Duschen noch halb beschlagenen Spiegel auf den Hodensack blickte, der, direkt unter all diesem makellosen Weiß, besonders haarig und obszön aussah. Er bat Danny, das gleiche zu tun. Angesichts des Ergebnisses wurde Ernst fast schwummrig beim Gedanken an das Geschaukel, das da in Gang gesetzt werden sollte.

»Was nicht in Ordnung? Sie machen ja gar kein Foto …« Danny kicherte.

»Würdest du vielleicht deine Hand darumlegen? Nein, ich meine: über den Stoff des T-Shirts … so, ja. Eingepackt.«

Nach diesem Foto bat er den Jungen, diese Stelle seines T-Shirts mit Wasser besprenkeln zu dürfen, um es durchscheinend zu machen.

»Macht meine Mutter immer beim Bügeln.« Das dazugehörige Kichern klang jetzt leicht fragend: Danny verstand nicht recht.

»So wie man manchmal auch Fotos von Frauen macht«, sagte Ernst, »Brüste, die man durch ein nasses Kleid hindurch sieht. Bei dir würde es dann so aussehen, als ob …«

»Scheint mir ’ne kalte Geschichte. Kann ich nicht lieber …«

»Wenn du willst.«

Kichernd: »Echt?«

»Ich würd es gern sehen. Ganz. Vergiß das mit dem T-Shirt.«

Ernst hatte im Hinblick auf die Gegenüberwohnenden Seijffardts weiße Vorhänge an den nach hinten hinausgehenden Fenstern zugezogen, doch Danny, der dicht davor stand, wurde trotzdem von – wenn auch gesiebtem – Sonnenlicht überspielt. Er mußte die Wärme der Sonne, die jetzt um elf Uhr vormittags schon Kraft hatte, auf seinem nackten Hintern spüren. Der Junge grinste, während er an seinem Körper hinunterschaute, verlegen, als wisse er nicht, wie er angesichts dieses gierigen Zuschauers beginnen solle. Aus Versehen viel zu anmutig zog er sein T-Shirt zwischen Daumen und Zeigefinger hoch, wie es ein kleines Mädchen mit seinem Sommerkleid täte, das sie auf Geheiß der Großmutter »Sonntagskleidchen« nennen mußte. Das aufgerichtete Glied verbeugte sich, als es zum Vorschein kam, in Ernsts Richtung. Danny machte mit den Fingern seiner rechten Hand schraubende Bewegungen, als wolle er die Vorhaut wieder hinaufschieben. Von der anderen Hand legte er mehrere Finger unter den Hodensack, der noch immer die richtige Schlaffheit aufwies. Das Ganze machte einen etwas linkischen Eindruck.

»Danny, mach's bitte so, wie du's gewöhnt bist... wenn niemand dabei ist, meine ich.«

Sogar jetzt produzierte er sein pubertäres Lachen, wurde jedoch gleich darauf ernst. Zunächst noch langsam und ungeschmeidig bewegte sich seine Hand auf und ab. Die Finger waren noch nicht einträchtig genug; sie tasteten und kneteten, wichen auseinander; sie verstärkten ihren Griff und ließen ihn wieder erschlaffen. Erst als Danny, nach einem schwülen Blick auf Ernst, den Kopf mit geschlossenen Augen in den Nacken legte, wurden seine Bewegungen gleichmäßiger und zugleich unbeherrschter. Die Hoden fingen an zu schaukeln, wurden aber durch die Oberschenkel daran gehindert, in die wilde Schlingerbewegung zu verfallen, die Ernst so herbeisehnte.

»Danny, stop mal bitte kurz.«

Er bedeutete dem Jungen, der seine Hand nur mit Mühe von seinem Geschlecht zu lösen vermochte, Schuhe, Slip und Jeans auszuziehen, was er mit ungeduldigen Fußtritten tat.

»Ich lege mich auf den Boden, um von unten ein Foto zu machen.« Ernst streckte sich, die Kamera an die Brust gedrückt, auf dem Parkett aus. »Stell dich jetzt mal mit gespreizten Beinen über mich... nein, noch etwas weiter... Prima. Hör mal kurz auf. Geht gleich weiter...«

Wie zwei verwachsene Ovale hingen sie über ihm, nicht

ganz kongruent. Ein leichtes Zucken, verursacht durch Spasmen im plötzlich in Ruhe gelassenen Phallus, erfaßte außer den Hoden auch den Damm und den Anus. Ernst schickte Blitzlicht und ein surrendes Geräusch zwischen den Beinen hinauf. Das Foto warf er achtlos neben sich auf den Boden.

»Bleibst du bitte so stehen, Danny, während du weitermachst?«

Die Hand des Jungen kam wieder in Gang. Jetzt hatten die Gegengewichte Platz. Trunken vom Zuschauen sah Ernst, wie das noch ziellose Schaukeln in die ersehnte Schlingerbewegung überging. Da lag er, der älter gewordene Narziß, auf dem Grunde des Tümpels, und betrachtete sein jüngeres Selbst, das sich breitbeinig über der spiegelnden Wasserfläche aufrichtete. Hier unten herrschte eine andere Art von Erregung. Ein Druck auf der Brust, ein Glühen tief drinnen ... So heftig legte die Faust des Jungen jetzt los, daß die Hand bei jeder Abwärtsbewegung vom aufwärts federnden Hodensack berührt wurde, der dann, nach dem Aufwärtsruck der Faust, gegen den Damm schlug und nach dem dunklen Gebiet rund um den Anus tastete. Ernst konnte auch das höllische Bild der Frau heraufbeschwören, die er so ungestüm über den Bürgersteig hatte marschieren sehen, daß – nach demselben Gesetz der Trägheit – ihre Brüste bei jeder Vorwärtsbewegung hochgeworfen wurden.

Nachdem er sich satt gesehen hatte, wollte er miterleben, wie der Junge seinen Samen vergoß, allerdings aus einer anderen Position. Er stand rasch auf und setzte sich auf eine Stuhlkante. Danny schaute nun wieder, schnaufend, Speichelbläschen in den Mundwinkeln, auf die über sein Geschlecht reitende Hand. Die Handlung glich zwar dem Melken, aber mehr noch dem verzweifelten, ausquetschenden Abpumpen einer ausgelaugten Mutterbrust. Kein ununterbrochener Strahl, der singend gegen das Zink spritzte, kein zur Erde und dem Gras hin gerichtetes Melken, sondern ein in den Himmel zielendes, das nichts anderes zutage förderte als eine weiße, diffuse Tüpfellinie, die die Luft zart perforierte. Dicke Muttermilch, die niemanden nährte.

Danny hatte sich ein Stück weit auf die Zehen gestellt, mit einem Laut aus Nase und Kehle, der seinem Kichern glich, aber keines war, während seine Hand plötzlich am Bauch innehielt. Die Balletthaltung schien verfrüht, und Ernst erwartete bereits, daß die Faust ihren Ritt wiederaufnehmen würde, als die purpurne Spitze des Glieds, blitzartig noch dunkler werdend, ihren Speichel ausstieß. In der Aufeinanderfolge von Licht und Laut trat so etwas wie eine Umkehrung ein, denn sofort, nachdem Ernsts Ohr das kurze Geräusch von auf dem Parkett aufkommendem Samen vernommen hatte, heftete sich die blitzende Bahn, die er gewählt hatte, an seine Netzhaut. Er ließ den kleinen Mund nicht aus dem Auge, der hastig weiße Wellen erbrach, durch das Sonnenlicht fast senkrecht vor Dannys Füße fallend, deren Fersen den Boden jetzt wieder berührten. Der als letztes hervorgequollene Samenrest hatte nicht mehr die Kraft, sich mit einem kleinen Sprung von der Eichel zu entfernen; während der losgelassene Phallus auf und ab sprang, als wolle er sich dieses Tropfens doch noch entledigen, glitt dieser träge und zähflüssig am Schaft herab und verlor sich in den Falten und Haaren des Skrotums.

Ernst glitt vom Stuhl und kniete sich hin, wobei er das Gesicht so nah wie möglich an das tropfende Geschlecht hielt. Sekundenlang spazierte er unter einem vor Reife berstenden Kastanienbaum, dessen Spermageruch soeben von einem warmen Regenschauer freigesetzt worden war. Es war ein Geruch, den bei Thjum einzusaugen er versäumt hatte und den er sonst, außer bei sich selbst (dann freilich stets in dem leichten Mißmut nach der Befriedigung), bei keinem Jungen oder Mann erlebt hatte – nicht einmal in den ehebrecherischen Falten seiner Geliebten (er bildete sich ein, daß er dafür die Demütigung gern in Kauf genommen hätte). In Danny war eine klebrige Kastanie vor ihm aus dem Boden geschossen; sklavisch wie ein dreschender Ochse wäre er bereit, für den Rest seines Lebens um den Baum zu trotten, solange er diesen Geruch schnuppern durfte. Stachlige Skrota an jedem Ast...

Das Kinn auf der Brust, schaute Danny hinunter, in seinem Blick ein »Was hab ich da angerichtet ...« Sein Kichern ließ ihn im Stich. Er griff erneut nach dem schleimglänzenden Penis und rieb wie zerstreut über die glasige Feuchtigkeit, eine Gebärde, die in erster Linie dazu dienen sollte, sich zu bedekken.

»Jesses, das kam von tief unten.«

Bei dem Versuch, die Vorhaut wieder an ihren Platz zu schieben, glitten seine Fingerspitzen im zurückgebliebenen Samen aus. Schon bald verlor sein Geschlecht an Härte und begann, sanft hin und her schaukelnd, zu sinken. Danny grinste mit schiefem Mund. Ernst, der einen flüchtigen Blick zugeworfen bekam, weidete sich an der fürstlichen Verlegenheit des Jungen.

»Mann, war das *heavy*... der tut richtig weh.«

Danny steckte das halb erschlaffte Organ unter den Saum seines T-Shirts, um es abzutrocknen, und knetete es gleichzeitig durch den Stoff hindurch, um die Vorhaut wieder an Ort und Stelle zu bringen. Dort hielt er es verborgen, während er, sich nicht ganz wohl in seiner Haut fühlend, mit dem nackten Hintern auf der Stuhlkante Platz nahm. Seine Augen strichen, leicht zusammengekniffen, taxierend über das helle Parkett und fanden die Spur der Spermatropfen, die im morgendlichen Sonnenlicht aufglänzten. Wieder ein rascher, schuldbewußter Blick auf Ernst.

»Soll ich ... muß ich nicht ...«

Ernst sah vor sich, wie schmuddlig, da mit Staub vermischt, und halb erstarrt Dannys Samen auf dem Wischlappen aussehen würde. Er wollte sich lieber die Erinnerung an einen leuchtenden Blitz bewahren.

»Du bist doch nicht als Parkettkosmetikerin hergekommen ...«

»... das denn wieder?« Das Kichern war wieder da, wenngleich noch nicht ganz unbekümmert.

Bevor Ernst sich aufrichtete, sog er noch einmal so lautlos wie möglich den Kastaniengeruch ein, der bereits an Schärfe eingebüßt hatte. Einen Moment lang streckte er den Kopf in ein Dachzimmer, wo Jungs sich unbeobachtet wähnen soll-ten...

»Nimm dich in acht, Narziß«, sagte Quispel leise zu sich. »Dreh den Handspiegel um, und du hast die Schlinge eines Selbstmörders... Stammt das nicht von Albert?«

Onkel Juk

Mittwoch, 23. Juli 1980
(Albert Egberts)

Beruhigung durchfließt die Welt.

Schon seit dem Koningsplein geht er vor mir her durch die Leidsestraat, der Penner, mitten auf den Straßenbahnschienen. Er hat seine Krokodillederschuhe gegen ein solideres Paar eingetauscht, bemerke ich, hebt den rechten Fuß aber noch immer genauso hoch wie früher: eine Art Marschieren, an dem lediglich die rechte Seite seines Körpers teilnimmt. »Krokodillederschuhe«, so hatte Flix einmal, in einem unerwartet redegewandten Moment, sein Schuhwerk genannt, dessen Sohlen, mitsamt Nägeln, wie ein Krokodilmaul aufklafften. Bei dem Clochard war das nur rechts der Fall, und bestimmt ein Jahr lang hab ich ihn so durch die Stadt laufen sehen: als müßte er bei jedem zweiten Schritt ein Hindernis aus kniehohem Stacheldraht überwinden. Ein Tic, der wohl auch dieses neue Schuhpaar überleben wird. Aber was soll werden, wenn sich die linke Sohle löst? Es wird ihm dann wieder nicht gelingen, Gleichschritt mit seinen Mitmenschen zu halten.

Wir gehen beide mitten auf der Straße in der Sonne, er einseitig marschierend, ich schlendernd, doch so unterschiedlich unsere Bewegungen auch sind – wir haben dasselbe Tempo; es gelingt mir irgendwie nicht, den Mann zu überholen.

Das Gefühl, jemandem zu folgen, und sei es unbeabsichtigt, ist noch irritierender als der Eindruck, selbst beschattet zu werden. Du überquerst pfeifend die Straße, bleibst vor einem Schaufenster stehen, alles ganz ungezwungen – um beim Weitergehen zu entdecken, daß du der beschatteten Person, der du eigentlich einen kaum aufzuholenden Vorsprung verschafft zu haben glaubtest, noch immer in wenigen Schritten Entfernung folgst. Oder hat der Penner was anderes, weshalb ich nicht an ihm vorbeigehen kann?

Der Mann folgt den Straßenbahngleisen. Peinlich akkurat setzt er auf der rechten Schiene, auf der die Sonne Funken sprüht, einen Fuß vor den anderen. Als sich kurz vor der Brücke über die Keizersgracht die Gleise gabeln, gerät er sichtlich in Verwirrung. Über der Gabelung macht sein Fuß die schnellen, nervösen Bewegungen einer Ameise, deren Spur plötzlich verwischt ist. Schließlich entscheidet er sich mit einem großen Schritt über den unsichtbaren Stacheldraht für den nach rechts abbiegenden Zweig.

Er trägt ein sackartiges Jackett und eine Schlabberhose. Das lange, ergrauende Haar ist fettig, vor allem über den Ohren, wo es alle zwei Minuten zurückgestrichen wird. Als er durch einen sich vorbeischlängelnden Radfahrer für einen Moment die Konzentration verliert und mit sich zur Seite drehendem Kopf von der Schneise hochschaut, sehe ich, daß er nicht, wie früher, einen Vollbart trägt, sondern dichte silberweiße Stoppeln. Zwischen ihnen leuchten dunkelrote Kerben: Es würde mich nicht wundern, wenn er sich mit einer Glasscherbe rasiert. Er hat den Griff einer vollen Plastiktragetasche über sein linkes Handgelenk gezogen. Jedesmal, wenn der Mann sich das Haar hinter das linke Ohr streichen will, geht die Tasche knisternd und klappernd mit hoch. Ein gepflegter Landstreicher. Er kann keinen Makel auf meinen Sommertag werfen. Auf meiner Netzhaut ist das Bild zweier taffer blonder Mädchen in schwarzen kurzen Kleidern hängengeblieben und vorläufig nicht mehr zu löschen, die heftig auf eine Gruppe Taxifahrer am sonnenüberfluteten Stand auf dem Rembrandtsplein einreden. Beruhigung durchfließt die Welt …

Nun, da ich mich nicht länger dagegen wehre, dem Penner zu folgen, gehe ich ebenfalls zwischen den Schienen. Als ich weit hinter mir (es kann noch nicht mir gelten) eine Straßenbahn bimmeln höre, weiche ich vorsorglich auf den Bürgersteig aus. Der Clochard folgt, sein Bein hochwerfend, der uralten Furche, auch als sich die Bahn hörbar nähert, langsamer wird und im Schrittempo hinter ihm her fährt. Erst als der Fahrer seine Bimmel laut schrillen läßt, geht der Mann zur

Seite, unwillig, ohne erschrocken zu sein. Jetzt ist er wieder vor mir, langsam zwischen den Leuten dahinmarschierend. Kleine Jungs hängen hinten an der 2 und springen ab, noch bevor die Straßenbahn auf der Brücke über die Prinsengracht zum Stehen gekommen ist. Ein Schoßhündchen mit einer Schleife zwischen den Ohren keift sie, von ihrem plötzlichen Absprung an der Haltestelle erschrocken, mit dünner Stimme wütend an. Eine lange türkisfarbene Leine führt von seinem Halsband zum zarten Handgelenk einer alten Dame, die unverwandt in die andere Richtung starrt. Ihr feuerroter Mund bewegt sich heftig, ohne daß ein Laut herauskommt. Ihr pergamentenes Gesicht – *ein* großer Vorwurf. Ich schätze, sie liefert sich ein herzhaftes Wortgefecht mit ihrem verstorbenen Mann. Die Jungs krauchen auf Händen und Füßen an der Haltestelle herum und bellen das hysterische Hündchen an. Kurz darauf hängen sie an der 1, die hinter der 2 in Richtung Leidseplein gleitet.

Mir kommt eine etwa fünfunddreißigjährige Frau mit aschblonden Locken und hübschen, etwas harten Zügen entgegen. Ihr Gesicht hat das gemäßigt Exotische der Mittelmeerländer, mit festen, leicht gesenkten Lidern, von denen ich denke: wie kleine Fensterläden ... man könnte anklopfen. Unter diesen Läden hervor sieht sie mich ebenso flüchtig wie eindringlich an und ist dann vorbei. Höchstens eineinhalb Sekunden habe ich in ihre Augen geschaut. Einen Blick lang habe ich zum ersten und wahrscheinlich auch zum letzten Mal ein Gesicht wahrgenommen, mit dem sie ein *Leben* lang konfrontiert ist: eine Vertrautheit bis an den Rand des Ekels.

Jetzt höre ich nicht einmal mehr das heftige Ticken ihrer Absätze.

Nein, ich täusche mich. Was für mich gilt, trifft auch für sie zu. Wenn sie sich selbst in die Augen schaut, wird sie nie länger als eineinhalb Sekunden lang dasselbe Gesicht sehen. Sie erkennt es als ihr eigenes Gesicht, das ihr auch von anderen zugeschrieben wird, und trotzdem wird sie es, nachdem sie sich vom Spiegel oder der Schaufensterscheibe abgewandt hat, nie mehr wiedersehen. Bei jedem darauffolgenden Mal wird es ein anderes Gesicht sein, älter, aber auch durch psychische Bedingungen verändert... der besondere Lichteinfall, der sich nie mehr zurückrufen läßt... die Umrahmung durch diesen einen, nicht wiederholbaren Moment der Geschichte... So ist sie selbst, in allen Leidsestraten der Welt, die hunderttausend Passanten, die ihr für die Dauer von eineinhalb Sekunden ins Gesicht blicken – um sie nie mehr wiederzusehen. Auf diese Weise besteht unser Leben aus Asche, die ausgestreut wird. Jedes Ascheteilchen bekommt einmal die Gelegenheit, »ich« zu sagen.

Der Penner macht jetzt größere Schritte als vorher: Er bemißt sie nach dem Muster der Gehwegplatten und setzt seinen Fuß jedesmal genau in das Karree. Auch jetzt ist sein Blick dicht vor seinen Schuhspitzen *in* den Boden gerichtet. Die Tasche schlägt raschelnd an sein Bein.

Beim Erreichen des Leidseplein biegt mein Führer rechts um die Ecke. Ich folge seinem Beispiel. Im Sonnenlicht volle Caféterrassen: zur Welt hinausgeschobene Schubladen. Beruhigung durchfließt die Welt, und das ist eine schlechte Sache.

Mit der Sonne sind auch die Straßenmusikanten auf den Leidseplein zurückgekehrt, nicht, um zu spielen, sondern um soweit wie möglich den Schein des Musizierens aufrechtzuerhalten. Ihr Instrument macht sie bereits zu Musikern, es braucht nicht auch noch nach den Gesetzen der Harmonie zum Klingen gebracht zu werden. Früher stand ein kleiner Behälter oder ein umgedrehter Hut vor ihren Füßen, jetzt gähnt da der weit aufgeschlagene Kasten einer Gitarre, einer Geige oder sogar eines Cellos den Vorbeigehenden an: Dort hinein muß das Geld, am besten bis zum Rand. So gibt das Instrument nicht durch seinen Klang, sondern durch seine Abmessungen den einzunehmenden Betrag an.

Für die Trickkünstler, die Clowns gilt das gleiche. Sie gönnen dem Publikum in den Straßencafés nicht die Freiheit, sich ihre Nummer anzuschauen oder nicht, denn es gibt keine Nummer, dafür muß ein nichtsahnender Passant herhalten, der den Clown gar nicht spielen *will.* Das Opfer wird von dem Scherzbold, der den reichen Inhalt seiner Mütze in eine rote Clownsnase investiert hat, minuziös beschattet, lautlos und ohne vorherige Warnung. Sein Gang, alle Eigenarten seiner Bewegungen werden von dem Clown ins Karikaturistische vergrößert, und hört! schon hat er die Lacher, auf ihren sicheren Korbstuhlplätzen, auf seiner Seite. Jetzt merkt der Passant, durch das Gelächter verunsichert, etwas hinter seinem Rücken, ein Schlurfen, einen verdächtigen Schatten, vielleicht nur ein unerklärliches Kribbeln zwischen den Schulterblättern ... Er dreht sich um, woraufhin der Clown sich natürlich ebenfalls erstaunt oder böse umdreht. Noch größere Heiterkeit.

Wenn ich ihm jetzt knallhart in die Eier trete, wird er dann in die Luft treten oder seine Schuhspitze genauso tief in mein Fleisch stoßen? Oder wird er stöhnend, die Hände vor dem Geschlecht, vornübergebeugt stehenbleiben, so daß *ich* ihn in dieser Haltung imitieren kann, wahrscheinlich ohne Beifall? Als ich vor mich schaue und weitergehe, dröhnt lauter als zuvor Gelächter über den Platz.

Der Penner hat sich die Tasche mittlerweile ans rechte Handgelenk gehängt und geht damit viel zu dicht an der äußersten Reihe der Straßencafétische vorbei. Er folgt akkurat der Linie, die von den runden Tischen gebildet wird. Das Plastik scheuert sich an den Metallrändern. Gläser klirren. Beim nächsten Café (Marmorimitat, bis zum Rand voller Gläser), wo er das gleiche macht, fegt er mit der Tasche ein paar leere Flaschen um. Eine braune Bierflasche zerschellt auf dem Boden. Zwischen den Scherben ist der silberpapierumwickelte Hals noch zu erkennen.

Wieder hat sich der Penner nicht erschrocken. Er setzt sein Bein, das er weit hochgezogen hat, um nicht über das Krokodilleder zu stolpern, auf den Boden, bleibt stehen und blickt ungerührt auf das Glashäufchen vor seinen Füßen.

»Das ist jetzt schon das x-te Mal, Onkel Juk«, ruft der Kellner, der gerade mit einem vollen Tablett aus dem Café gekommen ist. »Jetzt räumst du die Schweinerei aber selber weg.«

Ich setze mich an einen freien Tisch und schaue zu dem Mann, der, als habe er die Bemerkung des Kellners überhaupt nicht gehört, dumpf auf die Scherben starrt. Dann passiert etwas Unerwartetes. Der Penner entledigt sich seiner Tasche, stellt sie an eine niedrige Mauer und nimmt einen Bierdeckel von dem Tisch mit den umgefallenen Flaschen. Feierlich hebt er ihn in die Sonne, so daß der Schatten auf sein Gesicht fällt, bricht ihn dann akkurat in der Mitte durch, wie ich es den Priester früher mit der großen Hostie habe tun sehen. Er hockt sich hin, steckt die eine Hälfte des Bierdeckels in seine Tasche und beginnt, mit der anderen die Glasscherben zusammenzufegen, vielmehr -zuscharren. Viel Arbeit ist es nicht, doch einmal angefangen, kann der Mann nicht mehr aufhören. Ohne innezuhalten, fegt er imaginäre Scherben auf einen Haufen. Der Bierdeckel scharrt über die Steine. Der Kellner, der die Bestellungen ausgeteilt hat, steht erst eine Weile da und schaut spöttisch auf den Penner hinunter, zeigt dann aber Verzweiflungsgebärden.

»So, jetzt reicht's, Onkel Juk. Nicht übertreiben.«

Der Kellner wird an einen Tisch gerufen. Onkel Juk, auf den Knien in der heißen Sonne, fegt und fegt. In seinen Brauen glänzt Schweiß, doch seine Miene ist unergründlich. Nichts an ihm verrät irgendeine Beteiligung an dieser sinnlosen Arbeit, außer seinem offensichtlichen Unvermögen, sie einzustellen. Als der Bierdeckel fast zerbröselt und aufgebraucht ist, nimmt er die andere Hälfte aus seiner Tasche, und das scharrende Zusammenfegen nichtexistierender Scherben geht weiter.

Nachdem er noch ein paar Fußgängern auf lästige Weise gefolgt ist, geht der Clown erfolgreich mit der Mütze herum. Es scheint, als ließen sich die Leute das Geld um so leichter aus der Tasche ziehen, als sich das Kunststück vor ihrer Nase abgespielt hat. Niemand kommt auf die Idee, dem Clown spiegelbildlich eine Mütze hinzuhalten. Vielleicht weil niemand bei diesem Wetter eine Mütze trägt.

Auf dem leeren Stuhl neben mir liegt eine Zeitung. *Het Devies,* erste Ausgabe von Mittwoch, dem 23. Juli 1980. Ich schlage sie auf. Der Refrain der politischen Anschläge. Auch in Washington haben sie einen iranischen Dissidenten erwischt, lese ich. Ali Tabatabai (43), Leiter der Iranischen Freiheitsstiftung, in der die Gegner des Chomeini-Regimes organisiert sind. Wo bei uns steht: UNTERSTÜTZT DIE HERZSTIFTUNG, stempelt die Iranische Freiheitsstiftung ihre ausgehende Post mit: WIR SIND GEGEN CHOMEINI. Also eigentlich sehr zurückhaltend. Postwendend brachte ein Briefträger, die Hand in der Tasche, die Antwort. Mit seiner freien Hand drückte er auf die Klingel. Tabatabai öffnete selbst. Der rächende Arm des Imam reicht bis über den Ozean. »Einem anderen Iraner, der sich im Haus befand, gelang die Flucht durch einen Sprung aus dem Fenster.«

Ich schrecke von meiner Lektüre durch etwas auf, das laut auf die Steine scheppert. Es ist der Kellner, der Schaufel und Besen vor Onkel Juk hat fallen lassen. »Da, Onkel Juk. Wenn du sowieso schon am Fegen bist ... Schweres Gerät.«

Der Penner nimmt Schaufel und Besen in die Hand und fegt mit wenigen Strichen die Scherben zusammen. Doch auch mit dieser Tätigkeit kann er, nachdem er einmal angefangen hat, nicht mehr aufhören. Er sammelt die Scherben von Dutzenden, von Hunderten Flaschen. Tausenden. Ebenso unermüdlich wie ungerührt. Die Leute beachten ihn schon nicht mehr.

Ich schaue wieder in meine Zeitung und versuche mir vorzustellen, wie der Bericht über meinen Anschlag von heute nacht morgen in *Het Devies* aussehen wird.

Politisches Motiv Frederiksplein-Anschlag

Amsterdamer Neofaschist getötet

Undeutliche Nachtaufnahme von einem mit einer Plane abgedeckten Körper. Schwarzes Blutrinnsal kreuzt weißen Kreidestrich. Unrasierte Männer mit Flaschen rund herum ... Ich schließe die Augen und sehe sofort eine hohe Pyramide aus Zeitungspapierrollen vor mir. Blanke Teppiche, noch von keinem Fuß der Geschichte betreten ... Daneben steht ein Gabelstapler, unbemannt, und wartet gleichfalls auf die Neuigkeiten aus aller Welt. Morgen früh wird er seine stählernen Tentakel um die oberste Rolle krallen und zu den Druckmaschinen befördern. Die weißen Läufer werden sich in großer Geschwindigkeit durch das Labyrinth der Maschinen schlängeln und sich gierig mit meiner Druckerschwärze gewordenen Tat vollsaugen.

Denn darauf kommt es an: daß meine Tat zu Druckerschwärze wird.

Der Stadterzähler

Mittwoch, 23. Juli 1980
(Zwanet Vrauwdeunt)

Der verregnete Sommer war schuld. Am Datum konnte es nicht liegen: Zwanet hatte das Grachtenhaus zusammen mit Ernst zum erstenmal am 21. Juni besichtigt. Am längsten Tag des Jahres, ja, und es war noch früh am Abend gewesen, aber draußen war es so tintenschwarz, daß der Eigentümer in allen Räumen, die er vermieten wollte, Lampen aufgestellt hatte. Nur deshalb konnten sie die zugemauerte Tür und die Mattglasscheiben übersehen haben. Na ja, um ganz ehrlich zu sein... sie war von dem alten, tiefen Gebäude mit seinem Hinterhaus und all den verschiedenen Ebenen so hingerissen gewesen, daß sie nicht besonders auf die Mängel geachtet hatte. Und Ernst... tja, Ernst war mit den Gedanken gar nicht dabei. Es schien, als rege ihn lediglich die hohe Miete auf: Die würde mit ihren drei Nullen innerhalb kürzester Zeit Wunder in seiner Kanzlei bewirken. Jetzt mußte Geld her. Tod der Sozialkanzlei. Keine Miete war ihm zu hoch, Hauptsache, sie führte dazu, daß er zu einem noch größeren Arbeitspensum angespornt wurde. Nichts mehr mit pro deo... Rechtsanwalt Quispel wollte aus reinem Überlebensdrang der Beste seiner Zunft werden, mit weniger gab er sich nicht zufrieden...

Im nachhinein konnte Zwanet die Abwesenheit und Rastlosigkeit ihres Mannes an jenem Abend auf seine nahende »Periode« zurückführen, wie er seine Trinkwochen nannte. Es stiefelten noch mehr Ehepaare herum, die sich für das Souterrain, die Beletage und das Hinterhaus interessierten, doch alle zogen eine sorgenvolle Miene, als sie den Mietpreis erfuhren. Der junge Hauseigentümer, der wegen der feuchten Kälte in den unteren Räumen einen knallgelben Pullover unter seinen blauen Blazer angezogen hatte, lief servil grinsend herum, machte aber niemanden auf das Mauerwerk und das

Mattglas im Hinterhaus aufmerksam. Jede kritische Frage beantwortete er mit entschuldigendem Händereiben und dümmlichem Gewieher, das er sich in seiner studentischen Verbindung angewöhnt hatte. Als Zwanet und Ernst in ihre Etagenwohnung zurückkehrten, klingelte das Telefon: Mijnheer Olree hatte sich nur wenige Minuten mit seiner Frau beraten müssen, um dem Ehepaar Quispel die Wohnung zuzusprechen. Ernst nutzte die gute Nachricht sofort, um noch am selben Abend, picobello in Schale geworfen, in die Stadt zu gehen – nicht nur um das Mittsommerfest zu feiern, denn das Trinken außer Hause hatte, wie der Regen, wochenlang angehalten. In diesen Wochen kümmerte sich Zwanet ganz allein um die Einrichtung des Hauses. So entdeckte sie, daß es nicht nur einen Luftschacht zwischen Vorder- und Hinterhaus gab, sondern daß an diesem auch noch ein Innenhof aus dem siebzehnten Jahrhundert lag, der auf der anderen Seite von einem tiefen, mit der vorderen Fassade zur Raamgracht hin gelegenen Haus begrenzt wurde. Ein Juwel, dieser Innenhof, den glänzender Efeu teilweise den Blicken entzog. In den hohen Fenstern, die Zwanet zum Hof hin geöffnet hatte, waren Mattglasscheiben, wie beim Badezimmer eines alten italienischen Hotels. Als sie im untersten Zimmer des Hinterhauses, das lediglich Fenster zum Luftschacht hatte, nach einem Durchgang suchte, der sie auf den Innenhof bringen würde, entdeckte sie, daß in der Außenwand tatsächlich eine Tür war – zugemauert. Die kleinen Scheiben in der Tür gaben den Blick frei auf Backstein und Maurerpfusch. Es erinnerte sie an die Berliner Mauer, quer durch ein Haus.

Zwanet fragte bei Olree nach, der mit seiner Frau die obere Hälfte des Hauses bewohnte. Er lachte sein dümmliches wieherndes Lachen. Ja, also, dieses tiefe Haus an der Raamgracht sei vor Jahren das Liebesnest eines berühmten Schriftstellers und einer noch berühmteren Schauspielerin gewesen. Die seien sich selbst genug gewesen... seien den Anwohnern nicht in die Quere gekommen... Aber tja, die Sache sei in die Brüche gegangen und das Anwesen in den Besitz eines habsüchtigen Ehepaars gelangt. Beide gewiefte Juristen, die sämtliche Kniffe und Tricks des Prozeßrechts aus dem Effeff beherrschten.

»Ach, Sie kennen sie bestimmt, Mevrouw Quispel«, flötete Olree. »Sie ist Mitbegründerin dieser höchst demokratischen Partei aus den sechziger Jahren ... na, wie heißt diese Schar der Tapferen gleich noch? Große Anfangserfolge ... Vor drei Jahren noch ... nicht kleinzukriegen bei den Wahlen ... Haben sich dann aber leider festgefahren. Was noch nicht zwangsläufig heißt, daß Mevrouw von nebenan sich eine kleinere Wohnung suchen muß ... Im Gegenteil, sie hat so lange intrigiert und prozessiert, bis sie diesen Innenhof zugesprochen bekam. Alle Türen der Anwohner, die zu ihm führten, mußten zugemauert werden. Fenster ... grundsätzlich Mattglasscheiben. Wenn schon, denn schon. Tja, ich bitte Sie. Politische Gartenfeste geben und dann miterleben zu müssen, wie die Nachbarschaft zu der versammelten Prominenz herunterschaut ... das geht natürlich nicht. Jeder hat ein Recht auf Privatsphäre. Auch die Anwohner ... die werden vor dem Anblick dieser ganzen Prassereien und Schlemmereien geschützt. Überaus menschlich und demokratisch, das müssen Sie doch zugeben. Neulich hab ich die Frau im Fernsehen gesehen ... in einer Talkshow ... Fragt der Lackaffe: ›Ist Ihnen das denn nicht unheimlich, Mevrouw, so mitten in Amsterdam zu wohnen?‹ Sagt Mevrouw: ›Ach wo, ich hab nie was Unheimliches bemerkt. Und außerdem ist es ein tolles Viertel. Die Leute helfen sich gegenseitig. Ich habe ein phantastisches Verhältnis zu all meinen Nachbarn ...‹ Großartige Sache, die Demokratie, nicht wahr? Meine Partei hat das auch groß auf ihre Fahne geschrieben ...«

Wegen der zugemauerten Tür und der Schiebefenster, die sich nur ein kleines Stück weit zum muffigen Luftschacht öffnen ließen, war das Schlafzimmer dort unten schwer zu lüften. In dem im Zwischengeschoß gelegenen Zimmer, das Zwanets Arbeitsraum werden sollte (Ernst und John sollten sich ihr Büro im Souterrain einrichten), fiel durch das Mattglas ein unangenehmes Pfefferminzlicht herein, das einem permanent ein Gefühl feuchter Kälte bescherte. Ernst, der im

Laufe jener ersten Julitage ein paarmal herkam, ihr aber nur im Wege war, schien es nicht viel auszumachen. Bei ihm standen die Türen vorläufig zu anderen Welten offen. Er sah das Stück Berliner Mauer im Schlafzimmer, brach in Gelächter aus und stimmte sofort eine Schnulze an.

Dort an jener Mauer …

Nachdem er sich wieder getrollt hatte, Richtung Innenstadt, die er als seinen Spielplatz betrachtete, nahm Zwanet den Besen zur Hand. »Alles schön und gut, Mevrouw«, sagte sie zu den Mattglasfenstern, gegen die der Regen klatschte, »aber bei allem, was in der Welt ungerecht verteilt ist … Geld und Gut, und so weiter … bei alledem gilt doch, für Arm wie für Reich, ein unveräußerliches Recht auf demokratische Verteilung von Licht und Luft. Nicht wahr, Mevrouw? Diese unentbehrlichen Produkte werden schon gleich am Anfang der Bibel genannt … Wir werden jetzt mal die demokratische Probe aufs Exempel machen …«

Zwanet stieß den Besenstiel mit voller Kraft durch eine der unteren Mattglasscheiben. Sie hörte, wie die Scherben scheppernd auf den Innenhof fielen. Sie ging dicht an das entstandene Loch heran und schaute zu der Tür und den Fenstern der gegenüberliegenden Hauswand. Nichts geschah, außer daß ihr der Regen ins Gesicht wehte. Noch am selben Nachmittag ließ Zwanet einen Glaser kommen. »Nein, kein Mattglas. Ich will eine klare Scheibe. Glasklar.«

Zwei Wochen lang hörte sie nichts, und sie erwog bereits, auch die übrigen Scheiben gegen normales Glas auszutauschen. Die durchsichtige Scheibe legte an diesem Tag das erste Sonnenlicht des Sommers in einer langen Bahn über den Holzfußboden des Zimmers im Zwischengeschoß, das zur Hälfte mit den soeben eingetroffenen Umzugskartons vollstand. Beim Auspacken des ersten Kartons, in dem Bücher waren, hörte Zwanet eine erregte Frauenstimme auf dem Innenhof. Weil die neue Scheibe keinen vollen Blick auf den Platz zwischen den Häusern ermöglichte, konnte sie niemand sehen. Sie fuhr fort mit Auspacken, aber als die Stimme des Marktweibs immer lauter und erregter wurde, öffnete sie das Fenster. Unten stand, neben einem Kollegen von Ernst aus einer konkurrierenden Kanzlei, die demokratische Dame und wies nach oben, wo gerade eben noch eine klare Fensterscheibe das Sonnenlicht eingefangen hatte. Die Frau verstummte, ihr Arm verharrte einen Moment reglos in der Luft und sank dann an ihrem Körper herunter. Der Anwalt wechselte sein Köfferchen in die andere Hand und betastete mit der frei gewordenen der Form halber seine Innentasche. Nichts – nichts, was ihn oder das demokratische Orakel aus der peinlichen Situation retten konnte. Zwanet, sich einen Moment lang ihres hübschen, stolzen Gesichts bewußt, sah ihre Nachbarin zuckersüß lächelnd an – so lange, bis die Dame ihren Anwalt am Ellbogen nahm und zur Seitentür ihres Hauses führte. »Kurz und gut, ich überlasse diese unerquickliche Angelegenheit jetzt Ihnen«, verstand Zwanet noch. Sie ließ die Fenster weit geöffnet und sank zwischen den Bücherstapeln auf die Knie. Auf einmal hatte sie Spaß am Auspacken: Ihre Sachen waren wieder ganz ihre eigenen Sachen.

»*In den Achseln der Stadt*... Welt toter Tiere und ungewaschener Sonderlinge.« Bereits im vierten Umzugskarton fand Zwanet die Hefte wieder, in die sie seit jenem Septemberabend '77 keinen Blick mehr geworfen hatte. *Die Rattenplage. Die Reptilienplage. Die Menschenplage.* Mit liebkosenden Fingern, jedoch Widerwillen im Magen, schlug sie die Hefte auf und las hier und da eine Notiz.

»Mann und Frau, getrennt von Tisch und Bett, treiben ihr gegenseitiges Getrieze so weit, daß sie ihr jeweiliges Territorium durch die abscheulichsten Gerüche abgrenzen. Es begann mit einer Mischung aus Eau de Cologne und Katzenpisse auf ihrer Seite und endete mit verwesenden Schlachtabfällen auf seiner.«

»Ein Dachgeschoß war als Arche Noah eingerichtet, mit ausgestopften Tieren, von jeder Art zwei. ›Das Ende der Zeiten steht kurz bevor‹, sagte der Bewohner. ›Alles gut und schön‹, sagte Papa, ›aber sie sind miserabel ausgestopft. In der Eule da sind mehr als nur zwei Motten. Die Nachbarn haben recht. Hier herrscht wirklich ein Höllengestank. Vielleicht muß es ja am Tag des Jüngsten Gerichts so stinken, das kann ich nicht beurteilen.‹ Am nächsten Tag standen die Tiere, abholbereit für den Sperrmüll, auf dem Bürgersteig. Jeweils paarweise.«

»Heute morgen wurde Papa in eine Peepshow gerufen. Kunden hatten sich über Mauerasseln in den Kabinen beschwert. Das Mädchen, das seine Fragen beantwortete, war unter dem Bademantel nackt. Papa hat denen geraten, die Kabinen etwas öfter zu schrubben.«

Die wohnt aber dunkel, hatte ihr Vater gedacht, als er die Obergeschoßwohnung betrat, aus der ihm ein schrecklicher Gestank entgegenschlug. Durch die Fenster strömte genug Licht herein, daran lag es nicht: Die im Stich gelassene Frau hatte sämtliche Wände, bis auf eine halbe Wand in der Küche, mit ihren sorgfältig verstrichenen Exkrementen asphaltiert.

An einer Stelle las Zwanet das Wort »Schwimmbad«, mit einem Ausrufezeichen. Es standen keine Details dabei. Hatte ihr Vater Ungeziefer in einem Schwimmbad bekämpfen müssen? Sie sah ein himmelblaues Becken vor sich, in dem zerzauste Wasserratten schwammen.

Manchmal waren die Notizen weniger knapp gehalten, wie diese: »Papa zufolge war der Mann gut gekleidet. Er sah nicht aus wie ein Alkoholiker, keine Flecken im Gesicht oder so. Allerdings erzählte er heftig schwitzend, er sehe manchmal ein Wiesel hinter den Kühlschrank flitzen. Papa bekam einen Schnaps, der Mann selbst trank nichts, wenngleich ihm das schwerfiel. Gerade auch wieder, sagte der Mann: Geh ich zum Kühlschrank, um die Flasche zu holen, seh ich plötzlich zwei kleine Augen auf mich gerichtet.«

»Schatten-Zoo, dritter Stock: Papa sah sich in ein Stück unberührten Urwald versetzt. Plötzlich stand ein Mann im Unterhemd neben ihm, eine Schlange um den Hals, so dick wie sein Oberarm. (Hier die Erinnerung an das Reptilienhaus im Zoo Artis. Ich beobachtete eine ganze Weile eine völlig bewegungslose Giftschlange, die mit einemmal an der Glasscheibe entlangglitt. In dem Moment fühlte ich etwas Schleimiges über meine Hand streichen. Ich kreischte auf und zog meine Hand von der Stange. Es war ein Kind, das mir mit seinen vollgesabberten Fingern versehentlich über den Handrücken strich.)«

»Den Begriff ›gepolstertes Zimmer‹ kannte ich aus einem Buch über Marcel Proust. Papa erzählte mir heute abend, daß es in Amsterdam ebenfalls gepolsterte Zimmer gibt, in denen Hundekämpfe stattfinden. Jemand hatte sich über einen stinkenden Kadaver auf dem Innenhof beschwert. Zusammen mit Polizisten drang Papa in die Parterrewohnung ein. Aus einem abgeschlossenen Zimmer kam Gebell und Geschrei, aber sehr leise, ganz unecht. Sie dachten an einen Fernseher, der leise lief. Ein Polizist riß die Tür auf. Drinnen war ein Wettkampf im Gange. Ein Hund hatte Bißwunden am Hals. Arterielle Blutung.«

Ihr Vater konnte auch poetisch gestimmt sein, wie damals, als er bei einer alten Dame in einem Grachtenhaus gewesen war, in dem die alte Gasbeleuchtung noch vorhanden war, von den Leitungen bis hin zu den Milchglaslampenschirmen. »Ich trat unvermittelt ins neunzehnte Jahrhundert«, sagte er abends, nachdem er dieses Jahrhundert im Badezimmer wieder von sich abgespült hatte. Aber auch hier: der ewige Gestank. Das Coco-Chanel-artige Frauchen hatte sich inmitten ihres übelriechenden Haushalts in einen fast undurchdringlichen Kokon aus teurem Parfüm gehüllt.

Ihr Vater würde nicht eher ruhen, bis er den Teppich der Stadt umgedreht und eine neue Stadt von Maulwurfhügeln geschaffen hatte.

Armer Papa, der sie beim Nachhausekommen von seiner Arbeit nie hatte begrüßen wollen, bevor er sich ausgiebig gebadet und geduscht hatte, aus Angst, seine Tochter mit dem Gestank von Abfall und Leichen, von Verkommenheit und Verlotterung abzustoßen. Der duftende Schatz. Die Unterwäsche, die er jeden Morgen frisch anzog, spülte er abends unter der Dusche schon mal gründlich aus und legte sie zum

Trocknen auf die Heizung oder auf die Fensterbank, bevor er sie ihrer Mutter gab, damit sie sie in die Waschmaschine tat.

Morgens sah Zwanet ihn in seinen grünen Gummistiefeln das Haus verlassen, nachdem er ein neues Paar Küchenhandschuhe und einen frischen Chirurgenmundschutz eingesteckt hatte. Sie hatte ihren Vater nie zu fragen gewagt, wie er, der so proper war, sich in eine Welt aus Gestank, Dreck und Ungeziefer hatte begeben können. Er hielt sein Haar so kurz, daß es sich unter ihrer streichelnden Hand wie ein Nylonteppich anfühlte. Nie hatte sie ihn seine Nägel schneiden sehen: Er feilte sie jeden Tag, damit sie keinen Schmutz mit nach Hause nehmen konnten.

Nach jedem Stuhlgang brannte er auf der Toilette eines dieser überlangen Streichhölzer ab, wie man sie für den offenen Kamin benutzt. Im WC hing ein brandiger Geruch, doch es war keine Spur von Darmgerüchen festzustellen, auch nicht, wenn man gleich nach ihm hineinging. Er ließ die Streichholzschachtel auf der gläsernen Ablage unter dem Spiegel liegen. Zwanet wurde zum Mädchen mit den Schwefelhölzern und spielte das ganze Zeremoniell ihres Vaters nach. Wenn er das Gegenteil des Schmierfinks war, der seinen Namen mit Kot an die Klotür schrieb, und trotzdem die Aufgabe auf sich genommen hatte, Tag für Tag eine Welt von Herumrührern in der eigenen Scheiße zu betreten, wie machte er es dann selbst? Zwanet versuchte, es zu rekonstruieren. Um von vornherein jede Spur zu verwischen, kleidete er die Innenseite der Toilettenschüssel mit grauem Papier aus und legte dort seine Wurst hinein. Noch beim Aufstehen spülte er, indem er über sich nach der Kette langte, nicht nur, um der Ausbreitung des Gestanks vorzubeugen, sondern auch um sich selbst den Anblick der Exkremente zu ersparen.

Wasser und Feuer ... Während der Spülkasten brauste und rauschte, strich Zwanet mit dem Ernst ihres Vaters ein langes Zündholz an und beschrieb damit Schleifen über dem saubergespülten Klo. Das Wasser drückte ihre Exkremente in die Erde hinein, das Feuer brannte die Luft sauber. Sie führte die Flamme bis in Nasenhöhe. In ihren heruntergelassenen Jeans mühsam schlurfend, zeichnete sie damit mathematische Figuren von einer Ecke zur anderen, bis es auf ihre Fingerspitzen zukroch und es Zeit wurde, es auszupusten. Auch das Zischen des schwarzen Fragezeichens in der Toilettenschüssel gehörte dazu.

Erst dann, so stellte sie sich vor, griff er nach dem Papier. Auch das war erst die halbe Reinigung, denn danach ging er ins Badezimmer.

Abends und sonntagsmorgens spielte ihr Vater, saubere Finger auf weißen Tasten, Hammondorgel im Wohnzimmer. Sonntagsnachmittags begleitete er, wenn er nicht wieder mal vom Gesundheitsamt dringend irgendwohin gerufen worden war, die Sänger von Amsterdamer Schnulzen in der Kneipe *De Twee Zwaantjes* an der Prinsengracht. Sie war einmal dabeigewesen. Genau an dem Nachmittag sang dort ein Limburger, der schon seit Jahren im Viertel Jordaan wohnte, in Limburger Dialekt. Es war ein eigenartiges, rührendes Erlebnis, in dieser uramsterdamer Jordaan-Kneipe Leute das »Da loeien die glocken ... van Limburg mi la-and« mitsingen zu hören. Ihr Vater, ernst, zog sämtliche Register und ließ die Orgel schallen. Seine Augen leuchteten. Zwanet spürte, wie auch ihre zu leuchten begannen. Sie liebte diesen Mann mit seiner hygienischen Stoppelfrisur.

Doch warum hatte Otto Vrauwdeunt begonnen, sich mit Unrat, Gestank und Ungeziefer sowie der menschlichen Tragik dahinter zu beschäftigen? Soweit Zwanet sich an das Haus ihrer Großeltern erinnerte, war es ein properes, wohlriechendes Milieu hinter einer gesandstrahlten Fassade gewesen. Die Teppiche gaben nichts von dem preis, was möglicherweise unter sie gekehrt worden war. Zeuge welcher Schweinerei war ihr Vater hinter dieser Fassade geworden? Die Tür von welchem Zimmer war offen geblieben? Welche Falltür war dort aufgeklappt worden?

Der liebe Paps, er hat nie etwas von meinen Heften gewußt. In meinem Leben vor der großen Erstarrung nannte ich ihn Den Stadterzähler. Ja, das war er, der Erzähler der Stadt, eher als ein Rattenfänger von Hameln. Er kehrte das Innere der Stadt nach außen, zog den untersten Stein hervor. Für mich war er der Archäologe menschlicher Seelenscherben. Ich hatte einen geheimen Wappenspruch für ihn, ein bißchen dem von Thjum nachgebildet, der jetzt auf dessen Grabstein steht.

»Dies ist die Stadt... und dies sind die Höhlen.«

Ich weiß genau, daß mein Vater sich in einem unaufhörlichen Gespräch mit der Stadt befindet, wie früher mit mir, wenn er seine Abenteuer des Tages aufzählte und kommentierte. Die Stadt ist ein Lebewesen für ihn, das sich streckt und wieder hinlegt, das ein Herz hat, das Blut pumpt, brodelnde Därme, Krallen und einen unruhigen Schwanz, unter dem... na gut: mit allen möglichen Körperöffnungen. Er spricht mit der Stadt, wie andere Männer mit ihrem Hund reden, begleitet von Flankengetätschel.

Ich weiß inzwischen, warum ich aufgehört habe, seine Abenteuer in meinen Heften zu notieren. Nachdem ich in dem einzigen Stadtgebiet, in dem mein Vater nichts zu suchen hatte, dem Vondelpark, zu Boden geworfen worden und wieder aufgestanden war, entdeckte ich, daß Amsterdam, *sein* Amsterdam auf ein Labyrinth reduziert war, das zu der einen Höhle führte: in der der maskierte Ritter sich verbarg. All die Monate habe ich, ohne einen Buchstaben zu Papier zu bringen, gewartet, bis er, nach Badeschaum und Shampoo duftend, mir erzählen würde, welche Sphinx er im Zentrum des Labyrinths angetroffen hatte.

»... und weißt du, meine kleine Zwaantje, die Sphinx trug einen Helm mit herabgelassenem Visier. Aus dem Helm drangen hohle Worte: ›Welches Wesen hat zwei Beine, zwei Räder und ein Geweih?‹«

»Der Gazellenjunge, Papa. Er war der kleine Sohn unserer Nachbarn in Amsterdam-West...«

So hätte es sein müssen, aber so war es nicht. Statt dessen kam er mit einer Geschichte von einem Jungen, den man, nach Beschwerden wegen starken Gestanks, tot in seinem Zimmer aufgefunden hatte. An seinen Geschlechtsteilen waren Elektrokabel mit gezähnten Klemmen befestigt. »Außer

Kontrolle geratene Masturbationsspielchen«, laut Paps. Ich sah einen schlanken, marmornen Jüngling vor mir, teilweise mit feuchtem Moos bedeckt. Er hatte ein leeres Gesicht, über das diagonal ein rostfarbener Streifen lief. Kein Meißel könnte die steinernen Lippen öffnen. Es gelang mir nicht, einen Mopedhelm über die Marmorlocken zu stülpen. Ich habe mir nicht mal die Mühe gemacht, den grauenvollen Fund zu notieren. Dafür habe ich den Vorfall später Patrick Gossaert erzählt, der ihn anscheinend in seinem neuen Buch *Die Drehtür* verarbeitet hat. Ich hab es noch nicht gelesen.

Vor einer Weile hörte Zwanet von ihrem Vater, daß sich Albert Egberts um den frei gewordenen Beifahrerjob in der Abteilung Ungezieferbekämpfung beworben habe. Einige Jahre zuvor hatte sie Albert im Zeitarbeitsvermittlungsbüro ebendiesen Platz neben ihrem Vater angeboten, aber da hatte er ihn abgelehnt.

»Und ... hat er ihn bekommen?«

»Er sprach von den Achseln der Stadt ... und daß er die mit unserer Hilfe kennenlernen wolle. Schien ihm lehrreich ... auch in psychologischer Hinsicht ... Ich hätte nichts dagegen gehabt, sofern er seine Arbeit gut erledigte. Aber er machte einen völlig weltfremden Eindruck. Die Auswahlkommission fand seine Motive zu nebulös. Flötengegangen, seine Achseln.«

War es ein Versuch, um über ihren Vater wieder in Kontakt mit ihr zu kommen? Zu dem Beifahrer, den dieser bereits hatte, Lamping, war nun ein anderer gekommen, Lamoth. Schon nach wenigen Wochen sprach Paps in einem Atemzug nur noch von Der Motte und Der Lampe. Richtig goldig.

»Übrigens wohnt er selbst in einer muffeligen Achsel. Nicht lange nach diesem Bewerbungsgespräch wandte er sich wegen einer Mäuseplage an uns. Falscher Alarm ... oder, na ja, mit ›Plage‹ hatte er den Mund ein bißchen voll genommen. Der Knabe hat einfach Angst vor Mäusen. Es sah bei ihm aus wie in einem Schuhmacherladen, in dem russische Spione in hohlen Absätzen nach Mikrofilmen gesucht haben. Das ganze Zimmer war übersät mit alten Schuhen, alles kreuz und quer durcheinander ...«

»Ich weiß. Die wirft er nachts vom Bett aus auf gut Glück ins Zimmer, wenn er wieder irgendwo Geraschel gehört hat.«

Die Wählscheibe

Mittwoch, 23. Juli 1980
(Albert Egberts)

Gestern abend habe ich auf dem Frederiksplein Arend-Jan Baartscheer aufgelauert, in der völligen Gewißheit, daß ich ihn abknallen würde.

Zu Hause, oder was davon übrig war, hatte ich mich sorgfältig vorbereitet. Duschen konnte ich mich nicht mehr: Wegen des bevorstehenden Abrisses hatte die Stadtverwaltung Gas und Wasser gesperrt. Unter der Schreibtischlampe nahm ich meine letzte, mit altem Wasser aus dem Pfeifkessel gestreckte Dosis, so daß ich mich danach ohne zitternde Finger rasieren konnte – mit demselben Wasser, über der Kerzenflamme erwärmt. Über Alis Korbsessel lag mein feinster Sommeranzug bereit, zusammen mit einem sauberen weißen Hemd. Auf dem Kaminsims warteten meine schwersten Manschettenknöpfe, um nach dieser letzten Einnahme meine Arme zu verriegeln. Ihre Aufgabe würden am späteren Abend möglicherweise die Handschellen übernehmen, das kam darauf an, für wie glaubwürdig sie meine Gefügigkeit halten würden, die Herren von der Polizei.

Besteck ... auch so ein Wort, das ich immer gemieden hatte wie die Pest. Es war keine Nachtigall, sondern ein Kolibri, der mir immer die Liebe meiner Heldin übermittelt hatte. Jetzt, als ich Spritze und Injektionsnadel, Löffel und Halsband in ein Stück fahles Packpapier wickelte und einen Bindfaden darum band, wurde es auf einmal, was es immer gewesen war: das Arbeitsgerät eines Junkies. Besteck.

Ich erwog noch, aus meiner Scherensammlung ein großes Paket zu machen und das irgendwo wegzuschmeißen. Schließlich beschloß ich, die Scheren zu lassen, wo sie waren, an Schnüren über dem Ofen hängend, in Stöpselflaschen zusammengetrieben, wie furchterregende Krabben auf dem Boden wuselnd ... als kompliziertes Rätsel für die Abrißleute, die sich die Lokalität hier morgen ansehen würden. Nur die drei verbliebenen Fiskars, die so viele Scheren anderer Machart benötigt hatten, um sich zwischen ihnen zu verbergen, steckte ich ein. Nicht, um sie noch einmal einzusetzen. Meine letzte Dosis würde ausreichen, mich durch den Anschlag, die Festnahme und das erste Verhör zu schleppen. Die Vernehmung konnte kurz gehalten werden: Das Geständnis war zwingend notwendig. Erst am frühen Morgen würden sich die Entzugserscheinungen bemerkbar machen, und ich würde meine lange Zugreise quer durch Deutschland, die Schweiz und Italien antreten ... bis zu dem eiskalten Anzug aus sich stauendem Eis, der mich in Neapel erwartete. Die Zelle um mich herum würde dröhnen wie ein Abteil während des Rangierens. Ich würde mich krank und in Sicherheit wissen.

Ich hängte die vergoldeten, mit Opal eingelegten Vorhängeschlösser in die Knopflöcher der Doppelmanschetten. In die linke Innentasche meines Jacketts steckte ich meinen Paß und mein letztes Papiergeld, in die rechte einen Umschlag mit belastendem Material gegen Arend-Jan Baartscheer. Zeitungsausschnitte, Flugblätter, ein Foto ... von allem etwas. Es kam nur darauf an, daß sie wußten, wen sie als Täter und als Opfer vor sich hatten. Trotz des warmen Abends zog ich meinen Regenmantel an: Ich brauchte eine tiefe Tasche, um die Smith & Wesson zu transportieren. Notfalls würde ich die Pistole, wie in Filmen, bis zu den Schüssen unter dem Stoff verbergen, der zwar keine Regentropfen, aber doch Kugeln durchließ.

In die andere Manteltasche steckte ich das verpackte Besteck und die drei Fiskars, die ich in ein altes Staubtuch von Mevrouw de Hoogh-Stey gewickelt und mit einem Gummiband gesichert hatte. Kurz nach halb zwölf trat ich auf die Straße. Fast hätte ich gewohnheitsgemäß die blaue Tür hinter mir zugezogen. Ich drückte sie an die Wand des Treppenaufgangs. Das Licht des Nachthimmels sickerte, nicht länger von einem dritten Stockwerk behindert, über die Treppen herab. So ließ ich das Haus zurück, mit offener Tür für den, der eine erste und letzte Nacht darin verbringen mochte.

Noch eine gute Stunde, bis die Kneipen zumachten. Ruhigen Schritts ging ich eine verlassene van Wou entlang in Richtung Frederiksplein. Der offene Regenmantel schlug mir mit seinen schweren Taschen gegen die Oberschenkel. Auf der Brücke über die Singelgracht warf ich ohne feierliches Gedöns Besteck und Scheren ins Wasser. Platsch, und noch einmal: platsch. So einfach war es, einem Leben den Rücken zu kehren. Ich war jetzt so leicht, daß ich mich fast über das Westeinde schweben fühlte. Nur das Gewicht der Smith & Wesson hielt mich am Boden.

Kurz vor zwölf. An der Westseite des Frederiksplein hat man als symmetrisches Gegengewicht zum Springbrunnen gegenüber zwischen den Bäumen einen Kreis geschaffen, der zur einen Hälfte aus einer kniehohen Mauer besteht und zur anderen aus einer kreisförmigen, gepunkteten Linie von Parkbänken, sieben an der Zahl. Gestern abend saßen die Trinker alle beisammen auf der mittleren Bank, Flaschen in der Hand. Einer, der keinen Platz mehr gefunden hatte, hockte neben dem tragbaren Radio, dessen ausgezogene Antenne einen Funken Laternenlicht festhielt. Aus ihrem sonoren Gerede flog rauhes Gelächter auf.

»Du Schlaffsack ... laß mich mal schauen.«

Ein Mann löste sich aus der kleinen Gruppe und torkelte zu der halbkreisförmigen Mauer gegenüber den Bänken. Fast wäre er hingeknallt, als er nach graziösem Anlauf hinaufspringen wollte. Sich an einem tiefhängenden Ast festhaltend, unternahm er unsichere Versuche, auf die große Uhr zu schauen, die auf der Seite der Taxizentrale hoch oben an einem Laternenmast angebracht ist.

»Ich kann's nicht sehen von hier«, schrie er zur anderen Seite hinüber. »Es wird wohl etwas später sein als vorhin.«

Als er wieder zurückstolperte, stieß er in der Mitte des Kreises fast mit mir zusammen und hüllte mich in seine Geneverfahne ein. »He, Hummefrie Boogert ... wie geht's?«

»Etwas besser als vorhin.«

»Alle sagen immer, daß es gut geht ... daß es besser geht ... Warten wir's ab.«

Er ließ sich wieder zwischen seine Kumpane fallen. Irgendwo in der Stadt begann eine große Uhr zu schlagen. Zwischen dem fünften und dem sechsten Schlag fiel, hörbar durch ein offenes Fenster, eine Wohnzimmeruhr ein, die nach den zwölf Schlägen der großen Uhr noch kurze Zeit weiterschlug. Danach war, noch schwächer, das Schlagen der Uhr im Transistorradio zu hören, das mit der geblasenen Nationalhymne endete, zu dem die Trinker großmäulig den Text beisteuerten.

Wilhel-lemus va-han Na-ha-zauwe
Ben ik van Dui-hui-tsen bloed

Eine schöne Gelegenheit, wieder einmal meiner Geburt zu gedenken, jetzt, an der Schwelle zu dem, was möglicherweise mein erstes richtiges Eingreifen in die Welt sein würde. Nach wievielen Tagen, Sux Cox? Mehr als elftausend auf jeden Fall, egal, ob man nun die Schalttage mitrechnete oder nicht...

Kurz nach Mitternacht. Zeit in Hülle und Fülle, um das Terrain zu erkunden, die riesige Bühnenkulisse meiner Tat... mein Theaterstück für zwei Personen, bei dem alle Zuschauer auf eine Parkbank paßten... Noch kamen aus verschiedenen Richtungen beleuchtete Straßenbahnen vorbei... die 4, die 6, die 10... die meisten so gut wie leer und einige bereits mit dem Schild *Letzte Fahrt* versehen... eine auf dem Weg in den Stall: *Depot Lekstraat*. Durch das Gebüsch glühten die roten Leuchten der Taxireihe am Standplatz.

Die Hände in den Taschen meines Regenmantels, spazierte ich gemächlich zu dem Iglu, ließ die Hand über die Aluminiumkletterstangen gleiten und blieb bei dem runden Basketballfeld am Rand des kleinen Parks stehen. Es war eine Art Kral aus Betonpfählen, mit *einer* rechteckigen Tafel als Tor. An dem Eisenring hingen nur noch Fetzen eines Netzes. Nachmittags hatte ich hier ein Dutzend surinamischer, marokkanischer und Amsterdamer Jungs herumwirbeln sehen... bunt durcheinander... ein kleiner Wirbelsturm von Baumblättern in einer Ecke des Schulhofs. Es war zu keinem

Augenblick ersichtlich, wer gegen wen spielte. Jeder zielte für sich mit dem Ball auf das schwarze Rechteck über dem Ring... jeder für sich strebte nach demselben Ziel... Von dem hohen Sandsteinhaus gegenüber schauten, sich hell abzeichnend gegen den dunklen Himmel, Merkur und Neptun auf den Platz herab.

Etwas, was ich heute, vorhin, bei meiner Generalprobe versäumt hatte: zu kontrollieren, ob das Telefon in der Zelle neben dem Elektrizitätshäuschen nicht defekt war. Es roch hier stark nach Kosmetika. Ich wählte eine Nummer, die ich aus den Resten des Buchs wahllos herausgepickt hatte. Von dem Moment an, als ich den Finger in die Wählscheibe steckte, mischte sich in die Düfte von Puder und Lippenstift ein penetranter Kotgestank. Eine Frau nahm ab und nannte ihren Namen. Um zu testen, ob es keine einseitige Verbindung war, nannte ich eine andere Nummer.

»Ich fürchte, da sind Sie falsch verbunden.«

Beim Einhängen sah ich, woher der Gestank kam: Anstatt den Namen der Liebsten damit an die Tür zu schreiben, hatte jemand hier mit einem in Scheiße getauchten Finger ihre Nummer gewählt. Hinter der durchsichtigen Scheibe war die Schmiere zu einem fast geschlossenen Kreis verstrichen, und ich hatte ihn nachgezogen. Menschenscheiße, unverkennbar, schloß ich nicht aus der Farbe, sondern roch es. Ich wischte mir den Finger an einem Fetzen des Telefonbuchs ab, konnte den Geruch aber nicht loswerden. Verdammt noch mal, genau der Finger, mit dem ich den Abzug betätigen mußte...! Mein Selbstvertrauen war auf einen Schlag dahin.

Rings um den Blumenstand, der jetzt völlig verrammelt war, lag der Duft von Blumen, wie bei einem bis auf das Kreuz abgeschmückten Sarg, kurz bevor er herabgelassen wird. Der Duft durfte mit in die Grube, die Blumen selbst blieben oben. »Ihnen ist doch wohl hoffentlich klar, daß es Ihr Vater ist, auf den Sie zielen?« hatte ich am Nachmittag Baartscheer bei meiner Generalprobe sagen hören. Ich befühlte das heruntergeklappte Vordach der Bude: Es war mit kleinen rostigen Vorhängeschlössern festgemacht. Hier, auf der Bühne, auf der ich meine Verbundenheit mit der Welt unter Beweis stellen wollte, lag in einem verschlossenen Sarg, als gehöre er zu ihm, Egbert Egberts aufgebahrt.

An meinem Finger riechend, ging ich zu dem Klettergerüst und setzte mich auf eine Querstange. Ich versuchte, den Blick unverwandt auf die Blumenbude zu richten, hinter der Baartscheer auftauchen mußte, doch ich wurde immer wieder gezwungen, den Kopf in den Nacken zu legen und hochzuschauen, direkt in den Sternenhimmel, der gut vierzig Tage hatte warten müssen, bevor er sich von neuem offenbaren konnte. Schräg hinter mir das schwachsinnige Gebrabbel und Gekicher der Trinker. Flaschengeklirr klang hell über den immer stiller werdenden Platz. Zweifelhafte Zeugen ... Immer wieder ließ ich die Smith & Wesson aus meiner schwitzigen Hand in die Manteltasche zurückgleiten, um an meinem Zeigefinger zu riechen. Er blieb besudelt.

Nicht passiert, doch passiert

Mittwoch, 23. Juli 1980
(Albert Egberts)

Was uns aufrechthält, ist möglicherweise die stille Überzeugung, daß alles Schlechte der Welt – Verhängnis, Unglück, Tod – nur scheinbar uns gilt. *Ich* werde davonkommen. An *meiner* Tür wird es vorbeigehen. Auf meinem Türpfosten ist zwar ein Kreuz angebracht, doch das zählt nicht. Es ist mehr der Form halber, damit es nicht auffällt, daß ich von Heimsuchungen verschont bleiben werde.

Schon wieder drei Jahre her? Meine Heldin verschlingt nicht nur mein Geld und mein Fett, sondern auch meine Zeit ... Vor drei Jahren, im Sommer '77, erhielt ich von Gesù den Auftrag, einen kleinen Jungen aus Neapel zu seinen künftigen Adoptiveltern in die Niederlande zu bringen. Mit dem Zug: Auf Flughäfen wurde zu streng kontrolliert. Das Kind, noch nicht einmal zwei Jahre alt, war in meinem Paß eingetragen als mein Sohn Marco, was bereits in Amsterdam mit Hilfe einer gefälschten Geburtsurkunde geregelt worden war. Gesù hatte mir auf seine Kosten eine Woche Urlaub in Neapel angeboten, damit das Kind, ohne allzu abrupt seiner Mutter entrissen zu werden, sich schon mal an mich gewöhnen könne. Jeden Morgen holte Gesù den kleinen Marco bei der siebzehnjährigen Kindsmutter ab und übergab ihn mir zusammen mit ein paar Wegwerfwindeln an einem vereinbarten Ort am Meer. Ich ging mit ihm auf dem Boulevard spazieren, ließ ihn an meinem Eis lecken und kaufte einen Papiersonnenschirm für ihn, den er auf dem Bürgersteig hinter sich her schleifte. Wenn er müde wurde, trug ich ihn zur Villa Comunale in den Schatten der Palmen, wo ich ihm auf einer Parkbank bei Bedarf auch die Windeln wechselte. Lag es an der zeitweiligen Legitimierung des Kindes in meinem Paß ... der Vorahnung eines Lebens ohne eigene Kinder ...? Binnen einer Woche wurde Marco meine große Liebe. Es war gegenseitig. Mit nagendem Schmerz in meinem Herzen sah ich den Tag unserer Abreise näher rücken oder, besser gesagt: unserer Ankunft, denn dann würde ich ihn seinem Adoptivvater, Mijnheer Wendelgelst aus Heemstede, übergeben müssen. Ich versuchte, Porporà mit allen möglichen Ausreden dazu zu bewegen, noch eine Woche länger bleiben zu dürfen.

»Ich traue mich noch nicht, so eine lange Zugreise mit ihm zu machen. Er wird heulen ... die Aufmerksamkeit auf uns lenken ... Gefährlich.«

Er war sehr knauserig. Die Art von Geiz, die nur auf Kapital gedeihen kann.

»Ich kann die Leute nicht länger auf ihr Kind warten lassen.«

Es hatte keinen Sinn, Gesù zu erklären, daß das Ehepaar Wendelgelst bereits zwei legal adoptierte Kinder hatte, einen Jungen und ein Mädchen, Rinko und Tinka. Er würde antworten, das gehe ihn nichts an.

Zum Glück war ich nicht dabei, als Marco Abschied von seiner Mutter nahm. Was da geschah, schien der Kleine nicht zu begreifen. Gesù brachte uns zum Zug.

»*Senti, Alberto* ... dies ist das erste Mal, daß du ein lebendiges Päckchen für mich nach Holland bringst. *Attenzione!* Es ist viel wert. Bis zur Übergabe an *signore 'Endelghelste* trägst du die Verantwortung für das Kind. Wenn ihm etwas zustößt, dann hat das Konsequenzen, das ist dir wohl klar ...«

Ich hatte erwartet, daß Marcos gerade noch blonde Ringellocken auf Gesùs Geheiß vor der Abfahrt abgeschnitten würden, damit der kleine Junge weniger auffiel, aber nein: Wie ich schon vom Flanieren auf der Via Caracciolo gewöhnt war, bezeichneten auch im Zug gerührte Damen Marco als Mädchen. »Ihr Töchterchen?«

»Sohn.«

Sie dachten, es liege an meinem Italienisch. »Es ist doch ein Mädchen?«

»Ein Junge.«

Zweijähriges Kerlchen, verkleidet: Noch mehr lauthals bekundete Gerührtheit. Es schlug ihnen auf die Drüsen, und sie begannen zu gurren. Marco fand alles wunderbar. Sein größtes Vergnügen bestand darin, durch den Gang des schaukelnden Wagens zu rennen, unterwegs aufgefangen von den weichen Handschuhen der Matronen. In dieser Nacht schlief er dicht an mich geschmiegt in dem schmalen Bett des Liegewagens, seine kitzelnden Locken an meinem Hals. Die Lichtstreifen von draußen, die eine Bahn durch das kleine Abteil zogen und dann wieder verschwanden, verbündeten sich mit dem eintönigen, manchmal laut knirschenden Dröhnen der Räder. Hier wurde mir etwas vorgespiegelt und eingeredet. Wendelgelst, der bereits einen Rinko und eine Tinka hatte, von meiner tiefen Vatersehnsucht überzeugen ... dem Mann sein vorausbezahltes Geld zurückerstatten ... die übrigen Verpflichtungen auf mich nehmen ... Zwanet das Kind auf den Schoß setzen ... Der Wagen wurde mehr und mehr zu einem Schlagzeug, das in dem Rhythmus, in dem Lichter aufblitzten und wieder verlöschten, für ein pulsierendes Discogedröhne sorgte. Im Zentrum dieser hinreißenden Gewalt tanzten wir zu dritt, uns entspannt wiegend, aneinander festklammernd, Zwanet und ich und unser Kind ...

Am Tag darauf, einem Donnerstag, sollte ich kurz vor Ladenschluß in der Spielzeugabteilung von *De Bijenkorf* Marco dem Wirtschaftsprüferehepaar übergeben. Es war erst acht Uhr, als ich mit dem kleinen Jungen vom Dam her durch eine Drehtür hineinging. Marco wollte mindestens dreimal mit der *porta girevole* im Kreis herum, und weil bei vielen Erwachsenen in einer Drehtür ein altes Kirmesgefühl erwacht, hatte ich die größte Mühe, Marco durch das Abbremsen der Tür vor kräftig drängelnden Leuten zu beschützen. Von dem Herumgewirbel in diesem gläsernen Karussell war er völlig aufgedreht. Während wir durch das Erdgeschoß des Kaufhauses zu den Rolltreppen gingen, versuchte Marco, indem er mit seinem freien Arm heftig gestikulierte, sich von meiner Hand loszureißen. Als ich ihn kurz losließ, um zu sehen, was er wollte, rannte er um einen der kleinen Schmuckstände herum, die dort wabenförmig über einen Teil des Erdgeschosses verstreut sind. Marco kam juchzend wieder zum

Vorschein, ließ sich aber nicht gleich wieder einfangen: Er verschwand noch einmal und versteckte sich jetzt auf der Rückseite des Stands. Vor Vergnügen kreischend ließ er sich am Kragen packen und tiefer in *De Bijenkorf* hineinführen.

Waben auch hier, nun aber in schwere und süße Düfte gehüllt: Verkaufsstände für Kosmetika. Bücher, ja, auch Platten, einmal sogar einen teuren Füller ... Schminkzeug aber hatte ich Zwanet noch nie geschenkt. Die Vielzahl der Marken und Farben bei Lippenstiften und Lidschatten machte mich schwindlig. Auf der sechseckigen Glastheke standen, aufgeklappt, so etwas Ähnliches wie kleine Koffer aus elfenbeinfarbigem Kunststoff. An der Innenseite des Deckels befand sich ein Spiegel. Der Boden war wie ein Malkasten mit Lidschatten in den unterschiedlichsten Farben bedeckt, von Lila bis Türkis, lauter kleine Flächen. Ansonsten war das Köfferchen mit allen möglichen Lippenstiften, Cremedöschen und -tuben gefüllt, feineren und dickeren Pinseln ... einem Fläschchen Eau de Toilette ... dunkelblauer und schwarzer Wimperntusche ... Die Verkäuferin, selbst üppig geschminkt mit den Sachen aus ihrem Laden, sah, wie ich schaute, rechnete, zögerte.

»Achtzig Gulden, viel Geld ... aber dann haben Sie auch alles beisammen. Sie kaufen es für sie, und trotzdem drängen Sie ihr damit keine einseitige Wahl auf ...«

Eine andere Verkäuferin, die sich mit einem Parfümfläschchen auf dem Gang zwischen den Ständen postiert hatte, um vorbeigehende Kunden mit dem Duft Bekanntschaft schließen zu lassen, kniete sich vor Marco hin, schob den Ärmel seines violetten Sweaters hoch und stäubte ein wenig von dem Parfüm an die Innenseite seines Handgelenks. »Riech mal.« Ich ließ seine kleine Hand los, und die Verkäuferin bog den Arm in Richtung seiner Nase. Während ich seinen hohen Entzückensschreien lauschte, nutzte ich die Gelegenheit, der hochglanzlackierten Dame in der Wabe ihre achtzig Gulden zu geben. Dabei kam es zu dem Moment der Unaufmerksamkeit.

»Sie müssen da hinten an der Kasse bezahlen. Ich gebe Ihnen einen Zettel mit … Soll ich Ihnen den Beauty-case derweil schön einpacken?«

»Ja, bitte.« Ich griff mit meiner freien Hand neben mich und schaute. Marco war weg. Die Verkäuferin mit dem Fläschchen stand wieder auf dem Gang und spritzte gerade einer grauen Dame etwas Parfüm hinters Ohr. Ich drehte mich um. Kein Marco. Ich rief seinen Namen, hörte erst da, wie dünn meine Stimme in dem dichten Geschwirr klang, das *De Bijenkorf* füllte. Ich packte die Frau mit dem Parfüm am Oberarm. Lachend hob sie mir das Fläschchen entgegen.

»Wo ist der kleine Junge geblieben …?«

»Der kleine Junge?«

»Ja, der kleine Junge von eben …«

»Mevrouw, darf ich …« Schon wandte sie sich wieder von mir ab, um, *pscht, pscht*, ihren Zerstäuber über dem emporgehaltenen Handgelenk einer sommersprossigen Dame in Shorts und ärmellosem Pulli zu betätigen. Ich rannte um verschiedene Verkaufsstände herum. Nirgends ein Marco. Ich blieb stehen, horchte, ob ich ein Kind weinen hörte, mein Herz plötzlich ein schmerzender Klumpen hoch oben in meiner Brust. Ich merkte, daß ich die nächstgelegene Drehtür, die zum Damrak führte, anstarrte. In dem Moment ging niemand durch sie hinaus, und es kam auch keiner herein, aber sie drehte sich noch ein klein wenig. Natürlich, Marco war auf die Drehtür zugerannt und stand jetzt irgendwo draußen auf dem Damrak. Diesmal war ich derjenige, der mit einem harten Ruck jemanden fast ins Geschäft fegte.

»Marco …!«

Ich sah ihn nirgends. Nicht in Richtung Dam und auch nicht in Richtung Hauptbahnhof. Sämtliche Möglichkeiten, eine noch schrecklicher als die andere, durchzuckten mich … nicht meinen Kopf … sondern meinen Körper … so scharf wie Messer … Von meiner Seite gerissen von einem Rivalen Gesùs. In ein Auto gestoßen. Entführt … Ein Kinderschänder, der sein Auge auf den hübschen kleinen Jungen geworfen hatte, war uns gefolgt … nutzte in einem unbewachten Moment seine Chance … Die Polizei hatte Wind von dem illegalen Adoptionsgeschäft bekommen und ... Nein, ausgeschlossen: Dann hätten sie nicht nur das Kind mitgenommen, sondern auch mich an Ort und Stelle verhaftet.

Es war wahrscheinlicher, daß Marco sich noch im Kaufhaus befand. Ich stürzte wieder durch die Drehtür hinein ... spürte, wie das Glas an meine Knie stieß ... Ich sprach Leute an. »Ein kleiner zweijähriger Junge ... violetter Pulli ... Er war gerade noch hier.« Kaum zu glauben, wie hundsgemein einen Menschen ansehen können, wenn man sich in großer Not befindet. Sie zogen ein Gesicht, als verderbe man ihnen durch seine Panik den verkaufsoffenen Abend, und schlugen achselzuckend einen Bogen um einen. Ich sah mich selbst dort herumlaufen: laut die Beschreibung eines Kindes herausposaunend, das ich seinen neuen Eltern so unauffällig wie möglich übergeben sollte.

»... zusätzliche zehn Prozent Sonderrabatt. In der Abteilung Damenbekleidung.«

Über die Lautsprecheranlage wurden verschiedene Mitteilungen verbreitet. Es machte die Leute meiner flehentlichen Bitte gegenüber nur noch tauber. Irgendwo tief inmitten des gewaltigen Stimmengetöses hörte ich ein Kind weinen.

»... etwa dreijähriges Mädchen, das seine Mutter verloren hat. Abteilung Kundenservice, zweite Etage.«

Wenn sie so etwas nur von einem zweijährigen Jungen riefen, der seinen Vater in dem Gewühl verloren hatte. Die Mitteilung wurde jede Minute, und immer nachdrücklicher, wiederholt; während ich zwischen den Waben herumtrabte, fing ich gellend und spöttisch klingende Fetzen davon auf. Mein armer Junge ... Ich konnte natürlich bei ebendiesem Kundenservice, zweite Etage, Marcos Beschreibung angeben, traute mich aber nicht, das Erdgeschoß zu verlassen. Wahrscheinlich war er längst von einem häßlichen Weib mitgelockt worden, von ihrem Mann, der daheim im Unterhemd ungeduldig auf den bevorstehenden Genuß wartete, dazu hierher geschickt, aber ich mußte weiter damit rechnen, daß Marco hier noch irgendwo zu finden war, zum Beispiel inmitten eines Kreises von Hausfrauen, die sich tröstend und fragend über ihn beugten, aus seinem südländischen Gebrabbel aber nicht schlau wurden.

»… dreijähriges Mädchen, bekleidet mit roter Hose und violettem Sweater …«

Da stürzte ich die Rolltreppen hoch, stehende Leute beiseite stoßend. Ach, natürlich, auch die Damen vom Kundenservice hatten Marco mit seinen Ringellocken für ein Mädchen gehalten. Schon von weitem sah ich ihn auf dem Schoß einer jungen Frau in weißer Kittelschürze sitzen, zweifellos von einem Kosmetikstand, die ihn hierher gebracht hatte. Auf seiner Wange schimmerte noch eine große Träne, aber er lachte das Fräulein an, und an seinem Mundwinkel klebte Schokolade von der Pastille, die in seiner kleinen Hand dahinschmolz.

»Marco …!«

Ein Ruck seines Kopfes: Der schokoladengesättigte Spuketropfen aus seinem Mundwinkel verlagerte sich zu seinem Kinn. Er streckte mir die Ärmchen mit solcher Heftigkeit entgegen, daß die Verkäuferin ihn festhalten mußte, damit er nicht von ihrem Schoß purzelte. In dem Moment wußte ich, daß meine Besorgnis ausschließlich Marco gegolten hatte und nicht der geschäftlichen Transaktion, deren eines Glied ich war.

»Ihr Töchterchen?«

»Sohn.«

»Ein Junge …! Na, auf den müssen Sie aber gut aufpassen. So ein hübsches Kind …«

Sie gab Marco nur widerstrebend her. Ihr Vertrauen, daß ich der Vater war, beruhte lediglich auf Marcos heftiger Reaktion, als ich am Schalter auftauchte. Dagegen kam keine Geburtsurkunde und kein Paß an. Keine Viertelstunde später verlor ich in der Spielzeugabteilung meinen kleinen Marco ein zweites Mal – an das bebrillte Wirtschaftsprüferehepaar Wendelgelst. Zum Glück hatten sie, wahrscheinlich als Tarnung, Rinko und Tinka mitgebracht, die sich sofort ihres neuen Brüderchens annahmen und ihn an den Spielzeugregalen entlangführten. Lächelnd, als gehe es um verspätete Geburtstagsgeschenke, tauschten die Wendelgelsts und ich Dokumente und Umschläge aus, vereinbarungsgemäß alles in Geschenkpapier verpackt. Die kühle und sachliche Mevrouw Wendelgelst gab gut acht, während ihr Mann nicht ganz bei der Sache war. Seine Augen, leicht glitzernd hinter den dicken Brillengläsern, schweiften immer wieder zu den drei Kindern, die vor einem aus Legosteinen gebauten Modell des *Bijenkorf* standen. Marco hatte seine Schokoladenhand auf die Vitrine gestempelt.

»*Wir* waren vielleicht nervös«, sagte Mevrouw Wendelgelst.

»Ja«, bestätigte Mijnheer Wendelgelst, »besonders als wir die Durchsagen hörten, daß ein Kind zum Kundenservice gebracht worden war. Ich dachte noch: Ist das ein Hinweis für uns?«

»Aber dann ging uns auf, daß es sich um ein Mädchen handelte«, sagte Mevrouw Wendelgelst. »Na ja, wenn ich mir Marco so anschaue, mit seinen Locken ... dann sieht er tatsächlich wie ein Mädchen aus. Ganz anders als auf dem Foto. Morgen geht's gleich zum Friseur.«

Ich hatte mir vorgenommen, mich nach dem Abschied nicht mehr umzudrehen. Fast schon an der Rolltreppe, blickte ich doch noch einmal über die Schulter. Marco hatte sich von der Vitrine, an die Rinko und Tinka immer noch ihre Nasen preßten, abgewandt und starrte reglos, die Ärmchen seitlich ausgestreckt, in meine Richtung. So wurde er zum zweitenmal innerhalb einer Stunde seinem Schicksal überlassen, und zum drittenmal innerhalb von vierundzwanzig Stunden.

Später, daheim, als ich die alten Zeitungen las, stieß ich auf den Bericht, der an diesem Abend mein größtes Schreckensbild gewesen war. In Dortmund war einer jungen Frau, die in einem großen Supermarkt vor einem Regal mit Lebensmitteln stand und einen Moment nicht aufpaßte, ihre Tochter in dem Gewühl abhanden gekommen. Eine Kassiererin hatte das kleine Kind an der Hand eines Mannes, der gerade eine

Schachtel Zigaretten bezahlt hatte, willig hinausgehen sehen. Zwei Tage später wurde das Mädchen, entkleidet und mit den Knien am Kinn, in einem durchweichten Karton in einem verlassenen Industriegelände am Stadtrand gefunden. Eine ausgesetzte kleine Leiche. Das Kind war erwürgt und mit einem gabelförmigen, gezackten Obstmesser grauenhaft zugerichtet worden, trug aber keine Spuren sexuellen Mißbrauchs. Noch am selben Tag wurde der Mörder verhaftet, der gestand, die Kleine aus Angst davor, später von ihr wiedererkannt zu werden, umgebracht und aus Frust darüber verstümmelt zu haben, daß der kleine Junge, den er entführt zu haben glaubte, sich als ein für ihn unbrauchbares Mädchen entpuppt hatte.

In der Nachbarschaft hatten die Leute einander vermutlich kopfschüttelnd erzählt, daß die Mutter, »wahnsinnig vor Kummer« von vier Polizisten gleichzeitig festgehalten werden mußte, als sie das hörte, sonst hätte sie sich etwas angetan.

Schwer zu sagen, wie ich den Bericht aufgenommen hätte, wenn mir der kleine Marco nicht kurz zuvor in *De Bijenkorf* entwischt wäre. Nicht ohne mir das ausmalen zu können natürlich, und schon gar nicht ungerührt, doch der grauenvolle Vorfall hätte sich in weiter Entfernung zugetragen, in weit größerer Entfernung als das Zentrum von Dortmund. Jetzt war mir die Situation (Kind entwischt einem in Menschenmenge) auf einmal vertraut, und damit eröffnete sich eine Hölle an Möglichkeiten. Alles hätte passieren können. Doch auf Marcos Verschwinden folgte die denkbar harmloseste Auflösung: Eine hilfsbereite Verkäuferin hatte den kleinen Jungen zum Kundenservice gebracht, und der Vater war über die Lautsprecheranlage davon in Kenntnis gesetzt worden. Durch die Erleichterung erhält die vorangegangene Panik sehr schnell etwas Unwirkliches.

Frau Rattenauer aus Dortmund hatte sich nicht mehr zuschulden kommen lassen als ich. Auch sie hatte ihren unachtsamen Moment gehabt, nicht kürzer oder länger als meiner. Man konnte höchstens sagen, daß der Moment für Frau Rattenauer, die wahrscheinlich gerade die Preise der Konservendosen verglich, eine größere Notwendigkeit besaß als für mich, denn ich verhandelte über einen Beauty-case, der ebenso teuer wie überflüssig war ... doch nur Gott verfügte über die Apparatur, eine derartige Priorität zu messen. Zusammenfassend gesagt: Wir paßten beide einen Moment nicht auf. Mir bescherte diese kurzfristige Unachtsamkeit, nach der Panik, einen Augenblick großer Rührung. Bei Frau Rattenauer übertrafen die Folgen den schrecklichsten Alptraum.

Warum bei ihr, und bei mir nicht?

Nein, diese Frage rührte nicht von dem Schuldgefühl her, das älteren Juden oft zugeschrieben wird (»Warum habe ich überlebt und so viele andere nicht?«), sondern von Fassungslosigkeit. Warum war für mich das, was hätte passieren *können* und was ich mir bis in die haarsträubendsten Details vorgestellt hatte, auf einmal so weit weg? Und warum stieß das, was passieren konnte, gleichzeitig aber unmöglich und undenkbar war, Frau Rattenauer zu ... ich würde fast sagen, mit solcher Leichtigkeit?

Mit welchem Recht nahm ich Marco nach dem anfänglichen Alptraum des Verlusts so selbstverständlich in Empfang? Da das Vorstellbare und gleichzeitig absolut Undenkbare sich in Dortmund tatsächlich ereignet hatte, traf es auch mich ... in umgekehrter Weise. Nun, da mir das Unglück nicht widerfahren war, mußte ein anderer den Kopf hinhalten. Frau Rattenauer. Ich konnte also nicht ungestraft davonkommen und den glücklichen Ausgang feiern.

Solange die Greuel, die fast nicht vorkommen konnten, trotzdem vereinzelt Wirklichkeit wurden, würden sie die Fälle, in denen alles gut ausging, weiter belasten. Über jedes Happy-End legte sich auf diese Weise ein Trauerflor.

Ich komme nicht länger darum herum, Thjum: In meinem Leben gähnt der Abgrund des Nicht-Passierten, des Fast-Passierten ... und unzählige Male bin ich bereits am Rande dieses Abgrunds entlanggegangen, früher meist blind, gegenwärtig immer häufiger mit offenen Augen, vor Schreck erstarrend. Die abgestumpftesten Menschen haben immerhin noch ein wenig Vorstellungsvermögen, wenn es um drohendes Unheil geht ... aber sie bilden sich ein, was sie in der Ferne hören, seien lediglich schwache Echos der Schicksalsschläge, die jemand anderen treffen ... Die wahren Katastrophen spielen sich weit von ihnen entfernt ab. Bei allem Gemoser und Selbstmitleid wissen sie die wahren Unglücklichen woanders. Sie zahlen Einkommenssteuer, Autoversicherung und eine Kirchensteuer in Höhe von einem Prozent ihres Gehalts, was kann ihnen also schon passieren?

Bei Leuten mit Kindern wird die Vorstellungskraft von einem animalischen Instinkt für Gefahr gespeist. Denk nur an das psychiatrische Gutachten im Prozeß gegen Hennie A. Du hast dabeigesessen, Thjum, als im Gerichtshof der Barmherzigkeit daraus vorgelesen wurde ... die Mutter mit ihrer Angst vor Gewittern und Schwimmbädern ... und wie sich diese Angst auf die Tochter übertrug ...

Märtyrer haben oft große physische Qualen durchstehen müssen, mit Visionen als Folgeerscheinung. Ich frage mich in diesen Tagen immer öfter, Thjum, ob es nicht auch ein negatives Märtyrertum gibt ... und damit meine ich die qualvollen Zwangsvorstellungen, Visionen von körperlichem Leiden, die früher oder später, ohne daß von einem kausalen Zusammenhang die Rede ist, an anderer Stelle Wirklichkeit werden. So wie es mir mit Marco ergangen ist ... Zwangsvorstellungen, die sich, unabhängig von den Ereignissen in *De Bijenkorf*, in Dortmund materialisiert haben. Als ob Frau Rattenauer und ihr Töchterchen Karin für die Segnungen eines guten Ausgangs in Amsterdam haben büßen müssen.

So trage ich doch die Narben des *gerade eben* nicht Passierten. Nicht passiert, doch passiert. Es belastet mich, aber mein Kummer ist nicht konkret: Er macht einen Umweg. Es ist ein hohles Märtyrertum und läßt sich einfach mit den Worten zusammenfassen: »Ich nehme es mir zu Herzen.« Nein, Thjum, es ist kein christliches Mitleid, das dir immer so gewaltig gestunken hat ... auf Christus komme ich gleich noch zu sprechen ... nein, es ist kein freiwilliger Akt der Nächstenliebe, sondern etwas, was aus großer Entfernung auf dich zurückgeworfen wird und dich verletzt ... was sich in dich einkerbt, als unsichtbares Zeichen, das trotzdem nicht auszulöschen ist. Es ist kein unverbindliches »Sich-zu-Herzen-Nehmen«. Vielleicht läßt sich der Prozeß mit einer Operation unter Narkose vergleichen. Der Anästhesist sorgt dafür, daß unser Bewußtsein und unser Gefühl von dem Weg abgeschnitten sind, den die Lanzette wählt, aber ganz tief unten wird dennoch geschnitten und hinterläßt im Organismus eine Art abstrakter Erinnerung an den Schmerz.

Solche Märtyrer, Thjum, sind wir alle mehr oder weniger. Alle Menschen leiden unter dem Greulichen, das ihnen gerade eben nicht oder *noch* nicht widerfahren ist. Wir müssen mit der abwechselnd bewußten und unbewußten Gewißheit leben, daß das, was uns bis zum heutigen Tag noch kein Elend bereitet hat, uns ab sofort jeden Moment überrumpeln kann. Währenddessen konkretisiert sich dieser nicht zu lokalisierende Schmerz, der kein eingebildeter Schmerz ist, sondern ein Schmerz der Vorstellungskraft, ununterbrochen in anderen. So gehen wir, auch ohne daß uns Zunge und Nägel ausgerissen werden, ohne daß uns Geschlecht oder Brüste abgeschnitten werden und ohne daß die Flammen des Scheiterhaufens uns um die Ohren züngeln, allesamt gebeugt unter demselben leeren, negativen Märtyrertum. Durch die Angst, die die Muse der Vorstellung ist, haben wir alle teil daran. Es ist die Brüderschaft aller Menschen.

Thjum, ich höre dich fragen: Darf sich folglich jeder, ohne den Verdacht der Selbstüberhebung auf sich zu laden, als Märtyrer bezeichnen? Ja, sage ich. Und wenn du die Linie weiterziehen willst: Jeder kommt aufgrund seines Märtyrertums in Betracht, heiliggesprochen zu werden, tot oder lebendig, und ohne Zutun des Papstes. Niemand braucht als Beweis aus seinen Wunden Blut fließen zu lassen. Berührung durch die Angst reicht aus. Auch ich kann mich dem nicht entziehen. Allein schon meine Abstammung von der Gattung Mensch, dieser Brüderschaft der Angst, macht mich zu einem Märtyrer. Feierlich und in aller Demut, Thjum, spreche ich mich hiermit heilig.

Albert, ich spüre, worauf du hinauswillst. Ich liege hier inmitten so vieler Heiliger, wie die eingemeißelten Namen auf den Grabsteinen vermuten lassen. Der größte Angsthase von allen, wolltest du sagen, und damit der größte Heilige war Jesus Christus ... Natürlich, Er war so schreckhaft, stellte sich bei jedem Schritt, den Er tat, so viele Fußangeln vor, so viele Gefahren, daß Er bereits in jungen Jahren das Gefühl hatte, das Leid der gesamten Welt zu tragen. Der Umstand, daß Er den Leidensbecher in einem fort *knapp* an Sich vorbeigehen sah, machte Ihn zur idealen Figur, alle Sünde und allen Schmerz der Menschheit auf Sich zu nehmen. Denn das vergaßest du noch zu erwähnen, obwohl du es wahrscheinlich so meintest: Auch von jeder Sünde, bei dir im Geiste, beim Nachbarn jedoch auf dem Dachboden betrieben, bekommst du einen Dachschaden ab ...

Du dachtest an Seine wundersame Fähigkeit, Sich mit den Gebrechlichen und Krüppeln zu identifizieren ... mit den Lahmen, den Blinden ... Ja, Er machte Sich ihr Gebrechen mit so viel Händeringen und Spektakel zu eigen, daß sie, solange das anhielt, davon erlöst zu sein schienen. Er heilte nicht, sondern absorbierte. Der Hypochonder par excellence. Sein Mitleid war so grandios, daß es vielleicht keine Wunder wirkte, auf illusorische Weise jedoch eine Menge Schmerzen linderte.

Zu aller Furcht eines solchen geborenen Hasenfußes gesellte sich dann noch die Angst: Das, wovor man Angst hat, stößt einem früher oder später zu. Logisch, daß Er Sein Leiden selbst suchte. Menschen, die unter der Last des vorgestellten Schmerzes zusammenzubrechen drohen, suchen den konkreten Schmerz, dafür brauchst du kein bekennender Masochist zu sein. Sie klettern, wie Christus, flink wie die Affen aufs Kreuz. Ein Seufzer der Erleichterung. »Es ist vollbracht.« Für Megalomanen wie Jesus ist eine solche Selbsterlösung dann auch noch, in einem Aufwasch, die Erlösung der gesamten Menschheit. Jetzt sind wir da, wo wir hinwollten.

So bist auch du gestrickt, Albert. Ich habe es gemerkt, als deine Heldin immer häufiger anklopfte. Du hattest noch Gelegenheit genug, sie vor der Tür stehenzulassen. Aber statt einen Schritt zurück zu tun, machtest du einen nach vorn. Du ließest sie herein. Du brauchtest eine konkrete Form für das Leiden, das du fürchtetest. Du sorgtest dafür, abhängig zu werden. Als Junkie warst du erst richtig ein Märtyrer.

Und jetzt, wo du herauswillst aus dieser Tretmühle, in der du jeden Tag gerädert erwachst, muß eine neue konkrete Märtyrerrolle gefunden werden. Du wirst die Menschheit von Dem Übel erlösen, indem du Arend-Jan Baartscheer ermordest. Dann kann der selbsternannte Heilige Albert Egberts sich endlich auch öffentlich heiligsprechen lassen.

Halleluja.

Das Kinderausnehmen

Mittwoch, 23. Juli 1980
(Gesù Porporà)

Von der Stelle, an der Gesù unter den Sträuchern kauerte, hatte er gute Sicht auf den Kinderwagen, der unter einem kleinen Wellblechvordach stand. Er spürte, wie sich in seinen Waden die Muskeln anspannten und zu zittern begannen – nicht so sehr infolge des unbequemen Hockens als vielmehr des Umstands, daß sich sein ganzes Sein darauf einstellte, den Sprung zu wagen. Gesù war bereit. Mit drei, vier langen Schritten konnte er bei dem Baby sein. *Sofern* ein Baby darin lag und nicht beispielsweise ein Kleinkind von mehr als zwei Jahren. Er war streng an das Alter gebunden ... Fast wäre er aufgesprungen, als das Kind losplärrte: eindeutig ein Säugling. Gesù blieb hocken, doch der Sprung war ihm bereits wie ein unsichtbarer Hund vorausgeschnellt, wodurch seine Beinmuskeln jetzt so stark zitterten, daß es schmerzte. Er schwitzte. Thailand konnte so viel schwüler sein als Italien, obwohl er in seinen neapolitanischen Sommern doch wirklich einiges gewöhnt gewesen war.

Das Weinen, ein dünnes, fast girrendes Geräusch, hörte nicht auf. In der Türöffnung des Häuschens, nicht mehr als eine Hütte, begann der Perlenvorhang zu rascheln. Eine junge Frau in bodenlangem Kleid trat heraus. Sie stieß hohe Laute aus, die zweifellos beruhigend gemeint waren, jedoch wenig Ähnlichkeit mit dem Summen hatten, mit dem »seine« jungen neapolitanischen Mütter ihre Babys beschwichtigten. (»*Zucche e dduorme ...*«) Die Frau zog den Kinderwagen, dessen Federung auf einer Seite kaputt war, unter dem Vordach hervor. Natürlich, unter dem Wellblech mußte es glühend heiß geworden sein. Sie schob das Fahrzeug, das mit seinem einen, sich nicht mitdrehenden Rad eine Schleifspur durch den Sand zog, in den Schatten eines Baumes ganz in Gesùs Nähe. Das Kleine plärrte weiter. Die Mutter schlug die

Gaze mit den braunen Ringen, die das Kind vor Insekten schützen sollte, zurück und beugte sich tief zu ihm hinunter. Sie zwitscherte kurze Worte, die Gesù nicht verstand, obwohl er sich den Dialekt dieser Gegend seit »Hongkong« ganz nett angeeignet hatte. Vielleicht waren es Phantasieworte – unbeabsichtigte Abschiedsworte. Mach schon, du blödes Stück; ich halt den Krampf nicht mehr aus. Sein Wunsch wurde erfüllt: Das Plärren ließ nach. Die Mutter bemühte sich noch, ein paar Fliegen aus dem Kinderwagen zu verjagen. Wie ein Leck in einer Gasleitung begann der Haß in Gesù zu zischen. Laß das, blödes Weib, die Fliegen bekommen in Kürze doch, was sie wollen. Er dachte an die Abfalltonne, das Ölfaß, auf dem Fliegen eine Art porösen Korken bildeten und alle gemeinsam ein hohes, eintöniges Schrillen erzeugten.

Die Frau ließ den Tüll wieder herab und ging – mager, mit kleinem, sich drehendem Hintern – zu der Bruchbude zurück. Gesù wartete nicht, bis das Klimpern des Perlenvorhangs verstummt war (die Schnüre erinnerten ihn an die parallel nebeneinander aufgehängten Rosenkränze im Kinderheim von Padre Borelli); mit seinen großen, mageren Händen hob er das Baby aus dem Wagen, mitsamt allen Tüchern, und rannte damit zur Asphaltstraße. Ein Tuch glitt entlang seinen Beinen zu Boden und brachte ihn fast zu Fall. Gesù warf das Kind in die Kiste hinten auf seinem Moped; erst da begann es wieder zu weinen, wurde aber schon bald übertönt vom Knattern des Motors. Er sah sich nicht nach dem Häuschen um, hörte auch keine Schreie hinter sich. Das Heulen des Mopeds irritierte ihn mehr als sonst.

Es mußte an diesem kopflosen Huhn gelegen haben, *porca madonna*, daß es eben fast schiefgegangen wäre, oder an der Tatsache, daß sie die blaue Laterne in Macao aufgehängt hatten und nicht in Hongkong selbst. Als er der Gesellschaft vom Goldenen Fingerhut beitrat, war beim Initiationsritual auf dem Schiff vor der Küste Macaos etwas schiefgelaufen: Das geköpfte Huhn war wild herumgerannt. Als sie es endlich wieder zu fassen bekommen hatten, war bereits so viel

Blut vergossen, daß nur noch wenig als Beigabe zum Wein übrig war. Ein paar Alte von dieser *mafia dagli occhi di mandorla* hatten mißmutig den Kopf geschüttelt. Ein schlechtes Zeichen, wenn beim Aufhängen der blauen Laterne so ein Fehler passierte. Trotzdem hatten sie Gesù, den Gwai-Lo oder »Weißen Teufel«, mehrheitlich mit der Aufgabe betraut, im Hat Yai ein Netz von Kinderräubern aufzubauen.

Wo die Bergstraße steiler wurde, streikte der kleine Motor; das Moped blieb fast stehen. Gesù stieg ab und schob das Fahrzeug bis zur nächsten Kurve. Das Baby war still und schaute aus glänzenden Schlitzen in den Himmel. War es nicht, *porco dio*, eine Affenschande, daß er seinen ehrbaren Beruf eines Adoptionsvermittlers in den Quartieri hatte aufgeben müssen, um jetzt am anderen Ende der Welt Kinder zu *stehlen*? Dort hatte er unerwünschten Babys ein neues Leben gegeben, und hier ... Er war in der verkehrten Welt gelandet. Handelsware ist Handelsware – wie oft hatte er sich das nicht selbst gesagt? Aber irgendwas war nicht okay. Weil irgendsoein Junkie aus Amsterdam, als Kurier zwischen dem Kinderhändler und seinen niederländischen Abnehmern schon längst nicht mehr zu gebrauchen, der Polizei gegenüber gequatscht hatte, hatte Gesù abhauen müssen. Auf dem Weg nach Hongkong hatte das Schmuggelschiff Afrika angesteuert, um eine Ladung Elfenbein aufzunehmen. Sein Entschluß stand fest: Sobald er die Erlaubnis erhielt, seinen Posten hier zu verlassen, würde er in Hongkong eine kleine Elfenbeinfabrik gründen. Schluß mit dem Kinderhandel.

Aus der entgegengesetzten Richtung näherte sich ihm zu Fuß eine Frau mit einem unförmigen Paket, das ihr in einem violetten Tuch um den Hals hing. Das Kleine in seiner Kiste fing wieder zu brüllen an. Gesù sah das blutspritzende Huhn vor sich und die beschmierten Kajütenwände. Jener Abend war die Geburtsstunde seines Aberglaubens. Einmal würde es schiefgehen. Gut, sollte es eben sein; er würde zusehen, der Armee nicht in die Hände zu fallen. In Hongkong würde er seine Arbeiter venezianische Gondeln aus Elefantenzähnen schnitzen lassen ... Die Frau trug nicht nur einen Pappkarton vor dem Bauch, sondern über den Rand des Tragetuchs hing auch ein Kinderärmchen. Gesù warf einen Blick auf die Straße. Nach ein paar Metern wurde sie weniger steil. Er stoppte, beugte sich über die Kiste und sang, ermutigt durch die fernöstliche Erscheinung der Frau, aus *Madama Butterfly*:

Bimba, non piangere...

Sie blieb stehen (das Kind im Tuch schlief), versuchte, verlegen lachend in die Kiste zu schauen. Auf italienisch, mit wedelnder Hand, winkte er sie näher. Die Frau schlurfte weiter heran, bis sie das schreiende Baby sehen konnte. Treffsicher, wobei er das Ärmchen knacken, brechen fühlte, zog er ihr Kind aus dem Tragetuch und warf es auf das andere in die Kiste. Er schob rennend das Moped vor sich her, derweil startend, und sprang auf dem flacheren Teil der Straße auf den Sattel. Hinter sich hörte er Schreie, rennende Schritte, den Karton, der auf den Asphalt plumpste... aber da hatte er die Kurve bereits hinter sich. Einen Moment lang spürte er Widerstand: die Mutter, die nach dem Rand der Kiste griff, stolperte und loslassen mußte. Sie fiel längelang auf die Straße. Als sich Gesù kurz danach noch einmal umdrehte, sah er, daß sich die Frau wieder aufgerappelt hatte. Sie rannte nicht mehr, sondern hinkte, mit erhobenen Armen und weit geöffnetem Mund, aus dem er die Töne schon nicht mehr hören konnte. In seiner Kiste plärrten jetzt zwei Säuglinge, nicht ganz übertönt vom knatternden Motor. Das brachte ihn auf eine Idee, die er gleich, wenn er oben war, dem Transportleiter einmal vortragen mußte.

Wo die Vegetation trotz des kleinen Pfads zu dicht wurde, ließ Gesù wie sonst auch sein Moped in der Obhut eines Wachpostens im Kampfanzug zurück, der aussah wie ein Soldat der Regierungsarmee und das wahrscheinlich auch war. Er hob die Babys – das zweite entpuppte sich als deutlich älter als das erste – wie Kaninchen an einem Bein aus der Kiste und trug sie tiefer in den Urwald hinein. Durch das Gekreisch der vielen Vögel klang das Weinen der Kinder gleich tierhafter.

Vor ihm ging ein Mann, ein Thai, der sich alarmiert umsah und dann stehenblieb. Er trug ein längliches, in Jute eingewickeltes Paket.

»Warum leben sie noch? So können Sie sich verraten«, sagte der Mann zu Gesù.

»Instruktionen. Müssen lange frisch bleiben.«

In dieser Jahreszeit, hatte sich gezeigt, begannen sich die Gesichter bereits innerhalb von zwölf Stunden nach Eintritt des Todes zu verfärben. Der Mann erschrak.

»Ich töte sie erst im letzten Moment, *Sir.* Ehrlich wahr, *Sir.* Kurz bevor ich hier bin.«

»Wird sich zeigen. Da drinnen sie haben eine gute Nase.«

Sie kamen zu einem Gebäude aus Bambus und Wellblech, vor dem mehrere Männer, ebenfalls in Kampfanzügen, bewaffnet Wache standen. In der Tür, oben an einer Treppe, erschien der Transportleiter, der bei Gesùs Anblick einen Befehl über die Schulter rief. Eilig kam ein kleiner Thai in Shorts und Unterhemd heraus und nahm Gesù die beiden heulenden Babys ab, klemmte sie sich unter die Arme und trug sie hinein. Gesù winkte dem Transportleiter und deutete auf seinen Kumpanen, der noch immer mit dem länglichen Paket im Arm dastand.

»Ist schon tot. Weiß nicht, wie lang. Nicht gut.«

Der Transportleiter wechselte ein paar Worte mit dem Lieferanten, der sich unterwürfig, mit ruckhaften Verbeugungen, rückwärts entfernte.

»Eins lassen leben«, sagte Gesù. »An der Grenze zum Heulen bringen. Ist verdächtig, nur schlafende Babys. Das lebende heult. Dann weniger achten auf tote.«

»Das bedeutet aber«, sagte der Transportleiter, »daß wir weniger hinüberschaffen können. Oder eine Mutter zusätzlich einsetzen müssen.«

»Besser als Risiko. Wo sind Mütter?«

Der Transportleiter nickte in Richtung eines kleinen Nebengebäudes. »Sie werden instruiert. Zu junge Nutten diesmal. Die meisten haben keine Ahnung vom Muttersein.«

Gesù ging die Treppe hinauf, um dem kleinen Schlächter

zu sagen, er solle das ältere der beiden Babys (weil es lauter heulte) am Leben lassen. Er sah ihn nicht gleich. Es dürfte wohl mit seinem früheren Beruf zusammenhängen, als er sogar Abtreibungen unterband, jedenfalls vermied er es hier immer soweit wie möglich, auf den Tisch des »Ausnehmers« zu schauen. Trotzdem konnte er nicht vermeiden, aus den Augenwinkeln die Reihe der Kinderleichen wahrzunehmen, die »ausgenommen« werden sollten... die blutige Schürze des Mannes, der die Spitze seiner Lanzette in einen rosigen Körper stieß... ihn seiner Eingeweide entledigte... Eingeweide, die danach mit einer Art Spatel in die Abfalltonne gefegt wurden, aus der dann das dröhnende Summen Hunderter von Fliegen ertönte... Zum erstenmal seit langem kam der rätselhafte Satz von Liberace Gesù wieder in den Sinn, den er in Positano gehört hatte: »Gianni, hast du schön Ostern gefeiert mit deinem Kaninchen?«

Weiter hinten im selben Raum, in einer Ecke, die das »Postzimmer« genannt wurde, erhielten die ausgeweideten kleinen Leiber eine neue Bestimmung: als Verpackungsmaterial. Es wurden so viele wasserdichte Säckchen mit Heroin wie möglich hineingestopft, woraufhin sie mit nicht zu groben Stichen wieder zugenäht wurden, alles mit fast chirurgischer Präzision. Eine Frau steckte die solchermaßen mit neuen Eingeweiden versehenen Babys in Kleider und wikkelte sie zum Schluß in Tücher, die mit Sicherheitsnadeln gut verschlossen wurden.

Aus dem angrenzenden – kleineren – Raum drangen noch Laute des Lebens: Babygeschrei. Gesù kam eine Sekunde zu spät: Der kleine fahlgelbe Exekutor stach gerade eine Injektionsnadel in den kleinen Oberarm (den gesunden, nicht den gebrochenen) des älteren »seiner« zwei Babys. Fast im selben Moment erstarrte das Leben zu Schlaf. (»Ein übereifriger Schlaf«, sagte Gesù bei sich.)

»Anderen leben lassen«, sagte Gesù. »Hierbehalten.«

Der kleine Henker zuckte mit den Achseln und trug das tote Kind zum Ausweider. Durch einen Seitenausgang gelangte Gesù zu dem Nebengebäude, das von mädchenhaftem

Gegirre und Gekicher erfüllt war. Er blieb in der offenen Tür stehen. Auf Bänken entlang den Bambuswänden saßen einheimische junge Frauen und schauten den Verrichtungen eines Mädchens zu, das in der Mitte des einzigen Raums stand. Sie wiegte ein totes Baby, allerdings auf bühnenmäßige Weise, wobei sie ein ernstes und hingebungsvolles Gesicht zu machen versuchte, Koseworte murmelte und schließlich in Gelächter ausbrach.

»Nicht lachen!« fuhr der Instrukteur sie, mit dem Fuß aufstampfend, an.

»Aber er ist so *schwer*«, piepste das Mädchen auf dem Höhepunkt ihres Gelächters. »Ist er voll Gold?«

Das Mädchen im Jungen

Mittwoch, 23. Juli 1980
(Ernst Quispel)

Als Ernst mit zwei Gläsern schwarzem Johannisbeersaft aus der Küche zurückkam, saß Danny noch immer genauso da, auf der Kante des Holzstuhls, T-Shirt über sein Geschlecht gezogen. Er stellte die Getränke auf den Tisch, zog sich einen zweiten Stuhl heran und setzte sich dem Jungen gegenüber.

»Blasse Fotos«, sagte Danny mit seinem bislang fiesesten Lächeln.

Ernst sah die Polaroids nebeneinander auf dem Tisch liegen und erkannte lediglich verschwommene pastellfarbene Flächen und Konturen. Die Vorhänge, die Danny als Dekor gedient hatten, hatten wie ein großer Lichtschirm funktioniert, und gegen sie hatte Ernst seine Fotos geschossen. Er zuckte mit den Achseln. »Du hattest doch sowieso schon kapiert, daß es mir nicht um die albernen Bilder ging, oder?«

Ein noch maliziöseres Grinsen: »Klaro.«

Das Wort traf Ernst. Als junges Mädchen hatte seine Schwester es eine Zeitlang, genauso verformt, benutzt und war dafür jedesmal von ihrem Vater zurechtgewiesen worden. »Klaro! Klaro ...! Sprachverfall ist der erste Schritt zu allgemeinem Verfall, Anna!« »Klaro, Papa.«

Ernst horchte Danny über die Erfahrungen aus, die der Junge in seinem Leserbrief erwähnt hatte, bekam aber nicht viel aus ihm heraus.

»Ich hab nie jemand drin gehabt, falls Sie das vielleicht meinen.«

»...«

»Ich weiß aber, wie geil das is.«

»...«

»Wenn man was drin hat, wollte ich sagen. 'nen Gegenstand. Und dann mich selbst ...«

»...«

»Na ja, ich würd auch gern mal 'nen lebendigen drin haben. 'nen Mensch. Aber dann ...«

»...«

»Nicht von hinten. Von vorn.«

»Ich glaub, das versteh ich nicht.«

»Von vorn. Wie bei 'nem Mädchen.«

»...«

»Von hinten trau ich mich nicht. Von vorn schon. Ich will auf dem Rücken liegen. Wie'n Mädchen ... mit gespreizten Beinen ...«

Die Sonne, die sich ihrem Höchststand näherte, war dabei, sich aus dem Appartement zurückzuziehen, in dem es trotzdem immer wärmer wurde. Von dem kalten Johannisbeersaft hatte Ernst zu schwitzen begonnen. Schweiß in den Brauen und an den Nasenflügeln. Danny hatte lediglich ein paar feine Tröpfchen auf seiner flaumigen Oberlippe. Aus lauter Verlegenheit hatte er den gelben Kopf eines Pickels aufgekratzt, so daß ein klein wenig Blut auf seinem Unterkiefer war. In fast technischen Formulierungen kamen sie überein, daß Ernst sich, »nur um zu wissen, wie das ist«, zu einem Teil in Danny begeben sollte, »solange es geil is, aber sonst kein' Quatsch«. Auf das leiseste Zeichen von Danny hin hatte Ernst sich zurückzuziehen. Der Junge verlangte kein Kondom, doch für Ernst war es selbstverständlich, eines zu benutzen, eher um eine notwendige Haut zwischen dem eigenen Körper und dem unbekannten zu spannen denn aus Angst vor einer Geschlechtskrankheit (irgendwie glaubte er Danny, daß dies sein erstes Mal war). Obwohl er sich bei Frauen nie eines überzog und nach entsprechender Aufforderung lieber eine andere Form der Befriedigung wählte, trug er während seiner »Periode« stets zwei oder drei Kondome, einfallsreich in leere Kaugummipapiere gewickelt, in seiner Innentasche.

»Meinst du, das Sofa da ist bequem genug?«

Danny antwortete mit seinem pubertären Lächeln, erhob sich vom Stuhl und stieß einen Schmerzensschrei aus. Er griff sich an den Unterleib.

»Stiche?«

»Er war an meinem T-Shirt festgeklebt. Und wenn du dann plötzlich aufstehst ... Dschiehses.«

Nachdem Ernst ein Kondom aus dem noch nach Menthol duftenden Silberpapier gewickelt hatte, drehte er sich zum Sofa um: Danny, ohne T-Shirt, hatte sich nicht längelang auf der Couch ausgestreckt, sondern hatte sich sitzend gegen die Kissen gelehnt, in einer ähnlichen Pose wie der auf dem Foto aus der Rubrik *Schlüsselloch*. Beine gespreizt, Knie hochgezogen, Geschlecht an einen Oberschenkel geschmiegt ... Er war so mager, daß die Schlüsselbeine wie lose Ornamente auf den Oberkörper gelegt wirkten.

»Hast du was für mich ... ähm ... was ich drauftun kann?«

In Seijffardts Badezimmer fand Ernst einen Flacon Sonnenöl (*Developed Solarization*), noch voll: Arthur hatte in diesem verregneten Sommer keine Gelegenheit gehabt, auf seinem Balkon zu rösten. Während Ernst zusah, wie Danny einen dünnen Strahl aus der Plastikflasche in seine Handfläche laufen ließ und dann zwischen seine Arschbacken rieb, zog er sich rasch aus. Er hatte bereits gemerkt, daß er keine Erektion hatte. Die Erregung, die Danny bis jetzt in ihm entfacht hatte, war eher eine Glut gewesen, die sich über seinen ganzen Körper verbreitete und zum Teil die Form einer Beruhigung annahm, die im Blut sang, in den Ohren rauschte: *Es ist möglich. Es ist erlaubt. Es existiert.* Ein konzentriertes Kribbeln entstand erst jetzt, als er die glänzende kleine Muschel sah, die Danny im Zentrum seiner dunkelsten Körperstelle mit einer Fingerspitze bearbeitete.

Bereits beim ersten Versuch, kein Mädchen weit und breit, als Sechzehnjähriger sein Glied mit einem Kondom zu bekleiden, hatte er eine starke Abneigung gegen dieses Verhütungsmittel entwickelt. Der Geruch war noch das geringste Übel. Am schlimmsten war das Abrollen des straffen Materials, das immer wieder hochkroch und dann mit wringender Hand von neuem hinuntergestreift werden mußte, so lange, bis das Geschlecht gefühllos geworden war und ihm »eigentlich schon alles vergangen war«. Ernst merkte, daß die Abneigung im Laufe von fünfzehn Jahren nicht geringer geworden war. Nur der Anblick von Dannys eingehaktem Finger und seine mädchenhafte Haltung, bereit, um zu empfangen, bewirkten, daß sein Glied fest genug blieb, um das Kondom an Ort und Stelle zu halten. Der Junge sah auf.

»Oh, ich wußte nicht, daß du schon...« Sein Kichern war alles andere als ironisch. »Wenn ich das so sehe... ich weiß nicht, ob...«

Ernst nahm von den vielen Kissen hinter Dannys Rücken ein großes weg und legte es vor dem Sofa aufs Parkett. Er kniete sich hin. Sein Geschlecht, das ihn an einen maskierten Räuber erinnerte, einen mit einem Nylonstrumpf über der Visage, befand sich auf derselben Höhe wie die improvisierte kleine Möse. Er packte Danny an den Hüften, zog ihn sanft zu sich heran, so daß der Junge jetzt quer auf dem Sofa mit dem Rücken auf den Kissen lag.

»Wenn ich's nich mag, dann weißt du Bescheid, nich?« Es klang etwas ängstlich. In einem vielsagenden Augenblick mußte aus »Sie« »du« geworden sein.

Mit der Fingerspitze fühlte Ernst, daß der Junge sehr angespannt war. Er versuchte, die schmerzhafte Aufmerksamkeit von Dannys Jungfräulichkeit abzulenken, indem er ihn an anderen Stellen streichelte. Ein Fingernagel, der der Steppnaht des Hodensacks folgte... Dannys Glied, das noch die Spuren (Rötung; Krümel; schlecht sitzende Vorhaut) seiner wüsten Selbstbefriedigung trug, begann, wie ein Uhrzeiger – nicht mit kleinen Rucken, sondern gleichmäßig – die zwanzig Minuten zwischen zehn nach halb sechs und sechs Uhr zu beschreiben. Als es senkrecht zur rosa Knospe des Nabels hochzeigte, versuchte es sich vom flachen Bauch aufzurichten, legte sich aber wieder hin und bedeckte so den Flaumstreifen, der vom Schamhaar nach oben führte. Der rosa Sack hing mit sich deutlich abzeichnenden Hoden in weiten Falten träge herunter, wie erschöpft vom Tanzen. Abgesehen davon lag der Junge wie ein Mädchen vor ihm, und Ernst näherte sich ihm auch, als wäre er eines. Er legte vier Finger um sein Glied, streckte den Daumen nach Art eines Bajonetts vor und versuchte so, Platz zu schaffen. Es war ein technischer Eingriff. Er zog den Daumen zurück und drückte sich ein Stück weit hinein. Genuß war fern. Das Kondom spannte, und darum spannte noch Dannys Jungfräulichkeit.

»Uff ... so was Dickes hatte ich noch nie drin.«

»Tut's weh?«

»Nein, aber gewöhnungsbedürftig isses schon. Komisches Gefühl im Hals. Als ob er ganz bis da hinauf ...«

Wie oft hatte er nicht schon ein Mädchen, einfach indem er ihre Hand steuerte, ermahnt, sich selbst zu befriedigen, während er regungslos in ihr blieb? Er zog sich dann ein wenig aus ihr zurück, um ihren Fingern etwas mehr Spielraum zu bieten. Manchmal führte das Mädchen, weil er alle Feuchte in ihr festhielt, die Hand an ihren Mund, um aus einer anderen Quelle einen Ersatz nach unten zu schaffen, wobei dann mitunter eine Schneckenspur auf Kinn und Brüsten zurückblieb. Danny tat jetzt das gleiche, nachdem Ernst die Hand des Jungen zwischen ihre Bäuche gezogen hatte – wahrscheinlich, weil Dannys Geschlecht nach diesem Orgasmus noch brannte, der für den Zuschauer nicht weniger als eine Metapher für all das gewesen war, was über sich selbst hinauszureichen versuchte. Danny umhüllte sein Glied ganz mit Speichel aus seiner hohlen Hand. So, das Kinn auf der Brust, konnte Ernst alle Handlungen des anderen gut sehen. Der legte seine Hand in voller Länge auf sein Glied und begann, den Mittelfinger irgendwo unten gegen den Schaft gedrückt, langsame Drehbewegungen zu machen.

»Warum reibst du, anstatt ...« Weil Ernst sich bewegte, um zu fühlen, ob er seine Erektion behalten hatte, sog Danny Luft zwischen die Zähne. »Tut's weh?«

»Im Hals. Als ob ich dir gleichzeitig auch einen blas. Aber innen, wie soll ich das sagen ... Ein dickes Gefühl zwischen Kehle und Magen.«

Ernst verhielt sich so regungslos wie möglich und blickte auf die sich auf Dannys zwischen zwei Kissen liegendem Gesicht abzeichnende Gefühlsintensität, die geschlossenen Augen, den angestrengten Zug um die Mundwinkel. »Jetzt nich tiefer rein.« Die Drehbewegungen der Hand, unter der sein

Glied fast verschwand, wurden heftiger und gleichzeitig subtiler, abwechslungsreicher: Manchmal bewegte er sie eher horizontal, dann wieder vertikal, während er dazwischen bizarre Spiralen beschrieb. Aber trotz der Tatsache, daß seine Bewegungen so viel weniger aggressiv waren als das Gedrücke und Gezerre vorhin, schien er jetzt doch *mehr* loswerden zu wollen – mehr als nur seinen Samen.

»Danny, warum reibst du, statt zu ziehen?«

Sein Gesicht entspannte sich ein wenig zu einer Mischung aus Grinsen und Lächeln. Sein Kichern vergaß er nicht.

»Weil ich mich dann… Man hört doch manchmal von Frauen, und die haben keinen G-Punkt oder wie das heißt, also, die können beim Ficken keinen Orgasmus kriegen. Ich bin so 'n Mädchen ohne sonnen Punkt, und ich fingere mich selbst, während ich gefickt werde. Und außerdem hab ich 'nen riesengroßen Kitzler, also noch besser. Viel, viel größer als der von der Puppe aus meinem Brief, zu der dieser Junge sagte: ›Soll ich dir einen runterholen?‹« (Er sprach ein bißchen wie ein Kind, das einem Spielkameraden den Ablauf eines Spiels erklärt: »*Wir waren Cowboys, und dann fanden wir lauter Federn. Und da wußten wir, wo die Indianer waren. Also machten wir uns auf die Suche nach ihrer Fährte…*«)

Da war es also, das mythologische Mädchen mit dem über alle Maßen großen Kitzler – da lag es, im rechten Winkel zu seinem Körper, an ihm festgenagelt. Zartgliedriger als der Junge konnte sie nicht sein: Sie war durch dessen Körper gebrochen, ihre Klitoris ragte heraus; Brüste waren kein Problem, die besaß sie genausowenig wie er. Ihre Scheide war über seinen etwas engeren Eingang zu erreichen. Unter der Hand, die sie fast sittsam auf ihren Bauch gelegt hatte, verbarg sie einen erigierten Kitzler von gut fünfzehn Zentimeter Länge. Wie ein Junge beim Besteigen eines Mädchenfahrrads beharrlich sein Bein über den Sattel schwingen wird, fingerte dieses Mädchen sich hartnäckig weiter, obwohl die Größe ihres Organs doch die Jungenmethode rechtfertigte.

»Wenn ich so weitermache«, sagte Danny leicht keuchend

und schnell, »dann ist dieses dicke Gefühl im Hals kein Scheißgefühl. Dann wird es ... richtig gut. Solange ich weitermache. Ich hab auch irgendwie Angst, zu kommen ... Angst, daß dieser dicke Hals dann noch schlimmer wird. Denk dran, ich schmeiß dich dann sofort raus.«

Trotzdem konnte Ernst sich nicht zurückhalten, fast unmerklich, ohne zu stoßen, tiefer in sie einzudringen. Sie sträubte sich nicht weiter; ihr einziger Protest bestand aus heftigeren Bewegungen ihrer Hand – ein nicht nachvollziehbares Herumgeschleuder, dessen Formel kein Gelehrter je hat notieren können. Oh, er würde sie so intensiv in ihre schmale Möse ficken, daß sie mit der Zeit gar nicht anders *konnte*, als ihr geschwollenes Organ wie ein Junge zu bearbeiten. Und so geschah es. An der Wurzel seines Geschlechts begann etwas zu tauen, danach zu kribbeln. Er verspürte Lust, sich gehenzulassen, wonach Protest nur noch Ermunterung wäre. Ernst schob seine Hände unter ihre Pobacken. Sie fühlten sich etwas dünn und knochig an, ohne Spannkraft, doch das erregte ihn nur noch heftiger: Jedes Zeichen von Zartgliedrigkeit betonte den übermäßigen Umfang ihrer Klitoris.

Obgleich sie allenfalls mit einem leisen Wimmern dann und wann protestierte und nicht versuchte, sich unter ihm hervorzuwinden, wagte Ernst sich nicht tiefer in sie hinein als bis zum elastischen Rand des Kondoms, das ein wenig hochgekrochen war. Er blickte in ihr Gesicht: Lippen, von zusammengebissenen Zähnen weggezogen, Zahnfleisch umschäumt von Speichel. Dann geschah das Wunder. In dem Moment mußte ihr aufgegangen sein, daß sie sich einen noch größeren Genuß verschaffen konnte, wenn sie sich auf männliche Weise masturbierte. Einen Moment lang hing ihre Hand zögernd über der vom Bauch hochfedernden Klitoris, mit fast beschwörend gespreizten Fingern – die dann das Organ umklammerten, als wollten sie es nie mehr loslassen. Zunächst noch etwas ungelenk, dann aber immer beherzter begann sie sich einen runterzuholen. Die Hand des Mädchens ihren Kitzler so feurig bearbeiten zu sehen erregte Ernst noch mehr, als, vor einer Stunde, dem Gependel von Dannys Eiern zuzuschauen. Die Fleischkappe, die bei anderen Mädchen das bescheidene Knöspchen so keusch bedeckte, war hier fast ins Groteske gedehnt; mit raschen Bewegungen zog sie die Haut über der Eichel der Klitoris vor und zurück.

So außerordentlich dies alles auch sein mochte, der restliche – Ernst zustehende – Teil ihres Geschlechts blieb klein, eng, im Innern verborgen, ohne weitere äußere Merkmale als die Falten eines zusammengekniffenen Auges.

Es schien, als habe das Mädchen schon seit Jahren auf diese Hingabe an die männliche Variante zugelebt, doch die monomane Heftigkeit ihrer Bewegungen führte nicht dazu, daß sie in derselben Zeit kam, wie es Danny im Stehen geschafft hatte. Wenngleich es sich nicht an der Gier ihrer Hand zeigte, sträubte sie sich gleichzeitig gegen den Orgasmus, der, wie sie bereits angedeutet hatte, seine Anwesenheit in ihr unerträglich machen würde. Hingabe und Widerstand lagen in ein und derselben Hand. Der Widerstand verlor. Ihre Hand stoppte abrupt, allerdings erst, nachdem sie die Vorhaut so weit heruntergezogen hatte, daß das Bändchen kurz vor dem Zerreißen schien. Weil das Mädchen unter ihm zu zucken begann – ein Wirbel irgendwo am unteren Teil ihres Rückens, der die Sprungfedern im Sofa zum Singen brachte –, glitt Ernst tiefer in sie hinein. Weiter schien nichts zu passieren. Er blickte auf die monströs angeschwollene Eichel der Klitoris herab, deren Purpurton sich noch vertiefte. Oh, verborgener Orgasmus der Frau! Wunder der Verhaltenheit, spurlos im Fleisch verschwindend ...! Hatte diese Selbstunterdrückung die Männer im Laufe der Jahrhunderte nicht auf die Idee gebracht, ihr ganzes Wesen zu unterdrücken? Ernst spürte, wie ein falscher Schluchzer in ihm hochkam ...

Plötzlich blickte das Mädchen ihn mit einem weit aufgerissenen Auge an, während das andere, schwer von einem glasigen Eyeliner, halb geschlossen blieb; aus dem Augenwinkel quoll hier eine dicke, trübe Träne. Im nächsten Moment öffnete sich ihr Mund, der damit ein Siegel aus farblosem Lack aufbrach, ohne daß dieses die Gelegenheit erhielt, zu erstarren. Ein kurzes Ausstoßen des Atems ließ die Speichelfäden zwischen den Lippen erzittern. Der Kitzler, von der Hand verlassen, bebte – doch schon zog sich eine weiße glänzende Spur vom Kinn über die Stelle, an der ihre Brüstchen sich entwickeln würden, bis zum Nabel, dessen rosa Knospe fast untergetaucht wurde. Durch diesen Anblick zog bei Ernst alles Zuckerwasser, das sein Blut ersetzte, in die Lenden. Doch bevor er es in langen Wellen in sie ergießen konnte, sah er, wie das Mädchen ein mageres Knie hochzog und den Fuß kraftvoll gegen seine Brust stemmte, woraufhin er aus ihr herausschoß.

Ernst hatte mit eigenen Augen gesehen, daß eine Frau imstande war, zu ejakulieren.

Auch wenn er sein Geschenk nicht in sie hatte legen dürfen, schauten sie beide zu, wie er das Mädchen für ihre Leistung belohnen wollte. In dem durch ihr Inneres leicht ockergelb gefärbten Reservoir des Kondoms rollte aus der Spitze seiner Rute eine makellose Perle. Eigentlich war es natürlich so, daß er mit diesem fleischigen Tentakel, der natürlichen Pinzette seines Körpers, das Juwel lediglich aus der bizarren Auster ihres Gekröses *herausgeholt* hatte ...

»Tut mir leid, ich hab dich da drin nich mehr ausgehalten.« Ihre Stimme klang tief, heiser, berührt von dem Neuen, was ihr widerfahren war. »Aber ich seh, daß du's trotzdem geschafft hast.«

So hockte er, die Knie noch immer in das Kissen gedrückt, vor ihr: erstarrte Perle vor dem frei umherspritzenden Leben. Erst da begann die Wohltat, die Entspannung des Orgasmus, sich in ihm zu verbreiten. Das erhitzte Blut zog sich zurück, doch nie war die salzige Luft einer Ebbe betäubender gewesen. Er erkannte – ein physisches Erkennen –, daß jeder Orgasmus seit seinem zwölften Lebensjahr vor einer Schwelle haltgemacht hatte, hinter der der Orgasmus wartete, den er soeben bei Danny erlebt hatte. Er konnte auch sagen: Mit diesem tieferen Orgasmus hatte er seit seinem ersten Samenerguß gewartet, bis er ein Mädchen gefunden hatte, das wie er ejakulieren konnte. Dutzende hatte er im Laufe von fünfundzwanzig Jahren erlebt: Sie waren nicht dafür ausgestattet.

Und hier war sie nun endlich. Sie hieß Danny.

Ihrer beider Geschlechtsteile spielten einander beim Sichhinlegen Sprung für Sprung, Ruck um Ruck nach. Um keinen unappetitlichen Anblick zu bieten, entfernte Ernst das Kondom mit den umsichtigen Handgriffen eines Menschen, der sich hinter der gekrümmten Hand mit einem Zahnstocher unter der Zunge herumpult. Dannys schrumpfende Klitoris hatte auf dem Weg zur Viertel- und zur Zehn-nach-halb-Position einen dicken Nylonfaden produziert, dessen Spannkraft beziehungsweise Brüchigkeit über eine halbe Bauchbreite hinweg getestet wurden; er blieb intakt. Danny rieb sich das Auge.

»Es brennt. Wie damals, als ich Sambal oder so auf der Fingerspitze hatte und mir das Auge gerieben hab.«

»Das Auge verträgt das nicht.«

Danny fuhr sich mit dem Handrücken über die Lippen.

»Als ob ich in echt geblasen hätt. Schmeckt salzig.«

»Schlecht für Nierenleidende.«

»Ob ich's an den Nieren hab? Mein Ding fühlt sich an, als ob da 'n Kieselstein durchgerutscht wär.«

»So trägt jeder sein eigenes Katapult bei sich, Danny. Mädchen auch.«

»Klaro.«

»Die Klitoris ist ein phallischer Rest bei der Frau«, konnte man in den etwas älteren sexualwissenschaftlichen Handbüchern lesen. Ein Organ, seiner unmittelbaren Fortpflanzungsfunktion beraubt, nicht imstande zu einem Samenerguß, aber noch Sitz des höchsten Genusses. Wenn es so war, daß der Kitzler eine Art Restorgan darstellte, einen Miniaturstumpf als Überbleibsel einer allmählichen Amputation, dann bedeutete der weibliche Orgasmus nicht mehr, aber auch nicht weniger als einen Phantomschmerz. Phantomschmerz ... ein intensives Empfinden in einem Organ, das eigentlich nicht mehr da ist. Machte dieses Phantom den weiblichen Höhepunkt zu so etwas Ungreifbarem und Geheimnisvollem? War das beunruhigende Phantom die Ursache dafür, daß in manchen Kulturen auch der Stumpf noch amputiert wurde? Und: Konnte eine beschnittene Frau unter Phantomschmerzen leiden oder, anders ausgedrückt: Konnte sie noch Genuß aus dem hervorkitzeln, was sie nicht mehr besaß? Wenn das zutraf, dann war die Sexualität einer beschnittenen Frau die geheimnisvollste. Das Phantom im Phantom. Es erforderte eine doppelte Vorstellungskraft des Fleisches, damit einen Orgasmus auszulösen.

Abwesend antwortete Quispel auf das, was Danny noch zu sagen hatte. Er hatte ein Mädchen ejakulieren sehen und machte schon wieder rastlos kehrt, zu einer neuen, ungreifbaren Perversität: dem Orgasmus der beschnittenen Frau. Dannys Metamorphose durfte keine Endstation für seine Lust sein. Seine »Periode« hatte sich noch nicht restlos ausgetobt. Er sah, während er Danny zerstreut streichelte, dunkle Frauen vor sich, ihre Leiste um den Abdruck des Kerns kreisend, der ihnen dort weggenommen worden war. Die Stadt, und in ihr Albert Egberts und sein unmöglicher Auftrag, rückte in immer weitere Ferne.

Oh ja, er würde ihnen den Phantomgenuß schenken, aber sicher.

Haß hast du, Liebe kannst du kaufen

Mittwoch, 23. Juli 1980
(Albert Egberts)

»Onkel Juk, jetzt reicht's aber...« Grob nimmt der Kellner Onkel Juk die Schaufel aus den Händen und geht damit ins Lokal. Der Penner richtet sich langsam auf, bleibt leicht vorgebeugt, den Besen noch in der Hand, stehen und schaut auf den Boden, als könne er nicht recht glauben, daß all die wunderschönen Scherben nun wirklich verschwunden sind. Jemand hat das zarte Netz seiner Handlungen brutal zerfetzt. In der Harmonie seiner Seele ist ein Riß entstanden.

Onkel Juk hebt seine Plastiktasche vom Boden auf. Er macht ein paar hölzerne Schritte auf die Fahrbahn, bleibt wieder stehen, wirft einen Blick in seine Tasche und schlurft zur nächsten Terrasse. Die beiden Terrassen sind durch eine mittelhohe Mauer voneinander getrennt, an der auf beiden Seiten Blumenkästen an eisernen Haken hängen. Äußerst gewissenhaft beginnt der Landstreicher den Inhalt seiner Tasche auf der Mauer auszubreiten. Eine leere Medizinflasche, ein Kerzenstumpf, ein Anspitzer, ein halber Bierdeckel, eine angebrochene Zigarettenschachtel, eine Gabel, ein großes Stück Kroepoek, ein Taschentuch in einem Serviettenring, ein Wurstzipfel samt Bleiplombe... und viele andere, manchmal schwer zu identifizierende Gegenstände. Sie werden in einer akkuraten Reihe nebeneinandergelegt.

So, die Tasche ist leer. Der Mann streicht sie glatt, faltet sie so klein wie möglich zusammen und legt sie zum Rest. Jetzt leert er die Taschen seiner Jacke. Ein Kamm, ein Schlüsselbund, ein kleineres Stück Kroepoek, ein Schnurknäuel, die andere, fast in Flocken zerfallene Hälfte des Bierdeckels, ein Häufchen Büroklammern, eine Regenhaube... alles mögliche. Es wird Stück für Stück mit derselben trägen Präzision zu den aufgereihten Sachen gelegt. Jetzt, da der Schattenclown verschwunden ist, stoßen sich die Leute gegenseitig an, nicken und deuten auf Onkel Juk und seinen kleinen Trödelladen.

»He, Alter«, ruft der Kellner von der benachbarten Terrasse, »he, alter Trottel… ziehst du wieder eine Schau ab? Mann, du glaubst gar nicht, wie mir das stinkt, bei dem warmen Wetter. Geh woanders hin.«

Onkel Juk schenkt dem Geschimpfe keine Beachtung. Jetzt sind seine Hosentaschen an der Reihe, ausgeräumt zu werden. Was ich zuerst für ein Hühnerei gehalten habe, entpuppt sich als eingedellter Tischtennisball.

Arend »Streepje« Jan Baartscheer hielt sich mit großer Präzision an mein Drehbuch. Um fünf nach eins sah ich ihn durch das fettige Glas hindurch an der beleuchteten Telefonzelle vorbeigehen. Zwei Sekunden später tauchte er hinter dem Blumenstand auf. Anfangs glaubte ich, sein schwankender Gang sei alkoholbedingt, doch als ich genauer hinsah, merkte ich, daß er hinkte, und nicht zu wenig.

Nachdem er erst ein Stück auf mich zu gekommen war, bog er plötzlich ab – ich dachte, um die Straße zur anderen Seite des Platzes zu überqueren. Aber nein, er blieb, mit dem Rücken zu mir, vor einem großen Baum in der Haltung eines Mannes stehen, der pinkeln muß. Ich war mir sicher, daß er mich nicht gesehen hatte. Ich ging leise auf ihn zu und mußte mich bezähmen, ihn nicht in dieser erniedrigenden Haltung, mit raushängendem Schwanz, abzuknallen. Nein, erst wollte ich ihm noch ein paar Takte erzählen. Er sollte wissen, warum er krepierte, der Hund.

Ich stellte mich genau hinter ihn, die Hände in den Taschen des Regenmantels, den ich zuvor zugeknöpft hatte, damit sich die Pistole nicht in den zu lockeren Falten verfing. Ein alter Tröpfler war Arend-Jan vorläufig noch nicht. Er hatte die Beine weit auseinandergestellt, und ich sah, wie sich ein kräftiger Strahl zwischen die Baumwurzeln bohrte. Ein schaumiger Urinstrom kroch, einstweilen noch tastend, zwischen seinen Schuhen hindurch auf meine zu. Unwillkürlich stellte auch ich die Füße weiter auseinander. Selbst hier, wo ich die

Nase so weit über dem Boden hatte, konnte ich riechen, daß seine Pisse nach dem Bier der Abtei Leffe stank – Doppelbock, schätzte ich. Er war noch lange nicht fertig. Es strömte und strömte.

»Na, Streepje«, sagte ich so ruhig wie möglich, »Zug durch die Gemeinde gemacht? Über eine Kneipenschwelle gestolpert?«

Er wandte seinen Quadratschädel über die Schulter, Laternenlicht in den Brillengläsern, schien aber nicht wirklich erstaunt.

»Ach, der Albert!« sagte er auf deutsch, die affektierte Stimme durch den Alkohol noch etwas träger als sonst. *»Herr Eckberts! Das ist ja lange her, nicht wahr?«*

Das Plätschern verstummte. Baartscheer wedelte seinen Pillermann trocken, steckte ihn weg und drehte sich um. »Wofür halten Sie mich, Herr Eckberts? Menschen wie ich, die gewöhnt sind, die Füße zu heben, stolpern nicht über Kneipenschwellen. Nein, ich hab mir beim Fußballspielen das Knie verknackst. Das heißt ... das heißt ... ich ging durch die Sint-Willibrordusstraat ... beziehungsweise die Saint Willy Brothers Street, wie ich's einen Neger aus der Nachbarschaft hab aussprechen hören ... und da rollte ein Ball vom Spielplatz. Sie wissen doch, wo früher die Saint Willy Brothers Church war. Also, diesen Ball wollte ich zu dem marokkanischen Kroppzeug zurückschießen ... so fest wie möglich, in der Hoffnung, einen genau in die Fresse zu treffen. Ja, hm, ja. Und da ist es passiert. Der fliegende Torwart hatte den bösen Blick. Knacks. Was zeigt sich daran, Herr Eckberts? Ihr ergebener Diener leidet an Kalkmangel.«

»Trinkst du auch regelmäßig dein Glas Milch?« (Der Griff der Smith & Wesson in meiner schwitzigen Hand. Ich war ja die reinste besorgte Mutter, mit meinem Glas Milch. Henker kurz vor der Hinrichtung zum Todeskandidaten: »Haben Sie heute schon Ihre Milch getrunken?«)

Baartscheer hatte noch etwas in Ordnung zu bringen. Er grabschte zwischen seinen Beinen nach dem Reißverschluß. Während er den Gürtel hochzog, stopfte er sein Hemd tiefer in die Hose. Es war tatsächlich das Uniformhemd der Viking-Jugend, das er unter seiner offenen Joppe trug.

»Milch, Herr Eckberts? Ich trinke keine Milch. Nie.«

»Aber das brauchst du doch als Alkoholiker, und nicht nur wegen des Kalks … Vitamin B, zum Beispiel. Das wird vom Alkohol aus dem Gehirn gespült. Dementia praecox ist das, was dich erwartet.«

Baartscheer lachte, wobei er sein beängstigend regelmäßiges Gebiß entblößte. Nicht ins Gesicht zielen: Ich hatte mal von jemandem gelesen, der derart starke Zähne besaß, daß er die Mörderkugel damit auffing. Der Schmelz der beiden Beißer, zwischen denen sich das Projektil festgeklemmt hatte, wies danach Abschürfungen auf, doch sie brauchten nicht gezogen zu werden.

»Milch, Herr Eckberts, hab ich mir von Mussert abraten lassen.«

Im bleichen Licht der Kugellampen war sein massiger Schädel um einiges röter geworden, was doch wieder dazu einlud, höher zu zielen. Zum Bersten voll mit Blut, dieser Kopp.

»Mussert …«

»Anton Mussert, ja. Auch ein Alkoholiker. Hat schon lange vor dem Krieg gesagt, daß unsere nationale Schlaffheit dem Kuhsaft zuzuschreiben ist. Ja. Hm. Ja. Lesen Sie's mal nach in *Die weiße Gefahr* von Erich Wichmann. Ein Pamphlet gegen Milchsucht und Milchmißbrauch. Von 1928, aber noch immer aktuell. Mussert hatte es auf seinem Nachttisch liegen. ›Denn wem man noch Milch geben muß, der ist unerfahren in dem Wort der Gerechtigkeit, denn er ist wie ein kleines Kind.‹ Na, von wem ist das?«

»Sag du's, Streepje.«

»Nanu, Herr Eckberts? Hostienfresser, und dann so wenig bibelfest? Das kommt davon, wenn man mit den Mördern des eigenen Gottes gemeinsame Sache macht. Paulus, in seinem Geschreibsel an die Hebräer.«

Baartscheer zog seinen linken Arm aus dem Jackenärmel. »Wo ich Sie schon mal sehe, Herr Eckberts … das will ich Ihnen nicht vorenthalten. Ich habe jetzt ein echtes Abzeichen machen lassen. Gestickt. Maschinell, aber immerhin ... Die tragen das jetzt alle.«

Auf seinem Oberarm sah ich die gleiche Rune, einen auf dem Schwanz stehenden Fisch, mit etwas mehr Farben als früher und einem Text darunter, den ich in dem schwachen Licht nicht entziffern konnte. Jetzt! dachte ich. Schießen, jetzt! Das ist der Moment! Das Opfer hat den Arm mit dem aufgestickten Beweis bereits aus der Jacke gezogen, um es den Ermittlern leichter zu machen. Er beschuldigt sich selbst mit diesem ausgestreckten Arm ...

Jetzt! Jetzt!

Die Pistole blieb unverrückbar in meiner Tasche, der Zeigefinger am Abzug. Unter dem Nagel dieses Fingers ein stinkender Trauerrand aus Scheiße. Was ich aber roch, waren Blumen ... Grabblumen ... des abgeschmückten Sargs dort irgendwo links von mir. Während Baartscheer seinen Ärmel straffzog, damit ich die gestickte Abbildung besser sehen konnte, blieb es still zwischen uns. Jetzt ...! Es war genau eine Sekunde Stille zuviel, in der ich so etwas wie ein trockenes, metallenes Klicken hörte ... nein, mit der Smith & Wesson hatte es nichts zu tun, es kam von irgendwo schräg hinter mir ... konnte eine fallende Münze im Apparat der Telefonzelle sein ... Ich blickte schnell über die Schulter. Die Zelle war leer. An der Ecke beim *Oosterling* tauchten zwei Frauen auf, die sich auf den Weg quer durch den Park machten.

»Herr Eckberts, Sie schauen ja nicht mal ...!« sagte Baartscheer strafend. Seine Hand suchte den Ärmel, den er nicht gleich fand, weil die Joppe ihm von der Schulter gerutscht war.

Es war noch nicht zu spät. Jetzt!

Plötzlich wußte ich: In diesem Sarg, im Schädel von Egbert Egberts, hatte ich eine fast vierzig Jahre alte Ostfrontkugel fallen hören, mitten durch die Gallertmasse seines verfaulten Gehirns. Tock. Das enttäuschend dumpfe Geräusch einer Murmel in einer Holzschale ...

Schießen konnte ich immer noch. Erst mal die beiden

Frauen vorbeilassen. Ihre Absätze hörte ich nicht mehr, wohl aber ihre Stimmen. Ich sah mich noch einmal um. Sie waren bei der Telefonzelle stehengeblieben. Die eine, die weißblonde, hatte die Hand schon an der Türstange. So ein Scheiß, die wollten jetzt telefonieren, genau wo ich ... Womöglich noch direkt nacheinander. Endlose Gespräche.

Eine besetzte Telefonzelle ... Auch das hätte ich bei meiner Generalprobe heute nachmittag berücksichtigen müssen. Was ich hartnäckig weiterhin für Empörung halten wollte, war in Wirklichkeit Erleichterung: Ich brauchte noch nicht. Was ich am Nachmittag getan hatte, am hellichten Tag, zählte nicht als Generalprobe. Jetzt, mitten in der Nacht, in Gegenwart des kostümierten Gegenspielers und der geladenen Waffe, hielt ich meine eigentliche Generalprobe ab. Am nächsten Abend würde es dann ernst ...

Ich gab mir ein Zeichen: Abzug gespannt. Während Baartscheer, ob aus Kalkmangel oder einem anderen Grund, jetzt erst richtig in die Knie brach, schenkte ich ihm die restlichen Kugeln. Er lag auf dem Boden, das Gesicht in der eigenen Pisse, die Brille noch an ihrem Platz. Sein Nacken war zu kurz, als daß ich meinen breiten Fuß darauf hätte stellen können.

Ich ließ den Holzgriff der Smith & Wesson los und spürte, wie die Pistole tiefer in meine Manteltasche glitt. »Streepje, das war ein lehrreiches Gespräch, aber jetzt muß ich dringend telefonieren. Bis bald, hoffentlich. Wir sehen uns viel zu selten.«

»Herr Eckberts, es war mir ein Vergnügen.«

Ich schaute noch kurz zu, wie er auf die Piste der Trinker hinkte, und marschierte dann selbst mit großen Schritten zur Telefonzelle. Die Damen waren eine Sekunde schneller als ich. Sie gingen gemeinsam in das gläserne Kabuff. Beide waren so mager, daß sie bestimmt nicht eingeklemmt wurden. Generalprobe: Mit solchen unvorhergesehenen Umständen hatte ich zu rechnen. Im grellen Licht der Telefonzelle schminkten die Heroinhuren sich lang und breit für eine Nacht Auf-den-Strich-Gehen in der Utrechtsestraat. Eine strohblonde und eine ganz hellblonde. Als ich sie so routiniert mit Spiegeldöschen und Wimperntuschebürstchen herumhantieren sah, die dünnen Arme umeinander verschlungen, ohne daß sie sich gegenseitig behinderten, brauchte ich mich schon nicht mehr zu fragen, wer sich da wohl den Finger in den Arsch geschoben hatte, um ein Territorium abzustecken.

Ungeduldig vor den Augen des Telefonierenden auf und ab zu gehen half manchmal. Jedesmal, wenn ich mich zum Platz umdrehte, schwenkte dieser beleuchtete Phallus der Nederlandse Bank wieder in mein Blickfeld. Das Hochhaus war, wie das im Jargon der Heuchelarchitektur hieß, absichtlich »außerhalb der Achse der Utrechtsestraat« erbaut worden, um die Siebzehntes-Jahrhundert-Illusion des Zwanzigstes-Jahrhundert-Spaziergängers nicht zu zerstören. Außerhalb der Achse der Utrechtsestraat... Ganz am anderen Ende der Stadt sah man es noch, das Ungetüm, auch wenn man sich mit dem Rücken dazu hinstellte... den Kopf ins schwarze Wasser der Brouwersgracht steckte, selbst dann noch. Ein netzhautempfindliches Bauwerk, egal, ob neben der Achse gebaut oder nicht... Eduard Jacobs hätte ein Lied dazu machen können: Schäbige Nutten, dabei, sich für einen Spottpreis zu verkaufen, schminken sich in einer Telefonzelle über den Goldadern der Nederlandse Bank, die bis weit unter den Platz reichen. Die Scheine, die sie von den Autofahrern bekommen, wissen sie durch diesen Goldtopf gedeckt, an dem ihr Revier endet und sie kehrtmachen... Ich bastelte jetzt an meiner eigenen Schnulze, und da paßten keine Autonutten hinein. Sie schoben sich gegenseitig aus dem Licht, griffen unter den Armen der anderen durch, bis sie zu einem unentwirrbaren blonden Knäuel geworden waren, Zuckerwatte, die an der Innenseite der Scheibe klebenblieb. Ich lauschte ihrem Gekicher, das ohne Fröhlichkeit war. Sie übertünchten damit nur ihre Fahlheit. Es war deutlich erkennbar, daß sie gerade konsumiert hatten, sonst hätten sie sich wohl mehr beeilt, die beiden. Meine füßestampfende Ungeduld schien sie lediglich zu ermutigen, noch subtilere Nuancen in ihrer Maske anzubringen.

Natürlich, meine Ungeduld war gespielt, ich durchlief eine Generalprobe, doch was das Warten trotzdem unerträglich machte, war der Beerdigungsgeruch von Blumen und frischer Erde, der aus der Bude des Blumenhändlers drang. Ein Egbert-Egberts-Geruch. Etwa ein Dutzend Meter weiter lag Baartscheers blutender Körper. Eine kostbare Leiche. Meine Zukunft ... Ich konnte sie nicht so lange unbeaufsichtigt liegenlassen. Ein anderer könnte sie für sich beanspruchen ... Es war *mein* Toter.

Das Geraschel in diesem Kanarienkäfig begann mir auf die Nerven zu gehen. Ich würde sie bitten, sich zu beeilen. Warum nicht? Meine gesamte Erziehung ließ sich in diesem einen kurzen Satz zusammenfassen: Nein hast du, Ja kannst du bekommen.

Ich zog die Tür auf. Ihre ganzen Kosmetika hatten den Gestank der Wählscheibe nicht kleingekriegt. »Liebe Damen, könnt ihr euch nicht etwas beeilen? Ich muß telefonieren. Ein Notfall ...«

Wie Wildkatzen fauchten sie mir ihren Haß ins Gesicht, zusammen mit dem schlechten Atem dreier Fastentage. »Zieh Leine, Mann! Die Notfälle sind *wir*!«

Meine eigenen Schicksalsgenossinnen ... Die Zuckerblonde, die am lautesten gefaucht hatte, nahm den Telefonhörer von der Gabel und versuchte, das Kabel abzureißen. Als ihr das nicht gelang, schlug sie so lange mit dem Hörer auf den Rand des Telefonbuchhalters, bis nur noch ein Stück der Sprechmuschel dran war. Das abgehauene Stück warf sie durch die halboffene Tür hinaus. »Da! Jetzt kannste anrufen, Mister Notfall ...!«

Haß hast du, Liebe kannst du kaufen.

Der tote Nippel

Mittwoch, 23. Juli 1980
(Gesù Porporà)

Im achtzehnten Jahrhundert hatten die Engländer das Opium nach China gepumpt. Aus den Opiumkriegen blieben dem gewieften Albion Hongkong plus die New Territories auf der anderen Seite... Mit weniger gaben sie sich nicht zufrieden.

Bezeichnenderweise war es ebenfalls ein Brite, Ende des letzten Jahrhunderts, der so lange mit Morphin herumexperimentierte, bis er... jetzt mußte Gesù kurz nachdenken, Chemie war in den Zeiten von Don Borrelli noch nie sein stärkstes Fach gewesen... bis er Diacetylmorphin erhielt. Und zudem rein zufällig. Jetzt haben wir den Salat. Diacetylmorphin. Jahre später wurde es von Bayer unter dem Namen Heroin auf den Markt gebracht... als Hustenmittel, jawohl. Jetzt haben wir den Salat. Kein Hüsteln mehr zu hören. Sogar die Babys verhalten sich mucksmäuschenstill.

War es nicht eine wunderbare Ironie der Geschichte, daß ausgerechnet von Hongkong aus, das heißt in umgekehrter Richtung, das Opium jetzt in Form von Heroin den Weg nach Westeuropa fand? So war Europa wahrlich zum Kap von Asien verkommen...

Nachdem sie aus dem Armeelastwagen gestiegen waren, mußten sie noch ungefähr dreihundert Meter bis zur Grenze gehen, die schweren Babys an der Brust. Erst in zweihundert Meter Entfernung sollten kleine, ungleichmäßige Grüppchen gebildet werden, die »Familien«. Gesù sollte allein vorausgehen, um mit seinem ausländischen Gesicht und seinem britischen Paß die Aufmerksamkeit der Grenzwächter ein wenig abzulenken. Hier waren es einfach unterbezahlte Nutten, die sich mit dem Abliefern eines dubiosen Pakets ein bißchen dazuverdienten; gleichgültig trugen sie ihren Packen mal unter dem einen, mal unter dem anderen Arm oder auch schräg an eine Schulter gelehnt. Als sie sich der Grenze näherten, erinnerte der Transportleiter seine Schauspielerinnen noch einmal nachdrücklich an den Ablauf.

»Ab hier seid ihr *Mütter.* Kapiert? Kein Gekicher mehr. Ungeteilte Aufmerksamkeit für das Kind. Heilige Mutterschaft, das will ich sehen.«

Es mußte so sein: Nachdem er in den Quartieri Babys zwecks Verkauf von einer Mädchenbrust gerissen hatte, warf er sie jetzt – tot – wieder an diese Brust, wo sie nur noch die äußere Hülle einer Handelsware waren. Den Nutten war es egal. So wie sie Tag für Tag anonyme Freier in ihre Arme schlossen und an ihr heuchelndes Herz drückten, wiegten sie hier mit ebensoviel Talent für Mimik und Theater zu Puppen umgestaltete Kinder. Das am Leben gelassene Baby war erst bereit zu heulen, als ihm eine brennende Zigarette an die Fußsohle gehalten wurde.

Während Gesù in einem kahlen Kabuff von einem Grenzsoldaten durchsucht wurde, lauschte er gespannt dem mütterlichen Gemaunze der Prostituierten. Irgendwas war nicht in Ordnung. Ein Soldat zeigte zuviel Interesse an einer jungen Mutter. Das Maunzen klang jetzt mißbilligend. Als er spürte, wie sich sein Anus um den raschelnden Finger zusammenzog, schwor er bei Gott und Italien, daß dies seine letzte Expedition mit toten Kindern sei. Kommende Woche, nach dem Kassieren seines Honorars, würde er nach Hongkong fahren und sich um ein Gespräch mit seinem Auftraggeber bemühen. Gesù würde ihn davon überzeugen, daß seine Aufgabe erfüllt war: Südthailand hatte sein Netz aus Kinderräubern und Anwerbern junger Nutten. Für ihn als Organisator blieb, außer ein gutes Beispiel zu geben, nicht mehr viel zu tun. Er würde um die Erlaubnis bitten, eine kleine Elfenbeinmanufaktur aufzubauen … Kunstgegenstände für die Touristenindustrie … Venezianische Gondeln, aus Elefantenzahn geschnitzt … Die Chancen standen nicht schlecht, daß sich die Triade nicht querlegen würde: Schließlich hatten sie selbst einen Zweig, der mit unverarbeitetem Elfenbein handelte …

Als Gesù sich wieder aufrichten durfte, konnte er durch das offene Fenster sehen, wie die Sache gelöst wurde. Das bedrängte Mädchen hatte die eine Brust entblößt und drückte den Nippel an das tote Mündchen ihres Babys. Um sie in diesem wehrlosen Zustand den aufdringlichen Blicken des Grenzsoldaten zu entziehen, stellten sich die anderen Mütter um sie. Ihr Gezische, ihre giftigen Blicke trieben den Mann in sein Wachhäuschen. Als Gesù gehen durfte, war die Mütterkarawane bereits über die Grenze. Gut so, dreckiger Junkie da im fernen Amsterdam, mieser Verräter – ich schicke dir aus dem Goldenen Dreieck dein Gift, gut verpackt in einer Leiche. Jetzt tragen andere als du meine Kinder über die Grenze, nicht, um unerfüllte Kinderwünsche zu erfüllen, sondern um dich kaputtzumachen.

Verräter.

Aktiv-Salve

Mittwoch, 23. Juli 1980
(Albert Egberts)

Der Penner benimmt sich wie ein Kasper hinter seinem Mäuerchen. Jetzt, nachdem er sein gesamtes Hab und Gut ausgelegt hat, auch das aus seinen Innentaschen, zieht er sich das Jackett aus und schlägt es gegen den Backstein. Staub wölkt auf. Ich höre, wie Leute hinter ihm protestieren. »Warum bittest du den Kellner nicht um einen Teppichklopfer, du gräßlicher Putzdrachen?« Onkel Juk läßt sich nicht aus der Ruhe bringen. Als er das Jackett gründlich ausgeklopft hat, zieht er es wieder an und beginnt, seine Sachen an ihren alten Platz in den Taschen zu legen. Manchmal zögert seine Hand ... linke Innentasche, rechte Innentasche ... nein, in die rechte Hosentasche gehört der Schnürsenkel. Während er so systematisch alles verwahrt, stößt er von selbst auf das, was er eigentlich gesucht hat: die angebrochene Zigarettenschachtel. Er fingert eine Zigarette heraus, steckt sie sich in den Mund und läßt die Schachtel in die Plastiktasche fallen, in der auch die restlichen Gegenstände verschwinden – selbstverständlich in der richtigen Reihenfolge, denn an der darf nicht gerüttelt werden.

Obwohl ich den Blick nicht von ihm abwenden kann, löst seine Anwesenheit großes Unbehagen in mir aus. Plötzlich verärgert über meine Faszination für diesen zwangsneurotischen Landstreicher, versuche ich, meine Aufmerksamkeit auf die Zeitung zu konzentrieren. *Het Devies* konnte offenbar selbst keinen Berichterstatter oder Korrespondenten erübrigen, daher bietet es seinen Lesern einen übersetzten Artikel aus *Le Monde* über den Prozeß gegen die, wie es darin heißt, »betagten aristokratischen Guerrilleros«.

»Gerade als durch verkappte Geständnisse und bedeckte Zeugenaussagen als Motiv der Widerstand gegen die Einigung Europas angeführt wird, klappt unter den Füßen des aufspringenden Richters die nächste Luke auf: Das eigentliche Motiv unter dem scheinbaren Motiv entpuppt sich... als Widerstand gegen den Tod. [...] ›Wir haben Europa zu dem gemacht, was es heute ist, wir lassen es nicht durch die Aufhebung der Grenzen kaputtmachen.‹ Also wandte sich eine Reihe alter Politiker im Ruhestand, die sich zu einer Art Freimaurerloge zusammengeschlossen hatten, gegen die Europäische Union. Nachdem sie ihre Abneigung lange Zeit vornehmlich verbal bekundet hatten, begannen sie, sich illegaler Druckmittel zu bedienen, die immer mehr den Charakter von Terrorakten annahmen. Mit der Zeit entstand bei den meisten dieser ›Veteranen‹ die Vermutung, es gebe ein weltweites, von einer jüngeren Generation von Politikern und Wissenschaftlern geschmiedetes Komplott, selbst gesunde Alte früher sterben zu lassen als nötig. (Und das nicht nur im Hinblick auf die erdrückende Zunahme und geldverschlingende Vergreisung der Weltbevölkerung, sondern auch unter dem Aspekt der Macht: Alte Rechthaber in Schlüsselpositionen scheinen oft unausrottbar zu sein.) Auf Kongressen von Medizinern und Biologen war häufig zur Sprache gekommen und arglos nach außen getragen worden, daß es in naher Zukunft möglich werden könnte, die Lebensdauer eines Menschen auf hundertzwanzig oder vielleicht sogar hundertfünfzig Jahre zu verlängern. Dem VME zufolge haben junge Wissenschaftler und Politiker in den vergangenen Jahren in zunehmendem Maße die Möglichkeiten eines solchen ›Lebenselixiers‹ behindert und vertuscht. Dieses vermeintliche Komplott gegen die Verlängerung ihres Lebens und ihrer Macht machte die alten, weisen Männer erst richtig zu fanatischen Terroristen.«

Jetzt, da alles wieder an Ort und Stelle ist, findet Onkel Juk endlich Zeit für seine Zigarette. Das Problem ist... sie muß noch angezündet werden, und aus keinem der Aufbewahrungsorte sind Streichhölzer aufgetaucht. Der Penner beklopft seine Taschen, wenngleich ohne Überzeugung, es ist eine Gebärde, die er sich abgeschaut hat: So läuft das bei ihm nicht. Mit einer Art ungerührtem Frohmut beginnt Onkel Juk seinen ganzen Kram wieder aus der Plastiktasche hervorzuholen, und als das keine Streichhölzer zutage fördert, sind die Hosentaschen an der Reihe ... Alle Gegenstände werden ordentlich nebeneinander auf die Mauer gelegt.

»In Jahren gemessen, wird sicher zehnmal soviel an Gefängnisstrafe verhängt, wie die alten Männer im günstigsten Fall noch zu leben haben. Man kann sagen, sie bekommen so viel Gefängnisstrafe auferlegt, als sie, in Jahren gemessen, noch zu leben *gefordert* hatten.«

Ein kleiner Junge an einem der Nachbartische bekommt von seiner Mutter, die das präzise Gefummel nicht länger mit ansehen kann, den Auftrag, Onkel Juk ein Streichholzbriefchen zu bringen. Der Mann nimmt es achtlos an, ohne sich zu bedanken, und wirft es zu den Sachen in der Tasche, die er bereits wieder füllt. Seine Bewegungen beginnen eine irritierende Rhythmik anzunehmen, die mir auf unangenehme Weise vertraut vorkommt. Durch sein Zwangsverhalten, die sinnlos wiederholten Handlungen, wird meine Generalprobe der letzten Nacht ins Lächerliche gezogen. »Heute abend ... heute abend ist er dran, der Baartscheer. Da kann ihm auch seine Mutter nicht mehr helfen. Und schon gar keine Witwe.«

Ich kann mir diese Worte noch so oft leise vorsagen, in der Sicht des Penners bekommen sie einen faden Beigeschmack. Einen ekligen Geschmack habe ich ohnehin schon, nicht so sehr auf der Zunge als vielmehr im ganzen Leib, durch die Methadontabletten von heute morgen. Wie ich es schon seit zwei Jahren gewöhnt bin, habe ich die ganze Nacht lang die Stadt durchstreift, diesmal allerdings ohne Schere ... und somit auch ohne Ernte ... Panik hat es keinen Moment lang gegeben: Ich wußte, daß ab acht Uhr morgens der Stadtbus mit den blinden Scheiben an der Mozes-en-Aäron-Kirche stehen würde. Ich war der erste, für den sich die Tür zischend öffnete.

Gut, alles ist wieder eingepackt, doch Onkel Juk hat noch immer kein Feuer. Die Zigarette klebt ihm nutzlos an den Lippen. Allen Mist also wieder ausgepackt, angefangen bei den Jackettaschen ... Alles lacht natürlich stöhnend, außer mir. Seine treffsichere Ziellosigkeit zwingt meine Gedanken in eine Richtung, die ich nicht will.

Die Antwort auf die Frage, warum Arend-Jan Baartscheer sterben muß, habe ich so oft repetiert, daß sie mir ebenso vertraut auf der Zunge liegt wie mein Speichel. »Um die Aufmerksamkeit der Behörden und der Bürger auf den weitverbreiteten Neofaschismus in den Niederlanden zu lenken, will ich einen Repräsentanten dieser Bewegung ...« So fad hat es noch nie geschmeckt.

Wenn wir uns für eine gute Sache einsetzen wollen, müssen wir dafür sorgen, daß wir daran nicht kaputtgehen. Nicht nur ist keine einzige Sache, und mag sie auch noch so edel sein, es wert, dafür sein Leben zu lassen, es hat auch keinerlei *Sinn*, für irgendein Ziel oder irgendeine Überzeugung zu krepieren. Kein einziges Ideal reicht bis in den Tod, geschweige denn, daß es über den Tod hinausreichen würde. Keine einzige Überzeugung, kein einziges Ziel oder Ideal besitzt außerhalb der Spielregeln des Lebens irgendeinen Wert oder eine Bedeutung. Was gut ist und was schlecht, sind Übereinkünfte, die innerhalb der Grenzen des Lebens gelten. Hört das Leben auf, gibt es auch keine Normen mehr. Es hat also keinerlei Sinn, Standbilder für diejenigen zu errichten, die im Kampf für irgendeine gute Sache gefallen sind, oder nur insofern, als es mit Bronze oder Stein die Schuldgefühle der Überlebenden dämpft, die mit ihrem Eichgerät für das, was gut ist und was schlecht, zurückbleiben und damit weiterleben müssen. Der Verfechter der guten Sache ist nach seinem Hinscheiden, ewige Flamme hin oder her, einfach nicht mehr »gut«, er ist nichts mehr. Umgekehrt gilt, daß nach seinem Tod der Schlechte nicht mehr als »schlecht« gelten kann, denn das lebensechte Spiel mit Gut und Böse als Einsatz ist ausgespielt. Der Rest ist Erinnerung von Angehörigen und Opfern, süß oder bitter, aber immer in der Vergangenheitsform. Nach seinem Tod ist Adolf Hitler nicht mehr schlecht, es hat nicht einmal Sinn, ihn in ungeweihter Erde beizusetzen, um ihn zumindest für seinen Selbstmord zu strafen. Der Henker, der den zum Tode Verurteilten hinrichtet, schneidet ihn mit *einer* Handbewegung von dem Normensystem von Gut und Böse ab. Der tote Verbrecher ist frei, während wir, die Vollstrecker des Urteils, weiter an dem Wertesystem kleben. Mit Haftstrafen halten wir die Träger des Bösen am Leben. So bleibt die Bilanz im Gleichgewicht. Befürworter der Todesstrafe befreien das Böse, ohne *uns* davon zu befreien.

Wenn ich Arend-Jan Baartscheer heute abend erschieße, ist das eine sinnlose Tat. Ich schaffe das Böse damit nur insofern aus der Welt, als ihm Baartscheer genommen wird: ein schlechter Mensch weniger, der zur Verantwortung gezogen werden kann. Nutzen wird es nur der Viking-Jeugd und der Viking-Jugend. Sie werden ihren Märtyrer in Bronze gießen lassen und ihm ein ewiges Teelicht vor die Füße stellen. Mich wird der Richter nicht zum Tode verurteilen. Im Gegenteil, er wird nachweisen, daß das Böse von mir Besitz ergriffen hat, und dieses Weckglas voll Schlechtigkeit für eine Reihe von Jahren in seinem Keller verwahren. Die Aufmerksamkeit für das Böse wird sich von Baartscheer abwenden und auf mich richten.

Nein, ich muß ihn nur verwunden, nicht zu leicht und auch nicht allzu schwer. Wenn ich ihn beschädige, wird das die Aufmerksamkeit zu gleichen Teilen auf ihn und mich verteilen. Er darf für seine kleinen Wikinger ein bißchen den Märtyrer spielen, seinen Kragen beiseite schieben, um die Narbe des Streifschusses an seinem Hals zu zeigen, Hauptsache, ich bekomme die Gelegenheit, ein Wörtchen zu ihm zu sagen und gerade genug Haftstrafe einzuheimsen, um meine Heldin vergessen zu können. Denn auch diese Kokettiererei mit dem Tod mit Hilfe des Heroins ... gehört zum Leben. Der Flirt darf nie mit dem Tod selbst, zum Beispiel durch eine Überdosis, eingelöst werden. Falls im Jenseits Verständnis herrschte, würde es nicht verstanden werden. Doch dort herrscht nicht einmal das Verständnis, es nicht zu verstehen.

Es ist so, wie die alte Mevrouw de Hoogh-Stey es über den Tod ihres Mannes gesagt hat: »Der hat keinen Mucks mehr von sich gegeben, nur noch 'nen Pup, und das war's.« Für den Tod können wir uns nichts kaufen.

Onkel Juk hat seine Taschen auf der Mauer ausgeleert und zieht jetzt das Futter heraus, um zu schauen, ob nichts darin zurückgeblieben ist. Er legt sein Jackett ab und schlägt es viele Male gegen die Mauer, obwohl kein Staub mehr herauskommt. Er hängt es über die Mauer ... beginnt, die Plastiktasche auszupacken ... In Nimwegen habe ich einen gekannt, der eine einmal begonnene Handlung nicht mehr beenden konnte und sie bis zur absurdesten Konsequenz durchziehen mußte. Einmal saß ich ihm gegenüber in einem Chinarestaurant, zusammen mit einigen seiner Bekannten, die sich über sein Verhalten schon nicht mehr wunderten. Der Junge, in normaler Studentenkluft, aß sein Bami mit Appetit. Er wollte etwas sagen, schluckte den Bissen hinunter und wischte sich die Lippen ab. Danach fuhr er sich mit der Serviette über Nase und Stirn, Wangen und Ohren, betupfte die Augenlider ... vom Kinn ging es abwärts über den Hals ... unter das T-Shirt ... Er wischte sich auch unter den Achseln, ohne sein Sakko auszuziehen ... Zum Schluß verschwand die Serviette unter dem Tisch, wo er weiterputzte, noch immer ohne ein Wort gesagt zu haben: Erst mußte die Arbeit erledigt werden ... Ich begegnete ihm in späteren Jahren noch manchmal, eine immer schäbigere Erscheinung. Ein derart manischer Putztrieb führte offensichtlich nicht zu einem saubereren Leben, und das galt auch für Onkel Juk. Vor Jahren, in meiner Anfangszeit in Amsterdam, hatte ich ihn an einem Samstagnachmittag ein Lokal am Spui betreten sehen. Er trug eine Art Safarianzug aus fein geripptem Stoff; die Hosenbeine steckten in glänzend gewienerten kniehohen Stiefeln. Sein üppiges Haupthaar, auf dem er ein grünes Barett trug, war noch dunkelbraun, genauso wie sein Vollbart. Keine Spur einer zerknitterten Plastiktasche: Er trug seine Besitztümer in zwei geschlossenen Körben, die, perfekt austariert, an Ketten von einem hölzernen Joch hingen, das Riemen um seine Schultern festhielten. Er hatte großes Geschick dabei erlangt, mit diesem Joch, ohne jemanden zu behelligen, sogar das vollste Lokal zu betreten. Es kam darauf an, sich gewandt seitlich durchzulavieren, wobei er das eine Ende des Jochs, das parallel zur Theke bleiben mußte, als Bugspriet benutzte. Ganz hinten im Lokal, wo das Klavier stand, schnallte er die Riemen los. Mit beiden Händen hob er das Joch vorsichtig vom Nacken und senkte die Körbe langsam und genau gleichzeitig auf den Boden. Erst danach durften die Ketten schlaff werden, und das Joch, das aus hellgelbem lackiertem Holz angefertigt war, wurde quer vor den Körben abgelegt.

Mit großem Nachdruck in Worten und Gebärden bestellte er sich ein Glas Bier und trank es in zwei Zügen aus. Er strich sich den Schaum aus dem Schnurrbart und rief: »Herr Ober, wieviel bin ich Ihnen schuldig?«

»Einsfünfundachtzig.«

Onkel Juk, der allgemein erst dann so genannt wurde, nachdem ihm sein Joch, das »Juk«, abhanden gekommen war, förderte einen klirrenden Schlüsselbund zutage. Er öffnete das Vorhängeschloß am rechten Korb und nahm eine kleine galvanisierte metallene Geldkiste heraus, die er mit wieder einem anderen Schlüssel öffnete. Die Münzen waren ordentlich in Fächer verteilt, Zehn-Cent-Stücke bei den Zehn-Cent-Stücken... Viertelgulden bei Viertelgulden... Zweieinhalb-Gulden-Stücke bei den Zweieinhalb-Gulden-Stükken... und es war sogar noch ein Fach für Knöpfe übrig. Mit angefeuchtetem Finger schob er rasend schnell einen Gulden, drei Viertelgulden und eine Zehn-Cent-Münze auf seine Handfläche und gab sie dem Kellner. Geldkiste zugesperrt, Korb abgeschlossen, Joch in den Nacken gelegt und festgezurrt... und schon lavierte er sich wieder zwischen den Leuten hindurch in Richtung Ausgang, um an der Ecke Heisteeg/Singel den Verkehr zu regeln.

Alles in allem war er keine fünf Minuten drinnen gewesen.

Meinen Regenmantel, schwer von der Smith & Wesson, habe ich über die Rückenlehne des Cafèstuhls gehängt. Die Erinnerung an das majestätische Joch des Penners hindert mich daran, so warm es auch ist, mein Jackett auszuziehen. Ich werde der Verlockung nicht widerstehen können, die Manschettenknöpfe zu öffnen und die Ärmel meines Hemds hochzurollen. Nein, es geht mir nicht um die Nadelstiche in den Armbeugen; ich habe Angst, sie zu verlieren, meine vergoldeten Vorhängeschlösser... oder sie aus einem anderen

Grund nicht mehr an ihren Platz zu bringen ... Ich werde mit wackligen Knien und bebenden Armen Baartscheer auflauern und nicht einmal mehr die Kraft finden, die Pistole aus meiner Manteltasche zu ziehen. In wenigen Tagen werde ich, nicht imstande, zu so etwas wie einem Haus zurückzukehren, den Zustand totaler Verlotterung erreicht haben. Ich werde die letzte Chance verspielt haben, ins *Demersluis* zu kommen.

Ich muß hier weg. Onkel Juk hält mir ein zu deutliches Spiegelbild vor. Vielleicht, wenn er nicht im vollen Sonnenlicht gestanden hätte ... es wird in aller Grellheit auf mich geworfen, doch leider blendet es mich nicht. Onkel Juk erzählt mir, daß es mir lediglich darum geht, diese Verlotterung zu verhindern ... daß der Rest, dieser ganze sogenannte politische Anschlag, Nebensache ist ... Ich will wie ein Vogel in den Käfig flüchten, um dort von der Freiheit zu genesen, an der ich leide und die dabei ist, mich zugrunde zu richten. Ich fürchte nichts mehr als ein mildes Strafmaß. Selbst wenn man sämtliche Autos der Innenstadt aufgebrochen hat, inklusive der Limousinen ausländischer Politiker: kein Interesse. Sie wollen dich einfach nicht haben. Selbst wenn du deine Schere überall reingesteckt hast ... sogar ins Sicherheitsschloß der Bürgermeisterwohnung ... Wie ich in den Käfig hineinkomme, spielt keine Rolle, Hauptsache, der Freiheitsentzug dauert lange genug ... bis die Wunde zugewachsen ist ... *Das* ist es, was mir Onkel Juk, nicht wissend, was er anrichtet, mir sagen zu wollen scheint.

Aber, Onkel Juk, wenn es mir nur auf den zwangsweisen Entzug ankommt, warum dann all die Mühe, so einen rassistischen Hetzer wie Baartscheer aufzuspüren? Dann könnte ich doch auch einfach irgend jemanden auf der Straße abknallen und verwunden ... nach Möglichkeit nicht tödlich?

So ganz genau kann ich dir das nicht erklären, mein guter Junge, aber ich habe so meine Vermutungen. Einfach jemanden über den Haufen schießen ... du würdest riskieren, daß man dir eine viel längere Strafe aufbrummt, als nötig ist, in der Zelle von deiner Sucht loszukommen. Oder? Du rechnest damit, daß der Richter dir wegen des menschenfreundlichen und patriotischen Motivs deiner Tat eine relativ kurze Strafe auferlegen wird. Um sein Gesicht zu wahren, wird er nicht anders können. Besondere Umstände ... Meester Quispel wird schon wissen, was er zu tun hat. »Egberts hat jahrelang mit ansehen müssen, wie die Leute in seinem Viertel mit rassistischen Pamphleten manipuliert wurden ... wie das ›Opfer‹ Baartscheer auf eigene Faust Kristallnacht spielte, indem er bei den jüdischen Kaufleuten in De Pijp Schaufensterscheiben eintrat ... ohne daß die Polizei auch nur einen Finger krumm machte. ›Opfer‹ Baartscheer konnte nach einem gewissen deutschen Vorbild eine paramilitärische Organisation gründen, ohne daß ihm staatlicherseits auch nur ein Stein in den Weg gelegt wurde. Um die Aufmerksamkeit auf diese lebens- und staatsgefährdende Situation zu lenken, hat Egberts, im Interesse der Allgemeinheit, zum äußersten Mittel gegriffen ...«

Wirst schon sehen, was für eine wunderbar maßgeschneiderte Gefängnisstrafe dir aufgebrummt wird. Nicht zu kurz und nicht zu lang. Wie für dich gemacht. Dein Blut wird die Zärtlichkeiten deiner Heldin so gründlich vergessen können, als hätte es sie nie in deinem Leben gegeben. Derweil schreibst du, um ihn *nicht* zu vergessen, ein paar schöne Theaterrollen für Thjum, damit geht die Zeit gut rum.

Der Spiegel, den Sie mir vorhalten, Onkel Juk, ist hier und da noch etwas beschlagen ... oder fettig. Wenn es mir ausschließlich um die Heilung von meiner Sucht geht, warum dann dieser Umweg über das Gefängnis? Warum melde ich mich nicht bei einer Klinik an?

Ja, warum hoffte Sartre in einem bestimmten Augenblick, daß de Gaulle ihn wegen staatsgefährdender Vorstellungen in den Knast schicken würde? Das Gefängnis würde es ihm ermöglichen, einen wichtigen Essay zu schreiben, den er in Freiheit infolge seines öffentlich gewordenen Lebens nicht zu Papier brächte. Die Zelle ist strenger als ein Schreibtisch, der Wärter rigoroser als ein Arzt.

Bei dir spielt aber noch etwas anderes eine Rolle. Manschettenknöpfe ... oder, besser gesagt: Scham. Sieh mich an. Wo ist mein stolzes Joch? Mein schwungvolles Barett? Damals war ich schon ein Sonderling, aber ich verstand mich zu kleiden ... die Verlotterung mit schönen, weichen Riemen einzuschnüren ... Und sieh mich jetzt an. Deine Mutter, Albert, dachte ständig daran, »was die Nachbarn wohl dazu sagen würden«. Ob es nun um die geputzten Schuhe und gekämmten Haare der Kinder ging oder um die nächtlichen Grölereien deines Vaters ... »Denk an die Nachbarn.« So bist du noch immer. Was werden die Nachbarn dazu sagen ... Du wirst deine Sucht nie öffentlich eingestehen können, und darum wird man dich nie vor einer Klinik antreffen. Und wenn du dich dazu entscheidest, in der geheimen Absonderung einer Gefängniszelle clean zu werden, um dieses dir verhaßte Wort mal zu verwenden, brauchst du nicht weniger als eine Heldentat, um deine eigentlichen Beweggründe zu verschleiern. Die Welt soll dich als Märtyrer für eine gute Sache feiern können, während du da drinnen, kotzend und aus allen Poren stinkend, die Wände hochgehst, nur, um dich von einer sinnlosen Selbstvergiftung zu befreien und so die eigene Haut zu retten.

Onkel Juk fischt aus den zur Schau gestellten Gegenständen das Streichholzbriefchen heraus und beginnt, den Rest wieder in die Plastiktüte zu packen. Er zieht sich das Jackett an, füllt die Taschen. Als er, ohne überrascht zu sein, entdeckt, daß er wohl auch die Streichhölzer eingepackt hat ... entweder in die Tüte oder in eine Hosen- oder Jacketttasche ... kramt er von neuem alles hervor und ordnet die Dinge auf der Mauer. Das Streichholzbriefchen, das er aus einer Innentasche zutage fördert, erfährt keine besondere Behandlung: Es wird einfach zwischen die anderen Gegenstände gelegt, die alle ausgepackt sein müssen, bevor die Zigarette angezündet werden kann.

Heute abend muß er dran glauben, der Baartscheer.

Anspitzer, Kroepoekstück, Schlüssel, Schnurknäuel, Eislutscherstöckchen, Vergrößerungsglas, eingedellter Tischtennisball ...

Oder sonst morgen abend.

Taschentuch. Serviettenring. Halber Bierdeckel.

Und so die eigene Haut zu retten ... Die Wahrheit, die in mir zu bluten beginnt, ist nicht mehr zu stillen.

Schnürsenkel, Kamm, Tube, Zigarettenschachtel, Regenhaube, das kleinere Kroepoekstück, Plastiklockenwickler mit grauen Haaren, die sich statisch aufgeladen in der Sonne bewegen ... Die Taschen sind geleert. Das Jackett wird an der Mauer ausgeklopft und wieder angezogen. Einer nach dem anderen verschwinden die Gegenstände, auch die Streichhölzer, in den Taschen und in der Plastiktüte. Onkel Juk macht immer weiter.

Kein Ende in Sicht.

Inhalt

Die Schalttage

Jetztling oder Heutiger

Armseliges Märtyrertum